COLLECTION
FOLIO CLASSIQUE

Honoré de Balzac

Illusions perdues

Édition établie, présentée et annotée
par Jacques Noiray
Professeur émérite à l'Université de Paris-Sorbonne

Biographie de Balzac par Samuel S. de Sacy

Gallimard

PRÉFACE

Balzac n'a pas été le premier ni le seul à développer le thème romantique des illusions perdues. *D'autres l'ont exploité avant lui, Musset, Sainte-Beuve, Gautier, tous ceux que Paul Bénichou, reprenant une formule empruntée précisément à Balzac*[1], *a regroupés sous le label général d'« école du désenchantement*[2] ». *Mais nul ne l'a fait de façon plus vaste et plus profonde que l'auteur de* La Comédie humaine, *nul mieux que lui n'a cherché à représenter, dans une suite romanesque de grande ampleur qu'il qualifiait lui-même d'« œuvre capitale dans l'œuvre*[3] », *le drame d'une génération tout entière, la mêlée des passions et des intérêts, des souffrances et des rêves, des désirs et des pouvoirs dans la société française des premières années de la Restauration, réfractée à travers la destinée exemplaire de deux*

1. *Lettres sur Paris*, Lettre XI, datée du 9 janvier 1831 et publiée le lendemain dans *Le Voleur* (Balzac, *Œuvres diverses*, Gallimard, « Bibliothèque de la Pléiade », 1990, t. II, p. 937).

2. Sans compter une foule d'écrivains de deuxième ordre dont les œuvres ont été retrouvées par des critiques attentifs. Voir sur ce point Pierre Citron, « Situations balzaciennes avant Balzac », *L'Année balzacienne*, 1960, p. 149-160, et Roland Chollet, « Introduction » à *Illusions perdues*, Balzac, *La Comédie humaine*, Gallimard, « Bibliothèque de la Pléiade », 1977, t. V, p. 42-49.

3. Lettre à Mme Hanska, 2 mars 1843.

poètes de province, voués de façon différente mais également désastreuse à l'échec de leurs ambitions et à la perte de leurs illusions.

Ce projet gigantesque, qui mobilise plus d'une centaine de personnages réellement actifs (sans compter ceux qui, en grand nombre, sont simplement nommés sans intervenir directement dans l'intrigue), devait aboutir à une œuvre «monstre[1]*», une série de trois romans à la fois séparés par leurs compositions et leurs publications successives, et étroitement unis par la dynamique générale de l'action, la ligne parabolique décrite par la destinée du personnage central, la conception pessimiste de la société et de l'humanité qui se dégage de l'ensemble. Dans cette vaste somme romanesque, Balzac a voulu faire tenir tout un monde de faits, d'idées, de représentations, dont l'accumulation donne le vertige: d'abord la peinture d'une société complexe, saisie dans son détail et son évolution générale, avec sa structure, ses oppositions, ses lignes de force et de fracture; puis l'analyse psychologique et morale de figures individuelles typiques, étudiées dans leurs rapports avec l'histoire collective d'une génération; puis un documentaire sur les lieux et les milieux de la librairie, du théâtre et du journalisme à Paris, aux alentours de 1820; puis une conception de la littérature, une théorie du roman et une méthode de création romanesque; puis un exposé didactique sur les techniques de l'imprimerie et de la papeterie, ainsi que sur le fonctionnement des procédures juridiques liées au* compte de retour *dont sera victime David Séchard; enfin une réflexion métaphysique sur le sens d'une société et d'une époque placées sous le signe de la perte, de la désillusion et de la découverte du mal.*

1. «Comme dit la princesse Belgiojoso, c'est le volume monstre!» Lettre à Mme Hanska, 2 mars 1843.

C'est cet empilement de strates romanesques, cet extraordinaire feuilleté de thèmes et de figures qu'aucune lecture, aucune approche critique ne sauraient épuiser, qui donne à Illusions perdues *sa surabondante et presque monstrueuse richesse. Car ce roman est plus qu'un roman. Il est tous les romans possibles, tout ce que le roman peut être. Il emprunte à tous les styles, à tous les genres. En lui coexistent, emportés par la même énergie créatrice, la comédie des mœurs provinciales et parisiennes, le drame des passions affrontées, l'épopée des ambitions déçues et des inventions manquées, le poème lyrique des espérances trompées, l'encyclopédie de tous les savoirs, techniques, juridiques, linguistiques, archéologiques. Avec* Illusions perdues, *Balzac nous donne le premier roman total, à la mesure d'une époque et d'une société que la Révolution et l'Empire ont précipitées, sans qu'elles le sachent encore, dans le désordre d'une modernité commençante.*

Une description complète de la société

Il existe, dans La Comédie humaine, *plusieurs périodes qui correspondent aux trois décennies sur lesquelles se sont étendues l'invention et la création balzaciennes. Il y a les romans qui se passent en 1820 comme* Le Père Goriot *ou* Eugénie Grandet, *les romans de 1830 comme* Béatrix *ou* La Muse du département, *les romans de 1840 comme* La Cousine Bette. Illusions perdues *appartient à la première catégorie, la plus nombreuse, celle des œuvres où sont décrites, dans les premières années de la Restauration, les modifications sociales et morales qui ont accompagné la chute de l'Empire et le rétablissement des Bourbons. Le centre historique de ce roman, ce sont les années 1821-1822 dans lesquelles Balzac a concentré, non sans mal, l'essentiel des premières aven-*

tures de Lucien de Rubempré dont le deuxième acte se déroulera, à partir de 1823, dans Splendeurs et misères des courtisanes. *Autour de ce personnage central, c'est toute une génération qui est évoquée, celle de ces jeunes gens nés autour de 1800, grandis trop tard pour participer à l'épopée napoléonienne, et réduits à chercher leur avenir entre le cynisme des ambitions égoïstes et la mélancolie des idéaux impossibles. Cette génération, c'est celle de Balzac lui-même, né en 1799 et qui eut vingt ans en même temps que ses personnages. Et même si les années 1820 où se situe l'action du roman sont souvent le masque des années 1836-1843 où celui-ci fut écrit (notamment pour le tableau de la petite presse dont les conditions n'ont guère changé en l'espace de vingt ans), il faut se souvenir que dans* Illusions perdues *l'écrivain de quarante ans se remémore sa jeunesse, avec le plaisir de retrouvailles heureuses avec soi-même et la mélancolie du temps écoulé, et que bien souvent les expériences de ses personnages ne sont que la transposition des siennes propres. Vingt ans, dans le roman, c'est l'âge de Lucien, d'Ève, de David, de Lousteau, de Blondet, de Rastignac, de d'Arthez et de ses amis du Cénacle. Le tournant de 1820, c'est cette période critique où se font et se défont les amitiés, où se flétrissent les rêves, où s'exaspèrent les désirs, où divergent les ambitions et les intérêts, où succombent les plus fragiles, comme Coralie, morte à dix-neuf ans en 1822, et Lucien, chassé de Paris quelques mois plus tard. En face de cette génération qui forme la base de la population active du roman, les personnages plus âgés composent une galerie de portraits prémonitoires, d'êtres* sur le retour *à la fois modèles et repoussoirs : ridicules des vieux hôtels de province, hommes graves des salons parisiens, femmes mûrissantes comme Mme de Bargeton, vieux beaux comme du Châtelet. Tous, à leur manière, incarnent l'avenir de cette jeunesse pleine d'ardeur et d'illusions qui ne sait pas encore qu'elle travaille à son propre vieillissement. Seul Vautrin, âgé de quarante-six ans lors de sa rencontre avec Lucien, reste à part, sans âge, immuable sous ses diverses apparitions, éternel comme l'esprit de domination et de corruption qui l'accompagne.*

*La chronologie étroite dans laquelle Balzac enferme l'action d'*Illusions perdues *ne se sépare pas d'un espace où s'accomplit la destinée de ses personnages. Territoire romanesque complexe en apparence, fragmenté en multiples sous-ensembles, mais espace simple au fond, élargi aux dimensions de la France entière, et reposant sur une opposition cardinale, celle de Paris et de la province. Cette opposition structure, avec des modalités variables, un grand nombre de romans de* La Comédie humaine. *Mais ici, elle tire son caractère particulier de ce qu'elle n'est pas considérée comme un état de fait stable, un antagonisme sociologique définitif, mais comme le champ ouvert dans lequel la destinée de Lucien dessine sa trajectoire, du premier départ plein d'espoir au retour pitoyable vers le refuge familial, en attendant le nouveau départ et le saut final dans l'inconnu. Ce qui fait la spécificité d'*Illusions perdues, *c'est une conception dynamique et comme dialectique de l'opposition Paris/province. Les deux espaces en effet ne sont pas séparés, mais unis par les déplacements du personnage principal qui les relie, et qui se définit dans cette relation même. C'est ainsi qu'ils retentissent l'un sur l'autre, et c'est dans cette interaction que le personnage se construit. On pourrait presque dire que l'espace essentiel de notre roman, c'est la grande route Angoulême-Paris que Lucien parcourt à trois reprises, et, le long de cet axe directeur, les rencontres qu'il fait, les épreuves qu'il subit (la tentation, l'humiliation, la séduction), les modalités différentes de ses voyages successifs, tout ce qui fait de Lucien un être toujours mobile, toujours nouveau, et de l'espace qu'il traverse un champ de hasards et de forces* *indéfiniment réactivées. Plus généralement, c'est toute la société de la Restauration qui apparaît autour de lui comme un ensemble instable, changeant, un « modèle extrêmement remuant et difficile à faire tenir en place*[1] » ; *et la peinture qui en est faite, pour approcher de la vérité, ne pourra être qu'un tableau en mouvement, l'image toujours recommencée d'un « présent qui marche*[2] », *saisi dans sa perpétuelle transition.*

Scènes de la vie de province

Tout commence donc au pays natal. La province est, dans l'histoire de Lucien, essentielle, et Balzac a toujours tenu, jusque dans ses ultimes corrections, à faire figurer Illusions perdues *dans les* Scènes de la vie de province. *Ce n'est pas par hasard qu'il a choisi Angoulême comme lieu des origines et centre de gravité du roman. Il connaissait assez bien cette ville, dans laquelle il s'était rendu à trois reprises auprès de ses amis Carraud, en 1831, 1832 et surtout en avril-mai 1833, pour un séjour d'un mois qui lui avait permis de visiter la ville en détail et de se documenter sur ses habitants. En 1836, de Saché où il rédige ce qui deviendra la première partie du roman définitif, il écrit encore à Zulma Carraud pour lui demander des précisions sur la topographie d'Angoulême, sur les noms des rues et des lieux remarquables, et se servira d'un plan que lui enverra son amie*[3]. *Plusieurs raisons plus précises ont poussé*

1. Préface d'*Une fille d'Ève*, contemporaine d'*Un grand homme de province à Paris* (1839). — Chaque partie d'*Illusions perdues* ayant été publiée en volume séparé, nous indiquons les parties en italique, comme des titres de livres ; voir la Notice, p. 862-865.
2. *Ibid.*
3. Lettre de Balzac, 26 juin 1836. Réponse de Zulma Carraud le 28 juin.

Balzac à s'intéresser au chef-lieu de la Charente. D'abord, le romancier, assez curieusement, considère Angoulême comme une ville du Midi, une sorte d'extension de la Gascogne, où les passions sont plus chaudes et les imaginations plus vives. Lucien, homme du Midi comme Rastignac son compatriote, possède « au plus haut degré le caractère gascon, hardi, brave, aventureux, qui s'exagère le bien et amoindrit le mal, qui ne recule point devant une faute s'il y a profit, et qui se moque du vice s'il s'en fait un marchepied » (p. 93). C'est donc là que le jeune homme, poète et aventurier à la fois, trouvera le milieu originel qui lui convient. Ensuite, Angoulême était depuis le XVIe siècle la ville de la papeterie, spécialisée dans les vélins de qualité supérieure, et confrontée au début du XIXe siècle aux problèmes de l'industrialisation et de la conversion aux produits moins coûteux exigés par le développement de la librairie et de la presse à bon marché. Illusions perdues, *ce roman du papier dans tous ses états, ne pouvait prendre naissance que dans cette ville dont le nom restait vers 1836 attaché aux travaux et aux progrès de l'industrie papetière. Enfin, la situation topographique d'Angoulême s'accordait particulièrement bien aux intentions de Balzac, et à la signification générale qu'il voulait donner à son roman. Bâtie sur un éperon rocheux, Angoulême est une ville à deux étages, comme l'est aussi la Sancerre de* La Muse du département, *patrie de Lousteau et de Bianchon. En bas, le faubourg de l'Houmeau, ville neuve où se développent les activités industrielles et commerciales liées au grand transit moderne de la route Paris-Bordeaux. En haut, le vieux centre historique, replié sur lui-même, fermé à toute innovation, refuge d'une aristocratie déclinante mais pleine de morgue et toujours auréolée d'un prestige qui peut encore attirer les jeunes ambitieux pleins d'illusions. L'ascension de Lucien, enfant de l'Houmeau, vers les sommets de cet Olympe* médiocre où trône Mme de Bargeton en préfigure une autre, plus difficile, à Paris cette fois, vers d'autres hauteurs, celles de la gloire littéraire et de la véritable réussite sociale, qui lui resteront à jamais inaccessibles. Ainsi le schéma binaire sur lequel est construit l'espace social d'Angoulême peut-il aussi symboliser l'état de la société française en général, et le grand mouvement des ambitions qui poussent les jeunes provinciaux vers les hautes sphères du monde parisien, thème de tant de romans de La Comédie humaine. Mais en même temps, cette première ascension peut déjà s'interpréter comme une chute, dans la mesure où Lucien trouvera dans le salon Bargeton l'oubli de son innocence primitive et les désirs qui le conduiront vers l'enfer parisien où se consommera sa perte.

Pour peindre cette vie angoumoisine dont il n'a, malgré ses trois séjours, qu'une connaissance assez superficielle, Balzac va combiner ses souvenirs avec des éléments qui constituent dans La Comédie humaine ce qu'on pourrait appeler un mythe général de la province. Sur un fond indistinct de mesquineries, de commérages, de petits métiers et de petites gens se dessinent deux milieux nettement définis, organisés autour de deux pôles opposés, le pôle Chardon, situé à l'Houmeau, et le pôle Bargeton, centré sur les hauts quartiers. D'un côté, la famille, avec ses douceurs et ses joies modestes ; de l'autre, le monde aristocratique, avec ses prestiges et ses perfidies. Au premier se rattachent, bien qu'installés dans la ville haute, David et son imprimerie et, au-delà, les forces hostiles qui le menacent, les frères Cointet et leurs séides, et le vieux Séchard, type tragi-comique de l'avare provincial. Entre ces deux pôles, Lucien se déplace dans un va-et-vient continuel, et ses allées et venues le long de la rue du Minage et de la promenade de Beaulieu annoncent, en réduction, ses allers et retours entre Angoulême et Paris, au rythme des vicissitudes de sa destinée. Dans la *première partie du roman, Lucien, dans la phase ascendante de sa fortune, est seul à jouer ce rôle d'intermédiaire. Dans la troisième, il sera imité, puis supplanté par Petit-Claud, image dégradée, mais non dérisoire, de Lucien lui-même, qui réussira, là où le poète de l'Houmeau a échoué, à asseoir sa carrière sur un mariage arraché à l'aristocratie.*

Balzac n'avait pas fréquenté la haute société d'Angoulême. Pour la dépeindre, il a été forcé de la recréer en recourant à des stéréotypes qui, sans être nécessairement faux, relèvent d'une imagerie conventionnelle. L'hôtel de Bargeton est conforme à l'idée que l'on se fait traditionnellement d'une demeure de la noblesse provinciale moyenne : l'extérieur en est « triste », la cour « froide et proprette », l'antichambre « mesquine », le grand salon « peu éclairé », le boudoir de la maîtresse de maison décoré et meublé à l'ancienne mode. Les hôtes des soirées routinières données par la souveraine de ces lieux, « assemblée de personnages bizarres, aux costumes hétéroclites, aux visages grimés », appartiennent à une galerie de portraits empruntés à la comédie et à la caricature. On y retrouve les types habituels de la satire des mœurs provinciales, « personnages extraordinaires que les gens auxquels la province est inconnue seraient tentés de croire une fantaisie » (p. 149) : le fat de petite ville, à l'élégance affectée et ridicule (Stanislas de Chandour), le faux savant « ignorant comme une carpe » mais admiré comme un puits de science (Astolphe de Saintot), le chanteur de salon (Adrien de Bartas), « le héros de la sépia, le dessinateur qui infestait les chambres de ses amis par des productions saugrenues et gâtait tous les albums du département » (Alexandre de Brebian), le ménage à trois reconnu et accepté par la société (Jacques de Sénonches, sa femme Zéphirine et « l'ami de la maison », Francis du Hautoy), le gentilhomme campagnard auteur d'un mémoire sur les vers à soie (M. de Séverac), la veuve et sa fille à marier (Mme et Mlle du Brossard). L'évêque et son grand vicaire, l'un grand et maigre, l'autre petit et gros, complètent cette série de caricatures. Quant aux femmes, sèches ou grasses, blafardes ou couperosées, elles sont interchangeables, portent des noms (Lolotte, Fifine, Zizine) et des vêtements ridicules, tout en étant « dévorées du désir de paraître Parisiennes ». Balzac s'amuse à reprendre ici les lieux communs développés à son époque par le théâtre et la petite presse, et le fait qu'aucun de ces personnages ne reparaisse dans un autre roman de La Comédie humaine *prouve qu'il s'agit de créations anecdotiques sans conséquence. Mais le romancier réactive ces figures conventionnelles en leur donnant dans le roman une fonction spécifique : ce sont les premiers juges de Lucien, et c'est devant cette assemblée grotesque que celui-ci fera d'abord l'expérience du monde et de sa méchanceté. La soirée des lectures poétiques dans le salon Bargeton apparaît ainsi comme une préfiguration, sur le mode bouffon, de la soirée à l'Opéra où le jeune homme sera rejeté par le monde parisien, et, plus généralement, comme un avertissement, une mise en abîme de la destinée de Lucien tout entière, figurée par l'échec de la vocation poétique et l'impossibilité de parvenir à la gloire.*

Il faut excepter de cette galerie comique le couple Bargeton, que Balzac a traité de manière beaucoup plus nuancée. M. de Bargeton est un paradoxe. On pourrait croire d'abord qu'il appartient à l'espèce bizarre des fantoches qui fréquentent son salon. Sa lourdeur, sa bêtise apparente, la niaiserie de son sourire, la platitude de ses idées, la rareté de ses paroles, la « remarquable impuissance d'esprit » dont l'accusent les ignorants semblent faire de lui un personnage inconsistant, une simple forme vide. En fait, il n'en est rien. C'est même tout le contraire. M. de Bargeton est un personnage « plein », lourd comme un roc, saturé de significations sociales et morales. Ce qu'il incarne, c'est la noblesse de province, dans sa grandeur modeste et méconnue. On le voit bien lors de son duel avec Stanislas de Chandour, qu'il écrase de sa supériorité quand il vient le défier avant de l'estropier pour la vie sans avoir l'air d'y penser. De cette vieille noblesse, il a, selon Balzac, toutes les qualités : le bon sens, la fidélité, le courage, le sens du devoir, des manières simples héritées d'une tradition séculaire, et une sorte de tranquille innocence. C'est à lui que peut s'appliquer la définition que le romancier donne de la haute société d'Angoulême : « une argenterie de vieille forme, noircie, mais pesante » (p. 114). De tels êtres sont respectables et précieux dans leur médiocrité même. C'est sur eux que devrait reposer, pour le Balzac légitimiste de 1836, l'ordre et la continuité d'un régime et la stabilité d'une société.

*Quant à sa femme, Marie-Louise-Anaïs de Bargeton, née Nègrepelisse, c'est, si l'on y prend garde, un des personnages les plus complexes d'*Illusions perdues*, l'un des seuls, avec Lucien (et Carlos Herrera naturellement) à être dotés d'une part d'ambiguïté, l'un des seuls à évoluer à travers le roman, alors que la plupart d'entre eux sont définis dès le départ, classés en serviteurs du Bien ou du Mal, sans hésitation possible. Anaïs, elle, commence comme un bas-bleu de province, bourrée de lectures hétéroclites, entichée de poésie facile, prompte aux enthousiasmes et à l'emphase romantique, déjà mûrissante et couperosée. Mais elle cache sous les ridicules de la province une tragique histoire personnelle. De brillantes qualités natives d'esprit et de cœur, et l'éducation, très semblable à celle de George Sand, qu'elle a reçue à la campagne par les soins d'un précepteur artiste et lettré, la destinaient à être, dans* La Comédie humaine, *une autre Camille Maupin. Mais le milieu désespérant où le mariage l'a enfermée, la pauvreté d'une vie « sans issue, sans événement, sans intérêt », ont gâté les belles dispositions de cette femme « née pour être* *célèbre». La rencontre de Lucien, l'amour qu'elle attend et qu'elle croit éprouver pour lui, les espérances qu'elle en retire un moment, lui donneront l'énergie nécessaire pour fuir l'étouffement d'Angoulême. Au début, Mme de Bargeton, devenue Louise pour Lucien, et le jeune poète de province partagent les mêmes désirs et les mêmes illusions. Paris qui les attire les désunira. La découverte de l'autre dans la vérité de sa nature et de sa position sociale changera vite cet amour en haine, inspirant à Lucien un mesquin désir de vengeance, et faisant de Louise l'instrument de la perte de son ancien adorateur. Pourtant cette haine, on le voit à plusieurs reprises, n'est que l'envers d'un amour déçu, mais toujours vivace. Mme de Bargeton, transformée, embellie, rajeunie, rendue enfin à elle-même par les leçons de la marquise d'Espard et le train de la vie parisienne, aurait dû revenir à Lucien qu'elle n'a pas oublié. C'est en l'épousant que celui-ci aurait bâti sa fortune et récupéré son nom. Telle aurait dû être la conclusion banalement logique de cette histoire, que Balzac nous suggère plusieurs fois. Mais Lucien ne le comprendra pas. Retrouvant dans les salons parisiens sa muse d'Angoulême, il laissera passer sa chance et blessera mortellement celle qui ne demandait qu'à lui revenir. Lucien ne le découvrira qu'à la fin, et trop tard : « Mme de Bargeton était bien ma femme, j'ai manqué ma vie en n'abandonnant pas Coralie pour elle » (p. 755). Lucien ne sera jamais Rastignac. Il n'a ni la volonté, ni la lucidité, ni le cynisme nécessaires aux vrais ambitieux. Louise dédaignée et devenue veuve épousera par dépit le baron Châtelet, vieux beau de plus en plus « avancé », et reviendra finalement, comme Lucien, à son point de départ. L'histoire des* Illusions perdues *est aussi celle des occasions manquées. Ce qui aurait pu être n'aura pas lieu, et l'ironie du sort empêchera le rapprochement de deux êtres sans doute faits l'un pour* l'autre et qui, ensemble, auraient pu réussir de grandes choses.

En face de l'Olympe angoumoisin où Lucien fait ses premières armes, le milieu familial apparaît comme un refuge. C'est le lieu de l'origine, de l'enfance continuée, des amitiés vraies, des effusions sentimentales, des plaisirs innocents : pique-niques au bord de la Charente, confidences à cœur ouvert, modestes fêtes intimes. Le symbole de ce monde protecteur, plein de douceur et d'harmonie, ce pourrait être le geste d'Ève tendant à son frère « une petite assiette coquettement arrangée avec des feuilles de vigne », accompagnée d'« une jatte pleine de crème », et lui disant : « Tiens, Lucien, je t'ai eu des fraises » (p. 136). Rien n'y manque. La grâce de la jeune fille, la simplicité naturelle du don, la saveur du fruit, la fraîcheur du lait, tout concourt à rappeler l'euphorie des moments heureux que relate Rousseau dans ses Confessions ou ses Rêveries. Mais prenons-y garde : Balzac se méfie de Jean-Jacques, et Lucien, tout à la lecture d'une lettre de Mme de Bargeton, n'écoute pas sa sœur. Les fraises seront oubliées, et le geste d'amour restera sans effet. Ainsi, derrière l'idylle se cache une ambiguïté, et la réalité est peut-être moins innocente qu'il n'y paraît. L'harmonie du cercle familial se brisera vite, parce qu'elle ne repose pas sur une relation d'équilibre et de réciprocité entre tous ses membres. La faute n'en incombe pas seulement au caractère de Lucien, mais à l'excessive sollicitude de sa famille. La tendresse qui environne le jeune homme est peut-être plus dangereuse pour lui que la haine future de ses ennemis, parce qu'elle s'est exercée dès l'enfance et que, au sens fort du terme, elle l'a gâté dans sa nature profonde. Bercé par l'admiration aveugle de deux saintes femmes et d'un ami trop indulgent, Lucien va développer les deux vices qui vont le perdre, l'égoïsme et la vanité. L'amour qu'il reçoit et qu'il exige, il ne saura pas le rendre. Il en viendra vite à le déprécier. La *sainte fadeur de l'affection familiale sera impuissante à le prémunir contre les tentations de désirs plus violents et de plaisirs plus aigus dont Paris, après Louise, lui donnera le goût. Il ne faudra pas longtemps pour que Lucien, pris dans la tourmente parisienne, perde de vue ses vrais soutiens. Le clairvoyant David, la craintive Ève l'avaient deviné: « tu nous oublieras », dit l'ami ; « tu vas nous aimer moins! », ajoute en écho la sœur inquiète (p. 136). Ces pressentiments ne tarderont pas à se vérifier. « Il vous appelait, vous et votre mari, ses anges gardiens », écrira d'Arthez à Ève, « et il vous a sans doute oubliés » (p. 626). Il faudra, pour qu'il se souvienne des siens, la série des catastrophes qui terminent l'épisode parisien. Mais après son retour pitoyable, plus rien ne sera comme avant. Lucien ne comprendra pas qu'il a lui-même brisé le fragile lien de confiance qui le rattachait à sa famille, qu'il a détruit l'asile dans lequel il venait se réfugier. Mais il sentira bien que l'amour pur qui les unissait s'est transformé en amour* « quand même » *(p. 707). Ce qu'il interprétera, non sans raison, comme le signe de la fin de cet amour. « Je ne suis plus aimé », se dira Lucien (p. 707), et Balzac le confirmera dans un commentaire à valeur générale qui apporte la conclusion pessimiste de cette histoire: « Lorsque l'union des âmes a été parfaite comme elle le fut au début de la vie entre Ève et Lucien, toute atteinte à ce beau idéal du sentiment est mortelle » (p. 708). Aimer, aimer moins, aimer quand même, ne plus aimer: tout le drame familial qui double le drame social d'*Illusions perdues *tient dans la suite de ces variations.*

Paris et ses splendeurs

Il faudra donc que l'enfant d'Angoulême, poussé par une destinée qui prend d'abord l'apparence de Mme de

Bargeton, quitte le refuge familial pour se tourner vers Paris. En quoi il ne fait que se conformer à un type historique et social dont Balzac, dans la deuxième partie, Un grand homme de province à Paris, *entend nous conter encore une fois les aventures : celui de l'ambitieux de province attiré, pour le meilleur ou pour le pire, par le « soleil moral » de la capitale. Le romancier, dans la préface de la troisième partie, énumère les modèles et les analogues de Lucien, tels qu'on peut les rencontrer dans* La Comédie humaine*: Savinien de Portenduère dans* Ursule Mirouët, *Victurnien d'Esgrignon dans* Le Cabinet des antiques, *Blondet, Rastignac, Lousteau, d'Arthez, Bianchon dans* Illusions perdues *et dans bien d'autres romans, puisqu'il s'agit là de figures majeures de l'œuvre entière. Il faut donc considérer Lucien, lorsqu'il entreprend de donner l'assaut à la « forteresse enchantée » de Paris, moins comme un individu isolé que comme l'élément d'un groupe. Le véritable sujet d'*Illusions perdues, *Balzac le souligne, est historique et sociologique : c'est « l'histoire tragique de la jeunesse depuis trente ans*[1] *», dont Lucien et ses semblables ne sont que des figures particulières.*

Lorsqu'il quitte sa province, le naïf Lucien n'est encore qu'un « jeune rat sorti de son trou » (p. 230), ignorant tout des réalités parisiennes. Ce qu'il découvre d'abord à Paris, en se promenant aux Tuileries le lendemain de son arrivée, c'est sa radicale étrangeté. Tout le sépare d'un monde de luxe et d'élégance qui l'ignore, et, pendant « deux cruelles heures », en se comparant aux espèces sociales nouvelles qu'il est amené à côtoyer, en constatant le ridicule de sa tenue, il est douloureusement renvoyé à sa propre vérité : « J'ai l'air du fils d'un apothicaire, d'un vrai courtaud de boutique ! » (p. 245). Pour subsister

1. Préface de la troisième partie (1844), p. 830.

dans ce monde hostile, il lui faudra donc, selon le conseil que du Châtelet adresse à Mme de Bargeton, « se désangoulêmer ». L'avènement à la vie parisienne suppose une rupture complète avec les origines, une nouvelle naissance qui est aussi une dénaturation. Cette opération cruelle et nécessaire entraîne, dans tous les domaines de la vie physique et morale, une révolution : non seulement le vêtement, mais les manières, les idées, les sentiments mêmes devront être radicalement changés. Lucien dispose, pour accomplir cette métamorphose, d'atouts excellents : sa beauté, son intelligence, ses origines demi-aristocratiques. Mais il lui faudra aussi, pour réussir, une condition essentielle sans laquelle ces qualités natives ne seront rien. Telle est la vérité que découvre Lucien le premier jour sur la terrasse des Feuillants : le pouvoir social de l'argent, « point d'appui » nécessaire de l'intelligence. Première désillusion. Premier pas aussi sur le chemin de la corruption.

L'expérience de Lucien à Paris, qui ne dure que quelques mois, ne lui permettra pas d'en découvrir tous les aspects. Balzac concentre les activités de son personnage sur trois secteurs bien définis de la société parisienne, à la fois opposés et complémentaires : le quartier Latin, le grand monde, le monde de la librairie, du journal et du théâtre. Lucien va faire le lien entre ces milieux hétérogènes, qu'il est le seul, avec Blondet peut-être, à mettre en relation dans le roman, confirmant ainsi son caractère de personnage mobile, sans cesse en déplacement d'un pôle à un autre de la société. Chacun de ces secteurs a ses lieux spécifiques. Pour le quartier Latin, c'est le restaurant Flicoteaux, où se retrouve la jeunesse pauvre et affamée des écoles, le Luxembourg, espace de promenade et de rencontre où se tiennent des conversations décisives pour l'avenir de Lucien. Mais il existe dans ce quartier de misère un lieu symbolique entre tous, c'est la mansarde. Balzac réactive ici un topos *de l'imagina-*

tion romantique. La mansarde, c'est l'asile où le talent modeste abrite ses espérances, où le travail prépare le succès, où la pauvreté doit être légère parce qu'elle n'est qu'une épreuve provisoire avant la réussite promise. Dans Illusions perdues, *la réalité est moins idyllique. Balzac nous fait découvrir tour à tour trois types de mansarde différents. D'abord celle où Lucien s'est réfugié rue de Cluny après sa rupture avec Mme de Bargeton : type neutre, chambre nue et froide d'hôtel garni où tout semble encore possible, l'échec comme la réussite, la chute comme le salut. Puis celle de Daniel d'Arthez rue des Quatre-Vents, semblable en apparence à celle de Lucien, aussi nue, aussi pauvre, mais irradiée, sanctifiée par le travail assidu et probe et par l'amitié des membres du Cénacle qui s'y réunissent. Enfin, en opposition complète avec la précédente, la misérable mansarde de Lousteau, rue de la Harpe, qui réalise l'exemple le plus accompli du sordide, et porte l'empreinte du caractère de son occupant : tout n'y est que désordre, saleté, tristesse, indices d'une vie « sans repos et sans dignité ». C'est vers ce type désespérant que la fatalité poussera Lucien. Après avoir quitté sa mansarde pour l'appartement luxueux de Coralie, il sera ramené par les dettes et le malheur, d'abord vers le modeste logis de la rue de la Lune, puis, après la mort de l'actrice, vers une chambre d'hôtel garni, aussi sinistre que sa première mansarde rue de Cluny, mais plus désolante encore parce qu'elle n'abrite plus les espérances du début. Ainsi l'itinéraire de Lucien à Paris épouse la courbe de sa destinée, et la suite de ses logements manifeste à la fois l'échec progressif de ses ambitions littéraires et mondaines, la dégradation morale qui accompagne cette chute, et le retour inéluctable au point de départ qui caractérise la trajectoire générale du personnage dans le roman.*

Le grand monde n'est pas le milieu que Lucien fréquente le plus. S'il l'approche par moments, celui-ci reste pour lui plutôt un mirage qu'un royaume vraiment conquis. Les lieux caractéristiques de cette haute sphère, ce sont les salons que Balzac, ici, ne nous montre guère, même s'il nous précise que Lucien finit par être « assidu dans le monde » (p. 515), qu'il se lie avec « Marsay, Vandenesse, Ajuda-Pinto, Maxime de Trailles, Rastignac, le duc de Maufrigneuse, Beaudenord, Manerville, etc. », qu'il courtise « Mme de Bargeton, la marquise d'Espard, la comtesse de Moncornet », et qu'il ne manque pas une seule des soirées de Mlle des Touches. L'aristocratie, dans Illusions perdues, *ce n'est pas un espace, mais un langage : un système de noms et de titres, un réseau d'allusions, de références, d'opinions, de complicités mondaines, qui finissent par construire une sorte de superstructure idéale vers laquelle tend Lucien, mais qui lui reste hostile et le rejettera. Cette société a ses points d'attache, ses lieux de concentration et d'ostentation où elle s'expose, se surveille, juge et médit. Deux de ces points sont présentés dans le roman, l'Opéra et les Champs-Élysées. C'est là que Lucien connaîtra ses expériences les plus humiliantes, moqué, abandonné, nié dans son existence même par la marquise d'Espard et ses semblables. Et même si plus tard il semblera reparaître triomphant sur ces lieux où il était « lourdement tombé », sa vengeance sera de courte durée. Dès le début de son séjour à Paris, l'humiliation subie est une prémonition de tout ce que la haute société réserve de méchancetés et de trahisons au pauvre poète d'Angoulême qui eut l'audace de la défier.*

*Les milieux que Lucien fréquente le plus longuement dans l'épisode central d'*Illusions perdues *sont donc logiquement ceux de la librairie, de la presse et du théâtre qui constituent pour lui, à l'opposé du grand monde, un second pôle d'attraction. Ces milieux forment, dans le Paris de 1820 comme dans celui de 1840, une constella-*

tion traversée de lignes de force complexes. Au centre se trouvent naturellement le journal et le journaliste, qui règnent, grâce à leurs moyens de publicité et de chantage, sur les écrivains et les libraires, mais aussi sur les acteurs et les directeurs de théâtre. La collusion de ces trois mondes est soulignée par les liens d'intérêt qui unissent la presse et la librairie (Finot et Dauriat), et par les liaisons que les journalistes et les écrivains entretiennent avec les actrices (Lousteau puis Nathan avec Florine, Lucien avec Coralie). Chacun de ces mondes a ses lieux propres, regroupés dans un secteur limité de la ville allant des boulevards au Palais-Royal. Pour la librairie, ce sont les Galeries de Bois, bizarre pandémonium plein de luxe et d'ordure, lieu d'ostentation et de prostitution qui inspire à Balzac une sorte de poème en prose annonçant les tableaux parisiens de Baudelaire[1]*. C'est là qu'est située la librairie Dauriat, comme l'était dans la réalité celle de Ladvocat, qui fut le grand éditeur des romantiques. Pour le théâtre, c'est le Panorama-Dramatique, et accessoirement le Gymnase, deux scènes du boulevard où se produisent Coralie et sa rivale Florine, deux théâtres récents, ouverts, le premier en 1821, le second en 1820, de public assez mêlé et plutôt populaire, et spécialisés dans la comédie, le vaudeville et le mélodrame. Balzac ne nous en montre pas vraiment les lieux, mais plutôt l'atmosphère délétère (« une peste qui dévore l'âme », p. 393) et, pour le Panorama, du point de vue de Lucien qui pénètre pour la première fois dans ce milieu dangereux, l'agitation, la confusion, la « société bizarre » (p. 376) caractéristiques d'une première représentation, au cours de laquelle le jeune homme va faire*

1. Voir l'article de Philippe Berthier, « Tableaux parisiens », dans *Illusions perdues*, Actes du colloque de la Sorbonne, édités par José-Luis Diaz et André Guyaux, Presses de l'Université de Paris-Sorbonne, 2003.

la rencontre fatale de Coralie. Quant au petit journal que Balzac, sans doute par prudence, ne nomme pas, son siège devrait se trouver au bureau de rédaction, situé rue Saint-Fiacre, près du boulevard Montmartre. Mais Lucien n'y découvre qu'une pièce vide et poussiéreuse, où les journalistes ne viennent jamais. En fait, le journal « se fait dans la rue, chez les auteurs, à l'imprimerie, entre onze heures et minuit » (p. 323). Cette nébuleuse n'a pas de centre, cette puissance est d'autant plus dangereuse qu'elle est partout et nulle part, comme l'insaisissable Finot que Lucien considère d'abord comme « un personnage apocryphe et fabuleux ». Mais en même temps, ces bureaux vides symbolisent le néant intellectuel et moral d'une petite presse sans principes et sans idées, réduite à l'esprit de blague et à une vaine agitation de paroles.

On voit donc comment Balzac construit la représentation romanesque des divers mondes que Lucien traverse pendant son séjour parisien. On n'y trouvera ni panorama comme plus tard chez Zola, ni longues descriptions objectives visant à l'exhaustivité, mais une suite de tableaux, de scènes, de détails livrés en désordre. Ce sont les allées et venues du personnage qui organisent autour de lui la société qu'il s'agit de reproduire. Tout est saisi à hauteur d'homme, du point de vue nécessairement partiel et limité de Lucien, de ses désirs, de ses sentiments, de ses idées, et si le travail de restitution du réel peut être qualifié de réaliste, *il relève en tout cas d'un réalisme de type subjectif. Cette subjectivité n'est pas seulement celle du personnage, c'est aussi celle du romancier lui-même qui accompagne son héros, intervient dans le roman pour expliquer ou commenter, interpelle son lecteur (« n'avez-vous pas remarqué... », « ne taxez pas ce récit de puérilité... », « cette grande actrice que vous savez... »), s'étonne, s'indigne, se souvient. Autour du personnage central, la « mosaïque*[1] *» du réel se reconstitue par bribes, tout un tissu social mouvant et changeant, fait d'images, d'objets, de rencontres, de conversations, d'allusions, de remémorations aussi. Car le temps, chez Balzac, est une des dimensions fondamentales de la peinture sociale. Ce que le romancier peintre des mœurs cherche à restituer, c'est moins ce qui est que ce qui passe, et le présent, pour lui, est fait aussi de ce qui advient et de ce qui disparaît.*

De là le plaisir visible qu'il prend à rappeler à ses jeunes lecteurs ce que furent vers 1820 le restaurant Flicoteaux, ou les Galeries de Bois du Palais-Royal (« il est peu d'hommes âgés de quarante ans », — c'est justement l'âge de Balzac lui-même —, « à qui cette description, incroyable pour les jeunes gens, ne fasse encore plaisir », p. 349). De là aussi l'attention portée à toutes les formes de l'éphémère, du transitoire, à la mode qui est, Baudelaire va bientôt le dire, le fondement même de la modernité. Mode vestimentaire d'abord, si importante pour un ambitieux de province comme Lucien, pour qui « la question du costume » est la condition première de toute ascension sociale, essentielle aussi pour Mme de Bargeton, qui, cherchant à se « désangoulêmer », devra changer ses robes et sa coiffure, imiter les manières de sa cousine Mme d'Espard, tenir à la main son mouchoir roulé et non déplié, et jouer négligemment avec « une élégante cassolette attachée à l'un des doigts de sa main droite par une petite chaîne », afin de montrer « sa main fine et bien gantée sans avoir l'air de vouloir la montrer » (p. 266). Balzac accorde aux modes langagières une importance non moins grande. Il cite pour s'en moquer les néologismes employés par Mme de Bar-

1. L'expression est de Balzac lui-même, dans la préface d'*Une fille d'Ève*.

geton, qu'il juge typiques « des travers nouveaux que partagent quelques femmes » (p. 107), sans se douter que plusieurs d'entre eux passeront bientôt dans la langue : typiser, individualiser, synthétiser, dramatiser, supérioriser, analyser, poétiser, prosaïser, colossifier, angéliser, néologiser et tragiquer. Il prête à toutes les formes d'argot une attention particulière : argot du peuple (cette « saveteuse » de Virginie, « plus souvent ! », « faire sa tête »), argot des filles (« tu as donc fait ton journaliste »), argot militaire (« à la gueule du brutal »), argots des métiers de l'imprimerie ou du journalisme, etc. Ce sont les manières et les parlures de son époque que Balzac assemble pour construire l'image d'une société où les comportements et les langages définissent les êtres aussi bien que les professions ou les fortunes. Comme elle est une archéologie, la sociologie balzacienne est aussi, au sens moderne du terme, une anthropologie.

Construction du drame

C'est sur le fond mouvant de la peinture sociale que Balzac va dessiner le drame à multiples rebondissements qui emporte Lucien et son entourage. Drame total, passionnel, intellectuel, moral, social, financier, qui balance souvent du comique au tragique, qui se condense en scènes, qui fait des personnages, on le voit bien dans le titre des trois parties, des rôles avant d'être des caractères : les deux poètes, le grand homme de province, l'inventeur. Dans Illusions perdues, la référence au théâtre, « ce premier amour de tous les esprits poétiques » (p. 281), est toujours présente. Le drame vécu par les personnages bascule souvent dans la tragédie, d'une manière douce et comme insidieuse pour David ou Mme de Bargeton, dont l'échec n'entraîne apparemment pas d'autre souffrance que le renoncement, plus déchirante pour Lucien *dont Balzac a voulu faire, même sous une forme dégradée, une sorte de héros tragique. On le voit dans l'insistance qu'il met à faire de la trajectoire de Lucien un destin, avec ses indices (la conformation physique du jeune homme), ses influences fatales (Mme de Bargeton, Lousteau, Carlos), ses prémonitions (les « horribles pressentiments » de David), ses avertissements non entendus (le cri que lance l'actrice Florville au moment où Lucien s'apprête à entrer dans l'univers corrupteur du théâtre : « arrête, malheureux ! »), ses moments décisifs ponctués de formules définitives (« ce mot ne semblait rien, et c'était tout », « tout fut dit », etc.). Mais le tragique dans* Illusions perdues *n'est jamais sans mélange. Le goût des situations pathétiques, la recherche des effets, l'abondance des larmes (notamment dans les scènes de confession, si nombreuses dans le roman), les commentaires moralisateurs (« ceci, dit d'Arthez, efface bien des fautes »), tout concourt à produire en abondance des scènes excessives, destinées à toucher et à frapper violemment le lecteur : Lousteau criant au Luxembourg son « effroyable lamentation », Lucien « accablé d'une douleur vraie » avouant à d'Arthez qu'il est forcé d'attaquer son livre, Lucien veillant le cadavre de Coralie en écrivant des chansons à boire, Lucien se confessant au curé de Marsac (« je suis un bien grand misérable », etc.). Par cet affleurement constant du pathétique,* Illusions perdues *se relie étroitement à la sensibilité de son époque, et le mélange des tons et des styles qui caractérise le roman le rapproche souvent du mélodrame.*

La destinée de Lucien dessine une courbe parabolique simple. Une première période ascendante conduit à un bref apogée de quelques mois, suivi par une retombée qui est aussi un retour au point de départ. Chaque période est séparée de la suivante par une rupture, manifestée par un déplacement du personnage et de l'action, de la province vers Paris, puis de Paris vers la province.

Mais cette trajectoire n'est qu'apparemment symétrique. Le Lucien qui revient à Angoulême n'est plus celui qui en était parti. Paris lui a, au sens fort, « changé les idées ». Une révolution s'est accomplie, qui modifie les rapports que le personnage entretient avec son entourage, tout comme elle transforme le regard que ses proches portent sur lui. Et surtout, le roman se termine par un rebondissement qui détruit l'équilibre de la parabole et relance la trajectoire de manière inattendue : « Et où va-t-il encore, cette fois ? » (p. 793). Cette fin, qui n'en est pas une, s'apparente à un « à suivre » de roman-feuilleton. Le roman aboutit à son propre recommencement, sous le signe d'un personnage nouveau, encore inconnu, mais que l'on devine terrible.

La carrière de Lucien se déroule avec une extrême rapidité. Entre le début de ses aventures à Angoulême et son départ final en compagnie de Carlos, il ne s'écoule guère plus d'un an et demi. La période utile du roman semble s'étendre du début de mai 1821 au mois de septembre 1822, mais il est difficile de se fier aux indications de Balzac. La chronologie interne est si confuse, elle a été tant de fois modifiée, qu'il est impossible de la dresser avec certitude. Cela n'a d'ailleurs aucune importance. L'essentiel, c'est le caractère fulgurant de l'ascension et de la chute de Lucien. Cette rapidité, évidemment, n'est pas vraisemblable, mais son importance romanesque est capitale. Elle contribue, en resserrant l'action, à dramatiser encore davantage l'aventure de Lucien. Et surtout, elle donne au roman, en le surchargeant d'une quantité de faits, d'idées, de crises infiniment supérieure à ce que pourrait fournir la banale réalité, une densité, une richesse incomparables. Cette densité est encore accrue par le traitement particulier de la temporalité. Celle-ci, en effet, n'est pas régulière. À de brefs temps forts succèdent des périodes plus calmes où l'action semble se ralentir, et que la narration néglige. Ainsi, entre la rup-

ture avec Mme de Bargeton et la rencontre de d'Arthez, il s'écoule plus d'un mois, entre cette rencontre et l'entrée de Lucien en journalisme un grand mois encore, entre les premiers triomphes de Lucien et son changement catastrophique de journal et de parti, un hiver de plaisirs faciles, entre sa blessure en duel et la maladie de Coralie trois mois au moins, entre la mort de Coralie et son retour à Angoulême, deux mois. Inversement, la conversation avec Lousteau, la scène aux Galeries de Bois, la soirée au Panorama où Lucien rencontre Coralie, le souper où il écrit son premier article, la nuit passée avec sa nouvelle maîtresse, tout cela tient en moins d'une journée. De même, l'aventure parisienne de Lucien est enfermée entre deux « fatales semaines » surchargées d'événements, celle du premier échec à l'Opéra et de la rupture avec Mme de Bargeton, et celle de l'écroulement final de toutes les ambitions. Balzac procède donc, non par une narration linéaire, mais par une succession de scènes fortes sur lesquelles se construit et rebondit le drame.

Lucien

Si l'on considère les titres des trois parties, on pourrait croire qu'il n'y a pas un personnage central dans le roman, mais deux : David et Lucien. Au début ils sont mis en parallèle, à la fin le drame paraît glisser de la personne de Lucien vers celle de David. En fait, les deux amis ne sont pas sur le même plan. David reste secondaire par rapport à Lucien parce qu'il n'évolue pas, parce que sa figure trop angélique, comme celle de d'Arthez, est moins riche en possibilités romanesques. C'est bien Lucien qui reste, même dans la troisième partie où sa présence est moins constante, le personnage principal. Cependant, par une particularité peut-être unique dans La Comédie humaine, *ce protagoniste est en même temps un personnage vide : un être, non pas en acte, mais en puissance. Lucien n'existe pas en soi, il est construit par le regard que les autres portent sur lui : sa famille, David, Louise, le salon Bargeton, le Cénacle, le monde parisien, les journalistes, Coralie, Carlos à la fin. Chacun projette sur lui ses espérances, ses fantasmes, ses opinions, ses illusions. Si le roman mérite de s'appeler* Illusions perdues, *c'est d'abord parce que Balzac nous montre, au sujet de Lucien, un processus général de désillusion qui concerne tous ceux qui l'approchent.*

Cette vacuité essentielle fait de Lucien un être tout de surface. Au physique, ce qui le caractérise, c'est son apparence : une beauté « excessive », une séduction naturelle, « fatal privilège » qui « perd plus de jeunes gens qu'il n'en sauve » (p. 199). Au moral, c'est le miroitement de son esprit, une facilité de parole et de plume qui le destinent plus sûrement au métier de journaliste qu'à celui de véritable écrivain. Ce manque de substance tient à une carence fondamentale. Lucien n'a pas de père, il n'a pas de nom. Au contraire de David sur qui pèse la présence formidable du vieux Séchard, Lucien flotte, partagé entre deux noms, celui de son père qu'il renie, et celui de sa mère qu'il usurpe, et qu'il n'aura jamais le droit de porter (dans Illusions perdues *tout au moins). De Chardon à Rubempré, de Rubempré à Chardon, Lucien est continuellement renvoyé par le regard et la parole des autres à une indéfinition sociale qui est aussi un défaut d'être. Élevé entre deux femmes, habitué à voir satisfaits sans effort ses désirs et ses caprices, il se laisse aller à une passivité naturelle que l'éducation a renforcée. Sa séduction est toute négative. Jamais il ne conquiert ni femme ni homme. Incapable d'aimer, il est seulement celui qui se laisse aimer : par sa mère et sa sœur, par David, par Mme de Bargeton, lasse de ne connaître que « l'amour sans l'amant » ; par Coralie*

(« votre ami fait Coralie sans s'en douter ») ; et par Carlos à la fin, qui lui tiendra lieu de père et d'amant, répondant ainsi, terrible ironie du destin, à la question que le jeune homme se posait au Père-Lachaise après l'enterrement de Coralie : « Par qui serais-je aimé ? » (p. 586).

La passivité et la séduction qui sont les caractères premiers de Lucien tiennent pour une grande part à sa nature féminine. « Lucien », dira Carlos après la mort de son protégé, à la fin de Splendeurs et misères des courtisanes, « était une femme manquée ». De la femme, il a la mollesse, la beauté gracieuse, la petitesse des mains et des pieds, les manières « câlines », et une particularité physique qui ne trompe pas : la conformation des hanches, signe d'une tendance à l'homosexualité passive. Le destin de Lucien est inscrit déjà dans la forme de son corps. Cette féminité native s'accompagne nécessairement, selon Balzac, d'une sensibilité plus aiguisée, et d'un penchant à la rêverie et à l'imagination. Lucien sera poète comme il est femme, par nature. Ou plutôt, comme l'écrit d'Arthez à Ève, « homme de poésie » seulement, car il lui manque la force virile qui caractérise le génie créateur. Enfin, de même que sa nature féminine le prédispose à la poésie, elle fait aussi de lui pour Balzac un être inaccompli. Lucien restera, pendant toute sa vie, un enfant. Sa naïveté, son irréflexion, son impatience, son égoïsme viennent de cette incapacité à se conduire, à se penser même comme un adulte responsable de ses actes. Telle est donc l'équivalence forte, soulignée par l'usage d'un triple champ lexical très cohérent, qui s'établit à travers tout le roman entre les trois qualités spécifiques de la personnalité de Lucien : féminité, poésie, enfance. Si ces caractères peuvent apparaître comme des éléments de séduction, ils constituent aussi, pour Lucien, des excuses commodes et trompeuses, et pour le romancier, sans nul doute, des faiblesses qui se révéleront fatales.

Un autre aspect de la féminité de Lucien, qui se

conjugue avec le vide essentiel qui définit son caractère, c'est la vanité. Non pas l'orgueil que légitiment les grandes œuvres ou les grandes actions, mais le soin égoïste de sa personne et de son image. On le voit, dès son arrivée à Paris, dans le souci du vêtement, de la parure, de l'apparence, dans la crainte du ridicule qui dominent pour lui toute autre préoccupation. On le retrouve dans le désir de vengeance, ce rêve des impuissants, qui tient lieu pour lui de projet presque unique et de principale source d'énergie. La vengeance, dans Illusions perdues, *est une affaire de femmes. Mme de Bargeton, Mme d'Espard se vengent. Lucien aussi. Ou du moins il tente de le faire, et l'on pourrait dire que le désir de se venger de la « seiche » et du « héron » contribue pour beaucoup à son entrée dans le journalisme. Ce poète est parfois en proie à de curieuses poussées d'imagination sadique. On le voit devant Dauriat, saisi d'une pulsion meurtrière véritablement enfantine, rêver « de sauter à la gorge du libraire, de lui déranger l'insultante harmonie de son nœud de cravate, de briser la chaîne d'or qui brillait sur sa poitrine, de fouler sa montre et de le déchirer » (p. 366). Pourtant Lucien, cet être de défaites et de fuites, est trop faible pour se venger vraiment. Il lui manque la force, et la persévérance. Mais le désir lui reste, et lorsqu'à la fin Carlos cherchera à le séduire, il n'aura qu'à lui faire miroiter la possibilité d'une revanche. Plus que la volonté de venir en aide à Ève et à David, c'est bien le mirage entrevu d'une vengeance enfin réalisable qui livrera Lucien à la merci de son nouveau protecteur.*

C'est Carlos encore, ce juge perspicace des hommes, qui définit le trait de caractère le plus important de Lucien, celui qui résume tous les autres. « Vous avez été », lui dit-il, « ce que les Anglais appellent inconsistent *» (p. 770). Comprenons : à la fois inconsistant et inconséquent. Lucien n'a pas de programme, pas de projet véritable, seulement des rêves. Ce qui lui manque, c'est* *l'esprit de suite nécessaire aux vrais ambitieux, c'est l'idée soutenue par une volonté fixe. Lui n'a que des accès de volonté. Il le comprend bien d'ailleurs dans ses moments de lucidité et l'écrit à sa sœur: « ma cervelle est intermittente » (p. 755). Cette inconséquence implique un rapport particulier au temps. Toujours porté vers de nouveaux plaisirs, Lucien vit au jour le jour. Sa devise, comme celle de Coralie, c'est « vogue la galère! » Sa vie est un éternel présent, sans cesse recommencé, sans cesse absorbé par un futur sans définition précise. Le passé n'a pour lui aucune consistance. Ses parents, ses amis, il les oublie. Il n'a de mémoire que pour les offenses reçues. Ses fautes, il ne s'en souvient que pour s'en repentir périodiquement, avant de les oublier à nouveau. La permanence de son désir fait de lui un être de tous les possibles, en bien comme en mal. Il est, selon le mot profond de Petit-Claud, « un roman continuel » (p. 793), un héros de roman-feuilleton, toujours relancé vers de nouvelles aventures. C'est pourquoi il ne semble pas possible de faire d'*Illusions perdues*, comme l'ont voulu certains critiques, un roman d'apprentissage. Ce qui peut être vrai à la rigueur pour les autres personnages, Ève, David, Mme de Bargeton, tous impliqués dans le processus général de désillusion, ne l'est pas pour lui. Lucien n'apprend rien. Cet être mobile, au fond, ne change pas, sans doute parce qu'en lui il n'y a rien à changer. Jusqu'au bout, il reste un homme d'imagination et d'ambition naïves, celui qui, encore à la fin, peut écrire à Lousteau qu'il « ne renonce à rien de [ses] espérances » (p. 728). Ses illusions, il les emporte avec lui dans la voiture qui le ramène à Paris, pour recommencer la lutte.*

Autour de Lucien

Autour de Lucien s'organise le système des autres acteurs du drame, selon trois catégories principales : les auxiliaires (Ève, David, le Cénacle, Coralie), les adversaires (Châtelet, la marquise d'Espard, les dandies et les viveurs du monde parisien, les journalistes) et les initiateurs (Mme de Bargeton, Lousteau, Carlos). Seuls ces derniers, qui ont le pouvoir d'influer sur la destinée de Lucien, ont dans le roman une complexité véritable. Les autres ne sont que des pions sur le grand échiquier social, ou des figures affectées une fois pour toutes d'un signe positif ou négatif. Pour les besoins de la dramatisation, Balzac construit des couples de personnages, dont l'un des deux termes est toujours Lucien (à une exception près : le couple Ève-David, mais cette union, moralement admirable, n'est pas un moteur romanesque très productif). Les couples que Lucien forme avec des femmes sont plus intéressants. C'est sur eux que repose le drame amoureux, qui est une des composantes du drame général du roman. Le premier, Lucien-Louise, établit une relation inégale, par l'âge, l'expérience, la condition sociale, particulièrement propice à la première initiation d'un jeune homme (ce fut celle de Balzac avec Mme de Berny). Mais c'est un amour incomplet, parce qu'il est « greffé sur l'orgueil », et qu'il reste soumis à tous les préjugés, à toutes les petitesses de la vie de province : Louise ne peut devenir la maîtresse de Lucien. C'est pourquoi cet amour ne résiste pas à l'arrivée à Paris, et vole en éclats à la première épreuve. Le second, Lucien-Coralie, apporte à Lucien tout ce qui manquait à sa première expérience : la jeunesse, la beauté, la liberté, une adoration sans conditions, et la perfection de l'amour physique. Balzac réactive ici le mythe romantique de la courtisane amoureuse. Mais c'est aussi un amour incomplet, parce qu'il manque à Coralie l'esprit dont Mme de Bargeton est pourvue, et parce qu'une liaison avec une actrice, si angélique soit-elle, est un obstacle insurmontable pour un ambitieux. Ces deux amours, parfaitement complémentaires, et dont la réunion serait pour Lucien la réalisation de ses vœux, ne peuvent donc ni s'associer, ni subsister seuls. Pire, ils sont pour lui également dangereux. Le premier parce qu'il aboutit à la haine que Mme de Bargeton lui porte et qui sera l'une des causes de sa perte, le second parce qu'il l'amollit, affaiblit son jugement, émousse sa volonté, et enfin le détruit : « Coralie a perdu cet enfant-là » (p. 554). Les deux femmes que Lucien rencontre dans le roman, les deux formes d'amour qu'elles lui proposent, aboutissent au même résultat finalement nuisible.

Les couples que Lucien forme avec des personnages masculins sont les plus efficaces pour la production de l'intérêt romanesque. Le premier par ordre d'apparition, c'est le couple Lucien-David. C'est lui qui donne son titre à la première partie, c'est lui qui restera toujours le plus intime, le plus fraternel. Une communauté de goûts, de sentiments, d'imagination lie les « deux poètes » d'Angoulême, et résistera même à la désillusion finale de David. Cette constance dans l'amitié, qui prend parfois des allures passionnelles, a quelque chose d'une liaison homosexuelle. Lucien, qui domine dans le couple par sa beauté, commande « en femme qui se sait aimée » (p. 93). Et l'on s'étonne de trouver par avance, dans la bouche de David, des propos qui seront à la fin ceux-là mêmes de Carlos : « Sois heureux, je jouirai de tes succès, tu seras un second moi-même. Oui, ma pensée me permettra de vivre de ta vie » (p. 139). C'est le même sacrifice, en apparence du moins (« à toi les fêtes », « à moi la vie sobre, laborieuse », etc.), la même volupté au fond d'être dans l'ombre celui qui s'empare de l'être aimé et le vampirise. Balzac, qui donne au jeune inventeur son visage, sa force et son génie, se souvient sans doute de l'amitié intime qui l'unissait, vers 1834, au faible Sandeau, qui prête à Lucien certains de ses traits.

Parmi les autres couples, ceux que Lucien forme avec d'Arthez et Lousteau doivent être examinés ensemble, car ils sont l'avers et le revers d'une même médaille. Les deux jeunes gens ont, à peu près, l'âge de Lucien. Tous deux sont venus de leur province comme Lucien (d'Arthez de Picardie, Lousteau de Sancerre), attirés par un rêve de gloire littéraire. Ce sont donc, pour le poète d'Angoulême, des doubles et des modèles. Mais leur action est antithétique, parce qu'ils ont choisi des voies opposées. D'un côté, pour d'Arthez, le travail probe, l'ascétisme, la difficulté, la réussite à long terme ; de l'autre, pour Lousteau, la paresse, la compromission, la jouissance immédiate, le succès douteux et facile. Route du bien contre route du mal, c'est le choix d'Hercule, placé entre le vice et la vertu. Lucien, bien sûr, choisira le mal. D'abord parce que sa nature faible l'y pousse. Mais aussi, et peut-être surtout, parce que les nécessités du roman l'y contraignent. L'ange noir est beaucoup plus séduisant que l'ange blanc, beaucoup plus riche pour l'écrivain en potentialités fictionnelles. D'Arthez, juge austère et sévère, insupportable raisonneur et donneur de conseils, est moins humain, moins fraternel que Lousteau, misérable et corrompu, clamant sa souffrance de « damné qui ne peut plus quitter l'Enfer » (p. 339). Nul doute qu'en Balzac, au fond, le romancier (sinon le moraliste) ne préfère ce dernier.

Enfin, il existe un dernier couple de personnages, le plus fort, le plus terrible, le couple définitif, celui que Lucien forme in extremis avec Carlos Herrera, l'inconnu à qui le hasard l'a livré alors qu'il errait dans la campagne en quête de son suicide. Il est rare qu'un personnage capital soit introduit ainsi à l'extrême fin d'un roman. Balzac y est conduit par des raisons de nécessité *romanesque. Il lui fallait relier le cycle d'*Illusions perdues *à celui de* Splendeurs et misères des courtisanes *qui raconte la suite de l'histoire de Lucien à Paris sous la protection de Carlos, et dont le début était déjà écrit depuis 1838*[1]*. Balzac devait donc expliquer au lecteur comment Lucien avait pu connaître le faux prêtre, et cette rencontre devait se produire logiquement à la fin de notre roman. Les thèmes des hasards de la grande route et de la conversation en calèche appartiennent au genre picaresque et donnent à cet épisode l'allure d'un chapitre de roman d'aventures. Mais l'apparence physique effrayante du faux prêtre espagnol, son aspect si évidemment démoniaque (« couturé comme si, dans son enfance, il fût tombé dans le feu », p. 759), la mort symbolique de Lucien et sa renaissance sous une autre forme (« ce jeune homme [...] n'a plus rien de commun avec le poète qui vient de mourir », p. 776), le pacte qui unit Lucien à Carlos « comme le corps est à l'âme », tout cela rapproche encore davantage la fin d'*Illusions perdues *du genre fantastique. Le couple satanique que Lucien va former avec son protecteur renouvelle et combine en les portant à leur plus haut point d'intensité deux couples anciens maintenant défaits. De David, Carlos a le « large buste », la stature herculéenne, la force qui manque à Lucien. Il a aussi le goût du sacrifice et de l'ombre, et ce désir, ici plus inquiétant, de vivre de la vie de l'autre et de le posséder : « Vous brillerez, vous paraderez, pendant que, courbé dans la boue des fondations, j'assurerai le brillant édifice de votre fortune. [...] Je serai toujours heureux de vos jouissances qui me sont interdites. Enfin, je me ferai vous !... » (p. 776). De Lousteau, Carlos a le langage séducteur, l'art de justifier le mal par les artifices d'une logique*

1. Voir sur ce point la Notice sur la genèse et la réception, p. 849.

corruptrice. Mais là où le journaliste restait encore une sorte d'apprenti, le faux abbé apparaît comme un démon supérieur, infiniment plus persuasif, capable de lier à lui sa créature par un pacte indestructible. Désormais, Lucien ne formera plus de couple avec personne, sinon avec Carlos. Il est pris. Son destin est maintenant fixé sans retour. Et le lecteur de Splendeurs et misères des courtisanes *sait comment tout cela finira.*

La littérature dans tous ses états

*Une des particularités les plus intéressantes d'*Illusions perdues, *c'est que Balzac a voulu y évoquer, dans toutes ses étapes, l'histoire du papier. Rien n'y manque, du début à la fin de la chaîne : la matière première, la fabrication, le produit brut (les feuilles de papier blanc, les rames de papier journal), l'écriture, la typographie, l'impression, la transformation en livres ou en journaux, la consommation finale (la lecture, les cabinets de lecture). Il n'est pas jusqu'à l'anecdote étrange racontée par Carlos, celle du secrétaire mangeur de papier, qui ne trouve sa place dans cette série. Ce que raconte* Illusions perdues, *c'est l'épopée du papier sous toutes ses formes, comme matière et comme support de la pensée. Épopée moderne par excellence, puisque le développement de la société bourgeoise, la poussée démocratique issue de la Révolution, les progrès de l'instruction qui en résultent, Balzac l'a bien vu, destinaient le XIXe siècle à devenir le siècle de la presse et de la librairie. En ce sens, David et Lucien sont parfaitement complémentaires. Le premier s'occupe des « conséquences matérielles » de cette évolution, tandis que le second participe, même imparfaitement, à la production des biens immatériels de la pensée et de la littérature qui sont les premiers moteurs du progrès.*

En faisant de Lucien un type socio-historique fréquent dans le roman du XIXe siècle, celui du provincial attiré à Paris par un rêve de gloire poétique, en le redoublant encore dans les personnages de d'Arthez et de Lousteau, Balzac se donnait la possibilité d'évoquer la vie littéraire en France au début de la Restauration, c'est-à-dire à l'époque où lui-même est entré en littérature. Mais le romancier ne s'est pas restreint aux années 1821-1822. Son regard enveloppe plus largement toute la période suivante. Bien des œuvres qu'il cite ne sont parues qu'en 1823, 1824 ou même après. La « bataille acharnée » entre les classiques et les romantiques dont parle Lousteau n'a commencé véritablement que plus tard. Balzac, d'ailleurs, montre que vers 1820 les oppositions ne sont pas tranchées, et qu'il existe entre les deux camps de nombreux points de contact, surtout dans la presse. Lucien, lui, n'appartient à aucun parti. S'il se déclare romantique, sur les conseils de Lousteau, c'est par opportunisme et non par conviction littéraire. Ses *Marguerites* ne relèvent pas de l'esthétique romantique. La forme du sonnet qu'il a choisie pour son recueil est vers 1820 tout à fait inusitée. Elle n'est pratiquée ni par Hugo, ni par Lamartine, ni par Béranger, ni par Casimir Delavigne qui composent, selon Dauriat, le quatuor de tête des poètes de l'époque. Chénier, premier modèle de Lucien, ne l'a jamais utilisée. Il faudra attendre 1828, avec la publication par Sainte-Beuve d'un volume d'*Œuvres choisies* de Ronsard, pour que cette forme oubliée revienne à la mode. C'est pourquoi les exemples de sonnets donnés dans le roman, écrits par Gautier, Charles Lassailly ou Delphine de Girardin, correspondent plutôt à un état de la poésie française postérieur à 1830. Quant au roman de Lucien, *L'Archer de Charles IX*, Balzac s'est évidemment inspiré pour le concevoir des nombreuses imitations de Walter Scott qui se sont répandues en France à la suite des premières traductions de l'auteur écossais, en 1820. Lui-même avait entrepris cette année-là un récit médiéval à la mode de Walter Scott, Falthurne, et les romans historiques, ébauchés ou achevés, ne manquent pas dans son œuvre jusqu'en 1829[1]. Cependant, ici aussi, Balzac anticipe quelque peu. La vogue du roman historique ne s'est vraiment développée qu'à partir de 1825, et c'est dans les années trente qu'elle bat son plein. En 1821, c'est encore le roman noir à la manière anglaise qui domine. Doguereau, d'ailleurs, déclare à Lucien qui lui apporte L'Archer qu'il aurait « mieux aimé un roman dans le genre de Mme Radcliffe » (p. 288). En fait, l'état de la littérature que nous présente Balzac se rapporte tout autant aux années où il écrit Illusions perdues qu'à la période où est censée se dérouler l'action. Ce qu'il a voulu, c'est évoquer une situation générale, exacte dans ses grandes lignes et suffisante pour servir de cadre, plutôt que de fournir un document historique qui serait resté sans grand intérêt pour son roman et pour ses lecteurs.

Le romancier est plus précis lorsqu'il décrit l'état de la librairie vers 1820. Sur ce sujet, Illusions perdues reste un témoignage historique capital. Il est vrai que l'expérience de Balzac en ce domaine, comme éditeur et comme auteur, était suffisamment riche et parfois douloureuse pour garantir l'exactitude de son tableau. Dès 1822, il a commencé à publier ses œuvres sous plusieurs pseudonymes, sans beaucoup de succès. En 1825, il s'est associé avec Urbain Canel pour éditer des Œuvres complètes de Molière et de La Fontaine. C'est un échec. Redevenu écrivain, il a entretenu après 1830 avec ses éditeurs successifs (Canel, Gosselin, Werdet, Mme Béchet,

1. *L'Héritière de Birague* et *Clotilde de Lusignan* en 1822, *L'Excommunié* en 1824-1825, le projet d'une série de romans, l'*Histoire de France pittoresque*, dont *Le Dernier Chouan*, en 1829, sera le seul à être achevé.

Souverain, Charpentier, bien d'autres) des rapports difficiles, ponctués de procès, de ruptures, de sommations de part et d'autre. Dans Illusions perdues, *il nous présente les trois principales espèces de libraires de l'époque : le libraire-fabricant (ou libraire-éditeur) qui édite les livres, le libraire-commissionnaire qui les distribue, le libraire-détaillant qui les revend (et qui seul correspond à ce qu'on appellerait libraire aujourd'hui). Lucien, qui s'adresse d'abord par erreur pour placer ses œuvres à des libraires-commissionnaires (Vidal et Porchon), rencontre ensuite un libraire-éditeur « de la vieille école » (Doguereau), un libraire-éditeur et détaillant moderne et « fashionable » (Dauriat), enfin deux libraires-éditeurs « demi-fripons » (Fendant et Cavalier), qui se maintiennent quelque temps à coups d'opérations douteuses avant de déposer leur bilan, comme l'ont fait tant de leurs semblables à l'époque. Il faut ajouter à ces trois catégories une variété moins connue, le libraire-escompteur, « marchand de ferraille littéraire », trafiquant de livres et d'effets de commerce (Barbet, Chaboisseau), moitié bouquiniste, moitié usurier, qui accepte les billets souscrits à six, neuf ou douze mois par les libraires-éditeurs ou commissionnaires, moyennant un escompte considérable. Dans tous les cas, qu'il soit brillant comme Dauriat ou sordide comme Barbet, le libraire ne voit dans un livre que des capitaux à risquer, et l'argent est ici comme partout « le mot de toute énigme[1] » (p. 361). Balzac nous dresse donc un tableau très complet des pratiques de l'édition sous la Restauration, qui montre que les mœurs commerciales de la librairie l'intéressent peut-être plus que l'histoire de la littérature elle-même. Il cherche là en effet, non des données techniques qui res-*

1. Sur le thème de la « capitalisation de l'esprit » dans *Illusions perdues*, les pages écrites par Georg Lukacs dans *Balzac et le réalisme français* demeurent essentielles.

teraient arides pour le lecteur, mais des sujets curieux et des éléments de dramatisation modernes. La présentation des pratiques peu connues de la librairie, tout comme celle des mécanismes du compte de retour dont sera victime David, sont pour le romancier des nouveautés «piquantes», offrant «l'intérêt d'un chapitre de voyage dans un pays étranger» (p. 638). Balzac nous conte ici les aventures de Lucien au pays des libraires, puis au pays des journalistes, et plus tard celles de David au pays des banquiers, comme s'il s'agissait de peuplades aux mœurs inconnues et captivantes.

*Le romancier ne se désintéresse pas pour autant des questions de littérature pure. Les conversations de Lucien avec d'Arthez, Lousteau ou Blondet donnent à Balzac l'occasion de revenir sur plusieurs idées qui lui tiennent à cœur. Auprès de d'Arthez, Lucien reçoit des leçons pratiques de composition romanesque. Comment choisir un sujet? En allant chercher dans les sociétés du passé la matière d'une «histoire de France pittoresque» (p. 299) (ce fut le grand projet de l'écrivain de 1824 à 1829). Comment le traiter? En peignant les «accidents infinis» de la passion (p. 298) (ce sera encore, en 1842, l'idée-force de l'*Avant-propos *de* La Comédie humaine*). Comment bâtir un drame? En entrant «tout d'abord dans l'action», en prenant le sujet «tantôt en travers, tantôt par la queue» (p. 298). Comment le faire vivre? Non par des dialogues trop diffus, mais par des descriptions «auxquelles se prête si bien notre langue» (p. 298), qui donneront au récit la couleur nécessaire. Il faudra tout peindre: «les costumes, les meubles, les maisons, les intérieurs, la vie privée, tout en donnant l'esprit du temps» (p. 299). Le roman moderne devient ainsi une sorte de panorama pittoresque d'une société, un projet anthropologique général, nécessitant une documentation complète, historique, politique, philosophique, scientifique. Il devra être à la fois l'histoire des mœurs, le drame des* *passions, l'encyclopédie de tous les savoirs. La conversation avec d'Arthez, qui exprime le point de vue de Balzac lui-même, doit être ainsi reliée à d'autres grands textes critiques où celui-ci reprend les mêmes idées, comme la préface d'*Une fille d'Ève, *contemporaine d'*Un grand homme de province, *ou l'*Avant-propos *de* La Comédie humaine, *écrit entre la deuxième et la troisième partie d'*Illusions perdues.

Les deux articles de critique littéraire que Lousteau et Blondet inspirent à Lucien s'élèvent à des considérations théoriques plus abstraites. En deux improvisations brillantes, contradictoires en apparence mais complémentaires dans le fond, Balzac expose sous une forme ironique des idées sérieuses auxquelles il tient et qu'il a aussi développées ailleurs, notamment dans son étude fameuse sur La Chartreuse de Parme[1]. *Le fait qu'il les prête à deux journalistes sans scrupules n'enlève rien à leur importance. À propos du dernier livre de Nathan, Lousteau défend la conception d'une littérature d'analyse héritée du* XVIIIe *siècle français, qu'il nomme* littérature idéée, *en l'opposant au roman romantique imité de Walter Scott, qu'il nomme* littérature imagée. *Inversement, Blondet défend la littérature imagée, ou plutôt il prône une sorte d'esthétique mixte, affirmant que « le dernier degré de l'art littéraire est d'empreindre l'idée dans l'image » (p. 475). Blondet représente ici exactement le point de vue de Balzac. Pour celui-ci, le roman moderne doit unir l'esprit d'analyse et l'imagination, il doit procéder par « tableaux » où « se concentrent tous les genres, la comédie et le drame, les descriptions, les caractères, le dialogue sertis par les nœuds brillants d'une intrigue intéressante » (p. 476). Il peindra « des*

1. Voir à ce sujet l'article de Patrick Berthier, « La critique littéraire dans *Illusions perdues* », *L'Année balzacienne*, 2008.

*réalités qui vivent et qui marchent », il mettra en jeu la passion, il deviendra « une épopée amusante » (p. 476). Cet éloge du roman, considéré comme « la création moderne la plus immense » (p. 476), aurait été en 1821 peu vraisemblable, à une époque où celui-ci était encore jugé comme un genre mineur réservé au public féminin. Même en 1839, il demeure inhabituel et montre l'optimisme du romancier, et sa confiance en un genre qui n'était pas encore considéré comme l'égal du théâtre, ni de la grande poésie épique ou lyrique. Ainsi l'originalité de Balzac est de faire d'*Illusions perdues *une sorte de texte double, à la fois roman et métaroman, dans lequel, en même temps qu'il peint la société et développe son drame, il présente aussi les principes et les mécanismes de sa création.*

L'enfer du petit journal

En même temps que Balzac traite des questions de littérature pure qui ont attiré Lucien à Paris, il nous montre l'envers du décor. Après le théâtre et la librairie, le petit journal : c'est toujours la même « cuisine », les mêmes collusions, les mêmes complicités. Après la littérature glorieuse et souffrante incarnée par d'Arthez, la littérature prostituée qui dévoile pour le trop faible Lucien tous les charmes que lui a fait miroiter Lousteau, en ayant l'air de les déprécier. Balzac nous parle ici encore d'un monde qu'il connaît bien. En 1824, il a collaboré à un petit journal libéral, Le Feuilleton littéraire. *Plus tard, en 1830 et 1831, il a écrit dans de nombreux journaux de tendances souvent opposées,* La Mode *(aristocratique),* La Silhouette *puis* La Caricature *(républicains),* Le Voleur *(libéral),* Le Feuilleton des journaux politiques *(saint-simonien),* Le Temps *(orléaniste*[1]*), avant de se tourner, comme Lucien, vers la presse légitimiste (*Le Rénovateur, La Quotidienne*). Il s'est lié avec des journalistes et des bohèmes littéraires, Girardin, Lautour-Mézeray, il a fréquenté des critiques, Gustave Planche qui inspire le personnage de Claude Vignon, Janin qui prête certains de ses traits à Lousteau et à Lucien lui-même, et avec qui il se brouillera*[2]*. Quand il projette de consacrer un roman au monde agité et dangereux de la presse, Balzac sait donc bien dans quel guêpier il pose le pied, et quels risques il va courir. Il l'écrit à Mme Hanska le 4 juin 1839 : « Ce qui recommandera cette œuvre à l'attention des étrangers, c'est l'audacieuse peinture des mœurs intérieures du journalisme parisien et qui est d'une effrayante exactitude. Moi seul étais en position de dire la vérité à nos journalistes et de leur faire la guerre à outrance. On ne défendra pas ce livre-là chez nous. » C'était peu dire : la réception d'*Un grand homme de province *dans la presse parisienne fut, comme on pouvait s'y attendre, désastreuse.*

*Il faut noter que Balzac ne s'attaque qu'à un type particulier de journal : ce qu'on a appelé, pendant tout le XIX*e *siècle, le « petit journal ». On ne trouve cités, dans* Illusions perdues, *ni « grands journaux », ni « grands journalistes », à part Blondet qui écrit dans le* Journal des Débats. *On appelait alors « petits journaux » des feuilles souvent éphémères, paraissant irrégulièrement, disparaissant et renaissant sous d'autres titres, qui donnaient le programme des théâtres, publiaient anonymement des feuilletons dramatiques et des comptes rendus littéraires, des chroniques, des croquis de mœurs pari-*

1. Voir sur ce point l'étude de Roland Chollet, *Balzac journaliste, le tournant de 1830*, Klincksieck, 1983.

2. Jules Janin a publié dans la *Revue de Paris* en juillet 1839 un compte rendu très critique d'*Un grand homme de province à Paris* (voir la Notice sur la genèse et la réception, p. 856-859).

siennes. Ils cultivaient, souvent avec brio, l'esprit « parisien », pratiquant la polémique, l'attaque *ad hominem* (ce qu'on appelait la « personnalité »), ne reculant pas, parfois, devant le chantage. Ne pouvant parler de politique, les petits journaux, en grande majorité libéraux, contournaient l'interdiction par la plaisanterie, l'allusion, le sous-entendu. Sous la Restauration et la Monarchie de Juillet, ils étaient redoutés du pouvoir qui cherchait à les museler ou à les acheter. On sait par le manuscrit d'*Un grand homme de province* que Balzac, pour imaginer le petit journal de Finot, avait pensé au réel *Courrier des théâtres*, feuille de mauvaise réputation dans laquelle Jules Janin avait débuté. Il a renoncé dans le roman définitif à le nommer, un peu par prudence sans doute, mais aussi parce que ce journal prend ainsi une valeur typique et résume, à lui seul, toute une catégorie.

Le jugement que Balzac porte sur la petite presse est double : à la fois intellectuel et moral. Ce que le romancier lui reproche d'abord, c'est son pouvoir de manipulation des esprits. À force de tours bons ou mauvais, de plaisanteries, de trucages (« un journaliste est un acrobate », explique Lousteau, p. 455), le journal parvient à « faire croire ce qu'il veut à des gens qui le lisent tous les jours » (p. 410). La vérité, qui devrait être le but sacré de tout journaliste, est ignorée ou méprisée : « le journal tient pour vrai ce qui est probable » (p. 449). Ce qui compte, c'est d'amuser, d'émouvoir le public, de flatter ses passions les plus basses, de lui procurer chaque jour sa ration de « trois-six cérébral » (p. 411). Pour Balzac, le petit journal c'est « le peuple in-folio » (p. 410), l'expression de la société démocratique moderne. C'est l'abaissement général des esprits, le « lupanar de la pensée » (p. 317), la prostitution des idées (comme le théâtre est celle des corps). Cette condamnation intellectuelle s'accompagne donc nécessairement d'une réprobation morale : « Qui peut tout dire, arrive à tout faire ! » (p. 315). Dans *ce milieu corrupteur, pas de principes, pas de fidélité, pas d'amitiés. Seuls règnent l'envie, l'ambition sans scrupules, l'opportunisme. Une seule règle: «Si vous êtes bon, faites-vous méchant» (p. 424). C'est la damnation, c'est l'enfer. C'est pourquoi, comme le dit Blondet, «si la Presse n'existait point, il faudrait ne pas l'inventer[1]» (p. 408). La violence de cette condamnation a tout de même de quoi surprendre. Quand Balzac, vers 1830, écrivait dans les petits journaux (d'une espèce plus honorable, il est vrai), il ne semblait pas éprouver une telle répulsion. En 1836, il a changé d'avis: le 1er décembre, écrivant à Mme Hanska, il qualifie les journalistes en France d'«hommes les plus infâmes que je sache». C'est que, cette année-là, ses rapports avec la presse se sont envenimés. Des critiques fielleuses ont accompagné la publication de* La Vieille Fille. *L'entreprise de la* Chronique de Paris, *journal dont il était propriétaire, s'est soldée pour lui par une lourde perte financière. Un long procès l'a opposé à Buloz, directeur de la* Revue de Paris *où paraissait* Le Lys dans la vallée. *Ces mésaventures accumulées ont sans doute contribué à modifier son point de vue, et l'ont poussé à ce règlement de comptes.*

On aura compris que pour Balzac le journalisme est l'envers même de la littérature. L'entrée dans le journal marque pour Lucien la fin de sa carrière littéraire. Il n'écrira jamais plus, ni poésie, ni roman. Le passage du Cénacle à la presse est pour lui à la fois une chute et une stérilisation. Entre d'Arthez et Lousteau, entre ce que Lucien aurait dû être et ce qu'il va devenir, Balzac établit une série d'oppositions radicales: sainteté et corruption, chasteté et dépense érotique, travail et paresse,

1. Cette formule, qui plaît au romancier, se retrouvera dans un texte de Balzac paru au début de 1843, *Monographie de la presse parisienne*.

misère (noble) et luxe (faux), patience et désir de jouissance immédiate, amitié vraie et jalousie, vérité et mensonge. La faiblesse, la « funeste mobilité de caractère », qui sont les traits dominants de Lucien, le prédisposaient à cette dégradation. C'était fatal : Lucien était « né journaliste » (p. 460). Lousteau le lui affirme, Dauriat le lui répète. Mais cette prédestination n'est pas pour Balzac totalement négative. Il y a dans le talent de Lucien quelque chose de neuf et d'original qui le justifie, au moins en partie. Son premier article, le compte rendu de L'Alcade dans l'embarras, *provoque une véritable « révolution ». Ses études de critique littéraire s'élèvent « à une hauteur surprenante ». Et surtout, Lucien porte à sa perfection un genre nouveau que Balzac ne nomme pas, mais qui fleurira pendant tout le* XIX*e siècle : la chronique. Sa sensibilité de poète le rend particulièrement apte à saisir les « menus détails de la vie parisienne, une figure, un type, un événement normal, ou quelques singularités », qu'il sait exprimer dans un style brillant, par « le choc des mots », « le cliquetis des adverbes et des adjectifs » (p. 460). Dans « ces petits charmants articles », véritables « diamants littéraires » (p. 580), Lucien donne ce qu'il a de meilleur. Des détails sans doute, mais non sans importance. Car ce sont ces détails-là qui fondent la littérature réaliste. Ce sont eux qui, aux dires du romancier lui-même, constituent « le mérite des ouvrages improprement appelés* Romans[1] ». *Lucien apparaît donc pour Balzac comme le meilleur journaliste possible, parce qu'il reste en lui, dispersé, avorté, quelque chose de l'écrivain qu'il n'a pas pu être. Il lui a manqué la solidité, la constance, la patience qui font les œuvres éternelles. La forme même de son génie le condamne à se débattre dans l'éphémère.*

1. Note de la première édition des *Scènes de la vie privée* (1830).

Roman du mal, roman du désir

Le « sourire des anges tristes » (p. 92) qui erre sur les lèvres de Lucien lorsqu'il apparaît aux lecteurs pour la première fois indique d'emblée la tonalité générale du roman. Récit de la déchéance et de la perte, auxquelles pas un personnage n'échappe. Les membres du Cénacle eux-mêmes ont leur malheur, c'est la mort annoncée de celui qui fut leur « lumière », Louis Lambert, plongé « dans un état de catalepsie qui ne laisse aucun espoir ». Ce qui définit le mieux Illusions perdues, *c'est la parabole de l'« enfant perdu » qui traverse toute l'œuvre. On sait qu'un enfant perdu est un soldat sacrifié qu'on envoie en avant de ses lignes pour une mission dangereuse. Mais c'est aussi, symboliquement, le sort réservé à Lucien, à Lousteau son modèle, à David même, à tous ceux qui eurent vingt ans au début de la Restauration. Ce sont des « enfants » que la vie a perdus, soit parce qu'elle les a corrompus, soit parce qu'elle a ruiné leurs espérances. Lucien est évidemment le plus durement frappé. C'est en lui que la corruption travaille le plus efficacement. Le soir même de sa rencontre avec Coralie, après l'orgie qui termine le souper de journalistes et d'artistes auquel il assiste pour la première fois, Lucien est saisi d'une ivresse « hideuse ». Il est « ignoblement malade » (p. 414). Son baptême d'entrée dans ce monde de souillure et d'impureté, ce sont ses vomissements. Comble de scandale : c'est de sa robe « abominablement tachée » par les vomissures de son amant que Coralie va faire une « relique ». Cette sanctification par le bas indique le renversement des valeurs, l'inversion satanique du monde dans lequel Lucien vient de pénétrer. La rencontre de Coralie, pourtant si belle et si humble dans son amour vrai, prépare celle de Carlos à la fin. Déjà, le mal est à l'œuvre dans l'histoire.*

*Le destin de l'enfant naïf d'Angoulême, ce sera donc d'apercevoir peu à peu, dans l'enfer parisien, « les choses comme elles sont » (p. 413). La connaissance de la vérité du monde est, à première vue, la leçon qu'il pourra tirer de son expérience, et c'est bien ce que le titre du roman paraît signifier. Pourtant, les choses ne sont pas si simples. Dans l'univers baroque d'*Illusions perdues*, la vérité n'est pas le contraire de l'illusion, elle se cache dans l'illusion même. C'est au théâtre, ce lieu de tous les mirages, que Lucien entrevoit pour la première fois la réalité : « À la féerie de la scène, au spectacle des loges pleines de jolies femmes, aux étourdissantes lumières, à la splendide magie des décorations et des costumes neufs succédaient le froid, l'horreur, l'obscurité, le vide. Ce fut hideux » (p. 393). Au journal, il poursuivra son initiation, en découvrant « l'envers des consciences, le jeu des rouages de la vie parisienne, le mécanisme de toute chose » (p. 386) derrière les apparences brillantes de la blague et du faux luxe intellectuel. La presse, cette fabrique d'illusion, est pour lui, par cela même, une école de vérité. Mais à travers ce paradoxe, Balzac nous suggère encore autre chose. Ici aussi, le journal doit nous apparaître comme le double inversé de la littérature. Car s'il confond le vrai avec le vraisemblable, ne pourrait-on pas en dire autant du roman, et particulièrement du roman réaliste, le plus « illusionniste » de tous les genres ? Comment distinguer alors deux types de fiction et d'écriture reposant sur des principes semblables ? La différence tiendrait-elle dans la qualité du mensonge romanesque, plus « noble », plus « vrai » peut-être que le mensonge du journaliste ? Mais comment reconnaître cette vérité supérieure dont pourrait se prévaloir l'écrivain ? La littérature ne tire-t-elle pas sa richesse de son ambiguïté, c'est-à-dire de son refus de conclure et de se réduire à un seul aspect des choses ? C'est Blondet, le plus sympathique et le plus respectable* *de tous les journalistes que fréquente Lucien, qui lui enseigne cette évidence: «en littérature, chaque idée a son envers et son endroit» (p. 473). Il faut donc «considérer toute chose dans sa double forme», parce que «tout est bilatéral dans le domaine de la pensée» (p. 473). Balzac n'est sans doute pas loin de partager cet avis. Toute pensée est par essence dialectique. Elle ne se construit que sur des contraires. Dans le* oui *se cache un* non, *mais le* non *appelle aussi le* oui, *et la vérité est peut-être au bout. Mais peut-être seulement. On le voit bien dans les trois articles que Lucien écrit sur le livre de Nathan. Les deux premiers semblent opposés. L'un dit le contre, l'autre le pour. Où est le faux, où est le vrai? Le troisième est une synthèse. Est-il plus véridique? La vérité se cache sans doute «quelque part», comme le dit Blondet, mais bien fin celui qui pourrait dire où elle se trouve.*

*Telle est donc la double et désespérante conclusion à laquelle sont amenés les personnages et les lecteurs d'*Illusions perdues. *Ou bien il n'y a pas de vérité absolue, et tout semble alors permis: c'est la leçon démoralisante que Lucien retire de son expérience parisienne. Ou bien la vérité, c'est le mal: c'est l'opinion à laquelle Ève et David sont peu à peu conduits vis-à-vis de Lucien ou des Cointet, c'est aussi celle de Carlos sur les hommes et sur le monde. Dans les deux cas, l'issue est la même: ce ne peut être que le désespoir. Il resterait bien la révolte, cette énergie satanique, mais celle-ci est réservée à Carlos, et cet astre sombre ne se lève qu'*in extremis *à l'horizon du roman. C'est donc le désespoir, ce double négatif de la révolte, qui, sous deux formes différentes, vient sceller la destinée des deux personnages principaux. Pour Lucien, le mal vient de loin. La tentation du suicide apparaît chez lui dès le début, elle revient régulièrement dans* Illusions perdues, *et l'on sait quel sera, dans le roman suivant, l'aboutissement de la carrière* *désastreuse du personnage. Lucien est un être* pour le suicide, *marqué jusque dans sa mort du signe irrémédiable de l'échec. Sa fin, dans* Splendeurs et misères des courtisanes, *sera sans doute son seul acte de volonté, en même temps qu'un retour à soi-même, une adhésion suprême à la vérité de son caractère. C'est pourquoi sa destinée est si souvent comparée à celle de Rousseau, dont on pensait encore communément, à l'époque de Balzac, qu'il s'était donné la mort. Pour David, la défaite semble plus douce. Dépouillé de son invention par l'avidité et la méchanceté coalisées des Cointet, de Petit-Claud et de Cérizet, il retrouvera, sous les ombrages de la Verberie, la tranquillité à laquelle il aspire, et l'aisance que lui procure finalement l'héritage du vieux Séchard. Mais son sort, si l'on y prend garde, n'est pas moins douloureux que celui de son ami. Balzac le souligne lui-même, dans la préface de la troisième partie du roman : « Il y a dans David Séchard une mélancolie profonde que l'auteur a négligé de faire sortir. [...] Les gens intelligents achèveront cette figure dans leur pensée » (p. 830). Cette mélancolie, c'est celle du renoncement. Sous les apparences calmes et pures de la vie de province se cachent peut-être des souffrances pires que celles de Lucien. « La résignation, mon ange, est un suicide quotidien », écrivait celui-ci à sa sœur dans sa dernière lettre (p. 756). David, martyr ignoré d'une tragédie minuscule, connaîtra cette forme de supplice. La disparition finale du personnage dans les limbes de la quiétude provinciale n'est pas, comme on l'a dit quelquefois, une faiblesse de la part du romancier. C'est de cette ellipse, riche en potentialités imaginaires, que la figure de David, plus modeste que celle de Lucien, tire à la fin du roman sa plus grande profondeur.*

Fadeur du bien, saveur du mal. Les êtres angéliques, censés représenter dans le roman l'exemple de la vertu, disparaissent tour à tour, sans que le lecteur les regrette vraiment. Du Cénacle, à la fin, il n'est plus question. D'Arthez, après sa dernière lettre sur Lucien, insupportable de bonne conscience et de supériorité satisfaite, retourne au silence. Ève, épouse admirable, finira ses jours dans sa «charmante propriété, la plus jolie de Marsac», au milieu de son «joli mobilier» qui paraît «encore plus joli à la campagne» (p. 807). Cette réduction au joli, *trop insistante pour ne pas être ironique (Balzac évoque encore un peu plus loin la «jolie petite propriété» de la Verberie), marque la distance que le romancier prend avec un personnage dont il a épuisé l'intérêt. À l'inverse, les êtres sataniques ont une autre carrure. Les figures des petits journalistes, plus fermement accusées que celles des membres du Cénacle, prennent un relief plus puissant. Lousteau, riche d'ambiguïtés, reste jusqu'à la fin, malgré ses trahisons, égales d'ailleurs à celles de Lucien, un fraternel compagnon de misère. Quant à Carlos, il suffit qu'il apparaisse, au détour de la grande route, pour que le roman se charge d'un poids nouveau de mystère et d'angoisse. Balzac le savait bien, avant Baudelaire: le mal est la substance même de l'œuvre d'art. Satan est le meilleur des romanciers. Le prix d'*Illusions perdues, *sa richesse inépuisable, tiennent à cette fascination.*

Pourtant, si le personnage de Lucien nous retient encore, si nous acceptons sa faiblesse, si nous pardonnons à ses vices et à ses crimes, si malgré tout il nous séduit, comme il séduira Carlos aussi, ce n'est pas seulement parce qu'il est celui dont «on peut tout attendre», celui qui est tenté, celui qui succombe, celui que le mal attire. C'est surtout parce que nous reconnaissons en lui, venue du fond même de l'humanité, une force inconnue. Une force primordiale, ambiguë, capable du meilleur comme du pire. Cette force, c'est celle du désir. Du désir nu, sans plan, sans programme, sans projet, sans volonté, sans objet peut-être. Lucien est le désir pur.

Il n'est même que cela. Du désir, il tient sa beauté, sa fraîcheur, sa séduction, sa jeunesse éternelle, son innocence quand même. *Et c'est pourquoi, malgré ses trahisons, malgré sa corruption, nous l'aimons, comme nous aimons Manon ou des Grieux. Nous le garderons dans notre mémoire, tel qu'il nous est apparu au commencement : le rêveur, le poète, l'ange mélancolique,* l'enfant qui aimait les fraises.

JACQUES NOIRAY

Note sur l'édition

Comme la plupart des éditeurs modernes, nous suivons le texte de la dernière version d'*Illusions perdues,* dite « Furne corrigé », revue par Balzac sur son exemplaire personnel. La ponctuation et l'orthographe ont été modernisées. Les trois préfaces, supprimées dans l'édition Furne de *La Comédie humaine,* ont été rétablies. Le découpage des trois parties est celui de l'édition Furne, qui ne correspond pas exactement à celui des éditions séparées. Les différences ont été chaque fois signalées en note. L'édition Furne a fait aussi disparaître la division en chapitres, que Balzac n'a pas souhaité rétablir sur son exemplaire personnel. Pour que le lecteur puisse s'en faire une idée, nous donnons p. 862-865 la liste de ces chapitres avec leurs titres, souvent savoureux.

ILLUSIONS PERDUES

À MONSIEUR VICTOR HUGO[1]

Vous qui, par le privilège des Raphaël et des Pitt[2], étiez déjà grand poète à l'âge où les hommes sont encore si petits, vous avez, comme Chateaubriand, comme tous les vrais talents, lutté contre les envieux embusqués derrière les colonnes, ou tapis dans les souterrains du Journal. Aussi désiré-je que votre nom victorieux aide à la victoire de cette œuvre que je vous dédie, et qui, selon certaines personnes, serait un acte de courage autant qu'une histoire pleine de vérité. Les journalistes n'eussent-ils donc pas appartenu, comme les marquis, les financiers, les médecins et les procureurs, à Molière et à son Théâtre ? Pourquoi donc La Comédie humaine, *qui* castigat ridendo mores, *excepterait-elle une puissance, quand la Presse parisienne n'en excepte aucune ?*

Je suis heureux, monsieur, de pouvoir me dire ainsi

Votre sincère admirateur et ami,

DE BALZAC.

Première partie

LES DEUX POÈTES

À l'époque où commence cette histoire, la presse de Stanhope et les rouleaux à distribuer l'encre ne fonctionnaient pas encore dans les petites imprimeries de province[1]. Malgré la spécialité qui la met en rapport avec la typographie parisienne[2], Angoulême se servait toujours des presses en bois, auxquelles la langue est redevable du mot faire gémir la presse, maintenant sans application. L'imprimerie arriérée y employait encore les balles en cuir frottées d'encre, avec lesquelles l'un des pressiers tamponnait les caractères. Le plateau mobile où se place la *forme* pleine de lettres sur laquelle s'applique la feuille de papier était encore en pierre et justifiait son nom de *marbre*. Les dévorantes presses mécaniques[3] ont aujourd'hui si bien fait oublier ce mécanisme, auquel nous devons, malgré ses imperfections, les beaux livres des Elzévir, des Plantin, des Alde et des Didot[4], qu'il est nécessaire de mentionner les vieux outils auxquels Jérôme-Nicolas Séchard portait une superstitieuse affection ; car ils jouent leur rôle dans cette grande petite histoire.

Ce Séchard était un ancien compagnon pressier, que dans leur argot typographique les ouvriers chargés d'assembler les lettres appellent un Ours. Le mouvement de va-et-vient, qui ressemble assez à celui d'un ours en cage, par lequel les pressiers se portent de l'encrier à la presse et de la presse à l'encrier, leur a sans doute valu ce sobriquet. En revanche, les Ours ont nommé les compositeurs des Singes, à cause du continuel exercice que font ces messieurs pour attraper les lettres dans les cent cinquante-deux petites cases où elles sont contenues. À la désastreuse époque de 1793, Séchard, âgé d'environ cinquante ans, se trouva marié. Son âge et son mariage le firent échapper à la grande réquisition qui emmena presque tous les ouvriers aux armées. Le vieux pressier resta seul dans l'imprimerie dont le maître, autrement dit le Naïf, venait de mourir en laissant une veuve sans enfant. L'établissement parut menacé d'une destruction immédiate : l'Ours solitaire était incapable de se transformer en Singe ; car, en sa qualité d'imprimeur, il ne sut jamais ni lire ni écrire[1]. Sans avoir égard à ses incapacités, un représentant du peuple, pressé de répandre les beaux décrets de la Convention, investit le pressier du brevet de maître imprimeur, et mit sa typographie en réquisition. Après avoir accepté ce périlleux brevet, le citoyen Séchard indemnisa la veuve de son maître en lui apportant les économies de sa femme, avec lesquelles il paya le matériel de l'imprimerie à moitié de la valeur. Ce n'était rien. Il fallait imprimer sans faute ni retard les décrets républicains. En cette conjoncture difficile, Jérôme-Nicolas Séchard eut le bonheur de rencontrer un noble Marseillais qui ne voulait ni émigrer pour ne pas perdre ses terres, ni se montrer pour ne pas perdre sa tête, et qui ne pouvait trouver de pain que par un travail quelconque. M. le comte de Maucombe endossa donc l'humble veste d'un prote[2] de province : il composa, lut et corrigea lui-même les décrets qui portaient la peine de mort contre les citoyens qui cachaient des nobles ; l'Ours devenu Naïf les tira, les fit afficher ; et tous deux ils restèrent sains et saufs. En 1795, le grain de la Terreur étant passé,

Nicolas Séchard fut obligé de chercher un autre maître Jacques qui pût être compositeur, correcteur et prote. Un abbé, depuis évêque sous la Restauration et qui refusait alors de prêter le serment, remplaça le comte de Maucombe jusqu'au jour où le Premier Consul rétablit la religion catholique. Le comte et l'évêque se rencontrèrent plus tard sur le même banc de la Chambre des pairs. Si en 1802 Jérôme-Nicolas Séchard ne savait pas mieux lire et écrire qu'en 1793, il s'était ménagé d'assez belles *étoffes*[1] pour pouvoir payer un prote. Le compagnon si insoucieux de son avenir était devenu très redoutable à ses Singes et à ses Ours. L'avarice commence où la pauvreté cesse. Le jour où l'imprimeur entrevit la possibilité de se faire une fortune, l'intérêt développa chez lui une intelligence matérielle de son état, mais avide, soupçonneuse et pénétrante. Sa pratique narguait la théorie. Il avait fini par toiser d'un coup d'œil le prix d'une page et d'une feuille selon chaque espèce de caractère. Il prouvait à ses ignares chalands que les grosses lettres coûtaient plus cher à remuer que les fines ; s'agissait-il des petites, il disait qu'elles étaient plus difficiles à manier. La *composition* étant la partie typographique à laquelle il ne comprenait rien, il avait si peur de se tromper qu'il ne faisait jamais que des marchés léonins. Si ses compositeurs travaillaient à l'heure, son œil ne les quittait jamais. S'il savait un fabricant dans la gêne, il achetait ses papiers à vil prix et les emmagasinait. Aussi dès ce temps possédait-il déjà la maison où l'imprimerie était logée depuis un temps immémorial. Il eut toute espèce de bonheur : il devint veuf et n'eut qu'un fils ; il le mit au lycée de la ville, moins pour lui donner de l'éducation que pour se préparer un successeur ; il le traitait sévèrement afin de prolonger la durée de son pouvoir paternel ; aussi, les jours de congé, le faisait-il travailler à la casse[2] en lui disant d'apprendre à gagner sa vie pour pouvoir un jour récompenser son pauvre père, qui se saignait pour l'élever. Au départ de l'abbé, Séchard choisit pour prote celui de ses quatre compositeurs que le futur évêque lui signala comme ayant autant de probité que d'intelligence. Par ainsi, le bonhomme fut en mesure d'atteindre le moment où son fils pourrait diriger l'établissement, qui s'agrandirait alors sous des mains jeunes et habiles. David Séchard fit au lycée d'Angoulême les plus brillantes études. Quoiqu'un Ours, parvenu sans connaissances ni éducation, méprisât considérablement la science, le père Séchard envoya son fils à Paris pour y étudier la haute typographie ; mais il lui fit une si violente recommandation d'amasser une bonne somme dans un pays qu'il appelait le paradis des ouvriers, en lui disant de ne pas compter sur la bourse paternelle, qu'il voyait sans doute un moyen d'arriver à ses fins dans ce séjour *au pays de Sapience*. Tout en apprenant son métier, David acheva son éducation à Paris. Le prote des Didot devint un savant. Vers la fin de l'année 1819, David Séchard quitta Paris sans y avoir coûté un rouge liard à son père, qui le rappelait pour mettre entre ses mains le timon des affaires. L'imprimerie de Nicolas Séchard possédait alors le seul journal d'annonces judiciaires qui existât dans le département, la pratique de la préfecture et celle de l'évêché, trois clientèles qui devaient procurer une grande fortune à un jeune homme actif.

Précisément à cette époque, les frères Cointet, fabricants de papiers, achetèrent le second brevet d'imprimeur à la résidence d'Angoulême, que jusqu'alors le vieux Séchard avait su réduire à la plus complète inaction, à la faveur des crises militaires qui, sous l'Empire, comprimèrent tout mouvement industriel ; par cette raison, il n'en avait point fait l'acquisition, et sa parcimonie fut une cause de ruine pour la vieille imprimerie. En apprenant cette nouvelle, le vieux Séchard pensa joyeusement que la lutte qui s'établirait entre son établissement et les Cointet serait soutenue par son fils, et non par lui. « J'y aurais succombé, se dit-il ; mais un jeune homme élevé chez MM. Didot s'en tirera. » Le septuagénaire soupirait après le moment où il pourrait vivre à sa guise. S'il avait peu de connaissances en haute typographie, en revanche il passait pour être extrêmement fort dans un art que les ouvriers ont plaisamment nommé la soûlographie[1], art bien estimé par le divin auteur du *Pantagruel*, mais dont la culture, persécutée par les sociétés dites de *tempérance*, est de jour en jour plus abandonnée. Jérôme-Nicolas Séchard, fidèle à la destinée que son nom lui avait faite, était doué d'une soif inextinguible. Sa femme avait pendant longtemps contenu dans de justes bornes cette passion pour le raisin pilé, goût si naturel aux Ours que M. de Chateaubriand l'a remarqué chez les véritables ours de l'Amérique[2] ; mais les philosophes ont observé que les habitudes du jeune âge reviennent avec force dans la vieillesse de l'homme. Séchard confirmait cette loi morale : plus il vieillissait, plus il aimait à boire. Sa passion laissait sur sa physionomie oursine des marques qui la rendaient originale : son nez avait pris le développement et la forme d'un A majuscule corps de triple canon[3], ses deux joues veinées ressemblaient à ces feuilles de vigne pleines de gibbosités violettes, purpurines et souvent panachées ; vous eussiez dit d'une truffe monstrueuse enveloppée par les pampres de l'automne. Cachés sous deux gros sourcils pareils à deux buissons chargés de neige, ses petits yeux gris, où pétillait la ruse d'une avarice qui tuait tout en lui, même la paternité, conservaient leur esprit jusque dans l'ivresse. Sa tête chauve et découronnée, mais ceinte de cheveux grisonnants qui frisottaient encore, rappelait à l'imagination les Cordeliers des *Contes de La Fontaine*[1]. Il était court et ventru comme beaucoup de ces vieux lampions qui consomment plus d'huile que de mèche ; car les excès en toute chose poussent le corps dans la voie qui lui est propre. L'ivrognerie, comme l'étude, engraisse encore l'homme gras et maigrit l'homme maigre. Jérôme-Nicolas Séchard portait depuis trente ans le fameux tricorne municipal, qui dans quelques provinces se retrouve encore sur la tête du tambour de la ville. Son gilet et son pantalon étaient en velours verdâtre. Enfin, il avait une vieille redingote brune, des bas de coton chinés et des souliers à boucles d'argent. Ce costume où l'ouvrier se retrouvait encore dans le bourgeois convenait si bien à ses vices et à ses habitudes, il exprimait si bien sa vie, que ce bonhomme semblait avoir été créé tout habillé : vous ne l'auriez pas plus imaginé sans ses vêtements qu'un oignon sans sa pelure. Si le vieil imprimeur n'eût pas depuis longtemps donné la mesure de son aveugle avidité, son abdication suffirait à peindre son caractère. Malgré les connaissances que son fils devait rapporter de la grande école des Didot, il se proposa de faire avec lui la bonne affaire qu'il ruminait depuis longtemps. Si le père en faisait une bonne, le fils devait en faire une mauvaise. Mais, pour le bonhomme, il n'y avait ni fils ni père, en affaires. S'il avait d'abord vu dans David son unique enfant, plus tard il y vit un acquéreur naturel de qui les intérêts étaient opposés aux siens : il voulait vendre cher, David devait acheter à bon marché ; son fils devenait donc un ennemi à vaincre. Cette transformation du sentiment en intérêt personnel, ordinairement lente, tortueuse et hypocrite chez les gens bien élevés, fut rapide et directe chez le vieil Ours, qui montra combien la soûlographie rusée l'emportait sur la typographie instruite. Quand son fils arriva, le bonhomme lui témoigna la tendresse commerciale que les gens habiles ont pour leurs dupes : il s'occupa de lui comme un amant se serait occupé de sa maîtresse ; il lui donna le bras, il lui dit où il fallait mettre les pieds pour ne pas se crotter ; il lui avait fait bassiner son lit, allumer du feu, préparer un souper. Le lendemain, après avoir essayé de griser son fils durant un plantureux dîner, Jérôme-Nicolas Séchard, fortement aviné, lui dit un : « *Causons d'affaires ?* » qui passa si singulièrement entre deux hoquets, que David le pria de remettre les affaires au lendemain. Le vieil Ours savait trop bien tirer parti de son ivresse pour abandonner une bataille préparée depuis si longtemps. D'ailleurs, après avoir porté son boulet pendant cinquante ans, il ne voulait pas, dit-il, le garder une heure de plus. Demain son fils serait le Naïf.

Ici peut-être est-il nécessaire de dire un mot de l'établissement. L'imprimerie, située dans l'endroit où la rue de Beaulieu débouche sur la place du Mûrier[1], s'était établie dans cette maison vers la fin du règne de Louis XIV. Aussi depuis longtemps les lieux avaient-ils été disposés pour l'exploitation de cette industrie. Le rez-de-chaussée formait une immense pièce éclairée sur la rue par un vieux vitrage, et par un grand châssis sur une cour intérieure. On pouvait d'ailleurs arriver au bureau du maître par une allée. Mais en province les procédés de la typographie sont toujours l'objet d'une curiosité si vive, que les chalands aimaient mieux entrer par une porte vitrée pratiquée dans la devanture donnant sur la rue, quoiqu'il fallût descendre quelques marches, le sol de l'atelier se trouvant au-dessous du niveau de la chaussée. Les curieux, ébahis, ne prenaient jamais garde aux inconvénients du passage à travers les défilés de l'atelier. S'ils regardaient les berceaux formés par les feuilles étendues sur des cordes attachées au plancher[2], ils se heurtaient le long des rangs de casses, ou se faisaient décoiffer par les barres de fer qui maintenaient les presses. S'ils suivaient les agiles mouvements d'un compositeur grappillant ses lettres dans les cent cinquante-deux cassetins de sa casse, lisant sa copie, relisant sa ligne dans son composteur en y glissant une interligne, ils donnaient dans une rame de papier trempé chargée de ses pavés, ou s'attrapaient la hanche dans l'angle d'un banc ; le tout au grand amusement des Singes et des Ours. Jamais personne n'était arrivé sans accident jusqu'à deux grandes cages situées au bout de cette caverne, qui formaient deux misérables pavillons sur la cour, et où trônaient d'un côté le prote, de l'autre le maître imprimeur. Dans la cour, les murs étaient agréablement décorés par des treilles qui, vu la réputation du maître, avaient une appétissante couleur locale. Au fond et adossé au noir mur mitoyen, s'élevait un appentis en ruine où se trempait et se façonnait le papier. Là, était l'évier sur lequel se lavaient avant et après le tirage les formes, ou, pour employer le langage vulgaire, les planches de caractères ; il s'en échappait une décoction d'encre mêlée aux eaux ménagères de la maison, qui faisait croire aux paysans venus les jours de marché que le diable se débarbouillait dans cette maison. Cet appentis était flanqué d'un côté par la cuisine, de l'autre par un bûcher. Le premier étage de cette maison, au-dessus duquel il n'y avait que deux chambres en mansardes, contenait trois pièces. La première, aussi longue que l'allée, moins la cage du vieil escalier de bois, éclairée sur la rue par une petite croisée oblongue, et sur la cour par un œil-de-bœuf, servait à la fois d'antichambre et de salle à manger. Purement et simplement blanchie à la chaux, elle se faisait remarquer par la cynique simplicité de l'avarice commerciale : le carreau sale n'avait jamais été lavé ; le mobilier consistait en trois mauvaises chaises, une table ronde et un buffet situé entre deux portes qui donnaient entrée dans une chambre à coucher et dans un salon; les fenêtres et la porte étaient brunes de crasse; des papiers blancs ou imprimés l'encombraient la plupart du temps; souvent le dessert, les bouteilles, les plats du dîner de Jérôme-Nicolas Séchard se voyaient sur les ballots. La chambre à coucher, dont la croisée avait un vitrage en plomb qui tirait son jour de la cour, était tendue de ces vieilles tapisseries que l'on voit en province le long des maisons au jour de la Fête-Dieu. Il s'y trouvait un grand lit à colonnes garni de rideaux, de bonnes grâces[1] et d'un couvre-pieds en serge rouge, deux fauteuils vermoulus, deux chaises en bois de noyer et en tapisserie, un vieux secrétaire, et sur la cheminée un cartel. Cette chambre, où se respirait une bonhomie patriarcale et pleine de teintes brunes, avait été arrangée par le sieur Rouzeau, prédécesseur et maître de Jérôme-Nicolas Séchard. Le salon, modernisé par feu Mme Séchard, offrait d'épouvantables boiseries peintes en bleu de perruquier; les panneaux étaient décorés d'un papier à scènes orientales, coloriées en bistre sur un fond blanc; le meuble consistait en six chaises garnies de basane bleue dont les dossiers représentaient des lyres. Les deux fenêtres grossièrement cintrées, et par où l'œil embrassait la place du Mûrier, étaient sans rideaux; la cheminée n'avait ni flambeaux, ni pendule, ni glace. Mme Séchard était morte au milieu de ses projets d'embellissement, et l'Ours, ne devinant pas l'utilité d'améliorations qui ne rapportaient rien, les avait abandonnées. Ce fut là que, *pede titubante*, Jérôme-Nicolas Séchard amena son fils, et lui montra sur la table ronde un état du matériel de son imprimerie dressé sous sa direction par le prote.

« Lis cela, mon garçon, dit Jérôme-Nicolas Séchard en roulant ses yeux ivres du papier à son fils et de son fils au papier. Tu verras quel bijou d'imprimerie je te donne.

— Trois presses en bois maintenues par des barres en fer, à marbre en fonte[1]...

— Une amélioration que j'ai faite, dit le vieux Séchard en interrompant son fils.

— Avec tous leurs ustensiles: encriers, balles et bancs, etc., seize cents francs! Mais, mon père, dit David Séchard en laissant tomber l'inventaire, vos presses sont des sabots qui ne valent pas cent écus, et dont il faut faire du feu.

— Des sabots?... s'écria le vieux Séchard, des sabots?... Prends l'inventaire et descendons! Tu vas voir si vos inventions de méchante serrurerie manœuvrent comme ces bons vieux outils éprouvés. Après, tu n'auras pas le cœur d'injurier d'honnêtes presses qui roulent comme des voitures en poste, et qui iront encore pendant toute ta vie sans nécessiter la moindre réparation. Des sabots! Oui, c'est des sabots où tu trouveras du sel pour cuire des œufs! des sabots que ton père a manœuvrés pendant vingt ans, et qui lui ont servi à te faire ce que tu es.»

Le père dégringola l'escalier raboteux, usé, tremblant, sans y chavirer; il ouvrit la porte de l'allée qui donnait dans l'atelier, se précipita sur la première de ses presses sournoisement huilées et nettoyées, il montra les fortes jumelles[2] en bois de chêne frotté par son apprenti.

«Est-ce là un amour de presse?» dit-il.

Il s'y trouvait le *billet de faire-part* d'un mariage. Le vieil Ours abaissa la frisquette sur le tympan[3], le tympan sur le marbre qu'il fit rouler sous la presse; il tira le barreau, déroula la corde pour ramener le marbre, releva tympan et frisquette avec l'agilité qu'aurait mise un jeune Ours. La presse ainsi manœuvrée jeta un si joli cri que vous eussiez dit d'un oiseau qui serait venu heurter à une vitre et se serait enfui.

« Y a-t-il une seule presse anglaise capable d'aller ce train-là ? » dit le père à son fils étonné.

Le vieux Séchard courut successivement à la seconde, à la troisième presse, sur chacune desquelles il fit la même manœuvre avec une égale habileté. La dernière offrit à son œil troublé de vin un endroit négligé par l'apprenti ; l'ivrogne, après avoir notablement juré, prit le pan de sa redingote pour la frotter, comme un maquignon qui lustre le poil d'un cheval à vendre.

« Avec ces trois presses-là, sans prote, tu peux gagner tes neuf mille francs par an, David. Comme ton futur associé, je m'oppose à ce que tu les remplaces par ces maudites presses en fonte qui usent les caractères. Vous avez crié miracle à Paris en voyant l'invention de ce maudit Anglais, un ennemi de la France, qui a voulu faire la fortune des fondeurs. Ah ! vous avez voulu des Stanhope ! merci de vos Stanhope qui coûtent chacune deux mille cinq cents francs, presque deux fois plus que valent mes trois bijoux ensemble, et qui vous échinent la lettre par leur défaut d'élasticité. Je ne suis pas instruit comme toi, mais retiens bien ceci : la vie des Stanhope est la mort du caractère. Ces trois presses te feront un bon user, l'ouvrage sera proprement *tirée*, et les Angoumoisins ne t'en demanderont pas davantage. Imprime avec du fer ou avec du bois, avec de l'or ou de l'argent, ils ne t'en paieront pas un liard de plus.

— *Item*, dit David, cinq milliers de livres de caractères, provenant de la fonderie de M. Vaflard[1]... » À ce nom, l'élève des Didot ne put s'empêcher de sourire.

« Ris, ris ! Après douze ans, les caractères sont encore neufs. Voilà ce que j'appelle un fondeur ! M. Vaflard est un honnête homme qui fournit de la matière dure ; et, pour moi, le meilleur fondeur est celui chez lequel on va le moins souvent.

— Estimés dix mille francs, reprit David en continuant. Dix mille francs, mon père ! mais c'est à quarante sous la livre, et MM. Didot ne vendent leur cicéro[1] neuf que trente-six sous la livre. Vos têtes de clous[2] ne valent que le prix de la fonte, dix sous la livre.

— Tu donnes le nom de têtes de clous aux Bâtardes, aux Coulées, aux Rondes[3] de M. Gillé[4], anciennement, imprimeur de l'Empereur, des caractères qui valent six francs la livre, des chefs-d'œuvre de gravure achetés il y a cinq ans, et dont plusieurs ont encore le blanc de la fonte, tiens ! » Le vieux Séchard attrapa quelques cornets pleins de *sortes*[5] qui n'avaient jamais servi et les montra.

« Je ne suis pas savant, je ne sais ni lire ni écrire, mais j'en sais encore assez pour deviner que les caractères d'écriture de la maison Gillé ont été les pères des Anglaises de tes MM. Didot. Voici une *ronde*, dit-il en désignant une casse et y prenant un M, une *ronde* de cicéro qui n'a pas encore été dégommée. »

David s'aperçut qu'il n'y avait pas moyen de discuter avec son père. Il fallait tout admettre ou tout refuser, il se trouvait entre un non et un oui. Le vieil Ours avait compris dans l'inventaire jusqu'aux cordes de l'étendage. La plus petite ramette[6], les ais, les jattes, la pierre et les brosses à laver, tout était chiffré avec le scrupule d'un avare. Le total allait à trente mille francs, y compris le brevet de maître imprimeur et l'achalandage[7]. David se demandait en lui-même si l'affaire était ou non faisable. En voyant son fils muet sur le chiffre, le vieux Séchard devint inquiet ; car il préférait un débat violent à une acceptation silencieuse. En ces sortes de marchés, le débat annonce un négociant capable qui défend ses intérêts. « *Qui tope à tout*, disait le vieux Séchard, *ne paye rien.* » Tout en épiant la pensée de son fils, il fit le dénombrement des méchants ustensiles nécessaires à l'exploitation d'une imprimerie en province ; il amena successivement David devant une presse à satiner[1], une presse à rogner pour faire les ouvrages de ville[2], et il lui en vanta l'usage et la solidité.

« Les vieux outils sont toujours les meilleurs, dit-il. On devrait en imprimerie les payer plus cher que les neufs, comme cela se fait chez les batteurs d'or. »

D'épouvantables vignettes représentant des Hymens, des Amours, des morts qui soulevaient la pierre de leurs sépulcres en décrivant un V ou un M, d'énormes cadres à masques pour les affiches de spectacles, devinrent, par l'effet de l'éloquence avinée de Jérôme-Nicolas, des objets de la plus immense valeur. Il dit à son fils que les habitudes des gens de province étaient si fortement enracinées, qu'il essaierait en vain de leur donner de plus belles choses. Lui, Jérôme-Nicolas Séchard, avait tenté de leur vendre des almanachs meilleurs que *Le Double Liégeois*[3] imprimé sur du papier à sucre ! eh bien, le vrai *Double Liégeois* avait été préféré aux plus magnifiques almanachs. David reconnaîtrait bientôt l'importance de ces vieilleries, en les vendant plus cher que les plus coûteuses nouveautés.

« Ha ! ha ! mon garçon, la province est la province, et Paris est Paris. Si un homme de l'Houmeau t'arrive pour faire faire son billet de mariage, et que tu le lui imprimes sans un Amour avec des guirlandes, il ne se croira point marié, et te le rapportera s'il n'y voit qu'un *M*, comme chez tes MM. Didot, qui sont la gloire de la typographie, mais dont les inventions ne seront pas adoptées avant cent ans dans les provinces. Et voilà. »

Les gens généreux font de mauvais commerçants. David était une de ces natures pudiques et tendres qui s'effraient d'une discussion, et qui cèdent au moment où l'adversaire leur pique un peu trop le cœur. Ses sentiments élevés et l'empire que le vieil ivrogne avait conservé sur lui le rendaient encore plus impropre à soutenir un débat d'argent avec son père, surtout quand il lui croyait les meilleures intentions ; car il attribua d'abord la voracité de l'intérêt à l'attachement que le pressier avait pour ses outils. Cependant, comme Jérôme-Nicolas Séchard avait eu le tout de la veuve Rouzeau pour dix mille francs en assignats, et qu'en l'état actuel des choses trente mille francs étaient un prix exorbitant, le fils s'écria : « Mon père, vous m'égorgez !

— Moi qui t'ai donné la vie ?... dit le vieil ivrogne en levant la main vers l'étendage. Mais, David, à quoi donc évalues-tu le brevet ? Sais-tu ce que vaut le Journal d'Annonces à dix sous la ligne, privilège qui, à lui seul, a rapporté cinq cents francs le mois dernier ? Mon gars, ouvre les livres, vois ce que produisent les affiches et les registres de la préfecture, la pratique de la mairie et celle de l'évêché ! Tu es un fainéant qui ne veut pas faire sa fortune. Tu marchandes le cheval qui doit te conduire à quelque beau domaine comme celui de Marsac. »

À cet inventaire était joint un acte de société entre le père et le fils. Le bon père louait à la société sa maison pour une somme de douze cents francs, quoiqu'il ne l'eût achetée que six mille livres[1], et il s'y réservait une des deux chambres pratiquées dans les mansardes. Tant que David Séchard n'aurait pas remboursé les trente mille francs, les bénéfices se partageraient par moitié ; le jour où il aurait remboursé cette somme à son père, il deviendrait seul et unique propriétaire de l'imprimerie. David estima le brevet, la clientèle et le journal, sans s'occuper des outils ; il crut pouvoir se libérer et accepta ces conditions. Habitué aux finasseries de paysan, et ne connaissant rien aux larges calculs des Parisiens, le père fut étonné d'une si prompte conclusion.

« Mon fils se serait-il enrichi ? se dit-il, ou invente-t-il en ce moment de ne pas me payer ? » Dans cette pensée, il le questionna pour savoir s'il apportait de l'argent, afin de le lui prendre en acompte. La curiosité du père éveilla la défiance du fils. David resta boutonné jusqu'au menton. Le lendemain, le vieux Séchard fit transporter par son apprenti dans la chambre au deuxième étage ses meubles qu'il comptait faire apporter à sa campagne par les charrettes qui y reviendraient à vide. Il livra les trois chambres du premier étage tout[1] nues à son fils, de même qu'il le mit en possession de l'imprimerie sans lui donner un centime pour payer les ouvriers. Quand David pria son père, en sa qualité d'associé, de contribuer à la mise nécessaire à l'exploitation commune, le vieux pressier fit l'ignorant. Il ne s'était pas obligé, dit-il, à donner de l'argent en donnant son imprimerie ; sa mise de fonds était faite. Pressé par la logique de son fils, il lui répondit que, quand il avait acheté l'imprimerie à la veuve Rouzeau, il s'était tiré d'affaire sans un sou. Si lui, pauvre ouvrier dénué de connaissances, avait réussi, un élève de Didot ferait encore mieux. D'ailleurs David avait gagné de l'argent qui provenait de l'éducation payée à la sueur du front de son vieux père, il pouvait bien l'employer aujourd'hui.

« Qu'as-tu fait de tes *banques*[2] ? lui dit-il en revenant à la charge afin d'éclaircir le problème que le silence de son fils avait laissé la veille indécis.

— Mais n'ai-je pas eu à vivre, n'ai-je pas acheté des livres ? répondit David indigné.

— Ah ! tu achetais des livres ? tu feras de mauvaises affaires. Les gens qui achètent des livres ne sont guère propres à en imprimer », répondit l'Ours.

David éprouva la plus horrible des humiliations,

celle que cause l'abaissement d'un père : il lui fallut subir le flux de raisons viles, pleureuses, lâches, commerciales par lesquelles le vieil avare formula son refus. Il refoula ses douleurs dans son âme, en se voyant seul, sans appui[1], en trouvant un spéculateur dans son père que, par curiosité philosophique, il voulut connaître à fond. Il lui fit observer qu'il ne lui avait jamais demandé compte de la fortune de sa mère. Si cette fortune ne pouvait entrer en compensation du prix de l'imprimerie, elle devait au moins servir à l'exploitation en commun.

« La fortune de ta mère ? dit le vieux Séchard, mais c'était son intelligence et sa beauté ! »

À cette réponse, David devina son père tout entier, et comprit que, pour en obtenir un compte, il faudrait lui intenter un procès interminable, coûteux et déshonorant. Ce noble cœur accepta le fardeau qui allait peser sur lui, car il savait avec combien de peines il acquitterait les engagements pris envers son père.

« Je travaillerai, se dit-il. Après tout, si j'ai du mal, ce bonhomme en a eu. Ne sera-ce pas d'ailleurs travailler pour moi-même ? »

« Je te laisse un trésor », dit le père inquiet du silence de son fils.

David demanda quel était ce trésor.

« Marion », dit le père.

Marion était une grosse fille de campagne indispensable à l'exploitation de l'imprimerie : elle trempait le papier et le rognait, faisait les commissions et la cuisine, blanchissait le linge, déchargeait les voitures de papier, allait toucher l'argent et nettoyait les tampons. Si Marion eût su lire, le vieux Séchard l'aurait mise à la composition.

Le père partit à pied pour la campagne. Quoique très heureux de sa vente, déguisée sous le nom d'association, il était inquiet de la manière dont il serait payé. Après les angoisses de la vente, viennent toujours celles de sa réalisation. Toutes les passions sont essentiellement jésuitiques. Cet homme, qui regardait l'instruction comme inutile, s'efforça de croire à l'influence de l'instruction. Il hypothéquait ses trente mille francs sur les idées d'honneur que l'éducation devait avoir développées chez son fils. En jeune homme bien élevé, David suerait sang et eau pour payer ses engagements, ses connaissances lui feraient trouver des ressources, il s'était montré plein de beaux sentiments, il payerait ! Beaucoup de pères, qui agissent ainsi, croient avoir agi paternellement, comme le vieux Séchard avait fini par se le persuader en atteignant son vignoble situé à Marsac, petit village à quatre lieues d'Angoulême. Ce domaine, où le précédent propriétaire avait bâti une jolie habitation, s'était augmenté d'année en année depuis 1809, époque où le vieil Ours l'avait acquis. Il y échangea les soins du pressoir contre ceux de la presse, et il était, comme il le disait, depuis trop longtemps dans les vignes pour ne pas s'y bien connaître. Pendant la première année de sa retraite à la campagne, le père Séchard montra une figure soucieuse au-dessus de ses échalas ; car il était toujours dans son vignoble, comme jadis il demeurait au milieu de son atelier. Ces trente mille francs inespérés le grisaient encore plus que la purée septembrale[1], il les maniait idéalement entre ses pouces. Moins la somme était due, plus il désirait l'encaisser. Aussi, souvent accourait-il de Marsac à Angoulême, attiré par ses inquiétudes. Il gravissait les rampes du rocher sur le haut duquel est assise la ville, il entrait dans l'atelier pour voir si son fils se tirait d'affaire. Or les presses étaient à leurs places. L'unique apprenti, coiffé d'un bonnet de papier, décrassait les tampons. Le vieil Ours entendait crier une presse sur quelque billet de faire-part, il reconnaissait ses vieux caractères, il apercevait son fils et le prote, chacun lisant dans sa cage un livre que l'Ours prenait pour des épreuves. Après avoir dîné avec David, il retournait alors à son domaine de Marsac en ruminant ses craintes. L'avarice a comme l'amour un don de seconde vue sur les futurs contingents, elle les flaire, elle les pressent. Loin de l'atelier où l'aspect de ses outils le fascinait en le reportant aux jours où il faisait fortune, le vigneron trouvait chez son fils d'inquiétants symptômes d'inactivité. Le nom de *Cointet frères* l'effarouchait, il le voyait dominant celui de *Séchard et fils*. Enfin le vieillard sentait le vent du malheur. Ce pressentiment était juste : le malheur planait sur la maison Séchard. Mais les avares ont un dieu. Par un concours de circonstances imprévues, ce dieu devait faire trébucher dans l'escarcelle de l'ivrogne le prix de sa vente usuraire. Voici pourquoi l'imprimerie Séchard tombait, malgré ses éléments de prospérité. Indifférent à la réaction religieuse que produisait la Restauration dans le gouvernement, mais également insouciant du Libéralisme, David gardait la plus nuisible des neutralités en matière politique et religieuse. Il se trouvait dans un temps où les commerçants de province devaient professer une opinion afin d'avoir des chalands, car il fallait opter entre la pratique des Libéraux et celle des Royalistes. Un amour qui vint au cœur de David et ses préoccupations scientifiques, son beau naturel l'empêchèrent d'avoir cette âpreté au gain qui constitue le vrai commerçant, et qui lui eût fait étudier les différences qui distinguent l'industrie provinciale de l'industrie parisienne. Les nuances si tranchées dans les départements disparaissent dans le grand mouvement de Paris. Les frères Cointet se mirent à l'unisson des opinions monarchiques, ils firent ostensiblement maigre, hantèrent la cathédrale, cultivèrent les prêtres, et réimprimèrent les premiers livres religieux dont le besoin se fit sentir.

Les Cointet prirent ainsi l'avance dans cette branche lucrative, et calomnièrent David Séchard en l'accusant de libéralisme et d'athéisme. Comment, disaient-ils, employer un homme qui avait pour père un septembriseur[1], un ivrogne, un bonapartiste, un vieil avare qui devait tôt ou tard laisser des monceaux d'or ? Ils étaient pauvres, chargés de famille, tandis que David était garçon et serait puissamment riche ; aussi n'en prenait-il qu'à son aise, etc. Influencés par ces accusations portées contre David, la Préfecture et l'Évêché finirent par donner le privilège de leurs impressions aux frères Cointet. Bientôt ces avides antagonistes, enhardis par l'incurie de leur rival, créèrent un second Journal d'Annonces. La vieille imprimerie fut réduite aux impressions de la ville, et le produit de sa feuille d'annonces diminua de moitié. Riche de gains considérables réalisés sur les livres d'église et de piété, la maison Cointet proposa bientôt aux Séchard de leur acheter leur journal, afin d'avoir les annonces du département et les insertions judiciaires sans partage. Aussitôt que David eut transmis cette nouvelle à son père, le vieux vigneron, épouvanté déjà par les progrès de la maison Cointet, fondit de Marsac sur la place du Mûrier avec la rapidité du corbeau qui a flairé les cadavres d'un champ de bataille.

« Laisse-moi manœuvrer les Cointet, ne te mêle pas de cette affaire », dit-il à son fils.

Le vieillard eut bientôt deviné l'intérêt des Cointet, il les effraya par la sagacité de ses aperçus. Son fils commettait une sottise qu'il venait empêcher, disait-il. « Sur quoi reposera notre clientèle, s'il cède notre journal ? Les avoués, les notaires, tous les négociants de l'Houmeau seront libéraux ; les Cointet ont voulu nuire aux Séchard en les accusant de libéralisme, ils leur ont ainsi préparé une planche de salut, les annonces des Libéraux resteront aux Séchard ! Vendre le journal ?... mais autant vendre matériel et brevet. » Il demandait alors aux Cointet soixante mille francs de l'imprimerie pour ne pas ruiner son fils : il aimait son fils, il défendait son fils. Le vigneron se servit de son fils comme les paysans se servent de leurs femmes : son fils voulait ou ne voulait pas, selon les propositions qu'il arrachait une à une aux Cointet, et il les amena, non sans efforts, à donner une somme de vingt-deux mille francs pour le *Journal de la Charente*. Mais David dut s'engager à ne jamais imprimer quelque journal que ce fût, sous peine de trente mille francs de dommages-intérêts. Cette vente était le suicide de l'imprimerie Séchard ; mais le vigneron ne s'en inquiétait guère. Après le vol vient toujours l'assassinat. Le bonhomme comptait appliquer cette somme au payement de son fonds ; et, pour la palper, il aurait donné David par-dessus le marché, d'autant plus que ce gênant fils avait droit à la moitié de ce trésor inespéré. En dédommagement, le généreux père lui abandonna l'imprimerie, mais en maintenant le loyer de la maison aux fameux douze cents francs. Depuis la vente du journal aux Cointet, le vieillard vint rarement en ville, il allégua son grand âge ; mais la raison véritable était le peu d'intérêt qu'il portait à une imprimerie qui ne lui appartenait plus. Néanmoins il ne put entièrement répudier la vieille affection qu'il portait à ses outils. Quand ses affaires l'amenaient à Angoulême, il eût été très difficile de décider qui l'attirait le plus dans sa maison, ou de ses presses en bois ou de son fils, auquel il venait par forme demander ses loyers. Son ancien prote, devenu celui des Cointet, savait à quoi s'en tenir sur cette générosité paternelle ; il disait que ce fin renard se ménageait ainsi le droit d'intervenir dans les affaires de son fils, en devenant créancier privilégié par l'accumulation des loyers.

L'incurie de David Séchard avait des causes qui

peindront le caractère de ce jeune homme. Quelques jours après son installation dans l'imprimerie paternelle, il avait rencontré l'un de ses amis de collège, alors en proie à la plus profonde misère. L'ami de David Séchard était un jeune homme, alors âgé d'environ vingt et un ans, nommé Lucien Chardon, et fils d'un ancien chirurgien-major des armées républicaines mis hors de service par une blessure. La nature avait fait un chimiste de M. Chardon père, et le hasard l'avait établi pharmacien à Angoulême. La mort le surprit au milieu des préparatifs nécessités par une lucrative découverte à la recherche de laquelle il avait consumé plusieurs années d'études scientifiques. Il voulait guérir toute espèce de goutte. La goutte est la maladie des riches, et les riches payent cher la santé quand ils en sont privés. Aussi le pharmacien avait-il choisi ce problème à résoudre parmi tous ceux qui s'étaient offerts à ses méditations. Placé entre la science et l'empirisme, feu Chardon comprit que la science pouvait seule assurer sa fortune : il avait donc étudié les causes de la maladie, et basé son remède sur un certain régime qui l'appropriait à chaque tempérament. Il mourut pendant un séjour à Paris, où il sollicitait l'approbation de l'Académie des sciences, et perdit ainsi le fruit de ses travaux. Pressentant sa fortune, le pharmacien n'avait rien négligé pour l'éducation de son fils et de sa fille, en sorte que l'entretien de sa famille dévora constamment les produits de sa pharmacie. Ainsi non seulement il laissa ses enfants dans la misère, mais encore, pour leur malheur, il les avait élevés dans l'espérance de destinées brillantes qui s'éteignirent avec lui. L'illustre Desplein, qui lui donna des soins, le vit mourir dans des convulsions de rage. Cette ambition eut pour principe le violent amour que l'ancien chirurgien portait à sa femme, dernier rejeton de la famille de Rubempré[1], miraculeusement sauvée par lui de l'échafaud en 1793. Sans que la jeune fille eût voulu consentir à ce mensonge, il avait gagné du temps en la disant enceinte. Après s'être en quelque sorte créé le droit de l'épouser, il l'épousa malgré leur commune pauvreté. Ses enfants, comme tous les enfants de l'amour, eurent pour tout héritage la merveilleuse beauté de leur mère, présent si souvent fatal quand la misère l'accompagne. Ces espérances, ces travaux, ces désespoirs si vivement épousés avaient profondément altéré la beauté de Mme Chardon, de même que les lentes dégradations de l'indigence avaient changé ses mœurs ; mais son courage et celui de ses enfants égala leur infortune. La pauvre veuve vendit la pharmacie, située dans la Grand-Rue de l'Houmeau, le principal faubourg d'Angoulême. Le prix de la pharmacie lui permit de se constituer trois cents francs de rente, somme insuffisante pour sa propre existence ; mais elle et sa fille acceptèrent leur position sans en rougir, et se vouèrent à des travaux mercenaires. La mère gardait les femmes en couches, et ses bonnes façons la faisaient préférer à toute autre dans les maisons riches, où elle vivait sans rien coûter à ses enfants, tout en gagnant vingt sous par jour. Pour éviter à son fils le désagrément de voir sa mère dans un pareil abaissement de condition, elle avait pris le nom de Mme Charlotte. Les personnes qui réclamaient ses soins s'adressaient à M. Postel, le successeur de M. Chardon. La sœur de Lucien travaillait chez une très honnête femme, considérée à l'Houmeau, nommée Mme Prieur, blanchisseuse de fin, sa voisine, et gagnait environ quinze sous par jour. Elle conduisait les ouvrières, et jouissait dans l'atelier d'une espèce de suprématie qui la sortait un peu de la classe des grisettes. Les faibles produits de leur travail, joints aux trois cents livres de rente de Mme Chardon, arrivaient environ à huit cents francs par an, avec lesquels ces trois personnes devaient vivre, s'habiller et se loger. La stricte économie de ce ménage rendait à peine suffisante cette somme, presque entièrement absorbée par Lucien. Mme Chardon et sa fille Ève croyaient en Lucien comme la femme de Mahomet crut en son mari[1]; leur dévouement à son avenir était sans bornes. Cette pauvre famille demeurait à l'Houmeau dans un logement loué pour une très modique somme par le successeur de M. Chardon, et situé au fond d'une cour intérieure, au-dessus du laboratoire. Lucien y occupait une misérable chambre en mansarde. Stimulé par un père qui, passionné pour les sciences naturelles, l'avait d'abord poussé dans cette voie, Lucien fut un des plus brillants élèves du collège d'Angoulême, où il se trouvait en Troisième lorsque Séchard y finissait ses études.

Quand le hasard fit rencontrer les deux camarades de collège, Lucien, fatigué de boire à la grossière coupe de la misère, était sur le point de prendre un de ces partis extrêmes auxquels on se décide à vingt ans[2]. Quarante francs par mois que David donna généreusement à Lucien en s'offrant à lui apprendre le métier de prote, quoiqu'un prote lui fût parfaitement inutile, sauva Lucien de son désespoir[3]. Les liens de cette amitié de collège ainsi renouvelés se resserrèrent bientôt par les similitudes de leurs destinées et par les différences de leurs caractères. Tous deux, l'esprit gros de plusieurs fortunes, ils possédaient cette haute intelligence qui met l'homme de plain-pied avec toutes les sommités, et se voyaient jetés au fond de la société. Cette injustice du sort fut un nœud puissant. Puis tous deux étaient arrivés à la poésie par une pente différente. Quoique destiné aux spéculations les plus élevées des sciences naturelles, Lucien se portait avec ardeur vers la gloire littéraire ; tandis que David, que son génie méditatif prédisposait à la poésie, inclinait par goût vers les sciences exactes. Cette interposition[4] des rôles engendra comme une fraternité spirituelle. Lucien communiqua bientôt à David les hautes vues qu'il tenait de son père sur les applications de la Science à l'Industrie, et David fit apercevoir à Lucien les routes nouvelles où il devait s'engager dans la littérature pour s'y faire un nom et une fortune. L'amitié de ces deux jeunes gens devint en peu de jours une de ces passions qui ne naissent qu'au sortir de l'adolescence. David entrevit bientôt la belle Ève, et s'en éprit, comme se prennent les esprits mélancoliques et méditatifs. L'*Et nunc et semper et in secula seculorum*[1] de la liturgie est la devise de ces sublimes poètes inconnus dont les œuvres consistent en de magnifiques épopées enfantées et perdues entre deux cœurs ! Quand l'amant eut pénétré le secret des espérances que la mère et la sœur de Lucien mettaient en ce beau front de poète, quand leur dévouement aveugle lui fut connu, il trouva doux de se rapprocher de sa maîtresse en partageant ses immolations et ses espérances. Lucien fut donc pour David un frère choisi. Comme les Ultras qui voulaient être plus royalistes que le Roi, David outra la foi que la mère et la sœur de Lucien avaient en son génie, il le gâta comme une mère gâte son enfant. Durant une de ces conversations où, pressés par le défaut d'argent qui leur liait les mains, ils ruminaient, comme tous les jeunes gens, les moyens de réaliser une prompte fortune en secouant tous les arbres déjà dépouillés par les premiers venus sans en obtenir de fruits, Lucien se souvint de deux idées émises par son père. M. Chardon avait parlé de réduire de moitié le prix du sucre par l'emploi d'un nouvel agent chimique, et de diminuer d'autant le prix du papier, en tirant de l'Amérique certaines matières végétales analogues à celles dont se servent les Chinois et qui coûtaient peu. David, qui connaissait l'importance de cette question agitée déjà chez les Didot, s'empara de cette idée en y voyant une fortune, et considéra Lucien comme un bienfaiteur envers lequel il ne pourrait jamais s'acquitter.

Chacun devine combien les pensées dominantes et la vie intérieure des deux amis les rendaient impropres à gérer une imprimerie. Loin de rapporter quinze à vingt mille francs, comme celle des frères Cointet, imprimeurs-libraires de l'Évêché, propriétaires du *Courrier de la Charente,* désormais le seul journal du département, l'imprimerie de Séchard fils produisait à peine trois cents francs par mois, sur lesquels il fallait prélever le traitement du prote, les gages de Marion, les impositions, le loyer ; ce qui réduisait David à une centaine de francs par mois. Des hommes actifs et industrieux auraient renouvelé les caractères, acheté des presses en fer, se seraient procuré dans la librairie parisienne des ouvrages qu'ils eussent imprimés à bas prix ; mais le maître et le prote, perdus dans les absorbants travaux de l'intelligence, se contentaient des ouvrages que leur donnaient leurs derniers clients. Les frères Cointet avaient fini par connaître le caractère et les mœurs de David, ils ne le calomniaient plus ; au contraire, une sage politique leur conseillait de laisser vivoter cette imprimerie, et de l'entretenir dans une honnête médiocrité, pour qu'elle ne tombât point entre les mains de quelque redoutable antagoniste ; ils y envoyaient eux-mêmes les ouvrages dits de ville[1]. Ainsi, sans le savoir, David Séchard n'existait, commercialement parlant, que par un habile calcul de ses concurrents. Heureux de ce qu'ils nommaient sa manie, les Cointet avaient pour lui des procédés en apparence pleins de droiture et de loyauté ; mais ils agissaient, en réalité, comme l'administration des Messageries, lorsqu'elle simule une concurrence pour en éviter une véritable.

L'extérieur de la maison Séchard était en harmonie avec la crasse avarice qui régnait à l'intérieur, où le vieil Ours n'avait jamais rien réparé. La pluie, le soleil, les intempéries de chaque saison avaient donné l'aspect d'un vieux tronc d'arbre à la porte de l'allée, tant elle était sillonnée de fentes inégales. La façade, mal bâtie en pierres et en briques mêlées sans symétrie, semblait plier sous le poids d'un toit vermoulu surchargé de ces tuiles creuses qui composent toutes les toitures dans le midi de la France. Le vitrage vermoulu était garni de ces énormes volets maintenus par les épaisses traverses qu'exige la chaleur du climat. Il eût été difficile de trouver dans tout Angoulême une maison aussi lézardée que celle-là qui ne tenait plus que par la force du ciment. Imaginez cet atelier clair aux deux extrémités, sombre au milieu, ses murs couverts d'affiches, brunis en bas par le contact des ouvriers qui y avaient roulé depuis trente ans, son attirail de cordes au plancher, ses piles de papier, ses vieilles presses, ses tas de pavés à charger les papiers trempés, ses rangs de casses, et au bout les deux cages où, chacun de leur côté, se tenaient le maître et le prote ; vous comprendrez alors l'existence des deux amis.

En 1821, dans les premiers jours du mois de mai, David et Lucien étaient près du vitrage de la cour au moment où, vers deux heures, leurs quatre ou cinq ouvriers quittèrent l'atelier pour aller dîner. Quand le maître vit son apprenti fermant la porte à sonnette qui donnait sur la rue, il emmena Lucien dans la cour, comme si la senteur des papiers, des encriers, des presses et des vieux bois lui eût été insupportable. Tous deux s'assirent sous un berceau d'où leurs yeux pouvaient voir quiconque entrerait dans l'atelier. Les rayons du soleil qui se jouaient dans les pampres de la treille caressèrent les deux poètes en les enveloppant de sa lumière comme d'une auréole. Le contraste produit par l'opposition de ces deux caractères et de ces deux figures fut alors si vigoureusement accusé, qu'il aurait séduit la brosse d'un grand peintre. David avait les formes que donne la nature aux êtres destinés à de grandes luttes, éclatantes ou secrètes. Son large buste était flanqué par de fortes épaules en harmonie avec la plénitude de toutes ses formes. Son visage, brun de ton, coloré, gras, supporté par un gros cou, enveloppé d'une abondante forêt de cheveux noirs, ressemblait au premier abord à celui des chanoines chantés par Boileau[1] ; mais un second examen vous révélait dans les sillons des lèvres épaisses, dans la fossette du menton, dans la tournure d'un nez carré, fendu par un méplat tourmenté, dans les yeux surtout ! le feu continu d'un unique amour, la sagacité du penseur, l'ardente mélancolie d'un esprit qui pouvait embrasser les deux extrémités de l'horizon, en en pénétrant toutes les sinuosités, et qui se dégoûtait facilement des jouissances tout idéales en y portant les clartés de l'analyse. Si l'on devinait dans cette face les éclairs du génie qui s'élance, on voyait aussi les cendres auprès d'un volcan ; l'espérance s'y éteignait dans un profond sentiment du néant social où la naissance obscure et le défaut de fortune maintiennent tant d'esprits supérieurs. Auprès du pauvre imprimeur, à qui son état, quoique si voisin de l'intelligence, donnait des nausées, auprès de ce Silène lourdement appuyé sur lui-même qui buvait à longs traits dans la coupe de la science et de la poésie, en s'enivrant afin d'oublier les malheurs de la vie de province, Lucien se tenait dans la pose gracieuse trouvée par les sculpteurs pour le Bacchus indien[2]. Son visage avait la distinction des lignes de la beauté antique : c'était un front et un nez grecs, la blancheur veloutée des femmes, des yeux noirs tant ils étaient bleus, des yeux pleins d'amour, et dont le blanc le disputait en fraîcheur à celui d'un enfant. Ces beaux yeux étaient surmontés de sourcils comme tracés par un pinceau chinois et bordés de longs cils châtains. Le long des joues brillait un duvet soyeux dont la couleur s'harmoniait à celle d'une blonde chevelure naturellement bouclée. Une suavité divine respirait dans ses tempes d'un blanc doré. Une incomparable noblesse était empreinte dans son menton court, relevé sans brusquerie. Le sourire des anges tristes errait sur ses lèvres de corail rehaussées par de belles dents. Il avait les mains de l'homme bien né, des mains élégantes, à un signe desquelles les hommes devaient obéir et que les femmes aiment à baiser. Lucien était mince et de taille moyenne. À voir ses pieds, un homme aurait été d'autant plus tenté de le prendre pour une jeune fille déguisée, que, semblable à la plupart des hommes fins, pour ne pas dire astucieux, il avait les hanches conformées comme celles d'une femme[1]. Cet indice, rarement trompeur, était vrai chez Lucien, que la pente de son esprit remuant amenait souvent, quand il analysait l'état actuel de la société, sur le terrain de la dépravation particulière aux diplomates qui croient que le succès est la justification de tous les moyens, quelque honteux qu'ils soient. L'un des malheurs auxquels sont soumises les grandes intelligences, c'est de comprendre forcément toutes choses, les vices aussi bien que les vertus.

Ces deux jeunes gens jugeaient la société d'autant plus souverainement qu'ils s'y trouvaient placés plus bas, car les hommes méconnus se vengent de l'humilité de leur position par la hauteur de leur coup d'œil. Mais aussi leur désespoir était d'autant plus amer qu'ils allaient ainsi plus rapidement là où les portait leur véritable destinée. Lucien avait beaucoup lu, beaucoup comparé ; David avait beaucoup pensé, beaucoup médité. Malgré les apparences d'une santé vigoureuse et rustique, l'imprimeur était un génie mélancolique et maladif, il doutait de lui-même ; tandis que Lucien, doué d'un esprit entreprenant, mais mobile, avait une audace en désaccord avec sa tournure molle, presque débile, mais pleine de grâces féminines. Lucien avait au plus haut degré le caractère gascon, hardi, brave, aventureux, qui s'exagère le bien et amoindrit le mal, qui ne recule point devant une faute s'il y a profit, et qui se moque du vice s'il s'en fait un marchepied. Ces dispositions d'ambitieux étaient alors comprimées par les belles illusions de la jeunesse, par l'ardeur qui le portait vers les nobles moyens que les hommes amoureux de gloire emploient avant tous les autres. Il n'était encore aux prises qu'avec ses désirs et non avec les difficultés de la vie, avec sa propre puissance et non avec la lâcheté des hommes, qui est d'un fatal exemple pour les esprits mobiles. Vivement séduit par le brillant de l'esprit de Lucien, David l'admirait tout en rectifiant les erreurs dans lesquelles le jetait la furie française. Cet homme juste avait un caractère timide en désaccord avec sa forte constitution, mais il ne manquait point de la persistance des hommes du Nord. S'il entrevoyait toutes les difficultés, il se promettait de les vaincre sans se rebuter; et, s'il avait la fermeté d'une vertu vraiment apostolique, il la tempérait par les grâces d'une inépuisable indulgence. Dans cette amitié déjà vieille, l'un des deux aimait avec idolâtrie, et c'était David. Aussi Lucien commandait-il en femme qui se sait aimée. David obéissait avec plaisir. La beauté physique de son ami comportait une supériorité qu'il acceptait en se trouvant lourd et commun.

« Au bœuf l'agriculture patiente, à l'oiseau la vie insouciante, se disait l'imprimeur. Je serai le bœuf, Lucien sera l'aigle. »

Depuis environ trois ans[1], les deux amis avaient donc confondu leurs destinées si brillantes dans l'avenir. Ils lisaient les grandes œuvres qui apparurent depuis la paix sur l'horizon littéraire et scientifique, les ouvrages de Schiller, de Goethe, de lord Byron, de Walter Scott, de Jean-Paul, de Berzélius, de Davy[1], de Cuvier, de Lamartine, etc. Ils s'échauffaient à ces grands foyers, ils s'essayaient en des œuvres avortées ou prises, quittées et reprises avec ardeur. Ils travaillaient continuellement sans lasser les inépuisables forces de la jeunesse. Également pauvres, mais dévorés par l'amour de l'art et de la science, ils oubliaient la misère présente en s'occupant à jeter les fondements de leur renommée.

« Lucien, sais-tu ce que je viens de recevoir de Paris ? dit l'imprimeur en tirant de sa poche un petit volume in-18. Écoute ! »

David lut, comme savent lire les poètes, l'idylle d'André de Chénier intitulée *Néère*, puis celle du *Jeune Malade*, puis l'élégie sur le suicide, celle dans le goût ancien, et les deux derniers ïambes.

« Voilà donc ce qu'est André de Chénier ? s'écria Lucien à plusieurs reprises. Il est désespérant », répétait-il pour la troisième fois quand David trop ému pour continuer lui laissa prendre le volume.

« Un poète retrouvé par un poète[2] ! » dit-il en voyant la signature de la préface.

« Après avoir produit ce volume, reprit David, Chénier croyait n'avoir rien fait qui fût digne d'être publié. »

Lucien lut à son tour l'épique morceau de *L'Aveugle* et plusieurs élégies. Quand il tomba sur le fragment :

S'ils n'ont point de bonheur, en est-il sur la terre[3] ?

il baisa le livre, et les deux amis pleurèrent, car tous deux aimaient avec idolâtrie. Les pampres s'étaient colorés, les vieux murs de la maison, fendillés, bossués, inégalement traversés par d'ignobles lézardes, avaient été revêtus de cannelures, de bossages, de bas-reliefs et des innombrables chefs-d'œuvre de je ne sais quelle architecture par les doigts d'une fée. La Fantaisie avait secoué ses fleurs et ses rubis sur la petite cour obscure. La Camille d'André Chénier était devenue pour David son Ève adorée, et pour Lucien une grande dame qu'il courtisait. La Poésie avait secoué les pans majestueux de sa robe étoilée sur l'atelier où grimaçaient les Singes et les Ours de la typographie. Cinq heures sonnaient, mais les deux amis n'avaient ni faim ni soif ; la vie leur était un rêve d'or, ils avaient tous les trésors de la terre à leurs pieds, ils apercevaient ce coin d'horizon bleuâtre indiqué du doigt par l'Espérance à ceux dont la vie est orageuse, et auxquels sa voix de sirène dit : « Allez, volez, vous échapperez au malheur par cet espace d'or, d'argent ou d'azur. » En ce moment un apprenti nommé Cérizet, un gamin de Paris que David avait fait venir à Angoulême, ouvrit la petite porte vitrée qui donnait de l'atelier dans la cour, et désigna les deux amis à un inconnu qui s'avança vers eux en les saluant.

« Monsieur, dit-il à David en tirant de sa poche un énorme cahier, voici un mémoire que je désirerais faire imprimer, voudriez-vous évaluer ce qu'il coûtera ?

— Monsieur, nous n'imprimons pas des manuscrits si considérables, répondit David sans regarder le cahier, voyez MM. Cointet.

— Mais nous avons cependant un très joli caractère qui pourrait convenir, reprit Lucien en prenant le manuscrit. Il faudrait que vous eussiez la complaisance de revenir demain, et de nous laisser votre ouvrage pour estimer les frais d'impression.

— N'est-ce pas à monsieur Lucien Chardon que j'ai l'honneur…

— Oui, monsieur, répondit le prote.

— Je suis heureux, monsieur, dit l'auteur, d'avoir pu rencontrer un jeune poète promis à de si belles destinées. Je suis envoyé par Mme de Bargeton. »

En entendant ce nom, Lucien rougit et balbutia

quelques mots pour exprimer sa reconnaissance de l'intérêt que lui portait Mme de Bargeton. David remarqua la rougeur et l'embarras de son ami, qu'il laissa soutenant la conversation avec le gentilhomme campagnard, auteur d'un mémoire sur la culture des vers à soie, et que la vanité poussait à se faire imprimer pour pouvoir être lu par ses collègues de la Société d'agriculture.

« Hé bien, Lucien, dit David quand le gentilhomme s'en alla, aimerais-tu Mme de Bargeton ?

— Éperdument !

— Mais vous êtes plus séparés l'un de l'autre par les préjugés que si vous étiez, elle à Pékin, toi dans le Groenland.

— La volonté de deux amants triomphe de tout, dit Lucien en baissant les yeux.

— Tu nous oublieras, répondit le craintif amant de la belle Ève.

— Peut-être t'ai-je, au contraire, sacrifié ma maîtresse, s'écria Lucien.

— Que veux-tu dire ?

— Malgré mon amour, malgré les divers intérêts qui me portent à m'impatroniser chez elle, je lui ai dit que je n'y retournerais jamais si un homme de qui les talents étaient supérieurs aux miens, dont l'avenir devait être glorieux, si David Séchard, mon frère, mon ami, n'y était reçu. Je dois trouver une réponse à la maison. Mais quoique tous les aristocrates soient invités ce soir pour m'entendre lire des vers, si la réponse est négative, je ne remettrai jamais les pieds chez Mme de Bargeton. »

David serra violemment la main de Lucien, après s'être essuyé les yeux. Six heures sonnèrent.

« Ève doit être inquiète, adieu », dit brusquement Lucien.

Il s'échappa, laissant David en proie à l'une de ces

émotions que l'on ne sent aussi complètement qu'à cet âge, surtout dans la situation où se trouvaient ces deux jeunes cygnes auxquels la vie de province n'avait pas encore coupé les ailes.

« Cœur d'or ! » s'écria David en accompagnant de l'œil Lucien qui traversait l'atelier.

Lucien descendit à l'Houmeau par la belle promenade de Beaulieu, par la rue du Minage et la Porte-Saint-Pierre. S'il prenait ainsi le chemin le plus long, dites-vous que la maison de Mme de Bargeton était située sur cette route. Il éprouvait tant de plaisir à passer sous les fenêtres de cette femme, même à son insu, que depuis deux mois il ne revenait plus à l'Houmeau par la Porte-Palet.

En arrivant sous les arbres de Beaulieu, il contempla la distance qui séparait Angoulême de l'Houmeau. Les mœurs du pays avaient élevé des barrières morales bien autrement difficiles à franchir que les rampes par où descendait Lucien. Le jeune ambitieux qui venait de s'introduire dans l'hôtel de Bargeton en jetant la gloire comme un pont volant entre la ville et le faubourg était inquiet de la décision de sa maîtresse comme un favori qui craint une disgrâce après avoir essayé d'étendre son pouvoir. Ces paroles doivent paraître obscures à ceux qui n'ont pas encore observé les mœurs particulières aux cités divisées en ville haute et ville basse ; mais il est d'autant plus nécessaire d'entrer ici dans quelques explications sur Angoulême, qu'elles feront comprendre Mme de Bargeton, un des personnages les plus importants de cette histoire.

Angoulême est une vieille ville, bâtie au sommet d'une roche en pain de sucre qui domine les prairies où se roule la Charente. Ce rocher tient vers le Périgord à une longue colline qu'il termine brusquement sur la route de Paris à Bordeaux, en formant une sorte de promontoire dessiné par trois pittoresques vallées. L'importance qu'avait cette ville au temps des guerres religieuses est attestée par ses remparts, par ses portes et par les restes d'une forteresse assise sur le piton du rocher. Sa situation en faisait jadis un point stratégique également précieux aux catholiques et aux calvinistes ; mais sa force d'autrefois constitue sa faiblesse aujourd'hui : en l'empêchant de s'étaler sur la Charente, ses remparts et la pente trop rapide du rocher l'ont condamnée à la plus funeste immobilité. Vers le temps où cette histoire s'y passa, le Gouvernement essayait de pousser la ville vers le Périgord en bâtissant le long de la colline le palais de la préfecture, une école de marine, des établissements militaires, en préparant des routes. Mais le Commerce avait pris les devants ailleurs. Depuis longtemps le bourg de l'Houmeau s'était agrandi comme une couche de champignons au pied du rocher et sur les bords de la rivière, le long de laquelle passe la grande route de Paris à Bordeaux. Personne n'ignore la célébrité des papeteries d'Angoulême, qui, depuis trois siècles, s'étaient forcément établies sur la Charente et sur ses affluents où elles trouvèrent des chutes d'eau. L'État avait fondé à Ruelle sa plus considérable fonderie de canons pour la marine[1]. Le roulage, la poste, les auberges, le charronnage, les entreprises de voitures publiques, toutes les industries qui vivent par la route et par la rivière, se groupèrent au bas d'Angoulême pour éviter les difficultés que présentent ses abords. Naturellement les tanneries, les blanchisseries, tous les commerces aquatiques restèrent à la portée de la Charente ; puis les magasins d'eaux-de-vie, les dépôts de toutes les matières premières voiturées par la rivière, enfin tout le transit borda la Charente de ses établissements. Le faubourg de l'Houmeau devint donc une ville industrieuse et riche, une seconde Angoulême que jalousa la ville haute où restèrent le Gouvernement, l'Évêché, la Justice, l'aristocratie. Ainsi, l'Houmeau, malgré son active et croissante puissance, ne fut qu'une annexe d'Angoulême. En haut la Noblesse et le Pouvoir, en bas le Commerce et l'Argent ; deux zones sociales constamment ennemies en tous lieux ; aussi est-il difficile de deviner qui des deux villes hait le plus sa rivale. La Restauration avait depuis neuf ans aggravé cet état de choses assez calme sous l'Empire. La plupart des maisons du haut Angoulême sont habitées ou par des familles nobles ou par d'antiques familles bourgeoises qui vivent de leurs revenus, et composent une sorte de nation autochtone dans laquelle les étrangers ne sont jamais reçus. À peine si, après deux cents ans d'habitation, si après une alliance avec l'une des familles primordiales, une famille venue de quelque province voisine se voit adoptée ; aux yeux des indigènes elle semble être arrivée d'hier dans le pays. Les préfets, les receveurs généraux, les administrations qui se sont succédé depuis quarante ans, ont tenté de civiliser ces vieilles familles perchées sur leur roche comme des corbeaux défiants : les familles ont accepté leurs fêtes et leurs dîners ; mais quant à les admettre chez elles, elles s'y sont refusées constamment. Moqueuses, dénigrantes, jalouses, avares, ces maisons se marient entre elles, se forment en bataillon serré pour ne laisser ni sortir ni entrer personne ; les créations du luxe moderne, elles les ignorent ; pour elles, envoyer un enfant à Paris, c'est vouloir le perdre. Cette prudence peint les mœurs et les coutumes arriérées de ces familles atteintes d'un royalisme inintelligent, entichées de dévotion plutôt que religieuses, qui toutes vivent immobiles comme leur ville et son rocher. Angoulême jouit cependant d'une grande réputation dans les provinces adjacentes pour l'éducation qu'on y reçoit. Les villes voisines y envoient leurs filles dans les pensions et dans les couvents. Il est facile de concevoir combien l'esprit de caste influe sur les sentiments qui divisent Angoulême et l'Houmeau. Le Commerce est riche, la Noblesse est généralement pauvre. L'une se venge de l'autre par un mépris égal des deux côtés. La bourgeoisie d'Angoulême épouse cette querelle. Le marchand de la haute ville dit d'un négociant du faubourg, avec un accent indéfinissable : « C'est un homme de l'Houmeau ! » En dessinant la position de la noblesse en France et lui donnant des espérances qui ne pouvaient se réaliser sans un bouleversement général, la Restauration étendit la distance morale qui séparait, encore plus fortement que la distance locale, Angoulême de l'Houmeau. La société noble, unie alors au gouvernement, devint là plus exclusive qu'en tout autre endroit de la France. L'habitant de l'Houmeau ressemblait assez à un paria. De là procédaient ces haines sourdes et profondes qui donnèrent une effroyable unanimité à l'insurrection de 1830, et détruisirent les éléments d'un durable État social en France. La morgue de la noblesse de cour désaffectionna du trône la noblesse de province, autant que celle-ci désaffectionnait la bourgeoisie en en froissant toutes les vanités. Un homme de l'Houmeau, fils d'un pharmacien, introduit chez Mme de Bargeton, était donc une petite révolution. Quels en étaient les auteurs ? Lamartine et Victor Hugo, Casimir Delavigne et Canalis, Béranger et Chateaubriand, Villemain et M. Aignan, Soumet et Tissot, Étienne et d'Avrigny, Benjamin Constant et La Mennais, Cousin et Michaud, enfin les vieilles aussi bien que les jeunes illustrations littéraires, les Libéraux comme les Royalistes[1]. Mme de Bargeton aimait les arts et les lettres, goût extravagant, manie hautement déplorée dans Angoulême, mais qu'il est nécessaire de justifier en esquissant la vie de cette femme née pour être célèbre, maintenue dans l'obscurité par de fatales circonstances, et dont l'influence détermina la destinée de Lucien.

M. de Bargeton était l'arrière-petit-fils d'un Jurat[1] de Bordeaux, nommé Mirault, anobli sous Louis XIII par suite d'un long exercice en sa charge. Sous Louis XIV, son fils, devenu Mirault de Bargeton, fut officier dans les Gardes de la Porte, et fit un si grand mariage d'argent, que, sous Louis XV, son fils fut appelé purement et simplement M. de Bargeton. Ce M. de Bargeton, petit-fils de M. Mirault-le-Jurat, tint si fort à se conduire en parfait gentilhomme, qu'il mangea tous les biens de la famille, et en arrêta la fortune. Deux de ses frères, grands-oncles du Bargeton actuel, redevinrent négociants, en sorte qu'il se trouve des Mirault dans le commerce à Bordeaux. Comme la terre de Bargeton, située en Angoumois dans la mouvance du fief de La Rochefoucauld, était substituée[2], ainsi qu'une maison d'Angoulême, appelée l'hôtel de Bargeton, le petit-fils de M. de Bargeton-le-mangeur hérita de ces deux biens. En 1789 il perdit ses droits utiles[3], et n'eut plus que le revenu de la terre, qui valait environ dix mille livres de rente. Si son grand-père eût suivi les glorieux exemples de Bargeton Ier et de Bargeton II, Bargeton V, qui peut se surnommer le Muet, aurait été marquis de Bargeton ; il se fût allié à quelque grande famille, se serait trouvé duc et pair comme tant d'autres ; tandis qu'en 1805, il fut très flatté d'épouser Mlle Marie-Louise-Anaïs de Nègrepelisse, fille d'un gentilhomme oublié depuis longtemps dans sa gentilhommière, quoiqu'il appartînt à la branche cadette d'une des plus antiques familles du midi de la France. Il y eut un Nègrepelisse parmi les otages de saint Louis ; mais le chef de la branche aînée porte l'illustre nom d'Espard, acquis sous Henri IV par un mariage avec l'héritière de cette famille. Ce gentilhomme, cadet d'un cadet, vivait sur le bien de sa femme, petite terre située près de Barbezieux, qu'il exploitait à merveille en allant vendre son blé au marché, brûlant lui-même son vin[1], et se moquant des railleries pourvu qu'il entassât des écus, et que de temps en temps il pût amplifier son domaine. Des circonstances assez rares au fond des provinces avaient inspiré à Mme de Bargeton le goût de la musique et de la littérature. Pendant la Révolution, un abbé Niollant, le meilleur élève de l'abbé Roze[2], se cacha dans le petit castel d'Escarbas, en y apportant son bagage de compositeur. Il avait largement payé l'hospitalité du vieux gentilhomme en faisant l'éducation de sa fille, Anaïs, nommée Naïs par abréviation, et qui sans cette aventure eût été abandonnée à elle-même ou, par un plus grand malheur, à quelque mauvaise femme de chambre. Non seulement l'abbé était musicien, mais il possédait des connaissances étendues en littérature, il savait l'italien et l'allemand. Il enseigna donc ces deux langues et le contrepoint à Mlle de Nègrepelisse ; il lui expliqua les grandes œuvres littéraires de la France, de l'Italie et de l'Allemagne, en déchiffrant avec elle la musique de tous les maîtres. Enfin, pour combattre le désœuvrement de la profonde solitude à laquelle les condamnaient les événements politiques, il lui apprit le grec et le latin, et lui donna quelque teinture des sciences naturelles. La présence d'une mère ne modifia point cette mâle éducation chez une jeune personne déjà trop portée à l'indépendance par la vie champêtre. L'abbé Niollant, âme enthousiaste et poétique, était surtout remarquable par l'esprit particulier aux artistes qui comporte plusieurs prisables qualités, mais qui s'élève au-dessus des idées bourgeoises par la liberté des jugements et par l'étendue des aperçus. Si, dans le monde, cet esprit se fait pardonner ses témérités par son originale profondeur, il peut sembler nuisible dans la vie privée par les écarts qu'il inspire. L'abbé ne manquait point de cœur, ses idées furent donc contagieuses pour une jeune fille chez qui l'exaltation naturelle aux jeunes personnes se trouvait corroborée par la solitude de la campagne. L'abbé Niollant communiqua sa hardiesse d'examen et sa facilité de jugement à son élève, sans songer que ces qualités si nécessaires à un homme deviennent des défauts chez une femme destinée aux humbles occupations d'une mère de famille. Quoique l'abbé recommandât continuellement à son élève d'être d'autant plus gracieuse et modeste que son savoir était plus étendu, Mlle de Nègrepelisse prit une excellente opinion d'elle-même, et conçut un robuste mépris pour l'humanité. Ne voyant autour d'elle que des inférieurs et des gens empressés de lui obéir, elle eut la hauteur des grandes dames, sans avoir les douces fourberies de leur politesse. Flattée dans toutes ses vanités par un pauvre abbé qui s'admirait en elle comme un auteur dans son œuvre, elle eut le malheur de ne rencontrer aucun point de comparaison qui l'aidât à se juger. Le manque de compagnie est un des plus grands inconvénients de la vie de campagne. Faute de rapporter aux autres les petits sacrifices exigés par le maintien et la toilette, on perd l'habitude de se gêner pour autrui. Tout en nous se vicie alors, la forme et l'esprit. N'étant pas réprimée par le commerce de la société, la hardiesse des idées de Mlle de Nègrepelisse passa dans ses manières, dans son regard ; elle eut cet air cavalier qui paraît au premier abord original, mais qui ne sied qu'aux femmes de vie aventureuse. Ainsi cette éducation, dont les aspérités se seraient polies dans les hautes régions sociales, devait la rendre ridicule à Angoulême, alors que ses adorateurs cesseraient de diviniser des erreurs, gracieuses pendant la jeunesse seulement. Quant à M. de Nègrepelisse, il aurait donné tous les livres de sa fille pour sauver un bœuf malade ; car il était si avare qu'il ne lui aurait pas accordé deux liards au-delà du revenu auquel elle avait droit, quand même il eût été question de lui acheter la bagatelle la plus nécessaire à son éducation. L'abbé mourut en 1802, avant le mariage de sa chère enfant, mariage qu'il aurait sans doute déconseillé. Le vieux gentilhomme se trouva bien empêché de sa fille quand l'abbé fut mort. Il se sentit trop faible pour soutenir la lutte qui allait éclater entre son avarice et l'esprit indépendant de sa fille inoccupée. Comme toutes les jeunes personnes sorties de la route tracée où doivent cheminer les femmes, Naïs avait jugé le mariage et s'en souciait peu. Elle répugnait à soumettre son intelligence et sa personne aux hommes sans valeur et sans grandeur personnelle qu'elle avait pu rencontrer. Elle voulait commander, et devait obéir. Entre obéir à des caprices grossiers, à des esprits sans indulgence pour ses goûts, et s'enfuir avec un amant qui lui plairait, elle n'aurait pas hésité. M. de Nègrepelisse était encore assez gentilhomme pour craindre une mésalliance. Comme beaucoup de pères, il se résolut à marier sa fille, moins pour elle que pour sa propre tranquillité. Il lui fallait un noble ou un gentilhomme peu spirituel, incapable de chicaner sur le compte de tutelle qu'il voulait rendre à sa fille, assez nul d'esprit et de volonté pour que Naïs pût se conduire à sa fantaisie, assez désintéressé pour l'épouser sans dot. Mais comment trouver un gendre qui convînt également au père et à la fille ? Un pareil homme était le phénix des gendres. Dans ce double intérêt, M. de Nègrepelisse étudia les hommes de la province, et M. de Bargeton lui parut être le seul qui répondît à son programme. M. de Bargeton, quadragénaire fort endommagé par les dissipations amoureuses de sa jeunesse, était accusé d'une remarquable impuissance d'esprit ; mais il lui restait précisément assez de bon sens pour gérer sa fortune, et assez de manières pour demeurer dans le monde d'Angoulême sans y commettre ni gaucheries ni sottises. M. de Nègrepelisse expliqua tout crûment à sa fille la valeur négative du mari modèle qu'il lui proposait, et lui fit apercevoir le parti qu'elle en pouvait tirer pour son propre bonheur : elle épousait des armes déjà vieilles de deux cents ans, les Bargeton *écartèlent d'or à trois massacres de cerf de gueules, deux et un croisés de trois rencontres de bœuf de sable, un et deux fascé d'azur et d'argent de six pièces, l'azur chargé de six coquilles d'or, trois, deux et un.* Munie d'un chaperon, elle conduirait à son gré sa fortune à l'abri d'une raison sociale, et à l'aide des liaisons que son esprit et sa beauté lui procureraient à Paris. Naïs fut séduite par la perspective d'une semblable liberté. M. de Bargeton crut faire un brillant mariage, en estimant que son beau-père ne tarderait pas à lui laisser la terre qu'il arrondissait avec amour ; mais en ce moment M. de Nègrepelisse paraissait devoir écrire l'épitaphe de son gendre.

Mme de Bargeton se trouvait alors âgée de trente-six ans, et son mari en avait cinquante-huit. Cette disparité choquait d'autant plus que M. de Bargeton semblait avoir soixante-dix ans, tandis que sa femme pouvait impunément jouer à la jeune fille, se mettre en rose, ou se coiffer à l'enfant. Quoique leur fortune n'excédât pas douze mille livres de rente, elle était classée parmi les six fortunes les plus considérables de la vieille ville, les négociants et les administrateurs exceptés. La nécessité de cultiver leur père, dont Mme de Bargeton attendait l'héritage pour aller à Paris, et qui le fit si bien attendre que son gendre mourut avant lui, força M. et Mme de Bargeton d'habiter Angoulême, où les brillantes qualités d'esprit et les richesses brutes cachées dans le cœur de Naïs devaient se perdre sans fruit, et se changer avec le temps en ridicules. En effet, nos ridicules sont en grande partie causés par un beau sentiment, par des vertus ou par des facultés portées à l'extrême. La fierté que ne modifie pas l'usage du grand monde devient de la roideur en se déployant sur de petites choses au lieu de s'agrandir dans un cercle de sentiments élevés. L'exaltation, cette vertu dans la vertu, qui engendre les saintes, qui inspire les dévouements cachés et les éclatantes poésies, devient de l'exagération en se prenant aux riens de la province. Loin du centre où brillent les grands esprits, où l'air est chargé de pensées, où tout se renouvelle, l'instruction vieillit, le goût se dénature comme une eau stagnante. Faute d'exercice, les passions se rapetissent en grandissant des choses minimes. Là est la raison de l'avarice et du commérage qui empestent la vie de province. Bientôt, l'imitation des idées étroites et des manières mesquines gagne la personne la plus distinguée. Ainsi périssent des hommes nés grands, des femmes qui, redressées par les enseignements du monde et formées par des esprits supérieurs, eussent été charmantes. Mme de Bargeton prenait la lyre à propos d'une bagatelle, sans distinguer les poésies personnelles des poésies publiques. Il est en effet des sensations incomprises qu'il faut garder pour soi-même. Certes, un coucher de soleil est un grand poème, mais une femme n'est-elle pas ridicule en le dépeignant à grands mots devant des gens matériels ? Il s'y rencontre de ces voluptés qui ne peuvent se savourer qu'à deux, poète à poète, cœur à cœur. Elle avait le défaut d'employer de ces immenses phrases bardées de mots emphatiques, si ingénieusement nommées des *tartines* dans l'argot du journalisme qui tous les matins en taille à ses abonnés de fort peu digérables, et que néanmoins ils avalent. Elle prodiguait démesurément des superlatifs qui chargeaient sa conversation où les moindres choses prenaient des proportions gigantesques. Dès cette époque elle commençait à tout *typiser*, *individua-*

liser, synthétiser, dramatiser, supérioriser, analyser, poétiser, prosaïser, colossifier, angéliser, néologiser et *tragiquer* ; car il faut violer pour un moment la langue, afin de peindre des travers nouveaux que partagent quelques femmes. Son esprit s'enflammait d'ailleurs comme son langage. Le dithyrambe était dans son cœur et sur ses lèvres. Elle palpitait, elle se pâmait, elle s'enthousiasmait pour tout événement : pour le dévouement d'une sœur grise et l'exécution des frères Faucher[1], pour l'*Ipsiboé* de M. d'Arlincourt comme pour l'*Anaconda* de Lewis[2], pour l'évasion de Lavalette[3] comme pour une de ses amies qui avait mis des voleurs en fuite en faisant la grosse voix. Pour elle, tout était sublime, extraordinaire, étrange, divin, merveilleux. Elle s'animait, se courrouçait, s'abattait sur elle-même, s'élançait, retombait, regardait le ciel ou la terre ; ses yeux se remplissaient de larmes. Elle usait sa vie en de perpétuelles admirations et se consumait en d'étranges dédains. Elle concevait le pacha de Janina[4], elle aurait voulu lutter avec lui dans son sérail, et trouvait quelque chose de grand à être cousue dans un sac et jetée à l'eau. Elle enviait lady Esther Stanhope[5], ce bas-bleu du désert. Il lui prenait envie de se faire sœur de Sainte-Camille et d'aller mourir de la fièvre jaune à Barcelone[6] en soignant les malades : c'était là une grande, une noble destinée ! Enfin, elle avait soif de tout ce qui n'était pas l'eau claire de sa vie, cachée entre les herbes. Elle adorait lord Byron, Jean-Jacques Rousseau, toutes les existences poétiques et dramatiques. Elle avait des larmes pour tous les malheurs et des fanfares pour toutes les victoires. Elle sympathisait avec Napoléon vaincu, elle sympathisait avec Méhémet-Ali massacrant les tyrans de l'Égypte[7]. Enfin elle revêtait les gens de génie d'une auréole, et croyait qu'ils vivaient de parfums et de lumière. À beaucoup de personnes, elle paraissait une folle dont la folie était sans danger ; mais, certes, à quelque perspicace observateur, ces choses eussent semblé les débris d'un magnifique amour écroulé aussitôt que bâti, les restes d'une Jérusalem céleste, enfin l'amour sans l'amant. Et c'était vrai. L'histoire des dix-huit premières années du mariage de Mme de Bargeton peut s'écrire en peu de mots. Elle vécut pendant quelque temps de sa propre substance et d'espérances lointaines. Puis, après avoir reconnu que la vie de Paris, à laquelle elle aspirait, lui était interdite par la médiocrité de sa fortune, elle se prit à examiner les personnes qui l'entouraient, et frémit de sa solitude. Il ne se trouvait autour d'elle aucun homme qui pût lui inspirer une de ces folies auxquelles les femmes se livrent, poussées par le désespoir que leur cause une vie sans issue, sans événement, sans intérêt. Elle ne pouvait compter sur rien, pas même sur le hasard, car il y a des vies sans hasard. Au temps où l'Empire brillait de toute sa gloire, lors du passage de Napoléon en Espagne, où il envoyait la fleur de ses troupes, les espérances de cette femme, trompées jusqu'alors, se réveillèrent. La curiosité la poussa naturellement à contempler ces héros qui conquéraient l'Europe sur un mot mis à l'ordre du jour, et qui renouvelaient les fabuleux exploits de la chevalerie. Les villes les plus avaricieuses et les plus réfractaires étaient obligées de fêter la Garde impériale, au-devant de laquelle allaient les maires et les préfets, une harangue en bouche, comme pour la Royauté. Mme de Bargeton, venue à une redoute[1] offerte par un régiment à la ville, s'éprit d'un gentilhomme, simple sous-lieutenant à qui le rusé Napoléon avait montré le bâton de maréchal de France. Cette passion contenue, noble, grande, et qui contrastait avec les passions alors si facilement nouées et dénouées, fut chastement consacrée par la main de la mort. À Wagram, un boulet de canon écrasa sur le cœur du marquis de Cante-Croix le seul portrait qui attestât la beauté de Mme de Bargeton. Elle pleura longtemps ce beau jeune homme, qui en deux campagnes était devenu colonel, échauffé par la gloire, par l'amour, et qui mettait une lettre de Naïs au-dessus des distinctions impériales. La douleur jeta sur la figure de cette femme un voile de tristesse. Ce nuage ne se dissipa qu'à l'âge terrible où la femme commence à regretter ses belles années passées sans qu'elle en ait joui, où elle voit ses roses se faner, où les désirs d'amour renaissent avec l'envie de prolonger les derniers sourires de la jeunesse. Toutes ses supériorités firent plaie dans son âme au moment où le froid de la province la saisit. Comme l'hermine, elle serait morte de chagrin si, par hasard, elle se fût souillée au contact d'hommes qui ne pensaient qu'à jouer quelques sous, le soir, après avoir bien dîné. Sa fierté la préserva des tristes amours de la province. Entre la nullité des hommes qui l'entouraient et le néant, une femme si supérieure dut préférer le néant. Le mariage et le monde furent donc pour elle un monastère. Elle vécut par la poésie, comme la carmélite vit par la religion. Les ouvrages des illustres étrangers jusqu'alors inconnus qui se publièrent de 1815 à 1821[1], les grands traités de M. de Bonald, et ceux de M. de Maistre, ces deux aigles penseurs[2], enfin les œuvres moins grandioses de la littérature française qui poussa si vigoureusement ses premiers rameaux, lui embellirent sa solitude, mais n'assouplirent ni son esprit ni sa personne. Elle resta droite et forte comme un arbre qui a soutenu un coup de foudre sans en être abattu. Sa dignité se guinda, sa royauté la rendit précieuse et quintessenciée. Comme tous ceux qui se laissent adorer par des courtisans quelconques, elle trônait avec ses défauts. Tel était le passé de Mme de Bargeton, froide histoire, nécessaire à dire pour faire comprendre sa liaison avec Lucien, qui fut assez singulièrement introduit chez elle. Pendant ce dernier hiver, il était survenu dans la ville une personne qui avait animé la vie monotone que menait Mme de Bargeton. La place de directeur des contributions indirectes étant venue à vaquer, M. de Barante[1] envoya pour l'occuper un homme de qui la destinée aventureuse plaidait assez en sa faveur pour que la curiosité féminine lui servît de passeport chez la reine du pays.

M. du Châtelet, venu au monde Sixte Châtelet tout court, mais qui dès 1806 avait eu le bon esprit de se qualifier, était un de ces agréables jeunes gens qui, sous Napoléon, échappèrent à toutes les conscriptions en demeurant auprès du soleil impérial. Il avait commencé sa carrière par la place de secrétaire des commandements[2] d'une princesse impériale. M. du Châtelet possédait toutes les incapacités exigées par sa place. Bien fait, joli homme, bon danseur, savant joueur de billard, adroit à tous les exercices, médiocre acteur de société, chanteur de romances, applaudisseur de bons mots, prêt à tout, souple, envieux, il savait et ignorait tout. Ignorant en musique, il accompagnait au piano tant bien que mal une femme qui voulait chanter par complaisance une romance apprise avec mille peines pendant un mois. Incapable de sentir la poésie, il demandait hardiment la permission de se promener pendant dix minutes pour faire un impromptu, quelque quatrain plat comme un soufflet, et où la rime remplaçait l'idée. M. du Châtelet était encore doué du talent de remplir la tapisserie dont les fleurs avaient été commencées par la princesse ; il tenait avec une grâce infinie les écheveaux de soie qu'elle dévidait, en lui disant des riens où la gravelure se cachait sous une gaze plus ou moins trouée. Ignorant en peinture, il savait copier un paysage, crayonner un profil, croquer un costume et le colorier. Enfin il avait tous ces petits talents qui étaient de si grands véhicules de fortune dans un temps où les femmes ont eu plus d'influence qu'on ne le croit sur les affaires. Il se prétendait fort en diplomatie, la science de ceux qui n'en ont aucune et qui sont profonds par leur vide ; science d'ailleurs fort commode, en ce sens qu'elle se démontre par l'exercice même de ses hauts emplois ; que voulant des hommes discrets, elle permet aux ignorants de ne rien dire, de se retrancher dans des hochements de tête mystérieux ; et qu'enfin l'homme le plus fort en cette science est celui qui nage en tenant sa tête au-dessus du fleuve des événements qu'il semble alors conduire, ce qui devient une question de légèreté spécifique. Là, comme dans les arts, il se rencontre mille médiocrités pour un homme de génie. Malgré son service ordinaire et extraordinaire auprès de l'Altesse Impériale, le crédit de sa protectrice n'avait pu le placer au Conseil d'État : non qu'il n'eût fait un délicieux maître des requêtes comme tant d'autres, mais la princesse le trouvait mieux placé près d'elle que partout ailleurs. Cependant il fut nommé baron, vint à Cassel[1] comme envoyé extraordinaire, et y parut en effet très extraordinaire. En d'autres termes, Napoléon s'en servit au milieu d'une crise comme d'un courrier diplomatique. Au moment où l'Empire tomba, le baron du Châtelet avait la promesse d'être nommé ministre en Westphalie, près de Jérôme. Après avoir manqué ce qu'il nommait une ambassade de famille, le désespoir le prit ; il fit un voyage en Égypte avec le général Armand de Montriveau. Séparé de son compagnon par des événements bizarres, il avait erré pendant deux ans de désert en désert, de tribu en tribu, captif des Arabes qui se le revendaient les uns aux autres sans pouvoir tirer le moindre parti de ses talents. Enfin, il atteignit les possessions de l'imam de Mascate, pendant que Montriveau se dirigeait sur Tanger ; mais il eut le bonheur de trouver à Mascate un bâtiment anglais qui mettait à la voile, et put revenir à Paris un an avant son compagnon de voyage. Ses malheurs récents, quelques liaisons d'ancienne date, des services rendus à des personnages alors en faveur, le recommandèrent au président du Conseil, qui le plaça près de M. de Barante, en attendant la première Direction libre. Le rôle rempli par M. du Châtelet auprès de l'Altesse Impériale, sa réputation d'homme à bonnes fortunes, les événements singuliers de son voyage, ses souffrances, tout excita la curiosité des femmes d'Angoulême. Ayant appris les mœurs de la haute ville, M. le baron Sixte du Châtelet se conduisit en conséquence. Il fit le malade, joua l'homme dégoûté, blasé. À tout propos, il se prit la tête comme si ses souffrances ne lui laissaient pas un moment de relâche, petite manœuvre qui rappelait son voyage et le rendait intéressant. Il alla chez les autorités supérieures, le général, le Préfet, le receveur général et l'évêque ; mais il se montra partout poli, froid, légèrement dédaigneux comme les hommes qui ne sont pas à leur place et qui attendent les faveurs du pouvoir. Il laissa deviner ses talents de société, qui gagnèrent à ne pas être connus ; puis, après s'être fait désirer, sans avoir lassé la curiosité, après avoir reconnu la nullité des hommes et savamment examiné les femmes pendant plusieurs dimanches à la cathédrale, il reconnut en Mme de Bargeton la personne dont l'intimité lui convenait. Il compta sur la musique pour s'ouvrir les portes de cet hôtel impénétrable aux étrangers. Il se procura secrètement une messe de Miroir[1], l'étudia au piano ; puis, un beau dimanche où toute la société d'Angoulême était à la messe, il extasia les ignorants en touchant l'orgue, et réveilla l'intérêt qui s'était attaché à sa personne en faisant indiscrètement circuler son nom par les gens du bas clergé. Au sortir de l'église, Mme de Bargeton le complimenta, regretta de ne pas avoir l'occasion de faire de la musique avec lui ;

pendant cette rencontre cherchée, il se fit naturellement offrir le passeport qu'il n'eût pas obtenu s'il l'eût demandé. L'adroit baron vint chez la reine d'Angoulême, à laquelle il rendit des soins compromettants. Ce vieux beau, car il avait quarante-cinq ans, reconnut dans cette femme toute une jeunesse à ranimer, des trésors à faire valoir, peut-être une veuve riche en espérances à épouser, enfin une alliance avec la famille des Nègrepelisse, qui lui permettrait d'aborder à Paris la marquise d'Espard, dont le crédit pouvait lui rouvrir la carrière politique. Malgré le gui sombre et luxuriant qui gâtait ce bel arbre, il résolut de s'y attacher, de l'émonder, de le cultiver, d'en obtenir de beaux fruits. L'Angoulême noble cria contre l'introduction d'un giaour[1] dans la Casbah, car le salon de Mme de Bargeton était le Cénacle d'une société pure de tout alliage. L'évêque seul y venait habituellement, le préfet y était reçu deux ou trois fois dans l'an ; le receveur général n'y pénétrait point ; Mme de Bargeton allait à ses soirées, à ses concerts, et ne dînait jamais chez lui. Ne pas voir le receveur général et agréer un simple directeur des contributions, ce renversement de la hiérarchie parut inconcevable aux autorités dédaignées.

Ceux qui peuvent s'initier par la pensée à des petitesses qui se retrouvent d'ailleurs dans chaque sphère sociale doivent comprendre combien l'hôtel de Bargeton était imposant dans la bourgeoisie d'Angoulême. Quant à l'Houmeau, les grandeurs de ce Louvre au petit pied, la gloire de cet hôtel de Rambouillet angoumoisin brillait à une distance solaire. Tous ceux qui s'y rassemblaient étaient les plus pitoyables esprits, les plus mesquines intelligences, les plus pauvres sires à vingt lieues à la ronde. La politique se répandait en banalités verbeuses et passionnées ; *La Quotidienne*[2] y paraissait tiède, Louis XVIII y était traité de Jacobin. Quant aux femmes, la plupart sottes et sans grâce se mettaient mal, toutes avaient quelque imperfection qui les faussait, rien n'y était complet, ni la conversation ni la toilette, ni l'esprit ni la chair. Sans ses projets sur Mme de Bargeton, Châtelet n'y eût pas tenu. Néanmoins, les manières et l'esprit de caste, l'air gentilhomme, la fierté du noble au petit castel, la connaissance des lois de la politesse y couvraient tout ce vide. La noblesse des sentiments y était beaucoup plus réelle que dans la sphère des grandeurs parisiennes ; il y éclatait un respectable attachement *quand même* aux Bourbons. Cette société pouvait se comparer, si cette image est admissible, à une argenterie de vieille forme, noircie, mais pesante. L'immobilité de ses opinions politiques ressemblait à de la fidélité. L'espace mis entre elle et la bourgeoisie, la difficulté d'y parvenir simulaient une sorte d'élévation et lui donnaient une valeur de convention. Chacun de ces nobles avait son prix pour les habitants, comme le cauris représente l'argent chez les nègres du Bambara[1]. Plusieurs femmes, flattées par M. du Châtelet et reconnaissant en lui des supériorités qui manquaient aux hommes de leur société, calmèrent l'insurrection des amours-propres : toutes espéraient s'approprier la succession de l'Altesse Impériale. Les puristes pensèrent qu'on verrait l'intrus chez Mme de Bargeton, mais qu'il ne serait reçu dans aucune autre maison. Du Châtelet essuya plusieurs impertinences, mais il se maintint dans sa position en cultivant le clergé. Puis il caressa les défauts que le terroir avait donnés à la reine d'Angoulême, il lui apporta tous les livres nouveaux, il lui lisait les poésies qui paraissaient. Ils s'extasiaient ensemble sur les œuvres des jeunes poètes, elle de bonne foi, lui s'ennuyant, mais prenant en patience les poètes romantiques, qu'en homme de l'école impériale il comprenait peu. Mme de Bargeton, enthousiasmée de la renaissance due à l'influence des lys, aimait M. de Chateaubriand de ce qu'il avait nommé Victor Hugo un enfant sublime[1]. Triste de ne connaître le génie que de loin, elle soupirait après Paris, où vivaient les grands hommes. M. du Châtelet crut alors faire merveille en lui apprenant qu'il existait à Angoulême *un autre enfant sublime*, un jeune poète qui, sans le savoir, surpassait en éclat le lever sidéral des constellations parisiennes. Un grand homme futur était né dans l'Houmeau ! Le proviseur du collège avait montré d'admirables pièces de vers au baron. Pauvre et modeste, l'enfant était un Chatterton sans lâcheté politique, sans la haine féroce contre les grandeurs sociales qui poussa le poète anglais à écrire des pamphlets contre ses bienfaiteurs[2]. Au milieu des cinq ou six personnes qui partageaient son goût pour les arts et les lettres, celui-ci parce qu'il raclait un violon, celui-là parce qu'il tachait plus ou moins le papier blanc de quelque sépia, l'un en sa qualité de président de la Société d'agriculture, l'autre en vertu d'une voix de basse qui lui permettait de chanter en manière d'hallali le *Se fiato in corpo avete*[3] ; parmi ces figures fantasques, Mme de Bargeton se trouvait comme un affamé devant un dîner de théâtre où les mets sont en carton. Aussi rien ne pourrait-il peindre sa joie au moment où elle apprit cette nouvelle. Elle voulut voir ce poète, cet ange ! elle en raffola, elle s'enthousiasma, elle en parla pendant des heures entières. Le surlendemain l'ancien courrier diplomatique avait négocié par le proviseur la présentation de Lucien chez Mme de Bargeton.

Vous seuls, pauvres ilotes de province pour qui les distances sociales sont plus longues à parcourir que pour les Parisiens aux yeux desquels elles se raccourcissent de jour en jour, vous sur qui pèsent si durement les grilles entre lesquelles chacun des différents mondes du monde s'anathématise et se dit *Raca*[4], vous seuls comprendrez le bouleversement qui laboura la cervelle et le cœur de Lucien Chardon, quand son imposant proviseur lui dit que les portes de l'hôtel de Bargeton allaient s'ouvrir devant lui ! la gloire les avait fait tourner sur leurs gonds ! il serait bien accueilli dans cette maison dont les vieux pignons attiraient son regard quand il se promenait le soir à Beaulieu avec David, en se disant que leurs noms ne parviendraient peut-être jamais à ces oreilles dures à la science lorsqu'elle partait de trop bas. Sa sœur fut seule initiée à ce secret. En bonne ménagère, en divine devineresse, Ève sortit quelques louis du trésor pour aller acheter à Lucien des souliers fins chez le meilleur bottier d'Angoulême, un habillement neuf chez le plus célèbre tailleur. Elle lui garnit sa meilleure chemise d'un jabot qu'elle blanchit et plissa elle-même. Quelle joie, quand elle le vit ainsi vêtu ! combien elle fut fière de son frère ! combien de recommandations ! Elle devina mille petites niaiseries. L'entraînement de la méditation avait donné à Lucien l'habitude de s'accouder aussitôt qu'il était assis, il allait jusqu'à attirer une table pour s'y appuyer ; Ève lui défendit de se laisser aller dans le sanctuaire aristocratique à des mouvements sans gêne. Elle l'accompagna jusqu'à la porte Saint-Pierre, arriva presque en face de la cathédrale, le regarda prenant par la rue de Beaulieu, pour aller sur la Promenade où l'attendait M. du Châtelet. Puis la pauvre fille demeura tout émue comme si quelque grand événement se fût accompli. Lucien chez Mme de Bargeton, c'était pour Ève l'aurore de la fortune. La sainte créature, elle ignorait que là où l'ambition commence, les naïfs sentiments cessent. En arrivant dans la rue du Minage, les choses extérieures n'étonnèrent point Lucien. Ce Louvre tant agrandi par ses idées était une maison bâtie en pierre tendre particulière au pays, et dorée par le temps. L'aspect, assez triste sur la rue, était intérieurement fort simple : c'était la cour de province, froide et proprette ; une architecture sobre, quasi monastique, bien conservée. Lucien monta par un vieil escalier à balustres de châtaignier dont les marches cessaient d'être en pierre à partir du premier étage. Après avoir traversé une antichambre mesquine, un grand salon peu éclairé, il trouva la souveraine dans un petit salon lambrissé de boiseries sculptées dans le goût du dernier siècle et peintes en gris. Le dessus des portes était en camaïeu. Un vieux damas rouge, maigrement accompagné, décorait les panneaux. Les meubles de vieille forme se cachaient piteusement sous des housses à carreaux rouges et blancs. Le poète aperçut Mme de Bargeton assise sur un canapé à petit matelas piqué, devant une table ronde couverte d'un tapis vert, éclairée par un flambeau de vieille forme, à deux bougies et à garde-vue. La reine ne se leva point, elle se tortilla fort agréablement sur son siège, en souriant au poète, que ce trémoussement serpentin émut beaucoup, il le trouva distingué. L'excessive beauté de Lucien, la timidité de ses manières, sa voix, tout en lui saisit Mme de Bargeton. Le poète était déjà la poésie. Le jeune homme examina, par de discrètes œillades, cette femme qui lui parut en harmonie avec son renom ; elle ne trompait aucune de ses idées sur la grande dame. Mme de Bargeton portait, suivant une mode nouvelle, un béret tailladé en velours noir. Cette coiffure comporte un souvenir du Moyen Âge, qui en impose à un jeune homme en amplifiant pour ainsi dire la femme ; il s'en échappait une folle chevelure d'un blond rouge, dorée à la lumière, ardente au contour des boucles. La noble dame avait le teint éclatant par lequel une femme rachète les prétendus inconvénients de cette fauve couleur. Ses yeux gris étincelaient, son front déjà ridé les couronnait bien par sa masse blanche hardiment taillée ; ils étaient cernés par une marge nacrée où, de chaque côté du nez, deux veines bleues faisaient ressortir la blancheur de ce délicat encadrement. Le nez offrait une courbure bourbonienne, qui ajoutait au feu d'un visage long en présentant comme un point brillant où se peignait le royal entraînement des Condé. Les cheveux ne cachaient pas entièrement le cou. La robe, négligemment croisée, laissait voir une poitrine de neige, où l'œil devinait une gorge intacte et bien placée. De ses doigts effilés et soignés, mais un peu secs, Mme de Bargeton fit au jeune poète un geste amical, pour lui indiquer la chaise qui était près d'elle. M. du Châtelet prit un fauteuil. Lucien s'aperçut alors qu'ils étaient seuls. La conversation de Mme de Bargeton enivra le poète de l'Houmeau. Les trois heures passées près d'elle furent pour Lucien un de ces rêves que l'on voudrait rendre éternels. Il trouva cette femme plutôt maigrie que maigre, amoureuse sans amour, maladive malgré sa force ; ses défauts, que ses manières exagéraient, lui plurent, car les jeunes gens commencent par aimer l'exagération, ce mensonge des belles âmes. Il ne remarqua point la flétrissure des joues couperosées sur les pommettes, et auxquelles les ennuis et quelques souffrances avaient donné des tons de brique. Son imagination s'empara d'abord de ces yeux de feu, de ces boucles élégantes où ruisselait la lumière, de cette éclatante blancheur, points lumineux auxquels il se prit comme un papillon aux bougies. Puis cette âme parla trop à la sienne pour qu'il pût juger la femme. L'entrain de cette exaltation féminine, la verve des phrases un peu vieilles que répétait depuis longtemps Mme de Bargeton, mais qui lui parurent neuves, le fascinèrent d'autant mieux qu'il voulait trouver tout bien. Il n'avait point apporté de poésie à lire ; mais il n'en fut pas question : il avait oublié ses vers pour avoir le droit de revenir ; Mme de Bargeton n'en avait point parlé pour l'engager à lui faire quelque lecture un autre jour. N'était-ce pas une première entente ?

M. Sixte du Châtelet fut mécontent de cette réception. Il aperçut tardivement un rival dans ce beau jeune homme, qu'il reconduisit jusqu'au détour de la première rampe au-dessous de Beaulieu, dans le dessein de le soumettre à sa diplomatie. Lucien ne fut pas médiocrement étonné d'entendre le directeur des contributions indirectes se vantant de l'avoir introduit, et lui donnant à ce titre des conseils.

« Plût à Dieu qu'il fût mieux traité que lui, disait M. du Châtelet. La cour était moins impertinente que cette société de ganaches. On y recevait des blessures mortelles, on y essuyait d'affreux dédains. La révolution de 1789 recommencerait si ces gens-là ne se réformaient pas. Quant à lui, s'il continuait d'aller dans cette maison, c'était par goût pour Mme de Bargeton, la seule femme un peu propre qu'il y eût à Angoulême, à laquelle il avait fait la cour par désœuvrement, et de laquelle il était devenu follement amoureux. Il allait bientôt la posséder, il était aimé, tout le lui présageait. La soumission de cette reine orgueilleuse serait la seule vengeance qu'il tirerait de cette sotte maisonnée de hobereaux. »

Châtelet exprima sa passion en homme capable de tuer un rival s'il en rencontrait un. Le vieux papillon impérial tomba de tout son poids sur le pauvre poète, en essayant de l'écraser sous son importance et de lui faire peur. Il se grandit en racontant les périls de son voyage grossis ; mais, s'il imposa à l'imagination du poète, il n'effraya point l'amant.

Depuis cette soirée, nonobstant le vieux fat, malgré ses menaces et sa contenance de spadassin bourgeois, Lucien était revenu chez Mme de Bargeton, d'abord avec la discrétion d'un homme de l'Houmeau ; puis il se familiarisa bientôt avec ce qui lui avait paru d'abord une énorme faveur, et vint la voir de plus en plus souvent. Le fils d'un pharmacien fut pris, par les gens de cette société, pour un être sans conséquence. Dans les commencements, si quelque gentilhomme ou quelque femme venus en visite chez Naïs rencontraient Lucien, tous avaient pour lui l'accablante politesse dont usent les gens comme il faut avec leurs inférieurs. Lucien trouva d'abord ce monde fort gracieux ; mais, plus tard, il reconnut le sentiment d'où procédaient ces fallacieux égards. Bientôt il surprit quelques airs protecteurs qui remuèrent son fiel et le confirmèrent dans les haineuses idées républicaines par lesquelles beaucoup de ces futurs Patriciens préludent avec la haute société. Mais combien de souffrances n'aurait-il pas endurées pour Naïs qu'il entendait nommer ainsi, car entre eux les intimes de ce clan, de même que les Grands d'Espagne et les personnages de la *Crème* à Vienne[1], s'appelaient, hommes et femmes, par leurs petits noms, dernière nuance inventée pour mettre une distinction au cœur de l'aristocratie angoumoisine.

Naïs fut aimée comme tout jeune homme aime la première femme qui le flatte, car Naïs pronostiquait un grand avenir, une gloire immense à Lucien. Mme de Bargeton usa de toute son adresse pour établir chez elle son poète : non seulement elle l'exaltait outre mesure, mais elle le représentait comme un enfant sans fortune, qu'elle voulait placer ; elle le rapetissait pour le garder ; elle en faisait son lecteur, son secrétaire ; mais elle l'aimait plus qu'elle ne croyait pouvoir aimer après l'affreux malheur qui lui était advenu. Elle se traitait fort mal intérieurement, elle se disait que ce serait une folie d'aimer un jeune homme de vingt ans, qui par sa position était déjà si loin d'elle. Ses familiarités étaient capricieusement démenties par les fiertés que lui inspiraient ses scrupules. Elle se montrait tour à tour altière et protectrice, tendre et flatteuse. D'abord intimidé par le haut rang de cette femme, Lucien eut donc toutes les terreurs, les espoirs et les désespérances qui martèlent le premier amour et le mettent si avant dans le cœur par les coups que frappent alternativement la douleur et le plaisir. Pendant deux mois il vit en elle une bienfaitrice qui allait s'occuper de lui maternellement. Mais les confidences commencèrent. Mme de Bargeton appela son poète cher Lucien ; puis cher, tout court. Le poète enhardi nomma cette grande dame Naïs. En l'entendant lui donner ce nom, elle eut une de ces colères qui séduisent tant un enfant ; elle lui reprocha de prendre le nom dont se servait tout le monde. La fière et noble Nègrepelisse offrit à ce bel ange celui de ses noms qui se trouvait encore neuf, elle voulut être Louise pour lui[1]. Lucien atteignit au troisième ciel de l'amour. Un soir, Lucien étant entré pendant que Louise contemplait un portrait qu'elle serra promptement, il voulut le voir. Pour calmer le désespoir d'un premier accès de jalousie, Louise montra le portrait du jeune Cante-Croix et raconta, non sans larmes, la douloureuse histoire de ses amours, si purs et si cruellement étouffés. S'essayait-elle à quelque infidélité envers son mort, ou avait-elle inventé de faire à Lucien un rival de ce portrait ? Lucien était trop jeune pour analyser sa maîtresse, il se désespéra naïvement car elle ouvrit la campagne pendant laquelle les femmes font battre en brèche des scrupules plus ou moins ingénieusement fortifiés. Leurs discussions sur les devoirs, sur les convenances, sur la religion, sont comme des places fortes qu'elles aiment à voir prendre d'assaut. L'innocent Lucien n'avait pas besoin de ces coquetteries, il eût guerroyé tout naturellement.

« Je ne mourrai pas, moi, je vivrai pour vous », dit audacieusement un soir Lucien qui voulut en finir avec M. de Cante-Croix et qui jeta sur Louise un regard où se peignait une passion arrivée à terme.

Effrayée des progrès que ce nouvel amour faisait

chez elle et chez son poète, elle lui demanda les vers promis pour la première page de son album, en cherchant un sujet de querelle dans le retard qu'il mettait à les faire. Que devint-elle en lisant les deux stances suivantes, qu'elle trouva naturellement plus belles que les meilleures du poète de l'aristocratie, Canalis ?

Le magique pinceau, les muses mensongères
N'orneront pas toujours de mes feuilles légères
Le fidèle vélin ;
Et le crayon furtif de ma belle maîtresse
Me confîra souvent sa secrète allégresse
Ou son muet chagrin.

Ah ! quand ses doigts plus lourds à mes pages fanées
Demanderont raison des riches destinées
Que lui tient l'avenir,
Alors veuille l'Amour que de ce beau voyage
Le fécond souvenir
Soit doux à contempler comme un ciel sans nuage[1] *!*

« Est-ce bien moi qui vous les ai dictés ? » dit-elle.

Ce soupçon, inspiré par la coquetterie d'une femme qui se plaisait à jouer avec le feu, fit venir une larme aux yeux de Lucien ; elle le calma en le baisant au front pour la première fois. Lucien fut décidément un grand homme qu'elle voulut former ; elle imagina de lui apprendre l'italien et l'allemand, de perfectionner ses manières ; elle trouva là des prétextes pour l'avoir toujours chez elle, à la barbe de ses ennuyeux courtisans. Quel intérêt dans sa vie ! Elle se remit à la musique pour son poète à qui elle révéla le monde musical, elle lui joua quelques beaux morceaux de Beethoven et le ravit ; heureuse de sa joie, elle lui disait hypocritement en le voyant à demi pâmé : « Ne peut-on pas se contenter de ce bonheur ? » Le pauvre poète avait la bêtise de répondre : « Oui. »

Enfin, les choses arrivèrent à un tel point que Louise avait fait dîner Lucien avec elle dans la semaine précédente, en tiers avec M. de Bargeton. Malgré cette précaution, toute la ville sut le fait et le tint pour si exorbitant que chacun se demanda s'il était vrai. Ce fut une rumeur affreuse. À plusieurs, la Société parut à la veille d'un bouleversement. D'autres s'écrièrent : Voilà le fruit des doctrines libérales. Le jaloux du Châtelet apprit alors que Mme Charlotte, qui gardait les femmes en couches, était Mme Chardon, mère du Chateaubriand de l'Houmeau, disait-il. Cette expression passa pour un bon mot. Mme de Chandour accourut la première chez Mme de Bargeton.

« Savez-vous, chère Naïs, ce dont tout Angoulême parle ? lui dit-elle, ce petit poétriau a pour mère Mme Charlotte qui gardait il y a deux mois ma belle-sœur en couches.

— Ma chère, dit Mme de Bargeton en prenant un air tout à fait royal, qu'y a-t-il d'extraordinaire à ceci ? n'est-elle pas la veuve d'un apothicaire ? une pauvre destinée pour une demoiselle de Rubempré. Supposons-nous sans un sou vaillant ?... que ferions-nous pour vivre, nous ? comment nourririez-vous vos enfants ? »

Le sang-froid de Mme de Bargeton tua les lamentations de la noblesse. Les âmes grandes sont toujours disposées à faire une vertu d'un malheur. Puis, dans la persistance à faire un bien qu'on incrimine, il se trouve d'invincibles attraits : l'innocence a le piquant du vice. Dans la soirée, le salon de Mme de Bargeton fut plein de ses amis, venus pour lui faire des remontrances. Elle déploya toute la causticité de son esprit : elle dit que si les gentilshommes ne pouvaient être ni Molière, ni Racine, ni Rousseau, ni Voltaire, ni Massillon, ni Beaumarchais, ni Diderot, il fallait bien accepter les tapissiers, les horlogers, les couteliers dont les enfants devenaient des grands hommes[1]. Elle dit que le génie était toujours gentilhomme. Elle gourmanda les hobereaux sur le peu d'entente de leurs vrais intérêts. Enfin elle dit beaucoup de bêtises qui auraient éclairé des gens moins niais, mais ils en firent honneur à son originalité. Elle conjura donc l'orage à coups de canon. Quand Lucien, mandé par elle, entra pour la première fois dans le vieux salon fané où l'on jouait au whist à quatre tables, elle lui fit un gracieux accueil, et le présenta en reine qui voulait être obéie. Elle appela le directeur des contributions M. Châtelet, et le pétrifia en lui faisant comprendre qu'elle connaissait l'illégale superfétation de sa particule. Lucien fut dès ce soir violemment introduit dans la société de Mme de Bargeton ; mais il y fut accepté comme une substance vénéneuse que chacun se promit d'expulser en la soumettant aux réactifs de l'impertinence. Malgré ce triomphe, Naïs perdit de son empire : il y eut des dissidents qui tentèrent d'émigrer. Par le conseil de M. Châtelet, Amélie, qui était Mme de Chandour, résolut d'élever autel contre autel en recevant chez elle les mercredis. Mme de Bargeton ouvrait son salon tous les soirs, et les gens qui venaient chez elle étaient si routiniers, si bien habitués à se retrouver devant les mêmes tapis, à jouer aux mêmes trictracs, à voir les gens, les flambeaux, à mettre leurs manteaux, leurs doubles souliers, leurs chapeaux dans le même couloir, qu'ils aimaient les marches de l'escalier autant que la maîtresse de la maison. Tous se résignèrent à subir le chardonneret du sacré bocage, dit Alexandre de Brébian, autre bon mot. Enfin le président de la Société d'agriculture apaisa la sédition par une observation magistrale.

« Avant la révolution, dit-il, les plus grands seigneurs recevaient Duclos, Grimm, Crébillon, tous gens qui, comme ce petit poète de l'Houmeau, étaient sans conséquence ; mais ils n'admettaient point les receveurs des tailles, ce qu'est, après tout, Châtelet. »

Du Châtelet paya pour Chardon, chacun lui marqua de la froideur. En se sentant attaqué, le directeur des contributions, qui, depuis le moment où elle l'avait appelé Châtelet, s'était juré à lui-même de posséder Mme de Bargeton, entra dans les vues de la maîtresse du logis ; il soutint le jeune poète en se déclarant son ami. Ce grand diplomate dont s'était si maladroitement privé l'Empereur caressa Lucien, il se dit son ami. Pour lancer le poète, il donna un dîner où se trouvèrent le préfet, le receveur général, le colonel du régiment en garnison, le directeur de l'École de Marine, le président du tribunal, enfin toutes les sommités administratives. Le pauvre poète fut fêté si grandement que tout autre qu'un jeune homme de vingt-deux ans aurait véhémentement soupçonné de mystification les louanges au moyen desquelles on abusa de lui. Au dessert, Châtelet fit réciter à son rival une ode de Sardanapale mourant, le chef-d'œuvre du moment[1]. En l'entendant, le proviseur du collège, homme flegmatique, battit des mains en disant que Jean-Baptiste Rousseau n'avait pas mieux fait. Le baron Sixte Châtelet pensa que le petit rimeur crèverait tôt ou tard dans la serre chaude des louanges, ou que, dans l'ivresse de sa gloire anticipée, il se permettrait quelques impertinences qui le feraient rentrer dans son obscurité primitive. En attendant le décès de ce génie, il parut immoler ses prétentions aux pieds de Mme de Bargeton ; mais, avec l'habileté des roués, il avait arrêté son plan, et suivit avec une attention stratégique la marche des deux amants en épiant l'occasion d'exterminer Lucien. Il s'éleva dès lors dans Angoulême et dans les environs un bruit sourd qui proclamait l'existence d'un grand homme en Angoumois. Mme de Bargeton était généralement louée pour les soins qu'elle prodiguait à ce jeune aigle. Une fois sa conduite approuvée, elle voulut obtenir une sanction générale. Elle tambourina dans le département une soirée à glaces, à gâteaux et à thé, grande innovation dans une ville où le thé se vendait encore chez les apothicaires, comme une drogue employée contre les indigestions. La fleur de l'aristocratie fut conviée pour entendre une grande œuvre que devait lire Lucien. Louise avait caché les difficultés vaincues à son ami, mais elle lui toucha quelques mots de la conjuration formée contre lui par le monde ; car elle ne voulait pas lui laisser ignorer les dangers de la carrière que doivent parcourir les hommes de génie, et où se rencontrent des obstacles infranchissables aux courages médiocres. Elle fit de cette victoire un enseignement. De ses blanches mains, elle lui montra la gloire achetée par de continuels supplices, elle lui parla du bûcher des martyrs à traverser, elle lui beurra ses plus belles tartines et les panacha de ses plus pompeuses expressions. Ce fut une contrefaçon des improvisations qui déparent le roman de *Corinne*[1]. Louise se trouva si grande par son éloquence, qu'elle aima davantage le Benjamin qui la lui inspirait ; elle lui conseilla de répudier audacieusement son père en prenant le noble nom de Rubempré, sans se soucier des criailleries soulevées par un échange que d'ailleurs le Roi légitimerait. Apparentée à la marquise d'Espard, une demoiselle de Blamont-Chauvry, fort en crédit à la cour, elle se chargeait d'obtenir cette faveur. À ces mots, le Roi, la marquise d'Espard, la cour, Lucien vit comme un feu d'artifice, et la nécessité de ce baptême lui fut prouvée.

« Cher petit, lui dit Louise d'une voix tendrement moqueuse, plus tôt il se fera, plus vite il sera sanctionné. »

Elle souleva l'une après l'autre les couches successives de l'État social, et fit compter au poète les échelons qu'il franchissait soudain par cette habile détermination. En un instant, elle fit abjurer à Lucien ses idées populacières sur la chimérique égalité de 1793, elle réveilla chez lui la soif des distinctions que la froide raison de David avait calmée, elle lui montra la haute société comme le seul théâtre sur lequel il devait se tenir. Le haineux libéral devint monarchique *in petto*. Lucien mordit à la pomme du luxe aristocratique et de la gloire. Il jura d'apporter aux pieds de sa dame une couronne, fût-elle ensanglantée ; il la conquerrait à tout prix, *quibuscumque viis*[1]. Pour prouver son courage, il raconta ses souffrances actuelles qu'il avait cachées à Louise, conseillé par cette indéfinissable pudeur attachée aux premiers sentiments, et qui défend au jeune homme d'étaler ses grandeurs, tant il aime à voir apprécier son âme dans son *incognito*. Il peignit les étreintes d'une misère supportée avec orgueil, ses travaux chez David, ses nuits employées à l'étude. Cette jeune ardeur rappela le colonel de vingt-six ans à Mme de Bargeton, dont le regard s'amollit. En voyant la faiblesse gagner son imposante maîtresse, Lucien prit une main qu'on lui laissa prendre, et la baisa avec la furie du poète, du jeune homme, de l'amant. Louise alla jusqu'à permettre au fils de l'apothicaire d'atteindre à son front et d'y imprimer ses lèvres palpitantes.

« Enfant ! enfant ! si l'on nous voyait, je serais bien ridicule », dit-elle en se réveillant d'une torpeur extatique.

Pendant cette soirée, l'esprit de Mme de Bargeton fit de grands ravages dans ce qu'elle nommait les préjugés de Lucien. À l'entendre, les hommes de génie n'avaient ni frères ni sœurs, ni pères ni mères ; les grandes œuvres qu'ils devaient édifier leur imposaient un apparent égoïsme, en les obligeant de tout sacrifier à leur grandeur. Si la famille souffrait d'abord des dévorantes exactions[1] perçues par un cerveau gigantesque, plus tard elle recevrait au centuple le prix des sacrifices de tout genre exigés par les premières luttes d'une royauté contrariée, en partageant les fruits de la victoire. Le génie ne relevait que de lui-même ; il était seul juge de ses moyens, car lui seul connaissait la fin : il devait donc se mettre au-dessus des lois, appelé qu'il était à les refaire ; d'ailleurs, qui s'empare de son siècle peut tout prendre, tout risquer, car tout est à lui. Elle citait les commencements de la vie de Bernard de Palissy, de Louis XI, de Fox[2], de Napoléon, de Christophe Colomb, de César, de tous les illustres joueurs, d'abord criblés de dettes ou misérables, incompris, tenus pour fous, pour mauvais fils, mauvais pères, mauvais frères, mais qui plus tard devenaient l'orgueil de la famille, du pays, du monde. Ces raisonnements abondaient dans les vices secrets de Lucien et avançaient la corruption de son cœur ; car, dans l'ardeur de ses désirs, il admettait les moyens *a priori*. Mais ne pas réussir est un crime de lèse-majesté sociale. Un vaincu n'a-t-il pas alors assassiné toutes les vertus bourgeoises sur lesquelles repose la société, qui chasse avec horreur les Marius assis devant leurs ruines[3] ? Lucien, qui ne se savait pas entre l'infamie des bagnes et les palmes du génie, planait sur le Sinaï des prophètes sans voir, au bas, la mer Morte, l'horrible suaire de Gomorrhe.

Louise débrida si bien le cœur et l'esprit de son poète des langes dont les avait enveloppés la vie de province, que Lucien voulut éprouver Mme de Bargeton afin de savoir s'il pouvait, sans éprouver la honte d'un refus, conquérir cette haute proie. La soirée annoncée lui donna l'occasion de tenter cette épreuve. L'ambition se mêlait à son amour. Il aimait et voulait s'élever, double désir bien naturel chez les jeunes gens qui ont un cœur à satisfaire et l'indigence à combattre.

En conviant aujourd'hui tous ses enfants à un même festin, la Société réveille leurs ambitions dès le matin de la vie. Elle destitue la jeunesse de ses grâces et vicie la plupart de ses sentiments généreux en y mêlant des calculs. La poésie voudrait qu'il en fût autrement ; mais le fait vient trop souvent démentir la fiction à laquelle on voudrait croire, pour qu'on puisse se permettre de représenter le jeune homme autrement qu'il est au dix-neuvième siècle. Le calcul de Lucien lui parut fait au profit d'un beau sentiment, de son amitié pour David.

Lucien écrivit une longue lettre à sa Louise, car il se trouva plus hardi la plume à la main que la parole à la bouche. En douze feuillets trois fois recopiés, il raconta le génie de son père, ses espérances perdues, et la misère horrible à laquelle il était en proie. Il peignit sa chère sœur comme un ange, David comme un Cuvier futur, qui, avant d'être un grand homme, était un père, un frère, un ami pour lui ; il se croirait indigne d'être aimé de Louise, sa première gloire, s'il ne lui demandait pas de faire pour David ce qu'elle faisait pour lui-même. Il renoncerait à tout plutôt que de trahir David Séchard, il voulait que David assistât à son succès. Il écrivit une de ces lettres folles où les jeunes gens opposent le pistolet à un refus, où tourne le casuisme[1] de l'enfance, où parle la logique insensée des belles âmes ; délicieux verbiage brodé de ces déclarations naïves échappées du cœur à l'insu de l'écrivain, et que les femmes aiment tant. Après avoir remis cette lettre à la femme de chambre, Lucien était venu passer la journée à corriger des épreuves, à diriger quelques travaux, à mettre en ordre les petites affaires de l'imprimerie, sans rien dire à David. Dans les jours où le cœur est encore enfant, les jeunes gens ont de ces sublimes discrétions. D'ailleurs peut-être Lucien commençait-il à redouter la hache de Phocion[2], que savait manier David ; peut-être craignait-il la clarté d'un regard qui allait au fond de l'âme. Après la lecture de Chénier, son secret avait passé de son cœur sur ses lèvres, atteint par un reproche qu'il sentit comme le doigt que pose un médecin sur une plaie.

Maintenant embrassez les pensées qui durent assaillir Lucien pendant qu'il descendait d'Angoulême à l'Houmeau. Cette grande dame s'était-elle fâchée ? allait-elle recevoir David chez elle ? l'ambitieux ne serait-il pas précipité dans son trou à l'Houmeau ? Quoique avant de baiser Louise au front, Lucien eût pu mesurer la distance qui sépare une reine de son favori, il ne se disait pas que David ne pouvait franchir en un clin d'œil l'espace qu'il avait mis cinq mois à parcourir. Ignorant combien était absolu l'ostracisme prononcé sur les petites gens, il ne savait pas qu'une seconde tentative de ce genre serait la perte de Mme de Bargeton. Atteinte et convaincue de s'être encanaillée, Louise serait obligée de quitter la ville, où sa caste la fuirait comme au Moyen Âge on fuyait un lépreux. Le clan de fine aristocratie et le clergé lui-même défendraient Naïs envers et contre tous, au cas où elle se permettrait une faute ; mais le crime de voir mauvaise compagnie ne lui serait jamais remis ; car si l'on excuse les fautes du pouvoir, on le condamne après son abdication. Or, recevoir David, n'était-ce pas abdiquer ? Si Lucien n'embrassait pas ce côté de la question, son instinct aristocratique lui faisait pressentir bien d'autres difficultés qui l'épouvantaient. La noblesse des sentiments ne donne pas inévitablement la noblesse des manières. Si Racine avait l'air du plus noble courtisan, Corneille ressemblait fort à un marchand de bœufs, Descartes avait la tournure d'un bon négociant hollandais. Souvent, en rencontrant Montesquieu son râteau sur l'épaule, son bonnet de nuit sur la tête, les visiteurs de La Brède le prirent pour un vulgaire jardinier. L'usage du monde, quand il n'est pas un don de haute naissance, une science sucée avec le lait ou transmise par le sang, constitue une éducation que le hasard doit seconder par une certaine élégance de formes, par une distinction dans les traits, par un timbre de voix. Toutes ces grandes petites choses manquaient à David, tandis que la nature en avait doué son ami. Gentilhomme par sa mère, Lucien avait jusqu'au pied haut courbé du Franc ; tandis que David Séchard avait les pieds plats du Welche[1] et l'encolure de son père le pressier. Lucien entendait les railleries qui pleuvraient sur David, il lui semblait voir le sourire que réprimerait Mme de Bargeton. Enfin, sans avoir précisément honte de son frère, il se promettait de ne plus écouter ainsi son premier mouvement, et de le discuter à l'avenir. Donc, après l'heure de la poésie et du dévouement, après une lecture qui venait de montrer aux deux amis les campagnes littéraires éclairées par un nouveau soleil, l'heure de la politique et des calculs sonnait pour Lucien. En rentrant dans l'Houmeau, il se repentait de sa lettre, il aurait voulu la reprendre ; car il apercevait par une échappée les impitoyables lois du monde. En devinant combien la fortune acquise favorisait l'ambition, il lui coûtait de retirer son pied du premier bâton de l'échelle par laquelle il devait monter à l'assaut des grandeurs. Puis les images de sa vie simple et tranquille, parée des plus vives fleurs du sentiment ; ce David plein de génie qui l'avait si noblement aidé, qui lui donnerait au besoin sa vie ; sa mère, si grande dame dans son abaissement, et qui le croyait aussi bon qu'il était spirituel ; sa sœur, cette fille si gracieuse dans sa résignation, son enfance si pure et sa conscience encore blanche ; ses espérances, qu'aucune bise n'avait effeuillées, tout refleurissait dans son souvenir. Il se disait alors qu'il était plus beau de percer les épais bataillons de la tourbe aristocratique ou bourgeoise à coups de succès que de parvenir par les faveurs d'une femme. Son génie luirait tôt ou tard comme celui de tant d'hommes, ses prédécesseurs, qui avaient dompté la société ; les femmes l'aimeraient alors ! L'exemple de Napoléon, si fatal au dix-neuvième siècle par les prétentions qu'il inspire à tant de gens médiocres, apparut à Lucien qui jeta ses calculs au vent en se les reprochant. Ainsi était fait Lucien, il allait du mal au bien, du bien au mal avec une égale facilité. Au lieu de l'amour que le savant porte à sa retraite, Lucien éprouvait depuis un mois une sorte de honte en apercevant la boutique où se lisait en lettres jaunes sur un fond vert :

Pharmacie de POSTEL, *successeur de* CHARDON.

Le nom de son père, écrit ainsi dans un lieu par où passaient toutes les voitures, lui blessait la vue. Le soir où il franchit sa porte ornée d'une petite grille à barreaux de mauvais goût, pour se produire à Beaulieu, parmi les jeunes gens les plus élégants de la haute ville, en donnant le bras à Mme de Bargeton, il avait étrangement déploré le désaccord qu'il reconnaissait entre cette habitation et sa bonne fortune.

« Aimer Mme de Bargeton, la posséder bientôt peut-être, et loger dans ce nid à rats ! » se disait-il en débouchant par l'allée dans la petite cour où plusieurs paquets d'herbes bouillies étaient étalés le long des murs, où l'apprenti récurait les chaudrons du laboratoire, où M. Postel, ceint d'un tablier de préparateur, une cornue à la main, examinait un produit chimique tout en jetant l'œil sur sa boutique ; et s'il regardait trop attentivement sa drogue, il avait l'oreille à la sonnette. L'odeur des camomilles, des menthes, de plusieurs plantes distillées, remplissait la cour et le modeste appartement où l'on montait par un de ces escaliers droits appelés des escaliers de meunier, sans autre rampe que deux cordes. Au-dessus était l'unique chambre en mansarde où demeurait Lucien.

« Bonjour, mon fiston, lui dit M. Postel, le véritable type du boutiquier de province. Comment va notre petite santé ? Moi, je viens de faire une expérience sur la mélasse, mais il aurait fallu votre père pour trouver ce que je cherche. C'était un fameux homme, celui-là ! Si j'avais connu son secret contre la goutte, nous roulerions tous deux carrosse aujourd'hui ! »

Il ne se passait pas de semaine que le pharmacien, aussi bête qu'il était bon homme, ne donnât un coup de poignard à Lucien, en lui parlant de la fatale discrétion que son père avait gardée sur sa découverte.

« C'est un grand malheur », répondit brièvement Lucien qui commençait à trouver l'élève de son père prodigieusement commun après l'avoir souvent béni ; car plus d'une fois l'honnête Postel avait secouru la veuve et les enfants de son maître.

« Qu'avez-vous donc ? demanda M. Postel en posant son éprouvette sur la table du laboratoire.

— Est-il venu quelque lettre pour moi ?

— Oui, une qui flaire comme baume ! elle est auprès de mon pupitre sur le comptoir. »

La lettre de Mme de Bargeton mêlée aux bocaux de la pharmacie ! Lucien s'élança dans la boutique.

« Dépêche-toi, Lucien ! ton dîner t'attend depuis une heure, il sera froid, cria doucement une jolie voix à travers une fenêtre entrouverte et que Lucien n'entendit pas.

— Il est toqué, votre frère, mademoiselle », dit Postel en levant le nez.

Ce célibataire, assez semblable à une petite tonne d'eau-de-vie sur laquelle la fantaisie d'un peintre aurait mis une grosse figure grêlée de petite vérole et rougeaude, prit en regardant Ève un air cérémonieux et agréable qui prouvait qu'il pensait à épouser la fille de son prédécesseur, sans pouvoir mettre fin au combat que l'amour et l'intérêt se livraient dans son cœur. Aussi disait-il souvent à Lucien en souriant la phrase qu'il lui redit quand le jeune homme repassa près de lui : « Elle est fameusement jolie, votre sœur ! Vous n'êtes pas mal non plus ! Votre père faisait tout bien. »

Ève était une grande brune, aux cheveux noirs, aux yeux bleus. Quoiqu'elle offrît les symptômes d'un caractère viril, elle était douce, tendre et dévouée. Sa candeur, sa naïveté, sa tranquille résignation à une vie laborieuse, sa sagesse que nulle médisance n'attaquait, avaient dû séduire David Séchard. Aussi, depuis leur première entrevue, une sourde et simple passion s'était-elle émue entre eux, à l'allemande, sans manifestations bruyantes ni déclarations empressées. Chacun d'eux avait pensé secrètement à l'autre, comme s'ils eussent été séparés par quelque mari jaloux que ce sentiment aurait offensé. Tous deux se cachaient de Lucien, à qui peut-être ils croyaient porter quelque dommage. David avait peur de ne pas plaire à Ève, qui, de son côté, se laissait aller aux timidités de l'indigence. Une véritable ouvrière aurait eu de la hardiesse, mais une enfant bien élevée et déchue se conformait à sa triste fortune. Modeste en apparence, fière en réalité, Ève ne voulait pas courir sus au fils d'un homme qui passait pour riche. En ce moment, les gens au fait de la valeur croissante des propriétés estimaient à plus de quatre-vingt mille francs le domaine de Marsac, sans compter les terres que le vieux Séchard, riche d'économies, heureux à la récolte, habile à la vente, devait y joindre en guettant les occasions. David était peut-être la seule personne qui ne sût rien de la fortune de son père. Pour lui, Marsac était une bicoque achetée en 1810 quinze ou seize mille francs, où il allait une fois par an au temps des vendanges, et où son père le promenait à travers les vignes, en lui vantant des récoltes que l'imprimeur ne voyait jamais, et dont il se souciait fort peu. L'amour d'un savant habitué à la solitude et qui agrandit encore les sentiments en s'en exagérant les difficultés voulait être encouragé ; car, pour David, Ève était une femme plus imposante que ne l'est une grande dame pour un simple clerc. Gauche et inquiet près de son idole, aussi pressé de partir que d'arriver, l'imprimeur contenait sa passion au lieu de l'exprimer. Souvent, le soir, après avoir forgé quelque prétexte pour consulter Lucien, il descendait de la place du Mûrier jusqu'à l'Houmeau, par la Porte-Palet ; mais en atteignant la porte verte à barreaux de fer, il s'enfuyait, craignant de venir trop tard ou de paraître importun à Ève qui sans doute était couchée. Quoique ce grand amour ne se révélât que par de petites choses, Ève l'avait bien compris ; elle était flattée sans orgueil de se voir l'objet du profond respect empreint dans les regards, dans les paroles, dans les manières de David ; mais la plus grande séduction de l'imprimeur était son fanatisme pour Lucien : il avait deviné le meilleur moyen de plaire à Ève. Pour dire en quoi les muettes délices de cet amour différaient des passions tumultueuses, il faudrait le comparer aux fleurs champêtres opposées aux éclatantes fleurs des parterres. C'était des regards doux et délicats comme les lotos bleus[1] qui nagent sur les eaux, des expressions fugitives comme les faibles parfums de l'églantine, des mélancolies tendres comme le velours des mousses ; fleurs de deux belles âmes qui naissaient d'une terre riche, féconde, immuable. Ève avait plusieurs fois déjà deviné la force cachée sous cette faiblesse ; elle tenait si bien compte à David de tout ce qu'il n'osait pas, que le plus léger incident pouvait amener une plus intime union de leurs âmes.

Lucien trouva la porte ouverte par Ève, et s'assit,

sans lui rien dire, à une petite table posée sur un X, sans linge, où son couvert était mis. Le pauvre petit ménage ne possédait que trois couverts d'argent, Ève les employait tous pour le frère chéri.

« Que lis-tu donc là ? » dit-elle après avoir mis sur la table un plat qu'elle retira du feu, et après avoir éteint son fourneau mobile en le couvrant de l'étouffoir.

Lucien ne répondit pas. Ève prit une petite assiette coquettement arrangée avec des feuilles de vigne, et la mit sur la table avec une jatte pleine de crème.

« Tiens, Lucien, je t'ai eu des fraises. »

Lucien prêtait tant d'attention à sa lecture qu'il n'entendit point. Ève vint alors s'asseoir près de lui, sans laisser échapper un murmure ; car il entre dans le sentiment d'une sœur pour son frère un plaisir immense à être traitée sans façon.

« Mais qu'as-tu donc ? s'écria-t-elle en voyant briller des larmes dans les yeux de son frère.

— Rien, rien, Ève, dit-il en la prenant par la taille, l'attirant à lui, la baisant au front et sur les cheveux, puis sur le cou, avec une effervescence surprenante.

— Tu te caches de moi.

— Eh bien, elle m'aime !

— Je savais bien que ce n'était pas moi que tu embrassais, dit d'un ton boudeur la pauvre sœur en rougissant.

— Nous serons tous heureux, s'écria Lucien en avalant son potage à grandes cuillerées.

— Nous ? » répéta Ève. Inspirée par le même pressentiment qui s'était emparé de David, elle ajouta : « Tu vas nous aimer moins !

— Comment peux-tu croire cela, si tu me connais ? »

Ève lui tendit la main pour presser la sienne ; puis elle ôta l'assiette vide, la soupière en terre brune, et avança le plat qu'elle avait fait. Au lieu de manger, Lucien relut la lettre de Mme de Bargeton, que la discrète Ève ne demanda point à voir, tant elle avait de respect pour son frère : s'il voulait la lui communiquer, elle devait attendre ; et s'il ne le voulait pas, pouvait-elle l'exiger ? Elle attendit. Voici cette lettre.

Mon ami, pourquoi refuserais-je à votre frère en science l'appui que je vous ai prêté ? À mes yeux, les talents ont des droits égaux ; mais vous ignorez les préjugés des personnes qui composent ma société. Nous ne ferons pas reconnaître l'anoblissement de l'esprit à ceux qui sont l'aristocratie de l'ignorance. Si je ne suis pas assez puissante pour leur imposer M. David Séchard, je vous ferai volontiers le sacrifice de ces pauvres gens. Ce sera comme une hécatombe antique. Mais, cher ami, vous ne voulez sans doute pas me faire accepter la compagnie d'une personne dont l'esprit ou les manières pourraient ne pas me plaire. Vos flatteries m'ont appris combien l'amitié s'aveugle facilement ! m'en voudrez-vous, si je mets à mon consentement une restriction ? Je veux voir votre ami, le juger, savoir par moi-même, dans l'intérêt de votre avenir, si vous ne vous abusez point. N'est-ce pas un de ces soins maternels que doit avoir pour vous, mon cher poète,

LOUISE DE NÈGREPELISSE ?

Lucien ignorait avec quel art le oui s'emploie dans le beau monde pour arriver au non, et le non pour amener un oui. Cette lettre fut un triomphe pour lui. David irait chez Mme de Bargeton, il y brillerait de la majesté du génie. Dans l'ivresse que lui causait une victoire qui lui fit croire à la puissance de son ascendant sur les hommes, il prit une attitude si fière, tant d'espérances se reflétèrent sur son visage en y produisant un éclat radieux, que sa sœur ne put s'empêcher de lui dire qu'il était beau.

« Si elle a de l'esprit elle doit bien t'aimer, cette femme ! Et alors ce soir elle sera chagrine, car toutes les femmes vont te faire mille coquetteries. Tu seras bien beau en lisant ton *Saint Jean dans Pathmos*[1] ! Je voudrais être souris pour me glisser là ! Viens, j'ai apprêté la toilette dans la chambre de notre mère. »

Cette chambre était celle d'une misère décente. Il s'y trouvait un lit en noyer, garni de rideaux blancs, et au bas duquel s'étendait un maigre tapis vert. Puis une commode à dessus de bois, ornée d'un miroir, et des chaises en noyer complétaient le mobilier. Sur la cheminée, une pendule rappelait les jours de l'ancienne aisance disparue. La fenêtre avait des rideaux blancs. Les murs étaient tendus d'un papier gris à fleurs grises. Le carreau, mis en couleur et frotté par Ève, brillait de propreté. Au milieu de cette chambre était un guéridon où, sur un plateau rouge à rosaces dorées, se voyaient trois tasses et un sucrier en porcelaine de Limoges. Ève couchait dans un cabinet contigu qui contenait un lit étroit, une vieille bergère et une table à ouvrage près de la fenêtre. L'exiguïté de cette cabine de marin exigeait que la porte vitrée restât toujours ouverte, afin d'y donner de l'air. Malgré la détresse qui se révélait dans les choses, la modestie d'une vie studieuse respirait là. Pour ceux qui connaissaient la mère et ses deux enfants, ce spectacle offrait d'attendrissantes harmonies.

Lucien mettait sa cravate quand le pas de David se fit entendre dans la petite cour, et l'imprimeur parut aussitôt avec la démarche et les façons d'un homme pressé d'arriver.

« Eh bien, David, s'écria l'ambitieux, nous triomphons ! elle m'aime ! tu iras.

— Non, dit l'imprimeur d'un air confus, je viens te remercier de cette preuve d'amitié qui m'a fait faire de sérieuses réflexions. Ma vie, à moi, Lucien, est arrêtée.

Je suis David Séchard, imprimeur du Roi à Angoulême, et dont le nom se lit sur tous les murs au bas des affiches. Pour les personnes de cette caste, je suis un artisan, un négociant, si tu veux, mais un industriel établi en boutique, rue de Beaulieu, au coin de la place du Mûrier. Je n'ai encore ni la fortune d'un Keller, ni le renom d'un Desplein[1], deux sortes de puissances que les nobles essaient encore de nier, mais qui, je suis d'accord avec eux en ceci, ne sont rien sans le savoir-vivre et les manières du gentilhomme. Par quoi puis-je légitimer cette subite élévation ? Je me ferais moquer de moi par les bourgeois autant que par les nobles. Toi, tu te trouves dans une situation différente. Un prote n'est engagé à rien. Tu travailles à acquérir des connaissances indispensables pour réussir, tu peux expliquer tes occupations actuelles par ton avenir. D'ailleurs tu peux demain entreprendre autre chose, étudier le droit, la diplomatie, entrer dans l'administration. Enfin tu n'es ni chiffré ni casé. Profite de ta virginité sociale, marche seul et mets la main sur les honneurs ! Savoure joyeusement tous les plaisirs, même ceux que procure la vanité. Sois heureux, je jouirai de tes succès, tu seras un second moi-même. Oui, ma pensée me permettra de vivre de ta vie. À toi les fêtes, l'éclat du monde et les rapides ressorts de ses intrigues. À moi la vie sobre, laborieuse du commerçant, et les lentes occupations de la science. Tu seras notre aristocratie, dit-il en regardant Ève. Quand tu chancelleras, tu trouveras mon bras pour te soutenir. Si tu as à te plaindre de quelque trahison, tu pourras te réfugier dans nos cœurs, tu y trouveras un amour inaltérable. La protection, la faveur, le bon vouloir des gens, divisés sur deux têtes, pourrait se lasser, nous nous nuirions à deux ; marche devant, tu me remorqueras s'il le faut. Loin de t'envier, je me consacre à toi. Ce que tu viens de faire pour moi, en risquant de perdre ta bienfaitrice, ta maîtresse peut-être, plutôt que de m'abandonner, que de me renier, cette simple chose, si grande, eh bien, Lucien, elle me lierait à jamais à toi, si nous n'étions pas déjà comme deux frères. N'aie ni remords ni soucis de paraître prendre la plus forte part. Ce partage à la Montgommery[1] est dans mes goûts. Enfin, quand tu me causerais quelques tourments, qui sait si je ne serai pas toujours ton obligé ? » En disant ces mots, il coula le plus timide des regards vers Ève, qui avait les yeux pleins de larmes, car elle devinait tout. « Enfin, dit-il à Lucien étonné, tu es bien fait, tu as une jolie taille, tu portes bien tes habits, tu as l'air d'un gentilhomme dans ton habit bleu à boutons jaunes, avec un simple pantalon de nankin ; moi, j'aurais l'air d'un ouvrier au milieu de ce monde, je serais gauche, gêné, je dirais des sottises ou je ne dirais rien du tout : toi, tu peux, pour obéir au préjugé des noms, prendre celui de ta mère, te faire appeler Lucien de Rubempré ; moi, je suis et serai toujours David Séchard. Tout te sert et tout me nuit dans le monde où tu vas. Tu es fait pour y réussir. Les femmes adoreront ta figure d'ange. N'est-ce pas, Ève ? »

Lucien sauta au cou de David et l'embrassa. Cette modestie coupait court à bien des doutes, à bien des difficultés. Comment n'eût-il pas redoublé de tendresse pour un homme qui arrivait à faire par amitié les mêmes réflexions qu'il venait de faire par ambition ? L'ambitieux et l'amoureux sentaient la route aplanie, le cœur du jeune homme et de l'ami s'épanouissait. Ce fut un de ces moments rares dans la vie où toutes les forces sont doucement tendues, où toutes les cordes vibrent en rendant des sons pleins. Mais cette sagesse d'une belle âme excitait encore en Lucien la tendance qui porte l'homme à tout rapporter à lui. Nous disons tous, plus ou moins, comme Louis XIV : l'État, c'est moi ! L'exclusive tendresse de sa mère et de sa sœur, le dévouement de David, l'habitude qu'il avait de se voir l'objet des efforts secrets de ces trois êtres, lui donnaient les vices de l'enfant de famille, engendraient en lui cet égoïsme qui dévore le noble, et que Mme de Bargeton caressait en l'incitant à oublier ses obligations envers sa sœur, sa mère et David. Il n'en était rien encore ; mais n'y avait-il pas à craindre qu'en étendant autour de lui le cercle de son ambition, il fût contraint de ne penser qu'à lui pour s'y maintenir ?

Cette émotion passée, David fit observer à Lucien que son poème de *Saint Jean dans Pathmos* était peut-être trop biblique pour être lu devant un monde à qui la poésie apocalyptique devait être peu familière. Lucien, qui se produisait devant le public le plus difficile de la Charente, parut inquiet. David lui conseilla d'emporter André de Chénier, et de remplacer un plaisir douteux par un plaisir certain. Lucien lisait en perfection, il plairait nécessairement et montrerait une modestie qui le servirait sans doute. Comme la plupart des jeunes gens, ils donnaient aux gens du monde leur intelligence et leurs vertus. Si la jeunesse, qui n'a pas encore failli, est sans indulgence pour les fautes des autres, elle leur prête aussi ses magnifiques croyances. Il faut en effet avoir bien expérimenté la vie avant de reconnaître que, suivant un beau mot de Raphaël, comprendre c'est égaler. En général, le sens nécessaire à l'intelligence de la poésie est rare en France, où l'esprit dessèche promptement la source des saintes larmes de l'extase, où personne ne veut prendre la peine de défricher le sublime, de le sonder pour en percevoir l'infini. Lucien allait faire sa première expérience des ignorances et des froideurs mondaines ! Il passa chez David pour y prendre le volume de poésie.

Quand les deux amants furent seuls, David se trouva plus embarrassé qu'en aucun moment de sa vie. En proie à mille terreurs, il voulait et redoutait un éloge, il désirait s'enfuir, car la pudeur a sa coquetterie aussi ! Le pauvre amant n'osait dire un mot qui aurait eu l'air de quêter un remerciement ; il trouvait toutes les paroles compromettantes, et se taisait en gardant une attitude de criminel. Ève, qui devinait les tortures de cette modestie, se plut à jouir de ce silence ; mais quand David tortilla son chapeau pour s'en aller, elle sourit.

« Monsieur David, lui dit-elle, si vous ne passez pas la soirée chez Mme de Bargeton, nous pouvons la passer ensemble. Il fait beau, voulez-vous aller nous promener le long de la Charente ? nous causerons de Lucien. »

David eut envie de se prosterner devant cette délicieuse jeune fille. Ève avait mis dans le son de sa voix des récompenses inespérées ; elle avait, par la tendresse de l'accent, résolu les difficultés de cette situation ; sa proposition était plus qu'un éloge, c'était la première faveur de l'amour.

« Seulement, dit-elle à un geste que fit David, laissez-moi quelques instants pour m'habiller. »

David, qui de sa vie n'avait su ce qu'était un air, sortit en chanteronnant, ce qui surprit l'honnête Postel, et lui donna de violents soupçons sur les relations d'Ève et de l'imprimeur.

Les plus petites circonstances de cette soirée agirent beaucoup sur Lucien, que son caractère portait à écouter les premières impressions. Comme tous les amants inexpérimentés, il arriva de si bonne heure que Louise n'était pas encore au salon. M. de Bargeton s'y trouvait seul. Lucien avait déjà commencé son apprentissage des petites lâchetés par lesquelles l'amant d'une femme mariée achète son bonheur, et qui donnent aux femmes la mesure de ce qu'elles peuvent exiger ; mais il ne s'était pas encore trouvé face à face avec M. de Bargeton.

Ce gentilhomme était un de ces petits esprits doucement établis entre l'inoffensive nullité qui comprend encore et la fière stupidité qui ne veut ni rien accepter ni rien rendre. Pénétré de ses devoirs envers le monde, et s'efforçant de lui être agréable, il avait adopté le sourire du danseur pour unique langage. Content ou mécontent, il souriait. Il souriait à une nouvelle désastreuse aussi bien qu'à l'annonce d'un heureux événement. Ce sourire répondait à tout par les expressions que lui donnait M. de Bargeton. S'il fallait absolument une approbation directe, il renforçait son sourire par un rire complaisant, en ne lâchant une parole qu'à la dernière extrémité. Un tête-à-tête lui faisait éprouver le seul embarras qui compliquait sa vie végétative, il était alors obligé de chercher quelque chose dans l'immensité de son vide intérieur. La plupart du temps il se tirait de peine en reprenant les naïves coutumes de son enfance : il pensait tout haut, il vous initiait aux moindres détails de sa vie ; il vous exprimait ses besoins, ses petites sensations qui, pour lui, ressemblaient à des idées. Il ne parlait ni de la pluie ni du beau temps ; il ne donnait pas dans les lieux communs de la conversation par où se sauvent les imbéciles, il s'adressait aux plus intimes intérêts de la vie. « Par complaisance pour Mme de Bargeton, j'ai mangé ce matin du veau qu'elle aime beaucoup, et mon estomac me fait bien souffrir, disait-il. Je sais cela, j'y suis toujours pris ! expliquez-moi cela ? » Ou bien : « Je vais sonner pour demander un verre d'eau sucrée, en voulez-vous un par la même occasion ? » Ou bien : « Je monterai demain à cheval, et j'irai voir mon beau-père. » Ces petites phrases, qui ne supportaient pas la discussion, arrachaient un non ou un oui à l'interlocuteur, et la conversation tombait à plat. M. de Bargeton implorait alors l'assistance de son visiteur en mettant à l'ouest son nez de vieux carlin poussif ; il vous regardait de ses gros yeux vairons d'une façon qui signifiait : *Vous dites ?* Les ennuyeux empressés de parler d'eux-mêmes, il les chérissait, il les écoutait avec une probe et délicate attention qui le leur rendait si précieux que les bavards d'Angoulême lui accordaient une sournoise intelligence, et le prétendaient mal jugé. Aussi, quand ils n'avaient plus d'auditeurs, ces gens venaient-ils achever leurs récits ou leurs raisonnements auprès du gentilhomme, sûrs de trouver son sourire élogieux. Le salon de sa femme étant toujours plein, il s'y trouvait généralement à l'aise. Il s'occupait des plus petits détails : il regardait qui entrait, saluait en souriant et conduisait à sa femme le nouvel arrivé ; il guettait ceux qui partaient, et leur faisait la conduite en accueillant leurs adieux par son éternel sourire. Quand la soirée était animée et qu'il voyait chacun à son affaire, l'heureux muet restait planté sur ses deux hautes jambes comme une cigogne sur ses pattes, ayant l'air d'écouter une conversation politique ; ou il venait étudier les cartes d'un joueur sans y rien comprendre, car il ne savait aucun jeu ; ou il se promenait en humant son tabac et soufflant sa digestion. Anaïs était le beau côté de sa vie, elle lui donnait des jouissances infinies. Lorsqu'elle jouait son rôle de maîtresse de maison, il s'étendait dans une bergère en l'admirant ; car elle parlait pour lui : puis il s'était fait un plaisir de chercher l'esprit de ses phrases ; et comme souvent il ne les comprenait que longtemps après qu'elles étaient dites, il se permettait des sourires qui partaient comme des boulets enterrés qui se réveillent. Son respect pour elle allait d'ailleurs jusqu'à l'adoration. Une adoration quelconque ne suffit-elle pas au bonheur de la vie ? En personne spirituelle et généreuse, Anaïs n'avait pas abusé de ses avantages en reconnaissant chez son mari la nature facile d'un enfant qui ne demandait pas mieux que d'être gouverné. Elle avait pris soin de lui comme on prend soin d'un manteau ; elle le tenait propre, le brossait, le serrait, le ménageait ; et se sentant ménagé, brossé, soigné, M. de Bargeton avait contracté pour sa femme une affection canine. Il est si facile de donner un bonheur qui ne coûte rien ! Mme de Bargeton, ne connaissant à son mari aucun autre plaisir que celui de la bonne chère, lui faisait faire d'excellents dîners ; elle avait pitié de lui ; jamais elle ne s'en était plainte ; et quelques personnes, ne comprenant pas le silence de sa fierté, prêtaient à M. de Bargeton des vertus cachées. Elle l'avait d'ailleurs discipliné militairement, et l'obéissance de cet homme aux volontés de sa femme était passive. Elle lui disait : « Faites une visite à monsieur ou à madame une telle », il y allait comme un soldat à sa faction. Aussi devant elle se tenait-il au port d'armes et immobile. Il était en ce moment question de nommer ce muet député. Lucien ne pratiquait pas depuis assez longtemps la maison pour avoir soulevé le voile sous lequel se cachait ce caractère inimaginable. M. de Bargeton enseveli dans sa bergère, paraissant tout voir et tout comprendre, se faisant une dignité de son silence, lui semblait prodigieusement imposant. Au lieu de le prendre pour une borne de granit, Lucien fit de ce gentilhomme un sphinx redoutable, par suite du penchant qui porte les hommes d'imagination à tout grandir ou à prêter une âme à toutes les formes, et il crut nécessaire de le flatter.

« J'arrive le premier, dit-il en le saluant avec un peu plus de respect que l'on n'en accordait à ce bonhomme.

— C'est assez naturel », répondit M. de Bargeton.

Lucien prit ce mot pour l'épigramme d'un mari jaloux, il devint rouge, et se regarda dans la glace en cherchant une contenance.

« Vous habitez l'Houmeau, dit M. de Bargeton, les personnes qui demeurent loin arrivent toujours plus tôt que celles qui demeurent près.

— À quoi cela tient-il ? dit Lucien en prenant un air agréable.

— Je ne sais pas, répondit M. de Bargeton qui rentra dans son immobilité.

— Vous n'avez pas voulu le chercher, reprit Lucien. Un homme capable de faire l'observation peut trouver la cause.

— Ah ! fit M. de Bargeton, les causes finales ! Hé ! hé !... »

Lucien se creusa la cervelle pour ranimer la conversation qui tomba là.

« Mme de Bargeton s'habille sans doute ? dit-il en frémissant de la niaiserie de cette demande.

— Oui, elle s'habille », répondit naturellement le mari.

Lucien leva les yeux pour regarder les deux solives saillantes, peintes en gris, et dont les entre-deux étaient plafonnés, sans trouver une phrase de rentrée ; mais il ne vit pas alors sans terreur le petit lustre à vieilles pendeloques de cristal, dépouillé de sa gaze et garni de bougies. Les housses du meuble avaient été ôtées, et le lampas[1] rouge montrait ses fleurs fanées. Ces apprêts annonçaient une réunion extraordinaire. Le poète conçut des doutes sur la convenance de son costume, car il était en bottes. Il alla regarder avec la stupeur de la crainte un vase du Japon qui ornait une console à guirlandes du temps de Louis XV ; puis il eut peur de déplaire à ce mari en ne le courtisant pas, et il résolut de chercher si le bonhomme avait un dada que l'on pût caresser.

« Vous quittez rarement la ville, monsieur ? dit-il à M. de Bargeton vers lequel il revint.

— Rarement. »

Le silence recommença. M. de Bargeton épia comme une chatte soupçonneuse les moindres mouvements de Lucien qui troublait son repos. Chacun d'eux avait peur de l'autre.

« Aurait-il conçu des soupçons sur mes assiduités ? pensa Lucien, car il paraît m'être bien hostile ! »

En ce moment, heureusement pour Lucien fort embarrassé de soutenir les regards inquiets avec lesquels M. de Bargeton l'examinait allant et venant, le vieux domestique, qui avait mis une livrée, annonça du Châtelet. Le baron entra fort aisément, salua son ami Bargeton, et fit à Lucien une petite inclination de tête qui était alors à la mode, mais que le poète trouva financièrement impertinente. Sixte du Châtelet portait un pantalon d'une blancheur éblouissante, à sous-pieds intérieurs qui le maintenaient dans ses plis. Il avait des souliers fins et des bas de fil écossais. Sur son gilet blanc flottait le ruban noir de son lorgnon. Enfin son habit noir se recommandait par une coupe et une forme parisiennes. C'était bien le bellâtre que ses antécédents annonçaient ; mais l'âge l'avait déjà doté d'un petit ventre rond assez difficile à contenir dans les bornes de l'élégance. Il teignait ses cheveux et ses favoris blanchis par les souffrances de son voyage, ce qui lui donnait un air dur. Son teint autrefois très délicat avait pris la couleur cuivrée des gens qui reviennent des Indes ; mais sa tournure, quoique ridicule par les prétentions qu'il conservait, révélait néanmoins l'agréable Secrétaire des Commandements d'une Altesse Impériale. Il prit son lorgnon, regarda le pantalon de nankin, les bottes, l'habit bleu fait à Angoulême de Lucien, enfin tout son rival. Puis il remit froidement le lorgnon dans la poche de son gilet comme s'il eût dit : « Je suis content. » Écrasé déjà par l'élégance du financier, Lucien pensa qu'il aurait sa revanche quand il montrerait à l'assemblée son visage animé par la poésie ; mais il n'en éprouva pas moins une vive souffrance qui continua le malaise intérieur que la prétendue hostilité de M. de Bargeton lui avait donné. Le baron semblait faire peser sur Lucien tout le poids de sa fortune pour mieux humilier cette misère. M. de Bargeton, qui comptait n'avoir plus rien à dire, fut consterné du silence que gardèrent les deux rivaux en s'examinant; mais, quand il se trouvait au bout de ses efforts, il avait une question qu'il se réservait comme une poire pour la soif, et il jugea nécessaire de la lâcher en prenant un air affairé.

« Hé bien, monsieur, dit-il à du Châtelet, qu'y a-t-il de nouveau ? dit-on quelque chose ?

— Mais, répondit méchamment le directeur des contributions, le nouveau, c'est M. Chardon. Adressez-vous à lui. Nous apportez-vous quelque joli poème ? demanda le sémillant baron en redressant la boucle majeure d'une de ses faces[1] qui lui parut dérangée.

— Pour savoir si j'ai réussi, j'aurais dû vous consulter, répondit Lucien. Vous avez pratiqué la poésie avant moi.

— Bah ! quelques vaudevilles assez agréables faits par complaisance, des chansons de circonstance, des romances que la musique a fait valoir, ma grande épître à une sœur de Buonaparte (l'ingrat !) ne sont pas des titres à la postérité ! »

En ce moment Mme de Bargeton se montra dans tout l'éclat d'une toilette étudiée. Elle portait un turban juif enrichi d'une agrafe orientale. Une écharpe de gaze sous laquelle brillaient les camées d'un collier était gracieusement tournée à son cou. Sa robe de mousseline peinte, à manches courtes, lui permettait de montrer plusieurs bracelets étagés sur ses beaux bras blancs. Cette mise théâtrale charma Lucien. M. du Châtelet adressa galamment à cette reine des compliments nauséabonds qui la firent sourire de plaisir, tant elle fut heureuse d'être louée devant Lucien. Elle n'échangea qu'un regard avec son cher poète, et répondit au directeur des contributions en le mortifiant par une politesse qui l'exceptait de son intimité.

En ce moment, les personnes invitées commencèrent à venir. En premier lieu se produisirent l'évêque et son grand vicaire, deux figures dignes et solennelles, mais qui formaient un violent contraste : monseigneur était grand et maigre, son acolyte était court et gras. Tous deux, ils avaient des yeux brillants, mais l'évêque était pâle et son grand vicaire offrait un visage empourpré par la plus riche santé. Chez l'un et chez l'autre les gestes et les mouvements étaient rares. Tous deux paraissaient prudents, leur réserve et leur silence intimidaient, ils passaient pour avoir beaucoup d'esprit.

Les deux prêtres furent suivis par Mme de Chandour et son mari, personnages extraordinaires que les gens auxquels la province est inconnue seraient tentés de croire une fantaisie. Le mari d'Amélie, la femme qui se posait comme l'antagoniste de Mme de Bargeton, M. de Chandour, qu'on nommait Stanislas, était un ci-devant jeune homme, encore mince à quarante-cinq ans, et dont la figure ressemblait à un crible. Sa cravate était toujours nouée de manière à présenter deux pointes menaçantes, l'une à la hauteur de l'oreille droite, l'autre abaissée vers le ruban rouge de sa croix. Les basques de son habit étaient violemment renversées. Son gilet très ouvert laissait voir une chemise gonflée, empesée, fermée par des épingles surchargées d'orfèvrerie. Enfin tout son vêtement avait un caractère exagéré qui lui donnait une si grande ressemblance avec les caricatures qu'en le voyant les étrangers ne pouvaient s'empêcher de sourire. Stanislas se regardait continuellement avec une sorte de satisfaction de haut en bas, en vérifiant le nombre des boutons de son gilet, en suivant les lignes onduleuses que dessinait son pantalon collant, en caressant ses jambes par un regard qui s'arrêtait amoureusement sur les pointes de ses bottes. Quand il cessait de se contempler ainsi, ses yeux cherchaient une glace, il examinait si ses cheveux tenaient la frisure ; il interrogeait les femmes d'un œil heureux en mettant un de ses doigts dans la poche de son gilet, se penchant en arrière et se posant de trois quarts, agaceries de coq qui lui réussissaient dans la société aristocratique de laquelle il était le beau. La plupart du temps, ses discours comportaient des gravelures comme il s'en disait au dix-huitième siècle. Ce détestable genre de conversation lui procurait quelques succès auprès des femmes, il les faisait rire. M. du Châtelet commençait à lui donner des inquiétudes. En effet, intriguées par le dédain du fat des contributions indirectes, stimulées par son affectation à prétendre qu'il était impossible de le faire sortir de son marasme, et piquées par son ton de sultan blasé, les femmes le recherchaient encore plus vivement qu'à son arrivée depuis que Mme de Bargeton s'était éprise du Byron d'Angoulême. Amélie était une petite femme maladroitement comédienne, grasse, blanche, à cheveux noirs, outrant tout, parlant haut, faisant la roue avec sa tête chargée de plumes en été, de fleurs en hiver ; belle parleuse, mais ne pouvant achever sa période sans lui donner pour accompagnement les sifflements d'un asthme inavoué.

M. de Saintot, nommé Astolphe, le président de la Société d'agriculture, homme haut en couleur, grand et gros, apparut remorqué par sa femme, espèce de figure assez semblable à une fougère desséchée, qu'on appelait Lili, abréviation d'Élisa. Ce nom, qui supposait dans la personne quelque chose d'enfantin, jurait avec le caractère et les manières de Mme de Saintot, femme solennelle, extrêmement pieuse, joueuse difficile et tracassière. Astolphe passait pour être un savant du premier ordre. Ignorant comme une carpe, il n'en avait pas moins écrit les articles Sucre et Eau-de-vie dans un dictionnaire d'agriculture, deux œuvres pillées en détail dans tous les articles des journaux et dans tous les anciens ouvrages où il était question de ces deux produits. Tout le département le croyait occupé d'un traité sur la culture moderne. Quoiqu'il restât enfermé pendant toute la matinée dans son cabinet, il n'avait pas encore écrit deux pages depuis douze ans. Si quelqu'un venait le voir, il se laissait surprendre brouillant des papiers, cherchant une note égarée ou taillant sa plume ; mais il employait en niaiseries tout le temps qu'il demeurait dans son cabinet : il y lisait longuement le journal, il sculptait des bouchons avec son canif, il traçait des dessins fantastiques sur son garde-main, il feuilletait Cicéron pour y prendre à la volée une phrase ou des passages dont le sens pouvait s'appliquer aux événements du jour ; puis le soir il s'efforçait d'amener la conversation sur un sujet qui lui permît de dire : « Il se trouve dans Cicéron une page qui semble avoir été écrite pour ce qui se passe de nos jours. » Il récitait alors son passage au grand étonnement des auditeurs, qui se redisaient entre eux : « Vraiment Astolphe est un puits de science. » Ce fait curieux se contait par toute la ville, et l'entretenait dans ses flatteuses croyances sur M. de Saintot.

Après ce couple, vint M. de Bartas, nommé Adrien, l'homme qui chantait les airs de basse-taille et qui avait d'énormes prétentions en musique. L'amour-propre l'avait assis sur le solfège : il avait commencé par s'admirer lui-même en chantant, puis il s'était mis à parler musique, et avait fini par s'en occuper exclusivement. L'art musical était devenu chez lui comme une monomanie ; il ne s'animait qu'en parlant de musique, il souffrait pendant une soirée jusqu'à ce qu'on le priât de chanter. Une fois qu'il avait beuglé un de ses airs, sa vie commençait : il paradait, il se haussait sur ses talons en recevant des compliments, il faisait le modeste ;

mais il allait néanmoins de groupe en groupe pour y recueillir des éloges ; puis, quand tout était dit, il revenait à la musique en entamant une discussion à propos des difficultés de son air ou en vantant le compositeur.

M. Alexandre de Brebian, le héros de la sépia, le dessinateur qui infestait les chambres de ses amis par des productions saugrenues et gâtait tous les albums du département, accompagnait M. de Bartas. Chacun d'eux donnait le bras à la femme de l'autre. Au dire de la chronique scandaleuse, cette transposition était complète. Les deux femmes, Lolotte (Mme Charlotte de Brebian) et Fifine (Mme Joséphine de Bartas), également préoccupées d'un fichu, d'une garniture, de l'assortiment de quelques couleurs hétérogènes, étaient dévorées du désir de paraître Parisiennes, et négligeaient leur maison où tout allait à mal. Si les deux femmes, serrées comme des poupées dans des robes économiquement établies, offraient sur elles une exposition de couleurs outrageusement bizarres, les maris se permettaient, en leur qualité d'artistes, un laisser-aller de province qui les rendait curieux à voir. Leurs habits fripés leur donnaient l'air des comparses qui dans les petits théâtres figurent la haute société invitée aux noces.

Parmi les figures qui débarquèrent dans le salon, l'une des plus originales fut celle de M. le comte de Sénonches, aristocratiquement nommé Jacques, grand chasseur, hautain, sec, à figure hâlée, aimable comme un sanglier, défiant comme un Vénitien, jaloux comme un More, et vivant en très bonne intelligence avec M. du Hautoy, autrement dit Francis, l'ami de la maison.

Mme de Sénonches (Zéphirine) était grande et belle, mais couperosée déjà par une certaine ardeur de foie qui la faisait passer pour une femme exigeante. Sa taille fine, ses délicates proportions lui permettaient d'avoir des manières langoureuses qui sentaient l'affectation, mais qui peignaient la passion et les caprices toujours satisfaits d'une personne aimée.

Francis était un homme assez distingué, qui avait quitté le consulat de Valence et ses espérances dans la diplomatie, pour venir vivre à Angoulême auprès de Zéphirine, dite aussi Zizine. L'ancien consul prenait soin du ménage, faisait l'éducation des enfants, leur apprenait les langues étrangères, et dirigeait la fortune de M. et de Mme de Sénonches avec un entier dévouement. L'Angoulême noble, l'Angoulême administratif, l'Angoulême bourgeois avaient longtemps glosé sur la parfaite unité de ce ménage en trois personnes ; mais, à la longue, ce mystère de trinité conjugale parut si rare et si joli, que M. du Hautoy eût semblé prodigieusement immoral s'il avait fait mine de se marier. D'ailleurs, on commençait à soupçonner dans l'attachement excessif de Mme de Sénonches pour une filleule appelée Mlle de La Haye qui lui servait de demoiselle de compagnie, des mystères inquiétants ; et, malgré quelques impossibilités apparentes offertes par des dates, on trouvait des ressemblances frappantes entre Françoise de La Haye et Francis du Hautoy. Quand Jacques chassait aux environs, chacun lui demandait des nouvelles de Francis, et il racontait les petites indispositions de son intendant volontaire en lui donnant le pas sur sa femme. Cet aveuglement paraissait si curieux chez un homme jaloux, que ses meilleurs amis s'amusaient à le faire poser, et l'annonçaient à ceux qui ne connaissaient pas le mystère afin de les amuser. M. du Hautoy était un précieux dandy dont les petits soins personnels avaient tourné à la mignardise et à l'enfantillage. Il s'occupait de sa toux, de son sommeil, de sa digestion et de son manger. Zéphirine avait amené son factotum à faire l'homme de petite santé : elle le ouatait, l'embéguinait[1], le médicinait ; elle l'empâtait de mets choisis comme un bichon de marquise ; elle lui ordonnait ou lui défendait tel ou tel aliment ; elle lui brodait des gilets, des bouts de cravates et des mouchoirs ; elle avait fini par l'habituer à porter de si jolies choses qu'elle le métamorphosait en une sorte d'idole japonaise. Leur entente était d'ailleurs sans mécompte : Zizine regardait à tout propos Francis, et Francis semblait prendre ses idées dans les yeux de Zizine. Ils blâmaient, ils souriaient ensemble, et semblaient se consulter pour dire le plus simple bonjour.

Le plus riche propriétaire des environs, l'homme envié de tous, M. le marquis de Pimentel et sa femme, qui réunissaient à eux deux quarante mille livres de rente, et passaient l'hiver à Paris, vinrent de la campagne en calèche avec leurs voisins, M. le baron et Mme la baronne de Rastignac, accompagnés de la tante de la baronne, et de leurs filles, deux charmantes jeunes personnes, bien élevées, pauvres, mais mises avec cette simplicité qui fait tant valoir les beautés naturelles[1]. Ces personnes, qui certes étaient l'élite de la compagnie, furent reçues par un froid silence et par un respect plein de jalousie, surtout quand chacun vit la distinction de l'accueil que leur fit Mme de Bargeton. Ces deux familles appartenaient à ce petit nombre de gens qui, dans les provinces, se tiennent au-dessus des commérages, ne se mêlent à aucune société, vivent dans une retraite silencieuse et gardent une imposante dignité. M. de Pimentel et M. de Rastignac étaient appelés par leurs titres ; aucune familiarité ne mêlait leurs femmes ni leurs filles à la haute coterie d'Angoulême, ils approchaient trop la noblesse de cour pour se commettre avec les niaiseries de la province.

Le préfet et le général arrivèrent les derniers, accompagnés du gentilhomme campagnard qui, le matin, avait apporté son mémoire sur les vers à soie chez David. C'était sans doute quelque maire de canton recommandable par de belles propriétés ; mais sa tournure et sa mise trahissaient une désuétude complète de la société : il était gêné dans ses habits, il ne savait où mettre ses mains, il tournait autour de son interlocuteur en parlant, il se levait et se rasseyait pour répondre quand on lui parlait, il semblait prêt à rendre un service domestique ; il se montrait tour à tour obséquieux, inquiet, grave, il s'empressait de rire d'une plaisanterie, il écoutait d'une façon servile, et parfois il prenait un air sournois en croyant qu'on se moquait de lui. Plusieurs fois dans la soirée, oppressé par son mémoire, il essaya de parler vers à soie ; mais l'infortuné M. de Séverac tomba sur M. de Bartas qui lui répondit musique et sur M. de Saintot qui lui cita Cicéron. Vers le milieu de la soirée, le pauvre maire finit par s'entendre avec une veuve et sa fille, Mme et Mlle du Brossard, qui n'étaient pas les deux figures les moins intéressantes de cette société. Un seul mot dira tout : elles étaient aussi pauvres que nobles. Elles avaient dans leur mise cette prétention à la parure qui révèle une secrète misère. Mme du Brossard vantait fort maladroitement et à tout propos sa grande et grosse fille, âgée de vingt-sept ans, qui passait pour être forte sur le piano ; elle lui faisait officiellement partager tous les goûts des gens à marier, et, dans son désir d'établir sa chère Camille, elle avait dans une même soirée prétendu que Camille aimait la vie errante des garnisons, et la vie tranquille des propriétaires qui cultivent leur bien. Toutes deux, elles avaient la dignité pincée, aigre-douce des personnes que chacun est enchanté de plaindre, auxquelles on s'intéresse par égoïsme, et qui ont sondé le vide des phrases consolatrices par lesquelles le monde se fait un plaisir d'accueillir les malheureux. M. de Séverac avait cinquante-neuf ans, il était veuf et sans enfants ; la mère et la fille écoutèrent donc avec une dévotieuse admiration les détails qu'il leur donna sur ses magnaneries.

« Ma fille a toujours aimé les animaux, dit la mère. Aussi, comme la soie que font ces petites bêtes intéresse les femmes, je vous demanderai la permission d'aller à Séverac montrer à ma Camille comment ça se récolte. Camille a tant d'intelligence qu'elle saisira sur-le-champ tout ce que vous lui direz. N'a-t-elle pas compris un jour la raison inverse du carré des distances ? »

Cette phrase termina glorieusement la conversation entre M. de Séverac et Mme du Brossard, après la lecture de Lucien.

Quelques habitués se coulèrent familièrement dans l'assemblée, ainsi que deux ou trois fils de famille, timides, silencieux, parés comme des châsses, heureux d'avoir été conviés à cette solennité littéraire, et dont le plus hardi causa beaucoup avec Mlle de La Haye. Toutes les femmes se rangèrent sérieusement en un cercle derrière lequel les hommes se tinrent debout. Cette assemblée de personnages bizarres, aux costumes hétéroclites, aux visages grimés, devint très imposante pour Lucien, dont le cœur palpita quand il se vit l'objet de tous les regards. Quelque hardi qu'il fût, il ne soutint pas facilement cette première épreuve, malgré les encouragements de sa maîtresse, qui déploya le faste de ses révérences et ses plus précieuses grâces en recevant les illustres sommités de l'Angoumois. Le malaise auquel il était en proie fut continué par une circonstance facile à prévoir, mais qui devait effaroucher un jeune homme encore peu familiarisé avec la tactique du monde. Lucien, tout yeux et tout oreilles, s'entendait appeler M. de Rubempré par Louise, par M. de Bargeton, par l'évêque, par quelques complaisants de la maîtresse du logis, et M. Chardon par la majorité de ce redouté public. Intimidé par les œillades interrogatives des curieux, il pressentait son nom bourgeois au seul mouvement des lèvres ; il devinait les jugements anticipés que l'on portait sur lui avec cette franchise provinciale, souvent un peu trop près de l'impolitesse. Ces continuels coups d'épingle inattendus le mirent encore plus mal avec lui-même. Il attendit avec impatience le moment de commencer sa lecture, afin de prendre une attitude qui fît cesser son supplice intérieur ; mais Jacques racontait sa dernière chasse à Mme de Pimentel ; Adrien s'entretenait du nouvel astre musical, de Rossini[1], avec Mlle Laure de Rastignac ; Astolphe qui avait appris par cœur dans un journal la description d'une nouvelle charrue en parlait au baron. Lucien ne savait pas, le pauvre poète, qu'aucune de ces intelligences, excepté celle de Mme de Bargeton, ne pouvait comprendre la poésie. Toutes ces personnes, privées d'émotions, étaient accourues en se trompant elles-mêmes sur la nature du spectacle qui les attendait. Il est des mots qui, semblables aux trompettes, aux cymbales, à la grosse caisse des saltimbanques, attirent toujours le public. Les mots beauté, gloire, poésie, ont des sortilèges qui séduisent les esprits les plus grossiers. Quand tout le monde fut arrivé, quand les causeries eurent cessé, non sans mille avertissements donnés aux interrupteurs par M. de Bargeton, que sa femme envoya comme un suisse d'église qui fait retentir sa canne sur les dalles, Lucien se mit à la table ronde, près de Mme de Bargeton, en éprouvant une violente secousse d'âme. Il annonça d'une voix troublée que, pour ne tromper l'attente de personne, il allait lire les chefs-d'œuvre récemment retrouvés d'un grand poète inconnu. Quoique les poésies d'André de Chénier eussent été publiées dès 1819, personne, à Angoulême, n'avait encore entendu parler d'André de Chénier. Chacun voulut voir, dans cette annonce, un biais trouvé par Mme de Bargeton pour ménager l'amour-propre du poète et mettre les auditeurs à l'aise. Lucien lut d'abord *Le Jeune Malade*, qui fut accueilli par des murmures flatteurs ; puis *L'Aveugle*, poème que ces esprits médiocres trouvèrent long. Pendant sa lecture, Lucien fut en proie à l'une de ces souffrances infernales qui ne peuvent être parfaitement comprises que par d'éminents artistes, ou par ceux que l'enthousiasme et une haute intelligence mettent à leur niveau. Pour être traduite par la voix, comme pour être saisie, la poésie exige une sainte attention. Il doit se faire entre le lecteur et l'auditoire une alliance intime, sans laquelle les électriques communications des sentiments n'ont plus lieu. Cette cohésion des âmes manque-t-elle, le poète se trouve alors comme un ange essayant de chanter un hymne céleste au milieu des ricanements de l'enfer. Or, dans la sphère où se développent leurs facultés, les hommes d'intelligence possèdent la vue circumspective[1] du colimaçon, le flair du chien et l'oreille de la taupe ; ils voient, ils sentent, ils entendent tout autour d'eux. Le musicien et le poète se savent aussi promptement admirés ou incompris, qu'une plante se sèche ou se ravive dans une atmosphère amie ou ennemie. Les murmures des hommes, qui n'étaient venus là que pour leurs femmes, et qui se parlaient de leurs affaires, retentissaient à l'oreille de Lucien par les lois de cette acoustique particulière ; de même qu'il voyait les hiatus sympathiques de quelques mâchoires violemment entrebâillées[2], et dont les dents le narguaient. Lorsque, semblable à la colombe du déluge, il cherchait un coin favorable où son regard pût s'arrêter, il rencontrait les yeux impatientés de gens qui pensaient évidemment à profiter de cette réunion pour s'interroger sur quelques intérêts positifs. À l'exception de Laure de Rastignac, de deux ou trois jeunes gens et de l'évêque, tous les assistants s'ennuyaient. En effet, ceux qui comprennent la poésie cherchent à développer dans leur âme ce que l'auteur a mis en germe dans ses vers ; mais ces auditeurs glacés, loin d'aspirer l'âme du poète, n'écoutaient même pas ses accents. Lucien éprouva donc un si profond découragement qu'une sueur froide mouilla sa chemise. Un regard de feu lancé par Louise, vers laquelle il se tourna, lui donna le courage d'achever ; mais son cœur de poète saignait de mille blessures.

« Trouvez-vous cela bien amusant, Fifine ? dit à sa voisine la sèche Lili qui s'attendait peut-être à des tours de force.

— Ne me demandez pas mon avis, ma chère, mes yeux se ferment aussitôt que j'entends lire.

— J'espère que Naïs ne nous donnera pas souvent des vers le soir, dit Francis. Quand j'écoute lire après mon dîner, l'attention que je suis forcé d'avoir trouble ma digestion.

— Pauvre chat, dit Zéphirine à voix basse, buvez un verre d'eau sucrée.

— C'est fort bien déclamé, dit Alexandre ; mais j'aime mieux le whist. »

En entendant cette réponse, qui passa pour spirituelle à cause de la signification anglaise du mot[1], quelques joueuses prétendirent que le lecteur avait besoin de repos. Sous ce prétexte, un ou deux couples s'esquivèrent dans le boudoir. Lucien, supplié par Louise, par la charmante Laure de Rastignac et par l'évêque, réveilla l'attention, grâce à la verve contre-révolutionnaire des *Ïambes*, que plusieurs personnes, entraînées par la chaleur du débit, applaudirent sans les comprendre. Ces sortes de gens sont influençables par la vocifération comme les palais grossiers sont excités par les liqueurs fortes. Pendant un moment où l'on prit des glaces, Zéphirine envoya Francis voir le volume, et dit à sa voisine Amélie que les vers lus par Lucien étaient imprimés.

« Mais, répondit Amélie avec un visible bonheur, c'est bien simple, M. de Rubempré travaille chez un imprimeur. C'est, dit elle en regardant Lolotte, comme si une jolie femme faisait elle-même ses robes. »

« Il a imprimé ses poésies lui-même », se dirent les femmes.

« Pourquoi s'appelle-t-il donc alors M. de Rubempré ? demanda Jacques. Quand il travaille de ses mains, un noble doit quitter son nom.

— Il a effectivement quitté le sien, qui était roturier, dit Zizine, mais pour prendre celui de sa mère, qui est noble.

— Puisque ses vers (en province on prononce *verse*) sont imprimés, nous pouvons les lire nous-mêmes », dit Astolphe.

Cette stupidité compliqua la question jusqu'à ce que Sixte du Châtelet eût daigné dire à cette ignorante assemblée que l'annonce n'était pas une précaution oratoire, et que ces belles poésies appartenaient à un frère royaliste du révolutionnaire Marie-Joseph Chénier. La société d'Angoulême, à l'exception de l'évêque, de Mme de Rastignac et de ses deux filles, que cette grande poésie avait saisis, se crut mystifiée et s'offensa de cette supercherie. Un sourd murmure s'éleva ; mais Lucien ne l'entendit pas. Isolé de ce monde odieux par l'enivrement que produisait une mélodie intérieure, il s'efforçait de la répéter, et voyait les figures comme à travers un nuage. Il lut la sombre élégie sur le suicide, celle dans le goût ancien où respire une mélancolie sublime ; puis celle où est ce vers :

Tes vers sont doux, j'aime à les répéter[1].

Enfin, il termina par la suave idylle intitulée *Néère*.

Plongée dans une délicieuse rêverie, une main dans ses boucles, qu'elle avait défrisées sans s'en apercevoir, l'autre pendant, les yeux distraits, seule au milieu de son salon, Mme de Bargeton se sentait pour la première fois de sa vie transportée dans la sphère qui lui était propre. Jugez combien elle fut désagréablement distraite par Amélie qui s'était chargée de lui exprimer les vœux publics.

« Naïs, nous étions venues pour entendre les poésies de M. Chardon, et vous nous donnez des vers (*verse*) imprimés. Quoique ces morceaux soient fort jolis, par patriotisme ces dames aimeraient mieux le vin du cru.

— Ne trouvez-vous pas que la langue française se prête peu à la poésie ? dit Astolphe au directeur des contributions. Je trouve la prose de Cicéron mille fois plus poétique.

— La vraie poésie française est la poésie légère, la chanson, répondit du Châtelet.

— La chanson prouve que notre langue est très musicale, dit Adrien.

— Je voudrais bien connaître les vers (*verse*) qui ont causé la perte de Naïs, dit Zéphirine ; mais d'après la manière dont elle accueille la demande d'Amélie, elle n'est pas disposée à nous en donner un échantillon.

— Elle se doit à elle-même de les lui faire dire, répondit Francis, car le génie de ce petit bonhomme est sa justification.

— Vous qui avez été dans la diplomatie, obtenez-nous cela, dit Amélie à M. du Châtelet.

— Rien de plus aisé », dit le baron.

L'ancien secrétaire des commandements, habitué à ces petits manèges, alla trouver l'évêque et sut le mettre en avant. Priée par Monseigneur, Naïs fut obligée de demander à Lucien quelque morceau qu'il sût par cœur. Le prompt succès du baron dans cette négociation lui valut un langoureux sourire d'Amélie.

« Décidément ce baron est bien spirituel », dit-elle à Lolotte.

Lolotte se souvenait du propos aigre-doux d'Amélie sur les femmes qui faisaient elles-mêmes leurs robes.

« Depuis quand reconnaissez-vous les barons de l'Empire ? » lui répondit-elle en souriant.

Lucien avait essayé de déifier sa maîtresse dans une ode qui lui était adressée sous un titre inventé par tous les jeunes gens au sortir du collège. Cette ode, si complaisamment caressée, embellie de tout l'amour qu'il se sentait au cœur, lui parut la seule œuvre capable de lutter avec la poésie de Chénier. Il regarda d'un air passablement fat Mme de Bargeton, en disant : À ELLE ! Puis il se posa fièrement pour dérouler cette pièce ambitieuse, car son amour-propre d'auteur se sentit à l'aise derrière la jupe de Mme de Bargeton. En ce moment, Naïs laissa échapper son secret aux yeux des femmes. Malgré l'habitude qu'elle avait de dominer ce monde de toute la hauteur de son intelligence, elle ne put s'empêcher de trembler pour Lucien. Sa contenance fut gênée, ses regards demandèrent en quelque sorte l'indulgence ; puis elle fut obligée de rester les yeux baissés, et de cacher son contentement à mesure que se déployèrent les strophes suivantes.

À ELLE

Du sein de ces torrents de gloire et de lumière,
Où, sur des sistres d'or, les anges attentifs,
Aux pieds de Jéhova redisent la prière
De nos astres plaintifs,

Souvent un chérubin à chevelure blonde,
Voilant l'éclat de Dieu sur son front arrêté,
Laisse aux parvis des cieux son plumage argenté,
Et descend sur le monde —

Il a compris de Dieu le bienfaisant regard :
Du génie aux abois il endort la souffrance ;

Jeune fille adorée, il berce le vieillard
Dans les fleurs de l'enfance ;

Il inscrit des méchants les tardifs repentirs ;
À la mère inquiète, il dit en rêve : Espère !
Et, le cœur plein de joie, il compte les soupirs
Qu'on donne à la misère.

De ces beaux messagers un seul est parmi nous,
Que la terre amoureuse arrête dans sa route ;
Mais il pleure, et poursuit d'un regard triste et doux
La paternelle voûte.

Ce n'est point de son front l'éclatante blancheur
Qui m'a dit le secret de sa noble origine,
Ni l'éclair de ses yeux, ni la féconde ardeur
De sa vertu divine.

Mais par tant de lueur mon amour ébloui
A tenté de s'unir à sa sainte nature,
Et du terrible archange il a heurté sur lui
L'impénétrable armure.

Ah ! gardez, gardez bien de lui laisser revoir
Le brillant séraphin qui vers les cieux revole ;
Trop tôt il en saurait la magique parole
Qui se chante le soir !

Vous les verriez alors, des nuits perçant les voiles,
Comme un point de l'aurore, atteindre les étoiles
Par un vol fraternel :
Et le marin qui veille, attendant un présage,
De leurs pieds lumineux montrerait le passage,
Comme un phare éternel[1].

« Comprenez-vous ce calembour[1] ? dit Amélie à M. du Châtelet en lui adressant un regard de coquetterie.

— C'est des vers comme nous en avons tous plus ou moins fait au sortir du collège, répondit le baron d'un air ennuyé pour obéir à son rôle de jugeur que rien n'étonnait. Autrefois nous donnions dans les brumes ossianiques. C'était des Malvina, des Fingal, des apparitions nuageuses, des guerriers qui sortaient de leurs tombes avec des étoiles au-dessus de leurs têtes[2]. Aujourd'hui, cette friperie poétique est remplacée par Jéhova, par les sistres, par les anges, par les plumes des séraphins, par toute la garde-robe du paradis remise à neuf avec les mots immense, infini, solitude, intelligence. C'est des lacs, des paroles de Dieu, une espèce de panthéisme christianisé, enrichi de rimes rares, péniblement cherchées, comme émeraude et fraude, aïeul et glaïeul, etc. Enfin, nous avons changé de latitude : au lieu d'être au nord, nous sommes dans l'orient ; mais les ténèbres y sont tout aussi épaisses.

— Si l'ode est obscure, dit Zéphirine, la déclaration me semble très claire.

— Et l'armure de l'archange est une robe de mousseline assez légère », dit Francis.

Quoique la politesse voulût que l'on trouvât ostensiblement l'ode ravissante à cause de Mme de Bargeton, les femmes, furieuses de ne pas avoir de poète à leur service pour les traiter d'anges, se levèrent comme ennuyées, en murmurant d'un air glacial : *très bien, joli, parfait*.

« Si vous m'aimez, vous ne complimenterez ni l'auteur ni son ange, dit Lolotte à son cher Adrien d'un air despotique auquel il dut obéir.

— Après tout, c'est des phrases, dit Zéphirine à Francis, et l'amour est une poésie en action.

— Vous avez dit là, Zizine, une chose que je pensais, mais que je n'aurais pas aussi finement exprimée, repartit Stanislas en s'épluchant de la tête aux pieds par un regard caressant.

— Je ne sais pas ce que je donnerais, dit Amélie à du Châtelet, pour voir rabaisser la fierté de Naïs qui se fait traiter d'archange, comme si elle était plus que nous, et qui nous encanaille avec le fils d'un apothicaire et d'une garde-malade, dont la sœur est une grisette, et qui travaille chez un imprimeur.

— Puisque le père vendait des biscuits contre les vers, dit Jacques, il aurait dû en faire manger à son fils.

— Il continue le métier de son père, car ce qu'il vient de nous donner me semble de la drogue, dit Stanislas en prenant une de ses poses les plus agaçantes. Drogue pour drogue, j'aime mieux autre chose. »

En un moment chacun s'entendit pour humilier Lucien par quelque mot d'ironie aristocratique. Lili, la femme pieuse, y vit une action charitable en disant qu'il était temps d'éclairer Naïs, bien près de faire une folie. Francis, le diplomate, se chargea de mener à bien cette sotte conspiration à laquelle tous ces petits esprits s'intéressèrent comme au dénouement d'un drame, et dans laquelle ils virent une aventure à raconter le lendemain. L'ancien consul, peu soucieux d'avoir à se battre avec un jeune poète qui, sous les yeux de sa maîtresse, enragerait d'un mot insultant, comprit qu'il fallait assassiner Lucien avec un fer sacré[1] contre lequel la vengeance fût impossible. Il imita l'exemple que lui avait donné l'adroit du Châtelet quand il avait été question de faire dire des vers à Lucien. Il vint causer avec l'évêque en feignant de partager l'enthousiasme que l'ode de Lucien avait inspiré à Sa Grandeur ; puis il le mystifia en lui faisant croire que la mère de Lucien était une femme supérieure et d'une excessive modestie, qui fournissait à son fils les sujets de toutes ses compositions. Le plus grand plaisir de

Lucien était de voir rendre justice à sa mère qu'il adorait. Une fois cette idée inculquée à l'évêque, Francis s'en remit sur les hasards de la conversation pour amener le mot blessant qu'il avait médité de faire dire par monseigneur. Quand Francis et l'évêque revinrent dans le cercle au centre duquel était Lucien, l'attention redoubla parmi les personnes qui déjà lui faisaient boire la ciguë à petits coups. Tout à fait étranger au manège des salons, le pauvre poète ne savait que regarder Mme de Bargeton, et répondre gauchement aux gauches questions qui lui étaient adressées. Il ignorait les noms et les qualités de la plupart des personnes présentes, et ne savait quelle conversation tenir avec des femmes qui lui disaient des niaiseries dont il avait honte. Il se sentait d'ailleurs à mille lieues de ces divinités angoumoisines en s'entendant nommer tantôt M. Chardon, tantôt M. de Rubempré, tandis qu'elles s'appelaient Lolotte, Adrien, Astolphe, Lili, Fifine. Sa confusion fut extrême quand, ayant pris Lili pour un nom d'homme, il appela M. Lili le brutal M. de Sénonches. Le Nemrod interrompit Lucien par un « M. Lulu ? » qui fit rougir Mme de Bargeton jusqu'aux oreilles.

« Il faut être bien aveuglée pour admettre ici et nous présenter ce petit bonhomme, dit-il à demi-voix.

— Madame la marquise, dit Zéphirine à Mme de Pimentel à voix basse mais de manière à se faire entendre, ne trouvez-vous pas une grande ressemblance entre M. Chardon et M. de Cante-Croix ?

— La ressemblance est idéale, répondit en souriant Mme de Pimentel.

— La gloire a des séductions que l'on peut avouer, dit Mme de Bargeton à la marquise. Il est des femmes qui s'éprennent de la grandeur comme d'autres de la petitesse », ajouta-t-elle en regardant Francis.

Zéphirine ne comprit pas, car elle trouvait son consul

très grand ; mais la marquise se rangea du côté de Naïs en se mettant à rire.

« Vous êtes bien heureux, monsieur, dit à Lucien M. de Pimentel qui se reprit pour le nommer M. de Rubempré après l'avoir appelé Chardon, vous ne devez jamais vous ennuyer ?

— Travaillez-vous promptement ? » lui demanda Lolotte de l'air dont elle eût dit à un menuisier : Êtes-vous longtemps à faire une boîte ?

Lucien resta tout abasourdi sous ce coup d'assommoir ; mais il releva la tête en entendant Mme de Bargeton répondre en souriant : « Ma chère, la poésie ne pousse pas dans la tête de M. de Rubempré comme l'herbe dans nos cours.

— Madame, dit l'évêque à Lolotte, nous ne saurions avoir trop de respect pour les nobles esprits en qui Dieu met un de ses rayons. Oui, la poésie est chose sainte. Qui dit poésie, dit souffrance. Combien de nuits silencieuses n'ont pas voulues les strophes que vous admirez ! Saluez avec amour le poète qui mène presque toujours une vie malheureuse, et à qui Dieu réserve sans doute une place dans le ciel parmi ses prophètes. Ce jeune homme est un poète, ajouta-t-il en posant la main sur la tête de Lucien, ne voyez-vous pas quelque fatalité imprimée sur ce beau front ? »

Heureux d'être si noblement défendu, Lucien salua l'évêque par un regard suave, sans savoir que le digne prélat allait être son bourreau. Mme de Bargeton lança sur le cercle ennemi des regards pleins de triomphe qui s'enfoncèrent, comme autant de dards, dans le cœur de ses rivales, dont la rage redoubla.

« Ah ! Monseigneur, répondit le poète en espérant frapper ces têtes imbéciles de son sceptre d'or, le vulgaire n'a ni votre esprit, ni votre charité. Nos douleurs sont ignorées, personne ne sait nos travaux. Le mineur a moins de peine à extraire l'or de la mine que nous n'en avons à arracher nos images aux entrailles de la plus ingrate des langues. Si le but de la poésie est de mettre les idées au point précis où tout le monde peut les voir et les sentir, le poète doit incessamment parcourir l'échelle des intelligences humaines afin de les satisfaire toutes; il doit cacher sous les plus vives couleurs la logique et le sentiment, deux puissances ennemies; il lui faut enfermer tout un monde de pensées dans un mot, résumer des philosophies entières par une peinture; enfin ses vers sont des graines dont les fleurs doivent éclore dans les cœurs, en y cherchant les sillons creusés par les sentiments personnels. Ne faut-il pas avoir tout senti pour tout rendre? Et sentir vivement, n'est-ce pas souffrir? Aussi les poésies ne s'enfantent-elles qu'après de pénibles voyages entrepris dans les vastes régions de la pensée et de la société. N'est-ce pas des travaux immortels que ceux auxquels nous devons des créatures dont la vie devient plus authentique que celle des êtres qui ont véritablement vécu, comme la *Clarisse* de Richardson, la *Camille* de Chénier, la *Délie* de Tibulle, l'*Angélique* de l'Arioste, la *Francesca* du Dante, l'*Alceste* de Molière, le *Figaro* de Beaumarchais, la *Rébecca* de Walter Scott, le *Don Quichotte* de Cervantès?

— Et que nous créerez-vous? demanda du Châtelet.

— Annoncer de telles conceptions, répondit Lucien, n'est-ce pas se donner un brevet d'homme de génie? D'ailleurs ces enfantements sublimes veulent une longue expérience du monde, une étude des passions et des intérêts humains que je ne saurais avoir faite; mais je commence, dit-il avec amertume en jetant un regard vengeur sur ce cercle. Le cerveau porte longtemps…

— Votre accouchement sera laborieux, dit M. du Hautoy en l'interrompant.

— Votre excellente mère pourra vous aider», dit l'évêque.

Ce mot si habilement préparé, cette vengeance attendue alluma dans tous les yeux un éclair de joie. Sur toutes les bouches il courut un sourire de satisfaction aristocratique, augmenté par l'imbécillité de M. de Bargeton qui se mit à rire après coup.

« Monseigneur, vous êtes un peu trop spirituel pour nous en ce moment, ces dames ne vous comprennent pas, dit Mme de Bargeton qui par ce seul mot paralysa les rires et attira sur elle les regards étonnés. Un poète qui prend toutes ses inspirations dans la Bible a dans l'Église une véritable mère. M. de Rubempré, dites-nous *Saint Jean dans Pathmos*, ou *Le Festin de Balthazar*, pour montrer à Monseigneur que Rome est toujours la *Magna parens* de Virgile[1]. »

Les femmes échangèrent un sourire en entendant Naïs disant les deux mots latins.

Au début de la vie, les plus fiers courages ne sont pas exempts d'abattement. Ce coup avait envoyé tout d'abord Lucien au fond de l'eau ; mais il frappa du pied, et revint à la surface, en se jurant de dominer ce monde. Comme le taureau piqué de mille flèches, il se releva furieux et allait obéir à la voix de Louise en déclamant *Saint Jean dans Pathmos* ; mais la plupart des tables de jeu avaient attiré leurs joueurs qui retombaient dans l'ornière de leurs habitudes en y trouvant un plaisir que la poésie ne leur avait pas donné. Puis la vengeance de tant d'amours-propres irrités n'eût pas été complète sans le dédain négatif que l'on témoigna pour la poésie indigène, en désertant Lucien et Mme de Bargeton. Chacun parut préoccupé : celui-ci alla causer d'un chemin cantonal avec le préfet, celle-là parla de varier les plaisirs de la soirée en faisant un peu de musique. La haute société d'Angoulême, se sentant mauvais juge en fait de poésie, était surtout curieuse de connaître l'opinion des Rastignac, des Pimentel sur Lucien, et plusieurs personnes allèrent autour d'eux.

La haute influence que ces deux familles exerçaient dans le département était toujours reconnue dans les grandes circonstances ; chacun les jalousait et les courtisait, car tout le monde prévoyait avoir besoin de leur protection.

« Comment trouvez-vous notre poète et sa poésie ? dit Jacques à la marquise chez laquelle il chassait.

— Mais pour des vers de province, dit-elle en souriant, ils ne sont pas mal ; d'ailleurs un si beau poète ne peut rien faire mal. »

Chacun trouva l'arrêt adorable, et l'alla répéter en y mettant plus de méchanceté que la marquise n'y en voulait mettre. Du Châtelet fut alors requis d'accompagner M. de Bartas qui massacra le grand air de Figaro. Une fois la porte ouverte à la musique, il fallut écouter la romance chevaleresque faite sous l'Empire par Chateaubriand[1], chantée par Châtelet. Puis vinrent les morceaux à quatre mains exécutés par des petites filles, et réclamés par Mme du Brossard qui voulait faire briller le talent de sa chère Camille aux yeux de M. de Séverac.

Mme de Bargeton, blessée du mépris que chacun marquait à son poète, rendit dédain pour dédain en s'en allant dans son boudoir pendant le temps que l'on fit de la musique. Elle fut suivie de l'évêque à qui son grand vicaire avait expliqué la profonde ironie de son involontaire épigramme, et qui voulait la racheter. Mlle de Rastignac, que la poésie avait séduite, se coula dans le boudoir à l'insu de sa mère. En s'asseyant sur son canapé à matelas piqué où elle entraîna Lucien, Louise put, sans être entendue ni vue, lui dire à l'oreille : « Cher ange, ils ne t'ont pas compris ! mais...

Tes vers sont doux, j'aime à les répéter. »

Lucien, consolé par cette flatterie, oublia pour un moment ses douleurs.

« Il n'y a pas de gloire à bon marché, lui dit Mme de Bargeton en lui prenant la main et la lui serrant. Souffrez, souffrez, mon ami, vous serez grand, vos douleurs sont le prix de votre immortalité. Je voudrais bien avoir à supporter les travaux d'une lutte. Dieu vous garde d'une vie atone et sans combats, où les ailes de l'aigle ne trouvent pas assez d'espace. J'envie vos souffrances, car vous vivez au moins, vous ! Vous déploierez vos forces, vous espérerez une victoire ! Votre lutte sera glorieuse. Quand vous serez arrivé dans la sphère impériale où trônent les grandes intelligences, souvenez-vous des pauvres gens déshérités par le sort, dont l'intelligence s'annihile sous l'oppression d'un azote moral et qui périssent après avoir constamment su ce qu'était la vie sans pouvoir vivre, qui ont eu des yeux perçants et n'ont rien vu, de qui l'odorat était délicat et qui n'ont senti que des fleurs empestées. Chantez alors la plante qui se dessèche au fond d'une forêt, étouffée par des lianes, par des végétations gourmandes, touffues, sans avoir été aimée par le soleil, et qui meurt sans avoir fleuri ! Ne serait-ce pas un poème d'horrible mélancolie, un sujet tout fantastique ? Quelle composition sublime que la peinture d'une jeune fille née sous les cieux de l'Asie, ou de quelque fille du désert transportée dans quelque froid pays d'Occident, appelant son soleil bien-aimé, mourant de douleurs incomprises, également accablée de froid et d'amour ! Ce serait le type de beaucoup d'existences.

— Vous peindriez ainsi l'âme qui se souvient du ciel, dit l'évêque, un poème qui doit avoir été fait jadis, je me suis plu à en voir un fragment dans le *Cantique des Cantiques*.

— Entreprenez cela, dit Laure de Rastignac en exprimant une naïve croyance au génie de Lucien.

— Il manque à la France un grand poème sacré, dit l'évêque. Croyez-moi? la gloire et la fortune appartiendront à l'homme de talent qui travaillera pour la Religion.

— Il l'entreprendra, monseigneur, dit Mme de Bargeton avec emphase. Ne voyez-vous pas l'idée du poème poindant[1] déjà comme une flamme de l'aurore, dans ses yeux? »

« Naïs nous traite bien mal, disait Fifine. Que fait-elle donc?

— Ne l'entendez-vous pas? répondit Stanislas. Elle est à cheval sur ses grands mots qui n'ont ni queue ni tête. »

Amélie, Fifine, Adrien et Francis apparurent à la porte du boudoir, en accompagnant Mme de Rastignac qui venait chercher sa fille pour partir.

« Naïs, dirent les deux femmes enchantées de troubler l'aparté du boudoir, vous seriez bien aimable de nous jouer quelque morceau.

— Ma chère enfant, répondit Mme de Bargeton, M. de Rubempré va nous dire son *Saint Jean dans Pathmos*, un magnifique poème biblique.

— Biblique! » répéta Fifine étonnée.

Amélie et Fifine rentrèrent dans le salon en y apportant ce mot comme une pâture à moquerie. Lucien s'excusa de dire le poème en objectant son défaut de mémoire. Quand il reparut, il n'excita plus le moindre intérêt. Chacun causait ou jouait. Le poète avait été dépouillé de tous ses rayons, les propriétaires ne voyaient en lui rien de bien utile, les gens à prétentions le craignaient comme un pouvoir hostile à leur ignorance; les femmes jalouses de Mme de Bargeton, la Béatrix de ce nouveau Dante, selon le vicaire général, lui jetaient des regards froidement dédaigneux.

« Voilà donc le monde! » se dit Lucien en descendant à l'Houmeau par les rampes de Beaulieu, car il est des instants dans la vie où l'on aime à prendre le plus long, afin d'entretenir par la marche le mouvement d'idées où l'on se trouve, et au courant desquelles on veut se livrer. Loin de le décourager, la rage de l'ambitieux repoussé donnait à Lucien de nouvelles forces. Comme tous les gens emmenés par leur instinct dans une sphère élevée où ils arrivent avant de pouvoir s'y soutenir, il se promettait de tout sacrifier pour demeurer dans la haute société. Chemin faisant, il ôtait un à un les traits envenimés qu'il avait reçus, il se parlait tout haut à lui-même, il gourmandait les niais auxquels il avait eu affaire ; il trouvait des réponses fines aux sottes demandes qu'on lui avait faites, et se désespérait d'avoir ainsi de l'esprit après coup. En arrivant sur la route de Bordeaux qui serpente au bas de la montagne et côtoie les rives de la Charente, il crut voir, au clair de lune, Ève et David assis sur une solive au bord de la rivière, près d'une fabrique, et descendit vers eux par un sentier.

Pendant que Lucien courait à sa torture chez Mme de Bargeton, sa sœur avait pris une robe de percaline rose à mille raies, son chapeau de paille cousue, un petit châle de soie ; mise simple qui faisait croire qu'elle était parée, comme il arrive à toutes les personnes chez lesquelles une grandeur naturelle rehausse les moindres accessoires. Aussi, quand elle quittait son costume d'ouvrière, intimidait-elle prodigieusement David. Quoique l'imprimeur se fût résolu à parler de lui-même, il ne trouva plus rien à dire quand il donna le bras à la belle Ève pour traverser l'Houmeau. L'amour se plaît dans ces respectueuses terreurs, semblables à celles que la gloire de Dieu cause aux fidèles. Les deux amants marchèrent silencieusement vers le pont Saint-Anne afin de gagner la rive gauche de la Charente. Ève, qui trouva ce silence gênant, s'arrêta vers le milieu du pont pour contempler la rivière qui, de là jusqu'à l'endroit où se construisait la poudrerie, forme une longue nappe où le soleil couchant jetait alors une joyeuse traînée de lumière.

« La belle soirée ! dit-elle en cherchant un sujet de conversation, l'air est à la fois tiède et frais, les fleurs embaument, le ciel est magnifique.

— Tout parle au cœur, répondit David en essayant d'arriver à son amour par analogie. Il y a pour les gens aimants un plaisir infini à trouver dans les accidents d'un paysage, dans la transparence de l'air, dans les parfums de la terre, la poésie qu'ils ont dans l'âme. La nature parle pour eux.

— Et elle leur délie aussi la langue, dit Ève en riant. Vous étiez bien silencieux en traversant l'Houmeau. Savez-vous que j'étais embarrassée...

— Je vous trouvais si belle que j'étais saisi, répondit naïvement David.

— Je suis donc moins belle en ce moment ? lui demanda-t-elle.

— Non ; mais je suis si heureux de me promener seul avec vous, que... »

Il s'arrêta tout interdit et regarda les collines par où descend la route de Saintes.

« Si vous trouvez quelque plaisir à cette promenade, j'en suis ravie, car je me crois obligée à vous donner une soirée en échange de celle que vous m'avez sacrifiée. En refusant d'aller chez Mme de Bargeton, vous avez été tout aussi généreux que l'était Lucien en risquant de la fâcher par sa demande.

— Non pas généreux, mais sage, répondit David. Puisque nous sommes seuls sous le ciel, sans autres témoins que les roseaux et les buissons qui bordent la Charente, permettez-moi, chère Ève, de vous exprimer quelques-unes des inquiétudes que me cause la marche actuelle de Lucien. Après ce que je viens de lui dire, mes craintes vous paraîtront, je l'espère, un raffinement d'amitié. Vous et votre mère, vous avez tout fait pour le mettre au-dessus de sa position ; mais en excitant son ambition, ne l'avez-vous pas imprudemment voué à de grandes souffrances ? Comment se soutiendra-t-il dans le monde où le portent ses goûts ? Je le connais ! il est de nature à aimer les récoltes sans le travail. Les devoirs de société lui dévoreront son temps, et le temps est le seul capital des gens qui n'ont que leur intelligence pour fortune ; il aime à briller, le monde irritera ses désirs qu'aucune somme ne pourra satisfaire, il dépensera de l'argent et n'en gagnera pas ; enfin, vous l'avez habitué à se croire grand ; mais avant de reconnaître une supériorité quelconque, le monde demande d'éclatants succès. Or, les succès littéraires ne se conquièrent que dans la solitude et par d'obstinés travaux. Que donnera Mme de Bargeton à votre frère en retour de tant de journées passées à ses pieds ? Lucien est trop fier pour accepter ses secours, et nous le savons encore trop pauvre pour continuer à voir sa société, qui est doublement ruineuse. Tôt ou tard cette femme abandonnera notre cher frère après lui avoir fait perdre le goût du travail, après avoir développé chez lui le goût du luxe, le mépris de notre vie sobre, l'amour des jouissances, son penchant à l'oisiveté, cette débauche des âmes poétiques. Oui, je tremble que cette grande dame ne s'amuse de Lucien comme d'un jouet : ou elle l'aime sincèrement et lui fera tout oublier, ou elle ne l'aime pas et le rendra malheureux, car il en est fou.

— Vous me glacez le cœur, dit Ève en s'arrêtant au barrage de la Charente. Mais, tant que ma mère aura la force de faire son pénible métier et tant que je vivrai, les produits de notre travail suffiront peut-être aux dépenses de Lucien, et lui permettront d'attendre le moment où sa fortune commencera. Je ne manquerai jamais de courage, car l'idée de travailler pour une personne aimée, dit Ève en s'animant, ôte au travail toute son amertume et ses ennuis. Je suis heureuse en songeant pour qui je me donne tant de peine, si toutefois c'est de la peine. Oui, ne craignez rien, nous gagnerons assez d'argent pour que Lucien puisse aller dans le beau monde. Là est sa fortune.

— Là est aussi sa perte, reprit David. Écoutez-moi, chère Ève. La lente exécution des œuvres du génie exige une fortune considérable tout venue ou le sublime cynisme d'une vie pauvre. Croyez-moi ? Lucien a une si grande horreur des privations de la misère, il a si complaisamment savouré l'arôme des festins, la fumée des succès, son amour-propre a si bien grandi dans le boudoir de Mme de Bargeton, qu'il tentera tout plutôt que de déchoir ; et les produits de votre travail ne seront jamais en rapport avec ses besoins.

— Vous n'êtes donc qu'un faux ami ! s'écria Ève désespérée. Autrement vous ne nous décourageriez pas ainsi.

— Ève ! Ève ! répondit David, je voudrais être le frère de Lucien. Vous seule pouvez me donner ce titre, qui lui permettrait de tout accepter de moi, qui me donnerait le droit de me dévouer à lui avec le saint amour que vous mettez à vos sacrifices, mais en y portant le discernement du calculateur. Ève, chère enfant aimée, faites que Lucien ait un trésor où il puisse puiser sans honte ? La bourse d'un frère ne sera-t-elle pas comme la sienne ? Si vous saviez toutes les réflexions que m'a suggérées la position nouvelle de Lucien ! S'il veut aller chez Mme de Bargeton, le pauvre garçon ne doit plus être mon prote, il ne doit plus loger à l'Houmeau, vous ne devez plus rester ouvrière, votre mère ne doit plus faire son métier. Si vous consentiez à devenir ma femme, tout s'aplanirait : Lucien pourrait demeurer au second chez moi pendant que je lui bâtirais un appartement au-dessus de l'appentis au fond de la cour, à moins que mon père ne veuille élever un second étage. Nous lui arrangerions ainsi une vie sans soucis, une vie indépendante. Mon désir de soutenir Lucien me donnera pour faire fortune un courage que je n'aurais pas s'il ne s'agissait que de moi ; mais il dépend de vous d'autoriser mon dévouement. Peut-être un jour ira-t-il à Paris, le seul théâtre où il puisse se produire, et où ses talents seront appréciés et rétribués. La vie de Paris est chère, et nous ne serons pas trop de trois pour l'y entretenir. D'ailleurs, à vous comme à votre mère, ne faudra-t-il pas un appui ? Chère Ève, épousez-moi par amour pour Lucien. Plus tard vous m'aimerez peut-être en voyant les efforts que je ferai pour le servir et pour vous rendre heureuse. Nous sommes tous deux également modestes dans nos goûts, il nous faudra peu de chose ; le bonheur de Lucien sera notre grande affaire, et son cœur sera le trésor où nous mettrons fortune, sentiments, sensations, tout !

— Les convenances nous séparent, dit Ève émue en voyant combien ce grand amour se faisait petit. Vous êtes riche et je suis pauvre. Il faut aimer beaucoup pour passer par-dessus une semblable difficulté.

— Vous ne m'aimez donc pas assez encore ? s'écria David atterré.

— Mais votre père s'opposerait peut-être...

— Bien, bien, répondit David, s'il n'y a que mon père à consulter, vous serez ma femme. Ève, ma chère Ève ! vous venez de me rendre la vie bien facile à porter en un moment. J'avais, hélas ! le cœur bien lourd de sentiments que je ne pouvais ni ne savais exprimer. Dites-moi seulement que vous m'aimez un peu, je prendrai le courage nécessaire pour vous parler de tout le reste.

— En vérité, dit-elle, vous me rendez toute honteuse ; mais, puisque nous nous confions nos sentiments, je vous dirai que je n'ai jamais de ma vie pensé à un autre qu'à vous. J'ai vu en vous un de ces hommes auxquels une femme peut se trouver fière d'appartenir, et je n'osais espérer pour moi, pauvre ouvrière sans avenir, une si grande destinée.

— Assez, assez, dit-il en s'asseyant sur la traverse du barrage auprès duquel ils étaient revenus, car ils allaient et venaient comme des fous en parcourant le même espace.

— Qu'avez-vous ? lui dit-elle en exprimant pour la première fois cette inquiétude si gracieuse que les femmes éprouvent pour un être qui leur appartient.

— Rien que de bon, dit-il. En apercevant toute une vie heureuse, l'esprit est comme ébloui, l'âme est accablée. Pourquoi suis-je le plus heureux ? dit-il avec une expression de mélancolie. Mais je le sais. »

Ève regarda David d'un air coquet et douteur qui voulait une explication.

« Chère Ève, je reçois plus que je ne donne. Aussi vous aimerai-je toujours mieux que vous ne m'aimerez, parce que j'ai plus de raisons de vous aimer : vous êtes un ange et je suis un homme.

— Je ne suis pas si savante, répondit Ève en souriant. Je vous aime bien…

— Autant que vous aimez Lucien ? dit-il en l'interrompant.

— Assez pour être votre femme, pour me consacrer à vous et tâcher de ne vous donner aucune peine dans la vie, d'abord un peu pénible, que nous mènerons.

— Vous êtes-vous aperçue, chère Ève, que je vous ai aimée depuis le premier jour où je vous ai vue ?

— Quelle est la femme qui ne se sent pas aimée ? demanda-t-elle.

— Laissez-moi donc dissiper les scrupules que vous cause ma prétendue fortune. Je suis pauvre, ma chère Ève. Oui, mon père a pris plaisir à me ruiner, il a spéculé sur mon travail, il a fait comme beaucoup de prétendus bienfaiteurs avec leurs obligés. Si je deviens riche, ce sera par vous. Ceci n'est pas une parole de l'amant, mais une réflexion du penseur. Je dois vous faire connaître mes défauts, et ils sont énormes chez un homme obligé de faire sa fortune. Mon caractère, mes habitudes, les occupations qui me plaisent me rendent impropre à tout ce qui est commerce et spéculation, et cependant nous ne pouvons devenir riches que par l'exercice de quelque industrie. Si je suis capable de découvrir une mine d'or, je suis singulièrement inhabile à l'exploiter. Mais vous, qui, par amour pour votre frère, êtes descendue aux plus petits détails, qui avez le génie de l'économie, la patiente attention du vrai commerçant, vous récolterez la moisson que j'aurai semée. Notre situation, car depuis longtemps je me suis mis au sein de votre famille, m'oppresse si fort le cœur que j'ai consumé mes jours et mes nuits à chercher une occasion de fortune. Mes connaissances en chimie et l'observation des besoins du commerce m'ont mis sur la voie d'une découverte lucrative. Je ne puis vous en rien dire encore, je prévois trop de lenteurs. Nous souffrirons pendant quelques années peut-être ; mais je finirai par trouver les procédés industriels à la piste desquels je ne suis pas seul, et qui, si j'arrive le premier, nous procureront une grande fortune. Je n'ai rien dit à Lucien, car son caractère ardent gâterait tout, il convertirait mes espérances en réalités, il vivrait en grand seigneur et s'endetterait peut-être. Ainsi gardez-moi le secret. Votre douce et chère compagnie pourra seule me consoler pendant ces longues épreuves, comme le désir de vous enrichir vous et Lucien me donnera de la constance et de la ténacité…

— J'avais deviné aussi, lui dit Ève en l'interrompant, que vous étiez un de ces inventeurs auxquels il faut, comme à mon pauvre père, une femme qui prenne soin d'eux.

— Vous m'aimez donc? Ah! dites-le-moi sans crainte, à moi qui ai vu dans votre nom un symbole de mon amour. Ève était la seule femme qu'il y eût dans le monde, et ce qui était matériellement vrai pour Adam l'est moralement pour moi[1]. Mon Dieu! m'aimez-vous?

— Oui, dit-elle en allongeant cette simple syllabe par la manière dont elle la prononça comme pour peindre l'étendue de ses sentiments.

— Hé bien, asseyons-nous là, dit-il en conduisant Ève par la main vers une longue poutre qui se trouvait au bas des roues d'une papeterie. Laissez-moi respirer l'air du soir, entendre les cris des rainettes, admirer les rayons de la lune qui tremblent sur les eaux; laissez-moi m'emparer de cette nature où je crois voir mon bonheur écrit en toute chose, et qui m'apparaît pour la première fois dans sa splendeur, éclairée par l'amour, embellie par vous. Ève, chère aimée! voici le premier moment de joie sans mélange que le sort m'ait donné! Je doute que Lucien soit aussi heureux que je le suis.»

En sentant la main d'Ève humide et tremblante dans la sienne, David y laissa tomber une larme[2].

«Ne puis-je savoir le secret?... dit Ève d'une voix câline.

— Vous y avez des droits, car votre père s'est occupé de cette question qui va devenir grave. Voici pourquoi. La chute de l'Empire va rendre l'usage du linge de coton presque général, à cause du bon marché de cette matière relativement au linge de fil. En ce moment le papier se fait encore avec du chiffon de chanvre et de lin; mais cet ingrédient est cher, et sa cherté retarde le grand mouvement que la Presse française acquerra nécessairement.

«Or, on ne force pas la production du chiffon. Le chiffon est le résultat de l'usage du linge, et la population d'un pays n'en donne qu'une quantité déterminée. Cette quantité ne peut s'accroître que par une augmentation dans le chiffre des naissances. Pour opérer un changement sensible dans sa population, un pays veut un quart de siècle et de grandes révolutions dans les mœurs, dans le commerce ou dans l'agriculture. Si donc les besoins de la papeterie deviennent supérieurs à ce que la France produit de chiffon, soit du double soit du triple, il faut[1], pour maintenir le papier à bas prix, introduire dans la fabrication du papier un élément autre que le chiffon. Ce raisonnement repose sur un fait qui se passe ici. Les papeteries d'Angoulême, les dernières où se fabriqueront des papiers avec du chiffon de fil, voient le coton envahissant la pâte dans une progression effrayante. »

À une question de la jeune ouvrière, qui ne savait pas ce que voulait dire ce nom de Pot[2], David lui donna sur la papeterie des renseignements qui ne seront point déplacés dans une œuvre dont l'existence matérielle est due autant au papier qu'à la presse ; mais cette longue parenthèse entre un amant et sa maîtresse gagnera sans doute à être d'abord résumée.

Le papier, produit non moins merveilleux que l'impression à laquelle il sert de base, existait depuis longtemps en Chine quand, par les filières souterraines du commerce, il parvint dans l'Asie Mineure, où, vers l'an 750, selon quelques traditions, on faisait usage d'un papier de coton broyé et réduit en bouillie. La nécessité de remplacer le parchemin, dont le prix était excessif, fit trouver, par une imitation du *papier bombycien* (tel fut le nom du papier de coton en Orient), le papier de chiffon, les uns disent à Bâle, en 1170, par des Grecs réfugiés ; les autres disent à Padoue, en 1301, par un Italien nommé Pax[3]. Ainsi le papier se perfectionna lentement et obscurément ; mais il est certain que déjà sous Charles VI on fabriquait à Paris la pâte des cartes à jouer. Lorsque les immortels Faust, Coster et Gutenberg[4] eurent inventé LE LIVRE, des artisans, inconnus comme tant de grands artistes de cette époque, approprièrent la papeterie aux besoins de la typographie. Dans ce quinzième siècle, si vigoureux et si naïf, les noms des différents formats de papier, de même que les noms donnés aux caractères, portèrent l'empreinte de la naïveté du temps. Ainsi le Raisin, le Jésus, le Colombier, le papier Pot, l'Écu, le Coquille, le Couronne, furent ainsi nommés de la grappe, de l'image de Notre Seigneur, de la couronne, de l'écu, du pot, enfin du filigrane marqué au milieu de la feuille, comme plus tard, sous Napoléon, on y mit un aigle : d'où le papier dit Grand-Aigle. De même, on appela les caractères Cicéro, Saint-Augustin, Gros-Canon, des livres de liturgie, des œuvres théologiques et des traités de Cicéron auxquels ces caractères furent d'abord employés. L'*italique* fut inventé par les Alde, à Venise : de là son nom. Avant l'invention du papier mécanique, dont la longueur est sans limites, les plus grands formats étaient le Grand-Jésus ou le Grand-Colombier ; encore ce dernier ne servait-il guère que pour les atlas ou pour les gravures. En effet, les dimensions du papier d'impression étaient soumises à celles des marbres de la presse. Au moment où David parlait, l'existence du papier continu paraissait une chimère en France, quoique déjà Denis Robert d'Essonnes eût, vers 1799, inventé pour le fabriquer une machine que depuis Didot-Saint-Léger essaya de perfectionner. Le papier vélin, inventé par Ambroise Didot, ne date que de 1780[1]. Ce rapide aperçu démontre invinciblement que toute les grandes acquisitions de l'industrie et de l'intelligence se sont faites avec une excessive lenteur et par des agrégations inaperçues, absolument comme procède la Nature. Pour arriver à leur perfection, l'écriture, le langage peut-être !... ont eu les mêmes tâtonnements que la typographie et la papeterie.

« Des chiffonniers ramassent dans l'Europe entière

les chiffons, les vieux linges, et achètent les débris de toute espèce de tissus, dit l'imprimeur en terminant. Ces débris, triés par sortes, s'emmagasinent chez les marchands de chiffons en gros, qui fournissent les papeteries. Pour vous donner une idée de ce commerce, sachez, mademoiselle, qu'en 1814 le banquier Cardon, propriétaire des cuves de Buges et de Langlée, où Léorier de l'Isle essaya dès 1776 la solution du problème dont s'occupa votre père, avait un procès avec un sieur Proust à propos d'une erreur de deux millions pesant de chiffons dans un compte de dix millions de livres, environ quatre millions de francs. Le fabricant lave ses chiffons et les réduit en une bouillie claire qui se passe, absolument comme une cuisinière passe une sauce à son tamis, sur un châssis en fer appelé *forme*, et dont l'intérieur est rempli par une étoffe métallique au milieu de laquelle se trouve le filigrane qui donne son nom au papier. De la grandeur de la *forme* dépend alors la grandeur du papier. Dans le temps où j'étais chez MM. Didot, on s'occupait déjà de cette question, et l'on s'en occupe encore ; car le perfectionnement cherché par votre père est l'une des nécessités les plus impérieuses de ce temps-ci. Voici pourquoi. Quoique la durée du fil, comparée à celle du coton, rende, en définitive, le fil moins cher que le coton, comme il s'agit toujours pour les pauvres de sortir une somme quelconque de leurs poches, ils préfèrent donner moins que plus, et subissent, en vertu du *vae victis*[1] ! des pertes énormes. La classe bourgeoise agit comme le pauvre. Ainsi le linge de fil manque. En Angleterre, où le coton a remplacé le fil chez les quatre cinquièmes de la population, on ne fabrique déjà plus que du papier de coton. Ce papier, qui d'abord a l'inconvénient de se couper et de se casser, se dissout dans l'eau si facilement qu'un livre en papier de coton s'y mettrait en bouillie en y restant un quart d'heure, tandis qu'un vieux livre ne serait pas perdu en y restant deux heures. On ferait sécher le vieux livre ; et, quoique jauni, passé, le texte en serait encore lisible, l'œuvre ne serait pas détruite. Nous arrivons à un temps où, les fortunes diminuant par leur égalisation, tout s'appauvrira : nous voudrons du linge et des livres à bon marché, comme on commence à vouloir de petits tableaux, faute d'espace pour en placer de grands. Les chemises et les livres ne dureront pas, voilà tout. La solidité des produits s'en va de toutes parts. Aussi le problème à résoudre est-il de la plus haute importance pour la littérature, pour les sciences et pour la politique. Il y eut donc un jour dans mon cabinet une vive discussion sur les ingrédients dont on se sert en Chine pour fabriquer le papier. Là, grâce aux matières premières, la papeterie a, dès son origine, atteint une perfection qui manque à la nôtre. On s'occupait alors beaucoup du papier de Chine, que sa légèreté, sa finesse rendent bien supérieur au nôtre, car ces précieuses qualités ne l'empêchent pas d'être consistant ; et, quelque mince qu'il soit, il n'offre aucune transparence. Un correcteur très instruit (à Paris il se rencontre des savants parmi les correcteurs : Fourier et Pierre Leroux sont en ce moment correcteurs chez Lachevardière !...), donc le comte de Saint-Simon, correcteur pour le moment, vint nous voir au milieu de la discussion[1]. Il nous dit alors que, selon Kempfer et Du Halde[2], le *broussonatia*[3] fournissait aux Chinois la matière de leur papier tout végétal, comme le nôtre d'ailleurs. Un autre correcteur soutint que le papier de Chine se fabriquait principalement avec une matière animale, avec la soie, si abondante en Chine. Un pari se fit devant moi. Comme MM. Didot sont les imprimeurs de l'Institut, naturellement le débat fut soumis à des membres de cette assemblée de savants. M. Marcel, ancien directeur de l'imprimerie impériale, désigné comme arbitre, renvoya les deux correcteurs par-devant M. l'abbé Grosier[1], bibliothécaire de l'Arsenal. Au jugement de l'abbé Grosier, les correcteurs perdirent tous deux leur pari. Le papier de Chine ne se fabrique ni avec de la soie ni avec le *broussonatia* ; sa pâte provient des fibres du bambou triturées. L'abbé Grosier possédait un livre chinois, ouvrage à la fois iconographique et technologique, où se trouvaient de nombreuses figures représentant la fabrication du papier dans toutes ses phases, et il nous montra les tiges de bambou peintes en tas dans le coin d'un atelier à papier supérieurement dessiné. Quand Lucien m'a dit que ton père, par une sorte d'intuition particulière aux hommes de talent, avait entrevu le moyen de remplacer les débris du linge par une matière végétale excessivement commune, immédiatement prise à la production territoriale, comme font les Chinois en se servant de tiges fibreuses, j'ai classé tous les essais tentés par mes prédécesseurs, et je me suis mis enfin à étudier la question. Le bambou est un roseau : j'ai naturellement pensé aux roseaux de notre pays. La main-d'œuvre n'est rien en Chine ; une journée y vaut trois sous : aussi les Chinois peuvent-ils, au sortir de la forme, appliquer leur papier feuille entre des tables de porcelaine blanche chauffées, au moyen desquelles ils le pressent et lui donnent ce lustre, cette consistance, cette légèreté, cette douceur de satin, qui en font le premier papier du monde. Eh bien, il faut remplacer les procédés du Chinois au moyen de quelque machine. On arrive par des machines à résoudre le problème du bon marché que procure à la Chine le bas prix de sa main-d'œuvre. Si nous parvenions à fabriquer à bas prix du papier d'une qualité semblable à celui de la Chine, nous diminuerions de plus de moitié le poids et l'épaisseur des livres. Un Voltaire relié, qui, sur nos papiers vélins, pèse deux cent cinquante livres, n'en pèserait pas cinquante sur papier de Chine. Et voilà, certes, une conquête. L'emplacement nécessaire aux bibliothèques sera une question de plus en plus difficile à résoudre à une époque où le rapetissement général des choses et des hommes atteint tout, jusqu'à leurs habitations. À Paris, les grands hôtels, les grands appartements seront tôt ou tard démolis ; il n'y aura bientôt plus de fortunes en harmonie avec les constructions de nos pères. Quelle honte pour notre époque de fabriquer des livres sans durée ! Encore dix ans, et le papier de Hollande, c'est-à-dire le papier fait en chiffon de fil, sera complètement impossible. Or, votre généreux frère m'a communiqué l'idée qu'avait eue votre père d'employer certaines plantes fibreuses à la fabrication du papier, vous voyez que si je réussis, vous aurez droit à[1]... »

En ce moment Lucien aborda sa sœur et interrompit la généreuse proposition de David.

« Je ne sais pas, dit-il, si vous avez trouvé cette soirée belle, mais elle a été cruelle pour moi.

— Mon pauvre Lucien, que t'est-il donc arrivé ? » dit Ève en remarquant l'animation du visage de son frère.

Le poète irrité raconta ses angoisses, en versant dans ces cœurs amis les flots de pensées qui l'assaillaient. Ève et David écoutèrent Lucien en silence, affligés de voir passer ce torrent de douleurs qui révélait autant de grandeur que de petitesse.

« M. de Bargeton, dit Lucien en terminant, est un vieillard qui sera sans doute bientôt emporté par quelque indigestion ; eh bien, je dominerai ce monde orgueilleux, j'épouserai Mme de Bargeton ! J'ai lu dans ses yeux ce soir un amour égal au mien. Oui, mes blessures, elle les a ressenties ; mes souffrances, elle les a calmées ; elle est aussi grande et noble qu'elle est belle et gracieuse ! Non, elle ne me trahira jamais ! »

« N'est-il pas temps de lui faire une existence tranquille ? » dit à voix basse David à Ève.

Ève pressa silencieusement le bras de David, qui, comprenant ses pensées, s'empressa de raconter à Lucien les projets qu'il avait médités. Les deux amants étaient aussi pleins d'eux-mêmes que Lucien était plein de lui ; en sorte qu'Ève et David, empressés de faire approuver leur bonheur, n'aperçurent point le mouvement de surprise que laissa échapper l'amant de Mme de Bargeton en apprenant le mariage de sa sœur et de David. Lucien, qui rêvait de faire faire à sa sœur une belle alliance quand il aurait saisi quelque haute position, afin d'étayer son ambition de l'intérêt que lui porterait une puissante famille, fut désolé de voir dans cette union un obstacle de plus à ses succès dans le monde.

« Si Mme de Bargeton consent à devenir Mme de Rubempré, jamais elle ne voudra se trouver être la belle-sœur de David Séchard ! » Cette phrase est la formule nette et précise des idées qui tenaillèrent le cœur de Lucien. « Louise a raison ! les gens d'avenir ne sont jamais compris par leurs familles », pensa-t-il avec amertume.

Si cette union lui eût été présentée en un moment où il n'eût pas fantastiquement[1] tué M. de Bargeton, il aurait sans doute fait éclater la joie la plus vive. En réfléchissant à sa situation actuelle, en interrogeant la destinée d'une fille belle et sans fortune, d'Ève Chardon, il eût regardé ce mariage comme un bonheur inespéré. Mais il habitait un de ces rêves d'or où les jeunes gens, montés sur des *si*, franchissent toutes les barrières. Il venait de se voir dominant la Société, le poète souffrait de tomber si vite dans la réalité. Ève et David pensèrent que leur frère accablé de tant de générosité se taisait. Pour ces deux belles âmes, une acceptation silencieuse prouvait une amitié vraie. L'imprimeur se mit à peindre avec une éloquence douce et cordiale le bonheur qui les attendait tous quatre. Malgré les interjections d'Ève, il meubla son premier étage avec le luxe d'un amoureux; il bâtit avec une ingénue bonne foi le second pour Lucien et le dessus de l'appentis pour Mme Chardon, envers laquelle il voulait déployer tous les soins d'une filiale sollicitude. Enfin il fit la famille si heureuse et son frère si indépendant que Lucien, charmé par la voix de David et par les caresses d'Ève, oublia sous les ombrages de la route, le long de la Charente calme et brillante, sous la voûte étoilée et dans la tiède atmosphère de la nuit, la blessante couronne d'épines que la Société lui avait enfoncée sur la tête. M. de Rubempré reconnut enfin David. La mobilité de son caractère le rejeta bientôt dans la vie pure, travailleuse et bourgeoise qu'il avait menée; il la vit embellie et sans soucis. Le bruit du monde aristocratique s'éloigna de plus en plus. Enfin, quand il atteignit le pavé de l'Houmeau, l'ambitieux serra la main de son frère et se mit à l'unisson des heureux amants.

« Pourvu que ton père ne contrarie pas ce mariage? dit-il à David.

— Tu sais s'il s'inquiète de moi? le bonhomme vit pour lui; mais j'irai demain le voir à Marsac, quand ce ne serait que pour obtenir de lui qu'il fasse les constructions dont nous avons besoin. »

David accompagna le frère et la sœur jusque chez Mme Chardon à laquelle il demanda la main d'Ève, avec l'empressement d'un homme qui ne voulait aucun retard. La mère prit la main de sa fille, la mit dans celle de David avec joie, et l'amant enhardi baisa au front sa belle promise, qui lui sourit en rougissant.

« Voilà les accordailles des gens pauvres, dit la mère en levant les yeux comme pour implorer la bénédiction de Dieu. Vous avez du courage, mon enfant, dit-elle à David, car nous sommes dans le malheur, et je tremble qu'il ne soit contagieux.

— Nous serons riches et heureux, dit gravement David. Pour commencer, vous ne ferez plus votre métier de garde-malade, et vous viendrez demeurer avec votre fille et Lucien à Angoulême. »

Les trois enfants s'empressèrent alors de raconter à leur mère étonnée leur charmant projet, en se livrant à l'une de ces folles causeries de famille où l'on se plaît à engranger toutes les semailles, à jouir par avance de toutes les joies. Il fallut mettre David à la porte ; il aurait voulu que cette soirée fût éternelle. Une heure du matin sonna quand Lucien reconduisit son futur beau-frère jusqu'à la porte Palet. L'honnête Postel, inquiet de ces mouvements extraordinaires, était debout derrière sa persienne ; il avait ouvert la croisée et se disait, en voyant de la lumière à cette heure chez Ève : « Que se passe-t-il donc chez les Chardon ?

— Mon fiston, dit-il en voyant revenir Lucien, que vous arrive-t-il donc ? Auriez-vous besoin de moi ?

— Non, monsieur, répondit le poète ; mais comme vous êtes notre ami, je puis vous dire l'affaire : ma mère vient d'accorder la main de ma sœur à David Séchard. »

Pour toute réponse, Postel ferma brusquement sa fenêtre, au désespoir de n'avoir pas demandé Mlle Chardon.

Au lieu de rentrer à Angoulême, David prit la route de Marsac. Il alla tout en se promenant chez son père, et arriva le long du clos attenant à la maison, au moment où le soleil se levait. L'amoureux aperçut sous un amandier la tête du vieil Ours qui s'élevait au-dessus d'une haie.

« Bonjour, mon père, lui dit David.

— Tiens, c'est toi, mon garçon ? par quel hasard te trouves-tu sur la route à cette heure ? Entre par là, dit le vigneron en indiquant à son fils une petite porte à claire-voie. Mes vignes ont toutes passé fleur[1], pas un cep de gelé ! Il y aura plus de vingt poinçons[2] à l'arpent cette année ; mais aussi comme c'est fumé !

— Mon père, je viens vous parler d'une affaire importante.

— Eh bien, comment vont nos presses ? tu dois gagner de l'argent gros comme toi ?

— J'en gagnerai, mon père, mais pour le moment je ne suis pas riche.

— Ils me blâment tous ici de fumer à mort, répondit le père. Les bourgeois, c'est-à-dire M. le marquis, M. le comte, messieurs ci et ça prétendent que j'ôte de la qualité au vin. À quoi sert l'éducation ? à vous brouiller l'entendement. Écoute ! ces messieurs récoltent sept, quelquefois huit pièces à l'arpent, et les vendent soixante francs la pièce, ce qui fait au plus quatre cents francs par arpent dans les bonnes années. Moi, j'en récolte vingt pièces et les vends trente francs, total six cents francs ! Où sont les niais ? La qualité ! la qualité ! Qu'est-ce que ça me fait, la qualité ? qu'ils la gardent pour eux, la qualité, MM. les marquis ! pour moi, la qualité, c'est les écus. Tu dis ?…

— Mon père, je me marie, je viens vous demander…

— Me demander ? Quoi ! rien du tout, mon garçon. Marie-toi, j'y consens ; mais pour te donner quelque chose, je me trouve sans un sou. Les façons[3] m'ont ruiné ! Depuis deux ans, j'avance des façons, des impositions, des frais de toute nature ; le gouvernement prend tout, le plus clair va au gouvernement ! Voilà deux ans que les pauvres vignerons ne font rien. Cette année ne se présente pas mal, eh bien, mes gredins de poinçons valent déjà onze francs ! On récoltera pour le tonnelier. Pourquoi te marier avant les vendanges ?…

— Mon père, je ne viens vous demander que votre consentement.

— Ah ! c'est une autre affaire. À l'encontre de qui te maries-tu, sans curiosité ?

— J'épouse Mlle Ève Chardon.

— Qu'est-ce que c'est que ça ? qu'est-ce qu'elle mange ?

— Elle est fille de feu M. Chardon, le pharmacien de l'Houmeau.

— Tu épouses une fille de l'Houmeau, toi, un bourgeois ! toi, l'imprimeur du Roi à Angoulême ! Voilà les fruits de l'éducation ! Mettez donc vos enfants au collège ! Ah ! çà, elle est donc bien riche, mon garçon ? dit le vieux vigneron en se rapprochant de son fils d'un air câlin ; car si tu épouses une fille de l'Houmeau, elle doit en avoir des mille et des cent ! Bon ! tu me payeras mes loyers. Sais-tu, mon garçon, que voilà deux ans trois mois de loyers dus[1], ce qui fait deux mille sept cents francs, qui me viendraient bien à point pour payer le tonnelier. À tout autre qu'à mon fils, je serais en droit de demander des intérêts ; car, après tout, les affaires sont les affaires ; mais je te les remets. Hé bien, qu'a-t-elle ?

— Mais elle a ce qu'avait ma mère. »

Le vieux vigneron allait dire : « Elle n'a que dix mille francs ! » Mais il se souvint d'avoir refusé des comptes à son fils, et s'écria : « Elle n'a rien !

— La fortune de ma mère était son intelligence et sa beauté.

— Va donc au marché avec ça, et tu verras ce qu'on te donnera dessus ! Nom d'une pipe, les pères sont-ils malheureux dans leurs enfants ! David, quand je me suis marié, j'avais sur la tête un bonnet de papier pour toute fortune et mes deux bras, j'étais un pauvre Ours ; mais avec la belle imprimerie que je t'ai *donnée*, avec ton industrie et tes connaissances, tu dois épouser une bourgeoise de la ville, une femme riche de trente à quarante mille francs. Laisse ta passion, et je te marierai, moi ! Nous avons à une lieue d'ici une veuve de trente-deux ans, meunière, qui a cent mille francs de bien au soleil ; voilà ton affaire. Tu peux réunir ses biens à ceux de Marsac, ils se touchent ! Ah ! le beau domaine que nous aurions, et comme je le gouvernerais ! On dit qu'elle va se marier avec Courtois, son premier garçon, tu vaux encore mieux que lui ! Je mènerais le moulin, tandis qu'elle ferait les beaux bras[1] à Angoulême.

— Mon père, je suis engagé…

— David, tu n'entends rien au commerce, je te vois ruiné. Oui, si tu te maries avec cette fille de l'Houmeau, je me mettrai en règle vis-à-vis de toi, je t'assignerai pour me payer mes loyers, car je ne prévois rien de bon. Ah ! mes pauvres presses ! mes presses ! il vous fallait de l'argent pour vous huiler, vous entretenir et vous faire rouler. Il n'y a qu'une bonne année qui puisse me consoler de cela.

— Mon père, il me semble que jusqu'à présent je vous ai causé peu de chagrin…

— Et très peu payé de loyers, répondit le vigneron.

— Je venais vous demander, outre votre consentement à mon mariage, de me faire élever le second étage de votre maison et de construire un logement au-dessus de l'appentis.

— Bernique, je n'ai pas le sou, tu le sais bien. D'ailleurs, ce serait de l'argent jeté dans l'eau, car qu'est-ce que ça me rapporterait ? Ah ! tu te lèves dès le matin pour venir me demander des constructions à ruiner un roi. Quoiqu'on t'ait nommé David, je n'ai pas les trésors de Salomon. Mais tu es fou ? On m'a changé mon enfant en nourrice. En voilà-t-il un qui aura du raisin ! dit-il en s'interrompant pour montrer un cep à David. Voilà des enfants qui ne trompent pas l'espoir de leurs parents : vous les fumez, ils vous rapportent. Moi, je t'ai mis au lycée, j'ai payé des sommes énormes pour faire de toi un savant, tu vas étudier chez les

Didot; et toutes ces frimes aboutissent à me donner pour bru une fille de l'Houmeau, sans un sou de dot! Si tu n'avais pas étudié, que tu fusses resté sous mes yeux, tu te serais conduit à ma fantaisie, et tu te marierais aujourd'hui avec une meunière de cent mille francs, sans compter le moulin. Ah! ton esprit te sert à croire que je te récompenserai de ce beau sentiment, en te faisant construire des palais?... Mais ne dirait-on pas en vérité que, depuis deux cents ans, la maison où tu es n'a logé que des cochons, et que ta fille de l'Houmeau ne peut pas y coucher. Ah çà! c'est donc la reine de France?

— Eh bien, mon père, je construirai le second étage à mes frais, ce sera le fils qui enrichira le père. Quoique ce soit le monde renversé, cela se voit quelquefois.

— Comment, mon gars, tu as de l'argent pour bâtir, et tu n'en as pas pour payer tes loyers? Finaud, tu ruses avec ton père! »

La question ainsi posée devint difficile à résoudre, car le bonhomme était enchanté de mettre son fils dans une position qui lui permît de ne lui rien donner tout en paraissant paternel. Aussi David ne put-il obtenir de son père qu'un consentement pur et simple au mariage et la permission de faire à ses frais, dans la maison paternelle, toutes les constructions dont il pouvait avoir besoin. Le vieil Ours, ce modèle des pères conservateurs, fit à son fils la grâce de ne pas exiger ses loyers et de ne pas lui prendre les économies qu'il avait eu l'imprudence de laisser voir. David revint triste: il comprit que dans le malheur il ne pourrait pas compter sur le secours de son père.

Il ne fut question dans tout Angoulême que du mot de l'évêque et de la réponse de Mme de Bargeton. Les moindres événements furent si bien dénaturés, augmentés, embellis, que le poète devint le héros du moment. De la sphère supérieure où gronda cet orage de cancans, il en tomba quelques gouttes dans la bourgeoisie. Quand Lucien passa par Beaulieu pour aller chez Mme de Bargeton, il s'aperçut de l'attention envieuse avec laquelle plusieurs jeunes gens le regardèrent, et saisit quelques phrases qui l'enorgueillirent.

« Voilà un jeune homme heureux, disait un clerc d'avoué nommé Petit-Claud, le camarade de collège de Lucien avec qui Lucien prenait de petits airs protecteurs et qui était laid.

— Oui, certes il est joli garçon, il a du talent, et Mme de Bargeton en est folle ! » répondait un fils de famille qui avait assisté à la lecture.

Il avait impatiemment attendu l'heure où il savait trouver Louise seule, il avait besoin de faire accepter le mariage de sa sœur à cette femme, devenue l'arbitre de ses destinées. Après la soirée de la veille, Louise serait peut-être plus tendre, et cette tendresse pouvait amener un moment de bonheur. Il ne s'était pas trompé : Mme de Bargeton le reçut avec une emphase de sentiment qui parut à ce novice en amour un touchant progrès de passion. Elle abandonna ses beaux cheveux d'or, ses mains, sa tête aux baisers enflammés du poète qui, la veille, avait tant souffert !

« Si tu avais vu ton visage pendant que tu lisais, dit-elle, car ils étaient arrivés la veille au tutoiement, à cette caresse du langage, alors que sur le canapé Louise avait de sa blanche main essuyé les gouttes de sueur qui par avance mettaient des perles sur le front où elle posait une couronne. Il s'échappait des étincelles de tes beaux yeux ! je voyais sortir de tes lèvres les chaînes d'or qui suspendent les cœurs à la bouche des poètes. Tu me liras tout Chénier, c'est le poète des amants. Tu ne souffriras plus, je ne le veux pas ! Oui, cher ange, je te ferai une oasis où tu vivras toute ta vie de poète, active, molle, indolente, laborieuse, pensive tour à tour ; mais n'oubliez jamais que vos lauriers me sont dus, que ce sera pour moi la noble indemnité des souffrances qui m'adviendront. Pauvre cher, ce monde ne m'épargnera pas plus qu'il ne t'épargne, il se venge de tous les bonheurs qu'il ne partage pas. Oui, je serai toujours jalousée, ne l'avez-vous pas vu hier ? Ces mouches buveuses de sang sont-elles accourues assez vite pour s'abreuver dans les piqûres qu'elles ont faites ? Mais j'étais heureuse ! je vivais ! Il y a si longtemps que toutes les cordes de mon cœur n'ont résonné ! »

Des larmes coulèrent sur les joues de Louise, Lucien lui prit une main, et pour toute réponse la baisa longtemps. Les vanités de ce poète furent donc caressées par cette femme comme elles l'avaient été par sa mère, par sa sœur et par David. Chacun autour de lui continuait à exhausser le piédestal imaginaire sur lequel il se mettait. Entretenu par tout le monde, par ses amis comme par la rage de ses ennemis dans ses croyances ambitieuses, il marchait dans une atmosphère pleine de mirages. Les jeunes imaginations sont si naturellement complices de ces louanges et de ces idées, tout s'empresse tant à servir un jeune homme beau, plein d'avenir, qu'il faut plus d'une leçon amère et froide pour dissiper de tels prestiges.

« Tu veux donc bien, ma belle Louise, être ma Béatrix, mais une Béatrix qui se laisse aimer ? »

Elle releva ses beaux yeux qu'elle avait tenus baissés, et dit en démentant sa parole par un angélique sourire : « Si vous le méritez... plus tard ! N'êtes-vous pas heureux ? avoir un cœur à soi ! pouvoir tout dire avec la certitude d'être compris, n'est-ce pas le bonheur ?

— Oui, répondit-il en faisant une moue d'amoureux contrarié.

— Enfant ! dit-elle en se moquant. Allons, n'avez-vous pas quelque chose à me dire ? Tu es entré tout préoccupé, mon Lucien. »

Lucien confia timidement à sa bien-aimée l'amour

de David pour sa sœur, celui de sa sœur pour David, et le mariage projeté.

« Pauvre Lucien, dit-elle, il a peur d'être battu, grondé, comme si c'était lui qui se mariât ! Mais où est le mal ? reprit-elle en passant ses mains dans les cheveux de Lucien. Que me fait ta famille, où tu es une exception ? Si mon père épousait sa servante, t'en inquiéterais-tu beaucoup ? Cher enfant, les amants sont à eux seuls toute leur famille. Ai-je dans le monde un autre intérêt que mon Lucien ? Sois grand, sache conquérir de la gloire, voilà nos affaires ! »

Lucien fut l'homme du monde le plus heureux de cette égoïste réponse. Au moment où il écoutait les folles raisons par lesquelles Louise lui prouva qu'ils étaient seuls dans le monde, M. de Bargeton entra. Lucien fronça le sourcil, et parut interdit, Louise lui fit un signe et le pria de rester à dîner avec eux en lui demandant de lui lire André Chénier, jusqu'à ce que les joueurs et les habitués vinssent.

« Vous ne ferez pas seulement plaisir à elle, dit M. de Bargeton, mais à moi aussi. Rien ne m'arrange mieux que d'entendre lire après mon dîner. »

Câliné par M. de Bargeton, câliné par Louise, servi par les domestiques avec le respect qu'ils ont pour les favoris de leurs maîtres, Lucien resta dans l'hôtel de Bargeton en s'identifiant à toutes les jouissances d'une fortune dont l'usufruit lui était livré. Quand le salon fut plein de monde, il se sentit si fort de la bêtise de M. de Bargeton et de l'amour de Louise, qu'il prit un air dominateur que sa belle maîtresse encouragea. Il savoura les plaisirs du despotisme conquis par Naïs et qu'elle aimait à lui faire partager. Enfin il s'essaya pendant cette soirée à jouer le rôle d'un héros de petite ville. En voyant la nouvelle attitude de Lucien, quelques personnes pensèrent qu'il était, suivant une expression de l'ancien temps, du dernier bien avec Mme de

Bargeton. Amélie, venue avec M. du Châtelet, affirmait ce grand malheur dans un coin du salon où s'étaient réunis les jaloux et les envieux.

« Ne rendez pas Naïs comptable de la vanité d'un petit jeune homme tout fier de se trouver dans un monde où il ne croyait jamais pouvoir aller, dit Châtelet. Ne voyez-vous pas que ce Chardon prend les phrases gracieuses d'une femme du monde pour des avances, il ne sait pas encore distinguer le silence que garde la passion vraie du langage protecteur que lui méritent sa beauté, sa jeunesse et son talent ! Les femmes seraient trop à plaindre si elles étaient coupables de tous les désirs qu'elles nous inspirent. Il est certainement amoureux, mais quant à Naïs...

— Oh ! Naïs, répéta la perfide Amélie, Naïs est très heureuse de cette passion. À son âge, l'amour d'un jeune homme offre tant de séductions ! On redevient jeune auprès de lui, l'on se fait jeune fille, on en prend les scrupules, les manières, et l'on ne songe pas au ridicule... Voyez donc ? le fils d'un pharmacien se donne des airs de maître chez Mme de Bargeton.

— L'amour ne connaît pas ces distances-là », chanteronna Adrien.

Le lendemain, il n'y eut pas une seule maison dans Angoulême où l'on ne discutât le degré d'intimité dans lequel se trouvaient M. Chardon, *alias* de Rubempré, et Mme de Bargeton : à peine coupables de quelques baisers, le monde les accusait déjà du plus criminel bonheur. Mme de Bargeton portait la peine de sa royauté. Parmi les bizarreries de la société, n'avez-vous pas remarqué les caprices de ses jugements et la folie de ses exigences ? Il est des personnes auxquelles tout est permis : elles peuvent faire les choses les plus déraisonnables ; d'elles, tout est bienséant ; c'est à qui justifiera leurs actions. Mais il en est d'autres pour lesquelles le monde est d'une incroyable sévérité ; celles-là doivent faire tout bien, ne jamais ni se tromper, ni faillir, ni même laisser échapper une sottise ; vous diriez des statues admirées que l'on ôte de leur piédestal dès que l'hiver leur a fait tomber un doigt ou cassé le nez ; on ne leur permet rien d'humain, elles sont tenues d'être toujours divines et parfaites. Un seul regard de Mme de Bargeton à Lucien équivalait aux douze années de bonheur de Zizine et de Francis. Un serrement de main entre les deux amants allait attirer sur eux toutes les foudres de la Charente.

David avait rapporté de Paris un pécule secret qu'il destinait aux frais nécessités par son mariage et par la construction du second étage de la maison paternelle. Agrandir cette maison, n'était-ce pas travailler pour lui ? tôt ou tard elle lui reviendrait, son père avait soixante-dix-huit ans. L'imprimeur fit donc construire en colombage l'appartement de Lucien, afin de ne pas surcharger les vieux murs de cette maison lézardée. Il se plut à décorer, à meubler galamment l'appartement du premier, où la belle Ève devait passer sa vie. Ce fut un temps d'allégresse et de bonheur sans mélange pour les deux amis. Quoique las des chétives proportions de l'existence en province, et fatigué de cette sordide économie qui faisait d'une pièce de cent sous une somme énorme, Lucien supporta sans se plaindre les calculs de la misère et ses privations. Sa sombre mélancolie avait fait place à la radieuse expression de l'espérance. Il voyait briller une étoile au-dessus de sa tête ; il rêvait une belle existence en asseyant son bonheur sur la tombe de M. de Bargeton, lequel avait de temps en temps des digestions difficiles, et l'heureuse manie de regarder l'indigestion de son dîner comme une maladie qui devait se guérir par celle du souper.

Vers le commencement du mois de septembre, Lucien n'était plus prote, il était M. de Rubempré, logé magnifiquement en comparaison de la misérable mansarde à lucarne où le petit Chardon demeurait à l'Houmeau ; il n'était plus un homme de l'Houmeau, il habitait le haut Angoulême, et dînait près de quatre fois par semaine chez Mme de Bargeton. Pris en amitié par Monseigneur, il était admis à l'évêché. Ses occupations le classaient parmi les personnes les plus élevées. Enfin il devait prendre place un jour parmi les illustrations de la France. Certes, en parcourant un joli salon, une charmante chambre à coucher et un cabinet plein de goût, il pouvait se consoler de prélever trente francs par mois sur les salaires si péniblement gagnés par sa sœur et par sa mère ; car il apercevait le jour où le roman historique auquel il travaillait depuis deux ans, *L'Archer de Charles IX*, et un volume de poésies intitulées *Les Marguerites*, répandraient son nom dans le monde littéraire, en lui donnant assez d'argent pour s'acquitter envers sa mère, sa sœur et David. Aussi, se trouvant grandi, prêtant l'oreille au retentissement de son nom dans l'avenir, acceptait-il maintenant ces sacrifices avec une noble assurance : il souriait de sa détresse, il jouissait de ses dernières misères. Ève et David avaient fait passer le bonheur de leur frère avant le leur. Le mariage était retardé par le temps que demandaient encore les ouvriers pour achever les meubles, les peintures, les papiers destinés au premier étage : car les affaires de Lucien avaient eu la primauté. Quiconque connaissait Lucien ne se serait pas étonné de ce dévouement : il était si séduisant ! ses manières étaient si câlines ! son impatience et ses désirs, il les exprimait si gracieusement ! il avait toujours gagné sa cause avant d'avoir parlé. Ce fatal privilège perd plus de jeunes gens qu'il n'en sauve. Habitués aux prévenances qu'inspire une jolie jeunesse, heureux de cette égoïste protection que le Monde accorde à un être qui lui plaît, comme il fait l'aumône au mendiant qui réveille un sentiment et lui donne une émotion, beaucoup de ces grands enfants jouissent de cette faveur au lieu de l'exploiter. Trompés sur le sens et le mobile des relations sociales, ils croient toujours rencontrer de décevants sourires ; mais ils arrivent nus, chauves, dépouillés, sans valeur ni fortune, au moment où, comme de vieilles coquettes et de vieux haillons, le Monde les laisse à la porte d'un salon et au coin d'une borne. Ève avait d'ailleurs désiré ce retard, elle voulait établir économiquement les choses nécessaires à un jeune ménage. Que pouvaient refuser deux amants à un frère qui, voyant travailler sa sœur, disait avec un accent parti du cœur : « Je voudrais savoir coudre ! » Puis le grave et observateur David avait été complice de ce dévouement. Néanmoins, depuis le triomphe de Lucien chez Mme de Bargeton, il eut peur de la transformation qui s'opérait chez Lucien ; il craignit de lui voir mépriser les mœurs bourgeoises. Dans le désir d'éprouver son frère, David le mit quelquefois entre les joies patriarcales de la famille et les plaisirs du grand monde, et, voyant Lucien leur sacrifier ses vaniteuses jouissances, il s'était écrié : « On ne nous le corrompra point ! » Plusieurs fois les trois amis et Mme Chardon firent des parties de plaisir, comme elles se font en province : ils allaient se promener dans les bois qui avoisinent Angoulême et longent la Charente ; ils dînaient sur l'herbe avec des provisions que l'apprenti de David apportait à un certain endroit et à une heure convenue ; puis ils revenaient le soir, un peu fatigués, n'ayant pas dépensé trois francs. Dans les grandes circonstances, quand ils dînaient à ce qui se nomme un *restaurat*, espèce de restaurant champêtre qui tient le milieu entre le *bouchon* des provinces et la *guinguette* de Paris, ils allaient jusqu'à cent sous partagés entre David et les Chardon. David savait un gré infini à Lucien d'oublier, dans ces champêtres journées, les satisfactions qu'il trouvait chez Mme de Bargeton et les somptueux dîners du monde.

Chacun voulait alors fêter le grand homme d'Angoulême.

Dans ces conjonctures, au moment où il ne manquait presque plus rien au futur ménage, pendant un voyage que David fit à Marsac pour obtenir de son père qu'il vînt assister à son mariage, en espérant que le bonhomme, séduit par sa belle-fille, contribuerait aux énormes dépenses nécessitées par l'arrangement de la maison, il arriva l'un de ces événements qui, dans une petite ville, changent entièrement la face des choses.

Lucien et Louise avaient dans du Châtelet un espion intime qui guettait avec la persistance d'une haine mêlée de passion et d'avarice l'occasion d'amener un éclat. Sixte voulait forcer Mme de Bargeton à si bien se prononcer pour Lucien, qu'elle fût ce qu'on nomme *perdue*. Il s'était posé comme un humble confident de Mme de Bargeton ; mais s'il admirait Lucien rue du Minage, il le démolissait partout ailleurs. Il avait insensiblement conquis les petites entrées chez Naïs, qui ne se défiait plus de son vieil adorateur ; mais il avait trop présumé des deux amants dont l'amour restait platonique, au grand désespoir de Louise et de Lucien. Il y a en effet des passions qui s'embarquent mal ou bien, comme on voudra. Deux personnes se jettent dans la tactique du sentiment, parlent au lieu d'agir, et se battent en plein champ au lieu de faire un siège. Elles se blasent ainsi souvent d'elles-mêmes en fatiguant leurs désirs dans le vide. Deux amants se donnent alors le temps de réfléchir, de se juger. Souvent des passions qui étaient entrées en campagne, enseignes déployées, pimpantes, avec une ardeur à tout renverser, finissent alors par rentrer chez elles, sans victoire, honteuses, désarmées, sottes de leur vain bruit. Ces fatalités sont parfois explicables par les timidités de la jeunesse et par les temporisations auxquelles se plaisent les femmes qui débutent, car ces sortes de tromperies mutuelles n'arrivent ni aux fats qui connaissent la pratique, ni aux coquettes habituées aux manèges de la passion.

La vie de province est d'ailleurs singulièrement contraire aux contentements de l'amour, et favorise les débats intellectuels de la passion ; comme aussi les obstacles qu'elle oppose au doux commerce qui lie tant les amants précipitent les âmes ardentes en des partis extrêmes. Cette vie est basée sur un espionnage si méticuleux, sur une si grande transparence des intérieurs, elle admet si peu l'intimité qui console sans offenser la vertu, les relations les plus pures y sont si déraisonnablement incriminées, que beaucoup de femmes sont flétries malgré leur innocence. Certaines d'entre elles s'en veulent alors de ne pas goûter toutes les félicités d'une faute dont tous les malheurs les accablent. La société qui blâme ou critique sans aucun examen sérieux les faits patents par lesquels se terminent de longues luttes secrètes, est ainsi primitivement complice de ces éclats ; mais la plupart des gens qui déblatèrent contre les prétendus scandales offerts par quelques femmes calomniées sans raison n'ont jamais pensé aux causes qui déterminent chez elles une résolution publique. Mme de Bargeton allait se trouver dans cette bizarre situation où se sont trouvées beaucoup de femmes qui ne se sont perdues qu'après avoir été injustement accusées.

Au début de la passion, les obstacles effraient les gens inexpérimentés ; et ceux que rencontraient les deux amants ressemblaient fort aux liens par lesquels les Lilliputiens avaient garrotté Gulliver. C'était des riens multipliés qui rendaient tout mouvement impossible et annulaient les plus violents désirs. Ainsi, Mme de Bargeton devait rester toujours visible. Si elle avait fait fermer sa porte aux heures où venait Lucien, tout eût été dit, autant aurait valu s'enfuir avec lui. Elle le recevait à la vérité dans ce boudoir auquel il s'était si bien accoutumé qu'il s'en croyait le maître ; mais les portes demeuraient consciencieusement ouvertes. Tout se passait le plus vertueusement du monde. M. de Bargeton se promenait chez lui comme un hanneton sans croire que sa femme voulût être seule avec Lucien. S'il n'y avait eu d'autre obstacle que lui, Naïs aurait très bien pu le renvoyer ou l'occuper ; mais elle était accablée de visites, et il y avait d'autant plus de visiteurs que la curiosité était plus éveillée. Les gens de province sont naturellement taquins, ils aiment à contrarier les passions naissantes. Les domestiques allaient et venaient dans la maison sans être appelés ni sans prévenir de leur arrivée, par suite de vieilles habitudes prises, et qu'une femme qui n'avait rien à cacher leur avait laissé prendre. Changer les mœurs intérieures de sa maison, n'était-ce pas avouer l'amour dont doutait encore tout Angoulême ? Mme de Bargeton ne pouvait pas mettre le pied hors de chez elle sans que la ville sût où elle allait. Se promener seule avec Lucien hors de la ville était une démarche décisive : il aurait été moins dangereux de s'enfermer avec lui chez elle. Si Lucien était resté après minuit chez Mme de Bargeton, sans y être en compagnie, on en aurait glosé le lendemain. Ainsi, au-dedans comme au-dehors, Mme de Bargeton vivait toujours en public. Ces détails peignent toute la province : les fautes y sont ou avouées ou impossibles.

Louise, comme toutes les femmes entraînées par une passion sans en avoir l'expérience, reconnaissait une à une les difficultés de sa position ; elle s'en effrayait. Sa frayeur réagissait alors sur ces amoureuses discussions qui prennent les plus belles heures où deux amants se trouvent seuls. Mme de Bargeton n'avait pas de terre où elle pût emmener son cher poète, comme font quelques femmes qui, sous un prétexte habilement forgé, vont s'enterrer à la campagne. Fatiguée de vivre en public, poussée à bout par cette tyrannie dont le joug était plus dur que ses plaisirs n'étaient doux, elle pensait à l'Escarbas, et méditait d'y aller voir son vieux père, tant elle s'irritait de ces misérables obstacles.

Châtelet ne croyait pas à tant d'innocence. Il guettait les heures auxquelles Lucien venait chez Mme de Bargeton, et s'y rendait quelques instants après, en se faisant toujours accompagner de M. de Chandour, l'homme le plus indiscret de la coterie, et auquel il cédait le pas pour entrer, espérant toujours une surprise en cherchant si opiniâtrement un hasard. Son rôle et la réussite de son plan étaient d'autant plus difficiles, qu'il devait rester neutre, afin de diriger tous les acteurs du drame qu'il voulait faire jouer. Aussi, pour endormir Lucien qu'il caressait et Mme de Bargeton qui ne manquait pas de perspicacité, s'était-il attaché par contenance à la jalouse Amélie. Pour mieux faire espionner Louise et Lucien, il avait réussi depuis quelques jours à établir entre M. de Chandour et lui une controverse au sujet des deux amoureux. Du Châtelet prétendait que Mme de Bargeton se moquait de Lucien, qu'elle était trop fière, trop bien née pour descendre jusqu'au fils d'un pharmacien. Ce rôle d'incrédule allait au plan qu'il s'était tracé, car il désirait passer pour le défenseur de Mme de Bargeton. Stanislas soutenait que Lucien n'était pas un amant malheureux. Amélie aiguillonnait la discussion en souhaitant savoir la vérité. Chacun donnait ses raisons. Comme il arrive dans les petites villes, souvent quelques intimes de la maison Chandour arrivaient au milieu d'une conversation où du Châtelet et Stanislas justifiaient à l'envi leur opinion par d'excellentes observations. Il était bien difficile que chaque adversaire ne cherchât pas des partisans en demandant à son voisin : « Et vous, quel est votre avis ? » Cette controverse tenait Mme de Bargeton et Lucien constamment en vue. Enfin, un jour, du Châtelet fit observer que toutes les fois que

M. de Chandour et lui se présentaient chez Mme de Bargeton et que Lucien s'y trouvait, aucun indice ne trahissait de relations suspectes : la porte du boudoir était ouverte, les gens allaient et venaient, rien de mystérieux n'annonçait les jolis crimes de l'amour, etc. Stanislas, qui ne manquait pas d'une certaine dose de bêtise, se promit d'arriver le lendemain sur la pointe du pied, ce à quoi la perfide Amélie l'engagea fort.

Ce lendemain fut pour Lucien une de ces journées où les jeunes gens s'arrachent quelques cheveux en se jurant à eux-mêmes de ne pas continuer le sot métier de soupirant. Il s'était accoutumé à sa position. Le poète qui avait si timidement pris une chaise dans le boudoir sacré de la reine d'Angoulême s'était métamorphosé en amoureux exigeant. Six mois avaient suffi pour qu'il se crût l'égal de Louise, et il voulait alors en être le maître. Il partit de chez lui se promettant d'être très déraisonnable, de mettre sa vie en jeu, d'employer toutes les ressources d'une éloquence enflammée, de dire qu'il avait la tête perdue, qu'il était incapable d'avoir une pensée ni d'écrire une ligne. Il existe chez certaines femmes une horreur des partis pris qui fait honneur à leur délicatesse, elles aiment à céder à l'entraînement, et non à des conventions. Généralement, personne ne veut d'un plaisir imposé. Mme de Bargeton remarqua sur le front de Lucien, dans ses yeux, dans sa physionomie et dans ses manières, cet *air agité* qui trahit une résolution arrêtée : elle se proposa de la déjouer, un peu par esprit de contradiction, mais aussi par une noble entente de l'amour. En femme exagérée, elle s'exagérait la valeur de sa personne. À ses yeux, Mme de Bargeton était une souveraine, une Béatrix, une Laure[1]. Elle s'asseyait, comme au Moyen Âge, sous le dais du tournoi littéraire, et Lucien devait la mériter après plusieurs victoires, il avait à effacer l'*enfant sublime*, Lamartine, Walter Scott, Byron. La noble créature considérait son amour comme un principe généreux : les désirs qu'elle inspirait à Lucien devaient être une cause de gloire pour lui. Ce *donquichottisme* féminin est un sentiment qui donne à l'amour une consécration respectable, elle[1] l'utilise, elle l'agrandit, elle l'honore. Obstinée à jouer le rôle de Dulcinée dans la vie de Lucien pendant sept à huit ans, Mme de Bargeton voulait, comme beaucoup de femmes de province, faire acheter sa personne par une espèce de servage, par un temps de constance qui lui permît de juger son ami.

Quand Lucien eut engagé la lutte par une de ces fortes bouderies dont se rient les femmes encore libres d'elles-mêmes, et qui n'attristent que les femmes aimées, Louise prit un air digne, et commença l'un de ses longs discours bardés de mots pompeux.

« Est-ce là ce que vous m'aviez promis, Lucien ? dit-elle en finissant. Ne mettez pas dans un présent si doux des remords qui plus tard empoisonneraient ma vie. Ne gâtez pas l'avenir ! Et je le dis avec orgueil, ne gâtez pas le présent ! N'avez-vous pas tout mon cœur ? Que vous faut-il donc ? votre amour se laisserait-il influencer par les sens, tandis que le plus beau privilège d'une femme aimée est de leur imposer silence ? Pour qui me prenez-vous donc ? ne suis-je donc plus votre Béatrix ? Si je ne suis pas pour vous quelque chose de plus qu'une femme, je suis moins qu'une femme.

— Vous ne diriez pas autre chose à un homme que vous n'aimeriez pas, s'écria Lucien furieux.

— Si vous ne sentez pas tout ce qu'il y a de véritable amour dans mes idées, vous ne serez jamais digne de moi.

— Vous mettez mon amour en doute pour vous dispenser d'y répondre », dit Lucien en se jetant à ses pieds et pleurant.

Le pauvre garçon pleura sérieusement en se voyant

pour si longtemps à la porte du paradis. Ce fut des larmes de poète qui se croyait humilié dans sa puissance, des larmes d'enfant au désespoir de se voir refuser le jouet qu'il demande.

« Vous ne m'avez jamais aimé, s'écria-t-il.

— Vous ne croyez pas ce que vous dites, répondit-elle flattée de cette violence.

— Prouvez-moi donc que vous êtes à moi », dit Lucien échevelé.

En ce moment, Stanislas arriva sans être entendu, vit Lucien à demi renversé, les larmes aux yeux et la tête appuyée sur les genoux de Louise. Satisfait de ce tableau suffisamment suspect, Stanislas se replia brusquement sur du Châtelet, qui se tenait à la porte du salon. Mme de Bargeton s'élança vivement, mais elle n'atteignit pas les deux espions, qui s'étaient précipitamment retirés comme des gens importuns.

« Qui donc est venu ? demanda-t-elle à ses gens.

— MM. de Chandour et du Châtelet », répondit Gentil, son vieux valet de chambre.

Elle rentra dans son boudoir pâle et tremblant.

« S'ils vous ont vu ainsi, je suis perdue, dit-elle à Lucien.

— Tant mieux ! » s'écria le poète.

Elle sourit à ce cri d'égoïsme plein d'amour. En province, une semblable aventure s'aggrave par la manière dont elle se raconte. En un moment, chacun sut que Lucien avait été surpris aux genoux de Naïs. M. de Chandour, heureux de l'importance que lui donnait cette affaire, alla d'abord raconter le grand événement au Cercle, puis de maison en maison. Du Châtelet s'empressa de dire partout qu'il n'avait rien vu ; mais en se mettant ainsi en dehors du fait, il excitait Stanislas à parler, il lui faisait enchérir sur les détails ; et Stanislas, se trouvant spirituel, en ajoutait de nouveaux à chaque récit. Le soir, la société afflua chez Amélie ;

car le soir les versions les plus exagérées circulaient dans l'Angoulême noble, où chaque narrateur avait imité Stanislas. Femmes et hommes étaient impatients de connaître la vérité. Les femmes qui se voilaient la face en criant le plus au scandale, à la perversité, étaient précisément Amélie, Zéphirine, Fifine, Lolotte, qui toutes étaient plus ou moins grevées de bonheurs illicites. Le cruel thème se variait sur tous les tons.

« Eh bien, disait l'une, cette pauvre Naïs, vous savez ? Moi, je ne le crois pas, elle a devant elle toute une vie irréprochable ; elle est beaucoup trop fière pour être autre chose que la protectrice de M. Chardon. Mais si cela est, je la plains de tout mon cœur.

— Elle est d'autant plus à plaindre, qu'elle se donne un ridicule affreux ; car elle pourrait être la mère de M. Lulu, comme l'appelait Jacques. Ce poétriau a tout au plus vingt-deux ans, et Naïs, entre nous soit dit, a bien quarante ans.

— Moi, disait Châtelet, je trouve que la situation même dans laquelle était M. de Rubempré prouve l'innocence de Naïs. On ne se met pas à genoux pour redemander ce qu'on a déjà eu.

— C'est selon ! dit Francis d'un air égrillard qui lui valut de Zéphirine une œillade improbative.

— Mais dites-nous donc bien ce qui en est », demandait-on à Stanislas en se formant en comité secret dans un coin du salon.

Stanislas avait fini par composer un petit conte plein de gravelures, et l'accompagnait de gestes et de poses qui incriminaient prodigieusement la chose.

« C'est incroyable, répétait-on.

— À midi, disait l'une.

— Naïs aurait été la dernière que j'eusse soupçonnée.

— Que va-t-elle faire ? »

Puis des commentaires, des suppositions infinies !... Du Châtelet défendait Mme de Bargeton ; mais il la défendait si maladroitement qu'il attisait le feu du commérage au lieu de l'éteindre. Lili, désolée de la chute du plus bel ange de l'olympe angoumoisin, alla tout en pleurs colporter la nouvelle à l'évêché. Quand la ville entière fut bien certainement en rumeur, l'heureux du Châtelet alla chez Mme de Bargeton, où il n'y avait, hélas ! qu'une seule table de whist ; il demanda diplomatiquement à Naïs d'aller causer avec elle dans son boudoir. Tous deux s'assirent sur le petit canapé.

« Vous savez sans doute, dit du Châtelet à voix basse, ce dont tout Angoulême s'occupe...

— Non, dit-elle.

— Eh bien, reprit-il, je suis trop votre ami pour vous le laisser ignorer. Je dois vous mettre à même de faire cesser des calomnies sans doute inventées par Amélie, qui a l'outrecuidance de se croire votre rivale. Je venais ce matin vous voir avec ce singe de Stanislas, qui me précédait de quelques pas, lorsqu'en arrivant là, dit-il en montrant la porte du boudoir, il prétend vous avoir *vue* avec M. de Rubempré dans une situation qui ne lui permettait pas d'entrer ; il est revenu sur moi tout effaré en m'entraînant, sans me laisser le temps de me reconnaître ; et nous étions à Beaulieu, quand il me dit la raison de sa retraite. Si je l'avais connue, je n'aurais pas bougé de chez vous, afin d'éclaircir cette affaire à votre avantage ; mais revenir chez vous après en être sorti ne prouvait plus rien. Maintenant, que Stanislas ait vu de travers ou qu'il ait raison, *il doit avoir tort*. Chère Naïs, ne laissez pas jouer votre vie, votre honneur, votre avenir par un sot ; imposez-lui silence à l'instant. Vous connaissez ma situation ici ? Quoique j'y aie besoin de tout le monde, je vous suis entièrement dévoué. Disposez d'une vie qui vous appartient. Quoique vous ayez repoussé mes vœux, mon cœur sera toujours à vous, et en toute occasion je vous prouverai combien je vous aime. Oui, je veillerai sur vous comme un fidèle serviteur, sans espoir de récompense, uniquement pour le plaisir que je trouve à vous servir, même à votre insu. Ce matin, j'ai partout dit que j'étais à la porte du salon, et que je n'avais rien vu. Si l'on vous demande qui vous a instruite des propos tenus sur vous, servez-vous de moi. Je serais bien glorieux d'être votre défenseur avoué ; mais, entre nous, M. de Bargeton est le seul qui puisse demander raison à Stanislas... Quand ce petit Rubempré aurait fait quelque folie, l'honneur d'une femme ne saurait être à la merci du premier étourdi qui se met à ses pieds. Voilà ce que j'ai dit. »

Naïs remercia du Châtelet par une inclination de tête, et demeura pensive. Elle était fatiguée, jusqu'au dégoût, de la vie de province. Au premier mot de du Châtelet, elle avait jeté les yeux sur Paris. Le silence de Mme de Bargeton mettait son savant adorateur dans une situation gênante.

« Disposez de moi, dit-il, je vous le répète.

— Merci, répondit-elle.

— Que comptez-vous faire ?

— Je verrai. »

Long silence.

« Aimez-vous donc tant ce petit Rubempré ? »

Elle laissa échapper un superbe sourire, et se croisa les bras en regardant les rideaux de son boudoir. Du Châtelet sortit sans avoir pu déchiffrer ce cœur de femme altière. Quand Lucien et les quatre fidèles vieillards qui étaient venus faire leur partie sans s'émouvoir de ces cancans problématiques furent partis, Mme de Bargeton arrêta son mari, qui se disposait à s'aller coucher, en ouvrant la bouche pour souhaiter une bonne nuit à sa femme.

« Venez par ici, mon cher, j'ai à vous parler », dit-elle avec une sorte de solennité.

M. de Bargeton suivit sa femme dans le boudoir.

« Monsieur, lui dit-elle, j'ai peut-être eu tort de mettre dans mes soins protecteurs envers M. de Rubempré une chaleur aussi mal comprise par les sottes gens de cette ville que par lui-même. Ce matin, Lucien s'est jeté à mes pieds, là, en me faisant une déclaration d'amour. Stanislas est entré dans le moment où je relevais cet enfant. Au mépris des devoirs que la courtoisie impose à un gentilhomme envers une femme en toute espèce de circonstance, il a prétendu m'avoir surprise dans une situation équivoque avec ce garçon, que je traitais alors comme il le mérite. Si ce jeune écervelé savait les calomnies auxquelles sa folie donne lieu, je le connais, il irait insulter Stanislas et le forcerait à se battre. Cette action serait comme un aveu public de son amour. Je n'ai pas besoin de vous dire que votre femme est pure ; mais vous penserez qu'il y a quelque chose de déshonorant pour vous et pour moi à ce que ce soit M. de Rubempré qui la défende. Allez à l'instant chez Stanislas, et demandez-lui sérieusement raison des insultants propos qu'il a tenus sur moi ; songez que vous ne devez pas souffrir que l'affaire s'arrange, à moins qu'il ne se rétracte en présence de témoins nombreux et importants. Vous conquerrez ainsi l'estime de tous les honnêtes gens ; vous vous conduirez en homme d'esprit, en galant homme, et vous aurez des droits à mon estime. Je vais faire partir Gentil à cheval pour l'Escarbas, mon père doit être votre témoin ; malgré son âge, je le sais homme à fouler aux pieds cette poupée qui noircit la réputation d'une Nègrepelisse. Vous avez le choix des armes, battez-vous au pistolet, vous tirez à merveille.

— J'y vais, reprit M. de Bargeton qui prit sa canne et son chapeau.

— Bien, mon ami, dit sa femme émue ; voilà comme j'aime les hommes. Vous êtes un gentilhomme. »

Elle lui présenta son front à baiser, que le vieillard

baisa tout heureux et fier. Cette femme, qui portait une espèce de sentiment maternel à ce grand enfant, ne put réprimer une larme en entendant retentir la porte cochère quand elle se referma sur lui.

« Comme il m'aime ! se dit-elle. Le pauvre homme tient à la vie, et cependant il la perdrait sans regret pour moi. »

M. de Bargeton ne s'inquiétait pas d'avoir à s'aligner le lendemain devant un homme, à regarder froidement la bouche d'un pistolet dirigé sur lui ; non, il n'était embarrassé que d'une seule chose, et il en frémissait tout en allant chez M. de Chandour. « Que vais-je dire ? pensait-il. Naïs aurait bien dû me faire un thème ! » Et il se creusait la cervelle afin de formuler quelques phrases qui ne fussent point ridicules.

Mais les gens qui vivent, comme vivait M. de Bargeton, dans un silence imposé par l'étroitesse de leur esprit et leur peu de portée, ont, dans les grandes circonstances de la vie, une solennité toute faite. Parlant peu, il leur échappe naturellement peu de sottises ; puis, réfléchissant beaucoup à ce qu'ils doivent dire, leur extrême défiance d'eux-mêmes les porte à si bien étudier leurs discours qu'ils s'expriment à merveille par un phénomène pareil à celui qui délia la langue à l'ânesse de Balaam[1]. Aussi M. de Bargeton se comporta-t-il comme un homme supérieur. Il justifia l'opinion de ceux qui le regardaient comme un philosophe de l'école de Pythagore[2]. Il entra chez Stanislas à onze heures du soir, et y trouva nombreuse compagnie. Il alla saluer silencieusement Amélie, et offrit à chacun son niais sourire, qui, dans les circonstances présentes, parut profondément ironique. Il se fit alors un grand silence, comme dans la nature à l'approche d'un orage. Châtelet, qui était revenu, regarda tour à tour d'une façon très significative M. de Bargeton et Stanislas, que le mari offensé aborda poliment.

Du Châtelet comprit le sens d'une visite faite à une heure où ce vieillard était toujours couché : Naïs agitait évidemment ce bras débile ; et, comme sa position auprès d'Amélie lui donnait le droit de se mêler des affaires du ménage, il se leva, prit M. de Bargeton à part et lui dit : « Vous voulez parler à Stanislas ?

— Oui, dit le bonhomme heureux d'avoir un entremetteur qui peut-être prendrait la parole pour lui.

— Eh bien, allez dans la chambre à coucher d'Amélie », lui répondit le directeur des contributions heureux de ce duel qui pouvait rendre Mme de Bargeton veuve en lui interdisant d'épouser Lucien, la cause du duel.

« Stanislas, dit du Châtelet à M. de Chandour, Bargeton vient sans doute vous demander raison des propos que vous tenez sur Naïs. Venez chez votre femme, et conduisez-vous tous deux en gentilshommes. Ne faites point de bruit, affectez beaucoup de politesse, ayez enfin toute la froideur d'une dignité britannique. »

En un moment Stanislas et du Châtelet vinrent trouver Bargeton.

« Monsieur, dit le mari offensé, vous prétendez avoir trouvé Mme de Bargeton dans une situation équivoque avec M. de Rubempré ?

— Avec M. Chardon, reprit ironiquement Stanislas qui ne croyait pas Bargeton un homme fort.

— Soit, reprit le mari. Si vous ne démentez pas ce propos en présence de la société qui est chez vous en ce moment, je vous prie de prendre un témoin. Mon beau-père, M. de Nègrepelisse, viendra vous chercher à quatre heures du matin. Faisons chacun nos dispositions, car l'affaire ne peut s'arranger que de la manière que je viens d'indiquer. Je choisis le pistolet, je suis l'offensé. »

Durant le chemin, M. de Bargeton avait ruminé ce discours, le plus long qu'il eût fait en sa vie, il le dit sans passion et de l'air le plus simple du monde. Stanislas pâlit et se dit en lui-même : « Qu'ai-je vu, après tout ? » Mais, entre la honte de démentir ses propos devant toute la ville, en présence de ce muet qui paraissait ne pas vouloir entendre raillerie, et la peur, la hideuse peur qui lui serrait le cou de ses mains brûlantes, il choisit le péril le plus éloigné.

« C'est bien. À demain », dit-il à M. de Bargeton en pensant que l'affaire pourrait s'arranger.

Les trois hommes rentrèrent, et chacun étudia leur physionomie : du Châtelet souriait, M. de Bargeton était absolument comme s'il se trouvait chez lui ; mais Stanislas se montra blême. À cet aspect quelques femmes devinèrent l'objet de la conférence. Ces mots : « Ils se battent ! » circulèrent d'oreille en oreille. La moitié de l'assemblée pensa que Stanislas avait tort, sa pâleur et sa contenance accusaient un mensonge ; l'autre moitié admira la tenue de M. de Bargeton. Du Châtelet fit le grave et le mystérieux. Après être resté quelques instants à examiner les visages, M. de Bargeton se retira.

« Avez-vous des pistolets ? » dit Châtelet à l'oreille de Stanislas qui frissonna de la tête aux pieds.

Amélie comprit tout et se trouva mal, les femmes s'empressèrent de la porter dans sa chambre à coucher. Il y eut une rumeur affreuse, tout le monde parlait à la fois. Les hommes restèrent dans le salon et déclarèrent d'une voix unanime que M. de Bargeton était dans son droit.

« Auriez-vous cru le bonhomme capable de se conduire ainsi ? dit M. de Saintot.

— Mais, dit l'impitoyable Jacques, dans sa jeunesse il était un des plus forts sous les armes. Mon père m'a souvent parlé des exploits de Bargeton.

— Bah ! vous les mettrez à vingt pas, et ils se manqueront si vous prenez des pistolets de cavalerie », dit Francis à Châtelet.

Quand tout le monde fut parti, Châtelet rassura Stanislas et sa femme en leur expliquant que tout irait bien, et que dans un duel entre un homme de soixante ans et un homme de trente-six, celui-ci avait tout l'avantage.

Le lendemain matin, au moment où Lucien déjeunait avec David, qui était revenu de Marsac sans son père, Mme Chardon entra tout effarée.

« Hé bien, Lucien, sais-tu la nouvelle dont on parle jusque dans le marché ? M. de Bargeton a presque tué M. de Chandour, ce matin à cinq heures, dans le pré de M. Tulloye, un nom qui donne lieu à des calembours. Il paraît que M. de Chandour a dit hier qu'il t'avait surpris avec Mme de Bargeton.

— C'est faux ! Mme de Bargeton est innocente, s'écria Lucien.

— Un homme de la campagne à qui j'ai entendu raconter les détails avait tout vu de dessus sa charrette. M. de Nègrepelisse était venu dès trois heures du matin pour assister M. de Bargeton ; il a dit à M. de Chandour que s'il arrivait malheur à son gendre, il se chargeait de le venger. Un officier du régiment de cavalerie a prêté ses pistolets, ils ont été essayés à plusieurs reprises par M. de Nègrepelisse. M. du Châtelet voulait s'opposer à ce qu'on exerçât les pistolets ; mais l'officier que l'on avait pris pour arbitre a dit qu'à moins de se conduire comme des enfants, on devait se servir d'armes en état. Les témoins ont placé les deux adversaires à vingt-cinq pas l'un de l'autre. M. de Bargeton, qui était là comme s'il se promenait, a tiré le premier, et logé une balle dans le cou de M. de Chandour, qui est tombé sans pouvoir riposter. Le chirurgien de l'hôpital a déclaré tout à l'heure que M. de Chandour aura le cou de travers pour le reste de ses jours. Je suis venue te dire l'issue de ce duel pour que tu n'ailles pas chez Mme de Bargeton, ou que tu ne te montres pas dans Angoulême, car quelques amis de M. de Chandour pourraient te provoquer. »

En ce moment, Gentil, le valet de chambre de M. de Bargeton, entra conduit par l'apprenti de l'imprimerie, et remit à Lucien une lettre de Louise.

Vous avez sans doute appris, mon ami, l'issue du duel entre Chandour et mon mari. Nous ne recevrons personne aujourd'hui ; soyez prudent, ne vous montrez pas, je vous le demande au nom de l'affection que vous avez pour moi. Ne trouvez-vous pas que le meilleur emploi de cette triste journée est de venir écouter votre Béatrix, dont la vie est toute changée par cet événement et qui a mille choses à vous dire ?

« Heureusement, dit David, mon mariage est arrêté pour après-demain ; tu auras une occasion d'aller moins souvent chez Mme de Bargeton.

— Cher David, répondit Lucien, elle me demande de venir la voir aujourd'hui ; je crois qu'il faut lui obéir, elle saura mieux que nous comment je dois me conduire dans les circonstances actuelles.

— Tout est donc prêt ici ? demanda Mme Chardon.

— Venez voir », s'écria David heureux de montrer la transformation qu'avait subie l'appartement du premier étage où tout était frais et neuf.

Là respirait ce doux esprit qui règne dans les jeunes ménages où les fleurs d'oranger, le voile de la mariée couronnent encore la vie intérieure, où le printemps de l'amour se reflète dans les choses, où tout est blanc, propre et fleuri.

« Ève sera comme une princesse, dit la mère ; mais vous avez dépensé trop d'argent, vous avez fait des folies ! »

David sourit sans rien répondre, car Mme Chardon avait mis le doigt dans le vif d'une plaie secrète qui faisait cruellement souffrir le pauvre amant : ses prévisions avaient été si grandement dépassées par l'exécution qu'il lui était impossible de bâtir au-dessus de l'appentis. Sa belle-mère ne pouvait avoir de longtemps l'appartement qu'il voulait lui donner. Les esprits généreux éprouvent les plus vives douleurs de manquer à ces sortes de promesses qui sont en quelque sorte les petites vanités de la tendresse. David cachait soigneusement sa gêne, afin de ménager le cœur de Lucien qui aurait pu se trouver accablé des sacrifices faits pour lui.

« Ève et ses amies ont bien travaillé de leur côté, disait Mme Chardon. Le trousseau, le linge de ménage, tout est prêt. Ces demoiselles l'aiment tant qu'elles lui ont, sans qu'elle en sût rien, couvert les matelas en futaine blanche, bordée de lisérés roses. C'est joli ! ça donne envie de se marier »

La mère et la fille avaient employé toutes leurs économies à fournir la maison de David des choses auxquelles ne pensent jamais les jeunes gens. En sachant combien il déployait de luxe, car il était question d'un service de porcelaine demandé à Limoges, elles avaient tâché de mettre de l'harmonie entre les choses qu'elles apportaient et celles que s'achetait David. Cette petite lutte d'amour et de générosité devait amener les deux époux à se trouver gênés dès le commencement de leur mariage, au milieu de tous les symptômes d'une aisance bourgeoise qui pouvait passer pour du luxe dans une ville arriérée comme l'était alors Angoulême. Au moment où Lucien vit sa mère et David passant dans la chambre à coucher dont la tenture bleue et blanche, dont le joli mobilier lui était connu, il s'esquiva chez Mme de Bargeton. Il trouva Naïs déjeunant avec son mari, qui, mis en appétit par sa promenade matinale, mangeait sans aucun souci de ce qui s'était passé. Le vieux gentilhomme campagnard, M. de Nègrepelisse, cette imposante figure, reste de la vieille noblesse française, était auprès de sa fille. Quand Gentil eut annoncé M. de Rubempré, le vieillard à tête blanche lui jeta le regard inquisitif d'un père empressé de juger l'homme que sa fille a distingué. L'excessive beauté de Lucien le frappa si vivement, qu'il ne put retenir un regard d'approbation ; mais il semblait voir dans la liaison de sa fille une amourette plutôt qu'une passion, un caprice plutôt qu'un intérêt durable. Le déjeuner finissait, Louise put se lever, laisser son père et M. de Bargeton, en faisant signe à Lucien de la suivre.

« Mon ami, dit-elle d'un son de voix triste et joyeux en même temps, je vais à Paris, et mon père emmène Bargeton à l'Escarbas, où il restera pendant mon absence. Mme d'Espard, une demoiselle de Blamont-Chauvry, à qui nous sommes alliés par les d'Espard, les aînés de la famille des Nègrepelisse, est en ce moment très influente par elle-même et par ses parents. Si elle daigne nous reconnaître, je veux la cultiver beaucoup : elle peut nous obtenir par son crédit une place pour Bargeton. Mes sollicitations pourront le faire désirer par la Cour pour député de la Charente, ce qui aidera sa nomination ici. La députation pourra plus tard favoriser mes démarches à Paris. C'est toi, mon enfant chéri, qui m'as inspiré ce changement d'existence. Le duel de ce matin me force à fermer ma maison pour quelque temps, car il y aura des gens qui prendront parti pour les Chandour contre nous. Dans la situation où nous sommes, et dans une petite ville, une absence est toujours nécessaire pour laisser aux haines le temps de s'assoupir. Mais ou je réussirai et ne reverrai plus Angoulême, ou je ne réussirai pas et veux attendre à Paris le moment où je pourrai passer tous les étés à l'Escarbas et les hivers à Paris. C'est la seule vie d'une femme comme il faut, j'ai trop tardé à la prendre. La journée suffira pour tous nos préparatifs, je partirai demain dans la nuit et vous m'accompagnerez, n'est-ce pas ? Vous irez en avant. Entre Mansle et Ruffec[1], je vous prendrai dans ma voiture, et nous serons bientôt à Paris. Là, cher, est la vie des gens supérieurs. On ne se trouve à l'aise qu'avec ses pairs, partout ailleurs on souffre. D'ailleurs Paris, capitale du monde intellectuel, est le théâtre de vos succès ! franchissez promptement l'espace qui vous en sépare ! Ne laissez pas vos idées se rancir en province, communiquez promptement avec les grands hommes qui représenteront le dix-neuvième siècle. Rapprochez-vous de la cour et du pouvoir. Ni les distinctions ni les dignités ne viennent trouver le talent qui s'étiole dans une petite ville. Nommez-moi d'ailleurs les belles œuvres exécutées en province ? Voyez au contraire le sublime et pauvre Jean-Jacques invinciblement attiré par ce soleil moral, qui crée les gloires en échauffant les esprits par le frottement des rivalités. Ne devez-vous pas vous hâter de prendre votre place dans la pléiade qui se produit à chaque époque ? Vous ne sauriez croire combien il est utile à un jeune talent d'être mis en lumière par la haute société. Je vous ferai recevoir chez Mme d'Espard ; personne n'a facilement l'entrée de son salon, où vous trouverez tous les grands personnages, les ministres, les ambassadeurs, les orateurs de la chambre, les pairs les plus influents, des gens riches ou célèbres. Il faudrait être bien maladroit pour ne pas exciter leur intérêt, quand on est beau, jeune et plein de génie. Les grands talents n'ont pas de petitesse, ils vous prêteront leur appui. Quand on vous saura haut placé, vos œuvres acquerront une immense valeur. Pour les artistes, le grand problème à résoudre est de se mettre en vue. Il se rencontrera donc là pour vous mille occasions de fortune, des sinécures, une pension sur la cassette. Les Bourbons aiment tant à favoriser les lettres et les arts ! aussi soyez à la fois poète religieux et poète royaliste. Non seulement ce sera bien, mais vous ferez fortune. Est-ce l'Opposition, est-ce le Libéralisme qui donne les places, les récompenses, et qui fait la fortune des écrivains ? Ainsi prenez la bonne route et venez là où vont tous les hommes de génie. Vous avez mon secret, gardez le plus profond silence, et disposez-vous à me suivre. Ne le voulez-vous pas ? » ajouta-t-elle étonnée de la silencieuse attitude de son amant.

Lucien, hébété par le rapide coup d'œil qu'il jeta sur Paris, en entendant ces séduisantes paroles, crut n'avoir jusqu'alors joui que de la moitié de son cerveau ; il lui sembla que l'autre moitié se découvrait, tant ses idées s'agrandirent : il se vit, dans Angoulême, comme une grenouille sous sa pierre au fond d'un marécage. Paris et ses splendeurs, Paris, qui se produit dans toutes les imaginations de province comme un Eldorado, lui apparut avec sa robe d'or, la tête ceinte de pierreries royales, les bras ouverts aux talents. Les gens illustres allaient lui donner l'accolade fraternelle. Là tout souriait au génie. Là ni gentillâtres jaloux qui lançassent des mots piquants pour humilier l'écrivain, ni sotte indifférence pour la poésie. De là jaillissaient les œuvres des poètes, là elles étaient payées et mises en lumière. Après avoir lu les premières pages de *L'Archer de Charles IX*, les libraires ouvriraient leurs caisses et lui diraient : Combien voulez-vous ? Il comprenait d'ailleurs qu'après un voyage où ils seraient mariés par les circonstances, Mme de Bargeton serait à lui tout entière, qu'ils vivraient ensemble.

À ces mots : « Ne le voulez-vous pas ? » il répondit par une larme, saisit Louise par la taille, la serra sur son cœur et lui marbra le cou par de violents baisers. Puis il s'arrêta tout à coup comme frappé par un souvenir, et s'écria : « Mon Dieu, ma sœur se marie après-demain ! »

Ce cri fut le dernier soupir de l'enfant noble et pur. Les liens si puissants qui attachent les jeunes cœurs à leur famille, à leur premier ami, à tous les sentiments primitifs, allaient recevoir un terrible coup de hache.

« Hé bien, s'écria l'altière Nègrepelisse, qu'a de commun le mariage de votre sœur et la marche de notre amour ? tenez-vous tant à être le coryphée de cette noce de bourgeois et d'ouvriers que vous ne puissiez m'en sacrifier les nobles joies ? Le beau sacrifice ! dit-elle avec mépris. J'ai envoyé ce matin mon mari se battre à cause de vous ! Allez, monsieur, quittez-moi ! je me suis trompée. »

Elle tomba pâmée sur son canapé. Lucien l'y suivit en demandant pardon, en maudissant sa famille, David et sa sœur.

« Je croyais tant en vous ! dit-elle. M. de Cante-Croix avait une mère qu'il idolâtrait, mais pour obtenir une lettre où je lui disais : *Je suis contente !* il est mort au milieu du feu. Et vous, quand il s'agit de voyager avec moi, vous ne savez point renoncer à un repas de noces ! »

Lucien voulut se tuer, et son désespoir fut si vrai, si profond, que Louise pardonna, mais en faisant sentir à Lucien qu'il aurait à racheter cette faute.

« Allez donc, dit-elle enfin, soyez discret, et trouvez-vous demain soir à minuit à une centaine de pas après Mansle. »

Lucien sentit la terre petite sous ses pieds, il revint chez David suivi de ses espérances comme Oreste l'était par ses furies[1], car il entrevoyait mille difficultés qui se comprenaient toutes dans ce mot terrible : « Et de l'argent ? » La perspicacité de David l'épouvantait si fort, qu'il s'enferma dans son joli cabinet pour se remettre de l'étourdissement que lui causait sa nouvelle position. Il fallait donc quitter cet appartement si chèrement établi, rendre inutiles tant de sacrifices. Lucien pensa que sa mère pourrait loger là, David économiserait ainsi la coûteuse bâtisse qu'il avait projeté de faire au fond de la cour. Ce départ devait arranger sa famille, il trouva mille raisons péremptoires à sa fuite, car il n'y a rien de jésuite comme un désir. Aussitôt il courut à l'Houmeau chez sa sœur, pour lui apprendre sa nouvelle destinée et se concerter avec elle. En arrivant devant la boutique de Postel, il pensa que, s'il n'y avait pas d'autre moyen, il emprunterait au successeur de son père la somme nécessaire à son séjour durant un an.

« Si je vis avec Louise, un écu par jour sera pour moi comme une fortune, et cela ne fait que mille francs pour un an, se dit-il. Or, dans six mois, je serai riche ! »

Ève et sa mère entendirent, sous la promesse d'un profond secret, les confidences de Lucien. Toutes deux pleurèrent en écoutant l'ambitieux ; et, quand il voulut savoir la cause de ce chagrin, elles lui apprirent que tout ce qu'elles possédaient avait été absorbé par le linge de table et de maison, par le trousseau d'Ève, par une multitude d'acquisitions auxquelles n'avait pas pensé David, et qu'elles étaient heureuses d'avoir faites, car l'imprimeur reconnaissait à Ève une dot de dix mille francs. Lucien leur fit alors part de son idée d'emprunt, et Mme Chardon se chargea d'aller demander à M. Postel mille francs pour un an.

« Mais, Lucien, dit Ève avec un serrement de cœur, tu n'assisteras donc pas à mon mariage ? Oh ! reviens, j'attendrai quelques jours ! Elle te laissera bien revenir ici dans une quinzaine, une fois que tu l'auras accompagnée ! Elle nous accordera bien huit jours, à nous qui t'avons élevé pour elle ! Notre union tournera mal si tu n'y es pas... Mais auras-tu assez de mille francs ? dit-elle en s'interrompant tout à coup. Quoique ton habit t'aille divinement, tu n'en as qu'un ! Tu n'as que deux chemises fines, et les six autres sont en grosse toile. Tu n'as que trois cravates de batiste, les trois autres sont en jaconas[1] commun ; et puis tes mouchoirs ne sont pas beaux. Trouveras-tu dans Paris une sœur pour te blanchir ton linge dans la journée où tu en auras besoin ? il t'en faut bien davantage. Tu n'as qu'un pantalon de nankin fait cette année, ceux de l'année dernière te sont justes, il faudra donc te faire habiller à Paris, les prix de Paris ne sont pas ceux d'Angoulême. Tu n'as que deux gilets blancs de mettables, j'ai déjà raccommodé les autres. Tiens, je te conseille d'emporter deux mille francs. »

En ce moment David, qui entrait, parut avoir entendu ces deux derniers mots, car il examina le frère et la sœur en gardant le silence.

« Ne me cachez rien, dit-il.

— Eh bien, s'écria Ève, il part avec elle.

— Postel, dit Mme Chardon en entrant sans voir David, consent à prêter les mille francs, mais pour six mois seulement, et il veut une lettre de change de toi acceptée par ton beau-frère, car il dit que tu n'offres aucune garantie. »

La mère se retourna, vit son gendre, et ces quatre personnes gardèrent un profond silence. La famille Chardon sentait combien elle avait abusé de David. Tous étaient honteux. Une larme roula dans les yeux de l'imprimeur.

« Tu ne seras donc pas à mon mariage ? dit-il, tu ne resteras donc pas avec nous ? Et moi qui ai dissipé tout ce que j'avais ! Ah, Lucien, moi qui apportais à Ève ses pauvres petits bijoux de mariée, je ne savais pas, dit-il en essuyant ses yeux et tirant des écrins de sa poche, avoir à regretter de les avoir achetés. »

Il posa plusieurs boîtes couvertes en maroquin sur la table, devant sa belle-mère.

« Pourquoi pensez-vous tant à moi ? dit Ève avec un sourire d'ange qui corrigeait sa parole.

— Chère maman, dit l'imprimeur, allez dire à M. Postel que je consens à donner ma signature, car je vois sur ta figure, Lucien, que tu es bien décidé à partir. »

Lucien inclina mollement et tristement la tête en

ajoutant un moment après : « Ne me jugez pas mal, mes anges aimés. » Il prit Ève et David, les embrassa, les rapprocha de lui, les serra en disant : « Attendez les résultats, et vous saurez combien je vous aime. David, à quoi servirait notre hauteur de pensée, si elle ne nous permettait pas de faire abstraction des petites cérémonies dans lesquelles les lois entortillent les sentiments ? Malgré la distance, mon âme ne sera-t-elle pas ici ? la pensée ne nous réunira-t-elle pas ? N'ai-je pas une destinée à accomplir ? Les libraires viendront-ils chercher ici mon *Archer de Charles IX*, et *Les Marguerites* ? Un peu plus tôt, un peu plus tard, ne faut-il pas toujours faire ce que je fais aujourd'hui, puis-je jamais rencontrer des circonstances plus favorables ? N'est-ce pas toute ma fortune que d'entrer pour mon début à Paris dans le salon de la marquise d'Espard ?

— Il a raison, dit Ève. Vous-même ne me disiez-vous pas qu'il devait aller promptement à Paris ? »

David prit Ève par la main, l'emmena dans cet étroit cabinet où elle dormait depuis sept années, et lui dit à l'oreille : « Il a besoin de deux mille francs, disais-tu, mon amour ? Postel n'en prête que mille. »

Ève regarda son prétendu par un regard affreux qui disait toutes ses souffrances.

« Écoute, mon Ève adorée, nous allons mal commencer la vie. Oui, mes dépenses ont absorbé tout ce que je possédais. Il ne me reste que deux mille francs, et la moitié est indispensable pour faire aller l'imprimerie. Donner mille francs à ton frère, c'est donner notre pain, compromettre notre tranquillité. Si j'étais seul, je sais ce que je ferais ; mais nous sommes deux. Décide. »

Ève éperdue se jeta dans les bras de son amant, le baisa tendrement et lui dit à l'oreille, tout en pleurs : « Fais comme si tu étais seul, je travaillerai pour regagner cette somme ! »

Malgré le plus ardent baiser que deux fiancés aient jamais échangé, David laissa Ève abattue, et revint trouver Lucien.

« Ne te chagrine pas, lui dit-il, tu auras tes deux mille francs.

— Allez voir Postel, dit Mme Chardon, car vous devez signer tous deux le papier. »

Quand les deux amis remontèrent, ils surprirent Ève et sa mère à genoux, qui priaient Dieu. Si elles savaient combien d'espérances le retour devait réaliser, elles sentaient en ce moment tout ce qu'elles perdaient dans cet adieu ; car elles trouvaient le bonheur à venir payé trop cher par une absence qui allait briser leur vie, et les jeter dans mille craintes sur les destinées de Lucien.

« Si jamais tu oubliais cette scène, dit David à l'oreille de Lucien, tu serais le dernier des hommes. »

L'imprimeur jugea sans doute ces graves paroles nécessaires, l'influence de Mme de Bargeton ne l'épouvantait pas moins que la funeste mobilité de caractère qui pouvait tout aussi bien jeter Lucien dans une mauvaise comme dans une bonne voie. Ève eut bientôt fait le paquet de Lucien. Ce Fernand Cortès littéraire[1] emportait peu de chose. Il garda sur lui sa meilleure redingote, son meilleur gilet et l'une de ses deux chemises fines. Tout son linge, son fameux habit, ses effets et ses manuscrits formèrent un si mince paquet, que, pour le cacher aux regards de Mme de Bargeton, David proposa de l'envoyer par la diligence à son correspondant, un marchand de papier, auquel il écrirait de le tenir à la disposition de Lucien.

Malgré les précautions prises par Mme de Bargeton pour cacher son départ, M. du Châtelet l'apprit et voulut savoir si elle ferait le voyage seule ou accompagnée de Lucien ; il envoya son valet de chambre à

Ruffec, avec la mission d'examiner toutes les voitures qui relaieraient à la poste.

« Si elle enlève son poète, pensa-t-il, elle est à moi. »

Lucien partit le lendemain au petit jour, accompagné de David qui s'était procuré un cabriolet et un cheval en annonçant qu'il allait traiter d'affaires avec son père, petit mensonge qui dans les circonstances actuelles était probable. Les deux amis se rendirent à Marsac, où ils passèrent une partie de la journée chez le vieil Ours ; puis le soir ils allèrent au-delà de Mansle attendre Mme de Bargeton qui arriva vers le matin. En voyant la vieille calèche sexagénaire qu'il avait tant de fois regardée sous la remise, Lucien éprouva l'une des plus vives émotions de sa vie, il se jeta dans les bras de David, qui lui dit : « Dieu veuille que ce soit pour ton bien ! »

L'imprimeur remonta dans son méchant cabriolet, et disparut le cœur serré, car il avait d'horribles pressentiments sur les destinées de Lucien à Paris.

Deuxième partie

UN GRAND HOMME DE PROVINCE À PARIS

Ni Lucien, ni Mme de Bargeton, ni Gentil, ni Albertine, la femme de chambre, ne parlèrent jamais des événements de ce voyage ; mais il est à croire que la présence continuelle des gens le rendit fort maussade pour un amoureux qui s'attendait à tous les plaisirs d'un enlèvement. Lucien, qui allait en poste pour la première fois de sa vie, fut très ébahi de voir semer sur la route d'Angoulême à Paris presque toute la somme qu'il destinait à sa vie d'une année. Comme les hommes qui unissent les grâces de l'enfance à la force du talent, il eut le tort d'exprimer ses naïfs étonnements à l'aspect des choses nouvelles pour lui. Un homme doit bien étudier une femme avant de lui laisser voir ses émotions et ses pensées comme elles se produisent. Une maîtresse aussi tendre que grande sourit aux enfantillages et les comprend ; mais pour peu qu'elle ait de la vanité, elle ne pardonne pas à son amant de s'être montré enfant, vain ou petit. Beaucoup de femmes portent une si grande exagération dans leur culte, qu'elles veulent toujours trouver un dieu dans leur idole ; tandis que celles qui aiment un homme pour lui-même avant de l'aimer pour elles adorent ses petitesses autant que ses grandeurs. Lucien n'avait pas encore deviné que chez Mme de Bargeton l'amour était greffé sur l'orgueil. Il eut le tort de ne pas s'expliquer certains sourires qui échappèrent à Louise durant ce voyage, quand, au lieu de les contenir, il se laissait aller à ses gentillesses de jeune rat sorti de son trou.

Les voyageurs débarquèrent à l'hôtel du Gaillard-Bois, rue de l'Échelle[1], avant le jour. Les deux amants étaient si fatigués l'un et l'autre, qu'avant tout Louise voulut se coucher et se coucha, non sans avoir ordonné à Lucien de demander une chambre au-dessus de l'appartement qu'elle prit. Lucien dormit jusqu'à quatre heures du soir. Mme de Bargeton le fit éveiller pour dîner, il s'habilla précipitamment en apprenant l'heure, et trouva Louise dans une de ces ignobles chambres qui sont la honte de Paris, où, malgré tant de prétentions à l'élégance, il n'existe pas encore un seul hôtel où tout voyageur riche puisse retrouver son chez soi. Quoiqu'il eût sur les yeux ces nuages que laisse un brusque réveil, Lucien ne reconnut pas sa Louise dans cette chambre froide, sans soleil, à rideaux passés, dont le carreau frotté semblait misérable, où le meuble était usé, de mauvais goût, vieux ou d'occasion. Il est en effet certaines personnes qui n'ont plus ni le même aspect ni la même valeur, une fois séparées des figures, des choses, des lieux qui leur servent de cadre. Les physionomies vivantes ont une sorte d'atmosphère qui leur est propre, comme le clair-obscur des tableaux flamands est nécessaire à la vie des figures qu'y a placées le génie des peintres. Les gens de province sont presque tous ainsi. Puis Mme de Bargeton parut plus digne, plus pensive qu'elle ne devait l'être en un moment où commençait un bonheur sans entraves. Lucien ne pouvait se plaindre : Gentil et Albertine les servaient. Le dîner n'avait plus ce caractère d'abondance et d'essentielle bonté qui distingue la vie en province. Les plats coupés par la spéculation sortaient d'un restaurant voisin, ils étaient maigrement servis, ils sentaient la portion congrue. Paris n'est pas beau dans ces petites choses auxquelles sont condamnés les gens à fortune médiocre. Lucien attendit la fin du repas pour interroger Louise dont le changement lui semblait inexplicable. Il ne se trompait point. Un événement grave, car les réflexions sont les événements de la vie morale, était survenu pendant son sommeil.

Sur les deux heures après midi, Sixte du Châtelet s'était présenté à l'hôtel, avait fait éveiller Albertine, avait manifesté le désir de parler à sa maîtresse, et il était revenu après avoir à peine laissé le temps à Mme de Bargeton de faire sa toilette. Anaïs, dont la curiosité fut excitée par cette singulière apparition de M. du Châtelet, elle qui se croyait si bien cachée, l'avait reçu vers trois heures.

« Je vous ai suivie en risquant d'avoir une réprimande à l'Administration, dit-il en la saluant, car je prévoyais ce qui vous arrive. Mais dussé-je perdre ma place, au moins vous ne serez pas perdue, vous !

— Que voulez-vous dire ? s'écria Mme de Bargeton.

— Je vois bien que vous aimez Lucien, reprit-il d'un air tendrement résigné, car il faut bien aimer un homme pour ne réfléchir à rien, pour oublier toutes les convenances, vous qui les connaissez si bien ! Croyez-vous donc, chère Naïs adorée, que vous serez reçue chez Mme d'Espard ou dans quelque salon de Paris que ce soit, du moment où l'on saura que vous vous êtes comme enfuie d'Angoulême avec un jeune homme, et surtout après le duel de M. de Bargeton et de M. Chandour ? Le séjour de votre mari à l'Escarbas a l'air d'une séparation. En un cas semblable, les gens comme il faut commencent par se battre pour leurs femmes, et les laissent libres après. Aimez M. de Rubempré, protégez-le, faites-en tout ce que vous voudrez, mais ne demeurez pas ensemble ! Si quelqu'un ici savait que vous avez fait le voyage dans la même voiture, vous seriez mise à l'index par le monde que vous voulez voir. D'ailleurs, Naïs, ne faites pas encore de ces sacrifices à un jeune homme que vous n'avez encore comparé à personne, qui n'a été soumis à aucune épreuve, et qui peut vous oublier ici pour une Parisienne en la croyant plus nécessaire que vous à ses ambitions. Je ne veux pas nuire à celui que vous aimez, mais vous me permettrez de faire passer vos intérêts avant les siens, et de vous dire : « Étudiez-le ! Connaissez bien toute l'importance de votre démarche. » Si vous trouvez les portes fermées, si les femmes refusent de vous recevoir, au moins n'ayez aucun regret de tant de sacrifices, en songeant que celui auquel vous les faites en sera toujours digne, et les comprendra. Mme d'Espard est d'autant plus prude et sévère qu'elle-même est séparée de son mari, sans que le monde ait pu pénétrer la cause de leur désunion[1] ; mais les Navarreins, les Blamont-Chauvry, les Lenoncourt, tous ses parents l'ont entourée, les femmes les plus collet-monté vont chez elle et l'accueillent avec respect, en sorte que le marquis d'Espard a tort. Dès la première visite que vous lui ferez vous reconnaîtrez la justesse de mes avis. Certes, je puis vous le prédire, moi qui connais Paris : en entrant chez la marquise vous seriez au désespoir qu'elle sût que vous êtes à l'hôtel du Gaillard-Bois avec le fils d'un apothicaire, tout M. de Rubempré qu'il veut être. Vous aurez ici des rivales bien autrement astucieuses et rusées qu'Amélie, elles ne manqueront pas de savoir qui vous êtes, où vous êtes, d'où vous venez, et ce que vous faites. Vous avez compté sur l'incognito, je le vois ; mais vous êtes de ces personnes pour lesquelles l'incognito n'existe point. Ne rencontrerez-vous pas Angoulême partout ? c'est les députés de la Charente qui viennent pour l'ouverture des Chambres ; c'est le général qui est à Paris en congé ; mais il suffira d'un seul habitant d'Angoulême qui vous aperçoive pour que votre vie soit arrêtée d'une étrange manière : vous ne seriez plus que la maîtresse de Lucien. Si vous avez besoin de moi pour quoi que ce soit, je suis chez le receveur général, rue du Faubourg-Saint-Honoré, à deux pas de chez Mme d'Espard. Je connais assez la maréchale de Carigliano, Mme de Sérizy et le président du Conseil pour vous y présenter ; mais vous verrez tant de monde chez Mme d'Espard, que vous n'aurez pas besoin de moi. Loin d'avoir à désirer d'aller dans tel ou tel salon, vous serez désirée dans tous les salons. »

Du Châtelet put parler sans que Mme de Bargeton l'interrompît : elle était saisie par la justesse de ces observations. La reine d'Angoulême avait en effet compté sur l'incognito.

« Vous avez raison, cher ami, dit-elle ; mais comment faire ?

— Laissez-moi, répondit Châtelet, vous chercher un appartement tout meublé, convenable ; vous mènerez ainsi une vie moins chère que la vie des hôtels, et vous serez chez vous ; et, si vous m'en croyez, vous y coucherez ce soir.

— Mais comment avez-vous connu mon adresse ? dit-elle.

— Votre voiture était facile à reconnaître, et d'ailleurs je vous suivais. À Sèvres, le postillon qui vous a menée a dit votre adresse au mien. Me permettrez-vous d'être votre maréchal-des-logis ? je vous écrirai bientôt pour vous dire où je vous aurai casée.

— Hé bien, faites », dit-elle.

Ce mot ne semblait rien, et c'était tout. Le baron du Châtelet avait parlé la langue du monde à une femme du monde. Il s'était montré dans toute l'élégance d'une mise parisienne ; un joli cabriolet bien attelé l'avait amené. Par hasard, Mme de Bargeton se mit à la croisée pour réfléchir à sa position, et vit partir le vieux dandy. Quelques instants après, Lucien, brusquement éveillé, brusquement habillé, se produisit à ses regards dans son pantalon de nankin de l'an dernier, avec sa méchante petite redingote. Il était beau, mais ridiculement mis. Habillez l'Apollon du Belvédère ou l'Antinoüs en porteur d'eau, reconnaîtrez-vous alors la divine création du ciseau grec ou romain ? Les yeux comparent avant que le cœur n'ait rectifié ce rapide jugement machinal. Le contraste entre Lucien et Châtelet fut trop brusque pour ne pas frapper les yeux de Louise. Lorsque vers six heures le dîner fut terminé, Mme de Bargeton fit signe à Lucien de venir près d'elle sur un méchant canapé de calicot rouge à fleurs jaunes, où elle s'était assise.

« Mon Lucien, dit-elle, n'es-tu pas d'avis que si nous avons fait une folie qui nous tue également, il y a de la raison à la réparer ? Nous ne devons, cher enfant, ni demeurer ensemble à Paris, ni laisser soupçonner que nous y soyons venus de compagnie. Ton avenir dépend beaucoup de ma position, et je ne dois la gâter d'aucune manière. Ainsi, dès ce soir, je vais aller me loger à quelques pas d'ici ; mais tu demeureras dans cet hôtel, et nous pourrons nous voir tous les jours sans que personne y trouve à redire. »

Louise expliqua les lois du monde à Lucien, qui ouvrit de grands yeux. Sans savoir que les femmes qui reviennent sur leurs folies reviennent sur leur amour, il comprit qu'il n'était plus le Lucien d'Angoulême. Louise ne lui parlait que d'elle, de ses intérêts, de sa réputation, du monde ; et pour excuser son égoïsme, elle essayait de lui faire croire qu'il s'agissait de lui-même. Il n'avait aucun droit sur Louise, si promptement redevenue Mme de Bargeton ; et, chose plus grave ! il n'avait aucun pouvoir. Aussi ne put-il retenir de grosses larmes qui roulèrent dans ses yeux.

« Si je suis votre gloire, vous êtes encore plus pour moi, vous êtes ma seule espérance et tout mon avenir.

J'ai compris que si vous épousiez mes succès, vous deviez épouser mon infortune, et voilà que déjà nous nous séparons.

— Vous jugez ma conduite, dit-elle, vous ne m'aimez pas. » Lucien la regarda avec une expression si douloureuse qu'elle ne put s'empêcher de lui dire : « Cher petit, je resterai si tu veux, nous nous perdrons et resterons sans appui. Mais quand nous serons également misérables et tous deux repoussés ; quand l'insuccès, car il faut tout prévoir, nous aura rejetés à l'Escarbas, souviens-toi, mon amour, que j'aurai prévu cette fin, et que je t'aurai proposé d'abord de parvenir selon les lois du monde en leur obéissant.

— Louise, répondit-il en l'embrassant, je suis effrayé de te voir si sage. Songe que je suis un enfant, que je me suis abandonné tout entier à ta chère volonté. Moi, je voulais triompher des hommes et des choses de vive force ; mais si je puis arriver plus promptement par ton aide que seul, je serai bien heureux de te devoir toutes mes fortunes. Pardonne ! j'ai trop mis en toi pour ne pas tout craindre. Pour moi, une séparation est l'avant-coureur de l'abandon ; et l'abandon, c'est la mort.

— Mais, cher enfant, le monde te demande peu de chose, répondit-elle. Il s'agit seulement de coucher ici, et tu demeureras tout le jour chez moi sans qu'on y trouve à redire. »

Quelques caresses achevèrent de calmer Lucien. Une heure après, Gentil apporta un mot par lequel Châtelet apprenait à Mme de Bargeton qu'il lui avait trouvé un appartement rue Neuve-du-Luxembourg[1]. Elle se fit expliquer la situation de cette rue, qui n'était pas très éloignée de la rue de l'Échelle, et dit à Lucien : « Nous sommes voisins. » Deux heures après, Louise monta dans une voiture que lui envoyait du Châtelet pour se rendre chez elle. L'appartement, un de ceux où les tapissiers mettent des meubles et qu'ils louent à de riches députés ou à de grands personnages venus pour peu de temps à Paris, était somptueux, mais incommode. Lucien retourna sur les onze heures à son petit hôtel du Gaillard-Bois, n'ayant encore vu de Paris que la partie de la rue Saint-Honoré qui se trouve entre la rue Neuve-du-Luxembourg et la rue de l'Échelle. Il se coucha dans sa misérable petite chambre, qu'il ne put s'empêcher de comparer au magnifique appartement de Louise. Au moment où il sortit de chez Mme de Bargeton, le baron Châtelet y arriva revenant de chez le ministre des Affaires étrangères, dans la splendeur d'une mise de bal. Il venait rendre compte de toutes les conventions qu'il avait faites pour Mme de Bargeton. Louise était inquiète, ce luxe l'épouvantait. Les mœurs de la province avaient fini par réagir sur elle, elle était devenue méticuleuse dans ses comptes ; elle avait tant d'ordre, qu'à Paris, elle allait passer pour avare. Elle avait emporté près de vingt mille francs en un bon du receveur général, en destinant cette somme à couvrir l'excédent de ses dépenses pendant quatre années ; elle craignait déjà de ne pas avoir assez et de faire des dettes. Châtelet lui apprit que son appartement ne lui coûtait que six cents francs par mois.

« Une misère, dit-il en voyant le haut-le-corps que fit Naïs. Vous avez à vos ordres une voiture pour cinq cents francs par mois, ce qui fait en tout cinquante louis[1]. Vous n'aurez plus qu'à penser à votre toilette. Une femme qui voit le grand monde ne saurait s'arranger autrement. Si vous voulez faire de M. de Bargeton un receveur général, ou lui obtenir une place dans la Maison du Roi, vous ne devez pas avoir un air misérable. Ici l'on ne donne qu'aux riches. Il est fort heureux, dit-il, que vous ayez Gentil pour vous accompagner, et Albertine pour vous habiller, car les domestiques sont une ruine à Paris. Vous mangerez rarement chez vous, lancée comme vous allez l'être. »

Mme de Bargeton et le baron causèrent de Paris. Du Châtelet raconta les nouvelles du jour, les mille riens qu'on doit savoir sous peine de ne pas être de Paris. Il donna bientôt à Naïs des conseils sur les magasins où elle devait se fournir : il lui indiqua Herbault pour les toques, Juliette pour les chapeaux et les bonnets ; il lui donna l'adresse de la couturière qui pouvait remplacer Victorine[1] ; enfin il lui fit sentir la nécessité de se *désangoulêmer*. Puis il partit sur le dernier trait d'esprit qu'il eut le bonheur de trouver.

« Demain, dit-il négligemment, j'aurai sans doute une loge à quelque spectacle, je viendrai vous prendre vous et M. de Rubempré, car vous me permettrez de vous faire à vous deux les honneurs de Paris. »

« Il a dans le caractère plus de générosité que je ne le pensais », se dit Mme de Bargeton en lui voyant inviter Lucien.

Au mois de juin[2], les ministres ne savent que faire de leurs loges aux théâtres : les députés ministériels et leurs commettants font leurs vendanges ou veillent à leurs moissons, leurs connaissances les plus exigeantes sont à la campagne ou en voyage ; aussi, vers cette époque les plus belles loges des théâtres de Paris reçoivent-elles des hôtes hétéroclites que les habitués ne revoient plus et qui donnent au public l'air d'une tapisserie usée. Du Châtelet avait déjà pensé que, grâce à cette circonstance, il pourrait, sans dépenser beaucoup d'argent, procurer à Naïs les amusements qui affriandent le plus les provinciaux. Le lendemain, pour la première fois qu'il venait, Lucien ne trouva pas Louise. Mme de Bargeton était sortie pour quelques emplettes indispensables. Elle était allée tenir conseil avec les graves et illustres autorités en matière de toilette féminine que Châtelet lui avait citées, car elle avait écrit son arrivée à la marquise d'Espard. Quoique Mme de Bargeton eût en elle-même cette confiance que donne une longue domination, elle avait singulièrement peur de paraître provinciale. Elle avait assez de tact pour savoir combien les relations entre femmes dépendent des premières impressions ; et, quoiqu'elle se sût de force à se mettre promptement au niveau des femmes supérieures comme Mme d'Espard, elle sentait avoir besoin de bienveillance à son début, et voulait surtout ne manquer d'aucun élément de succès. Aussi sut-elle à Châtelet un gré infini de lui avoir indiqué les moyens de se mettre à l'unisson du beau monde parisien. Par un singulier hasard, la marquise se trouvait dans une situation à être enchantée de rendre service à une personne de la famille de son mari. Sans cause apparente, le marquis d'Espard s'était retiré du monde ; il ne s'occupait ni de ses affaires, ni des affaires politiques, ni de sa famille, ni de sa femme. Devenue ainsi maîtresse d'elle-même, la marquise sentait le besoin d'être approuvée par le monde ; elle était donc heureuse de remplacer le marquis en cette circonstance en se faisant la protectrice de sa famille. Elle allait mettre de l'ostentation à son patronage afin de rendre les torts de son mari plus évidents. Dans la journée même, elle écrivit à *Madame de Bargeton, née Nègrepelisse,* un de ces charmants billets où la forme est si jolie, qu'il faut bien du temps avant d'y reconnaître le manque de fond :

« Elle était heureuse d'une circonstance qui rapprochait de la famille une personne de qui elle avait entendu parler, et qu'elle souhaitait connaître, car les amitiés de Paris n'étaient pas si solides qu'elle ne désirât avoir quelqu'un de plus à aimer sur la terre ; et si cela ne devait pas avoir lieu, ce ne serait qu'une illusion à ensevelir avec les autres. Elle se mettait tout entière à la disposition de sa cousine, qu'elle serait allée voir sans une indisposition qui la retenait chez elle ; mais elle se regardait déjà comme son obligée de ce qu'elle eût songé à elle. »

Pendant sa première promenade vagabonde à travers les Boulevards et la rue de la Paix, Lucien, comme tous les nouveaux venus, s'occupa beaucoup plus des choses que des personnes. À Paris, les masses s'emparent tout d'abord de l'attention : le luxe des boutiques, la hauteur des maisons, l'affluence des voitures, les constantes oppositions que présentent un extrême luxe et une extrême misère saisissent avant tout. Surpris de cette foule à laquelle il était étranger, cet homme d'imagination éprouva comme une immense diminution de lui-même. Les personnes qui jouissent en province d'une considération quelconque, et qui y rencontrent à chaque pas une preuve de leur importance, ne s'accoutument point à cette perte totale et subite de leur valeur. Être quelque chose dans son pays et n'être rien à Paris, sont deux états qui veulent des transitions ; et ceux qui passent trop brusquement de l'un à l'autre tombent dans une espèce d'anéantissement. Pour un jeune poète qui trouvait un écho à tous ses sentiments, un confident pour toutes ses idées, une âme pour partager ses moindres sensations, Paris allait être un affreux désert. Lucien n'était pas allé chercher son bel habit bleu, en sorte qu'il fut gêné par la mesquinerie, pour ne pas dire le délabrement de son costume en se rendant chez Mme de Bargeton à l'heure où elle devait être rentrée ; il y trouva le baron du Châtelet, qui les emmena tous deux dîner au *Rocher de Cancale*[1]. Lucien, étourdi de la rapidité du tournoiement parisien, ne pouvait rien dire à Louise, ils étaient tous les trois dans la voiture ; mais il lui pressa la main, elle répondit amicalement à toutes les pensées qu'il exprimait ainsi. Après le dîner, Châtelet conduisit ses deux convives au Vaudeville[2]. Lucien éprouvait un secret mécontentement à l'aspect de du Châtelet, il maudissait le hasard qui l'avait conduit à Paris. Le directeur des contributions mit le sujet de son voyage sur le compte de son ambition : il espérait être nommé secrétaire général d'une administration, et entrer au Conseil d'État comme maître des requêtes ; il venait demander raison des promesses qui lui avaient été faites, car un homme comme lui ne pouvait pas rester directeur des contributions ; il aimait mieux ne rien être, devenir député, rentrer dans la diplomatie. Il se grandissait, Lucien reconnaissait vaguement dans ce vieux beau la supériorité de l'homme du monde au fait de la vie parisienne ; il était surtout honteux de lui devoir ses jouissances. Là où le poète était inquiet et gêné, l'ancien secrétaire des commandements se trouvait comme un poisson dans l'eau. Du Châtelet souriait aux hésitations, aux étonnements, aux questions, aux petites fautes que le manque d'usage arrachait à son rival, comme les vieux loups de mer se moquent des novices qui n'ont pas le pied marin. Le plaisir qu'éprouvait Lucien, en voyant pour la première fois le spectacle à Paris, compensa le déplaisir que lui causaient ses confusions. Cette soirée fut remarquable par la répudiation secrète d'une grande quantité de ses idées sur la vie de province. Le cercle s'élargissait, la société prenait d'autres proportions. Le voisinage de plusieurs jolies Parisiennes si élégamment, si fraîchement mises, lui fit remarquer la vieillerie de la toilette de Mme de Bargeton, quoiqu'elle fût passablement ambitieuse : ni les étoffes, ni les façons, ni les couleurs n'étaient de mode. La coiffure qui le séduisait tant à Angoulême lui parut d'un goût affreux comparée aux délicates inventions par lesquelles se recommandait chaque femme. « Va-t-elle rester comme ça ? se dit-il, sans savoir que la journée avait été employée à préparer une transformation. En province il n'y a ni choix ni comparaison à faire : l'habitude de voir les physionomies leur donne une beauté conventionnelle. Transportée à Paris, une femme qui passe pour jolie en province n'obtient pas la moindre attention, car elle n'est belle que par l'application du proverbe : *Dans le royaume des aveugles, les borgnes sont rois*. Les yeux de Lucien faisaient la comparaison que Mme de Bargeton avait faite la veille entre lui et Châtelet. De son côté, Mme de Bargeton se permettait d'étranges réflexions sur son amant. Malgré son étrange beauté, le pauvre poète n'avait point de tournure. Sa redingote dont les manches étaient trop courtes, ses méchants gants de province, son gilet étriqué, le rendaient prodigieusement ridicule auprès des jeunes gens du balcon : Mme de Bargeton lui trouvait un air piteux. Châtelet, occupé d'elle sans prétention, veillant sur elle avec un soin qui trahissait une passion profonde ; Châtelet, élégant et à son aise comme un acteur qui retrouve les planches de son théâtre, regagnait en deux jours tout le terrain qu'il avait perdu en six mois. Quoique le vulgaire n'admette pas que les sentiments changent brusquement, il est certain que deux amants se séparent souvent plus vite qu'ils ne se sont liés. Il se préparait chez Mme de Bargeton et chez Lucien un désenchantement sur eux-mêmes dont la cause était Paris. La vie s'y agrandissait aux yeux du poète, comme la société prenait une face nouvelle aux yeux de Louise. À l'un et à l'autre, il ne fallait plus qu'un accident pour trancher les liens qui les unissaient. Ce coup de hache, terrible pour Lucien, ne se fit pas longtemps attendre. Mme de Bargeton mit le poète à son hôtel, et retourna chez elle accompagnée de du Châtelet, ce qui déplut horriblement au pauvre amoureux.

« Que vont-ils dire de moi ? » pensait-il en montant dans sa triste chambre.

« Ce pauvre garçon est singulièrement ennuyeux, dit du Châtelet en souriant quand la portière fut refermée.

— Il en est ainsi de tous ceux qui ont un monde de pensées dans le cœur et dans le cerveau. Les hommes qui ont tant de choses à exprimer en de belles œuvres longtemps rêvées professent un certain mépris pour la conversation, commerce où l'esprit s'amoindrit en se monnayant, dit la fière Nègrepelisse qui eut encore le courage de défendre Lucien, moins pour Lucien que pour elle-même.

— Je vous accorde volontiers ceci, reprit le baron, mais nous vivons avec les personnes et non avec les livres. Tenez, chère Naïs, je le vois, il n'y a encore rien entre vous et lui, j'en suis ravi. Si vous vous décidez à mettre dans votre vie un intérêt qui vous a manqué jusqu'à présent, je vous en supplie, que ce ne soit pas pour ce prétendu homme de génie. Si vous vous trompez, si dans quelques jours, en le comparant aux véritables talents, aux hommes sérieusement remarquables que vous allez voir, vous reconnaissiez, chère belle sirène, avoir pris sur votre dos éblouissant et conduit au port, au lieu d'un homme armé de la lyre, un petit singe, sans manières, sans portée, sot et avantageux[1], qui peut avoir de l'esprit à l'Houmeau, mais qui devient à Paris un garçon extrêmement ordinaire ? Après tout, il se publie ici par semaine des volumes de vers dont le moindre vaut encore mieux que toute la poésie de M. Chardon. De grâce, attendez et comparez ! Demain, vendredi, il y a opéra, dit-il en voyant la voiture entrant dans la rue Neuve-du-Luxembourg, Mme d'Espard dispose de la loge des Premiers Gentilshommes de la Chambre, et vous y mènera sans doute. Pour vous voir dans votre gloire, j'irai dans la loge de Mme de Sérizy. On donne *Les Danaïdes*[2].

— Adieu », dit-elle.

Le lendemain, Mme de Bargeton tâcha de se composer une mise du matin convenable pour aller voir sa cousine, Mme d'Espard. Il faisait légèrement froid, elle ne trouva rien de mieux dans ses vieilleries d'Angoulême qu'une certaine robe de velours vert, garnie d'une manière assez extravagante. De son côté, Lucien sentit la nécessité d'aller chercher son fameux habit bleu, car il avait pris en horreur sa maigre redingote, et il voulait se montrer toujours bien mis en songeant qu'il pourrait rencontrer la marquise d'Espard, ou aller chez elle à l'improviste. Il monta dans un fiacre afin de rapporter immédiatement son paquet. En deux heures de temps, il dépensa trois ou quatre francs, ce qui lui donna beaucoup à penser sur les proportions financières de la vie parisienne. Après être arrivé au superlatif de sa toilette, il vint rue Neuve-du-Luxembourg, où, sur le pas de la porte, il rencontra Gentil en compagnie d'un chasseur magnifiquement emplumé.

« J'allais chez vous, monsieur ; madame m'envoie ce petit mot pour vous », dit Gentil qui ne connaissait pas les formules du respect parisien, habitué qu'il était à la bonhomie des mœurs provinciales

Le chasseur prit le poète pour un domestique. Lucien décacheta le billet, par lequel il apprit que Mme de Bargeton passait la journée chez la marquise d'Espard et allait le soir à l'Opéra ; mais elle disait à Lucien de s'y trouver, sa cousine lui permettait de donner une place dans sa loge au jeune poète, à qui la marquise était enchantée de procurer ce plaisir.

« Elle m'aime donc ! mes craintes sont folles, se dit Lucien, elle me présente à sa cousine dès ce soir. »

Il bondit de joie, et voulut passer joyeusement le temps qui le séparait de cette heureuse soirée. Il s'élança vers les Tuileries en rêvant de s'y promener jusqu'à l'heure où il irait dîner chez Véry[1]. Voilà Lucien gabant[2], sautillant, léger de bonheur qui débouche sur la terrasse des Feuillants et la parcourt en examinant les promeneurs, les jolies femmes avec leurs adorateurs, les élégants, deux par deux, bras dessus bras dessous, se saluant les uns les autres par un coup d'œil en passant. Quelle différence de cette terrasse avec Beaulieu ! Les oiseaux de ce magnifique perchoir étaient autrement jolis que ceux d'Angoulême ! C'était tout le luxe de couleurs qui brille sur les familles ornithologiques des Indes ou de l'Amérique, comparé aux couleurs grises des oiseaux de l'Europe. Lucien passa deux cruelles heures dans les Tuileries : il y fit un violent retour sur lui-même et se jugea. D'abord il ne vit pas un seul habit à ces jeunes élégants. S'il apercevait un homme en habit, c'était un vieillard hors la loi, quelque pauvre diable, un rentier venu du Marais, ou quelque garçon de bureau. Après avoir reconnu qu'il y avait une mise du matin et une mise du soir, le poète aux émotions vives, au regard pénétrant, reconnut la laideur de sa défroque, les défectuosités qui frappaient de ridicule son habit dont la coupe était passée de mode, dont le bleu était faux, dont le collet était outrageusement disgracieux, dont les basques de devant, trop longtemps portées, penchaient l'une vers l'autre ; les boutons avaient rougi, les plis dessinaient de fatales lignes blanches. Puis son gilet était trop court et la façon si grotesquement provinciale que, pour le cacher, il boutonna brusquement son habit. Enfin il ne voyait de pantalon de nankin qu'aux gens communs. Les gens comme il faut portaient de délicieuses étoffes de fantaisie ou le blanc toujours irréprochable ! D'ailleurs tous les pantalons étaient à sous-pieds, et le sien se mariait très mal avec les talons de ses bottes, pour lesquels les bords de l'étoffe recroquevillée manifestaient une violente antipathie. Il avait une cravate blanche à bouts brodés par sa sœur, qui, après en avoir vu de semblables à M. du Hautoy, à M. de Chandour, s'était empressée d'en faire de pareilles à son frère. Non seulement personne, excepté les gens graves, quelques vieux financiers, quelques sévères administrateurs, ne portait de cravate blanche le matin ; mais encore le pauvre Lucien vit passer de l'autre côté de la grille, sur le trottoir de la rue de Rivoli, un garçon épicier tenant un panier sur sa tête, et sur qui l'homme d'Angoulême surprit deux bouts de cravate brodés par la main de quelque grisette adorée. À cet aspect, Lucien reçut un coup à la poitrine, à cet organe encore mal défini où se réfugie notre sensibilité, où, depuis qu'il existe des sentiments, les hommes portent la main, dans les joies comme dans les douleurs excessives. Ne taxez pas ce récit de puérilité ! Certes, pour les riches qui n'ont jamais connu ces sortes de souffrances, il se trouve ici quelque chose de mesquin et d'incroyable ; mais les angoisses des malheureux ne méritent pas moins d'attention que les crises qui révolutionnent la vie des puissants et des privilégiés de la terre. Puis ne se rencontre-t-il pas autant de douleur de part et d'autre ? La souffrance agrandit tout. Enfin, changez les termes : au lieu d'un costume plus ou moins beau, mettez un ruban, une distinction, un titre ? Ces apparentes petites choses n'ont-elles pas tourmenté de brillantes existences ? La question du costume est d'ailleurs énorme chez ceux qui veulent paraître avoir ce qu'ils n'ont pas, car c'est souvent le meilleur moyen de le posséder plus tard. Lucien eut une sueur froide en pensant que le soir il allait comparaître ainsi vêtu devant la marquise d'Espard, la parente d'un premier gentilhomme de la Chambre du Roi, devant une femme chez laquelle allaient les illustrations de tous les genres, des illustrations choisies.

« J'ai l'air du fils d'un apothicaire, d'un vrai courtaud de boutique[1] ! » se dit-il à lui-même avec rage en voyant passer les gracieux, les coquets, les élégants jeunes gens des familles du faubourg Saint-Germain, qui tous avaient une manière à eux qui les rendait tous semblables par la finesse des contours, par la noblesse de la tenue, par l'air du visage ; et tous différents par le cadre que chacun s'était choisi pour se faire valoir. Tous faisaient ressortir leurs avantages par une espèce de mise en scène que les jeunes gens entendent à Paris aussi bien que les femmes. Lucien tenait de sa mère les précieuses distinctions physiques dont les privilèges éclataient à ses yeux ; mais cet or était dans sa gangue, et non mis en œuvre. Ses cheveux étaient mal coupés. Au lieu de maintenir sa figure haute par une souple baleine, il se sentait enseveli dans un vilain col de chemise ; et sa cravate, n'offrant pas de résistance, lui laissait pencher sa tête attristée. Quelle femme eût deviné ses jolis pieds dans la botte ignoble qu'il avait apportée d'Angoulême ? Quel jeune homme eût envié sa jolie taille déguisée par le sac bleu qu'il avait cru jusqu'alors être un habit ? Il voyait de ravissants boutons sur des chemises étincelantes de blancheur, la sienne était rousse ! Tous ces élégants gentilshommes étaient merveilleusement gantés, et il avait des gants de gendarme ! Celui-ci badinait avec une canne délicieusement montée. Celui-là portait une chemise à poignets retenus par de mignons boutons d'or. En parlant à une femme, l'un tordait une charmante cravache, et les plis abondants de son pantalon tacheté de quelques petites éclaboussures, ses éperons retentissants, sa petite redingote serrée montraient qu'il allait remonter sur un des deux chevaux tenus par un tigre[1] gros comme le poing. Un autre tirait de la poche de son gilet une montre plate comme une pièce de cent sous, et regardait l'heure en homme qui avait avancé ou manqué l'heure d'un rendez-vous. En regardant ces jolies bagatelles que Lucien ne soupçonnait pas, le monde des superfluités nécessaires lui apparut, et il frissonna en pensant qu'il fallait un capital énorme pour exercer l'état de joli garçon ! Plus il admirait ces jeunes gens à l'air heureux et dégagé, plus il avait conscience de son air étrange, l'air d'un homme qui ignore où aboutit le chemin qu'il suit, qui ne sait où se trouve le Palais-Royal quand il y touche, et qui demande où est le Louvre à un passant qui répond : « Vous y êtes. » Lucien se voyait séparé de ce monde par un abîme, il se demandait par quels moyens il pouvait le franchir, car il voulait être semblable à cette svelte et délicate jeunesse parisienne. Tous ces patriciens saluaient des femmes divinement mises et divinement belles, des femmes pour lesquelles Lucien se serait fait hacher pour prix d'un seul baiser, comme le page de la comtesse de Königsmarck[1]. Dans les ténèbres de sa mémoire, Louise, comparée à ces souveraines, se dessina comme une vieille femme. Il rencontra plusieurs de ces femmes dont on parlera dans l'histoire du dix-neuvième siècle, de qui l'esprit, la beauté, les amours ne seront pas moins célèbres que celles des reines du temps passé. Il vit passer une fille sublime, Mlle des Touches, si connue sous le nom de Camille Maupin[2], écrivain éminent, aussi grande par sa beauté que par un esprit supérieur, et dont le nom fut répété tout bas par les promeneurs et par les femmes.

« Ha ! se dit-il, voilà la poésie. »

Qu'était Mme de Bargeton auprès de cet ange brillant de jeunesse, d'espoir, d'avenir, au doux sourire, et dont l'œil noir était vaste comme le ciel, ardent comme le soleil ! Elle riait en causant avec Mme Firmiani[3], l'une des plus charmantes femmes de Paris. Une voix lui cria bien : « L'intelligence est le levier avec lequel on remue le monde. » Mais une autre voix lui cria que le point d'appui de l'intelligence était l'argent. Il ne voulut pas rester au milieu de ses ruines et sur le théâtre de sa défaite, il prit la route du Palais-Royal, après l'avoir demandée, car il ne connaissait pas encore la topographie de son quartier. Il entra chez Véry, commanda pour s'initier aux plaisirs de Paris, un dîner qui le consolât de son désespoir. Une bouteille de vin de Bordeaux, des huîtres d'Ostende, un poisson, une perdrix, un macaroni, des fruits furent le *nec plus ultra* de ses désirs. Il savoura cette petite débauche en pensant à faire preuve d'esprit ce soir auprès de la marquise d'Espard, et à racheter la mesquinerie de son bizarre accoutrement par le déploiement de ses richesses intellectuelles. Il fut tiré de ses rêves par le total de la carte qui lui enleva les cinquante francs avec lesquels il croyait aller fort loin dans Paris. Ce dîner coûtait un mois de son existence d'Angoulême. Aussi ferma-t-il respectueusement la porte de ce palais, en pensant qu'il n'y remettrait jamais les pieds.

« Ève avait raison, se dit-il en s'en allant par la galerie de pierre chez lui pour y reprendre de l'argent, les prix de Paris ne sont pas ceux de l'Houmeau. »

Chemin faisant, il admira les boutiques des tailleurs, et songeant aux toilettes qu'il avait vues le matin : « Non, s'écria-t-il, je ne paraîtrai pas fagoté comme je le suis devant Mme d'Espard. » Il courut avec une vélocité de cerf jusqu'à l'hôtel du Gaillard-Bois, monta dans sa chambre, y prit cent écus, et redescendit au Palais-Royal pour s'y habiller de pied en cap. II avait vu des bottiers, des lingers, des giletiers, des coiffeurs au Palais-Royal où sa future élégance était éparse dans dix boutiques. Le premier tailleur chez lequel il entra lui fit essayer autant d'habits qu'il voulut en mettre, et lui persuada qu'ils étaient tous de la dernière mode. Lucien sortit possédant un habit vert, un pantalon blanc et un gilet de fantaisie pour la somme de deux cents francs. Il eut bientôt trouvé une paire de bottes fort élégante et à son pied. Enfin après avoir fait emplette de tout ce qui lui était nécessaire, il demanda le coiffeur chez lui où chaque fournisseur apporta sa marchandise. À sept heures du soir, il monta dans un fiacre et se fit conduire à l'Opéra, frisé comme un saint Jean de procession, bien gileté, bien cravaté, mais un peu gêné dans cette espèce d'étui où il se trouvait pour la première fois. Suivant la recommandation de Mme de Bargeton, il demanda la loge des Premiers Gentilshommes de la Chambre. À l'aspect d'un homme dont l'élégance empruntée le faisait ressembler à un premier garçon de noces, le contrôleur le pria de montrer son coupon.

« Je n'en ai pas.

— Vous ne pouvez pas entrer, lui répondit-on sèchement.

— Mais je suis de la société de Mme d'Espard, dit-il.

— Nous ne sommes pas tenus de savoir cela », dit l'employé qui ne put s'empêcher d'échanger un imperceptible sourire avec ses collègues du contrôle.

En ce moment une voiture s'arrêta sous le péristyle. Un chasseur, que Lucien ne reconnut pas, déplia le marchepied d'un coupé d'où sortirent deux femmes parées. Lucien, qui ne voulut pas recevoir du contrôleur quelque impertinent avis pour se ranger, fit place aux deux femmes.

« Mais cette dame est la marquise d'Espard que vous prétendez connaître, monsieur », dit ironiquement le contrôleur à Lucien.

Lucien fut d'autant plus abasourdi que Mme de Bargeton n'avait pas l'air de le reconnaître dans son nouveau plumage ; mais quand il l'aborda, elle lui sourit et lui dit : « Cela se trouve à merveille, venez ! »

Les gens du contrôle étaient redevenus sérieux. Lucien suivit Mme de Bargeton, qui, tout en montant le vaste escalier de l'Opéra, présenta son Rubempré à sa cousine. La loge des Premiers Gentilshommes est celle qui se trouve dans l'un des deux pans coupés au fond de la salle : on y est vu comme on y voit de tous côtés. Lucien se mit derrière sa cousine, sur une chaise, heureux d'être dans l'ombre.

« M. de Rubempré, dit la marquise d'un ton de voix flatteur, vous venez pour la première fois à l'Opéra, ayez-en tout le coup d'œil, prenez ce siège, mettez-vous sur le devant, nous vous le permettons. »

Lucien obéit, le premier acte de l'opéra finissait.

« Vous avez bien employé votre temps », lui dit Louise à l'oreille dans le premier moment de surprise que lui causa le changement de Lucien.

Louise était restée la même. Le voisinage d'une femme à la mode, de la marquise d'Espard, cette Mme de Bargeton de Paris, lui nuisait tant, la brillante Parisienne faisait si bien ressortir les imperfections de la femme de province, que Lucien, doublement éclairé par le beau monde de cette pompeuse salle et par cette femme éminente, vit enfin dans la pauvre Anaïs de Nègrepelisse la femme réelle, la femme que les gens de Paris voyaient : une femme grande, sèche, couperosée, fanée, plus que rousse, anguleuse, guindée, précieuse, prétentieuse, provinciale dans son parler, mal arrangée surtout ! En effet, les plis d'une vieille robe de Paris attestent encore du goût, on se l'explique, on devine ce qu'elle fut, mais une vieille robe de province est inexplicable, elle est risible. La robe et la femme étaient sans grâce ni fraîcheur, le velours était miroité comme le teint. Lucien, honteux d'avoir aimé cet os de seiche, se promit de profiter du premier accès de vertu de sa Louise pour la quitter. Son excellente vue lui permettait de voir les lorgnettes braquées sur la loge aristocratique par excellence. Les femmes les plus élégantes examinaient certainement Mme de Bargeton, car elles souriaient toutes en se parlant. Si Mme d'Espard reconnut, aux gestes et aux sourires féminins, la cause des sarcasmes, elle y fut tout à fait insensible. D'abord chacun devait reconnaître dans sa compagne la pauvre parente venue de province, de laquelle peut être affligée toute famille parisienne. Puis sa cousine lui avait parlé toilette en lui manifestant quelque crainte ; elle l'avait rassurée en s'apercevant qu'Anaïs, une fois habillée, aurait bientôt pris les manières parisiennes. Si Mme de Bargeton manquait d'usage, elle avait la hauteur native d'une femme noble et ce *je ne sais quoi* que l'on peut nommer la *race*. Le lundi suivant elle prendrait donc sa revanche. D'ailleurs, une fois que le public aurait appris que cette femme était sa cousine, la marquise savait qu'il suspendrait le cours de ses railleries et attendrait un nouvel examen avant de la juger. Lucien ne devinait pas le changement que feraient dans la personne de Louise une écharpe roulée autour du cou, une jolie robe, une élégante coiffure et les conseils de Mme d'Espard. En montant l'escalier, la marquise avait déjà dit à sa cousine de ne pas tenir son mouchoir déplié à la main. Le bon ou le mauvais goût tiennent à mille petites nuances de ce genre, qu'une femme d'esprit saisit promptement, et que certaines femmes ne comprendront jamais. Mme de Bargeton, déjà pleine de bon vouloir, était plus spirituelle qu'il ne le fallait pour reconnaître en quoi elle péchait. Mme d'Espard, sûre que son élève lui ferait honneur, ne s'était pas refusée à la former. Enfin il s'était fait entre ces deux femmes un pacte cimenté par leur mutuel intérêt. Mme de Bargeton avait soudain voué un culte à l'idole du jour, dont les manières, l'esprit et l'entourage l'avaient séduite, éblouie, fascinée. Elle avait reconnu chez Mme d'Espard l'occulte pouvoir de la grande dame ambitieuse, et s'était dit qu'elle parviendrait en se faisant le satellite de cet astre : elle l'avait donc franchement admirée. La marquise avait été sensible à cette naïve conquête, elle s'était intéressée à sa cousine en la trouvant faible et pauvre ; puis elle s'était assez bien arrangée d'avoir une élève pour faire école, et ne demandait pas mieux que d'acquérir en Mme de Bargeton une espèce de dame d'atour, une esclave qui chanterait ses louanges, trésor encore plus rare parmi les femmes de Paris qu'un critique dévoué dans la gent littéraire. Cependant le mouvement de curiosité devenait trop visible pour que la nouvelle débarquée ne s'en aperçût pas, et Mme d'Espard voulut poliment lui faire prendre le change sur cet émoi.

« S'il nous vient des visites, lui dit-elle, nous saurons peut-être à quoi nous devons l'honneur d'occuper ces dames...

— Je soupçonne fort ma vieille robe de velours et ma figure angoumoisine d'amuser les Parisiennes, dit en riant Mme de Bargeton.

— Non, ce n'est pas vous, il y a quelque chose que je ne m'explique pas, ajouta-t-elle en regardant le poète qu'elle regarda pour la première fois et qu'elle parut trouver singulièrement mis.

— Voici M. du Châtelet », dit en ce moment Lucien en levant le doigt pour montrer la loge de Mme de Sérizy où le vieux beau remis à neuf venait d'entrer.

À ce signe Mme de Bargeton se mordit les lèvres de dépit, car la marquise ne put retenir un regard et un sourire d'étonnement, qui disait si dédaigneusement : « D'où sort ce jeune homme ? » que Louise se sentit humiliée dans son amour, la sensation la plus piquante pour une Française, et qu'elle ne pardonne pas à son amant de lui causer. Dans ce monde où les petites choses deviennent grandes, un geste, un mot perdent un débutant. Le principal mérite des belles manières et du ton de la haute compagnie est d'offrir un ensemble harmonieux où tout est si bien fondu que rien ne choque. Ceux mêmes qui, soit par ignorance, soit par un emportement quelconque de la pensée, n'observent pas les lois de cette science, comprendront tous qu'en cette matière une seule dissonance est, comme en musique, une négation complète de l'Art lui-même, dont toutes les conditions doivent être exécutées dans la moindre chose sous peine de ne pas être.

« Qui est ce monsieur ? demanda la marquise en montrant Châtelet. Connaissez-vous donc déjà Mme de Sérizy ?

— Ah ! cette personne est la fameuse Mme de Sérizy[1] qui a eu tant d'aventures, et qui néanmoins est reçue partout !

— Une chose inouïe, ma chère, répondit la marquise, une chose explicable, mais inexpliquée ! Les hommes les plus redoutables sont ses amis, et pourquoi ? Personne n'ose sonder ce mystère. Ce monsieur est-il donc le lion d'Angoulême ?

— Mais M. le baron du Châtelet, dit Anaïs qui par vanité rendit à Paris le titre qu'elle contestait à son adorateur, est un homme qui a fait beaucoup parler de lui. C'est le compagnon de M. de Montriveau...

— Ah ! fit la marquise, je n'entends jamais ce nom sans penser à la pauvre duchesse de Langeais, qui a disparu comme une étoile filante[2]. Voici, reprit-elle en montrant une loge, M. de Rastignac et Mme de Nucingen[3], la femme d'un fournisseur, banquier, homme d'affaires, brocanteur en grand, un homme qui s'impose au monde de Paris par sa fortune, et qu'on dit peu scrupuleux sur les moyens de l'augmenter ; il se donne mille peines pour faire croire à son dévouement pour les Bourbons, il a déjà tenté de venir chez moi. En prenant la loge de Mme de Langeais, sa femme a cru qu'elle en aurait les grâces, l'esprit et le succès ! Toujours la fable du geai qui prend les plumes du paon[4] !

— Comment font M. et Mme de Rastignac, à qui nous ne connaissons pas mille écus de rente, pour soutenir leur fils à Paris ? dit Lucien à Mme de Bargeton en s'étonnant de l'élégance et du luxe que révélait la mise de ce jeune homme.

— Il est facile de voir que vous venez d'Angoulême », répondit la marquise assez ironiquement sans quitter sa lorgnette.

Lucien ne comprit pas, il était tout entier à l'aspect

des loges où il devinait les jugements qui s'y portaient sur Mme de Bargeton et la curiosité dont il était l'objet. De son côté, Louise était singulièrement mortifiée du peu d'estime que la marquise faisait de la beauté de Lucien. « Il n'est donc pas si beau que je le croyais ! » se disait-elle. De là, à le trouver moins spirituel, il n'y avait qu'un pas. La toile était baissée. Châtelet, qui était venu faire une visite à la duchesse de Carigliano[1], dont la loge avoisinait celle de Mme d'Espard, y salua Mme de Bargeton qui répondit par une inclination de tête. Une femme du monde voit tout, et la marquise remarqua la tenue supérieure de du Châtelet. En ce moment quatre personnes entrèrent successivement dans la loge de la marquise, quatre célébrités parisiennes.

Le premier était M. de Marsay[2], homme fameux par les passions qu'il inspirait, remarquable surtout par une beauté de jeune fille, beauté molle, efféminée, mais corrigée par un regard fixe, calme, fauve et rigide comme celui d'un tigre : on l'aimait, et il effrayait. Lucien était aussi beau ; mais chez lui le regard était si doux, son œil bleu était si limpide, qu'il ne paraissait pas susceptible d'avoir cette force et cette puissance à laquelle s'attachent tant les femmes. D'ailleurs rien ne faisait encore valoir le poète, tandis que de Marsay avait un entrain d'esprit, une certitude de plaire, une toilette appropriée à sa nature qui écrasait autour de lui tous ses rivaux. Jugez de ce que pouvait être dans ce voisinage Lucien, gourmé, gommé, roide et neuf comme ses habits. De Marsay avait conquis le droit de dire des impertinences par l'esprit qu'il leur donnait et par la grâce des manières dont il les accompagnait. L'accueil de la marquise indiqua soudain à Mme de Bargeton la puissance de ce personnage. Le second était l'un des deux Vandenesse[3], celui qui avait causé l'éclat de lady Dudley, un jeune homme doux, spirituel, modeste, qui réussissait par des qualités tout opposées à celles dont se glorifiait de Marsay et que la cousine de la marquise, Mme de Mortsauf, lui avait chaudement recommandé. Le troisième était le général Montriveau, l'auteur de la perte de la duchesse de Langeais. Le quatrième était M. de Canalis[1], un des plus illustres poètes de cette époque, un jeune homme encore à l'aube de sa gloire, et qui, plus fier d'être gentilhomme que de son talent, se posait comme *l'attentif* de Mme d'Espard pour cacher sa passion pour la duchesse de Chaulieu. On devinait malgré ses grâces entachées déjà d'affectation l'immense ambition qui plus tard le lança dans les orages de la vie politique. Sa beauté, presque mignarde, ses manières caressantes déguisaient mal un profond égoïsme et les calculs perpétuels d'une existence alors problématique, mais le choix qu'il avait fait de Mme de Chaulieu, femme de quarante ans passés, lui valait alors les bienfaits de la Cour, les applaudissements du faubourg Saint-Germain et les injures des libéraux qui le nommaient un poète de sacristie.

En voyant ces quatre figures si remarquables, Mme de Bargeton s'expliqua le peu d'attention de la marquise pour Lucien. Puis quand la conversation commença, quand chacun de ces esprits si fins, si délicats, se révéla par des traits qui avaient plus de sens, plus de profondeur que ce qu'Anaïs entendait durant un mois en province ; quand surtout le grand poète fit entendre une parole vibrante où se retrouvait le positif de cette époque, mais doré de poésie, Louise comprit ce que du Châtelet lui avait dit la veille : Lucien ne fut plus rien. Chacun regardait le pauvre inconnu avec une si cruelle indifférence, il était si bien là comme un étranger qui ne savait pas la langue, que la marquise en eut pitié.

« Permettez-moi, monsieur, dit-elle à Canalis, de vous présenter M. de Rubempré. Vous occupez une position trop haute dans le monde littéraire pour ne pas accueillir un débutant. M. de Rubempré arrive d'Angoulême, il aura sans doute besoin de votre protection auprès de ceux qui mettent ici le génie en lumière. Il n'a pas encore d'ennemis qui puissent faire sa fortune en l'attaquant. N'est-ce pas une entreprise assez originale pour la tenter, que de lui faire obtenir par l'amitié ce que vous tenez de la haine ? »

Les quatre personnages regardèrent alors Lucien pendant le temps que la marquise parla. Quoique à deux pas du nouveau venu, de Marsay prit son lorgnon pour le voir ; son regard allait de Lucien à Mme de Bargeton, et de Mme de Bargeton à Lucien, en les appareillant par une pensée moqueuse qui les mortifia cruellement l'un et l'autre ; il les examinait comme deux bêtes curieuses, et il souriait. Ce sourire fut un coup de poignard pour le grand homme de province. Félix de Vandenesse eut un air charitable. Montriveau jeta sur Lucien un regard pour le sonder jusqu'au tuf[1].

« Madame, dit M. de Canalis en s'inclinant, je vous obéirai, malgré l'intérêt personnel qui nous porte à ne pas favoriser nos rivaux ; mais vous nous avez habitués aux miracles.

— Hé bien, faites-moi le plaisir de venir dîner lundi chez moi avec M. de Rubempré, vous causerez plus à l'aise qu'ici des affaires littéraires ; je tâcherai de racoler quelques-uns des tyrans de la littérature et les célébrités qui la protègent, l'auteur d'*Ourika*[2] et quelques jeunes poètes bien-pensants.

— Madame la marquise, dit de Marsay, si vous patronnez monsieur pour son esprit, moi je le protégerai pour sa beauté ; je lui donnerai des conseils qui en feront le plus heureux dandy de Paris. Après cela, il sera poète s'il veut. »

Mme de Bargeton remercia sa cousine par un regard plein de reconnaissance.

« Je ne vous savais pas jaloux des gens d'esprit, dit Montriveau à de Marsay. Le bonheur tue les poètes.

— Est-ce pour cela que monsieur cherche à se marier ? » reprit le dandy en s'adressant à Canalis afin de voir si Mme d'Espard serait atteinte par ce mot.

Canalis haussa les épaules et Mme d'Espard, amie de Mme de Chaulieu, se mit à rire.

Lucien, qui se sentait dans ses habits comme une statue égyptienne dans sa gaine, était honteux de ne rien répondre. Enfin il dit de sa voix tendre à la marquise : « Vos bontés, madame, me condamnent à n'avoir que des succès. »

Du Châtelet entra dans ce moment, en saisissant aux cheveux l'occasion de se faire appuyer auprès de la marquise par Montriveau, un des rois de Paris. Il salua Mme de Bargeton, et pria Mme d'Espard de lui pardonner la liberté qu'il prenait d'envahir sa loge : il était séparé depuis si longtemps de son compagnon de voyage ! Montriveau et lui se revoyaient pour la première fois après s'être quittés au milieu du désert.

« Se quitter dans le désert et se retrouver à l'Opéra ! dit Lucien.

— C'est une véritable reconnaissance de théâtre », dit Canalis.

Montriveau présenta le baron du Châtelet à la marquise, et la marquise fit à l'ancien secrétaire des commandements de l'Altesse impériale un accueil d'autant plus flatteur, qu'elle l'avait déjà vu bien reçu dans trois loges, que Mme de Sérizy n'admettait que des gens bien posés, et qu'enfin il était le compagnon de Montriveau. Ce dernier titre avait une si grande valeur, que Mme de Bargeton put remarquer dans le ton, dans les regards et dans les manières des quatre personnages, qu'ils reconnaissaient du Châtelet pour un des leurs sans discussion. La conduite sultanesque tenue par Châtelet en province fut tout à coup expliquée à

Naïs. Enfin du Châtelet vit Lucien, et lui fit un de ces petits saluts secs et froids par lesquels un homme en déconsidère un autre, en indiquant aux gens du monde la place infime qu'il occupe dans la société. Il accompagna son salut d'un air sardonique par lequel il semblait dire : Par quel hasard se trouve-t-il là ? Du Châtelet fut bien compris, car de Marsay se pencha vers Montriveau pour lui dire à l'oreille, de manière à se faire entendre du baron : « Demandez-lui donc quel est ce singulier jeune homme qui a l'air d'un mannequin habillé à la porte d'un tailleur. »

Du Châtelet parla pendant un moment à l'oreille de son compagnon, en ayant l'air de renouveler connaissance, et sans doute il coupa son rival en quatre. Surpris par l'esprit d'à-propos, par la finesse avec laquelle ces hommes formulaient leurs réponses, Lucien était étourdi par ce qu'on nomme le trait, le mot, surtout par la désinvolture de la parole et l'aisance des manières. Le luxe qui l'avait épouvanté le matin dans les choses, il le retrouvait dans les idées. Il se demandait par quel mystère ces gens trouvaient à brûle-pourpoint des réflexions piquantes, des reparties qu'il n'aurait imaginées qu'après de longues méditations. Puis, non seulement ces cinq hommes du monde étaient à l'aise par la parole, mais ils l'étaient dans leurs habits : ils n'avaient rien de neuf ni rien de vieux. En eux, rien ne brillait, et tout attirait le regard. Leur luxe d'aujourd'hui était celui d'hier, il devait être celui du lendemain. Lucien devina qu'il avait l'air d'un homme qui s'était habillé pour la première fois de sa vie.

« Mon cher, disait de Marsay à Félix de Vandenesse, ce petit Rastignac se lance comme un cerf-volant ! le voilà chez la marquise de Listomère[1], il fait des progrès, il nous lorgne ! Il connaît sans doute monsieur, reprit le dandy en s'adressant à Lucien mais sans le regarder.

— Il est difficile, répondit Mme de Bargeton, que le nom du grand homme dont nous sommes fiers ne soit pas venu jusqu'à lui ; sa sœur a entendu dernièrement M. de Rubempré nous lire de très beaux vers. »

Félix de Vandenesse et de Marsay saluèrent la marquise et se rendirent chez Mme de Listomère, la sœur des Vandenesse. Le second acte commença, et chacun laissa Mme d'Espard, sa cousine et Lucien seuls. Les uns allèrent expliquer Mme de Bargeton aux femmes intriguées de sa présence, les autres racontèrent l'arrivée du poète et se moquèrent de sa toilette, Canalis regagna la loge de la duchesse de Chaulieu et ne revint plus. Lucien fut heureux de la diversion que produisait le spectacle. Toutes les craintes de Mme de Bargeton relativement à Lucien furent augmentées par l'attention que sa cousine avait accordée au baron du Châtelet, et qui avait un tout autre caractère que celui de sa politesse protectrice envers Lucien. Pendant le second acte, la loge de Mme de Listomère resta pleine de monde, et parut agitée par une conversation où il s'agissait de Mme de Bargeton et de Lucien. Le jeune Rastignac était évidemment l'*amuseur* de cette loge, il donnait le branle à ce rire parisien qui, se portant chaque jour sur une nouvelle pâture, s'empresse d'épuiser le sujet présent en en faisant quelque chose de vieux et d'usé dans un seul moment. Mme d'Espard, inquiète, savait qu'on ne laisse pas ignorer longtemps une médisance à ceux qu'elle blesse, elle attendit la fin de l'acte. Quand les sentiments se sont retournés sur eux-mêmes comme chez Lucien et chez Mme de Bargeton, il se passe d'étranges choses en peu de temps : les révolutions morales s'opèrent par des lois d'un effet rapide. Louise avait présentes à la mémoire les paroles sages et politiques que du Châtelet lui avait dites sur Lucien en revenant du Vaudeville. Chaque phrase était une prophétie, et Lucien prit à tâche de les accomplir toutes.

En perdant ses illusions sur Mme de Bargeton, comme Mme de Bargeton perdait les siennes sur lui, le pauvre enfant, de qui la destinée ressemblait un peu à celle de J.-J. Rousseau[1], l'imita en ce point qu'il fut fasciné par Mme d'Espard ; et il s'amouracha d'elle aussitôt. Les jeunes gens ou les hommes qui se souviennent de leurs émotions de jeunesse comprendront que cette passion était extrêmement probable et naturelle. Les jolies petites manières, ce parler délicat, ce son de voix fin, cette femme fluette, si noble, si haut placée, si enviée, cette reine apparaissait au poète comme Mme de Bargeton lui était apparue à Angoulême. La mobilité de son caractère le poussa promptement à désirer cette haute protection ; le plus sûr moyen était de posséder la femme, il aurait tout alors ! Il avait réussi à Angoulême, pourquoi ne réussirait-il pas à Paris ? Involontairement et malgré les magies de l'Opéra toutes nouvelles pour lui, son regard, attiré par cette magnifique Célimène, se coulait à tout moment vers elle ; et plus il la voyait, plus il avait envie de la voir ! Mme de Bargeton surprit un des regards pétillants de Lucien ; elle l'observa et le vit plus occupé de la marquise que du spectacle. Elle se serait de bonne grâce résignée à être délaissée pour les cinquante filles de Danaüs[2] ; mais quand un regard plus ambitieux, plus ardent, plus significatif que les autres lui expliqua ce qui se passait dans le cœur de Lucien, elle devint jalouse, mais moins pour l'avenir que pour le passé. « Il ne m'a jamais regardée ainsi, pensa-t-elle. Mon Dieu, Châtelet avait raison ! » Elle reconnut alors l'erreur de son amour. Quand une femme arrive à se repentir de ses faiblesses, elle passe comme une éponge sur sa vie, afin d'en effacer tout. Quoique chaque regard de Lucien la courrouçât, elle demeura calme. De Marsay revint à l'entracte en amenant M. de Listomère. L'homme grave et le jeune fat[3] apprirent bientôt à l'altière marquise que le garçon de noces endimanché qu'elle avait eu le malheur d'admettre dans sa loge ne se nommait pas plus M. de Rubempré qu'un juif n'a de nom de baptême. Lucien était le fils d'un apothicaire nommé Chardon. M. de Rastignac, très au fait des affaires d'Angoulême, avait fait rire déjà deux loges aux dépens de cette espèce de momie que la marquise nommait sa cousine, et de la précaution que cette dame prenait d'avoir près d'elle un pharmacien pour pouvoir sans doute entretenir par des drogues sa vie artificielle. Enfin de Marsay rapporta quelques-unes des mille plaisanteries auxquelles se livrent en un instant les Parisiens, et qui sont aussi promptement oubliées que dites, mais derrière lesquelles était Châtelet, l'artisan de cette trahison carthaginoise[1].

« Ma chère, dit sous l'éventail Mme d'Espard à Mme de Bargeton, de grâce, dites-moi si votre protégé se nomme réellement M. de Rubempré ?

— Il a pris le nom de sa mère, dit Anaïs embarrassée.

— Mais quel est le nom de son père ?

— Chardon.

— Et que faisait ce Chardon ?

— Il était pharmacien.

— J'étais bien sûre, ma chère amie, que tout Paris ne pouvait se moquer d'une femme que j'adopte. Je ne me soucie pas de voir venir ici des plaisants enchantés de me trouver avec le fils d'un apothicaire ; si vous m'en croyez, nous nous en irons ensemble, et à l'instant. »

Mme d'Espard prit un air assez impertinent, sans que Lucien pût deviner en quoi il avait donné lieu à ce changement de visage. Il pensa que son gilet était de mauvais goût, ce qui était vrai ; que la façon de son habit était d'une mode exagérée, ce qui était encore vrai. Il reconnut avec une secrète amertume qu'il fallait se faire habiller par un habile tailleur, et il se promit bien le lendemain d'aller chez le plus célèbre, afin de pouvoir, lundi prochain, rivaliser avec les hommes qu'il trouverait chez la marquise. Quoique perdu dans ses réflexions, ses yeux, attentifs au troisième acte, ne quittaient pas la scène. Tout en regardant les pompes de ce spectacle unique, il se livrait à son rêve sur Mme d'Espard. Il fut au désespoir de cette subite froideur qui contrariait étrangement l'ardeur intellectuelle avec laquelle il attaquait ce nouvel amour, insouciant des difficultés immenses qu'il apercevait, et qu'il se promettait de vaincre. Il sortit de sa profonde contemplation pour revoir sa nouvelle idole ; mais en tournant la tête, il se vit seul ; il avait entendu quelque léger bruit, la porte se fermait, Mme d'Espard entraînait sa cousine. Lucien fut surpris au dernier point de ce brusque abandon, mais il n'y pensa pas longtemps ; précisément parce qu'il le trouvait inexplicable.

Quand les deux femmes furent montées dans leur voiture et qu'elle roula par la rue de Richelieu vers le faubourg Saint-Honoré, la marquise dit avec un ton de colère déguisée : « Ma chère enfant, à quoi pensez-vous ? mais attendez donc que le fils d'un apothicaire soit réellement célèbre avant de vous y intéresser. La duchesse de Chaulieu n'avoue pas encore Canalis, et il est célèbre, et il est gentilhomme. Ce garçon n'est ni votre fils ni votre amant, n'est-ce pas ? » dit cette femme hautaine en jetant à sa cousine un regard inquisitif et clair.

« Quel bonheur pour moi d'avoir tenu ce petit drôle à distance et de ne lui avoir rien accordé ! » pensa Mme de Bargeton.

« Eh bien, reprit la marquise qui prit l'expression des yeux de sa cousine pour une réponse, laissez-le là, je vous en conjure. S'arroger un nom illustre ?... mais c'est une audace que la société punit. J'admets que ce soit celui de sa mère ; mais songez donc, ma chère, qu'au Roi seul appartient le droit de conférer, par une ordonnance, le nom des Rubempré au fils d'une demoiselle de cette maison ; si elle s'est mésalliée, la faveur serait énorme, et pour l'obtenir, il faut une immense fortune, des services rendus, de très hautes protections. Cette mise de boutiquier endimanché prouve que ce garçon n'est ni riche ni gentilhomme ; sa figure est belle, mais il me paraît fort sot, il ne sait ni se tenir ni parler ; enfin il n'est pas *élevé,* par quel hasard le protégez-vous ? »

Mme de Bargeton, qui renia Lucien, comme Lucien l'avait reniée en lui-même, eut une effroyable peur que sa cousine n'apprît la vérité sur son voyage.

« Mais, chère cousine, je suis au désespoir de vous avoir compromise.

— On ne me compromet pas, dit en souriant Mme d'Espard. Je ne songe qu'à vous.

— Mais vous l'avez invité à venir dîner lundi.

— Je serai malade, répondit vivement la marquise, vous l'en préviendrez, et je le consignerai sous son double nom à ma porte. »

Lucien imagina de se promener pendant l'entracte dans le foyer en voyant que tout le monde y allait. D'abord aucune des personnes qui étaient venues dans la loge de Mme d'Espard ne le salua ni ne parut faire attention à lui, ce qui sembla fort extraordinaire au poète de province. Puis du Châtelet, auquel il essaya de s'accrocher, le guettait du coin de l'œil, et l'évita constamment. Après s'être convaincu, en voyant les hommes qui vaguaient dans le foyer, que sa mise était assez ridicule, Lucien vint se replacer au coin de sa loge et demeura, pendant le reste de la représentation, absorbé tour à tour par le pompeux spectacle du ballet du cinquième acte, si célèbre par son *Enfer,* par l'aspect de la salle dans laquelle son regard alla de loge en loge, et par ses propres réflexions qui furent profondes en présence de la société parisienne. « Voilà donc mon royaume ! se dit-il, voilà le monde que je dois dompter. » Il retourna chez lui à pied en pensant à tout ce qu'avaient dit les personnages qui étaient venus faire leur cour à Mme d'Espard ; leurs manières, leurs gestes, la façon d'entrer et de sortir, tout revint à sa mémoire avec une étonnante fidélité. Le lendemain, vers midi, sa première occupation fut de se rendre chez Staub[1], le tailleur le plus célèbre de cette époque. Il obtint, à force de prières et par la vertu de l'argent comptant, que ses habits fussent faits pour le fameux lundi. Staub alla jusqu'à lui promettre une délicieuse redingote, un gilet et un pantalon pour le jour décisif. Lucien se commanda des chemises, des mouchoirs, enfin tout un petit trousseau, chez une lingère, et se fit prendre mesure de souliers et de bottes par un cordonnier célèbre. Il acheta une jolie canne chez Verdier, des gants et des boutons de chemise chez Mme Irlande[2] ; enfin il tâcha de se mettre à la hauteur des dandies. Quand il eut satisfait ses fantaisies, il alla rue Neuve-du-Luxembourg, et trouva Louise sortie.

« Elle dîne chez Mme la marquise d'Espard, et reviendra tard », lui dit Albertine.

Lucien alla dîner dans un restaurant à quarante sous au Palais-Royal, et se coucha de bonne heure. Le dimanche, il alla dès onze heures chez Louise ; elle n'était pas levée. À deux heures il revint.

« Madame ne reçoit pas encore, lui dit Albertine, mais elle m'a donné un petit mot pour vous.

— Elle ne reçoit pas encore, répéta Lucien ; mais je ne suis pas quelqu'un...

— Je ne sais pas », dit Albertine d'un air fort impertinent.

Lucien, moins surpris de la réponse d'Albertine que de recevoir une lettre de Mme de Bargeton, prit le billet et lut dans la rue ces lignes désespérantes :

Mme d'Espard est indisposée, elle ne pourra pas vous recevoir lundi ; moi-même je ne suis pas bien, et cependant je vais m'habiller pour aller lui tenir compagnie. Je suis désespérée de cette petite contrariété ; mais vos talents me rassurent, et vous percerez sans charlatanisme.

« Et pas de signature ! » se dit Lucien, qui se trouva dans les Tuileries, sans croire avoir marché. Le don de seconde vue que possèdent les gens de talent lui fit soupçonner la catastrophe annoncée par ce froid billet. Il allait perdu dans ses pensées, il allait devant lui, regardant les monuments de la place Louis XV[1]. Il faisait beau. De belles voitures passaient incessamment sous ses yeux en se dirigeant vers la grande avenue des Champs-Élysées. Il suivit la foule des promeneurs et vit alors les trois ou quatre mille voitures qui, par une belle journée, affluent en cet endroit le dimanche, et improvisent un Longchamp[2]. Étourdi par le luxe des chevaux, des toilettes et des livrées, il allait toujours, et arriva devant l'Arc de Triomphe commencé[3]. Que devint-il quand, en revenant, il vit venir à lui Mme d'Espard et Mme de Bargeton dans une calèche admirablement attelée, et derrière laquelle ondulaient les plumes du chasseur dont l'habit vert brodé d'or les lui fit reconnaître. La file s'arrêta par suite d'un encombrement. Lucien put voir Louise dans sa transformation, elle n'était pas reconnaissable : les couleurs de sa toilette étaient choisies de manière à faire valoir son teint ; sa robe était délicieuse ; ses cheveux arrangés gracieusement lui seyaient bien, et son chapeau d'un goût exquis était remarquable à côté de celui de Mme d'Espard, qui commandait à la mode. Il y a une indéfinissable façon de porter un chapeau : mettez le chapeau un peu trop en arrière, vous avez l'air effronté ; mettez-le trop en avant, vous avez l'air sournois ; de côté, l'air devient cavalier; les femmes comme il faut posent leurs chapeaux comme elles veulent et ont toujours bon air. Mme de Bargeton avait sur-le-champ résolu cet étrange problème. Une jolie ceinture dessinait sa taille svelte. Elle avait pris les gestes et les façons de sa cousine; assise comme elle, elle jouait avec une élégante cassolette attachée à l'un des doigts de sa main droite par une petite chaîne, et montrait ainsi sa main fine et bien gantée sans avoir l'air de vouloir la montrer. Enfin elle s'était faite semblable à Mme d'Espard sans la singer; elle était la digne cousine de la marquise, qui paraissait être fière de son élève. Les femmes et les hommes qui se promenaient sur la chaussée regardaient la brillante voiture aux armes des d'Espard et des Blamont-Chauvry, dont les deux écussons étaient adossés. Lucien fut étonné du grand nombre de personnes qui saluaient les deux cousines; il ignorait que tout ce Paris, qui consiste en vingt salons, savait déjà la parenté de Mme de Bargeton et de Mme d'Espard. Des jeunes gens à cheval, parmi lesquels Lucien remarqua de Marsay et Rastignac, se joignirent à la calèche pour conduire les deux cousines au bois. Il fut facile à Lucien de voir, au geste des deux fats, qu'ils complimentaient Mme de Bargeton sur sa métamorphose. Mme d'Espard pétillait de grâce et de santé: ainsi son indisposition était un prétexte pour ne pas recevoir Lucien, puisqu'elle ne remettait pas son dîner à un autre jour. Le poète furieux s'approcha de la calèche, alla lentement, et, quand il fut en vue des deux femmes, il les salua: Mme de Bargeton ne voulut pas le voir, la marquise le lorgna et ne répondit pas à son salut. La réprobation de l'aristocratie parisienne n'était pas comme celle des souverains d'Angoulême: en s'efforçant de blesser Lucien, les hobereaux admettaient son pouvoir et le tenaient pour un homme; tandis que, pour Mme d'Espard, il n'existait même pas. Ce n'était pas un arrêt, mais un déni de justice. Un froid mortel saisit le pauvre poète quand de Marsay le lorgna ; le lion parisien laissa retomber son lorgnon si singulièrement qu'il semblait à Lucien que ce fût le couteau de la guillotine. La calèche passa. La rage, le désir de la vengeance s'emparèrent de cet homme dédaigné : s'il avait tenu Mme de Bargeton, il l'aurait égorgée ; il se fit Fouquier-Tinville[1] pour se donner la jouissance d'envoyer Mme d'Espard à l'échafaud, il aurait voulu pouvoir faire subir à de Marsay un de ces supplices raffinés qu'ont inventés les sauvages. Il vit passer Canalis à cheval, élégant comme devait l'être le plus câlin des poètes et saluant les femmes les plus jolies.

« Mon Dieu ! de l'or à tout prix ! se disait Lucien, l'or est la seule puissance devant laquelle ce monde s'agenouille. Non ! lui cria sa conscience, mais la gloire, et la gloire c'est le travail ! Du travail ! c'est le mot de David. Mon Dieu ! pourquoi suis-je ici ? mais je triompherai ! Je passerai dans cette avenue en calèche à chasseur ! j'aurai des marquises d'Espard ! » En lançant ces paroles enragées, il dînait chez Hurbain[2] à quarante sous. Le lendemain, à neuf heures, il alla chez Louise dans l'intention de lui reprocher sa barbarie : non seulement Mme de Bargeton n'y était pas pour lui, mais encore le portier ne le laissa pas monter, il resta dans la rue, faisant le guet, jusqu'à midi. À midi, du Châtelet sortit de chez Mme de Bargeton, vit le poète du coin de l'œil et l'évita. Lucien, piqué au vif, poursuivit son rival ; du Châtelet, se sentant serré, se retourna et le salua dans l'intention évidente d'aller au large après cette politesse.

« De grâce, monsieur, dit Lucien, accordez-moi une seconde, j'ai deux mots à vous dire. Vous m'avez témoigné de l'amitié, je l'invoque pour vous demander le plus léger des services. Vous sortez de chez Mme de

Bargeton, expliquez-moi la cause de ma disgrâce auprès d'elle et de Mme d'Espard ?

— M. Chardon, répondit du Châtelet avec une fausse bonhomie, savez-vous pourquoi ces dames vous ont quitté à l'Opéra ?

— Non, dit le pauvre poète.

— Hé bien, vous avez été desservi dès votre début par M. de Rastignac. Le jeune dandy, questionné sur vous, a purement et simplement dit que vous vous nommiez M. Chardon et non M. de Rubempré ; que votre mère gardait les femmes en couches, que votre père était en son vivant apothicaire à l'Houmeau, faubourg d'Angoulême ; que votre sœur était une charmante jeune fille qui repassait admirablement les chemises, et qu'elle allait épouser un imprimeur d'Angoulême nommé Séchard. Voilà le monde. Mettez-vous en vue ? il vous discute. M. de Marsay est venu rire de vous avec Mme d'Espard, et aussitôt ces deux dames se sont enfuies en se croyant compromises auprès de vous. N'essayez pas d'aller chez l'une ou chez l'autre. Mme de Bargeton ne serait pas reçue par sa cousine si elle continuait à vous voir. Vous avez du génie, tâchez de prendre votre revanche. Le monde vous dédaigne, dédaignez le monde. Réfugiez-vous dans une mansarde, faites-y des chefs-d'œuvre, saisissez un pouvoir quelconque, et vous verrez le monde à vos pieds ; vous lui rendrez alors les meurtrissures qu'il vous aura faites là où il vous les aura faites. Plus Mme de Bargeton vous a marqué d'amitié, plus elle aura d'éloignement pour vous. Ainsi vont les sentiments féminins. Mais il ne s'agit pas en ce moment de reconquérir l'amitié d'Anaïs, il s'agit de ne pas l'avoir pour ennemie, et je vais vous en donner le moyen. Elle vous a écrit, renvoyez-lui toutes ses lettres, elle sera sensible à ce procédé de gentilhomme ; plus tard, si vous avez besoin d'elle, elle ne vous sera pas hostile. Quant à moi, j'ai une si haute opinion de votre avenir, que je vous ai partout défendu, et que dès à présent, si je puis ici faire quelque chose pour vous, vous me trouverez toujours prêt à vous rendre service. »

Lucien était si morne, si pâle, si défait, qu'il ne rendit pas au vieux beau rajeuni par l'atmosphère parisienne le salut sèchement poli qu'il reçut de lui. Il revint à son hôtel, où il trouva Staub lui-même, venu moins pour lui essayer ses habits, qu'il lui essaya, que pour savoir de l'hôtesse du Gaillard-Bois ce qu'était sous le rapport financier sa pratique inconnue. Lucien était arrivé en poste, Mme de Bargeton l'avait ramené du Vaudeville jeudi dernier en voiture. Ces renseignements étaient bons. Staub nomma Lucien M. le comte, et lui fit voir avec quel talent il avait mis ses charmantes formes en lumière.

« Un jeune homme mis ainsi, lui dit-il, peut s'aller promener aux Tuileries, il épousera une riche Anglaise au bout de quinze jours. »

Cette plaisanterie de tailleur allemand et la perfection de ses habits, la finesse du drap, la grâce qu'il se trouvait à lui-même en se regardant dans la glace, ces petites choses rendirent Lucien moins triste. Il se dit vaguement que Paris était la capitale du hasard, et il crut au hasard pour un moment. N'avait-il pas un volume de poésies et un magnifique roman, *L'Archer de Charles IX*, en manuscrit ? il espéra dans sa destinée. Staub promit la redingote et le reste des habillements pour le lendemain. Le lendemain, le bottier, la lingère et le tailleur revinrent tous munis de leurs factures. Lucien ignorant la manière de les congédier, Lucien encore sous le charme des coutumes de province, les solda ; mais après les avoir payés, il ne lui resta plus que trois cent soixante francs sur les deux mille francs qu'il avait apportés à Paris : il y était depuis une semaine ! Néanmoins il s'habilla et alla faire un tour sur la terrasse des Feuillants. Il y prit une revanche. Il était si bien mis, si gracieux, si beau, que plusieurs femmes le regardèrent, et deux ou trois furent assez saisies par sa beauté pour se retourner. Lucien étudia la démarche et les manières des jeunes gens, et fit son cours de belles manières tout en pensant à ses trois cent soixante francs. Le soir, seul dans sa chambre, il lui vint à l'idée d'éclaircir le problème de sa vie à l'hôtel du Gaillard-Bois, où il déjeunait des mets les plus simples, en croyant économiser. Il demanda son mémoire en homme qui voulait déménager, il se vit débiteur d'une centaine de francs. Le lendemain, il courut au pays latin, que David lui avait recommandé pour le bon marché. Après avoir cherché pendant longtemps, il finit par rencontrer rue de Cluny, près de la Sorbonne, un misérable hôtel garni, où il eut une chambre pour le prix qu'il voulait y mettre. Aussitôt il paya son hôtesse du Gaillard-Bois, et vint s'installer rue de Cluny[1] dans la journée. Son déménagement ne lui coûta qu'une course de fiacre.

Après avoir pris possession de sa pauvre chambre, il rassembla toutes les lettres de Mme de Bargeton, en fit un paquet, le posa sur sa table, et avant de lui écrire, il se mit à penser à cette fatale semaine. Il ne se dit pas qu'il avait, lui le premier, étourdiment renié son amour, sans savoir ce que deviendrait sa Louise à Paris ; il ne vit pas ses torts, il vit sa situation actuelle ; il accusa Mme de Bargeton : au lieu de l'éclairer, elle l'avait perdu. Il se courrouça, il devint fier, et se mit à écrire la lettre suivante dans le paroxysme de sa colère.

Que diriez-vous, madame, d'une femme à qui aurait plu quelque pauvre enfant timide, plein de ces croyances nobles que plus tard l'homme appelle des illusions, et qui aurait employé les grâces de la coquetterie, les finesses de son esprit, et les plus beaux semblants de l'amour maternel pour détourner cet enfant ? Ni les promesses les plus caressantes, ni les châteaux de cartes dont il s'émerveille ne lui coûtent ; elle l'emmène, elle s'en empare, elle le gronde de son peu de confiance, elle le flatte tour à tour ; quand l'enfant abandonne sa famille, et la suit aveuglément, elle le conduit au bord d'une mer immense, le fait entrer par un sourire dans un frêle esquif, et le lance seul, sans secours, à travers les orages ; puis, du rocher où elle reste, elle se met à rire et lui souhaite bonne chance. Cette femme c'est vous, cet enfant c'est moi. Aux mains de cet enfant se trouve un souvenir qui pourrait trahir les crimes de votre bienfaisance et les faveurs de votre abandon. Vous pourriez avoir à rougir en rencontrant l'enfant aux prises avec les vagues, si vous songiez que vous l'avez tenu sur votre sein. Quand vous lirez cette lettre, vous aurez le souvenir en votre pouvoir. Libre à vous de tout oublier. Après les belles espérances que votre doigt m'a montrées dans le ciel, j'aperçois les réalités de la misère dans la boue de Paris. Pendant que vous irez, brillante et adorée, à travers les grandeurs de ce monde, sur le seuil duquel vous m'avez amené, je grelotterai dans le misérable grenier où vous m'avez jeté. Mais peut-être un remords viendra-t-il vous saisir au sein des fêtes et des plaisirs, peut-être penserez-vous à l'enfant que vous avez plongé dans un abîme. Eh bien, madame, pensez-y sans remords ! Du fond de sa misère, cet enfant vous offre la seule chose qui lui reste, son pardon dans un dernier regard. Oui, madame, grâce à vous, il ne me reste rien. Rien ! n'est-ce pas ce qui a servi à faire le monde ? le génie doit imiter Dieu : je commence par avoir sa clémence sans savoir si j'aurai sa force. Vous n'aurez à trembler que si j'allais à mal ; vous seriez complice de mes fautes. Hélas ! je vous plains de ne pouvoir plus rien être à la gloire vers laquelle je vais tendre conduit par le travail.

Après avoir écrit cette lettre emphatique, mais pleine de cette sombre dignité que l'artiste de vingt et un ans exagère souvent, Lucien se reporta par la pensée au milieu de sa famille : il revit le joli appartement que David lui avait décoré en y sacrifiant une partie de sa fortune, il eut une vision des joies tranquilles, modestes, bourgeoises qu'il avait goûtées ; les ombres de sa mère, de sa sœur, de David vinrent autour de lui, il entendit de nouveau les larmes qu'ils avaient versées au moment de son départ, et il pleura lui-même, car il était seul dans Paris, sans amis, sans protecteurs[1].

Quelques jours après, voici ce que Lucien écrivit à sa sœur :

Ma chère Ève, les sœurs ont le triste privilège d'épouser plus de chagrins que de joies en partageant l'existence de frères voués à l'Art, et je commence à craindre de te devenir bien à charge. N'ai-je pas abusé déjà de vous tous, qui vous êtes sacrifiés pour moi ? Ce souvenir de mon passé, si rempli par les joies de la famille, m'a soutenu contre la solitude de mon présent. Avec quelle rapidité d'aigle, revenant à son nid, n'ai-je pas traversé la distance qui nous sépare pour me trouver dans une sphère d'affections vraies, après avoir éprouvé les premières misères et les premières déceptions du monde parisien ! Vos lumières ont-elles pétillé ? Les tisons de votre foyer ont-ils roulé ? Avez-vous entendu des bruissements dans vos oreilles ! Ma mère a-t-elle dit : "Lucien pense à nous ?" David a-t-il répondu : "Il se débat avec les hommes et les choses ?" Mon Ève, je n'écris cette lettre qu'à toi seule. À toi seule j'oserai confier le bien et le mal qui m'adviendront, en rougissant de l'un et de l'autre, car ici le bien est aussi rare que devrait l'être le mal. Tu vas apprendre beaucoup de choses en peu de mots : Mme de Bargeton a eu honte de moi, m'a renié, congédié, répudié le neuvième jour de mon arrivée. En me voyant, elle a détourné la tête, et moi, pour la suivre dans le monde où elle voulait me lancer, j'avais dépensé dix-sept cent soixante francs sur les deux mille emportés d'Angoulême et si péniblement trouvés. À quoi ? dirastu. Ma pauvre sœur, Paris est un étrange gouffre : on y trouve à dîner pour dix-huit sous, et le plus simple dîner d'un restaurat *élégant coûte cinquante francs ; il y a des gilets et des pantalons à quatre francs et quarante sous, les tailleurs à la mode ne vous les font pas à moins de cent francs. On donne un sou pour passer les ruisseaux des rues quand il pleut. Enfin la moindre course en voiture vaut trente-deux sous. Après avoir habité le beau quartier, je suis aujourd'hui hôtel de Cluny, rue de Cluny, dans l'une des plus pauvres et des plus sombres petites rues de Paris, serrée entre trois églises et les vieux bâtiments de la Sorbonne. J'occupe une chambre garnie au quatrième étage de cet hôtel, et, quoique bien sale et dénuée, je la paye encore quinze francs par mois. Je déjeune d'un petit pain de deux sous et d'un sou de lait, mais je dîne très bien pour vingt-deux sous au restaurat d'un nommé Flicoteaux, lequel est situé sur la place même de la Sorbonne. Jusqu'à l'hiver ma dépense n'excédera pas soixante francs par mois, tout compris, du moins je l'espère. Ainsi mes deux cent quarante francs suffiront aux quatre premiers mois. D'ici là, j'aurai sans doute vendu* L'Archer de Charles IX *et* Les Marguerites. *N'ayez donc aucune inquiétude à mon sujet. Si le présent est froid, nu, mesquin, l'avenir est bleu, riche et splendide. La plupart des grands hommes ont éprouvé les vicissitudes qui m'affectent sans m'accabler. Plaute, un grand poète comique, a été garçon de moulin. Machiavel écrivait* Le Prince *le soir, après avoir été confondu parmi des ouvriers pendant la journée. Enfin le grand Cervantès, qui avait perdu le bras à la bataille de Lépante en contribuant au gain de cette fameuse journée, appelé* vieux et ignoble manchot *par les écrivailleurs de son temps, mit, faute de libraire, dix ans d'intervalle entre la première et la seconde partie de son sublime* Don Quichotte. *Nous n'en sommes pas là aujourd'hui. Les chagrins et la misère ne peuvent atteindre que les talents inconnus ; mais quand ils se sont fait jour, les écrivains deviennent riches, et je serai riche. Je vis d'ailleurs par la pensée, je passe la moitié de la journée à la bibliothèque Sainte-Geneviève, où j'acquiers l'instruction qui me manque, et sans laquelle je n'irais pas loin. Aujourd'hui je me trouve donc presque heureux. En quelques jours je me suis conformé joyeusement à ma position. Je me livre dès le jour à un travail que j'aime ; la vie matérielle est assurée ; je médite beaucoup, j'étudie, je ne vois pas où je puis être maintenant blessé, après avoir renoncé au monde où ma vanité pouvait souffrir à tout moment. Les hommes illustres d'une époque sont tenus de vivre à l'écart. Ne sont-ils pas les oiseaux de la forêt ? ils chantent, ils charment la nature, et nul ne doit les apercevoir. Ainsi ferai-je, si tant est que je puisse réaliser les plans ambitieux de mon esprit. Je ne regrette pas Mme de Bargeton. Une femme qui se conduit ainsi ne mérite pas un souvenir. Je ne regrette pas non plus d'avoir quitté Angoulême. Cette femme avait raison de me jeter dans Paris en m'y abandonnant à mes propres forces. Ce pays est celui des écrivains, des penseurs, des poètes. Là seulement se cultive la gloire, et je connais les belles récoltes qu'elle produit aujourd'hui. Là seulement les écrivains peuvent trouver, dans les musées et dans les collections, les vivantes œuvres des génies du temps passé qui réchauffent les imaginations et les stimulent. Là seulement d'immenses bibliothèques sans cesse ouvertes offrent à l'esprit des renseignements et une pâture. Enfin, à Paris, il y a dans l'air et dans les moindres détails un esprit qui se respire et s'empreint dans les créations littéraires. On apprend plus de choses en conversant au café, au théâtre pendant une demi-heure qu'en province en dix ans. Ici, vraiment, tout est spectacle, comparaison et instruction. Un excessif bon marché, une cherté excessive, voilà Paris, où toute abeille rencontre son alvéole, où toute âme s'assimile ce qui lui est propre. Si donc je souffre en ce moment, je ne me repens de rien. Au contraire, un bel avenir se déploie et réjouit mon cœur un moment endolori. Adieu, ma chère sœur, ne t'attends pas à recevoir régulièrement mes lettres : une des particularités de Paris est qu'on ne sait réellement pas comment le temps passe. La vie y est d'une effrayante rapidité. J'embrasse ma mère, David, et toi plus tendrement que jamais.*

Flicoteaux[1] est un nom inscrit dans bien des mémoires. Il est peu d'étudiants logés au quartier Latin pendant les douze premières années de la Restauration qui n'aient fréquenté ce temple de la faim et de la misère. Le dîner, composé de trois plats, coûtait dix-huit sous, avec un carafon de vin ou une bouteille de bière, et vingt-deux sous avec une bouteille de vin. Ce qui, sans doute, a empêché cet ami de la jeunesse de faire une fortune colossale, est un article de son programme imprimé en grosses lettres dans les affiches de ses concurrents et ainsi conçu : PAIN À DISCRÉTION, c'est-à-dire jusqu'à l'indiscrétion. Bien des gloires ont eu Flicoteaux pour père nourricier. Certes le cœur de plus d'un homme célèbre doit éprouver les jouissances de mille souvenirs indicibles à l'aspect de la devanture à petits carreaux donnant sur la place de la Sorbonne et sur la rue Neuve-de-Richelieu[2], que Flicoteaux II ou III avait encore respectée, avant les journées de Juillet, en leur laissant ces teintes brunes, cet air ancien et respectable qui annonçait un profond dédain pour le charlatanisme des dehors, espèce d'annonce faite pour les yeux aux dépens du ventre par presque tous les restaurateurs d'aujourd'hui. Au lieu de ces tas de gibier empaillé destinés à ne pas cuire, au lieu de ces poissons fantastiques qui justifient le mot du saltimbanque[1] : « J'ai vu une belle carpe, je compte l'acheter dans huit jours » ; au lieu de ces primeurs, qu'il faudrait appeler *postmeurs*, exposées en de fallacieux étalages pour le plaisir des caporaux et de leurs *payses*[2], l'honnête Flicoteaux exposait des saladiers ornés de maint raccommodage, où des tas de pruneaux cuits réjouissaient le regard du consommateur, sûr que ce mot, trop prodigué sur d'autres affiches, *dessert*, n'était pas une charte[3]. Les pains de six livres, coupés en quatre tronçons, rassuraient sur la promesse du pain à discrétion. Tel était le luxe d'un établissement que, de son temps, Molière eût célébré, tant est drolatique l'épigramme du nom[4]. Flicoteaux subsiste, il vivra tant que les étudiants voudront vivre. On y mange, rien de moins, rien de plus ; mais on y mange comme on travaille, avec une activité sombre ou joyeuse, selon les caractères ou les circonstances. Cet établissement célèbre consistait alors en deux salles disposées en équerre, longues, étroites et basses, éclairées l'une sur la place de la Sorbonne, l'autre sur la rue Neuve-de-Richelieu ; toutes deux meublées de tables venues de quelque réfectoire abbatial, car leur longueur a quelque chose de monastique, et les couverts y sont préparés avec les serviettes des abonnés passées dans des coulants de moiré métallique numérotés. Flicoteaux Ier ne changeait ses nappes que tous les dimanches ; mais Flicoteaux II les a changées, dit-on, deux fois par semaine dès que la concurrence a menacé sa dynastie. Ce restaurant est un atelier avec ses ustensiles, et non la salle de festin avec son élégance et ses plaisirs : chacun en sort promptement. Au-dedans, les mouvements intérieurs sont rapides. Les garçons y vont et viennent sans flâner, ils sont tous occupés, tous nécessaires. Les mets sont peu variés. La pomme de terre y est éternelle, il n'y aurait pas une pomme de terre en Irlande, elle manquerait partout, qu'il s'en trouverait chez Flicoteaux. Elle s'y produit depuis trente ans sous cette couleur blonde affectionnée par Titien, semée de verdure hachée, et jouit d'un privilège envié par les femmes : telle vous l'avez vue en 1814, telle vous la trouverez en 1840. Les côtelettes de mouton, le filet de bœuf sont à la carte de cet établissement ce que les coqs de bruyère, les filets d'esturgeon sont à celle de Véry, des mets extraordinaires qui exigent la commande dès le matin. La femelle du bœuf y domine, et son fils y foisonne sous les aspects les plus ingénieux. Quand le merlan, les maquereaux donnent sur les côtes de l'Océan, ils rebondissent chez Flicoteaux. Là, tout est en rapport avec les vicissitudes de l'agriculture et les caprices des saisons françaises. On y apprend des choses dont ne se doutent pas les riches, les oisifs, les indifférents aux phases de la nature. L'étudiant parqué dans le quartier Latin y a la connaissance la plus exacte des Temps : il sait quand les haricots et les petits pois réussissent, quand la Halle regorge de choux, quelle salade y abonde, et si la betterave a manqué. Une vieille calomnie, répétée au moment où Lucien y venait, consistait à attribuer l'apparition des biftecks à quelque mortalité sur les chevaux. Peu de restaurants parisiens offrent un si beau spectacle. Là vous ne trouvez que jeunesse et foi, que misère gaiement supportée, quoique cependant les visages ardents et graves, sombres et inquiets n'y manquent pas. Les costumes sont généralement négligés. Aussi remarque-t-on les habitués qui viennent bien mis. Chacun sait que cette tenue extraordinaire signifie : maîtresse attendue, partie de spectacle ou visite dans les sphères supérieures. Il s'y est, dit-on, formé quelques amitiés entre plusieurs étudiants devenus plus tard célèbres, comme on le verra dans cette histoire. Néanmoins, excepté les jeunes gens du même pays réunis au même bout de table, généralement les dîneurs ont une gravité qui se déride difficilement, peut-être à cause de la catholicité du vin[1] qui s'oppose à toute expansion. Ceux qui ont cultivé Flicoteaux peuvent se rappeler plusieurs personnages sombres et mystérieux, enveloppés dans les brumes de la plus froide misère, qui ont pu dîner là pendant deux ans, et disparaître sans qu'aucune lumière ait éclairé ces farfadets parisiens aux yeux des plus curieux habitués. Les amitiés ébauchées chez Flicoteaux se scellaient dans les cafés voisins aux flammes d'un punch liquoreux, ou à la chaleur d'une demi-tasse de café bénie par un *gloria*[2] quelconque.

Pendant les premiers jours de son installation à l'hôtel de Cluny, Lucien, comme tout néophyte, eut des allures timides et régulières. Après la triste épreuve de la vie élégante qui venait d'absorber ses capitaux, il se jeta dans le travail avec cette première ardeur que dissipent si vite les difficultés et les amusements que Paris offre à toutes les existences, aux plus luxueuses comme aux plus pauvres, et qui, pour être domptés, exigent la sauvage énergie du vrai talent ou le sombre vouloir de l'ambition. Lucien tombait chez Flicoteaux vers quatre heures et demie, après avoir remarqué l'avantage d'y arriver des premiers ; les mets étaient alors plus variés, celui qu'on préférait s'y trouvait encore. Comme tous les esprits poétiques, il avait affectionné une place, et son choix annonçait assez de discernement. Dès le premier jour de son entrée chez Flicoteaux, il avait distingué, près du comptoir, une table où les physionomies des dîneurs, autant que leurs discours saisis à la volée, lui dénoncèrent des compagnons littéraires. D'ailleurs, une sorte d'instinct lui fit deviner qu'en se plaçant près du comptoir il pourrait parlementer avec les maîtres du restaurant. À la longue la connaissance s'établirait, et au jour des détresses financières il obtiendrait sans doute un crédit nécessaire. Il s'était donc assis à une petite table carrée à côté du comptoir, où il ne vit que deux couverts ornés de deux serviettes blanches sans coulant, et destinées probablement aux allants et venants. Le vis-à-vis de Lucien était un maigre et pâle jeune homme, vraisemblablement aussi pauvre que lui, dont le beau visage déjà flétri annonçait que des espérances envolées avaient fatigué son front et laissé dans son âme des sillons où les graines ensemencées ne germaient point. Lucien se sentit poussé vers l'inconnu par ces vestiges de poésie et par un irrésistible élan de sympathie.

Ce jeune homme, le premier avec lequel le poète d'Angoulême put échanger quelques paroles, au bout d'une semaine de petits soins, de paroles et d'observations échangées, se nommait Étienne Lousteau. Comme Lucien, Étienne avait quitté sa province, une ville du Berry, depuis deux ans. Son geste animé, son regard brillant, sa parole brève par moments, trahissaient une amère connaissance de la vie littéraire. Étienne était venu de Sancerre, sa tragédie en poche, attiré par ce qui poignait Lucien : la gloire, le pouvoir et l'argent. Ce jeune homme, qui dîna d'abord quelques jours de suite, ne se montra bientôt plus que de loin en loin. Après cinq ou six jours d'absence, en retrouvant une fois son poète, Lucien espérait le revoir le lendemain ; mais le lendemain la place était prise par un inconnu. Quand, entre jeunes gens, on s'est vu la veille, le feu de la conversation d'hier se reflète sur celle d'aujourd'hui ; mais ces intervalles obligeaient Lucien à rompre chaque fois la glace, et retardaient d'autant une intimité qui, durant les premières semaines, fit peu de progrès. Après avoir interrogé la dame du comptoir, Lucien apprit que son ami futur était rédacteur d'un petit journal, où il faisait des articles sur les livres nouveaux, et rendait compte des pièces jouées à l'Ambigu-Comique, à la

Gaîté, au Panorama-Dramatique. Ce jeune homme devint tout à coup un personnage aux yeux de Lucien, qui compta bien engager la conversation avec lui d'une manière un peu plus intime, et faire quelques sacrifices pour obtenir une amitié si nécessaire à un débutant. Le journaliste resta quinze jours absent. Lucien ne savait pas encore qu'Étienne ne dînait chez Flicoteaux que quand il était sans argent, ce qui lui donnait cet air sombre et désenchanté, cette froideur à laquelle Lucien opposait de flatteurs sourires et de douces paroles. Néanmoins cette liaison exigeait de mûres réflexions, car ce journaliste obscur paraissait mener une vie coûteuse, mélangée de petits verres, de tasses de café, de bols de punch, de spectacles et de soupers. Or, pendant les premiers jours de son installation dans le quartier, la conduite de Lucien fut celle d'un pauvre enfant étourdi par sa première expérience de la vie parisienne. Aussi, après avoir étudié le prix des consommations et soupesé sa bourse, Lucien n'osa-t-il pas prendre les allures d'Étienne, en craignant de recommencer les bévues dont il se repentait encore. Toujours sous le joug des religions de la province, ses deux anges gardiens, Ève et David, se dressaient à la moindre pensée mauvaise, et lui rappelaient les espérances mises en lui, le bonheur dont il était comptable à sa vieille mère, et toutes les promesses de son génie. Il passait ses matinées à la bibliothèque Sainte-Geneviève à étudier l'histoire. Ses premières recherches lui avaient fait apercevoir d'effroyables erreurs dans son roman de *L'Archer de Charles IX*. La bibliothèque fermée, il venait dans sa chambre humide et froide corriger son ouvrage, y recoudre, y supprimer des chapitres entiers. Après avoir dîné chez Flicoteaux, il descendait au passage du Commerce, lisait au cabinet littéraire de Blosse[1] les œuvres de la littérature contemporaine, les journaux, les recueils périodiques, les livres de poésie pour se mettre au courant du mouvement de l'intelligence, et regagnait son misérable hôtel vers minuit sans avoir usé de bois ni de lumière. Ces lectures changeaient si énormément ses idées, qu'il revit son recueil de sonnets sur les fleurs, ses chères *Marguerites*, et les retravailla si bien qu'il n'y eut pas cent vers de conservés. Ainsi, d'abord, Lucien mena la vie innocente et pure des pauvres enfants de la province qui trouvent du luxe chez Flicoteaux en le comparant à l'ordinaire de la maison paternelle, qui se récréent par de lentes promenades sous les allées du Luxembourg en y regardant les jolies femmes d'un œil oblique et le cœur gros de sang, qui ne sortent pas du quartier, et s'adonnent saintement au travail en songeant à leur avenir. Mais Lucien, né poète, soumis bientôt à d'immenses désirs, se trouva sans force contre les séductions des affiches de spectacle. Le Théâtre-Français, le Vaudeville, les Variétés, l'Opéra-Comique[1], où il allait au parterre, lui enlevèrent une soixantaine de francs. Quel étudiant pouvait résister au bonheur de voir Talma dans les rôles qu'il a illustrés[2] ? Le théâtre, ce premier amour de tous les esprits poétiques, fascina Lucien. Les acteurs et les actrices lui semblaient des personnages imposants ; il ne croyait pas à la possibilité de franchir la rampe et de les voir familièrement. Ces auteurs de ses plaisirs étaient pour lui des êtres merveilleux que les journaux traitaient comme les grands intérêts de l'État. Être auteur dramatique, se faire jouer, quel rêve caressé ! Ce rêve, quelques audacieux, comme Casimir Delavigne[3], le réalisaient ! Ces fécondes pensées, ces moments de croyance en soi suivis de désespoir agitèrent Lucien et le maintinrent dans la sainte voie du travail et de l'économie, malgré les grondements sourds de plus d'un fanatique désir. Par excès de sagesse, il se défendit de pénétrer dans le Palais-Royal, ce lieu de perdition où, pendant une seule journée, il avait dépensé cinquante francs chez Véry, et près de cinq cents francs en habits. Aussi quand il cédait à la tentation de voir Fleury, Talma, les deux Baptiste, ou Michot[1], n'allait-il pas plus loin que l'obscure galerie où l'on faisait queue dès cinq heures et demie, et où les retardataires étaient obligés d'acheter pour dix sous une place auprès du bureau. Souvent, après être resté là pendant deux heures, ces mots: «*Il n'y a plus de billets!*» retentissaient à l'oreille de plus d'un étudiant désappointé. Après le spectacle, Lucien revenait les yeux baissés, ne regardant point dans les rues alors meublées de séductions vivantes[2]. Peut-être lui arriva-t-il quelques-unes de ces aventures d'une excessive simplicité, mais qui prennent une place immense dans les jeunes imaginations timorées. Effrayé de la baisse de ses capitaux, un jour où il compta ses écus, Lucien eut des sueurs froides en songeant à la nécessité de s'enquérir d'un libraire et de chercher quelques travaux payés. Le jeune journaliste dont il s'était fait, à lui seul, un ami, ne venait plus chez Flicoteaux. Lucien attendait un hasard qui ne se présentait pas. À Paris, il n'y a de hasard que pour les gens extrêmement répandus; le nombre des relations y augmente les chances du succès en tout genre, et le hasard aussi est du côté des gros bataillons. En homme chez qui la prévoyance des gens de la province subsistait encore, Lucien ne voulut pas arriver au moment où il n'aurait plus que quelques écus: il résolut d'affronter les libraires.

Par une assez froide matinée du mois de septembre, il descendit la rue de La Harpe, ses deux manuscrits sous le bras. Il chemina jusqu'au quai des Augustins, se promena le long du trottoir en regardant alternativement l'eau de la Seine et les boutiques des libraires, comme si un bon génie lui conseillait de se jeter à l'eau plutôt que de se jeter dans la littérature. Après des hésitations poignantes, après un examen approfondi des figures plus ou moins tendres, récréatives, refrognées, joyeuses ou tristes qu'il observait à travers les vitres ou sur le seuil des portes, il avisa une maison devant laquelle des commis empressés emballaient des livres. Il s'y faisait des expéditions, les murs étaient couverts d'affiches. *En vente :* LE SOLITAIRE, *par M. le vicomte d'Arlincourt. Troisième édition.* LÉONIDE, *par Victor Ducange ; cinq volumes in-12 imprimés sur papier fin. Prix, 12 francs.* INDUCTIONS MORALES, *par Kératry*[1].

« Ils sont heureux, ceux-là ! » s'écria Lucien.

L'affiche, création neuve et originale du fameux Ladvocat[2], florissait alors pour la première fois sur les murs. Paris fut bientôt bariolé par les imitateurs de ce procédé d'annonce, la source d'un des revenus publics. Enfin, le cœur gonflé de sang et d'inquiétude, Lucien, si grand naguère à Angoulême et à Paris si petit, se coula le long des maisons et rassembla son courage pour entrer dans cette boutique encombrée de commis, de chalands, de libraires ! « Et peut-être d'auteurs », pensa Lucien.

« Je voudrais parler à M. Vidal ou à M. Porchon », dit-il à un commis.

Il avait lu sur l'enseigne en grosses lettres : VIDAL ET PORCHON, *libraires-commissionnaires pour la France et l'étranger*[3].

« Ces messieurs sont tous deux en affaires, lui répondit un commis affairé.

— J'attendrai. »

On laissa le poète dans la boutique où il examina les ballots ; il resta deux heures occupé à regarder les titres, à ouvrir les livres, à lire des pages çà et là. Lucien finit par s'appuyer l'épaule à un vitrage garni de petits rideaux verts, derrière lequel il soupçonna que se tenait ou Vidal ou Porchon, et il entendit la conversation suivante.

« Voulez-vous m'en prendre cinq cents exemplaires ? je vous les passe alors à cinq francs et vous donne double treizième.

— À quel prix ça les mettrait-il ?

— À seize sous de moins.

— Quatre francs quatre sous, dit Vidal ou Porchon à celui qui offrait ses livres.

— Oui, répondit le vendeur.

— En compte ? demanda l'acheteur.

— Vieux farceur ! et vous me régleriez dans dix-huit mois, en billets à un an ?

— Non, réglés immédiatement, répondit Vidal ou Porchon.

— À quel terme, neuf mois ? demanda le libraire ou l'auteur qui offrait sans doute un livre.

— Non, mon cher, à un an », répondit l'un des deux libraires-commissionnaires[1].

Il y eut un moment de silence.

« Vous m'égorgez ! s'écria l'inconnu.

— Mais, aurons-nous placé dans un an cinq cents exemplaires de *Léonide* ! répondit le libraire-commissionnaire à l'éditeur de Victor Ducange. Si les livres allaient au gré des éditeurs nous serions millionnaires, mon cher maître ; mais ils vont au gré du public. On donne les romans de Walter Scott à dix-huit sous le volume, trois livres douze sous l'exemplaire, et vous voulez que je vende vos bouquins plus cher ? Si vous voulez que je vous pousse ce roman-là, faites-moi des avantages. » « Vidal ! »

Un gros homme quitta la caisse et vint, une plume passée entre son oreille et sa tête.

« Dans ton dernier voyage, combien as-tu placé de Ducange ? lui demanda Porchon.

— J'ai *fait deux cents Petit vieillard de Calais*[2] ; mais il a fallu, pour les placer, déprécier deux autres ouvrages sur lesquels on ne nous faisait pas de si fortes remises, et qui sont devenus de fort jolis *rossignols*. »

Plus tard Lucien apprit que ce sobriquet de rossignol était donné par les libraires aux ouvrages qui restent perchés sur les casiers dans les profondes solitudes de leurs magasins.

« Tu sais, d'ailleurs, reprit Vidal, que Picard prépare des romans[1]. On nous promet vingt pour cent de remise sur le prix ordinaire de librairie, afin d'organiser un succès.

— Hé bien, à un an, répondit piteusement l'éditeur foudroyé par la dernière observation confidentielle de Vidal à Porchon.

— Est-ce dit ? demanda nettement Porchon à l'inconnu.

— Oui. »

Le libraire sortit. Lucien entendit Porchon disant à Vidal : « Nous en avons trois cents exemplaires de demandés, nous lui allongerons son règlement, nous vendrons les *Léonide* cent sous à l'unité, nous nous les ferons régler à six mois, et...

— Et, dit Vidal, voilà quinze cents francs de gagnés.

— Oh ! j'ai bien vu qu'il était gêné.

— Il s'enfonce ! il paye quatre mille francs à Ducange pour deux mille exemplaires[2]. »

Lucien arrêta Vidal en bouchant la petite porte de cette cage.

« Messieurs, dit-il aux deux associés, j'ai l'honneur de vous saluer. »

Les libraires le saluèrent à peine.

« Je suis auteur d'un roman sur l'histoire de France, à la manière de Walter Scott et qui a pour titre *L'Archer de Charles IX* ; je vous propose d'en faire l'acquisition ? »

Porchon jeta sur Lucien un regard sans chaleur en posant sa plume sur son pupitre. Vidal, lui, regarda l'auteur d'un air brutal, et lui répondit : « Monsieur, nous ne sommes pas libraires-éditeurs, nous sommes libraires-commissionnaires. Quand nous faisons des livres pour notre compte, ils constituent des opérations que nous entreprenons alors avec des *noms faits*. Nous n'achetons d'ailleurs que des livres sérieux, des histoires, des résumés.

— Mais mon livre est très sérieux, il s'agit de peindre sous son vrai jour la lutte des catholiques qui tenaient pour le gouvernement absolu, et des protestants qui voulaient établir la république. »

« Monsieur Vidal ! » cria un commis.

Vidal s'esquiva.

« Je ne vous dis pas, monsieur, que votre livre ne soit pas un chef-d'œuvre, reprit Porchon en faisant un geste assez impoli, mais nous ne nous occupons que des livres fabriqués. Allez voir ceux qui achètent des manuscrits, le père Doguereau, rue du Coq, auprès du Louvre, il est un de ceux qui font le roman. Si vous aviez parlé plus tôt, vous venez de voir Pollet[1], le concurrent de Doguereau, et des libraires des Galeries de Bois.

— Monsieur, j'ai un recueil de poésie…

— Monsieur Porchon ! cria-t-on.

— De la poésie, s'écria Porchon en colère. Et pour qui me prenez-vous ? » ajouta-t-il en lui riant au nez et disparaissant dans son arrière-boutique.

Lucien traversa le Pont-Neuf en proie à mille réflexions. Ce qu'il avait compris de cet argot commercial lui fit deviner que, pour ces libraires, les livres étaient comme des bonnets de coton pour des bonnetiers, une marchandise à vendre cher, à acheter bon marché.

« Je me suis trompé », se dit-il, frappé néanmoins du brutal et matériel aspect que prenait la littérature. Il avisa rue du Coq une boutique modeste devant laquelle il avait déjà passé, sur laquelle étaient peints en lettres jaunes, sur un fond vert, ces mots : DOGUEREAU, LIBRAIRE[1]. Il se souvint d'avoir vu ces mots répétés au bas du frontispice de plusieurs des romans qu'il avait lus au cabinet littéraire de Blosse. Il entra non sans cette trépidation intérieure que cause à tous les hommes d'imagination la certitude d'une lutte. Il trouva dans la boutique un singulier vieillard, l'une des figures originales de la librairie sous l'Empire. Doguereau portait un habit noir à grandes basques carrées, et la mode taillait alors les fracs en queue de morue. Il avait un gilet d'étoffe commune à carreaux de diverses couleurs d'où pendaient, à l'endroit du gousset, une chaîne d'acier et une clef de cuivre qui jouaient sur une vaste culotte noire. La montre devait avoir la grosseur d'un oignon. Ce costume était complété par des bas drapés, couleur gris de fer, et par des souliers ornés de boucles en argent. Le vieillard avait la tête nue, décorée de cheveux grisonnants, et assez poétiquement épars. Le père Doguereau, comme l'avait surnommé Porchon, tenait par l'habit, par la culotte et par les souliers au professeur de belles-lettres, et au marchand par le gilet, la montre et les bas. Sa physionomie ne démentait point cette singulière alliance : il avait l'air magistral, dogmatique, la figure creusée du maître de rhétorique, et les yeux vifs, la bouche soupçonneuse, l'inquiétude vague du libraire.

« Monsieur Doguereau ? dit Lucien.

— C'est moi, monsieur...

— Je suis auteur d'un roman, dit Lucien.

— Vous êtes bien jeune, dit le libraire.

— Mais, monsieur, mon âge ne fait rien à l'affaire.

— C'est juste, dit le vieux libraire en prenant le manuscrit. Ah, diantre ! *L'Archer de Charles IX*, un bon titre. Voyons, jeune homme, dites-moi votre sujet en deux mots.

— Monsieur, c'est une œuvre historique dans le

genre de Walter Scott, où le caractère de la lutte entre les protestants et les catholiques est présenté comme un combat entre deux systèmes de gouvernement, et où le trône était sérieusement menacé. J'ai pris parti pour les catholiques[1].

— Hé ! mais, jeune homme, voilà des idées. Eh bien, je lirai votre ouvrage, je vous le promets. J'aurais mieux aimé un roman dans le genre de Mme Radcliffe[2] ; mais si vous êtes travailleur, si vous avez un peu de style, de la conception, des idées, l'art de la mise en scène, je ne demande pas mieux que de vous être utile. Que nous faut-il ?... de bons manuscrits.

— Quand pourrai-je venir ?

— Je vais ce soir à la campagne, je serai de retour après-demain, j'aurai lu votre ouvrage, et s'il me va, nous pourrons traiter le jour même. »

Lucien, le voyant si bonhomme, eut la fatale idée de sortir le manuscrit des *Marguerites*.

« Monsieur, j'ai fait aussi un recueil de vers...

— Ah ! vous êtes poète, je ne veux plus de votre roman, dit le vieillard en lui tendant le manuscrit. Les rimailleurs échouent quand ils veulent faire de la prose. En prose, il n'y a pas de chevilles, il faut absolument dire quelque chose.

— Mais, monsieur, Walter Scott a fait des vers aussi...

— C'est vrai, dit Doguereau qui se radoucit, devina la pénurie du jeune homme, et garda le manuscrit. Où demeurez-vous ? j'irai vous voir. »

Lucien donna son adresse, sans soupçonner chez ce vieillard la moindre arrière-pensée, il ne reconnaissait pas en lui le libraire de la vieille école, un homme du temps où les libraires souhaitaient tenir dans un grenier et sous clef Voltaire et Montesquieu mourant de faim.

« Je reviens précisément par le quartier Latin », lui dit le vieux libraire après avoir lu l'adresse.

« Le brave homme ! pensa Lucien en saluant le libraire. J'ai donc rencontré un ami de la jeunesse, un connaisseur qui sait quelque chose. Parlez-moi de celui-là ! Je le disais bien à David : le talent parvient facilement à Paris. » Lucien revint heureux et léger, il rêvait la gloire. Sans plus songer aux sinistres paroles qui venaient de frapper son oreille dans le comptoir de Vidal et Porchon, il se voyait riche d'au moins douze cents francs. Douze cents francs représentaient une année de séjour à Paris, une année pendant laquelle il préparerait de nouveaux ouvrages. Combien de projets bâtis sur cette espérance ? Combien de douces rêveries en voyant sa vie assise sur le travail ? Il se casa, s'arrangea, peu s'en fallut qu'il ne fît quelques acquisitions. Il ne trompa son impatience que par des lectures constantes au cabinet de Blosse. Deux jours après, le vieux Doguereau, surpris du style que Lucien avait dépensé dans sa première œuvre, enchanté de l'exagération des caractères qu'admettait l'époque où se développait le drame, frappé de la fougue d'imagination avec laquelle un jeune auteur dessine toujours son premier plan, il n'était pas gâté, le père Doguereau ! vint à l'hôtel où demeurait son Walter Scott en herbe. Il était décidé à payer mille francs la propriété entière de *L'Archer de Charles IX*, et à lier Lucien par un traité pour plusieurs ouvrages. En voyant l'hôtel, le vieux renard se ravisa. « Un jeune homme logé là n'a que des goûts modestes, il aime l'étude, le travail ; je peux ne lui donner que huit cents francs. » L'hôtesse, à laquelle il demanda M. Lucien de Rubempré, lui répondit : « Au quatrième ! » Le libraire leva le nez, et n'aperçut que le ciel au-dessus du quatrième. « Ce jeune homme, pensa-t-il, est joli garçon, il est même très beau ; s'il gagnait trop d'argent, il se dissiperait, il ne travaillerait plus. Dans notre intérêt commun, je lui offrirai six cents francs ; mais en argent, pas de billets. » Il monta l'escalier, frappa trois coups à la porte de Lucien, qui vint ouvrir. La chambre était d'une nudité désespérante. Il y avait sur la table un bol de lait et une flûte de deux sous. Ce dénuement du génie frappa le bonhomme Doguereau.

« Qu'il conserve, pensa-t-il, ces mœurs simples, cette frugalité, ces modestes besoins. » « J'éprouve du plaisir à vous voir, dit-il à Lucien. Voilà, monsieur, comment vivait Jean-Jacques, avec qui vous aurez plus d'un rapport. Dans ces logements-ci brille le feu du génie et se composent les bons ouvrages. Voilà comment devraient vivre les gens de lettres, au lieu de faire ripaille dans les cafés, dans les restaurants, d'y perdre leur temps, leur talent et notre argent. » Il s'assit. « Jeune homme, votre roman n'est pas mal. J'ai été professeur de rhétorique, je connais l'histoire de France ; il y a d'excellentes choses. Enfin vous avez de l'avenir.

— Ah ! monsieur.

— Non, je vous le dis, nous pourrons faire des affaires ensemble. Je vous achète votre roman... »

Le cœur de Lucien s'épanouit, il palpitait d'aise, il allait entrer dans le monde littéraire, il serait enfin imprimé.

« Je vous l'achète quatre cents francs, dit Doguereau d'un ton mielleux et en regardant Lucien d'un air qui semblait annoncer un effort de générosité[1].

— Le volume ? dit Lucien.

— Le roman, dit Doguereau sans s'étonner de la surprise de Lucien. Mais, ajouta-t-il, ce sera comptant. Vous vous engagerez à m'en faire deux par an pendant six ans. Si le premier s'épuise en six mois, je vous payerai les suivants six cents francs. Ainsi, à deux par an, vous aurez cent francs par mois, vous aurez votre vie assurée, vous serez heureux. J'ai des auteurs que je ne paye que trois cents francs par roman. Je donne deux cents francs pour une traduction de l'anglais. Autrefois, ce prix eût été exorbitant.

— Monsieur, nous ne pourrons pas nous entendre, je vous prie de me rendre mon manuscrit, dit Lucien glacé.

— Le voilà, dit le vieux libraire. Vous ne connaissez pas les affaires, monsieur. En publiant le premier roman d'un auteur, un éditeur doit risquer seize cents francs d'impression et de papier. Il est plus facile de faire un roman que de trouver une pareille somme. J'ai cent manuscrits de romans chez moi, et n'ai pas cent soixante mille francs dans ma caisse. Hélas ! je n'ai pas gagné cette somme depuis vingt ans que je suis libraire. On ne fait donc pas fortune au métier d'imprimer des romans. Vidal et Porchon ne nous les prennent qu'à des conditions qui deviennent de jour en jour plus onéreuses pour nous. Là où vous risquez votre temps, je dois, moi, débourser deux mille francs. Si nous sommes trompés, car *habent sua fata libelli*[1], je perds deux mille francs ; quant à vous, vous n'avez qu'à lancer une ode contre la stupidité publique. Après avoir médité sur ce que j'ai l'honneur de vous dire, vous viendrez me revoir. — Vous reviendrez à moi, répéta le libraire avec autorité pour répondre à un geste plein de superbe que Lucien laissa échapper. Loin de trouver un libraire qui veuille risquer deux mille francs pour un jeune inconnu, vous ne trouverez pas un commis qui se donne la peine de lire votre griffonnage. Moi, qui l'ai lu, je puis vous y signaler plusieurs fautes de français. Vous avez mis *observer* pour *faire observer*, et *malgré que*. Malgré veut un régime direct. » Lucien parut humilié « Quand je vous reverrai, vous aurez perdu cent francs, ajouta-t-il, je ne vous donnerai plus alors que cent écus. » Il se leva, salua, mais sur le pas de la porte il dit : « Si vous n'aviez pas du talent, de l'avenir, si je ne m'intéressais pas aux jeunes gens studieux, je ne vous aurais pas proposé de si belles conditions. Cent francs par mois ! Songez-y. Après tout, un roman dans un tiroir, ce n'est pas comme un cheval à l'écurie, ça ne mange pas de pain. À la vérité, ça n'en donne pas non plus ! »

Lucien prit son manuscrit, le jeta par terre en s'écriant : « J'aime mieux le brûler, monsieur !

— Vous avez une tête de poète », dit le vieillard.

Lucien dévora sa flûte, lappa son lait et descendit. Sa chambre n'était pas assez vaste, il y aurait tourné sur lui-même comme un lion dans sa cage au Jardin des Plantes. À la bibliothèque Sainte-Geneviève, où Lucien comptait aller, il avait toujours aperçu dans le même coin un jeune homme d'environ vingt-cinq ans qui travaillait avec cette application soutenue que rien ne distrait ni dérange, et à laquelle se reconnaissent les véritables ouvriers littéraires. Ce jeune homme y venait sans doute depuis longtemps, les employés et le bibliothécaire lui-même avaient pour lui des complaisances ; le bibliothécaire lui laissait emporter des livres que Lucien voyait rapporter le lendemain par le studieux inconnu, dans lequel le poète reconnaissait un frère de misère et d'espérance. Petit, maigre et pâle, ce travailleur cachait un beau front sous une épaisse chevelure noire assez mal tenue, il avait de belles mains, il attirait le regard des indifférents par une vague ressemblance avec le portrait de Bonaparte gravé d'après Robert Lefebvre[1]. Cette gravure est tout un poème de mélancolie ardente, d'ambition contenue, d'activité cachée. Examinez-la bien ? Vous y trouverez du génie et de la discrétion, de la finesse et de la grandeur. Les yeux ont de l'esprit comme des yeux de femme. Le coup d'œil est avide de l'espace et désireux de difficultés à vaincre. Le nom de Bonaparte ne serait pas écrit au-dessous, vous le contempleriez tout aussi longtemps. Le jeune homme qui réalisait cette gravure avait ordinairement un pantalon à pied dans des souliers à grosses semelles, une redingote de drap commun, une cravate noire, un gilet de drap gris, mélangé de blanc, boutonné jusqu'en haut, et un chapeau à bon marché. Son dédain pour toute toilette inutile était visible. Ce mystérieux inconnu, marqué du sceau que le génie imprime au front de ses esclaves, Lucien le retrouvait chez Flicoteaux le plus régulier de tous les habitués ; il y mangeait pour vivre, sans faire attention à des aliments avec lesquels il paraissait familiarisé, il buvait de l'eau. Soit à la bibliothèque, soit chez Flicoteaux, il déployait en tout une sorte de dignité qui venait sans doute de la conscience d'une vie occupée par quelque chose de grand, et qui le rendait inabordable. Son regard était penseur. La méditation habitait sur son beau front noblement coupé. Ses yeux noirs et vifs, qui voyaient bien et promptement, annonçaient une habitude d'aller au fond des choses. Simple en ses gestes, il avait une contenance grave. Lucien éprouvait un respect involontaire pour lui. Déjà plusieurs fois, l'un et l'autre ils s'étaient mutuellement regardés comme pour se parler à l'entrée ou à la sortie de la bibliothèque ou du restaurant, mais ni l'un ni l'autre ils n'avaient osé. Ce silencieux jeune homme allait au fond de la salle, dans la partie située en retour sur la place de la Sorbonne. Lucien n'avait donc pu se lier avec lui, quoiqu'il se sentît porté vers ce jeune travailleur en qui se trahissaient les indicibles symptômes de la supériorité. L'un et l'autre, ainsi qu'ils le reconnurent plus tard, ils étaient deux natures vierges et timides, adonnées à toutes les peurs dont les émotions plaisent aux hommes solitaires. Sans leur subite rencontre au moment du désastre qui venait d'arriver à Lucien, peut-être ne se seraient-ils jamais mis en communication. Mais en entrant dans la rue des Grès,

Lucien aperçut le jeune inconnu qui revenait de Sainte-Geneviève.

« La bibliothèque est fermée, je ne sais pourquoi, monsieur », lui dit-il.

En ce moment Lucien avait des larmes dans les yeux, il remercia l'inconnu par un de ces gestes qui sont plus éloquents que le discours, et qui, de jeune homme à jeune homme, ouvrent aussitôt les cœurs. Tous deux descendirent la rue des Grès en se dirigeant vers la rue de La Harpe[1].

« Je vais alors me promener au Luxembourg, dit Lucien. Quand on est sorti, il est difficile de revenir travailler.

— On n'est plus dans le courant d'idées nécessaires, reprit l'inconnu. Vous paraissez chagrin, monsieur ?

— Il vient de m'arriver une singulière aventure », dit Lucien.

Il raconta sa visite sur le quai, puis celle au vieux libraire et les propositions qu'il venait de recevoir ; il se nomma, et dit quelques mots de sa situation. Depuis un mois environ, il avait dépensé soixante francs pour vivre, trente francs à l'hôtel, vingt francs au spectacle, dix francs au cabinet littéraire, en tout cent vingt francs ; il ne lui restait plus que cent vingt francs.

« Monsieur, lui dit l'inconnu, votre histoire est la mienne et celle de mille à douze cents jeunes gens qui, tous les ans, viennent de la province à Paris. Nous ne sommes pas encore les plus malheureux. Voyez-vous ce théâtre ? dit-il en lui montrant les cimes de l'Odéon. Un jour vint se loger, dans une des maisons qui sont sur la place, un homme de talent qui avait roulé dans des abîmes de misère ; marié, surcroît de malheur qui ne nous afflige encore ni l'un ni l'autre, à une femme qu'il aimait ; pauvre ou riche, comme vous voudrez, de deux enfants ; criblé de dettes, mais confiant dans sa plume. Il présente à l'Odéon une comédie en cinq actes, elle est reçue, elle obtient un tour de faveur, les comédiens la répètent, et le directeur active les répétitions. Ces cinq bonheurs constituent cinq drames encore plus difficiles à réaliser que cinq actes à écrire. Le pauvre auteur, logé dans un grenier que vous pouvez voir d'ici, épuise ses dernières ressources pour vivre pendant la mise en scène de sa pièce, sa femme met ses vêtements au Mont-de-Piété, la famille ne mange que du pain. Le jour de la dernière répétition, la veille de la représentation, le ménage devait cinquante francs dans le quartier, au boulanger, à la laitière, au portier. Le poète avait conservé le strict nécessaire : un habit, une chemise, un pantalon, un gilet et des bottes. Sûr du succès, il vient embrasser sa femme, il lui annonce la fin de leurs infortunes. "Enfin il n'y a plus rien contre nous ! s'écrie-t-il, — Il y a le feu, dit la femme, regarde, l'Odéon brûle." Monsieur, l'Odéon brûlait[1]. Ne vous plaignez donc pas. Vous avez des vêtements, vous n'avez ni femme ni enfants, vous avez pour cent vingt francs de hasard dans votre poche, et vous ne devez rien à personne. La pièce a eu cent cinquante représentations au théâtre Louvois. Le Roi a fait une pension à l'auteur. Buffon l'a dit, le génie, c'est la patience. La patience est en effet ce qui, chez l'homme, ressemble le plus au procédé que la nature emploie dans ses créations. Qu'est-ce que l'Art, monsieur ? c'est la Nature concentrée. »

Les deux jeunes gens arpentaient alors le Luxembourg. Lucien apprit bientôt le nom, devenu depuis célèbre, de l'inconnu qui s'efforçait de le consoler. Ce jeune homme était Daniel d'Arthez, aujourd'hui l'un des plus illustres écrivains de notre époque, et l'un des gens rares qui, selon la belle pensée d'un poète, offrent « l'accord d'un beau talent et d'un beau caractère[2] ».

« On ne peut pas être grand homme à bon marché, lui dit Daniel de sa voix douce. Le génie arrose ses œuvres de ses larmes. Le talent est une créature morale qui a, comme tous les êtres, une enfance sujette à des maladies. La Société repousse les talents incomplets comme la Nature emporte les créatures faibles ou mal conformées. Qui veut s'élever au-dessus des hommes doit se préparer à une lutte, ne reculer devant aucune difficulté. Un grand écrivain est un martyr qui ne mourra pas, voilà tout. Vous avez au front le sceau du génie, dit d'Arthez à Lucien en lui jetant un regard qui l'enveloppa ; si vous n'en avez pas au cœur la volonté, si vous n'en avez pas la patience angélique, si à quelque distance du but que vous mettent les bizarreries de la destinée vous ne reprenez pas, comme les tortues en quelque pays qu'elles soient, le chemin de votre infini, comme elles prennent celui de leur cher océan, renoncez dès aujourd'hui.

— Vous vous attendez donc, vous, à des supplices ? dit Lucien.

— À des épreuves en tout genre, à la calomnie, à la trahison, à l'injustice de mes rivaux ; aux effronteries, aux ruses, à l'âpreté du commerce, répondit le jeune homme d'une voix résignée. Si votre œuvre est belle, qu'importe une première perte…

— Voulez-vous lire et juger la mienne ? dit Lucien.

— Soit, dit d'Arthez. Je demeure rue des Quatre-Vents, dans une maison où l'un des hommes les plus illustres, un des plus beaux génies de notre temps, un phénomène dans la science, Desplein, le plus grand chirurgien connu, souffrit son premier martyre en se débattant avec les premières difficultés de la vie et de la gloire à Paris[1]. Ce souvenir me donne tous les soirs la dose de courage dont j'ai besoin tous les matins. Je suis dans cette chambre où il a souvent mangé, comme Rousseau, du pain et des cerises, mais sans Thérèse[2]. Venez dans une heure, j'y serai. »

Les deux poètes se quittèrent en se serrant la main

avec une indicible effusion de tendresse mélancolique. Lucien alla chercher son manuscrit. Daniel d'Arthez alla mettre au Mont-de-Piété sa montre pour pouvoir acheter deux falourdes[1], afin que son nouvel ami trouvât du feu chez lui, car il faisait froid. Lucien fut exact et vit d'abord une maison moins décente que son hôtel et qui avait une allée sombre, au bout de laquelle se développait un escalier obscur. La chambre de Daniel d'Arthez, située au cinquième étage, avait deux méchantes croisées entre lesquelles était une bibliothèque en bois noirci, pleine de cartons étiquetés. Une maigre couchette en bois peint, semblable aux couchettes de collège, une table de nuit achetée d'occasion, et deux fauteuils couverts en crin occupaient le fond de cette pièce tendue d'un papier écossais verni par la fumée et par le temps. Une longue table chargée de papiers était placée entre la cheminée et l'une des croisées. En face de cette cheminée, il y avait une mauvaise commode en bois d'acajou. Un tapis de hasard[2] couvrait entièrement le carreau. Ce luxe nécessaire évitait du chauffage. Devant la table, un vulgaire fauteuil de bureau en basane rouge blanchie par l'usage, puis six mauvaises chaises complétaient l'ameublement. Sur la cheminée, Lucien aperçut un vieux flambeau de bouillotte[3] à garde-vue, muni de quatre bougies. Quand Lucien demanda la raison des bougies en reconnaissant en toutes choses les symptômes d'une âpre misère, d'Arthez lui répondit qu'il lui était impossible de supporter l'odeur de la chandelle. Cette circonstance indiquait une grande délicatesse de sens, l'indice d'une exquise sensibilité. La lecture dura sept heures. Daniel écouta religieusement, sans dire un mot ni faire une observation, une des plus rares preuves de bon goût que puissent donner les auteurs.

« Eh bien, dit Lucien à Daniel en mettant le manuscrit sur la cheminée.

— Vous êtes dans une belle et bonne voie, répondit gravement le jeune homme ; mais votre œuvre est à remanier. Si vous voulez ne pas être le singe de Walter Scott, il faut vous créer une manière différente, et vous l'avez imité. Vous commencez, comme lui, par de longues conversations pour poser vos personnages ; quand ils ont causé, vous faites arriver la description et l'action. Cet antagonisme nécessaire à toute œuvre dramatique vient en dernier. Renversez-moi les termes du problème. Remplacez ces diffuses causeries, magnifiques chez Scott, mais sans couleur chez vous, par des descriptions auxquelles se prête si bien notre langue. Que chez vous le dialogue soit la conséquence attendue qui couronne vos préparatifs. Entrez tout d'abord dans l'action. Prenez-moi votre sujet tantôt en travers, tantôt par la queue ; enfin variez vos plans, pour n'être jamais le même. Vous serez neuf tout en adaptant à l'histoire de France la forme du drame dialogué de l'Écossais. Walter Scott est sans passion, il l'ignore, ou peut-être lui était-elle interdite par les mœurs hypocrites de son pays. Pour lui, la femme est le devoir incarné. À de rares exceptions près, ses héroïnes sont absolument les mêmes, il n'a eu pour elles qu'un seul poncif, selon l'expression des peintres. Elles procèdent toutes de Clarisse Harlowe[1] ; en les ramenant toutes à une idée, il ne pouvait que tirer des exemplaires d'un même type variés par un coloriage plus ou moins vif. La femme porte le désordre dans la société par la passion. La passion a des accidents infinis. Peignez donc les passions, vous aurez les ressources immenses dont s'est privé ce grand génie pour être lu dans toutes les familles de la prude Angleterre. En France, vous trouverez les fautes charmantes et les mœurs brillantes du catholicisme à opposer aux sombres figures du calvinisme pendant la période la plus passionnée de notre histoire. Chaque règne authentique, à partir de Charlemagne, demandera tout au moins un ouvrage, et quelquefois quatre ou cinq, comme pour Louis XIV, Henri IV, François Ier. Vous ferez ainsi une histoire de France pittoresque[1] où vous peindrez les costumes, les meubles, les maisons, les intérieurs, la vie privée, tout en donnant l'esprit du temps, au lieu de narrer péniblement des faits connus. Vous avez un moyen d'être original en relevant les erreurs populaires qui défigurent la plupart de nos rois. Osez, dans votre première œuvre, rétablir la grande et magnifique figure de Catherine que vous avez sacrifiée aux préjugés qui planent encore sur elle. Enfin peignez Charles IX comme il était, et non comme l'ont fait les écrivains protestants. Au bout de dix ans de persistance, vous aurez gloire et fortune. »

Il était alors neuf heures. Lucien imita l'action secrète de son futur ami en lui offrant à dîner chez Édon[2], où il dépensa douze francs. Pendant ce dîner Daniel livra le secret de ses espérances et de ses études à Lucien. D'Arthez n'admettait pas de talent hors ligne sans de profondes connaissances métaphysiques. Il procédait en ce moment au dépouillement de toutes les richesses philosophiques des temps anciens et modernes pour se les assimiler. Il voulait, comme Molière, être un profond philosophe avant de faire des comédies. Il étudiait le monde écrit et le monde vivant, la pensée et le fait. Il avait pour amis de savants naturalistes, de jeunes médecins, des écrivains politiques et des artistes, société de gens studieux, sérieux, pleins d'avenir. Il vivait d'articles consciencieux et peu payés mis dans des dictionnaires biographiques, encyclopédiques ou de sciences naturelles ; il n'en écrivait ni plus ni moins que ce qu'il en fallait pour vivre et pouvoir suivre sa pensée. D'Arthez avait une œuvre d'imagination, entreprise uniquement pour étudier les ressources de la langue. Ce livre, encore inachevé, pris et repris par caprice, il le gardait pour les jours de grande détresse. C'était une œuvre psychologique et de haute portée sous la forme du roman. Quoique Daniel se découvrît modestement, il parut gigantesque à Lucien. En sortant du restaurant, à onze heures, Lucien s'était pris d'une vive amitié pour cette vertu sans emphase, pour cette nature, sublime sans le savoir. Le poète ne discuta pas les conseils de Daniel, il les suivit à la lettre. Ce beau talent déjà mûri par la pensée et par une critique solitaire, inédite, faite pour lui non pour autrui, lui avait tout à coup poussé la porte des plus magnifiques palais de la fantaisie. Les lèvres du provincial avaient été touchées d'un charbon ardent[1], et la parole du travailleur parisien trouva dans le cerveau du poète d'Angoulême une terre préparée. Lucien se mit à refondre son œuvre.

Heureux d'avoir rencontré dans le désert de Paris un cœur où abondaient des sentiments généreux en harmonie avec les siens, le grand homme de province fit ce que font tous les jeunes gens affamés d'affection : il s'attacha comme une maladie chronique à d'Arthez, il alla le chercher pour se rendre à la bibliothèque, il se promena près de lui au Luxembourg par les belles journées, il l'accompagna tous les soirs jusque dans sa pauvre chambre, après avoir dîné près de lui chez Flicoteaux, enfin il se serra contre lui comme un soldat se pressait sur son voisin dans les plaines glacées de la Russie. Pendant les premiers jours de sa connaissance avec Daniel, Lucien ne remarqua pas sans chagrin une certaine gêne causée par sa présence dès que les intimes étaient réunis. Les discours de ces êtres supérieurs, dont lui parlait d'Arthez avec un enthousiasme concentré, se tenaient dans les bornes d'une réserve en désaccord avec les témoignages visibles de leur vive amitié. Lucien sortait alors discrètement en ressentant une sorte de peine causée par l'ostracisme dont il était l'objet et par la curiosité qu'excitaient en lui ces personnages inconnus ; car tous s'appelaient par leurs noms de baptême. Tous portaient au front, comme d'Arthez, le sceau d'un génie spécial. Après de secrètes oppositions combattues à son insu par Daniel, Lucien fut enfin jugé digne d'entrer dans ce Cénacle de grands esprits[1]. Lucien put dès lors connaître ces personnes unies par les plus vives sympathies, par le sérieux de leur existence intellectuelle, et qui se réunissaient presque tous les soirs chez d'Arthez. Tous pressentaient en lui le grand écrivain : ils le regardaient comme leur chef depuis qu'ils avaient perdu l'un des esprits les plus extraordinaires de ce temps, un génie mystique, leur premier chef, qui, pour des raisons inutiles à rapporter, était retourné dans sa province, et dont Lucien entendait souvent parler sous le nom de Louis[2]. On comprendra facilement combien ces personnages avaient dû réveiller l'intérêt et la curiosité d'un poète, à l'indication de ceux qui depuis ont conquis, comme d'Arthez, toute leur gloire ; car plusieurs succombèrent.

Parmi ceux qui vivent encore était Horace Bianchon, alors interne à l'Hôtel-Dieu, devenu depuis l'un des flambeaux de l'École de Paris, et trop connu maintenant pour qu'il soit nécessaire de peindre sa personne ou d'expliquer son caractère et la nature de son esprit. Puis venait Léon Giraud[3], ce profond philosophe, ce hardi théoricien qui remue tous les systèmes, les juge, les exprime, les formule et les traîne aux pieds de son idole, l'HUMANITÉ ; toujours grand, même dans ses erreurs, ennoblies par sa bonne foi. Ce travailleur intrépide, ce savant consciencieux, est devenu chef d'une école morale et politique sur le mérite de laquelle le temps seul pourra prononcer. Si ses convictions lui ont fait une destinée en des régions étrangères à celles où ses camarades se sont élancés, il n'en est pas moins resté leur fidèle ami. L'Art était représenté par Joseph

Bridau, l'un des meilleurs peintres de la jeune École[1]. Sans les malheurs secrets auxquels le condamne une nature trop impressionnable, Joseph, dont le dernier mot n'est d'ailleurs pas dit, aurait pu continuer les grands maîtres de l'école italienne : il a le dessin de Rome et la couleur de Venise ; mais l'amour le tue et ne traverse pas que son cœur : l'amour lui lance ses flèches dans le cerveau, lui dérange sa vie et lui fait faire les plus étranges zigzags. Si sa maîtresse éphémère le rend ou trop heureux ou trop misérable, Joseph enverra pour l'exposition tantôt des esquisses où la couleur empâte le dessin, tantôt des tableaux qu'il a voulu finir sous le poids de chagrins imaginaires, et où le dessin l'a si bien préoccupé que la couleur, dont il dispose à son gré, ne s'y retrouve pas. Il trompe incessamment et le public et ses amis. Hoffmann l'eût adoré pour ses pointes poussées avec hardiesse dans le champ des Arts, pour ses caprices, pour sa fantaisie. Quand il est complet, il excite l'admiration, il la savoure, et s'effarouche alors de ne plus recevoir d'éloges pour les œuvres manquées où les yeux de son âme voient tout ce qui est absent pour l'œil du public. Fantasque au suprême degré, ses amis lui ont vu détruire un tableau achevé auquel il trouvait l'air trop peigné. « C'est trop fait, disait-il, c'est trop écolier. » Original et sublime parfois, il a tous les malheurs et toutes les félicités des organisations nerveuses, chez lesquelles la perfection tourne en maladie. Son esprit est frère de celui de Sterne[2], mais sans le travail littéraire. Ses mots, ses jets de pensée ont une saveur inouïe. Il est éloquent et sait aimer, mais avec ses caprices, qu'il porte dans les sentiments comme dans son *faire*. Il était cher au Cénacle précisément à cause de ce que le monde bourgeois eût appelé ses défauts. Enfin Fulgence Ridal, l'un des auteurs de notre temps qui ont le plus de verve comique[3], un poète insouciant de gloire, ne jetant sur le théâtre que ses productions les plus vulgaires, et gardant dans le sérail de son cerveau, pour lui, pour ses amis, les plus jolies scènes ; ne demandant au public que l'argent nécessaire à son indépendance, et ne voulant plus rien faire dès qu'il l'aura obtenu. Paresseux et fécond comme Rossini, obligé, comme les grands poètes comiques, comme Molière et Rabelais, de considérer toute chose à l'endroit du Pour et à l'envers du Contre, il était sceptique, il pouvait rire et riait de tout. Fulgence Ridal est un grand philosophe pratique. Sa science du monde, son génie d'observation, son dédain de la gloire, qu'il appelle la parade, ne lui ont point desséché le cœur. Aussi actif pour autrui qu'il est indifférent à ses intérêts, s'il marche, c'est pour un ami. Pour ne pas mentir à son masque vraiment rabelaisien, il ne hait pas la bonne chère et ne la recherche point, il est à la fois mélancolique et gai. Ses amis le nomment le *chien du régiment*[1], rien ne le peint mieux que ce sobriquet. Trois autres, au moins aussi supérieurs que ces quatre amis peints de profil, devaient succomber par intervalles : Meyraux d'abord, qui mourut après avoir ému la célèbre dispute entre Cuvier et Geoffroy Saint-Hilaire, grande question qui devait partager le monde scientifique entre ces deux génies égaux, quelques mois avant la mort de celui qui tenait pour une science étroite et analyste contre le panthéiste qui vit encore et que l'Allemagne révère[2]. Meyraux était l'ami de ce Louis qu'une mort anticipée allait bientôt ravir au monde intellectuel. À ces deux hommes, tous deux marqués par la mort, tous deux obscurs aujourd'hui malgré l'immense portée de leur savoir et de leur génie, il faut joindre Michel Chrestien[3], républicain d'une haute portée qui rêvait la fédération de l'Europe et qui fut en 1830 pour beaucoup dans le mouvement moral des saint-simoniens. Homme politique de la force de Saint-Just et de Danton, mais simple et doux comme une jeune fille, plein d'illusions et d'amour, doué d'une voix mélodieuse qui aurait ravi Mozart, Weber ou Rossini, et chantant certaines chansons de Béranger à enivrer le cœur de poésie, d'amour ou d'espérance, Michel Chrestien, pauvre comme Lucien, comme Daniel, comme tous ses amis, gagnait sa vie avec une insouciance diogénique. Il faisait des tables de matières pour de grands ouvrages, des prospectus pour les libraires, muet d'ailleurs sur ses doctrines comme est muette une tombe sur les secrets de la mort. Ce gai bohémien de l'intelligence, ce grand homme d'État, qui peut-être eût changé la face du monde, mourut au cloître Saint-Merry comme un simple soldat. La balle de quelque négociant tua là l'une des plus nobles créatures qui foulassent le sol français. Michel Chrestien périt pour d'autres doctrines que les siennes. Sa fédération menaçait beaucoup plus que la propagande républicaine l'aristocratie européenne ; elle était plus rationnelle et moins folle que les affreuses idées de liberté indéfinie proclamées par les jeunes insensés qui se portent héritiers de la Convention. Ce noble plébéien fut pleuré de tous ceux qui le connaissaient ; il n'est aucun d'eux qui ne songe, et souvent, à ce grand homme politique inconnu.

Ces neuf personnes composaient un Cénacle où l'estime et l'amitié faisaient régner la paix entre les idées et les doctrines les plus opposées. Daniel d'Arthez, gentilhomme picard, tenait pour la Monarchie avec une conviction égale à celle qui faisait tenir Michel Chrestien à son fédéralisme européen. Fulgence Ridal se moquait des doctrines philosophiques de Léon Giraud, qui lui-même prédisait à d'Arthez la fin du christianisme et de la Famille. Michel Chrestien, qui croyait à la religion du Christ, le divin législateur de l'Égalité, défendait l'immortalité de l'âme contre le scalpel de Bianchon, l'analyste par excellence. Tous discutaient sans disputer. Ils n'avaient point de vanité, étant eux-mêmes leur auditoire. Ils se communiquaient leurs travaux, et se consultaient avec l'adorable bonne foi de la jeunesse. S'agissait-il d'une affaire sérieuse ? l'opposant quittait son opinion pour entrer dans les idées de son ami, d'autant plus apte à l'aider, qu'il était impartial dans une cause ou dans une œuvre en dehors de ses idées. Presque tous avaient l'esprit doux et tolérant, deux qualités qui prouvaient leur supériorité. L'Envie, cet horrible trésor de nos espérances trompées, de nos talents avortés, de nos succès manqués, de nos prétentions blessées, leur était inconnue. Tous marchaient d'ailleurs dans des voies différentes. Aussi, ceux qui furent admis, comme Lucien, dans leur société, se sentaient-ils à l'aise. Le vrai talent est toujours bon enfant et candide, ouvert, point gourmé ; chez lui, l'épigramme caresse l'esprit, et ne vise jamais l'amour-propre. Une fois la première émotion que cause le respect dissipée, on éprouvait des douceurs infinies auprès de ces jeunes gens d'élite. La familiarité n'excluait pas la conscience que chacun avait de sa valeur, chacun sentait une profonde estime pour son voisin ; enfin, chacun se sentant de force à être à son tour le bienfaiteur ou l'obligé, tout le monde acceptait sans façon. Les conversations, pleines de charmes et sans fatigue, embrassaient les sujets les plus variés. Légers à la manière des flèches, les mots allaient à fond tout en allant vite. La grande misère extérieure et la splendeur des richesses intellectuelles produisaient un singulier contraste. Là, personne ne pensait aux réalités de la vie que pour en tirer d'amicales plaisanteries. Par une journée où le froid se fit prématurément sentir, cinq des amis de d'Arthez arrivèrent ayant eu chacun la même pensée, tous apportaient du bois sous leur manteau, comme dans ces repas champêtres où, chaque invité devant fournir son plat, tout le monde donne un pâté. Tous doués de cette beauté morale qui réagit sur la forme, et qui, non moins que les travaux et les veilles, dore les jeunes visages d'une teinte divine, ils offraient ces traits un peu tourmentés que la pureté de la vie et le feu de la pensée régularisent et purifient. Leurs fronts se recommandaient par une ampleur poétique. Leurs yeux vifs et brillants déposaient d'une vie sans souillures. Les souffrances de la misère, quand elles se faisaient sentir, étaient si gaiement supportées, épousées avec une telle ardeur par tous, qu'elles n'altéraient point la sérénité particulière aux visages des jeunes gens encore exempts de fautes graves, qui ne se sont amoindris dans aucune des lâches transactions qu'arrachent la misère mal supportée, l'envie de parvenir sans aucun choix de moyens, et la facile complaisance avec laquelle les gens de lettres accueillent ou pardonnent les trahisons. Ce qui rend les amitiés indissolubles et double leur charme, est un sentiment qui manque à l'amour, la certitude. Ces jeunes gens étaient sûrs d'eux-mêmes : l'ennemi de l'un devenait l'ennemi de tous, ils eussent brisé leurs intérêts les plus urgents pour obéir à la sainte solidarité de leurs cœurs. Incapables tous d'une lâcheté, ils pouvaient opposer un *non* formidable à toute accusation, et se défendre les uns les autres avec sécurité. Également nobles par le cœur et d'égale force dans les choses de sentiment, ils pouvaient tout penser et se tout dire sur le terrain de la science et de l'intelligence ; de là, l'innocence de leur commerce, la gaieté de leur parole. Certains de se comprendre, leur esprit divaguait à l'aise ; aussi ne faisaient-ils point de façon entre eux, ils se confiaient leurs peines et leurs joies, ils pensaient et souffraient à plein cœur. Les charmantes délicatesses qui font de la fable des DEUX AMIS [1] un trésor pour les grandes âmes étaient habituelles chez eux. Leur sévérité pour admettre dans leur sphère un nouvel habitant se conçoit. Ils avaient trop la conscience de leur grandeur et de leur bonheur pour le troubler en y laissant entrer des éléments nouveaux et inconnus.

Cette fédération de sentiments et d'intérêts dura sans choc ni mécomptes pendant vingt années. La mort, qui leur enleva Louis Lambert, Meyraux et Michel Chrestien, put seule diminuer cette noble Pléiade. Quand, en 1832, ce dernier succomba, Horace Bianchon, Daniel d'Arthez, Léon Giraud, Joseph Bridau, Fulgence Ridal allèrent, malgré le péril de la démarche, retirer son corps à Saint-Merry, pour lui rendre les derniers devoirs à la face brûlante de la Politique. Ils accompagnèrent ces restes chéris jusqu'au cimetière du Père-Lachaise pendant la nuit. Horace Bianchon leva toutes les difficultés à ce sujet, et ne recula devant aucune ; il sollicita les ministres en leur confessant sa vieille amitié pour le fédéraliste expiré. Ce fut une scène touchante gravée dans la mémoire des amis peu nombreux qui assistèrent les cinq hommes célèbres. En vous promenant dans cet élégant cimetière, vous verrez un terrain acheté à perpétuité, où s'élève une tombe de gazon surmontée d'une croix en bois noir sur laquelle sont gravés en lettres rouges ces deux noms : MICHEL CHRESTIEN. C'est le seul monument qui soit dans ce style. Les cinq amis ont pensé qu'il fallait rendre hommage à cet homme simple par cette simplicité.

Dans cette froide mansarde se réalisaient donc les plus beaux rêves du sentiment. Là, des frères tous également forts en différentes régions de la science s'éclairaient mutuellement avec bonne foi, se disant tout, même leurs pensées mauvaises, tous d'une instruction immense et tous éprouvés au creuset de la misère. Une fois admis parmi ces êtres d'élite et pris pour un égal, Lucien y représenta la Poésie et la Beauté. Il y lut des sonnets qui furent admirés. On lui demandait un sonnet, comme il priait Michel Chrestien de lui chanter une chanson. Dans le désert de Paris, Lucien trouva donc une oasis rue des Quatre-Vents.

Au commencement du mois d'octobre, Lucien, après avoir employé le reste de son argent pour se procurer un peu de bois, resta sans ressources au milieu du plus ardent travail, celui du remaniement de son œuvre. Daniel d'Arthez, lui, brûlait des mottes, et supportait héroïquement la misère : il ne se plaignait point, il était rangé comme une vieille fille, et ressemblait à un avare, tant il avait de méthode. Ce courage excitait celui de Lucien qui, nouveau venu dans le Cénacle, éprouvait une invincible répugnance à parler de sa détresse. Un matin, il alla jusqu'à la rue du Coq pour vendre *L'Archer de Charles IX* à Doguereau, qu'il ne rencontra pas. Lucien ignorait combien les grands esprits ont d'indulgence. Chacun de ses amis concevait les faiblesses particulières aux hommes de poésie, les abattements qui suivent les efforts de l'âme surexcitée par les contemplations de la nature qu'ils ont mission de reproduire. Ces hommes si forts contre leurs propres maux étaient tendres pour les douleurs de Lucien. Ils avaient compris son manque d'argent. Le Cénacle couronna donc les douces soirées de causeries, de profondes méditations, de poésies, de confidences, de courses à pleines ailes dans les champs de l'intelligence, dans l'avenir des nations, dans les domaines de l'histoire, par un trait qui prouve combien Lucien avait peu compris ses nouveaux amis.

« Lucien, mon ami, lui dit Daniel, tu n'es pas venu dîner hier chez Flicoteaux, et nous savons pourquoi. »

Lucien ne put retenir des larmes qui coulèrent sur ses joues.

« Tu as manqué de confiance en nous, lui dit Michel Chrestien, nous ferons une croix à la cheminée et quand nous serons à dix[1]...

— Nous avons tous, dit Bianchon, trouvé quelque

travail extraordinaire : moi j'ai gardé pour le compte de Desplein un riche malade, d'Arthez a fait un article pour *La Revue encyclopédique*[1], Chrestien a voulu aller chanter un soir dans les Champs-Élysées avec un mouchoir et quatre chandelles ; mais il a trouvé une brochure à faire pour un homme qui veut devenir un homme politique, et il lui a donné pour six cents francs de Machiavel ; Léon Giraud a emprunté cinquante francs à son libraire, Joseph a vendu des croquis, et Fulgence a fait donner sa pièce dimanche, il a eu salle pleine.

— Voilà deux cents francs, dit Daniel, accepte-les et qu'on ne t'y reprenne plus.

— Allons, ne va-t-il pas nous embrasser, comme si nous avions fait quelque chose d'extraordinaire ? » dit Chrestien.

Pour faire comprendre quelles délices ressentait Lucien au milieu de cette vivante encyclopédie d'esprits angéliques, de jeunes gens empreints des originalités diverses que chacun d'eux tirait de la science qu'il cultivait, il suffira de rapporter les réponses que Lucien reçut, le lendemain, à une lettre écrite à sa famille, chef-d'œuvre de sensibilité, de bon vouloir, un horrible cri que lui avait arraché sa détresse.

DAVID SÉCHARD À LUCIEN

Mon cher Lucien, tu trouveras ci-joint un effet à quatre-vingt-dix jours et à ton ordre de deux cents francs. Tu pourras le négocier chez M. Métivier, marchand de papier, notre correspondant à Paris, rue Serpente. Mon bon Lucien, nous n'avons absolument rien. Ma femme s'est mise à diriger l'imprimerie, et s'acquitte de sa tâche avec un dévouement, une patience, une activité qui me font bénir le ciel de m'avoir donné pour femme un pareil ange. Elle-même a constaté l'impossibilité où nous sommes de t'envoyer le plus léger secours. Mais, mon ami, je te crois dans un si beau chemin, accompagné de cœurs si grands et si nobles, que tu ne saurais faillir à ta belle destinée en te trouvant aidé par les intelligences presque divines de MM. Daniel d'Arthez, Michel Chrestien et Léon Giraud, conseillé par MM. Meyraux, Bianchon et Ridal que ta chère lettre nous a fait connaître. À l'insu d'Ève, je t'ai donc souscrit cet effet, que je trouverai moyen d'acquitter à l'échéance. Ne sors pas de ta voie : elle est rude ; mais elle sera glorieuse. Je préférerais souffrir mille maux à l'idée de te savoir tombé dans quelque bourbier de Paris où j'en ai tant vu. Aie le courage d'éviter, comme tu le fais, les mauvais endroits, les méchantes gens, les étourdis et certains gens de lettres que j'ai appris à estimer à leur juste valeur pendant mon séjour à Paris. Enfin, sois le digne émule de ces esprits célestes que tu m'as rendus chers. Ta conduite sera bientôt récompensée. Adieu, mon frère bien-aimé, tu m'as ravi le cœur, je n'avais pas attendu de toi tant de courage.

DAVID.

ÈVE SÉCHARD À LUCIEN

Mon ami, ta lettre nous a fait pleurer tous. Que ces nobles cœurs vers lesquels ton bon ange te guide le sachent : une mère, une pauvre jeune femme prieront Dieu soir et matin pour eux ; et si les prières les plus ferventes montent jusqu'à son trône, elles obtiendront quelques faveurs pour vous tous. Oui, mon frère, leurs noms sont gravés dans mon cœur. Ah ! je les verrai quelque jour. J'irai, dussé-je faire la route à pied, les remercier de leur amitié pour toi, car elle a répandu comme un baume sur mes plaies vives. Ici, mon ami, nous travaillons comme de pauvres ouvriers. Mon mari, ce grand homme inconnu que j'aime chaque jour davantage en découvrant de moments en moments de nouvelles richesses dans son cœur, délaisse son imprimerie, et je devine pourquoi : ta misère, la nôtre, celle de notre mère l'assassinent. Notre adoré David est comme Prométhée dévoré par un vautour, un chagrin jaune à bec aigu. Quant à lui, le noble homme, il n'y pense guère, il a l'espoir d'une fortune. Il passe toutes ses journées à faire des expériences sur la fabrication du papier ; il m'a priée de m'occuper à sa place des affaires, dans lesquelles il m'aide autant que le lui permet sa préoccupation. Hélas ! je suis grosse. Cet événement, qui m'eût comblée de joie, m'attriste dans la situation où nous sommes tous. Ma pauvre mère est redevenue jeune, elle a retrouvé des forces pour son fatigant métier de garde-malade. Aux soucis de fortune près, nous serions heureux. Le vieux père Séchard ne veut pas donner un liard à son fils ; David est allé le voir pour lui emprunter quelques deniers afin de te secourir, car ta lettre l'avait mis au désespoir. "Je connais Lucien, il perdra la tête, et fera des sottises", disait-il. Je l'ai bien grondé. Mon frère, manquer à quoi que ce soit ?... lui ai-je répondu, Lucien sait que j'en mourrais de douleur. Ma mère et moi, sans que David s'en doute, nous avons engagé quelques objets ; ma mère les retirera dès qu'elle rentrera dans quelque argent. Nous avons pu faire ainsi cent francs que je t'envoie par les messageries. Si je n'ai pas répondu à ta première lettre, ne m'en veux pas, mon ami. Nous étions dans une situation à passer les nuits, je travaillais comme un homme. Ah ! je ne me savais pas autant de force. Mme de Bargeton est une femme sans âme ni cœur ; elle se devait toujours, même en ne t'aimant plus, de te protéger et de t'aider après t'avoir arraché de nos bras pour te jeter dans cette affreuse mer parisienne où il faut une bénédiction de Dieu pour rencontrer des amitiés vraies parmi ces flots d'hommes et d'intérêts.

Elle n'est pas à regretter. Je te voulais auprès de toi quelque femme dévouée, une seconde moi-même ; mais maintenant que je te sais des amis qui continuent nos sentiments, me voilà tranquille. Déploie tes ailes, mon beau génie aimé ! Tu seras notre gloire, comme tu es déjà notre amour.

ÈVE.

Mon enfant chéri, je ne puis que te bénir après ce que te dit ta sœur, et t'assurer que mes prières et mes pensées ne sont, hélas ! pleines que de toi, au détriment de ceux que je vois ; car il est des cœurs où les absents ont raison, et il en est ainsi dans le cœur de

TA MÈRE.

Ainsi, deux jours après, Lucien put rendre à ses amis leur prêt si gracieusement offert. Jamais peut-être la vie ne lui sembla plus belle, mais le mouvement de son amour-propre n'échappa point aux regards profonds de ses amis et à leur délicate sensibilité.

« On dirait que tu as peur de nous devoir quelque chose, s'écria Fulgence.

— Oh ! le plaisir qu'il manifeste est bien grave à mes yeux, dit Michel Chrestien, il confirme les observations que j'ai faites : Lucien a de la vanité.

— Il est poète, dit d'Arthez.

— M'en voulez-vous d'un sentiment aussi naturel que le mien ?

— Il faut lui tenir compte de ce qu'il ne nous l'a pas caché, dit Léon Giraud, il est encore franc ; mais j'ai peur que plus tard il ne nous redoute.

— Et pourquoi ? demanda Lucien.

— Nous lisons dans ton cœur, répondit Joseph Bridau.

— Il y a chez toi, lui dit Michel Chrestien, un esprit diabolique avec lequel tu justifieras à tes propres yeux les choses les plus contraires à nos principes : au lieu d'être un sophiste d'idées, tu seras un sophiste d'action.

— Ah ! j'en ai peur, dit d'Arthez. Lucien, tu feras en toi-même des discussions admirables où tu seras grand, et qui aboutiront à des faits blâmables... Tu ne seras jamais d'accord avec toi-même.

— Sur quoi donc appuyez-vous votre réquisitoire ? demanda Lucien.

— Ta vanité, mon cher poète, est si grande, que tu en mets jusque dans ton amitié ! s'écria Fulgence. Toute vanité de ce genre accuse un effroyable égoïsme, et l'égoïsme est le poison de l'amitié.

— Oh ! mon Dieu, s'écria Lucien, vous ne savez donc pas combien je vous aime.

— Si tu nous aimais comme nous nous aimons, aurais-tu mis tant d'empressement et tant d'emphase à nous rendre ce que nous avions tant de plaisir à te donner ?

— On ne se prête rien ici, on se donne, lui dit brutalement Joseph Bridau.

— Ne nous crois pas rudes, mon cher enfant, lui dit Michel Chrestien, nous sommes prévoyants. Nous avons peur de te voir un jour préférant les joies d'une petite vengeance aux joies de notre pure amitié. Lis *Le Tasse* de Goethe, la plus grande œuvre de ce beau génie, et tu y verras que le poète aime les brillantes étoffes, les festins, les triomphes, l'éclat : eh bien, sois le Tasse sans sa folie. Le monde et ses plaisirs t'appelleront ?... reste ici. Transporte dans la région des idées tout ce que tu demandes à tes vanités. Folie pour folie, mets la vertu dans tes actions et le vice dans tes idées ; au lieu, comme te le disait d'Arthez, de bien penser et de te mal conduire. »

Lucien baissa la tête : ses amis avaient raison.

« J'avoue que je ne suis pas aussi fort que vous l'êtes, dit-il en leur jetant un adorable regard. Je n'ai pas des reins et des épaules à soutenir Paris, à lutter avec courage. La nature nous a donné des tempéraments et des facultés différentes, et vous connaissez mieux que personne l'envers des vices et des vertus. Je suis déjà fatigué, je vous le confie.

— Nous te soutiendrons, dit d'Arthez, voilà précisément à quoi servent les amitiés fidèles.

— Le secours que je viens de recevoir est précaire, et nous sommes tous aussi pauvres les uns que les autres ; le besoin me poursuivra bientôt. Chrestien, aux gages du premier venu, ne peut rien en librairie. Bianchon est en dehors de ce cercle d'affaires. D'Arthez ne connaît que les libraires de science ou de spécialités, qui n'ont aucune prise sur les éditeurs de nouveautés. Horace, Fulgence Ridal et Bridau travaillent dans un ordre d'idées qui les met à cent lieues des libraires. Je dois prendre un parti.

— Tiens-toi donc au nôtre, souffrir ! dit Bianchon, souffrir courageusement et se fier au Travail !

— Mais ce qui n'est que souffrance pour vous est la mort pour moi, dit vivement Lucien.

— Avant que le coq ait chanté trois fois, dit Léon Giraud en souriant, cet homme aura trahi la cause du Travail pour celle de la Paresse et des vices de Paris.

— Où le travail vous a-t-il menés ? dit Lucien en riant.

— Quand on part de Paris pour l'Italie, on ne trouve pas Rome à moitié chemin, dit Joseph Bridau. Pour toi, les petits pois devraient pousser tout accommodés au beurre.

— Ils ne poussent ainsi que pour les fils aînés des pairs de France, dit Michel Chrestien. Mais, nous autres, nous les semons, les arrosons et les trouvons meilleurs. »

La conversation devint plaisante, et changea de sujet. Ces esprits perspicaces, ces cœurs délicats cherchèrent à faire oublier cette petite querelle à Lucien, qui comprit dès lors combien il était difficile de les tromper. Il arriva bientôt à un désespoir intérieur qu'il cacha soigneusement à ses amis, en les croyant des mentors implacables. Son esprit méridional, qui parcourait si facilement le clavier des sentiments, lui faisait prendre les résolutions les plus contraires.

À plusieurs reprises il parla de se jeter dans les journaux, et toujours ses amis lui dirent : « Gardez-vous-en bien.

— Là serait la tombe du beau, du suave Lucien que nous aimons et connaissons, dit d'Arthez.

— Tu ne résisterais pas à la constante opposition de plaisir et de travail qui se trouve dans la vie des journalistes ; et, résister, c'est le fond de la vertu. Tu serais si enchanté d'exercer le pouvoir, d'avoir droit de vie et de mort sur les œuvres de la pensée, que tu serais journaliste en deux mois. Être journaliste, c'est passer proconsul dans la république des lettres. Qui peut tout dire, arrive à tout faire ! Cette maxime est de Napoléon et se comprend[1].

— Ne serez-vous pas près de moi ? dit Lucien.

— Nous n'y serons plus, s'écria Fulgence. Journaliste, tu ne penserais pas plus à nous que la fille d'Opéra brillante, adorée, ne pense, dans sa voiture doublée de soie, à son village, à ses vaches, à ses sabots. Tu n'as que trop les qualités du journaliste : le brillant et la soudaineté de la pensée. Tu ne te refuserais jamais à un trait d'esprit, dût-il faire pleurer ton ami. Je vois les journalistes aux foyers de théâtre, ils me font horreur. Le journalisme est un enfer, un abîme d'iniquités, de mensonges, de trahisons, que l'on ne peut traverser et d'où l'on ne peut sortir pur, que protégé comme Dante par le divin laurier de Virgile. »

Plus le Cénacle défendait cette voie à Lucien, plus son désir de connaître le péril l'invitait à s'y risquer, et il commençait à discuter en lui-même : n'était-il pas ridicule de se laisser encore une fois surprendre par la détresse sans avoir rien fait contre elle ? En voyant l'insuccès de ses démarches à propos de son premier roman, Lucien était peu tenté d'en composer un second. D'ailleurs, de quoi vivrait-il pendant le temps de l'écrire ? Il avait épuisé sa dose de patience durant un mois de privations. Ne pourrait-il faire noblement ce que les journalistes faisaient sans conscience ni dignité ? Ses amis l'insultaient avec leurs défiances, il voulait leur prouver sa force d'esprit. Il les aiderait peut-être un jour, il serait le héraut de leurs gloires !

« D'ailleurs, qu'est donc une amitié qui recule devant la complicité ? demanda-t-il un soir à Michel Chrestien qu'il avait reconduit jusque chez lui, en compagnie de Léon Giraud.

— Nous ne reculons devant rien, répondit Michel Chrestien. Si tu avais le malheur de tuer ta maîtresse, je t'aiderais à cacher ton crime et pourrais t'estimer encore ; mais, si tu devenais espion, je te fuirais avec horreur, car tu serais lâche et infâme par système. Voilà le journalisme en deux mots. L'amitié pardonne l'erreur, le mouvement irréfléchi de la passion ; elle doit être implacable pour le parti pris de trafiquer de son âme, de son esprit et de sa pensée.

— Ne puis-je me faire journaliste pour vendre mon recueil de poésies et mon roman, puis abandonner aussitôt le journal ?

— Machiavel se conduirait ainsi, mais non Lucien de Rubempré, dit Léon Giraud.

— Eh bien, s'écria Lucien, je vous prouverai que je vaux Machiavel.

— Ah ! s'écria Michel en serrant la main de Léon, tu viens de le perdre. Lucien, dit-il, tu as trois cents francs, c'est de quoi vivre pendant trois mois à ton aise ; eh bien, travaille, fais un second roman, d'Arthez et Fulgence t'aideront pour le plan, tu grandiras, tu seras un romancier. Moi, je pénétrerai dans un de ces *lupanars* de la pensée, je serai journaliste pendant trois mois, je te vendrai tes livres à quelque libraire de qui j'attaquerai les publications, j'écrirai les articles, j'en obtiendrai pour toi ; nous organiserons un succès, tu seras un grand homme, et tu resteras notre Lucien.

— Tu me méprises donc bien en croyant que je périrais là où tu te sauveras ! dit le poète.

— Pardonnez-lui, mon Dieu, c'est un enfant ! » s'écria Michel Chrestien.

Après s'être dégourdi l'esprit pendant les soirées passées chez d'Arthez, Lucien avait étudié les plaisanteries et les articles des petits journaux. Sûr d'être au moins l'égal des plus spirituels rédacteurs, il s'essaya secrètement à cette gymnastique de la pensée, et sortit un matin avec la triomphante idée d'aller demander du service à quelque colonel de ces troupes légères de la Presse. Il se mit dans sa tenue la plus distinguée et passa les ponts en pensant que des auteurs, des journalistes, des écrivains, enfin ses frères futurs auraient un peu plus de tendresse et de désintéressement que les deux genres de libraires contre lesquels s'étaient heurtées ses espérances. Il rencontrerait des sympathies, quelque bonne et douce affection comme celle qu'il trouvait au Cénacle de la rue des Quatre-Vents. En proie aux émotions du pressentiment écouté, combattu, qu'aiment tant les hommes d'imagination, il arriva rue Saint-Fiacre auprès du boulevard Montmartre, devant la maison où se trouvaient les bureaux du petit journal et dont l'aspect lui fit éprouver les palpitations du jeune homme entrant dans un mauvais lieu. Néanmoins il monta dans les bureaux situés à l'entresol. Dans la première pièce, que divisait en deux parties égales une cloison moitié en planches et moitié grillagée jusqu'au plafond, il trouva un invalide manchot qui de son unique main tenait plusieurs rames de papier sur la tête et avait entre ses dents le livret voulu par l'administration du Timbre[1]. Ce pauvre homme, dont la figure était d'un ton jaune et semée de bulbes rouges, ce qui lui valait le surnom de *Coloquinte*, lui montra derrière le grillage le Cerbère du journal. Ce personnage était un vieil officier décoré, le nez enveloppé de moustaches grises, un bonnet de soie noire sur la tête, et enseveli dans une ample redingote bleue comme une tortue sous sa carapace.

« De quel jour monsieur veut-il que parte son abonnement ? lui demanda l'officier de l'Empire.

— Je ne viens pas pour un abonnement », répondit Lucien. Le poète regarda, sur la porte qui correspondait à celle par laquelle il était entré, la pancarte où se lisaient ces mots : BUREAU DE RÉDACTION, et au-dessous : *Le public n'entre pas ici*.

« Une réclamation sans doute, reprit le soldat de Napoléon. Ah ! oui : nous avons été durs pour Mariette[2]. Que voulez-vous, je ne sais pas encore le pourquoi. Mais si vous demandez raison, je suis prêt, ajouta-t-il en regardant des fleurets et des pistolets, la panoplie moderne groupée en faisceau dans un coin.

— Encore moins, monsieur. Je viens pour parler au rédacteur en chef.

— Il n'y a jamais personne ici avant quatre heures.

— Voyez-vous, mon vieux Giroudeau, je trouve onze colonnes, lesquelles à cent sous pièce font cinquante-cinq francs ; j'en ai reçu quarante, donc vous me devez encore quinze francs, comme je vous le disais… »

Ces paroles partaient d'une petite figure chafouine, claire comme un blanc d'œuf mal cuit, percée de deux yeux d'un bleu tendre, mais effrayante de malice, et qui appartenait à un jeune homme mince, caché derrière le corps opaque de l'ancien militaire. Cette voix glaça Lucien, elle tenait du miaulement des chats et de l'étouffement asthmatique de l'hyène.

« Oui, mon petit milicien, répondit l'officier en retraite ; mais vous comptez les titres et les blancs, j'ai ordre de Finot d'additionner le total des lignes et de les diviser par le nombre voulu pour chaque colonne. Après avoir pratiqué cette opération strangulatoire sur votre rédaction, il s'y trouve trois colonnes de moins.

— Il ne paye pas les blancs, l'arabe ! et il les compte à son associé dans le prix de sa rédaction en masse[1]. Je vais aller voir Étienne Lousteau, Vernou...

— Je ne puis enfreindre la consigne, mon petit, dit l'officier. Comment, pour quinze francs, vous criez contre votre nourrice, vous qui faites des articles aussi facilement que je fume un cigare ! Eh ! vous payerez un bol de punch de moins à vos amis, ou vous gagnerez une partie de billard de plus, et tout sera dit !

— Finot réalise des économies qui lui coûteront bien cher », répondit le rédacteur qui se leva et partit.

« Ne dirait-on pas qu'il est Voltaire et Rousseau ? » se dit à lui-même le caissier en regardant le poète de province.

« Monsieur, reprit Lucien, je reviendrai vers quatre heures. »

Pendant la discussion, Lucien avait vu sur les murs les portraits de Benjamin Constant, du général Foy[2], des dix-sept orateurs illustres du parti libéral, mêlés à des caricatures contre le gouvernement. Il avait surtout regardé la porte du sanctuaire où devait s'élaborer la feuille spirituelle qui l'amusait tous les jours et qui jouissait du droit de ridiculiser les rois, les événements les plus graves, enfin de mettre tout en question par un bon mot. Il alla flâner sur les boulevards, plaisir tout nouveau pour lui, mais si attrayant qu'il vit les aiguilles des pendules chez les horlogers sur quatre heures sans s'apercevoir qu'il n'avait pas déjeuné. Le poète rabattit promptement vers la rue Saint-Fiacre, il monta l'escalier, ouvrit la porte, ne trouva plus le vieux militaire et vit l'invalide assis sur son papier timbré, mangeant une croûte de pain et gardant le poste d'un air résigné, fait au journal comme jadis à la corvée, et ne le comprenant pas plus qu'il ne connaissait le pourquoi des marches rapides ordonnées par l'Empereur. Lucien conçut la pensée hardie de tromper ce redoutable fonctionnaire ; il passa le chapeau sur la tête, et ouvrit, comme s'il était de la maison, la porte du sanctuaire. Le bureau de rédaction offrit à ses regards avides une table ronde couverte d'un tapis vert, et six chaises en merisier garnies de paille encore neuve. Le petit carreau de cette pièce, mis en couleur, n'avait pas encore été frotté ; mais il était propre, ce qui annonçait une fréquentation publique assez rare. Sur la cheminée, une glace, une pendule d'épicier couverte de poussière, deux flambeaux où deux chandelles avaient été brutalement fichées, enfin des cartes de visite éparses. Sur la table grimaçaient de vieux journaux autour d'un encrier où l'encre séchée ressemblait à de la laque et décoré de plumes tortillées en soleils. Il lut sur de méchants bouts de papier quelques articles d'une écriture illisible et presque hiéroglyphique, déchirés en haut par les compositeurs de l'imprimerie, à qui cette marque sert à reconnaître les articles faits. Puis, çà et là, sur des papiers gris, il admira des caricatures dessinées assez spirituellement par des gens qui sans doute avaient tâché de tuer le temps en tuant quelque chose pour s'entretenir la main. Sur le petit papier de tenture couleur vert d'eau, il vit collés avec des épingles neuf dessins différents faits en charge et à la plume sur *Le Solitaire*, livre qu'un succès inouï recommandait alors à l'Europe et qui devait fatiguer les journalistes[1]. — Le Solitaire en province, paraissant, les femmes étonne. — Dans un château, le Solitaire, lu.

— Effet du Solitaire sur les domestiques animaux. — Chez les sauvages, le Solitaire expliqué, le plus succès brillant obtient. — Le Solitaire traduit en chinois et présenté, par l'auteur, de Pékin à l'empereur. — Par le Mont-Sauvage, Élodie violée. Cette caricature sembla très impudique à Lucien, mais elle le fit rire. — Par les journaux, le Solitaire sous un dais promené processionnellement. — Le Solitaire, faisant éclater une presse, les Ours blesse. — Lu à l'envers, étonne le Solitaire les académiciens par des supérieures beautés. Lucien aperçut sur une bande de journal un dessin représentant un rédacteur qui tendait son chapeau, et dessous : *Finot, mes cent francs ?* signé d'un nom devenu fameux, qui ne sera jamais illustre. Entre la cheminée et la croisée se trouvaient une table à secrétaire, un fauteuil d'acajou, un panier à papier et un tapis oblong appelé *devant de cheminée* ; le tout couvert d'une épaisse couche de poussière. Les fenêtres n'avaient que de petits rideaux. Sur le haut de ce secrétaire, il y avait environ vingt ouvrages déposés pendant la journée, des gravures, de la musique, des tabatières à la Charte[1], un exemplaire de la neuvième édition du *Solitaire*, toujours la grande plaisanterie du moment, et une dizaine de lettres cachetées. Quand Lucien eut inventorié cet étrange mobilier, eut fait des réflexions à perte de vue, que cinq heures eurent sonné, il revint à l'invalide pour le questionner. Coloquinte avait fini sa croûte et attendait avec la patience du factionnaire le militaire décoré qui peut-être se promenait sur le boulevard. En ce moment, une femme parut sur le seuil de la porte après avoir fait entendre le murmure de sa robe dans l'escalier et ce léger pas féminin si facile à reconnaître. Elle était assez jolie.

« Monsieur, dit-elle à Lucien, je sais pourquoi vous vantez tant les chapeaux de Mlle Virginie, et je viens vous demander d'abord un abonnement d'un an ; mais dites-moi ses conditions...

— Madame, je ne suis pas du journal.

— Ah !

— Un abonnement à dater d'octobre ? demanda l'invalide.

— Que réclame madame ? » dit le vieux militaire qui reparut.

Le vieil officier entra en conférence avec la belle marchande de modes. Quand Lucien, impatienté d'attendre, rentra dans la première pièce, il entendit cette phrase finale : « Mais je serai très enchantée, monsieur. Mlle Florentine[1] pourra venir à mon magasin et choisira ce qu'elle voudra. Je tiens les rubans. Ainsi tout est bien entendu : vous ne parlerez plus de Virginie, une saveteuse[2] incapable d'inventer une forme, tandis que j'invente, moi ! »

Lucien entendit tomber un certain nombre d'écus dans la caisse. Puis le militaire se mit à faire son compte journalier.

« Monsieur, je suis là depuis une heure, dit le poète d'un air assez fâché.

— *Ils* ne sont pas venus, dit le vétéran napoléonien en manifestant un émoi par politesse. Ça ne m'étonne pas. Voici quelque temps que je ne *les* aperçois plus. Nous sommes au milieu du mois, voyez-vous. Ces lapins-là ne viennent que quand on paye du 29 au 30.

— Et M. Finot ? dit Lucien qui avait retenu le nom du directeur.

— Il est chez lui, rue Feydeau. Coloquinte, mon vieux, porte-lui tout ce qui est venu aujourd'hui en portant le papier à l'imprimerie. »

« Où se fait donc le journal ? » dit Lucien en se parlant à lui-même.

« Le journal ? dit l'employé qui reçut de Coloquinte le reste de l'argent du timbre, le journal ?... — broum !

broum ! — Mon vieux, sois demain à six heures à l'imprimerie pour voir à faire filer les porteurs[1]. — Le journal, monsieur, se fait dans la rue, chez les auteurs, à l'imprimerie, entre onze heures et minuit. Du temps de l'Empereur, monsieur, ces boutiques de papier gâté n'étaient pas connues. Ah ! il vous aurait fait secouer ça par quatre hommes et un caporal, et ne se serait pas laissé embêter comme ceux-ci par des phrases. Mais, assez causé. Si mon neveu y trouve son compte[2], et que l'on écrive pour le fils de *l'autre*[3], — broum ! broum ! — après tout, ce n'est pas un mal. Ah çà, les abonnés ne m'ont pas l'air d'arriver en colonne serrée, je vais quitter le poste.

— Monsieur, vous me paraissez être au fait de la rédaction du journal.

— Sous le rapport financier, broum ! broum ! dit le soldat en ramassant les phlegmes qu'il avait dans le gosier. Selon les talents, cent sous ou trois francs la colonne de cinquante lignes à quarante lettres, sans blancs, voilà. Quant aux rédacteurs, c'est de singuliers pistolets, de petits jeunes gens dont je n'aurais pas voulu pour des soldats du train, et qui, parce qu'ils mettent des pattes de mouche sur du papier blanc, ont l'air de mépriser un vieux capitaine des dragons de la Garde impériale, retraité chef de bataillon, entré dans toutes les capitales de l'Europe avec Napoléon... »

Lucien, poussé vers la porte par le soldat de Napoléon, qui brossait sa redingote bleue et manifestait l'intention de sortir, eut le courage de se mettre en travers.

« Je viens pour être rédacteur, dit-il, et vous jure que je suis plein de respect pour un capitaine de la Garde impériale, des hommes de bronze...

— Bien dit, mon petit pékin, reprit l'officier en frappant sur le ventre de Lucien. Mais dans quelle classe de rédacteurs voulez-vous entrer ? » répliqua le soudard en passant sur le ventre de Lucien et descendant l'escalier. Il ne s'arrêta que pour allumer son cigare chez le portier. « S'il vient des abonnements, recevez-les et prenez-en note, mère Chollet. — Toujours l'abonnement, je ne connais que l'abonnement, reprit-il en se tournant vers Lucien qui l'avait suivi. Finot est mon neveu, le seul de la famille qui m'ait adouci ma position. Aussi quiconque cherche querelle à Finot trouve-t-il le vieux Giroudeau, capitaine aux dragons de la Garde, parti simple cavalier à l'armée de Sambre-et-Meuse, cinq ans maître d'armes au premier hussards, armée d'Italie ! Une, deux, et le plaignant serait à l'ombre ! ajouta-t-il en faisant le geste de se fendre. Or donc, mon petit, nous avons différents corps dans les rédacteurs : il y a le rédacteur qui rédige et qui a sa solde, le rédacteur qui rédige et qui n'a rien, ce que nous appelons un volontaire ; enfin le rédacteur qui ne rédige rien et qui n'est pas le plus bête, il ne fait pas de fautes celui-là, il se donne pour un écrivain, il appartient au journal, il nous paye à dîner, il flâne dans les théâtres, il entretient une actrice, il est très heureux. Que voulez-vous être ?

— Mais rédacteur travaillant bien, et partant bien payé.

— Vous voilà comme tous les conscrits qui veulent être maréchaux de France ! Croyez-en le vieux Giroudeau, par file à gauche, pas accéléré, allez ramasser des clous dans le ruisseau comme ce brave homme qui a servi, ça se voit à sa tournure. Est-ce pas une horreur qu'un vieux soldat qui est allé mille fois à la gueule du brutal[1] ramasse des clous dans Paris ? Dieu de Dieu, tu n'es qu'un gueux, tu n'as pas soutenu l'Empereur ! Enfin, mon petit, ce particulier que vous avez vu ce matin a gagné quarante francs dans son mois. Ferez-vous mieux ? Et, selon Finot, c'est le plus spirituel de ses rédacteurs.

— Quand vous êtes allé dans Sambre-et-Meuse, on vous a dit qu'il y avait du danger.

— Parbleu !

— Eh bien ?

— Eh bien, allez voir mon neveu Finot, un brave garçon, le plus loyal garçon que vous rencontrerez, si vous pouvez le rencontrer ; car il se remue comme un poisson. Dans son métier, il ne s'agit pas d'écrire, voyez-vous, mais de faire que les autres écrivent. Il paraît que les paroissiens aiment mieux se régaler avec les actrices que de barbouiller du papier. Oh ! c'est de singuliers pistolets ! À l'honneur de vous revoir. »

Le caissier fit mouvoir sa redoutable canne plombée, une des protectrices de *Germanicus*[1], et laissa Lucien sur le boulevard, aussi stupéfait de ce tableau de la rédaction qu'il l'avait été des résultats définitifs de la littérature chez Vidal et Porchon. Lucien courut dix fois chez Andoche Finot, directeur du journal, rue Feydeau, sans jamais le trouver. De grand matin, Finot n'était pas rentré. À midi, Finot était en course : « il déjeunait, disait-on, à tel café ». Lucien allait au café, demandait Finot à la limonadière, en surmontant des répugnances inouïes : Finot venait de sortir. Enfin Lucien, lassé, regarda Finot comme un personnage apocryphe et fabuleux, il trouva plus simple de guetter Étienne Lousteau chez Flicoteaux. Ce jeune journaliste expliquerait sans doute le mystère qui planait sur la vie du journal auquel il était attaché.

Depuis le jour béni cent fois où Lucien fit la connaissance de Daniel d'Arthez, il avait changé de place chez Flicoteaux : les deux amis dînaient à côté l'un de l'autre, et causaient à voix basse de haute littérature, des sujets à traiter, de la manière de les présenter, de les entamer, de les dénouer. En ce moment, Daniel d'Arthez corrigeait le manuscrit de *L'Archer de Charles IX*, il y refaisait des chapitres, il y écrivait les belles pages qui y sont, il y mettait la magnifique préface qui peut-être domine le livre, et qui jeta tant de clartés dans la jeune littérature. Un jour, au moment où Lucien s'asseyait à côté de Daniel qui l'avait attendu et dont la main était dans la sienne, il vit à la porte Étienne Lousteau qui tournait le bec-de-cane. Lucien quitta brusquement la main de Daniel, et dit au garçon qu'il voulait dîner à son ancienne place auprès du comptoir. D'Arthez jeta sur Lucien un de ces regards angéliques où le pardon enveloppe le reproche, et qui tomba si vivement dans le cœur du poète qu'il reprit la main de Daniel pour la lui serrer de nouveau.

« Il s'agit pour moi d'une affaire importante, je vous en parlerai », lui dit-il.

Lucien fut à son ancienne place au moment où Lousteau prit la sienne ; le premier, il salua, la conversation s'engagea bientôt, et fut si vivement poussée entre eux, que Lucien alla chercher le manuscrit des *Marguerites* pendant que Lousteau finissait de dîner. Il avait obtenu de soumettre ses sonnets au journaliste, et comptait sur sa bienveillance de parade pour avoir un éditeur ou pour entrer au journal. À son retour, Lucien vit, dans le coin du restaurant, Daniel tristement accoudé qui le regarda mélancoliquement ; mais, dévoré par la misère et poussé par l'ambition, il feignit de ne pas voir son frère du Cénacle, et suivit Lousteau. Avant la chute du jour, le journaliste et le néophyte allèrent s'asseoir sous les arbres dans cette partie du Luxembourg qui de la grande allée de l'Observatoire conduit à la rue de l'Ouest. Cette rue était alors un long bourbier, bordé de planches et de marais, où les maisons se trouvaient seulement vers la rue de Vaugirard, et ce passage était si peu fréquenté, qu'au moment où Paris dîne, deux amants pouvaient s'y quereller et s'y donner les arrhes d'un raccommodement sans crainte d'y être vus. Le seul trouble-fête possible était le vétéran en faction à la petite grille de la rue de l'Ouest, si le vénérable soldat s'avisait d'augmenter le nombre de pas dont se compose sa promenade monotone. Ce fut dans cette allée, sur un banc de bois, entre deux tilleuls, qu'Étienne écouta les sonnets choisis pour échantillons parmi *Les Marguerites*. Étienne Lousteau, qui, depuis deux ans d'apprentissage, avait le pied à l'étrier en qualité de rédacteur[1], et qui comptait quelques amitiés parmi les célébrités de cette époque, était un imposant personnage aux yeux de Lucien. Aussi, tout en détortillant le manuscrit des *Marguerites*, le poète de province jugea-t-il nécessaire de faire une sorte de préface.

« Le sonnet, monsieur, est une des œuvres les plus difficiles de la poésie. Ce petit poème a été généralement abandonné. Personne en France n'a pu rivaliser Pétrarque[2], dont la langue, infiniment plus souple que la nôtre, admet des jeux de pensée repoussés par notre *positivisme* (pardonnez-moi ce mot[3]). Il m'a donc paru original de débuter par un recueil de sonnets. Victor Hugo a pris l'ode, Canalis donne dans la poésie fugitive, Béranger monopolise la Chanson, Casimir Delavigne accapare la Tragédie et Lamartine la Méditation.

— Êtes-vous classique ou romantique[4] ? » lui demanda Lousteau.

L'air étonné de Lucien dénotait une si complète ignorance de l'état des choses dans la République des Lettres, que Lousteau jugea nécessaire de l'éclairer.

« Mon cher, vous arrivez au milieu d'une bataille acharnée, il faut vous décider promptement. La littérature est partagée d'abord en plusieurs zones ; mais nos grands hommes sont divisés en deux camps. Les Royalistes sont romantiques, les Libéraux sont classiques. La divergence des opinions littéraires se joint à la divergence des opinions politiques, et il s'ensuit une guerre à toutes armes, encre à torrents, bons mots à fer aiguisé, calomnies pointues, sobriquets à outrance, entre les gloires naissantes et les gloires déchues. Par une singulière bizarrerie, les Royalistes romantiques demandent la liberté littéraire et la révocation des lois qui donnent des formes convenues à notre littérature ; tandis que les Libéraux veulent maintenir les unités, l'allure de l'alexandrin et le thème classique. Les opinions littéraires sont donc en désaccord, dans chaque camp, avec les opinions politiques. Si vous êtes éclectique, vous n'aurez personne pour vous. De quel côté vous rangez-vous ?

— Quels sont les plus forts ?

— Les journaux libéraux ont beaucoup plus d'abonnés que les journaux royalistes et ministériels ; néanmoins Canalis perce, quoique monarchique et religieux, quoique protégé par la cour et par le clergé. — Bah ! des sonnets, c'est de la littérature d'avant Boileau, dit Étienne en voyant Lucien effrayé d'avoir à choisir entre deux bannières. Soyez romantique. Les romantiques se composent de jeunes gens, et les classiques sont des perruques : les romantiques l'emporteront. »

Le mot perruque était le dernier mot trouvé par le journalisme romantique, qui en avait affublé les classiques.

« LA PÂQUERETTE ! » dit Lucien en choisissant le premier des deux sonnets qui justifiaient le titre et servaient d'inauguration.

Pâquerettes des prés, vos couleurs assorties
Ne brillent pas toujours pour égayer les yeux ;
Elles disent encor les plus chers de nos vœux
En un poème où l'homme apprend ses sympathies :

Vos étamines d'or par de l'argent serties
Révèlent les trésors dont il fera ses dieux ;

Et vos filets, où coule un sang mystérieux,
Ce que coûte un succès en douleurs ressenties !

Est-ce pour être éclos le jour où du tombeau
Jésus, ressuscité sur un monde plus beau,
Fit pleuvoir des vertus en secouant ses ailes,

Que l'automne revoit vos courts pétales blancs
Parlant à nos regards de plaisirs infidèles,
Ou pour nous rappeler la fleur de nos vingt ans[1] ?

Lucien fut piqué de la parfaite immobilité de Lousteau pendant qu'il écoutait ce sonnet ; il ne connaissait pas encore la déconcertante impassibilité que donne l'habitude de la critique, et qui distingue les journalistes fatigués de prose, de drames et de vers. Le poète, habitué à recevoir des applaudissements, dévora son désappointement ; il lut le sonnet préféré par Mme de Bargeton et par quelques-uns de ses amis du Cénacle.

« Celui-ci lui arrachera peut-être un mot », pensa-t-il.

DEUXIÈME SONNET

LA MARGUERITE

Je suis la marguerite, et j'étais la plus belle
Des fleurs dont s'étoilait le gazon velouté.
Heureuse, on me cherchait pour ma seule beauté,
Et mes jours se flattaient d'une aurore éternelle.

Hélas ! malgré mes vœux, une vertu nouvelle
A versé sur mon front sa fatale clarté ;
Le sort m'a condamnée au don de vérité,
Et je souffre et je meurs : la science est mortelle.

Je n'ai plus de silence et n'ai plus de repos ;
L'amour vient m'arracher l'avenir en deux mots,
Il déchire mon cœur pour y lire qu'on l'aime.

Je suis la seule fleur qu'on jette sans regret :
On dépouille mon front de son blanc diadème,
Et l'on me foule aux pieds dès qu'on a mon secret[1].

Quand il eut fini, le poète regarda son aristarque[2], Étienne Lousteau contemplait les arbres de la pépinière.

« Eh bien ? lui dit Lucien.

— Eh bien ? mon cher, allez ! Ne vous écouté-je pas ? À Paris, écouter sans mot dire est un éloge.

— En avez-vous assez ? dit Lucien.

— Continuez », répondit assez brusquement le journaliste.

Lucien lut le sonnet suivant ; mais il le lut la mort au cœur, car le sang-froid impénétrable de Lousteau lui glaça son débit. Plus avancé dans la vie littéraire, il aurait su que, chez les auteurs, le silence et la brusquerie en pareille circonstance trahissent la jalousie que cause une belle œuvre, de même que leur admiration annonce le plaisir inspiré par une œuvre médiocre qui rassure leur amour-propre.

TRENTIÈME SONNET

LE CAMÉLIA

Chaque fleur dit un mot du livre de nature :
La rose est à l'amour et fête la beauté,
La violette exhale une âme aimante et pure,
Et le lys resplendit de sa simplicité.

Mais le camélia, monstre de la culture,
Rose sans ambroisie et lys sans majesté,

Semble s'épanouir, aux saisons de froidure,
Pour les ennuis coquets de la virginité.

Cependant, au rebord des loges de théâtre,
J'aime à voir, évasant leurs pétales d'albâtre,
Couronne de pudeur, de blancs camélias

Parmi les cheveux noirs des belles jeunes femmes
Qui savent inspirer un amour pur aux âmes,
Comme les marbres grecs du sculpteur Phidias[1].

« Que pensez-vous de mes pauvres sonnets ? demanda formellement Lucien.

— Voulez-vous la vérité ? dit Lousteau.

— Je suis assez jeune pour l'aimer, et je veux trop réussir pour ne pas l'entendre sans me fâcher, mais non sans désespoir, répondit Lucien.

— Hé bien, mon cher, les entortillages du premier annoncent une œuvre faite à Angoulême et qui vous a sans doute trop coûté pour y renoncer ; le second et le troisième sentent déjà Paris ; mais lisez-m'en un autre encore ? » ajouta-t-il en faisant un geste qui parut charmant au grand homme de province.

Encouragé par cette demande, Lucien lut avec plus de confiance le sonnet que préféraient d'Arthez et Bridau, peut-être à cause de sa couleur.

CINQUANTIÈME SONNET

LA TULIPE

Moi, je suis la tulipe, une fleur de Hollande ;
Et telle est ma beauté que l'avare Flamand
Paye un de mes oignons plus cher qu'un diamant,
Si mes fonds sont bien purs, si je suis droite et grande.

Mon air est féodal, et, comme une Yolande
Dans sa jupe à longs plis étoffée amplement,
Je porte des blasons peints sur mon vêtement :
Gueules fascé d'argent, or avec pourpre en bande ;

Le jardinier divin a filé de ses doigts
Les rayons du soleil et la pourpre des rois
Pour me faire une robe à trame douce et fine.

Nulle fleur du jardin n'égale ma splendeur,
Mais la nature, hélas ! n'a pas versé d'odeur
Dans mon calice fait comme un vase de Chine[1].

« Eh bien ? dit Lucien après un moment de silence qui lui sembla d'une longueur démesurée.

— Mon cher, dit gravement Étienne Lousteau en voyant le bout des bottes que Lucien avait apportées d'Angoulême et qu'il achevait d'user, je vous engage à noircir vos bottes avec votre encre afin de ménager votre cirage, à faire des cure-dents de vos plumes pour vous donner l'air d'avoir dîné quand vous vous promenez, en sortant de chez Flicoteaux, dans la belle allée de ce jardin, et à chercher une place quelconque. Devenez petit clerc d'huissier si vous avez du cœur, commis si vous avez du plomb dans les reins, ou soldat si vous aimez la musique militaire. Vous avez l'étoffe de trois poètes ; mais, avant d'avoir percé, vous avez six fois le temps de mourir de faim, si vous comptez sur les produits de votre poésie pour vivre. Or, vos intentions sont, d'après vos trop jeunes discours, de battre monnaie avec votre encrier. Je ne juge pas votre poésie, elle est de beaucoup supérieure à toutes les poésies qui encombrent les magasins de la librairie. Ces élégants rossignols, vendus un peu plus cher que les autres à cause de leur papier vélin, viennent presque tous s'abattre sur les rives de la Seine, où vous pouvez aller étudier leurs chants, si vous voulez faire un jour quelque pèlerinage instructif sur les quais de Paris, depuis l'étalage du père Jérôme, au pont Notre-Dame, jusqu'au Pont-Royal. Vous rencontrerez là tous les Essais poétiques, les Inspirations, les Élévations, les Hymnes, les Chants, les Ballades, les Odes, enfin toutes les couvées écloses depuis sept années, des muses couvertes de poussière, éclaboussées par les fiacres, violées par tous les passants qui veulent voir la vignette du titre. Vous ne connaissez personne, vous n'avez d'accès dans aucun journal : vos *Marguerites* resteront chastement pliées comme vous les tenez, elles n'écloront jamais au soleil de la publicité dans la prairie des grandes marges, émaillée des fleurons que prodigue l'illustre Dauriat, le libraire des célébrités, le roi des Galeries de Bois. Mon pauvre enfant, je suis venu comme vous le cœur plein d'illusions, poussé par l'amour de l'Art, porté par d'invincibles élans vers la gloire : j'ai trouvé les réalités du métier, les difficultés de la librairie et le positif de la misère. Mon exaltation, maintenant comprimée, mon effervescence première me cachaient le mécanisme du monde ; il a fallu le voir, se cogner à tous les rouages, heurter les pivots, me graisser aux huiles, entendre le cliquetis des chaînes et des volants. Comme moi, vous allez savoir que, sous toutes ces belles choses rêvées, s'agitent des hommes, des passions et des nécessités. Vous vous mêlerez forcément à d'horribles luttes, d'œuvre à œuvre, d'homme à homme, de parti à parti, où il faut se battre systématiquement pour ne pas être abandonné par les siens. Ces combats ignobles désenchantent l'âme, dépravent le cœur et fatiguent en pure perte ; car vos efforts servent souvent à faire couronner un homme que vous haïssez, un talent secondaire présenté malgré vous comme un génie. La vie littéraire a ses coulisses. Les succès surpris ou mérités, voilà ce qu'applaudit le parterre ; les moyens, toujours hideux, les comparses enluminés, les claqueurs et les garçons de service, voilà ce que recèlent les coulisses. Vous êtes encore au parterre. Il en est temps, abdiquez avant de mettre un pied sur la première marche du trône que se disputent tant d'ambitions, et ne vous déshonorez pas comme je le fais pour vivre. (Une larme mouilla les yeux d'Étienne Lousteau.) Savez-vous comment je vis ? reprit-il avec un accent de rage. Le peu d'argent que pouvait me donner ma famille fut bientôt mangé. Je me trouvai sans ressource après avoir fait recevoir une pièce au Théâtre-Français. Au Théâtre-Français, la protection d'un prince ou d'un premier gentilhomme de la chambre du Roi ne suffit pas pour faire obtenir un tour de faveur : les comédiens ne cèdent qu'à ceux qui menacent leur amour-propre. Si vous aviez le pouvoir de faire dire que le jeune premier a un asthme, la jeune première une fistule où vous voudrez, que la soubrette tue les mouches au vol, vous seriez joué demain. Je ne sais pas si dans deux ans d'ici je serai, moi qui vous parle, en état d'obtenir un semblable pouvoir : il faut trop d'amis. Où, comment et par quoi gagner mon pain, fut une question que je me suis faite en sentant les atteintes de la faim. Après bien des tentatives, après avoir écrit un roman anonyme payé deux cents francs par Doguereau, qui n'y a pas gagné grand-chose, il m'a été prouvé que le journalisme seul pourrait me nourrir. Mais comment entrer dans ces boutiques ? Je ne vous raconterai pas mes démarches et mes sollicitations inutiles, ni six mois passés à travailler comme surnuméraire et à m'entendre dire que j'effarouchais l'abonné, quand au contraire je l'apprivoisais. Passons sur ces avanies. Je rends compte aujourd'hui des théâtres du boulevard, presque gratis, dans le journal qui appartient à Finot, ce gros garçon qui déjeune encore deux ou trois fois par mois au café Voltaire[1] (mais vous n'y allez pas !). Finot est rédacteur en chef. Je vis en vendant les billets que me donnent les directeurs de ces théâtres pour solder ma sous-bienveillance au journal, les livres que m'envoient les libraires et dont je dois parler. Enfin je trafique, une fois Finot satisfait, des tributs en nature qu'apportent les industries pour lesquelles ou contre lesquelles il me permet de lancer des articles. L'*Eau carminative*, la *Pâte des Sultanes*, l'*Huile céphalique*, la *Mixture brésilienne*[1] payent un article goguenard vingt ou trente francs. Je suis forcé d'aboyer après le libraire qui donne peu d'exemplaires au journal : le journal en prend deux que vend Finot, il m'en faut deux à vendre. Publiât-il un chef-d'œuvre, le libraire avare d'exemplaires est assommé. C'est ignoble, mais je vis de ce métier, moi comme cent autres ! Ne croyez pas le monde politique beaucoup plus beau que ce monde littéraire : tout dans ces deux mondes est corruption, chaque homme y est ou corrupteur ou corrompu. Quand il s'agit d'une entreprise de librairie un peu considérable, le libraire me paye, de peur d'être attaqué. Aussi mes revenus sont-ils en rapport avec les prospectus. Quand le Prospectus sort en éruptions miliaires[2], l'argent entre à flots dans mon gousset, je régale alors mes amis. Pas d'affaires en librairie, je dîne chez Flicoteaux. Les actrices payent aussi les éloges, mais les plus habiles payent les critiques, le silence est ce qu'elles redoutent le plus. Aussi une critique, faite pour être rétorquée ailleurs, vaut-elle mieux et se paye-t-elle plus cher qu'un éloge tout sec, oublié le lendemain. La polémique, mon cher, est le piédestal des célébrités. À ce métier de spadassin des idées et des réputations industrielles, littéraires et dramatiques, je gagne cinquante écus par mois, je puis vendre un roman cinq cents francs, et je commence à passer pour un homme redoutable. Quand, au lieu de vivre chez Florine aux dépens d'un droguiste qui se donne des airs de milord, je serai dans mes meubles, que je passerai dans un grand journal où j'aurai un feuilleton, ce jour-là, mon cher, Florine deviendra une grande actrice ; quant à moi, je ne sais pas alors ce que je puis devenir : ministre ou honnête homme, tout est encore possible. (Il releva sa tête humiliée, jeta vers le feuillage un regard de désespoir accusateur et terrible.) Et j'ai une belle tragédie reçue ! Et j'ai dans mes papiers un poème qui mourra ! Et j'étais bon ! J'avais le cœur pur : j'ai pour maîtresse une actrice du Panorama-Dramatique, moi qui rêvais de belles amours parmi les femmes les plus distinguées du grand monde ! Enfin, pour un exemplaire refusé par le libraire à mon journal, je dis du mal d'un livre que je trouve beau ! »

Lucien, ému aux larmes, serra la main d'Étienne.

« En dehors du monde littéraire, dit le journaliste en se levant et se dirigeant vers la grande allée de l'Observatoire où les deux poètes se promenèrent comme pour donner plus d'air à leurs poumons, il n'existe pas une seule personne qui connaisse l'horrible odyssée par laquelle on arrive à ce qu'il faut nommer, selon les talents, la vogue, la mode, la réputation, la renommée, la célébrité, la faveur publique, ces différents échelons qui mènent à la gloire, et qui ne la remplacent jamais. Ce phénomène moral, si brillant, se compose de mille accidents qui varient avec tant de rapidité, qu'il n'y a pas exemple de deux hommes parvenus par une même voie. Canalis et Nathan sont deux faits dissemblables et qui ne se renouvelleront pas. D'Arthez, qui s'éreinte à travailler, deviendra célèbre par un autre hasard. Cette réputation tant désirée est presque toujours une prostituée couronnée. Oui, pour les basses œuvres de la littérature, elle représente la pauvre fille qui gèle au coin des bornes ; pour la littérature secondaire, c'est la femme entretenue qui sort des mauvais lieux du journalisme et à qui je sers de souteneur ; pour la littérature heureuse, c'est la brillante courtisane insolente, qui a des meubles, paye des contributions à l'État, reçoit les grands seigneurs, les traite et les maltraite, a sa livrée, sa voiture, et qui peut faire attendre ses créanciers altérés. Ah ! ceux pour qui elle est, pour moi jadis, pour vous aujourd'hui, un ange aux ailes diaprées, revêtu de sa tunique blanche, montrant une palme verte dans sa main, une flamboyante épée dans l'autre, tenant à la fois de l'abstraction mythologique qui vit au fond d'un puits et de la pauvre fille vertueuse exilée dans un faubourg, ne s'enrichissant qu'aux clartés de la vertu par les efforts d'un noble courage, et revolant aux cieux avec un caractère immaculé, quand elle ne décède pas souillée, fouillée, violée, oubliée dans le char des pauvres ; ces hommes à cervelle cerclée de bronze, aux cœurs encore chauds sous les tombées de neige de l'expérience, ils sont rares dans le pays que vous voyez à nos pieds », dit-il en montrant la grande ville qui fumait au déclin du jour.

Une vision du Cénacle passa rapidement aux yeux de Lucien et l'émut, mais il fut entraîné par Lousteau qui continua son effroyable lamentation.

« Ils sont rares et clairsemés dans cette cuve en fermentation, rares comme les vrais amants dans le monde amoureux, rares comme les fortunes honnêtes dans le monde financier, rares comme un homme pur dans le journalisme. L'expérience du premier qui m'a dit ce que je vous dis a été perdue, comme la mienne sera sans doute inutile pour vous. Toujours la même ardeur précipite chaque année, de la province ici, un nombre égal, pour ne pas dire croissant, d'ambitions imberbes qui s'élancent la tête haute, le cœur altier, à l'assaut de la Mode, cette espèce de princesse Tourandocte des *Mille et un jours* pour qui chacun veut être le prince Calaf[1] ! Mais aucun ne devine l'énigme. Tous tombent dans la fosse du malheur, dans la boue du journal, dans les marais de la librairie. Ils glanent, ces mendiants, des articles biographiques, des tartines, des faits-Paris[1] aux journaux, ou des livres commandés par de logiques marchands de papier noirci qui préfèrent une bêtise débitée en quinze jours à un chef-d'œuvre qui veut du temps pour se vendre. Ces chenilles, écrasées avant d'être papillons, vivent de honte et d'infamie, prêtes à mordre ou à vanter un talent naissant, sur l'ordre d'un pacha du *Constitutionnel*, de *La Quotidienne*, des *Débats*[2], au signal des libraires, à la prière d'un camarade jaloux, souvent pour un dîner. Ceux qui surmontent les obstacles oublient les misères de leur début. Moi qui vous parle, j'ai fait pendant six mois des articles où j'ai mis la fleur de mon esprit pour un misérable qui les disait de lui, qui sur ces échantillons a passé rédacteur d'un feuilleton : il ne m'a pas pris pour collaborateur, il ne m'a pas même donné cent sous, je suis forcé de lui tendre la main et de lui serrer la sienne.

— Et pourquoi ? dit fièrement Lucien.

— Je puis avoir besoin de mettre dix lignes dans son feuilleton, répondit froidement Lousteau. Enfin, mon cher, travailler n'est pas le secret de la fortune en littérature, il s'agit d'exploiter le travail d'autrui. Les propriétaires de journaux sont des entrepreneurs, nous sommes des maçons. Aussi plus un homme est médiocre, plus promptement arrive-t-il ; il peut avaler des crapauds vivants, se résigner à tout, flatter les petites passions basses des sultans littéraires, comme un nouveau venu de Limoges, Hector Merlin, qui fait déjà de la politique dans un journal du centre droit, et qui travaille à notre petit journal : je lui ai vu ramasser le chapeau tombé d'un rédacteur en chef. En n'offusquant personne, ce garçon-là passera entre les ambitions rivales pendant qu'elles se battront. Vous me faites pitié. Je me vois en vous comme j'étais, et je suis sûr que vous serez, dans un ou deux ans, comme je suis. Vous croirez à quelque jalousie secrète, à quelque intérêt personnel dans ces conseils amers ; mais ils sont dictés par le désespoir du damné qui ne peut plus quitter l'Enfer. Personne n'ose dire ce que je vous crie avec la douleur de l'homme atteint au cœur et comme un autre Job sur le fumier : Voici mes ulcères !

— Lutter sur ce champ ou ailleurs, je dois lutter, dit Lucien.

— Sachez-le donc ! reprit Lousteau, cette lutte sera sans trêve si vous avez du talent, car votre meilleure chance serait de n'en pas avoir. L'austérité de votre conscience aujourd'hui pure fléchira devant ceux à qui vous verrez votre succès entre les mains ; qui, d'un mot, peuvent vous donner la vie et qui ne voudront pas le dire : car, croyez-moi, l'écrivain à la mode est plus insolent, plus dur envers les nouveaux venus que ne l'est le plus brutal libraire. Où le libraire ne voit qu'une perte, l'auteur redoute un rival : l'un vous éconduit, l'autre vous écrase. Pour faire de belles œuvres, mon pauvre enfant, vous puiserez à pleines plumées d'encre dans votre cœur la tendresse, la sève, l'énergie, et vous l'étalerez en passions, en sentiments, en phrases ! Oui, vous écrirez au lieu d'agir, vous chanterez au lieu de combattre, vous aimerez, vous haïrez, vous vivrez dans vos livres ; mais quand vous aurez réservé vos richesses pour votre style, votre or, votre pourpre pour vos personnages, que vous vous promènerez en guenilles dans les rues de Paris, heureux d'avoir lancé, en rivalisant avec l'état civil, un être nommé Adolphe, Corinne, Clarisse ou Manon[1], que vous aurez gâté votre vie et votre estomac pour donner la vie à cette création, vous la verrez calomniée, trahie, vendue, déportée dans les lagunes de l'oubli par les journalistes, ensevelie par vos meilleurs amis. Pourrez-vous attendre le jour où votre créature s'élancera réveillée par qui ? quand ? comment ? Il existe un magnifique livre, le *pianto*[1] de l'incrédulité, *Obermann*[2], qui se promène solitaire dans le désert des magasins, et que dès lors les libraires appellent ironiquement un rossignol : quand Pâques arrivera-t-il pour lui ? personne ne le sait ! Avant tout, essayez de trouver un libraire assez osé pour imprimer *Les Marguerites* ? Il ne s'agit pas de vous les faire payer, mais de les imprimer. Vous verrez alors des scènes curieuses. »

Cette rude tirade, prononcée avec les accents divers des passions qu'elle exprimait, tomba comme une avalanche de neige dans le cœur de Lucien et y mit un froid glacial. Il demeura debout et silencieux pendant un moment. Enfin, son cœur, comme stimulé par l'horrible poésie des difficultés, éclata. Lucien serra la main de Lousteau, et lui cria : « Je triompherai !

— Bon ! dit le journaliste, encore un chrétien qui descend dans l'arène pour se livrer aux bêtes. Mon cher, il y a ce soir une première représentation au Panorama-Dramatique, elle ne commencera qu'à huit heures, il est six heures, allez mettre votre meilleur habit, enfin soyez convenable. Venez me prendre. Je demeure rue de La Harpe, au-dessus du café Servel, au quatrième étage. Nous passerons chez Dauriat d'abord. Vous persistez, n'est-ce pas ? Eh bien, je vous ferai connaître ce soir un des rois de la librairie et quelques journalistes. Après le spectacle, nous souperons chez ma maîtresse avec des amis, car notre dîner ne peut pas compter pour un repas. Vous y trouverez Finot, le rédacteur en chef et le propriétaire de mon journal. Vous savez le mot de Minette du Vaudeville : *Le temps est un grand maigre*[3] ? eh bien, pour nous le hasard est aussi un grand maigre, il faut le tenter.

— Je n'oublierai jamais cette journée, dit Lucien.

— Munissez-vous de votre manuscrit, et soyez en tenue, moins à cause de Florine que du libraire. »

La bonhomie de camarade, qui succédait au cri violent du poète peignant la guerre littéraire, toucha Lucien tout aussi vivement qu'il l'avait été naguère à la même place par la parole grave et religieuse de d'Arthez. Animé par la perspective d'une lutte immédiate entre les hommes et lui, l'inexpérimenté jeune homme ne soupçonna point la réalité des malheurs moraux que lui dénonçait le journaliste. Il ne se savait pas placé entre deux voies distinctes, entre deux systèmes représentés par le Cénacle et par le Journalisme, dont l'un était long, honorable, sûr ; l'autre semé d'écueils et périlleux, plein de ruisseaux fangeux où devait se crotter sa conscience. Son caractère le portait à prendre le chemin le plus court, en apparence le plus agréable, à saisir les moyens décisifs et rapides. Il ne vit en ce moment aucune différence entre la noble amitié de d'Arthez et la facile camaraderie de Lousteau. Cet esprit mobile aperçut dans le Journal une arme à sa portée, il se sentait habile à la manier, il la voulut prendre. Ébloui par les offres de son nouvel ami dont la main frappa la sienne avec un laisser-aller qui lui parut gracieux, pouvait-il savoir que, dans l'armée de la Presse, chacun a besoin d'amis, comme les généraux ont besoin de soldats ! Lousteau, lui voyant de la résolution, le racolait en espérant se l'attacher. Le journaliste en était à son premier ami, comme Lucien à son premier protecteur : l'un voulait passer caporal, l'autre voulait être soldat. Le néophyte revint joyeusement à son hôtel, où il fit une toilette aussi soignée que le jour néfaste où il avait voulu se produire dans la loge de la marquise d'Espard à l'Opéra ; mais déjà ses habits lui allaient mieux, il se les était appropriés. Il mit son beau pantalon collant de couleur claire, de jolies bottes à glands qui lui avaient coûté quarante francs, et son habit de bal. Ses abondants et fins cheveux blonds, il les fit friser, parfumer, ruisseler en boucles brillantes. Son front se para d'une audace puisée dans le sentiment de sa valeur et de son avenir. Ses mains de femme furent soignées, leurs ongles en amande devinrent nets et rosés. Sur son col de satin noir, les blanches rondeurs de son menton étincelèrent. Jamais un plus joli jeune homme ne descendit la montagne du pays latin.

Beau comme un dieu grec, Lucien prit un fiacre, et fut à sept heures moins un quart à la porte de la maison du café Servel. La portière l'invita à grimper quatre étages en lui donnant des notions topographiques assez compliquées. Armé de ces renseignements, il trouva, non sans peine, une porte ouverte au bout d'un long corridor obscur, et reconnut la chambre classique du quartier Latin. La misère des jeunes gens le poursuivait là comme rue de Cluny, chez d'Arthez, chez Chrestien, partout ! Mais, partout, elle se recommande par l'empreinte que lui donne le caractère du patient. Là cette misère était sinistre. Un lit en noyer, sans rideaux, au bas duquel grimaçait un méchant tapis d'occasion ; aux fenêtres, des rideaux jaunis par la fumée d'une cheminée qui n'allait pas et par celle du cigare ; sur la cheminée, une lampe Carcel[1] donnée par Florine et encore échappée au Mont-de-Piété ; puis, une commode d'acajou terni, une table chargée de papiers, deux ou trois plumes ébouriffées là-dessus, pas d'autres livres que ceux apportés la veille ou pendant la journée : tel était le mobilier de cette chambre dénuée d'objets de valeur, mais qui offrait un ignoble assemblage de mauvaises bottes bâillant dans un coin, de vieilles chaussettes à l'état de dentelle ; dans un autre, des cigares écrasés, des mouchoirs sales, des chemises en deux volumes, des cravates à trois éditions. C'était enfin un bivouac littéraire meublé de choses négatives et de la plus étrange nudité qui se puisse imaginer. Sur la table de nuit, chargée des livres lus pendant la matinée, brillait le rouleau rouge de Fumade[1]. Sur le manteau de la cheminée erraient un rasoir, une paire de pistolets, une boîte à cigares. Dans un panneau, Lucien vit des fleurets croisés sous un masque. Trois chaises et deux fauteuils, à peine dignes du plus méchant hôtel garni de cette rue, complétaient cet ameublement. Cette chambre, à la fois sale et triste, annonçait une vie sans repos et sans dignité : on y dormait, on y travaillait à la hâte, elle était habitée par force, on éprouvait le besoin de la quitter. Quelle différence entre ce désordre cynique et la propre, la décente misère de d'Arthez ?... Ce conseil enveloppé dans un souvenir, Lucien ne l'écouta pas, car Étienne lui fit une plaisanterie pour masquer le nu du Vice.

« Voilà mon chenil, ma grande représentation est rue de Bondy, dans le nouvel appartement que notre droguiste a meublé pour Florine, et que nous inaugurons ce soir. »

Étienne Lousteau avait un pantalon noir, des bottes bien cirées, un habit boutonné jusqu'au cou ; sa chemise, que Florine devait sans doute lui changer, était cachée par un col de velours, et il brossait son chapeau pour lui donner l'apparence du neuf.

« Partons, dit Lucien.

— Pas encore, j'attends un libraire pour avoir de la monnaie, on jouera peut-être. Je n'ai pas un liard ; et, d'ailleurs, il me faut des gants. »

En ce moment les deux nouveaux amis entendirent les pas d'un homme dans le corridor.

« C'est lui, dit Lousteau. Vous allez voir, mon cher, la tournure que prend la Providence quand elle se manifeste aux poètes. Avant de contempler dans sa gloire Dauriat le libraire fashionable, vous aurez vu le libraire du quai des Augustins, le libraire escompteur, le marchand de ferraille littéraire, le Normand ex-vendeur de salades. Arrivez donc, vieux Tartare ? cria Lousteau.

— Me voilà, dit une voix fêlée comme celle d'une cloche cassée.

— Avec de l'argent ?

— De l'argent ? il n'y en a plus en librairie, répondit un jeune homme qui entra en regardant Lucien d'un air curieux.

— Vous me devez cinquante francs d'abord, reprit Lousteau. Puis voici deux exemplaires d'un *Voyage en Égypte* qu'on dit une merveille, il y foisonne des gravures, il se vendra : Finot a été payé pour deux articles que je dois faire. *Item*, deux des derniers romans de Victor Ducange, un auteur illustre au Marais. *Item*, deux exemplaires du second ouvrage d'un commençant, Paul de Kock, qui travaille dans le même genre[1]. *Item*, deux d'*Yseult de Dole*[2], un joli ouvrage de province. En tout cent francs, au prix fort. Ainsi vous me devez cent francs, mon petit Barbet. »

Barbet regarda les livres en en examinant les tranches et les couvertures avec soin.

« Oh ! ils sont dans un état parfait de conservation, s'écria Lousteau. Le *Voyage* n'est pas coupé, ni le Paul de Kock, ni le Ducange, ni celui-là sur la cheminée, *Considérations sur la Symbolique*[3], je vous l'abandonne, le mythe est si ennuyeux, que je le donne pour ne pas en voir sortir des milliers de mites.

— Eh bien, dit Lucien, comment ferez-vous vos articles ? »

Barbet jeta sur Lucien un regard de profond étonnement, et reporta ses yeux sur Étienne en ricanant : « On voit que monsieur n'a pas le malheur d'être homme de lettres.

— Non, Barbet, non. Monsieur est un poète, un grand poète qui enfoncera Canalis, Béranger et Delavigne. Il ira loin, à moins qu'il ne se jette à l'eau, encore irait-il jusqu'à Saint-Cloud[1].

— Si j'avais un conseil à donner à monsieur, dit Barbet, ce serait de laisser les vers et de se mettre à la prose. On ne veut plus de vers sur le quai. »

Barbet avait une méchante redingote boutonnée par un seul bouton, son col était gras, il gardait son chapeau sur la tête, il portait des souliers, son gilet entrouvert laissait voir une bonne grosse chemise de toile forte. Sa figure ronde, percée de deux yeux avides, ne manquait pas de bonhomie ; mais il avait dans le regard l'inquiétude vague des gens habitués à s'entendre demander de l'argent et qui en ont. Il paraissait rond et facile, tant sa finesse était cotonnée d'embonpoint. Après avoir été commis, il avait pris depuis deux ans une misérable petite boutique sur le quai, d'où il s'élançait chez les journalistes, chez les auteurs, chez les imprimeurs, y achetant à bas prix les livres qui leur étaient donnés, et gagnant ainsi quelque dix ou vingt francs par jour. Riche de ses économies, il flairait les besoins de chacun, il espionnait quelque bonne affaire, il escomptait au taux de quinze ou vingt pour cent, chez les auteurs gênés, les effets des libraires auxquels il allait le lendemain acheter, à prix débattus au comptant, quelques bons livres demandés ; puis il leur rendait leurs propres effets au lieu d'argent. Il avait fait ses études, et son instruction lui servait à éviter soigneusement la poésie et les romans modernes. Il affectionnait les petites entreprises, les livres d'utilité dont l'entière propriété coûtait mille francs et qu'il pouvait exploiter à son gré, tels que l'*Histoire de France mise à la portée des enfants*, la *Tenue des livres en vingt leçons*, la *Botanique des jeunes filles*. Il avait laissé échapper déjà deux ou trois bons livres, après avoir fait revenir vingt fois les auteurs chez lui, sans se décider à leur acheter leur manuscrit. Quand on lui reprochait sa couardise, il montrait la relation d'un fameux procès dont le manuscrit, pris dans les journaux, ne lui coûtait rien, et lui avait rapporté deux ou trois mille francs[1]. Barbet était le libraire trembleur, qui vit de noix et de pain, qui souscrit peu de billets, qui grappille sur les factures, les réduit, colporte lui-même ses livres on ne sait où, mais qui les place et se les fait payer. Il était la terreur des imprimeurs, qui ne savaient comment le prendre : il les payait sous escompte et rognait leurs factures en devinant des besoins urgents ; puis il ne se servait plus de ceux qu'il avait étrillés, en craignant quelque piège.

« Hé bien, continuons-nous nos affaires ? dit Lousteau.

— Eh ! mon petit, dit familièrement Barbet, j'ai dans ma boutique six mille volumes à vendre. Or, selon le mot d'un vieux libraire, les *livres* ne sont pas des *francs*[2]. La librairie va mal.

— Si vous alliez dans sa boutique, mon cher Lucien, dit Étienne, vous trouveriez sur un comptoir en bois de chêne, qui vient de la vente après faillite de quelque marchand de vin, une chandelle non mouchée, elle se consume alors moins vite. À peine éclairé par cette lueur anonyme, vous apercevriez des casiers vides. Pour garder ce néant, un petit garçon en veste bleue souffle dans ses doigts, bat la semelle, ou se brasse[3] comme un cocher de fiacre sur son siège. Regardez ? pas plus de livres que je n'en ai ici. Personne ne peut deviner le commerce qui se fait là.

— Voici un billet de cent francs à trois mois, dit Barbet qui ne put s'empêcher de sourire en sortant un papier timbré de sa poche, et j'emporterai vos bouquins. Voyez-vous, je ne peux plus donner d'argent comptant, les ventes sont trop difficiles. J'ai pensé que vous aviez besoin de moi, j'étais sans le sou, j'ai souscrit un effet pour vous obliger, car je n'aime pas à donner ma signature.

— Ainsi, vous voulez encore mon estime et des remerciements ? dit Lousteau.

— Quoiqu'on ne paye pas ses billets avec des sentiments, j'accepterai tout de même votre estime, répondit Barbet.

— Mais il me faut des gants, et les parfumeurs auront la lâcheté de refuser votre papier, dit Lousteau. Tenez, voilà une superbe gravure, là, dans le premier tiroir de la commode, elle vaut quatre-vingts francs, elle est avant la lettre et après l'article, car j'en ai fait un assez bouffon. Il y avait à mordre sur *Hippocrate refusant les présents d'Artaxerxès*[1]. Hein ! cette belle planche convient à tous les médecins qui refusent les dons exagérés des satrapes parisiens. Vous trouverez encore sous la gravure une trentaine de romances. Allons, prenez le tout, et donnez-moi quarante francs.

— Quarante francs ! dit le libraire en jetant un cri de poule effrayée, tout au plus vingt. Encore puis-je les perdre, ajouta Barbet.

— Où sont les vingt francs ? dit Lousteau.

— Ma foi, je ne sais pas si je les ai, dit Barbet en se fouillant. Les voilà. Vous me dépouillez, vous avez sur moi un ascendant…

— Allons, partons, dit Lousteau qui prit le manuscrit de Lucien et fit un trait à l'encre sous la corde.

— Avez-vous encore quelque chose ? demanda Barbet.

— Rien, mon petit Shylock. Je te ferai faire une affaire excellente (où tu perdras mille écus, pour t'apprendre à me voler ainsi), dit à voix basse Étienne à Lucien.

— Et vos articles ? dit Lucien en roulant vers le Palais-Royal.

— Bah ! vous ne savez pas comment cela se bâcle. Quant au *Voyage en Égypte*, j'ai ouvert le livre et lu des endroits çà et là sans le couper, j'y ai découvert onze fautes de français. Je ferai une colonne en disant que si l'auteur a appris le langage des canards gravés sur les cailloux égyptiens appelés des obélisques, il ne connaît pas sa langue, et je le lui prouverai. Je dirai qu'au lieu de nous parler d'histoire naturelle et d'antiquités, il aurait dû ne s'occuper que de l'avenir de l'Égypte, du progrès de la civilisation, des moyens de rallier l'Égypte à la France, qui, après l'avoir conquise et perdue, peut se l'attacher encore par l'ascendant moral. Là-dessus une tartine patriotique, le tout entrelardé de tirades sur Marseille, sur le Levant, sur notre commerce.

— Mais s'il avait fait cela, que diriez-vous ?

— Hé bien, je dirais qu'au lieu de nous ennuyer de politique, il aurait dû s'occuper de l'Art, nous peindre le pays sous son côté pittoresque et territorial. Le critique se lamente alors. La politique, dit-il, nous déborde, elle nous ennuie, on la trouve partout. Je regretterai ces charmants voyages où l'on nous expliquait les difficultés de la navigation, le charme des débouquements, les délices du passage de la Ligne, enfin ce qu'ont besoin de savoir ceux qui ne voyageront jamais. Tout en les approuvant, on se moque des voyageurs qui célèbrent comme de grands événements un oiseau qui passe, un poisson volant, une pêche, les points géographiques relevés, les bas-fonds reconnus. On redemande ces choses scientifiques parfaitement inintelligibles, qui fascinent comme tout ce qui est profond, mystérieux, incompréhensible. L'abonné rit, il est servi. Quant aux romans, Florine est la plus grande liseuse de romans qu'il y ait au monde, elle m'en fait l'analyse, et je broche mon article d'après son opinion. Quand elle a été ennuyée par ce qu'elle nomme les *phrases d'auteur*, je prends le livre en considération, et fais redemander un exemplaire au libraire qui l'envoie, enchanté d'avoir un article favorable.

— Bon Dieu ! mais la critique, la sainte critique ! dit Lucien imbu des doctrines de son Cénacle.

— Mon cher, dit Lousteau, la critique est une brosse qui ne peut pas s'employer sur les étoffes légères, où elle emporterait tout. Écoutez, laissons là le métier. Voyez-vous cette marque ? lui dit-il en lui montrant le manuscrit des *Marguerites*. J'ai uni par un peu d'encre votre corde au papier. Si Dauriat lit votre manuscrit, il lui sera certes impossible de remettre la corde exactement. Ainsi votre manuscrit est comme scellé. Ceci n'est pas inutile pour l'expérience que vous voulez faire. Encore, remarquez que vous n'arriverez pas, seul et sans parrain, dans cette boutique, comme ces petits jeunes gens qui se présentent chez dix libraires avant d'en trouver un qui leur présente une chaise... »

Lucien avait éprouvé déjà la vérité de ce détail. Lousteau paya le fiacre en lui donnant trois francs, au grand ébahissement de Lucien surpris de la prodigalité qui succédait à tant de misère. Puis les deux amis entrèrent dans les Galeries de Bois[1], où trônait alors la Librairie dite de Nouveautés. À cette époque, les Galeries de Bois constituaient une des curiosités parisiennes les plus illustres. Il n'est pas inutile de peindre ce bazar ignoble ; car, pendant trente-six ans, il a joué dans la vie parisienne un si grand rôle, qu'il est peu d'hommes âgés de quarante ans à qui cette description, incroyable pour les jeunes gens, ne fasse encore plaisir. En place de la froide, haute et large galerie d'Orléans, espèce de serre sans fleurs, se trouvaient des baraques, ou, pour être plus exact, des huttes en planches, assez mal couvertes, petites, mal éclairées sur la cour et sur le jardin par des jours de souffrance appelés croisées, mais qui ressemblaient aux plus sales ouvertures des guinguettes hors barrières. Une triple rangée de boutiques y formait deux galeries, hautes d'environ douze pieds. Les boutiques sises au milieu donnaient sur les deux galeries dont l'atmosphère leur livrait un air méphitique, et dont la toiture laissait passer peu de jour à travers des vitres toujours sales. Ces alvéoles avaient acquis un tel prix par suite de l'affluence du monde, que malgré l'étroitesse de certaines, à peine larges de six pieds et longues de huit à dix, leur location coûtait mille écus. Les boutiques éclairées sur le jardin et sur la cour étaient protégées par de petits treillages verts, peut-être pour empêcher la foule de démolir, par son contact, les murs en mauvais plâtras qui formaient le derrière des magasins. Là donc se trouvait un espace de deux ou trois pieds où végétaient les produits les plus bizarres d'une botanique inconnue à la science, mêlés à ceux de diverses industries non moins florissantes. Une maculature[1] coiffait un rosier, en sorte que les fleurs de rhétorique étaient embaumées par les fleurs avortées de ce jardin mal soigné, mais fétidement arrosé. Des rubans de toutes les couleurs ou des prospectus fleurissaient dans les feuillages. Les débris de modes étouffaient la végétation : vous trouviez un nœud de rubans sur une touffe de verdure, et vous étiez déçu dans vos idées sur la fleur que vous veniez admirer en apercevant une coque de satin qui figurait un dahlia. Du côté de la cour, comme du côté du jardin, l'aspect de ce palais fantasque offrait tout ce que la saleté parisienne a produit de plus bizarre : des badigeonnages lavés, des plâtras refaits, de vieilles peintures, des écriteaux fantastiques. Enfin le public parisien salissait énormément les treillages verts, soit sur le jardin, soit sur la cour. Ainsi, des deux côtés, une bordure infâme et nauséabonde semblait défendre l'approche des Galeries aux gens délicats ; mais les gens délicats ne reculaient pas plus devant ces horribles choses que les princes des contes de fées ne reculent devant les dragons et les obstacles interposés par un mauvais génie entre eux et les princesses. Ces galeries étaient comme aujourd'hui percées au milieu par un passage, et comme aujourd'hui l'on y pénétrait encore par les deux péristyles actuels commencés avant la Révolution et abandonnés faute d'argent. La belle galerie de pierre qui mène au Théâtre-Français formait alors un passage étroit d'une hauteur démesurée et si mal couvert qu'il y pleuvait souvent. On la nommait Galerie Vitrée, pour la distinguer des Galeries de Bois. Les toitures de ces bouges étaient toutes d'ailleurs en si mauvais état, que la Maison d'Orléans eut un procès avec un célèbre marchand de cachemires et d'étoffes qui, pendant une nuit, trouva des marchandises avariées pour une somme considérable. Le marchand eut gain de cause. Une double toile goudronnée servait de couverture en quelques endroits. Le sol de la Galerie Vitrée, où Chevet commença sa fortune[1], et celui des Galeries de Bois étaient le sol naturel de Paris, augmenté du sol factice amené par les bottes et les souliers des passants. En tout temps, les pieds heurtaient des montagnes et des vallées de boue durcie, incessamment balayées par les marchands, et qui demandaient aux nouveaux venus une certaine habitude pour y marcher.

Ce sinistre amas de crottes, ces vitrages encrassés par la pluie et par la poussière, ces huttes plates et couvertes de haillons au-dehors, la saleté des murailles commencées, cet ensemble de choses qui tenait du camp des Bohémiens, des baraques d'une foire, des constructions provisoires avec lesquelles on entoure à Paris les monuments qu'on ne bâtit pas, cette physionomie grimaçante allait admirablement aux différents commerces qui grouillaient sous ce hangar impudique, effronté, plein de gazouillements et d'une gaieté folle, où, depuis la Révolution de 1789 jusqu'à la Révolution de 1830, il s'est fait d'immenses affaires. Pendant vingt années, la Bourse s'est tenue en face, au rez-de-chaussée du Palais. Ainsi, l'opinion publique, les réputations se faisaient et se défaisaient là, aussi bien que les affaires politiques et financières. On se donnait rendez-vous dans ces galeries avant et après la Bourse. Le Paris des banquiers et des commerçants encombrait souvent la cour du Palais-Royal, et refluait sous ces abris par les temps de pluie. La nature de ce bâtiment, surgi sur ce point on ne sait comment, le rendait d'une étrange sonorité. Les éclats de rire y foisonnaient. Il n'arrivait pas une querelle à un bout qu'on ne sût à l'autre de quoi il s'agissait. Il n'y avait là que des libraires, de la poésie, de la politique et de la prose, des marchandes de modes, enfin des filles de joie qui venaient seulement le soir. Là fleurissaient les nouvelles et les livres, les jeunes et les vieilles gloires, les conspirations de la Tribune et les mensonges de la Librairie. Là se vendaient les nouveautés au public, qui s'obstinait à ne les acheter que là. Là, se sont vendus dans une seule soirée plusieurs milliers de tel ou tel pamphlet de Paul-Louis Courier, ou des *Aventures de la fille d'un roi*, le premier coup de feu tiré par la Maison d'Orléans sur la Charte de Louis XVIII[1]. À l'époque où Lucien s'y produisait, quelques boutiques avaient des devantures, des vitrages assez élégants ; mais ces boutiques appartenaient aux rangées donnant sur le jardin ou sur la cour. Jusqu'au jour où périt cette étrange colonie sous le marteau de l'architecte Fontaine, les boutiques sises entre les deux galeries furent entièrement ouvertes, soutenues par des piliers comme les boutiques des foires de province, et l'œil plongeait sur les deux galeries à travers les marchandises ou les portes vitrées. Comme il était impossible d'y avoir du feu, les marchands n'avaient que des chaufferettes et faisaient eux-mêmes la police du feu, car une imprudence pouvait enflammer en un quart d'heure cette république de planches desséchées par le soleil et comme enflammées déjà par la prostitution, encombrées de gaze, de mousseline, de papiers, quelquefois ventilées par des courants d'air. Les boutiques de modistes étaient pleines de chapeaux inconcevables, qui semblaient être là moins pour la vente que pour l'étalage, tous accrochés par centaines à des broches de fer terminées en champignon, et pavoisant les galeries de leurs mille couleurs. Pendant vingt ans, tous les promeneurs se sont demandé sur quelles têtes ces chapeaux poudreux achevaient leur carrière. Des ouvrières généralement laides, mais égrillardes, raccrochaient les femmes par des paroles astucieuses, suivant la coutume et avec le langage de la Halle. Une grisette dont la langue était aussi déliée que ses yeux étaient actifs se tenait sur un tabouret et harcelait les passants : « Achetez-vous un joli chapeau, madame ? » « Laissez-moi donc vous vendre quelque chose, monsieur ? » Leur vocabulaire fécond et pittoresque était varié par les inflexions de voix, par des regards et par des critiques sur les passants. Les libraires et les marchandes de modes vivaient en bonne intelligence. Dans le passage nommé si fastueusement la Galerie Vitrée, se trouvaient les commerces les plus singuliers. Là s'établissaient les ventriloques, les charlatans de toute espèce, les spectacles où l'on ne voit rien et ceux où l'on vous montre le monde entier. Là s'est établi pour la première fois un homme qui a gagné sept ou huit cent mille francs à parcourir les foires. Il avait pour enseigne un soleil tournant dans un cadre noir, autour duquel éclataient ces mots écrits en rouge : *Ici l'homme voit ce que Dieu ne saurait voir. Prix : deux sous.* L'aboyeur ne vous admettait jamais seul, ni jamais plus de deux. Une fois entré, vous vous trouviez nez à nez avec une grande glace. Tout à coup une voix, qui eût épouvanté Hoffmann le Berlinois, partait comme une mécanique dont le ressort est poussé : « Vous voyez là, messieurs, ce que dans toute l'éternité Dieu ne saurait voir, c'est-à-dire votre semblable. Dieu n'a pas son semblable ! » Vous vous en alliez honteux sans oser avouer votre stupidité. De toutes les petites portes partaient des voix semblables qui vous vantaient des Cosmoramas[1], des vues de Constantinople, des spectacles de marionnettes, des automates qui jouaient aux échecs, des chiens qui distinguaient la plus belle femme de la société. Le ventriloque Fitz-James a fleuri là dans le café Borel avant d'aller mourir à Montmartre, mêlé aux élèves de l'École polytechnique[2]. Il y avait des fruitières et des marchandes de bouquets, un fameux tailleur dont les broderies militaires reluisaient le soir comme des soleils. Le matin, jusqu'à deux heures après midi, les Galeries de Bois étaient muettes, sombres et désertes. Les marchands y causaient comme chez eux. Le rendez-vous que s'y est donné la population parisienne ne commençait que vers trois heures, à l'heure de la Bourse. Dès que la foule venait, il se pratiquait des lectures gratuites à l'étalage des libraires par les jeunes gens affamés de littérature et dénués d'argent. Les commis chargés de veiller sur les livres exposés laissaient charitablement les pauvres gens tournant les pages. Quand il s'agissait d'un in-12 de deux cents pages comme *Smarra, Pierre Schlemihl, Jean Sbogar, Jocko*[3], en deux séances il était dévoré. En ce temps-là les cabinets de lecture n'existaient pas[4], il fallait acheter un livre pour le lire ; aussi les romans se vendaient-ils alors à des nombres qui paraîtraient fabuleux aujourd'hui. Il y avait donc je ne sais quoi de français dans cette aumône faite à l'intelligence jeune, avide et pauvre. La poésie de ce terrible bazar éclatait à la tombée du jour. De toutes les rues adjacentes allaient et venaient un grand nombre de filles qui pouvaient s'y promener sans rétribution. De tous les points de Paris, une fille de joie accourait *faire son Palais*. Les Galeries de Pierre appartenaient à des maisons privilégiées qui payaient le droit d'exposer des créatures habillées comme des princesses, entre telle ou telle arcade, et à la place correspondante dans le jardin ; tandis que les Galeries de Bois étaient pour la prostitution un terrain public, le Palais par excellence, mot qui signifiait alors le temple de la prostitution. Une femme pouvait y venir, en sortir accompagnée de sa proie, et l'emmener où bon lui semblait. Ces femmes attiraient donc le soir aux Galeries de Bois une foule si considérable qu'on y marchait au pas, comme à la procession ou au bal masqué. Cette lenteur, qui ne gênait personne, servait à l'examen. Ces femmes avaient une mise qui n'existe plus ; la manière dont elles se tenaient décolletées jusqu'au milieu du dos, et très bas aussi par-devant ; leurs bizarres coiffures inventées pour attirer les regards : celle-ci en Cauchoise, celle-là en Espagnole ; l'une bouclée comme un caniche, l'autre en bandeaux lisses ; leurs jambes serrées par des bas blancs et montrées on ne sait comment, mais toujours à propos, toute cette infâme poésie est perdue. La licence des interrogations et des réponses, ce cynisme public en harmonie avec le lieu ne se retrouve plus, ni au bal masqué, ni dans les bals si célèbres qui se donnent aujourd'hui. C'était horrible et gai. La chair éclatante des épaules et des gorges étincelait au milieu des vêtements d'hommes presque toujours sombres, et produisait les plus magnifiques oppositions. Le brouhaha des voix et le bruit de la promenade formait un murmure qui s'entendait dès le milieu du jardin, comme une basse continue brodée des éclats de rire des filles ou des cris de quelque rare dispute. Les personnes comme il faut, les hommes les plus marquants y étaient coudoyés par des gens à figure patibulaire. Ces monstrueux assemblages avaient je ne sais quoi de piquant, les hommes les plus insensibles étaient émus. Aussi tout Paris est-il venu là jusqu'au dernier moment ; il s'y est promené sur le plancher de bois que l'architecte a fait au-dessus des caves pendant qu'il les bâtissait. Des regrets immenses et unanimes ont accompagné la chute de ces ignobles morceaux de bois.

Le libraire Ladvocat s'était établi depuis quelques jours à l'angle du passage qui partageait ces galeries par le milieu, devant Dauriat, jeune homme maintenant oublié, mais audacieux, et qui défricha la route où brilla depuis son concurrent[1]. La boutique de Dauriat se trouvait sur une des rangées donnant sur le jardin, et celle de Ladvocat était sur la cour. Divisée en deux parties, la boutique de Dauriat offrait un vaste magasin à sa librairie, et l'autre portion lui servait de cabinet. Lucien, qui venait là pour la première fois le soir, fut étourdi de cet aspect, auquel ne résistaient pas les provinciaux ni les jeunes gens. Il perdit bientôt son introducteur.

« Si tu étais beau comme ce garçon-là, je te donnerais du retour », dit une créature à un vieillard en lui montrant Lucien.

Lucien devint honteux comme le chien d'un aveugle[2], il suivit le torrent dans un état d'hébétement et d'excitation difficile à décrire. Harcelé par les regards des femmes, sollicité par des rondeurs blanches, par des gorges audacieuses qui l'éblouissaient, il se raccrochait à son manuscrit qu'il serrait pour qu'on ne le lui volât point, l'innocent !

« Hé bien, monsieur », cria-t-il en se sentant pris par un bras et croyant que sa poésie avait alléché quelque auteur. Il reconnut son ami Lousteau qui lui dit : « Je savais bien que vous finiriez par passer là ! » Le poète était sur la porte du magasin où Lousteau le fit entrer, et qui était plein de gens attendant le moment de parler au Sultan de la librairie. Les imprimeurs, les papetiers et les dessinateurs, groupés autour des commis, les questionnaient sur des affaires en train ou qui se méditaient.

«Tenez, voilà Finot, le directeur de mon journal ; il cause avec un jeune homme qui a du talent, Félicien Vernou, un petit drôle méchant comme une maladie secrète.

— Hé bien, tu as une première représentation, mon vieux, dit Finot en venant avec Vernou à Lousteau. J'ai disposé de la loge.

— Tu l'as vendue à Braulard[1] ?

— Eh bien, après ? tu te feras placer. Que viens-tu demander à Dauriat ? Ah ! il est convenu que nous pousserons Paul de Kock, Dauriat en a pris deux cents exemplaires et Victor Ducange lui refuse un roman. Dauriat veut, dit-il, faire un nouvel auteur dans le même genre. Tu mettras Paul de Kock au-dessus de Ducange.

— Mais j'ai une pièce avec Ducange à la Gaîté, dit Lousteau.

— Hé bien, tu lui diras que l'article est de moi, je serai censé l'avoir fait atroce, tu l'auras adouci, il te devra des remerciements.

— Ne pourrais-tu me faire escompter ce petit bon de cent francs par le caissier de Dauriat ? dit Étienne à Finot. Tu sais ! nous soupons ensemble pour inaugurer le nouvel appartement de Florine.

— Ah ! oui, tu nous traites, dit Finot en ayant l'air de faire un effort de mémoire. Hé bien, Gabusson, dit Finot en prenant le billet de Barbet et le présentant au caissier, donnez quatre-vingt-dix francs pour moi à cet homme-là. Endosse le billet, mon vieux ? »

Lousteau prit la plume du caissier pendant que le caissier comptait l'argent, et signa. Lucien, tout yeux et tout oreilles, ne perdit pas une syllabe de cette conversation.

« Ce n'est pas tout, mon cher ami, reprit Étienne, je ne te dis pas merci, c'est entre nous à la vie à la mort. Je dois présenter monsieur à Dauriat, et tu devrais le disposer à nous écouter.

— De quoi s'agit-il ? demanda Finot.

— D'un recueil de poésies, répondit Lucien.

— Ah ! dit Finot en faisant un haut-le-corps.

— Monsieur, dit Vernou en regardant Lucien, ne pratique pas depuis longtemps la librairie, il aurait déjà serré son manuscrit dans les coins les plus sauvages de son domicile. »

En ce moment un beau jeune homme, Émile Blondet, qui venait de débuter au journal des *Débats* par des articles de la plus grande portée [1], entra, donna la main à Finot, à Lousteau, et salua légèrement Vernou.

« Viens souper avec nous, à minuit, chez Florine, lui dit Lousteau.

— J'en suis, dit le jeune homme. Mais qu'y a-t-il ?

— Ah ! il y a, dit Lousteau, Florine et Matifat le droguiste ; Du Bruel, l'auteur qui a donné un rôle à Florine pour son début ; un petit vieux, le père Cardot et son gendre Camusot ; puis Finot…

— Fait-il les choses convenablement, ton droguiste ?

— Il ne nous donnera pas de drogues, dit Lucien.

— Monsieur a beaucoup d'esprit, dit sérieusement Blondet en regardant Lucien. Il est du souper, Lousteau ?

— Oui.

— Nous rirons bien. »

Lucien avait rougi jusqu'aux oreilles.

« En as-tu pour longtemps, Dauriat ? dit Blondet en frappant à la vitre qui donnait au-dessus du bureau de Dauriat.

— Mon ami, je suis à toi.

— Bon, dit Lousteau à son protégé. Ce jeune homme, presque aussi jeune que vous, est aux *Débats*. Il est un des princes de la critique : il est redouté ; Dauriat viendra le cajoler, et nous pourrons alors dire notre affaire au Pacha des vignettes et de l'imprimerie. Autrement, à onze heures notre tour ne serait pas venu. L'audience se grossira de moment en moment. »

Lucien et Lousteau s'approchèrent alors de Blondet, de Finot, de Vernou, et allèrent former un groupe à l'extrémité de la boutique.

« Que fait-il ? dit Blondet à Gabusson, le premier commis qui se leva pour venir le saluer.

— Il achète un journal hebdomadaire qu'il veut restaurer afin de l'opposer à l'influence de *La Minerve* qui sert trop exclusivement Eymery, et au *Conservateur* qui est trop aveuglément romantique[1].

— Payera-t-il bien ?

— Mais comme toujours… trop ! » dit le caissier.

En ce moment un jeune homme entra, qui venait de faire paraître un magnifique roman, vendu rapidement et couronné par le plus beau succès, un roman dont la seconde édition s'imprimait pour Dauriat. Ce jeune homme, doué de cette tournure extraordinaire et bizarre qui signale les natures artistes, frappa vivement Lucien.

« Voilà Nathan », dit Lousteau à l'oreille du poète de province.

Nathan, malgré la sauvage fierté de sa physionomie, alors dans toute sa jeunesse, aborda les journalistes chapeau bas, et se tint presque humble devant Blondet qu'il ne connaissait encore que de vue. Blondet et Finot gardèrent leurs chapeaux sur la tête.

« Monsieur, je suis heureux de l'occasion que me présente le hasard…

— Il est si troublé, qu'il fait un pléonasme, dit Félicien à Lousteau.

— ... de vous peindre ma reconnaissance pour le bel article que vous avez bien voulu me faire au *Journal des Débats*. Vous êtes pour la moitié dans le succès de mon livre.

— Non, mon cher, non, dit Blondet d'un air où la protection se cachait sous la bonhomie. Vous avez du talent, le diable m'emporte, et je suis enchanté de faire votre connaissance.

— Comme votre article a paru, je ne paraîtrai plus être le flatteur du pouvoir : nous sommes maintenant à l'aise vis-à-vis l'un de l'autre. Voulez-vous me faire l'honneur et le plaisir de dîner avec moi demain ? Finot en sera. Lousteau, mon vieux, tu ne me refuseras pas ? ajouta Nathan en donnant une poignée de main à Étienne. Ah ! vous êtes dans un beau chemin, monsieur, dit-il à Blondet, vous continuez les Dussault, les Fiévée, les Geoffroy ! Hoffman[1] a parlé de vous à Claude Vignon, son élève, un de mes amis, et lui a dit qu'il mourrait tranquille, que le *Journal des Débats* vivrait éternellement. On doit vous payer énormément ?

— Cent francs la colonne, reprit Blondet. Ce prix est peu de chose quand on est obligé de lire les livres, d'en lire cent pour en trouver un dont on peut s'occuper, comme le vôtre. Votre œuvre m'a fait plaisir, parole d'honneur.

— Et il[2] lui a rapporté quinze cents francs, dit Lousteau à Lucien.

— Mais vous faites de la politique ? reprit Nathan.

— Oui, par-ci par-là », répondit Blondet.

Lucien, qui se trouvait là comme un embryon, avait admiré le livre de Nathan, il révérait l'auteur à l'égal d'un Dieu, et il fut stupide de tant de lâcheté devant ce critique dont le nom et la portée lui étaient inconnus. « Me conduirais-je jamais ainsi ? faut-il donc abdiquer sa dignité ! se dit-il. Mets donc ton chapeau, Nathan ? tu as fait un beau livre et le critique n'a fait qu'un article. » Ces pensées lui fouettaient le sang dans les veines. Il apercevait, de moment en moment, des jeunes gens timides, des auteurs besogneux qui demandaient à parler à Dauriat ; mais qui, voyant la boutique pleine, désespéraient d'avoir audience et disaient en sortant : « Je reviendrai. » Deux ou trois hommes politiques causaient de la convocation des Chambres et des affaires publiques au milieu d'un groupe composé de célébrités politiques. Le journal hebdomadaire duquel traitait Dauriat avait le droit de parler politique[1]. Dans ce temps les tribunes de papier timbré devenaient rares. Un journal était un privilège aussi couru que celui d'un théâtre. Un des actionnaires les plus influents du *Constitutionnel*[2] se trouvait au milieu du groupe politique. Lousteau s'acquittait à merveille de son office de cicérone. Aussi, de phrase en phrase, Dauriat grandissait-il dans l'esprit de Lucien, qui voyait la politique et la littérature convergeant dans cette boutique. À l'aspect d'un poète éminent y prostituant la muse à un journaliste, y humiliant l'Art, comme la Femme était humiliée, prostituée sous ces galeries ignobles, le grand homme de province recevait des enseignements terribles. L'argent ! était le mot de toute énigme. Lucien se sentait seul, inconnu, rattaché par le fil d'une amitié douteuse au succès et à la fortune. Il accusait ses tendres, ses vrais amis du Cénacle de lui avoir peint le monde sous de fausses couleurs, de l'avoir empêché de se jeter dans cette mêlée, sa plume à la main. « Je serais déjà Blondet », s'écria-t-il en lui-même. Lousteau, qui venait de crier sur les sommets du Luxembourg comme un aigle blessé, qui lui avait paru si grand, n'eut plus alors que des proportions minimes. Là, le libraire fashionable, le moyen de toutes ces existences, lui parut être l'homme important. Le poète ressentit, son manuscrit à la main, une trépidation qui ressemblait à de la peur. Au milieu de cette boutique, sur des piédestaux de bois peint en marbre, il vit des bustes, celui de Byron, celui de Goethe et celui de M. de Canalis, de qui Dauriat espérait obtenir un volume, et qui, le jour où il vint dans cette boutique, avait pu mesurer la hauteur à laquelle le mettait la Librairie. Involontairement, Lucien perdait de sa propre valeur, son courage faiblissait, il entrevoyait quelle était l'influence de ce Dauriat sur sa destinée et il en attendait impatiemment l'apparition.

« Hé bien, mes enfants, dit un petit homme gros et gras à figure assez semblable à celle d'un proconsul romain, mais adoucie par un air de bonhomie auquel se prenaient les gens superficiels. Me voilà propriétaire du seul journal hebdomadaire qui pût être acheté et qui a deux mille abonnés.

— Farceur ! le Timbre en accuse sept cents, et c'est déjà bien joli, dit Blondet.

— Ma parole d'honneur la plus sacrée, il y en a douze cents. J'ai dit deux mille, ajouta-t-il à voix basse, à cause des papetiers et des imprimeurs qui sont là. Je te croyais plus de tact, mon petit, reprit-il à haute voix.

— Prenez-vous des associés ? demanda Finot.

— C'est selon, dit Dauriat. Veux-tu d'un tiers pour quarante mille francs ?

— Ça va, si vous acceptez pour rédacteurs Émile Blondet que voici, Claude Vignon, Scribe, Théodore Leclercq, Félicien Vernou, Jay, Jouy, Lousteau[1]...

— Et pourquoi pas Lucien de Rubempré ? dit hardiment le poète de province en interrompant Finot.

— Et Nathan ? dit Finot en terminant.

— Et pourquoi pas les gens qui se promènent ? dit le libraire en fronçant le sourcil et se tournant vers l'auteur des *Marguerites*. À qui ai-je l'honneur de parler ? dit-il en regardant Lucien d'un air impertinent.

— Un moment, Dauriat, répondit Lousteau. C'est

moi qui vous amène monsieur. Pendant que Finot réfléchit à votre proposition, écoutez-moi. »

Lucien eut sa chemise mouillée dans le dos en voyant l'air froid et mécontent de ce redoutable padischah[1] de la librairie, qui tutoyait Finot quoique Finot lui dît vous, qui appelait le redouté Blondet *mon petit*, qui avait tendu royalement sa main à Nathan en lui faisant un signe de familiarité.

« Une nouvelle affaire, mon petit, s'écria Dauriat. Mais, tu le sais, j'ai onze cents manuscrits ! Oui, messieurs, cria-t-il, on m'a offert onze cents manuscrits, demandez à Gabusson ? Enfin j'aurai bientôt besoin d'une administration pour régir le dépôt des manuscrits, un bureau de lecture pour les examiner ; il y aura des séances pour voter sur leur mérite, avec des jetons de présence, et un secrétaire perpétuel pour me présenter des rapports. Ce sera la succursale de l'Académie française, et les académiciens seront mieux payés aux Galeries de Bois qu'à l'Institut.

— C'est une idée, dit Blondet.

— Une mauvaise idée, reprit Dauriat. Mon affaire n'est pas de procéder au dépouillement des élucubrations de ceux d'entre vous qui se mettent littérateurs quand ils ne peuvent être ni capitalistes, ni bottiers, ni caporaux, ni domestiques, ni administrateurs, ni huissiers ! On n'entre ici qu'avec une réputation faite ! Devenez célèbre, et vous y trouverez des flots d'or. Voilà, depuis deux ans, trois grands hommes de ma façon, j'ai fait trois ingrats ! Nathan parle de six mille francs pour la seconde édition de son livre qui m'a coûté trois mille francs d'articles et ne m'a pas rapporté mille francs. Les deux articles de Blondet, je les ai payés mille francs et un dîner de cinq cents francs…

— Mais, monsieur, si tous les libraires disent ce que vous dites, comment peut-on publier un premier livre ? demanda Lucien aux yeux de qui Blondet perdit énormément de sa valeur quand il apprit le chiffre auquel Dauriat devait les articles des *Débats*.

— Cela ne me regarde pas, dit Dauriat en plongeant un regard assassin sur le beau Lucien qui le regarda d'un air agréable. Moi, je ne m'amuse pas à publier un livre, à risquer deux mille francs pour en gagner deux mille ; je fais des spéculations en littérature : je publie quarante volumes à dix mille exemplaires, comme font Panckoucke et les Baudouin. Ma puissance et les articles que j'obtiens poussent une affaire de cent mille écus au lieu de pousser un volume de deux mille francs. Il faut autant de peine pour faire prendre un nom nouveau, un auteur et son livre, que pour faire réussir les *Théâtres Étrangers*, *Victoires et Conquêtes*, ou les *Mémoires* sur la Révolution, qui sont une fortune[1]. Je ne suis pas ici pour être le marchepied des gloires à venir, mais pour gagner de l'argent et pour en donner aux hommes célèbres. Le manuscrit que j'achète cent mille francs est moins cher que celui dont l'auteur inconnu me demande six cents francs ! Si je ne suis pas tout à fait un mécène, j'ai droit à la reconnaissance de la littérature : j'ai déjà fait hausser de plus du double le prix des manuscrits. Je vous donne ces raisons, parce que vous êtes l'ami de Lousteau, mon petit, dit Dauriat au poète en le frappant sur l'épaule par un geste d'une révoltante familiarité. Si je causais avec tous les auteurs qui veulent que je sois leur éditeur, il faudrait fermer ma boutique, car je passerais mon temps en conversations extrêmement agréables, mais beaucoup trop chères. Je ne suis pas encore assez riche pour écouter les monologues de chaque amour-propre. Ça ne se voit qu'au théâtre, dans les tragédies classiques. »

Le luxe de la toilette de ce terrible Dauriat appuyait, aux yeux du poète de province, ce discours cruellement logique.

« Qu'est-ce que c'est que ça ? dit-il à Lousteau.

— Un magnifique volume de vers. »

En entendant ce mot, Dauriat se tourna vers Gabusson par un mouvement digne de Talma : « Gabusson, mon ami, à compter d'aujourd'hui, quiconque viendra ici pour me proposer des manuscrits... Entendez-vous ça, vous autres ? dit-il en s'adressant à trois commis qui sortirent de dessous les piles de livres à la voix colérique de leur patron qui regardait ses ongles et sa main qu'il avait belle. À quiconque m'apportera des manuscrits, vous demanderez si c'est des vers ou de la prose. En cas de vers, congédiez-le aussitôt. Les vers dévoreront la librairie !

— Bravo ! Il a bien dit cela, Dauriat, crièrent les journalistes.

— C'est vrai, s'écria le libraire en arpentant sa boutique le manuscrit de Lucien à la main ; vous ne connaissez pas, messieurs, le mal que les succès de lord Byron, de Lamartine, de Victor Hugo, de Casimir Delavigne, de Canalis et de Béranger ont produit. Leur gloire nous vaut une invasion de Barbares. Je suis sûr qu'il y a dans ce moment en librairie mille volumes de vers proposés qui commencent par des histoires interrompues, et sans queue ni tête, à l'imitation du *Corsaire* et de *Lara*[1]. Sous prétexte d'originalité, les jeunes gens se livrent à des strophes incompréhensibles, à des poèmes descriptifs où la jeune école se croit nouvelle en inventant Delille ! Depuis deux ans, les poètes ont pullulé comme les hannetons. J'y ai perdu vingt mille francs l'année dernière ! Demandez à Gabusson ? Il peut y avoir dans le monde des poètes immortels, j'en connais de roses et de frais qui ne se font pas encore la barbe, dit-il à Lucien ; mais en librairie, jeune homme, il n'y a que quatre poètes : Béranger, Casimir Delavigne, Lamartine et Victor Hugo ; car Canalis !... c'est un poète fait à coup d'articles. »

Lucien ne se sentit pas le courage de se redresser et

de faire de la fierté devant ces hommes influents qui riaient de bon cœur. Il comprit qu'il serait perdu de ridicule, mais il éprouvait une démangeaison violente de sauter à la gorge du libraire, de lui déranger l'insultante harmonie de son nœud de cravate, de briser la chaîne d'or qui brillait sur sa poitrine, de fouler sa montre et de le déchirer. L'amour-propre irrité ouvrit la porte à la vengeance, il jura une haine mortelle à ce libraire auquel il souriait.

« La poésie est comme le soleil qui fait pousser les forêts éternelles et qui engendre les cousins, les moucherons, les moustiques, dit Blondet. Il n'y a pas une vertu qui ne soit doublée d'un vice. La littérature engendre bien les libraires.

— Et les journalistes ! » dit Lousteau.

Dauriat partit d'un éclat de rire.

« Qu'est-ce que ça, enfin ? dit-il en montrant le manuscrit.

— Un recueil de sonnets à faire honte à Pétrarque, dit Lousteau.

— Comment l'entends-tu ? demanda Dauriat.

— Comme tout le monde », dit Lousteau qui vit un sourire fin sur toutes les lèvres.

Lucien ne pouvait se fâcher, mais il suait dans son harnais.

« Eh bien, je le lirai, dit Dauriat en faisant un geste royal qui montrait toute l'étendue de cette concession. Si tes sonnets sont à la hauteur du dix-neuvième siècle, je ferai de toi, mon petit, un grand poète.

— S'il a autant d'esprit qu'il est beau, vous ne courrez pas de grands risques, dit un des plus fameux orateurs de la Chambre[1] qui causait avec un des rédacteurs du *Constitutionnel* et le directeur de *La Minerve*[2].

— Général, dit Dauriat, la gloire c'est douze mille francs d'articles et mille écus de dîners, demandez à l'auteur du *Solitaire*[3] ? Si M. Benjamin Constant veut faire un article sur ce jeune poète, je ne serai pas longtemps à conclure l'affaire. »

Au mot de général et en entendant nommer l'illustre Benjamin Constant, la boutique prit aux yeux du grand homme de province les proportions de l'Olympe.

« Lousteau, j'ai à te parler, dit Finot ; mais je te retrouverai au théâtre. Dauriat, je fais l'affaire, mais à des conditions. Entrons dans votre cabinet.

— Viens, mon petit ? dit Dauriat en laissant passer Finot devant lui et faisant un geste d'homme occupé à dix personnes qui attendaient ; il allait disparaître, quand Lucien, impatient, l'arrêta.

— Vous gardez mon manuscrit, à quand la réponse ?

— Mais, mon petit poète, reviens ici dans trois ou quatre jours, nous verrons. »

Lucien fut entraîné par Lousteau qui ne lui laissa pas le temps de saluer Vernou, ni Blondet, ni Raoul Nathan, ni le général Foy, ni Benjamin Constant dont l'ouvrage sur les Cent-Jours venait de paraître[1]. Lucien entrevit à peine cette tête blonde et fine, ce visage oblong, ces yeux spirituels, cette bouche agréable, enfin l'homme qui pendant vingt ans avait été le Potemkine de Mme de Staël[2], et qui faisait la guerre aux Bourbons après l'avoir faite à Napoléon, mais qui devait mourir atterré de sa victoire.

« Quelle boutique ! s'écria Lucien quand il fut assis dans un cabriolet de place à côté de Lousteau.

— Au Panorama-Dramatique, et du train ! tu as trente sous pour ta course, dit Étienne au cocher. Dauriat est un drôle qui vend pour quinze ou seize cent mille francs de livres par an, il est comme le ministre de la littérature, répondit Lousteau dont l'amour-propre était agréablement chatouillé et qui se posait en maître devant Lucien. Son avidité, tout aussi grande que celle de Barbet, s'exerce sur des masses. Dauriat a des formes, il est généreux, mais il est vain ; quant à son esprit, ça se compose de tout ce qu'il entend dire autour de lui ; sa boutique est un lieu très excellent à fréquenter. On peut y causer avec les gens supérieurs de l'époque. Là, mon cher, un jeune homme en apprend plus en une heure qu'à pâlir sur des livres pendant dix ans. On y discute des articles, on y brasse des sujets, on s'y lie avec des gens célèbres ou influents qui peuvent être utiles. Aujourd'hui, pour réussir, il est nécessaire d'avoir des relations. Tout est hasard, vous le voyez. Ce qu'il y a de plus dangereux est d'avoir de l'esprit tout seul dans son coin.

— Mais quelle impertinence ! dit Lucien.

— Bah ! nous nous moquons tous de Dauriat, répondit Étienne. Vous avez besoin de lui, il vous marche sur le ventre ; il a besoin du *Journal des Débats*, Émile Blondet le fait tourner comme une toupie. Oh ! si vous entrez dans la littérature, vous en verrez bien d'autres ! Eh bien, que vous disais-je ?

— Oui, vous avez raison, répondit Lucien. J'ai souffert dans cette boutique encore plus cruellement que je ne m'y attendais, d'après votre programme.

— Et pourquoi vous livrer à la souffrance ? Ce qui nous coûte notre vie, le sujet qui, durant des nuits studieuses, a ravagé notre cerveau ; toutes ces courses à travers les champs de la pensée, notre monument construit avec notre sang devient pour les éditeurs une affaire bonne ou mauvaise. Les libraires vendront ou ne vendront pas votre manuscrit, voilà pour eux tout le problème. Un livre, pour eux, représente des capitaux à risquer. Plus le livre est beau, moins il a de chances d'être vendu. Tout homme supérieur s'élève au-dessus des masses, son succès est donc en raison directe avec le temps nécessaire pour apprécier l'œuvre. Aucun libraire ne veut attendre. Le livre d'aujourd'hui doit être vendu demain. Dans ce système-là, les libraires refusent les livres substantiels auxquels il faut de hautes, de lentes approbations.

— D'Arthez a raison, s'écria Lucien.

— Vous connaissez d'Arthez ? dit Lousteau. Je ne sais rien de plus dangereux que les esprits solitaires qui pensent, comme ce garçon-là, pouvoir attirer le monde à eux. En fanatisant les jeunes imaginations par une croyance qui flatte la force immense que nous sentons d'abord en nous-mêmes, ces gens à gloire posthume les empêchent de se remuer à l'âge où le mouvement est possible et profitable. Je suis pour le système de Mahomet, qui, après avoir commandé à la montagne de venir à lui, s'est écrié : "Si tu ne viens pas à moi, j'irai donc vers toi !" »

Cette saillie, où la raison prenait une forme incisive, était de nature à faire hésiter Lucien entre le système de pauvreté soumise que prêchait le Cénacle, et la doctrine militante que Lousteau lui exposait. Aussi le poète d'Angoulême garda-t-il le silence jusqu'au boulevard du Temple.

Le Panorama-Dramatique[1], aujourd'hui remplacé par une maison, était une charmante salle de spectacle située vis-à-vis la rue Charlot, sur le boulevard du Temple, et où deux administrations succombèrent sans obtenir un seul succès, quoique Vignol, l'un des acteurs qui se sont partagé la succession de Potier, y ait débuté, ainsi que Florine, actrice qui, cinq ans plus tard, devint si célèbre[2]. Les théâtres, comme les hommes, sont soumis à des fatalités. Le Panorama-Dramatique avait à rivaliser avec l'Ambigu, la Gaîté, la Porte-Saint-Martin et les théâtres de vaudeville[3] ; il ne put résister à leurs manœuvres, aux restrictions de son privilège et au manque de bonnes pièces. Les auteurs ne voulurent pas se brouiller avec les théâtres existants pour un théâtre dont la vie semblait problématique. Cependant l'administration comptait sur la pièce nouvelle, espèce de mélodrame comique d'un jeune auteur, collaborateur de quelques célébrités, nommé Du Bruel, qui disait l'avoir faite à lui seul. Cette pièce avait été composée pour le début de Florine, jusqu'alors comparse à la Gaîté, où depuis un an elle jouait des petits rôles dans lesquels elle s'était fait remarquer, sans pouvoir obtenir d'engagement, en sorte que le Panorama l'avait enlevée à son voisin. Coralie, une autre actrice, devait y débuter aussi. Quand les deux amis arrivèrent, Lucien fut stupéfait par l'exercice du pouvoir de la Presse.

« Monsieur est avec moi, dit Étienne au Contrôle qui s'inclina tout entier.

— Vous trouverez bien difficilement à vous placer, dit le contrôleur en chef. Il n'y a plus de disponible que la loge du directeur. »

Étienne et Lucien perdirent un certain temps à errer dans les corridors et à parlementer avec les ouvreuses.

« Allons dans la salle, nous parlerons au directeur, qui nous prendra dans sa loge. D'ailleurs je vous présenterai à l'héroïne de la soirée, à Florine. »

Sur un signe de Lousteau, le portier de l'Orchestre prit une petite clef et ouvrit une porte perdue dans un gros mur. Lucien suivit son ami, et passa soudain du corridor illuminé au trou noir qui, dans presque tous les théâtres, sert de communication entre la salle et les coulisses. Puis, en montant quelques marches humides, le poète de province aborda la coulisse, où l'attendait le spectacle le plus étrange. L'étroitesse des *portants*, la hauteur du théâtre, les échelles à quinquets, les décorations si horribles vues de près, les acteurs plâtrés, leurs costumes si bizarres et faits d'étoffes si grossières, les garçons à vestes huileuses, les cordes qui pendent, le régisseur qui se promène son chapeau sur la tête, les comparses assises, les toiles de fond suspendues, les pompiers, cet ensemble de choses bouffonnes, tristes, sales, affreuses, éclatantes ressemblait si peu à ce que Lucien avait vu de sa place au théâtre que son étonnement fut sans bornes. On achevait un gros bon mélodrame intitulé *Bertram*[1], pièce imitée d'une tragédie de Maturin qu'estimaient infiniment Nodier, lord Byron et Walter Scott, mais qui n'obtint aucun succès à Paris.

« Ne quittez pas mon bras si vous ne voulez pas tomber dans une trappe, recevoir une forêt sur la tête, renverser un palais ou accrocher une chaumière », dit Étienne à Lucien. « Florine est-elle dans sa loge, mon bijou ? dit-il à une actrice qui se préparait à son entrée en scène en écoutant les acteurs.

— Oui, mon amour. Je te remercie de ce que tu as dit de moi. Tu es d'autant plus gentil que Florine entrait ici.

— Allons, ne manque pas ton effet, ma petite, lui dit Lousteau. Précipite-toi, haut la patte ! dis-moi bien : *Arrête, malheureux !* car il y a deux mille francs de recette. »

Lucien stupéfait vit l'actrice se composant et s'écriant : *Arrête, malheureux !* de manière à le glacer d'effroi. Ce n'était plus la même femme.

« Voilà donc le théâtre, dit-il à Lousteau.

— C'est comme la boutique des Galeries de Bois et comme un journal pour la littérature, une vraie cuisine », lui répondit son nouvel ami.

Nathan parut.

« Pour qui venez-vous donc ici ? lui demanda Lousteau.

— Mais je fais les petits théâtres à la *Gazette*[2], en attendant mieux, répondit Nathan.

— Eh ! soupez donc avec nous ce soir, et traitez bien Florine, à charge de revanche, lui dit Lousteau.

— Tout à votre service, répondit Nathan.

— Vous savez, elle demeure maintenant rue de Bondy. »

« Qui donc est ce beau jeune homme avec qui tu es, mon petit Lousteau ? dit l'actrice en rentrant de la scène dans la coulisse.

— Ah ! ma chère, un grand poète, un homme qui sera célèbre. Comme vous devez souper ensemble, monsieur Nathan, je vous présente M. Lucien de Rubempré.

— Vous portez un beau nom, monsieur, dit Raoul à Lucien.

— Lucien ? M. Raoul Nathan, fit Étienne à son nouvel ami.

— Ma foi, monsieur, je vous lisais il y a deux jours, et je n'ai pas conçu, quand on a fait votre livre et votre recueil de poésies, que vous soyez si humble devant un journaliste.

— Je vous attends à votre premier livre, répondit Nathan en laissant échapper un fin sourire.

— Tiens, tiens, les Ultras et les Libéraux se donnent donc des poignées de main, s'écria Vernou en voyant ce trio.

— Le matin je suis des opinions de mon journal, dit Nathan, mais le soir je pense ce que je veux, *la nuit tous les rédacteurs sont gris*.

— Étienne, dit Félicien en s'adressant à Lousteau, Finot est venu avec moi, il te cherche. Et… le voilà.

— Ah ! çà, il n'y a donc pas une place ? dit Finot.

— Vous en avez toujours une dans nos cœurs, lui dit l'actrice qui lui adressa le plus agréable sourire.

— Tiens, ma petite Florville[1], te voilà déjà guérie de ton amour. On te disait enlevée par un prince russe.

— Est-ce qu'on enlève les femmes aujourd'hui ? dit la Florville, qui était l'actrice d'*Arrête, malheureux*. Nous sommes restés dix jours à Saint-Mandé, mon prince en a été quitte pour une indemnité payée à l'Administration. Le directeur, reprit Florville en riant, va prier Dieu qu'il vienne beaucoup de princes russes, leurs indemnités lui feraient des recettes sans frais.

— Et toi, ma petite, dit Finot à une jolie paysanne qui les écoutait, où donc as-tu volé les boutons de diamants que tu as aux oreilles ? As-tu *fait* un prince indien ?

— Non, mais un marchand de cirage, un Anglais qui est déjà parti ! N'a pas qui veut, comme Florine et Coralie, des négociants millionnaires ennuyés de leur ménage : sont-elles heureuses ?

— Tu vas manquer ton entrée, Florville, s'écria Lousteau, le cirage de ton amie te monte à la tête.

— Si tu veux avoir du succès, lui dit Nathan, au lieu de crier comme une furie : *Il est sauvé !* entre tout uniment, arrive jusqu'à la rampe et dis d'une voix de poitrine : *Il est sauvé,* comme la Pasta dit : *O ! patria* dans *Tancrède*[1]. Va donc ! ajouta-t-il en la poussant.

— Il n'est plus temps, elle rate son effet ! dit Vernou.

— Qu'a-t-elle fait ? la salle applaudit à tout rompre, dit Lousteau.

— Elle leur a montré sa gorge en se mettant à genoux, c'est sa grande ressource, dit l'actrice veuve du cirage.

— Le directeur nous donne sa loge, tu m'y retrouveras », dit Finot à Étienne.

Lousteau conduisit alors Lucien derrière le théâtre à travers le dédale des coulisses, des corridors et des escaliers jusqu'au troisième étage, à une petite chambre où ils arrivèrent suivis de Nathan et de Félicien Vernou.

« Bonjour ou bonsoir, messieurs, dit Florine. Monsieur, dit-elle en se tournant vers un homme gros et court qui se tenait dans un coin, ces messieurs sont les arbitres de mes destinées, mon avenir est entre leurs mains ; mais ils seront, je l'espère, sous notre table demain matin, si M. Lousteau n'a rien oublié...

— Comment ! vous aurez Blondet des *Débats*, lui dit

Étienne, le vrai Blondet, Blondet lui-même, enfin Blondet.

— Oh ! mon petit Lousteau, tiens, il faut que je t'embrasse », dit-elle en lui sautant au cou.

À cette démonstration, Matifat, le gros homme, prit un air sérieux. À seize ans, Florine était maigre. Sa beauté, comme un bouton de fleur plein de promesses, ne pouvait plaire qu'aux artistes qui préfèrent les esquisses aux tableaux. Cette charmante actrice avait dans les traits toute la finesse qui la caractérise, et ressemblait alors à la Mignon de Goethe. Matifat, riche droguiste de la rue des Lombards, avait pensé qu'une petite actrice des boulevards serait peu dispendieuse ; mais, en onze mois, Florine lui coûta soixante mille francs. Rien ne parut plus extraordinaire à Lucien que cet honnête et probe négociant posé là comme un dieu Terme dans un coin de ce réduit de dix pieds carrés, tendu d'un joli papier, décoré d'une psyché, d'un divan, de deux chaises, d'un tapis, d'une cheminée et plein d'armoires. Une femme de chambre achevait d'habiller l'actrice en Espagnole. La pièce était un imbroglio où Florine faisait le rôle d'une comtesse.

« Cette créature sera dans cinq ans la plus belle actrice de Paris, dit Nathan à Félicien.

— Ah ! çà, mes amours, dit Florine en se retournant vers les trois journalistes, soignez-moi demain : d'abord, j'ai fait garder des voitures cette nuit, car je vous renverrai soûls comme des mardi-gras. Matifat a eu des vins, oh ! mais des vins dignes de Louis XVIII, et il a pris le cuisinier du ministre de Prusse.

— Nous nous attendons à des choses énormes en voyant monsieur, dit Nathan.

— Mais il sait qu'il traite les hommes les plus dangereux de Paris », répondit Florine.

Matifat regardait Lucien d'un air inquiet, car la grande beauté de ce jeune homme excitait sa jalousie.

« Mais en voilà un que je ne connais pas ? dit Florine en avisant Lucien. Qui de vous a ramené de Florence l'Apollon du Belvédère ? Monsieur est gentil comme une figure de Girodet[1].

— Mademoiselle, dit Lousteau, monsieur est un poète de province que j'ai oublié de vous présenter. Vous êtes si belle ce soir qu'il est impossible de songer à la civilité puérile et honnête...

— Est-il riche, qu'il fait de la poésie ? demanda Florine.

— Pauvre comme Job, répondit Lucien.

— C'est bien tentant pour nous autres », dit l'actrice.

Du Bruel, l'auteur de la pièce, un jeune homme en redingote, petit, délié, tenant à la fois du bureaucrate, du propriétaire et de l'agent de change, entra soudain.

« Ma petite Florine, vous savez bien votre rôle, hein ? pas de défaut de mémoire. Soignez la scène du second acte, du mordant, de la finesse ! Dites bien : *Je ne vous aime pas*, comme nous en sommes convenus.

— Pourquoi prenez-vous des rôles où il y a de pareilles phrases ? » dit Matifat à Florine.

Un rire universel accueillit l'observation du droguiste.

« Qu'est-ce que cela vous fait, lui dit-elle, puisque ce n'est pas à vous que je parle, animal-bête ? Oh ! il fait mon bonheur avec ses niaiseries, ajouta-t-elle en regardant les auteurs. Foi d'honnête fille, je lui payerais tant par bêtise, si ça ne devait pas me ruiner.

— Oui, mais vous me regarderez en disant cela comme quand vous répétez votre rôle, et ça me fait peur, répondit le droguiste.

— Hé bien, je regarderai mon petit Lousteau », répondit-elle.

Une cloche retentit dans les corridors.

« Allez-vous-en tous, dit Florine, laissez-moi relire mon rôle et tâcher de le comprendre. »

Lucien et Lousteau partirent les derniers. Lousteau baisa les épaules de Florine, et Lucien entendit l'actrice disant : « Impossible pour ce soir. Cette vieille bête a dit à sa femme qu'il allait à la campagne.

— La trouvez-vous gentille ? dit Étienne à Lucien.

— Mais, mon cher, ce Matifat…, s'écria Lucien.

— Eh ! mon enfant, vous ne savez rien encore de la vie parisienne, répondit Lousteau. Il est des nécessités qu'il faut subir ! C'est comme si vous aimiez une femme mariée, voilà tout. On se fait une raison. »

Étienne et Lucien entrèrent dans une loge d'avant-scène, au rez-de-chaussée, où ils trouvèrent le directeur du théâtre et Finot. En face, Matifat était dans la loge opposée, avec un de ses amis nommé Camusot, un marchand de soieries qui protégeait Coralie, et accompagné d'un honnête petit vieillard, son beau-père. Ces trois bourgeois nettoyaient le verre de leurs lorgnettes en regardant le parterre dont les agitations les inquiétaient. Les loges offraient la société bizarre des premières représentations : des journalistes et leurs maîtresses, des femmes entretenues et leurs amants, quelques vieux habitués des théâtres friands de premières représentations, des personnes du beau monde qui aiment ces sortes d'émotions. Dans une première loge se trouvait le directeur général et sa famille qui avait casé du Bruel dans une administration financière où le faiseur de vaudevilles touchait les appointements d'une sinécure. Lucien, depuis son dîner, voyageait d'étonnements en étonnements. La vie littéraire, depuis deux mois si pauvre, si dénuée à ses yeux, si horrible dans la chambre de Lousteau, si humble et si insolente à la fois aux Galeries de Bois, se déroulait avec d'étranges magnificences et sous des aspects singuliers. Ce mélange de hauts et de bas, de compromis avec la conscience, de suprématies et de lâchetés, de trahisons et de plaisirs, de grandeurs et de servitudes, le rendait hébété comme un homme attentif à un spectacle inouï.

« Croyez-vous que la pièce de du Bruel vous fasse de l'argent ? dit Finot au directeur.

— La pièce est une pièce d'intrigue où du Bruel a voulu faire du Beaumarchais. Le public des boulevards n'aime pas ce genre, il veut être bourré d'émotions. L'esprit n'est pas apprécié ici. Tout, ce soir, dépend de Florine et de Coralie qui sont ravissantes de grâce, de beauté. Ces deux créatures ont des jupes très courtes, elles dansent un pas espagnol, elles peuvent enlever le public. Cette représentation est un coup de cartes. Si les journaux me font quelques articles spirituels, en cas de réussite, je puis gagner cent mille écus.

— Allons, je le vois, ce ne sera qu'un succès d'estime, dit Finot.

— Il y a une cabale montée par les trois théâtres voisins, on va siffler quand même ; mais je me suis mis en mesure de déjouer ces mauvaises intentions. J'ai surpayé les claqueurs envoyés contre moi, ils siffleront maladroitement. Voilà trois négociants qui, pour procurer un triomphe à Coralie et à Florine, ont pris chacun cent billets et les ont donnés à des connaissances capables de faire mettre la cabale à la porte. La cabale, deux fois payée, se laissera renvoyer, et cette exécution dispose toujours bien le public.

— Deux cents billets[1] ! quelles gens précieux ! s'écria Finot.

— Oui ! avec deux autres jolies actrices aussi richement entretenues que Florine et Coralie, je me tirerais d'affaire. »

Depuis deux heures, aux oreilles de Lucien, tout se résolvait par de l'argent. Au Théâtre comme en Librairie, en Librairie comme au Journal, de l'art et de la gloire, il n'en était pas question. Ces coups du grand balancier de la Monnaie, répétés sur sa tête et sur son cœur, les lui martelaient. Pendant que l'orchestre jouait l'ouverture, il ne put s'empêcher d'opposer aux applaudissements et aux sifflets du parterre en émeute les scènes de poésie calme et pure qu'il avait goûtées dans l'imprimerie de David, quand tous deux ils voyaient les merveilles de l'Art, les nobles triomphes du génie, la Gloire aux ailes blanches. En se rappelant les soirées du Cénacle, une larme brilla dans les yeux du poète.

« Qu'avez-vous ? lui dit Étienne Lousteau.

— Je vois la poésie dans un bourbier, dit-il.

— Eh ! mon cher, vous avez encore des illusions.

— Mais faut-il donc ramper et subir ici ces gros Matifat et Camusot, comme les actrices subissent les journalistes, comme nous subissons les libraires.

— Mon petit, lui dit à l'oreille Étienne en lui montrant Finot, vous voyez ce lourd garçon, sans esprit ni talent, mais avide, voulant la fortune à tout prix et habile en affaires, qui, dans la boutique de Dauriat, m'a pris quarante pour cent en ayant l'air de m'obliger ?... eh bien, il a des lettres où plusieurs génies en herbe sont à genoux devant lui pour cent francs. »

Une contraction causée par le dégoût serra le cœur de Lucien qui se rappela : *Finot, mes cent francs ?* ce dessin laissé sur le tapis vert de la Rédaction.

« Plutôt mourir, dit-il.

— Plutôt vivre », lui répondit Étienne.

Au moment où la toile se leva, le directeur sortit et alla dans les coulisses pour donner quelques ordres.

« Mon cher, dit alors Finot à Étienne, j'ai la parole de Dauriat, je suis pour un tiers dans la propriété du journal hebdomadaire. J'ai traité pour trente mille francs comptant à condition d'être fait rédacteur en chef et directeur. C'est une affaire superbe. Blondet m'a dit qu'il se prépare des lois restrictives contre la presse[1], les journaux existants seront seuls conservés. Dans six mois, il faudra un million pour entreprendre un nouveau journal. J'ai donc conclu sans avoir à moi plus de dix mille francs. Écoute-moi. Si tu peux faire acheter la moitié de ma part, un sixième, à Matifat, pour trente mille francs, je te donnerai la rédaction en chef de mon petit journal, avec deux cent cinquante francs par mois. Tu seras mon prête-nom. Je veux pouvoir toujours diriger la rédaction, y garder tous mes intérêts et ne pas avoir l'air d'y être pour quelque chose. Tous les articles te seront payés à raison de cent sous la colonne ; ainsi tu peux te faire un boni de quinze francs par jour en ne les payant que trois francs, et en profitant de la rédaction gratuite[2]. C'est encore quatre cent cinquante francs par mois. Mais je veux rester maître de faire attaquer ou défendre les hommes et les affaires à mon gré dans le journal, tout en te laissant satisfaire les haines et les amitiés qui ne gêneront point ma politique. Peut-être serai-je ministériel ou ultra, je ne sais pas encore ; mais je veux conserver, en dessous main, mes relations libérales. Je te dis tout, à toi qui es un bon enfant. Peut-être te ferais-je avoir les Chambres dans le journal où je les fais, je ne pourrai sans doute pas les garder. Ainsi, emploie Florine à ce petit maquignonnage, et dis-lui de presser vivement le bouton au droguiste : je n'ai que quarante-huit heures pour me dédire, si je ne peux pas payer. Dauriat a vendu l'autre tiers trente mille francs à son imprimeur et à son marchand de papier. Il a, lui, son tiers *gratis*, et gagne dix mille francs, puisque le tout ne lui en coûte que cinquante mille. Mais dans un an le recueil vaudra deux cent mille francs à vendre à la Cour, si elle a, comme on le prétend, le bon sens d'amortir les journaux[3].

— Tu as du bonheur, s'écria Lousteau.

— Si tu avais passé par les jours de misère que j'ai

connus, tu ne dirais pas ce mot-là. Mais dans ce temps-ci, vois-tu, je jouis d'un malheur sans remède : je suis fils d'un chapelier qui vend encore des chapeaux rue du Coq. Il n'y a qu'une révolution qui puisse me faire arriver ; et, faute d'un bouleversement social, je dois avoir des millions. Je ne sais pas si, de ces deux choses, la révolution n'est pas la plus facile. Si je portais le nom de ton ami, je serais dans une belle passe. Silence, voici le directeur. Adieu, dit Finot en se levant. Je vais à l'Opéra, j'aurai peut-être un duel demain : je fais et signe d'un F un article foudroyant contre deux danseuses qui ont des généraux pour amis. J'attaque, et raide, l'Opéra.

— Ah ! bah ? dit le directeur.

— Oui, chacun lésine avec moi, répondit Finot. Celui-ci me retranche mes loges, celui-là refuse de me prendre cinquante abonnements. J'ai donné mon ultimatum à l'Opéra : je veux maintenant cent abonnements et quatre loges par mois. S'ils acceptent, mon journal aura huit cents abonnés servis et mille payants. Je sais les moyens d'avoir encore deux cents autres abonnements : nous serons à douze cents en janvier…

— Vous finirez par nous ruiner, dit le directeur.

— Vous êtes bien malade, vous, avec vos dix abonnements. Je vous ai fait deux bons articles au *Constitutionnel*.

— Oh ! je ne me plains pas de vous, s'écria le directeur.

— À demain soir, Lousteau, reprit Finot. Tu me donneras réponse aux Français, où il y a une première représentation ; et comme je ne pourrai pas faire l'article, tu prendras ma loge au journal. Je te donne la préférence : tu t'es échiné pour moi, je suis reconnaissant. Félicien Vernou m'offre de me faire remise des appointements pendant un an et me propose vingt mille francs pour un tiers dans la propriété du journal ; mais j'y veux rester maître absolu. Adieu. »

« Il ne se nomme pas Finot pour rien, celui-là, dit Lucien à Lousteau.

— Oh ! c'est un pendu qui fera son chemin, lui répondit Étienne sans se soucier d'être ou non entendu par l'homme habile qui fermait la porte de la loge.

— Lui ?... dit le directeur, il sera millionnaire, il jouira de la considération générale, et peut-être aura-t-il des amis...

— Bon Dieu ! dit Lucien, quelle caverne ! Et vous allez faire entamer par cette délicieuse fille une pareille négociation ? dit-il en montrant Florine qui leur lançait des œillades.

— Et elle réussira. Vous ne connaissez pas le dévouement et la finesse de ces chères créatures, répondit Lousteau.

— Elles rachètent tous leurs défauts, elles effacent toutes leurs fautes par l'étendue, par l'infini de leur amour quand elles aiment, dit le directeur en continuant. La passion d'une actrice est une chose d'autant plus belle qu'elle produit un plus violent contraste avec son entourage.

— C'est trouver dans la boue un diamant digne d'orner la couronne la plus orgueilleuse, répliqua Lousteau.

— Mais, reprit le directeur, Coralie est distraite. Votre ami *fait* Coralie sans s'en douter, et va lui faire manquer tous ses effets : elle n'est plus à ses répliques, voilà deux fois qu'elle n'entend pas le souffleur. Monsieur, je vous en prie, mettez-vous dans ce coin, dit-il à Lucien. Si Coralie est amoureuse de vous, je vais aller lui dire que vous êtes parti.

— Eh ! non, s'écria Lousteau, dites-lui que monsieur est du souper, qu'elle en fera ce qu'elle voudra, et elle jouera comme Mlle Mars[1]. »

Le directeur partit.

« Mon ami, dit Lucien à Étienne, comment ! vous n'avez aucun scrupule de faire demander par Mlle Florine trente mille francs à ce droguiste pour la moitié d'une chose que Finot vient d'acheter à ce prix-là ? »

Lousteau ne laissa pas à Lucien le temps de finir son raisonnement.

« Mais, de quel pays êtes-vous donc, mon cher enfant ? ce droguiste n'est pas un homme, c'est un coffre-fort donné par l'amour.

— Mais votre conscience ?

— La conscience, mon cher, est un de ces bâtons que chacun prend pour battre son voisin, et dont il ne se sert jamais pour lui. Ah ! çà, à qui diable en avez-vous ? Le hasard fait pour vous en un jour un miracle que j'ai attendu pendant deux ans, et vous vous amusez à en discuter les moyens ? Comment ! vous qui me paraissez avoir de l'esprit, qui arriverez à l'indépendance d'idées que doivent avoir les aventuriers intellectuels dans le monde où nous sommes, vous barbotez dans des scrupules de religieuse qui s'accuse d'avoir mangé son œuf avec concupiscence ?... Si Florine réussit, je deviens rédacteur en chef, je gagne deux cent cinquante francs de fixe, je prends les grands théâtres, je laisse à Vernou les théâtres de vaudeville, vous mettez le pied à l'étrier en me succédant dans tous les théâtres des boulevards. Vous aurez alors trois francs par colonne, et vous en écrirez une par jour, trente par mois qui vous produiront quatre-vingt-dix francs ; vous aurez pour soixante francs de livres à vendre à Barbet ; puis vous pouvez demander mensuellement à vos théâtres dix billets, en tout quarante billets, que vous vendrez quarante francs au Barbet des théâtres, un homme avec qui je vous mettrai en relation. Ainsi je vous vois deux cents francs par mois. Vous pourriez, en vous rendant utile à Finot, placer un article de cent francs dans son nouveau journal hebdomadaire, au cas où vous déploieriez un talent transcendant ; car là on signe, et il ne faut plus rien *lâcher* comme dans le petit journal. Vous auriez alors cent écus par mois. Mon cher, il y a des gens de talent, comme ce pauvre d'Arthez qui dîne tous les jours chez Flicoteaux, ils sont dix ans avant de gagner cent écus. Vous vous ferez avec votre plume quatre mille francs par an, sans compter les revenus de la Librairie, si vous écrivez pour elle. Or, un sous-préfet n'a que mille écus d'appointements, et s'amuse comme un bâton de chaise dans son arrondissement. Je ne vous parle pas du plaisir d'aller au spectacle sans payer, car ce plaisir deviendra bientôt une fatigue ; mais vous aurez vos entrées dans les coulisses de quatre théâtres. Soyez dur et spirituel pendant un ou deux mois, vous serez accablé d'invitations, de parties avec les actrices ; vous serez courtisé par leurs amants ; vous ne dînerez chez Flicoteaux qu'aux jours où vous n'aurez pas trente sous dans votre poche, ni pas un dîner en ville. Vous ne saviez où donner de la tête à cinq heures dans le Luxembourg, vous êtes à la veille de devenir une des cent personnes privilégiées qui imposent des opinions à la France. Dans trois jours, si nous réussissons, vous pouvez, avec trente bons mots imprimés à raison de trois par jour, faire maudire la vie à un homme ; vous pouvez vous créer des rentes de plaisir chez toutes les actrices de vos théâtres, vous pouvez faire tomber une bonne pièce et faire courir tout Paris à une mauvaise. Si Dauriat refuse d'imprimer *Les Marguerites* sans vous en rien donner, vous pouvez le faire venir, humble et soumis, chez vous, vous les acheter deux mille francs. Ayez du talent, et flanquez dans trois journaux différents trois articles qui menacent de tuer quelques-unes des spéculations de Dauriat ou un livre sur lequel il compte, vous le verrez grimpant à votre mansarde et y séjournant comme une clématite. Enfin votre roman, les libraires, qui dans ce moment vous mettraient tous à la porte plus ou moins poliment, feront queue chez vous, et le manuscrit, que le père Doguereau vous estimerait quatre cents francs, sera surenchéri jusqu'à quatre mille francs ! Voilà les bénéfices du métier de journaliste. Aussi défendons-nous l'approche des journaux à tous les nouveaux venus ; non seulement il faut un immense talent, mais encore bien du bonheur pour y pénétrer. Et vous chicanez votre bonheur !... Voyez ? si nous ne nous étions pas rencontrés aujourd'hui chez Flicoteaux, vous pouviez faire le pied de grue encore pendant trois ans ou mourir de faim, comme d'Arthez, dans un grenier. Quand d'Arthez sera devenu aussi instruit que Bayle et aussi grand écrivain que Rousseau, nous aurons fait notre fortune, nous serons maîtres de la sienne et de sa gloire. Finot sera député, propriétaire d'un grand journal ; et nous serons, nous, ce que nous aurons voulu être : pairs de France ou détenus à Sainte-Pélagie pour dettes.

— Et Finot vendra son grand journal aux ministres qui lui donneront le plus d'argent, comme il vend ses éloges à Mme Bastienne en dénigrant Mlle Virginie, et prouvant que les chapeaux de la première sont supérieurs à ceux que le journal vantait d'abord ! s'écria Lucien en se rappelant la scène dont il avait été témoin.

— Vous êtes un niais, mon cher, répondit Lousteau d'un ton sec. Finot, il y a trois ans, marchait sur les tiges de ses bottes, dînait chez Tabar[1] à dix-huit sous, brochait un prospectus pour dix francs, et son habit lui tenait sur le corps par un mystère aussi impénétrable que celui de l'immaculée conception : Finot a maintenant à lui seul son journal estimé cent mille francs ; avec les abonnements payés et non servis, avec les abonnements réels et les contributions indirectes perçues par son oncle, il gagne vingt mille francs par an ; il a tous les jours les plus somptueux dîners du monde, il a cabriolet depuis un mois ; enfin le voilà demain à la tête d'un journal hebdomadaire, avec un sixième de la propriété pour rien, avec cinq cents francs par mois de traitement auxquels il ajoutera mille francs de rédaction obtenue gratis et qu'il fera payer à ses associés. Vous, le premier, si Finot consent à vous payer cinquante francs la feuille, serez trop heureux de lui apporter trois articles pour rien. Quand vous serez dans une position analogue, vous pourrez juger Finot : on ne peut être jugé que par ses pairs. N'avez-vous pas un immense avenir, si vous obéissez aveuglément aux haines de position, si vous attaquez quand Finot vous dira : Attaque ! si vous louez quand il vous dira : Loue ! Lorsque vous aurez une vengeance à exercer contre quelqu'un, vous pourrez rouer votre ami ou votre ennemi par une phrase insérée tous les matins à notre journal en me disant : Lousteau, tuons cet homme-là ! Vous réassassinerez votre victime par un grand article dans le journal hebdomadaire. Enfin, si l'affaire est capitale pour vous, Finot, à qui vous vous serez rendu nécessaire, vous laissera porter un dernier coup d'assommoir dans un grand journal qui aura dix ou douze mille abonnés.

— Ainsi vous croyez que Florine pourra décider son droguiste à faire le marché ? dit Lucien ébloui.

— Je le crois bien, voici l'entracte, je vais déjà lui en aller dire deux mots, cela se conclura cette nuit. Une fois sa leçon faite, Florine aura tout mon esprit et le sien.

— Et cet honnête négociant qui est là, bouche béante, admirant Florine, sans se douter qu'on va lui extirper trente mille francs !...

— Encore une autre sottise ! Ne dirait-on pas qu'on le vole ? s'écria Lousteau. Mais, mon cher, si le ministère achète le journal, dans six mois le droguiste aura peut-être cinquante mille francs de ses trente mille. Puis, Matifat ne verra pas le journal, mais les intérêts de Florine. Quand on saura que Matifat et Camusot (car ils se partageront l'affaire) sont propriétaires d'une revue, il y aura dans tous les journaux des articles bienveillants pour Florine et Coralie. Florine va devenir célèbre, elle aura peut-être un engagement de douze mille francs dans un autre théâtre. Enfin, Matifat économisera les mille francs par mois que lui coûteraient les cadeaux et les dîners aux journalistes. Vous ne connaissez ni les hommes, ni les affaires.

— Pauvre homme ! dit Lucien, il compte avoir une nuit agréable.

— Et, reprit Lousteau, il sera scié en deux par mille raisonnements jusqu'à ce qu'il ait montré à Florine l'acquisition du sixième acheté à Finot. Et moi, le lendemain je serai rédacteur en chef, et je gagnerai mille francs par mois. Voici donc la fin de mes misères ! » s'écria l'amant de Florine.

Lousteau sortit laissant Lucien abasourdi, perdu dans un abîme de pensées, volant au-dessus du monde comme il est. Après avoir vu aux Galeries de Bois les ficelles de la Librairie et la cuisine de la gloire, après s'être promené dans les coulisses du théâtre, le poète apercevait l'envers des consciences, le jeu des rouages de la vie parisienne, le mécanisme de toute chose. Il avait envié le bonheur de Lousteau en admirant Florine en scène. Déjà, pendant quelques instants, il avait oublié Matifat. Il demeura là durant un temps inappréciable, peut-être cinq minutes. Ce fut une éternité. Des pensées ardentes enflammaient son âme, comme ses sens étaient embrasés par le spectacle de ces actrices aux yeux lascifs et relevés par le rouge, à gorges étincelantes, vêtues de basquines voluptueuses à plis licencieux, à jupes courtes, montrant leurs jambes en bas rouges à coins verts, chaussées de manière à mettre un parterre en émoi. Deux corruptions marchaient sur deux lignes parallèles, comme deux nappes qui, dans une inondation, veulent se rejoindre ; elles dévoraient le poète accoudé dans le coin de la loge, le bras sur le velours rouge de l'appui, la main pendante, les yeux fixés sur la toile, et d'autant plus accessible aux enchantements de cette vie mélangée d'éclairs et de nuages qu'elle brillait comme un feu d'artifice après la nuit profonde de sa vie travailleuse, obscure, monotone. Tout à coup la lumière amoureuse d'un œil ruissela sur les yeux inattentifs de Lucien, en trouant le rideau du théâtre. Le poète, réveillé de son engourdissement, reconnut l'œil de Coralie qui le brûlait ; il baissa la tête, et regarda Camusot qui rentrait alors dans la loge en face. Cet amateur était un bon gros et gras marchand de soieries de la rue des Bourdonnais, juge au tribunal de commerce, père de quatre enfants, marié pour la seconde fois, riche de quatre-vingt mille livres de rente, mais âgé de cinquante-six ans, ayant comme un bonnet de cheveux gris sur la tête, l'air papelard d'un homme qui jouissait de son reste, et qui ne voulait pas quitter la vie sans son compte de bonne joie, après avoir avalé les mille et une couleuvres du commerce. Ce front couleur beurre frais, ces joues monastiques et fleuries semblaient n'être pas assez larges pour contenir l'épanouissement d'une jubilation superlative : Camusot était sans sa femme, et entendait applaudir Coralie à tout rompre. Coralie était toutes les vanités réunies de ce riche bourgeois, il tranchait chez elle du grand seigneur d'autrefois. En ce moment, il se croyait de moitié dans le succès de l'actrice et il le croyait d'autant mieux qu'il l'avait soldé. Cette conduite était sanctionnée par la présence du beau-père de Camusot, un petit vieux, à cheveux poudrés, aux yeux égrillards, et néanmoins très digne. Les répugnances de Lucien se réveillèrent, il se souvint de l'amour pur, exalté qu'il avait ressenti pendant un an pour Mme de Bargeton. Aussitôt l'amour des poètes déplia ses ailes blanches, et mille souvenirs environnèrent de leurs horizons bleuâtres le grand homme d'Angoulême qui retomba dans la rêverie. La toile se leva. Coralie et Florine étaient en scène.

« Ma chère, il pense à toi comme au Grand Turc », dit Florine à voix basse pendant que Coralie débitait une réplique.

Lucien ne put s'empêcher de rire, et regarda Coralie. Cette femme, une des plus charmantes et des plus délicieuses actrices de Paris, la rivale de Mme Perrin et de Mlle Fleuriet[1] auxquelles elle ressemblait et dont le sort devait être le sien, était le type des filles qui exercent à volonté la fascination sur les hommes. Coralie offrait le type sublime de la figure juive, ce long visage ovale d'un ton d'ivoire blond, à bouche rouge comme une grenade, à menton fin comme le bord d'une coupe. Sous des paupières brûlées par une prunelle de jais, sous des cils recourbés, on devinait un regard languissant où scintillaient à propos les ardeurs du désert. Ces yeux obombrés par un cercle olivâtre, étaient surmontés de sourcils arqués et fournis. Sur un front brun, couronné de deux bandeaux d'ébène où brillaient alors les lumières comme sur du vernis, siégeait une magnificence de pensée qui aurait pu faire croire à du génie. Mais, semblable à beaucoup d'actrices, Coralie, sans esprit malgré son ironie de coulisses, sans instruction malgré son expérience de boudoir, n'avait que l'esprit des sens et la bonté des femmes amoureuses. Pouvait-on d'ailleurs s'occuper du moral, quand elle éblouissait le regard avec ses bras ronds et polis, ses doigts tournés en fuseau, ses épaules dorées, avec la gorge chantée par le Cantique des Cantiques, avec un col mobile et recourbé, avec des jambes d'une élégance adorable, et chaussées en soie rouge ? Ces beautés d'une poésie vraiment orientale étaient encore mises en relief par le costume espagnol convenu dans nos théâtres. Coralie faisait la joie de la salle où tous les yeux serraient sa taille bien prise dans sa basquine, et flattaient sa croupe andalouse qui imprimait des torsions lascives à la jupe. Il y eut un moment où Lucien, en voyant cette créature jouant pour lui seul, se souciant de Camusot autant que le gamin du paradis se soucie de la pelure d'une pomme, mit l'amour sensuel au-dessus de l'amour pur, la jouissance au-dessus du désir, et le démon de la luxure lui souffla d'atroces pensées. « J'ignore tout de l'amour qui se roule dans la bonne chère, dans le vin, dans les joies de la matière, se dit-il. J'ai plus encore vécu par la Pensée que par le Fait. Un homme qui veut tout peindre doit tout connaître. Voici mon premier souper fastueux, ma première orgie avec un monde étrange, pourquoi ne goûterais-je pas une fois ces délices si célèbres où se ruaient les grands seigneurs du dernier siècle en vivant avec des impures ? Quand ce ne serait que pour les transporter dans les belles régions de l'amour vrai, ne faut-il pas apprendre les joies, les perfections, les transports, les ressources, les finesses de l'amour des courtisanes et des actrices ? N'est-ce pas, après tout, la poésie des sens ? Il y a deux mois, ces femmes me semblaient des divinités gardées par des dragons inabordables ; en voilà une dont la beauté surpasse celle de Florine que j'enviais à Lousteau ; pourquoi ne pas profiter de sa fantaisie, quand les plus grands seigneurs achètent de leurs plus riches trésors une nuit à ces femmes-là ? Les ambassadeurs, quand ils mettent le pied dans ces gouffres, ne se soucient ni de la veille ni du lendemain. Je serais un niais d'avoir plus de délicatesse que les princes, surtout quand je n'aime encore personne ! » Lucien ne pensait plus à Camusot. Après avoir manifesté à Lousteau le plus profond dégoût pour le plus odieux partage, il tombait dans cette fosse, il nageait dans un désir, entraîné par le jésuitisme de la passion.

« Coralie est folle de vous, lui dit Lousteau en entrant. Votre beauté, digne des plus illustres marbres de la Grèce, fait un ravage inouï dans les coulisses. Vous êtes heureux, mon cher. À dix-huit ans, Coralie pourra dans quelques jours avoir soixante mille francs par an pour sa beauté. Elle est encore très sage. Vendue par sa mère, il y a trois ans, soixante mille francs, elle n'a encore récolté que des chagrins, et cherche le bonheur. Elle est entrée au théâtre par désespoir, elle avait en horreur de Marsay, son premier acquéreur ; et, au sortir de la galère, car elle a été bientôt lâchée par le roi de nos dandies, elle a trouvé ce bon Camusot qu'elle n'aime guère ; mais il est comme un père pour elle, elle le souffre et se laisse aimer. Elle a refusé déjà les plus riches propositions, et se tient à Camusot qui ne la tourmente pas. Vous êtes donc son premier amour. Oh ! elle a reçu comme un coup de pistolet dans le cœur en vous voyant, et Florine est allée l'arraisonner[1] dans sa loge où elle pleure de votre froideur. La pièce va tomber, Coralie ne sait plus son rôle, et adieu l'engagement au Gymnase que Camusot lui préparait !...

— Bah ?... pauvre fille ! dit Lucien dont toutes les vanités furent caressées par ces paroles et qui se sentit le cœur gonflé d'amour-propre. Il m'arrive, mon cher, dans une soirée, plus d'événements que dans les dix-huit premières années de ma vie. »

Et Lucien raconta ses amours avec Mme de Bargeton, et sa haine contre le baron Châtelet.

« Tiens, le journal manque de bête noire, nous allons l'empoigner. Ce baron est un beau de l'Empire, il est ministériel, il nous va, je l'ai vu souvent à l'Opéra. J'aperçois d'ici votre grande dame, elle est souvent dans la loge de la marquise d'Espard. Le baron fait la cour à votre ex-maîtresse, un os de seiche. Attendez! Finot vient de m'envoyer un exprès me dire que le journal est sans *copie*, un tour que lui joue un de nos rédacteurs, un drôle, le petit Hector Merlin à qui l'on a retranché ses blancs. Finot au désespoir broche un article contre l'Opéra. Eh bien, mon cher, faites l'article sur cette pièce, écoutez-la, pensez-y. Moi, je vais aller dans le cabinet du directeur méditer trois colonnes sur votre homme et sur votre belle dédaigneuse qui ne seront pas à la noce demain.

— Voilà donc où et comment se fait le journal? dit Lucien.

— Toujours comme ça, répondit Lousteau. Depuis dix mois que j'y suis, le journal est toujours sans copie à huit heures du soir.»

On nomme, en argot typographique, copie, le manuscrit à composer, sans doute parce que les auteurs sont censés n'envoyer que la copie de leur œuvre. Peut-être aussi est-ce une ironique traduction du mot latin *copia* (abondance), car la copie manque toujours!...

«Le grand projet qui ne se réalisera jamais est d'avoir quelques numéros d'avance, reprit Lousteau. Voilà dix heures, et il n'y a pas une ligne. Je vais dire à Vernou et à Nathan, pour finir brillamment le numéro, de nous prêter une vingtaine d'épigrammes sur les députés, sur le chancelier *Cruzoé*[1], sur les ministres, et sur nos amis au besoin. Dans ce cas-là, on massacrerait son père, on est comme un corsaire qui charge ses canons avec les écus de sa prise pour ne pas mourir. Soyez spirituel dans votre article, et vous aurez fait un grand pas dans l'esprit de Finot: il est reconnaissant par calcul. C'est la meilleure et la plus solide des reconnaissances, après toutefois celles du Mont-de-Piété!

— Quels hommes sont donc les journalistes?... s'écria Lucien. Comment, il faut se mettre à une table et avoir de l'esprit...

— Absolument comme on allume un quinquet... jusqu'à ce que l'huile manque. »

Au moment où Lousteau ouvrait la porte de la loge, le directeur et du Bruel entrèrent.

« Monsieur, dit l'auteur de la pièce à Lucien, laissez-moi dire de votre part à Coralie que vous vous en irez avec elle après souper, ou ma pièce va tomber. La pauvre fille ne sait plus ce qu'elle dit ni ce qu'elle fait, elle va pleurer quand il faudra rire, et rira quand il faudra pleurer. On a déjà sifflé. Vous pouvez encore sauver la pièce. Ce n'est pourtant pas un malheur que le plaisir qui vous attend.

— Monsieur, je n'ai pas l'habitude d'avoir des rivaux, répondit Lucien.

— Ne lui répétez pas ce propos, s'écria le directeur en regardant l'auteur, Coralie est fille à jeter Camusot par la fenêtre, et se ruinerait très bien. Ce digne propriétaire du *Cocon d'or* donne à Coralie deux mille francs par mois, paye tous ses costumes et ses claqueurs.

— Comme votre promesse ne m'engage à rien, sauvez votre pièce, dit sultanesquement Lucien.

— Mais n'ayez pas l'air de rebuter cette charmante fille, dit le suppliant du Bruel.

— Allons, il faut que j'écrive l'article sur votre pièce, et que je sourie à votre jeune première, soit ! » s'écria le poète.

L'auteur disparut après avoir fait un signe à Coralie qui joua dès lors merveilleusement. Bouffé[1], qui remplissait le rôle d'un vieil alcade dans lequel il révéla pour la première fois son talent pour se grimer en vieillard, vint au milieu d'un tonnerre d'applaudissements dire : « *Messieurs, la pièce que nous avons eu l'honneur de représenter est de MM. Raoul et de Cursy.* »

« Tiens, Nathan est de la pièce, dit Lousteau, je ne m'étonne plus de sa présence. »

« Coralie ! Coralie ! » s'écria le parterre soulevé. De

la loge où étaient les deux négociants, il partit une voix de tonnerre qui cria : « Et Florine ! — Florine et Coralie ! » répétèrent alors quelques voix. Le rideau se releva, Bouffé reparut avec les deux actrices à qui Matifat et Camusot jetèrent chacun une couronne, Coralie ramassa la sienne et la tendit à Lucien. Pour Lucien, ces deux heures passées au théâtre furent comme un rêve. Les coulisses, malgré leurs horreurs, avaient commencé l'œuvre de cette fascination. Le poète, encore innocent, y avait respiré le vent du désordre et l'air de la volupté. Dans ces sales couloirs encombrés de machines et où fument des quinquets huileux, il règne comme une peste qui dévore l'âme. La vie n'y est plus ni sainte ni réelle. On y rit de toutes les choses sérieuses, et les choses impossibles paraissent vraies. Ce fut comme un narcotique pour Lucien, et Coralie acheva de le plonger dans une ivresse joyeuse. Le lustre s'éteignit. Il n'y avait plus alors dans la salle que des ouvreuses qui faisaient un singulier bruit en ôtant les petits bancs et fermant les loges. La rampe, soufflée comme une seule chandelle, répandit une odeur infecte. Le rideau se leva. Une lanterne descendit du cintre. Les pompiers commencèrent leur ronde avec les garçons de service. À la féerie de la scène, au spectacle des loges pleines de jolies femmes, aux étourdissantes lumières, à la splendide magie des décorations et des costumes neufs succédaient le froid, l'horreur, l'obscurité, le vide. Ce fut hideux.

Lucien était dans une surprise indicible.

« Eh bien, viens-tu, mon petit ? dit Lousteau de dessus le théâtre. Saute de la loge ici. »

D'un bond, Lucien se trouva sur la scène. À peine reconnut-il Florine et Coralie déshabillées, enveloppées dans leurs manteaux et dans des douillettes communes, la tête couverte de chapeaux à voiles noirs, semblables enfin à des papillons rentrés dans leurs larves.

« Me ferez-vous l'honneur de me donner le bras ? lui dit Coralie en tremblant.

— Volontiers », dit Lucien qui sentit le cœur de l'actrice palpitant sur le sien comme celui d'un oiseau quand il l'eut prise.

L'actrice, en se serrant contre le poète, eut la volupté d'une chatte qui se frotte à la jambe de son maître avec une moelleuse ardeur.

« Nous allons donc souper ensemble ! » lui dit-elle.

Tous quatre sortirent et virent deux fiacres à la porte des acteurs qui donnait sur la rue des Fossés-du-Temple[1]. Coralie fit monter Lucien dans la voiture où se trouvaient déjà Camusot et son beau-père, le bonhomme Cardot. Elle offrit la quatrième place à du Bruel. Le directeur partit avec Florine, Matifat et Lousteau.

« Ces fiacres sont infâmes ! dit Coralie.

— Pourquoi n'avez-vous pas un équipage ? répliqua du Bruel.

— Pourquoi ? s'écria-t-elle avec humeur, je ne veux pas le dire devant M. Cardot qui sans doute a formé son gendre. Croiriez-vous que, petit et vieux comme il est, M. Cardot ne donne que cinq cents francs par mois à Florentine, juste de quoi payer son loyer, sa pâtée et ses socques. Le vieux marquis de Rochegude, qui a six cent mille livres de rente, m'offre un coupé depuis deux mois. Mais je suis une artiste, et non une fille.

— Vous aurez une voiture après-demain, mademoiselle, dit gravement Camusot ; mais vous ne me l'aviez jamais demandée.

— Est-ce que ça se demande ? Comment, quand on aime une femme, la laisse-t-on patauger dans la crotte et risquer de se casser les jambes en allant à pied. Il n'y a que ces chevaliers de l'Aune[2] pour aimer la boue au bas d'une robe. »

En disant ces paroles avec une aigreur qui brisa le

cœur de Camusot, Coralie trouvait la jambe de Lucien et la pressait entre les siennes, elle lui prit la main et la lui serra. Elle se tut alors et parut concentrée dans une de ces jouissances infinies qui récompensent ces pauvres créatures de tous leurs chagrins passés, de leurs malheurs, et qui développent dans leur âme une poésie inconnue aux autres femmes à qui ces violents contrastes manquent, heureusement.

« Vous avez fini par jouer aussi bien que Mlle Mars, dit du Bruel à Coralie.

— Oui, dit Camusot, mademoiselle a eu quelque chose au commencement qui la chiffonnait ; mais dès le milieu du second acte, elle a été délirante. Elle est pour la moitié dans votre succès.

— Et moi pour la moitié dans le sien, dit du Bruel.

— Vous vous battez de la chape de l'évêque[1] », dit-elle d'une voix altérée.

L'actrice profita d'un moment d'obscurité pour porter à ses lèvres la main de Lucien, et la baisa en la mouillant de pleurs. Lucien fut alors ému jusque dans la moelle de ses os. L'humilité de la courtisane amoureuse comporte des magnificences qui en remontrent aux anges.

« Monsieur va faire l'article, dit du Bruel en parlant à Lucien, il peut écrire un charmant paragraphe sur notre chère Coralie.

— Oh ! rendez-nous ce petit service, dit Camusot avec la voix d'un homme à genoux devant Lucien, vous trouverez en moi un serviteur bien disposé pour vous, en tout temps.

— Mais laissez donc à monsieur son indépendance, cria l'actrice enragée, il écrira ce qu'il voudra. Papa Camusot, achetez-moi des voitures et non pas des éloges.

— Vous les aurez à très bon marché, répondit poliment Lucien. Je n'ai jamais rien écrit dans les journaux, je ne suis pas au fait de leurs mœurs, vous aurez la virginité de ma plume...

— Ce sera drôle, dit du Bruel.

— Nous voilà rue de Bondy », dit le petit père Cardot que la sortie de Coralie avait atterré.

« Si j'ai les prémices de ta plume, tu auras celles de mon cœur », dit Coralie pendant le rapide instant où elle resta seule avec Lucien dans la voiture.

Coralie alla rejoindre Florine dans sa chambre à coucher pour y prendre la toilette qu'elle y avait envoyée. Lucien ne connaissait pas le luxe que déploient chez les actrices ou chez leurs maîtresses les négociants enrichis qui veulent jouir de la vie. Quoique Matifat, qui n'avait pas une fortune aussi considérable que celle de son ami Camusot, eût fait les choses assez mesquinement, Lucien fut surpris en voyant une salle à manger artistement décorée, tapissée en drap vert garni de clous à têtes dorées, éclairée par de belles lampes, meublée de jardinières pleines de fleurs, et un salon tendu de soie jaune relevée par des agréments bruns, où resplendissaient les meubles alors à la mode, un lustre de Thomire[1], un tapis à dessins perses. La pendule, les candélabres, le feu, tout était de bon goût. Matifat avait laissé tout ordonner par Grindot[2], un jeune architecte qui lui bâtissait une maison, et qui, sachant la destination de cet appartement, y mit un soin particulier. Aussi Matifat, toujours négociant, prenait-il des précautions pour toucher aux moindres choses, il semblait avoir sans cesse devant lui le chiffre des mémoires, et regardait ces magnificences comme des bijoux imprudemment sortis d'un écrin.

« Voilà pourtant ce que je serai forcé de faire pour Florentine », était une pensée qui se lisait dans les yeux du père Cardot.

Lucien comprit soudain que l'état de la chambre où demeurait Lousteau n'inquiétait guère le journaliste aimé. Roi secret de ces fêtes, Étienne jouissait de toutes ces belles choses. Aussi se carrait-il en maître de maison, devant la cheminée, en causant avec le directeur qui félicitait du Bruel.

« La copie ! la copie ! cria Finot en entrant. Rien dans la boîte du journal. Les compositeurs tiennent mon article, et l'auront bientôt fini.

— Nous arrivons, dit Étienne. Nous trouverons une table et du feu dans le boudoir de Florine. Si M. Matifat veut nous procurer du papier et de l'encre, nous brocherons le journal pendant que Florine et Coralie s'habillent. »

Cardot, Camusot et Matifat disparurent, empressés de chercher les plumes, les canifs et tout ce qu'il fallait aux deux écrivains. En ce moment une des plus jolies danseuses de ce temps, Tullia[1], se précipita dans le salon.

« Mon cher enfant, dit-elle à Finot, on t'accorde tes cent abonnements, ils ne coûteront rien à la Direction, ils sont déjà placés, imposés au Chant, à l'Orchestre et au Corps de ballet. Ton journal est si spirituel que personne ne se plaindra. Tu auras tes loges. Enfin voici le prix du premier trimestre, dit-elle en présentant deux billets de banque. Ainsi, ne m'échine pas !

— Je suis perdu, s'écria Finot. Je n'ai plus d'article de tête pour mon numéro, car il faut aller supprimer mon infâme diatribe…

— Quel beau mouvement, ma divine Laïs[2], s'écria Blondet qui suivait la danseuse avec Nathan, Vernou et Claude Vignon amené par lui. Tu resteras à souper avec nous, cher amour, ou je te fais écraser comme un papillon que tu es. En ta qualité de danseuse, tu n'exciteras ici aucune rivalité de talent. Quant à la beauté, vous avez toutes trop d'esprit pour être jalouses en public.

— Mon Dieu ! mes amis, du Bruel, Nathan, Blondet, sauvez-moi, cria Finot. J'ai besoin de cinq colonnes.

— J'en ferai deux avec la pièce, dit Lucien.

— Mon sujet en fournit une, dit Lousteau.

— Eh bien, Nathan, Vernou, du Bruel, faites-moi les plaisanteries de la fin. Ce brave Blondet pourra bien m'octroyer les deux petites colonnes de la première page. Je cours à l'imprimerie. Heureusement, Tullia, tu es venue avec ta voiture.

— Oui, mais le duc y est avec un ministre allemand, dit-elle.

— Invitons le duc et le ministre, dit Nathan.

— Un Allemand, ça boit bien, ça écoute, nous lui dirons tant de hardiesses qu'il en écrira à sa cour, s'écria Blondet.

— Quel est, de nous tous, le personnage assez sérieux pour descendre lui parler, dit Finot. Allons, du Bruel, tu es un bureaucrate, amène le duc de Rhétoré, le ministre, et donne le bras à Tullia. Mon Dieu ! Tullia est-elle belle ce soir !...

— Nous allons être treize ! dit Matifat en pâlissant.

— Non, quatorze, s'écria Florentine en arrivant, je veux surveiller (*maie laurt querdôtte*) milord Cardot !

— D'ailleurs, dit Lousteau, Blondet est accompagné de Claude Vignon.

— Je l'ai mené boire, répondit Blondet en prenant un encrier. Ah ! çà, vous autres, ayez de l'esprit pour les cinquante-six bouteilles de vin que nous boirons, dit-il à Nathan et à Vernou. Surtout stimulez du Bruel, c'est un vaudevilliste, il est capable de faire quelques méchantes pointes, poussez-le jusqu'au bon mot. »

Lucien, animé par le désir de faire ses preuves devant des personnages si remarquables, écrivit son premier article sur la table ronde du boudoir de Florine, à la lueur des bougies roses allumées par Matifat.

PANORAMA-DRAMATIQUE

Première représentation de L'Alcade dans l'embarras[1], *imbroglio en trois actes. — Début de Mlle Florine. — Mlle Coralie. — Bouffé*[2].

On entre, on sort, on parle, on se promène, on cherche quelque chose et l'on ne trouve rien, tout est en rumeur. L'alcade a perdu sa fille et retrouve son bonnet ; mais le bonnet ne lui va pas, ce doit être le bonnet d'un voleur. Où est le voleur ? On entre, on sort, on parle, on se promène, on cherche de plus belle. L'alcade finit par trouver un homme sans sa fille, et sa fille sans un homme, ce qui est satisfaisant pour le magistrat, et non pour le public. Le calme renaît, l'alcade veut interroger l'homme. Ce vieil alcade s'assied dans un grand fauteuil d'alcade en arrangeant ses manches d'alcade. L'Espagne est le seul pays où il y ait des alcades attachés à de grandes manches, où se voient autour du cou des alcades ces fraises qui sur les théâtres de Paris sont la moitié de leurs fonctions. Cet alcade qui a tant trottiné d'un petit pas de vieillard poussif, est Bouffé, Bouffé le successeur de Potier, un jeune acteur qui fait si bien les vieillards qu'il a fait rire les plus vieux vieillards. Il y a un avenir de cent vieillards dans ce front chauve, dans cette voix chevrotante, dans ces fuseaux tremblants sous un corps de Géronte. Il est si vieux, ce jeune acteur, qu'il effraie, on a peur que sa vieillesse ne se communique comme une maladie contagieuse. Et quel admirable alcade ! Quel charmant sourire inquiet, quelle bêtise importante ! quelle dignité stupide ! quelle hésitation judiciaire ! Comme cet homme sait bien que tout peut devenir alternativement faux et vrai ! Comme il est digne d'être le ministre d'un roi constitutionnel ! À chacune des demandes de l'alcade, l'inconnu l'interroge ;

Bouffé répond, en sorte que questionné par la réponse, l'alcade éclaircit tout par ses demandes. Cette scène éminemment comique où respire un parfum de Molière a mis la salle en joie. Tout le monde sur la scène a paru d'accord, mais je suis hors d'état de vous dire ce qui est clair et ce qui est obscur : la fille de l'alcade était là, représentée par une véritable Andalouse, une Espagnole, aux yeux espagnols, au teint espagnol, à la taille espagnole, à la démarche espagnole, une Espagnole de pied en cap, avec son poignard dans sa jarretière, son amour au cœur, sa croix au bout d'un ruban sur la gorge. À la fin de l'acte, quelqu'un m'a demandé comment allait la pièce, je lui ai dit : Elle a des bas rouges à coins verts, un pied grand comme ça, dans des souliers vernis, et la plus belle jambe de l'Andalousie ! Ah cette fille d'alcade, elle fait venir l'amour à la bouche, elle vous donne des désirs horribles, on a envie de sauter dessus la scène et de lui offrir sa chaumière et son cœur, ou trente mille livres de rente et sa plume. Cette Andalouse est la plus belle actrice de Paris. Coralie, puisqu'il faut l'appeler par son nom, est capable d'être comtesse ou grisette. On ne sait sous quelle forme elle plairait davantage. Elle sera ce qu'elle voudra être, elle est née pour tout faire, n'est-ce pas ce qu'il y a de mieux à dire d'une actrice au boulevard ?

Au second acte est arrivée une Espagnole de Paris, avec sa figure de camée et ses yeux assassins. J'ai demandé à mon tour d'où elle venait, on m'a répondu qu'elle sortait de la coulisse et se nommait Mlle Florine ; mais, ma foi, je n'en ai rien pu croire, tant elle avait de feu dans les mouvements, de fureur dans son amour. Cette rivale de la fille de l'alcade est la femme d'un seigneur taillé dans le manteau d'Almaviva, où il y a de l'étoffe pour cent grands seigneurs du boulevard. Si Florine n'avait ni bas rouges à coins verts, ni souliers vernis, elle avait une mantille, un voile dont elle se servait admirablement, la grande dame qu'elle est! Elle a fait voir à merveille que la tigresse peut devenir chatte. J'ai compris qu'il y avait là quelque drame de jalousie, aux mots piquants que ces deux Espagnoles se sont dits. Puis, quand tout allait s'arranger, la bêtise de l'alcade a tout rebrouillé. Tout ce monde de flambeaux, de riches, de valets, de Figaros, de seigneurs, d'alcades, de filles et de femmes, s'est remis à chercher, aller, venir, tourner. L'intrigue s'est alors renouée et je l'ai laissée se renouer, car ces deux femmes, Florine la jalouse et l'heureuse Coralie, m'ont entortillé de nouveau dans les plis de leur basquine, de leur mantille, et m'ont fourré leurs petits pieds dans l'œil.

J'ai pu gagner le troisième acte sans avoir fait de malheur, sans avoir nécessité l'intervention du commissaire de police, ni scandalisé la salle, et je crois dès lors à la puissance de la morale publique et religieuse dont on s'occupe tant à la Chambre des députés qu'on dirait qu'il n'y a plus de morale en France. J'ai pu comprendre qu'il s'agit d'un homme qui aime deux femmes sans en être aimé, ou qui en est aimé sans les aimer, qui n'aime pas les alcades ou que les alcades n'aiment pas ; mais qui, à coup sûr, est un brave seigneur qui aime quelqu'un, lui-même ou Dieu, comme pis-aller, car il se fait moine. Si vous voulez en savoir davantage, courez au Panorama-Dramatique. Vous voilà suffisamment prévenu qu'il faut y aller une première fois pour se faire à ces triomphants bas rouges à coins verts, à ce petit pied plein de promesses, à ces yeux par où filtre un rayon de soleil, à ces finesses de femme parisienne déguisée en Andalouse, et d'Andalouse déguisée en Parisienne ; puis une seconde fois pour jouir de la pièce qui fait mourir de rire sous forme de vieillard, pleurer sous forme de seigneur amoureux. La pièce a réussi sous les deux espèces. L'auteur, qui, dit-on, a pour collaborateur un de nos grands poètes, a visé le succès avec une fille amoureuse dans chaque main ; aussi a-t-il failli tuer de plaisir son parterre en émoi. Les jambes de ces deux filles semblaient avoir plus d'esprit que l'auteur. Néanmoins quand les deux rivales s'en allaient, on trouvait le dialogue spirituel, ce qui prouve assez victorieusement l'excellence de la pièce. L'auteur a été nommé au milieu d'applaudissements qui ont donné des inquiétudes à l'architecte de la salle ; mais l'auteur, habitué aux mouvements du Vésuve aviné qui bout sous le lustre[1], *ne tremblait pas : c'est M. de Cursy. Quant aux deux actrices, elles ont dansé le fameux boléro de Séville qui a trouvé grâce devant les pères du Concile autrefois, et que la censure a permis, malgré la dangereuse lascivité des poses. Ce boléro suffit à attirer tous les vieillards qui ne savent que faire de leur reste d'amour, et j'ai la charité de les avertir de tenir le verre de leur lorgnette très limpide.*

Pendant que Lucien écrivait cette page qui fit révolution dans le journalisme par la révélation d'une manière neuve et originale, Lousteau écrivait un article, dit de mœurs, intitulé *L'Ex-Beau*, et qui commençait ainsi :

Le beau de l'Empire est toujours un homme long et mince, bien conservé, qui porte un corset et qui a la croix de la Légion d'honneur. Il s'appelle quelque chose comme Potelet ; et, pour se mettre bien en cour aujourd'hui, le baron de l'Empire s'est gratifié d'un du *: il est du Potelet, quitte à redevenir Potelet en cas de révolution. Homme à deux fins d'ailleurs, comme son nom, il fait la cour au faubourg Saint-Germain après avoir été le glorieux, l'utile et l'agréable porte-queue d'une sœur de cet homme que la pudeur m'empêche de nommer. Si du Potelet renie son service auprès de l'Altesse impériale, il chante encore les romances de sa bienfaitrice intime...*

L'article était un tissu de personnalités comme on les faisait à cette époque, assez sottes, car ce genre fut étrangement perfectionné depuis, notamment par le *Figaro*. Il s'y trouvait entre Mme de Bargeton, à qui le baron Châtelet faisait la cour, et un os de seiche un parallèle bouffon qui plaisait sans qu'on eût besoin de connaître les deux personnes desquelles on se moquait. Châtelet était comparé à un héron. Les amours de ce héron, ne pouvant avaler la seiche, qui se cassait en trois quand il la laissait tomber, provoquaient irrésistiblement le rire. Cette plaisanterie, qui se divisa en plusieurs articles, eut, comme on sait, un retentissement énorme dans le faubourg Saint-Germain, et fut une des mille et une causes des rigueurs apportées à la législation de la Presse. Une heure après, Blondet, Lousteau, Lucien revinrent au salon où causaient les convives, le duc, le ministre et les quatre femmes, les trois négociants, le directeur du théâtre, Finot et les trois auteurs. Un apprenti, coiffé de son bonnet de papier, était déjà venu chercher la copie pour le journal.

« Les ouvriers vont quitter si je ne leur rapporte rien, dit-il.

— Tiens, voilà dix francs, et qu'ils attendent, répondit Finot.

— Si je les leur donne, monsieur, ils feront de la soûlographie, et adieu le journal.

— Le bon sens de cet enfant m'épouvante[1] », dit Finot.

Ce fut au moment où le ministre prédisait un brillant avenir à ce gamin que les trois auteurs entrèrent. Blondet lut un article excessivement spirituel contre les romantiques. L'article de Lousteau fit rire. Le duc de Rhétoré recommanda, pour ne pas trop indisposer le faubourg Saint-Germain, d'y glisser un éloge indirect pour Mme d'Espard.

« Et vous, lisez-nous ce que vous avez fait », dit Finot à Lucien.

Quand Lucien, qui tremblait de peur, eut fini, le salon retentissait d'applaudissements, les actrices embrassaient le néophyte, les trois négociants le serraient à l'étouffer, du Bruel lui prenait la main et avait une larme à l'œil, enfin, le directeur l'invitait à dîner.

« Il n'y a plus d'enfants, dit Blondet. Comme M. de Chateaubriand a déjà fait le mot d'*enfant sublime* pour Victor Hugo, je suis obligé de vous dire tout simplement que vous êtes un homme d'esprit, de cœur et de style.

— Monsieur est du journal, dit Finot en remerciant Étienne et lui jetant le fin regard de l'exploitateur[1].

— Quels mots avez-vous faits ? dit Lousteau à Blondet et à du Bruel.

— Voilà ceux de du Bruel, dit Nathan.

« *"En voyant combien M. le vicomte d'A*** occupe le public, M. le vicomte Démosthène a dit hier : 'Ils vont peut-être me laisser tranquille*[2]*'."*

« *"Une dame dit à un Ultra qui blâmait le discours de M. Pasquier*[3] *comme continuant le système de Decazes : 'Oui, mais il a des mollets bien monarchiques'."*

— Si ça commence ainsi, je ne vous en demande pas davantage ; tout va bien, dit Finot. Cours leur porter cela, dit-il à l'apprenti. Le journal est un peu plaqué[4], mais c'est notre meilleur numéro, dit-il en se tournant vers le groupe des écrivains qui déjà regardaient Lucien avec une sorte de sournoiserie.

— Il a de l'esprit, ce gars-là, dit Blondet.

— Son article est bien, dit Claude Vignon.

— À table ! » cria Matifat.

Le duc donna le bras à Florine, Coralie prit celui de Lucien, et la danseuse eut d'un côté Blondet, de l'autre le ministre allemand.

« Je ne comprends pas pourquoi vous attaquez Mme de

Bargeton et le baron Châtelet, qui est, dit-on, nommé préfet de la Charente et maître des requêtes.

— Mme de Bargeton a mis Lucien à la porte comme un drôle, dit Lousteau.

— Un si beau jeune homme ! » fit le ministre.

Le souper, servi dans une argenterie neuve, dans une porcelaine de Sèvres, sur du linge damassé, respirait une magnificence cossue. Chevet avait fait le souper, les vins avaient été choisis par le plus fameux négociant du quai Saint-Bernard, ami de Camusot, de Matifat et de Cardot. Lucien, qui vit pour la première fois le luxe parisien fonctionnant, marchait ainsi de surprise en surprise, et cachait son étonnement en homme d'esprit, de cœur et de style qu'il était, selon le mot de Blondet.

En traversant le salon, Coralie avait dit à l'oreille de Florine : « Fais-moi si bien griser Camusot qu'il soit obligé de rester endormi chez toi.

— Tu as donc *fait* ton journaliste ? répondit Florine en employant un mot du langage particulier à ces filles.

— Non, ma chère, je l'aime ! » répliqua Coralie en faisant un admirable petit mouvement d'épaules.

Ces paroles avaient retenti dans l'oreille de Lucien, apportées par le cinquième péché capital[1]. Coralie était admirablement bien habillée, et sa toilette mettait savamment en relief ses beautés spéciales ; car toute femme a des perfections qui lui sont propres. Sa robe, comme celle de Florine, avait le mérite d'être d'une délicieuse étoffe inédite nommée *mousseline de soie*, dont la primeur appartenait pour quelques jours à Camusot, l'une des providences parisiennes des fabriques de Lyon, en sa qualité de chef du *Cocon d'or*. Ainsi l'amour et la toilette, ce fard et ce parfum de la femme, rehaussaient les séductions de l'heureuse Coralie. Un plaisir attendu, et qui ne nous échappera pas, exerce des séductions immenses sur les jeunes gens. Peut-être la certitude est-elle à leurs yeux tout l'attrait des mauvais lieux, peut-être est-elle le secret des longues fidélités ? L'amour pur, sincère, le premier amour enfin, joint à l'une de ces rages fantasques qui piquent ces pauvres créatures, et aussi l'admiration causée par la grande beauté de Lucien, donnèrent l'esprit du cœur à Coralie.

« Je t'aimerais laid et malade ! » dit-elle à l'oreille de Lucien en se mettant à table.

Quel mot pour un poète ! Camusot disparut et Lucien ne le vit plus en voyant Coralie. Était-ce un homme tout jouissance et tout sensation, ennuyé de la monotonie de la province, attiré par les abîmes de Paris, lassé de misère, harcelé par sa continence forcée, fatigué de sa vie monacale rue de Cluny, de ses travaux sans résultat, qui pouvait se retirer de ce festin brillant ? Lucien avait un pied dans le lit de Coralie, et l'autre dans la glu du Journal, au-devant duquel il avait tant couru sans pouvoir le joindre. Après tant de factions montées en vain rue du Sentier[1], il trouvait le Journal attablé, buvant frais, joyeux, bon garçon. Il venait d'être vengé de toutes ses douleurs par un article qui devait le lendemain même percer deux cœurs où il avait voulu mais en vain verser la rage et la douleur dont on l'avait abreuvé. En regardant Lousteau, il se disait : « Voilà un ami ! » sans se douter que déjà Lousteau le craignait comme un dangereux rival. Lucien avait eu le tort de montrer tout son esprit : un article terne l'eût admirablement servi. Blondet contrebalança l'envie qui dévorait Lousteau en disant à Finot qu'il fallait capituler avec le talent quand il était de cette force-là. Cet arrêt dicta la conduite de Lousteau qui résolut de rester l'ami de Lucien et de s'entendre avec Finot pour exploiter un nouveau venu si dangereux en le maintenant dans le besoin. Ce fut un parti pris rapidement et compris dans toute son étendue entre ces deux hommes par deux phrases dites d'oreille à oreille. « Il a du talent. — Il sera exigeant. — Oh ! — Bon ! »

« Je ne soupe jamais sans effroi avec des journalistes français, dit le diplomate allemand avec une bonhomie calme et digne en regardant Blondet qu'il avait vu chez la comtesse de Montcornet[1]. Il y a un mot de Blücher que vous êtes chargés de réaliser.

— Quel mot ? dit Nathan.

— Quand Blücher arriva sur les hauteurs de Montmartre avec Sacken, en 1814, pardonnez-moi, messieurs, de vous reporter à ce jour fatal pour vous, Sacken, qui était un brutal, dit : Nous allons donc brûler Paris !

— Gardez-vous-en bien, la France ne mourra que de *ça* ! répondit Blücher[2] en montrant ce grand chancre qu'ils voyaient étendu à leurs pieds, ardent et fumeux, dans la vallée de la Seine. Je bénis Dieu de ce qu'il n'y a pas de journaux dans mon pays, reprit le ministre après une pause. Je ne suis pas encore remis de l'effroi que m'a causé ce petit bonhomme coiffé de papier, qui, à dix ans, possède la raison d'un vieux diplomate. Aussi, ce soir, me semble-t-il que je soupe avec des lions et des panthères qui me font l'honneur de velouter leurs pattes.

— Il est clair, dit Blondet, que nous pouvons dire et prouver à l'Europe que Votre Excellence a vomi un serpent ce soir, qu'elle a manqué l'inoculer à Mlle Tullia, la plus jolie de nos danseuses, et là-dessus faire des commentaires sur Ève, la Bible, le premier et le dernier péché. Mais rassurez-vous, vous êtes notre hôte.

— Ce serait drôle, dit Finot.

— Nous ferions imprimer des dissertations scientifiques sur tous les serpents trouvés dans le cœur et dans le corps humain pour arriver au corps diplomatique, dit Lousteau.

— Nous pourrions montrer un serpent quelconque dans ce bocal de cerises à l'eau-de-vie, dit Vernou.

— Vous finiriez par le croire vous-même, dit Vignon au diplomate.

— Messieurs, ne réveillez pas vos griffes qui dorment, s'écria le duc de Rhétoré.

— L'influence et le pouvoir du journal n'est qu'à son aurore, dit Finot, le journalisme est dans l'enfance, il grandira. Tout, dans dix ans d'ici, sera soumis à la publicité. La pensée éclairera tout, elle...

— Elle flétrira tout, dit Blondet en interrompant Finot.

— C'est un mot, dit Claude Vignon.

— Elle fera des rois, dit Lousteau.

— Et défera les monarchies, dit le diplomate.

— Aussi, dit Blondet, si la Presse n'existait point, faudrait-il ne pas l'inventer[1] ; mais la voilà, nous en vivons.

— Vous en mourrez, dit le diplomate. Ne voyez-vous pas que la supériorité des masses, en supposant que vous les éclairiez, rendra la grandeur de l'individu plus difficile ; qu'en semant le raisonnement au cœur des basses classes, vous récolterez la révolte, et que vous en serez les premières victimes. Que casse-t-on à Paris quand il y a une émeute ?

— Les réverbères, dit Nathan ; mais nous sommes trop modestes pour avoir des craintes, nous ne serons que fêlés.

— Vous êtes un peuple trop spirituel pour permettre à quelque gouvernement que ce soit de se développer, dit le ministre. Sans cela vous recommenceriez avec vos plumes la conquête de l'Europe que votre épée n'a pas su garder.

— Les journaux sont un mal, dit Claude Vignon. On pouvait utiliser ce mal, mais le gouvernement veut le combattre. Une lutte s'ensuivra. Qui succombera ? voilà la question.

— Le gouvernement, dit Blondet, je me tue à le

crier. En France, l'esprit est plus fort que tout, et les journaux ont de plus que l'esprit de tous les hommes spirituels, l'hypocrisie de Tartuffe.

— Blondet ! Blondet, dit Finot, tu vas trop loin : il y a des abonnés ici.

— Tu es propriétaire d'un de ces entrepôts de venin, tu dois avoir peur ; mais moi je me moque de toutes vos boutiques, quoique j'en vive !

— Blondet a raison, dit Claude Vignon. Le Journal au lieu d'être un sacerdoce est devenu un moyen pour les partis ; de moyen, il s'est fait commerce ; et comme tous les commerces, il est sans foi ni loi. Tout journal est, comme le dit Blondet, une boutique où l'on vend au public des paroles de la couleur dont il les veut. S'il existait un journal des bossus, il prouverait soir et matin la beauté, la bonté, la nécessité des bossus. Un journal n'est plus fait pour éclairer, mais pour flatter les opinions. Ainsi, tous les journaux seront dans un temps donné lâches, hypocrites, infâmes, menteurs, assassins ; ils tueront les idées, les systèmes, les hommes, et fleuriront par cela même. Ils auront le bénéfice de tous les êtres de raison[1] : le mal sera fait sans que personne en soit coupable. Je serai moi Vignon, vous serez toi Lousteau, toi Blondet, toi Finot, des Aristide, des Platon, des Caton[2], des hommes de Plutarque ; nous serons tous innocents, nous pourrons nous laver les mains de toute infamie. Napoléon a donné la raison de ce phénomène moral ou immoral, comme il vous plaira, dans un mot sublime que lui ont dicté ses études sur la Convention : *Les crimes collectifs n'engagent personne*[3]. Le journal peut se permettre la conduite la plus atroce, personne ne s'en croit sali personnellement.

— Mais le pouvoir fera des lois répressives, dit du Bruel, il en prépare.

— Bah ! que peut la loi contre l'esprit français, dit Nathan, le plus subtil de tous les dissolvants.

— Les idées ne peuvent être neutralisées que par des idées, reprit Vignon. La terreur, le despotisme peuvent seuls étouffer le génie français, dont la langue se prête admirablement à l'allusion, à la double entente. Plus la loi sera répressive, plus l'esprit éclatera, comme la vapeur dans une machine à soupape. Ainsi, le Roi fait du bien, si le journal est contre lui, ce sera le ministre qui aura tout fait, et réciproquement. Si le journal invente une infâme calomnie, on la lui a dite. À l'individu qui se plaint, il sera quitte pour demander pardon de la liberté grande. S'il est traîné devant les tribunaux, il se plaint qu'on ne soit pas venu lui demander une rectification ; mais demandez-la-lui ? il la refuse en riant, il traite son crime de bagatelle. Enfin il bafoue sa victime quand elle triomphe. S'il est puni, s'il a trop d'amende à payer, il vous signalera le plaignant comme un ennemi des libertés, du pays et des lumières. Il dira que monsieur un tel est un voleur en expliquant comment il est le plus honnête homme du royaume. Ainsi, ses crimes, bagatelles ! ses agresseurs, des monstres ! et il peut en un temps donné faire croire ce qu'il veut à des gens qui le lisent tous les jours. Puis rien de ce qui lui déplaît ne sera patriotique, et jamais il n'aura tort. Il se servira de la religion contre la religion, de la charte contre le Roi ; il bafouera la magistrature quand la magistrature le froissera ; il la louera quand elle aura servi les passions populaires. Pour gagner des abonnés, il inventera les fables les plus émouvantes, il fera la parade comme Bobèche[1]. Le journal servirait son père tout cru à la croque au sel de ses plaisanteries, plutôt que de ne pas intéresser ou amuser son public. Ce sera l'acteur mettant les cendres de son fils dans l'urne pour pleurer véritablement[2], la maîtresse sacrifiant tout à son ami.

— C'est enfin le peuple in-folio, s'écria Blondet en interrompant Vignon.

— Le peuple hypocrite et sans générosité, reprit Vignon, il bannira de son sein le talent comme Athènes a banni Aristide[1]. Nous verrons les journaux, dirigés d'abord par des hommes d'honneur, tomber plus tard sous le gouvernement des plus médiocres qui auront la patience et la lâcheté de gomme élastique qui manquent aux beaux génies, ou à des épiciers qui auront de l'argent pour acheter des plumes. Nous voyons déjà ces choses-là ! Mais dans dix ans le premier gamin sorti du collège se croira un grand homme, il montera sur la colonne d'un journal pour souffleter ses devanciers, il les tirera par les pieds pour avoir leur place. Napoléon avait bien raison de museler la Presse. Je gagerais que, sous un gouvernement élevé par elles, les feuilles de l'Opposition battraient en brèche, par les mêmes raisons et par les mêmes articles qui se font aujourd'hui contre celui du Roi, ce même gouvernement au moment où il leur refuserait quoi que ce fût. Plus on fera de concessions aux journalistes, plus les journaux seront exigeants. Les journalistes parvenus seront remplacés par des journalistes affamés et pauvres. La plaie est incurable, elle sera de plus en plus maligne, de plus en plus insolente ; et plus le mal sera grand, plus il sera toléré, jusqu'au jour où la confusion se mettra dans les journaux par leur abondance, comme à Babylone. Nous savons, tous tant que nous sommes, que les journaux iront plus loin que les rois en ingratitude, plus loin que le plus sale commerce en spéculations et en calculs, qu'ils dévoreront nos intelligences à vendre tous les matins leur trois-six cérébral[2] ; mais nous y écrirons tous, comme ces gens qui exploitent une mine de vif-argent en sachant qu'ils y mourront. Voilà là-bas, à côté de Coralie, un jeune homme... comment se nomme-t-il ? Lucien ! il est beau, il est poète, et, ce qui vaut mieux pour lui, homme d'esprit ; eh bien, il entrera dans quelques-uns de ces mauvais lieux de la pensée appelés journaux, il y jettera ses plus belles idées, il y desséchera son cerveau, il y corrompra son âme, il y commettra ces lâchetés anonymes qui, dans la guerre des idées, remplacent les stratagèmes, les pillages, les incendies, les revirements de bord dans la guerre des *condottieri*. Quand il aura, lui, comme mille autres, dépensé quelque beau génie au profit des actionnaires, ces marchands de poison le laisseront mourir de faim s'il a soif, et de soif s'il a faim.

— Merci, dit Finot.

— Mais, mon Dieu, dit Claude Vignon, je savais cela, je suis dans le bagne, et l'arrivée d'un nouveau forçat me fait plaisir. Blondet et moi, nous sommes plus forts que messieurs tels et tels qui spéculent sur nos talents, et nous serons néanmoins toujours exploités par eux. Nous avons du cœur sous notre intelligence, il nous manque les féroces qualités de l'exploitant. Nous sommes paresseux, contemplateurs, méditatifs, jugeurs : on boira notre cervelle et l'on nous accusera d'inconduite !

— J'ai cru que vous seriez plus drôles, s'écria Florine.

— Florine a raison, dit Blondet, laissons la cure des maladies publiques à ces charlatans d'hommes d'État. Comme dit Charlet[1] : Cracher sur la vendange ? jamais !

— Savez-vous de quoi Vignon me fait l'effet ? dit Lousteau en montrant Lucien, d'une de ces grosses femmes de la rue du Pélican, qui dirait à un collégien : Mon petit, tu es trop jeune pour venir ici… »

Cette saillie fit rire, mais elle plut à Coralie. Les négociants buvaient et mangeaient en écoutant.

« Quelle nation que celle où il se rencontre tant de bien et tant de mal ! dit le ministre au duc de Rhétoré. Messieurs, vous êtes des prodigues qui ne pouvez pas vous ruiner. »

Ainsi, par la bénédiction du hasard, aucun enseignement ne manquait à Lucien sur la pente du précipice où il devait tomber. D'Arthez avait mis le poète dans la noble voie du travail en réveillant le sentiment sous lequel disparaissent les obstacles. Lousteau lui-même avait essayé de l'éloigner par une pensée égoïste, en lui dépeignant le journalisme et la littérature sous leur vrai jour. Lucien n'avait pas voulu croire à tant de corruptions cachées ; mais il entendait enfin des journalistes criant de leur mal, il les voyait à l'œuvre, éventrant leur nourrice pour prédire l'avenir[1]. Il avait pendant cette soirée vu les choses comme elles sont. Au lieu d'être saisi d'horreur à l'aspect du cœur même de cette corruption parisienne si bien qualifiée par Blücher, il jouissait avec ivresse de cette société spirituelle. Ces hommes extraordinaires sous l'armure damasquinée de leurs vices et le casque brillant de leur froide analyse, il les trouvait supérieurs aux hommes graves et sérieux du Cénacle. Puis il savourait les premières délices de la richesse, il était sous le charme du luxe, sous l'empire de la bonne chère ; ses instincts capricieux se réveillaient, il buvait pour la première fois des vins d'élite, il faisait connaissance avec les mets exquis de la haute cuisine ; il voyait un ministre, un duc et sa danseuse, mêlés aux journalistes, admirant leur atroce pouvoir ; il sentit une horrible démangeaison de dominer ce monde de rois, il se trouvait la force de les vaincre. Enfin, cette Coralie qu'il venait de rendre heureuse par quelques phrases, il l'avait examinée à la lueur des bougies du festin, à travers la fumée des plats et le brouillard de l'ivresse, elle lui paraissait sublime, l'amour la rendait si belle ! Cette fille était d'ailleurs la plus jolie, la plus belle actrice de Paris. Le Cénacle, ce ciel de l'intelligence noble, dut succomber sous une tentation si complète. La vanité particulière aux auteurs venait d'être caressée chez Lucien par des connaisseurs, il avait été loué par ses futurs rivaux. Le succès de son article et la conquête de Coralie étaient deux triomphes à tourner une tête moins jeune que la sienne. Pendant cette discussion, tout le monde avait remarquablement bien mangé, supérieurement bu. Lousteau, le voisin de Camusot, lui versa deux ou trois fois du kirsch dans son vin, sans que personne y fît attention, et il stimula son amour-propre pour l'engager à boire. Cette manœuvre fut si bien menée, que le négociant ne s'en aperçut pas, il se croyait dans son genre aussi malicieux que les journalistes. Les plaisanteries acerbes commencèrent au moment où les friandises du dessert et les vins circulèrent. Le diplomate, en homme de beaucoup d'esprit, fit un signe au duc et à la danseuse dès qu'il entendit ronfler les bêtises qui annoncèrent chez ces hommes d'esprit les scènes grotesques par lesquelles finissent les orgies, et tous trois ils disparurent. Dès que Camusot eut perdu la tête, Coralie et Lucien qui, durant tout le souper, se comportèrent en amoureux de quinze ans, s'enfuirent par les escaliers et se jetèrent dans un fiacre. Comme Camusot était sous la table, Matifat crut qu'il avait disparu de compagnie avec l'actrice ; il laissa ses hôtes fumant, buvant, riant, disputant, et suivit Florine quand elle alla se coucher. Le jour surprit les combattants, ou plutôt Blondet, buveur intrépide, le seul qui pût parler et qui proposait aux dormeurs un toast à l'Aurore aux doigts de rose[1].

Lucien n'avait pas l'habitude des orgies parisiennes ; il jouissait bien encore de sa raison quand il descendit les escaliers, mais le grand air détermina son ivresse qui fut hideuse. Coralie et sa femme de chambre furent obligées de monter le poète au premier étage de la belle maison où logeait l'actrice, rue de Vendôme. Dans l'escalier, Lucien faillit se trouver mal, et fut ignoblement malade.

« Vite, Bérénice, s'écria Coralie, du thé. Fais du thé !

— Ce n'est rien, c'est l'air, disait Lucien. Et puis, je n'ai jamais tant bu.

— Pauvre enfant ! c'est innocent comme un agneau », dit Bérénice, grosse Normande aussi laide que Coralie était belle.

Enfin Lucien fut mis à son insu dans le lit de Coralie. Aidée par Bérénice, l'actrice avait déshabillé avec le soin et l'amour d'une mère pour un petit enfant son poète qui disait toujours : « C'est rien ! c'est l'air. Merci, maman.

— Comme il dit bien maman ! s'écria Coralie en le baisant dans les cheveux.

— Quel plaisir d'aimer un pareil ange, mademoiselle, et où l'avez-vous pêché ? Je ne croyais pas qu'il pût exister un homme aussi joli que vous êtes belle », dit Bérénice.

Lucien voulait dormir, il ne savait où il était et ne voyait rien, Coralie lui fit avaler plusieurs tasses de thé, puis elle le laissa dormant.

« La portière ni personne ne nous a vus, dit Coralie.

— Non, je vous attendais.

— Victoire ne sait rien[1].

— Plus souvent[2] », dit Bérénice.

Dix heures après, vers midi, Lucien se réveilla sous les yeux de Coralie qui l'avait regardé dormant ! Il comprit cela, le poète. L'actrice était encore dans sa belle robe abominablement tachée et de laquelle elle allait faire une relique. Lucien reconnut les dévouements, les délicatesses de l'amour vrai qui voulait sa récompense : il regarda Coralie. Coralie fut déshabillée en un moment, et se coula comme une couleuvre auprès de Lucien. À cinq heures, le poète dormait bercé par des voluptés divines, il avait entrevu la chambre de l'actrice, une ravissante création du luxe, toute blanche et rose, un monde de merveilles et de coquettes recherches qui surpassait ce que Lucien avait admiré déjà chez Florine. Coralie était debout. Pour jouer son rôle d'Andalouse, elle devait être à sept heures au théâtre. Elle avait encore contemplé son poète endormi dans le plaisir, elle s'était enivrée sans pouvoir se repaître de ce noble amour, qui réunissait les sens au cœur et le cœur aux sens pour les exalter ensemble. Cette divinisation qui permet d'être deux ici-bas pour sentir, un seul dans le ciel pour aimer, était son absolution. À qui d'ailleurs la beauté surhumaine de Lucien n'aurait-elle pas servi d'excuse ? Agenouillée à ce lit, heureuse de l'amour en lui-même, l'actrice se sentait sanctifiée. Ces délices furent troublées par Bérénice.

« Voici le Camusot, il vous sait ici », cria-t-elle.

Lucien se dressa, pensant avec une générosité innée à ne pas nuire à Coralie. Bérénice leva un rideau. Lucien entra dans un délicieux cabinet de toilette, où Bérénice et sa maîtresse apportèrent avec une prestesse inouïe les vêtements de Lucien. Quand le négociant apparut, les bottes du poète frappèrent les regards de Coralie ; Bérénice les avait mises devant le feu pour les chauffer après les avoir cirées en secret. La servante et la maîtresse avaient oublié ces bottes accusatrices. Bérénice partit après avoir échangé un regard d'inquiétude avec sa maîtresse. Coralie se plongea dans sa causeuse, et dit à Camusot de s'asseoir dans une gondole[1] en face d'elle. Le brave homme, qui adorait Coralie, regardait les bottes et n'osait lever les yeux sur sa maîtresse.

« Dois-je prendre la mouche pour cette paire de bottes et quitter Coralie ? Ce serait se fâcher pour peu de chose. Il y a des bottes partout. Celles-ci seraient mieux placées dans l'étalage d'un bottier, ou sur les boulevards à se promener aux jambes d'un homme. Cependant, ici, sans jambes, elles disent bien des choses contraires à la fidélité. J'ai cinquante ans, il est vrai : je dois être aveugle comme l'amour. »

Ce lâche monologue était sans excuse. La paire de bottes n'était pas de ces demi-bottes en usage aujourd'hui, et que jusqu'à un certain point un homme distrait pourrait ne pas voir ; c'était, comme la mode ordonnait alors de les porter, une paire de bottes entières, très élégantes, et à glands, qui reluisaient sur des pantalons collants presque toujours de couleur claire, et où se reflétaient les objets comme dans un miroir. Ainsi, les bottes crevaient les yeux de l'honnête marchand de soieries, et, disons-le, elles lui crevaient le cœur.

« Qu'avez-vous ? lui dit Coralie.

— Rien, dit-il.

— Sonnez », dit Coralie en souriant de la lâcheté de Camusot. « Bérénice, dit-elle à la Normande dès qu'elle arriva, ayez-moi donc des crochets pour que je mette encore ces damnées bottes. Vous n'oublierez pas de les apporter ce soir dans ma loge.

— Comment ?... vos bottes ?... dit Camusot qui respira plus à l'aise.

— Eh ! que croyez-vous donc ? demanda-t-elle d'un air hautain. Grosse bête, n'allez-vous pas croire... Oh ! il le croirait ! dit-elle à Bérénice. J'ai un rôle d'homme dans la pièce de Chose, et je ne me suis jamais mise en homme. Le bottier du théâtre m'a apporté ces bottes-là pour essayer à marcher, en attendant la paire de laquelle il m'a pris mesure ; il me les a mises, mais j'ai tant souffert que je les ai ôtées, et je dois cependant les remettre.

— Ne les remettez pas si elles vous gênent, dit Camusot que les bottes avaient tant gêné.

— Mademoiselle, dit Bérénice, ferait mieux, au lieu de se martyriser, comme tout à l'heure ; elle en pleurait monsieur ! et si j'étais homme, jamais une femme que j'aimerais ne pleurerait ! elle ferait mieux de les porter en maroquin bien mince. Mais l'administration est si ladre ! Monsieur, vous devriez aller lui en commander…

— Oui, oui, dit le négociant. Vous vous levez, dit-il à Coralie.

— À l'instant, je ne suis rentrée qu'à six heures, après vous avoir cherché partout, vous m'avez fait garder mon fiacre pendant sept heures. Voilà de vos soins ! m'oublier pour des bouteilles. J'ai dû me soigner, moi qui vais jouer maintenant tous les soirs, tant que *L'Alcade* fera de l'argent. Je n'ai pas envie de mentir à l'article de ce jeune homme !

— Il est beau, cet enfant-là, dit Camusot.

— Vous trouvez ? je n'aime pas ces hommes-là, ils ressemblent trop à une femme ; et puis ça ne sait pas aimer comme vous autres, vieilles bêtes du commerce. Vous vous ennuyez tant !

— Monsieur dîne-t-il avec Madame, demanda Bérénice.

— Non, j'ai la bouche empâtée.

— Vous avez été joliment paf, hier. Ah ! papa Camusot, d'abord, moi je n'aime pas les hommes qui boivent…

— Tu feras un cadeau à ce jeune homme, dit le négociant.

— Ah ! oui, j'aime mieux les payer ainsi, que de faire ce que fait Florine. Allons, mauvaise race qu'on aime, allez-vous-en, ou donnez-moi une voiture pour que je ne perde plus de temps…

— Vous l'aurez demain pour dîner avec votre directeur, au *Rocher de Cancale*. On ne jouera pas la pièce nouvelle dimanche.

— Venez, je vais dîner », dit Coralie en emmenant Camusot.

Une heure après, Lucien fut délivré par Bérénice, la compagne d'enfance de Coralie, une créature aussi fine, aussi déliée d'esprit qu'elle était corpulente.

« Restez ici, Coralie reviendra seule, elle veut même

congédier Camusot s'il vous ennuie, dit Bérénice à Lucien ; mais, cher enfant de son cœur, vous êtes trop ange pour la ruiner. Elle me l'a dit, elle est décidée à tout planter là, à sortir de ce paradis pour aller vivre dans votre mansarde. Oh ! les jaloux, les envieux ne lui ont-ils pas expliqué que vous n'aviez ni sou, ni maille, que vous viviez au quartier Latin. Je vous suivrais, voyez-vous, je vous ferais votre ménage. Mais je viens de consoler la pauvre enfant. Pas vrai, monsieur, que vous avez trop d'esprit pour donner dans de pareilles bêtises ? Ah ! vous verrez bien que l'autre gros n'a rien que le cadavre et que vous êtes le chéri, le bien-aimé, la divinité à laquelle on abandonne l'âme. Si vous saviez comme ma Coralie est gentille quand je lui fais répéter ses rôles ! un amour d'enfant, quoi ! Elle méritait bien que Dieu lui envoyât un de ses anges, elle avait le dégoût de la vie. Elle a été si malheureuse avec sa mère, qui la battait, qui l'a vendue ! Oui, monsieur, une mère, sa propre enfant ! Si j'avais une fille, je la servirais comme ma petite Coralie, de qui je me suis fait un enfant. Voilà le premier bon temps que je lui ai vu, la première fois qu'elle a été bien applaudie. Il paraît que, vu ce que vous avez écrit, on a monté une fameuse claque pour la seconde représentation. Pendant que vous dormiez, Braulard est venu travailler avec elle.

« Qui ! Braulard ? demanda Lucien qui crut avoir entendu déjà ce nom[1].

— Le chef des claqueurs, qui, de concert avec elle, est convenu des endroits du rôle où elle serait soignée. Quoiqu'elle se dise son amie, Florine pourrait vouloir lui jouer un mauvais tour et prendre tout pour elle. Tout le boulevard est en rumeur à cause de votre article. Quel lit arrangé pour les amours d'un prince !... » dit-elle en mettant sur le lit un couvre-pied en dentelle.

Elle alluma les bougies. Aux lumières, Lucien étourdi se crut en effet dans un palais du *Cabinet des fées*[2]. Les plus riches étoffes du *Cocon d'or* avaient été choisies par Camusot pour servir aux tentures et aux draperies des fenêtres. Le poète marchait sur un tapis royal. Le palissandre des meubles arrêtait dans les tailles de ses sculptures des frissons de lumière qui y papillotaient. La cheminée en marbre blanc resplendissait des plus coûteuses bagatelles. La descente du lit était en cygne bordé de martre. Des pantoufles en velours noir, doublées de soie pourpre, y parlaient des plaisirs qui attendaient le poète des *Marguerites*. Une délicieuse lampe pendait du plafond tendu de soie. Partout des jardinières merveilleuses montraient des fleurs choisies, de jolies bruyères blanches, des camélias sans parfum. Partout vivaient les images de l'innocence. Comment imaginer là une actrice et les mœurs du théâtre ? Bérénice remarqua l'ébahissement de Lucien.

« Est-ce gentil ? lui dit-elle d'une voix câline. Ne serez-vous pas mieux là pour aimer que dans un grenier ? Empêchez son coup de tête », reprit-elle en amenant devant Lucien un magnifique guéridon chargé de mets dérobés au dîner de sa maîtresse, afin que la cuisinière ne pût soupçonner la présence d'un amant.

Lucien dîna très bien, servi par Bérénice dans une argenterie sculptée, dans des assiettes peintes à un louis la pièce. Ce luxe agissait sur son âme comme une fille des rues agit avec ses chairs nues et ses bas blancs bien tirés sur un lycéen.

« Est-il heureux, ce Camusot ! s'écria-t-il.

— Heureux ? reprit Bérénice. Ah ! il donnerait bien sa fortune pour être à votre place, et pour troquer ses vieux cheveux gris contre votre jeune chevelure blonde. »

Elle engagea Lucien, à qui elle donna le plus délicieux vin que Bordeaux ait soigné pour le plus riche Anglais, à se recoucher en attendant Coralie, à faire un petit somme provisoire, et Lucien avait en effet envie de se coucher dans ce lit qu'il admirait. Bérénice, qui avait lu ce désir dans les yeux du poète, en était heureuse pour sa maîtresse. À dix heures et demie, Lucien s'éveilla sous un regard trempé d'amour. Coralie était là dans la plus voluptueuse toilette de nuit. Lucien avait dormi, Lucien n'était plus ivre que d'amour. Bérénice se retira demandant : « À quelle heure demain ?

— Onze heures, tu nous apporteras notre déjeuner au lit. Je n'y serai pour personne avant deux heures. »

À deux heures le lendemain, l'actrice et son amant étaient habillés et en présence, comme si le poète fût venu faire une visite à sa protégée. Coralie avait baigné, peigné, coiffé, habillé Lucien ; elle lui avait envoyé chercher douze belles chemises, douze cravates, douze mouchoirs chez Colliau[1], une douzaine de gants dans une boîte de cèdre. Quand elle entendit le bruit d'une voiture à sa porte, elle se précipita vers la fenêtre avec Lucien. Tous deux virent Camusot descendant d'un coupé magnifique.

« Je ne croyais pas, dit-elle, qu'on pût haïr tant un homme et le luxe...

— Je suis trop pauvre pour consentir à ce que vous vous ruiniez, dit Lucien en passant ainsi sous les Fourches caudines.

— Pauvre petit chat, dit-elle en pressant Lucien sur son cœur, tu m'aimes donc bien ? — J'ai engagé monsieur, dit-elle en montrant Lucien à Camusot, à venir me voir ce matin, en pensant que nous irions nous promener aux Champs-Élysées pour essayer la voiture.

— Allez-y seuls, dit tristement Camusot, je ne dîne pas avec vous, c'est la fête de ma femme, je l'avais oublié.

— Pauvre Musot ! comme tu t'ennuieras », dit-elle en sautant au cou du marchand.

Elle était ivre de bonheur en pensant qu'elle étrennerait seule avec Lucien ce beau coupé, qu'elle irait seule avec lui au Bois ; — et, dans son accès de joie, elle eut l'air d'aimer Camusot à qui elle fit mille caresses.

« Je voudrais pouvoir vous donner une voiture tous les jours, dit le pauvre homme.

— Allons, monsieur, il est deux heures », dit l'actrice à Lucien qu'elle vit honteux et qu'elle consola par un geste adorable.

Coralie dégringola par les escaliers en entraînant Lucien qui entendit le négociant se traînant comme un phoque après eux, sans pouvoir les rejoindre. Le poète éprouva la plus enivrante des jouissances : Coralie, que le bonheur rendait sublime, offrit à tous les yeux ravis une toilette pleine de goût et d'élégance. Le Paris des Champs-Élysées admira ces deux amants. Dans une allée du bois de Boulogne, leur coupé rencontra la calèche de Mmes d'Espard et de Bargeton qui regardèrent Lucien d'un air étonné, mais auxquelles il lança le coup d'œil méprisant du poète qui pressent sa gloire et va user de son pouvoir. Le moment où il put échanger par un coup d'œil avec ces deux femmes quelques-unes des pensées de vengeance qu'elles lui avaient mises au cœur pour le ronger, fut un des plus doux de sa vie et décida peut-être de sa destinée. Lucien fut repris par les Furies de l'orgueil : il voulut reparaître dans le monde, y prendre une éclatante revanche, et toutes les petitesses sociales, naguère foulées aux pieds du travailleur, de l'ami du Cénacle, rentrèrent dans son âme. Il comprit alors toute la portée de l'attaque faite pour lui par Lousteau : Lousteau venait de servir ses passions ; tandis que le Cénacle, ce Mentor collectif, avait l'air de les mater au profit des vertus ennuyeuses et de travaux que Lucien commençait à trouver inutiles. Travailler ! n'est-ce pas la mort pour les âmes avides de jouissances ? Aussi avec quelle facilité les écrivains ne glissent-ils pas dans le *farniente*, dans la bonne chère et les délices de la vie luxueuse des actrices et des femmes faciles ! Lucien sentit une irrésistible envie de continuer la vie de ces deux folles journées. Le dîner au *Rocher de Cancale* fut exquis. Lucien trouva les convives de Florine, moins le ministre, moins le duc et la danseuse, moins Camusot, remplacés par deux acteurs célèbres et par Hector Merlin accompagné de sa maîtresse, une délicieuse femme qui se faisait appeler Mme du Val-Noble[1], la plus belle et la plus élégante des femmes qui composaient alors à Paris le monde exceptionnel de ces femmes qu'aujourd'hui l'on a décemment nommées des *Lorettes*[2]. Lucien, qui vivait depuis quarante-huit heures dans un paradis, apprit le succès de son article. En se voyant fêté, envié, le poète trouva son aplomb : son esprit scintilla, il fut le Lucien de Rubempré qui pendant plusieurs mois brilla dans la littérature et dans le monde artiste. Finot, cet homme d'une incontestable adresse à deviner le talent et qui le flairait comme un ogre sent la chair fraîche, cajola Lucien en essayant de l'embaucher dans l'escouade de journalistes qu'il commandait. Lucien mordit à ces flatteries. Coralie observa le manège de ce consommateur d'esprit, et voulut mettre Lucien en garde contre lui.

« Ne t'engage pas, mon petit, dit-elle à son poète, attends, ils veulent t'exploiter, nous causerons de cela ce soir.

— Bah ! lui répondit Lucien, je me sens assez fort pour être aussi méchant et aussi fin qu'ils peuvent l'être. »

Finot, qui ne s'était sans doute pas brouillé pour les blancs avec Hector Merlin, présenta Merlin à Lucien et Lucien à Merlin. Coralie et Mme du Val-Noble fraternisèrent, se comblèrent de caresses et de prévenances. Mme du Val-Noble invita Lucien et Coralie à dîner. Hector Merlin, le plus dangereux de tous les journalistes présents à ce dîner, était un petit homme sec, à lèvres pincées, couvant une ambition démesurée, d'une jalousie sans bornes, heureux de tous les maux qui se faisaient autour de lui, profitant des divisions qu'il fomentait, ayant beaucoup d'esprit, peu de vouloir, mais remplaçant la volonté par l'instinct qui mène les parvenus vers les endroits éclairés par l'or et par le pouvoir. Lucien et lui se déplurent mutuellement. Il n'est pas difficile d'expliquer pourquoi. Merlin eut le malheur de parler à Lucien à haute voix comme Lucien pensait tout bas. Au dessert, les liens de la plus touchante amitié semblaient unir ces hommes qui tous se croyaient supérieurs l'un à l'autre. Lucien, le nouveau venu, était l'objet de leurs coquetteries. On causait à cœur ouvert. Hector Merlin seul ne riait pas. Lucien lui demanda la raison de sa raison.

« Mais je vous vois entrant dans le monde littéraire et journaliste avec des illusions. Vous croyez aux amis. Nous sommes tous amis ou ennemis selon les circonstances. Nous nous frappons les premiers avec l'arme qui devrait ne nous servir qu'à frapper les autres. Vous vous apercevrez avant peu que vous n'obtiendrez rien par les beaux sentiments. Si vous êtes bon, faites-vous méchant. Soyez hargneux par calcul. Si personne ne vous a dit cette loi suprême, je vous la confie et je ne vous aurai pas fait une médiocre confidence. Pour être aimé, ne quittez jamais votre maîtresse sans l'avoir fait pleurer un peu ; pour faire fortune en littérature, blessez toujours tout le monde, même vos amis, faites pleurer les amours-propres : tout le monde vous caressera. »

Hector Merlin fut heureux en voyant à l'air de Lucien que sa parole entrait chez le néophyte comme la lame d'un poignard dans un cœur. On joua. Lucien perdit tout son argent. Il fut emmené par Coralie, et les délices de l'amour lui firent oublier les terribles émotions du Jeu qui, plus tard, devait trouver en lui l'une de ses victimes. Le lendemain, en sortant de chez elle et revenant au quartier Latin, il trouva dans sa bourse l'argent qu'il avait perdu. Cette attention l'attrista d'abord, il voulut revenir chez l'actrice et lui rendre un don qui l'humiliait; mais il était déjà rue de La Harpe, il continua son chemin vers l'hôtel de Cluny. Tout en marchant, il s'occupa de ce soin de Coralie, il y vit une preuve de cet amour maternel que ces sortes de femmes mêlent à leurs passions. Chez elles, la passion comporte tous les sentiments. De pensée en pensée, Lucien finit par trouver une raison d'accepter en se disant: «Je l'aime, nous vivrons ensemble comme mari et femme, et je ne la quitterai jamais!» À moins d'être Diogène, qui ne comprendrait alors les sensations de Lucien en montant l'escalier boueux et puant de son hôtel, en faisant grincer la serrure de sa porte, en revoyant le carreau sale et la piteuse cheminée de sa chambre horrible de misère et de nudité? Il trouva sur sa table le manuscrit de son roman et ce mot de Daniel d'Arthez:

Nos amis sont presque contents de votre œuvre, cher poète. Vous pourrez la présenter avec plus de confiance, disent-ils, à vos amis et à vos ennemis. Nous avons lu votre charmant article sur le Panorama-Dramatique, et vous devez exciter autant d'envie dans la littérature que de regrets chez nous.

DANIEL.

«Regrets! que veut-il dire?» s'écria Lucien surpris du ton de politesse qui régnait dans ce billet. Était-il donc un étranger pour le Cénacle? Après avoir dévoré les fruits délicieux que lui avait tendus l'Ève des coulisses, il tenait encore plus à l'estime et à l'amitié de ses amis de la rue des Quatre-Vents. Il resta pendant quelques instants plongé dans une méditation par laquelle il embrassait son présent dans cette chambre et son avenir dans celle de Coralie. En proie à des hésitations alternativement honorables et dépravantes, il s'assit et se mit à examiner l'état dans lequel ses amis lui rendaient son œuvre. Quel étonnement fut le sien ! De chapitre en chapitre, la plume habile et dévouée de ces grands hommes encore inconnus avait changé ses pauvretés en richesses. Un dialogue plein, serré, concis, nerveux remplaçait ses conversations qu'il comprit alors n'être que des bavardages en les comparant à des discours où respirait l'esprit du temps. Ses portraits, un peu mous de dessin, avaient été vigoureusement accusés et colorés ; tous se rattachaient aux phénomènes curieux de la vie humaine par des observations physiologiques dues sans doute à Bianchon, exprimées avec finesse, et qui les faisaient vivre. Ses descriptions verbeuses étaient devenues substantielles et vives. Il avait donné une enfant mal faite, mal vêtue, et il retrouvait une délicieuse fille en robe blanche, à ceinture, à écharpe roses, une création ravissante. La nuit le surprit, les yeux en pleurs, atterré de cette grandeur, sentant le prix d'une pareille leçon, admirant ces corrections qui lui en apprenaient plus sur la littérature et sur l'art que ses quatre années de lectures, de comparaisons et d'études. Le redressement d'un carton mal conçu, un trait magistral sur le vif en disent toujours plus que les théories et les observations.

« Quels amis ! quels cœurs ! suis-je heureux ! » s'écria-t-il en serrant le manuscrit.

Entraîné par l'emportement naturel aux natures poétiques et mobiles, il courut chez Daniel. En montant l'escalier, il se crut cependant moins digne de ces cœurs que rien ne pouvait faire dévier du sentier de l'honneur. Une voix lui disait que, si Daniel avait aimé Coralie, il ne l'aurait pas acceptée avec Camusot. Il connaissait aussi la profonde horreur du Cénacle pour les journalistes, et il se savait déjà quelque peu journaliste. Il trouva ses amis, moins Meyraux, qui venait de sortir, en proie à un désespoir peint sur toutes les figures.

« Qu'avez-vous, mes amis ? dit Lucien.

— Nous venons d'apprendre une horrible catastrophe : le plus grand esprit de notre époque, notre ami le plus aimé, celui qui pendant deux ans a été notre lumière...

— Louis Lambert[1] ? dit Lucien.

— Il est dans un état de catalepsie qui ne laisse aucun espoir, dit Bianchon.

— Il mourra le corps insensible et la tête dans les cieux, ajouta solennellement Michel Chrestien.

— Il mourra comme il a vécu, dit d'Arthez.

— L'amour, jeté comme un feu dans le vaste empire de son cerveau, l'a incendié, dit Léon Giraud.

— Ou, dit Joseph Bridau, l'a exalté à un point où nous le perdons de vue.

— C'est nous qui sommes à plaindre, dit Fulgence Ridal.

— Il se guérira peut-être, s'écria Lucien.

— D'après ce que nous a dit Meyraux, la cure est impossible, répondit Bianchon. Sa tête est le théâtre de phénomènes sur lesquels la médecine n'a nul pouvoir.

— Il existe cependant des agents, dit d'Arthez...

— Oui, dit Bianchon, il n'est que cataleptique, nous pouvons le rendre imbécile.

— Ne pouvoir offrir au génie du mal une tête en remplacement de celle-là ! Moi, je donnerais la mienne ! s'écria Michel Chrestien.

— Et que deviendrait la fédération européenne ? dit d'Arthez.

— Ah ! c'est vrai, reprit Michel Chrestien, avant d'être à un homme on appartient à l'Humanité.

— Je venais ici le cœur plein de remerciements pour vous tous, dit Lucien. Vous avez changé mon billon en louis d'or.

— Des remerciements ! Pour qui nous prends-tu ? dit Bianchon.

— Le plaisir a été pour nous, reprit Fulgence.

— Eh bien, vous voilà journaliste ? lui dit Léon Giraud. Le bruit de votre début est arrivé jusque dans le quartier Latin.

— Pas encore, répondit Lucien.

— Ah ! tant mieux ! dit Michel Chrestien.

— Je vous le disais bien, reprit d'Arthez. Lucien est un de ces cœurs qui connaissent le prix d'une conscience pure. N'est-ce pas un viatique fortifiant que de poser le soir sa tête sur l'oreiller en pouvant se dire : "Je n'ai pas jugé les œuvres d'autrui, je n'ai causé d'affliction à personne ; mon esprit, comme un poignard, n'a fouillé l'âme d'aucun innocent ; ma plaisanterie n'a immolé aucun bonheur, elle n'a même pas troublé la sottise heureuse, elle n'a pas injustement fatigué le génie ; j'ai dédaigné les faciles triomphes de l'épigramme ; enfin je n'ai jamais menti à mes convictions ?"

— Mais, dit Lucien, on peut, je crois, être ainsi tout en travaillant à un journal. Si je n'avais décidément que ce moyen d'exister, il faudrait bien y venir.

— Oh ! oh ! oh ! fit Fulgence en montant d'un ton à chaque exclamation, nous capitulons.

— Il sera journaliste, dit gravement Léon Giraud. Ah ! Lucien, si tu voulais l'être avec nous, qui allons publier un journal où jamais ni la vérité ni la justice ne seront outragées, où nous répandrons les doctrines utiles à l'Humanité, peut-être…

— Vous n'aurez pas un abonné, répliqua machiavéliquement Lucien en interrompant Léon.

— Ils en auront cinq cents qui en vaudront cinq cent mille, répondit Michel Chrestien.

— Il vous faudra bien des capitaux, reprit Lucien.

— Non, dit d'Arthez, mais du dévouement.

— On dirait d'une boutique de parfumeur, s'écria Michel Chrestien en flairant par un geste comique la tête de Lucien. On t'a vu dans une voiture supérieurement astiquée, traînée par des chevaux de dandy, avec une maîtresse de prince, Coralie.

— Eh bien, dit Lucien, y a-t-il du mal à cela ?

— Tu dis cela comme s'il y en avait, lui cria Bianchon.

— J'aurais voulu à Lucien, dit d'Arthez, une Béatrix, une noble femme qui l'aurait soutenu dans la vie...

— Mais, Daniel, est-ce que l'amour n'est pas partout semblable à lui-même ? dit le poète.

— Ah ! dit le républicain, en ceci je suis aristocrate. Je ne pourrais pas aimer une femme qu'un acteur baise sur la joue en face du public, une femme tutoyée dans les coulisses, qui s'abaisse devant un parterre et lui sourit, qui danse des pas en relevant ses jupes et qui se met en homme pour montrer ce que je veux être seul à voir. Ou, si j'aimais une pareille femme, elle quitterait le théâtre, et je la purifierais par mon amour.

— Et si elle ne pouvait pas quitter le théâtre ?

— Je mourrais de chagrin, de jalousie, de mille maux. On ne peut pas arracher son amour de son cœur comme on arrache une dent. »

Lucien devint sombre et pensif. « Quand ils apprendront que je subis Camusot, ils me mépriseront », se disait-il.

« Tiens, lui dit le sauvage républicain avec une affreuse bonhomie, tu pourras être un grand écrivain, mais tu ne seras jamais qu'un petit farceur. »

Il prit son chapeau et sortit.

« Il est dur, Michel Chrestien, dit le poète.

— Dur et salutaire comme le davier du dentiste, dit

Bianchon. Michel voit ton avenir, et peut-être en ce moment pleure-t-il sur toi dans la rue. »

D'Arthez fut doux et consolant, il essaya de relever Lucien. Au bout d'une heure le poète quitta le Cénacle, maltraité par sa conscience qui lui criait : « Tu seras journaliste ! » comme la sorcière crie à Macbeth : « Tu seras roi. » Dans la rue, il regarda les croisées du patient d'Arthez, éclairées par une faible lumière, et revint chez lui le cœur attristé, l'âme inquiète. Une sorte de pressentiment lui disait qu'il avait été serré sur le cœur de ses vrais amis pour la dernière fois. En entrant dans la rue de Cluny par la place de la Sorbonne, il reconnut l'équipage de Coralie. Pour venir voir son poète un moment, pour lui dire un simple bonsoir, l'actrice avait franchi l'espace du boulevard du Temple à la Sorbonne. Lucien trouva sa maîtresse tout en larmes à l'aspect de sa mansarde, elle voulait être misérable comme son amant, elle pleurait en rangeant les chemises, les gants, les cravates et les mouchoirs dans l'affreuse commode de l'hôtel. Ce désespoir était si vrai, si grand, il exprimait tant d'amour, que Lucien, à qui l'on avait reproché d'avoir une actrice, vit dans Coralie une sainte bien près d'endosser le cilice de la misère. Pour venir, cette adorable créature avait pris le prétexte d'avertir son ami que la société Camusot, Coralie et Lucien rendrait à la société Matifat, Florine et Lousteau leur souper, et de demander à Lucien s'il avait quelque invitation à faire qui lui fût utile ; Lucien lui répondit qu'il en causerait avec Lousteau. L'actrice, après quelques moments, se sauva en cachant à Lucien que Camusot l'attendait en bas. Le lendemain, dès huit heures, Lucien alla chez Étienne, ne le trouva pas, et courut chez Florine. Le journaliste et l'actrice reçurent leur ami dans la jolie chambre à coucher où ils étaient maritalement établis, et tous trois ils y déjeunèrent splendidement.

« Mais, mon petit, lui dit Lousteau quand ils furent attablés et que Lucien lui eut parlé du souper que donnerait Coralie, je te conseille de venir avec moi voir Félicien Vernou, de l'inviter, et de te lier avec lui autant qu'on peut se lier avec un pareil drôle. Félicien te donnera peut-être accès dans le journal politique où il cuisine le feuilleton, et où tu pourras fleurir à ton aise en grands articles dans le haut de ce journal. Cette feuille, comme la nôtre, appartient au parti libéral, tu seras libéral, c'est le parti populaire ; d'ailleurs, si tu voulais passer du côté ministériel, tu y entrerais avec d'autant plus d'avantages que tu te serais fait redouter. Hector Merlin et sa Mme du Val-Noble, chez qui vont quelques grands seigneurs, les jeunes dandies et les millionnaires, ne t'ont-ils pas prié, toi et Coralie, à dîner ?

— Oui, répondit Lucien, et tu en es avec Florine. »

Lucien et Lousteau, dans leur griserie du vendredi et pendant leur dîner du dimanche, en étaient arrivés à se tutoyer.

« Eh bien, nous rencontrerons Merlin au journal, c'est un gars qui suivra Finot de près ; tu feras bien de le soigner, de le mettre de ton souper avec sa maîtresse : il te sera peut-être utile avant peu, car les gens haineux ont besoin de tout le monde, et il te rendra service pour avoir ta plume au besoin.

— Votre début a fait assez de sensation pour que vous n'éprouviez aucun obstacle, dit Florine à Lucien, hâtez-vous d'en profiter, autrement vous seriez promptement oublié.

— L'affaire, reprit Lousteau, la grande affaire est consommée ! Ce Finot, un homme sans aucun talent, est directeur et rédacteur en chef du journal hebdomadaire de Dauriat, propriétaire d'un sixième qui ne lui coûte rien, et il a six cents francs d'appointements par mois. Je suis, de ce matin, mon cher, rédacteur en chef de notre petit journal. Tout s'est passé comme je le présumais l'autre soir : Florine a été superbe, elle rendrait des points au prince de Talleyrand.

— Nous tenons les hommes par leur plaisir, dit Florine, les diplomates ne les prennent que par l'amour-propre ; les diplomates leur voient faire des façons et nous leur voyons faire des bêtises, nous sommes donc les plus fortes.

— En concluant, dit Lousteau, Matifat a commis le seul bon mot qu'il prononcera dans sa vie de droguiste : L'affaire, a-t-il dit, ne sort pas de mon commerce !

— Je soupçonne Florine de le lui avoir soufflé, s'écria Lucien.

— Ainsi, mon cher amour, reprit Lousteau, tu as le pied à l'étrier.

— Vous êtes né coiffé, dit Florine. Combien voyons-nous de petits jeunes gens qui *droguent*[1] dans Paris pendant des années sans arriver à pouvoir insérer un article dans un journal ! Il en aura été de vous comme d'Émile Blondet. Dans six mois d'ici, je vous vois *faisant votre tête*[2], ajouta-t-elle en se servant d'un mot de son argot et en lui jetant un sourire moqueur.

— Ne suis-je pas à Paris depuis trois ans, dit Lousteau, et depuis hier seulement Finot me donne trois cents francs de fixe par mois pour la rédaction en chef, me paye cent sous la colonne, et cent francs la feuille à son journal hebdomadaire.

— Hé bien, vous ne dites rien ?... s'écria Florine en regardant Lucien.

— Nous verrons, dit Lucien.

— Mon cher, répondit Lousteau d'un air piqué, j'ai tout arrangé pour toi comme si tu étais mon frère ; mais je ne te réponds pas de Finot. Finot sera sollicité par soixante drôles qui, d'ici à deux jours, vont venir lui faire des propositions au rabais. J'ai promis pour toi, tu lui diras non, si tu veux. Tu ne te doutes pas de ton bonheur, reprit le journaliste après une pause. Tu feras partie d'une coterie dont les camarades attaquent leurs ennemis dans plusieurs journaux, et s'y servent mutuellement.

— Allons d'abord voir Félicien Vernou », dit Lucien qui avait hâte de se lier avec ces redoutables oiseaux de proie.

Lousteau envoya chercher un cabriolet, et les deux amis allèrent rue Mandar, où demeurait Vernou, dans une maison à allée. Il y occupait un appartement au deuxième étage. Lucien fut très étonné de trouver ce critique acerbe, dédaigneux et gourmé, dans une salle à manger de la dernière vulgarité, tendue d'un mauvais petit papier briqueté, chargé de mousses par intervalles égaux, ornée de gravures à l'aqua-tinta[1] dans des cadres dorés, attablé avec une femme trop laide pour ne pas être légitime, et deux enfants en bas âge perchés sur ces chaises à pieds très élevés et à barrière, destinées à maintenir ces petits drôles. Surpris dans une robe de chambre confectionnée avec les restes d'une robe d'indienne à sa femme, Félicien eut un air assez mécontent.

« As-tu déjeuné, Lousteau ? dit-il en offrant une chaise à Lucien.

— Nous sortons de chez Florine, dit Étienne, et nous y avons déjeuné. »

Lucien ne cessait d'examiner Mme Vernou, qui ressemblait à une bonne, grasse cuisinière, assez blanche, mais superlativement commune. Mme Vernou portait un foulard par-dessus un bonnet de nuit à brides que ses joues pressées débordaient. Sa robe de chambre, sans ceinture, attachée au col par un bouton, descendait à grands plis et l'enveloppait si mal, qu'il était impossible de ne pas la comparer à une borne. D'une santé désespérante, elle avait les joues presque violettes, et des mains à doigts en forme de boudins. Cette femme expliqua soudain à Lucien l'attitude gênée de Vernou dans le monde. Malade de son mariage, sans force pour abandonner femme et enfants, mais assez poète pour en toujours souffrir, cet auteur ne devait pardonner à personne un succès, il devait être mécontent de tout, en se sentant toujours mécontent de lui-même. Lucien comprit l'air aigre qui glaçait cette figure envieuse, l'âcreté des reparties que ce journaliste semait dans sa conversation, l'acerbité de sa phrase, toujours pointue et travaillée comme un stylet.

« Passons dans mon cabinet, dit Félicien en se levant, il s'agit sans doute d'affaires littéraires.

— Oui et non, lui répondit Lousteau. Mon vieux, il s'agit d'un souper.

— Je venais, dit Lucien, vous prier de la part de Coralie… »

À ce nom, Mme Vernou leva la tête.

« … À souper d'aujourd'hui en huit, dit Lucien en continuant. Vous trouverez chez elle la société que vous avez eue chez Florine, et augmentée de Mme du Val-Noble, de Merlin et de quelques autres. Nous jouerons.

— Mais, mon ami, ce jour-là nous devons aller chez Mme Mahoudeau, dit la femme.

— Eh ! qu'est-ce que cela fait ? dit Vernou.

— Si nous n'y allions pas, elle se choquerait, et tu es bien aise de la trouver pour escompter tes effets de librairie.

— Mon cher, voilà une femme qui ne comprend pas qu'un souper qui commence à minuit n'empêche pas d'aller à une soirée qui finit à onze heures. Je travaille à côté d'elle, ajouta-t-il.

— Vous avez tant d'imagination ! répondit Lucien qui se fit un ennemi mortel de Vernou par ce seul mot.

— Eh bien, reprit Lousteau, tu viens, mais ce n'est

pas tout. M. de Rubempré devient un des nôtres, ainsi pousse-le à ton journal ; présente-le comme un gars capable de faire la haute littérature, afin qu'il puisse mettre au moins deux articles par mois.

— Oui, s'il veut être des nôtres, attaquer nos ennemis comme nous attaquerons les siens, et défendre nos amis, je parlerai de lui ce soir à l'Opéra, répondit Vernou.

— Eh bien, à demain, mon petit, dit Lousteau en serrant la main de Vernou avec les signes de la plus vive amitié. Quand paraît ton livre ?

— Mais, dit le père de famille, cela dépend de Dauriat, j'ai fini.

— Es-tu content ?...

— Mais oui et non...

— Nous chaufferons le succès », dit Lousteau en se levant et saluant la femme de son confrère.

Cette brusque sortie fut nécessitée par les criailleries des deux enfants qui se disputaient et se donnaient des coups de cuiller en s'envoyant de la panade par la figure.

« Tu viens de voir, mon enfant, dit Étienne à Lucien, une femme qui, sans le savoir, fera bien des ravages en littérature. Ce pauvre Vernou ne nous pardonne pas sa femme. On devrait l'en débarrasser, dans l'intérêt public bien entendu. Nous éviterions un déluge d'articles atroces, d'épigrammes contre tous les succès et contre toutes les fortunes. Que devenir avec une pareille femme accompagnée de ces deux horribles moutards ? Vous avez vu le Rigaudin de *La Maison en loterie*, la pièce de Picard[1]... eh bien, comme Rigaudin, Vernou ne se battra pas, mais il fera battre les autres ; il est capable de se crever un œil pour en crever deux à son meilleur ami ; vous le verrez posant le pied sur tous les cadavres, souriant à tous les malheurs, attaquant les princes, les ducs, les marquis, les nobles, parce qu'il est roturier ; attaquant les renommées célibataires à cause de sa femme, et parlant toujours morale, plaidant pour les joies domestiques et pour les devoirs de citoyen. Enfin ce critique si moral ne sera doux pour personne, pas même pour les enfants. Il vit dans la rue Mandar entre une femme qui pourrait faire le mamamouchi du *Bourgeois gentilhomme* et deux petits Vernou laids comme des teignes ; il veut se moquer du faubourg Saint-Germain, où il ne mettra jamais le pied, et fera parler les duchesses comme parle sa femme. Voilà l'homme qui va hurler après les jésuites, insulter la cour, lui prêter l'intention de rétablir les droits féodaux, le droit d'aînesse, et qui prêchera quelque croisade en faveur de l'égalité, lui qui ne se croit l'égal de personne. S'il était garçon, s'il allait dans le monde, s'il avait les allures des poètes royalistes pensionnés, ornés de croix de la Légion d'honneur, ce serait un optimiste. Le journalisme a mille points de départ semblables. C'est une grande catapulte mise en mouvement par de petites haines. As-tu maintenant envie de te marier ? Vernou n'a plus de cœur, le fiel a tout envahi. Aussi est-ce le journaliste par excellence, un tigre à deux mains qui déchire tout, comme si ses plumes avaient la rage.

« Il est gunophobe[1], dit Lucien. A-t-il du talent ?

— Il a de l'esprit, c'est un *Articlier*. Vernou porte des articles, fera toujours des articles, et rien que des articles. Le travail le plus obstiné ne pourra jamais greffer un livre sur sa prose. Félicien est incapable de concevoir une œuvre, d'en disposer les masses, d'en réunir harmonieusement les personnages dans un plan qui commence, se noue et marche vers un fait capital ; il a des idées, mais il ne connaît pas les faits ; ses héros seront des utopies philosophiques ou libérales ; enfin, son style est d'une originalité cherchée, sa phrase ballonnée tomberait si la critique lui donnait un coup d'épingle. Aussi craint-il énormément les journaux ; comme tous ceux qui ont besoin des gourdes et des bourdes de l'éloge pour se soutenir au-dessus de l'eau.

— Quel article tu fais, s'écria Lucien.

— Ceux-là, mon enfant, il faut se les dire et jamais les écrire.

— Tu deviens rédacteur en chef, dit Lucien.

— Où veux-tu que je te jette ? lui demanda Lousteau.

— Chez Coralie.

— Ah ! nous sommes amoureux, dit Lousteau. Quelle faute ! Fais de Coralie ce que je fais de Florine, une ménagère, mais la liberté sur la montagne[1] !

— Tu ferais damner les saints ! lui dit Lucien en riant.

— On ne damne pas les démons », répondit Lousteau.

Le ton léger, brillant de son nouvel ami, la manière dont il traitait la vie, ses paradoxes mêlés aux maximes vraies du machiavélisme parisien agissaient sur Lucien à son insu. En théorie, le poète reconnaissait le danger de ces pensées, et les trouvait utiles à l'application. En arrivant sur le boulevard du Temple, les deux amis convinrent de se retrouver, entre quatre et cinq heures, au bureau du journal, où sans doute Hector Merlin viendrait. Lucien était, en effet, saisi par les voluptés de l'amour vrai des courtisanes qui attachent leurs grappins aux endroits les plus tendres de l'âme en se pliant avec une incroyable souplesse à tous les désirs, en favorisant les molles habitudes d'où elles tirent leur force. Il avait déjà soif des plaisirs parisiens, il aimait la vie facile, abondante et magnifique que lui faisait l'actrice chez elle. Il trouva Coralie et Camusot ivres de joie. Le Gymnase[2] proposait pour Pâques prochain un engagement dont les conditions, nettement formulées, surpassaient les espérances de Coralie.

« Nous vous devons ce triomphe, dit Camusot.

— Oh ! certes, sans lui *L'Alcade* tombait, s'écria Coralie, il n'y avait pas d'article, et j'étais encore au boulevard pour six ans. »

Elle lui sauta au cou devant Camusot. L'effusion de l'actrice avait je ne sais quoi de moelleux dans sa rapidité, de suave dans son entraînement : elle aimait ! Comme tous les hommes dans leurs grandes douleurs, Camusot abaissa ses yeux à terre, et reconnut, le long de la couture des bottes de Lucien, le fil de couleur employé par les bottiers célèbres et qui se dessinait en jaune foncé sur le noir luisant de la tige. La couleur originale de ce fil l'avait préoccupé pendant son monologue sur la présence inexplicable d'une paire de bottes devant la cheminée de Coralie. Il avait lu en lettres noires imprimées sur le cuir blanc et doux de la doublure l'adresse d'un bottier fameux à cette époque : Gay, rue de La Michodière.

« Monsieur, dit-il à Lucien, vous avez de bien belles bottes.

— Il a tout beau, répondit Coralie.

— Je voudrais bien me fournir chez votre bottier.

— Oh ! dit Coralie, comme c'est rue des Bourdonnais de demander les adresses des fournisseurs[1] ! Allez-vous porter des bottes de jeune homme ? vous seriez joli garçon. Gardez donc vos bottes à revers, qui conviennent à un homme établi, qui a femme, enfants et maîtresse.

— Enfin, si monsieur voulait tirer une de ses bottes, il me rendrait un service signalé, dit l'obstiné Camusot.

— Je ne pourrais la remettre sans crochets, dit Lucien en rougissant.

— Bérénice en ira chercher, ils ne seront pas de trop ici, dit le marchand d'un air horriblement goguenard.

— Papa Camusot, dit Coralie en lui jetant un regard empreint d'un atroce mépris, ayez le courage de votre lâcheté ! Allons, dites toute votre pensée. Vous trouvez que les bottes de monsieur ressemblent aux miennes ? Je vous défends d'ôter vos bottes, dit-elle à Lucien. Oui, monsieur Camusot, oui, ces bottes sont absolument les mêmes que celles qui se croisaient les bras devant mon foyer l'autre jour, et monsieur caché dans mon cabinet de toilette les attendait, il avait passé la nuit ici. Voilà ce que vous pensez, hein ? Pensez-le, je le veux. C'est la vérité pure. Je vous trompe. Après ? Cela me plaît, à moi ! »

Elle s'assit sans colère et de l'air le plus dégagé du monde en regardant Camusot et Lucien, qui n'osaient se regarder.

« Je ne croirai que ce que vous voudrez que je croie, dit Camusot. Ne plaisantez pas, j'ai tort.

— Ou je suis une infâme dévergondée qui dans un moment s'est amourachée de monsieur, ou je suis une pauvre misérable créature qui a senti pour la première fois le véritable amour après lequel courent toutes les femmes. Dans les deux cas, il faut me quitter ou me prendre comme je suis, dit-elle en faisant un geste de souveraine par lequel elle écrasa le négociant.

— Serait-ce vrai ? dit Camusot qui vit à la contenance de Lucien que Coralie ne riait pas et qui mendiait une tromperie.

— J'aime mademoiselle », dit Lucien.

En entendant ce mot dit d'une voix émue, Coralie sauta au cou de son poète, le pressa dans ses bras et tourna la tête vers le marchand de soieries en lui montrant l'admirable groupe d'amour qu'elle faisait avec Lucien.

« Pauvre Musot, reprends tout ce que tu m'as donné, je ne veux rien de toi, j'aime comme une folle cet enfant-là, non pour son esprit, mais pour sa beauté. Je préfère la misère avec lui, à des millions avec toi. »

Camusot tomba sur un fauteuil, se mit la tête dans les mains, et demeura silencieux.

« Voulez-vous que nous nous en allions ? » lui dit-elle avec une incroyable férocité.

Lucien eut froid dans le dos en se voyant chargé d'une femme, d'une actrice et d'un ménage.

« Reste ici, garde tout, Coralie, dit le marchand d'une voix faible et douloureuse qui partait de l'âme, je ne veux rien reprendre. Il y a pourtant là soixante mille francs de mobilier, mais je ne saurais me faire à l'idée de ma Coralie dans la misère. Et tu seras cependant avant peu dans la misère. Quelque grands que soient les talents de monsieur, ils ne peuvent pas te donner une existence. Voilà ce qui nous attend tous, nous autres vieillards ! Laisse-moi, Coralie, le droit de venir te voir quelquefois : je puis t'être utile. D'ailleurs, je l'avoue, il me serait impossible de vivre sans toi. »

La douceur de ce pauvre homme, dépossédé de tout son bonheur au moment où il se croyait le plus heureux, toucha vivement Lucien, mais non Coralie.

« Viens, mon pauvre Musot, viens tant que tu voudras, dit-elle, je t'aimerai mieux en ne te trompant point. »

Camusot parut content de n'être pas chassé de son paradis terrestre où sans doute il devait souffrir, mais où il espéra rentrer plus tard dans tous ses droits en se fiant sur les hasards de la vie parisienne et sur les séductions qui allaient entourer Lucien. Le vieux marchand matois pensa que tôt ou tard ce beau jeune homme se permettrait des infidélités, et pour l'espionner, pour le perdre dans l'esprit de Coralie, il voulait rester leur ami. Cette lâcheté de la passion vraie effraya Lucien. Camusot offrit à dîner au Palais-Royal, chez Véry, ce qui fut accepté.

« Quel bonheur, cria Coralie quand Camusot fut parti, plus de mansarde au quartier Latin, tu demeureras ici, nous ne nous quitterons pas, tu prendras pour conserver les apparences un petit appartement, rue Charlot, et vogue la galère ! »

Elle se mit à danser son pas espagnol avec un entrain qui peignit une indomptable passion.

« Je puis gagner cinq cents francs par mois en travaillant beaucoup, dit Lucien.

— J'en ai toujours autant au théâtre, sans compter les feux[1]. Camusot m'habillera toujours, il m'aime ! Avec quinze cents francs par mois, nous vivrons comme des Crésus.

— Et les chevaux, et le cocher, et le domestique ? dit Bérénice

— Je ferai des dettes », s'écria Coralie.

Elle se remit à danser une gigue avec Lucien.

« Il faut dès lors accepter les propositions de Finot, s'écria Lucien.

— Allons, dit Coralie, je m'habille et te mène à ton journal, je t'attendrai en voiture, sur le boulevard. »

Lucien s'assit sur un sofa, regarda l'actrice faisant sa toilette, et se livra aux plus graves réflexions. Il eût mieux aimé laisser Coralie libre que d'être jeté dans les obligations d'un pareil mariage ; mais il la vit si belle, si bien faite, si attrayante, qu'il fut saisi par les pittoresques aspects de cette vie de Bohème, et jeta le gant à la face de la Fortune. Bérénice eut ordre de veiller au déménagement et à l'installation de Lucien. Puis, la triomphante, la belle, l'heureuse Coralie entraîna son amant aimé, son poète, et traversa tout Paris pour aller rue Saint-Fiacre. Lucien grimpa lestement l'escalier, et se produisit en maître dans les bureaux du journal. Coloquinte ayant toujours son papier timbré sur la tête et le vieux Giroudeau lui dirent encore assez hypocritement que personne n'était venu.

« Mais les rédacteurs doivent se voir quelque part pour convenir du journal, dit-il.

— Probablement, mais la rédaction ne me regarde

pas », dit le capitaine de la Garde impériale qui se remit à vérifier ses bandes en faisant son éternel broum ! broum !

En ce moment, par un hasard, doit-on dire heureux ou malheureux ? Finot vint pour annoncer à Giroudeau sa fausse abdication, et lui recommander de veiller à ses intérêts.

« Pas de diplomatie avec monsieur, il est du journal, dit Finot à son oncle en prenant la main de Lucien et la lui serrant.

— Ah ! monsieur est du journal, s'écria Giroudeau surpris du geste de son neveu. Eh bien, monsieur, vous n'avez pas eu de peine à y entrer.

— Je veux y faire votre lit pour que vous ne soyez pas *jobardé*[1] par Étienne, dit Finot en regardant Lucien d'un air fin. Monsieur aura trois francs par colonne pour toute sa rédaction, y compris les comptes rendus de théâtre.

— Tu n'as jamais fait ces conditions à personne, dit Giroudeau en regardant Lucien avec étonnement.

— Il aura les quatre théâtres du boulevard[2], tu auras soin que ses loges ne lui soient pas *chipées*, et que ses billets de spectacle lui soient remis. Je vous conseille néanmoins de vous les faire adresser chez vous, dit-il en se tournant vers Lucien. Monsieur s'engage à faire, en outre de sa critique, dix articles Variétés d'environ deux colonnes pour cinquante francs par mois pendant un an. Cela vous va-t-il ?

— Oui, dit Lucien qui avait la main forcée par les circonstances.

— Mon oncle, dit Finot au caissier, tu rédigeras le traité que nous signerons en descendant.

— Qui est monsieur ? demanda Giroudeau en se levant et ôtant son bonnet de soie noire.

— M. Lucien de Rubempré, l'auteur de l'article sur *L'Alcade*, dit Finot.

— Jeune homme, s'écria le vieux militaire en frappant sur le front de Lucien, vous avez là des mines d'or. Je ne suis pas littéraire, mais votre article, je l'ai lu, il m'a fait plaisir. Parlez-moi de cela ! Voilà de la gaieté. Aussi ai-je dit : Ça nous amènera des abonnés ! Et il en est venu. Nous avons vendu cinquante numéros.

— Mon traité avec Étienne Lousteau est-il copié double et prêt à signer ? dit Finot à son oncle.

— Oui, dit Giroudeau.

— Mets à celui que je signe avec monsieur la date d'hier, afin que Lousteau soit sous l'empire de ces conventions. » Finot prit le bras de son nouveau rédacteur avec un semblant de camaraderie qui séduisit le poète, et l'entraîna dans l'escalier en lui disant : « Vous avez ainsi une position faite. Je vous présenterai moi-même à *mes* rédacteurs. Puis, ce soir, Lousteau vous fera reconnaître aux théâtres. Vous pouvez gagner cent cinquante francs par mois à notre petit journal que va diriger Lousteau ; aussi tâchez de bien vivre avec lui. Déjà le drôle m'en voudra de lui avoir lié les mains en votre endroit, mais vous avez du talent, et je ne veux pas que vous soyez en butte aux caprices d'un rédacteur en chef. Entre nous, vous pouvez m'apporter jusqu'à deux feuilles par mois pour ma Revue hebdomadaire, je vous les payerai deux cents francs. Ne parlez de cet arrangement à personne, je serais en proie à la vengeance de tous ces amours-propres blessés de la fortune d'un nouveau venu. Faites quatre articles de vos deux feuilles, signez-en deux de votre nom et deux d'un pseudonyme, afin de ne pas avoir l'air de manger le pain des autres. Vous devez votre position à Blondet et à Vignon qui vous trouvent de l'avenir. Ainsi, ne vous galvaudez pas. Surtout, défiez-vous de vos amis. Quant à nous deux, entendons-nous bien toujours. Servez-moi, je vous servirai. Vous avez pour quarante francs de loges et de billets à vendre, et pour soixante francs de livres à *laver*[1]. Ça et votre rédaction vous donneront quatre cent cinquante francs par mois. Avec de l'esprit, vous saurez trouver au moins deux cents francs en sus chez les libraires qui vous payeront des articles et des prospectus. Mais vous êtes à moi, n'est-ce pas ? Je puis compter sur vous. »

Lucien serra la main de Finot avec un transport de joie inouï.

« N'ayons pas l'air de nous être entendus », lui dit Finot à l'oreille en poussant la porte d'une mansarde au cinquième étage de la maison, et située au fond d'un long corridor.

Lucien aperçut alors Lousteau, Félicien Vernou, Hector Merlin et deux autres rédacteurs qu'il ne connaissait pas, tous réunis à une table couverte d'un tapis vert, devant un bon feu, sur des chaises ou des fauteuils, fumant ou riant. La table était chargée de papiers, il s'y trouvait un véritable encrier plein d'encre, des plumes assez mauvaises, mais qui servaient aux rédacteurs. Il fut démontré au nouveau journaliste que là s'élaborait le grand œuvre.

« Messieurs, dit Finot, l'objet de la réunion est l'installation en mon lieu et place de notre cher Lousteau comme rédacteur en chef du journal que je suis obligé de quitter. Mais, quoique mes opinions subissent une transformation nécessaire pour que je puisse passer rédacteur en chef de la Revue dont les destinées vous sont connues, mes convictions sont les mêmes et nous restons amis. Je suis tout à vous, comme vous serez à moi. Les circonstances sont variables, les principes sont fixes. Les principes sont le pivot sur lequel marchent les aiguilles du baromètre politique. »

Tous les rédacteurs partirent d'un éclat de rire.

« Qui t'a donné ces phrases-là ? demanda Lousteau.

— Blondet, répondit Finot.

— Vent, pluies, tempête, beau fixe, dit Merlin, nous parcourrons tout ensemble.

— Enfin, reprit Finot, ne nous embarbouillons pas dans les métaphores : tous ceux qui auront quelques articles à m'apporter retrouveront Finot. Monsieur, dit-il en présentant Lucien, est des vôtres. J'ai traité avec lui, Lousteau. »

Chacun complimenta Finot sur son élévation et sur ses nouvelles destinées.

« Te voilà à cheval sur nous et sur les autres, lui dit l'un des rédacteurs inconnus à Lucien, tu deviens Janus...

— Pourvu qu'il ne soit pas Janot[1], dit Vernou.

— Tu nous laisses attaquer nos bêtes noires ?

— Tout ce que vous voudrez ! dit Finot.

— Ah ! mais, dit Lousteau, le journal ne peut pas reculer. M. Châtelet s'est fâché, nous n'allons pas le lâcher pendant une semaine.

— Que s'est-il passé ? dit Lucien.

— Il est venu demander raison, dit Vernou. L'ex-beau de l'Empire a trouvé le père Giroudeau, qui, du plus beau sang-froid du monde, a montré dans Philippe Bridau l'auteur de l'article[2], et Philippe a demandé au baron son heure et ses armes. L'affaire en est restée là. Nous sommes occupés à présenter des excuses au baron dans le numéro de demain. Chaque phrase est un coup de poignard.

— Mordez-le ferme, il viendra me trouver, dit Finot. J'aurai l'air de lui rendre service en vous apaisant, il tient au Ministère, et nous accrocherons là quelque chose, une place de professeur suppléant ou quelque bureau de tabac. Nous sommes heureux qu'il se soit piqué au jeu. Qui de vous veut faire dans mon nouveau journal un article de fond sur Nathan ?

— Donnez-le à Lucien, dit Lousteau. Hector et Vernou feront des articles dans leurs journaux respectifs...

— Adieu, messieurs, nous nous reverrons seul à seul chez Barbin[1] », dit Finot en riant.

Lucien reçut quelques compliments sur son admission dans le corps redoutable des journalistes, et Lousteau le présenta comme un homme sur qui l'on pouvait compter.

« Lucien vous invite en masse, messieurs, à souper chez sa maîtresse, la belle Coralie.

— Coralie va au Gymnase, dit Lucien à Étienne.

— Eh bien, messieurs, il est entendu que nous pousserons Coralie, hein ? Dans tous vos journaux, mettez quelques lignes sur son engagement et parlez de son talent. Vous donnerez du tact, de l'habileté à l'administration du Gymnase, pouvons-nous lui donner de l'esprit ?

— Nous lui donnerons de l'esprit, répondit Merlin, Frédéric a une pièce avec Scribe.

— Oh ! le directeur du Gymnase est alors le plus prévoyant et le plus perspicace des spéculateurs, dit Vernou.

— Ah ! çà, ne faites pas vos articles sur le livre de Nathan que nous ne nous soyons concertés, vous saurez pourquoi, dit Lousteau. Nous devons être utiles à notre nouveau camarade. Lucien a deux livres à placer, un recueil de sonnets et un roman. Par la vertu de l'entrefilet ! il doit être un grand poète à trois mois d'échéance. Nous nous servirons de ses *Marguerites* pour rabaisser les Odes, les Ballades, les Méditations, toute la poésie romantique.

— Ça serait drôle si les sonnets ne valaient rien, dit Vernou. Que pensez-vous de vos sonnets, Lucien ?

— Là, comment les trouvez-vous ? dit un des rédacteurs inconnus.

— Messieurs, ils sont bien, dit Lousteau, parole d'honneur.

— Eh bien, j'en suis content, dit Vernou, je les jetterai dans les jambes de ces poètes de sacristie qui me fatiguent.

— Si Dauriat, ce soir, ne prend pas *Les Marguerites*, nous lui flanquerons article sur article contre Nathan.

— Et Nathan, que dira-t-il ? » s'écria Lucien.

Les cinq rédacteurs éclatèrent de rire.

« Il sera enchanté, dit Vernou. Vous verrez comment nous arrangerons les choses.

— Ainsi, monsieur est des nôtres ? dit un des deux rédacteurs que Lucien ne connaissait pas.

— Oui, oui, Frédéric, pas de farces. Tu vois, Lucien, dit Étienne au néophyte, comment nous agissons avec toi, tu ne reculeras pas dans l'occasion. Nous aimons tous Nathan, et nous allons l'attaquer. Maintenant partageons-nous l'empire d'Alexandre. Frédéric, veux-tu les Français et l'Odéon ?

— Si ces messieurs y consentent », dit Frédéric.

Tous inclinèrent la tête, mais Lucien vit briller des regards d'envie[1].

« Je garde l'Opéra, les Italiens et l'Opéra-Comique, dit Vernou.

— Eh bien, Hector prendra les théâtres de Vaudeville, dit Lousteau.

— Et moi, je n'ai donc pas de théâtres ? s'écria l'autre rédacteur que ne connaissait pas Lucien.

— Eh bien, Hector te laissera les Variétés, et Lucien la Porte-Saint-Martin, dit Étienne. Abandonne-lui la Porte-Saint-Martin, il est fou de Fanny Beaupré[2], dit-il à Lucien, tu prendras le Cirque-Olympique en échange. Moi, j'aurai Bobino, les Funambules et Mme Saqui. Qu'avons-nous pour le journal de demain ?

— Rien.

— Rien.

— Rien !

— Messieurs, soyez brillants pour mon premier

numéro. Le baron Châtelet et sa seiche ne dureront pas huit jours. L'auteur du *Solitaire* est bien usé.

— Sosthène-Démosthène n'est plus drôle, dit Vernou, tout le monde nous l'a pris.

— Oh ! il nous faut de nouveaux morts, dit Frédéric.

— Messieurs, si nous prêtions des ridicules aux hommes vertueux de la Droite ? Si nous disions que M. de Bonald pue des pieds ? s'écria Lousteau.

— Commençons une série de portraits des orateurs ministériels ? dit Hector Merlin.

— Fais cela, mon petit, dit Lousteau, tu les connais, ils sont de ton parti, tu pourras satisfaire quelques haines intestines. Empoigne Beugnot, Syrieys de Mayrinhac et autres[1]. Les articles peuvent être prêts à l'avance, nous ne serons pas embarrassés pour le journal.

— Si nous inventions quelques refus de sépulture, avec des circonstances plus ou moins aggravantes ? dit Hector.

— N'allons pas sur les brisées des grands journaux constitutionnels qui ont leurs *cartons aux curés* pleins de *canards*[2], répondit Vernou.

— De canards ? dit Lucien.

— Nous appelons un canard, lui répondit Hector, un fait qui a l'air d'être vrai, mais qu'on invente pour relever les Faits-Paris quand ils sont pâles. Le canard est une trouvaille de Franklin, qui a inventé le paratonnerre, le canard et la république. Ce journaliste trompa si bien les encyclopédistes par ses canards d'outre-mer que, dans l'*Histoire philosophique des Indes*, Raynal a donné deux de ces canards pour des faits authentiques.

— Je ne savais pas cela, dit Vernou. Quels sont les deux canards ?

— L'histoire relative à l'Anglais qui vend sa libératrice, une négresse, après l'avoir rendue mère afin d'en tirer plus d'argent. Puis le plaidoyer sublime de la jeune fille grosse gagnant sa cause[1]. Quand Franklin vint à Paris, il avoua ses canards chez Necker, à la grande confusion des philosophes français. Et voilà comment le Nouveau Monde a deux fois corrompu l'ancien.

— Le journal, dit Lousteau, tient pour vrai tout ce qui est probable. Nous partons de là.

— La justice criminelle ne procède pas autrement, dit Vernou.

— Eh bien, à ce soir, neuf heures, ici », dit Merlin.

Chacun se leva, se serra les mains, et la séance fut levée au milieu des témoignages de la plus touchante familiarité.

« Qu'as-tu donc fait à Finot, dit Étienne à Lucien en descendant, pour qu'il ait passé un marché avec toi ? Tu es le seul avec lequel il se soit lié.

— Moi, rien, il me l'a proposé, dit Lucien.

— Enfin, tu aurais avec lui des arrangements, j'en serais enchanté, nous n'en serions que plus forts tous deux. »

Au rez-de-chaussée, Étienne et Lucien trouvèrent Finot qui prit à part Lousteau dans le cabinet ostensible de la Rédaction.

« Signez votre traité pour que le nouveau directeur croie la chose faite d'hier », dit Giroudeau qui présentait à Lucien deux papiers timbrés.

En lisant ce traité, Lucien entendit entre Étienne et Finot une discussion assez vive qui roulait sur les produits en nature du journal[2]. Étienne voulait sa part de ces impôts perçus par Giroudeau. Il y eut sans doute une transaction entre Finot et Lousteau, car les deux amis sortirent entièrement d'accord.

« À huit heures, aux Galeries de Bois, chez Dauriat », dit Étienne à Lucien.

Un jeune homme se présenta pour être rédacteur de l'air timide et inquiet qu'avait Lucien naguère. Lucien vit avec un plaisir secret Giroudeau pratiquant sur le néophyte les plaisanteries par lesquelles le vieux militaire l'avait abusé ; son intérêt lui fit parfaitement comprendre la nécessité de ce manège, qui mettait des barrières presque infranchissables entre les débutants et la mansarde où pénétraient les élus.

« Il n'y a pas déjà tant d'argent pour les rédacteurs, dit-il à Giroudeau.

— Si vous étiez plus de monde, chacun de vous en aurait moins, répondit le capitaine. Et donc ! »

L'ancien militaire fit tourner sa canne plombée, sortit en *broum-broumant*, et parut stupéfait de voir Lucien montant dans le bel équipage qui stationnait sur les boulevards.

« Vous êtes maintenant les militaires, et nous sommes les péquins, lui dit le soldat.

— Ma parole d'honneur, ces jeunes gens me paraissent être les meilleurs enfants du monde, dit Lucien à Coralie. Me voilà journaliste avec la certitude de pouvoir gagner six cents francs par mois, en travaillant comme un cheval ; mais je placerai mes deux ouvrages et j'en ferai d'autres, car mes amis vont m'organiser un succès ! Ainsi, je dis comme toi, Coralie : Vogue la galère.

— Tu réussiras, mon petit ; mais ne sois pas aussi bon que tu es beau, tu te perdrais. Sois méchant avec les hommes, c'est bon genre. »

Coralie et Lucien allèrent se promener au bois de Boulogne, ils y rencontrèrent encore la marquise d'Espard, Mme de Bargeton et le baron Châtelet. Mme de Bargeton regarda Lucien d'un air séduisant qui pouvait passer pour un salut. Camusot avait commandé le meilleur dîner du monde. Coralie, en se sachant débarrassée de lui, fut si charmante pour le pauvre marchand de soieries qu'il ne se souvint pas, durant les quatorze mois de leur liaison, de l'avoir vue si gracieuse ni si attrayante.

« Allons, se dit-il, restons avec elle, *quand même* ! »

Camusot proposa secrètement à Coralie une inscription de six mille livres de rente sur le Grand-Livre, que ne connaissait pas sa femme, si elle voulait rester sa maîtresse, en consentant à fermer les yeux sur ses amours avec Lucien.

« Trahir un pareil ange ?... mais regarde-le donc, pauvre magot, et regarde-toi ! » dit-elle en lui montrant le poète que Camusot avait légèrement étourdi en le faisant boire.

Camusot résolut d'attendre que la misère lui rendît la femme que la misère lui avait déjà livrée.

« Je ne serai donc que ton ami », dit-il en la baisant au front.

Lucien laissa Coralie et Camusot pour aller aux Galeries de Bois. Quel changement son initiation aux mystères du journal avait produit dans son esprit ! Il se mêla sans peur à la foule qui ondoyait dans les Galeries, il eut l'air impertinent parce qu'il avait une maîtresse, il entra chez Dauriat d'un air dégagé parce qu'il était journaliste. Il y trouva grande société, il y donna la main à Blondet, à Nathan, à Finot, à toute la littérature avec laquelle il avait fraternisé depuis une semaine ; il se crut un personnage, et se flatta de surpasser ses camarades ; la petite pointe de vin qui l'animait le servit à merveille, il fut spirituel, et montra qu'il savait hurler avec les loups. Néanmoins, Lucien ne recueillit pas les approbations tacites, muettes ou parlées sur lesquelles il comptait, il aperçut un premier mouvement de jalousie parmi ce monde, moins inquiet que curieux peut-être de savoir quelle place prendrait une supériorité nouvelle, et ce qu'elle avalerait dans le partage général des produits de la Presse. Finot, qui trouvait en Lucien une mine à exploiter, Lousteau, qui croyait avoir des droits sur lui, furent les seuls que le poète vit souriant. Lousteau, qui avait déjà pris les allures d'un rédacteur en chef, frappa vivement aux carreaux du cabinet de Dauriat.

« Dans un moment, mon ami », lui répondit le libraire en levant la tête au-dessus des rideaux verts et en le reconnaissant.

Le moment dura une heure, après laquelle Lucien et son ami entrèrent dans le sanctuaire.

« Eh bien, avez-vous pensé à l'affaire de notre ami ? dit le nouveau rédacteur en chef.

— Certes, dit Dauriat en se penchant sultanesquement dans son fauteuil. J'ai parcouru le recueil, je l'ai fait lire à un homme de goût, à un bon juge, car je n'ai pas la prétention de m'y connaître. Moi, mon ami, j'achète la gloire toute faite comme cet Anglais achetait l'amour. Vous êtes aussi grand poète que vous êtes joli garçon, mon petit, dit Dauriat. Foi d'honnête homme, je ne dis pas de libraire, remarquez ? vos sonnets sont magnifiques, on n'y sent pas le travail, ce qui est rare quand on a l'inspiration et de la verve. Enfin, vous savez rimer, une des qualités de la nouvelle école. Vos *Marguerites* sont un beau livre, mais ce n'est pas une affaire, et je ne peux m'occuper que de vastes entreprises. Par conscience, je ne veux pas prendre vos sonnets, il me serait impossible de les pousser, il n'y a pas assez à gagner pour faire les dépenses d'un succès. D'ailleurs vous ne continuerez pas la poésie, votre livre est un livre isolé. Vous êtes jeune, jeune homme ! vous m'apportez l'éternel recueil des premiers vers que font au sortir du collège tous les gens de lettres, auquel ils tiennent tout d'abord, et dont ils se moquent plus tard. Lousteau, votre ami, doit avoir un poème caché dans ses vieilles chaussettes. N'as-tu pas un poème auquel tu as cru, Lousteau ? dit Dauriat en jetant sur Étienne un fin regard de compère.

— Eh ! comment pourrais-je écrire en prose ? dit Lousteau.

— Eh bien, vous le voyez, il ne m'en a jamais parlé ; mais notre ami connaît la librairie et les affaires, reprit Dauriat. Pour moi, la question, dit-il en câlinant Lucien, n'est pas de savoir si vous êtes un grand poète ; vous avez beaucoup, mais beaucoup de mérite ; si je commençais la librairie, je commettrais la faute de vous éditer. Mais d'abord, aujourd'hui, mes commanditaires et mes bailleurs de fonds me couperaient les vivres ; il suffit que j'y ai perdu vingt mille francs l'année dernière pour qu'ils ne veuillent entendre à aucune poésie, et ils sont mes maîtres. Néanmoins la question n'est pas là. J'admets que vous soyez un grand poète, serez-vous fécond ? Pondrez-vous régulièrement des sonnets ? Deviendrez-vous dix volumes ? Serez-vous une affaire ? Eh bien, non, vous serez un délicieux prosateur ; vous avez trop d'esprit pour le gâter par des chevilles, vous avez à gagner trente mille francs par an dans les journaux, et vous ne les troquerez pas contre trois mille francs que vous donneront très difficilement vos hémistiches, vos strophes et autres ficharades[1] !

— Vous savez, Dauriat, que monsieur est du journal, dit Lousteau.

— Oui, répondit Dauriat, j'ai lu son article ; et, dans son intérêt bien entendu, je lui refuse *Les Marguerites* ! Oui, monsieur, je vous aurai donné plus d'argent dans six mois d'ici pour les articles que j'irai vous demander que pour votre poésie invendable !

— Et la gloire ? » s'écria Lucien.

Dauriat et Lousteau se mirent à rire.

« Dame ! dit Lousteau ; ça conserve des illusions.

— La gloire, répondit Dauriat, c'est dix ans de persistance et une alternative de cent mille francs de perte ou de gain pour le libraire. Si vous trouvez des fous qui impriment vos poésies, dans un an d'ici vous aurez de l'estime pour moi en apprenant le résultat de leur opération.

— Vous avez là le manuscrit ? dit Lucien froidement.

— Le voici, mon ami », répondit Dauriat dont les façons avec Lucien s'étaient déjà singulièrement édulcorées.

Lucien prit le rouleau sans regarder l'état dans lequel était la ficelle, tant Dauriat avait l'air d'avoir lu *Les Marguerites*. Il sortit avec Lousteau sans paraître ni consterné ni mécontent. Dauriat accompagna les deux amis dans la boutique en parlant de son journal et de celui de Lousteau. Lucien jouait négligemment avec le manuscrit des *Marguerites*.

« Tu, crois que Dauriat a lu ou fait lire tes sonnets ? lui dit Étienne à l'oreille.

— Oui, dit Lucien.

— Regarde les scellés. »

Lucien aperçut l'encre et la ficelle dans un état de conjonction parfaite.

« Quel sonnet avez-vous le plus particulièrement remarqué ? dit Lucien au libraire en pâlissant de colère et de rage.

— Ils sont tous remarquables, mon ami, répondit Dauriat, mais celui sur la marguerite est délicieux, il se termine par une pensée fine et très délicate. Là, j'ai deviné le succès que votre prose doit obtenir. Aussi vous ai-je recommandé sur-le-champ à Finot. Faites-nous des articles, nous les payerons bien. Voyez-vous, penser à la gloire, c'est fort beau, mais n'oubliez pas le solide, et prenez tout ce qui se présentera. Quand vous serez riche, vous ferez des vers. »

Le poète sortit brusquement dans les Galeries pour ne pas éclater, il était furieux. « Eh bien, enfant, dit Lousteau qui le suivit, sois donc calme, accepte les hommes pour ce qu'ils sont, des moyens. Veux-tu prendre ta revanche ?

— À tout prix, dit le poète.

— Voici un exemplaire du livre de Nathan que Dauriat vient de me donner, la seconde édition paraît demain, relis cet ouvrage et broche un article qui le démolisse. Félicien Vernou ne peut souffrir Nathan dont le succès nuit, à ce qu'il croit, au futur succès de son ouvrage. Une des manies de ces petits esprits est d'imaginer que, sous le soleil, il n'y a pas de place pour deux succès. Aussi fera-t-il mettre ton article dans le grand journal auquel il travaille.

— Mais que peut-on dire contre ce livre ? il est beau, s'écria Lucien.

— Ha ! çà, mon cher, apprends ton métier, dit en riant Lousteau. Le livre, fût-il un chef-d'œuvre, doit devenir sous ta plume une stupide niaiserie, une œuvre dangereuse et malsaine.

— Mais comment ?

— Tu changeras les beautés en défauts.

— Je suis incapable d'un pareil tour de force.

— Mon cher, un journaliste est un acrobate, il faut t'habituer aux inconvénients de l'état. Tiens, je suis bon enfant, moi ! voici la manière de procéder en semblable occurrence. Attention, mon petit ! Tu commenceras par trouver l'œuvre belle, et tu peux t'amuser à écrire alors ce que tu en penses. Le public se dira : Ce critique est sans jalousie, il sera sans doute impartial. Dès lors le public tiendra ta critique pour consciencieuse. Après avoir conquis l'estime de ton lecteur, tu regretteras d'avoir à blâmer le système dans lequel de semblables livres vont faire entrer la littérature française. La France, diras-tu, ne gouverne-t-elle pas l'intelligence du monde entier ? Jusqu'aujourd'hui, de siècle en siècle, les écrivains français maintenaient l'Europe dans la voie de l'analyse, de l'examen philosophique, par la puissance du style et par la forme originale qu'ils donnaient aux idées. Ici, tu places, pour le bourgeois, un éloge de Voltaire, de Rousseau, de Diderot, de Montesquieu, de Buffon. Tu expliqueras combien en France la langue est impitoyable, tu prouveras qu'elle est un vernis étendu sur la pensée. Tu lâcheras des axiomes, comme : Un grand écrivain en France est toujours un grand homme, il est tenu par la langue à toujours penser ; il n'en est pas ainsi dans les autres pays, etc. Tu démontreras ta proposition en comparant Rabener[1], un moraliste satirique allemand, à La Bruyère. Il n'y a rien qui pose un critique comme de parler d'un auteur étranger inconnu. Kant est le piédestal de Cousin. Une fois sur ce terrain, tu lances un mot qui résume et explique aux niais le système de nos hommes de génie du dernier siècle, en appelant leur littérature une *littérature idéée*. Armé de ce mot, tu jettes tous les morts illustres à la tête des auteurs vivants. Tu expliques alors que de nos jours il se produit une nouvelle littérature où l'on abuse du dialogue (la plus facile des formes littéraires), et des descriptions qui dispensent de penser. Tu opposeras les romans de Voltaire, de Diderot, de Sterne, de Lesage, si substantiels, si incisifs, au roman moderne où tout se traduit par des images, et que Walter Scott a beaucoup trop *dramatisé*[2]. Dans un pareil genre, il n'y a place que pour l'inventeur. Le roman à la Walter Scott est un genre et non un système, diras-tu. Tu foudroieras ce genre funeste où l'on délaye les idées, où elles sont passées au laminoir, genre accessible à tous les esprits, genre où chacun peut devenir auteur à bon marché, genre que tu nommeras enfin la *littérature imagée*[3]. Tu feras tomber cette argumentation sur Nathan, en démontrant qu'il est un imitateur et n'a que l'apparence du talent. Le grand style serré du dix-huitième siècle manque à son livre, tu prouveras que l'auteur y a substitué les événements aux sentiments. Le mouvement n'est pas la vie, le tableau n'est pas l'idée ! Lâche de ces sentences-là, le public les répète.

Malgré le mérite de cette œuvre, elle te paraît alors fatale et dangereuse, elle ouvre les portes du Temple de la Gloire, à la foule, et tu feras apercevoir dans le lointain une armée de petits auteurs empressés d'imiter cette forme, si facile. Ici tu pourras te livrer dès lors à de tonnantes lamentations sur la décadence du goût, et tu glisseras l'éloge de MM. Étienne, Jouy, Tissot, Gosse, Duval, Jay, Benjamin Constant, Aignan, Baour-Lormian, Villemain[1], les coryphées du parti libéral napoléonien, sous la protection desquels se trouve le journal de Vernou. Tu montreras cette glorieuse phalange résistant à l'invasion des romantiques, tenant pour l'idée et le style contre l'image et le bavardage, continuant l'école voltairienne et s'opposant à l'école anglaise et allemande, de même que les dix-sept orateurs de la Gauche combattent pour la nation contre les Ultras de la Droite. Protégé par ces noms révérés de l'immense majorité des Français qui seront toujours pour l'Opposition de la Gauche, tu peux écraser Nathan dont l'ouvrage, quoique renfermant des beautés supérieures, donne en France droit de bourgeoisie à une littérature sans idées. Dès lors, il ne s'agit plus de Nathan ni de son livre, comprends-tu ? mais de la gloire de la France. Le devoir des plumes honnêtes et courageuses est de s'opposer vivement à ces importations étrangères. Là, tu flattes l'abonné. Selon toi, la France est une fine commère, il n'est pas facile de la surprendre. Si le libraire a, par des raisons dans lesquelles tu ne veux pas entrer, escamoté[2] un succès, le vrai public a bientôt fait justice des erreurs causées par les cinq cents niais qui composent son avant-garde. Tu diras qu'après avoir eu le bonheur de vendre une édition de ce livre, le libraire est bien audacieux d'en faire une seconde, et tu regretteras qu'un si habile éditeur connaisse si peu les instincts du pays. Voilà tes masses. Saupoudre-moi d'esprit ces raisonnements, relève-les par un petit filet de vinaigre, et Dauriat est frit dans la poêle aux articles. Mais n'oublie pas de terminer en ayant l'air de plaindre dans Nathan l'erreur d'un homme à qui, s'il quitte cette voie, la littérature contemporaine devra de belles œuvres. »

Lucien fut stupéfait en entendant parler Lousteau : à la parole du journaliste, il lui tombait des écailles des yeux, il découvrait des vérités littéraires qu'il n'avait même pas soupçonnées.

« Mais ce que tu me dis, s'écria-t-il, est plein de raison et de justesse.

— Sans cela, pourrais-tu battre en brèche le livre de Nathan ? dit Lousteau. Voilà, mon petit, une première forme d'article qu'on emploie pour démolir un ouvrage. C'est le pic du critique. Mais il y a bien d'autres formules ! ton éducation se fera. Quand tu seras obligé de parler absolument d'un homme que tu n'aimeras pas, quelquefois les propriétaires, les rédacteurs en chef d'un journal ont la main forcée, tu déploieras les négations de ce que nous appelons l'article de fond. On met en tête de l'article le titre du livre dont on veut que vous vous occupiez ; on commence par des considérations générales dans lesquelles on peut parler des Grecs et des Romains, puis on dit à la fin : Ces considérations nous ramènent au livre de monsieur un tel, qui sera la matière d'un second article. Et le second article ne paraît jamais. On étouffe ainsi le livre entre deux promesses. Ici, tu ne fais pas un article contre Nathan, mais contre Dauriat ; il faut un coup de pic. Sur un bel ouvrage, le pic n'entame rien, et il entre dans un mauvais livre jusqu'au cœur : au premier cas, il ne blesse que le libraire ; et dans le second, il rend service au public. Ces formes de critique littéraire s'emploient également dans la critique politique. »

La cruelle leçon d'Étienne ouvrait des cases dans

l'imagination de Lucien qui comprit admirablement ce métier.

« Allons au journal, dit Lousteau, nous y trouverons nos amis, et nous conviendrons d'une charge à fond de train contre Nathan, et ça les fera rire, tu verras. »

Arrivés rue Saint-Fiacre, ils montèrent ensemble à la mansarde où se faisait le journal, et Lucien fut aussi surpris que ravi de voir l'espèce de joie avec laquelle ses camarades convinrent de démolir le livre de Nathan. Hector Merlin prit un carré de papier, et il écrivit ces lignes qu'il alla porter à son journal :

On annonce une seconde édition du livre de M. Nathan. Nous comptions garder le silence sur cet ouvrage, mais cette apparence de succès nous oblige à publier un article, moins sur l'œuvre que sur la tendance de la jeune littérature.

En tête des plaisanteries pour le numéro du lendemain, Lousteau mit cette phrase :

Le libraire Dauriat publie une seconde édition du livre de M. Nathan ? Il ne connaît donc pas le proverbe du Palais : NON BIS IN IDEM [1]. *Honneur au courage malheureux !*

Les paroles d'Étienne avaient été comme un flambeau sur Lucien, à qui le désir de se venger de Dauriat tint lieu de conscience et d'inspiration. Trois jours après, pendant lesquels il ne sortit pas de la chambre de Coralie où il travaillait au coin du feu, servi par Bérénice, et caressé dans ses moments de lassitude par l'attentive et silencieuse Coralie, Lucien mit au net un article critique, d'environ trois colonnes, où il s'était levé à une hauteur surprenante. Il courut au journal, il était neuf heures du soir, il y trouva les rédacteurs et leur lut son travail. Il fut écouté sérieusement. Félicien ne dit pas un mot, il prit le manuscrit et dégringola les escaliers.

« Que lui prend-il ? s'écria Lucien.

— Il porte ton article à l'imprimerie ! dit Hector Merlin, c'est un chef-d'œuvre où il n'y a ni un mot à retrancher, ni une ligne à ajouter.

— Il ne faut que te montrer le chemin ! dit Lousteau.

— Je voudrais voir la mine que fera Nathan demain en lisant cela, dit un autre rédacteur sur la figure duquel éclatait une douce satisfaction.

— Il faut être votre ami, dit Hector Merlin.

— C'est donc bien ? demanda vivement Lucien.

— Blondet et Vignon s'en trouveront mal, dit Lousteau.

— Voici, reprit Lucien, un petit article que j'ai broché pour vous, et qui peut, en cas de succès, fournir une série de compositions semblables.

— Lisez-nous cela », dit Lousteau.

Lucien leur lut alors un de ces délicieux articles qui firent la fortune de ce petit journal, et où en deux colonnes il peignait un des menus détails de la vie parisienne, une figure, un type, un événement normal, ou quelques singularités[1]. Cet échantillon, intitulé : *Les Passants de Paris*, était écrit dans cette manière neuve et originale où la pensée résultait du choc des mots, où le cliquetis des adverbes et des adjectifs réveillait l'attention. Cet article était aussi différent de l'article grave et profond sur Nathan, que les *Lettres persanes* diffèrent de *L'Esprit des lois*.

« Tu es né journaliste, lui dit Lousteau. Cela passera demain, fais-en tant que tu voudras.

— Ah çà, dit Merlin, Dauriat est furieux des deux obus que nous avons lancés dans son magasin. Je viens de chez lui ; il fulminait des imprécations, il s'emportait contre Finot qui lui disait t'avoir vendu son journal. Moi, je l'ai pris à part, et lui ai coulé ces mots dans l'oreille : *Les Marguerites* vous coûteront cher ! Il vous arrive un homme de talent, et vous l'envoyez promener quand nous l'accueillons à bras ouverts.

— Dauriat sera foudroyé par l'article que nous venons d'entendre, dit Lousteau à Lucien. Tu vois, mon enfant, ce qu'est le journal ? Mais ta vengeance marche ! Le baron Châtelet est venu demander ce matin ton adresse, il y a eu ce matin un article sanglant contre lui, l'ex-beau a une tête faible, il est au désespoir. Tu n'as pas lu le journal ? l'article est drôle. Vois ? *Convoi du Héron pleuré par la Seiche*. Mme de Bargeton est décidément appelée l'*os de seiche* dans le monde, et Châtelet n'est plus nommé que le *baron Héron*. »

Lucien prit le journal et ne put s'empêcher de rire en lisant ce petit chef-d'œuvre de plaisanterie dû à Vernou.

« Ils vont capituler », dit Hector Merlin.

Lucien participa joyeusement à quelques-uns des bons mots et des traits avec lesquels on terminait le journal, en causant et fumant, en racontant les aventures de la journée, les ridicules des camarades ou quelques nouveaux détails sur leur caractère. Cette conversation éminemment moqueuse, spirituelle, méchante mit Lucien au courant des mœurs et du personnel de la littérature.

« Pendant que l'on compose le journal, dit Lousteau, je vais aller faire un tour avec toi, te présenter à tous les contrôles et à toutes les coulisses des théâtres où tu as tes entrées ; puis nous irons retrouver Florine et Coralie au Panorama-Dramatique où nous *folichonnerons* avec elles dans leurs loges. »

Tous deux donc, bras dessus, bras dessous, ils allèrent de théâtre en théâtre, où Lucien fut intronisé comme rédacteur, complimenté par les directeurs, lorgné par les actrices qui tous avaient su l'importance qu'un seul article de lui venait de donner à Coralie et à Florine, engagées, l'une au Gymnase à douze mille francs par an, et l'autre à huit mille francs au Panorama. Ce fut autant de petites ovations qui grandirent Lucien à ses propres yeux, et lui donnèrent la mesure de sa puissance. À onze heures, les deux amis arrivèrent au Panorama-Dramatique où Lucien eut un air dégagé qui fit merveille. Nathan y était, Nathan tendit la main à Lucien qui la prit et la serra.

« Ah çà, mes maîtres, dit-il en regardant Lucien et Lousteau, vous voulez donc m'enterrer ?

— Attends donc à demain, mon cher, tu verras comment Lucien t'a empoigné ! Parole d'honneur, tu seras content. Quand la critique est aussi sérieuse que celle-là, un livre y gagne. »

Lucien était rouge de honte.

« Est-ce dur ? demanda Nathan.

— C'est grave, dit Lousteau.

— Il n'y aura donc pas de mal ? reprit Nathan. Hector Merlin disait au foyer du Vaudeville que j'étais échiné.

— Laissez-le dire, et attendez », s'écria Lucien qui se sauva dans la loge de Coralie en suivant l'actrice au moment où elle quittait la scène dans son attrayant costume.

Le lendemain, au moment où Lucien déjeunait avec Coralie, il entendit un cabriolet dont le bruit net dans sa rue assez solitaire annonçait une élégante voiture, et dont le cheval avait cette allure déliée et cette manière d'arrêter qui trahit la race pure. De sa fenêtre, Lucien aperçut en effet le magnifique cheval anglais de Dauriat, et Dauriat qui tendait les guides à son groom avant de descendre.

« C'est le libraire, cria Lucien à sa maîtresse.

— Faites attendre », dit aussitôt Coralie à Bérénice.

Lucien sourit de l'aplomb de cette jeune fille qui s'identifiait si admirablement à ses intérêts, et revint l'embrasser avec une effusion vraie : elle avait eu de l'esprit. La promptitude de l'impertinent libraire, l'abaissement subit de ce prince des charlatans tenait à des circonstances presque entièrement oubliées, tant le commerce de la librairie s'est violemment transformé depuis quinze ans. De 1816 à 1827, époque à laquelle les cabinets littéraires, d'abord établis pour la lecture des journaux, entreprirent de donner à lire les livres nouveaux moyennant une rétribution, et où l'aggravation des lois fiscales sur la presse périodique fit créer l'Annonce, la librairie n'avait pas d'autres moyens de publication[1] que les articles insérés ou dans les feuilletons ou dans le corps des journaux. Jusqu'en 1822, les journaux français paraissaient en feuilles d'une si médiocre étendue, que les grands journaux dépassaient à peine les dimensions des petits journaux d'aujourd'hui. Pour résister à la tyrannie des journalistes, Dauriat et Ladvocat, les premiers, inventèrent ces affiches par lesquelles ils captèrent l'attention de Paris, en y déployant des caractères de fantaisie, des coloriages bizarres, des vignettes, et plus tard des lithographies qui firent de l'affiche un poème pour les yeux et souvent une déception pour la bourse des amateurs. Les affiches devinrent si originales qu'un de ces maniaques appelés *collectionneurs* possède un recueil complet des affiches parisiennes. Ce moyen d'annonce, d'abord restreint aux vitres des boutiques et aux étalages des boulevards, mais plus tard étendu à la France entière, fut abandonné pour l'Annonce. Néanmoins l'affiche, qui frappe encore les yeux quand l'annonce et souvent l'œuvre sont oubliées, subsistera toujours, surtout depuis qu'on a trouvé le moyen de la peindre sur les murs. L'annonce, accessible à tous moyennant finance, et qui a converti la quatrième page des journaux en un champ aussi fertile pour le fisc que pour les spéculateurs, naquit sous les rigueurs du timbre, de la poste et des cautionnements. Ces restrictions inventées du temps de M. de Villèle, qui aurait pu tuer alors les journaux en les vulgarisant, créèrent au contraire des espèces de privilèges en rendant la fondation d'un journal presque impossible. En 1821, les journaux avaient donc droit de vie et de mort sur les conceptions de la pensée et sur les entreprises de la librairie. Une annonce de quelques lignes insérée aux Faits-Paris se payait horriblement cher. Les intrigues étaient si multipliées au sein des bureaux de rédaction, et le soir sur le champ de bataille des imprimeries, à l'heure où la *mise en pages* décidait de l'admission ou du rejet de tel ou tel article, que les fortes maisons de librairie avaient à leur solde un homme de lettres pour rédiger ces petits articles où il fallait faire entrer beaucoup d'idées en peu de mots. Ces journalistes obscurs, payés seulement après l'insertion, restaient souvent pendant la nuit aux imprimeries pour voir mettre sous presse, soit les grands articles obtenus, Dieu sait comme ! soit ces quelques lignes qui prirent depuis le nom de *réclames*. Aujourd'hui, les mœurs de la littérature et de la librairie ont si fort changé, que beaucoup de gens traiteraient de fables les immenses efforts, les séductions, les lâchetés, les intrigues que la nécessité d'obtenir ces réclames inspirait aux libraires, aux auteurs, aux martyrs de la gloire, à tous les forçats condamnés au succès à perpétuité. Dîners, cajoleries, présents, tout était mis en usage auprès des journalistes. L'anecdote suivante expliquera mieux que toutes les assertions l'étroite alliance de la critique et de la librairie.

Un homme de haut style et visant à devenir homme d'État, dans ce temps-là jeune, galant et rédacteur d'un grand journal, devint le bien-aimé d'une fameuse maison de librairie. Un jour, un dimanche, à la campagne où l'opulent libraire fêtait les principaux rédacteurs des journaux, la maîtresse de la maison, alors jeune et jolie, emmena dans son parc l'illustre écrivain. Le premier commis, Allemand froid, grave et méthodique, ne pensant qu'aux affaires, se promenait un feuilletoniste sous le bras, en causant d'une entreprise sur laquelle il le consultait ; la causerie les mène hors du parc, ils atteignent les bois. Au fond d'un fourré, l'Allemand voit quelque chose qui ressemble à sa patronne ; il prend son lorgnon, fait signe au jeune rédacteur de se taire, de s'en aller, et retourne lui-même avec précaution sur ses pas. « Qu'avez-vous vu ? lui demanda l'écrivain. — Presque rien, répondit-il. Notre grand article passe. Demain nous aurons au moins trois colonnes aux *Débats*. »

Un autre fait expliquera cette puissance des articles. Un livre de M. de Chateaubriand sur le dernier des Stuarts[1] était dans un magasin à l'état de rossignol. Un seul article écrit par un jeune homme dans le *Journal des Débats* fit vendre ce livre en une semaine. Par un temps où, pour lire un livre, il fallait l'acheter et non le louer, on débitait dix mille exemplaires de certains ouvrages libéraux, vantés par toutes les feuilles de l'Opposition ; mais aussi la contrefaçon belge n'existait pas encore. Les attaques préparatoires des amis de Lucien et son article avaient la vertu d'arrêter la vente du livre de Nathan. Nathan ne souffrait que dans son amour-propre, il n'avait rien à perdre, il était payé[2] ; mais Dauriat pouvait perdre trente mille francs. En effet le commerce de la librairie dite de *nouveautés* se résume dans ce théorème commercial : une rame de papier blanc vaut quinze francs, imprimée elle vaut, selon le succès, ou cent sous ou cent écus. Un article pour ou contre, dans ce temps-là, décidait souvent cette question financière. Dauriat, qui avait cinq cents rames à vendre, accourait donc pour capituler avec Lucien. De Sultan, le libraire devenait esclave. Après avoir attendu pendant quelque temps en murmurant, en faisant le plus de bruit possible et parlementant avec Bérénice, il obtint de parler à Lucien. Ce fier libraire prit l'air riant des courtisans quand ils entrent à la cour, mais mêlé de suffisance et de bonhomie.

« Ne vous dérangez pas, mes chers amours ! dit-il. Sont-ils gentils, ces deux tourtereaux ! vous me faites l'effet de deux colombes ! Qui dirait, mademoiselle, que cet homme, qui a l'air d'une jeune fille, est un tigre à griffes d'acier qui vous déchire une réputation comme il doit déchirer vos peignoirs quand vous tardez à les ôter. » Et il se mit à rire sans achever sa plaisanterie[1]. « Mon petit », dit-il en continuant et s'asseyant auprès de Lucien... « Mademoiselle, je suis Dauriat », dit-il en s'interrompant.

Le libraire jugea nécessaire de lâcher le coup de pistolet de son nom, en ne se trouvant pas assez bien reçu par Coralie.

« Monsieur, avez-vous déjeuné, voulez-vous nous tenir compagnie ? dit l'actrice.

— Mais oui, nous causerons mieux à table, répondit Dauriat. D'ailleurs, en acceptant votre déjeuner, j'aurai le droit de vous avoir à dîner avec mon ami Lucien, car nous devons maintenant être amis comme le gant et la main.

— Bérénice ! des huîtres, des citrons, du beurre frais, et du vin de Champagne, dit Coralie.

— Vous êtes homme de trop d'esprit pour ne pas savoir ce qui m'amène, dit Dauriat en regardant Lucien.

— Vous venez acheter mon recueil de sonnets ?

— Précisément, répondit Dauriat. Avant tout, déposons les armes de part et d'autre. »

Il tira de sa poche un élégant portefeuille, prit trois billets de mille francs, les mit sur une assiette, et les offrit à Lucien d'un air courtisanesque en lui disant : « Monsieur est-il content ?

— Oui », dit le poète qui se sentit inondé par une béatitude inconnue à l'aspect de cette somme inespérée.

Lucien se contint, mais il avait envie de chanter, de sauter, il croyait à la Lampe merveilleuse, aux enchanteurs ; il croyait enfin à son génie.

« Ainsi, *Les Marguerites* sont à moi ? dit le libraire. Mais vous n'attaquerez jamais aucune de mes publications.

— *Les Marguerites* sont à vous, mais je ne puis engager ma plume, elle est à mes amis, comme la leur est à moi.

— Mais, enfin, vous devenez un de mes auteurs. Tous mes auteurs sont mes amis. Ainsi vous ne nuirez pas à mes affaires sans que je sois averti des attaques afin que je puisse les prévenir.

— D'accord.

— À votre gloire ! dit Dauriat en haussant son verre.

— Je vois bien que vous avez lu *Les Marguerites* », dit Lucien.

Dauriat ne se déconcerta pas.

« Mon petit, acheter *Les Marguerites* sans les connaître est la plus belle flatterie que puisse se permettre un libraire. Dans six mois, vous serez un grand poète ; vous aurez des articles, on vous craint, je n'aurai rien à faire pour vendre votre livre. Je suis aujourd'hui le même négociant d'il y a quatre jours. Ce n'est pas moi qui ai changé, mais vous : la semaine dernière, vos sonnets étaient pour moi comme des feuilles de chou, aujourd'hui votre position en a fait des *Messéniennes* [1].

— Eh bien, dit Lucien que le plaisir sultanesque d'avoir une belle maîtresse et que la certitude de son succès rendait railleur et adorablement impertinent, si vous n'avez pas lu mes sonnets, vous avez lu mon article.

— Oui, mon ami, sans cela serais-je venu si promptement ? Il est malheureusement très beau, ce terrible article. Ah ! vous avez un immense talent, mon petit. Croyez-moi, profitez de la vogue, dit-il avec une bonhomie qui cachait la profonde impertinence du mot. Mais avez-vous reçu le journal, l'avez-vous lu ?

— Pas encore, dit Lucien, et cependant voilà la première fois que je publie un grand morceau de prose ; mais Hector l'aura fait adresser chez moi, rue Charlot.

— Tiens, lis », dit Dauriat en imitant Talma dans *Manlius*[1].

Lucien prit la feuille que Coralie lui arracha.

« À moi les prémices de votre plume, vous savez bien », dit-elle en riant.

Dauriat fut étrangement flatteur et courtisan, il craignait Lucien, il l'invita donc avec Coralie à un grand dîner qu'il donnait aux journalistes vers la fin de la semaine. Il emporta le manuscrit des *Marguerites* en disant à *son* poète de passer quand il lui plairait aux Galeries de Bois pour signer le traité qu'il tiendrait prêt. Toujours fidèle aux façons royales par lesquelles il essayait d'en imposer aux gens superficiels, et de passer plutôt pour un mécène que pour un libraire, il laissa les trois mille francs sans en prendre de reçu, refusa la quittance offerte par Lucien en faisant un geste de nonchalance, et partit en baisant la main à Coralie.

« Eh bien, mon amour, aurais-tu vu beaucoup de ces chiffons-là, si tu étais resté dans ton trou de la rue de Cluny à marauder dans tes bouquins de la bibliothèque Sainte-Geneviève ? dit Coralie à Lucien qui lui avait raconté toute son existence. Tiens, tes petits amis de la rue des Quatre-Vents me font l'effet d'être de grands *jobards* ! »

Ses frères du Cénacle étaient des jobards ! et Lucien entendit cet arrêt en riant. Il avait lu son article imprimé, il venait de goûter cette ineffable joie des auteurs, ce premier plaisir d'amour-propre qui ne caresse l'esprit qu'une seule fois. En lisant et relisant son article, il en sentait mieux la portée et l'étendue. L'impression est aux manuscrits ce que le théâtre est aux femmes, elle met en lumière les beautés et les défauts ; elle tue aussi bien qu'elle fait vivre ; une faute saute alors aux yeux aussi vivement que les belles pensées. Lucien enivré ne songeait plus à Nathan, Nathan était son marchepied, il nageait dans la joie, il se voyait riche. Pour un enfant qui naguère descendait modestement les rampes de Beaulieu à Angoulême, revenait à l'Houmeau dans le grenier de Postel où toute la famille vivait avec douze cents francs par an, la somme apportée par Dauriat était le Potose[1]. Un souvenir, bien vif encore, mais que les continuelles jouissances de la vie parisienne devaient éteindre, le ramena sur la place du Mûrier. Il se rappela sa belle, sa noble sœur Ève, son David et sa pauvre mère ; aussitôt il envoya Bérénice changer un billet, et pendant ce temps il écrivit une petite lettre à sa famille ; puis il dépêcha Bérénice aux Messageries en craignant de ne pouvoir, s'il tardait, donner les cinq cents francs qu'il adressait à sa mère. Pour lui, pour Coralie, cette restitution paraissait être une bonne action. L'actrice embrassa Lucien, elle le trouva le modèle des fils et des frères, elle le combla de caresses, car ces sortes de traits enchantent ces bonnes filles qui toutes ont le cœur sur la main.

« Nous avons maintenant, lui dit-elle, un dîner tous les jours pendant une semaine, nous allons faire un petit carnaval, tu as bien assez travaillé. »

Coralie, en femme qui voulait jouir de la beauté d'un homme que toutes les femmes allaient lui envier, le ramena chez Staub, elle ne trouvait pas Lucien assez bien habillé. De là, les deux amants allèrent au bois de Boulogne, et revinrent dîner chez Mme du Val-Noble où Lucien trouva Rastignac, Bixiou, des Lupeaulx, Finot, Blondet, Vignon, le baron de Nucingen,

Beaudenord, Philippe Bridau, Conti le grand musicien, tout le monde des artistes, des spéculateurs, des gens qui veulent opposer de grandes émotions à de grands travaux, et qui tous accueillirent Lucien à merveille. Lucien, sûr de lui, déploya son esprit comme s'il n'en faisait pas commerce, et fut proclamé *homme fort*, éloge alors à la mode entre ces demi-camarades.

« Oh ! il faudra voir ce qu'il a dans le ventre », dit Théodore Gaillard à l'un des poètes protégés par la cour qui songeait à fonder un petit journal royaliste appelé plus tard *Le Réveil*.

Après le dîner, les deux journalistes accompagnèrent leurs maîtresses à l'Opéra, où Merlin avait une loge, et où toute la compagnie se rendit. Ainsi Lucien reparut triomphant là où, quelques mois auparavant, il était lourdement tombé. Il se produisit au foyer donnant le bras à Merlin et à Blondet, regardant en face les dandies qui naguère l'avaient mystifié. Il tenait Châtelet sous ses pieds ! De Marsay, Vandenesse, Manerville, les lions de cette époque, échangèrent alors quelques airs insolents avec lui. Certes, il avait été question du beau, de l'élégant Lucien dans la loge de Mme d'Espard, où Rastignac fit une longue visite, car la marquise et Mme de Bargeton lorgnèrent Coralie. Lucien excitait-il un regret dans le cœur de Mme de Bargeton ? Cette pensée préoccupa le poète : en voyant la Corinne d'Angoulême, un désir de vengeance agitait son cœur comme au jour où il avait essuyé le mépris de cette femme et de sa cousine aux Champs-Élysées.

« Êtes-vous venu de votre province avec une amulette ? dit Blondet à Lucien en entrant quelques jours après vers onze heures chez Lucien qui n'était pas encore levé. Sa beauté, dit-il en montrant Lucien à Coralie qu'il baisa au front, fait des ravages depuis la cave jusqu'au grenier, en haut, en bas. Je viens vous mettre en réquisition, mon cher, dit-il en serrant la main au poète, hier, aux Italiens, Mme la comtesse de Montcornet a voulu que je vous présentasse chez elle. Vous ne refuserez pas une femme charmante, jeune, et chez qui vous trouverez l'élite du beau monde ?

— Si Lucien est gentil, dit Coralie, il n'ira pas chez votre comtesse. Qu'a-t-il besoin de traîner sa cravate dans le monde ? il s'y ennuierait.

— Voulez-vous le tenir en chartre privée[1] ? dit Blondet. Êtes-vous jalouse des femmes comme il faut ?

— Oui, s'écria Coralie, elles sont pires que nous.

— Comment le sais-tu, ma petite chatte ? dit Blondet.

— Par leurs maris, répondit-elle. Vous oubliez que j'ai eu de Marsay pendant six mois.

— Croyez-vous, mon enfant, dit Blondet, que je tienne beaucoup à introduire chez Mme de Montcornet un homme aussi beau que le vôtre ? Si vous vous y opposez, prenons que je n'ai rien dit. Mais il s'agit moins, je crois, de femme, que d'obtenir paix et miséricorde de Lucien à propos d'un pauvre diable, le plastron de son journal. Le baron Châtelet a la sottise de prendre des articles au sérieux. La marquise d'Espard, Mme de Bargeton et le salon de la comtesse de Montcornet s'intéressent au Héron, et j'ai promis de réconcilier Laure et Pétrarque, Mme de Bargeton et Lucien.

— Ah ! s'écria Lucien dont toutes les veines reçurent un sang plus frais et qui sentit l'enivrante jouissance de la vengeance satisfaite, j'ai donc le pied sur leur ventre ! Vous me faites adorer ma plume, adorer mes amis, adorer la fatale puissance de la Presse. Je n'ai pas encore fait d'articles sur la Seiche et le Héron. J'irai, mon petit, dit-il en prenant Blondet par la taille, oui, j'irai, mais quand ce couple aura senti le poids de cette chose si légère ! » Il prit la plume avec laquelle il avait écrit l'article sur Nathan et la brandit. « Demain je leur lance deux petites colonnes à la tête. Après, nous verrons. Ne t'inquiète de rien, Coralie : il ne s'agit pas d'amour, mais de vengeance, et je la veux complète.

— Voilà un homme ! dit Blondet. Si tu savais, Lucien, combien il est rare de trouver une explosion semblable dans le monde blasé de Paris, tu pourrais t'apprécier. Tu seras un fier drôle, dit-il en se servant d'une expression un peu plus énergique, tu es dans la voie qui mène au pouvoir.

— Il arrivera, dit Coralie.

— Mais il a déjà fait bien du chemin en six semaines.

— Et quand il ne sera séparé de quelque sceptre que par l'épaisseur d'un cadavre, il pourra se faire un marchepied du corps de Coralie.

— Vous vous aimez comme au temps de l'âge d'or, dit Blondet. Je te fais mon compliment sur ton grand article, reprit-il en regardant Lucien, il est plein de choses neuves. Te voilà passé maître. »

Lousteau vint avec Hector Merlin et Vernou voir Lucien, qui fut prodigieusement flatté d'être l'objet de leurs attentions. Félicien apportait cent francs à Lucien pour le prix de son article. Le journal avait senti la nécessité de rétribuer un travail si bien fait, afin de s'attacher l'auteur. Coralie, en voyant ce Chapitre de journalistes, avait envoyé commander un déjeuner au *Cadran-Bleu*[1], le restaurant le plus voisin ; elle les invita tous à passer dans sa belle salle à manger quand Bérénice vint lui dire que tout était prêt. Au milieu du repas, quand le vin de Champagne eut monté toutes les têtes, la raison de la visite que faisaient à Lucien ses camarades se dévoila.

« Tu ne veux pas, lui dit Lousteau, te faire un ennemi de Nathan ? Nathan est journaliste, il a des amis, il te jouerait un mauvais tour à ta première publication. N'as-tu pas *L'Archer de Charles IX* à vendre ? Nous avons vu Nathan ce matin, il est au désespoir ; mais tu vas lui faire un article où tu lui seringueras des éloges par la figure.

— Comment ! après mon article contre son livre, vous voulez... », demanda Lucien.

Étienne Blondet, Hector Merlin, Étienne Lousteau, Félicien Vernou, tous interrompirent Lucien par un éclat de rire.

« Tu l'as invité à souper ici pour après-demain ? lui dit Blondet.

— Ton article, lui dit Lousteau, n'est pas signé. Félicien, qui n'est pas si neuf que toi, n'a pas manqué d'y mettre au bas un C, avec lequel tu pourras désormais signer tes articles dans son journal, qui est Gauche pure. Nous sommes tous de l'Opposition. Félicien a eu la délicatesse de ne pas engager tes futures opinions. Dans la boutique d'Hector, dont le journal est Centre droit, tu pourras signer par un L. On est anonyme pour l'attaque, mais on signe très bien l'éloge.

— Les signatures ne m'inquiètent pas, dit Lucien ; mais je ne vois rien à dire en faveur du livre.

— Tu pensais donc ce que tu as écrit ? dit Hector à Lucien.

— Oui.

— Ah ! mon petit, dit Blondet, je te croyais plus fort ! Non, ma parole d'honneur, en regardant ton front, je te douais d'une omnipotence semblable à celle des grands esprits, tous assez puissamment constitués pour pouvoir considérer toute chose dans sa double forme. Mon petit, en littérature, chaque idée a son envers et son endroit ; personne ne peut prendre sur lui d'affirmer quel est l'envers. Tout est bilatéral dans le domaine de la pensée. Les idées sont binaires. Janus est le mythe de la critique et le symbole du génie. Il n'y a que Dieu de triangulaire ! Ce qui met Molière et Corneille hors ligne, n'est-ce pas la faculté de faire dire *oui* à Alceste et *non* à Philinte, à Octave et à Cinna ? Rousseau, dans

La Nouvelle Héloïse, a écrit une lettre pour et une lettre contre le duel, oserais-tu prendre sur toi de déterminer sa véritable opinion ? Qui de nous pourrait prononcer entre Clarisse et Lovelace, entre Hector et Achille ? Quel est le héros d'Homère ? quelle fut l'intention de Richardson ? La critique doit contempler les œuvres sous tous leurs aspects. Enfin nous sommes de grands rapporteurs.

— Vous tenez donc à ce que vous écrivez ? lui dit Vernou d'un air railleur. Mais nous sommes des marchands de phrases, et nous vivons de notre commerce. Quand vous voudrez faire une grande et belle œuvre, un livre enfin, vous pourrez y jeter vos pensées, votre âme, vous y attacher, le défendre ; mais des articles lus aujourd'hui, oubliés demain, ça ne vaut à mes yeux que ce qu'on les paye. Si vous mettez de l'importance à de pareilles stupidités, vous ferez donc le signe de la croix et vous invoquerez l'Esprit saint pour écrire un prospectus ! »

Tous parurent étonnés de trouver à Lucien des scrupules et achevèrent de mettre en lambeaux sa robe prétexte pour lui passer la robe virile des journalistes[1].

« Sais-tu par quel mot s'est consolé Nathan après avoir lu ton article ? dit Lousteau.

— Comment le saurais-je ?

— Nathan s'est écrié : “Les petits articles passent, les grands ouvrages restent !” Cet homme viendra souper ici dans deux jours, il doit se prosterner à tes pieds, baiser ton ergot, et te dire que tu es un grand homme.

— Ce serait drôle, dit Lucien.

— Drôle, reprit Blondet, c'est nécessaire.

— Mes amis, je veux bien, dit Lucien un peu gris ; mais comment faire ?

— Eh bien, dit Lousteau, écris pour le journal de Merlin trois belles colonnes où tu te réfuteras toi-même. Après avoir joui de la fureur de Nathan, nous venons de lui dire qu'il nous devrait bientôt des remerciements pour la polémique serrée à l'aide de laquelle nous allions faire enlever son livre en huit jours. Dans ce moment-ci, tu es, à ses yeux, un espion, une canaille, un drôle ; après-demain tu seras un grand homme, une tête forte, un homme de Plutarque ! Nathan t'embrassera comme son meilleur ami. Dauriat est venu, tu as trois billets de mille francs : le tour est fait. Maintenant il te faut l'estime et l'amitié de Nathan. Il ne doit y avoir d'attrapé que le libraire. Nous ne devons immoler et poursuivre que nos ennemis. S'il s'agissait d'un homme qui eût conquis un nom sans nous, d'un talent incommode et qu'il fallût annuler, nous ne ferions pas de réplique semblable ; mais Nathan est un de nos amis, Blondet l'avait fait attaquer dans *Le Mercure* pour se donner le plaisir de répondre dans les *Débats*. Aussi la première édition du livre s'est-elle enlevée !

— Mes amis, foi d'honnête homme, je suis incapable d'écrire deux mots d'éloge sur ce livre...

— Tu auras encore cent francs, dit Merlin, Nathan t'aura déjà rapporté dix louis, sans compter un article que tu peux faire dans la Revue de Finot, et qui te sera payé cent francs par Dauriat et cent francs par la Revue : total, vingt louis !

— Mais que dire ? demanda Lucien.

— Voici comment tu peux t'en tirer, mon enfant, répondit Blondet en se recueillant[1]. L'envie, qui s'attache à toutes les belles œuvres, comme le ver aux bons fruits, a essayé de mordre sur ce livre, diras-tu. Pour y trouver des défauts, la critique a été forcée d'inventer des théories à propos de ce livre, de distinguer deux littératures : celle qui se livre aux idées et celle qui s'adonne aux images. Là, mon petit, tu diras que le dernier degré de l'art littéraire est d'empreindre l'idée dans l'image. En essayant de prouver que l'image est toute la poésie, tu te plaindras du peu de poésie que comporte notre langue, tu parleras des reproches que nous font les étrangers sur le *positivisme*[1] de notre style, et tu loueras M. de Canalis et Nathan des services qu'ils rendent à la France en déprosaïsant son langage. Accable ta précédente argumentation en faisant voir que nous sommes en progrès sur le dix-huitième siècle. Invente le *Progrès* (une adorable mystification à faire aux bourgeois) ! Notre jeune littérature procède par tableaux où se concentrent tous les genres, la comédie et le drame, les descriptions, les caractères, le dialogue sertis par les nœuds brillants d'une intrigue intéressante. Le roman, qui veut le sentiment, le style et l'image, est la création moderne la plus immense. Il succède à la comédie qui, dans les mœurs modernes, n'est plus possible avec ses vieilles lois. Il embrasse le fait et l'idée dans ses inventions qui exigent l'esprit de La Bruyère et sa morale incisive, les caractères traités comme l'entendait Molière, les grandes machines de Shakespeare et la peinture des nuances les plus délicates de la passion, unique trésor que nous aient laissé nos devanciers. Aussi le roman est-il bien supérieur à la discussion froide et mathématique, à la sèche analyse du dix-huitième siècle. Le roman, diras-tu sentencieusement, est une épopée amusante. Cite *Corinne*, appuie-toi sur Mme de Staël. Le dix-huitième siècle a tout mis en question, le dix-neuvième est chargé de conclure ; aussi conclut-il par des réalités ; mais par des réalités qui vivent et qui marchent ; enfin il met en jeu la passion, élément inconnu à Voltaire. Tirade contre Voltaire. Quant à Rousseau, il n'a fait qu'habiller des raisonnements et des systèmes. Julie et Claire sont des entéléchies[2], elles n'ont ni chair ni os. Tu peux démancher[3] sur ce thème et dire que nous devons à la paix, aux Bourbons, une littérature jeune et originale, car tu écris dans un journal Centre droit. Moque-toi des faiseurs de systèmes. Enfin tu peux t'écrier par un beau mouvement : Voilà bien des erreurs, bien des mensonges chez notre confrère ! et pourquoi ? pour déprécier une belle œuvre, pour tromper le public et arriver à cette conclusion : Un livre qui se vend ne se vend pas. *Proh pudor !* lâche *Proh pudor*[1] *!* ce juron honnête anime le lecteur. Enfin annonce la décadence de la critique ! Conclusion : Il n'y a qu'une seule littérature, celle des livres amusants. Nathan est entré dans une voie nouvelle, il a compris son époque et répond à ses besoins. Le besoin de l'époque est le drame. Le drame est le vœu d'un siècle où la politique est un mimodrame perpétuel. N'avons-nous pas vu en vingt ans, diras-tu, les quatre drames de la Révolution, du Directoire, de l'Empire et de la Restauration ? De là, tu roules dans le dithyrambe de l'éloge, et la seconde édition s'enlève. Voici comme : samedi prochain, tu feras une feuille dans notre Revue, et tu la signeras DE RUBEMPRÉ en toutes lettres. Dans ce dernier article, tu diras : Le propre des belles œuvres est de soulever d'amples discussions. Cette semaine tel journal a dit telle chose du livre de Nathan, tel autre lui a vigoureusement répondu. Tu critiques les deux critiques *C.* et *L.*, tu me dis en passant une politesse à propos du premier article que j'ai fait aux *Débats*, et tu finis en affirmant que l'œuvre de Nathan est le plus beau livre de l'époque. C'est comme si tu ne disais rien, on dit cela de tous les livres. Tu auras gagné quatre cents francs dans ta semaine, outre le plaisir d'écrire la vérité quelque part. Les gens sensés donneront raison ou à C. ou à L. ou à Rubempré, peut-être à tous trois ! La mythologie, qui certes est une des plus grandes inventions humaines, a mis la Vérité dans le fond d'un puits, ne faut-il pas des seaux pour l'en tirer ? tu en auras donné trois pour un au public ! Voilà, mon enfant. Marche ! »

Lucien fut étourdi, Blondet l'embrassa sur les deux joues en lui disant : « Je vais à ma boutique. »

Chacun s'en alla à sa boutique. Pour ces hommes forts, le journal n'était qu'une boutique. Tous devaient se revoir le soir aux Galeries de Bois, où Lucien irait signer son traité chez Dauriat. Florine et Lousteau, Lucien et Coralie, Blondet et Finot dînaient au Palais-Royal, où du Bruel traitait le directeur du Panorama-Dramatique.

« Ils ont raison ! s'écria Lucien quand il fut seul avec Coralie, les hommes doivent être des moyens entre les mains des gens forts. Quatre cents francs pour trois articles ! Doguereau me les donnait à peine pour un livre qui m'a coûté deux ans de travail.

— Fais de la critique, dit Coralie, amuse-toi ! Est-ce que je ne suis pas ce soir en Andalouse, demain ne me mettrai-je pas en bohémienne, un autre jour en homme ? Fais comme moi, donne-leur des grimaces pour leur argent, et vivons heureux. »

Lucien, épris du paradoxe, fit monter son esprit sur ce mulet capricieux, fils de Pégase et de l'ânesse de Balaam. Il se mit à galoper dans les champs de la pensée pendant sa promenade au Bois, et découvrit des beautés originales dans la thèse de Blondet. Il dîna comme dînent les gens heureux, il signa chez Dauriat un traité par lequel il lui cédait en toute propriété le manuscrit des *Marguerites* sans y apercevoir aucun inconvénient[1] ; puis il alla faire un tour au journal, où il brocha deux colonnes, et revint rue de Vendôme. Le lendemain matin, il se trouva que les idées de la veille avaient germé dans sa tête, comme il arrive chez tous les esprits pleins de sève dont les facultés ont encore peu servi. Lucien éprouva du plaisir à méditer ce nouvel article, il s'y mit avec ardeur. Sous sa plume se rencontrèrent les beautés que fait naître la contradiction. Il fut spirituel et moqueur, il s'éleva même à des considérations neuves sur le sentiment, sur l'idée et l'image en littérature. Ingénieux et fin, il retrouva, pour louer Nathan, ses premières impressions à la lecture du livre au cabinet littéraire de la cour du Commerce. De sanglant et âpre critique, de moqueur comique, il devint poète en quelques phrases finales qui se balancèrent majestueusement comme un encensoir chargé de parfums vers l'autel.

« Cent francs, Coralie ! » dit-il en montrant les huit feuillets de papier écrits pendant qu'elle s'habillait.

Dans la verve où il était, il fit à petites plumées l'article terrible promis à Blondet contre Châtelet et Mme de Bargeton. Il goûta pendant cette matinée l'un des plaisirs secrets les plus vifs des journalistes, celui d'aiguiser l'épigramme, d'en polir la lame froide qui trouve sa gaine dans le cœur de la victime, et de sculpter le manche pour les lecteurs. Le public admire le travail spirituel de cette poignée, il n'y entend pas malice, il ignore que l'acier du bon mot altéré de vengeance barbote dans un amour-propre fouillé savamment, blessé de mille coups. Cet horrible plaisir, sombre et solitaire, dégusté sans témoins, est comme un duel avec un absent, tué à distance avec le tuyau d'une plume, comme si le journaliste avait la puissance fantastique accordée aux désirs de ceux qui possèdent des talismans dans les contes arabes. L'épigramme est l'esprit de la haine, de la haine qui hérite de toutes les mauvaises passions de l'homme, de même que l'amour concentre toutes ses bonnes qualités. Aussi n'est-il pas d'homme qui ne soit spirituel en se vengeant, par la raison qu'il n'en est pas un à qui l'amour ne donne des jouissances. Malgré la facilité, la vulgarité de cet esprit en France, il est toujours bien accueilli. L'article de Lucien devait mettre et mit le comble à la réputation de malice et de méchanceté du journal ; il entra jusqu'au fond de deux cœurs, il blessa grièvement Mme de Bargeton, son ex-Laure, et le baron Châtelet, son rival.

« Eh bien, allons faire une promenade au Bois, les

chevaux sont mis, et ils piaffent, lui dit Coralie ; il ne faut pas se tuer.

— Portons l'article sur Nathan chez Hector. Décidément le journal est comme la lance d'Achille qui guérissait les blessures qu'elle avait faites[1] », dit Lucien en corrigeant quelques expressions.

Les deux amants partirent et se montrèrent dans leur splendeur à ce Paris qui, naguère, avait renié Lucien, et qui maintenant commençait à s'en occuper. Occuper Paris de soi quand on a compris l'immensité de cette ville et la difficulté d'y être quelque chose, causa d'enivrantes jouissances qui grisèrent Lucien.

« Mon petit, dit l'actrice, passons chez ton tailleur presser tes habits ou les essayer s'ils sont prêts. Si tu vas chez tes belles madames, je veux que tu effaces ce monstre de de Marsay, le petit Rastignac, les Ajuda-Pinto, les Maxime de Trailles, les Vandenesse, enfin tous les élégants. Songe que ta maîtresse est Coralie ! Mais ne me fais pas de traits[2], hein ? »

Deux jours après, la veille du souper offert par Lucien et Coralie à leurs amis, l'Ambigu donnait une pièce nouvelle dont le compte devait être rendu par Lucien. Après leur dîner, Lucien et Coralie allèrent à pied de la rue de Vendôme au Panorama-Dramatique, par le boulevard du Temple du côté du Café Turc, qui, dans ce temps-là, était un lieu de promenade en faveur. Lucien entendit vanter son bonheur et la beauté de sa maîtresse. Les uns disaient que Coralie était la plus belle femme de Paris, les autres trouvaient Lucien digne d'elle. Le poète se sentit dans son milieu. Cette vie était sa vie. Le Cénacle, à peine l'apercevait-il. Ces grands esprits qu'il admirait tant deux mois auparavant, il se demandait s'ils n'étaient pas un peu niais avec leurs idées et leur puritanisme. Le mot de jobards, dit insouciamment par Coralie, avait germé dans l'esprit de Lucien, et portait déjà ses fruits. Il mit Coralie dans sa loge, flâna dans les coulisses du théâtre où il se promenait en sultan, où toutes les actrices le caressaient par des regards brûlants et par des mots flatteurs.

« Il faut que j'aille à l'Ambigu faire mon métier », dit-il.

À l'Ambigu, la salle était pleine. Il ne s'y trouva pas de place pour Lucien. Lucien alla dans les coulisses et se plaignit amèrement de ne pas être placé. Le régisseur, qui ne le connaissait pas encore, lui dit qu'on avait envoyé deux loges à son journal, et l'envoya promener.

« Je parlerai de la pièce selon ce que j'en aurai entendu, dit Lucien d'un air piqué.

— Êtes-vous bête ? dit la jeune première au régisseur, c'est l'amant de Coralie ! »

Aussitôt le régisseur se retourna vers Lucien et lui dit : « Monsieur, je vais aller parler au directeur. »

Ainsi les moindres détails prouvaient à Lucien l'immensité du pouvoir du journal et caressaient sa vanité. Le directeur vint et obtint du duc de Rhétoré et de Tullia, le premier sujet, qui se trouvaient dans une loge d'avant-scène, de prendre Lucien avec eux. Le duc y consentit en reconnaissant Lucien.

« Vous avez réduit deux personnes au désespoir, lui dit le jeune homme en lui parlant du baron Châtelet et de Mme de Bargeton.

— Que sera-ce donc demain ? dit Lucien. Jusqu'à présent mes amis se sont portés contre eux en voltigeurs, mais je tire à boulet rouge cette nuit. Demain, vous verrez pourquoi nous nous moquons de Potelet. L'article est intitulé : "Potelet de 1811 à Potelet de 1821". Châtelet sera le type des gens qui ont renié leur bienfaiteur en se ralliant aux Bourbons. Après avoir fait sentir tout ce que je puis, j'irai chez Mme de Montcornet. »

Lucien eut avec le jeune duc une conversation étincelante d'esprit ; il était jaloux de prouver à ce grand seigneur combien Mmes d'Espard et de Bargeton s'étaient grossièrement trompées en le méprisant ; mais il montra le bout de l'oreille en essayant d'établir ses droits à porter le nom de Rubempré, quand, par malice, le duc de Rhétoré l'appela Chardon.

« Vous devriez, lui dit le duc, vous faire royaliste. Vous vous êtes montré un homme d'esprit, soyez maintenant homme de bon sens. La seule manière d'obtenir une ordonnance du Roi qui vous rende le titre et le nom de vos ancêtres maternels, est de la demander en récompense des services que vous rendrez au Château. Les Libéraux ne vous feront jamais comte ! Voyez-vous, la Restauration finira par avoir raison de la Presse, la seule puissance à craindre. On a déjà trop attendu, elle devrait être muselée. Profitez de ses derniers moments de liberté pour vous rendre redoutable. Dans quelques années, un nom et un titre seront en France des richesses plus sûres que le talent. Vous pouvez ainsi tout avoir : esprit, noblesse et beauté, vous arriverez à tout. Ne soyez donc en ce moment libéral que pour vendre avec avantage votre royalisme. »

Le duc pria Lucien d'accepter l'invitation à dîner que devait lui envoyer le ministre avec lequel il avait soupé chez Florine. Lucien fut en un moment séduit par les réflexions du gentilhomme, et charmé de voir s'ouvrir devant lui les portes des salons d'où il se croyait à jamais banni quelques mois auparavant. Il admira le pouvoir de la pensée. La Presse, l'Intelligence étaient donc le moyen de la société présente. Lucien comprit que peut-être Lousteau se repentait de lui avoir ouvert les portes du temple, il sentait déjà pour son propre compte la nécessité d'opposer des barrières difficiles à franchir aux ambitions de ceux qui s'élançaient de la province vers Paris. Un poète serait venu vers lui comme il s'était jeté dans les bras d'Étienne, il n'osait se demander quel accueil il lui ferait. Le jeune duc aperçut chez Lucien les traces d'une méditation profonde et ne se trompa point en en cherchant la cause : il avait découvert à cet ambitieux, sans volonté fixe, mais non sans désir, tout l'horizon politique comme les journalistes lui avaient montré du haut du Temple, ainsi que le démon à Jésus, le monde littéraire et ses richesses. Lucien ignorait la petite conspiration ourdie contre lui par les gens que blessait en ce moment le journal, et dans laquelle M. de Rhétoré trempait. Le jeune duc avait effrayé la société de Mme d'Espard en leur parlant de l'esprit de Lucien. Chargé par Mme de Bargeton de sonder le journaliste, il avait espéré le rencontrer à l'Ambigu-Comique. Ni le monde, ni les journalistes n'étaient profonds, ne croyez pas à des trahisons ourdies. Ni l'un ni les autres ils n'arrêtent de plan, leur machiavélisme va pour ainsi dire au jour le jour, et consiste à toujours être là, prêts à tout, prêts à profiter du mal comme du bien, à épier les moments où la passion leur livre un homme. Pendant le souper de Florine, le jeune duc avait reconnu le caractère de Lucien, il venait de le prendre par ses vanités, et s'essayait sur lui à devenir diplomate. Lucien, la pièce jouée, courut à la rue Saint-Fiacre y faire son article sur la pièce. Sa critique fut, par calcul, âpre et mordante ; il se plut à essayer son pouvoir. Le mélodrame valait mieux que celui du Panorama-Dramatique ; mais il voulait savoir s'il pouvait, comme on le lui avait dit, tuer une bonne et faire réussir une mauvaise pièce. Le lendemain, en déjeunant avec Coralie, il déplia le journal, après lui avoir dit qu'il y éreintait l'Ambigu-Comique. Lucien ne fut pas médiocrement étonné de lire, après son article sur Mme de Bargeton et sur Châtelet, un compte rendu de l'Ambigu si bien édulcoré durant la nuit, que, tout en conservant sa spirituelle analyse, il en sortait une conclusion favorable.

La pièce devait remplir la caisse du théâtre. Sa fureur ne saurait se décrire ; il se proposa de dire deux mots à Lousteau. Il se croyait déjà nécessaire, et se promettait de ne pas se laisser dominer, exploiter comme un niais. Pour établir définitivement sa puissance, il écrivit l'article où il résumait et balançait toutes les opinions émises à propos du livre de Nathan pour la Revue de Dauriat et de Finot. Puis, une fois monté, il brocha l'un de ses articles *Variétés* dus au petit journal. Dans leur première effervescence, les jeunes journalistes pondent des articles avec amour et livrent ainsi très imprudemment toutes leurs fleurs. Le directeur du Panorama-Dramatique donnait la première représentation d'un vaudeville, afin de laisser à Florine et à Coralie leur soirée. On devait jouer avant le souper. Lousteau vint chercher l'article de Lucien, fait d'avance sur cette petite pièce, dont il avait vu la répétition générale, afin de n'avoir aucune inquiétude relativement à la composition du numéro. Quand Lucien lui eut lu l'un de ces petits charmants articles sur les particularités parisiennes, qui firent la fortune du journal, Étienne l'embrassa sur les deux yeux et le nomma la providence des journaux.

« Pourquoi donc t'amuses-tu à changer l'esprit de mes articles ? dit Lucien qui n'avait fait ce brillant article que pour donner plus de force à ses griefs.

— Moi ! s'écria Lousteau.

— Eh bien, qui donc a changé mon article ?

— Mon cher, répondit Étienne en riant, tu n'es pas encore au courant des affaires. L'Ambigu nous prend vingt abonnements, dont neuf seulement sont servis au directeur, au chef d'orchestre, au régisseur, à leurs maîtresses et à trois copropriétaires du théâtre. Chacun des théâtres du boulevard paye ainsi huit cents francs au journal. Il y a pour tout autant d'argent en loges données à Finot, sans compter les abonnements des acteurs et des auteurs. Le drôle se fait donc huit mille francs aux boulevards. Par les petits théâtres, juge des grands ! Comprends-tu ? Nous sommes tenus à beaucoup d'indulgence.

— Je comprends que je ne suis pas libre d'écrire ce que je pense...

— Eh ! que t'importe, si tu y fais tes orges[1], s'écria Lousteau. D'ailleurs, mon cher, quel grief as-tu contre le théâtre ? il te faut une raison pour échiner la pièce d'hier. Échiner pour échiner, nous compromettrions le journal. Quand le journal frapperait avec justice, il ne produirait plus aucun effet. Le directeur t'a-t-il manqué ?

— Il ne m'avait pas réservé de place.

— Bon, fit Lousteau. Je montrerai ton article au directeur, je lui dirai que je t'ai adouci, tu t'en trouveras mieux que de l'avoir fait paraître. Demande-lui demain des billets, il t'en signera quarante en blanc tous les mois et je te mènerai chez un homme avec qui tu t'entendras pour les placer ; il te les achètera tous à cinquante pour cent de remise sur le prix des places. On fait sur les billets de spectacle le même trafic que sur les livres. Tu verras un autre Barbet, un chef de claque, il ne demeure pas loin d'ici, nous avons le temps, viens ?

— Mais, mon cher, Finot fait un infâme métier à lever ainsi sur les champs de la pensée des contributions indirectes. Tôt ou tard...

— Ah çà, d'où viens-tu ? s'écria Lousteau. Pour qui prends-tu Finot ? Sous sa fausse bonhomie, sous cet air Turcaret[2], sous son ignorance et sa bêtise, il y a toute la finesse du marchand de chapeaux dont il est issu. N'as-tu pas vu dans sa cage, au bureau du journal, un vieux soldat de l'Empire, l'oncle de Finot ? Cet oncle est non seulement un honnête homme, mais il a le bonheur de passer pour un niais. Il est l'homme compromis dans toutes les transactions pécuniaires. À Paris, un ambitieux est bien riche quand il a près de lui une créature qui consent à être compromise. Il est en politique comme en journalisme une foule de cas où les chefs ne doivent jamais être mis en cause. Si Finot devenait un personnage politique, son oncle deviendrait son secrétaire et recevrait pour son compte les contributions qui se lèvent dans les bureaux sur les grandes affaires. Giroudeau, qu'au premier abord on prendrait pour un niais, a précisément assez de finesse pour être un compère indéchiffrable. Il est en vedette pour empêcher que nous ne soyons assommés par les criailleries, par les débutants, par les réclamations, et je ne crois pas qu'il y ait son pareil dans un autre journal.

— Il joue bien son rôle, dit Lucien, je l'ai vu à l'œuvre. »

Étienne et Lucien allèrent dans la rue du Faubourg-du-Temple, où le rédacteur en chef s'arrêta devant une maison de belle apparence.

« M. Braulard y est-il ? demanda-t-il au portier.

— Comment monsieur ? dit Lucien. Le chef des claqueurs est donc *monsieur* ?

— Mon cher, Braulard a vingt mille livres de rentes, il a la griffe des auteurs dramatiques du boulevard qui tous ont un compte courant chez lui, comme chez un banquier. Les billets d'auteur et de faveur se vendent. Cette marchandise, Braulard la place. Fais un peu de statistique, science assez utile quand on n'en abuse pas. À cinquante billets de faveur par soirée à chaque spectacle, tu trouveras deux cent cinquante billets par jour ; si, l'un dans l'autre, ils valent quarante sous, Braulard paye cent vingt-cinq francs par jour aux auteurs et court la chance d'en gagner autant. Ainsi, les seuls billets des auteurs lui procurent près de quatre mille francs par mois, au total quarante-huit mille francs par an. Suppose vingt mille francs de perte, car il ne peut pas toujours placer ses billets.

— Pourquoi ?

— Ah ! les gens qui viennent payer leurs places au bureau passent concurremment avec les billets de faveur qui n'ont pas de places réservées. Enfin le théâtre garde ses droits de location. Il y a les jours de beau temps, et de mauvais spectacles. Ainsi, Braulard gagne peut-être trente-mille francs par an sur cet article. Puis il a ses claqueurs, autre industrie. Florine et Coralie sont ses tributaires ; si elles ne le subventionnaient pas, elles ne seraient point applaudies à toutes leurs entrées et leurs sorties. »

Lousteau donnait cette explication à voix basse en montant l'escalier.

« Paris est un singulier pays », dit Lucien en trouvant l'intérêt accroupi dans tous les coins.

Une servante proprette introduisit les deux journalistes chez M. Braulard. Le marchand de billets, qui siégeait sur un fauteuil de cabinet, devant un grand secrétaire à cylindre, se leva en voyant Lousteau. Braulard, enveloppé d'une redingote de molleton gris, portait un pantalon à pied et des pantoufles rouges absolument comme un médecin ou comme un avoué. Lucien vit en lui l'homme du peuple enrichi : un visage commun, des yeux gris pleins de finesse, des mains de claqueur, un teint sur lequel les orgies avaient passé comme la pluie sur les toits, des cheveux grisonnants, et une voix assez étouffée.

« Vous venez, sans doute, pour Mlle Florine, et monsieur pour Mlle Coralie, dit-il, je vous connais bien. Soyez tranquille, monsieur, dit-il à Lucien, j'achète la clientèle du Gymnase, je soignerai votre maîtresse et je l'avertirai des farces qu'on voudrait lui faire.

— Ce n'est pas de refus, mon cher Braulard, dit Lousteau ; mais nous venons pour les billets du journal à tous les théâtres des boulevards : moi comme rédacteur en chef, monsieur comme rédacteur de chaque théâtre.

— Ah ! oui, Finot a vendu son journal. J'ai su l'affaire. Il va bien, Finot. Je lui donne à dîner à la fin de la semaine. Si vous voulez me faire l'honneur et le plaisir de venir, vous pouvez amener vos épouses, il y aura noces et festins, nous avons Adèle Dupuis, Ducange, Frédéric Dupetit-Méré, Mlle Millot[1] ma maîtresse, nous rirons bien ! nous boirons mieux !

— Il doit être gêné, Ducange, il a perdu son procès[2].

— Je lui ai prêté dix mille francs, le succès de *Calas*[3] va me les rendre ; aussi l'ai-je chauffé ! Ducange est un homme d'esprit, il a des moyens… » Lucien croyait rêver en entendant cet homme apprécier les talents des auteurs. « Coralie a gagné, lui dit Braulard de l'air d'un juge compétent. Si elle est bonne enfant, je la soutiendrai secrètement contre la cabale à son début au Gymnase. Écoutez ? Pour elle, j'aurai des hommes bien mis aux Galeries qui souriront et qui feront de petits murmures afin d'entraîner l'applaudissement. Voilà un manège qui pose une femme. Elle me plaît, Coralie, et vous devez être content d'elle, elle a des sentiments. Ah ! je puis faire chuter qui je veux…

— Mais réglons l'affaire des billets ? dit Lousteau.

— Hé bien, j'irai les prendre chez monsieur, vers les premiers jours de chaque mois. Monsieur est votre ami, je le traiterai comme vous. Vous avez cinq théâtres, on vous donnera trente billets ; ce sera quelque chose comme soixante-quinze francs par mois. Peut-être désirez-vous une avance ? dit le marchand de billets en revenant à son secrétaire et tirant sa caisse pleine d'écus.

— Non, non, dit Lousteau, nous garderons cette ressource pour les mauvais jours…

— Monsieur, reprit Braulard en s'adressant à Lucien,

j'irai travailler avec Coralie ces jours-ci, nous nous entendrons bien. »

Lucien ne regardait pas sans un étonnement profond le cabinet de Braulard où il voyait une bibliothèque, des gravures, un meuble convenable. En passant par le salon, il en remarqua l'ameublement également éloigné de la mesquinerie et du trop grand luxe. La salle à manger lui parut être la pièce la mieux tenue, il en plaisanta.

« Mais Braulard est gastronome, dit Lousteau. Ses dîners, cités dans la littérature dramatique, sont en harmonie avec sa caisse.

— J'ai de bons vins, répondit modestement Braulard. Allons, voilà mes allumeurs », s'écria-t-il en entendant des voix enrouées et le bruit de pas singuliers dans l'escalier.

En sortant, Lucien vit défiler devant lui la puante escouade des claqueurs et des vendeurs de billets, tous gens à casquettes, à pantalons mûrs, à redingotes râpées, à figures patibulaires, bleuâtres, verdâtres, boueuses, rabougries, à barbes longues, aux yeux féroces et patelins tout à la fois, horrible population qui vit et foisonne sur les boulevards de Paris, qui, le matin, vend des chaînes de sûreté, des bijoux en or pour vingt-cinq sous, et qui claque sous les lustres le soir, qui se plie enfin à toutes les fangeuses nécessités de Paris.

« Voilà les Romains[1] ! dit Lousteau en riant, voilà la gloire des actrices et des auteurs dramatiques. Vu de près, ça n'est pas plus beau que la nôtre.

— Il est difficile, répondit Lucien en revenant chez lui, d'avoir des illusions sur quelque chose à Paris. Il y a des impôts sur tout, on y vend tout, on y fabrique tout, même le succès. »

Les convives de Lucien étaient Dauriat, le directeur du Panorama, Matifat et Florine, Camusot, Lousteau, Finot, Nathan, Hector Merlin et Mme du Val-Noble,

Félicien Vernou, Blondet, Vignon, Philippe Bridau, Mariette, Giroudeau, Cardot et Florentine, Bixiou. Il avait invité ses amis du Cénacle. Tullia la danseuse, qui, disait-on, était peu cruelle pour du Bruel, fut aussi de la partie, mais sans son duc, ainsi que les propriétaires des journaux où travaillaient Nathan, Merlin, Vignon et Vernou. Les convives formaient une assemblée de trente personnes, la salle à manger de Coralie ne pouvait en contenir davantage. Vers huit heures, au feu des lustres allumés, les meubles, les tentures, les fleurs de ce logis prirent cet air de fête qui prête au luxe parisien l'apparence d'un rêve. Lucien éprouva le plus indéfinissable mouvement de bonheur, de vanité satisfaite et d'espérance en se voyant le maître de ces lieux, il ne s'expliquait plus ni comment ni par qui ce coup de baguette avait été frappé. Florine et Coralie, mises avec la folle recherche et la magnificence artiste des actrices, souriaient au poète de province comme deux anges chargés de lui ouvrir les portes du palais des Songes. Lucien songeait presque. En quelques mois sa vie avait si brusquement changé d'aspect, il était si promptement passé de l'extrême misère à l'extrême opulence, que par moments il lui prenait des inquiétudes comme aux gens qui, tout en rêvant, se savent endormis. Son œil exprimait néanmoins à la vue de cette belle réalité une confiance à laquelle des envieux eussent donné le nom de fatuité. Lui-même, il avait changé. Heureux[1] tous les jours, ses couleurs avaient pâli, son regard était trempé des moites expressions de la langueur ; enfin, selon le mot de Mme d'Espard, il avait l'*air aimé.* Sa beauté y gagnait. La conscience de son pouvoir et de sa force perçait dans sa physionomie éclairée par l'amour et par l'expérience. Il contemplait enfin le monde littéraire et la société face à face, en croyant pouvoir s'y promener en dominateur. À ce poète, qui ne devait réfléchir que sous le poids du malheur, le présent parut être sans soucis. Le succès enflait les voiles de son esquif. Il avait à ses ordres les instruments nécessaires à ses projets : une maison montée, une maîtresse que tout Paris lui enviait, un équipage, enfin des sommes incalculables dans son écritoire. Son âme, son cœur et son esprit s'étaient également métamorphosés : il ne songeait plus à discuter les moyens en présence de si beaux résultats. Ce train de maison semblera si justement suspect aux économistes qui ont pratiqué la vie parisienne, qu'il n'est pas inutile de montrer la base, quelque frêle qu'elle fût, sur laquelle reposait le bonheur matériel de l'actrice et de son poète. Sans se compromettre, Camusot avait engagé les fournisseurs de Coralie à lui faire crédit pendant au moins trois mois. Les chevaux, les gens, tout devait donc aller comme par enchantement pour ces deux enfants empressés de jouir, et qui jouissaient de tout avec délices. Coralie vint prendre Lucien par la main et l'initia par avance au coup de théâtre de la salle à manger, parée de son couvert splendide, de ses candélabres chargés de quarante bougies, aux recherches royales du dessert, et au menu, l'œuvre de Chevet. Lucien baisa Coralie au front en la pressant sur son cœur.

« J'arriverai, mon enfant, lui dit-il, et je te récompenserai de tant d'amour et de tant de dévouement.

— Bah ! dit-elle, es-tu content ?

— Je serais bien difficile.

— Eh bien, ce sourire paye tout », répondit-elle en apportant par un mouvement de serpent ses lèvres aux lèvres de Lucien.

Ils trouvèrent Florine, Lousteau, Matifat et Camusot en train d'arranger les tables de jeu. Les amis de Lucien arrivaient, car tous ces gens s'intitulaient déjà les amis de Lucien. On joua de neuf heures à minuit. Heureusement pour lui, Lucien ne savait aucun jeu ; mais

Lousteau perdit mille francs et les emprunta à Lucien qui ne crut pas pouvoir se dispenser de les prêter, son ami les lui demanda. À dix heures environ, Michel, Fulgence et Joseph se présentèrent. Lucien, qui alla causer avec eux dans un coin, trouva leurs visages assez froids et sérieux, pour ne pas dire contraints. D'Arthez n'avait pu venir, il achevait son livre, Léon Giraud était occupé par la publication du premier numéro de sa Revue. Le Cénacle avait envoyé ses trois artistes qui devaient se trouver moins dépaysés que les autres au milieu d'une orgie.

« Eh bien, mes enfants, dit Lucien en affichant un petit ton de supériorité, vous verrez que le *petit farceur* peut devenir un *grand politique*.

— Je ne demande pas mieux que de m'être trompé, dit Michel.

— Tu vis avec Coralie en attendant mieux? lui demanda Fulgence.

— Oui, reprit Lucien d'un air qu'il voulait rendre naïf. Coralie avait un pauvre vieux négociant qui l'adorait, elle l'a mis à la porte. Je suis plus heureux que ton frère Philippe qui ne sait comment gouverner Mariette, ajouta-t-il en regardant Joseph Bridau.

— Enfin, dit Fulgence, tu es maintenant un homme comme un autre, tu feras ton chemin.

— Un homme qui pour vous restera le même en quelque situation qu'il se trouve », répondit Lucien.

Michel et Fulgence se regardèrent en échangeant un sourire moqueur que vit Lucien, et qui lui fit comprendre le ridicule de sa phrase.

« Coralie est bien admirablement belle, s'écria Joseph Bridau. Quel magnifique portrait à faire !

— Et bonne, répondit Lucien. Foi d'homme, elle est angélique ; mais tu feras son portrait ; prends-la, si tu veux, pour modèle de ta Vénitienne amenée au Sénateur par une vieille femme[1].

— Toutes les femmes qui aiment sont angéliques », dit Michel Chrestien.

En ce moment Raoul Nathan se précipita sur Lucien avec une furie d'amitié, lui prit les mains et les lui serra.

« Mon bon ami, non seulement vous êtes un grand homme, mais encore vous avez du cœur, ce qui est aujourd'hui plus rare que le génie, dit-il. Vous êtes dévoué à vos amis. Enfin, je suis à vous à la vie, à la mort, et n'oublierai jamais ce que vous avez fait cette semaine pour moi. »

Lucien, au comble de la joie en se voyant pateliné par un homme dont s'occupait la Renommée, regarda ses trois amis du Cénacle avec une sorte de supériorité. Cette entrée de Nathan était due à la communication que Merlin lui avait faite de l'épreuve de l'article en faveur de son livre, et qui paraissait dans le journal du lendemain.

« Je n'ai consenti à écrire l'attaque, répondit Lucien à l'oreille de Nathan, qu'à la condition d'y répondre moi-même. Je suis des vôtres. »

Il revint à ses trois amis du Cénacle, enchanté d'une circonstance qui justifiait la phrase de laquelle avait ri Fulgence.

« Vienne le livre de d'Arthez, et je suis en position de lui être utile. Cette chance seule m'engagerait à rester dans les journaux.

— Y es-tu libre ? dit Michel.

— Autant qu'on peut l'être quand on est indispensable », répondit Lucien avec une fausse modestie.

Vers minuit, les convives furent attablés, et l'orgie commença. Les discours furent plus libres chez Lucien que chez Matifat, car personne ne soupçonna la divergence de sentiments qui existait entre les trois députés du Cénacle et les représentants des journaux. Ces jeunes esprits, si dépravés par l'habitude du Pour et du

Contre, en vinrent aux prises, et se renvoyèrent les plus terribles axiomes de la jurisprudence qu'enfantait alors le journalisme. Claude Vignon, qui voulait conserver à la critique un caractère auguste, s'éleva contre la tendance des petits journaux vers la personnalité[1], disant que plus tard les écrivains arriveraient à se déconsidérer eux-mêmes. Lousteau, Merlin et Finot prirent alors ouvertement la défense de ce système, appelé dans l'argot du journalisme la *blague*, en soutenant que ce serait comme un poinçon à l'aide duquel on marquerait le talent.

« Tous ceux qui résisteront à cette épreuve seront des hommes réellement forts, dit Lousteau.

— D'ailleurs, s'écria Merlin, pendant les ovations des grands hommes, il faut autour d'eux, comme autour des triomphateurs romains, un concert d'injures[2].

— Eh ! dit Lucien, tous ceux de qui l'on se moquera croiront à leur triomphe !

— Ne dirait-on pas que cela te regarde ? s'écria Finot.

— Et nos sonnets ! dit Michel Chrestien, ne nous vaudraient-ils pas le triomphe de Pétrarque ?

— L'or (Laure) y est déjà pour quelque chose, dit Dauriat dont le calembour excita des acclamations générales.

— *Faciamus experimentum in anima vili*[3], répondit Lucien en souriant.

— Eh ! malheur à ceux que le Journal ne discutera pas, et auxquels il jettera des couronnes à leur début ! Ceux-là seront relégués comme des saints dans leur niche, et personne n'y fera plus la moindre attention, dit Vernou.

— On leur dira comme Champcenetz au marquis de Genlis[4], qui regardait trop amoureusement sa femme : "Passez, bonhomme, on vous a déjà donné", dit Blondet.

— En France, le succès tue, dit Finot. Nous y sommes

trop jaloux les uns des autres pour ne pas vouloir oublier et faire oublier les triomphes d'autrui.

— C'est en effet la contradiction qui donne la vie en littérature, dit Claude Vignon.

— Comme dans la nature, où elle résulte de deux principes qui se combattent, s'écria Fulgence. Le triomphe de l'un sur l'autre est la mort.

— Comme en politique, ajouta Michel Chrestien.

— Nous venons de le prouver, dit Lousteau. Dauriat vendra cette semaine deux mille exemplaires du livre de Nathan. Pourquoi ? Le livre attaqué sera bien défendu.

— Comment un article semblable, dit Merlin en prenant l'épreuve de son journal du lendemain, n'enlèverait-il pas une édition ?

— Lisez-moi l'article ? dit Dauriat. Je suis libraire partout, même en soupant. »

Merlin lut le triomphant article de Lucien, qui fut applaudi par toute l'assemblée.

« Cet article aurait-il pu se faire sans le premier ? » demanda Lousteau.

Dauriat tira de sa poche l'épreuve du troisième article et le lut. Finot suivit avec attention la lecture de cet article destiné au second numéro de sa Revue ; et, en sa qualité de rédacteur en chef, il exagéra son enthousiasme.

« Messieurs, dit-il, si Bossuet vivait dans notre siècle, il n'eût pas écrit autrement.

— Je le crois bien, dit Merlin. Bossuet aujourd'hui serait journaliste.

— À Bossuet II ! dit Claude Vignon en élevant son verre et saluant ironiquement Lucien.

— À mon Christophe Colomb ! répondit Lucien en portant un toast à Dauriat.

— Bravo ! cria Nathan.

— Est-ce un surnom[1] ? demanda méchamment Merlin en regardant à la fois Finot et Lucien.

— Si vous continuez ainsi, dit Dauriat, nous ne pourrons pas vous suivre, et ces messieurs, ajouta-t-il en montrant Matifat et Camusot, ne vous comprendront plus. La plaisanterie est comme le coton qui, filé trop fin, casse, a dit Bonaparte.

— Messieurs, dit Lousteau, nous sommes témoins d'un fait grave, inconcevable, inouï, vraiment surprenant. N'admirez-vous pas la rapidité avec laquelle notre ami s'est changé de provincial en journaliste ?

— Il était né journaliste, dit Dauriat.

— Mes enfants, dit alors Finot en se levant et tenant une bouteille de vin de Champagne à la main, nous avons protégé tous et tous encouragé les débuts de notre amphitryon dans la carrière où il a surpassé nos espérances. En deux mois il a fait ses preuves par les beaux articles que nous connaissons : je propose de le baptiser journaliste authentiquement.

— Une couronne de roses afin de constater sa double victoire », cria Bixiou en regardant Coralie.

Coralie fit un signe à Bérénice qui alla chercher de vieilles fleurs artificielles dans les cartons de l'actrice. Une couronne de roses fut bientôt tressée dès que la grosse femme de chambre eut apporté des fleurs avec lesquelles se parèrent grotesquement ceux qui se trouvaient les plus ivres. Finot, le grand prêtre, versa quelques gouttes de vin de Champagne sur la belle tête blonde de Lucien en prononçant avec une délicieuse gravité ces paroles sacramentales : « Au nom du Timbre, du Cautionnement et de l'Amende, je te baptise journaliste. Que tes articles te soient légers !

— Et payés sans déduction des blancs ! » dit Merlin.

En ce moment Lucien aperçut les visages attristés de Michel Chrestien, de Joseph Bridau et de Fulgence Ridal qui prirent leurs chapeaux et sortirent au milieu d'un hurrah d'imprécations.

« Voilà de singuliers chrétiens ? dit Merlin.

— Fulgence était un bon garçon, reprit Lousteau ; mais *ils* l'ont perverti de morale.

— Qui ? demanda Claude Vignon.

— Des jeunes hommes graves qui s'assemblent dans un *musico*[1] philosophique et religieux de la rue des Quatre-Vents, où l'on s'inquiète du sens général de l'Humanité..., répondit Blondet.

— Oh ! oh ! oh !

— ... On y cherche à savoir si elle tourne sur elle-même, dit Blondet en continuant, ou si elle est en progrès. Ils étaient très embarrassés entre la ligne droite et la ligne courbe, ils trouvaient un non-sens au triangle biblique, et il leur est alors apparu je ne sais quel prophète qui s'est prononcé pour la spirale.

— Des hommes réunis peuvent inventer des bêtises plus dangereuses, s'écria Lucien qui voulut défendre le Cénacle.

— Tu prends ces théories-là pour des paroles oiseuses, dit Félicien Vernou, mais il vient un moment où elles se transforment en coups de fusil ou en guillotine.

— Ils n'en sont encore, dit Bixiou, qu'à chercher la pensée providentielle du vin de Champagne, le sens humanitaire des pantalons et la petite bête qui fait aller le monde. Ils ramassent des grands hommes tombés, comme Vico, Saint-Simon, Fourier[2]. J'ai bien peur qu'ils ne tournent la tête à mon pauvre Joseph Bridau.

— Ils sont cause, dit Lousteau, que Bianchon, mon compatriote et mon camarade de collège, me bat froid...

— Y enseigne-t-on la gymnastique et l'orthopédie des esprits ? demanda Merlin.

— Ça se pourrait, répondit Finot, puisque Bianchon donne dans leurs rêveries.

— Bah ! il sera, dit Lousteau, tout de même un grand médecin.

— Leur chef visible n'est-il pas d'Arthez, dit Nathan, un petit jeune homme qui doit nous avaler tous ?

— C'est un homme de génie ! s'écria Lucien.

— J'aime mieux un verre de vin de Xérès », dit Claude Vignon en souriant.

En ce moment, chacun expliquait son caractère à son voisin. Quand les gens d'esprit en arrivent à vouloir s'expliquer eux-mêmes, à donner la clef de leurs cœurs, il est sûr que l'Ivresse les a pris en croupe. Une heure après, tous les convives, devenus les meilleurs amis du monde, se traitaient de grands hommes, d'hommes forts, de gens à qui l'avenir appartenait. Lucien, en qualité de maître de maison, avait conservé quelque lucidité dans l'esprit : il écouta des sophismes qui le frappèrent et achevèrent l'œuvre de sa démoralisation.

« Mes enfants, dit Finot, le parti libéral est obligé de raviver sa polémique, car il n'a rien à dire en ce moment contre le gouvernement, et vous comprenez dans quel embarras se trouve alors l'Opposition. Qui de vous veut écrire une brochure pour demander le rétablissement du droit d'aînesse, afin de faire crier contre les desseins secrets de la Cour ? La brochure sera bien payée.

— Moi, dit Hector Merlin, c'est dans mes opinions.

— Ton parti dirait que tu le compromets, répliqua Finot. Félicien, charge-toi de cette brochure, Dauriat l'éditera, nous garderons le secret.

— Combien donne-t-on ? dit Vernou.

— Six cents francs ! Tu signeras le comte C....

— Ça va ! dit Vernou.

— Vous allez donc élever le canard jusqu'à la politique ? reprit Lousteau.

— C'est l'affaire de Chabot[1] transportée dans la sphère des idées, reprit Finot. On attribue des intentions au Gouvernement, et l'on déchaîne contre lui l'opinion publique.

— Je serai toujours dans le plus profond étonnement de voir un gouvernement abandonnant la direction des idées à des drôles comme nous autres, dit Claude Vignon.

— Si le ministère commet la sottise de descendre dans l'arène, reprit Finot, on le mène tambour battant ; s'il se pique, on envenime la question, on désaffectionne les masses. Le Journal ne risque jamais rien, là où le Pouvoir a toujours tout à perdre.

— La France est annulée jusqu'au jour où le Journal sera mis hors la loi, reprit Claude Vignon. Vous faites d'heure en heure des progrès, dit-il à Finot. Vous serez les Jésuites, moins la foi, la pensée fixe, la discipline et l'union. »

Chacun regagna les tables de jeu. Les lueurs de l'aurore firent bientôt pâlir les bougies.

« Tes amis de la rue des Quatre-Vents étaient tristes comme des condamnés à mort, dit Coralie à son amant.

— Ils étaient les juges, répondit le poète.

— Les juges sont plus amusants que ça », dit Coralie.

Lucien vit pendant un mois son temps pris par des soupers, des dîners, des déjeuners, des soirées, et fut entraîné par un courant invincible dans un tourbillon de plaisirs et de travaux faciles. Il ne calcula plus. La puissance du calcul au milieu des complications de la vie est le sceau des grandes volontés que les poètes, les gens faibles ou purement spirituels ne contrefont jamais. Comme la plupart des journalistes, Lucien vécut au jour le jour, dépensant son argent à mesure qu'il le gagnait, ne songeant point aux charges périodiques de la vie parisienne, si écrasantes pour ces bohémiens. Sa mise et sa tournure rivalisaient avec celles des dandies les plus célèbres. Coralie aimait, comme tous les fanatiques, à parer son idole ; elle se ruina pour donner à son cher poète cet élégant mobilier des élégants qu'il avait tant désiré pendant sa première promenade aux Tuileries. Lucien eut alors des cannes merveilleuses, une charmante lorgnette, des boutons en diamants, des anneaux pour ses cravates du matin, des bagues à la chevalière, enfin des gilets mirifiques en assez grand nombre pour pouvoir assortir les couleurs de sa mise. Il passa bientôt dandy. Le jour où il se rendit à l'invitation du diplomate allemand, sa métamorphose excita une sorte d'envie contenue chez les jeunes gens qui s'y trouvèrent, et qui tenaient le haut du pavé dans le royaume de la fashion, tels que de Marsay, Vandenesse, Ajuda-Pinto, Maxime de Trailles, Rastignac, le duc de Maufrigneuse, Beaudenord, Manerville, etc. Les hommes du monde sont jaloux entre eux à la manière des femmes. La comtesse de Montcornet et la marquise d'Espard, pour qui le dîner se donnait, eurent Lucien entre elles, et le comblèrent de coquetteries.

« Pourquoi donc avez-vous quitté le monde ? lui demanda la marquise, il était si disposé à vous bien accueillir, à vous fêter. J'ai une querelle à vous faire ! vous me deviez une visite, et je l'attends encore. Je vous ai aperçu l'autre jour à l'Opéra, vous n'avez pas daigné venir me voir ni me saluer.

— Votre cousine, madame, m'a si positivement signifié mon congé...

— Vous ne connaissez pas les femmes, répondit Mme d'Espard en interrompant Lucien. Vous avez blessé le cœur le plus angélique et l'âme la plus noble que je connaisse. Vous ignorez tout ce que Louise voulait faire pour vous, et combien elle mettait de finesse dans son plan. Oh ! elle eût réussi, fit-elle à une muette dénégation de Lucien. Son mari, qui maintenant est mort, comme il devait mourir, d'une indigestion, n'allait-il pas lui rendre, tôt ou tard, sa liberté ? Croyez-vous qu'elle voulût être Mme Chardon ? Le titre de comtesse de Rubempré valait bien la peine d'être conquis. Voyez-vous ? l'amour est une grande vanité qui doit s'accorder, surtout en mariage, avec toutes les autres vanités. Je vous aimerais à la folie, c'est-à-dire assez pour vous épouser, il me serait très dur de m'appeler Mme Chardon. Convenez-en ? Maintenant, vous avez vu les difficultés de la vie à Paris, vous savez combien de détours il faut faire pour arriver au but ; eh bien, avouez que pour un inconnu sans fortune, Louise aspirait à une faveur presque impossible, elle devait donc ne rien négliger. Vous avez beaucoup d'esprit, mais quand nous aimons, nous en avons encore plus que l'homme le plus spirituel. Ma cousine voulait employer ce ridicule Châtelet... Je vous dois des plaisirs, vos articles contre lui m'ont fait bien rire ! » dit-elle en s'interrompant.

Lucien ne savait plus que penser. Initié aux trahisons et aux perfidies du journalisme, il ignorait celles du monde ; aussi, malgré sa perspicacité, devait-il y recevoir de rudes leçons.

« Comment, madame, dit le poète dont la curiosité fut vivement éveillée, ne protégez-vous pas le Héron ?

— Mais dans le monde on est forcé de faire des politesses à ses plus cruels ennemis, de paraître s'amuser avec les ennuyeux, et souvent on sacrifie en apparence ses amis pour les mieux servir. Vous êtes donc encore bien neuf ? Comment, vous qui voulez écrire, vous ignorez les tromperies courantes du monde. Si ma cousine a semblé vous sacrifier au Héron, ne le fallait-il pas pour mettre cette influence à profit pour vous, car notre homme est très bien vu par le Ministère actuel ; aussi, lui avons-nous démontré que jusqu'à un certain point vos attaques le servaient, afin de pouvoir vous raccommoder tous deux, un jour. On a dédommagé Châtelet de vos persécutions. Comme le disait des Lupeaulx aux ministres : Pendant que les journaux tournent Châtelet en ridicule, ils laissent en repos le Ministère.

— M. Blondet m'a fait espérer que j'aurais le plaisir

de vous voir chez moi, dit la comtesse de Montcornet pendant le temps que la marquise abandonna Lucien à ses réflexions. Vous y trouverez quelques artistes, des écrivains et une femme qui a le plus vif désir de vous connaître, Mlle des Touches, un de ces talents rares parmi notre sexe, et chez qui sans doute vous irez. Mlle des Touches, Camille Maupin, si vous voulez, a l'un des salons les plus remarquables de Paris, elle est prodigieusement riche ; on lui a dit que vous êtes aussi beau que spirituel, elle se meurt d'envie de vous voir. »

Lucien ne put que se confondre en remerciements, et jeta sur Blondet un regard d'envie. Il y avait autant de différence entre une femme du genre et de la qualité de la comtesse de Montcornet et Coralie qu'entre Coralie et une fille des rues. Cette comtesse, jeune, belle et spirituelle, avait, pour beauté spéciale, la blancheur excessive des femmes du Nord ; sa mère était née princesse Scherbellof ; aussi le ministre, avant le dîner, lui avait-il prodigué ses plus respectueuses attentions. La marquise avait alors achevé de sucer dédaigneusement une aile de poulet.

« Ma pauvre Louise, dit-elle à Lucien, avait tant d'affection pour vous ! j'étais dans la confidence du bel avenir qu'elle rêvait pour vous : elle aurait supporté bien des choses, mais quel mépris vous lui avez marqué en lui renvoyant ses lettres ! Nous pardonnons les cruautés, il faut encore croire en nous pour nous blesser ; mais l'indifférence !... l'indifférence est comme la glace des pôles, elle étouffe tout. Allons, convenez-en ? vous avez perdu des trésors par votre faute. Pourquoi rompre ? Quand même vous eussiez été dédaigné, n'avez-vous pas votre fortune à faire, votre nom à reconquérir ? Louise pensait à tout cela.

— Pourquoi ne m'avoir rien dit ? répondit Lucien.

— Eh ! mon Dieu, c'est moi qui lui ai donné le conseil de ne pas vous mettre dans sa confidence. Tenez, entre nous, en vous voyant si peu fait au monde, je vous craignais : j'avais peur que votre inexpérience, votre ardeur étourdie ne détruisissent ou ne dérangeassent ses calculs et nos plans. Pouvez-vous maintenant vous souvenir de vous-même ? Avouez-le ? Vous seriez de mon opinion en voyant aujourd'hui votre Sosie. Vous ne vous ressemblez plus. Là est le seul tort que nous ayons eu. Mais, en mille, se rencontre-t-il un homme qui réunisse à tant d'esprit une si merveilleuse aptitude à prendre l'unisson ? Je n'ai pas cru que vous fussiez une si surprenante exception. Vous vous êtes métamorphosé si promptement, vous vous êtes si facilement initié aux façons parisiennes, que je ne vous ai pas reconnu au Bois de Boulogne, il y a un mois. »

Lucien écoutait cette grande dame avec un plaisir inexprimable : elle joignait à ses paroles flatteuses un air si confiant, si mutin, si naïf ; elle paraissait s'intéresser à lui si profondément, qu'il crut à quelque prodige semblable à celui de sa première soirée au Panorama-Dramatique. Depuis cet heureux soir, tout le monde lui souriait, il attribuait à sa jeunesse une puissance talismanique, il voulut alors éprouver la marquise en se promettant de ne pas se laisser surprendre.

« Quels étaient donc, madame, ses plans devenus aujourd'hui des chimères ?

— Louise voulait obtenir du roi une ordonnance qui vous permît de porter le nom et le titre de Rubempré. Elle voulait enterrer le Chardon. Ce premier succès, si facile à obtenir alors, et que maintenant vos opinions rendent presque impossible, était pour vous une fortune. Vous traiterez ces idées de visions et de bagatelles ; mais nous savons un peu la vie, et nous connaissons tout ce qu'il y a de solide dans un titre de comte porté par un élégant, par un ravissant jeune homme. Annoncez ici devant quelques jeunes Anglaises millionnaires ou devant des héritières : *M. Chardon* ou *M. le comte de Rubempré* ? il se ferait deux mouvements bien différents. Fût-il endetté, le comte trouverait les cœurs ouverts, sa beauté mise en lumière serait comme un diamant dans une riche monture. M. Chardon ne serait pas seulement remarqué. Nous n'avons pas créé ces idées, nous les trouvons régnant partout, même parmi les bourgeois. Vous tournez en ce moment le dos à la fortune. Regardez ce joli jeune homme, le vicomte Félix de Vandenesse, il est un des deux secrétaires particuliers du Roi. Le Roi aime assez les jeunes gens de talent, et celui-là, quand il est arrivé de sa province, n'avait pas un bagage plus lourd que le vôtre, vous avez mille fois plus d'esprit que lui ; mais appartenez-vous à une grande famille ? avez-vous un nom ? Vous connaissez des Lupeaulx, son nom ressemble au vôtre, il se nomme Chardin ; mais il ne vendrait pas pour un million sa métairie des Lupeaulx, il sera quelque jour comte des Lupeaulx, et son petit-fils deviendra peut-être un grand seigneur. Si vous continuez à marcher dans la fausse voie où vous vous êtes engagé, vous êtes perdu. Voyez combien M. Émile Blondet est plus sage que vous ? il est dans un journal qui soutient le pouvoir, il est bien vu par toutes les puissances du jour, il peut sans danger se mêler avec les Libéraux, il pense bien ; aussi parviendra-t-il tôt ou tard ; mais il a su choisir et son opinion et ses protections. Cette jolie personne, votre voisine, est une demoiselle de Troisville qui a deux pairs de France et deux députés dans sa famille, elle a fait un riche mariage à cause de son nom ; elle reçoit beaucoup, elle aura de l'influence et remuera le monde politique pour ce petit M. Émile Blondet. À quoi vous mène une Coralie ? à vous trouver perdu de dettes et fatigué de plaisirs dans quelques années d'ici. Vous placez mal votre amour, et vous arrangez mal votre vie. Voilà ce que me disait l'autre jour à l'Opéra la femme que vous prenez plaisir à blesser. En déplorant l'abus que vous faites de votre talent et de votre belle jeunesse, elle ne s'occupait pas d'elle, mais de vous.

— Ah ! si vous disiez vrai, madame ! s'écria Lucien.

— Quel intérêt verriez-vous à des mensonges ? » fit la marquise en jetant sur Lucien un regard hautain et froid qui le replongea dans le néant.

Lucien interdit ne reprit pas la conversation, la marquise offensée ne lui parla plus. Il fut piqué, mais il reconnut qu'il y avait eu de sa part maladresse et se promit de la réparer. Il se tourna vers Mme de Montcornet et lui parla de Blondet en exaltant le mérite de ce jeune écrivain. Il fut bien reçu par la comtesse qui l'invita, sur un signe de Mme d'Espard, à sa prochaine soirée, en lui demandant s'il n'y verrait pas avec plaisir Mme de Bargeton qui, malgré son deuil, y viendrait : il ne s'agissait pas d'une grande soirée, c'était sa réunion des petits jours, on serait entre amis.

« Madame la marquise, dit Lucien, prétend que tous les torts sont de mon côté, n'est-ce pas à sa cousine à être bonne pour moi ?

— Faites cesser les attaques ridicules dont elle est l'objet, qui d'ailleurs la compromettent fortement avec un homme de qui elle se moque, et vous aurez bientôt signé la paix. Vous vous êtes cru joué par elle, m'a-t-on dit, moi je l'ai vue bien triste de votre abandon. Est-il vrai qu'elle ait quitté sa province avec vous et pour vous ? »

Lucien regarda la comtesse en souriant, sans oser répondre.

« Comment pouviez-vous vous défier d'une femme qui vous faisait de tels sacrifices ! Et d'ailleurs, belle et spirituelle comme elle l'est, elle devait être aimée *quand même*. Mme de Bargeton vous aimait moins pour vous que pour vos talents. Croyez-moi, les femmes aiment l'esprit avant d'aimer la beauté », dit-elle en regardant Émile Blondet à la dérobée.

Lucien reconnut dans l'hôtel du ministre les différences qui existent entre le grand monde et le monde exceptionnel où il vivait depuis quelque temps. Ces deux magnificences n'avaient aucune similitude, aucun point de contact. La hauteur et la disposition des pièces dans cet appartement, l'un des plus riches du faubourg Saint-Germain ; les vieilles dorures des salons, l'ampleur des décorations, la richesse sérieuse des accessoires, tout lui était étranger, nouveau ; mais l'habitude si promptement prise des choses de luxe empêcha Lucien de paraître étonné. Sa contenance fut aussi éloignée de l'assurance et de la fatuité que de la complaisance et de la servilité. Le poète eut bonne façon et plut à ceux qui n'avaient aucune raison de lui être hostiles, comme les jeunes gens à qui sa soudaine introduction dans le grand monde, ses succès et sa beauté donnèrent de la jalousie. En sortant de table, il offrit le bras à Mme d'Espard qui l'accepta. En voyant Lucien courtisé par la marquise d'Espard, Rastignac vint se recommander de leur compatriotisme, et lui rappeler leur première entrevue chez Mme du Val-Noble. Le jeune noble parut vouloir se lier avec le grand homme de sa province en l'invitant à venir déjeuner chez lui quelque matin, et s'offrant à lui faire connaître les jeunes gens à la mode. Lucien accepta cette proposition.

« Le cher Blondet en sera », dit Rastignac.

Le ministre vint se joindre au groupe formé par le marquis de Ronquerolles, le duc de Rhétoré, de Marsay, le général Montriveau, Rastignac et Lucien.

« Très bien, dit-il à Lucien avec la bonhomie allemande sous laquelle il cachait sa redoutable finesse, vous avez fait la paix avec Mme d'Espard, elle est enchantée de vous, et nous savons tous, dit-il en regardant les hommes à la ronde, combien il est difficile de lui plaire.

— Oui, mais elle adore l'esprit, dit Rastignac, et mon illustre compatriote en vend.

— Il ne tardera pas à reconnaître le mauvais commerce qu'il fait, dit vivement Blondet, il nous viendra, ce sera bientôt un des nôtres. »

Il y eut autour de Lucien un chorus sur ce thème. Les hommes sérieux lancèrent quelques phrases profondes d'un ton despotique, les jeunes gens plaisantèrent du parti libéral.

« Il a, je suis sûr, dit Blondet, tiré à pile ou face pour la Gauche ou la Droite ; mais il va maintenant choisir. »

Lucien se mit à rire en se souvenant de sa scène au Luxembourg avec Lousteau.

« Il a pris pour cornac[1], dit Blondet en continuant, un Étienne Lousteau, un bretteur de petit journal qui voit une pièce de cent sous dans une colonne, dont la politique consiste à croire au retour de Napoléon, et, ce qui me semble encore plus niais, à la reconnaissance, au patriotisme de messieurs du Côté gauche. Comme Rubempré, les penchants de Lucien doivent être aristocrates ; comme journaliste, il doit être pour le pouvoir, ou il ne sera jamais ni Rubempré ni secrétaire général. »

Lucien, à qui le diplomate proposa une carte pour jouer le whist, excita la plus grande surprise quand il avoua ne pas savoir le jeu.

« Mon ami, lui dit à l'oreille Rastignac, arrivez de bonne heure chez moi le jour où vous y viendrez faire un méchant déjeuner, je vous apprendrai le whist, vous déshonorez notre royale ville d'Angoulême, et je répéterai un mot de M. de Talleyrand en vous disant que, si vous ne savez pas ce jeu-là, vous vous préparez une vieillesse très malheureuse. »

On annonça des Lupeaulx, un maître des requêtes en faveur et qui rendait des services secrets au ministère, homme fin et ambitieux qui se coulait partout. Il salua Lucien avec lequel il s'était déjà rencontré chez Mme du Val-Noble, et il y eut dans son salut un semblant d'amitié qui devait tromper Lucien. En trouvant là le jeune journaliste, cet homme qui se faisait en politique ami de tout le monde, afin de n'être pris au dépourvu par personne, comprit que Lucien allait obtenir dans le monde autant de succès que dans la littérature. Il vit un ambitieux en ce poète, et il l'enveloppa de protestations, de témoignages d'amitié, d'intérêt, de manière à vieillir leur connaissance et tromper Lucien sur la valeur de ses promesses et de ses paroles. Des Lupeaulx avait pour principe de bien connaître ceux dont il voulait se défaire, quand il trouvait en eux des rivaux[1]. Ainsi Lucien fut bien accueilli par le monde. Il comprit tout ce qu'il devait au duc de Rhétoré, au ministre, à Mme d'Espard, à Mme de Montcornet. Il alla causer avec chacune de ces femmes pendant quelques moments avant de partir, et déploya pour elles toute la grâce de son esprit.

« Quelle fatuité ! dit des Lupeaulx à la marquise quand Lucien la quitta.

— Il se gâtera avant d'être mûr, dit à la marquise de Marsay en souriant. Vous devez avoir des raisons cachées pour lui tourner ainsi la tête. »

Lucien trouva Coralie au fond de sa voiture dans la cour, elle était venue l'attendre ; il fut touché de cette attention, et lui raconta sa soirée. À son grand étonnement, l'actrice approuva les nouvelles idées qui trottaient déjà dans la tête de Lucien, et l'engagea fortement à s'enrôler sous la bannière ministérielle.

« Tu n'as que des coups à gagner avec les Libéraux, ils conspirent, ils ont tué le duc de Berry[2]. Renverseront-ils le gouvernement ? Jamais ! Par eux, tu n'arriveras à rien ; tandis que, de l'autre côté, tu deviendras comte de Rubempré. Tu peux rendre des services, être nommé pair de France, épouser une femme riche. Sois ultra. D'ailleurs, c'est bon genre, ajouta-t-elle en lançant le mot qui pour elle était la raison suprême. La Val-Noble, chez qui je suis allée dîner, m'a dit que Théodore Gaillard fondait décidément son petit journal royaliste appelé *Le Réveil*, afin de riposter aux plaisanteries du vôtre et du *Miroir*. À l'entendre, M. de Villèle et son parti seront au ministère avant un an[1]. Tâche de profiter de ce changement en te mettant avec eux pendant qu'ils ne sont rien encore ; mais ne dis rien à Étienne ni à tes amis qui seraient capables de te jouer quelque mauvais tour. »

Huit jours après, Lucien se présenta chez Mme de Montcornet, où il éprouva la plus violente agitation en revoyant la femme qu'il avait tant aimée, et à laquelle sa plaisanterie avait percé le cœur. Louise aussi s'était métamorphosée ! Elle était redevenue ce qu'elle eût été sans son séjour en province, grande dame. Il y avait dans son deuil une grâce et une recherche qui annonçaient une veuve heureuse. Lucien crut être pour quelque chose dans cette coquetterie, et il ne se trompait pas ; mais il avait, comme un ogre, goûté la chair fraîche, il resta pendant toute cette soirée indécis entre la belle, l'amoureuse, la voluptueuse Coralie, et la sèche, la hautaine, la cruelle Louise. Il ne sut pas prendre un parti, sacrifier l'actrice à la grande dame. Ce sacrifice, Mme de Bargeton, qui ressentait alors de l'amour pour Lucien en le voyant si spirituel et si beau, l'attendit pendant toute la soirée ; elle en fut pour ses frais, pour ses paroles insidieuses, pour ses mines coquettes, et sortit du salon avec un irrévocable désir de vengeance.

« Eh bien, cher Lucien, dit-elle avec une bonté pleine de grâce parisienne et de noblesse, vous deviez être mon orgueil, et vous m'avez prise pour votre première victime. Je vous ai pardonné, mon enfant, en songeant qu'il y avait un reste d'amour dans une pareille vengeance. »

Mme de Bargeton reprenait sa position par cette phrase accompagnée d'un air royal. Lucien, qui croyait avoir mille fois raison, se trouvait avoir tort. Il ne fut question ni de la terrible lettre d'adieu par laquelle il avait rompu, ni des motifs de la rupture. Les femmes du grand monde ont un talent merveilleux pour amoindrir leurs torts en en plaisantant. Elles peuvent et savent tout effacer par un sourire, par une question qui joue la surprise. Elles ne se souviennent de rien, elles expliquent tout, elles s'étonnent, elles interrogent, elles commentent, elles amplifient, elles querellent, et finissent par enlever leurs torts comme on enlève une tache par un petit savonnage : vous les saviez noires, elles deviennent en un moment blanches et innocentes. Quant à vous, vous êtes bienheureux de ne pas vous trouver coupable de quelque crime irrémissible. En un moment, Lucien et Louise avaient repris leurs illusions sur eux-mêmes, parlaient le langage de l'amitié ; mais Lucien, ivre de vanité satisfaite, ivre de Coralie, qui, disons-le, lui rendait la vie facile, ne sut pas répondre nettement à ce mot que Louise accompagna d'un soupir d'hésitation : Êtes-vous heureux ? Un non mélancolique eût fait sa fortune. Il crut être spirituel en expliquant Coralie ; il se dit aimé pour lui-même, enfin toutes les bêtises de l'homme épris. Mme de Bargeton se mordit les lèvres. Tout fut dit. Mme d'Espard vint auprès de sa cousine avec Mme de Montcornet. Lucien se vit, pour ainsi dire, le héros de la soirée : il fut caressé, câliné, fêté par ces trois femmes qui l'entortillèrent avec un art infini. Son succès dans ce beau et brillant monde ne fut donc pas moindre qu'au sein du journalisme. La belle Mlle des Touches, si célèbre sous le nom de Camille Maupin, et à qui Mmes d'Espard et de Bargeton présentèrent Lucien, l'invita pour l'un de ses mercredis à dîner, et parut émue de cette beauté si justement fameuse. Lucien essaya de prouver qu'il était encore plus spirituel que beau. Mlle des Touches exprima son admiration avec cette naïveté d'enjouement et cette jolie fureur d'amitié superficielle à laquelle se prennent tous ceux qui ne connaissent pas à fond la vie parisienne, où l'habitude et la continuité des jouissances rendent si avide de la nouveauté.

« Si je lui plaisais autant qu'elle me plaît, dit Lucien à Rastignac et à de Marsay, nous abrégerions le roman...

— Vous savez l'un et l'autre trop bien les écrire pour vouloir en faire, répondit Rastignac. Entre auteurs, peut-on jamais s'aimer ? Il arrive toujours un certain moment où l'on se dit de petits mots piquants.

— Vous ne feriez pas un mauvais rêve, lui dit en riant de Marsay. Cette charmante fille a trente ans, il est vrai ; mais elle a près de quatre-vingt mille livres de rente. Elle est adorablement capricieuse, et le caractère de sa beauté doit se soutenir fort longtemps. Coralie est une petite sotte, mon cher, bonne pour vous poser ; car il ne faut pas qu'un joli garçon reste sans maîtresse ; mais si vous ne faites pas quelque belle conquête dans le monde, l'actrice vous nuirait à la longue. Allons, mon cher, supplantez Conti qui va chanter avec Camille Maupin. De tout temps la poésie a eu le pas sur la musique. »

Quand Lucien entendit Mlle des Touches et Conti, ses espérances s'envolèrent.

« Conti chante trop bien », dit-il à des Lupeaulx.

Lucien revint à Mme de Bargeton, qui l'emmena dans le salon où était la marquise d'Espard.

« Eh bien, ne voulez-vous pas vous intéresser à lui ? dit Mme de Bargeton à sa cousine.

— Mais que M. Chardon, dit la marquise d'un air à

la fois impertinent et doux, se mette en position d'être patronné sans inconvénient pour ses protecteurs S'il veut obtenir l'ordonnance qui lui permettra de quitter le misérable nom de son père pour celui de sa mère, ne doit-il pas être au moins des nôtres ?

— Avant deux mois j'aurai tout arrangé, dit Lucien.

— Eh bien, dit la marquise, je verrai mon père et mon oncle qui sont de service auprès du Roi, ils parleront de vous au chancelier. »

Le diplomate et ces deux femmes avaient bien deviné l'endroit sensible chez Lucien. Ce poète, ravi des splendeurs aristocratiques, ressentait des mortifications indicibles à s'entendre appeler Chardon, quand il voyait n'entrer dans les salons que des hommes portant des noms sonores enchâssés dans des titres. Cette douleur se répéta partout où il se produisit pendant quelques jours. Il éprouvait d'ailleurs une sensation tout aussi désagréable en redescendant aux affaires de son métier, après être allé la veille dans le grand monde, où il se montrait convenablement avec l'équipage et les gens de Coralie. Il apprit à monter à cheval pour pouvoir galoper à la portière des voitures de Mme d'Espard, de Mlle des Touches et de la comtesse de Montcornet, privilège qu'il avait tant envié à son arrivée à Paris. Finot fut enchanté de procurer à son rédacteur essentiel une entrée de faveur à l'Opéra où Lucien perdit bien des soirées ; mais il appartint dès lors au monde spécial des élégants de cette époque. Si le poète rendit à Rastignac et à ses amis du monde un splendide déjeuner, il commit la faute de le donner chez Coralie ; car il était trop jeune, trop poète et trop confiant pour connaître certaines nuances de conduite : une actrice, excellente fille, mais sans éducation, pouvait-elle lui apprendre la vie ? Le provincial prouva de la manière la plus évidente à ces jeunes gens, pleins de mauvaises dispositions pour lui, cette collusion d'intérêts entre l'actrice et lui que tout jeune homme jalouse secrètement et que chacun flétrit. Celui qui le soir même en plaisanta le plus cruellement fut Rastignac, quoiqu'il se soutînt dans le monde par des moyens pareils[1], mais en gardant si bien les apparences, qu'il pouvait traiter la médisance de calomnie. Lucien avait promptement appris le whist. Le jeu devint une passion chez lui. Coralie, pour éviter toute rivalité, loin de désapprouver Lucien, en favorisait les dissipations avec l'aveuglement particulier aux sentiments entiers qui ne voient jamais que le présent et qui sacrifient tout, même l'avenir, à la jouissance du moment. Le caractère de l'amour véritable offre de constantes similitudes avec l'enfance: il en a l'irréflexion, l'imprudence, la dissipation, le rire et les pleurs.

À cette époque florissait une société de jeunes gens riches ou pauvres, tous désœuvrés, appelés *viveurs*, et qui vivaient en effet avec une incroyable insouciance, intrépides mangeurs, buveurs plus intrépides encore. Tous bourreaux d'argent et mêlant les plus rudes plaisanteries à cette existence, non pas folle, mais enragée, ils ne reculaient devant aucune impossibilité, se faisaient gloire de leurs méfaits, contenus néanmoins en de certaines bornes: l'esprit le plus original couvrait leurs escapades, il était impossible de ne pas les leur pardonner. Aucun fait n'accuse si hautement l'ilotisme auquel la Restauration avait condamné la jeunesse. Les jeunes gens, qui ne savaient à quoi employer leurs forces, ne les jetaient pas seulement dans le journalisme, dans les conspirations, dans la littérature et dans l'art, ils les dissipaient dans les plus étranges excès, tant il y avait de sève et de luxuriantes puissances dans la jeune France. Travailleuse, cette belle jeunesse voulait le pouvoir et le plaisir; artiste, elle voulait des trésors; oisive, elle voulait animer ses passions; de toute manière elle voulait une place, et la politique ne lui en faisait nulle part. Les viveurs étaient des gens presque tous doués de facultés éminentes ; quelques-uns les ont perdues dans cette vie énervante, quelques autres y ont résisté. Le plus célèbre de ces viveurs, le plus spirituel, Rastignac a fini par entrer, conduit par de Marsay, dans une carrière sérieuse où il s'est distingué[1]. Les plaisanteries auxquelles ces jeunes gens se sont livrés sont devenues si fameuses qu'elles ont fourni le sujet de plusieurs vaudevilles. Lucien, lancé par Blondet dans cette société de dissipateurs, y brilla près de Bixiou, l'un des esprits les plus méchants et le plus infatigable railleur de ce temps. Pendant tout l'hiver, la vie de Lucien fut donc une longue ivresse coupée par les faciles travaux du journalisme ; il continua la série de ses petits articles, et fit des efforts énormes pour produire de temps en temps quelques belles pages de critique fortement pensée. Mais l'étude était une exception, le poète ne s'y adonnait que contraint par la nécessité : les déjeuners, les dîners, les parties de plaisir, les soirées du monde, le jeu prenaient tout son temps, et Coralie dévorait le reste. Lucien se défendait de songer au lendemain. Il voyait d'ailleurs ses prétendus amis se conduisant tous comme lui, défrayés par des prospectus de librairie chèrement payés, par des primes données à certains articles nécessaires aux spéculations hasardées, mangeant à même et peu soucieux de l'avenir. Une fois admis dans le journalisme et dans la littérature sur un pied d'égalité, Lucien aperçut des difficultés énormes à vaincre au cas où il voudrait s'élever : chacun consentait à l'avoir pour égal, nul ne le voulait pour supérieur. Insensiblement il renonça donc à la gloire littéraire en croyant la fortune politique plus facile à obtenir.

« L'intrigue soulève moins de passions contraires que le talent, ses menées sourdes n'éveillent l'attention de personne, lui dit un jour Châtelet avec qui

Lucien s'était raccommodé. L'intrigue est d'ailleurs supérieure au talent : de rien, elle fait quelque chose ; tandis que la plupart du temps les immenses ressources du talent ne servent qu'à faire le malheur de l'homme. »

À travers cette vie où toujours le Lendemain marchait sur les talons de la Veille au milieu d'une orgie et ne trouvait point le travail promis, Lucien poursuivit donc sa pensée principale : il était assidu dans le monde, il courtisait Mme de Bargeton, la marquise d'Espard, la comtesse de Montcornet, et ne manquait pas une seule des soirées de Mlle des Touches ; il arrivait dans le monde avant une partie de plaisir, après quelque dîner donné par les auteurs ou par les libraires ; il quittait les salons pour un souper, fruit de quelque pari ; les frais de la conversation parisienne et le jeu absorbaient le peu d'idées et de forces que lui laissaient ses excès. Le poète n'eut plus alors cette lucidité d'esprit, cette froideur de tête nécessaires pour observer autour de lui, pour déployer le tact exquis que les parvenus doivent employer à tout instant ; il lui fut impossible de reconnaître les moments où Mme de Bargeton revenait à lui, s'éloignait blessée, lui faisait grâce ou le condamnait de nouveau. Châtelet aperçut les chances qui restaient à son rival, et devint l'ami de Lucien pour le maintenir dans la dissipation où se perdait son énergie. Rastignac, jaloux de son compatriote et qui trouvait d'ailleurs dans le baron un allié plus sûr et plus utile que Lucien, épousa la cause de Châtelet. Aussi, quelques jours après l'entrevue du Pétrarque et de la Laure d'Angoulême, Rastignac avait-il réconcilié le poète et le vieux beau de l'Empire au milieu d'un magnifique souper au Rocher de Cancale. Lucien, qui rentrait toujours le matin et se levait au milieu de la journée, ne savait pas résister à un amour à domicile et toujours prêt. Ainsi le ressort de sa volonté, sans cesse assoupli par une paresse qui le rendait indifférent aux belles résolutions prises dans les moments où il entrevoyait sa position sous son vrai jour, devint nul, et ne répondit bientôt plus aux plus fortes pressions de la misère. Après avoir été très heureuse de voir Lucien s'amusant, après l'avoir encouragé en voyant dans cette dissipation des gages pour la durée de son attachement et des liens dans les nécessités qu'elle créait, la douce et tendre Coralie eut le courage de recommander à son amant de ne pas oublier le travail, et fut plusieurs fois obligée de lui dire qu'il avait gagné peu de chose dans son mois. L'amant et la maîtresse s'endettèrent avec une effrayante rapidité. Les quinze cents francs restant sur le prix des *Marguerites*, les premiers cinq cents francs gagnés par Lucien avaient été promptement dévorés. En trois mois, ses articles ne produisirent pas au poète plus de mille francs, et il crut avoir énormément travaillé. Mais Lucien avait adopté déjà la jurisprudence plaisante des viveurs sur les dettes. Les dettes sont jolies chez les jeunes gens de vingt-cinq ans ; plus tard, personne ne les leur pardonne. Il est à remarquer que certaines âmes, vraiment poétiques, mais où la volonté faiblit, occupées à sentir pour rendre leurs sensations par des images, manquent essentiellement du sens moral qui doit accompagner toute observation. Les poètes aiment plutôt à recevoir en eux des impressions que d'entrer chez les autres y étudier le mécanisme des sentiments. Ainsi Lucien ne demanda pas compte aux viveurs de ceux d'entre eux qui disparaissaient, il ne vit pas l'avenir de ces prétendus amis qui les uns avaient des héritages, les autres des espérances certaines, ceux-ci des talents reconnus, ceux-là la foi la plus intrépide en leur destinée et le dessein prémédité de tourner les lois. Lucien crut à son avenir en se fiant à ces profonds axiomes de Blondet : « Tout finit par s'arranger. — Rien ne se dérange chez les gens qui n'ont rien. — Nous ne pouvons perdre que la fortune que nous cherchons ! — En allant avec le courant, on finit par arriver quelque part. — Un homme d'esprit qui a pied dans le monde fait fortune quand il veut ! »

Cet hiver, rempli par tant de plaisirs, fut nécessaire à Théodore Gaillard et à Hector Merlin pour trouver les capitaux qu'exigeait la fondation du *Réveil*, dont le premier numéro ne parut qu'en mars 1822[1]. Cette affaire se traitait chez Mme du Val-Noble. Cette élégante et spirituelle courtisane qui disait, en montrant ses magnifiques appartements : « Voilà les comptes des Mille et Une Nuits ! » exerçait une certaine influence sur les banquiers, les grands seigneurs et les écrivains du parti royaliste, tous habitués à se réunir dans son salon pour traiter certaines affaires qui ne pouvaient être traitées que là. Hector Merlin, à qui la rédaction en chef du *Réveil* était promise, devait avoir pour bras droit Lucien, devenu son ami intime, et à qui le feuilleton d'un des journaux ministériels fut également promis. Ce changement de front dans la position de Lucien se préparait sourdement à travers les plaisirs de sa vie. Cet enfant se croyait un grand politique en dissimulant ce coup de théâtre, et comptait beaucoup sur les largesses ministérielles pour arranger ses comptes, pour dissiper les ennuis secrets de Coralie. L'actrice, toujours souriant, cachait sa détresse ; mais Bérénice, plus hardie, instruisait Lucien. Comme tous les poètes, le grand homme en herbe s'apitoyait un moment sur les désastres, il promettait de travailler, il oubliait sa promesse et noyait ce souci passager dans ses débauches. Le jour où Coralie apercevait des nuages sur le front de son amant, elle grondait Bérénice et disait à son poète que tout se pacifiait. Mme d'Espard et Mme de Bargeton attendaient la conversion de Lucien pour faire demander au ministre par Châtelet, disaient-elles, l'ordonnance tant désirée sur le changement de nom. Lucien avait promis de dédier ses *Marguerites* à la marquise d'Espard, qui paraissait très flattée d'une distinction que les auteurs ont rendue rare depuis qu'ils sont devenus un pouvoir. Quand Lucien allait le soir chez Dauriat et demandait où en était son livre, le libraire lui opposait d'excellentes raisons pour retarder la mise sous presse. Dauriat avait telle ou telle opération en train qui lui prenait tout son temps, on allait publier un nouveau volume de Canalis contre lequel il ne fallait pas se heurter, les secondes *Méditations* de M. de Lamartine étaient sous presse[1], et deux importants recueils de poésie ne devaient pas se rencontrer, l'auteur devait d'ailleurs se fier à l'habileté de son libraire. Cependant les besoins de Lucien devenaient si pressants, qu'il eut recours à Finot qui lui fit quelques avances sur des articles. Quand le soir, à souper, le poète-journaliste expliquait sa situation à ses amis les viveurs, ils noyaient ses scrupules dans des flots de vin de Champagne glacé de plaisanteries. Les dettes ! il n'y a pas d'homme fort sans dettes ! Les dettes représentent des besoins satisfaits, des vices exigeants. Un homme ne parvient que pressé par la main de fer de la nécessité.

« Aux grands hommes, le Mont-de-Piété reconnaissant ! lui criait Blondet.

— Tout vouloir, c'est devoir tout, disait Bixiou.

— Non, tout devoir, c'est avoir eu tout ! » répondait des Lupeaulx.

Les viveurs savaient prouver à cet enfant que ses dettes seraient l'aiguillon d'or avec lequel il piquerait les chevaux attelés au char de sa fortune. Puis, toujours César avec ses quarante millions de dettes, et Frédéric II recevant de son père un ducat par mois, et toujours les fameux, les corrupteurs exemples des grands hommes montrés dans leurs vices et non dans la toute-puissance de leur courage et de leurs conceptions ! Enfin la voiture, les chevaux et le mobilier de Coralie furent saisis par plusieurs créanciers pour des sommes dont le total montait à quatre mille francs. Quand Lucien recourut à Lousteau pour lui redemander le billet de mille francs qu'il lui avait prêté, Lousteau lui montra des papiers timbrés qui établissaient chez Florine une position analogue à celle de Coralie ; mais Lousteau reconnaissant lui proposa de faire les démarches nécessaires pour placer *L'Archer de Charles IX*.

« Comment Florine en est-elle arrivée là ? demanda Lucien.

— Le Matifat s'est effrayé, répondit Lousteau, nous l'avons perdu ; mais si Florine le veut, il payera cher sa trahison ! Je te conterai l'affaire. »

Trois jours après la démarche inutile faite par Lucien chez Lousteau, les deux amants déjeunaient tristement au coin du feu dans leur belle chambre à coucher ; Bérénice leur avait cuisiné des œufs sur le plat dans la cheminée, car la cuisinière, le cocher, les gens étaient partis. Il était impossible de disposer du mobilier saisi. Il n'y avait plus dans le ménage aucun objet d'or ou d'argent, ni aucune valeur intrinsèque ; mais tout était d'ailleurs représenté par des reconnaissances du Mont-de-Piété formant un petit volume in-octavo très instructif. Bérénice avait conservé deux couverts. Le petit journal rendait des services inappréciables à Lucien et à Coralie en maintenant le tailleur, la marchande de modes et la couturière, qui tous tremblaient de mécontenter un journaliste capable de tympaniser leurs établissements. Lousteau vint pendant le déjeuner en criant : « Hourrah ! Vive *L'Archer de Charles IX* ! J'ai *lavé* pour cent francs de livres, mes enfants, dit-il, partageons ? »

Il remit cinquante francs à Coralie, et envoya Bérénice chercher un déjeuner substantiel.

« Hier, Hector Merlin et moi nous avons dîné avec des libraires, et nous avons préparé la vente de ton roman par de savantes insinuations. Tu es en marché avec Dauriat ; mais Dauriat lésine, il ne veut pas donner plus de quatre mille francs pour deux mille exemplaires, et tu veux six mille francs. Nous t'avons fait deux fois plus grand que Walter Scott. Oh ! tu as dans le ventre des romans incomparables ! tu n'offres pas un livre, mais une affaire ; tu n'es pas l'auteur d'un roman plus ou moins ingénieux, tu seras une collection ! Ce mot collection a porté coup. Ainsi n'oublie pas ton rôle, tu as en portefeuille : *La Grande Mademoiselle ou La France sous Louis XIV*. — *Cotillon Ier ou Les premiers jours de Louis XV*. — *La Reine et le Cardinal ou Tableau de Paris sous la Fronde*. — *Le Fils de Concini ou Une intrigue de Richelieu* !... Ces romans seront annoncés sur la couverture. Nous appelons cette manœuvre berner les succès. On fait sauter ses livres sur la couverture jusqu'à ce qu'ils deviennent célèbres, et l'on est alors bien plus grand par les œuvres qu'on ne fait pas que par celles qu'on a faites. Le *Sous presse* est l'hypothèque littéraire ! Allons, rions un peu ? Voici du vin de Champagne. Tu comprends, Lucien, que nos hommes ont ouvert des yeux grands comme tes soucoupes... Tu as donc encore des soucoupes ?

— Elles sont saisies, dit Coralie.

— Je comprends, et je reprends, reprit Lousteau. Les libraires croiront à tous tes manuscrits, s'ils en voient un seul. En librairie, on demande à voir le manuscrit, on a la prétention de le lire. Laissons aux libraires leur fatuité : jamais ils ne lisent de livres, autrement ils n'en publieraient pas tant ! Hector et moi, nous avons laissé pressentir qu'à cinq mille francs tu concéderais[1] trois mille exemplaires en deux éditions. Donne-moi le manuscrit de *L'Archer*, après-demain nous déjeunons chez les libraires et nous les enfonçons !

— Qui est-ce ? dit Lucien.

— Deux associés, deux bons garçons, assez ronds en affaires, nommés Fendant et Cavalier[1]. L'un est un ancien premier commis de la maison Vidal et Porchon, l'autre est le plus habile voyageur du quai des Augustins, tous deux établis depuis un an. Après avoir perdu quelques légers capitaux à publier des romans traduits de l'anglais, mes gaillards veulent maintenant exploiter les romans indigènes. Le bruit court que ces deux marchands de papier noirci risquent uniquement les capitaux des autres, mais il t'est, je pense, assez indifférent de savoir à qui appartient l'argent qu'on te donnera. »

Le surlendemain, les deux journalistes étaient invités à déjeuner rue Serpente, dans l'ancien quartier de Lucien, où Lousteau conservait toujours sa chambre rue de La Harpe ; et Lucien, qui vint y prendre son ami, la vit dans le même état où elle était le soir de son introduction dans le monde littéraire, mais il ne s'en étonna plus : son éducation l'avait initié aux vicissitudes de la vie des journalistes, il en concevait tout. Le grand homme de province avait reçu, joué, perdu le prix de plus d'un article en perdant aussi l'envie de le faire ; il avait écrit plus d'une colonne d'après les procédés ingénieux que lui avait décrits Lousteau quand ils avaient descendu de la rue de La Harpe au Palais-Royal. Tombé sous la dépendance de Barbet et de Braulard, il trafiquait des livres et des billets de théâtres ; enfin il ne reculait devant aucun éloge, ni devant aucune attaque ; il éprouvait même en ce moment une espèce de joie à tirer de Lousteau tout le parti possible avant de tourner le dos aux Libéraux, qu'il se proposait d'attaquer d'autant mieux qu'il les avait plus étudiés. De son côté, Lousteau recevait, au préjudice de Lucien, une somme de cinq cents francs en argent de Fendant et Cavalier, sous le nom de commission, pour avoir procuré ce futur Walter Scott aux deux libraires en quête d'un Scott français.

La maison Fendant et Cavalier était une de ces maisons de librairie établies sans aucune espèce de capital, comme il s'en établissait beaucoup alors, et comme il s'en établira toujours, tant que la papeterie et l'imprimerie continueront à faire crédit à la librairie, pendant le temps de jouer sept à huit de ces coups de cartes appelés publications. Alors comme aujourd'hui, les ouvrages s'achetaient aux auteurs en billets souscrits à des échéances de six, neuf et douze mois, payement fondé sur la nature de la vente qui se solde entre libraires par des valeurs encore plus longues. Ces libraires payaient en même monnaie les papetiers et les imprimeurs, qui[1] avaient ainsi pendant un an entre les mains, *gratis*, toute une librairie composée d'une douzaine ou d'une vingtaine d'ouvrages. En supposant deux ou trois succès, le produit des bonnes affaires soldait les mauvaises, et ils se soutenaient en entant livre sur livre. Si les opérations étaient toutes douteuses, ou, si, pour leur malheur, ils rencontraient de bons livres qui ne pouvaient se vendre qu'après avoir été goûtés, appréciés par le vrai public ; si les escomptes de leurs valeurs étaient onéreux, s'ils subissaient eux-mêmes des faillites, ils déposaient tranquillement leur bilan, sans nul souci, préparés par avance à ce résultat. Ainsi toutes les chances étaient en leur faveur, ils jouaient sur le grand tapis vert de la spéculation les fonds d'autrui, non les leurs. Fendant et Cavalier se trouvaient dans cette situation. Cavalier avait apporté son savoir-faire, Fendant y avait joint son industrie. Le fonds social méritait éminemment ce titre, car il consistait en quelques milliers de francs, épargnes péniblement amassées par leurs maîtresses, sur lesquels ils s'étaient attribué l'un et l'autre des appointements assez considérables, très scrupuleusement dépensés en dîners offerts aux journalistes et aux auteurs, au spectacle où se faisaient, disaient-ils, les affaires. Ces demi-fripons passaient tous deux pour habiles ; mais Fendant était plus rusé que Cavalier. Digne de son nom, Cavalier voyageait, Fendant dirigeait les affaires à Paris. Cette association fut ce qu'elle sera toujours entre deux libraires, un duel. Les associés occupaient le rez-de-chaussée d'un de ces vieux hôtels de la rue Serpente, où le cabinet de la maison se trouvait au bout de vastes salons convertis en magasins. Ils avaient déjà publié beaucoup de romans, tels que *La Tour du Nord*, *Le Marchand de Bénarès*, *La Fontaine du sépulcre*, *Tekeli*[1], les romans de Galt, auteur anglais qui n'a pas réussi en France[2]. Le succès de Walter Scott éveillait tant l'attention de la librairie sur les produits de l'Angleterre, que les libraires étaient tous préoccupés, en vrais Normands[3], de la conquête de l'Angleterre ; ils y cherchaient du Walter Scott, comme plus tard on devait chercher des asphaltes dans les terrains caillouteux, du bitume dans les marais, et réaliser des bénéfices sur les chemins de fer en projet. Une des plus grandes niaiseries du commerce parisien est de vouloir trouver le succès dans les analogues, quand il est dans les contraires. À Paris surtout, le succès tue le succès. Aussi sous le titre de *Les Strelitz, ou la Russie il y a cent ans*[4], Fendant et Cavalier inséraient-ils bravement en grosses lettres, *dans le genre de Walter Scott*. Fendant et Cavalier avaient soif d'un succès : un bon livre pouvait leur servir à écouler leurs ballots de piles[5], et ils avaient été affriolés par la perspective d'avoir des articles dans les journaux, la grande condition de la vente d'alors, car il est extrêmement rare qu'un livre soit acheté pour sa propre valeur, il est presque toujours publié par des raisons étrangères à son mérite. Fendant et Cavalier voyaient en Lucien le journaliste, et dans son livre une fabrication dont la première vente leur faciliterait une fin de mois. Les journalistes trouvèrent les associés dans leur cabinet, le traité tout prêt, les billets signés. Cette promptitude émerveilla Lucien. Fendant était un petit homme maigre, porteur d'une sinistre physionomie : l'air d'un Kalmouk, petit front bas, nez rentré, bouche serrée, deux petits yeux noirs éveillés, les contours du visage tourmentés, un teint aigre, une voix qui ressemblait au son que rend une cloche fêlée, enfin tous les dehors d'un fripon consommé ; mais il compensait ces désavantages par le mielleux de ses discours, il arrivait à ses fins par la conversation. Cavalier, garçon tout rond et que l'on aurait pris pour un conducteur de diligence plutôt que pour un libraire, avait des cheveux d'un blond hasardé, le visage allumé, l'encolure épaisse et le verbe éternel du commis voyageur.

« Nous n'aurons pas de discussions, dit Fendant en s'adressant à Lucien et à Lousteau. J'ai lu l'ouvrage, il est très littéraire et nous convient si bien que j'ai déjà remis le manuscrit à l'imprimerie. Le traité est rédigé d'après les bases convenues ; d'ailleurs, nous ne sortons jamais des conditions que nous y avons stipulées. Nos effets sont à six, neuf et douze mois, vous les escompterez facilement, et nous vous rembourserons l'escompte. Nous nous sommes réservé le droit de donner un autre titre à l'ouvrage, nous n'aimons pas *L'Archer de Charles IX*, il ne pique pas assez la curiosité des lecteurs, il y a plusieurs rois du nom de Charles, et dans le Moyen Âge il se trouvait tant d'archers ! Ah ! si vous disiez *Le Soldat de Napoléon* ! mais *L'Archer de Charles IX* ?... Cavalier serait obligé de faire un cours d'histoire de France pour placer chaque exemplaire en province.

— Si vous connaissiez les gens à qui nous avons affaire, s'écria Cavalier.

— *La Saint-Barthélemy* vaudrait mieux, reprit Fendant.

— *Catherine de Médicis, ou la France sous Charles IX*, dit Cavalier, ressemblerait plus à un titre de Walter Scott.

— Enfin nous le déterminerons quand l'ouvrage sera imprimé, reprit Fendant.

— Comme vous voudrez, dit Lucien, pourvu que le titre me convienne. »

Le traité lu, signé, les doubles échangés, Lucien mit les billets dans sa poche avec une satisfaction sans égale. Puis tous quatre, ils montèrent chez Fendant où ils firent le plus vulgaire des déjeuners : des huîtres, des biftecks, des rognons au vin de Champagne et du fromage de Brie ; mais ces mets furent accompagnés par des vins exquis, dus à Cavalier qui connaissait un voyageur du commerce des vins. Au moment de se mettre à table apparut l'imprimeur à qui était confiée l'impression du roman, et qui vint surprendre Lucien en lui apportant les deux premières feuilles de son livre en épreuves.

« Nous voulons marcher rapidement, dit Fendant à Lucien, nous comptons sur votre livre, et nous avons diantrement besoin d'un succès. »

Le déjeuner, commencé vers midi, ne fut fini qu'à cinq heures.

« Où trouver de l'argent ? dit Lucien à Lousteau.

— Allons voir Barbet », répondit Étienne.

Les deux amis descendirent, un peu échauffés et avinés, vers le quai des Augustins.

« Coralie est surprise au dernier point de la perte que Florine a faite, Florine ne la lui a dite qu'hier en t'attribuant ce malheur, elle paraissait aigrie au point de te quitter, dit Lucien à Lousteau.

— C'est vrai, dit Lousteau qui ne conserva pas sa prudence et s'ouvrit à Lucien. Mon ami, car tu es mon ami, toi, Lucien, tu m'as prêté mille francs et tu ne me les as encore demandés qu'une fois. Défie-toi du jeu. Si je ne jouais pas, je serais heureux. Je dois à Dieu et au diable. J'ai dans ce moment-ci les gardes du commerce[1] à mes trousses. Enfin je suis forcé, quand je vais au Palais-Royal, de doubler des caps dangereux. »

Dans la langue des viveurs, doubler un cap dans Paris, c'est faire un détour, soit pour ne pas passer devant un créancier, soit pour éviter l'endroit où il peut être rencontré. Lucien, qui n'allait pas indifféremment par toutes les rues, connaissait la manœuvre sans en connaître le nom.

« Tu dois donc beaucoup ?

— Une misère ! reprit Lousteau. Mille écus me sauveraient. J'ai voulu me ranger, ne plus jouer, et, pour me liquider, j'ai fait un peu de *chantage*.

— Qu'est-ce que le chantage ? dit Lucien à qui ce mot était inconnu.

— Le chantage est une invention de la presse anglaise, importée récemment en France. Les *chanteurs* sont des gens placés de manière à disposer des journaux. Jamais un directeur de journal, ni un rédacteur en chef, n'est censé tremper dans le chantage. On a des Giroudeau, des Philippe Bridau. Ces *bravi* viennent trouver un homme qui, pour certaines raisons, ne veut pas qu'on s'occupe de lui. Beaucoup de gens ont sur la conscience des peccadilles plus ou moins originales. Il y a beaucoup de fortunes suspectes à Paris, obtenues par des voies plus ou moins légales, souvent par des manœuvres criminelles, et qui fourniraient de délicieuses anecdotes, comme la gendarmerie de Fouché cernant les espions du préfet de police qui, n'étant pas dans le secret de la fabrication des faux billets de la banque anglaise, allaient saisir les imprimeurs clandestins protégés par le ministre ; puis l'histoire des diamants du prince Galathione, l'affaire Maubreuil, la succession Pombreton[1], etc. Le chanteur s'est procuré quelque pièce, un document important, il demande un rendez-vous à l'homme enrichi. Si l'homme compromis ne donne pas une somme quelconque, le chanteur lui montre la presse prête à l'entamer, à dévoiler ses secrets. L'homme riche a peur, il finance. Le tour est fait. Vous vous livrez à quelque opération périlleuse, elle peut succomber à une suite d'articles : on vous détache un chanteur qui vous propose le rachat des articles. Il y a des ministres à qui l'on envoie des chanteurs, et qui stipulent avec eux que le journal attaquera leurs actes politiques et non leur personne, ou qui livrent leur personne et demandent grâce pour leur maîtresse. Des Lupeaulx, ce joli maître des requêtes que tu connais, est perpétuellement occupé de ces sortes de négociations avec les journalistes. Le drôle s'est fait une position merveilleuse au centre du pouvoir par ses relations : il est à la fois le mandataire de la presse et l'ambassadeur des ministres, il maquignonne les amours-propres, il étend même ce commerce aux affaires politiques, il obtient des journaux leur silence sur tel emprunt, sur telle concession accordés sans concurrence ni publicité dans laquelle on donne une part aux loups-cerviers de la banque libérale. Tu as fait un peu de chantage avec Dauriat, il t'a donné mille écus pour t'empêcher de décrier Nathan. Dans le dix-huitième siècle où le journalisme était au maillot, le chantage se faisait au moyen de pamphlets dont la destruction était achetée par les favorites et les grands seigneurs. L'inventeur du chantage est l'Arétin[2], un très grand homme d'Italie qui imposait les rois comme de nos jours tel journal impose les acteurs.

— Qu'as-tu pratiqué contre le Matifat pour avoir tes mille écus ?

— J'ai fait attaquer Florine dans six journaux, et Florine s'est plainte à Matifat. Matifat a prié Braulard de découvrir la raison de ces attaques. Braulard a été joué par Finot. Finot, au profit de qui je *chantais*, a dit au droguiste que tu démolissais Florine dans l'intérêt de Coralie. Giroudeau est venu dire confidentiellement à Matifat que tout s'arrangerait s'il voulait vendre son sixième de propriété dans la Revue de Finot moyennant dix mille francs. Finot me donnait mille écus en cas de succès. Matifat allait conclure l'affaire, heureux de retrouver dix mille francs sur ses trente mille qui lui paraissaient aventurés, car depuis quelques jours Florine lui disait que la Revue de Finot ne prenait pas. Au lieu d'un dividende à recevoir, il était question d'un nouvel appel de fonds. Avant de déposer son bilan, le directeur du Panorama-Dramatique a eu besoin de négocier quelques effets de complaisance ; et, pour les faire placer par Matifat, il l'a prévenu du tour que lui jouait Finot. Matifat, en fin commerçant, a quitté Florine, a gardé son sixième, et nous voit maintenant venir. Finot et moi, nous hurlons de désespoir. Nous avons eu le malheur d'attaquer un homme qui ne tient pas à sa maîtresse, un misérable sans cœur ni âme. Malheureusement le commerce que fait Matifat n'est pas justiciable de la presse, il est inattaquable dans ses intérêts. On ne critique pas un droguiste comme on critique des chapeaux, des choses de mode, des théâtres ou des affaires d'art. Le cacao, le poivre, les couleurs, les bois de teinture, l'opium ne peuvent pas se déprécier. Florine est aux abois, le Panorama ferme demain[1], elle ne sait que devenir.

— Par suite de la fermeture du théâtre, Coralie débute dans quelques jours au Gymnase, dit Lucien, elle pourra servir Florine.

— Jamais ! dit Lousteau. Coralie n'a pas d'esprit, mais elle n'est pas encore assez bête pour se donner une rivale ! Nos affaires sont furieusement gâtées ! Mais Finot est tellement pressé de rattraper son sixième...

— Et pourquoi ?

— L'affaire est excellente, mon cher. Il y a chance de vendre le journal trois cent mille francs, Finot aurait alors un tiers, plus une commission allouée par ses associés et qu'il partage avec des Lupeaulx. Aussi vais-je lui proposer un coup de chantage.

— Mais, le chantage, c'est la bourse ou la vie ?

— Bien mieux, dit Lousteau. C'est la bourse ou l'honneur. Avant-hier, un petit journal au propriétaire duquel on avait refusé un crédit a dit que la montre à répétition entourée de diamants appartenant à l'une des notabilités de la capitale se trouvait d'une façon bizarre entre les mains d'un soldat de la Garde royale, et il promettait le récit de cette aventure digne des *Mille et une Nuits*. La notabilité s'est empressée d'inviter le rédacteur en chef à dîner. Le rédacteur en chef a certes gagné quelque chose, mais l'histoire contemporaine a perdu l'anecdote de la montre[1]. Toutes les fois que tu verras la presse acharnée après quelques gens puissants, sache qu'il y a là-dessous des escomptes refusés, des services qu'on n'a pas voulu rendre. Ce chantage relatif à la vie privée est ce que craignent le plus les riches Anglais, il entre pour beaucoup dans les revenus secrets de la presse britannique, infiniment plus dépravée que ne l'est la nôtre. Nous sommes des enfants ! En Angleterre, on achète une lettre compromettante cinq à six mille francs pour la revendre.

— Quel moyen as-tu trouvé d'empoigner Matifat ? dit Lucien.

— Mon cher, reprit Lousteau, ce vil épicier a écrit les lettres les plus curieuses à Florine : orthographe, style, pensées, tout est d'un comique achevé. Matifat craint beaucoup sa femme ; nous pouvons, sans le nommer, sans qu'il puisse se plaindre, l'atteindre au sein de ses lares et de ses pénates où il se croit en sûreté. Juge de sa fureur en voyant le premier article d'un petit roman de mœurs, intitulé *Les Amours d'un droguiste,* quand il aura été loyalement prévenu du hasard qui met entre les mains des rédacteurs de tel journal des lettres où il parle du petit Cupidon, où il écrit *gamet* pour jamais, où il dit de Florine qu'elle l'aide à traverser le désert de la vie, ce qui peut faire croire qu'il la prend pour un chameau. Enfin, il y a de quoi désopiler la rate des abonnés pendant quinze jours dans cette correspondance éminemment drolatique. On lui donnera la peur d'une lettre anonyme par laquelle on mettrait sa femme au fait de la plaisanterie. Florine voudra-t-elle prendre sur elle de paraître poursuivre Matifat ? Elle a encore des principes, c'est-à-dire des espérances. Peut-être garde-t-elle les lettres pour elle, et veut-elle une part. Elle est rusée, elle est mon élève. Mais quand elle saura que le garde du commerce n'est pas une plaisanterie, quand Finot lui aura fait un présent convenable, ou donné l'espoir d'un engagement, elle me livrera les lettres, que je remettrai contre écus à Finot. Finot remettra la correspondance à son oncle, et Giroudeau fera capituler le droguiste. »

Cette confidence dégrisa Lucien, il pensa d'abord qu'il avait des amis extrêmement dangereux ; puis il songea qu'il ne fallait pas se brouiller avec eux, car il pouvait avoir besoin de leur terrible influence au cas où Mme d'Espard, Mme de Bargeton et Châtelet lui manqueraient de parole. Étienne et Lucien étaient alors arrivés sur le quai devant la misérable boutique de Barbet.

« Barbet, dit Étienne au libraire, nous avons cinq mille francs de Fendant et Cavalier à six, neuf et douze mois ; voulez-vous nous escompter leurs billets ?

— Je les prends pour mille écus[1], dit Barbet avec un calme imperturbable.

— Mille écus ! s'écria Lucien.

— Vous ne les trouverez chez personne, reprit le libraire. Ces messieurs feront faillite avant trois mois ; mais je connais chez eux deux bons ouvrages dont la vente est *dure*, ils ne peuvent pas attendre, je les leur achèterai comptant et leur rendrai leurs valeurs : par ce moyen, j'aurai deux mille francs de diminution sur les marchandises.

— Veux-tu perdre deux mille francs ? dit Étienne à Lucien.

— Non ! s'écria Lucien épouvanté de cette première affaire.

— Tu as tort, répondit Étienne.

— Vous ne négocierez leur papier nulle part, dit Barbet. Le livre de monsieur est le dernier coup de cartes de Fendant et Cavalier, ils ne peuvent l'imprimer qu'en laissant les exemplaires en dépôt chez leur imprimeur, un succès ne les sauvera que pour six mois, car, tôt ou tard, ils sauteront ! Ces gens-là boivent plus de petits verres qu'ils ne vendent de livres ! Pour moi leurs effets représentent une affaire, et vous pouvez alors en trouver une valeur supérieure à celle que donneront les escompteurs qui se demanderont ce que vaut chaque signature. Le commerce de l'escompteur consiste à savoir si trois signatures donneront chacune trente pour cent en cas de faillite. D'abord, vous n'offrez que deux signatures, et chacune ne vaut pas dix pour cent. »

Les deux amis se regardèrent, surpris d'entendre sortir de la bouche de ce cuistre une analyse où se trouvait en peu de mots tout l'esprit de l'escompte.

« Pas de phrases, Barbet, dit Lousteau. Chez quel escompteur pouvons-nous aller ?

— Le père Chaboisseau, quai Saint-Michel, vous savez, a fait la dernière fin de mois de Fendant. Si vous refusez ma proposition, voyez chez lui ; mais vous me reviendrez, et je ne vous donnerai plus alors que deux mille cinq cents francs. »

Étienne et Lucien allèrent sur le quai Saint-Michel dans une petite maison à allée, où demeurait ce Chaboisseau, l'un des escompteurs de la librairie, et ils le trouvèrent au second étage dans un appartement meublé de la façon la plus originale. Ce banquier subalterne, et néanmoins millionnaire, aimait le style grec. La corniche de la chambre était une grecque. Drapé par une étoffe teinte en pourpre et disposée à la grecque le long de la muraille comme le fond d'un tableau de David, le lit, d'une forme très pure, datait du temps de l'Empire où tout se fabriquait dans ce goût. Les fauteuils, les tables, les lampes, les flambeaux, les moindres accessoires, sans doute choisis avec patience chez les marchands de meubles, respiraient la grâce fine et grêle, mais élégante de l'Antiquité. Ce système mythologique et léger formait une opposition bizarre avec les mœurs de l'escompteur. Il est à remarquer que les hommes les plus fantasques se trouvent parmi les gens adonnés au commerce de l'argent. Ces gens sont, en quelque sorte, les libertins de la pensée. Pouvant tout posséder, et conséquemment blasés, ils se livrent à des efforts énormes pour se sortir de leur indifférence. Qui sait les étudier trouve toujours une manie, un coin du cœur par où ils sont accessibles. Chaboisseau paraissait retranché dans l'Antiquité comme dans un camp imprenable.

« Il est sans doute digne de son enseigne », dit en souriant Étienne à Lucien.

Chaboisseau, petit homme à cheveux poudrés, à redingote verdâtre, gilet couleur noisette, décoré d'une culotte noire et terminé par des bas chinés et des souliers qui craquaient sous le pied, prit les billets, les examina ; puis il les rendit à Lucien gravement.

« MM. Fendant et Cavalier sont de charmants garçons, des jeunes gens pleins d'intelligence, mais je me trouve sans argent, dit-il d'une voix douce.

— Mon ami sera coulant sur l'escompte, répondit Étienne.

— Je ne prendrais ces valeurs pour aucun avantage », dit le petit homme dont les mots glissèrent sur la proposition de Lousteau comme le couteau de la guillotine sur la tête d'un homme.

Les deux amis se retirèrent ; en traversant l'antichambre, jusqu'où les reconduisit prudemment Chaboisseau, Lucien aperçut un tas de bouquins que l'escompteur, ancien libraire, avait achetés, et parmi lesquels brilla tout à coup aux yeux du romancier l'ouvrage de l'architecte du Cerceau[1] sur les maisons royales et les célèbres châteaux de France dont les plans sont dessinés dans ce livre avec une grande exactitude.

« Me céderiez-vous cet ouvrage ? dit Lucien.

— Oui, dit Chaboisseau qui d'escompteur redevint libraire.

— Quel prix ?

— Cinquante francs.

— C'est cher, mais il me le faut ; et je n'aurais pour vous payer que les valeurs dont vous ne voulez pas.

— Vous avez un effet de cinq cents francs à six mois, je vous le prendrai », dit Chaboisseau qui sans doute devait à Fendant et Cavalier un reliquat de bordereau pour une somme équivalente.

Les deux amis rentrèrent dans la chambre grecque, où Chaboisseau fit un petit bordereau à six pour cent d'intérêt et six pour cent de commission, ce qui produisit une déduction de trente francs ; il porta sur le compte les cinquante francs, prix du du Cerceau, et tira de sa caisse, pleine de beaux écus, quatre cent vingt francs.

« Ah çà ! monsieur Chaboisseau, les effets sont tous

bons ou tous mauvais, pourquoi ne nous escomptez-vous pas les autres ?

— Je n'escompte pas, je me paye d'une vente », dit le bonhomme.

Étienne et Lucien riaient encore de Chaboisseau sans l'avoir compris, quand ils arrivèrent chez Dauriat où Lousteau pria Gabusson de leur indiquer un escompteur. Les deux amis prirent un cabriolet à l'heure et allèrent au boulevard Poissonnière, munis d'une lettre de recommandation que leur avait donnée Gabusson, en leur annonçant le plus bizarre et le plus étrange *particulier,* selon son expression.

« Si Samanon ne prend pas vos valeurs, avait dit Gabusson, personne ne vous les escomptera. »

Bouquiniste au rez-de-chaussée, marchand d'habits au premier étage, vendeur de gravures prohibées au second, Samanon était encore prêteur sur gages. Aucun des personnages introduits dans les romans d'Hoffmann, aucun des sinistres avares de Walter Scott ne peut être comparé à ce que la nature sociale et parisienne s'était permis de créer en cet homme, si toutefois Samanon est un homme. Lucien ne put réprimer un geste d'effroi à l'aspect de ce petit vieillard sec, dont les os voulaient percer le cuir parfaitement tanné, taché de nombreuses plaques vertes ou jaunes, comme une peinture de Titien ou de Paul Véronèse vue de près. Samanon avait un œil immobile et glacé, l'autre vif et luisant. L'avare, qui semblait se servir de cet œil mort en escomptant et employer l'autre à vendre ses gravures obscènes, portait une petite perruque plate dont le noir poussait au rouge, et sous laquelle se redressaient des cheveux blancs ; son front jaune avait une attitude menaçante, ses joues étaient creusées carrément par la saillie des mâchoires, ses dents encore blanches paraissaient tirées sur ses lèvres comme celles d'un cheval qui bâille. Le contraste de ses yeux et la grimace de cette bouche, tout lui donnait un air passablement féroce. Les poils de sa barbe, durs et pointus, devaient piquer comme autant d'épingles. Une petite redingote râpée arrivée à l'état d'amadou, une cravate noire déteinte, usée par sa barbe, et qui laissait voir un cou ridé comme celui d'un dindon, annonçaient peu l'envie de racheter par la toilette une physionomie sinistre. Les deux journalistes trouvèrent cet homme assis dans un comptoir horriblement sale, et occupé à coller des étiquettes au dos de quelques vieux livres achetés à une vente. Après avoir échangé un coup d'œil par lequel ils se communiquèrent les mille questions que soulevait l'existence d'un pareil personnage, Lucien et Lousteau le saluèrent en lui présentant la lettre de Gabusson et les valeurs de Fendant et Cavalier. Pendant que Samanon lisait, il entra dans cette obscure boutique un homme d'une haute intelligence, vêtu d'une petite redingote qui paraissait avoir été taillée dans une couverture de zinc, tant elle était solidifiée par l'alliage de mille substances étrangères.

« J'ai besoin de mon habit, de mon pantalon noir et de mon gilet de satin », dit-il à Samanon en lui présentant une carte numérotée.

Dès que Samanon eut tiré le bouton en cuivre d'une sonnette, il descendit une femme qui paraissait être Normande à la fraîcheur de sa riche carnation.

« Prête à monsieur ses habits, dit-il en tendant la main à l'auteur. Il y a plaisir à travailler avec vous ; mais un de vos amis m'a amené un petit jeune homme qui m'a rudement attrapé !

— On l'attrape ! » dit l'artiste aux deux journalistes en leur montrant Samanon par un geste profondément comique.

Ce grand homme donna, comme donnent les lazzaroni pour ravoir un jour leurs habits de fête au *Monte-di-Pietà*, trente sous que la main jaune et crevassée de l'escompteur prit et fit tomber dans la caisse de son comptoir.

« Quel singulier commerce fais-tu ? dit Lousteau à ce grand artiste livré à l'opium et qui retenu par la contemplation en des palais enchantés ne voulait ou ne pouvait rien créer.

— Cet homme prête beaucoup plus que le Mont-de-Piété sur les objets engageables, et il a de plus l'épouvantable charité de vous les laisser reprendre dans les occasions où il faut que l'on soit vêtu, répondit-il. Je vais ce soir dîner chez les Keller[1] avec ma maîtresse. Il m'est plus facile d'avoir trente sous que deux cents francs, et je viens chercher ma garde-robe, qui, depuis six mois, a rapporté cent francs à ce charitable usurier. Samanon a déjà dévoré ma bibliothèque livre à livre.

— Et sou à sou, dit en riant Lousteau.

— Je vous donnerai quinze cents francs », dit Samanon à Lucien.

Lucien fit un bond comme si l'escompteur lui avait plongé dans le cœur une broche de fer rougi. Samanon regardait les billets avec attention, en examinant les dates.

« Encore, dit le marchand, ai-je besoin de voir Fendant qui devra me déposer des livres. Vous ne valez pas grand-chose, dit-il à Lucien, vous vivez avec Coralie, et vos meubles sont saisis. »

Lousteau regarda Lucien qui reprit ses billets et sauta de la boutique sur le boulevard en disant : « Est-ce le diable ? » Le poète contempla pendant quelques instants cette petite boutique, devant laquelle tous les passants devaient sourire, tant elle était piteuse, tant les petites caisses à livres étiquetés étaient mesquines et sales, en se demandant : « Quel commerce fait-on là ? »

Quelques moments après, le grand inconnu, qui devait assister, à dix ans de là, l'entreprise immense mais sans base des saint-simoniens, sortit très bien vêtu, sourit aux deux journalistes, et se dirigea vers le passage des Panoramas avec eux, pour y compléter sa toilette en se faisant cirer ses bottes.

« Quand on voit entrer Samanon chez un libraire, chez un marchand de papier ou chez un imprimeur, ils sont perdus, dit l'artiste aux deux écrivains. Samanon est alors comme un croque-mort qui vient prendre mesure d'une bière.

— Tu n'escompteras plus tes billets, dit alors Étienne à Lucien.

— Là où Samanon refuse, dit l'inconnu, personne n'accepte, car il est l'*ultima ratio*[1] ! C'est un des *moutons*[2] de Gigonnet, de Palma, Werbrust, Gobseck[3] et autres crocodiles qui nagent sur la place de Paris, et avec lesquels tout homme dont la fortune est à faire ou à défaire doit tôt ou tard se rencontrer.

— Si tu ne peux pas escompter tes billets à cinquante pour cent, reprit Étienne, il faut les échanger contre des écus.

— Comment ?

— Donne-les à Coralie, elle les présentera chez Camusot. — Tu te révoltes, reprit Lousteau que Lucien arrêta en faisant un bond. Quel enfantillage ! Peux-tu mettre en balance ton avenir et une semblable niaiserie ?

— Je vais toujours porter cet argent à Coralie, dit Lucien.

— Autre sottise ! s'écria Lousteau. Tu n'apaiseras rien avec quatre cents francs là où il en faut quatre mille. Gardons de quoi nous griser en cas de perte, et joue !

— Le conseil est bon », dit le grand inconnu.

À quatre pas de Frascati[4], ces paroles eurent une vertu magnétique. Les deux amis renvoyèrent leur cabriolet et montèrent au jeu. D'abord ils gagnèrent trois mille francs, revinrent à cinq cents, regagnèrent trois mille sept cents francs ; puis ils retombèrent à cent sous, se retrouvèrent à deux mille francs, et les risquèrent sur Pair, pour les doubler d'un seul coup ; Pair n'avait pas passé depuis cinq coups, ils y pontèrent la somme. Impair sortit encore. Lucien et Lousteau dégringolèrent alors par l'escalier de ce pavillon célèbre, après avoir consumé deux heures en émotions dévorantes. Ils avaient gardé cent francs. Sur les marches du petit péristyle à deux colonnes qui soutenaient extérieurement une petite marquise en tôle que plus d'un œil a contemplée avec amour ou désespoir, Lousteau dit en voyant le regard enflammé de Lucien : « Ne mangeons que cinquante francs. »

Les deux journalistes remontèrent. En une heure, ils arrivèrent à mille écus ; ils mirent les mille écus sur Rouge qui avait passé cinq fois, en se fiant au hasard auquel ils devaient leur perte précédente. Noir sortit. Il était six heures.

« Ne mangeons que vingt-cinq francs », dit Lucien.

Cette nouvelle tentative dura peu, les vingt-cinq francs furent perdus en dix coups. Lucien jeta rageusement ses derniers vingt-cinq francs sur le chiffre de son âge, et gagna : rien ne peut dépeindre le tremblement de sa main quand il prit le râteau pour retirer les écus que le banquier jetait un à un. Il donna dix louis à Lousteau et lui dit : « Sauve-toi chez Véry ! »

Lousteau comprit Lucien et alla commander le dîner. Lucien, resté seul au jeu, porta ses trente louis sur Rouge et gagna. Enhardi par la voix secrète qu'entendent parfois les joueurs, il laissa le tout sur Rouge et gagna ; son ventre devint alors un brasier ! Malgré la voix, il reporta les cent vingt louis sur Noir et perdit. Il sentit alors en lui la sensation délicieuse qui succède, chez les joueurs, à leurs horribles agitations, quand, n'ayant plus rien à risquer, ils quittent le palais ardent où se passent leurs rêves fugaces. Il rejoignit Lousteau chez Véry où il se rua, selon l'expression de La Fontaine, en cuisine[1], et noya ses soucis dans le vin. À neuf heures, il était si complètement gris, qu'il ne comprit pas pourquoi sa portière de la rue de Vendôme le renvoyait rue de la Lune.

« Mlle Coralie a quitté son appartement et s'est installée dans la maison dont l'adresse est écrite sur ce papier. »

Lucien, trop ivre pour s'étonner de quelque chose, remonta dans le fiacre qui l'avait amené, se fit conduire rue de la Lune, et se dit à lui-même des calembours sur le nom de la rue[2]. Pendant cette matinée, la faillite du Panorama-Dramatique avait éclaté. L'actrice effrayée s'était empressée de vendre tout son mobilier du consentement de ses créanciers au petit père Cardot qui, pour ne pas changer la destination de cet appartement, y mit Florentine. Coralie avait tout payé, tout liquidé et satisfait le propriétaire. Pendant le temps que prit cette opération, qu'elle appelait une *lessive*, Bérénice garnissait, des meubles indispensables achetés d'occasion, un petit appartement de trois pièces, au quatrième étage d'une maison rue de la Lune, à deux pas du Gymnase. Coralie y attendait Lucien, ayant sauvé de ce naufrage son amour sans souillure et un sac de douze cents francs. Lucien, dans son ivresse, raconta ses malheurs à Coralie et à Bérénice.

« Tu as bien fait, mon ange, lui dit l'actrice en le serrant dans ses bras. Bérénice saura bien négocier tes billets à Braulard. »

Le lendemain matin, Lucien s'éveilla dans les joies enchanteresses que lui prodigua Coralie. L'actrice redoubla d'amour et de tendresse, comme pour compenser par les plus riches trésors du cœur l'indigence de son nouveau ménage. Elle était ravissante de beauté, ses cheveux échappés de dessous un foulard tordu, blanche et fraîche, les yeux rieurs, la parole gaie comme le rayon de soleil levant qui entra par les fenêtres pour dorer cette charmante misère. La chambre, encore décente, était tendue d'un papier vert d'eau à bordure rouge, ornée de deux glaces, l'une à la cheminée, l'autre au-dessus de la commode. Un tapis d'occasion, acheté par Bérénice de ses deniers, malgré les ordres de Coralie, déguisait le carreau nu et froid du plancher. La garde-robe des deux amants tenait dans une armoire à glace et dans la commode. Les meubles d'acajou étaient garnis en étoffe de coton bleu. Bérénice avait sauvé du désastre une pendule et deux vases de porcelaine, quatre couverts en argent et six petites cuillers. La salle à manger, qui se trouvait avant la chambre à coucher, ressemblait à celle du ménage d'un employé à douze cents francs. La cuisine faisait face au palier. Au-dessus Bérénice couchait dans une mansarde. Le loyer ne s'élevait pas à plus de cent écus. Cette horrible maison avait une fausse porte cochère. Le portier logeait dans un des vantaux condamné, percé d'un croisillon par où il surveillait dix-sept locataires. Cette ruche s'appelle une maison de produit en style de notaire. Lucien aperçut un bureau, un fauteuil, de l'encre, des plumes et du papier. La gaieté de Bérénice qui comptait sur le début de Coralie au Gymnase, celle de l'actrice qui regardait son rôle, un cahier de papier noué avec un bout de faveur bleue, chassèrent les inquiétudes et la tristesse du poète dégrisé.

« Pourvu que dans le monde on ne sache rien de cette dégringolade, nous nous en tirerons, dit-il. Après tout, nous avons quatre mille cinq cents francs devant nous ! Je vais exploiter ma nouvelle position dans les journaux royalistes. Demain, nous inaugurons *Le Réveil*, je me connais maintenant en journalisme, j'en ferai ! »

Coralie, qui ne vit que de l'amour dans ces paroles, baisa les lèvres qui les avaient prononcées. En ce moment, Bérénice avait mis la table auprès du feu, et venait de servir un modeste déjeuner composé d'œufs brouillés, de deux côtelettes et de café à la crème. On frappa. Trois amis sincères, d'Arthez, Léon Giraud et Michel Chrestien, apparurent aux yeux étonnés de Lucien qui, vivement touché, leur offrit de partager son déjeuner.

« Non, dit d'Arthez. Nous venons pour des affaires plus sérieuses que de simples consolations, car nous savons tout, nous revenons de la rue de Vendôme. Vous connaissez mes opinions, Lucien. Dans toute autre circonstance, je me réjouirais de vous voir adoptant mes convictions politiques ; mais, dans la situation où vous vous êtes mis en écrivant aux journaux libéraux, vous ne sauriez passer dans les rangs des Ultras sans flétrir à jamais votre caractère et souiller votre existence. Nous venons vous conjurer au nom de notre amitié, quelque affaiblie qu'elle soit, de ne pas vous entacher ainsi. Vous avez attaqué les Romantiques, la Droite et le Gouvernement ; vous ne pouvez pas maintenant défendre le Gouvernement, la Droite et les Romantiques.

— Les raisons qui me font agir sont tirées d'un ordre de pensées supérieur, la fin justifiera tout, dit Lucien.

— Vous ne comprenez peut-être pas la situation dans laquelle nous sommes, lui dit Léon Giraud. Le Gouvernement, la Cour, les Bourbons, le parti absolutiste, ou, si vous voulez tout comprendre dans une expression générale, le système opposé au système constitutionnel, et qui se divise en plusieurs fractions toutes divergentes dès qu'il s'agit des moyens à prendre pour étouffer la Révolution, est au moins d'accord sur la nécessité de supprimer la Presse. La fondation du *Réveil*, de *La Foudre*, du *Drapeau blanc*[1], tous journaux destinés à répondre aux calomnies, aux injures, aux railleries de la presse libérale, que je n'approuve pas en ceci, car cette méconnaissance de la grandeur de notre sacerdoce est précisément ce qui nous a conduits à publier un journal digne et grave dont l'influence sera dans peu de temps respectable et sentie, imposante et digne, dit-il en faisant une parenthèse ; eh bien, cette artillerie royaliste et ministérielle est un premier essai de représailles, entrepris pour rendre aux Libéraux trait pour trait, blessure pour blessure. Que croyez-vous qu'il arrivera, Lucien ? Les abonnés sont en majorité du Côté gauche. Dans la Presse, comme à la guerre, la victoire se trouvera du côté des gros bataillons ! Vous serez des infâmes, des menteurs, des ennemis du peuple ; les autres seront des défenseurs de la patrie, des gens honorables, des martyrs, quoique plus hypocrites et plus perfides que vous, peut-être. Ce moyen augmentera l'influence pernicieuse de la Presse, en légitimant et consacrant ses plus odieuses entreprises. L'injure et la personnalité deviendront un de ses droits publics, adopté pour le profit des abonnés et passé en force de chose jugée par un usage réciproque. Quand le mal se sera révélé dans toute son étendue, les lois restrictives et prohibitives, la censure, mise à propos de l'assassinat du duc de Berry et levée depuis l'ouverture des chambres[1], reviendra. Savez-vous ce que le peuple français conclura de ce débat ? il admettra les insinuations de la presse libérale, il croira que les Bourbons veulent attaquer les résultats matériels et acquis de la Révolution, il se lèvera quelque beau jour et chassera les Bourbons. Non seulement vous salissez votre vie, mais vous serez un jour dans le parti vaincu. Vous êtes trop jeune, trop nouveau venu dans la Presse ; vous en connaissez trop peu les ressorts secrets, les rubriques[2] ; vous y avez excité trop de jalousie, pour résister au *tolle* général qui s'élèvera contre vous dans les journaux libéraux. Vous serez entraîné par la fureur des partis, qui sont encore dans le paroxysme de la fièvre ; seulement leur fièvre a passé, des actions brutales de 1815 et 1816, dans les idées, dans les luttes orales de la Chambre et dans les débats de la Presse.

— Mes amis, dit Lucien, je ne suis pas l'étourdi, le poète que vous voulez voir en moi. Quelque chose qui puisse arriver, j'aurai conquis un avantage que jamais le triomphe du parti libéral ne peut me donner. Quand vous aurez la victoire, mon affaire sera faite.

— Nous te couperons... les cheveux, dit en riant Michel Chrestien.

— J'aurai des enfants alors, répondit Lucien, et me couper la tête, ce sera ne rien couper. »

Les trois amis ne comprirent pas Lucien, chez qui ses relations avec le grand monde avaient développé au plus haut degré l'orgueil nobiliaire et les vanités aristocratiques. Le poète voyait, avec raison d'ailleurs, une immense fortune dans sa beauté, dans son esprit appuyés du nom et du titre de comte de Rubempré. Mme d'Espard, Mme de Bargeton et Mme de Montcornet le tenaient par ce fil comme un enfant tient un hanneton. Lucien ne volait plus que dans un cercle déterminé. Ces mots : « Il est des nôtres, il pense bien ! » dits trois jours auparavant dans les salons de Mlle des Touches, l'avaient enivré, ainsi que les félicitations qu'il avait reçues des ducs de Lenoncourt, de Navarreins et de Grandlieu, de Rastignac, de Blondet, de la belle duchesse de Maufrigneuse, du comte d'Esgrignon, de des Lupeaulx, des gens les plus influents et les mieux en cour du parti royaliste.

« Allons ! tout est dit, répliqua d'Arthez. Il te sera plus difficile qu'à tout autre de te conserver pur et d'avoir ta propre estime. Tu souffriras beaucoup, je te connais, quand tu te verras méprisé par ceux-là mêmes à qui tu te seras dévoué. »

Les trois amis dirent adieu à Lucien sans lui tendre

amicalement la main. Lucien resta pendant quelques instants pensif et triste.

« Eh ! laisse donc ces niais-là, dit Coralie en sautant sur les genoux de Lucien et lui jetant ses beaux bras frais autour du cou, ils prennent la vie au sérieux, et la vie est une plaisanterie. D'ailleurs tu seras comte Lucien de Rubempré. Je ferai, s'il le faut, des agaceries à la chancellerie. Je sais par où prendre ce libertin de des Lupeaulx, qui fera signer ton ordonnance. Ne t'ai-je pas dit que, quand il te faudrait une marche de plus pour saisir ta proie, tu aurais le cadavre de Coralie ! »

Le lendemain, Lucien laissa mettre son nom parmi ceux des collaborateurs du *Réveil*. Ce nom fut annoncé comme une conquête dans le prospectus, distribué par les soins du ministère à cent mille exemplaires. Lucien vint au repas triomphal, qui dura neuf heures, chez Robert[1], à deux pas de Frascati, et auquel assistaient les coryphées de la presse royaliste : Martainville, Auger, Destains[2] et une foule d'auteurs encore vivants qui, dans ce temps-là, *faisaient de la monarchie et de la religion*, selon une expression consacrée.

« Nous allons leur en donner, aux Libéraux ! dit Hector Merlin.

— Messieurs ! répondit Nathan qui s'enrôla sous cette bannière en jugeant bien qu'il valait mieux avoir pour soi que contre soi l'autorité dans l'exploitation du théâtre à laquelle il songeait, si nous leur faisons la guerre, faisons-la sérieusement ; ne nous tirons pas des balles de liège ! Attaquons tous les écrivains classiques et libéraux sans distinction d'âge ni de sexe, passons-les au fil de la plaisanterie, et ne faisons pas de quartier.

— Soyons honorables, ne nous laissons pas gagner par les exemplaires, les présents, l'argent des libraires. Faisons la restauration du journalisme.

— Bien ! dit Martainville. *Justum et tenacem propositi virum*[1] *!* Soyons implacables et mordants. Je ferai de Lafayette ce qu'il est : Gilles Premier[2] !

— Moi, dit Lucien, je me charge des héros du *Constitutionnel*, du sergent Mercier[3], des *Œuvres complètes* de M. Jouy[4], des illustres orateurs de la Gauche ! »

Une guerre à mort fut résolue et votée à l'unanimité, à une heure du matin, par les rédacteurs qui noyèrent toutes leurs nuances et toutes leurs idées dans un punch flamboyant.

« *Nous nous sommes donné une fameuse culotte*[5] *monarchique et religieuse* », dit sur le seuil de la porte un des écrivains les plus célèbres de la littérature romantique.

Ce mot historique, révélé par un libraire qui assistait au dîner, parut le lendemain dans *Le Miroir* ; mais la révélation fut attribuée à Lucien. Cette défection fut le signal d'un effroyable tapage dans les journaux libéraux, Lucien devint leur bête noire, et fut tympanisé de la plus cruelle façon : on raconta les infortunes de ses sonnets, on apprit au public que Dauriat aimait mieux perdre mille écus que de les imprimer, on l'appela le poète sans sonnets !

Un matin, dans ce même journal où Lucien avait débuté si brillamment, il lut les lignes suivantes écrites uniquement pour lui, car le public ne pouvait guère comprendre cette plaisanterie :

Si le libraire Dauriat persiste à ne pas publier les sonnets du futur Pétrarque français, nous agirons en ennemis généreux, nous ouvrirons nos colonnes à ces poèmes qui doivent être piquants, à en juger par celui-ci que nous communique un ami de l'auteur.

Et, sous cette terrible annonce, le poète lut ce sonnet qui le fit pleurer à chaudes larmes.

Une plante chétive et de louche apparence
Surgit un beau matin dans un parterre en fleurs ;
À l'en croire, pourtant, de splendides couleurs
Témoigneraient un jour de sa noble semence :

On la toléra donc ! Mais, pour reconnaissance,
Elle insulta bientôt ses plus brillantes sœurs,
Qui, s'indignant enfin de ses grands airs casseurs,
La mirent au défi de prouver sa naissance.

Elle fleurit alors. Mais un vil baladin
Ne fut jamais sifflé comme tout le jardin
Honnit, siffla, railla ce calice vulgaire.

Puis le maître, en passant, la brisa sans pardon ;
Et le soir sur sa tombe un âne seul vint braire,
Car ce n'était vraiment qu'un ignoble CHARDON[1] !

Vernou parla de la passion de Lucien pour le jeu, et signala d'avance *L'Archer* comme une œuvre antinationale où l'auteur prenait le parti des égorgeurs catholiques contre les victimes calvinistes. En huit jours, cette querelle s'envenima. Lucien comptait sur son ami Lousteau qui lui devait mille francs, et avec lequel il avait eu des conventions secrètes ; mais Lousteau devint l'ennemi juré de Lucien. Voici comment. Depuis trois mois Nathan aimait Florine et ne savait comment l'enlever à Lousteau, pour qui d'ailleurs elle était une providence. Dans la détresse et le désespoir où se trouvait cette actrice en se voyant sans engagement, Nathan, le collaborateur de Lucien, vint voir Coralie, et la pria d'offrir à Florine un rôle dans une pièce de lui, se faisant fort de procurer un engagement conditionnel au Gymnase à l'actrice sans théâtre. Florine, enivrée d'ambition, n'hésita pas. Elle avait eu le temps d'observer Lousteau. Nathan était un ambitieux littéraire et politique, un homme qui avait autant d'énergie que de besoins, tandis que chez Lousteau les vices tuaient le vouloir. L'actrice, qui voulut reparaître environnée d'un nouvel éclat, livra les lettres du droguiste à Nathan, et Nathan les fit racheter par Matifat contre le sixième du journal convoité par Finot. Florine eut alors un magnifique appartement rue Hauteville, et prit Nathan pour protecteur à la face de tout le journalisme et du monde théâtral. Lousteau fut si cruellement atteint par cet événement qu'il pleura vers la fin d'un dîner que ses amis lui donnèrent pour le consoler. Dans cette orgie, les convives trouvèrent que Nathan avait joué son jeu. Quelques écrivains comme Finot et Vernou savaient la passion du dramaturge pour Florine ; mais, au dire de tous, Lucien, en maquignonnant cette affaire, avait manqué aux plus saintes lois de l'amitié. L'esprit de parti, le désir de servir ses nouveaux amis rendaient le nouveau royaliste inexcusable.

« Nathan est emporté par la logique des passions ; tandis que le grand homme de province, comme dit Blondet, cède à des calculs ! » s'écria Bixiou.

Aussi la perte de Lucien, de cet intrus, de ce petit drôle qui voulait avaler tout le monde, fut-elle unanimement résolue et profondément méditée. Vernou qui haïssait Lucien se chargea de ne pas le lâcher. Pour se dispenser de payer mille écus à Lousteau, Finot accusa Lucien de l'avoir empêché de gagner cinquante mille francs en donnant à Nathan le secret de l'opération contre Matifat. Nathan, conseillé par Florine, s'était ménagé l'appui de Finot en lui vendant son *petit sixième* pour quinze mille francs. Lousteau, qui perdait ses mille écus, ne pardonna pas à Lucien cette lésion énorme de ses intérêts. Les blessures d'amour-propre deviennent incurables quand l'oxyde d'argent y pénètre. Aucune expression, aucune peinture ne peut rendre la rage qui saisit les écrivains quand leur amour-propre souffre, ni l'énergie qu'ils trouvent au moment où ils se sentent piqués par les flèches empoisonnées de la raillerie. Ceux dont l'énergie et la résistance sont stimulées par l'attaque, succombent promptement. Les gens calmes et dont le thème est fait[1] d'après le profond oubli dans lequel tombe un article injurieux, ceux-là déploient le vrai courage littéraire. Ainsi les faibles, au premier coup d'œil, paraissent être les forts ; mais leur résistance n'a qu'un temps. Pendant les premiers quinze jours, Lucien enragé fit pleuvoir une grêle d'articles dans les journaux royalistes où il partagea le poids de la critique avec Hector Merlin. Tous les jours sur la brèche du *Réveil*, il fit feu de tout son esprit, appuyé d'ailleurs par Martainville, le seul qui le servît sans arrière-pensée, et qu'on ne mit pas dans le secret des conventions signées par des plaisanteries après boire, ou aux Galeries de Bois chez Dauriat, et dans les coulisses de théâtre, entre les journalistes des deux partis que la camaraderie unissait secrètement. Quand Lucien allait au foyer du Vaudeville, il n'était plus traité en ami, les gens de son parti lui donnaient seuls la main ; tandis que Nathan, Hector Merlin, Théodore Gaillard fraternisaient sans honte avec Finot, Lousteau, Vernou et quelques-uns de ces journalistes décorés du surnom de *bons enfants*. À cette époque, le foyer du Vaudeville était le chef-lieu des médisances littéraires, une espèce de boudoir où venaient des gens de tous les partis, des hommes politiques et des magistrats. Après une réprimande faite en certaine Chambre du Conseil, le président, qui avait reproché à l'un de ses collègues de balayer les coulisses de sa simarre, se trouva simarre à simarre avec le réprimandé dans le foyer du Vaudeville. Lousteau finit par y donner la main à Nathan. Finot y venait presque tous les soirs. Quand Lucien avait le temps, il y étudiait les dispositions de ses ennemis, et ce malheureux enfant voyait toujours en eux une implacable froideur.

En ce temps, l'esprit de parti engendrait des haines bien plus sérieuses qu'elles ne le sont aujourd'hui. Aujourd'hui, à la longue, tout s'est amoindri par une trop grande tension des ressorts. Aujourd'hui, la critique, après avoir immolé le livre d'un homme, lui tend la main. La victime doit embrasser le sacrificateur sous peine d'être passée par les verges de la plaisanterie. En cas de refus, un écrivain passe pour être insociable, mauvais coucheur, pétri d'amour-propre, inabordable, haineux, rancuneux. Aujourd'hui, quand un auteur a reçu dans le dos les coups de poignard de la trahison, quand il a évité les pièges tendus avec une infâme hypocrisie, essuyé les plus mauvais procédés, il entend ses assassins lui souhaitant le bonjour, et manifestant des prétentions à son estime, voire même à son amitié. Tout s'excuse et se justifie à une époque où l'on a transformé la vertu en vice, comme on a érigé certains vices en vertus. La camaraderie est devenue la plus sainte des libertés. Les chefs des opinions les plus contraires se parlent à mots émoussés, à pointes courtoises. Dans ce temps, si tant est qu'on s'en souvienne, il y avait du courage pour certains écrivains royalistes et pour quelques écrivains libéraux, à se trouver dans le même théâtre. On entendait les provocations les plus haineuses. Les regards étaient chargés comme des pistolets, la moindre étincelle pouvait faire partir le coup d'une querelle. Qui n'a pas surpris des imprécations chez son voisin, à l'entrée de quelques hommes plus spécialement en butte aux attaques respectives des deux partis ? Il n'y avait alors que deux partis, les royalistes et les libéraux, les romantiques et les classiques, la même haine sous deux formes, une haine qui faisait comprendre les échafauds de la

Convention. Lucien, devenu royaliste et romantique forcené, de libéral et de voltairien enragé qu'il avait été dès son début, se trouva donc sous le poids des inimitiés qui planaient sur la tête de l'homme le plus abhorré des libéraux à cette époque, de Martainville, le seul qui le défendît et l'aimât. Cette solidarité nuisit à Lucien. Les partis sont ingrats envers leurs vedettes, ils abandonnent volontiers leurs enfants perdus[1]. Surtout en politique, il est nécessaire à ceux qui veulent parvenir d'aller avec le gros de l'armée. La principale méchanceté des petits journaux fut d'accoupler Lucien et Martainville. Le Libéralisme les jeta dans les bras l'un de l'autre. Cette amitié, fausse ou vraie, leur valut à tous deux des articles écrits avec du fiel par Félicien au désespoir des succès de Lucien dans le grand monde, et qui croyait, comme tous les anciens camarades du poète, à sa prochaine élévation. La prétendue trahison du poète fut alors envenimée et embellie des circonstances les plus aggravantes. Lucien fut nommé le petit Judas, et Martainville le grand Judas, car Martainville était, à tort ou à raison, accusé d'avoir livré le pont du Pecq aux armées étrangères[2]. Lucien répondit en riant à des Lupeaulx que, quant à lui, sûrement il avait livré le pont aux ânes. Le luxe de Lucien, quoique creux et fondé sur des espérances, révoltait ses amis qui ne lui pardonnaient ni son équipage à bas, car pour eux il roulait toujours, ni ses splendeurs de la rue de Vendôme. Tous sentaient instinctivement qu'un homme jeune et beau, spirituel et corrompu par eux, allait arriver à tout ; aussi pour le renverser employèrent-ils tous les moyens.

Quelques jours avant le début de Coralie au Gymnase, Lucien vint bras dessus bras dessous, avec Hector Merlin, au foyer du Vaudeville. Merlin grondait son ami d'avoir servi Nathan dans l'affaire de Florine.

« Vous vous êtes fait, de Lousteau et de Nathan,

deux ennemis mortels. Je vous avais donné de bons conseils et vous n'en avez point profité. Vous avez distribué l'éloge et répandu le bienfait, vous serez cruellement puni de vos bonnes actions. Florine et Coralie ne vivront jamais en bonne intelligence en se trouvant sur la même scène : l'une voudra l'emporter sur l'autre. Vous n'avez que nos journaux pour défendre Coralie. Nathan, outre l'avantage que lui donne son métier de faiseur de pièces, dispose des journaux libéraux dans la question des théâtres, et il est dans le journalisme depuis un peu plus de temps que vous. »

Cette phrase répondait à des craintes secrètes de Lucien, qui ne trouvait ni chez Nathan, ni chez Gaillard, la franchise à laquelle il avait droit ; mais il ne pouvait pas se plaindre, il était si fraîchement converti ! Gaillard accablait Lucien en lui disant que les nouveaux venus devaient donner pendant longtemps des gages avant que leur parti pût se fier à eux. Le poète rencontrait dans l'intérieur des journaux royalistes et ministériels une jalousie à laquelle il n'avait pas songé, la jalousie qui se déclare entre tous les hommes en présence d'un gâteau quelconque à partager, et qui les rend comparables à des chiens se disputant une proie : ils offrent alors les mêmes grondements, les mêmes attitudes, les mêmes caractères. Ces écrivains se jouaient mille mauvais tours secrets pour se nuire les uns aux autres auprès du pouvoir, ils s'accusaient de tiédeur ; et, pour se débarrasser d'un concurrent, ils inventaient les machines les plus perfides. Les Libéraux n'avaient aucun sujet de débats intestins en se trouvant loin du pouvoir et de ses grâces. En entrevoyant cet inextricable lacis d'ambitions, Lucien n'eut pas assez de courage pour tirer l'épée afin d'en couper les nœuds, et ne se sentit pas la patience de les démêler, il ne pouvait être ni l'Arétin, ni le Beaumarchais, ni le Fréron de son époque[1], il s'en tint à son unique désir : avoir son ordonnance, en comprenant que cette restauration lui vaudrait un beau mariage. Sa fortune ne dépendrait plus alors que d'un hasard auquel aiderait sa beauté. Lousteau, qui lui avait marqué tant de confiance, avait son secret, le journaliste savait où blesser à mort le poète d'Angoulême ; aussi, le jour où Merlin l'amenait au Vaudeville, Étienne avait-il préparé pour Lucien un piège horrible où cet enfant devait se prendre et succomber.

« Voilà notre beau Lucien, dit Finot en traînant des Lupeaulx avec lequel il causait devant Lucien dont il prit la main avec les décevantes chatteries de l'amitié. Je ne connais pas d'exemples d'une fortune aussi rapide que la sienne, dit Finot en regardant tour à tour Lucien et le maître des requêtes. À Paris, la fortune est de deux espèces : il y a la fortune matérielle, l'argent que tout le monde peut ramasser, et la fortune morale, les relations, la position, l'accès dans un certain monde inabordable pour certaines personnes, quelle que soit leur fortune matérielle, et mon ami...

— Notre ami, dit des Lupeaulx en jetant à Lucien un caressant regard.

— Notre ami, reprit Finot en tapotant la main de Lucien entre les siennes, a fait sous ce rapport une brillante fortune. À la vérité, Lucien a plus de moyens, plus de talent, plus d'esprit que tous ses envieux, puis il est d'une beauté ravissante ; ses anciens amis ne lui pardonnent pas ses succès, ils disent qu'il a eu du bonheur.

— Ces bonheurs-là, dit des Lupeaulx, n'arrivent jamais aux sots ni aux incapables. Hé ! peut-on appeler du bonheur, le sort de Bonaparte ? il y avait eu vingt généraux en chef avant lui pour commander les armées d'Italie, comme il y a cent jeunes gens en ce moment qui voudraient pénétrer chez Mlle des Touches, que déjà dans le monde on vous donne pour femme, mon cher ! dit des Lupeaulx en frappant sur l'épaule de Lucien. Ah ! vous êtes en grande faveur. Mme d'Espard, Mme de Bargeton et Mme de Montcornet sont folles de vous. N'êtes-vous pas ce soir de la soirée de Mme Firmiani, et demain du raout de la duchesse de Grandlieu ?

— Oui, dit Lucien.

— Permettez-moi de vous présenter un jeune banquier, M. du Tillet, un homme digne de vous, il a su faire une belle fortune et en peu de temps. »

Lucien et du Tillet se saluèrent, entrèrent en conversation, et le banquier invita Lucien à dîner. Finot et des Lupeaulx, deux hommes d'une égale profondeur et qui se connaissaient assez pour demeurer toujours amis, parurent continuer une conversation commencée, ils laissèrent Lucien, Merlin, du Tillet et Nathan causant ensemble, et se dirigèrent vers un des divans qui meublaient le foyer du Vaudeville.

« Ah çà, mon cher ami, dit Finot à des Lupeaulx, dites-moi la vérité ? Lucien est-il sérieusement protégé, car il est devenu la bête noire de tous mes rédacteurs ; et, avant de favoriser leur conspiration, j'ai voulu vous consulter pour savoir s'il ne vaut pas mieux la déjouer et le servir. »

Ici le maître des requêtes et Finot se regardèrent pendant une légère pause avec une profonde attention.

« Comment, mon cher, dit des Lupeaulx, pouvez-vous imaginer que la marquise d'Espard, Châtelet et Mme de Bargeton qui a fait nommer le baron préfet de la Charente et comte afin de rentrer triomphalement à Angoulême, pardonnent à Lucien ses attaques ? elles[1] l'ont jeté dans le parti royaliste afin de l'annuler. Aujourd'hui, tous cherchent des motifs pour refuser ce qu'on a promis à cet enfant ; trouvez-en ? vous aurez rendu le plus immense service à ces deux femmes : un jour ou l'autre, elles s'en souviendront. J'ai le secret de ces deux dames, elles haïssent ce petit bonhomme à un tel point qu'elles m'ont surpris. Ce Lucien pouvait se débarrasser de sa plus cruelle ennemie, Mme de Bargeton, en ne cessant ses attaques qu'à des conditions que toutes les femmes aiment à exécuter, vous comprenez ? il est beau, il est jeune, il aurait noyé cette haine dans des torrents d'amour, il devenait alors comte de Rubempré, la seiche lui aurait obtenu quelque place dans la maison du Roi, des sinécures ! Lucien était un très joli lecteur pour Louis XVIII, il eût été bibliothécaire je ne sais où, maître des requêtes pour rire, directeur de quelque chose aux Menus-Plaisirs. Ce petit sot a manqué son coup. Peut-être est-ce là ce qu'on ne lui a point pardonné. Au lieu d'imposer des conditions, il en a reçu. Le jour où Lucien s'est laissé prendre à la promesse de l'ordonnance, le baron Châtelet a fait un grand pas. Coralie a perdu cet enfant-là. S'il n'avait pas eu l'actrice pour maîtresse, il aurait revoulu la seiche, et il l'aurait eue.

— Ainsi nous pouvons l'abattre, dit Finot.

— Par quel moyen, demanda négligemment des Lupeaulx qui voulait se prévaloir de ce service auprès de la marquise d'Espard.

— Il a un marché qui l'oblige à travailler au petit journal de Lousteau, nous lui ferons d'autant mieux faire des articles qu'il est sans le sou. Si le garde des Sceaux se sent chatouillé par un article plaisant et qu'on lui prouve que Lucien en est l'auteur, il le regardera comme un homme indigne des bontés du Roi. Pour faire perdre un peu la tête à ce grand homme de province, nous avons préparé la chute de Coralie : il verra sa maîtresse sifflée et sans rôles. Une fois l'ordonnance indéfiniment suspendue, nous plaisanterons alors notre victime sur ses prétentions aristocratiques, nous parlerons de sa mère accoucheuse, de son père apothicaire. Lucien n'a qu'un courage d'épiderme, il succombera, nous le renverrons d'où il vient. Nathan m'a fait vendre par Florine le sixième de la Revue que possédait Matifat, j'ai pu acheter la part du papetier, je suis seul avec Dauriat ; nous pouvons nous entendre, vous et moi, pour absorber ce journal au profit de la Cour. Je n'ai protégé Florine et Nathan qu'à la condition de la restitution de *mon* sixième, ils me l'ont vendu, je dois les servir ; mais, auparavant, je voulais connaître les chances de Lucien...

— Vous êtes digne de votre nom, dit des Lupeaulx en riant. Allez ! j'aime les gens de votre sorte...

— Eh bien, vous pouvez faire avoir à Florine un engagement définitif ? dit Finot au maître des requêtes.

— Oui ; mais débarrassez-nous de Lucien, car Rastignac et de Marsay ne veulent plus entendre parler de lui.

— Dormez en paix, dit Finot. Nathan et Merlin auront toujours des articles que Gaillard aura promis de faire passer, Lucien ne pourra pas donner une ligne, nous lui couperons ainsi les vivres. Il n'aura que le journal de Martainville pour se défendre et défendre Coralie : un journal contre tous, il est impossible de résister.

— Je vous dirai les endroits sensibles du ministre ; mais livrez-moi le manuscrit de l'article que vous aurez fait faire à Lucien », répondit des Lupeaulx qui se garda bien de dire à Finot que l'ordonnance promise à Lucien était une plaisanterie.

Des Lupeaulx quitta le foyer. Finot vint à Lucien ; et, de ce ton de bonhomie auquel se sont pris tant de gens, il expliqua comment il ne pouvait renoncer à la rédaction qui lui était due. Finot reculait à l'idée d'un procès qui ruinerait les espérances que son ami voyait dans le parti royaliste. Finot aimait les hommes assez forts pour changer hardiment d'opinion. Lucien et lui ne devaient-ils pas se rencontrer dans la vie, n'auraient-ils pas l'un et l'autre mille petits services à se rendre ? Lucien avait besoin d'un homme sûr dans le parti libéral pour faire attaquer les ministériels ou les ultras qui se refuseraient à le servir.

« Si l'on se joue de vous, comment ferez-vous ? dit Finot en terminant. Si quelque ministre, croyant vous avoir attaché par le licou de votre apostasie, ne vous redoute plus et vous envoie promener, ne vous faudra-t-il pas lui lancer quelques chiens pour le mordre aux mollets ? Eh bien, vous êtes brouillé à mort avec Lousteau qui demande votre tête. Félicien et vous, vous ne vous parlez plus. Moi seul, je vous reste ! Une des lois de mon métier est de vivre en bonne intelligence avec les hommes vraiment forts. Vous pourrez me rendre, dans le monde où vous allez, l'équivalent des services que je vous rendrai dans la Presse. Mais les affaires avant tout ! envoyez-moi des articles purement littéraires, ils ne vous compromettront pas, et vous aurez exécuté nos conventions. »

Lucien ne vit que de l'amitié mêlée à de savants calculs dans les propositions de Finot dont la flatterie et celle de des Lupeaulx l'avaient mis en belle humeur : il remercia Finot !

Dans la vie des ambitieux et de tous ceux qui ne peuvent parvenir qu'à l'aide des hommes et des choses, par un plan de conduite plus ou moins bien combiné, suivi, maintenu, il se rencontre un cruel moment où je ne sais quelle puissance les soumet à de rudes épreuves : tout manque à la fois, de tous côtés les fils rompent ou s'embrouillent, le malheur apparaît sur tous les points. Quand un homme perd la tête au milieu de ce désordre moral, il est perdu. Les gens qui savent résister à cette première révolte des circonstances, qui se roidissent en laissant passer la tourmente, qui se sauvent en gravissant par un épouvantable effort la sphère supérieure, sont les hommes réellement forts. Tout homme, à moins d'être né riche, a donc ce qu'il faut appeler sa fatale semaine. Pour Napoléon, cette semaine fut la retraite de Moscou. Ce cruel moment était venu pour Lucien. Tout s'était trop heureusement succédé pour lui dans le monde et dans la littérature ; il avait été trop heureux, il devait voir les hommes et les choses se tourner contre lui. La première douleur fut la plus vive et la plus cruelle de toutes, elle l'atteignit là où il se croyait invulnérable, dans son cœur et dans son amour. Coralie pouvait n'être pas spirituelle ; mais douée d'une belle âme, elle avait la faculté de la mettre en dehors par ces mouvements soudains qui font les grandes actrices. Ce phénomène étrange, tant qu'il n'est pas devenu comme une habitude par un long usage, est soumis aux caprices du caractère, et souvent à une admirable pudeur qui domine les actrices encore jeunes. Intérieurement naïve et timide, en apparence hardie et leste comme doit être une comédienne, Coralie encore aimante éprouvait une réaction de son cœur de femme sur son masque de comédienne. L'art de rendre les sentiments, cette sublime fausseté, n'avait pas encore triomphé chez elle de la nature. Elle était honteuse de donner au public ce qui n'appartenait qu'à l'amour. Puis elle avait une faiblesse particulière aux femmes vraies. Tout en se sachant appelée à régner en souveraine sur la scène, elle avait besoin du succès. Incapable d'affronter une salle avec laquelle elle ne sympathisait pas, elle tremblait toujours en arrivant en scène ; et, alors, la froideur du public pouvait la glacer. Cette terrible émotion lui faisait trouver dans chaque nouveau rôle un nouveau début. Les applaudissements lui causaient une espèce d'ivresse, inutile à son amour-propre, mais indispensable à son courage : un murmure de désapprobation ou le silence d'un public distrait lui ôtaient ses moyens ; une salle pleine, attentive, des regards admirateurs et bienveillants l'électrisaient ; elle se mettait alors en communication avec les qualités nobles de toutes ces âmes, et se sentait la puissance de les élever, de les émouvoir. Ce double effet accusait bien et la nature nerveuse et la constitution du génie, en trahissant aussi les délicatesses et la tendresse de cette pauvre enfant. Lucien avait fini par apprécier les trésors que renfermait ce cœur, il avait reconnu combien sa maîtresse était jeune fille. Inhabile aux faussetés de l'actrice, Coralie était incapable de se défendre contre les rivalités et les manœuvres des coulisses auxquelles s'adonnait Florine, fille aussi dangereuse, aussi dépravée déjà que son amie était simple et généreuse. Les rôles devaient venir trouver Coralie ; elle était trop fière pour implorer les auteurs et subir leurs déshonorantes conditions, pour se donner au premier journaliste qui la menacerait de son amour et de sa plume. Le talent, déjà si rare dans l'art extraordinaire du comédien, n'est qu'une condition du succès, le talent est même longtemps nuisible s'il n'est accompagné d'un certain génie d'intrigue qui manquait absolument à Coralie. Prévoyant les souffrances qui attendaient son amie à son début au Gymnase, Lucien voulut à tout prix lui procurer un triomphe. L'argent qui restait sur le prix du mobilier vendu, celui que Lucien gagnait, tout avait passé aux costumes, à l'arrangement de la loge, à tous les frais d'un début. Quelques jours auparavant, Lucien fit une démarche humiliante à laquelle il se résolut par amour : il prit les billets de Fendant et Cavalier, se rendit rue des Bourdonnais au *Cocon d'or* pour en proposer l'escompte à Camusot. Le poète n'était pas encore tellement corrompu qu'il pût aller froidement à cet assaut. Il laissa bien des douleurs sur le chemin, il le pava des plus terribles pensées en se disant alternativement : oui ! — non ! Mais il arriva néanmoins au petit cabinet froid, noir, éclairé par une cour intérieure, où siégeait gravement non plus l'amoureux de Coralie, le débonnaire, le fainéant, le libertin, l'incrédule Camusot qu'il connaissait ; mais le sérieux père de famille, le négociant poudré de ruses et de vertus, masqué de la pruderie judiciaire d'un magistrat du tribunal de commerce, et défendu par la froideur patronale d'un chef de maison, entouré de commis, de caissiers, de cartons verts, de factures et d'échantillons, bardé de sa femme, accompagné d'une fille simplement mise. Lucien frémit de la tête aux pieds en l'abordant, car le digne négociant lui jeta le regard insolemment indifférent qu'il avait déjà vu dans les yeux des escompteurs.

« Voici des valeurs, je vous aurais mille obligations si vous vouliez me les prendre, monsieur ? dit-il en se tenant debout auprès du négociant assis.

— Vous m'avez pris quelque chose, monsieur, dit Camusot, je m'en souviens. »

Là, Lucien expliqua la situation de Coralie, à voix basse et en parlant à l'oreille du marchand de soieries, qui put entendre les palpitations du poète humilié. Il n'était pas dans les intentions de Camusot que Coralie éprouvât une chute. En écoutant, le négociant regardait les signatures et sourit, il était juge au tribunal de commerce, il connaissait la situation des libraires. Il donna quatre mille cinq cents francs à Lucien, à la condition de mettre dans son endos *valeur reçue en soieries*. Lucien alla sur-le-champ voir Braulard et fit très bien les choses avec lui pour assurer à Coralie un beau succès. Braulard promit de venir et vint à la répétition générale afin de convenir des endroits où ses romains déploieraient leurs battoirs de chair, et enlèveraient le succès. Lucien remit le reste de son argent à Coralie en lui cachant sa démarche auprès de Camusot ; il calma les inquiétudes de l'actrice et de Bérénice, qui déjà ne savaient comment faire aller le ménage. Martainville, un des hommes de ce temps qui connaissaient le mieux le théâtre, était venu plusieurs fois faire répéter le rôle de Coralie. Lucien avait obtenu de plusieurs rédacteurs royalistes la promesse d'articles favorables, il ne soupçonnait donc pas le malheur. La veille du début de Coralie, il arriva quelque chose de funeste à Lucien. Le livre de d'Arthez avait paru. Le rédacteur en chef du journal d'Hector Merlin donna l'ouvrage à Lucien comme à l'homme le plus capable d'en rendre compte : il devait sa fatale réputation en ce genre aux articles qu'il avait faits sur Nathan. Il y avait du monde au bureau, tous les rédacteurs s'y trouvaient. Martainville y était venu s'entendre sur un point de la polémique générale adoptée par les journaux royalistes contre les journaux libéraux. Nathan, Merlin, tous les collaborateurs du *Réveil* s'y entretenaient de l'influence du journal semi-hebdomadaire de Léon Giraud, influence d'autant plus pernicieuse que le langage en était prudent, sage et modéré. On commençait à parler du Cénacle de la rue des Quatre-Vents, on l'appelait une Convention. Il avait été décidé que les journaux royalistes feraient une guerre à mort et systématique à ces dangereux adversaires, qui devinrent en effet les metteurs en œuvre de la Doctrine, cette fatale secte qui renversa les Bourbons[1], dès le jour où la plus mesquine des vengeances amena le plus brillant écrivain royaliste[2] à s'allier avec elle. D'Arthez, dont les opinions absolutistes étaient inconnues, enveloppé dans l'anathème prononcé sur le Cénacle, allait être la première victime. Son livre devait être *échiné*, selon le mot classique. Lucien refusa de faire l'article. Ce refus excita le plus violent scandale parmi les hommes considérables du parti royaliste venus à ce rendez-vous. On déclara nettement à Lucien qu'un nouveau converti n'avait pas de volonté ; s'il ne lui convenait pas d'appartenir à la monarchie et à la religion, il pouvait retourner à son premier camp : Merlin et Martainville le prirent à part et lui firent amicalement observer qu'il livrait Coralie à la haine que les journaux libéraux lui avaient vouée, et qu'elle n'aurait plus les journaux royalistes et ministériels pour se défendre. L'actrice allait donner lieu sans doute à une polémique ardente qui lui vaudrait cette renommée après laquelle soupirent toutes les femmes de théâtre.

« Vous n'y connaissez rien, lui dit Martainville, elle jouera pendant trois mois au milieu des feux croisés de nos articles, et trouvera trente mille francs en province dans ses trois mois de congé. Pour un de ces scrupules qui vous empêcheront d'être un homme politique, et qu'on doit fouler aux pieds, vous allez tuer Coralie et votre avenir, vous jetez votre gagne-pain. »

Lucien se vit forcé d'opter entre d'Arthez et Coralie : sa maîtresse était perdue s'il n'égorgeait pas d'Arthez dans le grand journal et dans *Le Réveil*. Le pauvre poète revint chez lui, la mort dans l'âme ; il s'assit au coin du feu dans sa chambre et lut ce livre, l'un des plus beaux de la littérature moderne. Il laissa des larmes de page en page, il hésita longtemps, mais enfin il écrivit un article moqueur, comme il savait si bien en faire, il prit ce livre comme les enfants prennent un bel oiseau pour le déplumer et le martyriser. Sa terrible plaisanterie était de nature à nuire au livre. En relisant cette belle œuvre, tous les bons sentiments de Lucien se réveillèrent : il traversa Paris à minuit, arriva chez d'Arthez, vit à travers les vitres trembler la chaste et timide lueur qu'il avait si souvent regardée avec les sentiments d'admiration que méritait la noble constance de ce vrai grand homme ; il ne se sentit pas la force de monter, il demeura sur une borne pendant quelques instants. Enfin, poussé par son bon ange, il frappa, trouva d'Arthez lisant et sans feu.

« Que vous arrive-t-il ? dit le jeune écrivain en apercevant Lucien et devinant qu'un horrible malheur pouvait seul le lui amener.

— Ton livre est sublime, s'écria Lucien les yeux pleins de larmes, et ils m'ont commandé de l'attaquer.

— Pauvre enfant, tu manges un pain bien dur, dit d'Arthez.

— Je ne vous demande qu'une grâce, gardez-moi le secret sur ma visite, et laissez-moi dans mon enfer à mes occupations de damné. Peut-être ne parvient-on à rien sans s'être fait des calus[1] aux endroits les plus sensibles du cœur.

— Toujours le même ! dit d'Arthez.

— Me croyez-vous un lâche ? Non, d'Arthez, non, je suis un enfant ivre d'amour. »

Et il lui expliqua sa position.

« Voyons l'article », dit d'Arthez ému par tout ce que Lucien venait de lui dire de Coralie.

Lucien lui tendit le manuscrit, d'Arthez le lut, et ne put s'empêcher de sourire : « Quel fatal emploi de l'esprit ! » s'écria-t-il ; mais il se tut en voyant Lucien dans un fauteuil, accablé d'une douleur vraie. « Voulez-vous me le laisser corriger ? je vous le renverrai demain, reprit-il. La plaisanterie déshonore une œuvre, une critique grave et sérieuse est parfois un éloge, je saurai rendre votre article plus honorable et pour vous et pour moi. D'ailleurs, moi seul, je connais bien mes fautes !

— En montant une côte aride, on trouve quelquefois un fruit pour apaiser les ardeurs d'une soif horrible ; ce fruit, le voilà ! dit Lucien qui se jeta dans les bras de d'Arthez, y pleura et lui baisa le front en disant : Il me semble que je vous confie ma conscience pour me la rendre un jour !

— Je regarde le repentir périodique comme une grande hypocrisie, dit solennellement d'Arthez, le repentir est alors une prime donnée aux mauvaises actions. Le repentir est une virginité que notre âme doit à

Dieu : un homme qui se repent deux fois est donc un horrible sycophante. J'ai peur que tu ne voies que des absolutions dans tes repentirs ! »

Ces paroles foudroyèrent Lucien qui revint à pas lents rue de la Lune. Le lendemain, le poète porta au journal son article, renvoyé et remanié par d'Arthez ; mais, depuis ce jour, il fut dévoré par une mélancolie qu'il ne sut pas toujours déguiser. Quand le soir il vit la salle du Gymnase pleine, il éprouva les terribles émotions que donne un début au théâtre, et qui s'agrandirent chez lui de toute la puissance de son amour. Toutes ses vanités étaient en jeu, son regard embrassait toutes les physionomies comme celui d'un accusé embrasse les figures des jurés et des juges : un murmure allait le faire tressaillir ; un petit incident sur la scène, les entrées et les sorties de Coralie, les moindres inflexions de voix devaient l'agiter démesurément. La pièce où débutait Coralie était une de celles qui tombent, mais qui rebondissent, et la pièce tomba. En entrant en scène, Coralie ne fut pas applaudie, et fut frappée par la froideur du Parterre. Dans les loges, elle n'eut pas d'autres applaudissements que celui de Camusot. Des personnes placées au Balcon et aux Galeries firent taire le négociant par des chut répétés. Les Galeries imposèrent silence aux claqueurs, quand les claqueurs se livrèrent à des salves évidemment exagérées. Martainville applaudissait courageusement, et l'hypocrite Florine, Nathan, Merlin l'imitaient. Une fois la pièce tombée, il y eut foule dans la loge de Coralie ; mais cette foule aggrava le mal par les consolations qu'on lui donnait. L'actrice revint au désespoir moins pour elle que pour Lucien.

« Nous avons été trahis par Braulard », dit-il.

Coralie eut une fièvre horrible, elle était atteinte au cœur. Le lendemain, il lui fut impossible de jouer : elle se vit arrêtée dans sa carrière, Lucien lui cacha les journaux, il les décacheta dans la salle à manger. Tous les feuilletonistes attribuaient la chute de la pièce à Coralie : elle avait trop présumé de ses forces ; elle, qui faisait les délices des boulevards, était déplacée au Gymnase ; elle avait été poussée là par une louable ambition, mais elle n'avait pas consulté ses moyens, elle avait mal pris son rôle. Lucien lut alors sur Coralie des tartines composées dans le système hypocrite de ses articles sur Nathan. Une rage digne de Milon de Crotone quand il se sentit les mains prises dans le chêne qu'il avait ouvert lui-même éclata chez Lucien, il devint blême ; ses amis donnaient à Coralie, dans une phraséologie admirable de bonté, de complaisance et d'intérêt, les conseils les plus perfides. Elle devait jouer, y disait-on, des rôles que les perfides auteurs de ces feuilletons infâmes savaient être entièrement contraires à son talent. Tels étaient les journaux royalistes serinés sans doute par Nathan. Quant aux journaux libéraux et aux petits journaux, ils déployaient les perfidies, les moqueries que Lucien avait pratiquées. Coralie entendit un ou deux sanglots, elle sauta de son lit vers Lucien, aperçut les journaux, voulut les voir et les lut. Après cette lecture, elle alla se recoucher, et garda le silence. Florine était de la conspiration, elle en avait prévu l'issue, elle savait le rôle de Coralie, elle avait eu Nathan pour répétiteur. L'Administration, qui tenait à la pièce, voulut donner le rôle de Coralie à Florine. Le directeur vint trouver la pauvre actrice, elle était en larmes et abattue ; mais quand il lui dit devant Lucien que Florine savait le rôle et qu'il était impossible de ne pas donner la pièce le soir, elle se dressa, sauta hors du lit.

« Je jouerai », cria-t-elle.

Elle tomba évanouie. Florine eut donc le rôle et s'y fit une réputation, car elle releva la pièce ; elle eut dans tous les journaux une ovation à partir de laquelle elle fut cette grande actrice que vous savez. Le triomphe de Florine exaspéra Lucien au plus haut degré.

« Une misérable à laquelle tu as mis le pain à la main ! Si le Gymnase le veut, il peut racheter ton engagement. Je serai comte de Rubempré, je ferai fortune et t'épouserai.

— Quelle sottise ! dit Coralie en lui jetant un regard pâle.

— Une sottise ! cria Lucien. Eh bien, dans quelques jours tu habiteras une belle maison, tu auras un équipage, et je te ferai un rôle ! »

Il prit deux mille francs et courut à Frascati. Le malheureux y resta sept heures dévoré par des furies, le visage calme et froid en apparence. Pendant cette journée et une partie de la nuit, il eut les chances les plus diverses : il posséda jusqu'à trente mille francs, et sortit sans un sou. Quand il revint, il trouva Finot qui l'attendait pour avoir *ses petits articles*. Lucien commit la faute de se plaindre.

« Ah ! tout n'est pas rose, répondit Finot ; vous avez fait si brutalement votre demi-tour à gauche[1] que vous deviez perdre l'appui de la presse libérale, bien plus forte que la presse ministérielle et royaliste. Il ne faut jamais passer d'un camp dans un autre sans s'être fait un bon lit où l'on se console des pertes auxquelles on doit s'attendre ; mais, dans tous les cas, un homme sage va voir ses amis, leur expose ses raisons, et se fait conseiller par eux son abjuration, ils en deviennent les complices, ils vous plaignent, et l'on convient alors, comme Nathan et Merlin avec leurs camarades, de se rendre des services mutuels. Les loups ne se mangent point. Vous avez eu, vous, en cette affaire, l'innocence d'un agneau. Vous serez forcé de montrer les dents à votre nouveau parti pour en tirer cuisse ou aile. Ainsi, l'on vous a sacrifié nécessairement à Nathan. Je ne vous cacherai pas le bruit, le scandale et les criailleries que soulève votre article contre d'Arthez. Marat est un saint comparé à vous. Il se prépare des attaques contre vous, votre livre y succombera. Où en est-il, votre roman ?

— Voici les dernières feuilles, dit Lucien en montrant un paquet d'épreuves.

— On vous attribue les articles non signés des journaux ministériels et ultras contre ce petit d'Arthez. Maintenant, tous les jours, les coups d'épingle du *Réveil* sont dirigés contre les gens de la rue des Quatre-Vents, et les plaisanteries sont d'autant plus sanglantes qu'elles sont drôles. Il y a toute une coterie politique, grave et sérieuse derrière le journal de Léon Giraud, une coterie à qui le pouvoir appartiendra tôt ou tard.

— Je n'ai pas mis le pied au *Réveil* depuis huit jours.

— Eh bien, pensez à mes petits articles. Faites-en cinquante sur-le-champ, je vous les payerai en masse ; mais faites-les dans la couleur du journal. »

Et Finot donna négligemment à Lucien le sujet d'un article plaisant contre le garde des Sceaux en lui racontant une prétendue anecdote qui, lui dit-il, courait les salons.

Pour réparer sa perte au jeu, Lucien retrouva, malgré son affaissement, de la verve, de la jeunesse d'esprit, et composa trente articles de chacun deux colonnes. Les articles finis, Lucien alla chez Dauriat, sûr d'y rencontrer Finot auquel il voulait les remettre secrètement ; il avait d'ailleurs besoin de faire expliquer le libraire sur la non-publication des *Marguerites*. Il trouva la boutique pleine de ses ennemis. À son entrée, il y eut un silence complet, les conversations cessèrent. En se voyant mis au ban du journalisme, Lucien se sentit un redoublement de courage, et se dit en lui-même comme dans l'allée du Luxembourg : « Je triompherai ! » Dauriat ne fut ni protecteur ni doux, il se montra goguenard, retranché dans son droit : il ferait paraître *Les Marguerites* à sa guise, il attendrait que la position de Lucien en assurât le succès, il avait acheté l'entière propriété. Quand Lucien objecta que Dauriat était tenu de publier ses *Marguerites* par la nature même du contrat et de la qualité des contractants, le libraire soutint le contraire et dit que judiciairement il ne pourrait être contraint à une opération qu'il jugeait mauvaise, il était seul juge de l'opportunité. Il y avait d'ailleurs une solution que tous les tribunaux admettraient : Lucien était maître de rendre les mille écus, de reprendre son œuvre et de la faire publier par un libraire royaliste.

Lucien se retira plus piqué du ton modéré que Dauriat avait pris, qu'il ne l'avait été de sa pompe autocratique à leur première entrevue. Ainsi, *Les Marguerites* ne seraient sans doute publiées qu'au moment où Lucien aurait pour lui les forces auxiliaires d'une camaraderie puissante, ou deviendrait formidable par lui-même. Le poète revint chez lui lentement, en proie à un découragement qui le menait au suicide, si l'action eût suivi la pensée. Il vit Coralie au lit, pâle et souffrante.

« Un rôle, ou elle meurt », lui dit Bérénice pendant que Lucien s'habillait pour aller rue du Mont-Blanc chez Mlle des Touches qui donnait une grande soirée où il devait trouver des Lupeaulx, Vignon, Blondet, Mme d'Espard et Mme de Bargeton.

La soirée était donnée pour Conti, le grand compositeur qui possédait l'une des voix les plus célèbres en dehors de la scène, pour la Cinti, la Pasta, Garcia, Levasseur[1], et deux ou trois voix illustres du beau monde. Lucien se glissa jusqu'à l'endroit où la marquise, sa cousine et Mme de Montcornet étaient assises. Le malheureux jeune homme prit un air léger, content, heureux ; il plaisanta, se montra comme il était dans ses jours de splendeur, il ne voulait point paraître avoir besoin du monde. Il s'étendit sur les services qu'il rendait au parti royaliste, il en donna pour preuve les cris de haine que poussaient les Libéraux.

« Vous en serez bien largement récompensé, mon ami, lui dit Mme de Bargeton en lui adressant un gracieux sourire. Allez après-demain à la chancellerie avec le Héron et des Lupeaulx, et vous y trouverez votre ordonnance signée par le Roi. Le garde des Sceaux la porte demain au château ; mais il y a conseil, il reviendra tard : néanmoins, si je savais le résultat, dans la soirée, j'enverrais chez vous. Où demeurez-vous ?

— Je viendrai, répondit Lucien honteux d'avoir à dire qu'il demeurait rue de la Lune.

— Les ducs de Lenoncourt et de Navarreins ont parlé de vous au Roi, reprit la marquise, ils ont vanté en vous un de ces dévouements absolus et entiers qui voulaient une récompense éclatante afin de vous venger des persécutions du parti libéral. D'ailleurs, le nom et le titre des Rubempré, auxquels vous avez droit par votre mère, vont devenir illustres en vous. Le Roi a dit à Sa Grandeur, le soir, de lui apporter une ordonnance pour autoriser le sieur Lucien Chardon à porter le nom et les titres des comtes de Rubempré, en sa qualité de petit-fils du dernier comte par sa mère. “Favorisons les chardonnerets du Pinde[1], a-t-il dit après avoir lu votre sonnet sur le lys dont s'est heureusement souvenu ma cousine et qu'elle avait donné au duc. — Surtout quand le Roi peut faire le miracle de les changer en aigles”, a répondu M. de Navarreins. »

Lucien eut une effusion de cœur qui aurait pu attendrir une femme moins profondément blessée que l'était Louise d'Espard de Nègrepelisse. Plus Lucien était beau, plus elle avait soif de vengeance. Des Lupeaulx avait raison, Lucien manquait de tact : il ne sut pas deviner que l'ordonnance dont on lui parlait n'était qu'une plaisanterie comme savait en faire Mme d'Espard. Enhardi par ce succès et par la distinction flatteuse que lui témoignait Mlle des Touches, il resta chez elle jusqu'à deux heures du matin pour pouvoir lui parler en particulier. Lucien avait appris dans les bureaux des journaux royalistes que Mlle des Touches était la collaboratrice secrète d'une pièce où devait jouer la grande merveille du moment, la petite Fay[1]. Quand les salons furent déserts, il emmena Mlle des Touches sur un sofa, dans le boudoir, et lui raconta d'une façon si touchante le malheur de Coralie et le sien, que cette illustre hermaphrodite lui promit de faire donner le rôle principal à Coralie.

Le lendemain de cette soirée, au moment où Coralie, heureuse de la promesse de Mlle des Touches à Lucien, revenait à la vie et déjeunait avec son poète, Lucien lisait le journal de Lousteau, où se trouvait le récit épigrammatique de l'anecdote inventée sur le garde des Sceaux et sur sa femme. La méchanceté la plus noire s'y cachait sous l'esprit le plus incisif. Le Roi Louis XVIII y était admirablement mis en scène, et ridiculisé sans que le Parquet pût intervenir. Voici le fait auquel le parti libéral essayait de donner l'apparence de la vérité, mais qui n'a fait que grossir le nombre de ses spirituelles calomnies[2].

La passion de Louis XVIII pour une correspondance galante et musquée, pleine de madrigaux et d'étincelles, y était interprétée comme la dernière expression de son amour qui devenait doctrinaire : il passait, y disait-on, du fait à l'idée[3]. L'illustre maîtresse, si cruellement attaquée par Béranger sous le nom d'Octavie[4], avait conçu les craintes les plus sérieuses. La correspondance languissait. Plus Octavie déployait d'esprit, plus son amant se montrait froid et terne. Octavie avait fini par découvrir la cause de sa défaveur, son pouvoir était menacé par les prémices et les épices d'une nouvelle correspondance du royal écrivain avec la femme du garde des Sceaux. Cette excellente femme était supposée incapable d'écrire un billet, elle devait être purement et simplement l'éditeur responsable d'une audacieuse ambition. Qui pouvait être caché sous cette jupe ? Après quelques observations, Octavie découvrit que le Roi correspondait avec son ministre. Son plan est fait. Aidée par un ami fidèle, elle retient un jour le ministre à la Chambre par une discussion orageuse, et se ménage un tête-à-tête où elle révolte l'amour-propre du Roi par la révélation de cette tromperie. Louis XVIII entre dans un accès de colère bourbonienne et royale, il éclate contre Octavie, il doute ; Octavie offre une preuve immédiate en le priant d'écrire un mot qui voulût absolument une réponse. La malheureuse femme surprise envoie requérir son mari à la Chambre ; mais tout était prévu, dans ce moment il occupait la tribune. La femme sue sang et eau, cherche tout son esprit, et répond avec l'esprit qu'elle trouve. « Votre chancelier vous dira le reste », s'écria Octavie en riant du désappointement du Roi.

Quoique mensonger, l'article piquait au vif le garde des Sceaux, sa femme et le Roi. Des Lupeaulx, à qui Finot a toujours gardé le secret, avait, dit-on, inventé l'anecdote. Ce spirituel et mordant article fit la joie des Libéraux et celle du parti de Monsieur[1] ; Lucien s'en amusa sans y voir autre chose qu'un très agréable *canard*. Il alla le lendemain prendre des Lupeaulx et le baron du Châtelet. Le baron venait remercier Sa Grandeur. Le sieur Châtelet, nommé conseiller d'État en service extraordinaire, était fait comte avec la promesse de la préfecture de la Charente, dès que le préfet actuel aurait fini les quelques mois nécessaires pour compléter le temps voulu pour lui faire obtenir le maximum de la retraite. Le comte du Châtelet, car le *du* fut inséré dans l'ordonnance, prit Lucien dans sa voiture et le traita sur un pied d'égalité. Sans les articles de Lucien, il ne serait peut-être pas parvenu si promptement ; la persécution des Libéraux avait été comme un piédestal pour lui. Des Lupeaulx était au ministère, dans le cabinet du secrétaire général. À l'aspect de Lucien, ce fonctionnaire fit un bond d'étonnement et regarda des Lupeaulx.

« Comment ! vous osez venir ici, monsieur ? dit le secrétaire général à Lucien stupéfait. Sa Grandeur a déchiré votre ordonnance préparée, la voici ! » Il montra le premier papier venu déchiré en quatre. « Le ministre a voulu connaître l'auteur de l'épouvantable article d'hier, et voici la copie du numéro, dit le secrétaire général en tendant à Lucien les feuillets de son article. Vous vous dites royaliste, monsieur, et vous êtes collaborateur de cet infâme journal qui fait blanchir les cheveux aux ministres, qui chagrine les Centres et nous entraîne dans un abîme. Vous déjeunez du *Corsaire*, du *Miroir*, du *Constitutionnel*, du *Courrier* ; vous dînez de *La Quotidienne*, du *Réveil*, et vous soupez avec Martainville, le plus terrible antagoniste du ministère, et qui pousse le Roi vers l'absolutisme, ce qui l'amènerait à une révolution tout aussi promptement que s'il se livrait à l'extrême Gauche ? Vous êtes un très spirituel journaliste, mais vous ne serez jamais un homme politique. Le ministre vous a dénoncé comme l'auteur de l'article au Roi, qui, dans sa colère, a grondé M. le duc de Navarreins, son premier gentilhomme de service. Vous vous êtes fait des ennemis d'autant plus puissants qu'ils vous étaient plus favorables ! Ce qui chez un ennemi semble naturel, est épouvantable chez un ami.

— Mais vous êtes donc un enfant, mon cher ? dit des Lupeaulx. Vous m'avez compromis. Mmes d'Espard et de Bargeton, Mme de Montcornet, qui avaient répondu de vous, doivent être furieuses. Le duc a dû faire retomber sa colère sur la marquise, et la marquise a dû gronder sa cousine. N'y allez pas ! Attendez.

— Voici Sa Grandeur, sortez ! » dit le secrétaire général.

Lucien se trouva sur la place Vendôme, hébété comme un homme à qui l'on vient de donner sur la tête un coup d'assommoir. Il revint à pied par les boulevards en essayant de se juger. Il se vit le jouet d'hommes envieux, avides et perfides. Qu'était-il dans ce monde d'ambitions ? Un enfant qui courait après les plaisirs et les jouissances de vanité, leur sacrifiant tout ; un poète, sans réflexion profonde, allant de lumière en lumière comme un papillon, sans plan fixe, l'esclave des circonstances, pensant bien et agissant mal. Sa conscience fut un impitoyable bourreau. Enfin, il n'avait plus d'argent et se sentait épuisé de travail et de douleur. Ses articles ne passaient qu'après ceux de Merlin et de Nathan. Il allait à l'aventure, perdu dans ses réflexions ; il vit en marchant, chez quelques cabinets littéraires qui commençaient à donner des livres en lecture avec les journaux, une affiche où, sous un titre bizarre, à lui tout à fait inconnu, brillait son nom : *Par M. Lucien Chardon de Rubempré*. Son ouvrage paraissait, il n'en avait rien su, les journaux se taisaient. Il demeura les bras pendants, immobile, sans apercevoir un groupe de jeunes gens les plus élégants, parmi lesquels étaient Rastignac, de Marsay et quelques autres de sa connaissance. Il ne fit pas attention à Michel Chrestien et à Léon Giraud, qui venaient à lui.

« Vous êtes monsieur Chardon ? lui dit Michel d'un ton qui fit résonner les entrailles de Lucien comme des cordes.

— Ne me connaissez-vous pas ? » répondit-il en pâlissant.

Michel lui cracha au visage.

« Voilà les honoraires de vos articles contre d'Arthez. Si chacun dans sa cause ou dans celle de ses amis imitait ma conduite, la Presse resterait ce qu'elle doit être : un sacerdoce, respectable et respecté ! »

Lucien avait chancelé ; il s'appuya sur Rastignac en lui disant, ainsi qu'à de Marsay : « Messieurs, vous ne sauriez refuser d'être mes témoins. Mais je veux d'abord rendre la partie égale, et l'affaire sans remède. »

Lucien donna vivement un soufflet à Michel, qui ne s'y attendait pas. Les dandies et les amis de Michel se jetèrent entre le républicain et le royaliste, afin que cette lutte ne prît pas un caractère populacier. Rastignac saisit Lucien et l'emmena chez lui, rue Taitbout, à deux pas de cette scène, qui avait lieu sur le boulevard de Gand[1], à l'heure du dîner. Cette circonstance évita les rassemblements d'usage en pareil cas. De Marsay vint chercher Lucien, que les deux dandies forcèrent à dîner joyeusement avec eux au Café Anglais, où ils se grisèrent.

« Êtes-vous fort à l'épée ? lui dit de Marsay.

— Je n'en ai jamais manié.

— Au pistolet ? dit Rastignac.

— Je n'ai pas dans ma vie tiré un seul coup de pistolet.

— Vous avez pour vous le hasard, vous êtes un terrible adversaire, vous pouvez tuer votre homme », dit de Marsay.

Lucien trouva fort heureusement Coralie au lit et endormie. L'actrice avait joué dans une petite pièce et à l'improviste, elle avait repris sa revanche en obtenant des applaudissements légitimes et non stipendiés. Cette soirée, à laquelle ne s'attendaient pas ses ennemis, détermina le directeur à lui donner le principal rôle dans la pièce de Camille Maupin ; car il avait fini par découvrir la cause de l'insuccès de Coralie à son début. Courroucé par les intrigues de Florine et de Nathan pour faire tomber une actrice à laquelle il tenait, le directeur avait promis à Coralie la protection de l'Administration.

À cinq heures du matin, Rastignac vint chercher Lucien.

« Mon cher, vous êtes logé dans le système de votre rue, lui dit-il pour tout compliment. Soyons les premiers au rendez-vous, sur le chemin de Clignancourt, c'est de bon goût, et nous devons de bons exemples.
— Voici le programme, lui dit de Marsay dès que le fiacre roula dans le faubourg Saint-Denis. Vous vous battez au pistolet, à vingt-cinq pas, marchant à volonté l'un sur l'autre jusqu'à une distance de quinze pas. Vous avez chacun cinq pas à faire et trois coups à tirer, pas davantage. Quoi qu'il arrive, vous vous engagez à en rester là l'un et l'autre. Nous chargeons les pistolets de votre adversaire, et ses témoins chargent les vôtres. Les armes ont été choisies par les quatre témoins réunis chez un armurier. Je vous promets que nous avons aidé le hasard : vous avez des pistolets de cavalerie[1]. »

Pour Lucien, la vie était devenue un mauvais rêve ; il lui était indifférent de vivre ou de mourir. Le courage particulier au suicide lui servit donc à paraître en grand costume de bravoure aux yeux des spectateurs de son duel. Il resta, sans marcher, à sa place. Cette insouciance passa pour un froid calcul : on trouva ce poète très fort. Michel Chrestien vint jusqu'à sa limite. Les deux adversaires firent feu en même temps, car les insultes avaient été regardées comme égales. Au premier coup, la balle de Chrestien effleura le menton de Lucien dont la balle passa à dix pieds au-dessus de la tête de son adversaire. Au second coup, la balle de Michel se logea dans le col de la redingote du poète, lequel était heureusement piqué et garni de bougran[2]. Au troisième coup, Lucien reçut la balle dans le sein et tomba.

« Est-il mort ? demanda Michel.

— Non, dit le chirurgien, il s'en tirera.

— Tant pis, répondit Michel.

— Oh ! oui, tant pis », répéta Lucien en versant des larmes.

À midi, ce malheureux enfant se trouva dans sa chambre et sur son lit ; il avait fallu cinq heures et de grands ménagements pour l'y transporter. Quoique son état fût sans danger, il exigeait des précautions : la fièvre pouvait amener de fâcheuses complications. Coralie étouffa son désespoir et ses chagrins. Pendant tout le temps que son ami fut en danger, elle passa les nuits avec Bérénice en apprenant ses rôles. Le danger de Lucien dura deux mois. Cette pauvre créature jouait quelquefois un rôle qui voulait de la gaieté, tandis qu'intérieurement elle se disait : « Mon cher Lucien meurt peut-être en ce moment ! »

Pendant ce temps, Lucien fut soigné par Bianchon : il dut la vie au dévouement de cet ami si vivement blessé, mais à qui d'Arthez avait confié le secret de la démarche de Lucien en justifiant le malheureux poète. Dans un moment lucide, car Lucien eut une fièvre nerveuse d'une haute gravité, Bianchon, qui soupçonnait d'Arthez de quelque générosité, questionna son malade ; Lucien lui dit n'avoir pas fait d'autre article sur le livre de d'Arthez que l'article sérieux et grave inséré dans le journal d'Hector Merlin.

À la fin du premier mois, la maison Fendant et Cavalier déposa son bilan. Bianchon dit à l'actrice de cacher ce coup affreux à Lucien. Le fameux roman de *L'Archer de Charles IX*, publié sous un titre bizarre, n'avait pas eu le moindre succès. Pour se faire de l'argent avant de déposer le bilan, Fendant, à l'insu de Cavalier, avait vendu cet ouvrage en bloc à des épiciers qui le revendaient à bas prix au moyen du colportage. En ce moment le livre de Lucien garnissait les parapets des ponts et les quais de Paris. La librairie du quai des Augustins, qui avait pris une certaine quantité d'exemplaires de ce roman, se trouvait donc perdre une somme considérable par suite de l'avilissement subit du prix : les quatre volumes in-12 qu'elle avait achetés quatre francs cinquante centimes étaient donnés pour cinquante sous. Le commerce jetait les hauts cris, et les journaux continuaient à garder le plus profond silence. Barbet n'avait pas prévu ce *lavage*, il croyait au talent de Lucien ; contrairement à ses habitudes, il s'était jeté sur deux cents exemplaires ; et la perspective d'une perte le rendait fou, il disait des horreurs de Lucien. Barbet prit un parti héroïque : il mit ses exemplaires dans un coin de son magasin par un entêtement particulier aux avares, et laissa ses confrères se débarrasser des leurs à vil prix. Plus tard, en 1824, quand la belle préface de d'Arthez, le mérite du livre et deux articles faits par Léon Giraud eurent rendu à cette œuvre sa valeur, Barbet vendit ses exemplaires un par un au prix de dix francs. Malgré les précautions de Bérénice et de Coralie, il fut impossible d'empêcher Hector Merlin de venir voir son ami mourant ; et il lui fit boire goutte à goutte le calice amer de ce *bouillon*, mot en usage dans la librairie pour peindre l'opération funeste à laquelle s'étaient livrés Fendant et Cavalier en publiant le livre d'un débutant. Martainville, seul fidèle à Lucien, fit un magnifique article en faveur de l'œuvre ; mais l'exaspération était telle, et chez les libéraux, et chez les ministériels, contre le rédacteur en chef de *L'Aristarque*, de *L'Oriflamme* et du *Drapeau blanc*, que les efforts de ce courageux athlète, qui rendit toujours dix insultes pour une au libéralisme, nuisirent à Lucien. Aucun journal ne releva le gant de la polémique, quelque vives que fussent les attaques du Bravo royaliste. Coralie, Bérénice et Bianchon fermèrent la porte à tous les soi-disant amis de Lucien qui jetèrent les hauts cris ; mais il fut impossible de la fermer aux huissiers. La faillite de Fendant et de Cavalier rendait leurs billets exigibles en vertu d'une des dispositions du Code de commerce, la plus attentatoire aux droits des tiers qui sont ainsi privés des bénéfices du terme. Lucien se trouva vigoureusement poursuivi par Camusot. En voyant ce nom, l'actrice comprit la terrible et humiliante démarche qu'avait dû faire son poète, pour elle si angélique ; elle l'en aima dix fois plus, et ne voulut pas implorer Camusot. En venant chercher leur prisonnier, les gardes du commerce le trouvèrent au lit, et reculèrent à l'idée de l'emmener ; ils allèrent chez Camusot avant de prier le président du tribunal d'indiquer la maison de santé dans laquelle ils déposeraient le débiteur. Camusot accourut aussitôt rue de la Lune. Coralie descendit et remonta tenant les pièces de la procédure qui d'après l'endos avait déclaré Lucien commerçant. Comment avait-elle obtenu ces papiers de Camusot ? quelle promesse avait-elle faite ? elle garda le plus morne silence ; mais elle était remontée quasi morte. Coralie joua dans la pièce de Camille Maupin, et contribua beaucoup à ce succès de l'illustre hermaphrodite littéraire. La création de ce rôle fut la dernière étincelle de cette belle lampe. À la vingtième représentation, au moment où Lucien rétabli commençait à se promener, à manger, et parlait de reprendre ses travaux, Coralie tomba malade : un chagrin secret la dévorait. Bérénice a toujours cru que, pour sauver Lucien, elle avait promis de revenir à Camusot. L'actrice eut la mortification de voir donner son rôle à Florine. Nathan déclarait la guerre au Gymnase dans le cas où Florine ne succéderait pas à Coralie. En jouant le rôle jusqu'au dernier moment pour ne pas le laisser prendre par sa rivale, Coralie outrepassa ses forces ; le Gymnase lui avait fait quelques avances pendant la maladie de Lucien, elle ne pouvait plus rien demander à la caisse du théâtre ; malgré son bon vouloir, Lucien était encore incapable de travailler, il soignait d'ailleurs Coralie afin de soulager Bérénice ; ce pauvre ménage arriva donc à une détresse absolue, il eut cependant le bonheur de trouver dans Bianchon un médecin habile et dévoué, qui lui donna crédit chez un pharmacien. La situation de Coralie et de Lucien fut bientôt connue des fournisseurs et du propriétaire. Les meubles furent saisis. La couturière et le tailleur, ne craignant plus le journaliste, poursuivirent ces deux bohémiens à outrance. Enfin il n'y eut plus que le pharmacien et le charcutier qui fissent crédit à ces malheureux enfants. Lucien, Bérénice et la malade furent obligés pendant une semaine environ de ne manger que du porc sous toutes les formes ingénieuses et variées que lui donnent les charcutiers. La charcuterie, assez inflammatoire de sa nature, aggrava la maladie de l'actrice. Lucien fut contraint par la misère d'aller chez Lousteau réclamer les mille francs que cet ancien ami, ce traître, lui devait. Ce fut, au milieu de ses malheurs, la démarche qui lui coûta le plus. Lousteau ne pouvait plus rentrer chez lui rue de La Harpe, il couchait chez ses amis, il était poursuivi, traqué comme un lièvre. Lucien ne put trouver son fatal introducteur dans le monde littéraire que chez Flicoteaux. Lousteau dînait à la même table où Lucien l'avait rencontré, pour son malheur, le jour où il s'était éloigné de d'Arthez. Lousteau lui offrit à dîner, et Lucien accepta ! Quand, en sortant de chez Flicoteaux, Claude Vignon, qui y mangeait ce jour-là, Lousteau, Lucien et le grand inconnu qui remisait sa garde-robe chez Samanon voulurent aller au café Voltaire prendre du café, jamais ils ne purent faire trente sous en réunissant le billon qui retentissait dans leurs poches. Ils flânèrent au Luxembourg, espérant y rencontrer un libraire, et ils virent en effet un des plus fameux imprimeurs de ce temps auquel Lousteau demanda quarante francs, et qui les donna. Lousteau partagea la somme en quatre portions égales, et chacun des écrivains en prit une. La misère avait éteint toute fierté, tout sentiment chez Lucien ; il pleura devant ces trois artistes en leur racontant sa situation ; mais chacun de ses camarades avait un drame tout aussi cruellement horrible à lui dire : quand chacun eut paraphrasé le sien, le poète se trouva le moins malheureux des quatre. Aussi tous avaient-ils besoin d'oublier et leur malheur et leur pensée qui doublait le malheur. Lousteau courut au Palais-Royal, y jouer les neuf francs qui lui restèrent sur ses dix francs. Le grand inconnu, quoiqu'il eût une divine maîtresse, alla dans une vile maison suspecte se plonger dans le bourbier des voluptés dangereuses. Vignon se rendit au *Petit Rocher de Cancale*[1] dans l'intention d'y boire deux bouteilles de vin de Bordeaux pour abdiquer sa raison et sa mémoire. Lucien quitta Claude Vignon sur le seuil du restaurant, en refusant sa part de ce souper. La poignée de main que le grand homme de province donna au seul journaliste qui ne lui avait pas été hostile fut accompagnée d'un horrible serrement de cœur.

« Que faire ? lui demanda-t-il.

— À la guerre, comme à la guerre, lui dit le grand critique. Votre livre est beau, mais il vous a fait des envieux, votre lutte sera longue et difficile. Le génie est une horrible maladie. Tout écrivain porte en son cœur un monstre qui, semblable au tænia dans l'estomac, y dévore les sentiments à mesure qu'ils y éclosent. Qui triomphera ? la maladie de l'homme, ou l'homme de la maladie ? Certes, il faut être un grand homme pour tenir la balance entre son génie et son caractère. Le talent grandit, le cœur se dessèche. À moins d'être un colosse, à moins d'avoir des épaules d'Hercule, on reste ou sans cœur ou sans talent. Vous êtes mince et fluet, vous succomberez», ajouta-t-il en entrant chez le restaurateur.

Lucien revint chez lui en méditant sur cet horrible arrêt dont la profonde vérité lui éclairait la vie littéraire.

«De l'argent!» lui criait une voix.

Il fit lui-même, à son ordre, trois billets de mille francs chacun à un, deux et trois mois d'échéance, en y imitant avec une admirable perfection la signature de David Séchard, il les endossa, puis, le lendemain, il les porta chez Métivier, le marchand de papier de la rue Serpente, qui les lui escompta sans aucune difficulté. Lucien écrivit quelques lignes à son beau-frère pour le prévenir de cette attaque à sa caisse, en lui promettant, selon l'usage, de faire les fonds à l'échéance. Les dettes de Coralie et celles de Lucien payées, il resta trois cents francs que le poète remit entre les mains de Bérénice, en lui disant de ne lui rien donner s'il demandait de l'argent: il craignait d'être saisi par l'envie d'aller au jeu. Lucien, animé d'une rage sombre, froide et taciturne, se mit à écrire ses plus spirituels articles à la lueur d'une lampe en veillant Coralie. Quand il cherchait ses idées, il voyait cette créature adorée, blanche comme une porcelaine, belle de la beauté des mourantes, lui souriant de deux lèvres pâles, lui montrant des yeux brillants comme le sont ceux de toutes les femmes qui succombent autant à la maladie qu'au chagrin. Lucien envoyait ses articles aux journaux; mais comme il ne pouvait pas aller dans les bureaux pour tourmenter les rédacteurs en chef, les articles ne paraissaient pas. Quand il se décidait à venir au journal, Théodore Gaillard, qui lui avait fait des avances et qui plus tard profita de ces diamants littéraires, le recevait froidement.

«Prenez garde à vous, mon cher! vous n'avez plus

d'esprit, ne vous laissez pas abattre, ayez de la verve ! » lui disait-il.

« Ce petit Lucien n'avait que son roman et ses premiers articles dans le ventre, s'écriaient Félicien Vernou, Merlin et tous ceux qui le haïssaient quand il était question de lui chez Dauriat ou au Vaudeville. Il nous envoie des choses pitoyables. »

Ne rien avoir dans le ventre, mot consacré dans l'argot du journalisme, constitue un arrêt souverain dont il est difficile d'appeler, une fois qu'il a été prononcé. Ce mot, colporté partout, tuait Lucien, à l'insu de Lucien, car il eut alors *des ennuis* au-dessus de ses forces. Au milieu de ses écrasants travaux, il fut poursuivi pour les effets de David Séchard, et il eut recours à l'expérience de Camusot. L'ancien ami de Coralie eut la générosité de protéger Lucien. Cette affreuse situation dura deux mois, qui furent émaillés de beaucoup de papiers timbrés, que, selon la recommandation de Camusot, Lucien envoyait à Desroches[1], un ami de Bixiou, de Blondet et de des Lupeaulx.

Au commencement du mois d'août, Bianchon dit au poète que Coralie était perdue, elle n'avait pas plus de quelques jours à vivre. Bérénice et Lucien passèrent ces fatales journées à pleurer, sans pouvoir cacher leurs larmes à cette pauvre fille au désespoir de mourir à cause de Lucien. Par un retour étrange, Coralie exigea que Lucien lui amenât un prêtre. L'actrice voulut se réconcilier avec l'Église, et mourir en paix. Elle fit une fin chrétienne, son repentir fut sincère. Cette agonie et cette mort achevèrent d'ôter à Lucien sa force et son courage. Le poète demeura dans un complet abattement, assis dans un fauteuil, au pied du lit de Coralie, en ne cessant de la regarder, jusqu'au moment où il vit les yeux de l'actrice tournés par la main de la mort. Il était alors cinq heures du matin. Un oiseau vint s'abattre sur les pots de fleurs qui se trouvaient en dehors de la croisée, et gazouilla quelques chants. Bérénice agenouillée baisait la main de Coralie qui se refroidissait sous ses larmes. Il y avait alors onze sous sur la cheminée. Lucien sortit poussé par un désespoir qui lui conseillait de demander l'aumône pour enterrer sa maîtresse, ou d'aller se jeter aux pieds de la marquise d'Espard, du comte du Châtelet, de Mme de Bargeton, de Mlle des Touches, ou du terrible dandy de Marsay : il ne se sentait plus alors ni fierté, ni force. Pour avoir quelque argent, il se serait engagé soldat ! Il marcha de cette allure affaissée et décomposée que connaissent les malheureux, jusqu'à l'hôtel de Camille Maupin, il y entra sans faire attention au désordre de ses vêtements, et la fit prier de le recevoir.

« Mademoiselle s'est couchée à trois heures du matin, et personne n'oserait entrer chez elle avant qu'elle n'ait sonné, répondit le valet de chambre.

— Quand vous sonne-t-elle ?

— Jamais avant dix heures. »

Lucien écrivit alors une de ces lettres épouvantables où les gueux élégants ne ménagent plus rien. Un soir, il avait mis en doute la possibilité de ces abaissements, quand Lousteau lui parlait des demandes faites par de jeunes talents à Finot, et sa plume l'emportait peut-être alors au-delà des limites où l'infortune avait jeté ses prédécesseurs. En revenant imbécile et fiévreux par les boulevards, sans se douter de l'horrible chef-d'œuvre que venait de lui dicter le désespoir, il rencontra Barbet.

« Barbet, cinq cents francs ? lui dit-il en lui tendant la main.

— Non, deux cents, répondit le libraire.

— Ah ! vous avez donc un cœur.

— Oui, mais j'ai aussi des affaires. Vous me faites perdre bien de l'argent, ajouta-t-il après lui avoir raconté la faillite de Fendant et de Cavalier, faites-m'en donc gagner ? »

Lucien frissonna.

« Vous êtes poète, vous devez savoir faire toutes sortes de vers, dit le libraire en continuant. En ce moment, j'ai besoin de chansons grivoises pour les mêler à quelques chansons prises à différents auteurs, afin de ne pas être poursuivi comme contrefacteur et pouvoir vendre dans les rues un joli recueil de chansons à dix sous. Si vous voulez m'envoyer demain dix bonnes chansons à boire ou croustilleuses... là... vous savez ! je vous donnerai deux cents francs. »

Lucien revint chez lui : il y trouva Coralie étendue droite et roide sur un lit de sangle, enveloppée dans un méchant drap de lit que cousait Bérénice en pleurant. La grosse Normande avait allumé quatre chandelles aux quatre coins de ce lit. Sur le visage de Coralie étincelait cette fleur de beauté qui parle si haut aux vivants en leur exprimant un calme absolu, elle ressemblait à ces jeunes filles qui ont la maladie des pâles couleurs : il semblait par moments que ces deux lèvres violettes allaient s'ouvrir et murmurer le nom de Lucien, ce mot qui, mêlé à celui de Dieu, avait précédé son dernier soupir. Lucien dit à Bérénice d'aller commander aux pompes funèbres un convoi qui ne coûtât pas plus de deux cents francs, en y comprenant le service à la chétive église de Bonne-Nouvelle. Dès que Bérénice fut sortie, le poète se mit à sa table, auprès du corps de sa pauvre amie, et y composa les dix chansons qui voulaient des idées gaies et des airs populaires[1]. Il éprouva des peines inouïes avant de pouvoir travailler ; mais il finit par trouver son intelligence au service de la nécessité, comme s'il n'eût pas souffert. Il exécutait déjà le terrible arrêt de Claude Vignon sur la séparation qui s'accomplit entre le cœur et le cerveau. Quelle nuit que celle où ce pauvre enfant se livrait à la recherche de poésies à offrir aux Goguettes[1] en écrivant à la lueur des cierges, à côté du prêtre qui priait pour Coralie ! Le lendemain matin, Lucien, qui avait achevé sa dernière chanson, essayait de la mettre sur un air alors à la mode ; en l'entendant chanter, Bérénice et le prêtre eurent peur qu'il ne fût devenu fou :

Amis, la morale en chanson
Me fatigue et m'ennuie ;
Doit-on invoquer la raison
Quand on sert la Folie ?
D'ailleurs tous les refrains sont bons
Lorsqu'on trinque avec des lurons :
Épicure l'atteste.
N'allons pas chercher Apollon
Quand Bacchus est notre échanson ;
Rions ! buvons !
Et moquons-nous du reste.

Hippocrate à tout bon buveur
Promettait la centaine.
Qu'importe, après tout, par malheur,
Si la jambe incertaine
Ne peut plus poursuivre un tendron,
Pourvu qu'à vider un flacon
La main soit toujours leste ?
Si toujours, en vrais biberons,
Jusqu'à soixante ans nous trinquons,
Rions ! buvons !
Et moquons-nous du reste.

Veut-on savoir d'où nous venons,
La chose est très facile ;
Mais, pour savoir où nous irons,
Il faudrait être habile.

Sans nous inquiéter, enfin,
Usons, ma foi, jusqu'à la fin
De la bonté céleste !
Il est certain que nous mourrons ;
Mais il est sûr que nous vivons :
Rions ! buvons !
Et moquons-nous du reste.

Au moment où le poète chantait cet épouvantable dernier couplet, Bianchon et d'Arthez entrèrent et le trouvèrent dans le paroxysme de l'abattement, il versait un torrent de larmes, et n'avait plus la force de remettre ses chansons au net. Quand, à travers ses sanglots, il eut expliqué sa situation, il vit des larmes dans les yeux de ceux qui l'écoutaient.

« Ceci, dit d'Arthez, efface bien des fautes !

— Heureux ceux qui trouvent l'Enfer ici-bas », dit gravement le prêtre.

Le spectacle de cette belle morte souriant à l'éternité, la vue de son amant lui achetant une tombe avec des gravelures, Barbet payant un cercueil, ces quatre chandelles autour de cette actrice dont la basquine et les bas rouges à coins verts faisaient naguère palpiter toute une salle, puis sur la porte le prêtre qui l'avait réconciliée avec Dieu retournant à l'église pour y dire une messe en faveur de celle qui avait tant aimé ! ces grandeurs et ces infamies, ces douleurs écrasées sous la nécessité glacèrent le grand écrivain et le grand médecin qui s'assirent sans pouvoir proférer une parole. Un valet apparut et annonça Mlle des Touches. Cette belle et sublime fille comprit tout, elle alla vivement à Lucien, lui serra la main, et y glissa deux billets de mille francs.

« Il n'est plus temps », dit-il en lui jetant un regard de mourant.

D'Arthez, Bianchon et Mlle des Touches ne quittèrent Lucien qu'après avoir bercé son désespoir des plus douces paroles, mais tous les ressorts étaient brisés chez lui. À midi, le Cénacle, moins Michel Chrestien qui cependant avait été détrompé sur la culpabilité de Lucien, se trouva dans la petite église de Bonne-Nouvelle, ainsi que Bérénice et Mlle des Touches, deux comparses du Gymnase, l'habilleuse de Coralie et le malheureux Camusot. Tous les hommes accompagnèrent l'actrice jusqu'au cimetière du Père-Lachaise. Camusot, qui pleurait à chaudes larmes, jura solennellement à Lucien d'acheter un terrain à perpétuité et d'y faire construire une colonnette sur laquelle on graverait : CORALIE, et dessous : *Morte à dix-neuf ans* (août 1822).

Lucien demeura seul jusqu'au coucher du soleil, sur cette colline d'où ses yeux embrassaient Paris. « Par qui serais-je aimé ? se demanda-t-il. Mes vrais amis me méprisent. Quoi que j'eusse fait, tout de moi semblait noble et bien à celle qui est là ! Je n'ai plus que ma sœur, David et ma mère ! Que pensent-ils de moi, là-bas ? »

Le pauvre grand homme de province revint rue de la Lune, où ses impressions furent si vives en revoyant l'appartement vide, qu'il alla se loger dans un méchant hôtel de la même rue. Les deux mille francs de Mlle des Touches payèrent toutes les dettes, mais en y ajoutant le produit du mobilier. Bérénice et Lucien eurent cent francs à eux qui les firent vivre pendant deux mois que Lucien passa dans un accablement maladif : il ne pouvait ni écrire, ni penser, il se laissait aller à la douleur, Bérénice eut pitié de lui.

« Si vous retournez dans votre pays, comment irez-vous ? répondit-elle à une exclamation de Lucien qui pensait à sa sœur, à sa mère et à David Séchard.

— À pied, dit-il.

— Encore faut-il pouvoir vivre et se coucher en

route. Si vous faites douze lieues par jour, vous avez besoin d'au moins vingt francs.

— Je les aurai », dit-il.

Il prit ses habits et son beau linge, ne garda sur lui que le strict nécessaire, et alla chez Samanon qui lui offrit cinquante francs de toute sa défroque. Il supplia l'usurier de lui donner assez pour prendre la diligence, il ne put le fléchir. Dans sa rage, Lucien monta d'un pied chaud à Frascati, tenta la fortune et revint sans un liard. Quand il se trouva dans sa misérable chambre, rue de la Lune, il demanda le châle de Coralie à Bérénice. À quelques regards, la bonne fille comprit, d'après l'aveu que Lucien lui fit de la perte au jeu, quel était le dessein de ce pauvre poète au désespoir : il voulait se pendre.

« Êtes-vous fou, monsieur ? dit-elle. Allez vous promener et revenez à minuit, j'aurai gagné votre argent ; mais restez sur les boulevards, n'allez pas vers les quais. »

Lucien se promena sur les boulevards, hébété de douleur, regardant les équipages, les passants, se trouvant diminué, seul, dans cette foule qui tourbillonnait fouettée par les mille intérêts parisiens. En revoyant par la pensée les bords de sa Charente, il eut soif des joies de la famille, il eut alors un de ces éclairs de force qui trompent toutes ces natures à demi féminines, il ne voulut pas abandonner la partie avant d'avoir déchargé son cœur dans le cœur de David Séchard, et pris conseil des trois anges qui lui restaient. En flânant, il vit Bérénice endimanchée causant avec un homme, sur le boueux boulevard Bonne-Nouvelle, où elle stationnait au coin de la rue de la Lune.

« Que fais-tu ? dit Lucien épouvanté par les soupçons qu'il conçut à l'aspect de la Normande.

— Voilà vingt francs qui peuvent coûter cher, mais

vous partirez », répondit-elle en coulant quatre pièces de cent sous dans la main du poète.

Bérénice se sauva sans que Lucien pût savoir par où elle avait passé ; car, il faut le dire à sa louange, cet argent lui brûlait la main et il voulait le rendre ; mais il fut forcé de le garder comme un dernier stigmate de la vie parisienne.

Troisième partie

LES SOUFFRANCES DE L'INVENTEUR

Le lendemain, Lucien fit viser son passeport, acheta une canne de houx, prit, à la place de la rue d'Enfer, un coucou qui, moyennant dix sous, le mit à Longjumeau. Pour première étape, il coucha dans l'écurie d'une ferme à deux lieues d'Arpajon. Quand il eut atteint Orléans, il se trouva déjà bien las et bien fatigué ; mais, pour trois francs, un batelier le descendit à Tours, et pendant le trajet il ne dépensa que deux francs pour sa nourriture. De Tours à Poitiers, Lucien marcha pendant cinq jours. Bien au-delà de Poitiers, il ne possédait plus que cent sous, mais il rassembla pour continuer sa route un reste de force. Un jour, Lucien surpris par la nuit dans une plaine résolut d'y bivouaquer, quand, au fond d'un ravin, il aperçut une calèche montant une côte. À l'insu du postillon, des voyageurs et d'un valet de chambre placé sur le siège, il put se blottir derrière entre deux paquets, et s'endormit en se plaçant de manière à pouvoir résister aux cahots. Au matin, réveillé par le soleil qui lui frappait les yeux et par un bruit de voix, il reconnut Mansle, cette petite ville où, dix-huit mois auparavant[1], il était allé attendre Mme de Bargeton, le cœur plein d'amour, d'espérance et de joie. Se voyant couvert de poussière, au milieu d'un cercle de curieux et de postillons, il comprit qu'il devait être l'objet d'une accusation ; il sauta sur ses pieds, et allait parler, quand deux voyageurs sortis de la calèche lui coupèrent la parole : il vit le nouveau préfet de la Charente, le comte Sixte du Châtelet et sa femme, Louise de Nègrepelisse.

« Si nous avions su quel compagnon le hasard nous avait donné ! dit la comtesse. Montez avec nous, monsieur. »

Lucien salua froidement ce couple en lui jetant un regard à la fois humble et menaçant, il se perdit dans un chemin de traverse en avant de Mansle, afin de gagner une ferme où il pût déjeuner avec du pain et du lait, se reposer et délibérer en silence sur son avenir. Il avait encore trois francs. L'auteur des *Marguerites*, poussé par la fièvre, courut pendant longtemps ; il descendit le cours de la rivière en examinant la disposition des lieux qui devenaient de plus en plus pittoresques. Vers le milieu du jour, il atteignit à un endroit où la nappe d'eau, environnée de saules, formait une espèce de lac. Il s'arrêta pour contempler ce frais et touffu bocage dont la grâce champêtre agit sur son âme. Une maison attenant à un moulin assis sur un bras de la rivière montrait entre les têtes d'arbres son toit de chaume orné de joubarbe. Cette naïve façade avait pour seuls ornements quelques buissons de jasmin, de chèvrefeuille et de houblon, et tout alentour brillaient les fleurs du phlox et des plus splendides plantes grasses. Sur l'empierrement retenu par un pilotis grossier, qui maintenait la chaussée au-dessus des plus grandes crues, il aperçut des filets étendus au soleil. Des canards nageaient dans le bassin clair qui se trouvait au-delà du moulin, entre les deux courants d'eau mugissant dans les vannes. Le moulin faisait entendre son bruit agaçant. Sur un banc rustique, le poète aperçut une bonne grosse ménagère tricotant et surveillant un enfant qui tourmentait des poules[1].

« Ma bonne femme, dit Lucien en s'avançant, je suis

bien fatigué, j'ai la fièvre, et n'ai que trois francs ; voulez-vous me nourrir de pain bis et de lait, me coucher sur la paille pendant une semaine ? j'aurai eu le temps d'écrire à mes parents qui m'enverront de l'argent ou qui viendront me chercher ici.

— Volontiers, dit-elle, si toutefois mon mari le veut. Hé ! petit homme ? »

Le meunier sortit, regarda Lucien et s'ôta sa pipe de la bouche pour dire : « Trois francs, une semaine ? autant ne vous rien prendre. »

« Peut-être finirai-je garçon meunier », se dit le poète en contemplant ce délicieux paysage[1] avant de se coucher dans le lit que lui fit la meunière et où il dormit de manière à effrayer ses hôtes.

« Courtois, va donc voir si ce jeune homme est mort ou vivant, voici quatorze heures qu'il est couché, je n'ose pas y aller, dit la meunière le lendemain vers midi.

— Je crois, répondit le meunier à sa femme en achevant d'étaler ses filets et ses engins à prendre le poisson, que ce joli garçon-là pourrait bien être quelque gringalet de comédien, sans sou ni maille.

— À quoi vois-tu donc cela, petit homme ? dit la meunière.

— Dame ! ce n'est ni un prince, ni un ministre, ni un député, ni un évêque ; pourquoi ses mains sont-elles blanches comme celles d'un homme qui ne fait rien ?

— Il est alors bien étonnant que la faim ne l'éveille pas, dit la meunière qui venait d'apprêter un déjeuner pour l'hôte que le hasard leur avait envoyé la veille. Un comédien ? reprit-elle. Où irait-il ? Ce n'est pas encore le moment de la foire à Angoulême. »

Ni le meunier ni la meunière ne pouvaient se douter qu'à part le comédien, le prince et l'évêque, il est un homme à la fois prince et comédien, un homme revêtu d'un magnifique sacerdoce, le Poète qui semble ne rien faire et qui néanmoins règne sur l'Humanité quand il a su la peindre.

« Qui serait-ce donc ? dit Courtois à sa femme.

— Y aurait-il du danger à le recevoir ? demanda la meunière.

— Bah les voleurs sont plus dégourdis que ça, nous serions déjà dévalisés, reprit le meunier.

— Je ne suis ni prince, ni voleur, ni évêque, ni comédien, dit tristement Lucien qui se montra soudain et qui sans doute avait entendu par la croisée le colloque de la femme et du mari. Je suis un pauvre jeune homme fatigué, venu à pied de Paris ici. Je me nomme Lucien de Rubempré, et suis le fils de M. Chardon, le prédécesseur de Postel, le pharmacien de l'Houmeau. Ma sœur a épousé David Séchard, l'imprimeur de la place du Mûrier à Angoulême.

— Attendez donc ! dit le meunier. C't imprimeur-là n'est-il pas le fils du vieux malin qui fait valoir son domaine de Marsac ?

— Précisément, répondit Lucien.

— Un drôle de père, allez ! reprit Courtois. Il fait, dit-on, tout vendre chez son fils, et il a pour plus de deux cent mille francs de bien, sans compter son *esquipot*[1]. »

Lorsque l'âme et le corps ont été brisés dans une longue et douloureuse lutte, l'heure où les forces sont dépassées et suivie ou de la mort ou d'un anéantissement pareil à la mort, mais où les natures capables de résister reprennent alors des forces. Lucien, en proie à une crise de ce genre, parut près de succomber au moment où il apprit, quoique vaguement, la nouvelle d'une catastrophe arrivée à David Séchard, son beau-frère.

« Oh ! ma sœur ! s'écria-t-il, qu'ai-je fait, mon Dieu ! Je suis un infâme. »

Puis il se laissa tomber sur un banc de bois, dans la

pâleur et l'affaissement d'un mourant ; la meunière s'empressa de lui apporter une jatte de lait qu'elle le força de boire ; mais il pria le meunier de l'aider à se mettre sur son lit, en lui demandant pardon de lui donner l'embarras de sa mort, car il crut sa dernière heure arrivée. En apercevant le fantôme de la mort, ce gracieux poète fut pris d'idées religieuses : il voulut voir le curé, se confesser et recevoir les sacrements. De telles plaintes exhalées d'une voix faible par un garçon doué d'une charmante figure et aussi bien fait que Lucien touchèrent vivement Mme Courtois.

« Dis donc, petit homme, monte à cheval, et va donc quérir M. Marron, le médecin de Marsac ; il verra ce qu'a ce jeune homme, qui ne me paraît point en bon état, et tu ramèneras aussi le curé ; peut-être sauront-ils mieux que toi ce qui s'en va de cet imprimeur de la place du Mûrier, puisque Postel est le gendre de M. Marron. »

Courtois parti, la meunière, imbue comme tous les gens de la campagne de cette idée que la maladie exige de la nourriture, restaura Lucien qui se laissa faire, en s'abandonnant à de violents remords qui le sauvèrent de son abattement par la révulsion que produisit cette espèce de topique[1] moral.

Le moulin de Courtois se trouvait à une lieue de Marsac, chef-lieu de canton, situé à mi-chemin de Mansle et d'Angoulême ; aussi le brave meunier ramena-t-il promptement le médecin et le curé de Marsac. Ces deux personnages avaient entendu parler de la liaison de Lucien avec Mme de Bargeton, et comme tout le département de la Charente causait en ce moment du mariage de cette dame et de sa rentrée à Angoulême avec le nouveau préfet, le comte Sixte du Châtelet, en apprenant que Lucien était chez le meunier, le médecin comme le curé éprouvèrent un violent désir de connaître les raisons qui avaient empêché la veuve de M. de Bargeton d'épouser le jeune poète avec lequel elle s'était enfuie, et de savoir s'il revenait au pays pour secourir son beau-frère, David Séchard. La curiosité, l'humanité, tout se réunissait donc pour amener promptement des secours au poète mourant. Aussi, deux heures après le départ de Courtois, Lucien entendit-il sur la chaussée pierreuse du moulin le bruit de ferraille que rendait le méchant cabriolet du médecin de campagne. MM. Marron se montrèrent aussitôt, car le médecin était le neveu du curé. Ainsi Lucien voyait en ce moment des gens aussi liés avec le père de David Séchard que peuvent l'être des voisins dans un petit bourg vignoble. Quand le médecin eut observé le mourant, lui eut tâté le pouls, examiné la langue, il regarda la meunière en souriant de manière à dissiper toute inquiétude.

« Madame Courtois, dit-il, si, comme je n'en doute pas, vous avez à la cave quelque bonne bouteille de vin, et dans votre sentineau[1] quelque bonne anguille, servez-les à votre malade qui n'a pas autre chose qu'une courbature. Cela fait, notre grand homme sera promptement sur pied !

— Ah ! monsieur, dit Lucien, mon mal n'est pas au corps, mais à l'âme, et ces braves gens m'ont dit une parole qui m'a tué en m'annonçant des désastres chez ma sœur, Mme Séchard ! Au nom de Dieu, vous qui, si j'en crois Mme Courtois, avez marié votre fille à Postel, vous devez savoir quelque chose des affaires de David Séchard !

— Mais il doit être en prison, répondit le médecin, son père a refusé de le secourir...

— En prison ! reprit Lucien, et pourquoi ?

— Mais pour des traites venues de Paris et qu'il avait sans doute oubliées, car il ne passe pas pour savoir trop ce qu'il fait, répondit M. Marron.

— Laissez-moi, je vous prie, avec M. le curé », dit le poète, dont la physionomie s'altéra gravement.

Le médecin, le meunier et sa femme sortirent. Quand Lucien se vit seul avec le vieux prêtre, il s'écria : « Je mérite la mort que je sens venir, monsieur, et je suis un bien grand misérable qui n'a plus qu'à se jeter dans les bras de la religion. C'est moi, monsieur, qui suis le bourreau de ma sœur et de mon frère, car David Séchard est un frère pour moi ! J'ai fait les billets que David n'a pas pu payer... Je l'ai ruiné. Dans l'horrible misère où je me suis trouvé, j'oubliais ce crime. Les poursuites auxquelles les billets ont donné lieu se sont apaisées par l'intervention d'un millionnaire, et j'ai cru qu'il les avait payés, il n'en serait donc rien ! »

Et Lucien raconta ses malheurs. Quand il eut achevé ce poème par une narration fiévreuse, vraiment digne d'un poète, il supplia le curé d'aller à Angoulême et de s'enquérir auprès d'Ève, sa sœur, et de sa mère, Mme Chardon, du véritable état des choses, afin qu'il sût s'il pouvait encore y remédier.

« Jusqu'à votre retour, monsieur, dit-il en pleurant à chaudes larmes, je pourrai vivre. Si ma mère, si ma sœur, si David ne me repoussent pas, je ne mourrai point ! »

L'éloquence du Parisien, les larmes de ce repentir effrayant, ce beau jeune homme pâle et quasi mourant de son désespoir, le récit d'infortunes qui dépassaient les forces humaines, tout excita la pitié, l'intérêt du curé.

« En province comme à Paris, monsieur, lui répondit-il, il ne faut croire que la moitié de ce qu'on dit : ne vous épouvantez pas d'une rumeur qui, à trois lieues d'Angoulême, doit être très erronée. Le vieux Séchard, notre voisin, a quitté Marsac depuis quelques jours ; ainsi probablement il s'occupe à pacifier les affaires de son fils. Je vais à Angoulême et reviendrai vous dire si vous pouvez rentrer dans votre famille auprès de laquelle vos aveux, votre repentir m'aideront à plaider votre cause. »

Le curé ne savait pas que, depuis dix-huit mois, Lucien s'était tant de fois repenti, que son repentir, quelque violent qu'il fût n'avait d'autre valeur que celle d'une scène parfaitement jouée et jouée encore de bonne foi ! Au curé succéda le médecin. En reconnaissant chez le malade une crise nerveuse dont le danger commençait à se passer, le neveu fut aussi consolant que l'avait été l'oncle, et finit par déterminer son malade à se restaurer.

Le curé, qui connaissait le pays et ses habitudes, avait gagné Mansle où la voiture de Ruffec à Angoulême ne devait pas tarder à passer et dans laquelle il eut une place. Le vieux prêtre comptait demander des renseignements sur David Séchard à son petit-neveu Postel, le pharmacien de l'Houmeau, l'ancien rival de l'imprimeur auprès de la belle Ève. À voir les précautions que prit le petit pharmacien pour aider le vieillard à descendre de l'affreuse patache qui faisait alors le service de Ruffec à Angoulême, le spectateur le plus obtus eût deviné que M. et Mme Postel hypothéquaient leur bien-être sur sa succession.

« Avez-vous déjeuné, voulez-vous quelque chose ? Nous ne vous attendions point, et nous sommes agréablement surpris... »

Ce fut mille questions à la fois. Mme Postel était bien prédestinée à devenir la femme d'un pharmacien de l'Houmeau. De la taille du petit Postel, elle avait la figure rouge d'une fille élevée à la campagne ; sa tournure était commune, et toute sa beauté consistait dans une grande fraîcheur. Sa chevelure rousse, plantée très bas sur le front, ses manières et son langage approprié à la simplicité gravée dans les traits d'un visage rond, des yeux presque jaunes, tout en elle disait qu'elle avait été mariée pour ses espérances de fortune. Aussi déjà commandait-elle après un an de ménage, et paraissait-elle s'être entièrement rendue maîtresse de Postel, trop heureux d'avoir trouvé cette héritière. Mme Léonie Postel, née Marron, nourrissait un fils, l'amour du vieux curé, du médecin et de Postel, un horrible enfant qui ressemblait à son père et à sa mère.

« Hé bien, mon oncle, que venez-vous donc faire à Angoulême, dit Léonie, puisque vous ne voulez rien prendre et que vous parlez de nous quitter aussitôt entré ? »

Dès que le digne ecclésiastique eut prononcé le nom d'Ève et de David Séchard, Postel rougit, et Léonie jeta sur le petit homme ce regard de jalousie obligée qu'une femme entièrement maîtresse de son mari ne manque jamais à exprimer pour le passé, dans l'intérêt de son avenir.

« Qu'est-ce qu'ils vous ont donc fait, ces gens-là, mon oncle, pour que vous vous mêliez de leurs affaires ? dit Léonie avec une visible aigreur.

— Ils sont malheureux, ma fille, répondit le curé, qui peignit à Postel l'état dans lequel se trouvait Lucien chez les Courtois.

— Ah ! voilà dans quel équipage il revient de Paris, s'écria Postel. Pauvre garçon ! il avait de l'esprit cependant, et il était ambitieux ! Il allait chercher du grain, et il revient sans paille. Mais que vient-il faire ici ? sa sœur est dans la plus affreuse misère, car tous ces génies-là, ce David tout comme Lucien, ça ne se connaît guère en commerce. Nous avons parlé de lui au Tribunal, et, comme juge, j'ai dû signer son jugement !... Ça m'a fait un mal ! Je ne sais pas si Lucien pourra, dans les circonstances actuelles, aller chez sa sœur ; mais, en tout cas, la petite chambre qu'il occupait ici est libre, et je la lui offre volontiers.

— Bien, Postel, dit le prêtre en mettant son tricorne

et se disposant à quitter la boutique après avoir embrassé l'enfant qui dormait dans les bras de Léonie.

— Vous dînerez sans doute avec nous, mon oncle, dit Mme Postel, car vous n'aurez pas promptement fini, si vous voulez débrouiller les affaires de ces gens-là. Mon mari vous reconduira dans sa carriole avec son petit cheval. »

Les deux époux regardèrent leur précieux grand-oncle s'en allant vers Angoulême.

« Il va bien tout de même pour son âge », dit le pharmacien.

Pendant que le vénérable ecclésiastique monte les rampes d'Angoulême, il n'est pas inutile d'expliquer le lacis d'intérêts dans lequel il allait mettre le pied.

Après le départ de Lucien, David Séchard, ce bœuf, courageux et intelligent comme celui que les peintres donnent pour compagnon à l'évangéliste[1], voulut faire la grande et rapide fortune qu'il avait souhaitée moins pour lui que pour Ève et pour Lucien, un soir, au bord de la Charente, assis avec Ève sur le Barrage, quand elle lui donna sa main et son cœur. Mettre sa femme dans la sphère d'élégance et de richesse où elle devait vivre, soutenir de son bras puissant l'ambition de son frère, tel fut le programme écrit en lettres de feu devant ses yeux. Les journaux, la politique, l'immense développement de la librairie et de la littérature, celui des sciences, la pente à une discussion publique de tous les intérêts du pays, tout le mouvement social qui se déclara lorsque la Restauration parut assise allait exiger une production de papier presque décuple comparée à la quantité sur laquelle spécula le célèbre Ouvrard[2] au commencement de la Révolution, guidé par de semblables motifs. Mais, en 1821, les papeteries étaient trop nombreuses en France pour qu'on pût espérer de s'en rendre le possesseur exclusif, comme fit Ouvrard qui s'empara des principales usines après avoir accaparé leurs produits. David n'avait d'ailleurs ni l'audace, ni les capitaux nécessaires à de pareilles spéculations. En ce moment, la mécanique à faire le papier de toute longueur commençait à fonctionner en Angleterre. Ainsi rien de plus nécessaire que d'adapter la papeterie aux besoins de la civilisation française qui menaçait d'étendre la discussion à tout et de reposer sur une perpétuelle manifestation de la pensée individuelle, un vrai malheur, car les peuples qui délibèrent agissent très peu. Ainsi, chose étrange! pendant que Lucien entrait dans les rouages de l'immense machine du Journalisme, au risque d'y laisser son honneur et son intelligence en lambeaux, David Séchard, du fond de son imprimerie, embrassait le mouvement de la Presse périodique dans ses conséquences matérielles. Il voulait mettre les moyens en harmonie avec le résultat vers lequel tendait l'esprit du Siècle. Il voyait d'ailleurs si juste en cherchant une fortune dans la fabrication du papier à bas prix, que l'événement a justifié sa prévoyance. Pendant ces quinze dernières années, le bureau chargé des demandes de brevets d'invention a reçu plus de cent requêtes de prétendues découvertes de substances à introduire dans la fabrication du papier. Plus certain que jamais de l'utilité de cette découverte, sans éclat, mais d'un immense profit, David tomba donc, après le départ de son beau-frère pour Paris, dans la constante préoccupation que devait causer ce problème à qui le voulait résoudre. Comme il avait épuisé toutes ses ressources pour se marier et pour subvenir aux dépenses du voyage de Lucien à Paris, il se vit au début de son mariage dans la plus profonde misère. Il avait gardé mille francs pour les besoins de son imprimerie, et devait un billet de pareille somme à Postel, le pharmacien. Ainsi, pour ce profond penseur, le problème fut double : il fallait inventer un papier à bas prix, et inventer promptement ; il fallait enfin adapter les profits de la découverte aux besoins de son ménage et de son commerce. Or, quelle épithète donner à la cervelle capable de secouer les cruelles préoccupations que causent et une indigence à cacher, et le spectacle d'une famille sans pain, et les exigences journalières d'une profession aussi méticuleuse que celle de l'imprimeur, tout en parcourant les domaines de l'inconnu, avec l'ardeur et les enivrements du savant à la poursuite d'un secret qui de jour en jour échappe aux plus subtiles recherches ? Hélas ! comme on va le voir, les inventeurs ont bien encore d'autres maux à supporter, sans compter l'ingratitude des masses à qui les oisifs et les incapables disent d'un homme de génie : « Il était né pour devenir inventeur, il ne pouvait pas faire autre chose. Il ne faut pas plus lui savoir gré de sa découverte, qu'on ne sait gré à un homme d'être né prince ! il exerce des facultés naturelles ! et il a d'ailleurs trouvé sa récompense dans le travail même. »

Le mariage cause à une jeune fille de profondes perturbations morales et physiques ; mais, en se mariant dans les conditions bourgeoises de la classe moyenne, elle doit de plus étudier des intérêts tout nouveaux, et s'initier à des affaires ; de là, pour elle, une phase où nécessairement elle reste en observation sans agir. L'amour de David pour sa femme en retarda malheureusement l'éducation, il n'osa pas lui dire l'état des choses, ni le lendemain des noces, ni les jours suivants. Malgré la détresse profonde à laquelle le condamnait l'avarice de son père, il ne put se résoudre à gâter sa lune de miel par le triste apprentissage de sa profession laborieuse et par les enseignements nécessaires à la femme d'un commerçant. Aussi, les mille francs, le seul avoir, furent-ils dévorés plus par le ménage que par l'atelier. L'insouciance de David et l'ignorance de sa femme dura quatre mois ! Le réveil fut terrible. À l'échéance du billet souscrit par David à Postel, le ménage se trouva sans argent, et la cause de cette dette était assez connue à Ève pour qu'elle sacrifiât à son acquittement et ses bijoux de mariée et son argenterie. Le soir même du payement de cet effet, Ève voulut faire causer David sur ses affaires, car elle avait remarqué qu'il délaissait son imprimerie pour le problème dont il lui avait parlé naguère. Dès le second mois de son mariage, David passait la majeure partie de son temps sous l'appentis situé au fond de la cour, dans une petite pièce qui lui servait à fondre ses rouleaux. Trois mois après son arrivée à Angoulême, il avait substitué aux pelotes à tamponner les caractères l'encrier à table et à cylindre où l'encre se façonne et se distribue au moyen de rouleaux composés de colle forte et de mélasse. Ce premier perfectionnement de la typographie fut tellement incontestable, qu'aussitôt après en avoir vu l'effet, les frères Cointet l'adoptèrent. David avait adossé au mur mitoyen de cette espèce de cuisine un fourneau à bassine en cuivre, sous prétexte de dépenser moins de charbon pour refondre ses rouleaux, dont les moules rouillés étaient rangés le long de la muraille, et qu'il ne refondit pas deux fois. Non seulement il mit à cette pièce une solide porte en chêne, intérieurement garnie en tôle, mais encore il remplaça les sales carreaux du châssis d'où venait la lumière par des vitres en verre cannelé, pour empêcher de voir du dehors l'objet de ses occupations. Au premier mot que dit Ève à David au sujet de leur avenir, il la regarda d'un air inquiet et l'arrêta par ces paroles : « Mon enfant, je sais tout ce que doit t'inspirer la vue d'un atelier désert et l'espèce d'anéantissement commercial où je reste ; mais, vois-tu, reprit-il en l'amenant à la fenêtre de leur chambre et lui montrant le réduit mystérieux, notre fortune est là... Nous aurons à souffrir encore pendant quelques mois ; mais souffrons avec patience, et laisse-moi résoudre le problème d'industrie qui fera cesser toutes nos misères et que tu connais. »

David était si bon, son dévouement devait être si bien cru sur parole, que la pauvre femme, préoccupée comme toutes les femmes de la dépense journalière, se donna pour tâche de sauver à son mari les ennuis du ménage ; elle quitta donc la jolie chambre bleue et blanche où elle se contentait de travailler à des ouvrages de femme en devisant avec sa mère, et descendit dans une des deux cages de bois situées au fond de l'atelier pour étudier le mécanisme commercial de la typographie. N'était-ce pas de l'héroïsme pour une femme déjà grosse ? Durant ces premiers mois, l'inerte imprimerie de David avait été désertée par les ouvriers jusqu'alors nécessaires à ses travaux, et qui s'en allèrent un à un. Accablés de besogne, les frères Cointet employaient non seulement les ouvriers du département alléchés par la perspective de faire chez eux de fortes journées, mais encore quelques-uns de Bordeaux, d'où venaient surtout les apprentis qui se croyaient assez habiles pour se soustraire aux conditions de l'apprentissage. En examinant les ressources que pouvait présenter l'imprimerie Séchard, Ève n'y trouva plus que trois personnes. D'abord Cérizet, cet apprenti que David avait amené de Paris avec lui ; puis Marion, attachée à la maison comme un chien de garde ; enfin Kolb, un Alsacien, jadis homme de peine chez messieurs Didot. Pris par le service militaire, Kolb se trouva par hasard à Angoulême, où David le reconnut à une revue, au moment où son temps de service expirait. Kolb alla voir David et s'amouracha de la grosse Marion en découvrant chez elle toutes les qualités qu'un homme de sa classe demande à une femme : cette santé vigoureuse qui brunit les joues, cette force masculine qui permettait à Marion de soulever une *forme de caractères* avec aisance, cette probité religieuse à laquelle tiennent les Alsaciens, ce dévouement à ses maîtres qui révèle un bon caractère, et enfin cette économie à laquelle elle devait une petite somme de mille francs, du linge, des robes et des effets d'une propreté provinciale. Marion, grosse et grasse, âgée de trente-six ans, assez flattée de se voir l'objet des attentions d'un cuirassier haut de cinq pieds sept pouces, bien bâti, fort comme un bastion, lui suggéra naturellement l'idée de devenir imprimeur. Au moment où l'Alsacien reçut son congé définitif, Marion et David en avaient fait un *ours* assez distingué, qui ne savait néanmoins ni lire ni écrire. La composition des ouvrages dits *de ville*[1] ne fut pas tellement abondante pendant ce trimestre que Cérizet n'eût pu y suffire. À la fois compositeur, metteur en pages, et prote de l'imprimerie, Cérizet réalisait ce que Kant appelle une triplicité phénoménale[2] : il composait, il corrigeait sa composition, il inscrivait les commandes, et dressait les factures ; mais, le plus souvent sans ouvrage, il lisait des romans, dans sa cage au fond de l'atelier, attendant la commande d'une affiche ou d'un billet de *faire-part*. Marion, formée par Séchard père, façonnait le papier, le trempait, aidait Kolb à l'imprimer, l'étendait, le rognait, et n'en faisait pas moins la cuisine, en allant au marché de grand matin.

Quand Ève se fit rendre compte du premier semestre par Cérizet, elle trouva que la recette était de huit cents francs. La dépense, à raison de trois francs par jour pour Cérizet et Kolb, qui avaient pour leur journée l'un deux et l'autre un franc, s'élevait à six cents francs. Or, comme le prix des fournitures exigées par les ouvrages fabriqués et livrés se montait à cent et quelques francs, il fut clair pour Ève que pendant les six premiers mois de son mariage David avait perdu ses loyers, l'intérêt des capitaux représentés par la valeur de son matériel et de son brevet, les gages de Marion, l'encre, et enfin les bénéfices que doit faire un imprimeur, ce monde de choses exprimées en langage d'imprimerie par le mot *étoffes*, expression due aux draps, aux soieries employées à rendre la pression de la vis moins dure aux caractères par l'interposition d'un carré d'étoffe (le blanchet) entre la platine de la presse et le papier qui reçoit l'impression. Après avoir compris en gros les moyens de l'imprimerie et ses résultats, Ève devina combien peu de ressources offrait cet atelier desséché par l'activité dévorante des frères Cointet, à la fois fabricants de papier, journalistes, imprimeurs, brevetés de l'Évêché, fournisseurs de la Ville et de la Préfecture. Le journal que, deux ans auparavant, les Séchard père et fils avaient vendu vingt-deux mille francs, rapportait alors dix-huit mille francs par an. Ève reconnut les calculs cachés sous l'apparente générosité des frères Cointet qui laissaient à l'imprimerie Séchard assez d'ouvrage pour subsister, et pas assez pour qu'elle leur fît concurrence. En prenant la conduite des affaires, elle commença par dresser un inventaire exact de toutes les valeurs. Elle employa Kolb, Marion et Cérizet à ranger l'atelier, le nettoyer et y mettre de l'ordre. Puis, par une soirée où David revenait d'une excursion dans les champs, suivi d'une vieille femme qui lui portait un énorme paquet enveloppé de linges, Ève lui demanda des conseils pour tirer parti des débris que leur avait laissés le père Séchard, en lui promettant de diriger à elle seule les affaires. D'après l'avis de son mari, Mme Séchard employa tous les restants de papiers qu'elle avait trouvés et mis par espèces à imprimer sur deux colonnes et sur une seule feuille ces légendes populaires coloriées que les paysans collent sur les murs de leurs chaumières : l'histoire du Juif-Errant, Robert le Diable, la Belle Maguelonne[1], le récit de quelques miracles. Ève fit de Kolb un colporteur. Cérizet ne perdit pas un instant, il composa ces pages naïves et leurs grossiers ornements depuis le matin jusqu'au soir. Marion suffisait au tirage. Mme Chardon se chargea de tous les soins domestiques, car Ève coloria les gravures. En deux mois, grâce à l'activité de Kolb et à sa probité, Mme Séchard vendit, à douze lieues à la ronde d'Angoulême, trois mille feuilles qui lui coûtèrent trente francs à fabriquer et qui lui rapportèrent, à raison de deux sous pièce, trois cents francs. Mais quand toutes les chaumières et les cabarets furent tapissés de ces légendes, il fallut songer à quelque autre spéculation, car l'Alsacien ne pouvait pas voyager au-delà du département. Ève, qui remuait tout dans l'imprimerie, y trouva la collection des figures nécessaires à l'impression d'un almanach dit des Bergers, où les choses sont représentées par des signes, par des images, des gravures en rouge, en noir ou en bleu. Le vieux Séchard, qui ne savait ni lire ni écrire, avait jadis gagné beaucoup d'argent à imprimer ce livre destiné à ceux qui ne savent pas lire. Cet almanach, qui se vend un sou, consiste en une feuille pliée soixante-quatre fois, ce qui constitue un in-64 de cent vingt-huit pages. Tout heureuse du succès de ses feuilles volantes, industrie à laquelle s'adonnent surtout les petites imprimeries de province, Mme Séchard entreprit l'Almanach des Bergers sur une grande échelle en y consacrant ses bénéfices. Le papier de l'Almanach des Bergers, dont plusieurs millions d'exemplaires se vendent annuellement en France, est plus grossier que celui de l'Almanach liégeois, et coûte environ quatre francs la rame. Imprimée, cette rame, qui contient cinq cents feuilles, se vend donc, à raison d'un sou la feuille, vingt-cinq francs. Mme Séchard résolut d'employer cent rames à un premier tirage, ce qui faisait cinquante mille almanachs à placer et deux mille francs de bénéfice à recueillir. Quoique distrait comme devait l'être un homme si profondément occupé, David fut surpris, en donnant un coup d'œil à son atelier, d'entendre grogner une presse, et de voir Cérizet toujours debout composant sous la direction de Mme Séchard. Le jour où il y entra pour surveiller les opérations entreprises par Ève, ce fut un beau triomphe pour elle que l'approbation de son mari, qui trouva l'affaire de l'almanach excellente. Aussi David promit-il ses conseils pour l'emploi des encres des diverses couleurs que nécessitent les configurations de cet almanach où tout parle aux yeux. Enfin, il voulut refondre lui-même les rouleaux dans son atelier mystérieux pour aider, autant qu'il le pouvait, sa femme dans cette grande petite entreprise.

Au début de cette activité furieuse, vinrent les désolantes lettres par lesquelles Lucien apprit à sa mère, à sa sœur et à son beau-frère son insuccès et sa détresse à Paris. On doit comprendre alors qu'en envoyant à cet enfant gâté trois cents francs, Ève, Mme Chardon et David avaient offert au poète, chacun de leur côté, le plus pur de leur sang. Accablée par ces nouvelles et désespérée de gagner si peu en travaillant avec tant de courage, Ève n'accueillit pas sans effroi l'événement qui met le comble à la joie des jeunes ménages. En se voyant sur le point de devenir mère, elle se dit : « Si mon cher David n'a pas atteint le but de ses recherches au moment de mes couches, que deviendrons-nous ?… Et qui conduira les affaires naissantes de notre pauvre imprimerie ? »

L'Almanach des Bergers devait être bien fini avant le premier janvier ; mais Cérizet, sur qui roulait toute la composition, y mettait une lenteur d'autant plus désespérante que Mme Séchard ne connaissait pas assez l'imprimerie pour le réprimander, elle se contenta d'observer ce jeune Parisien. Orphelin du grand hospice des Enfants-Trouvés de Paris, Cérizet avait été placé chez MM. Didot comme apprenti. De quatorze à dix-sept ans, il fut le séide de Séchard, qui le mit sous la direction d'un des plus habiles ouvriers, et qui en fit son gamin, son page typographique ; car David s'intéressa naturellement à Cérizet en lui trouvant de l'intelligence et il conquit son affection en lui procurant quelques plaisirs et des douceurs que lui interdisait son indigence. Doué d'une assez jolie petite figure chafouine, à chevelure rousse, les yeux d'un bleu trouble, Cérizet avait importé les mœurs du gamin de Paris dans la capitale de l'Angoumois. Son esprit vif et railleur, sa malignité l'y rendaient redoutable. Moins surveillé par David à Angoulême, soit que plus âgé il inspirât plus de confiance à son mentor, soit que l'imprimeur comptât sur l'influence de la province, Cérizet était devenu, mais à l'insu de son tuteur, le don Juan en casquette de trois ou quatre petites ouvrières, et s'était dépravé complètement. Sa moralité, fille des cabarets parisiens, prit l'intérêt personnel pour unique loi. D'ailleurs, Cérizet, qui, selon l'expression populaire, devait *tirer à la conscription*[1] l'année suivante, se vit sans carrière ; aussi fit-il des dettes en pensant que dans six mois il deviendrait soldat, et qu'alors aucun de ses créanciers ne pourrait courir après lui. David conservait quelque autorité sur ce garçon, non pas à cause de son titre de maître, non pas pour s'être intéressé à lui, mais parce que l'ex-gamin de Paris reconnaissait en David une haute intelligence. Cérizet fraternisa bientôt avec les ouvriers des Cointet, attiré vers eux par la puissance de la veste, de la blouse, enfin par l'esprit de corps, plus influent peut-être dans les classes inférieures que dans les classes supérieures. Dans cette fréquentation, Cérizet perdit le peu de bonnes doctrines que David lui avait inculquées ; néanmoins, quand on le plaisantait sur les *sabots* de son atelier, terme de mépris donné par les ours aux vieilles presses des Séchard, en lui montrant les magnifiques presses en fer, au nombre de douze, qui fonctionnaient dans l'immense atelier des Cointet, où la seule presse en bois existant servait à faire les épreuves, il prenait encore le parti de David et jetait avec orgueil ces paroles au nez des *blagueurs :* « Avec ses sabots mon naïf ira plus loin que les vôtres avec leurs bilboquets en fer d'où il ne sort que des livres de messe ! Il cherche un secret qui fera la queue[1] à toutes les imprimeries de France et de Navarre !... — En attendant, méchant prote à quarante sous, tu as pour bourgeoise une repasseuse ! lui répondait-on. — Tiens, elle est jolie, répliquait Cérizet, et c'est plus agréable à voir que les *mufles* de vos bourgeois. — Est-ce que la vue de sa femme te nourrit ? » De la sphère du cabaret ou de la porte de l'imprimerie où ces disputes amicales avaient lieu, quelques lueurs parvinrent aux frères Cointet sur la situation de l'imprimerie Séchard ; ils apprirent la spéculation tentée par Ève, et jugèrent nécessaire d'arrêter dans son essor une entreprise qui pouvait mettre cette pauvre femme dans une voie de prospérité. « Donnons-lui sur les doigts, afin de la dégoûter du commerce », se dirent les deux frères. Celui des deux Cointet qui dirigeait l'imprimerie rencontra Cérizet, et lui proposa de lire des épreuves pour eux, à tant par épreuve, pour soulager leur correcteur qui ne pouvait suffire à la lecture de leurs ouvrages. En travaillant quelques heures de nuit, Cérizet gagna plus avec les frères Cointet qu'avec David Séchard pendant sa journée. Il s'ensuivit quelques relations entre les Cointet et Cérizet, à qui l'on reconnut de grandes facultés, et qu'on plaignit d'être placé dans une situation si défavorable à ses intérêts. « Vous pourriez, lui dit un jour l'un des Cointet, devenir prote d'une imprimerie considérable où vous gagneriez six francs par jour, et avec votre intelligence vous arriveriez à vous faire intéresser un jour dans les affaires. — À quoi cela peut-il me servir d'être un bon prote ? répondit Cérizet, je suis orphelin, je fais partie du contingent de l'année prochaine, et, si je tombe au sort, qui est-ce qui me payera un homme[1] ?... — Si vous vous rendez utile, répondit le riche imprimeur, pourquoi ne vous avancerait-on pas la somme nécessaire à votre libération ? — Ce ne sera toujours pas mon naïf, dit Cérizet. — Bah ! peut-être aura-t-il trouvé le secret qu'il cherche... » Cette phrase fut dite de manière à réveiller les plus mauvaises pensées chez celui qui l'écoutait ; aussi Cérizet lança-t-il au fabricant de papier un regard qui valait la plus pénétrante interrogation. « Je ne sais pas de quoi il s'occupe, répondit-il prudemment en trouvant *le bourgeois* muet, mais ce n'est pas un homme à chercher des capitales dans son bas de casse[2] ! — Tenez, mon ami, dit l'imprimeur en prenant six feuilles du Paroissien du Diocèse et les tendant à Cérizet, si vous pouvez nous avoir corrigé cela pour demain, vous aurez demain dix-huit francs. Nous ne sommes pas méchants, nous faisons gagner de l'argent au prote de notre concurrent ! Enfin, nous pourrions laisser Mme Séchard s'engager dans l'affaire de l'Almanach des Bergers, et la ruiner ; eh bien, nous vous permettons de lui dire que nous avons entrepris un Almanach des Bergers, et de lui faire observer qu'elle n'arrivera pas la première sur la place... » On doit comprendre maintenant pourquoi Cérizet allait si lentement sur la composition de l'Almanach.

En apprenant que les Cointet troublaient sa pauvre petite spéculation, Ève fut saisie de terreur, et voulut voir une preuve d'attachement dans la communication assez hypocritement faite par Cérizet de la concurrence qui l'attendait ; mais elle surprit bientôt chez son unique compositeur quelques indices d'une curiosité trop vive qu'elle voulut attribuer à son âge.

« Cérizet, lui dit-elle un matin, vous vous posez sur le pas de la porte et vous attendez M. Séchard au passage afin d'examiner ce qu'il cache, vous regardez dans la cour quand il sort de l'atelier à fondre les rouleaux, au lieu d'achever la composition de notre almanach. Tout cela n'est pas bien, surtout quand vous me voyez, moi sa femme, respectant ses secrets et me donnant tant de mal pour lui laisser la liberté de se livrer à ses travaux. Si vous n'aviez pas perdu tant de temps, l'almanach serait fini, Kolb en vendrait déjà, les Cointet ne pourraient nous faire aucun tort.

— Eh ! madame, répondit Cérizet, pour quarante sous par jour que je gagne ici, croyez-vous que ce ne soit pas assez de vous faire pour cent sous de composition ? Mais si je n'avais pas des épreuves à lire le soir pour les frères Cointet, je pourrais bien me nourrir de son.

— Vous êtes ingrat de bonne heure, vous ferez votre chemin, répondit Ève atteinte au cœur moins par les reproches de Cérizet que par la grossièreté de son accent, par sa menaçante attitude et par l'agression de ses regards.

— Ce ne sera toujours pas avec une femme pour bourgeois, car alors le mois n'a pas souvent trente jours. »

En se sentant blessée dans sa dignité de femme, Ève jeta sur Cérizet un regard foudroyant et remonta chez elle. Quand David vint dîner, elle lui dit : « Es-tu sûr, mon ami, de ce petit drôle de Cérizet ?

— Cérizet ? répondit-il. Eh ! c'est mon gamin, je l'ai formé, je l'ai eu pour teneur de copie, je l'ai mis à la casse, enfin il me doit d'être tout ce qu'il est ! Autant demander à un père s'il est sûr de son enfant... »

Ève apprit à son mari que Cérizet lisait des épreuves pour le compte des Cointet.

« Pauvre garçon ! il faut bien qu'il vive, répondit David avec l'humilité d'un maître qui se sentait en faute.

— Oui ; mais, mon ami, voici la différence qui existe

entre Kolb et Cérizet ; Kolb fait vingt lieues tous les jours, dépense quinze ou vingt sous, nous rapporte sept, huit, quelquefois neuf francs de feuilles vendues, et ne me demande que ses vingt sous, sa dépense payée. Kolb se couperait la main plutôt que de tirer le barreau d'une presse chez les Cointet, et il ne regarderait pas les choses que tu jettes dans la cour, quand on lui offrirait mille écus ; tandis que Cérizet les ramasse et les examine. »

Les belles âmes arrivent difficilement à croire au mal, à l'ingratitude, il leur faut de rudes leçons avant de reconnaître l'étendue de la corruption humaine ; puis, quand leur éducation en ce genre est faite, elles s'élèvent à une indulgence qui est le dernier degré du mépris.

« Bah ! pure curiosité de gamin de Paris, s'écria donc David.

— Eh bien, mon ami, fais-moi le plaisir de descendre à l'atelier, d'examiner ce que ton gamin a composé depuis un mois, et de me dire si, pendant ce mois, il n'aurait pas dû finir notre almanach... »

Après le dîner, David reconnut que l'Almanach aurait dû être composé en huit jours ; puis, en apprenant que les Cointet en préparaient un semblable, il vint au secours de sa femme : il fit interrompre à Kolb la vente des feuilles d'images et dirigea tout dans son atelier ; il mit en train lui-même une forme que Kolb dut tirer avec Marion, tandis que lui-même tira l'autre avec Cérizet, en surveillant les impressions en encres de diverses couleurs. Chaque couleur exige une impression séparée. Quatre encres différentes veulent donc quatre coups de presse. Imprimé quatre fois pour une, l'Almanach des Bergers coûte alors tant à établir, qu'il se fabrique exclusivement dans les ateliers de province où la main-d'œuvre et les intérêts du capital engagé dans l'imprimerie sont presque nuls. Ce produit, quelque grossier qu'il soit, est donc interdit aux imprimeries d'où sortent de beaux ouvrages. Pour la première fois depuis la retraite du vieux Séchard, on vit alors deux presses roulant dans ce vieil atelier. Quoique l'almanach fût, dans son genre, un chef-d'œuvre, néanmoins Ève fut obligée de le donner à deux liards[1], car les frères Cointet donnèrent le leur à trois centimes aux colporteurs ; elle fit ses frais avec le colportage, elle gagna sur les ventes directement faites par Kolb ; mais sa spéculation fut manquée. En se voyant devenu l'objet de la défiance de sa belle patronne, Cérizet se posa dans son for intérieur en adversaire, et il se dit : « Tu me soupçonnes, je me vengerai ! » Le gamin de Paris est ainsi fait. Cérizet accepta donc de MM. Cointet frères des émoluments évidemment trop forts pour la lecture des épreuves qu'il allait chercher à leur bureau tous les soirs et qu'il leur rendait tous les matins. En causant tous les jours davantage avec eux, il se familiarisa, finit par apercevoir la possibilité de se libérer du service militaire qu'on lui présentait comme appât ; et, loin d'avoir à le corrompre, les Cointet entendirent de lui les premiers mots relativement à l'espionnage et à l'exploitation du secret que cherchait David.

Inquiète en voyant combien elle devait peu compter sur Cérizet et dans l'impossibilité de trouver un autre Kolb, Ève résolut de renvoyer l'unique compositeur, en qui sa seconde vue de femme aimante lui fit voir un traître ; mais comme c'était la mort de son imprimerie, elle prit une résolution virile : elle pria par une lettre M. Métivier, le correspondant de David Séchard, des Cointet et de presque tous les fabricants de papier du département, de faire mettre dans le *Journal de la Librairie*, à Paris, l'annonce suivante : « À céder, une imprimerie en pleine activité, matériel et brevet, située à Angoulême. S'adresser, pour les conditions, à M. Métivier, rue Serpente. » Après avoir lu le numéro du journal où se trouvait cette annonce, les Cointet se dirent : « Cette petite femme ne manque pas de tête, il est temps de nous rendre maîtres de son imprimerie en lui donnant de quoi vivre ; autrement, nous pourrions rencontrer un adversaire dans le successeur de David, et notre intérêt est de toujours avoir un œil dans cet atelier. » Mûs par cette pensée, les frères Cointet vinrent parler à David Séchard. Ève, à qui les deux frères s'adressèrent, éprouva la plus vive joie en voyant le rapide effet de sa ruse, car ils ne lui cachèrent pas leur dessein de proposer à M. Séchard de faire des impressions à leur compte : ils étaient encombrés, leurs presses ne pouvaient suffire à leurs travaux, ils avaient demandé des ouvriers à Bordeaux, et se faisaient fort d'occuper les trois presses de David.

« Messieurs, dit-elle aux deux frères Cointet pendant que Cérizet allait avertir David de la visite de ses confrères, mon mari a connu chez MM. Didot d'excellents ouvriers probes et actifs, il se choisira sans doute un successeur parmi les meilleurs... Ne vaut-il pas mieux vendre son établissement une vingtaine de mille francs, qui nous donneront mille francs de rente, que de perdre mille francs par an au métier que vous nous faites faire ? Pourquoi nous avoir envié la pauvre petite spéculation de notre Almanach, qui d'ailleurs appartenait à cette imprimerie ?

— Eh ! pourquoi, madame, ne pas nous en avoir prévenus ? nous ne serions pas allés sur vos brisées, dit gracieusement celui des deux frères qu'on appelait le grand Cointet.

— Allons donc, messieurs, vous n'avez commencé votre almanach qu'après avoir appris par Cérizet que je faisais le mien. »

En disant ces paroles vivement, elle regarda celui qu'on appelait le grand Cointet, et lui fit baisser les yeux. Elle acquit ainsi la preuve de la trahison de Cérizet.

Ce Cointet, le directeur de la papeterie et des affaires, était beaucoup plus habile commerçant que son frère Jean, qui conduisait d'ailleurs l'imprimerie avec une grande intelligence, mais dont la capacité pouvait se comparer à celle d'un colonel ; tandis que Boniface était un général auquel Jean laissait le commandement en chef. Boniface, homme sec et maigre, à figure jaune comme un cierge et marbrée de plaques rouges, à bouche serrée, et dont les yeux avaient de la ressemblance avec ceux des chats, ne s'emportait jamais ; il écoutait avec le calme d'un dévot les plus grosses injures, et répondait d'une voix douce. Il allait à la messe, à confesse et communiait. Il cachait sous ses manières patelines, sous un extérieur presque mou, la ténacité, l'ambition du prêtre et l'avidité du négociant dévoré par la soif des richesses et des honneurs. Dès 1820, le grand Cointet voulait tout ce que la bourgeoisie a fini par obtenir à la révolution de 1830. Plein de haine contre l'aristocratie, indifférent en matière de religion, il était dévot comme Bonaparte fut montagnard. Son épine dorsale fléchissait avec une merveilleuse flexibilité devant la Noblesse et l'Administration pour lesquelles il se faisait petit, humble et complaisant. Enfin, pour peindre cet homme par un trait dont la valeur sera bien appréciée par des gens habitués à traiter les affaires, il portait des conserves[1] à verres bleus à l'aide desquelles il cachait son regard, sous prétexte de préserver sa vue de l'éclatante réverbération de la lumière dans une ville où la terre, où les constructions sont blanches, et où l'intensité du jour est augmentée par la grande élévation du sol. Quoique sa taille ne fût qu'un peu au-dessus de la moyenne, il paraissait grand à cause de sa maigreur, qui annonçait une nature accablée de travail, une pensée en continuelle fermentation. Sa physionomie jésuitique était complétée par une chevelure plate, grise, longue, taillée à la façon de celle des ecclésiastiques, et par son vêtement qui, depuis sept ans, se composait d'un pantalon noir, de bas noirs, d'un gilet noir et d'une *lévite* (le nom méridional d'une redingote) en drap couleur marron. On l'appelait le grand Cointet pour le distinguer de son frère, qu'on nommait le gros Cointet, en exprimant ainsi le contraste qui existait autant entre la taille qu'entre les capacités des deux frères, également redoutables d'ailleurs. En effet, Jean Cointet, bon gros garçon à face flamande, brunie par le soleil de l'Angoumois, petit et court, pansu comme Sancho, le sourire sur les lèvres, les épaules épaisses, produisait une opposition frappante avec son aîné. Jean ne différait pas seulement de physionomie et d'intelligence avec son frère, il professait des opinions presque libérales, il était *Centre gauche*, n'allait à la messe que les dimanches, et s'entendait à merveille avec les commerçants libéraux. Quelques négociants de l'Houmeau prétendaient que cette divergence d'opinions était un jeu joué par les deux frères. Le grand Cointet exploitait avec habileté l'apparente bonhomie de son frère, il se servait de Jean comme d'une massue. Jean se chargeait des paroles dures, des exécutions qui répugnaient à la mansuétude de son frère. Jean avait le département des colères, il s'emportait, il laissait échapper des propositions inacceptables, qui rendaient celles de son frère plus douces ; et ils arrivaient ainsi, tôt ou tard, à leurs fins.

Ève, avec le tact particulier aux femmes, eut bientôt deviné le caractère des deux frères ; aussi resta-t-elle sur ses gardes en présence d'adversaires si dangereux. David, déjà mis au fait par sa femme, écouta d'un air profondément distrait les propositions de ses ennemis.

« Entendez-vous avec ma femme, dit-il aux deux

Cointet en sortant du cabinet vitré pour retourner dans son petit laboratoire, elle est plus au fait de mon imprimerie que je ne le suis moi-même. Je m'occupe d'une affaire qui sera plus lucrative que ce pauvre établissement, et au moyen de laquelle je réparerai les pertes que j'ai faites avec vous...

— Et comment ? » dit le gros Cointet en riant.

Ève regarda son mari pour lui recommander la prudence.

« Vous serez mes tributaires, vous et tous ceux qui consomment du papier, répondit David.

— Et que cherchez-vous donc ? » demanda Benoît-Boniface Cointet.

Quand Boniface eut lâché sa demande d'un ton doux et d'une façon insinuante, Ève regarda de nouveau son mari pour l'engager à ne rien répondre ou à répondre quelque chose qui ne fût rien.

« Je cherche à fabriquer le papier à cinquante pour cent au-dessous du prix actuel de revient... »

Et il s'en alla sans voir le regard que les deux frères échangèrent, et par lequel ils se disaient : « Cet homme devait être un inventeur ; on ne pouvait pas avoir son encolure et rester oisif ! — Exploitons-le ? disait Boniface. — Et comment ? » disait Jean.

« David agit avec vous comme avec moi, dit Mme Séchard. Quand je fais la curieuse, il se défie sans doute de mon nom, et me jette cette phrase qui n'est après tout qu'un programme.

— Si votre mari peut réaliser ce programme, il fera certainement fortune plus rapidement que par l'imprimerie, et je ne m'étonne plus de lui voir négliger cet établissement, reprit Boniface en se tournant vers l'atelier désert où Kolb assis sur un ais[1] frottait son pain avec une gousse d'ail ; mais il nous conviendrait peu de voir cette imprimerie aux mains d'un concurrent actif, remuant, ambitieux, et peut-être pourrions-nous arriver à nous entendre. Si, par exemple, vous consentiez à louer pour une certaine somme votre matériel à l'un de nos ouvriers qui travaillerait pour nous, sous votre nom, comme cela se fait à Paris, nous occuperions assez ce gars-là pour lui permettre de vous payer un très bon loyer et de réaliser de petits profits…

— Cela dépend de la somme, répondit Ève Séchard. Que voulez-vous donner ? ajouta-t-elle en regardant Boniface de manière à lui faire voir qu'elle comprenait parfaitement son plan.

— Mais quelles seraient vos prétentions ? répliqua vivement Jean Cointet.

— Trois mille francs pour six mois, dit-elle.

— Eh ! ma chère petite dame, vous parliez de vendre votre imprimerie vingt mille francs, répliqua tout doucettement Boniface. L'intérêt de vingt mille francs n'est que de douze cents francs, à six pour cent. »

Ève resta pendant un moment tout interdite, et reconnut alors tout le prix de la discrétion en affaires.

« Vous vous servirez de nos presses, de nos caractères avec lesquels je vous ai prouvé que je savais faire encore de petites affaires, reprit-elle, et nous avons des loyers à payer à M. Séchard le père qui ne nous comble pas de cadeaux. »

Après une lutte de deux heures, Ève obtint deux mille francs pour six mois, dont mille seraient payés d'avance. Quand tout fut convenu, les deux frères lui apprirent que leur intention était de faire à Cérizet le bail des ustensiles de l'imprimerie. Ève ne put retenir un mouvement de surprise.

« Ne vaut-il pas mieux prendre quelqu'un qui soit au fait de l'atelier ? » dit le gros Cointet.

Ève salua les deux frères sans répondre, et se promit de surveiller elle-même Cérizet.

« Eh bien, voilà nos ennemis dans la place ! dit en

riant David à sa femme quand au moment du dîner elle lui montra les actes à signer.

— Bah! dit-elle, je réponds de l'attachement de Kolb et de Marion; à eux deux, ils surveilleront tout. D'ailleurs, nous nous faisons quatre mille francs de rente d'un mobilier industriel qui nous coûtait de l'argent, et je te vois un an devant toi pour réaliser tes espérances

— Tu devais être, comme tu me l'as dit au Barrage, la femme d'un chercheur d'inventions! » dit Séchard en serrant la main de sa femme avec tendresse.

Si le ménage de David eut une somme suffisante pour passer l'hiver, il se trouva sous la surveillance de Cérizet et, sans le savoir, dans la dépendance du grand Cointet.

« Ils sont à nous! dit en sortant le directeur de la papeterie à son frère l'imprimeur. Ces pauvres gens vont s'habituer à recevoir le loyer de leur imprimerie; ils compteront là-dessus, et ils s'endetteront. Dans six mois nous ne renouvellerons pas le bail, et nous verrons alors ce que cet homme de génie aura dans son sac, car nous lui proposerons de le tirer de peine en nous associant pour exploiter sa découverte. »

Si quelque rusé commerçant avait pu voir le grand Cointet prononçant ces mots: *en nous associant*, il aurait compris que le danger du mariage est encore moins grand à la mairie qu'au tribunal de commerce. N'était-ce pas trop déjà que ces féroces chasseurs fussent sur les traces de leur gibier? David et sa femme, aidés par Kolb et par Marion, étaient-ils en état de résister aux ruses d'un Boniface Cointet?

Quand l'époque des couches de Mme Séchard arriva, le billet de cinq cents francs envoyé par Lucien, joint au second payement de Cérizet, permit de suffire à toutes les dépenses. Ève, sa mère et David, qui se croyaient oubliés par Lucien, éprouvèrent alors une joie égale à celle que leur donnaient les premiers succès du poète, dont les débuts dans le journalisme firent encore plus de tapage à Angoulême qu'à Paris.

Endormi dans une sécurité trompeuse, David chancela sur ses jambes en recevant de son beau-frère ce mot cruel.

Mon cher David, j'ai négocié, chez Métivier, trois billets signés de toi, faits à mon ordre, à un, deux et trois mois d'échéance. Entre cette négociation et mon suicide, j'ai choisi cette horrible ressource qui, sans doute, te gênera beaucoup. Je t'expliquerai dans quelle nécessité je me trouve, et je tacherai d'ailleurs de t'envoyer les fonds à l'échéance.

Brûle ma lettre, ne dis rien ni à ma sœur ni à ma mère, car je t'avoue avoir compté sur ton héroïsme bien connu de

Ton frère au désespoir,
LUCIEN DE RUBEMPRÉ.

« Ton pauvre frère, dit David à sa femme qui relevait alors de couches, est dans d'affreux embarras, je lui ai envoyé trois billets de mille francs, à un, deux et trois mois ; prends-en note. »

Puis il s'en alla dans les champs afin d'éviter les explications que sa femme allait lui demander. Mais, en commentant avec sa mère cette phrase pleine de malheurs, Ève, déjà très inquiète du silence gardé par son frère depuis six mois, eut de si mauvais pressentiments que, pour les dissiper, elle se résolut à faire une de ces démarches conseillées par le désespoir. M. de Rastignac fils était venu passer quelques jours dans sa famille, et il avait parlé de Lucien en assez mauvais termes pour que ces nouvelles de Paris, commentées par toutes les bouches qui les avaient colportées, fussent arrivées jusqu'à la sœur et à la mère du journaliste. Ève alla chez Mme de Rastignac, y sollicita la faveur d'une entrevue avec le fils, à qui elle fit part de toutes ses craintes en lui demandant la vérité sur la situation de Lucien à Paris. En un moment, Ève apprit la liaison de son frère avec Coralie, son duel avec Michel Chrestien, causé par sa trahison envers d'Arthez, enfin toutes les circonstances de la vie de Lucien envenimées par un dandy spirituel qui sut donner à sa haine et à son envie les livrées de la pitié, la forme amicale du patriotisme alarmé sur l'avenir d'un grand homme et les couleurs d'une admiration sincère pour le talent d'un enfant d'Angoulême, si cruellement compromis. Il parla des fautes que Lucien avait commises et qui venaient de lui coûter la protection des plus hauts personnages, de faire déchirer une ordonnance qui lui conférait les armes et le nom de Rubempré.

« Madame, si votre frère eût été bien conseillé, il serait aujourd'hui dans la voie des honneurs et le mari de Mme de Bargeton ; mais que voulez-vous ?... il l'a quittée, insultée ! Elle est, à son grand regret, devenue Mme la comtesse Sixte du Châtelet, car elle aimait Lucien.

— Est-ce possible ?... s'écria Mme Séchard.

— Votre frère est un aiglon que les premiers rayons du luxe et de la gloire ont aveuglé. Quand un aigle tombe, qui peut savoir au fond de quel précipice il s'arrêtera ? La chute d'un grand homme est toujours en raison de la hauteur à laquelle il est parvenu. »

Ève revint épouvantée par cette dernière phrase qui lui traversa le cœur comme d'une flèche. Blessée dans les endroits les plus sensibles de son âme, elle garda chez elle le plus profond silence ; mais plus d'une larme roula sur les joues et sur le front de l'enfant qu'elle nourrissait. Il est si difficile de renoncer aux illusions que l'esprit de famille autorise et qui naissent avec la vie, qu'Ève se défia d'Eugène de Rastignac, elle voulut entendre la voix d'un véritable ami. Elle écrivit donc une lettre touchante à d'Arthez, dont l'adresse lui avait été donnée par Lucien, au temps où Lucien était enthousiaste du Cénacle, et voici la réponse qu'elle reçut :

Madame,

Vous me demandez la vérité sur la vie que mène à Paris monsieur votre frère, vous voulez être éclairée sur son avenir ; et, pour m'engager à vous répondre franchement, vous me répétez ce que vous en a dit M. de Rastignac, en me demandant si de tels faits sont vrais. En ce qui me concerne, madame, il faut rectifier, à l'avantage de Lucien, les confidences de M. de Rastignac. Votre frère a éprouvé des remords, il est venu me montrer la critique de mon livre, en me disant qu'il ne pouvait se résoudre à la publier, malgré le danger que sa désobéissance aux ordres de son parti faisait courir à une personne bien chère. Hélas, madame, la tâche d'un écrivain est de concevoir les passions, puisqu'il met sa gloire à les exprimer : j'ai donc compris qu'entre une maîtresse et un ami, l'ami devait être sacrifié. J'ai facilité son crime à votre frère, j'ai corrigé moi-même cet article libellicide *et l'ai complètement approuvé. Vous me demandez si Lucien a conservé mon estime et mon amitié. Ici, la réponse est difficile à faire. Votre frère est dans une voie où il se perdra. En ce moment, je le plains encore ; bientôt, je l'aurai volontairement oublié, non pas tant à cause de ce qu'il a déjà fait que de ce qu'il doit faire. Votre Lucien est un homme de poésie et non un poète, il rêve et ne pense pas, il s'agite et ne crée pas. Enfin c'est, permettez-moi de le dire, une femmelette qui aime à paraître, le vice principal du Français. Ainsi Lucien sacrifiera toujours le meilleur de ses amis au plaisir de montrer son esprit. Il signerait volontiers demain un pacte avec le démon, si ce pacte lui donnait pour quelques années une vie brillante et luxueuse. N'a-t-il pas déjà fait pis en troquant son avenir contre les passagères délices de sa vie publique avec une actrice ? En ce moment, la jeunesse, la beauté, le dévouement de cette femme, car il en est adoré, lui cachent les dangers d'une situation que ni la gloire, ni le succès, ni la fortune ne font accepter par le monde. Eh bien, à chaque nouvelle séduction, votre frère ne verra, comme aujourd'hui, que les plaisirs du moment. Rassurez-vous, Lucien n'ira jamais jusqu'au crime, il n'en aurait pas la force ; mais il accepterait un crime tout fait, il en partagerait les profits sans en avoir partagé les dangers : ce qui semble horrible à tout le monde, même aux scélérats. Il se méprisera lui-même, il se repentira ; mais, la nécessité revenant, il recommencerait ; car la volonté lui manque, il est sans force contre les amorces de la volupté, contre la satisfaction de ses moindres ambitions. Paresseux comme tous les hommes à poésie, il se croit habile en escamotant les difficultés au lieu de les vaincre. Il aura du courage à telle heure, mais à telle autre il sera lâche. Et il ne faut pas plus lui savoir gré de son courage que lui reprocher sa lâcheté, Lucien est une harpe dont les cordes se tendent ou s'amollissent au gré des variations de l'atmosphère. Il pourra faire un beau livre dans une phase de colère ou de bonheur, et ne pas être sensible au succès, après l'avoir cependant désiré. Dès les premiers jours de son arrivée à Paris, il est tombé dans la dépendance d'un jeune homme sans moralité, mais dont l'adresse et l'expérience au milieu des difficultés de la vie littéraire l'ont ébloui. Ce prestidigitateur a complètement séduit Lucien, il l'a entraîné dans une existence sans dignité sur laquelle, malheureusement pour lui, l'amour a jeté ses prestiges. Trop facilement accordée, l'admiration est un signe de faiblesse : on ne doit pas payer en même monnaie un danseur de corde et un poète. Nous avons été tous blessés de la préférence accordée à l'intrigue et à la friponnerie littéraire sur le courage et sur l'honneur de ceux qui conseillaient à Lucien d'accepter le combat au lieu de dérober le succès, de se jeter dans l'arène au lieu de se faire un des trompettes de l'orchestre. La Société, madame, est, par une bizarrerie singulière, pleine d'indulgence pour les jeunes gens de cette nature ; elle les aime, elle se laisse prendre aux beaux semblants de leurs dons extérieurs ; d'eux, elle n'exige rien, elle excuse toutes leurs fautes, elle leur accorde les bénéfices des natures complètes en ne voulant voir que leurs avantages, elle en fait enfin ses enfants gâtés. Au contraire, elle est d'une sévérité sans bornes pour les natures fortes et complètes. Dans cette conduite, la Société, si violemment injuste en apparence, est peut-être sublime. Elle s'amuse des bouffons sans leur demander autre chose que du plaisir, et les oublie promptement ; tandis que pour plier le genou devant la grandeur, elle lui demande de divines magnificences. À chaque chose, sa loi : l'éternel diamant doit être sans tache, la création momentanée de la Mode a le droit d'être légère, bizarre et sans consistance. Aussi, malgré ses erreurs, peut-être Lucien réussira-t-il à merveille, il lui suffira de profiter de quelque veine heureuse, ou de se trouver en bonne compagnie ; mais, s'il rencontre un mauvais ange, il ira jusqu'au fond de l'enfer. C'est un brillant assemblage de belles qualités brodées sur un fond trop léger ; l'âge emporte les fleurs, il ne reste un jour que le tissu ; et, s'il est mauvais, on y voit un haillon. Tant que Lucien sera jeune, il plaira ; mais, à trente ans, dans quelle position sera-t-il ? telle est la question que doivent se faire ceux qui l'aiment sincèrement. Si j'eusse été seul à penser ainsi de Lucien, peut-être aurais-je évité de vous donner tant de chagrin par ma sincérité ; mais, outre qu'éluder par des banalités les questions posées par votre sollicitude me semblait indigne de vous dont la lettre est un cri d'angoisse, et de moi dont vous faites trop d'estime, ceux de mes amis qui ont connu Lucien sont unanimes en ce jugement : j'ai donc vu l'accomplissement d'un devoir dans la manifestation de la vérité, quelque terrible qu'elle soit. On peut tout attendre de Lucien en bien comme en mal. Telle est notre pensée, en un seul mot, où se résume cette lettre. Si les hasards de sa vie, maintenant bien misérable, bien chanceuse, ramenaient ce poète vers vous, usez de toute votre influence pour le garder au sein de la famille ; car, jusqu'à ce que son caractère ait pris de la fermeté, Paris sera toujours dangereux pour lui. Il vous appelait, vous et votre mari, ses anges gardiens, et il vous a sans doute oubliés ; mais il se souviendra de vous au moment où, battu par la tempête, il n'aura plus que sa famille pour asile, gardez-lui donc votre cœur, madame ; il en aura besoin.*

Agréez, madame, les sincères hommages d'un homme à qui vos précieuses qualités sont connues, et qui respecte trop vos maternelles inquiétudes pour ne pas vous offrir ici ses obéissances en se disant,

Votre dévoué serviteur,

D'ARTHEZ.

Deux jours après avoir lu cette réponse, Ève fut obligée de prendre une nourrice, son lait tarissait. Après avoir fait un dieu de son frère, elle le voyait dépravé par l'exercice des plus belles facultés ; enfin, pour elle, il roulait dans la boue. Cette noble créature ne savait pas transiger avec la probité, avec la délicatesse, avec toutes les religions domestiques cultivées au foyer de la famille, encore si pur, si rayonnant au fond de la province. David avait donc eu raison dans ses prévisions. Quand le chagrin, qui mettait sur son front si blanc des teintes de plomb, fut confié par Ève à son mari dans une de ces limpides conversations où le ménage de deux amants peut tout se dire, David fit entendre de consolantes paroles. Quoiqu'il eût les larmes aux yeux en voyant le beau sein de sa femme tari par la douleur, et cette mère au désespoir de ne pouvoir accomplir son œuvre maternelle, il rassura sa femme en lui donnant quelques espérances.

« Vois-tu, mon enfant, ton frère a péché par l'imagination. Il est si naturel à un poète de vouloir sa robe de pourpre et d'azur, il court avec tant d'empressement aux fêtes ! Cet oiseau se prend à l'éclat, au luxe, avec tant de bonne foi que Dieu l'excuse là où la Société le condamne !

— Mais il nous tue !... s'écria la pauvre femme.

— Il nous tue aujourd'hui comme il nous sauvait il y a quelques mois en nous envoyant les prémices de son gain ! répondit le bon David qui eut l'esprit de comprendre que le désespoir menait sa femme au-delà des bornes et qu'elle reviendrait bientôt à son amour pour Lucien. Mercier disait dans son *Tableau de Paris*, il y a environ cinquante ans[1], que la littérature, la poésie, les lettres et les sciences, que les créations du cerveau ne pouvaient jamais nourrir un homme ; et Lucien, en sa qualité de poète, n'a pas cru à l'expérience de cinq siècles. Les moissons arrosées d'encre ne se font (quand elles se font) que dix ou douze ans après les semailles, et Lucien a pris l'herbe pour la gerbe. Il aura du moins appris la vie. Après avoir été la dupe d'une femme, il devait être la dupe du monde et des fausses amitiés. L'expérience qu'il a gagnée est chèrement payée, voilà tout. Nos ancêtres disaient : Pourvu qu'un fils de famille revienne avec ses deux oreilles et l'honneur sauf, tout est bien...

— L'honneur !... s'écria la pauvre Ève. Hélas ! à combien de vertus Lucien a-t-il manqué !... Écrire contre sa conscience ! Attaquer son meilleur ami !... Accepter l'argent d'une actrice !... Se montrer avec elle ! Nous mettre sur la paille !...

— Oh ! cela, ce n'est rien !... » s'écria David qui s'arrêta.

Le secret du faux commis par son beau-frère allait lui échapper, et malheureusement Ève, en s'apercevant de ce mouvement, conserva de vagues inquiétudes.

« Comment rien ! répondit-elle. Et où prendrons-nous de quoi payer trois mille francs ?

— D'abord, reprit David, nous allons avoir à renouveler le bail de l'exploitation de notre imprimerie avec Cérizet. Depuis six mois les quinze pour cent que les Cointet lui allouent sur les travaux faits pour eux lui ont donné six cents francs, et il a su gagner cinq cents francs avec des ouvrages de ville.

— Si les Cointet savent cela, peut-être ne recommenceront-ils pas le bail, ils auront peur de lui, dit Ève, car Cérizet est un homme dangereux.

— Eh ! que m'importe ! s'écria Séchard, dans quelques jours nous serons riches ! Une fois Lucien riche, mon ange, il n'aura que des vertus...

— Ah ! David, mon ami, mon ami, quel mot viens-tu de laisser échapper ! En proie à la misère, Lucien serait donc sans force contre le mal ! Tu penses de lui tout ce qu'en pense M. d'Arthez ! Il n'y a pas de supériorité sans force, et Lucien est faible... Un ange qu'il ne faut pas tenter, qu'est-ce ?...

— Eh ! c'est une nature qui n'est belle que dans son milieu, dans sa sphère, dans son ciel. Lucien n'est pas fait pour lutter, je lui épargnerai la lutte. Tiens, vois ! je suis trop près du résultat pour ne pas t'initier aux moyens. » Il sortit de sa poche plusieurs feuillets de papier blanc de la grandeur d'un in-octavo, les brandit victorieusement et les apporta sur les genoux de sa femme. « Une rame de ce papier, format grand raisin[1], ne coûtera pas plus de cinq francs, dit-il en faisant manier les échantillons à Ève, qui laissa voir une surprise enfantine.

— Eh bien, comment as-tu fait ces essais dit-elle.

— Avec un vieux tamis en crin que j'ai pris à Marion, répondit-il.

— Tu n'es donc pas encore content ? demanda-t-elle.

— La question n'est pas dans la fabrication, elle est dans le prix de revient de la pâte. Hélas ! mon enfant, je ne suis qu'un des derniers entrés dans cette voie difficile. Mme Masson, dès 1794, essayait de convertir les papiers imprimés en papier blanc ; elle a réussi, mais à quel prix ! En Angleterre, vers 1800, le marquis de Salisbury tentait, en même temps que Séguin en 1801, en France, d'employer la paille à la fabrication du papier. Notre roseau commun, l'*arundo phragmitis*, a fourni les feuilles de papier que tu tiens. Mais je vais employer les orties, les chardons ; car, pour maintenir le bon marché de la matière première, il faut s'adresser à des substances végétales qui puissent venir dans les marécages et dans les mauvais terrains : elles seront à vil prix. Le secret gît tout entier dans une préparation à donner à ces tiges. En ce moment mon procédé n'est pas encore assez simple. Eh bien, malgré cette difficulté, je suis sûr de donner à la papeterie française le privilège dont jouit notre littérature, en faire un monopole pour notre pays, comme les Anglais ont celui du fer, de la houille ou des poteries communes. Je veux être le Jacquard de la papeterie[1]. »

Ève se leva, mue par un enthousiasme et par une admiration que la simplicité de David excitait ; elle ouvrait ses bras et le serra sur son cœur en penchant sa tête sur son épaule.

« Tu me récompenses comme si j'avais déjà trouvé », lui dit-il.

Pour toute réponse, Ève montra sa belle figure tout

inondée de larmes, et resta pendant un moment sans pouvoir parler.

« Je n'embrasse pas l'homme de génie, dit-elle, mais le consolateur ! À une gloire tombée, tu m'opposes une gloire qui s'élève. Aux chagrins que me cause l'abaissement d'un frère, tu opposes la grandeur du mari... Oui, tu seras grand comme les Graindorge, les Rouvet, les Van Robais[1], comme le Persan qui nous a donné la garance[2], comme tous ces hommes dont tu m'as parlé, dont les noms restent obscurs parce qu'en perfectionnant une industrie ils ont fait le bien sans éclat. »

« Que font-ils, à cette heure ?... » disait Boniface.

Le grand Cointet se promenait sur la place du Mûrier avec Cérizet en examinant les ombres de la femme et du mari qui se dessinaient sur les rideaux de mousseline ; car il venait causer tous les jours à minuit avec Cérizet, chargé de surveiller les moindres démarches de son ancien patron.

« Il lui montre, sans doute, les papiers qu'il a fabriqués ce matin, répondit Cérizet.

— De quelles substances s'est-il servi ? demanda le fabricant de papier.

— Impossible de le deviner, répondit Cérizet, j'ai troué le toit, j'ai grimpé dessus, et j'ai vu mon naïf, pendant la nuit dernière, faisant bouillir sa pâte dans la bassine en cuivre ; j'ai eu beau examiner ses approvisionnements amoncelés dans un coin, tout ce que j'ai pu remarquer, c'est que les matières premières ressemblent à des tas de filasse...

— N'allez pas plus loin, dit Boniface Cointet d'une voix pateline à son espion, ce serait improbe !... Mme Séchard vous proposera de renouveler votre bail de l'exploitation de l'imprimerie, dites que vous voulez vous faire imprimeur, offrez la moitié de ce que valent le brevet et le matériel, et si l'on y consentait, venez me trouver. En tout cas, traînez en longueur... ils sont sans argent.

— Sans un sou ! dit Cérizet.

— Sans un sou », répéta le grand Cointet. « Ils sont à moi », se dit-il.

La maison Métivier et la maison Cointet frères joignaient la qualité de banquiers à leur métier de commissionnaires en papeterie et de papetiers-imprimeurs ; titre pour lequel ils se gardaient bien d'ailleurs de payer patente. Le fisc n'a pas encore trouvé le moyen de contrôler les affaires commerciales au point de forcer tous ceux qui font subrepticement la banque à prendre patente de banquier, laquelle à Paris, par exemple, coûte cinq cents francs. Mais les frères Cointet et Métivier, pour être ce qu'on appelle à la Bourse des *marrons*, n'en remuaient pas moins entre eux quelques centaines de mille francs par trimestre sur les places de Paris, de Bordeaux et d'Angoulême. Or, dans la soirée même, la maison Cointet frères avait reçu de Paris les trois mille francs d'effets faux fabriqués par Lucien. Le grand Cointet avait aussitôt bâti sur cette dette une formidable machine dirigée, comme on va le voir, contre le patient et pauvre inventeur.

Le lendemain, à sept heures du matin, Boniface Cointet se promenait le long de la prise d'eau qui alimentait sa vaste papeterie, et dont le bruit couvrait celui des paroles. Il y attendait un jeune homme, âgé de vingt-neuf ans, depuis six semaines avoué près le tribunal de première instance d'Angoulême, et nommé Pierre Petit-Claud.

« Vous étiez au collège d'Angoulême en même temps que David Séchard, dit le grand Cointet en saluant le jeune avoué, qui se gardait bien de manquer à l'appel du riche fabricant.

— Oui, monsieur, répondit Petit-Claud en se mettant au pas du grand Cointet.

— Avez-vous renouvelé connaissance ?

— Nous nous sommes rencontrés deux fois tout au plus depuis son retour. Il ne pouvait pas en être autrement : j'étais enfoui dans l'étude ou au Palais les jours ordinaires ; et, le dimanche ou les jours de fête, je travaillais à compléter mon instruction, car j'attendais tout de moi-même… »

Le grand Cointet hocha la tête en signe d'approbation.

« Quand David et moi nous nous sommes revus, il m'a demandé ce que je devenais. Je lui ai dit qu'après avoir fait mon droit à Poitiers, j'étais devenu premier clerc de maître Olivet, et que j'espérais un jour ou l'autre traiter de cette charge… Je connaissais beaucoup plus Lucien Chardon, qui se fait maintenant appeler de Rubempré, l'amant de Mme de Bargeton, notre grand poète, enfin le beau-frère de David Séchard.

— Vous pouvez alors aller annoncer à David votre nomination et lui offrir vos services, dit le grand Cointet.

— Cela ne se fait pas, répondit le jeune avoué.

— Il n'a jamais eu de procès, il n'a pas d'avoué, cela peut se faire », répondit Cointet qui toisait à l'abri de ses lunettes le petit avoué.

Fils d'un tailleur de l'Houmeau, dédaigné par ses camarades de collège, Pierre Petit-Claud paraissait avoir une certaine portion de fiel extravasée dans le sang. Son visage offrait une de ces colorations à teintes sales et brouillées qui accusent d'anciennes maladies, les veilles de la misère, et presque toujours des sentiments mauvais. Le style familier de la conversation fournit une expression qui peut peindre ce garçon en deux mots : il était cassant et pointu. Sa voix fêlée s'harmoniait à l'aigreur de sa face, à son air grêle, et à la couleur indécise de son œil de pie. L'œil de pie est, suivant une observation de Napoléon, un indice d'improbité. « Regardez un tel, disait-il à Las Cases à

Sainte-Hélène en lui parlant d'un de ses confidents qu'il fut forcé de renvoyer pour cause de malversations, je ne sais pas comment j'ai pu m'y tromper si longtemps, il a l'œil d'une pie. » Aussi, quand le grand Cointet eut bien examiné ce petit avoué maigrelet, piqué de petite vérole, à cheveux rares, dont le front et le crâne se confondaient déjà, quand il le vit faisant déjà poser à sa délicatesse le poing sur la hanche, se dit-il : « Voilà mon homme. » En effet, Petit-Claud, abreuvé de dédains, dévoré par une corrosive envie de parvenir, avait eu l'audace, quoique sans fortune, d'acheter la charge de son patron trente mille francs, en comptant sur un mariage pour se libérer ; et, suivant l'usage, il comptait sur son patron pour lui trouver une femme, car le prédécesseur a toujours intérêt à marier son successeur, pour se faire payer sa charge. Petit-Claud comptait encore plus sur lui-même, car il ne manquait pas d'une certaine supériorité, rare en province, mais dont le principe était dans sa haine. Grande haine, grands efforts. Il se trouve une grande différence entre les avoués de Paris et les avoués de province, et le grand Cointet était trop habile pour ne pas mettre à profit les petites passions auxquelles obéissent ces petits avoués. À Paris, un avoué remarquable, et il y en a beaucoup, comporte un peu des qualités qui distinguent le diplomate : le nombre des affaires, la grandeur des intérêts, l'étendue des questions qui lui sont confiées, le dispensent de voir dans la procédure un moyen de fortune. Arme offensive ou défensive, la procédure n'est plus pour lui, comme autrefois, un objet de lucre. En province, au contraire, les avoués cultivent ce qu'on appelle dans les études de Paris la *broutille*, cette foule de petits actes qui surchargent les mémoires de frais et consomment du papier timbré. Ces bagatelles occupent l'avoué de province, il voit des frais à faire là où l'avoué de Paris ne se préoccupe que des honoraires. L'honoraire est ce que le client doit, en sus des frais, à son avoué pour la conduite plus ou moins habile de son affaire. Le fisc est pour moitié dans les frais, tandis que les honoraires sont tout entiers pour l'avoué. Disons-le hardiment ! Les honoraires payés sont rarement en harmonie avec les honoraires demandés et dus pour les services que rend un bon avoué. Les avoués, les médecins et les avocats de Paris sont, comme les courtisanes avec leurs amants d'occasion, excessivement en garde contre la reconnaissance de leurs clients. Le client, avant et après l'affaire, pourrait faire deux admirables tableaux de genre, dignes de Meissonier[1], et qui seraient sans doute enchéris par des avoués honoraires. Il existe entre l'avoué de Paris et l'avoué de province une autre différence. L'avoué de Paris plaide rarement, il parle quelquefois au tribunal dans les référés ; mais, en 1822, dans la plupart des départements (depuis, l'avocat a pullulé), les avoués étaient avocats et plaidaient eux-mêmes leurs causes. De cette double vie, il résulte un double travail qui donne à l'avoué de province les vices intellectuels de l'avocat, sans lui ôter les pesantes obligations de l'avoué. L'avoué de province devient bavard, et perd cette lucidité de jugement, si nécessaire à la conduite des affaires. En se dédoublant ainsi, un homme supérieur trouve souvent en lui-même deux hommes médiocres. À Paris, l'avoué ne se dépensant point en paroles au tribunal, ne plaidant pas souvent le pour et le contre, peut conserver de la rectitude dans les idées. S'il dispose la balistique du droit, s'il fouille dans l'arsenal des moyens que présentent les contradictions de la jurisprudence, il garde sa conviction sur l'affaire, à laquelle il s'efforce de préparer un triomphe. En un mot, la pensée grise beaucoup moins que la parole. À force de parler, un homme finit par croire à ce qu'il dit ; tandis qu'on peut agir contre sa pensée sans la vicier, et faire gagner un mauvais procès sans soutenir qu'il est bon, comme le fait l'avocat plaidant. Aussi le vieil avoué de Paris peut-il faire, beaucoup mieux qu'un vieil avocat, un bon juge. Un avoué de province a donc bien des raisons d'être un homme médiocre : il épouse de petites passions, il mène de petites affaires, il vit en faisant des frais, il abuse du Code de procédure, et il plaide ! En un mot, il a beaucoup d'infirmités. Aussi, quand il se rencontre parmi les avoués de province un homme remarquable, est-il vraiment supérieur !

« Je croyais, monsieur, que vous m'aviez mandé pour vos affaires, répondit Petit-Claud en faisant de cette observation une épigramme par le regard qu'il lança sur les impénétrables lunettes du grand Cointet.

— Pas d'ambages, répliqua Boniface Cointet. Écoutez-moi... »

Après ce mot, gros de confidences, Cointet alla s'asseoir sur un banc en invitant Petit-Claud à l'imiter.

« Quand M. du Hautoy passa par Angoulême en 1804 pour aller à Valence en qualité de consul, il y connut Mme de Sénonches, alors Mlle Zéphirine, et il en eut une fille, dit Cointet tout bas à l'oreille de son interlocuteur... Oui, reprit-il en voyant faire un haut-le-corps à Petit-Claud, le mariage de Mlle Zéphirine avec M. de Sénonches a suivi promptement cet accouchement clandestin. Cette fille, élevée à la campagne chez sa mère, est Mlle Françoise de La Haye, dont prend soin Mme de Sénonches qui, selon l'usage, est sa marraine. Comme ma mère, fermière de la vieille Mme de Cardanet, la grand-mère de Mlle Zéphirine, avait le secret de l'unique héritière des Cardanet et des Sénonches de la branche aînée, on m'a chargé de faire valoir la petite somme que M. Francis du Hautoy destina dans le temps à sa fille. Ma fortune s'est faite avec ces dix mille francs, qui se montent à trente mille francs aujourd'hui. Mme de Sénonches donnera bien le trousseau, l'argenterie et quelque mobilier à sa pupille ; moi, je puis vous faire avoir la fille, mon garçon, dit Cointet en frappant sur le genou de Petit-Claud. En épousant Françoise de La Haye, vous augmenterez votre clientèle de celle d'une grande partie de l'aristocratie d'Angoulême. Cette alliance, par la main gauche, vous ouvre un avenir magnifique... La position d'un avocat-avoué paraîtra suffisante : on ne veut pas mieux, je le sais.

— Que faut-il faire ?... dit avidement Petit-Claud, car vous avez Me Cachan pour avoué...

— Aussi ne quitterai-je pas brusquement Cachan pour vous, vous n'aurez ma clientèle que plus tard, dit finement le grand Cointet. Ce qu'il faut faire, mon ami ? eh ! mais les affaires de David Séchard. Ce pauvre diable a mille écus de billets à nous payer, il ne les payera pas, vous le défendrez contre les poursuites de manière à faire énormément de frais... Soyez sans inquiétude, marchez, entassez les incidents. Doublon, mon huissier, qui sera chargé de l'actionner, sous la direction de Cachan, n'ira pas de mainmorte... À bon écouteur, un mot suffit. Maintenant, jeune homme ?... »

Il se fit une pause éloquente pendant laquelle ces deux hommes se regardèrent.

« Nous ne nous sommes jamais vus, reprit Cointet, je ne vous ai rien dit, vous ne savez rien de M. du Hautoy, ni de Mme de Sénonches, ni de Mlle de La Haye ; seulement, quand il en sera temps, dans deux mois, vous demanderez cette jeune personne en mariage. Quand nous aurons à nous voir, vous viendrez ici, le soir. N'écrivons point.

— Vous voulez donc ruiner Séchard ? demanda Petit-Claud.

— Pas tout à fait ; mais il faut le tenir pendant quelque temps en prison....

— Et dans quel but ?...

— Me croyez-vous assez niais pour vous le dire ? si vous avez l'esprit de le deviner, vous aurez celui de vous taire.

— Le père Séchard est riche, dit Petit-Claud en entrant déjà dans les idées de Boniface et apercevant une cause d'insuccès.

— Tant que le père vivra, il ne donnera pas un liard à son fils, et cet ex-typographe n'a pas encore envie de faire tirer son billet de mort...

— C'est entendu ! dit Petit-Claud qui se décida promptement. Je ne vous demande pas de garanties, je suis avoué ; si j'étais joué, nous aurions à compter ensemble. »

« Le drôle ira loin », pensa Cointet en saluant Petit-Claud.

Le lendemain de cette conférence, le 30 avril, les frères Cointet firent présenter le premier des trois billets fabriqués par Lucien. Par malheur, l'effet fut remis à la pauvre Mme Séchard, qui, en reconnaissant l'imitation de la signature de son mari par Lucien, appela David et lui dit à brûle-pourpoint : « Tu n'as pas signé ce billet ?...

— Non ! lui dit-il. Ton frère était si pressé, qu'il a signé pour moi... »

Ève rendit le billet au garçon de caisse de la maison Cointet frères en lui disant : « Nous ne sommes pas en mesure. »

Puis, en se sentant défaillir, elle monta dans sa chambre où David la suivit.

« Mon ami, dit Ève à Séchard d'une voix mourante, cours chez MM. Cointet, ils auront des égards pour toi ; prie-les d'attendre, et d'ailleurs fais-leur observer qu'au renouvellement du bail de Cérizet ils te devront mille francs. »

David alla sur-le-champ chez ses ennemis. Un prote

peut toujours devenir imprimeur, mais il n'y a pas toujours un négociant chez un habile typographe ; aussi David, qui connaissait peu les affaires, resta-t-il court devant le grand Cointet lorsque, après lui avoir, la gorge serrée et le cœur palpitant, assez mal débité ses excuses et formulé sa requête, il en reçut cette réponse : « Ceci ne nous regarde en rien, nous tenons le billet de Métivier, Métivier nous payera. Adressez-vous à M. Métivier.

— Oh ! dit Ève en apprenant cette réponse, du moment où le billet retourne à M. Métivier, nous pouvons être tranquilles. »

Le lendemain, Victor-Ange-Herménégilde Doublon, huissier de MM. Cointet, fit le protêt[1] à deux heures, heure où la place du Mûrier est pleine de monde ; et, malgré le soin qu'il eut de causer sur la porte de l'allée avec Marion et Kolb, le protêt n'en fut pas moins connu de tout le commerce d'Angoulême dans la soirée. D'ailleurs, les formes hypocrites de Me Doublon, à qui le grand Cointet avait recommandé les plus grands égards, pouvaient-elles sauver Ève et David de l'ignominie commerciale qui résulte d'une suspension de payement ? qu'on en juge ! Ici, les longueurs vont paraître top courtes. Quatre-vingt-dix lecteurs sur cent seront affriolés par les détails suivants comme par la nouveauté la plus piquante. Ainsi sera prouvée encore une fois la vérité de cet axiome :

Il n'y a rien de moins connu que ce que tout le monde doit savoir, LA LOI !

Certes, à l'immense majorité des Français, le mécanisme d'un des rouages de la Banque, bien décrit, offrira l'intérêt d'un chapitre de voyage dans un pays étranger. Lorsqu'un négociant envoie de la ville où il a son établissement un de ses billets à une personne demeurant dans une autre ville, comme David était censé l'avoir fait pour obliger Lucien, il change l'opération si simple d'un effet souscrit entre négociants de la même ville pour affaires de commerce en quelque chose qui ressemble à la lettre de change tirée d'une place sur une autre. Ainsi, en prenant les trois effets à Lucien, Métivier était obligé, pour en toucher le montant, de les envoyer à MM. Cointet frères, ses correspondants. De là une première perte pour Lucien, désignée sous le nom de *commission pour change de place*, et qui s'était traduite par un tant pour cent rabattu sur chaque effet, outre l'escompte. Les effets Séchard avaient donc passé dans la catégorie des affaires de Banque. Vous ne sauriez croire à quel point la qualité de banquier, jointe au titre auguste de créancier, change la condition du débiteur. Ainsi, *en Banque* (saisissez bien cette expression?), dès qu'un effet transmis de la place de Paris à la place d'Angoulême est impayé, les banquiers se doivent à eux-mêmes de s'adresser ce que la loi nomme un *compte de retour*. Calembour à part, jamais les romanciers n'ont inventé de conte plus invraisemblable que celui-là ; car voici les ingénieuses plaisanteries à la Mascarille[1] qu'un certain article du Code de commerce autorise, et dont l'explication vous démontrera combien d'atrocités se cachent sous ce mot terrible : *la légalité* !

Dès que Me Doublon eut fait enregistrer son protêt, il l'apporta lui-même à MM. Cointet frères. L'huissier était en compte avec ces loups-cerviers d'Angoulême, et leur faisait un crédit de six mois que le grand Cointet menait à un an par la manière dont il le soldait, tout en disant de mois en mois, à ce sous-loup-cervier : « Doublon, vous faut-il de l'argent ? » Ce n'est pas tout encore ! Doublon favorisait d'une remise cette puissante maison qui gagnait ainsi quelque chose sur chaque acte, un rien, une misère, un franc cinquante centimes sur un protêt !... Le grand Cointet se mit à son bureau tranquillement, y prit un petit carré de papier timbré de trente-cinq centimes tout en causant avec Doublon de manière à savoir de lui des renseignements sur l'état vrai des commerçants.

« Eh bien, êtes-vous content du petit Gannerac ?...

— Il ne va pas mal. Dame ! un roulage...

— Ah ! le fait est qu'il a du tirage ! On m'a dit que sa femme lui causait beaucoup de dépenses...

— À lui ?... » s'écria Doublon d'un air narquois.

Et le Loup-Cervier, qui venait d'achever de régler son papier, écrivit en ronde le sinistre intitulé sous lequel il dressa le compte suivant. (*Sic !*)

COMPTE DE RETOUR ET FRAIS

À un effet de MILLE FRANCS, *daté d'Angoulême le dix février mil huit cent vingt-deux, souscrit par* SÉCHARD FILS, *à l'ordre de* LUCIEN CHARDON *dit* DE RUBEMPRÉ *passé à l'ordre de* MÉTIVIER, *et à notre ordre, échu le trente avril dernier, protesté par* DOUBLON, *huissier, le premier mai mil huit cent vingt-deux.*

Principal	1 000	»
Protêt	12,	35
Commission à un demi pour cent	5	»
Commission de courtage d'un quart %	2,	50
Timbre de notre retraite et du présent ..	1,	35
Intérêts et ports de lettres	3	»
	1 024,	20
Change de place à un et un quart % sur 1 024,20	13,	25
	1 037,	45

Mille trente-sept francs quarante-cinq centimes, de laquelle somme nous nous remboursons en notre traite à vue sur MM. Métivier, rue Serpente, à Paris, à l'ordre de M. Gannerac de l'Houmeau.

Angoulême, le deux mai mil huit cent vingt-deux.

COINTET frères.

Au bas de ce petit mémoire, fait avec toute l'habitude d'un praticien, car il causait toujours avec Doublon, le grand Cointet écrivit la déclaration suivante :

Nous soussignés, Postel, maître pharmacien à l'Houmeau, et Gannerac, commissionnaire en roulage, négociants en cette ville, certifions que le change de notre place sur Paris est de un et un quart pour cent.

Angoulême, le trois mai mil huit cent vingt-deux.

« Tenez, Doublon, faites-moi le plaisir d'aller chez Postel et chez Gannerac, les prier de me signer cette déclaration, et rapportez-la-moi demain matin. »

Et Doublon, au fait de ces instruments de torture, s'en alla, comme s'il se fût agi de la chose la plus simple. Évidemment le protêt aurait été remis[1], comme à Paris, sous enveloppe, tout Angoulême devait être instruit de l'état malheureux dans lequel étaient les affaires de ce pauvre Séchard. Et de combien d'accusations son apathie ne fut-elle pas l'objet ? les uns le disaient perdu par l'amour excessif qu'il portait à sa femme ; les autres l'accusaient de trop d'affection pour son beau-frère. Et quelles atroces conclusions chacun ne tirait-il pas de ces prémisses ? on ne devait jamais épouser les intérêts de ses proches ! On approuvait la dureté du père Séchard envers son fils, on l'admirait !

Maintenant, vous tous qui, par des raisons quelconques, oubliez de faire *honneur à vos engagements*, examinez bien les procédés, parfaitement légaux, par lesquels, en dix minutes, on fait, en Banque, rapporter vingt-huit francs d'intérêt à un capital de mille francs.

Le premier article de ce *compte de retour* en est la seule chose incontestable.

Le deuxième article contient la part du fisc et de l'huissier. Les six francs que perçoit le Domaine en enregistrant le chagrin du débiteur et fournissant le papier timbré, feront vivre l'abus encore pendant longtemps ! Vous savez, d'ailleurs, que cet article donne un bénéfice d'un franc cinquante centimes au banquier à cause de la remise faite par Doublon.

La commission d'un demi pour cent, objet du troisième article, est prise sous ce prétexte ingénieux, que ne pas recevoir son payement équivaut, en banque, à escompter un effet. Quoique ce soit absolument le contraire, rien de plus semblable que de donner mille francs ou de ne pas les encaisser. Quiconque a présenté des effets à l'escompte, sait qu'outre les six pour cent dus légalement, l'escompteur prélève, sous l'humble nom de commission, un tant pour cent qui représente les intérêts que lui donne, au-dessus du taux légal, le génie avec lequel il fait valoir ses fonds. Plus il peut gagner d'argent, plus il vous en demande. Aussi faut-il escompter chez les sots, c'est moins cher. Mais en Banque y a-t-il des sots ?...

La loi oblige le banquier à faire certifier par un agent de change le taux du change. Dans les places assez malheureuses pour ne pas avoir de Bourse, l'agent de change est suppléé par deux négociants. La commission dite de courtage due à l'agent est fixée à un quart pour cent de la somme exprimée dans l'effet protesté. L'usage s'est introduit de compter cette commission comme donnée aux négociants qui remplacent l'agent, et le banquier la met tout simplement dans sa caisse. De là le troisième article[1] de ce charmant compte.

Le quatrième article comprend le coût du carré de papier timbré sur lequel est rédigé le *compte de retour* et celui du timbre de ce qu'on appelle si ingénieusement la *re*traite, c'est-à-dire la nouvelle traite tirée par le banquier sur son confrère, pour se rembourser.

Le cinquième article comprend le prix des ports de lettres et les intérêts légaux de la somme pendant tout le temps qu'elle peut manquer dans la caisse du banquier.

Enfin le change de place, l'objet même de la Banque, est ce qu'il en coûte pour se faire payer d'une place à l'autre.

Maintenant épluchez ce compte, où, selon la manière de supputer du Polichinelle de la chanson napolitaine si bien jouée par Lablache[1], quinze et cinq font vingt-deux ? Évidemment la signature de MM. Postel et Gannerac était une affaire de complaisance : les Cointet certifiaient au besoin pour Gannerac ce que Gannerac certifiait pour les Cointet. C'est la mise en pratique de ce proverbe connu, *Passez-moi la rhubarbe, je vous passerai le séné*. MM. Cointet frères, se trouvant en compte courant avec Métivier, n'avaient pas besoin de faire traite. Entre eux, un effet retourné ne produisait qu'une ligne de plus au *crédit* ou au *débit*.

Ce compte fantastique se réduisait donc en réalité à mille francs dus, au protêt de treize francs, et à un demi pour cent d'intérêt pour un mois de retard, en tout peut-être mille dix-huit francs.

Si une grande maison de banque a tous les jours, en moyenne, un *compte de retour* sur une valeur de mille francs, elle touche tous les jours vingt-huit francs par la grâce de Dieu et les constitutions de la Banque, royauté formidable inventée par les juifs au douzième siècle, et qui domine aujourd'hui les trônes et les peuples. En d'autres termes, mille francs rapportent alors à cette maison vingt-huit francs par jour ou dix mille deux cent vingt francs par an. Triplez la moyenne des *comptes de retour*, et vous apercevrez un revenu de trente mille francs, donné par ces capitaux fictifs. Aussi rien de plus amoureusement cultivé que les *comptes de retour*. David Séchard serait venu payer son effet, le trois mai, ou le lendemain même du protêt, MM. Cointet frères lui eussent dit : « Nous avons retourné votre effet à M. Métivier ! » quand même l'effet se fût encore trouvé sur leur bureau. Le *compte de retour* est acquis le soir même du protêt. Ceci, dans le langage de la banque de province, s'appelle : *faire suer les écus*. Les seuls ports de lettres produisent quelque vingt mille francs à la maison Keller qui correspond avec le monde entier, et les *comptes de retour* payent la loge aux Italiens, la voiture et la toilette de Mme la baronne de Nucingen. Le *port de lettre* est un abus d'autant plus effroyable que les banquiers s'occupent de dix affaires semblables en dix lignes d'une lettre. Chose étrange ! le fisc a sa part dans cette prime arrachée au malheur, et le Trésor public s'enfle ainsi des infortunes commerciales. Quant à la Banque, elle jette au débiteur, du haut de ses comptoirs, cette parole pleine de raison : « Pourquoi n'êtes-vous pas en mesure ? » à laquelle malheureusement on ne peut rien répondre. Ainsi le *compte de retour* est un conte plein de fictions terribles pour lequel les débiteurs, qui réfléchiront sur cette page instructive, éprouveront désormais un effroi salutaire.

Le quatre mai, Métivier reçut de MM. Cointet frères le *compte de retour* avec un ordre de poursuivre à outrance à Paris M. Lucien Chardon dit de Rubempré.

Quelques jours après, Ève reçut en réponse à la lettre qu'elle écrivit à M. Métivier, le petit mot suivant, qui la rassura complètement.

À M. SÉCHARD FILS,
IMPRIMEUR À ANGOULÊME

J'ai reçu en son temps votre estimée du 5 courant. J'ai compris, d'après vos explications relativement à l'effet impayé du 30 avril dernier, que vous aviez obligé votre beau-frère, M. de Rubempré, qui fait assez de dépenses pour que ce soit vous rendre service que de le contraindre à payer: il est dans une situation à ne pas se laisser longtemps poursuivre. Si votre honoré beau-frère ne payait point, je ferais fond sur la loyauté de votre vieille maison, et me dis, comme toujours,

Votre dévoué serviteur,
MÉTIVIER.

« Eh bien, dit Ève à David, mon frère saura par cette poursuite que nous n'avons pas pu payer. »

Quel changement cette parole n'annonçait-elle pas chez Ève ? L'amour grandissant que lui inspirait le caractère de David, de mieux en mieux connu, prenait dans son cœur la place de l'affection fraternelle. Mais à combien d'illusions ne disait-elle pas adieu ?...

Voyons maintenant tout le chemin que fit le *compte de retour* sur la place de Paris ? Un tiers porteur, nom commercial de celui qui possède un effet par transmission, est libre, aux termes de la loi, de poursuivre uniquement celui des divers débiteurs de cet effet qui lui présente la chance d'être payé le plus promptement. En vertu de cette faculté, Lucien fut poursuivi par l'huissier de M. Métivier. Voici quelles furent les phases de cette action, d'ailleurs entièrement inutile. Métivier, derrière lequel se cachaient les Cointet, connaissait l'insolvabilité de Lucien ; mais, toujours dans l'esprit de la loi, l'insolvabilité *de fait* n'existe *en droit* qu'après avoir été constatée. On constata donc l'impossibilité d'obtenir de Lucien le payement de l'effet, de la manière suivante.

L'huissier de Métivier dénonça, le 5 mai, le *compte de retour* et le protêt d'Angoulême à Lucien, en l'assignant au tribunal de commerce de Paris pour entendre dire une foule de choses, entre autres qu'il serait condamné par corps comme négociant. Quand, au milieu de sa vie de cerf aux abois, Lucien lut ce grimoire, il recevait la signification d'un jugement obtenu contre lui par défaut au tribunal de commerce. Coralie, sa maîtresse, ignorant ce dont il s'agissait, imagina que Lucien avait obligé son beau-frère ; elle lui donna tous les actes ensemble, trop tard. Une actrice voit trop d'acteurs en huissiers dans les vaudevilles pour croire au papier timbré. Lucien eut des larmes aux yeux, il s'apitoya sur Séchard, il eut honte de son faux, et il voulut payer. Naturellement, il consulta ses amis sur ce qu'il devait faire pour gagner du temps. Mais quand Lousteau, Blondet, Bixiou, Nathan eurent instruit Lucien du peu de cas qu'un poète devait faire du tribunal de commerce, juridiction établie pour les boutiquiers, le poète se trouvait déjà sous le coup d'une saisie. Il voyait à sa porte cette petite affiche jaune dont la couleur déteint sur les portières, qui a la vertu la plus astringente sur le crédit, qui porte l'effroi dans le cœur des moindres fournisseurs, et qui surtout glace le sang dans les veines des poètes assez sensibles pour s'attacher à ces morceaux de bois, à ces guenilles de soie, à ces tas de laine coloriée, à ces brimborions appelés mobilier. Quand on vint pour enlever les meubles de Coralie, l'auteur des *Marguerites* alla trouver un ami de Bixiou, Desroches, un avoué qui se mit à rire en voyant tant d'effroi chez Lucien pour si peu de chose. « Ce n'est rien, mon cher, vous voulez gagner du temps ? — Le plus possible. — Eh bien, opposez-vous à l'exécution du jugement. Allez trouvez un de mes amis, Masson, un agréé, portez-lui vos pièces, il renouvellera l'opposition, se présentera pour vous, et déclinera la compétence du tribunal de commerce. Ceci ne fera pas la moindre difficulté, vous êtes un journaliste assez connu. Si vous êtes assigné devant le tribunal civil vous viendrez me voir, ça me regardera : je me charge de faire promener ceux qui veulent chagriner la belle Coralie. » Le vingt-huit mai, Lucien, assigné devant le tribunal civil, y fut condamné plus promptement que ne le pensait Desroches, car on poursuivait Lucien à outrance. Quand une nouvelle saisie fut pratiquée, lorsque l'affiche jaune vint encore dorer les pilastres de la porte de Coralie et qu'on voulut enlever le mobilier, Desroches, un peu sot de s'être *laissé pincer* par son confrère (telle fut son expression), s'y opposa, prétendant, avec raison d'ailleurs, que le mobilier appartenait à Mlle Coralie, et il introduisit un référé. Sur le référé, le président du tribunal renvoya les parties à l'audience, où la propriété des meubles fut adjugée à l'actrice par un jugement. Métivier, qui appela de ce jugement, fut débouté de son appel par un arrêt, le trente juillet.

Le sept août, Me Cachan reçut par la diligence un énorme dossier intitulé : MÉTIVIER CONTRE SÉCHARD ET LUCIEN CHARDON.

La première pièce était la jolie petite note suivante, dont l'exactitude est garantie, elle a été copiée[1].

Billet du 30 avril dernier, souscrit par Séchard fils, ordre Lucien de Rubempré (2 mai). Compte de retour :
1 037 fr. 45 c.

(5 mai.) Dénonciation du compte de retour et du protêt avec assignation devant le tribunal de commerce de Paris, pour le 7 mai. . 8,75

(7 mai.) Jugement, condamnation par défaut, avec contrainte par corps	35 »
(10 mai.) Signification du jugement	8,50
(12 mai.) Commandement	5,50
(14 mai.) Procès-verbal de saisie.	16 »
(18 mai.) Procès-verbal d'apposition d'affiches	15,25
(19 mai.) Insertion au journal	4 »
(24 mai.) Procès-verbal de récolement précédant l'enlèvement, et contenant opposition à l'exécution du jugement par le sieur Lucien de Rubempré	12 »
(27 mai.) Jugement du tribunal qui, faisant droit, renvoie, sur l'opposition dûment réitérée, les parties devant le tribunal civil . .	35 »
(28 mai.) Assignation à bref délai par Métivier, devant le tribunal civil avec constitution d'avoué	6,50
(2 juin.) Jugement contradictoire qui condamne Lucien Chardon à payer les causes du compte de retour *et laisse à la charge du poursuivant les frais faits devant le tribunal de commerce . . . .*	150 »
(6 juin.) Signification dudit	10 »
(15 juin.) Commandement	5,50
(19 juin.) Procès-verbal tendant à saisie, et contenant opposition à cette saisie par la demoiselle Coralie, qui prétend que le mobilier lui appartient et demande d'aller en référé sur l'heure, dans le cas où l'on voudrait passer outre	20 »
Ordonnance du président, qui renvoie les parties à l'audience en état de référé	40 »
(19 juin.) Jugement qui adjuge la propriété des meubles à ladite demoiselle Coralie . . .	250 »

(20 juin.) Appel par Métivier	17 »
(30 juin.) Arrêt confirmatif du jugement	250 »
Total.	889 »
Billet du 31 mai	1 037,45
Dénonciation à Lucien	8,75
	1 046,20
Billet du 30 juin, compte de retour	1 037,45
Dénonciation à Lucien	8,75
	1 046,20

Ces pièces étaient accompagnées d'une lettre par laquelle Métivier donnait l'ordre à Me Cachan, avoué d'Angoulême, de poursuivre David Séchard par tous les moyens de droit. Me Victor-Ange-Herménégilde Doublon assigna donc David Séchard, le 3 juillet, au tribunal de commerce d'Angoulême pour le payement de la somme totale de quatre mille dix-huit francs quatre-vingt-cinq centimes, montant des trois effets et des frais déjà faits. Le jour où Doublon devait lui apporter à elle-même le commandement de payer cette somme énorme pour elle, Ève reçut dans la matinée cette lettre foudroyante écrite par Métivier :

À M. SÉCHARD FILS,
IMPRIMEUR À ANGOULÊME

Votre beau-frère, M. Chardon, est un homme d'une insigne mauvaise foi qui a mis son mobilier sous le nom d'une actrice avec laquelle il vit, et vous auriez dû, Monsieur, me prévenir loyalement de ces circonstances afin de ne pas me laisser faire des poursuites inutiles, car vous n'avez pas répondu à ma lettre du 10 mai dernier. Ne trouvez donc pas mauvais que je vous demande immédiatement le remboursement des trois effets et de tous mes débours.

Agréez mes salutations.

MÉTIVIER.

En n'entendant plus parler de rien, Ève, peu savante en droit commercial, pensait que son frère avait réparé son crime en payant les billets fabriqués.

« Mon ami, dit-elle à son mari, cours avant tout chez Petit-Claud, explique-lui notre position, et consulte-le. »

« Mon ami, dit le pauvre imprimeur en entrant dans le cabinet de son camarade chez lequel il avait couru précipitamment, je ne savais pas, quand tu es venu m'annoncer ta nomination en m'offrant tes services, que je pourrais en avoir si tôt besoin. »

Petit-Claud étudia la belle figure de penseur que lui présenta cet homme assis dans un fauteuil en face de lui, car il n'écouta pas le détail d'affaires qu'il connaissait mieux que ne les savait celui qui les lui expliquait. En voyant entrer Séchard inquiet, il s'était dit : « Le tour est fait ! » Cette scène se joue assez souvent au fond du cabinet des avoués. « Pourquoi les Cointet le persécutent-ils ?... » se demandait Petit-Claud. Il est dans l'esprit des avoués de pénétrer tout aussi bien dans l'âme de leurs clients que dans celle des adversaires : ils doivent connaître l'envers aussi bien que l'endroit de la trame judiciaire.

« Tu veux gagner du temps, répondit enfin Petit-Claud à Séchard quand Séchard eut fini. Que te faut-il, quelque chose comme trois ou quatre mois ?

— Oh ! quatre mois ! je suis sauvé, s'écria David à qui Petit-Claud parut être un ange.

— Eh bien, l'on ne touchera à aucun de tes meubles, et l'on ne pourra pas t'arrêter avant trois ou quatre mois... Mais cela te coûtera bien cher, dit Petit-Claud.

— Eh ! qu'est-ce que cela me fait ? s'écria Séchard.

— Tu attends des rentrées, en es-tu sûr ?... demanda l'avoué presque surpris de la facilité avec laquelle son client entrait dans la machination.

— Dans trois mois je serai riche, répondit l'inventeur avec une assurance d'inventeur.

— Ton père n'est pas encore en pré, répondit Petit-Claud, il tient à rester dans les vignes.

— Est-ce que je compte sur la mort de mon père ?... répondit David. Je suis sur la trace d'un secret industriel qui me permettra de fabriquer sans un brin de coton un papier aussi solide que le papier de Hollande, et à cinquante pour cent au-dessous du prix de revient actuel de la pâte de coton...

— C'est une fortune, s'écria Petit-Claud qui comprit alors le projet du grand Cointet.

— Une grande fortune, mon ami, car il faudra, dans dix ans d'ici, dix fois plus de papier qu'il ne s'en consomme aujourd'hui. Le journalisme sera la folie de notre temps !

— Personne n'a ton secret ?...

— Personne, excepté ma femme.

— Tu n'as pas dit ton projet, ton programme à quelqu'un..., aux Cointet, par exemple ?

— Je leur en ai parlé, mais vaguement, je crois ! »

Un éclair de générosité passa dans l'âme enfiellée de Petit-Claud qui essaya de tout concilier, l'intérêt des Cointet, le sien et celui de Séchard.

« Écoute, David, nous sommes camarades de collège, je te défendrai ; mais, sache-le bien, cette défense à l'encontre des lois te coûtera cinq à six mille francs !... Ne compromets pas ta fortune. Je crois que tu seras obligé de partager les bénéfices de ton invention avec un de nos fabricants. Voyons ? tu y regarderas à deux fois avant d'acheter ou de faire construire une papeterie... Il te faudra d'ailleurs prendre un brevet d'invention... Tout cela voudra du temps et voudra de l'argent. Les huissiers fondront sur toi peut-être trop tôt, malgré les détours que nous allons faire devant eux...

— Je tiens mon secret ! répondit David avec la naïveté du savant.

— Eh bien, ton secret sera ta planche de salut, reprit Petit-Claud repoussé dans sa première et loyale intention d'éviter un procès par une transaction, je ne veux pas le savoir ; mais écoute-moi bien : tâche de travailler dans les entrailles de la terre, que personne ne te voie et ne puisse soupçonner tes moyens d'exécution, car ta planche te serait volée sous tes pieds... Un inventeur cache souvent un jobard sous sa peau ! Vous pensez trop à vos secrets pour pouvoir penser à tout. On finira par se douter de l'objet de tes recherches, tu es environné de fabricants ! Autant de fabricants, autant d'ennemis ! Je te vois comme le castor au milieu des chasseurs, ne leur donne pas ta peau...

— Merci, mon cher camarade, je me suis dit tout cela, s'écria Séchard ; mais je te suis obligé de me montrer tant de prudence et de sollicitude !... Il ne s'agit pas de moi dans cette entreprise. À moi, douze cents francs de rente me suffiraient, et mon père doit m'en laisser au moins trois fois autant quelque jour... Je vis par l'amour et par ma pensée !... une vie céleste... Il s'agit de Lucien et de ma femme, c'est pour eux que je travaille...

— Allons, signe-moi ce pouvoir, et ne t'occupe plus que de ta découverte. Le jour où il faudra te cacher à cause de la contrainte par corps, je te préviendrai la veille ; car il faut tout prévoir. Et laisse-moi te dire de ne laisser pénétrer chez toi personne de qui tu ne sois sûr comme de toi-même.

— Cérizet n'a pas voulu continuer le bail de l'exploitation de mon imprimerie, et de là sont venus nos petits chagrins d'argent. Il ne reste donc plus chez moi que Marion, Kolb, un Alsacien qui est comme un caniche pour moi, ma femme et ma belle-mère...

— Écoute, dit Petit-Claud, défie-toi du caniche...

— Tu ne le connais pas, s'écria David. Kolb, c'est comme moi-même.

— Veux-tu me le laisser éprouver ?...

— Oui, dit Séchard.

— Allons, adieu ; mais envoie-moi la belle Mme Séchard, un pouvoir de ta femme est indispensable. Et, mon ami, songe bien que le feu est dans tes affaires », dit Petit-Claud à son camarade en le prévenant ainsi de tous les malheurs judiciaires qui allaient fondre sur lui.

« Me voilà donc un pied en Bourgogne et un pied en Champagne », se dit Petit-Claud après avoir reconduit son ami David Séchard jusqu'à la porte de l'étude.

En proie aux chagrins que cause le manque d'argent, en proie aux peines que lui donnait l'état de sa femme assassinée par l'infamie de Lucien, David cherchait toujours son problème ; or, tout en allant de chez lui chez Petit-Claud, il mâchait par distraction une tige d'ortie qu'il avait mise dans de l'eau pour arriver à un rouissage[1] quelconque des tiges employées comme matière de sa pâte. Il voulait remplacer les divers brisements qu'opèrent la macération, le tissage, ou l'usage de tout ce qui devient fil, linge, ou chiffon par des procédés équivalents. Quand il alla par les rues, assez content de sa conférence avec son ami Petit-Claud, il se trouva dans les dents une boule de pâte, il la prit sur sa main, l'étendit et vit une bouillie supérieure à toutes les compositions qu'il avait obtenues ; car le principal inconvénient des pâtes obtenues des végétaux est un défaut de liant. Ainsi la paille donne un papier cassant, quasi métallique et sonore. Ces hasards-là ne sont rencontrés que par les audacieux chercheurs des causes naturelles ! « Je vais, se disait-il, remplacer par l'effet d'une machine et d'un agent chimique l'opération que je viens de faire machinalement. » Et il apparut à sa femme dans la joie de sa croyance à un triomphe.

« Oh ! mon ange, sois sans inquiétude ! dit David en voyant que sa femme avait pleuré. Petit-Claud nous garantit pour quelques mois de tranquillité. L'on me fera des frais ; mais, comme il me l'a dit en me reconduisant : "Tous les Français ont le droit de faire attendre leurs créanciers, pourvu qu'ils finissent par leur payer capital, intérêts et frais !..." Eh bien, nous payerons...

— Et vivre ?... dit la pauvre Ève qui pensait à tout.

— Ah ! c'est vrai, répondit David en portant la main à son oreille par un geste inexplicable et familier à presque tous les gens embarrassés.

— Ma mère gardera notre petit Lucien et je puis me remettre à travailler, dit-elle.

— Ève ! ô mon Ève ! s'écria David en prenant sa femme et la serrant sur son cœur, Ève ! à deux pas d'ici, à Saintes, au seizième siècle, un des plus grands hommes de la France, car il ne fut pas seulement l'inventeur des émaux, il fut aussi le glorieux précurseur de Buffon, de Cuvier, il trouva la géologie avant eux, ce naïf bonhomme ! Bernard de Palissy souffrait la passion des chercheurs de secrets, mais il voyait sa femme, ses enfants, et tout un faubourg contre lui. Sa femme lui vendait ses outils... Il errait dans la campagne, incompris !... pourchassé, montré au doigt !... Mais, moi, je suis aimé...

— Bien aimé, répondit Ève avec la placide expression de l'amour sûr de lui-même.

— On peut souffrir alors tout ce qu'a souffert ce pauvre Bernard de Palissy, l'auteur des faïences d'Écouen, et que Charles IX excepta de la Saint-Barthélemy, qui fit enfin à la face de l'Europe, vieux, riche et honoré, des cours publics sur sa *science des terres*, comme il l'appelait[1].

— Tant que mes doigts auront la force de tenir un fer à repasser, tu ne manqueras de rien ! s'écria la pauvre femme avec l'accent du dévouement le plus profond. Dans le temps que j'étais première demoiselle chez Mme Prieur, j'avais pour amie une petite fille bien sage, la cousine à Postel, Basine Clerget ; eh bien, Basine vient de m'annoncer, en m'apportant mon linge fin, qu'elle succède à Mme Prieur, j'irai travailler chez elle !...

— Ah ! tu n'y travailleras pas longtemps ! répondit Séchard. J'ai trouvé... »

Pour la première fois la sublime croyance au succès, qui soutient les inventeurs et leur donne le courage d'aller en avant dans les forêts vierges du pays des découvertes, fut accueillie par Ève avec un sourire presque triste, et David baissa la tête par un mouvement funèbre.

« Oh ! mon ami, je ne me moque pas, je ne ris pas, je ne doute pas, s'écria la belle Ève en se mettant à genoux devant son mari. Mais je vois combien tu avais raison de garder le plus profond silence sur tes essais, sur tes espérances. Oui, mon ami, les inventeurs doivent cacher le pénible enfantement de leur gloire à tout le monde, même à leurs femmes !... Une femme est toujours femme. Ton Ève n'a pu s'empêcher de sourire en t'entendant dire : J'ai trouvé !... pour la dix-septième fois depuis un mois. »

David se mit à rire si franchement de lui-même qu'Ève lui prit la main et la baisa saintement. Ce fut un moment délicieux, une de ces roses d'amour et de tendresse qui fleurissent au bord des plus arides chemins de la misère et quelquefois au fond des précipices.

Ève redoubla de courage en voyant le malheur redoubler de furie. La grandeur de son mari, sa naïveté d'inventeur, les larmes qu'elle surprit parfois dans les yeux de cet homme de cœur et de poésie, tout développa chez elle une force de résistance inouïe. Elle eut encore une fois recours au moyen qui lui avait déjà si bien réussi. Elle écrivit à M. Métivier d'annoncer la vente de l'imprimerie en lui offrant de le payer sur le prix qu'on en obtiendrait et en le suppliant de ne pas ruiner David en frais inutiles. Devant cette lettre sublime Métivier fit le mort, son premier commis répondit qu'en l'absence de M. Métivier il ne pouvait pas prendre sur lui d'arrêter les poursuites, car telle n'était pas la coutume de son patron en affaires. Ève proposa de renouveler les effets en payant tous les frais, et le commis y consentit, pourvu que le père de David Séchard donnât sa garantie par un aval. Ève se rendit alors à pied à Marsac, accompagnée de sa mère et de Kolb. Elle affronta le vieux vigneron, elle fut charmante, elle réussit à dérider cette vieille figure ; mais, quand, le cœur tremblant, elle parla de l'aval, elle vit un changement complet et soudain sur cette face soûlographique.

« Si je laissais à mon fils la liberté de mettre la main à mes lèvres, au bord de ma caisse, il la plongerait jusqu'au fond de mes entrailles, et il viderait tout, s'écria-t-il. Les enfants mangent tous à même dans la bourse paternelle. Et comment ai-je fait, moi ? Je n'ai jamais coûté un liard à mes parents. Votre imprimerie est vide. Les souris et les rats sont seuls à y faire des impressions… Vous êtes belle, vous, je vous aime ; vous êtes une femme travailleuse et soigneuse ; mais mon fils !… Savez-vous ce qu'est David ?… Eh bien, c'est un fainéant de savant. Si je l'avais *lairré*[1] comme on m'a *lairré*, sans se connaître aux lettres, et que j'en eusse fait un *ours*, comme son père, il aurait des rentes…

Oh ! c'est ma croix, ce garçon-là, voyez-vous ! Et, par malheur, il est bien unique, car sa *retiration*[1] n'existera jamais ! Enfin il vous rend malheureuse... (Ève protesta par un geste de dénégation absolue.) — Oui, reprit-il en répondant à ce geste, vous avez été obligée de prendre une nourrice, le chagrin vous a tari votre lait. Je sais tout, allez ! vous êtes au tribunal et tambourinés par la ville. Je n'étais qu'un *ours*, je ne suis pas savant, je n'ai pas été prote chez MM. Didot, la gloire de la typographie ; mais jamais je n'ai reçu de papier timbré ! Savez-vous ce que je me dis en allant dans mes vignes, les soignant et récoltant, et faisant mes petites affaires ?... Je me dis : "Mon pauvre vieux, tu te donnes bien du mal, tu mets écu sur écu, tu lairreras de beaux biens, ce sera pour les huissiers, pour les avoués... ou pour les chimères... pour les idées..." Tenez, mon enfant, vous êtes mère de ce petit garçon, qui m'a eu l'air d'avoir la truffe de son grand-père au milieu du visage quand je l'ai tenu sur les fonts avec Mme Chardon, eh bien, pensez moins à Séchard qu'à ce petit drôle-là... Je n'ai confiance qu'en vous... Vous pourriez empêcher la dissipation de mes biens... de mes pauvres biens...

— Mais, mon cher papa Séchard, votre fils sera votre gloire, et vous le verrez un jour riche par lui-même et avec la croix de la Légion d'honneur à la boutonnière...

— Qué qui fera donc pour cela ? demanda le vigneron.

— Vous le verrez !... Mais, en attendant, mille écus vous ruineraient-ils ?... Avec mille écus vous feriez cesser les poursuites... Eh bien, si vous n'avez pas confiance en lui, prêtez-les-moi, je vous les rendrai, vous les hypothéquerez sur ma dot, sur mon travail...

— David Séchard est donc poursuivi ? s'écria le vigneron étonné d'apprendre que ce qu'il croyait une calomnie était vrai. Voici ce que c'est que de savoir signer son nom !... Et mes loyers !... Oh ! il faut, ma petite fille, que j'aille à Angoulême me mettre en règle et consulter Cachan, mon avoué... Vous avez joliment bien fait de venir... Un homme averti en vaut deux ! »

Après une lutte de deux heures, Ève fut obligée de s'en aller, battue par cet argument invincible : « Les femmes n'entendent rien aux affaires. » Venue avec un vague espoir de réussir, Ève refit le chemin de Marsac à Angoulême presque brisée. En rentrant, elle arriva précisément à temps pour recevoir la signification du jugement qui condamnait Séchard à tout payer à Métivier. En province, la présence d'un huissier à la porte d'une maison est un événement ; mais Doublon venait beaucoup trop souvent depuis quelque temps pour que le voisinage n'en causât pas. Aussi Ève n'osait-elle plus sortir de chez elle, elle avait peur d'entendre des chuchotements à son passage.

« Oh ! mon frère, mon frère ! s'écria la pauvre Ève en se précipitant dans son allée et montant les escaliers, je ne puis te pardonner que s'il s'agissait de ta...

— Hélas, lui dit Séchard, qui venait au-devant d'elle, il s'agissait d'éviter son suicide.

— N'en parlons donc plus jamais, répondit-elle doucement. La femme qui l'a emmené dans ce gouffre de Paris est bien criminelle !... et ton père, mon David, est bien impitoyable !... Souffrons en silence. »

Un coup frappé discrètement arrêta quelque tendre parole sur les lèvres de David, et Marion se présenta remorquant à travers la première pièce le grand et gros Kolb.

« Madame, dit-elle, Kolb et moi nous avons su que monsieur et madame étaient bien tourmentés ; et, comme nous avons à nous deux onze cents francs d'économies, nous avons pensé qu'ils ne pouvaient pas être mieux placés qu'entre les mains de madame...

— *Te matame*, répéta Kolb avec enthousiasme.

— Kolb, s'écria David Séchard, nous ne nous quitterons jamais, porte mille francs à compte chez Cachan, l'avoué, mais en demandant une quittance ; nous garderons le reste. Kolb, qu'aucune puissance humaine ne t'arrache un mot sur ce que je fais, sur mes heures d'absence, sur ce que tu pourras me voir rapporter, et quand je t'enverrai chercher des herbes, tu sais, qu'aucun œil humain ne te voie… On cherchera, mon bon Kolb, à te séduire, on t'offrira peut-être des mille, des dix mille francs pour parler…

— *On m'ovrirait pien tes millions, queu cheu ne tirais bas une motte ! Est-ce que che nei gonnais boind la gonzigne milidaire ?*

— Tu es averti, marche, et va prier M. Petit-Claud d'assister à la remise de ces fonds chez M. Cachan.

— *Ui*, fit l'Alsacien, *chesbère edre assez riche ein chour pire lui domper sire le gazaquin*[1], *à ced ôme te chistice ! Ch'aime bas sa visache !*

— C'est un bon homme, madame, dit la grosse Marion, il est fort comme un Turc et doux comme un mouton. En voilà un qui ferait le bonheur d'une femme. C'est lui pourtant qui a eu l'idée de placer ainsi nos gages, qu'il appelle des *caches* ! Pauvre homme ! s'il parle mal, il pense bien, et je l'entends tout de même. Il a l'idée d'aller travailler chez les autres pour ne nous rien coûter… »

« On deviendrait riche uniquement pour pouvoir récompenser ces braves gens-là », dit Séchard en regardant sa femme.

Ève trouvait cela tout simple, elle n'était pas étonnée de rencontrer des âmes à la hauteur de la sienne. Son attitude eût expliqué toute la beauté de son caractère aux êtres les plus stupides, et même à un indifférent.

« Vous serez riche, mon cher monsieur, vous avez du pain de cuit, s'écria Marion, votre père vient d'acheter une ferme, il vous en fait, allez ! des rentes… »

Dans la circonstance, ces paroles, dites par Marion pour diminuer en quelque sorte le mérite de son action, ne trahissaient-elles pas une exquise délicatesse ?

Comme toutes les choses humaines, la procédure française a des vices ; néanmoins, de même qu'une arme à deux tranchants, elle sert aussi bien à la défense qu'à l'attaque. En outre, elle a cela de plaisant, que si deux avoués s'entendent (et ils peuvent s'entendre sans avoir besoin d'échanger deux mots, ils se comprennent par la seule marche de leur procédure !), un procès ressemble alors à la guerre comme la faisait le premier maréchal de Biron[1] à qui son fils proposait au siège de Rouen un moyen de prendre la ville en deux jours. « Tu es donc bien pressé, lui dit-il, d'aller planter nos choux. » Deux généraux peuvent éterniser la guerre en n'arrivant à rien de décisif et ménageant leurs troupes, selon la méthode des généraux autrichiens que le Conseil aulique ne réprimande jamais d'avoir fait manquer une combinaison pour laisser manger la soupe à leurs soldats. Me Cachan, Petit-Claud et Doublon se comportèrent encore mieux que des généraux autrichiens, ils se modelèrent sur un Autrichien de l'antiquité, sur Fabius *Cunctator*[2] !

Petit-Claud, malicieux comme un mulet, eut bientôt reconnu tous les avantages de sa position. Dès que le payement des frais à faire était garanti par le grand Cointet, il se promit de ruser avec Cachan, et de faire briller son génie aux yeux du papetier, en créant des incidents qui retombassent à la charge de Métivier. Mais, malheureusement pour la gloire de ce jeune Figaro de la Basoche, l'historien doit passer sur le terrain de ses exploits comme s'il marchait sur des charbons ardents. Un seul mémoire de frais, comme celui fait à Paris, suffit sans doute à l'histoire des mœurs contemporaines. Imitons donc le style des bulletins de la Grande Armée ; car, pour l'intelligence du récit, plus rapide sera l'énoncé des faits et gestes de Petit-Claud, meilleure sera cette page exclusivement judiciaire.

Assigné, le 3 juillet, au tribunal de commerce d'Angoulême, David fit défaut ; le jugement lui fut signifié le 8. Le 10, Doublon lança un commandement et tenta, le 12, une saisie à laquelle s'opposa Petit-Claud en réassignant Métivier à quinze jours. De son côté, Métivier trouva ce temps trop long, réassigna le lendemain à bref délai, et obtint, le 19, un jugement qui débouta Séchard de son opposition. Ce jugement, signifié roide le 21, autorisa un commandement le 22, une signification de contrainte par corps le 23, et un procès-verbal de saisie le 24. Cette fureur de saisie fut bridée par Petit-Claud qui s'y opposa en interjetant appel en Cour royale. Cet appel, réitéré le 15 juillet, traînait Métivier à Poitiers. « Allez ! se dit Petit-Claud, nous resterons là pendant quelque temps. » Une fois l'orage dirigé sur Poitiers, chez un avoué de Cour royale à qui Petit-Claud donna ses instructions, ce défenseur à double face fit assigner à bref délai David Séchard, par Mme Séchard, en séparation de biens. Selon l'expression du Palais, il *diligenta* de manière à obtenir son jugement de séparation le 28 juillet, il l'inséra dans le *Courrier de la Charente*, le signifia dûment, et, le 1er août, il se faisait par-devant notaire une liquidation des reprises de Mme Séchard qui la constituait créancière de son mari pour la faible somme de dix mille francs que l'amoureux David lui avait reconnue en dot par le contrat de mariage, et pour le payement de laquelle il lui abandonna le mobilier de son imprimerie et celui du domicile conjugal. Pendant que Petit-Claud mettait ainsi à couvert l'avoir du ménage, il faisait triompher à Poitiers la prétention sur laquelle il avait basé son appel. Selon lui, David devait d'autant moins être passible des frais faits à Paris sur Lucien de Rubempré, que le tribunal civil de la Seine les avait, par son jugement, mis à la charge de Métivier. Ce système, adopté par la Cour, fut consacré dans un arrêt qui confirma les condamnations portées au jugement du tribunal de commerce d'Angoulême contre Séchard fils, en faisant distraction d'une somme de six cents francs sur les frais de Paris, mise à la charge de Métivier, en compensant quelques frais entre les parties, eu égard à l'incident qui motivait l'appel de Séchard. Cet arrêt signifié, le 17 août, à Séchard fils, se traduisit, le 18, en un commandement de payer le capital, les intérêts, les frais dus, suivi d'un procès-verbal de saisie le 20. Là, Petit-Claud intervint au nom de Mme Séchard et revendiqua le mobilier comme appartenant à l'épouse, dûment séparée. De plus, Petit-Claud fit apparaître Séchard père devenu son client. Voici pourquoi.

Le lendemain de la visite que lui fit sa belle-fille, le vigneron était venu voir son avoué d'Angoulême, Me Cachan, auquel il demanda la manière de recouvrer ses loyers compromis dans la bagarre où son fils était engagé.

« Je ne puis pas *occuper* pour le père lorsque je poursuis le fils, lui dit Cachan, mais allez voir Petit-Claud, il est très habile, et il vous servira peut-être encore mieux que je ne le ferais... »

Au Palais, Cachan dit à Petit-Claud : « Je t'ai envoyé le père Séchard, *occupe* pour moi à charge de revanche. »

Entre avoués, ces sortes de services se rendent en province comme à Paris.

Le lendemain du jour où le père Séchard eut donné sa confiance à Petit-Claud, le grand Cointet vint voir son complice et lui dit : « Tâchez de donner une leçon au père Séchard ! Il est homme à ne jamais pardonner à son fils de lui coûter mille francs ; et ce débours séchera dans son cœur toute pensée généreuse, s'il en poussait ! »

« Allez à vos vignes, dit Petit-Claud à son nouveau client, votre fils n'est pas heureux, ne le grugez pas en mangeant chez lui. Je vous appellerai quand il en sera temps. »

Donc, au nom de Séchard, Petit-Claud prétendit que les presses étant scellées devenaient d'autant plus immeubles par destination que, depuis le règne de Louis XIV, la maison servait à une imprimerie. Cachan, indigné pour le compte de Métivier, qui, après avoir trouvé à Paris les meubles de Lucien appartenant à Coralie, trouvait encore à Angoulême les meubles de David appartenant à la femme et au père (il y eut là de jolies choses dites à l'audience), assigna le père et le fils pour faire tomber de telles prétentions. « Nous voulons, s'écria-t-il, démasquer les fraudes de ces hommes qui déploient les plus redoutables fortifications de la mauvaise foi ; qui, des articles les plus innocents et les plus clairs du Code, font des chevaux de frise pour se défendre ! et de quoi, de payer trois mille francs ! pris où... dans la caisse du pauvre Métivier. Et l'on ose accuser les escompteurs !... Dans quel temps vivons-nous !... Enfin, je le demande, n'est-ce pas à qui prendra l'argent de son voisin ?... Vous ne sanctionnerez pas une prétention qui ferait passer l'immoralité au cœur de la justice !... » Le tribunal d'Angoulême, ému par la belle plaidoirie de Cachan, rendit un jugement, contradictoire entre toutes les parties, qui donna la propriété des meubles meublants seulement à Mme Séchard, repoussa les prétentions de Séchard père et le condamna net à payer quatre cent trente-quatre francs soixante-cinq centimes de frais.

« Le père Séchard est bon, se dirent en riant les avoués, il a voulu mettre la main dans le plat, qu'il paye !... »

Le 26 août, ce jugement fut signifié de manière à pouvoir saisir les presses et les accessoires de l'imprimerie le 28 août. On apposa les affiches!... On obtint, sur requête, un jugement pour pouvoir vendre dans les lieux mêmes. On inséra l'annonce de la vente dans les journaux, et Doublon se flatta de pouvoir procéder au récolement et à la vente le 2 septembre. En ce moment, David Séchard devait, par jugement en règle et par exécutoires[1] levés, bien légalement, à Métivier, la somme totale de cinq mille deux cent soixante-quinze francs vingt-cinq centimes non compris les intérêts. Il devait à Petit-Claud douze cents francs et les honoraires, dont le chiffre était laissé, suivant la noble confiance des cochers qui vous ont conduit rondement, à sa générosité. Mme Séchard devait à Petit-Claud environ trois cent cinquante francs, et des honoraires. Le père Séchard devait ses quatre cent trente-quatre francs soixante-cinq centimes et Petit-Claud lui demandait cent écus d'honoraires. Ainsi, le tout pouvait aller à dix mille francs. À part l'utilité de ces documents pour les nations étrangères qui pourront y voir le jeu de l'artillerie judiciaire en France, il est nécessaire que le législateur, si toutefois le législateur a le temps de lire, connaisse jusqu'où peut aller l'abus de la procédure. Ne devrait-on pas bâcler une petite loi qui, dans certains cas, interdirait aux avoués de surpasser *en frais* la somme qui fait l'objet du procès? N'y a-t-il pas quelque chose de ridicule à soumettre une propriété d'un centiare aux formalités qui régissent une terre d'un million! On comprendra, par cet exposé très sec de toutes les phases par lesquelles passait le débat, la valeur de ces mots: *la forme, la justice, les frais*! dont ne se doute pas l'immense majorité des Français. Voilà ce qui s'appelle en argot de Palais mettre le feu dans les affaires d'un homme. Les caractères de l'imprimerie pesant cinq milliers[2] valaient, au prix de la fonte, deux mille francs. Les trois presses valaient six cents francs. Le reste du matériel eût été vendu comme du vieux fer et du vieux bois. Le mobilier du ménage aurait produit tout au plus mille francs. Ainsi, de valeurs appartenant à Séchard fils et représentant une somme d'environ quatre mille francs, Cachan et Petit-Claud en avaient fait le prétexte de sept mille francs de frais sans compter l'avenir dont la fleur promettait d'assez beaux fruits, comme on va le voir. Certes les praticiens de France et de Navarre, ceux de Normandie même, accorderont leur estime et leur admiration à Petit-Claud ; mais les gens de cœur n'accorderont-ils pas une larme de sympathie à Kolb et à Marion ?

Pendant cette guerre, Kolb, assis à la porte de l'allée sur une chaise tant que David n'avait pas besoin de lui, remplissait les devoirs d'un chien de garde. Il recevait les actes judiciaires, toujours surveillés d'ailleurs par un clerc de Petit-Claud. Quand des affiches annonçaient la vente du matériel composant une imprimerie, Kolb les arrachait aussitôt que l'afficheur les avait apposées, et il courait par la ville les ôter, en s'écriant : « *Les goquins !... dourmander ein si prafe ôme ! Ed ilz abellent ça de la chistice !* » Marion gagnait pendant la matinée une pièce de dix sous à tourner une machine dans une papeterie et l'employait à la dépense journalière. Mme Chardon avait recommencé sans murmurer les fatigantes veilles de son état de garde-malade, et apportait à sa fille son salaire à la fin de chaque semaine. Elle avait déjà fait deux neuvaines, en s'étonnant de trouver Dieu sourd à ses prières, et aveugle aux clartés des cierges qu'elle lui allumait.

Le 2 septembre, Ève reçut la seule lettre que Lucien écrivit après celle par laquelle il avait annoncé la mise en circulation des trois billets à son beau-frère et que David avait cachée à sa femme.

« Voilà la troisième lettre que j'aurai eue de lui depuis son départ », se dit la pauvre sœur en hésitant à décacheter le fatal papier. En ce moment, elle donnait à boire à son enfant, elle le nourrissait au biberon, car elle avait été forcée de renvoyer la nourrice par économie. On peut juger dans quel état la mit la lecture de la lettre suivante, ainsi que David, qu'elle fit lever. Après avoir passé la nuit à faire du papier, l'inventeur s'était couché vers le jour.

Paris, 29 août.

Ma chère sœur,

Il y a deux jours, à cinq heures du matin, j'ai reçu le dernier soupir d'une des plus belles créatures de Dieu, la seule femme qui pouvait m'aimer comme tu m'aimes, comme m'aiment David et ma mère, en joignant à ces sentiments si désintéressés ce qu'une mère et une sœur ne sauraient donner: toutes les félicités de l'amour! Après m'avoir tout sacrifié, peut-être la pauvre Coralie est-elle morte pour moi! pour moi qui n'ai pas en ce moment de quoi la faire enterrer... Elle m'eût consolé de la vie ; vous seuls, mes chers anges, pourrez me consoler de sa mort. Cette innocente fille a, je le crois, été absoute par Dieu, car elle est morte chrétiennement. Oh! Paris!... Mon Ève, Paris est à la fois toute la gloire et toute l'infamie de la France, j'y ai déjà perdu bien des illusions, et je vais en perdre encore d'autres en y mendiant le peu d'argent dont j'ai besoin pour mettre en terre sainte le corps d'un ange!

Ton malheureux frère,

LUCIEN.

P.-S. — J'ai dû te causer bien des chagrins par ma légèreté, tu sauras tout un jour, et tu m'excuseras. D'ailleurs, tu dois être tranquille: en nous voyant si tourmentés, Coralie et moi, un brave négociant à qui j'ai fait de cruels soucis, M. Camusot, s'est chargé d'arranger, a-t-il dit, cette affaire.

« La lettre est encore humide de ses larmes ! dit-elle à David en le regardant avec tant de pitié qu'il éclatait dans ses yeux quelque chose de son ancienne affection pour Lucien.

— Pauvre garçon, il a dû bien souffrir, s'il était aimé comme il le dit », s'écria l'heureux époux d'Ève.

Et le mari comme la femme oublièrent toutes leurs douleurs, devant le cri de cette douleur suprême. En ce moment, Marion se précipita disant : « Madame, les voilà !... les voilà !...

— Qui ?

— Doublon et ses hommes, le diable, Kolb se bat avec eux, on va vendre.

— Non, non, l'on ne vendra pas, rassurez-vous ! s'écria Petit-Claud dont la voix retentit dans la pièce qui précédait la chambre à coucher, je viens de signifier un appel. Nous ne devons pas rester sous le poids d'un jugement qui nous taxe de mauvaise foi. Je ne me suis pas avisé de me défendre ici. Pour vous gagner du temps, j'ai laissé bavarder Cachan, je suis certain de triompher encore une fois à Poitiers...

— Mais combien ce triomphe coûtera-t-il ? demanda Mme Séchard.

— Des honoraires si vous triomphez, et mille francs si nous perdons.

— Mon Dieu, s'écria la pauvre Ève, mais le remède n'est-il pas pire que le mal ?... »

En entendant ce cri de l'innocence éclairée au feu judiciaire, Petit-Claud resta tout interdit, tant Ève lui parut belle. Le père Séchard, mandé par Petit-Claud, arriva sur ces entrefaites. La présence du vieillard dans la chambre à coucher de ses enfants, où son petit-fils au berceau souriait au malheur, rendit cette scène complète.

« Papa Séchard, dit le jeune avoué, vous me devez sept cents francs pour votre intervention ; mais vous les répéterez[1] contre votre fils, en les ajoutant à la masse des loyers qui vous sont dus. »

Le vieux vigneron saisit la piquante ironie que Petit-Claud mit dans son accent et dans son air en lui adressant cette phrase.

« Il vous en aurait moins coûté pour cautionner votre fils ! » lui dit Ève en quittant le berceau pour venir embrasser le vieillard...

David, accablé par la vue de l'attroupement qui s'était fait devant sa maison, où la lutte de Kolb et des gens de Doublon avait attiré du monde, tendit la main à son père sans lui dire bonjour.

« Et comment puis-je vous devoir sept cents francs ? demanda le vieillard à Petit-Claud.

— Mais parce que j'ai, d'abord, *occupé* pour vous. Comme il s'agit de vos loyers, vous êtes vis-à-vis de moi solidaire avec votre débiteur. Si votre fils ne me paye pas ces frais-là, vous me les payerez, vous... Mais, ceci n'est rien, dans quelques heures on voudra mettre David en prison, l'y laisserez-vous aller ?...

— Que doit-il ?

— Mais quelque chose comme cinq à six mille francs, sans compter ce qu'il vous doit et ce qu'il doit à sa femme. »

Le vieillard, devenu tout défiance, regarda le tableau touchant qui se présentait à ses regards dans cette chambre bleue et blanche : une belle femme en pleurs auprès d'un berceau, David fléchissant enfin sous le poids de ses chagrins, l'avoué qui peut-être l'avait attiré là comme dans un piège ; l'ours crut alors sa paternité mise en jeu par eux, il eut peur d'être exploité. Il alla voir et caresser l'enfant, qui lui tendit ses petites mains. Au milieu de tant de soins, l'enfant, soigné comme celui d'un pair d'Angleterre, avait sur la tête un petit bonnet brodé doublé de rose.

« Eh ! que David s'en tire comme il pourra, moi je ne pense qu'à cet enfant-là, s'écria le vieux grand-père, et sa mère m'approuvera. David est si savant, qu'il doit savoir comment payer ses dettes.

— Je vais vous traduire en bon français vos sentiments, dit l'avoué d'un air moqueur. Tenez, papa Séchard, vous êtes jaloux de votre fils. Écoutez la vérité ? vous avez mis David dans la position où il est, en lui vendant votre imprimerie trois fois ce qu'elle valait, et en le ruinant pour vous faire payer ce prix usuraire. Oui, ne branlez pas la tête, le journal vendu aux Cointet, et dont le prix a été empoché par vous en entier, était toute la valeur de votre imprimerie... Vous haïssez votre fils non seulement parce que vous l'avez dépouillé, mais encore parce que vous en avez fait un homme au-dessus de vous. Vous vous donnez le genre d'aimer prodigieusement votre petit-fils pour masquer la banqueroute de sentiments que vous faites à votre fils et à votre bru qui vous coûteraient de l'argent *hic et nunc*, tandis que votre petit-fils n'a besoin de votre affection que *in extremis*. Vous aimez ce petit gars-là pour avoir l'air d'aimer quelqu'un de votre famille, et ne pas être taxé d'insensibilité. Voilà le fond de votre sac, père Séchard...

— Est-ce pour entendre ça que vous m'avez fait venir ? dit le vieillard d'un ton menaçant en regardant tour à tour son avoué, sa belle-fille et son fils.

— Mais, monsieur, s'écria la pauvre Ève en s'adressant à Petit-Claud, avez-vous donc juré notre ruine ? Jamais mon mari ne s'est plaint de son père... » Le vigneron regarda sa belle-fille d'un air sournois. « Il m'a dit cent fois que vous l'aimiez à votre manière », dit-elle au vieillard en en comprenant la défiance.

D'après les instructions du grand Cointet, Petit-Claud achevait de brouiller le père et le fils afin que le père ne fît pas sortir David de la cruelle position où il se trouvait.

« Le jour où nous tiendrons David en prison, avait dit la veille le grand Cointet à Petit-Claud, vous serez présenté chez Mme de Sénonches. »

L'intelligence que donne l'affection avait éclairé Mme Séchard, qui devinait cette inimitié de commande, comme elle avait déjà senti la trahison de Cérizet. Chacun imaginera facilement l'air surpris de David, qui ne pouvait pas comprendre que Petit-Claud connût si bien et son père et ses affaires. Le loyal imprimeur ne savait pas les liaisons de son défenseur avec les Cointet, et d'ailleurs il ignorait que les Cointet fussent dans la peau de Métivier. Le silence de David était une injure pour le vieux vigneron ; aussi l'avoué profita-t-il de l'étonnement de son client pour quitter la place.

« Adieu, mon cher David, vous êtes averti, la contrainte par corps n'est pas susceptible d'être infirmée par l'appel, il ne reste plus que cette voie à vos créanciers, ils vont la prendre. Ainsi, sauvez-vous !... Ou plutôt, si vous m'en croyez, tenez, allez voir les frères Cointet, ils ont des capitaux, et, si votre découverte est faite, si elle tient ses promesses, associez-vous avec eux ; ils sont, après tout, très bons enfants...

— Quel secret ? demanda le père Séchard.

— Mais croyez-vous votre fils assez niais pour avoir abandonné son imprimerie sans penser à autre chose ? s'écria l'avoué. Il est en train, m'a-t-il dit, de trouver le moyen de fabriquer pour trois francs la rame de papier qui revient en ce moment à dix francs...

— Encore une manière de m'attraper ! s'écria le père Séchard. Vous vous entendez tous ici comme des larrons en foire. Si David a trouvé cela, il n'a pas besoin de moi, le voilà millionnaire ! Adieu, mes petits amis, bonsoir. »

Et le vieillard de s'en aller par les escaliers.

« Songez à vous cacher », dit à David Petit-Claud qui courut après le vieux Séchard pour l'exaspérer encore.

Le petit avoué retrouva le vigneron grommelant sur la place du Mûrier, le reconduisit jusqu'à l'Houmeau, et le quitta en le menaçant de prendre un exécutoire pour les frais qui lui étaient dus, s'il n'était pas payé dans la semaine.

« Je vous paye, si vous me donnez les moyens de déshériter mon fils sans nuire à mon petit-fils et à ma bru !... » dit le vieux Séchard en quittant brusquement Petit-Claud.

« Comme le grand Cointet connaît bien son monde !... Ah ! il me le disait bien : ces sept cents francs à donner empêcheront le père de payer les sept mille francs de son fils, s'écriait le petit avoué en remontant à Angoulême. Néanmoins ne nous laissons pas *enfoncer* par ce vieux finaud de papetier, il est temps de lui demander autre chose que des paroles. »

« Eh bien, David, mon ami, que comptes-tu faire ?... dit Ève à son mari quand le père Séchard et l'avoué les eurent laissés.

— Mets ta plus grande marmite au feu, mon enfant, s'écria David en regardant Marion, je tiens mon affaire ! »

En entendant cette parole, Ève prit son chapeau, son châle, ses souliers avec une vivacité fébrile.

« Habillez-vous, mon ami, dit-elle à Kolb, vous allez m'accompagner, car il faut que je sache s'il existe un moyen de sortir de cet enfer... »

« Monsieur, s'écria Marion quand Ève fut sortie, soyez donc raisonnable, ou madame mourra de chagrin. Gagnez de l'argent pour payer ce que vous devez, et, après, vous chercherez vos trésors à votre aise...

— Tais-toi, Marion, répondit David, la dernière difficulté sera vaincue. J'aurai tout à la fois un brevet d'invention et un brevet de perfectionnement. »

La plaie des inventeurs, en France, est le brevet de perfectionnement. Un homme passe dix ans de sa vie à chercher un secret d'industrie, une machine, une découverte quelconque, il prend un brevet, il se croit maître de sa chose ; il est suivi par un concurrent qui, s'il n'a pas tout prévu, lui perfectionne son invention par une vis, et la lui ôte ainsi des mains. Or, en inventant, pour fabriquer le papier, une pâte à bon marché, tout n'était pas dit ! D'autres pouvaient perfectionner le procédé. David Séchard voulait tout prévoir, afin de ne pas se voir arracher une fortune cherchée au milieu de tant de contrariétés. Le papier de Hollande (ce nom reste au papier fabriqué tout en chiffon de fil de lin, quoique la Hollande n'en fabrique plus) est légèrement collé ; mais il se colle feuille à feuille par une main-d'œuvre qui renchérit le papier. S'il devenait possible de coller la pâte dans la cuve, et par une colle peu dispendieuse (ce qui se fait d'ailleurs aujourd'hui, mais imparfaitement encore), il ne resterait aucun perfectionnement à trouver. Depuis un mois, David cherchait donc à coller en cuve la pâte de son papier. Il visait à la fois deux secrets.

Ève alla voir sa mère. Par un hasard favorable, Mme Chardon gardait la femme du premier substitut, laquelle venait de donner un héritier présomptif aux Milaud de Nevers. Ève, en défiance de tous les officiers ministériels, avait inventé de consulter, sur sa position, le défenseur légal des veuves et des orphelins, de lui demander si elle pouvait libérer David en s'obligeant, en vendant ses droits ; mais elle espérait aussi savoir la vérité sur la conduite ambiguë de Petit-Claud. Le magistrat, surpris de la beauté de Mme Séchard, la reçut, non seulement avec les égards dus à une femme, mais encore avec une espèce de courtoisie à laquelle

Ève n'était pas habituée. La pauvre femme vit enfin dans les yeux du magistrat cette expression que, depuis son mariage, elle n'avait plus trouvée que chez Kolb, et qui, pour les femmes belles comme Ève, est le *criterium* avec lequel elles jugent les hommes. Quand une passion, quand l'intérêt ou l'âge glacent dans les yeux d'un homme le pétillement de l'obéissance absolue qui y flambe au jeune âge, une femme entre alors en défiance de cet homme et se met à l'observer. Les Cointet, Petit-Claud, Cérizet, tous les gens en qui Ève avait deviné des ennemis, l'avaient regardée d'un œil sec et froid, elle se sentit donc à l'aise avec le substitut, qui, tout en l'accueillant avec grâce, détruisit en peu de mots toutes ses espérances.

« Il n'est pas certain, madame, lui dit-il, que la Cour royale réforme le jugement qui restreint aux meubles meublants l'abandon que vous a fait votre mari de tout ce qu'il possédait pour vous remplir de vos reprises[1]. Votre privilège ne doit pas servir à couvrir une fraude. Mais, comme vous serez admise en qualité de créancière au partage du prix des objets saisis, que votre beau-père doit exercer également son privilège pour la somme des loyers dus, il y aura, l'arrêt de la cour une fois rendu, matière à d'autres contestations, à propos de ce que nous appelons, en termes de droit, une *contribution*[2].

— Mais M. Petit-Claud nous ruine donc ?... s'écria-t-elle.

— La conduite de Petit-Claud, reprit le magistrat, est conforme au mandat donné par votre mari, qui veut, dit son avoué, gagner du temps. Selon moi, peut-être vaudrait-il mieux se désister de l'appel, et vous rendre acquéreurs à la vente, vous et votre beau-père, des ustensiles les plus nécessaires à votre exploitation, vous dans la limite de ce qui doit vous revenir, lui pour la somme de ses loyers... Mais ce serait aller trop promptement au but. Les avoués vous grugent !...

— Je serais alors dans les mains de M. Séchard père, à qui je devrais le loyer des ustensiles et celui de la maison ; mon mari n'en resterait pas moins sous le coup des poursuites de M. Métivier, qui n'aurait presque rien eu...

— Oui, madame.

— Eh bien, notre position serait pire que celle où nous sommes...

— La force de la loi, madame, appartient en définitive au créancier. Vous avez reçu trois mille francs, il faut nécessairement les rendre...

— Oh ! monsieur, nous croyez-vous donc capables de... ? »

Ève s'arrêta en s'apercevant du danger que sa justification pouvait faire courir à son frère.

« Oh ! je sais bien, reprit le magistrat, que cette affaire est obscure et du côté des débiteurs, qui sont probes, délicats, grands même !... et du côté du créancier qui n'est qu'un prête-nom... » Ève épouvantée regardait le magistrat d'un air hébété. « Vous comprenez, dit-il en lui jetant un regard plein de grosse finesse, que nous avons, pour réfléchir à ce qui se passe sous nos yeux, tout le temps pendant lequel nous sommes assis à écouter les plaidoiries de messieurs les avocats. »

Ève revint au désespoir de son inutilité. Le soir à sept heures, Doublon apporta le commandement par lequel il dénonçait la contrainte par corps. À cette heure, la poursuite arriva donc à son apogée.

« À compter de demain, dit David, je ne pourrai plus sortir que pendant la nuit[1]. »

Ève et Mme Chardon fondirent en larmes. Pour elles, se cacher était un déshonneur. En apprenant que la liberté de leur maître était menacée, Kolb et Marion s'alarmèrent d'autant plus que, depuis longtemps, ils l'avaient jugé dénué de toute malice ; et ils tremblèrent tellement pour lui, qu'ils vinrent trouver Mme Chardon, Ève et David, sous prétexte de savoir à quoi leur dévouement pouvait être utile. Ils arrivèrent au moment où ces trois êtres, pour qui la vie avait été jusqu'alors si simple, pleuraient en apercevant la nécessité de cacher David. Mais comment échapper aux espions invisibles qui, dès à présent, devaient observer les moindres démarches de cet homme, malheureusement si distrait ?

« *Si matame feut addentre ein bedit quard'hire, che fais bousser eine regonnaissanze dans le gampe ennemi,* dit Kolb, *et vis ferrez que che m'y gonnais, quoique chaie l'air d'ein Hallemante ; gomme che suis ein frai Vrançais, chai engor te la malice.*

— Oh ! madame, dit Marion, laissez-le aller, il ne pense qu'à garder monsieur, il n'a pas d'autres idées. Kolb n'est pas un Alsacien. C'est... quoi ?... un vrai terre-neuvien !

— Allez, mon bon Kolb, lui dit David, nous avons encore le temps de prendre un parti. »

Kolb courut chez l'huissier, où les ennemis de David, réunis en conseil, avisaient aux moyens de s'emparer de lui.

L'arrestation des débiteurs est, en province, un fait exorbitant, anormal, s'il en fut jamais. D'abord, chacun s'y connaît trop bien pour que personne emploie jamais un moyen si odieux. On doit se trouver, créanciers et débiteurs, face à face pendant toute la vie. Puis, quand un commerçant, un banqueroutier, pour se servir des expressions de la province, qui ne transige guère sur cette espèce de vol légal, médite une vaste faillite, Paris lui sert de refuge. Paris est en quelque sorte la Belgique de la province : on y trouve des retraites presque impénétrables, et le mandat de l'huissier poursuivant expire aux limites de sa juridiction. En outre, il est d'autres empêchements quasi dirimants. Ainsi, la loi qui consacre l'inviolabilité du domicile règne sans exception en province ; l'huissier n'y a pas le droit, comme à Paris, de pénétrer dans une maison tierce pour y venir saisir le débiteur. Le Législateur a cru devoir excepter Paris, à cause de la réunion constante de plusieurs familles dans la même maison. Mais, en province, pour violer le domicile du débiteur lui-même, l'huissier doit se faire assister du juge de paix. Or le juge de paix, qui tient sous sa puissance les huissiers, est à peu près le maître d'accorder ou de refuser son concours. À la louange des juges de paix, on doit dire que cette obligation leur pèse, ils ne veulent pas servir des passions aveugles, ou des vengeances. Il est encore d'autres difficultés non moins graves et qui tendent à modifier la cruauté tout à fait inutile de la loi sur la contrainte par corps, par l'action des mœurs qui change souvent les lois au point de les annuler. Dans les grandes villes, il existe assez de misérables, de gens dépravés, sans foi ni loi, pour servir d'espions ; mais dans les petites villes chacun se connaît trop pour pouvoir se mettre aux gages d'un huissier. Quiconque, dans la classe infime, se prêterait à ce genre de dégradation, serait obligé de quitter la ville. Ainsi, l'arrestation d'un débiteur n'étant pas, comme à Paris ou comme dans les grands centres de population, l'objet de l'industrie privilégiée des gardes du commerce, devient une œuvre de procédure excessivement difficile, un combat de ruse entre le débiteur et l'huissier dont les inventions ont quelquefois fourni de très agréables récits aux Faits-Paris des journaux. Cointet l'aîné n'avait pas voulu se montrer ; mais le gros Cointet, qui se disait chargé de cette affaire par Métivier, était venu chez Doublon avec Cérizet, devenu son prote, et dont la coopération avait été acquise par la promesse d'un billet de mille francs. Doublon devait compter sur deux de ses praticiens. Ainsi, les Cointet avaient déjà trois limiers pour surveiller leur proie. Au moment de l'arrestation, Doublon pouvait d'ailleurs employer la gendarmerie, qui, aux termes des jugements, doit son concours à l'huissier qui le requiert. Ces cinq personnes étaient donc en ce moment même réunies dans le cabinet de Mᵉ Doublon, situé au rez-de-chaussée de la maison, en suite de l'étude.

On entrait à l'étude par un assez large corridor dallé, qui formait comme une allée. La maison avait une simple porte bâtarde, de chaque côté de laquelle se voyaient les panonceaux ministériels dorés, au centre desquels on lit en lettres noires : HUISSIER. Les deux fenêtres de l'étude donnant sur la rue étaient défendues par de forts barreaux de fer. Le cabinet avait vue sur un jardin, où l'huissier, amant de Pomone, cultivait lui-même avec un grand succès les espaliers. La cuisine faisait face à l'étude, et derrière la cuisine se développait l'escalier par lequel on montait à l'étage supérieur. Cette maison se trouvait dans une petite rue, derrière le nouveau Palais de Justice, alors en construction, et qui ne fut fini qu'après 1830. Ces détails ne sont pas inutiles à l'intelligence de ce qui advint à Kolb. L'Alsacien avait inventé de se présenter à l'huissier sous prétexte de lui vendre son maître, afin d'apprendre ainsi quels seraient les pièges qu'on lui tendrait, et de l'en préserver. La cuisinière vint ouvrir, Kolb lui manifesta le désir de parler à M. Doublon pour affaires. Contrariée d'être dérangée pendant qu'elle lavait sa vaisselle, cette femme ouvrit la porte de l'étude en disant à Kolb, qui lui était inconnu, d'y attendre Monsieur, pour le moment en conférence dans son cabinet ; puis, elle alla prévenir son maître qu'un homme voulait lui parler. Cette expression, *un homme*, signifiait si bien un paysan, que Doublon dit :

« Qu'il attende ! » Kolb s'assit auprès de la porte du cabinet.

« Ah çà ! comment comptez-vous procéder ? car si nous pouvions l'empoigner demain matin, ce serait du temps de gagné, disait le gros Cointet.

— Il n'a pas volé son nom de Naïf, rien ne sera plus facile », s'écria Cérizet.

En reconnaissant la voix du gros Cointet, mais surtout en entendant ces deux phrases, Kolb devina sur-le-champ qu'il s'agissait de son maître, et son étonnement alla croissant quand il distingua la voix de Cérizet.

« *Eine karson qui a manché son bain* », s'écria-t-il frappé d'épouvante.

« Mes enfants, dit Doublon, voici ce qu'il faut faire. Nous échelonnerons notre monde à de grandes distances, depuis la rue de Beaulieu et la place du Mûrier, dans tous les sens, de manière à suivre le Naïf, ce surnom me plaît, sans qu'il puisse s'en apercevoir, nous ne le quitterons pas qu'il ne soit entré dans la maison où il se croira caché ; nous lui laisserons quelques jours de sécurité, puis nous l'y rencontrerons quelque jour avant le lever ou le coucher du soleil[1].

— Mais en ce moment que fait-il ? il peut nous échapper, dit le gros Cointet.

— Il est chez lui, dit Me Doublon ; s'il sortait, je le saurais. J'ai l'un de mes praticiens sur la place du Mûrier en observation, un autre au coin du Palais, et un autre à trente pas de ma maison. Si notre homme sortait, ils siffleraient ; et il n'aurait pas fait trois pas, que je le saurais déjà par cette communication télégraphique. »

Les huissiers donnent à leurs recors le nom honnête de praticiens.

Kolb n'avait pas compté sur un si favorable hasard, il sortit doucement de l'étude et dit à la servante :

« M. Doublon est occupé pour longtemps, je reviendrai demain matin de bonne heure. »

L'Alsacien, en sa qualité de cavalier, avait été saisi par une idée qu'il alla sur-le-champ mettre à exécution. Il courut chez un loueur de chevaux de sa connaissance, y choisit un cheval, le fit seller, et revint en toute hâte chez son maître, où il trouva Mme Ève dans la plus profonde désolation.

« Qu'y a-t-il, Kolb ? demanda l'imprimeur en trouvant à l'Alsacien un air à la fois joyeux et effrayé.

— *Vus êdes endourés de goquins. Le plis sire ede te gager mon maîdre. Montame a-d-elle bensé à meddre monzière quelque bard ?...* »

Quand l'honnête Kolb eut expliqué la trahison de Cérizet, les circonvallations tracées autour de la maison, la part que le gros Cointet prenait à cette affaire, et fait pressentir les ruses que méditeraient de tels hommes contre son maître, les plus fatales lueurs éclairèrent la position de David.

« C'est les Cointet qui te poursuivent, s'écria la pauvre Ève anéantie, et voilà pourquoi Métivier se montrait si dur... ils sont papetiers, ils veulent ton secret.

— Mais que faire pour leur échapper ? s'écria Mme Chardon.

— *Si montame beud affoir ein bedide entroid à meddre monzière,* demanda Kolb, *che bromets de l'y gontuire zans qu'on le zache chamais.*

— N'entrez que de nuit chez Basine Clerget, répondit Ève, j'irai convenir de tout avec elle. Dans cette circonstance, Basine est une autre moi-même.

— Les espions te suivront, dit enfin David qui recouvra quelque présence d'esprit. Il s'agit de trouver un moyen de prévenir Basine sans qu'aucun de nous y aille.

— *Montame beud y hâler,* dit Kolb. *Foissi ma gompinazion : che fais sordir affec monsière, nus emmène-*

rons sir nos draces les sivleurs. Bentant ce demps, matame ira chez matemoiselle Clerchet, èle ne sera pas zuifie. Chai ein gefal, che prents monsière en groube; ed, ti tiaple, si l'on nus addrabe!

— Eh bien, adieu, mon ami, s'écria la pauvre femme en se jetant dans les bras de son mari; aucun de nous n'ira te voir, car nous pourrions te faire prendre. Il faut nous dire adieu pour tout le temps que durera cette prison volontaire. Nous correspondrons par la poste, Basine y jettera tes lettres, et je t'écrirai sous son nom.»

À leur sortie David et Kolb entendirent les sifflements, et menèrent les espions jusqu'au bas de la porte Palet où demeurait le loueur de chevaux. Là, Kolb prit son maître en croupe, en lui recommandant de se bien tenir à lui.

«*Zifflez, zifflez, mes pons hâmis! Che me mogue de vus dous!* s'écria Kolb. *Vus n'addraberez bas ein fieux gafalier.*»

Et le vieux cavalier piqua des deux dans la campagne avec une rapidité qui devait mettre et qui mit les espions dans l'impossibilité de les suivre, ni de savoir où ils allaient.

Ève alla chez Postel sous le prétexte assez ingénieux de le consulter. Après avoir subi les insultes de cette pitié qui ne prodigue que des paroles, elle quitta le ménage Postel, et put gagner, sans être vue, la maison de Basine, à qui elle confia ses chagrins en lui demandant secours et protection. Basine, qui pour plus de discrétion avait fait entrer Ève dans sa chambre, ouvrit la porte d'un cabinet contigu dont le jour venait d'un châssis à tabatière et sur lequel aucun œil ne pouvait avoir de vue. Les deux amies débouchèrent une petite cheminée dont le tuyau longeait celui de la cheminée de l'atelier où les ouvrières entretenaient du feu pour leurs fers. Ève et Basine étendirent de mauvaises couvertures sur le carreau pour assourdir le bruit, si David en faisait par mégarde ; elles lui mirent un lit de sangle pour dormir, un fourneau pour ses expériences, une table et une chaise pour s'asseoir et pour écrire. Basine promit de lui donner à manger la nuit ; et, comme personne ne pénétrait jamais dans sa chambre, David pouvait défier tous ses ennemis, et même la police.

« Enfin, dit Ève en embrassant son amie, il est en sûreté. »

Ève retourna chez Postel pour éclaircir quelque doute qui, dit-elle, la ramenait chez un si savant juge du tribunal de commerce, et elle se fit reconduire par lui chez elle en écoutant ses doléances. « Si vous m'aviez épousée, en seriez-vous là ?... » Ce sentiment était au fond de toutes les phrases du petit pharmacien. Au retour, Postel trouva sa femme jalouse de l'admirable beauté de Mme Séchard, et furieuse de la politesse de son mari, Léonie fut apaisée par l'opinion que le pharmacien prétendit avoir de la supériorité des petites femmes rousses sur les grandes femmes brunes qui, selon lui, étaient, comme de beaux chevaux, toujours à l'écurie. Il donna sans doute quelques preuves de sincérité, car le lendemain Mme Postel le mignardait.

« Nous pouvons être tranquilles, dit Ève à sa mère et à Marion, qu'elle trouva, selon l'expression de Marion, encore *saisies*.

— Oh ! ils sont partis », dit Marion quand Ève regarda machinalement dans sa chambre.

« *U vaud-il nus diriger ?...* demanda Kolb quand il fut à une lieue sur la grande route de Paris.

— À Marsac, répondit David ; puisque tu m'as mis sur ce chemin-là, je vais faire une dernière tentative sur le cœur de mon père.

— *C'haimerais mié monder à l'assaut t'une padderie*

de ganons, barce qu'il n'a boind de cuer, mennesier fôdre bère... »

Le vieux pressier ne croyait pas en son fils ; il le jugeait, comme juge le peuple, d'après les résultats. D'abord, il ne croyait pas avoir dépouillé David ; puis, sans s'arrêter à la différence des temps, il se disait : « Je l'ai mis à cheval sur une imprimerie, comme je m'y suis trouvé moi-même ; et lui, qui en savait mille fois plus que moi, n'a pas su marcher ! » Incapable de comprendre son fils, il le condamnait, et se donnait sur cette haute intelligence une sorte de supériorité en se disant : « Je lui conserve du pain. » Jamais les moralistes ne parviendront à faire comprendre toute l'influence que les sentiments exercent sur les intérêts. Cette influence est aussi puissante que celle des intérêts sur les sentiments. Toutes les lois de la nature ont un double effet, en sens inverse l'un de l'autre. David, lui, comprenait son père et il avait la sublime charité de l'excuser. Arrivés à huit heures à Marsac, Kolb et David surprirent le bonhomme vers la fin de son dîner qui se rapprochait forcément de son coucher.

« Je te vois par autorité de justice, dit le père à son fils avec un sourire amer.

— *Gommand, mon maîdre et fus, bouffez-vus vus rengondrer... il foyache tans les cieux et vus êdes tuchurs tans les fignes...*, s'écria Kolb indigné. *Bayez, bayez ! c'edde fodre édat te bère...*

— Allons, Kolb, va-t'en, mets le cheval chez Mme Courtois afin de ne pas en embarrasser mon père, et sache que les pères ont toujours raison. »

Kolb s'en alla grommelant comme un chien qui, grondé par son maître pour sa prudence, proteste encore en obéissant. David, sans dire ses secrets, offrit alors à son père de lui donner la preuve la plus évidente de sa découverte, en lui proposant un intérêt dans cette affaire pour prix des sommes qui lui devenaient nécessaires, soit pour se libérer immédiatement, soit pour se livrer à l'exploitation de son secret.

« Eh ! comment me prouveras-tu que tu peux faire avec rien du beau papier qui ne coûte rien ? » demanda l'ancien typographe en lançant à son fils un regard aviné, mais fin, curieux, avide. Vous eussiez dit un éclair sortant d'un nuage pluvieux, car le vieil ours, fidèle à ses traditions, ne se couchait jamais sans être coiffé de nuit. Son bonnet de nuit consistait en deux bouteilles d'excellent vin vieux que, selon son expression, il *sirotait*.

« Rien de plus simple, répondit David. Je n'ai pas de papier sur moi, je suis venu par ici pour fuir Doublon ; et, me voyant sur la route de Marsac, j'ai pensé que je pourrais bien trouver chez vous les facilités que j'aurais chez un usurier. Je n'ai rien sur moi que mes habits. Enfermez-moi dans un local bien clos, où personne ne puisse pénétrer, où personne ne puisse me voir, et...

— Comment, dit le vieillard en jetant à son fils un effroyable regard, tu ne me laisseras pas te voir faisant tes opérations...

— Mon père, répondit David, vous m'avez prouvé qu'il n'y avait pas de père dans les affaires...

— Ah ! tu te défies de celui qui t'a donné la vie.

— Non, mais de celui qui m'a ôté les moyens de vivre.

— Chacun pour soi, tu as raison ! dit le vieillard. Eh bien, je te mettrai dans mon cellier.

— J'y entre avec Kolb, vous me donnerez un chaudron pour faire ma pâte, reprit David sans avoir aperçu le coup d'œil que lui lança son père, puis vous irez me chercher des tiges d'artichaut, des tiges d'asperge, des orties à dard, des roseaux que vous couperez aux bords de votre petite rivière. Demain matin, je sortirai de votre cellier avec du magnifique papier...

— Si c'est possible..., s'écria l'Ours en laissant échapper un hoquet, je te donnerai peut-être... je verrai si je puis te donner... bah!... vingt-cinq mille francs, à la condition de m'en faire gagner autant tous les ans...

— Mettez-moi à l'épreuve, j'y consens! s'écria David. Kolb, monte à cheval, pousse jusqu'à Mansle, achètes-y un grand tamis de crin chez un boisselier, de la colle chez un épicier, et reviens en toute hâte.

— Tiens, bois..., dit le père en mettant devant son fils une bouteille de vin, du pain, et des restes de viandes froides. Prends des forces, je vais t'aller faire tes provisions de chiffons verts; car ils sont verts, tes chiffons! j'ai même peur qu'ils ne soient un peu trop verts. »

Deux heures après, sur les onze heures du soir, le vieillard enfermait son fils et Kolb dans une petite pièce adossée à son cellier, couverte en tuiles creuses, et où se trouvaient les ustensiles nécessaires à brûler les vins de l'Angoumois qui fournissent, comme on sait, toutes les eaux-de-vie dites de Cognac.

« Oh! mais je suis là comme dans une fabrique... voilà du bois et des bassines, s'écria David.

— Eh bien, à demain, dit le père Séchard, je vais vous enfermer, et je lâcherai mes deux chiens, je suis sûr qu'on ne vous apportera pas de papier. Montre-moi des feuilles demain, je te déclare que je serai ton associé, les affaires seront alors claires et bien menées... »

Kolb et David se laissèrent enfermer et passèrent deux heures environ à briser, à préparer les tiges, en se servant de deux madriers. Le feu brillait, l'eau bouillait. Vers deux heures du matin, Kolb, moins occupé que David, entendit un soupir tourné comme un hoquet d'ivrogne; il prit une des deux chandelles et se mit à regarder partout; il aperçut alors la figure violacée du père Séchard qui remplissait une petite ouverture carrée, pratiquée au-dessus de la porte par laquelle on communiquait du cellier au brûloir et cachée par des futailles vides. Le malicieux vieillard avait introduit son fils et Kolb dans son brûloir par la porte extérieure qui servait à passer les pièces pour les livrer. Cette autre porte intérieure permettait de rouler les poinçons du cellier dans le brûloir sans faire le tour par la cour.

« *Ah ! baba ! ceci n'ed bas de cheu, fus foulez vilouder fôdre vils... Safez-vus ce que vus vaides, quand fus pufez eine poudeille te bon fin ? Vus appreufez ein goquin.*

— Oh ! mon père, dit David.

— Je venais savoir si vous aviez besoin de quelque chose, dit le vigneron quasi dégrisé.

— *Et c'edde bar indérêd pir nus que affez bris eine bedide egelle ?...* dit Kolb qui ouvrit la porte après en avoir débarrassé l'entrée et qui trouva le vieillard monté sur une échelle courte, en chemise

— Risquer votre santé ! s'écria David.

— Je crois que je suis somnambule, dit le vieillard honteux en descendant. Ton défaut de confiance en ton père m'a fait rêver, je songeais que tu t'entendais avec le diable pour réaliser l'impossible.

— *Le tiaple, c'ed fôdre bassion pire les bedits chaunets*[1] *!* s'écria Kolb.

— Allez vous recoucher, mon père, dit David ; enfermez-nous si vous voulez, mais épargnez-vous la peine de revenir : Kolb va faire sentinelle. »

Le lendemain, à quatre heures, David sortit du brûloir, ayant fait disparaître toutes les traces de ses opérations, et vint apporter à son père une trentaine de feuilles de papier dont la finesse, la blancheur, la consistance, la force ne laissaient rien à désirer et qui portait pour filigranes les marques des fils plus forts les uns que les autres du tamis de crin. Le vieillard prit ces échantillons, il y appliqua la langue en ours habitué, depuis son jeune âge, à faire de son palais une éprouvette à papiers ; il les mania, les chiffonna, les plia, les soumit à toutes les épreuves que les typographes font subir aux papiers pour en reconnaître les qualités, et quoiqu'il n'y eût rien à redire, il ne voulut pas s'avouer vaincu.

« Il faut savoir ce que ça deviendra sous presse !... dit-il pour se dispenser de louer son fils.

— *Trôle t'ome !* » s'écria Kolb.

Le vieillard, devenu froid, couvrit, sous sa dignité paternelle, une irrésolution jouée.

« Je ne veux pas vous tromper, mon père, ce papier-là me semble encore devoir[1] coûter trop cher, et je veux résoudre le problème du collage en cuve... il ne me reste plus que cet avantage à conquérir...

— Ah ! tu voudrais m'attraper !

— Mais, vous le dirai-je ? je colle bien en cuve, mais jusqu'à présent la colle ne pénètre pas également ma pâte, et donne au papier le rêche d'une brosse.

— Eh bien, perfectionne ton collage en cuve, et tu auras mon argent.

— *Mon maîdre ne ferra chamais la gouleur te fodre archant !* »

Évidemment le vieillard voulait faire payer à David la honte qu'il avait bue la nuit ; aussi le traita-t-il plus que froidement.

« Mon père, dit David qui renvoya Kolb, je ne vous en ai jamais voulu d'avoir estimé votre imprimerie à un prix exorbitant, et de me l'avoir vendue à votre seule estimation ; j'ai toujours vu le père en vous. Je me suis dit : Laissons un vieillard, qui s'est donné bien du mal, qui m'a certainement élevé mieux que je ne devais l'être, jouir en paix et à sa manière du fruit de ses travaux. Je vous ai même abandonné le bien de ma mère, et j'ai pris sans murmurer la vie obérée que vous m'aviez faite. Je me suis promis de gagner une belle fortune sans vous importuner. Eh bien, ce secret, je l'ai trouvé, les pieds dans le feu, sans pain chez moi, tourmenté pour des dettes qui ne sont pas les miennes... Oui, j'ai lutté patiemment jusqu'à ce que mes forces se soient épuisées. Peut-être me devez-vous des secours !... mais ne pensez pas à moi, voyez une femme et un petit enfant !... (Là, David ne put retenir ses larmes) et prêtez-leur aide et protection. Serez-vous au-dessous de Marion et de Kolb qui m'ont donné leurs économies ? s'écria le fils en voyant son père froid comme un marbre de presse.

— Et ça ne t'a pas suffi..., s'écria le vieillard sans éprouver la moindre vergogne, mais tu dévorerais la France... Bonsoir ! moi, je suis trop ignorant pour me fourrer dans des exploitations où il n'y aurait que moi d'exploité. Le Singe ne mangera pas l'Ours, dit-il en faisant allusion à leur surnom d'atelier. Je suis vigneron, je ne suis pas banquier... Et puis, vois-tu, des affaires entre père et fils, ça va mal. Dînons, tiens, tu ne diras pas que je ne te donne rien !... »

David était un de ces êtres à cœur profond qui peuvent y repousser leurs souffrances de manière à en faire un secret pour ceux qui leur sont chers ; aussi, chez eux, quand la douleur déborde ainsi, est-ce leur effort suprême. Ève avait bien compris ce beau caractère d'homme. Mais le père vit, dans ce flot de douleur ramené du fond à la surface, la plainte vulgaire des enfants qui veulent *attraper leurs pères*, et il prit l'excessif abattement de son fils pour la honte de l'insuccès. Le père et le fils se quittèrent brouillés. David et Kolb revinrent à minuit environ à Angoulême, où ils entrèrent à pied avec autant de précautions qu'en eussent pris des voleurs pour un vol. Vers une heure du matin, David fut introduit, sans témoin, chez Mlle Basine Clerget, dans l'asile impénétrable préparé pour lui par sa femme. En entrant là, David allait y être gardé par la plus ingénieuse de toutes les pitiés, celle d'une grisette. Le lendemain matin, Kolb se vanta d'avoir fait sauver son maître à cheval, et de ne l'avoir quitté qu'après l'avoir mis dans une patache qui devait l'emmener aux environs de Limoges. Une assez grande provision de matières premières fut emmagasinée dans la cave de Basine, en sorte que Kolb, Marion, Mme Séchard et sa mère purent n'avoir aucune relation avec Mlle Clerget.

Deux jours après cette scène avec son fils, le vieux Séchard, qui se vit encore à lui vingt jours avant de se livrer aux occupations de la vendange, accourut chez sa belle-fille, amené par son avarice. Il ne dormait plus, il voulait savoir si la découverte offrait quelques chances de fortune, et pensait à veiller au grain, selon son expression. Il vint habiter, au-dessus de l'appartement de sa belle-fille, une des deux chambres en mansarde qu'il s'était réservées, et vécut en fermant les yeux sur le dénuement pécuniaire qui affligeait le ménage de son fils. On lui devait des loyers, on pouvait bien le nourrir ! Il ne trouvait rien d'étrange à ce qu'on se servît de couverts en fer étamé.

« J'ai commencé comme ça », répondit-il à sa belle-fille quand elle s'excusa de ne pas le servir en argenterie.

Marion fut obligé de s'engager envers les marchands pour tout ce qui se consommerait au logis. Kolb servait les maçons à vingt sous par jour. Enfin, bientôt il ne resta plus que dix francs à la pauvre Ève qui, dans l'intérêt de son enfant et de David, sacrifiait ses dernières ressources à bien recevoir le vigneron. Elle espérait toujours que ses chatteries, que sa respectueuse affection, que sa résignation attendriraient l'avare ; mais elle le trouvait toujours insensible. Enfin, en lui voyant l'œil froid des Cointet, de Petit-Claud et de Cérizet, elle voulut observer son caractère et deviner ses intentions ; mais ce fut peine perdue ! Le père

Séchard se rendait impénétrable en restant toujours entre deux vins. L'ivresse est un double voile. À la faveur de sa griserie, aussi souvent jouée que réelle, le bonhomme essayait d'arracher à Ève les secrets de David. Tantôt il caressait, tantôt il effrayait sa belle-fille. Quand Ève lui répondait qu'elle ignorait tout, il lui disait : « Je boirai tout mon bien, *je le mettrai en viager...* » Ces luttes déshonorantes fatiguaient la pauvre victime qui, pour ne pas manquer de respect à son beau-père, avait fini par garder le silence. Un jour, poussée à bout, elle lui dit : « Mais, mon père, il y a une manière bien simple de tout avoir ; payez les dettes de David, il reviendra ici, vous vous entendrez ensemble.

— Ah ! voilà tout ce que vous voulez avoir de moi, s'écria-t-il, c'est bon à savoir. »

Le père Séchard, qui ne croyait pas en son fils, croyait aux Cointet. Les Cointet, qu'il alla consulter, l'éblouirent à dessein, en lui disant qu'il s'agissait de millions dans les recherches entreprises par son fils.

« Si David peut prouver qu'il a réussi, je n'hésiterai pas à mettre en société ma papeterie en comptant à votre fils sa découverte pour une valeur égale », lui dit le grand Cointet.

Le défiant vieillard prit tant d'informations en prenant des petits verres avec les ouvriers, il questionna si bien Petit-Claud en faisant l'imbécile, qu'il finit par soupçonner les Cointet de se cacher derrière Métivier ; il leur attribua le plan de ruiner l'imprimerie Séchard et de se faire payer par lui en l'amorçant avec la découverte, car le vieil homme du peuple ne pouvait pas deviner la complicité de Petit-Claud, ni les trames ourdies pour s'emparer tôt ou tard de ce beau secret industriel. Enfin, un jour, le vieillard, exaspéré de ne pouvoir vaincre le silence de sa belle-fille et de ne pas même obtenir d'elle de savoir où David s'était caché, résolut de forcer la porte de l'atelier à fondre les rouleaux, après avoir fini par apprendre que son fils y faisait ses expériences. Il descendit de grand matin et se mit à travailler la serrure.

« Eh bien, que faites-vous donc là, papa Séchard ?... lui cria Marion qui se levait au jour pour aller à sa fabrique et qui bondit jusqu'à la tremperie.

— Ne suis-je pas chez moi, Marion ? fit le bonhomme honteux.

— Ah ! çà, devenez-vous voleur sur vos vieux jours... vous êtes à jeun, cependant... Je vas conter cela tout chaud à madame.

— Tais-toi, Marion, dit le vieillard en tirant de sa poche deux écus de six francs. Tiens...

— Je me tairai, mais n'y revenez pas ! lui dit Marion en le menaçant du doigt, ou je le dirais à tout Angoulême. »

Dès que le vieillard fut sorti, Marion monta chez sa maîtresse.

« Tenez, madame, j'ai soutiré douze francs à votre beau-père, les voilà...

— Et comment as-tu fait ?...

— Ne voulait-il pas voir les bassines et les provisions de monsieur, histoire de découvrir le secret. Je savais bien qu'il n'y avait plus rien dans la petite cuisine ; mais je lui ai fait peur comme s'il allait voler son fils, et il m'a donné deux écus pour me taire... »

En ce moment, Basine apporta joyeusement à son amie une lettre de David, écrite sur du magnifique papier, et qu'elle lui remit en secret.

Mon Ève adorée, je t'écris à toi la première sur la première feuille de papier obtenue par mes procédés. J'ai réussi à résoudre le problème du collage en cuve ! La livre de pâte revient, même en supposant la mise en culture spéciale de bons terrains pour les produits que j'emploie, à cinq sous. Ainsi la rame de douze livres emploiera pour trois francs de pâte collée. Je suis sûr de supprimer la moitié du poids des livres. L'enveloppe, la lettre, les échantillons, sont de diverses fabrications. Je t'embrasse, nous serons heureux par la fortune, la seule chose qui nous manquait.

« Tenez, dit Ève à son beau-père en lui tendant les échantillons, donnez à votre fils le prix de votre récolte, et laissez-lui faire sa fortune, il vous rendra dix fois ce que vous lui aurez donné, car il a réussi !... »

Le père Séchard courut chez les Cointet. Là, chaque échantillon fut essayé, minutieusement examiné : les uns étaient collés, les autres sans colle ; ils étaient étiquetés depuis trois francs jusqu'à dix francs par rame ; les uns étaient d'une pureté métallique, les autres doux comme du papier de Chine, il y en avait de toutes les nuances possibles du blanc. Des juifs examinant des diamants n'auraient pas eu les yeux plus animés que ne l'étaient ceux des Cointet et du vieux Séchard.

« Votre fils est en bon chemin, dit le gros Cointet.

— Eh bien, payez ses dettes, dit le vieux pressier.

— Bien volontiers, s'il veut nous prendre pour associés, répondit le grand Cointet.

— Vous êtes des *chauffeurs*[1] ! s'écria l'ours retiré, vous poursuivez mon fils sous le nom de Métivier, et vous voulez que je vous paye, voilà tout. Pas si bête, bourgeois !... »

Les deux frères se regardèrent, mais ils surent contenir la surprise que leur causa la perspicacité de l'avare.

« Nous ne sommes pas encore assez millionnaires pour nous amuser à faire l'escompte, répliqua le gros Cointet ; nous nous croirions assez heureux de pouvoir payer notre chiffon comptant, et nous faisons encore des billets à notre marchand.

— Il faut tenter une expérience en grand, répondit

froidement le grand Cointet, car ce qui réussit dans une marmite échoue dans une fabrication entreprise sur une grande échelle. Délivrez votre fils.

— Oui, mais mon fils en liberté m'admettra-t-il comme son associé ? demanda le vieux Séchard.

— Ceci ne nous regarde pas, dit le gros Cointet. Est-ce que vous croyez, mon bonhomme, que quand vous aurez donné dix mille francs à votre fils, tout sera dit ? Un brevet d'invention coûte deux mille francs, il faudra faire des voyages à Paris ; puis, avant de se lancer dans des avances, il est prudent de fabriquer, comme dit mon frère, mille rames, risquer des cuvées entières afin de se rendre compte. Voyez-vous, il n'y a rien dont il faille plus se défier que des inventeurs.

— Moi, dit le grand Cointet, j'aime le pain tout cuit. »

Le vieillard passa la nuit à ruminer ce dilemme : Si je paye les dettes de David, il est libre, et une fois libre il n'a pas besoin de m'associer à sa fortune. Il sait bien que je l'ai roulé dans l'affaire de notre première association ; il n'en voudra pas faire une seconde. Mon intérêt serait donc de le tenir en prison, malheureux.

Les Cointet connaissaient assez le père Séchard pour savoir qu'ils chasseraient de compagnie. Donc ces trois hommes disaient : « Pour faire une société basée sur le secret, il faut des expériences ; et, pour faire ces expériences, il faut libérer David Séchard. David libéré nous échappe. » Chacun avait de plus une petite arrière-pensée. Petit-Claud se disait : « Après mon mariage, je serai franc du collier avec les Cointet ; mais jusque-là je les tiens. » Le grand Cointet se disait : « J'aimerais mieux avoir David sous clef, je serais le maître. » Le vieux Séchard se disait : « Si je paye ses dettes, mon fils me salue avec un remerciement. » Ève, attaquée, menacée par le vigneron d'être chassée de la maison, ne voulait ni révéler l'asile de son mari, ni même lui proposer d'accepter un sauf-conduit. Elle n'était pas certaine de réussir à cacher David une seconde fois aussi bien que la première, elle répondait donc à son beau-père : « Libérez votre fils, vous saurez tout. » Aucun des quatre intéressés, qui se trouvaient tous comme devant une table bien servie, n'osait toucher au festin, tant il craignait de se voir devancé ; et tous s'observaient en se défiant les uns des autres.

Quelques jours après la réclusion de Séchard, Petit-Claud était venu trouver le grand Cointet à sa papeterie.

« J'ai fait de mon mieux, lui dit-il, David s'est mis volontairement dans une prison qui nous est inconnue, et il y cherche en paix quelque perfectionnement. Si vous n'avez pas atteint à votre but, il n'y a pas de ma faute, tiendrez-vous votre promesse ?

— Oui, si nous réussissons, répondit le grand Cointet. Le père Séchard est ici depuis quelques jours, il est venu nous faire des questions sur la fabrication du papier, le vieil avare a flairé l'invention de son fils, il en veut profiter, il y a donc quelque espérance d'arriver à une association. Vous êtes l'avoué du père et du fils...

— Ayez le Saint-Esprit de les livrer, reprit Petit-Claud en souriant.

— Oui, répondit Cointet. Si vous réussissez ou à mettre David en prison ou à le mettre dans nos mains par un acte de société, vous serez le mari de Mlle de La Haye.

— Est-ce bien là votre *ultimatum* ? dit Petit-Claud.

— *Yes !* fit Cointet, puisque nous parlons des langues étrangères.

— Voici le mien en bon français, reprit Petit-Claud d'un ton sec.

— Ah ! voyons, répliqua Cointet d'un air curieux.

— Présentez-moi demain à Mme de Sénonches, faites qu'il y ait pour moi quelque chose de positif, enfin accomplissez votre promesse, ou je paye la dette de Séchard et je m'associe avec lui en revendant ma charge. Je ne veux pas être joué. Vous m'avez parlé net, je me sers du même langage. J'ai fait mes preuves, faites les vôtres. Vous avez tout, je n'ai rien. Si je n'ai pas de gages de votre sincérité, je prends votre jeu. »

Le grand Cointet prit son chapeau, son parapluie, son air jésuite, et sortit en disant à Petit-Claud de le suivre.

« Vous verrez, mon cher ami, si je ne vous ai pas préparé les voies ?... » dit le négociant à l'avoué.

En un moment, le fin et rusé papetier avait reconnu le danger de sa position, et vu dans Petit-Claud un de ces hommes avec lesquels il faut jouer franc jeu. Déjà, pour être en mesure et par acquit de conscience, il avait, sous prétexte de donner un état de la situation financière de Mlle de La Haye, jeté quelques paroles dans l'oreille de l'ancien consul général.

« J'ai l'affaire de Françoise, car avec trente mille francs de dot, aujourd'hui, dit-il en souriant, une fille ne doit pas être exigeante.

— Nous en parlerons, avait répondu Francis du Hautoy. Depuis le départ de Mme de Bargeton, la position de Mme de Sénonches est bien changée : nous pourrons marier Françoise à quelque bon vieux gentilhomme campagnard.

— Et elle se conduira mal, dit le papetier en prenant son air froid. Eh ! mariez-la donc à un jeune homme capable, ambitieux, que vous protégerez, et qui mettra sa femme dans une belle position.

— Nous verrons, avait répété Francis ; la marraine doit être avant tout consultée. »

À la mort de M. de Bargeton, Louise de Nègrepelisse avait fait vendre l'hôtel de la rue du Minage. Mme de Sénonches, qui se trouvait petitement logée, décida M. de Sénonches à acheter cette maison, le berceau des ambitions de Lucien et où cette scène a commencé. Zéphirine de Sénonches avait formé le plan de succéder à Mme de Bargeton dans l'espèce de royauté qu'elle avait exercée, d'avoir un salon, de faire enfin la grande dame. Une scission avait eu lieu dans la haute société d'Angoulême entre ceux qui, lors du duel de M. Bargeton et de M. de Chandour, tinrent qui pour l'innocence de Louise de Nègrepelisse, qui pour les calomnies de Stanislas de Chandour. Mme de Sénonches se déclara pour les Bargeton, et conquit d'abord tous ceux de ce parti. Puis, quand elle fut installée dans son hôtel, elle profita des accoutumances de bien des gens qui venaient y jouer depuis tant d'années. Elle reçut tous les soirs et l'emporta décidément sur Amélie de Chandour, qui se posa comme son antagoniste. Les espérances de Francis du Hautoy, qui se vit au cœur de l'aristocratie d'Angoulême, allaient jusqu'à vouloir marier Françoise avec le vieux M. de Séverac, que Mme du Brossard n'avait pu capturer pour sa fille. Le retour de Mme de Bargeton, devenue préfète d'Angoulême, augmenta les prétentions de Zéphirine pour sa bien-aimée filleule. Elle se disait que la comtesse Sixte du Châtelet userait de son crédit pour celle qui s'était constituée son champion. Le papetier, qui savait son Angoulême sur le bout du doigt, apprécia d'un coup d'œil toutes ces difficultés ; mais il résolut de se tirer de ce pas difficile par une de ces audaces que Tartuffe seul se serait permise. Le petit avoué, très surpris de la loyauté de son commanditaire en chicane, le laissait à ses préoccupations en cheminant de la papeterie à l'hôtel de la rue du Minage, où, sur le palier, les deux importuns furent arrêtés par ces mots : « Monsieur et Madame déjeunent.

— Annoncez-nous tout de même », répondit le grand Cointet.

Et, sur son nom, le dévot commerçant, aussitôt

introduit, présenta l'avocat à la précieuse Zéphirine, qui déjeunait en tête à tête avec M. Francis du Hautoy et Mlle de La Haye. M. de Sénonches était allé, comme toujours, ouvrir la chasse chez M. de Pimentel.

« Voici, madame, le jeune avocat-avoué de qui je vous ai parlé, et qui se chargera de l'émancipation de votre belle pupille. »

L'ancien diplomate examina Petit-Claud, qui, de son côté, regardait à la dérobée la *belle pupille*. Quant à la surprise de Zéphirine, à qui jamais Cointet ni Francis n'avaient dit un mot, elle fut telle que sa fourchette lui tomba des mains. Mlle de La Haye, espèce de pie-grièche à figure rechignée, de taille peu gracieuse, maigre, à cheveux d'un blond fade, était, malgré son petit air aristocratique, excessivement difficile à marier. Ces mots : *père et mère inconnus* de son acte de naissance, lui interdisaient en réalité la sphère où l'amitié de sa marraine et de Francis la voulait placer. Mlle de La Haye, ignorant sa position, faisait la difficile : elle eût rejeté le plus riche commerçant de l'Houmeau. La grimace assez significative inspirée à Mlle de La Haye par l'aspect du maigre avoué, Cointet la retrouva sur les lèvres de Petit-Claud. Mme de Sénonches et Francis paraissaient se consulter pour savoir de quelle manière congédier Cointet et son protégé. Cointet, qui vit tout, pria M. du Hautoy de lui accorder un moment d'audience, et passa dans le salon avec le diplomate.

« Monsieur, lui dit-il nettement, la paternité vous aveugle. Vous marierez difficilement votre fille ; et, dans votre intérêt à tous, je vous ai mis dans l'impossibilité de reculer ; car j'aime Françoise comme on aime une pupille. Petit-Claud sait tout !... Son excessive ambition vous garantit le bonheur de votre chère petite. D'abord Françoise fera de son mari tout ce qu'elle voudra ; mais vous, aidé par la préfète qui nous arrive, vous en ferez un procureur du Roi. M. Milaud est nommé décidément à Nevers. Petit-Claud vendra sa charge, vous obtiendrez facilement pour lui la place de second substitut, et il deviendra bientôt procureur du Roi, puis président du tribunal, député... »

Revenu dans la salle à manger, Francis fut charmant pour le prétendu de sa fille. Il regarda Mme de Sénonches d'une certaine manière, et finit cette scène de présentation en invitant Petit-Claud à dîner pour le lendemain afin de causer affaires. Puis il reconduisit le négociant et l'avoué jusque dans la cour en disant à Petit-Claud que, sur la recommandation de Cointet, il était disposé, ainsi que Mme de Sénonches, à confirmer tout ce que le gardien de la fortune de Mlle de La Haye aurait disposé pour le bonheur de ce petit ange.

« Ah ! qu'elle est laide ! s'écria Petit-Claud. Je suis pris !...

— Elle a l'air distingué, répondit Cointet ; mais, si elle était belle, vous la donnerait-on ?... Hé ! mon cher, il y a plus d'un petit propriétaire à qui trente mille francs, la protection de Mme de Sénonches et celle de la comtesse du Châtelet iraient à merveille ; d'autant plus que M. Francis du Hautoy ne se mariera jamais, et que cette fille est son héritière... Votre mariage est fait !...

— Et comment ?

— Voilà ce que je viens de dire, repartit le grand Cointet en racontant à l'avoué son trait d'audace. Mon cher, M. Milaud va, dit-on, être nommé procureur du Roi à Nevers : vous vendrez votre charge, et dans dix ans vous serez garde des Sceaux. Vous êtes assez audacieux pour ne reculer devant aucun des services que demandera la cour...

— Eh bien, trouvez-vous demain, à quatre heures et demie, sur la place du Mûrier, répondit l'avoué fanatisé par les probabilités de cet avenir, j'aurai vu le père Séchard, et nous arriverons à un acte de société où le père et le fils appartiendront au Saint-Esprit des Cointet. »

Au moment où le vieux curé de Marsac montait les rampes d'Angoulême pour aller instruire Ève de l'état où se trouvait son frère, David était caché depuis onze jours à deux portes de celle que le digne prêtre venait de quitter.

Quand l'abbé Marron déboucha sur la place du Mûrier, il y trouva les trois hommes, remarquables chacun dans leur genre, qui pesaient de tout leur poids sur l'avenir et sur le présent du pauvre prisonnier volontaire : le père Séchard, le grand Cointet, le petit avoué maigrelet. Trois hommes, trois cupidités ! mais trois cupidités aussi différentes que les hommes. L'un avait inventé de trafiquer de son fils, l'autre de son client, et le grand Cointet achetait toutes ces infamies en se flattant de ne rien payer. Il était environ cinq heures, et la plupart de ceux qui revenaient dîner chez eux s'arrêtaient pour regarder pendant un moment ces trois hommes. « Que diable le vieux père Séchard et le grand Cointet ont-ils donc à se dire ?... pensaient les plus curieux. — Il s'agit sans doute entre eux de ce pauvre malheureux qui laisse sa femme, sa belle-mère et son enfant sans pain, répondait-on. — Envoyez donc vos enfants apprendre un état à Paris ! » disait un esprit fort de province.

« Hé ! que venez-vous faire par ici, monsieur le curé ? s'écria le vigneron en apercevant l'abbé Marron aussitôt qu'il déboucha sur la place.

— Je viens pour les vôtres, répondit le vieillard.

— Encore une idée de mon fils !... dit le vieux Séchard.

— Il vous en coûterait bien peu de rendre tout le monde heureux », dit le prêtre en indiquant les fenêtres où Mme Séchard montrait entre les rideaux sa belle tête.

En ce moment, Ève apaisait les cris de son enfant en le faisant sauter et lui chantant une chanson.

« Apportez-vous des nouvelles de mon fils, dit le père, ou, ce qui vaudrait mieux, de l'argent ?

— Non, dit M. Marron, j'apporte à la sœur des nouvelles du frère.

— De Lucien ?... s'écria Petit-Claud.

— Oui. Le pauvre jeune homme est venu de Paris à pied. Je l'ai trouvé chez Courtois mourant de fatigue et de misère, répondit le prêtre... Oh ! il est bien malheureux ! »

Petit-Claud salua le prêtre et prit le grand Cointet par le bras en disant à haute voix : « Nous dînons chez Mme de Sénonches, il est temps de nous habiller !... » Et à deux pas il lui dit à l'oreille : « Quand on a le petit, on a bientôt la mère. Nous tenons David...

— Je vous ai marié, mariez-moi, dit le grand Cointet en laissant échapper un sourire faux.

— Lucien est mon camarade de collège, nous étions *copains* !... En huit jours je saurai bien quelque chose de lui. Faites en sorte que les bans se publient, et je vous réponds de mettre David en prison. Ma mission finit avec son écrou.

— Ah ! s'écria tout doucement le grand Cointet, la belle affaire serait de prendre le brevet à notre nom ! »

En entendant cette dernière phrase, le petit avoué maigrelet frissonna.

En ce moment Ève voyait entrer son beau-père et l'abbé Marron, qui, par un seul mot, venait de dénouer le drame judiciaire.

« Tenez, Mme Séchard, dit le vieil ours à sa belle-fille, voici notre curé qui vient sans doute nous en raconter de belles sur votre frère.

— Oh ! s'écria la pauvre Ève atteinte au cœur, que peut-il donc lui être encore arrivé ! »

Cette exclamation annonçait tant de douleurs ressenties, tant d'appréhensions, et de tant de sortes, que l'abbé Marron se hâta de dire : « Rassurez-vous, madame, il vit !

— Seriez-vous assez bon, mon père, dit Ève au vieux vigneron, pour aller chercher ma mère : elle entendra ce que monsieur doit avoir à nous dire de Lucien. »

Le vieillard alla chercher Mme Chardon, à laquelle il dit : « Vous aurez à en découdre avec l'abbé Marron, qui est bon homme *quoique prêtre*. Le dîner sera sans doute retardé, je reviens dans une heure. »

Et le vieillard, insensible à tout ce qui ne sonnait ou ne reluisait pas or, laissa la vieille femme sans voir l'effet du coup qu'il venait de lui porter. Le malheur qui pesait sur ses deux enfants, l'avortement des espérances assises sur la tête de Lucien, le changement si peu prévu d'un caractère qu'on crut pendant si longtemps énergique et probe ; enfin, tous les événements arrivés depuis dix-huit mois avaient déjà rendu Mme Chardon méconnaissable. Elle n'était pas seulement noble de race, elle était encore noble de cœur, et adorait ses enfants. Aussi avait-elle souffert plus de maux en ces derniers six mois que depuis son veuvage. Lucien avait eu la chance d'être Rubempré par ordonnance du Roi, de recommencer cette famille, d'en faire revivre le titre et les armes, de devenir grand ! Et il était tombé dans la fange ! Car, plus sévère pour lui que la sœur, elle avait regardé Lucien comme perdu, le jour où elle apprit l'affaire des billets. Les mères veulent quelquefois se tromper ; mais elles connaissent toujours bien les enfants qu'elles ont nourris, qu'elles n'ont pas quittés, et, dans les discussions que soulevaient entre David et sa femme les chances de Lucien à Paris, Mme Chardon, tout en paraissant partager les illusions d'Ève sur son frère, tremblait que David n'eût raison, car il parlait comme elle entendait parler sa conscience de mère. Elle connaissait trop la délicatesse de sensation de sa fille pour pouvoir lui exprimer ses douleurs, elle était donc forcée de les dévorer dans ce silence dont sont capables seulement les mères qui savent aimer leurs enfants. Ève, de son côté, suivait avec terreur les ravages que faisaient les chagrins chez sa mère, elle la voyait passant de la vieillesse à la décrépitude, et allant toujours ! La mère et la fille se faisaient donc l'une à l'autre de ces nobles mensonges qui ne trompent point. Dans la vie de cette mère, la phrase du féroce vigneron fut la goutte d'eau qui devait remplir la coupe des afflictions, Mme Chardon se sentit atteinte au cœur.

Aussi, quand Ève dit au prêtre : « Monsieur, voici ma mère ! » quand l'abbé regarda ce visage macéré comme celui d'une vieille religieuse, encadré de cheveux entièrement blanchis, mais embelli par l'air doux et calme des femmes pieusement résignées, et qui marchent, comme on dit, à la volonté de Dieu, comprit-il toute la vie de ces deux créatures. Le prêtre n'eut plus de pitié pour le bourreau, pour Lucien, il frémit en devinant tous les supplices subis par les victimes.

« Ma mère, dit Ève en s'essuyant les yeux, mon pauvre frère est bien près de nous, il est à Marsac.

— Et pourquoi pas ici ? » demanda Mme Chardon.

L'abbé Marron raconta tout ce que Lucien lui avait dit des misères de son voyage, et les malheurs de ses derniers jours à Paris. Il peignit les angoisses qui venaient d'agiter le poète quand il avait appris quels étaient au sein de sa famille les effets de ses imprudences et quelles étaient ses appréhensions sur l'accueil qui pouvait l'attendre à Angoulême.

« En est-il arrivé à douter de nous ? dit Mme Chardon.

— Le malheureux est venu vers vous à pied, en subissant les plus horribles privations, et il revient disposé à entrer dans les chemins les plus humbles de la vie… à réparer ses fautes.

— Monsieur, dit la sœur, malgré le mal qu'il nous a fait, j'aime mon frère, comme on aime le corps d'un être qui n'est plus ; et l'aimer ainsi, c'est encore l'aimer plus que beaucoup de sœurs n'aiment leurs frères. Il nous a rendus bien pauvres ; mais qu'il vienne, il partagera le chétif morceau de pain qui nous reste, enfin ce qu'il nous a laissé. Ah ! s'il ne nous avait pas quittés, monsieur, nous n'aurions pas perdu nos plus chers trésors.

— Et c'est la femme qui nous l'a enlevé dont la voiture l'a ramené, s'écria Mme Chardon. Parti dans la calèche de Mme de Bargeton à côté d'elle, il est revenu derrière !

— À quoi puis-je vous être utile dans la situation où vous êtes ? dit le brave curé qui cherchait une phrase de sortie.

— Eh ! monsieur, répondit Mme Chardon, plaie d'argent n'est pas mortelle, dit-on ; mais ces plaies-là ne peuvent pas avoir d'autre médecin que le malade.

— Si vous aviez assez d'influence pour déterminer mon beau-père à aider son fils, vous sauveriez toute une famille, dit Mme Séchard.

— Il ne croit pas en vous, et il m'a paru très exaspéré contre votre mari », dit le vieillard à qui les paraphrases du vigneron avaient fait considérer les affaires de Séchard comme un guêpier où il ne fallait pas mettre le pied.

Sa mission terminée, le prêtre alla dîner chez son petit-neveu Postel, qui dissipa le peu de bonne volonté de son vieil oncle en donnant, comme tout Angoulême, raison au père contre le fils.

« Il y a de la ressource avec des dissipateurs, dit en finissant le petit Postel ; mais avec ceux qui font des expériences, on se ruinerait. »

La curiosité du curé de Marsac était entièrement satisfaite, ce qui, dans toutes les provinces de France, est le principal but de l'excessif intérêt qu'on s'y témoigne. Dans la soirée, il mit le poète au courant de tout ce qui se passait chez les Séchard, en lui donnant son voyage comme une mission dictée par la charité la plus pure.

« Vous avez endetté votre sœur et votre beau-frère de dix à douze mille francs, dit-il en terminant ; et personne, mon cher monsieur, n'a cette bagatelle à prêter au voisin. En Angoumois, nous ne sommes pas riches. Je croyais qu'il s'agissait de beaucoup moins quand vous me parliez de vos billets. »

Après avoir remercié le vieillard de ses bontés, le poète lui dit : « La parole de pardon, que vous m'apportez, est pour moi le vrai trésor. »

Le lendemain, Lucien partit de très grand matin de Marsac pour Angoulême, où il entra vers neuf heures, une canne à la main, vêtu d'une petite redingote assez endommagée par le voyage et d'un pantalon noir à teintes blanches. Ses bottes usées disaient d'ailleurs assez qu'il appartenait à la classe infortunée des piétons. Aussi ne se dissimulait-il pas l'effet que devait produire sur ses compatriotes le contraste de son retour et de son départ. Mais, le cœur encore pantelant sous l'étreinte des remords que lui causait le récit du vieux prêtre, il acceptait pour le moment cette punition, décidé d'affronter les regards des personnes de sa connaissance. Il se disait en lui-même : « Je suis héroïque ! » Toutes ces natures de poète commencent par se duper elles-mêmes. À mesure qu'il marcha dans l'Houmeau, son âme lutta entre la honte de ce retour et la poésie de ses souvenirs. Son cœur battit en passant devant la porte de Postel, où, fort heureusement pour lui, Léonie Marron se trouva seule dans la boutique avec son enfant. Il vit avec plaisir (tant sa vanité conservait de force) le nom de son père effacé. Depuis son mariage, Postel avait fait repeindre sa boutique, et mis au-dessus, comme à Paris PHARMACIE. En gravissant la rampe de la Porte-Palet, Lucien éprouva l'influence de l'air natal, il ne sentit plus le poids de ses infortunes, et se dit avec délices : « Je vais donc les revoir ! » Il atteignit la place du Mûrier sans avoir rencontré personne : un bonheur qu'il espérait à peine, lui qui jadis se promenait en triomphateur dans sa ville ! Marion et Kolb, en sentinelle sur la porte, se précipitèrent dans l'escalier en criant : « Le voilà ! » Lucien revit le vieil atelier et la vieille cour, il trouva dans l'escalier sa sœur et sa mère, et ils s'embrassèrent en oubliant pour un instant tous les malheurs dans cette étreinte. En famille, on compose presque toujours avec le malheur ; on s'y fait un lit, et l'espérance en fait accepter la dureté. Si Lucien offrait l'image du désespoir, il en offrait aussi la poésie : le soleil des grands chemins lui avait bruni le teint ; une profonde mélancolie, empreinte dans ses traits, jetait ses ombres sur son front de poète. Ce changement annonçait tant de souffrances, qu'à l'aspect des traces laissées par la misère sur sa physionomie, le seul sentiment possible était la pitié. L'imagination partie du sein de la famille y trouvait au retour de tristes réalités. Ève eut au milieu de sa joie le sourire des saintes au milieu de leur martyre. Le chagrin rend sublime le visage d'une jeune femme très belle. La gravité qui remplaçait dans la figure de sa sœur la complète innocence qu'il y avait vue à son départ pour Paris, parlait trop éloquemment à Lucien pour qu'il n'en reçût pas une impression douloureuse. Aussi la première effusion des sentiments, si vive, si naturelle, fut-elle suivie de part et d'autre d'une réaction : chacun craignait de parler. Lucien ne put cependant s'empêcher de chercher par un regard celui qui manquait à cette réunion. Ce regard bien compris fit fondre en larmes Ève, et par contrecoup Lucien. Quant à Mme Chardon, elle resta blême, et en apparence impassible. Ève se leva, descendit pour épargner à son frère un mot dur, et alla dire à Marion : « Mon enfant, Lucien aime les fraises, il faut en trouver !...

— Oh ! j'ai bien pensé que vous vouliez fêter M. Lucien. Soyez tranquille, vous aurez un joli petit déjeuner et un bon dîner aussi. »

« Lucien, dit Mme Chardon à son fils, tu as beaucoup à réparer ici. Parti pour être un sujet d'orgueil pour ta famille, tu nous as plongés dans la misère. Tu as presque brisé dans les mains de ton frère l'instrument de la fortune à laquelle il n'a songé que pour sa nouvelle famille. Tu n'as pas brisé que cela... », dit la mère. Il se fit une pause effrayante et le silence de Lucien impliqua l'acceptation de ces reproches maternels. « Entre dans une voie de travail, reprit doucement Mme Chardon. Je ne te blâme pas d'avoir tenté de faire revivre la noble famille d'où je suis sortie ; mais, à de telles entreprises il faut avant tout une fortune, et des sentiments fiers : tu n'as rien eu de tout cela. À la croyance, tu as fait succéder en nous la défiance. Tu as détruit la paix de cette famille travailleuse et résignée, qui cheminait ici dans une voie difficile... Aux premières fautes, un premier pardon est dû. Ne recommence pas. Nous nous trouvons ici dans des circonstances difficiles, sois prudent, écoute ta sœur : le malheur est un maître dont les leçons, bien durement données, ont porté leur fruit chez elle : elle est devenue sérieuse, elle est mère, elle porte tout le fardeau du ménage par dévouement pour notre cher David ; enfin, elle est devenue, par ta faute, mon unique consolation.

— Vous pouviez être plus sévère, dit Lucien en embrassant sa mère. J'accepte votre pardon, parce que ce sera le seul que j'aurai jamais à recevoir. »

Ève revint ; et, à la pose humiliée de son frère, elle comprit que Mme Chardon avait parlé. Sa bonté lui mit un sourire sur les lèvres, auquel Lucien répondit par des larmes réprimées. La présence a comme un charme, elle change les dispositions les plus hostiles entre amants comme au sein des familles, quelque forts que soient les motifs de mécontentement. Est-ce que l'affection trace dans le cœur des chemins où l'on aime à retomber ? Ce phénomène appartient-il à la science du magnétisme ? La raison dit-elle qu'il faut ou ne jamais se revoir, ou se pardonner ? Que ce soit au raisonnement, à une cause physique ou à l'âme que cet effet appartienne, chacun doit avoir éprouvé que les regards, le geste, l'action d'un être aimé retrouvent chez ceux qu'il a le plus offensés, chagrinés ou maltraités, des vestiges de tendresse. Si l'esprit oublie difficilement, si l'intérêt souffre encore, le cœur, malgré tout, reprend sa servitude. Aussi, la pauvre sœur, en écoutant jusqu'à l'heure du déjeuner les confidences du frère, ne fut-elle pas maîtresse de ses yeux quand elle le regarda, ni de son accent quand elle laissa parler son cœur. En comprenant les éléments de la vie littéraire à Paris, elle comprit comment Lucien avait pu succomber dans la lutte. La joie du poète en caressant l'enfant de sa sœur, ses enfantillages, le bonheur de revoir son pays et les siens, mêlé au profond chagrin de savoir David caché, les mots de mélancolie qui échappèrent à Lucien, son attendrissement en voyant qu'au milieu de sa détresse sa sœur s'était souvenue de son goût quand Marion servit les fraises ; tout, jusqu'à l'obligation de loger le frère prodigue et de s'occuper de lui, fit de cette journée une fête. Ce fut comme une halte dans la misère. Le père Séchard lui-même fit rebrousser aux deux femmes le cours de leurs sentiments, en disant : « Vous le fêtez, comme s'il vous apportait des mille et des cents !...

— Mais qu'a donc fait mon frère pour ne pas être

fêté ?... » s'écria Mme Séchard jalouse de cacher la honte de Lucien.

Néanmoins, les premières tendresses passées, les nuances du vrai percèrent. Lucien aperçut bientôt chez Ève la différence de l'affection actuelle et de celle qu'elle lui portait jadis. David était profondément honoré, tandis que Lucien était aimé *quand même*, et comme on aime une maîtresse malgré les désastres qu'elle cause. L'estime, fonds nécessaire à nos sentiments, est la solide étoffe qui leur donne je ne sais quelle certitude, quelle sécurité dont on vit, et qui manquait entre Mme Chardon et son fils, entre le frère et la sœur. Lucien se sentit privé de cette entière confiance qu'on aurait eue en lui s'il n'avait pas failli à l'honneur. L'opinion écrite par d'Arthez sur lui, devenue celle de sa sœur, se laissa deviner dans les gestes, dans les regards, dans l'accent. Lucien était plaint ! mais, quant à être la gloire, la noblesse de la famille, le héros du foyer domestique, toutes ces belles espérances avaient fui sans retour. On craignit assez sa légèreté pour lui cacher l'asile où vivait David. Ève, insensible aux caresses dont fut accompagnée la curiosité de Lucien qui voulait voir son frère, n'était plus l'Ève de l'Houmeau pour qui, jadis, un seul regard de Lucien était un ordre irrésistible. Lucien parla de réparer ses torts, en se vantant de pouvoir sauver David. Ève lui répondit : « Ne t'en mêle pas, nous avons pour adversaires les gens les plus perfides et les plus habiles. » Lucien hocha la tête, comme s'il eût dit : « J'ai combattu des Parisiens... » Sa sœur lui répliqua par un regard qui signifiait : « Tu as été vaincu. »

« Je ne suis plus aimé, pensa Lucien. Pour la famille comme pour le monde, il faut donc réussir. » Dès le second jour, en essayant de s'expliquer le peu de confiance de sa mère et de sa sœur, le poète fut pris d'une pensée non pas haineuse, mais chagrine. Il appliqua la mesure de la vie parisienne à cette chaste vie de province, en oubliant que la médiocrité patiente de cet intérieur sublime de résignation était son ouvrage : « Elles sont bourgeoises, elles ne peuvent pas me comprendre », se dit-il en se séparant ainsi de sa sœur, de sa mère et de Séchard qu'il ne pouvait plus tromper ni sur son caractère, ni sur son avenir.

Ève et Mme Chardon, chez qui le sens divinatoire était éveillé par tant de chocs et tant de malheurs, épiaient les plus secrètes pensées de Lucien, elles se sentirent mal jugées et le virent s'isolant d'elles. « Paris nous l'a bien changé ! » se dirent-elles. Elles recueillaient enfin le fruit de l'égoïsme qu'elles avaient elles-mêmes cultivé. De part et d'autre, ce léger levain devait fermenter, et il fermenta ; mais principalement chez Lucien qui se trouvait si reprochable. Quant à Ève, elle était bien de ces sœurs qui savent dire à un frère en faute : « Pardonne-moi *tes* torts... » Lorsque l'union des âmes a été parfaite comme elle le fut au début de la vie entre Ève et Lucien, toute atteinte à ce beau idéal du sentiment est mortelle. Là où des scélérats se raccommodent après des coups de poignard, les amoureux se brouillent irrévocablement pour un regard, pour un mot. Dans ce souvenir de la quasi-perfection de la vie du cœur se trouve le secret de séparations souvent inexplicables. On peut vivre avec une défiance au cœur, alors que le passé n'offre pas le tableau d'une affection pure et sans nuages ; mais, pour deux êtres autrefois parfaitement unis, la vie, quand le regard, la parole exigent des précautions, devient insupportable. Aussi les grands poètes font-ils mourir leurs Paul et Virginie au sortir de l'adolescence. Comprendriez-vous Paul et Virginie brouillés ?... Remarquons, à la gloire d'Ève et de Lucien, que les intérêts, si fortement blessés, n'avivaient point ces blessures : chez la sœur irréprochable, comme chez le poète en faute, tout était sentiment ; aussi le moindre malentendu, la plus petite querelle, un nouveau mécompte dû à Lucien pouvait-il les désunir ou inspirer une de ces querelles qui brouillent irrévocablement les familles. En fait d'argent tout s'arrange ; mais les sentiments sont impitoyables.

Le lendemain Lucien reçut un numéro du journal d'Angoulême et pâlit de plaisir en se voyant le sujet d'un des premiers *Premiers-Angoulême*[1] que se permit cette estimable feuille qui, semblable aux Académies de province, en fille bien élevée, selon le mot de Voltaire, ne faisait jamais parler d'elle[2].

« Que la Franche-Comté s'enorgueillisse d'avoir donné le jour à Victor Hugo, à Charles Nodier et à Cuvier ; la Bretagne, à Chateaubriand et à Lamennais ; la Normandie à Casimir Delavigne : la Touraine, à l'auteur d'*Éloa*[3] ; aujourd'hui, l'Angoumois, où déjà sous Louis XIII l'illustre Guez, plus connu sous le nom de Balzac, s'est fait notre compatriote, n'a plus rien à envier ni à ces provinces ni au Limousin, qui a produit Dupuytren, ni à l'Auvergne, patrie de Montlosier[4], ni à Bordeaux, qui a eu le bonheur de voir naître tant de grands hommes ; nous aussi, nous avons un poète ! l'auteur des beaux sonnets intitulés *Les Marguerites* joint à la gloire du poète celle du prosateur, car on lui doit également le magnifique roman de *L'Archer de Charles IX*. Un jour nos neveux seront fiers d'avoir pour compatriote Lucien Chardon, un rival de Pétrarque !!!... » Dans les journaux de province de ce temps, les points d'admiration ressemblaient aux *hurra* par lesquels on accueille les *speech* des *meeting* en Angleterre. « Malgré ses éclatants succès à Paris, notre jeune poète s'est souvenu que l'hôtel de Bargeton avait été le berceau de ses triomphes, que l'aristocratie angoumoisine avait applaudi, la première, à ses poésies ; que l'épouse de M. le comte du Châtelet, préfet de notre département, avait encouragé ses premiers pas dans la carrière des Muses, et il est revenu parmi nous !... L'Houmeau tout entier s'est ému quand, hier, notre Lucien de Rubempré s'est présenté. La nouvelle de son retour a produit partout la plus vive sensation. Il est certain que la ville d'Angoulême ne se laissera pas devancer par l'Houmeau dans les honneurs qu'on parle de décerner à celui qui, soit dans la Presse, soit dans la Littérature, a représenté si glorieusement notre ville à Paris. Lucien, à la fois poète religieux et royaliste, a bravé la fureur des partis ; il est venu, dit-on, se reposer des fatigues d'une lutte qui fatiguerait des athlètes plus forts encore que des hommes de poésie et de rêverie.

« Par une pensée éminemment politique, à laquelle nous applaudissons, et que Mme la comtesse du Châtelet a eue, dit-on, la première, il est question de rendre à notre grand poète le titre et le nom de l'illustre famille des Rubempré, dont l'unique héritière est Mme Chardon, sa mère. Rajeunir ainsi, par des talents et par des gloires nouvelles, les vieilles familles près de s'éteindre est, chez l'immortel auteur de la Charte, une nouvelle preuve de son constant désir exprimé par ces mots : *union et oubli*.

Notre poète est descendu chez sa sœur, Mme Séchard. »

À la rubrique d'Angoulême se trouvaient les nouvelles suivantes :

« Notre préfet, M. le comte du Châtelet, déjà nommé gentilhomme ordinaire de la Chambre de S. M., vient d'être fait conseiller d'État en service extraordinaire.

« Hier toutes les autorités se sont présentées chez M. le préfet.

« Mme la comtesse Sixte du Châtelet recevra tous les jeudis.

« Le maire de l'Escarbas, M. de Nègrepelisse, représentant de la branche cadette des d'Espard, père de

Mme du Châtelet, récemment nommé comte, pair de France, et commandeur de l'ordre royal de Saint-Louis, est, dit-on, désigné pour présider le grand collège électoral d'Angoulême[1] aux prochaines élections. »

« Tiens », dit Lucien à sa sœur en lui apportant le journal. Après avoir lu l'article attentivement, Ève rendit la feuille à Lucien d'un air pensif. « Que dis-tu de cela ?... lui demanda Lucien étonné d'une prudence qui ressemblait à de la froideur.

— Mon ami, répondit-elle, ce journal appartient aux Cointet, ils sont absolument les maîtres d'y insérer des articles, et ne peuvent avoir la main forcée que par la Préfecture ou par l'Évêché. Supposes-tu ton ancien rival, aujourd'hui préfet, assez généreux pour chanter ainsi tes louanges ? Oublies-tu que les Cointet nous poursuivent sous le nom de Métivier et veulent sans doute amener David à les faire profiter de ses découvertes ?... De quelque part que vienne cet article, je le trouve inquiétant. Tu n'excitais ici que des haines, des jalousies ; on t'y calomniait en vertu du proverbe : *Nul n'est prophète en son pays,* et voilà que tout change en un clin d'œil !...

— Tu ne connais pas l'amour-propre des villes de province, répondit Lucien. On est allé dans une petite ville du Midi recevoir en triomphe, aux portes de la ville, un jeune homme qui avait remporté le prix d'honneur au grand concours, en voyant en lui un grand homme en herbe !

— Écoute-moi, mon cher Lucien, je ne veux pas te sermonner, je te dirai tout dans un seul mot : ici défie-toi des plus petites choses.

— Tu as raison », répondit Lucien surpris de trouver sa sœur si peu enthousiaste.

Le poète était au comble de la joie de voir changer en un triomphe sa mesquine et honteuse rentrée à Angoulême.

« Vous ne croyez pas au peu de gloire qui nous coûte si cher ! » s'écria Lucien après une heure de silence pendant laquelle il s'amassa comme un orage dans son cœur.

Pour toute réponse, Ève regarda Lucien, et ce regard le rendit honteux de son accusation.

Quelques instants avant le dîner, un garçon de bureau de la préfecture apporta une lettre adressée à M. Lucien Chardon et qui parut donner gain de cause à la vanité du poète que le monde disputait à la famille.

Cette lettre était l'invitation suivante :

M. le comte Sixte du Châtelet et Mme la comtesse du Châtelet prient M. Lucien Chardon de leur faire l'honneur de dîner avec eux le quinze septembre prochain.

R. S. V. P.

À cette lettre était jointe cette carte de visite :

LE COMTE SIXTE DU CHÂTELET

Gentilhomme ordinaire de la Chambre du Roi,
Préfet de la Charente,
Conseiller d'État.

« Vous êtes en faveur, dit le père Séchard, on parle de vous en ville comme d'un grand personnage... On se dispute entre Angoulême et l'Houmeau à qui vous tortillera des couronnes... »

« Ma chère Ève, dit Lucien à l'oreille de sa sœur, je me retrouve absolument comme j'étais à l'Houmeau le jour où je devais aller chez Mme de Bargeton : je suis sans habit pour le dîner du préfet. »

« Tu comptes donc accepter cette invitation ? » s'écria Mme Séchard effrayée.

Il s'engagea, sur la question d'aller ou de ne pas

aller à la préfecture, une polémique entre le frère et la sœur. Le bon sens de la femme de province disait à Ève qu'on ne doit se montrer au monde qu'avec un visage riant, en costume complet, et en tenue irréprochable ; mais elle cachait sa vraie pensée : « Où le dîner du préfet mènera-t-il Lucien ? Que peut pour lui le grand monde d'Angoulême ? Ne machine-t-on pas quelque chose contre lui ? »

Lucien finit par dire à sa sœur avant d'aller se coucher : « Tu ne sais pas quelle est mon influence : la femme du préfet a peur du journaliste ; et d'ailleurs dans la comtesse du Châtelet il y a toujours Louise de Nègrepelisse ! Une femme qui vient d'obtenir tant de faveurs peut sauver David ! Je lui dirai la découverte que mon frère vient de faire, et ce ne sera rien pour elle que d'obtenir un secours de dix mille francs au ministère. »

À onze heures du soir, Lucien, sa sœur, sa mère et le père Séchard, Marion et Kolb furent réveillés par la musique de la ville à laquelle s'était réunie celle de la garnison et trouvèrent la place du Mûrier pleine de monde. Une sérénade fut donnée à Lucien Chardon de Rubempré par les jeunes gens d'Angoulême. Lucien se mit à la fenêtre de sa sœur, et dit au milieu du plus profond silence, après le dernier morceau : « Je remercie mes compatriotes de l'honneur qu'ils me font, je tâcherai de m'en rendre digne ; ils me pardonneront de ne pas en dire davantage : mon émotion est si vive que je ne saurais continuer.

— Vive l'auteur de *L'Archer de Charles IX* !... — Vive l'auteur des *Marguerites* ! — Vive Lucien de Rubempré ! »

Après ces trois salves, criées par quelques voix, trois couronnes et des bouquets furent adroitement jetés par la croisée dans l'appartement. Dix minutes après, la place du Mûrier était vide, le silence y régnait.

« J'aimerais mieux dix mille francs, dit le vieux Séchard qui tourna, retourna les couronnes et les bouquets d'un air profondément narquois. Mais vous leur avez donné des marguerites, ils vous rendent des bouquets : vous faites dans les fleurs.

— Voilà l'estime que vous faites des honneurs que me décernent mes concitoyens ! s'écria Lucien dont la physionomie offrit une expression entièrement dénuée de mélancolie et qui véritablement rayonna de satisfaction. Si vous connaissiez les hommes, papa Séchard, vous verriez qu'il ne se rencontre pas deux moments semblables dans la vie. Il n'y a qu'un enthousiasme véritable à qui l'on puisse devoir de semblables triomphes !... Ceci, ma chère mère et ma bonne sœur, efface bien des chagrins. » Lucien embrassa sa sœur et sa mère comme l'on s'embrasse dans ces moments où la joie déborde à flots si larges qu'il faut la jeter dans le cœur d'un ami. (Faute d'un ami, disait un jour Bixiou, un auteur ivre de son succès embrasse son portier.) « Eh bien, ma chère enfant, dit-il à Ève, pourquoi pleures-tu ?... Ah ! c'est de joie... »

« Hélas ! dit Ève à sa mère avant de se recoucher et quand elles furent seules, dans un poète il y a, je crois, une jolie femme de la pire espèce...

— Tu as raison, répondit la mère en hochant la tête. Lucien a déjà tout oublié non seulement de ses malheurs, mais des nôtres. »

La mère et la fille se séparèrent sans oser se dire toutes leurs pensées.

Dans les pays dévorés par le sentiment d'insubordination sociale caché sous le mot *égalité*, tout triomphe est un de ces miracles qui ne va pas, comme certains miracles d'ailleurs, sans la coopération d'adroits machinistes. Sur dix ovations obtenues par des hommes vivants et décernées au sein de la patrie, il y en a neuf dont les causes sont étrangères au glorieux couronné.

Le triomphe de Voltaire sur les planches du Théâtre-Français[1] n'était-il pas celui de la philosophie de son siècle ? En France on ne peut triompher que quand tout le monde se couronne sur la tête du triomphateur. Aussi les deux femmes avaient-elles raison dans leurs pressentiments. Le succès du grand homme de province était trop antipathique aux mœurs immobiles d'Angoulême pour ne pas avoir été mis en scène par des intérêts ou par un machiniste passionné, collaborations également perfides. Ève, comme la plupart des femmes d'ailleurs, se défiait par sentiment et sans pouvoir se justifier à elle-même sa défiance. Elle se dit en s'endormant : « Qui donc aime assez ici mon frère pour avoir excité le pays ?... *Les Marguerites* ne sont d'ailleurs pas encore publiées, comment peut-on le féliciter d'un succès à venir ?... »

Ce triomphe était en effet l'œuvre de Petit-Claud. Le jour où le curé de Marsac lui annonça le retour de Lucien, l'avoué dînait pour la première fois chez Mme de Sénonches, qui devait recevoir officiellement la demande de la main de sa pupille. Ce fut un de ces dîners de famille dont la solennité se trahit plus par les toilettes que par le nombre des convives. Quoique en famille, on se sait en représentation, et les intentions percent dans toutes les contenances. Françoise était mise comme en étalage. Mme de Sénonches avait arboré les pavillons de ses toilettes les plus recherchées. M. du Hautoy était en habit noir. M. de Sénonches, à qui sa femme avait écrit l'arrivée de Mme du Châtelet qui devait se montrer pour la première fois chez elle et la présentation officielle d'un prétendu pour Françoise, était revenu de chez M. de Pimentel. Cointet, vêtu de son plus bel habit marron à coupe ecclésiastique, offrit aux regards un diamant de six mille francs sur son jabot, la vengeance du riche commerçant sur l'aristocratie pauvre. Petit-Claud, épilé, peigné, savonné, n'avait pu se défaire de son petit air sec. Il était impossible de ne pas comparer cet avoué maigrelet, serré dans ses habits, à une vipère gelée ; mais l'espoir augmentait si bien la vivacité de ses yeux de pie, il mit tant de glace sur sa figure, il se gourma si bien, qu'il arriva juste à la dignité d'un petit procureur du Roi ambitieux. Mme de Sénonches avait prié ses intimes de ne pas dire un mot sur la première entrevue de sa pupille avec un prétendu, ni de l'apparition de la préfète, en sorte qu'elle s'attendit à voir ses salons pleins. En effet, M. le préfet et sa femme avaient fait leurs visites officielles par cartes, en réservant l'honneur des visites personnelles comme un moyen d'action. Aussi l'aristocratie d'Angoulême était-elle travaillée d'une si énorme curiosité, que plusieurs personnes du camp de Chandour se proposèrent de venir à l'hôtel Bargeton, car on s'obstinait à ne pas appeler cette maison l'hôtel de Sénonches. Les preuves du crédit de la comtesse du Châtelet avaient réveillé bien des ambitions ; et d'ailleurs on la disait tellement changée à son avantage que chacun voulait en juger par soi-même. En apprenant de Cointet, pendant le chemin, la grande nouvelle de la faveur que Zéphirine avait obtenue de la préfète pour pouvoir lui présenter le futur de la chère Françoise, Petit-Claud se flatta de tirer parti de la fausse position où le retour de Lucien mettait Louise de Nègrepelisse.

M. et Mme de Sénonches avaient pris des engagements si lourds en achetant leur maison, qu'en gens de province ils ne s'avisèrent pas d'y faire le moindre changement. Aussi, le premier mot de Zéphirine à Louise fut-il, en allant à sa rencontre, quand on l'annonça : « Ma chère Louise, voyez..., vous êtes encore ici chez vous !... en lui montrant le petit lustre à pendeloques, les boiseries et le mobilier qui jadis avaient fasciné Lucien.

— C'est, ma chère, ce que je veux le moins me rappeler », dit gracieusement Mme la préfète en jetant un regard autour d'elle pour examiner l'assemblée.

Chacun s'avoua que Louise de Nègrepelisse ne se ressemblait pas à elle-même. Le monde parisien où elle était restée pendant dix-huit mois, les premiers bonheurs de son mariage qui transformaient aussi bien la femme que Paris avait transformé la provinciale, l'espèce de dignité que donne le pouvoir, tout faisait de la comtesse du Châtelet une femme qui ressemblait à Mme de Bargeton comme une fille de vingt ans ressemble à sa mère. Elle portait un charmant bonnet de dentelles et de fleurs négligemment attaché par une épingle à tête de diamant. Ses cheveux à l'anglaise lui accompagnaient bien la figure et la rajeunissaient en en cachant les contours. Elle avait une robe en foulard, à corsage en pointe, délicieusement frangée et dont la façon due à la célèbre Victorine faisait bien valoir sa taille. Ses épaules, couvertes d'un fichu de blonde[1], étaient à peine visibles sous une écharpe de gaze adroitement mise autour de son cou trop long. Enfin elle jouait avec ces jolies bagatelles dont le maniement est l'écueil des femmes de province : une jolie cassolette pendait à son bracelet par une chaîne[2] ; elle tenait dans une main son éventail et son mouchoir roulé[3] sans en être embarrassée. Le goût exquis des moindres détails, la pose et les manières copiées de Mme d'Espard révélaient en Louise une savante étude du faubourg Saint-Germain. Quant au vieux Beau de l'Empire, le mariage l'avait avancé comme ces melons qui, de verts encore la veille, deviennent jaunes dans une seule nuit. En retrouvant sur le visage épanoui de sa femme la verdeur que Sixte avait perdue, on se fit, d'oreille à oreille, des plaisanteries de province, et d'autant plus volontiers que toutes les femmes enrageaient de la nouvelle supériorité de l'ancienne reine d'Angoulême ; et le tenace intrus dut payer pour sa femme. Excepté M. de Chandour et sa femme, feu Bargeton, M. de Pimentel et les Rastignac, le salon se trouvait à peu près aussi nombreux que le jour où Lucien y fit sa lecture, car Mgr l'évêque arriva suivi de ses grands vicaires. Petit-Claud, saisi par le spectacle de l'aristocratie angoumoisine, au cœur de laquelle il désespérait de se voir jamais quatre mois auparavant, sentit sa haine contre les classes supérieures se calmer. Il trouva la comtesse Châtelet ravissante en se disant : « Voilà pourtant la femme qui peut me faire nommer substitut ! » Vers le milieu de la soirée, après avoir causé pendant le même temps avec chacune des femmes en variant le ton de son entretien selon l'importance de la personne et la conduite qu'elle avait tenue à propos de sa fuite avec Lucien, Louise se retira dans le boudoir avec Monseigneur. Zéphirine prit alors le bras de Petit-Claud, à qui le cœur battit, et l'amena vers ce boudoir où les malheurs de Lucien avaient commencé, et où ils allaient se consommer.

« Voici M. Petit-Claud, ma chère, je te le recommande d'autant plus vivement que tout ce que tu feras pour lui profitera sans doute à ma pupille.

— Vous êtes avoué, monsieur ? dit l'auguste fille des Nègrepelisse en toisant Petit-Claud.

— Hélas ! oui, *madame la comtesse*. (Jamais le fils du tailleur de l'Houmeau n'avait eu, dans toute sa vie, une seule fois, l'occasion de se servir de ces trois mots ; aussi sa bouche en fut-elle comme pleine.) Mais, reprit-il, il dépend de madame la comtesse de me faire tenir debout au parquet. M. Milaud va, dit-on, à Nevers…

— Mais, reprit la comtesse, n'est-on pas second, puis premier substitut ? je voudrais vous voir sur-le-champ premier substitut… Pour m'occuper de vous et vous obtenir cette faveur, je veux quelque certitude de votre dévouement à la Légitimité, à la Religion, et surtout à M. de Villèle.

— Ah ! madame, dit Petit-Claud en s'approchant de son oreille, je suis homme à obéir absolument au Roi.

— C'est ce qu'il *nous* faut aujourd'hui, répliqua-t-elle en se reculant pour lui faire comprendre qu'elle ne voulait plus rien s'entendre dire à l'oreille. Si vous convenez toujours à Mme de Sénonches, comptez sur moi, ajouta-t-elle en faisant un geste royal avec son éventail.

— Madame, dit Petit-Claud à qui Cointet se montra en arrivant à la porte du boudoir, Lucien est ici.

— Eh bien, monsieur ?... répondit la comtesse d'un ton qui eût arrêté toute espèce de parole dans le gosier d'un homme ordinaire.

— Madame la comtesse ne me comprend pas, reprit Petit-Claud en se servant de la formule la plus respectueuse, je veux lui donner une preuve de mon dévouement à sa personne. Comment madame la comtesse veut-elle que le grand homme qu'elle a fait soit reçu dans Angoulême ? Il n'y a pas de milieu : il doit y être un objet ou de mépris ou de gloire. »

Louise de Nègrepelisse n'avait pas pensé à ce dilemme, auquel elle était évidemment intéressée, plus à cause du passé que du présent. Or, des sentiments que la comtesse portait actuellement à Lucien dépendait la réussite du plan conçu par l'avoué pour mener à bien l'arrestation de Séchard.

« Monsieur Petit-Claud, dit-elle en prenant une attitude de hauteur et de dignité, vous voulez appartenir au Gouvernement, sachez que son premier principe doit être de ne jamais avoir eu tort, et que les femmes ont encore mieux que les gouvernements l'instinct du pouvoir et le sentiment de leur dignité.

— C'est bien là ce que je pensais, madame, répondit-il vivement en observant la comtesse avec une attention aussi profonde que peu visible. Lucien arrive ici dans la plus grande misère. Mais, s'il doit y recevoir une ovation, je puis aussi le contraindre, à cause de l'ovation même, à quitter Angoulême où sa sœur et son beau-frère David Séchard sont sous le coup de poursuites ardentes… »

Louise de Nègrepelisse laissa voir sur son visage altier un léger mouvement produit par la répression même de son plaisir. Surprise d'être si bien devinée, elle regarda Petit-Claud en dépliant son éventail, car Françoise de La Haye entrait, ce qui lui donna le temps de trouver une réponse.

« Monsieur, dit-elle avec un sourire significatif, vous serez promptement procureur du Roi… »

N'était-ce pas tout dire sans se compromettre ?

« Oh ! madame, s'écria Françoise en venant remercier la préfète, je vous devrai donc le bonheur de ma vie. » Elle lui dit à l'oreille en se penchant vers sa protectrice par un petit geste de jeune fille : « Je serais morte à petit feu d'être la femme d'un avoué de province… »

Si Zéphirine s'était ainsi jetée sur Louise, elle y avait été poussée par Francis, qui ne manquait pas d'une certaine connaissance du monde bureaucratique.

« Dans les premiers jours de tout avènement, que ce soit celui d'un préfet, d'une dynastie ou d'une exploitation, dit l'ancien consul général à son amie, on trouve les gens tout feu pour rendre service ; mais ils ont bientôt reconnu les inconvénients de la protection, et deviennent de glace. Aujourd'hui Louise fera pour Petit-Claud des démarches que, dans trois mois, elle ne voudrait plus faire pour votre mari.

— Madame la comtesse pense-t-elle, dit Petit-Claud, à toutes les obligations du triomphe de notre poète ? Elle devra recevoir Lucien pendant les dix jours que durera notre engouement. »

La préfète fit un signe de tête afin de congédier Petit-Claud, et se leva pour aller causer avec Mme de Pimentel qui montra sa tête à la porte du boudoir. Saisie par la nouvelle de l'élévation du bonhomme de Nègrepelisse à la pairie, la marquise avait jugé nécessaire de venir caresser une femme assez habile pour avoir augmenté son influence en faisant une quasi-faute.

« Dites-moi donc, ma chère, pourquoi vous vous êtes donné la peine de mettre votre père à la Chambre haute, dit la marquise au milieu d'une conversation confidentielle où elle pliait le genou devant la supériorité de sa *chère* Louise.

— Ma chère, on m'a d'autant mieux accordé cette faveur que mon père n'a pas d'enfants, et votera toujours pour la couronne ; mais, si j'ai des garçons, je compte bien que mon aîné sera substitué au titre, aux armes et à la pairie de son grand-père... »

Mme de Pimentel vit avec chagrin qu'elle ne pourrait pas employer à réaliser son désir de faire élever M. de Pimentel à la pairie une mère dont l'ambition s'étendait sur les enfants à venir.

« Je tiens la préfète, disait Petit-Claud à Cointet en sortant, et je vous promets votre acte de société... Je serai dans un mois premier substitut, et vous, vous serez maître de Séchard. Tâchez maintenant de me trouver un successeur pour mon étude, j'en ai fait en cinq mois la première d'Angoulême...

— Il ne fallait que vous mettre à cheval », dit Cointet presque jaloux de son œuvre.

Chacun peut maintenant comprendre la cause du triomphe de Lucien dans son pays. À la manière de ce roi de France qui ne vengeait pas le duc d'Orléans[1], Louise ne voulait pas se souvenir des injures reçues à Paris par Mme de Bargeton. Elle voulait patronner Lucien, l'écraser de sa protection et s'en débarrasser *honnêtement*. Mis au fait de toute l'intrigue de Paris par les commérages, Petit-Claud avait bien deviné la haine vivace que les femmes portent à l'homme qui n'a pas su les aimer à l'heure où elles ont eu l'envie d'être aimées.

Le lendemain de l'ovation qui justifiait le passé de Louise de Nègrepelisse, Petit-Claud, pour achever de griser Lucien et s'en rendre maître, se présenta chez Mme Séchard à la tête de six jeunes gens de la ville, tous anciens camarades de Lucien au collège d'Angoulême. Cette députation était envoyée à l'auteur des *Marguerites* et de *L'Archer de Charles IX* par ses condisciples, pour le prier d'assister au banquet qu'ils voulaient donner au grand homme sorti de leurs rangs.

« Tiens, c'est toi, Petit-Claud ! s'écria Lucien.

— Ta rentrée ici, lui dit Petit-Claud, a stimulé notre amour-propre, nous nous sommes piqués d'honneur, nous nous sommes cotisés, et nous te préparons un magnifique repas. Notre proviseur et nos professeurs y assisteront ; et, à la manière dont vont les choses, nous aurons sans doute les autorités.

— Et pour quel jour ? dit Lucien.

— Dimanche prochain.

— Cela me serait impossible, répondit le poète, je ne puis accepter que pour dans dix jours d'ici... Mais alors ce sera volontiers...

— Eh bien, nous sommes à tes ordres, dit Petit-Claud ; soit, dans dix jours. »

Lucien fut charmant avec ses anciens camarades qui lui témoignèrent une admiration presque respectueuse. Il causa pendant environ une demi-heure avec beaucoup d'esprit, car il se trouvait sur un piédestal et voulait justifier l'opinion du pays : il se mit les mains dans les goussets, il parla tout à fait en homme qui voit les choses de la hauteur où ses concitoyens l'ont mis. Il fut modeste, et bon enfant, comme un génie en déshabillé. Ce fut les plaintes d'un athlète fatigué des luttes à Paris, désenchanté surtout, il félicita ses camarades de ne pas avoir quitté leur bonne province, etc. Il les laissa tout enchantés de lui. Puis, il prit Petit-Claud à part et lui demanda la vérité sur les affaires de David, en lui reprochant l'état de séquestration où se trouvait son beau-frère. Lucien voulait ruser avec Petit-Claud. Petit-Claud s'efforça de donner à son ancien camarade cette opinion que lui, Petit-Claud, était un pauvre petit avoué de province, sans aucune espèce de finesse. La constitution actuelle des sociétés, infiniment plus compliquée dans ses rouages que celle des sociétés antiques, a eu pour effet de subdiviser les facultés chez l'homme. Autrefois, les gens éminents, forcés d'être universels, apparaissaient en petit nombre et comme des flambeaux au milieu des nations antiques. Plus tard, si les facultés se spécialisèrent, la qualité s'adressait encore à l'ensemble des choses. Ainsi un homme *riche en cautèle*, comme on l'a dit de Louis XI, pouvait appliquer sa ruse à tout ; mais aujourd'hui, la qualité s'est elle-même subdivisée. Par exemple, autant de professions, autant de ruses différentes. Un rusé diplomate sera très bien joué, dans une affaire, au fond d'une province, par un avoué médiocre ou par un paysan. Le plus rusé journaliste peut se trouver fort niais en matière d'intérêts commerciaux, et Lucien devait être et fut le jouet de Petit-Claud. Le malicieux avocat avait naturellement écrit lui-même l'article où la ville d'Angoulême, compromise avec son faubourg de l'Houmeau, se trouvait obligée de fêter Lucien. Les concitoyens de Lucien venus sur la place du Mûrier étaient les ouvriers de l'imprimerie et de la papeterie des Cointet, accompagnés des clercs de Petit-Claud, de Cachan, et de quelques camarades de collège. Redevenu pour le poète le *copain* du collège, l'avoué pensait avec raison que son camarade laisserait échapper, dans un temps donné, le secret de la retraite de David. Et si David périssait par la faute de Lucien, Angoulême n'était pas tenable pour le poète. Aussi, pour mieux assurer son influence, se posa-t-il comme l'inférieur de Lucien.

« Comment n'aurais-je pas fait pour le mieux ? dit Petit-Claud à Lucien. Il s'agissait de la sœur de mon *copain* ; mais, au Palais, il y a des positions où l'on doit périr. David m'a demandé, le premier juin, de lui garantir sa tranquillité pendant trois mois ; il n'est en danger qu'en septembre, et encore ai-je su soustraire tout son avoir à ses créanciers ; car je gagnerai le procès en Cour royale ; j'y ferai juger que le privilège de la femme est absolu, que, dans l'espèce, il ne couvre aucune fraude... Quant à toi, tu reviens malheureux, mais tu es un homme de génie... (Lucien fit un geste comme d'un homme à qui l'encensoir arrive trop près du nez.) Oui, mon cher, reprit Petit-Claud, j'ai lu *L'Archer de Charles IX*, et c'est plus qu'un ouvrage, c'est un livre ! La préface n'a pu être écrite que par deux hommes : Chateaubriand ou toi ! »

Lucien accepta cet éloge, sans dire que cette préface était de d'Arthez[1]. Sur cent auteurs français, quatre-vingt-dix-neuf eussent agi comme lui.

« Eh bien, ici l'on n'avait pas l'air de te connaître, reprit Petit-Claud en jouant l'indignation. Quand j'ai vu l'indifférence générale, je me suis mis en tête de révolutionner tout ce monde. J'ai fait l'article que tu as lu...

— Comment, c'est toi qui !... s'écria Lucien.

— Moi-même !... Angoulême et l'Houmeau se sont trouvés en rivalité, j'ai rassemblé des jeunes gens, tes anciens camarades de collège, et j'ai organisé la sérénade d'hier ; puis, une fois lancés dans l'enthousiasme, nous avons lâché la souscription pour le dîner. "Si David se cache, au moins Lucien sera couronné !" me suis-je dit. J'ai fait mieux, reprit Petit-Claud, j'ai vu la comtesse Châtelet, et je lui ai fait comprendre qu'elle se devait à elle-même de tirer David de sa position, elle le peut, elle le doit. Si David a bien réellement trouvé le secret dont il m'a parlé, le gouvernement ne se ruinera pas en le soutenant, et quel genre pour un préfet d'avoir l'air d'être pour moitié dans une si grande découverte par l'heureuse protection qu'il accorde à l'inventeur ! On fait parler de soi comme d'un administrateur éclairé... Ta sœur s'est effrayée du jeu de notre mousqueterie judiciaire ! elle a eu peur de la fumée... La guerre au Palais coûte aussi cher que sur les champs de bataille ; mais David a maintenu sa position, il est maître de son secret : on ne peut pas l'arrêter, on ne l'arrêtera pas !

— Je te remercie, mon cher, et je vois que je puis te confier mon plan, tu m'aideras à le réaliser. » Petit-Claud regarda Lucien en donnant à son nez en vrille l'air d'un point d'interrogation. « Je veux sauver Séchard, dit Lucien avec une sorte d'importance, je suis la cause de son malheur, je réparerai tout... J'ai plus d'empire sur Louise...

— Qui, Louise ?...

— La comtesse Châtelet !... » (Petit-Claud fit un mouvement.) « J'ai sur elle plus d'empire qu'elle ne le croit elle-même, reprit Lucien ; seulement, mon cher, si j'ai du pouvoir sur votre gouvernement, je n'ai pas d'habits... »

Petit-Claud fit un autre mouvement comme pour offrir sa bourse.

« Merci, dit Lucien en serrant la main de Petit-Claud. Dans dix jours d'ici, j'irai faire une visite à Mme la préfète, et je te rendrai la tienne. »

Et ils se séparèrent en se donnant des poignées de main de camarades.

« Il doit être poète, se dit en lui-même Petit-Claud, car il est fou. »

« On a beau dire, pensait Lucien en revenant chez sa sœur ; en fait d'amis, il n'y a que les amis de collège.

— Mon Lucien, dit Ève, que t'a donc promis Petit-Claud pour lui témoigner tant d'amitié ? Prends garde à lui !

— À lui ? s'écria Lucien. Écoute, Ève, reprit-il en paraissant obéir à une réflexion, tu ne crois plus en moi, tu te défies de moi, tu peux bien te défier de Petit-Claud ; mais, dans douze ou quinze jours, tu changeras d'opinion », ajouta-t-il d'un petit air fat...

Lucien remonta dans sa chambre, et y écrivit la lettre suivante à Lousteau.

Mon ami, de nous deux, moi seul puis me souvenir du billet de mille francs que je t'ai prêté : mais je connais trop bien, hélas ! la situation où tu seras en ouvrant ma lettre, pour ne pas ajouter aussitôt que je ne te les redemande pas en espèces d'or ou d'argent ; non, je te les demande en crédit, comme on les demanderait à Florine en plaisir. Nous avons le même tailleur, tu peux donc me faire confectionner sous le plus bref délai un habillement complet. Sans être précisément dans le costume d'Adam, je ne puis me montrer. Ici, les honneurs départementaux dus aux illustrations parisiennes m'attendaient, à mon grand étonnement. Je suis le héros d'un banquet, ni plus ni moins qu'un député de la Gauche ; comprends-tu maintenant la nécessité d'un habit noir ? Promets le payement ; charge-t'en, fais jouer la réclame ; enfin trouve une scène inédite de Don Juan avec M. Dimanche[1]*, car il faut m'endimancher à tout prix. Je n'ai rien que des haillons : pars de là ! Nous sommes en septembre, il fait un temps magnifique ;* ergo, *veille à ce que je reçoive à la fin de cette semaine, un charmant habillement du matin : petite redingote vert bronze foncé, trois gilets, l'un couleur soufre, l'autre de fantaisie, genre écossais, le troisième d'une entière blancheur ;*

plus, trois pantalons à faire des femmes, *l'un blanc étoffe anglaise, l'autre nankin, le troisième en léger casimir noir; enfin un habit noir et un gilet de satin noir pour soirée. Si tu as retrouvé une Florine quelconque, je me recommande à elle pour deux cravates de fantaisie. Ceci n'est rien, je compte sur toi, sur ton adresse: le tailleur m'inquiète peu. Mon cher ami, nous l'avons maintes fois déploré: l'intelligence de la misère qui, certes, est le plus actif poison dont soit travaillé l'homme par excellence, le Parisien! cette intelligence dont l'activité surprendrait Satan, n'a pas encore trouvé le moyen d'avoir à crédit un chapeau! Quand nous aurons mis à la mode des chapeaux qui vaudront mille francs, les chapeaux seront possibles; mais jusque-là, nous devrons toujours avoir assez d'or dans nos poches pour payer un chapeau. Ah! quel mal la Comédie-Française nous a fait avec ce* Lafleur, tu mettras de l'or dans mes poches[1]*! Je sens donc profondément toutes les difficultés de l'exécution de cette demande: joins une paire de bottes, une paire d'escarpins, un chapeau, six paires de gants à l'envoi du tailleur! C'est demander l'impossible, je le sais. Mais la vie littéraire n'est-elle pas l'impossible mis en coupe réglée?... Je ne te dis qu'une seule chose: opère ce prodige en faisant un grand article ou quelque petite infamie, je te quitte et décharge de ta dette. Et c'est une dette d'honneur, mon cher, elle a douze mois de carnet: tu en rougirais, si tu pouvais rougir. Mon cher Lousteau, plaisanterie à part, je suis dans des circonstances graves. Juges-en par ce seul mot: la Seiche est engraissée, elle est devenue la femme du Héron, et le Héron est préfet d'Angoulême. Cet affreux couple peut beaucoup pour mon beau-frère que j'ai mis dans une situation affreuse, il est poursuivi, caché, sous le poids de la lettre de change!... Il s'agit de reparaître aux yeux de Mme la préfète et de reprendre sur elle quelque empire à tout prix. N'est-ce pas effrayant à* *penser que la fortune de David Séchard dépende d'une jolie paire de bottes, de bas de soie gris à jour (ne va pas les oublier), et d'un chapeau neuf!... Je vais me dire malade et souffrant, me mettre au lit comme fit Duvicquet*[1]*, pour me dispenser de répondre à l'empressement de mes concitoyens. Mes concitoyens m'ont donné, mon cher, une très belle sérénade. Je commence à me demander combien il faut de sots pour composer ce mot:* mes concitoyens, *depuis que j'ai su que l'enthousiasme de la capitale de l'Angoumois avait eu quelques-uns de mes camarades de collège pour boute-en-train.*

Si tu pouvais mettre aux Faits-Paris *quelques lignes sur ma réception, tu me grandirais ici de plusieurs talons de botte. Je ferais d'ailleurs sentir à la Seiche que j'ai, sinon des amis, du moins quelque crédit dans la Presse parisienne. Comme je ne renonce à rien de mes espérances, je te revaudrai cela. S'il te fallait un bel article de fond pour un recueil quelconque, j'ai le temps d'en méditer un à loisir. Je ne te dis plus qu'un mot, mon cher ami: je compte sur toi, comme tu peux compter sur celui qui se dit:*

Tout à toi,

LUCIEN DE R.

P.-S. — Adresse-moi le tout par les diligences, bureau restant.

Cette lettre, où Lucien reprenait le ton de supériorité que son succès lui donnait intérieurement, lui rappela Paris. Pris depuis six jours par le calme absolu de la province, sa pensée se reporta vers ses bonnes misères, il eut des regrets vagues, il resta pendant toute une semaine préoccupé de la comtesse Châtelet; enfin, il attacha tant d'importance à sa réapparition que, quand il descendit, à la nuit tombante, à l'Houmeau chercher au bureau des diligences les paquets qu'il attendait de Paris, il éprouvait toutes les angoisses de l'incertitude, comme une femme qui a mis ses dernières espérances sur une toilette et qui désespère de l'avoir.

« Ah ! Lousteau ! je te pardonne tes trahisons » se dit-il en remarquant par la forme des paquets que l'envoi devait contenir tout ce qu'il avait demandé.

Il trouva la lettre suivante dans le carton à chapeau.

Du salon de Florine.

Mon cher enfant,

Le tailleur s'est très bien conduit ; mais, comme ton profond coup d'œil rétrospectif te le faisait pressentir, les cravates, le chapeau, les bas de soie à trouver ont porté le trouble dans nos cœurs, car il n'y avait rien à troubler dans notre bourse. Nous le disions avec Blondet : il y aurait une fortune à faire en établissant une maison où les jeunes gens trouveraient ce qui coûte peu de chose. Car nous finissons par payer très cher ce que nous ne payons pas. D'ailleurs, le grand Napoléon, arrêté dans sa course vers les Indes, faute d'une paire de bottes, l'a dit : Les affaires faciles ne se font jamais ! *Donc tout allait, excepté ta chaussure… Je te voyais habillé sans chapeau ! gileté sans souliers, et je pensais à t'envoyer une paire de mocassins qu'un Américain a donnés par curiosité à Florine. Florine a offert une masse de quarante francs à jouer pour toi. Nathan, Blondet et moi, nous avons été si heureux en ne jouant plus pour notre compte que nous avons été assez riches pour emmener la Torpille, l'ancien rat*[1] *de des Lupeaulx, à souper. Frascati nous devait bien cela. Florine s'est chargée des acquisitions ; elle y a joint trois belles chemises. Nathan t'offre une canne. Blondet, qui a gagné trois cents francs, t'envoie une chaîne d'or. Le rat y a joint une montre en or, grande comme une pièce de quarante francs qu'un imbécile lui a donnée et qui ne va pas:* « C'est de la pacotille, comme ce qu'il a eu ! » *nous a-t-elle dit. Bixiou, qui nous est venu trouver au* Rocher de Cancale, *a voulu mettre un flacon d'eau de Portugal dans l'envoi que te fait Paris. Notre premier comique a dit:* « Si cela peut faire son bonheur, qu'il le soit !... » *avec cet accent de basse-taille et cette importance bourgeoise qu'il peint si bien*[1]*. Tout cela, mon cher enfant, te prouve combien l'on aime ses amis dans le malheur. Florine, à qui j'ai eu la faiblesse de pardonner, te prie de nous envoyer un article sur le dernier ouvrage de Nathan. Adieu, mon fils ! Je ne puis que te plaindre d'être retourné dans le bocal d'où tu sortais quand tu t'es fait un vieux camarade de*

Ton ami

ÉTIENNE L.

« Pauvres garçons ! ils ont joué pour moi ! » se dit-il tout ému.

Il vient des pays malsains ou de ceux où l'on a le plus souffert des bouffées qui ressemblent aux senteurs du paradis. Dans une vie tiède le souvenir des souffrances est comme une jouissance indéfinissable. Ève fut stupéfaite quand son frère descendit dans ses vêtements neufs ; elle ne le reconnaissait pas.

« Je puis maintenant m'aller promener à Beaulieu, s'écria-t-il ; on ne dira pas de moi : Il est revenu en haillons ! Tiens, voilà une montre que je te rendrai, car elle est bien à moi ; puis, elle me ressemble, elle est détraquée.

— Quel enfant tu es !... dit Ève. On ne peut t'en vouloir de rien.

— Croirais-tu donc, ma chère fille, que j'aie demandé tout cela dans la pensée assez niaise de briller aux yeux d'Angoulême, dont je me soucie comme de cela !

dit-il en fouettant l'air avec sa canne à pomme d'or ciselée. Je veux réparer le mal que j'ai fait, et je me suis mis sous les armes. »

Le succès de Lucien comme élégant fut le seul triomphe réel qu'il obtint, mais il fut immense. L'envie délie autant de langues que l'admiration en glace. Les femmes raffolèrent de lui, les hommes en médirent, et il put s'écrier comme le chansonnier : « *Ô mon habit, que je te remercie*[1] *!* » Il alla mettre deux cartes à la préfecture et fit également une visite à Petit-Claud, qu'il ne trouva pas. Le lendemain, jour du banquet, les journaux de Paris contenaient tous, à la rubrique d'Angoulême, les lignes suivantes :

ANGOULÊME. — *Le retour d'un jeune poète dont les débuts ont été si brillants, de l'auteur de* L'Archer de Charles IX, *l'unique roman historique fait en France sans imitation du genre de Walter Scott, et dont la préface est un événement littéraire, a été signalé par une ovation aussi flatteuse pour la ville que pour M. Lucien de Rubempré. La ville s'est empressée de lui offrir un banquet patriotique. Le nouveau préfet, à peine installé, s'est associé à la manifestation publique en fêtant l'auteur des* Marguerites, *dont le talent fut si vivement encouragé à ses débuts par Mme la comtesse Châtelet.*

En France, une fois l'élan donné, personne ne peut plus l'arrêter. Le colonel du régiment en garnison offrit sa musique. Le maître d'hôtel de la Cloche, dont les expéditions de dindes truffées vont jusqu'en Chine et s'envoient dans les plus magnifiques porcelaines, le fameux aubergiste de l'Houmeau, chargé du repas, avait décoré sa grande salle avec des draps sur lesquels des couronnes de laurier entremêlées de bouquets faisaient un effet superbe. À cinq heures quarante personnes étaient réunies là, toutes en habit de cérémonie. Une foule de cent et quelques habitants, attirés principalement par la présence des musiciens dans la cour, représentait les concitoyens.

« Tout Angoulême est là ! » dit Petit-Claud en se mettant à la fenêtre.

« Je n'y comprends rien, disait Postel à sa femme, qui vint pour écouter la musique. Comment ! le préfet, le receveur général, le colonel, le directeur de la Poudrerie, notre député, le maire, le proviseur, le directeur de la fonderie de Ruelle, le président, le procureur du Roi, M. Milaud, toutes les autorités viennent d'arriver !... »

Quand on se mit à table, l'orchestre militaire commença par des variations sur l'air de *Vive le Roi, vive la France !* qui n'a pu devenir populaire. Il était cinq heures du soir. À huit heures un dessert de soixante-cinq plats, remarquable par un Olympe en sucreries surmonté de la France en chocolat, donna le signal des toasts.

« Messieurs, dit le préfet en se levant, au Roi !... à la Légitimité ! N'est-ce pas à la paix que les Bourbons nous ont ramenée que nous devons la génération de poètes et de penseurs qui maintient dans les mains de la France le sceptre de la littérature !...

— Vive le Roi ! » crièrent les convives, parmi lesquels les ministériels étaient en force.

Le vénérable proviseur se leva.

« Au jeune poète, dit-il, au héros du jour, qui a su allier à la grâce et à la poésie de Pétrarque, dans un genre que Boileau déclarait si difficile, le talent du prosateur !

— Bravo ! Bravo !... »

Le colonel se leva.

« Messieurs, au Royaliste ! car le héros de cette fête a eu le courage de défendre les bons principes !

— Bravo ! » dit le préfet, qui donna le ton aux applaudissements.

Petit-Claud se leva.

« Tous les camarades de Lucien à la gloire du collège d'Angoulême, au vénérable proviseur qui nous est si cher, et à qui nous devons reporter tout ce qui lui appartient dans nos succès !... »

Le vieux proviseur, qui ne s'attendait pas à ce toast, s'essuya les yeux. Lucien se leva : le plus profond silence s'établit, et le poète devint blanc. En ce moment le vieux proviseur, qui se trouvait à sa gauche, lui posa sur la tête une couronne de laurier. On battit des mains. Lucien eut des larmes dans les yeux et dans la voix.

« Il est gris, dit à Petit-Claud le futur procureur du Roi de Nevers.

— Ce n'est pas le vin qui l'a grisé, répondit l'avoué.

— Mes chers compatriotes, mes chers camarades, dit enfin Lucien, je voudrais avoir la France entière pour témoin de cette scène. C'est ainsi qu'on élève les hommes et qu'on obtient dans notre pays les grandes œuvres et les grandes actions. Mais, voyant le peu que j'ai fait et le grand honneur que j'en reçois, je ne puis que me trouver confus et m'en remettre à l'avenir du soin de justifier l'accueil d'aujourd'hui. Le souvenir de ce moment me rendra des forces au milieu de luttes nouvelles. Permettez-moi de signaler à vos hommages celle qui fut et ma première muse et ma protectrice et de boire aussi à ma ville natale : donc à la belle comtesse Sixte du Châtelet et à la noble ville d'Angoulême.

— Il ne s'en est pas mal tiré, dit le procureur du Roi, qui hocha la tête en signe d'approbation ; car nos toasts étaient préparés, et le sien est improvisé. »

À dix heures les convives s'en allèrent par groupes, David Séchard, entendant cette musique extraordinaire, dit à Basine : « Que se passe-t-il donc à l'Houmeau ?

— L'on donne, répondit-elle, une fête à votre beau-frère Lucien...

— Je suis sûr, dit-il, qu'il aura dû regretter de ne pas m'y voir ! »

À minuit Petit-Claud reconduisit Lucien jusque sur la place du Mûrier. Là Lucien dit à l'avoué : « Mon cher, entre nous c'est à la vie, à la mort.

— Demain, dit l'avoué, l'on signe mon contrat de mariage, chez Mme de Sénonches, avec Mlle Françoise de La Haye, sa pupille ; fais-moi le plaisir d'y venir ; Mme de Sénonches m'a prié de t'y amener, et tu y verras la préfète, qui sera très flattée de ton toast, dont on va sans doute lui parler.

— J'avais bien mes idées, dit Lucien.

— Oh ! tu sauveras David !

— J'en suis sûr », répondit le poète.

En ce moment David se montra comme par enchantement. Voici pourquoi. Il se trouvait dans une position assez difficile : sa femme lui défendait absolument et de recevoir Lucien et de lui faire savoir le lieu de sa retraite, tandis que Lucien lui écrivait les lettres les plus affectueuses en lui disant que sous peu de jours il aurait réparé le mal. Or Mlle Clerget avait remis à David les deux lettres suivantes en lui disant le motif de la fête dont la musique arrivait à son oreille.

Mon ami, fais comme si Lucien n'était pas ici ; ne t'inquiète de rien, et grave dans ta chère tête cette proposition : notre sécurité vient tout entière de l'impossibilité où sont tes ennemis de savoir où tu es. Tel est mon malheur que j'ai plus de confiance en Kolb, en Marion, en Basine, qu'en mon frère. Hélas ! mon pauvre Lucien n'est plus le candide et tendre poète que nous avons connu. C'est précisément parce qu'il veut se mêler de tes affaires et qu'il a la présomption de faire payer nos dettes (par orgueil, mon David !...) que je le crains. Il a reçu de

Paris de beaux habits et cinq pièces d'or dans une belle bourse. Il les a mises à ma disposition, et nous vivons de cet argent. Nous avons enfin un ennemi de moins : ton père nous a quittés, et nous devons son départ à Petit-Claud, qui a démêlé les intentions du père Séchard et qui les a sur-le-champ annihilées en lui disant que tu ne ferais plus rien sans lui ; que lui, Petit-Claud, ne te laisserait rien céder de ta découverte sans une indemnité préalable de trente mille francs : d'abord quinze mille pour te liquider, quinze mille que tu toucherais dans tous les cas, succès ou insuccès. Petit-Claud est inexplicable pour moi. Je t'embrasse comme une femme embrasse son mari malheureux. Notre petit Lucien va bien. Quel spectacle que celui de cette fleur qui se colore et grandit au milieu de nos tempêtes domestiques ! Ma mère, comme toujours, prie Dieu et t'embrasse presque aussi tendrement que

TON ÈVE.

Petit-Claud et les Cointet, effrayés de la ruse paysanne du vieux Séchard, s'en étaient, comme on voit, d'autant mieux débarrassés que ses vendanges le rappelaient à ses vignes de Marsac.

La lettre de Lucien, incluse dans celle d'Ève, était ainsi conçue :

Mon cher David, tout va bien. Je suis armé de pied en cap ; j'entre en campagne aujourd'hui, dans deux jours j'aurai fait bien du chemin. Avec quel plaisir je t'embrasserai quand tu seras libre et quitte de mes dettes ! Mais je suis blessé, pour la vie et au cœur, de la défiance que ma sœur et ma mère continuent à me témoigner. Ne sais-je pas déjà que tu te caches chez Basine ? Toutes les fois que Basine vient à la maison, j'ai de tes nouvelles et la réponse à mes lettres. Il est d'ailleurs évident que ma sœur ne pouvait compter que sur son amie d'atelier.

Aujourd'hui je serai bien près de toi et cruellement marri de ne pas te faire assister à la fête que l'on me donne. L'amour-propre d'Angoulême m'a valu un petit triomphe qui, dans quelques jours, sera entièrement oublié, mais où ta joie aurait été la seule de sincère. Enfin, encore quelques jours, et tu pardonneras tout à celui qui compte pour plus que toutes les gloires du monde d'être

Ton frère,
LUCIEN.

David eut le cœur vivement tiraillé par ces deux forces, quoiqu'elles fussent inégales ; car il adorait sa femme, et son amitié pour Lucien s'était diminuée d'un peu d'estime. Mais dans la solitude la force des sentiments change entièrement. L'homme seul, et en proie à des préoccupations comme celles qui dévoraient David, cède à des pensées contre lesquelles il trouverait des points d'appui dans le milieu ordinaire de la vie. Ainsi, en lisant la lettre de Lucien au milieu des fanfares de ce triomphe inattendu, il fut profondément ému d'y voir exprimé le regret sur lequel il comptait. Les âmes tendres ne résistent pas à ces petits effets du sentiment, qu'ils estiment aussi puissants chez les autres que chez eux. N'est-ce pas la goutte d'eau qui tombe de la coupe pleine ?… Aussi, vers minuit, toutes les supplications de Basine ne purent-elles empêcher David d'aller voir Lucien.

« Personne, lui dit-il, ne se promène à cette heure dans les rues d'Angoulême, on ne me verra pas, l'on ne peut pas m'arrêter la nuit ; et, dans le cas où je serais rencontré, je puis me servir du moyen inventé par Kolb pour revenir dans ma cachette. Il y a d'ailleurs trop longtemps que je n'ai embrassé ma femme et mon enfant. »

Basine céda devant toutes ces raisons assez plausibles, et laissa sortir David, qui criait : « Lucien ! » au moment où Lucien et Petit-Claud se disaient bonsoir. Et les deux frères se jetèrent dans les bras l'un de l'autre en pleurant. Il n'y a pas beaucoup de moments semblables dans la vie. Lucien sentait l'effusion d'une de ces amitiés *quand même*, avec lesquelles on ne compte jamais et qu'on se reproche d'avoir trompées. David éprouvait le besoin de pardonner. Ce généreux et noble inventeur voulait surtout sermonner Lucien et dissiper les nuages qui voilaient l'affection de la sœur et du frère. Devant ces considérations de sentiment, tous les dangers engendrés par le défaut d'argent avaient disparu.

Petit-Claud dit à son client : « Allez chez vous, profitez au moins de votre imprudence, embrassez votre femme et votre enfant ! et qu'on ne vous voie pas ! »

« Quel malheur ! se dit Petit-Claud, qui resta seul sur la place du Mûrier. Ah ! si j'avais là Cérizet... »

Au moment où l'avoué se parlait à lui-même le long de l'enceinte en planches faite autour de la place où s'élève orgueilleusement aujourd'hui le Palais de Justice, il entendit cogner derrière lui sur une planche, comme quand quelqu'un cogne du doigt à une porte.

« J'y suis, dit Cérizet dont la voix passait entre la fente de deux planches mal jointes. J'ai vu David sortant de l'Houmeau. Je commençais à soupçonner le lieu de sa retraite, maintenant j'en suis sûr, et sais où le pincer ; mais, pour lui tendre un piège, il est nécessaire que je sache quelque chose des projets de Lucien, et voilà que vous les faites rentrer. Au moins restez là sous un prétexte quelconque. Quand David et Lucien sortiront, amenez-les près de moi : ils se croiront seuls, et j'entendrai les derniers mots de leur adieu.

— Tu es un maître diable ! dit tout bas Petit-Claud.

— Nom d'un petit bonhomme, s'écria Cérizet, que ne ferait-on pas pour avoir ce que vous m'avez promis ! »

Petit-Claud quitta les planches et se promena sur la place du Mûrier en regardant les fenêtres de la chambre où la famille était réunie et pensant à son avenir comme pour se donner du courage ; car l'adresse de Cérizet lui permettait de frapper le dernier coup. Petit-Claud était un de ces hommes profondément retors et traîtreusement doubles, qui ne se laissent jamais prendre aux amorces du présent ni aux leurres d'aucun attachement après avoir observé les changements du cœur humain et la stratégie des intérêts. Aussi avait-il d'abord peu compté sur Cointet. Dans le cas où l'œuvre de son mariage aurait manqué sans qu'il eût le droit d'accuser le grand Cointet de traîtrise, il s'était mis en mesure de le chagriner ; mais, depuis son succès à l'hôtel de Bargeton, Petit-Claud jouait franc jeu. Son arrière-trame, devenue inutile, était dangereuse pour la situation politique à laquelle il aspirait. Voici les bases sur lesquelles il voulait asseoir son importance future. Gannerac et quelques gros négociants commençaient à former dans l'Houmeau un comité libéral qui se rattachait par les relations du commerce aux chefs de l'Opposition. L'avènement du ministère Villèle, accepté par Louis XVIII mourant[1], était le signal d'un changement de conduite dans l'Opposition, qui, depuis la mort de Napoléon, renonçait au moyen dangereux des conspirations. Le parti libéral organisait au fond des provinces son système de résistance légale : il tendit à se rendre maître de la matière électorale, afin d'arriver à son but par la conviction des masses. Enragé libéral et fils de l'Houmeau, Petit-Claud fut le promoteur, l'âme et le conseil secret de l'Opposition de la basse ville, opprimée par l'aristocratie de la ville haute. Le premier il fit apercevoir le danger de laisser les Cointet disposer à eux seuls de la presse dans le département de la Charente, où l'Opposition devait avoir un organe, afin de ne pas rester en arrière des autres villes.

« Que chacun de nous donne un billet de cinq cents francs à Gannerac, il aura vingt et quelques mille francs pour acheter l'imprimerie Séchard, dont nous serons alors les maîtres en en tenant le propriétaire par un prêt », dit Petit-Claud.

L'avoué fit adopter cette idée, en vue de corroborer ainsi sa double position vis-à-vis de Cointet et de Séchard, et il jeta naturellement les yeux sur un drôle de l'encolure de Cérizet pour en faire l'homme dévoué du parti.

« Si tu peux découvrir ton ancien bourgeois et le mettre entre mes mains, dit-il à l'ancien prote de Séchard, on te prêtera vingt mille francs pour acheter son imprimerie, et probablement tu seras à la tête d'un journal. Ainsi, marche. »

Plus sûr de l'activité d'un homme comme Cérizet que de celle de tous les Doublon du monde, Petit-Claud avait alors promis au grand Cointet l'arrestation de Séchard. Mais depuis que Petit-Claud caressait l'espérance d'entrer dans la magistrature, il prévoyait la nécessité de tourner le dos aux Libéraux, et il avait si bien monté les esprits à l'Houmeau que les fonds nécessaires à l'acquisition de l'imprimerie étaient réalisés. Petit-Claud résolut de laisser aller les choses à leur cours naturel.

« Bah ! se dit-il, Cérizet commettra quelque délit de presse, et j'en profiterai pour montrer mes talents... »

Il alla vers la porte de l'imprimerie et dit à Kolb qui faisait sentinelle : « Monte avertir David de profiter de l'heure pour s'en aller, et prenez bien vos précautions ; je m'en vais, il est une heure... »

Lorsque Kolb quitta le pas de la porte, Marion vint prendre sa place. Lucien et David descendirent, Kolb les précéda de cent pas en avant et Marion les suivit de cent pas en arrière. Quand les deux frères passèrent le long des planches, Lucien parlait avec chaleur à David.

« Mon ami, lui dit-il, mon plan est d'une excessive simplicité ; mais comment en parler devant Ève, qui n'en comprendrait jamais les moyens ? Je suis sûr que Louise a dans le fond du cœur un désir que je saurai réveiller, je la veux uniquement pour me venger de cet imbécile de préfet. Si nous nous aimons, ne fût-ce qu'une semaine, je lui ferai demander au ministère un encouragement de vingt mille francs pour toi. Demain je reverrai cette créature dans ce petit boudoir où nos amours ont commencé, et où, selon Petit-Claud, il n'y a rien de changé : j'y jouerai la comédie. Aussi, après-demain matin, te ferai-je remettre par Basine un petit mot pour te dire si j'ai été sifflé... Qui sait, peut-être seras-tu libre... Comprends-tu maintenant pourquoi j'ai voulu des habits de Paris ? Ce n'est pas en haillons qu'on peut jouer le rôle de jeune premier. »

À six heures du matin, Cérizet vint voir Petit-Claud.

« Demain, à midi, Doublon peut préparer son coup ; il prendra notre homme, j'en réponds, lui dit le Parisien : je dispose de l'une des ouvrières de Mlle Clerget, comprenez-vous ?... »

Après avoir écouté le plan de Cérizet, Petit-Claud courut chez Cointet.

« Faites en sorte que ce soir M. du Hautoy se soit décidé à donner à Françoise la nue-propriété de ses biens, vous signerez dans deux jours un acte de société avec Séchard. Je ne me marierai que huit jours après le contrat ; ainsi nous serons bien dans les termes de nos petites conventions : *donnant donnant*. Mais épions bien ce soir ce qui se passera chez Mme de Sénonches entre Lucien et Mme la comtesse du Châtelet, car tout est là... Si Lucien espère réussir par la préfète, je tiens David.

— Vous serez, je crois, garde des Sceaux, dit Cointet.

— Et pourquoi pas ? M. de Peyronnet[1] l'est bien », dit Petit-Claud qui n'avait pas encore tout à fait dépouillé la peau du libéral.

L'état douteux de Mlle de La Haye lui valut la présence de la plupart des nobles d'Angoulême à la signature de son contrat. La pauvreté de ce futur ménage marié sans corbeille avivait l'intérêt que le monde aime à témoigner ; car il en est de la bienfaisance comme des triomphes : on aime une charité qui satisfait l'amour-propre. Aussi la marquise de Pimentel, la comtesse du Châtelet, M. de Sénonches et deux ou trois habitués de la maison firent-ils à Françoise quelques cadeaux dont on parlait beaucoup en ville. Ces jolies bagatelles réunies au trousseau préparé depuis un an par Zéphirine, aux bijoux du parrain et aux présents d'usage du marié, consolèrent Françoise et piquèrent la curiosité de plusieurs mères qui amenèrent leurs filles. Petit-Claud et Cointet avaient déjà remarqué que les nobles d'Angoulême les toléraient l'un et l'autre dans leur Olympe comme une nécessité : l'un était le régisseur de la fortune, le subrogé-tuteur de Françoise ; l'autre était indispensable à la signature du contrat comme le pendu à une exécution ; mais le lendemain de son mariage, si Mme Petit-Claud conservait le droit de venir chez sa marraine, le mari s'y voyait difficilement admis, et il se promettait bien de s'imposer à ce monde orgueilleux. Rougissant de ses obscurs parents, l'avoué fit rester sa mère à Mansle où elle s'était retirée, il la pria de se dire malade et de lui donner son consentement par écrit. Assez humilié de se voir sans parents, sans protecteurs, sans signature de son côté, Petit-Claud se trouvait donc très heureux de présenter dans l'homme célèbre un ami acceptable, et que la comtesse désirait revoir. Aussi vint-il prendre Lucien en voiture. Pour cette mémorable soirée, le poète avait fait une toilette qui devait lui donner, sans contestation, une supériorité sur tous les hommes. Mme de Sénonches avait d'ailleurs annoncé le héros du moment, et l'entrevue des deux amants brouillés était une de ces scènes dont on est particulièrement friand en province. Lucien était passé à l'état de *Lion* : on le disait si beau, si changé, si merveilleux, que les femmes de l'Angoulême noble avaient toutes une velléité de le revoir. Suivant la mode de cette époque à laquelle on doit la transition de l'ancienne culotte de bal aux ignobles pantalons actuels, il avait mis un pantalon noir collant. Les hommes dessinaient encore leurs formes au grand désespoir des gens maigres ou mal faits ; et celles de Lucien étaient *apolloniennes*. Ses bas de soie gris à jour, ses petits souliers, son gilet de satin noir, sa cravate, tout fut scrupuleusement tiré, collé pour ainsi dire sur lui. Sa blonde et abondante chevelure frisée faisait valoir son front blanc, autour duquel les boucles se relevaient avec une grâce cherchée. Ses yeux, pleins d'orgueil, étincelaient. Ses petites mains de femme, belles sous le gant, ne devaient pas se laisser voir dégantées. Il copia son maintien sur celui de de Marsay, le fameux dandy parisien, en tenant d'une main sa canne et son chapeau qu'il ne quitta pas, et il se servit de l'autre pour faire des gestes rares à l'aide desquels il commenta ses phrases. Lucien aurait bien voulu se glisser dans le salon, à la manière de ces gens célèbres qui, par une fausse modestie, se baisseraient sous la porte Saint-Denis. Mais Petit-Claud, qui n'avait qu'un ami, en abusa. Ce fut presque pompeusement qu'il amena Lucien jusqu'à Mme de Sénonches au milieu de la soirée. À son passage, le poète entendit des murmures qui jadis lui eussent fait perdre la tête, et qui le trouvèrent froid : il était sûr de valoir, à lui seul, tout l'Olympe d'Angoulême.

« Madame, dit-il à Mme de Sénonches, j'ai déjà félicité mon ami Petit-Claud, qui est de l'étoffe dont on fait les gardes des Sceaux, d'avoir le bonheur de vous appartenir, quelque faibles que soient les liens entre une marraine et sa filleule (ce fut dit d'un air épigrammatique très bien senti par toutes les femmes qui écoutaient sans en avoir l'air). Mais, pour mon compte, je bénis une circonstance qui me permet de vous offrir mes hommages. »

Ce fut dit sans embarras et dans une pose de grand seigneur en visite chez de petites gens. Lucien écouta la réponse entortillée que lui fit Zéphirine, en jetant un regard de circumnavigation dans le salon, afin d'y préparer ses effets. Aussi put-il saluer avec grâce et en nuançant ses sourires Francis du Hautoy et le préfet qui le saluèrent ; puis il vint enfin à Mme du Châtelet en feignant de l'apercevoir. Cette rencontre était si bien l'événement de la soirée, que le contrat de mariage où les gens marquants allaient mettre leur signature, conduits dans la chambre à coucher, soit par le notaire, soit par Françoise, fut oublié. Lucien fit quelques pas vers Louise de Nègrepelisse ; et, avec cette grâce parisienne, pour elle à l'état de souvenir depuis son arrivée, il lui dit assez haut : « Est-ce à vous, madame, que je dois l'invitation qui me procure le plaisir de dîner après-demain à la préfecture ?...

— Vous ne la devez, monsieur, qu'à votre gloire, répliqua sèchement Louise un peu choquée de la tournure agressive de la phrase méditée par Lucien pour blesser l'orgueil de son ancienne protectrice.

— Ah ! madame la comtesse, dit Lucien d'un air à la fois fin et fat, il m'est impossible de vous amener l'homme s'il est dans votre disgrâce. » Et, sans attendre de réponse, il tourna sur lui-même en apercevant l'évêque, qu'il salua très noblement. « Votre Grandeur a été presque prophète, dit-il d'une voix charmante, et je tâcherai qu'elle le soit tout à fait. Je m'estime heureux d'être venu ce soir ici, puisque je puis vous présenter mes respects. »

Lucien entraîna Monseigneur dans une conversation qui dura dix minutes. Toutes les femmes regardaient Lucien comme un phénomène. Son impertinence inattendue avait laissé Mme du Châtelet sans voix ni réponse. En voyant Lucien l'objet de l'admiration de toutes les femmes ; en suivant, de groupe en groupe, le récit que chacune se faisait à l'oreille des phrases échangées où Lucien l'avait comme aplatie en ayant l'air de la dédaigner, elle fut pincée au cœur par une contraction d'amour-propre.

« S'il ne venait pas demain, après cette phrase, quel scandale ! pensa-t-elle. D'où lui vient cette fierté ? Mlle des Touches serait-elle éprise de lui ?... — Il est si beau ! — On dit qu'elle a couru chez lui, à Paris, le lendemain de la mort de l'actrice !... Peut-être est-il venu sauver son beau-frère, et s'est-il trouvé derrière notre calèche à Mansle, par un accident de voyage. Ce matin-là, Lucien nous a singulièrement toisés, Sixte et moi. »

Ce fut une myriade de pensées, et, malheureusement pour Louise, elle s'y laissait aller en regardant Lucien qui causait avec l'évêque comme s'il eût été le roi du salon : il ne saluait personne et attendait qu'on vînt à lui, promenant son regard avec une variété d'expression, avec une aisance digne de de Marsay, son modèle. Il ne quitta pas le prélat pour aller saluer M. de Sénonches, qui se fit voir à peu de distance.

Au bout de dix minutes, Louise n'y tint plus. Elle se leva, marcha jusqu'à l'évêque et lui dit : « Que vous dit-on donc, Monseigneur, pour vous faire si souvent sourire ? »

Lucien se recula de quelques pas pour laisser discrètement Mme du Châtelet avec le prélat.

« Ah ! madame la comtesse, ce jeune homme a bien

de l'esprit !... il m'expliquait comment il vous devait toute sa force...

— Je ne suis pas ingrat, moi, madame !... dit Lucien en lançant un regard de reproche qui charma la comtesse.

— Entendons-nous, dit-elle en ramenant à elle Lucien par un geste d'éventail, venez avec Monseigneur, par ici !.... Sa Grandeur sera notre juge. » Et elle montra le boudoir en y entraînant l'évêque.

« Elle fait faire un drôle de métier à Monseigneur », dit une femme du camp Chandour assez haut pour être entendue.

« Notre juge !... dit Lucien en regardant tour à tour le prélat et la préfète, il y aura donc un coupable ? »

Louise de Nègrepelisse s'assit sur le canapé de son ancien boudoir. Après y avoir fait asseoir Lucien à côté d'elle et Monseigneur de l'autre côté, elle se mit à parler. Lucien fit à son ancienne amie l'honneur, la surprise et le bonheur de ne pas écouter. Il eut l'attitude, les gestes de la Pasta dans *Tancredi* quand elle va dire : *O patria !...* Il chanta sur sa physionomie la fameuse cavatine *del Rizzo*[1]. Enfin, l'élève de Coralie trouva moyen de se faire venir un peu de larmes dans les yeux.

« Ah ! Louise, comme je t'aimais ! lui dit-il à l'oreille sans se soucier du prélat ni de la conversation au moment où il vit que ses larmes avaient été vues par la comtesse.

— Essuyez vos yeux, ou vous me perdriez, ici, encore une fois, dit-elle en se retournant vers lui par un aparté qui choqua l'évêque.

— Et c'est assez d'une, reprit vivement Lucien. Ce mot de la cousine de Mme d'Espard sécherait toutes les larmes d'une Madeleine. Mon Dieu !... j'ai retrouvé pour un moment mes souvenirs, mes illusions, mes vingt ans, et vous me les... »

Monseigneur rentra brusquement au salon, en comprenant que sa dignité pouvait être compromise entre ces deux anciens amants. Chacun affecta de laisser la préfète et Lucien seuls dans le boudoir. Mais un quart d'heure après, Sixte, à qui les discours, les rires et les promenades au seuil du boudoir déplurent, y vint d'un air plus que soucieux et trouva Lucien et Louise très animés.

« Madame, dit Sixte à l'oreille de sa femme, vous qui connaissez mieux que moi Angoulême, ne devriez-vous pas songer à Mme la préfète et au gouvernement.

— Mon cher, dit Louise en toisant son éditeur responsable[1] d'un air de hauteur qui le fit trembler, je cause avec M. de Rubempré de choses importantes pour vous. Il s'agit de sauver un inventeur sur le point d'être victime des manœuvres les plus basses, et vous nous y aiderez... Quant à ce que ces dames peuvent penser de moi, vous allez voir comment je vais me conduire pour glacer le venin sur leurs langues. »

Elle sortit du boudoir appuyée sur le bras de Lucien, et le mena signer le contrat en s'affichant avec une audace de grande dame.

« Signons ensemble ?... » dit-elle en tendant la plume à Lucien.

Lucien se laissa montrer par elle la place où elle venait de signer, afin que leurs signatures fussent l'une auprès de l'autre.

« Monsieur de Sénonches, auriez-vous reconnu M. de Rubempré ? » dit la comtesse en forçant l'impertinent chasseur à saluer Lucien.

Elle ramena Lucien au salon, elle le mit entre elle et Zéphirine sur le redoutable canapé du milieu. Puis, comme une reine sur son trône, elle commença, d'abord à voix basse, une conversation évidemment épigrammatique à laquelle se joignirent quelques-uns de ses anciens amis et plusieurs femmes qui lui faisaient la cour. Bientôt Lucien, devenu le héros d'un cercle, fut mis par la comtesse sur la vie de Paris dont la satire fut improvisée avec une verve incroyable et semée d'anecdotes sur les gens célèbres, véritables friandises de conversation dont sont excessivement avides les provinciaux. On admira l'esprit comme on avait admiré l'homme. Mme la comtesse Sixte triomphait si patemment de Lucien, elle en jouait si bien en femme enchantée de son instrument, elle lui fournissait la réplique avec tant d'à-propos, elle quêtait pour lui des approbations par des regards si compromettants, que plusieurs femmes commencèrent à voir dans la coïncidence du retour de Louise et de Lucien un profond amour victime de quelque double méprise. Un dépit avait peut-être amené le malencontreux mariage de Châtelet, contre lequel il se faisait alors une réaction.

« Eh bien, dit Louise à une heure du matin et à voix basse à Lucien avant de se lever, après-demain, faites-moi le plaisir d'être exact... »

La préfète laissa Lucien en lui mimant une petite inclination de tête excessivement amicale, et alla dire quelques mots au comte Sixte qui cherchait son chapeau.

« Si ce que Mme du Châtelet vient de me dire est vrai, mon cher Lucien, comptez sur moi, dit le préfet en se mettant à la poursuite de sa femme qui partait sans lui, comme à Paris. Dès ce soir, votre beau-frère peut se regarder comme hors d'affaire.

— M. le comte me doit bien cela », répondit Lucien en souriant.

« Eh bien, nous sommes *fumés*[1]... », dit Cointet à l'oreille de Petit-Claud témoin de cet adieu.

Petit-Claud, foudroyé par le succès de Lucien, stupéfait par les éclats de son esprit et par le jeu de sa grâce, regardait Françoise de La Haye dont la physionomie, pleine d'admiration pour Lucien, semblait dire à son prétendu : Soyez comme votre ami.

Un éclair de joie passa sur la figure de Petit-Claud.

« Le dîner du préfet n'est que pour après-demain, nous avons encore une journée à nous, dit-il, je réponds de tout. »

« Eh bien, mon cher, dit Lucien à Petit-Claud à deux heures du matin en revenant à pied : je suis venu, j'ai vu, j'ai vaincu ! Dans quelques heures, Séchard sera bien heureux. »

« Voilà tout ce que je voulais savoir », pensa Petit-Claud. « Je ne te croyais que poète et tu es aussi Lauzun[1], c'est être deux fois poète », répondit-il en lui donnant une poignée de main qui devait être la dernière.

« Ma chère Ève, dit Lucien en réveillant sa sœur, une bonne nouvelle ! Dans un mois David n'aura plus de dettes !...

— Et comment ?

— Eh bien, Mme du Châtelet cachait sous sa jupe mon ancienne Louise ; elle m'aime plus que jamais, et va faire faire un rapport au ministère de l'Intérieur par son mari, en faveur de notre découverte !... Ainsi, nous n'avons pas plus d'un mois à souffrir, le temps de me venger du préfet et de le rendre le plus heureux des époux. » (Ève crut continuer un rêve en écoutant son frère.) « En revoyant le petit salon gris où je tremblais comme un enfant, il y a deux ans ; en examinant ces meubles, les peintures et les figures, il me tombait une taie des yeux ! comme Paris vous change les idées.

— Est-ce un bonheur ?... dit Ève en comprenant enfin son frère.

— Allons, tu dors, à demain, nous causerons après déjeuner », dit Lucien.

Le plan de Cérizet était d'une excessive simplicité. Quoiqu'il appartienne aux ruses dont se servent les huissiers de province pour arrêter leurs débiteurs, et dont le succès est hypothétique, il devait réussir ; car il reposait autant sur la connaissance des caractères de Lucien et de David que sur leurs espérances. Parmi les petites ouvrières dont il était le Don Juan et qu'il gouvernait en les opposant les unes aux autres, le prote des Cointet, pour le moment en service extraordinaire, avait distingué l'une des repasseuses de Basine Clerget, une fille presque aussi belle que Mme Séchard, appelée Henriette Signol, et dont les parents étaient de petits vignerons vivant dans leur bien à deux lieues d'Angoulême, sur la route de Saintes. Les Signol, comme tous les gens de la campagne, ne se trouvaient pas assez riches pour garder leur unique enfant avec eux, et ils l'avaient destinée à entrer en maison, c'est-à-dire à devenir femme de chambre. En province, une femme de chambre doit savoir blanchir et repasser le linge fin. La réputation de Mme Prieur, à qui Basine succédait, était telle, que les Signol y mirent leur fille en apprentissage en y payant pension pour la nourriture et le logement. Mme Prieur appartenait à cette race de vieilles maîtresses qui, dans les provinces, se croient substituées aux parents. Elle vivait en famille avec ses apprenties, elle les menait à l'église et les surveillait consciencieusement. Henriette Signol, belle brune bien découplée, à l'œil hardi, à la chevelure forte et longue, était blanche comme sont blanches les filles du Midi, de la blancheur d'une fleur de magnolia. Aussi Henriette fut-elle une des premières grisettes que visa Cérizet; mais comme elle appartenait à d'*honnêtes cultivateurs*, elle ne céda que vaincue par la jalousie, par le mauvais exemple et par cette phrase séduisante : « Je t'épouserai ! » que lui dit Cérizet, une fois qu'il se vit second prote chez MM. Cointet. En apprenant que les Signol possédaient pour quelque dix ou douze mille francs de vignes et une petite maison assez logeable, le Parisien se hâta de mettre Henriette dans l'impossibilité d'être la femme d'un autre. Les amours de la belle Henriette et du petit Cérizet en étaient là quand Petit-Claud lui parla de le rendre propriétaire de l'imprimerie

Séchard, en lui montrant une espèce de commandite de vingt mille francs qui devait être un licou. Cet avenir éblouit le prote, la tête lui tourna, Mlle Signol lui parut un obstacle à ses ambitions, et il négligea la pauvre fille. Henriette, au désespoir, s'attacha d'autant plus au petit prote des Cointet qu'il semblait la vouloir quitter. En découvrant que David se cachait chez Mlle Clerget, le Parisien changea d'idées à l'égard d'Henriette, mais sans changer de conduite ; car il se proposait de faire servir à sa fortune l'espèce de folie qui travaille une fille quand, pour cacher son déshonneur, elle doit épouser son séducteur. Pendant la matinée du jour où Lucien devait reconquérir sa Louise, Cérizet apprit à Henriette le secret de Basine, et lui dit que leur fortune et leur mariage dépendaient de la découverte de l'endroit où se cachait David. Une fois instruite, Henriette n'eut pas de peine à reconnaître que l'imprimeur ne pouvait être que dans le cabinet de toilette de Mlle Clerget, elle ne crut pas avoir fait le moindre mal en se livrant à cet espionnage ; mais Cérizet l'avait engagée déjà dans sa trahison par ce commencement de participation.

Lucien dormait encore lorsque Cérizet, qui vint savoir le résultat de la soirée, écoutait dans le cabinet de Petit-Claud le récit des grands petits événements qui devaient soulever Angoulême.

« Lucien vous a bien écrit un petit mot depuis son retour ? demanda le Parisien après avoir hoché la tête en signe de satisfaction quand Petit-Claud eut fini.

— Voilà le seul que j'aie, dit l'avoué, qui tendit une lettre où Lucien avait écrit quelques lignes sur le papier à lettre dont se servait sa sœur.

— Eh bien, dit Cérizet, dix minutes avant le coucher du soleil, que Doublon s'embusque à la Porte-Palet, qu'il cache ses gendarmes et dispose son monde, vous aurez notre homme.

— Es-tu sûr de *ton* affaire ? dit Petit-Claud en examinant Cérizet.

— Je m'adresse au hasard, dit l'ex-gamin de Paris, mais c'est un fier drôle, il n'aime pas les honnêtes gens.

— Il faut réussir, dit l'avoué d'un ton sec.

— Je réussirai, dit Cérizet. C'est vous qui m'avez poussé dans ce tas de boue, vous pouvez bien me donner quelques billets de banque pour m'essuyer... Mais, monsieur, dit le Parisien en surprenant une expression qui lui déplut sur la figure de l'avoué, si vous m'aviez trompé, si vous ne m'achetez pas l'imprimerie sous huit jours... Eh bien, vous laisserez une jeune veuve, dit tout bas le gamin de Paris en lançant la mort dans son regard.

— Si nous écrouons David à six heures, sois à neuf heures chez M. Gannerac, et nous y ferons ton affaire, répondit péremptoirement l'avoué.

— C'est entendu : vous serez servi, *bourgeois* ! » dit Cérizet :

Cérizet connaissait déjà l'industrie qui consiste à laver le papier et qui met aujourd'hui les intérêts du fisc en péril. Il lava les quatre lignes écrites par Lucien, et les remplaça par celles-ci, en imitant l'écriture avec une perfection désolante pour l'avenir social du prote.

Mon cher David, tu peux venir sans crainte chez le préfet, ton affaire est faite ; et d'ailleurs, à cette heure-ci, tu peux sortir, je viens au-devant de toi, pour t'expliquer comment tu dois te conduire avec le préfet.

Ton frère,

LUCIEN.

À midi, Lucien écrivit une lettre à David où il lui apprenait le succès de la soirée, il lui donnait l'assurance de la protection du préfet qui, dit-il, faisait aujourd'hui même un rapport au ministre sur la découverte dont il était enthousiaste. Au moment où Marion apporta cette lettre à Mlle Basine, sous prétexte de lui donner à blanchir les chemises de Lucien, Cérizet, instruit par Petit-Claud de la probabilité de cette lettre, emmena Mlle Signol et alla se promener avec elle sur le bord de la Charente. Il y eut sans doute un combat où l'honnêteté d'Henriette se défendit pendant longtemps, car la promenade dura deux heures. Non seulement l'intérêt d'un enfant était en jeu, mais encore tout un avenir de bonheur, une fortune ; et ce que demandait Cérizet était une bagatelle, il se garda bien d'ailleurs d'en dire les conséquences. Seulement le prix exorbitant de ces bagatelles effrayait Henriette. Néanmoins, Cérizet finit par obtenir de sa maîtresse de se prêter à son stratagème. À cinq heures, Henriette dut sortir et rentrer en disant à Mlle Clerget que Mme Séchard la demandait sur-le-champ. Puis, un quart d'heure après la sortie de Basine, elle monterait, cognerait au cabinet et remettrait à David la fausse lettre de Lucien. Après, Cérizet attendait tout du hasard.

Pour la première fois depuis plus d'un an, Ève sentit se desserrer l'étreinte de fer par laquelle la Nécessité la tenait. Elle eut de l'espoir enfin. Elle aussi ! elle voulut jouir de son frère, se montrer au bras de l'homme fêté dans sa patrie, adoré des femmes, aimé de la fière comtesse du Châtelet. Elle se fit belle et se proposa de se promener à Beaulieu, après le dîner, au bras de son frère. À cette heure, tout Angoulême, au mois de septembre, se trouve à prendre le frais.

« Oh ! c'est la belle Mme Séchard, dirent quelques voix en voyant Ève.

— Je n'aurais jamais cru cela d'elle, dit une femme.

— Le mari se cache, la femme se montre, dit Mme Postel assez haut pour que la pauvre femme l'entendît.

— Oh ! rentrons, j'ai eu tort », dit Ève à son frère.

Quelques minutes avant le coucher du soleil, la rumeur que cause un rassemblement s'éleva de la rampe qui descend à l'Houmeau. Lucien et sa sœur, pris de curiosité, se dirigèrent de ce côté, car ils entendirent quelques personnes qui venaient de l'Houmeau parlant entre elles, comme si quelque crime venait d'être commis.

« C'est probablement un voleur qu'on vient d'arrêter... Il est pâle comme un mort », dit un passant au frère et à la sœur en les voyant courir au-devant de ce monde grossissant.

Ni Lucien ni sa sœur n'eurent la moindre appréhension. Ils regardèrent les trente et quelques enfants ou vieilles femmes, les ouvriers revenant de leur ouvrage qui précédaient les gendarmes dont les chapeaux bordés brillaient au milieu du principal groupe. Ce groupe, suivi d'une foule d'environ cent personnes, marchait comme un nuage d'orage.

« Ah ! dit Ève, c'est mon mari !

— David ! cria Lucien.

— C'est sa femme ! dit la foule en s'écartant.

— Qui donc t'a pu faire sortir ? demanda Lucien.

— C'est ta lettre, répondit David pâle et blême.

— J'en étais sûre », dit Ève qui tomba roide évanouie.

Lucien releva sa sœur, que deux personnes l'aidèrent à transporter chez elle, où Marion la coucha. Kolb s'élança pour aller chercher un médecin. À l'arrivée du docteur, Ève n'avait pas encore repris connaissance. Lucien fut alors forcé d'avouer à sa mère qu'il était la cause de l'arrestation de David, car il ne pouvait pas s'expliquer le quiproquo produit par la lettre fausse. Lucien, foudroyé par un regard de sa mère qui y mit sa malédiction, monta dans sa chambre et s'y enferma.

En lisant cette lettre écrite au milieu de la nuit et interrompue de moments en moments, chacun devinera par les phrases jetées comme une à une toutes les agitations de Lucien.

Ma sœur bien-aimée, nous nous sommes vus tout à l'heure pour la dernière fois. Ma résolution est sans appel. Voici pourquoi : Dans beaucoup de familles, il se rencontre un être fatal qui, pour la famille, est une sorte de maladie. Je suis cet être-là pour vous. Cette observation n'est pas de moi, mais d'un homme qui a beaucoup vu le monde. Nous soupions un soir entre amis, *au* Rocher de Cancale. *Entre les mille plaisanteries qui s'échangent alors, ce diplomate nous dit que telle jeune personne qu'on voyait avec étonnement rester fille* était malade de son père. *Et alors, il nous développa sa théorie sur les maladies de famille. Il nous expliqua comment, sans telle mère, telle maison eût prospéré, comment tel fils avait ruiné son père, comment tel père avait détruit l'avenir et la considération de ses enfants. Quoique soutenue en riant, cette thèse sociale fut en dix minutes appuyée de tant d'exemples que j'en restai frappé. Cette vérité payait tous les paradoxes insensés, mais spirituellement démontrés, par lesquels les journalistes s'amusent entre eux, quand il ne se trouve là personne à mystifier. Eh bien, je suis l'être fatal de notre famille. Le cœur plein de tendresse, j'agis comme un ennemi. À tous vos dévouements, j'ai répondu par des maux. Quoique involontairement porté, le dernier coup est de tous le plus cruel. Pendant que je menais à Paris une vie sans dignité, pleine de plaisirs et de misères, prenant la camaraderie pour l'amitié, laissant de véritables amis pour des gens qui voulaient et devaient m'exploiter, vous oubliant et ne me souvenant de vous que pour vous causer du mal, vous suiviez l'humble sentier du travail, allant péniblement mais sûrement à cette fortune que je tentais si follement de surprendre. Pendant que vous deveniez meilleurs, moi je mettais dans ma vie un élément funeste. Oui, j'ai des ambitions démesurées, qui m'empêchent d'accepter une vie humble. J'ai des goûts, des plaisirs dont la souvenance empoisonne les jouissances qui sont à ma portée et qui m'eussent jadis satisfait. Ô ma chère Ève, je me juge plus sévèrement que qui que ce soit, car je me condamne absolument et sans pitié pour moi-même. La lutte à Paris exige une force constante, et mon vouloir ne va que par accès : ma cervelle est intermittente. L'avenir m'effraye tant, que je ne veux pas de l'avenir, et le présent m'est insupportable. J'ai voulu vous revoir, j'aurais mieux fait de m'expatrier à jamais. Mais l'expatriation, sans moyens d'existence, serait une folie, et je ne l'ajouterai pas à toutes les autres. La mort me semble préférable à une vie incomplète ; et, dans quelque position que je me suppose, mon excessive vanité me ferait commettre des sottises. Certains êtres sont comme des zéros, il leur faut un chiffre qui les précède, et leur néant acquiert alors une valeur décuple. Je ne puis acquérir de valeur que par un mariage avec une volonté forte, impitoyable. Mme de Bargeton était bien ma femme, j'ai manqué ma vie en n'abandonnant pas Coralie pour elle. David et toi vous pourriez être d'excellents pilotes pour moi ; mais vous n'êtes pas assez forts pour dompter ma faiblesse qui se dérobe en quelque sorte à la domination. J'aime une vie facile, sans ennuis ; et, pour me débarrasser d'une contrariété, je suis d'une lâcheté qui peut me mener très loin. Je suis né prince. J'ai plus de dextérité d'esprit qu'il n'en faut pour parvenir, mais je n'en ai que pendant un moment, et le prix dans une carrière parcourue par tant d'ambitieux est à celui qui n'en déploie que le nécessaire et qui s'en trouve encore assez au bout de la journée. Je ferais le mal comme je viens de le faire ici, avec les meilleures intentions du monde. Il y a des hommes-chênes, je ne suis peut-être qu'un arbuste élégant, et j'ai la prétention d'être un cèdre. Voilà mon bilan écrit. Ce désaccord entre mes moyens et mes désirs, ce défaut d'équilibre annulera toujours mes efforts. Il y a beaucoup de ces caractères dans la classe lettrée à cause des disproportions continuelles entre l'intelligence et le caractère, entre le vouloir et le désir. Quel serait mon destin ? je puis le voir par avance en me souvenant de quelques vieilles gloires parisiennes que j'ai vues oubliées. Au seuil de la vieillesse, je serai plus vieux que mon âge, sans fortune et sans considération. Tout mon être actuel repousse une pareille vieillesse : je ne veux pas être un haillon social. Chère sœur, adorée autant pour tes dernières rigueurs que pour tes premières tendresses, si nous avons payé cher le plaisir que j'ai eu à te revoir, toi et David, plus tard vous penserez peut-être que nul prix n'était trop élevé pour les dernières félicités d'un pauvre être qui vous aimait !... Ne faites aucune recherche ni de moi, ni de ma destinée : au moins mon esprit m'aura-t-il servi dans l'exécution de mes volontés. La résignation, mon ange, est un suicide quotidien, moi je n'ai de résignation que pour un jour, je vais en profiter aujourd'hui...*

Deux heures.

Oui, je l'ai bien résolu. Adieu donc pour toujours, ma chère Ève. J'éprouve quelque douceur à penser que je ne vivrai plus que dans vos cœurs. Là sera ma tombe..., je n'en veux pas d'autre. Encore adieu !... C'est le dernier de ton frère.

LUCIEN.

Après avoir écrit cette lettre, Lucien descendit sans faire aucun bruit, il la posa sur le berceau de son neveu, déposa sur le front de sa sœur endormie un dernier baiser trempé de larmes, et sortit. Il éteignit son bougeoir au crépuscule, et, après avoir regardé cette vieille maison une dernière fois, il ouvrit tout doucement la porte de l'allée ; mais, malgré ses précautions, il éveilla Kolb qui couchait sur un matelas à terre dans l'atelier.

« *Qui fa là ?...* s'écria Kolb.

— C'est moi, dit Lucien, je m'en vais, Kolb.

— *Vus auriez mieux vait te ne chamais fenir,* se dit Kolb à lui-même, mais assez haut pour que Lucien l'entendît.

— J'aurais bien fait de ne jamais venir au monde, répondit Lucien. Adieu, Kolb, je ne t'en veux pas d'une pensée que j'ai moi-même. Tu diras à David que ma dernière aspiration aura été un regret de n'avoir pu l'embrasser. »

Lorsque l'Alsacien fut debout et habillé, Lucien avait fermé la porte de la maison, et il descendait vers la Charente, par la promenade de Beaulieu, mis comme s'il allait à une fête, car il s'était fait un linceul de ses habits parisiens et de son joli harnais de dandy. Frappé de l'accent et des dernières paroles de Lucien, Kolb voulut aller savoir si sa maîtresse était instruite du départ de son frère et si elle en avait reçu les adieux ; mais, en trouvant la maison plongée en un profond silence, il pensa que ce départ était sans doute convenu, et il se recoucha.

On a, relativement à la gravité du sujet, écrit très peu sur le suicide, on ne l'a pas observé. Peut-être cette maladie est-elle inobservable. Le suicide est l'effet d'un sentiment que nous nommerons, si vous voulez, l'*estime de soi-même,* pour ne pas le confondre avec le mot *honneur*. Le jour où l'homme se méprise, le jour où il se voit méprisé, le moment où la réalité de la vie est en désaccord avec ses espérances, il se tue et rend ainsi hommage à la société devant laquelle il ne veut pas rester déshabillé de ses vertus ou de sa splendeur. Quoi qu'on en dise, parmi les athées (il faut excepter le chrétien du suicide), les lâches seuls acceptent une vie déshonorée. Le suicide est de trois natures : il y a d'abord le suicide qui n'est que le dernier accès d'une longue maladie et qui certes appartient à la pathologie ; puis le suicide par désespoir, enfin le suicide par raisonnement. Lucien voulait se tuer par désespoir et par raisonnement, les deux suicides dont on peut revenir ; car il n'y a d'irrévocable que le suicide pathologique : mais souvent les trois causes se réunissent, comme chez Jean-Jacques Rousseau[1]. Lucien, une fois sa résolution prise, tomba dans la délibération des moyens, et le poète voulut finir poétiquement. Il avait d'abord pensé tout bonnement à s'aller jeter dans la Charente ; mais, en descendant les rampes de Beaulieu pour la dernière fois, il entendit par avance le tapage que ferait son suicide, il vit l'affreux spectacle de son corps revenu sur l'eau, déformé, l'objet d'une enquête judiciaire : il eut, comme quelques suicides[2], un amour-propre posthume. Pendant la journée passée au moulin de Courtois il s'était promené le long de la rivière et avait remarqué, non loin du moulin, une de ces nappes rondes, comme il s'en trouve dans les petits cours d'eau, dont l'excessive profondeur est accusée par la tranquillité de la surface. L'eau n'est plus ni verte, ni bleue, ni claire, ni jaune ; elle est comme un miroir d'acier poli. Les bords de cette coupe n'offraient plus ni glaïeuls, ni fleurs bleues, ni les larges feuilles du nénuphar, l'herbe de la berge était courte et pressée, les saules pleuraient autour, assez pittoresquement placés tous. On devinait facilement un précipice plein d'eau. Celui qui pouvait avoir le courage d'emplir ses poches de cailloux devait y trouver une mort inévitable, et ne jamais être retrouvé. « Voilà, s'était dit le poète en admirant ce joli petit paysage, un endroit qui vous met l'eau à la bouche d'une noyade. »

Ce souvenir lui revint à la mémoire, au moment où il atteignit l'Houmeau. Il chemina donc vers Marsac, en proie à ses dernières et funèbres pensées, et dans la ferme intention de dérober ainsi le secret de sa mort, de ne pas être l'objet d'une enquête, de ne pas être enterré, de ne pas être vu dans l'horrible état où sont les noyés quand ils reviennent à fleur d'eau. Il parvint bientôt au pied d'une de ces côtes qui se rencontrent si fréquemment sur les routes de France, et surtout entre Angoulême et Poitiers. La diligence de Bordeaux à Paris venait avec rapidité, les voyageurs allaient sans doute en descendre pour monter cette longue côte à pied. Lucien, qui ne voulut pas se laisser voir, se jeta dans un petit chemin creux et se mit à cueillir des fleurs dans une vigne. Quand il reprit la grande route, il tenait à la main un gros bouquet de *sedum*[1], une fleur jaune qui vient dans le caillou des vignobles, et il déboucha précisément derrière un voyageur vêtu tout en noir, les cheveux poudrés, chaussé de souliers en veau d'Orléans à boucles d'argent, brun de visage, et couturé comme si, dans son enfance, il fût tombé dans le feu. Ce voyageur, à tournure si patemment ecclésiastique, allait lentement et fumait un cigare. En entendant Lucien qui sauta de la vigne sur la route, l'inconnu se retourna, parut comme saisi de la beauté profondément mélancolique du poète, de son bouquet symbolique et de sa mise élégante. Ce voyageur ressemblait à un chasseur qui trouve une proie longtemps et inutilement cherchée. Il laissa, en style de marine, Lucien arriver, et retarda sa marche en ayant l'air de regarder le bas de la côte. Lucien, qui fit le même mouvement, y aperçut une petite calèche attelée de deux chevaux et un postillon à pied.

« Vous avez laissé courir la diligence, monsieur, vous perdrez votre place, à moins que vous ne vouliez monter dans ma calèche pour la rattraper, car la poste va plus vite que la voiture publique », dit le voyageur à Lucien en prononçant ces mots avec un accent très marqué d'espagnol et en mettant à son offre une exquise politesse.

Sans attendre la réponse de Lucien, l'Espagnol tira de sa poche un étui à cigares, et le présenta tout ouvert à Lucien pour qu'il en prît un.

« Je ne suis pas un voyageur, répondit Lucien, et je suis trop près du terme de ma course pour me donner le plaisir de fumer…

— Vous êtes bien sévère envers vous-même, repartit l'Espagnol. Quoique chanoine honoraire de la cathédrale de Tolède, je me passe de temps en temps un petit cigare. Dieu nous a donné le tabac pour endormir nos passions et nos douleurs… Vous me semblez avoir du chagrin, vous en avez du moins l'enseigne à la main, comme le triste dieu de l'hymen[1]. Tenez ?… tous vos chagrins s'en iront avec la fumée… »

Et le prêtre retendit sa boîte en paille avec une sorte de séduction, en jetant à Lucien des regards animés de charité.

« Pardon, mon père, répliqua sèchement Lucien, il n'y a pas de cigares qui puissent dissiper mes chagrins… »

En disant cela, les yeux de Lucien se mouillèrent de larmes.

« Oh ! jeune homme, est-ce donc la providence divine qui m'a fait désirer de secouer par un peu d'exercice à pied le sommeil dont sont saisis au matin tous les voyageurs, afin que je pusse, en vous consolant, obéir à ma mission ici-bas ?… Et quels grands chagrins pouvez-vous avoir à votre âge ?

— Vos consolations, mon père, seraient bien inutiles : vous êtes Espagnol, je suis Français ; vous croyez aux commandements de l'Église, moi je suis athée…

— *Santa Virgen del Pilar*[2] *!*… vous êtes athée, s'écria le prêtre en passant son bras sous celui de Lucien avec un empressement maternel. Eh ! voilà l'une des curiosités que je m'étais promis d'observer à Paris. En Espagne, nous ne croyons pas aux athées... Il n'y a qu'en France, où, à dix-neuf ans, on puisse avoir de pareilles opinions.

— Oh ! je suis un athée au complet ; je ne crois ni en Dieu, ni à la société, ni au bonheur. Regardez-moi donc bien, mon père ; car, dans quelques heures, je ne serai plus... Voilà mon dernier soleil !... dit Lucien avec une sorte d'emphase en montrant le ciel.

— Ah ! çà, qu'avez-vous fait pour mourir ? qui vous a condamné à mort ?

— Un tribunal souverain, moi-même !

— Enfant ! s'écria le prêtre. Avez-vous tué un homme ? l'échafaud vous attend-il ? Raisonnons un peu ? Si vous voulez rentrer, selon vous, dans le néant, tout vous est indifférent ici-bas. » (Lucien inclina la tête en signe d'assentiment.) « Eh bien, vous pouvez alors me conter vos peines ?... Il s'agit sans doute de quelques amourettes qui vont mal ?... » (Lucien fit un geste d'épaules très significatif.) « Vous voulez vous tuer pour éviter le déshonneur, ou parce que vous désespérez de la vie ? eh bien, vous vous tuerez aussi bien à Poitiers qu'à Angoulême, à Tours aussi bien qu'à Poitiers. Les sables mouvants de la Loire ne rendent pas leur proie...

— Non, mon père, répondit Lucien, j'ai mon affaire. Il y a vingt jours, j'ai vu la plus charmante rade où puisse aborder dans l'autre monde un homme dégoûté de celui-ci...

— Un autre monde... vous n'êtes plus athée.

— Oh ! ce que j'entends par l'autre monde, c'est ma future transformation en animal ou en plante...

— Avez-vous une maladie incurable ?

— Oui, mon père...

— Ah ! nous y voilà, dit le prêtre, et laquelle ?

— La pauvreté. »

Le prêtre regarda Lucien en souriant et lui dit avec

une grâce infinie et un sourire presque ironique : « Le diamant ignore sa valeur.

— Il n'y a qu'un prêtre qui puisse flatter un homme pauvre qui s'en va mourir !... s'écria Lucien.

— Vous ne mourrez pas, dit l'Espagnol avec autorité.

— J'ai bien entendu dire, reprit Lucien, qu'on dévalisait les gens sur la route, je ne savais pas qu'on les y enrichît.

— Vous allez le savoir, dit le prêtre après avoir examiné si la distance à laquelle se trouvait la voiture leur permettait de faire seuls encore quelques pas. Écoutez-moi, dit le prêtre en mâchonnant son cigare, votre pauvreté ne serait pas une raison pour mourir. J'ai besoin d'un secrétaire, le mien vient de mourir, à Barcelone. Je me trouve dans la situation où fut le baron de Goërtz, le fameux ministre de Charles XII, qui arriva sans secrétaire dans une petite ville en allant en Suède, comme moi je vais à Paris[1]. Le baron rencontra le fils d'un orfèvre, remarquable par une beauté qui ne pouvait certes pas valoir la vôtre... Le baron de Goërtz trouve à ce jeune homme de l'intelligence, comme moi je vous trouve de la poésie au front ; il le prend dans sa voiture, comme moi je vais vous prendre dans la mienne ; et, de cet enfant condamné à brunir des couverts et à fabriquer des bijoux dans une petite ville de province comme Angoulême, il fait son favori, comme vous serez le mien. Arrivé à Stockholm, il installe son secrétaire et l'accable de travaux. Le jeune secrétaire passe les nuits à écrire ; et, comme tous les grands travailleurs, il contracte une habitude, il se met à mâcher du papier. Feu M. de Malesherbes[2] faisait, lui, des camouflets[3] et il en donna, par parenthèse, un à je ne sais quel personnage dont le procès dépendait de son rapport. Notre beau jeune homme commence par du papier blanc, mais il s'y accoutume et passe aux papiers écrits qu'il trouve plus savoureux. On ne fumait pas encore comme aujourd'hui. Enfin le petit secrétaire en arrive, de saveur en saveur, à mâchonner des parchemins et à les manger. On s'occupait alors, entre la Russie et la Suède, d'un traité de paix que les États imposaient à Charles XII, comme en 1814, on voulait forcer Napoléon à traiter de la paix. La base des négociations était le traité fait entre les deux puissances à propos de la Finlande ; Goërtz en confie l'original à son secrétaire ; mais, quand il s'agit de soumettre le projet aux États, il se rencontrait cette petite difficulté, que le traité ne se trouvait plus. Les États imaginent que le ministre, pour servir les passions du Roi, s'est avisé de faire disparaître cette pièce, le baron de Goërtz est accusé, son secrétaire avoue alors avoir mangé le traité... On instruit un procès, le fait est prouvé, le secrétaire est condamné à mort. Mais, comme vous n'en êtes pas là, prenez un cigare, et fumez-le en attendant notre calèche. »

Lucien prit un cigare et l'alluma, comme cela se fait en Espagne, au cigare du prêtre en se disant : « Il a raison, j'ai toujours le temps de me tuer. »

« C'est souvent, reprit l'Espagnol, au moment où les jeunes gens désespèrent le plus de leur avenir, que leur fortune commence. Voilà ce que je voulais vous dire, j'ai préféré vous le prouver par un exemple. Ce beau secrétaire, condamné à mort, était dans une position d'autant plus désespérée que le roi de Suède ne pouvait pas lui faire grâce, sa sentence ayant été rendue par les États de Suède ; mais il ferma les yeux sur une évasion. Le joli petit secrétaire se sauve sur une barque avec quelques écus dans sa poche, et arrive à la cour de Courlande, muni d'une lettre de recommandation de Goërtz pour le duc, à qui le ministre suédois expliquait l'aventure et la manie de son protégé. Le duc place le bel enfant comme secrétaire chez son intendant. Le duc était un dissipateur, il avait une jolie femme et un intendant, trois causes de ruine. Si vous croyiez que ce joli homme, condamné à mort pour avoir mangé le traité relatif à la Finlande, se corrige de son goût dépravé, vous ne connaîtriez pas l'empire du vice sur l'homme ; la peine de mort ne l'arrête pas quand il s'agit d'une jouissance qu'il s'est créée ! D'où vient cette puissance du vice ? est-ce une force qui lui soit propre, ou vient-elle de la faiblesse humaine ? Y a-t-il des goûts qui soient placés sur les limites de la folie ? Je ne puis m'empêcher de rire des moralistes qui veulent combattre de pareilles maladies avec de belles phrases !... Il y eut un moment où le duc, effrayé du refus que lui fit son intendant à propos d'une demande d'argent, voulut des comptes, une sottise ! Il n'y a rien de plus facile que d'écrire un compte, la difficulté n'est jamais là. L'intendant confia toutes les pièces à son secrétaire pour établir le bilan de la liste civile de Courlande. Au milieu de son travail et de la nuit où il le finissait, notre petit mangeur de papier s'aperçoit qu'il mâche une quittance du duc pour une somme considérable : la peur le saisit, il s'arrête à moitié de la signature, il court se jeter aux pieds de la duchesse en lui expliquant sa manie, en implorant la protection de sa souveraine, et l'implorant au milieu de la nuit. La beauté du jeune commis fit une telle impression sur cette femme qu'elle l'épousa lorsqu'elle fut veuve. Ainsi, en plein dix-huitième siècle, dans un pays où régnait le blason, le fils d'un orfèvre devint prince souverain... Il est devenu quelque chose de mieux !... Il a été régent à la mort de la première Catherine, il a gouverné l'impératrice Anne et voulut être le Richelieu de la Russie. Eh bien, jeune homme, sachez une chose c'est que si vous êtes plus beau que Biren, moi je vaux beaucoup plus, quoique simple chanoine, que le baron de Goërtz. Ainsi, montez ! nous vous trouverons un duché de Courlande à Paris, et, à défaut de duché, nous aurons toujours bien la duchesse. »

L'Espagnol passa la main sous le bras de Lucien, le força littéralement à monter dans sa voiture, et le postillon referma la portière.

« Maintenant parlez, je vous écoute, dit le chanoine de Tolède à Lucien stupéfait. Je suis un vieux prêtre à qui vous pouvez tout dire sans danger. Vous n'avez sans doute encore mangé que votre patrimoine ou l'argent de votre maman. Vous aurez fait votre petit trou à la lune, et nous avons de l'honneur jusqu'au bout de nos jolies petites bottes fines... Allez, confessez-vous hardiment, ce sera absolument comme si vous vous parliez à vous-même. »

Lucien se trouvait dans la situation de ce pêcheur de je ne sais quel conte arabe, qui, voulant se noyer en plein Océan, tombe au milieu de contrées sous-marines et y devient roi[1]. Le prêtre espagnol paraissait si véritablement affectueux que le poète n'hésita pas à lui ouvrir son cœur ; il lui raconta donc, d'Angoulême à Ruffec, toute sa vie, en n'omettant aucune de ses fautes, et finissant par le dernier désastre qu'il venait de causer. Au moment où il terminait ce récit, d'autant plus poétiquement débité que Lucien le répétait pour la troisième fois depuis quinze jours, il arrivait au point où, sur la route, près de Ruffec, se trouve le domaine de la famille de Rastignac, dont le nom, la première fois qu'il le prononça, fit faire un mouvement à l'Espagnol.

« Voici, dit-il, d'où est parti le jeune Rastignac qui ne me vaut certes pas, et qui a eu plus de bonheur que moi.

— Ah !

— Oui, cette drôle de gentilhommière est la maison de son père. Il et devenu, comme je vous le disais, l'amant de Mme de Nucingen, la femme du fameux banquier. Moi, je me suis laissé aller à la poésie ; lui, plus habile, a donné dans le positif... »

Le prêtre fit arrêter sa calèche, il voulut, par curiosité, parcourir la petite avenue qui de la route conduisait à la maison et regarda tout avec plus d'intérêt que Lucien n'en attendait d'un prêtre espagnol[1].

« Vous connaissez donc les Rastignac ?... lui demanda Lucien.

— Je connais tout Paris, dit l'Espagnol en remontant dans sa voiture. Ainsi, faute de dix ou douze mille francs, vous alliez vous tuer. Vous êtes un enfant, vous ne connaissez ni les hommes, ni les choses. Une destinée vaut tout ce que l'homme l'estime, et vous n'évaluez votre avenir que douze mille francs ; eh bien, je vous achèterai tout à l'heure davantage. Quant à l'emprisonnement de votre beau-frère, c'est une vétille. Si ce cher M. Séchard a fait une découverte, il sera riche. Les riches n'ont jamais été mis en prison pour dettes. Vous ne me paraissez pas fort en Histoire. Il y a deux Histoires : l'Histoire officielle, menteuse qu'on enseigne, l'Histoire *ad usum delphini*[2] ; puis l'Histoire secrète, où sont les véritables causes des événements, une Histoire honteuse. Laissez-moi vous raconter, en trois mots, une autre historiette que vous ne connaissez pas. Un ambitieux, prêtre et jeune, veut entrer aux affaires publiques, il se fait le chien couchant du favori, le favori d'une reine ; le favori s'intéresse au prêtre, et lui donne le rang de ministre en lui donnant place au Conseil. Un soir, un de ces hommes qui croient rendre service (ne rendez jamais un service qu'on ne vous demande pas !) écrit au jeune ambitieux que la vie de son bienfaiteur est menacée. Le roi s'est courroucé d'avoir un maître, demain le favori doit être tué s'il se rend au palais. Eh bien, jeune homme, qu'auriez-vous fait en recevant cette lettre ?...

— Je serais allé sur-le-champ avertir mon bienfaiteur, s'écria vivement Lucien.

— Vous êtes bien encore l'enfant que révèle le récit de votre existence, dit le prêtre. Notre homme s'est dit : Si le roi va jusqu'au crime, mon bienfaiteur est perdu ; je dois avoir reçu cette lettre trop tard ! Et il a dormi jusqu'à l'heure où l'on tuait le favori...

— C'est un monstre ! dit Lucien qui soupçonna chez le prêtre l'intention de l'éprouver.

— Tous les grands hommes sont des monstres, celui-là s'appelle le cardinal de Richelieu, répondit le chanoine, et son bienfaiteur a nom le maréchal d'Ancre[1]. Vous voyez bien que vous ne connaissez pas votre histoire de France. N'avais-je pas raison de vous dire que l'HISTOIRE enseignée dans les collèges est une collection de dates et de faits, excessivement douteuse d'abord, mais sans la moindre portée. À quoi vous sert-il de savoir que Jeanne d'Arc a existé ? En avez-vous jamais tiré cette conclusion que, si la France avait alors accepté la dynastie angevine des Plantagenets, les deux peuples réunis auraient aujourd'hui l'empire du monde, et que les deux îles où se forgent les troubles politiques du continent seraient deux provinces françaises ?... Mais avez-vous étudié les moyens par lesquels les Médicis, de simples marchands, sont arrivés à être grands-ducs de Toscane ?

— Un poète, en France, n'est pas tenu d'être un bénédictin, dit Lucien.

— Eh bien, jeune homme, ils sont devenus grands-ducs, comme Richelieu devint ministre. Si vous aviez cherché dans l'Histoire les causes humaines des événements, au lieu d'en apprendre par cœur les étiquettes, vous en auriez tiré des préceptes pour votre conduite. De ce que je viens de prendre au hasard dans la collection des faits vrais résulte cette loi : Ne voyez dans les hommes, et surtout dans les femmes, que des instruments ; mais ne le leur laissez pas voir. Adorez comme Dieu même celui qui, placé plus haut que vous, peut vous être utile, et ne le quittez pas qu'il n'ait payé très cher votre servilité. Dans le commerce du monde, soyez enfin âpre comme le juif et bas comme lui ; faites pour la puissance tout ce qu'il fait pour l'argent. Mais aussi n'ayez pas plus de souci de l'homme tombé que s'il n'avait jamais existé. Savez-vous pourquoi vous devez vous conduire ainsi ?... Vous voulez dominer le monde, n'est-ce pas ? il faut commencer par obéir au monde et le bien étudier. Les savants étudient les livres, les politiques étudient les hommes, leurs intérêts, les causes génératrices de leurs actions. Or le monde, la société, les hommes pris dans leur ensemble, sont fatalistes ; ils adorent l'événement. Savez-vous pourquoi je vous fais ce petit cours d'histoire ? c'est que je vous crois une ambition démesurée...

— Oui, mon père !

— Je l'ai bien vu, reprit le chanoine. Mais en ce moment vous vous dites : Ce chanoine espagnol invente des anecdotes et pressure l'Histoire pour me prouver que j'ai eu trop de vertu... » (Lucien se prit à sourire en voyant ses pensées si bien devinées.) « Eh bien, jeune homme, prenons des faits passés à l'état de banalité, dit le prêtre. Un jour la France est à peu près conquise par les Anglais, le Roi n'a plus qu'une province. Du sein du peuple deux êtres se dressent : une pauvre jeune fille, cette même Jeanne d'Arc dont nous parlions ; puis un bourgeois nommé Jacques Cœur. L'une donne son bras et le prestige de sa virginité, l'autre donne son or : le royaume est sauvé. Mais la fille est prise !... Le Roi, qui peut racheter la fille, la laisse brûler vive. Quant à l'héroïque bourgeois, le roi le laisse accuser de crimes capitaux par ses courtisans, qui font curée de tous ses biens. Les dépouilles de l'innocent, traqué, cerné, abattu par la justice, enrichissent cinq maisons nobles... Et le père de l'archevêque de Bourges sort du royaume, pour n'y jamais revenir, sans un sou de ses biens en France, n'ayant d'autre argent à lui que celui qu'il avait confié aux Arabes, aux Sarrasins en Égypte[1]. Vous pouvez dire encore : Ces exemples sont bien vieux, toutes ces ingratitudes ont trois cents ans d'Instruction publique, et les squelettes de cet âge-là sont fabuleux. Eh bien, jeune homme, croyez-vous au dernier demi-dieu de la France, à Napoléon ? Il a tenu l'un de ses généraux dans sa disgrâce, il ne l'a fait maréchal qu'à contrecœur, jamais il ne s'est servi de lui volontiers. Ce maréchal se nomme Kellermann. Savez-vous pourquoi ?... Kellermann a sauvé la France et le premier consul à Marengo par une charge audacieuse qui fut applaudie au milieu du sang et du feu[2]. Il ne fut même pas question de cette charge héroïque dans le bulletin. La cause de la froideur de Napoléon pour Kellermann est aussi la cause de la disgrâce de Fouché, du prince de Talleyrand[3] : c'est l'ingratitude du roi Charles VII, de Richelieu, l'ingratitude...

— Mais, mon père, à supposer que vous me sauviez la vie et que vous fassiez ma fortune, dit Lucien, vous me rendez ainsi la reconnaissance assez légère.

— Petit drôle, dit l'abbé souriant et prenant l'oreille de Lucien pour la lui tortiller avec une familiarité quasi royale, si vous étiez ingrat avec moi, vous seriez alors un homme fort, et je plierais devant vous ; mais vous n'en êtes pas encore là, car, simple écolier, vous avez voulu passer trop tôt maître. C'est le défaut des Français dans votre époque. Ils ont été gâtés tous par l'exemple de Napoléon. Vous donnez votre démission parce que vous ne pouvez pas obtenir l'épaulette que vous souhaitez... Mais avez-vous rapporté tous vos vouloirs, toutes vos actions à une idée ?...

— Hélas ! non, dit Lucien.

— Vous avez été ce que les Anglais appellent *inconsistent*[1], reprit le chanoine en souriant.

— Qu'importe ce que j'ai été, si je ne puis plus rien être ! répondit Lucien.

— Qu'il se trouve derrière toutes vos belles qualités une force *semper virens*[2], dit le prêtre en tenant à montrer qu'il savait un peu de latin, et rien ne vous résistera dans le monde. Je vous aime assez déjà... » (Lucien sourit d'un air d'incrédulité.) « Oui, reprit l'inconnu en répondant au sourire de Lucien, vous m'intéressez comme si vous étiez mon fils, et je suis assez puissant pour vous parler à cœur ouvert, comme vous venez de me parler. Savez-vous ce qui me plaît de vous ?... Vous avez fait en vous-même table rase, et vous pouvez alors entendre un cours de morale qui ne se fait nulle part ; car les hommes, rassemblés en troupe, sont encore plus hypocrites qu'ils ne le sont quand leur intérêt les oblige à jouer la comédie. Aussi passe-t-on une bonne partie de sa vie à sarcler ce que l'on a laissé pousser dans son cœur pendant son adolescence. Cette opération s'appelle acquérir de l'expérience. »

Lucien, en écoutant le prêtre, se disait : « Voilà quelque vieux politique enchanté de s'amuser en chemin. Il se plaît à faire changer d'opinion un pauvre garçon qu'il rencontre sur le bord d'un suicide, et il va me lâcher au bout de sa plaisanterie... Mais il entend bien le paradoxe, et il me paraît tout aussi fort que Blondet ou que Lousteau. » Malgré cette sage réflexion, la corruption tentée par ce diplomate sur Lucien entrait profondément dans cette âme assez disposée à la recevoir, et y faisait d'autant plus de ravages qu'elle s'appuyait sur de célèbres exemples. Pris par le charme de cette conversation cynique, Lucien se raccrochait d'autant plus volontiers à la vie qu'il se sentait ramené du fond de son suicide à la surface par un bras puissant. En ceci, le prêtre triomphait évidemment. Aussi, de temps en temps, avait-il accompagné ses sarcasmes historiques d'un malicieux sourire.

« Si votre façon de traiter la morale ressemble à votre manière d'envisager l'Histoire, dit Lucien, je voudrais bien savoir quel est en ce moment le mobile de votre apparente charité ?

— Ceci, jeune homme, est le dernier point de mon prône, et vous me permettrez de le réserver, car alors nous ne nous quitterons pas aujourd'hui, répondit-il avec la finesse d'un prêtre qui voit sa malice réussie.

— Eh bien, parlez-moi morale ? dit Lucien qui se dit en lui-même : Je vais le faire poser.

— La morale, jeune homme, commence à la loi, dit le prêtre. S'il ne s'agissait que de religion, les lois seraient inutiles : les peuples religieux ont peu de lois. Au-dessus de la loi civile, est la loi politique. Eh bien, voulez-vous savoir ce qui, pour un homme politique, est écrit sur le front de votre dix-neuvième siècle ? Les Français ont inventé, en 1793, une souveraineté populaire qui s'est terminée par un empereur absolu. Voilà pour votre histoire nationale. Quant aux mœurs : Mme Tallien et Mme de Beauharnais ont tenu la même conduite[1], Napoléon épouse l'une, fait d'elle votre impératrice, et n'a jamais voulu recevoir l'autre, quoiqu'elle fût princesse. Sans-culotte en 1793, Napoléon chausse la couronne de fer[2] en 1804. Les féroces amants de *L'Égalité ou la Mort* de 1792 deviennent, dès 1806, complices d'une aristocratie légitimée par Louis XVIII. À l'étranger, l'aristocratie, qui trône aujourd'hui dans son faubourg Saint-Germain, a fait pis : elle a été usurière, elle a été marchande, elle a fait des petits pâtés, elle a été cuisinière, fermière, gardeuse de moutons. En France donc, la loi politique aussi bien que la loi morale, tous et chacun ont démenti le début au point d'arrivée, leurs opinions par la conduite, ou la conduite par les opinions. Il n'y a pas eu de logique, ni dans le gouvernement, ni chez les particuliers. Aussi n'avez-vous plus de morale. Aujourd'hui, chez vous, le succès est la raison suprême de toutes les actions, quelles qu'elles soient. Le fait n'est donc plus rien en lui-même, il est tout entier dans l'idée que les autres s'en forment. De là, jeune homme, un second précepte : ayez de beaux dehors ! cachez l'envers de votre vie, et présentez un endroit très brillant. La discrétion, cette devise des ambitieux, est celle de notre Ordre[1], faites-en la vôtre. Les grands commettent presque autant de lâchetés que les misérables ; mais ils les commettent dans l'ombre et font parade de leurs vertus : ils restent grands. Les petits déploient leurs vertus dans l'ombre, ils exposent leurs misères au grand jour : ils sont méprisés. Vous avez caché vos grandeurs et vous avez laissé voir vos plaies. Vous avez eu publiquement pour maîtresse une actrice, vous avez vécu chez elle, avec elle ; vous n'étiez nullement répréhensible, chacun vous trouvait l'un et l'autre parfaitement libres ; mais vous rompiez en visière aux idées du monde et vous n'avez pas eu la considération que le monde accorde à ceux qui obéissent à ses lois. Si vous aviez laissé Coralie à ce M. Camusot, si vous aviez caché vos relations avec elle, vous auriez épousé Mme de Bargeton, vous seriez préfet d'Angoulême et marquis de Rubempré. Changez de conduite ? mettez en dehors votre beauté, vos grâces, votre esprit, votre poésie. Si vous vous permettez de petites infamies, que ce soit entre quatre murs. Dès lors vous ne serez plus coupable de faire tache sur les décorations de ce grand théâtre appelé le monde. Napoléon appelle cela : *laver son linge sale en famille*. Du second précepte découle ce corollaire : tout est dans la forme. Saisissez bien ce que j'appelle la Forme. Il y a des gens sans instruction qui, pressés par le besoin, prennent une somme quelconque, par violence, à autrui ;

on les nomme criminels et ils sont forcés de compter avec la justice. Un pauvre homme de génie trouve un secret dont l'exploitation équivaut à un trésor, vous lui prêtez trois mille francs (à l'instar de ces Cointet qui se sont trouvé vos trois mille francs entre les mains et qui vont dépouiller votre beau-frère), vous le tourmentez de manière à vous faire céder tout ou partie du secret, vous ne comptez qu'avec votre conscience, et votre conscience ne vous mène pas en cour d'assises. Les ennemis de l'ordre social profitent de ce contraste pour japper après la justice et se courroucer au nom du peuple de ce qu'on envoie aux galères un voleur de nuit et de poules dans une enceinte habitée, tandis qu'on met en prison à peine pour quelques mois un homme qui ruine des familles en faisant une faillite frauduleuse, mais ces hypocrites savent bien qu'en condamnant le voleur les juges maintiennent la barrière entre les pauvres et les riches, qui, renversée, amènerait la fin de l'ordre social ; tandis que le banqueroutier, l'adroit capteur[1] de successions, le banquier qui tue une affaire à son profit ne produisent que des déplacements de fortune. Ainsi, la société, mon fils, est forcée de distinguer, pour son compte, ce que je vous fais distinguer pour le vôtre. Le grand point est de s'égaler à toute la Société. Napoléon, Richelieu, les Médicis s'égalèrent à leur siècle. Vous, vous vous estimez douze mille francs !... Votre Société n'adore plus le vrai Dieu, mais le Veau d'or ! Telle est la religion de votre Charte, qui ne tient plus compte, en politique, que de la propriété. N'est-ce pas dire à tous les sujets : Tâchez d'être riches[2] ?... Quand, après avoir su trouver légalement une fortune, vous serez riche et marquis de Rubempré, vous vous permettrez le luxe de l'honneur. Vous ferez alors profession de tant de délicatesse, que personne n'osera vous accuser d'en avoir jamais manqué, si vous en manquiez toutefois en faisant fortune, ce que je ne vous conseillerais jamais, dit le prêtre en prenant la main de Lucien et la lui tapotant. Que devez-vous donc mettre dans cette belle tête ?... Uniquement le thème que voici : Se donner un but éclatant et cacher ses moyens d'arriver, tout en cachant sa marche. Vous avez agi en enfant, soyez homme, soyez chasseur, mettez-vous à l'affût, embusquez-vous dans le monde parisien, attendez une proie et un hasard, ne ménagez ni votre personne, ni ce qu'on appelle la dignité ; car nous obéissons tous à quelque chose, à un vice, à une nécessité, mais observez la loi suprême ! le secret.

— Vous m'effrayez, mon père ! s'écria Lucien, ceci me semble une théorie de grande route.

— Vous avez raison, dit le chanoine, mais elle ne vient pas de moi. Voilà comment ont raisonné les parvenus, la maison d'Autriche, comme la maison de France. Vous n'avez rien, vous êtes dans la situation des Médicis, de Richelieu, de Napoléon au début de leur ambition. Ces gens-là, mon petit, ont estimé leur avenir au prix de l'ingratitude, de la trahison, et des contradictions les plus violentes. Il faut tout oser pour tout avoir. Raisonnons ? Quand vous vous asseyez à une table de bouillotte, en discutez-vous les conditions ? Les règles sont là, vous les acceptez. »

« Allons, pensa Lucien, il connaît la bouillotte. »

« Comment vous conduisez-vous à la bouillotte ?... dit le prêtre, y pratiquez-vous la plus belle des vertus, la franchise ? Non seulement vous cachez votre jeu, mais encore vous tâchez de faire croire, quand vous êtes sûr de triompher, que vous allez tout perdre. Enfin, vous dissimulez, n'est-ce pas ?... Vous mentez pour gagner cinq louis !... Que diriez-vous d'un joueur assez généreux pour prévenir les autres qu'il a brelan carré[1] ? Eh bien, l'ambitieux qui veut lutter avec les préceptes de la vertu, dans une carrière où ses antagonistes s'en privent, est un enfant à qui les vieux politiques diraient ce que les joueurs disent à celui qui ne profite pas de ses brelans : "Monsieur, ne jouez jamais à la bouillotte..." Est-ce vous qui faites les règles dans le jeu de l'ambition ? Pourquoi vous ai-je dit de vous égaler à la Société ?... C'est qu'aujourd'hui, jeune homme, la Société s'est insensiblement arrogé tant de droits sur les individus, que l'individu se trouve obligé de combattre la Société. Il n'y a plus de lois, il n'y a que des mœurs, c'est-à-dire des simagrées, toujours la forme. » (Lucien fit un geste d'étonnement.) « Ah ! mon enfant, dit le prêtre en craignant d'avoir révolté la candeur de Lucien, vous attendiez-vous à trouver l'ange Gabriel dans un abbé chargé de toutes les iniquités de la contre-diplomatie de deux rois (je suis l'intermédiaire entre Ferdinand VII[1] et Louis XVIII, deux grands... rois qui doivent tous deux la couronne à de profondes... combinaisons) ?... Je crois en Dieu, mais je crois bien plus en notre Ordre, et notre Ordre ne croit qu'au pouvoir temporel. Pour rendre le pouvoir temporel très fort, notre Ordre maintient l'Église apostolique, catholique et romaine, c'est-à-dire l'ensemble des sentiments qui tiennent le peuple dans l'obéissance. Nous sommes les Templiers modernes, nous avons une doctrine. Comme le Temple, notre Ordre fut brisé[2] par les mêmes raisons : il s'était égalé au monde. Voulez-vous être soldat, je serai votre capitaine. Obéissez-moi comme une femme obéit à son mari, comme un enfant obéit à sa mère, je vous garantis qu'en moins de trois ans vous serez marquis de Rubempré, vous épouserez une des plus nobles filles du faubourg Saint-Germain, et vous vous assiérez un jour sur les bancs de la pairie. En ce moment, si je ne vous avais pas amusé par ma conversation, que seriez-vous ? un cadavre introuvable dans un profond lit de vase ; eh bien, faites un effort de poésie ?... » (Là Lucien regarda son protecteur avec curiosité.) « Le jeune homme qui se trouve assis là, dans cette calèche, à côté de l'abbé Carlos Herrera, chanoine honoraire du chapitre de Tolède, envoyé secret de S. M. Ferdinand VII à S. M. le Roi de France, pour lui apporter une dépêche où il lui dit peut-être : *Quand vous m'aurez délivré, faites pendre tous ceux que je caresse en ce moment et aussi mon envoyé, pour qu'il soit vraiment secret*, ce jeune homme, dit l'inconnu, n'a plus rien de commun avec le poète qui vient de mourir. Je vous ai pêché, je vous ai rendu la vie, et vous m'appartenez comme la créature est au créateur, comme, dans les contes de fées, l'Afrite[1] est au génie, comme l'icoglan[2] est au Sultan, comme le corps est à l'âme ! Je vous maintiendrai, moi, d'une main puissante dans la voie du pouvoir, et je vous promets néanmoins une vie de plaisirs, d'honneurs, de fêtes continuelles... Jamais l'argent ne vous manquera... Vous brillerez, vous paraderez, pendant que, courbé dans la boue des fondations, j'assurerai le brillant édifice de votre fortune. J'aime le pouvoir pour le pouvoir, moi ! Je serai toujours heureux de vos jouissances qui me sont interdites. Enfin, je me ferai vous !... Eh bien, le jour où ce pacte d'homme à démon, d'enfant à diplomate, ne vous conviendra plus, vous pourrez toujours aller chercher un petit endroit, comme celui dont vous parliez, pour vous noyer : vous serez un peu plus ou un peu moins ce que vous êtes aujourd'hui, malheureux ou déshonoré...

— Ceci n'est pas une homélie de l'archevêque de Grenade[3] ! s'écria Lucien en voyant la calèche arrêtée à une poste.

— Je ne sais pas quel nom vous donnez à cette instruction sommaire, mon fils, car je vous adopte et ferai de vous mon héritier ; mais c'est le code de l'ambition. Les élus de Dieu sont en petit nombre. Il n'y a pas de choix : ou il faut aller au fond du cloître (et vous y retrouvez souvent le monde en petit !), ou il faut accepter ce code.

— Peut-être vaut-il mieux n'être pas si savant, dit Lucien en essayant de sonder l'âme de ce terrible prêtre.

— Comment ! reprit le chanoine, après avoir joué sans connaître les règles du jeu, vous abandonnez la partie au moment où vous y devenez fort, où vous vous y présentez avec un parrain solide... et sans même avoir le désir de prendre une revanche ! Comment, vous n'éprouvez pas l'envie de monter sur le dos de ceux qui vous ont chassé de Paris ! »

Lucien frissonna comme si quelque instrument de bronze, un gong chinois, eût fait entendre ces terribles sons qui frappent sur les nerfs.

« Je ne suis qu'un humble prêtre, reprit cet homme en laissant paraître une horrible expression sur son visage cuivré par le soleil de l'Espagne ; mais si des hommes m'avaient humilié, vexé, torturé, trahi, vendu, comme vous l'avez été par les drôles dont vous m'avez parlé, je serais comme l'Arabe du désert !... Oui, je dévouerais mon corps et mon âme à la vengeance. Je me moquerais de finir ma vie accroché à un gibet, assis à la *garrotte*[1], empalé, guillotiné, comme chez vous ; mais je ne laisserais prendre ma tête qu'après avoir écrasé mes ennemis sous mes talons. »

Lucien gardait le silence, il ne se sentait plus l'envie de faire poser ce prêtre.

« Les uns descendent d'Abel, les autres de Caïn, dit le chanoine en terminant ; moi je suis un sang mêlé : Caïn pour mes ennemis, Abel pour mes amis, et malheur à qui réveille Caïn !... Après tout, vous êtes Français, je suis Espagnol et, de plus, chanoine !... »

« Quelle nature d'Arabe ! » se dit Lucien en examinant le protecteur que le ciel venait de lui envoyer.

L'abbé Carlos Herrera n'offrait rien en lui-même qui révélât le Jésuite ni même un religieux. Gros et court, de larges mains, un large buste, une force herculéenne, un regard terrible, mais adouci par une mansuétude de commande, un teint de bronze qui ne laissait rien passer du dedans au dehors, inspiraient beaucoup plus la répulsion que l'attachement. De longs et beaux cheveux poudrés à la façon de ceux du prince de Talleyrand donnaient à ce singulier diplomate l'air d'un évêque, et le ruban bleu liséré de blanc auquel pendait une croix d'or indiquait d'ailleurs un dignitaire ecclésiastique. Ses bas de soie noire moulaient des jambes d'athlète. Son vêtement d'une exquise propreté révélait ce soin minutieux de la personne que les simples prêtres ne prennent pas toujours d'eux, surtout en Espagne. Un tricorne était posé sur le devant de la voiture armoriée aux armes d'Espagne. Malgré tant de causes de répulsion, des manières à la fois violentes et patelines atténuaient l'effet de la physionomie; et, pour Lucien, le prêtre s'était évidemment fait coquet, caressant, presque chat. Lucien examina les moindres choses d'un air soucieux. Il sentit qu'il s'agissait en ce moment de vivre ou de mourir, car il se trouvait au second relais après Ruffec. Les dernières phrases du prêtre espagnol avaient remué beaucoup de cordes dans son cœur: et, disons-le à la honte de Lucien et du prêtre qui, d'un œil perspicace, étudiait la belle figure du poète, ces cordes étaient les plus mauvaises, celles qui vibrent sous l'attaque des sentiments dépravés. Lucien revoyait Paris, il ressaisissait les rênes de la domination que ses mains inhabiles avaient lâchées, il se vengeait! La comparaison de la vie de province et de la vie de Paris qu'il venait de faire, la plus agissante des causes de son suicide, disparaissait: il allait se retrouver dans son milieu, mais protégé par un politique profond jusqu'à la scélératesse de Cromwell.

«J'étais seul, nous serons deux», se disait-il. Plus il

avait découvert de fautes dans sa conduite antérieure, plus l'ecclésiastique avait montré d'intérêt. La charité de cet homme s'était accrue en raison du malheur, et il ne s'étonnait de rien. Néanmoins Lucien se demanda quel était le mobile de ce meneur d'intrigues royales. Il se paya d'abord d'une raison vulgaire : les Espagnols sont généreux ! L'Espagnol est généreux, comme l'Italien est empoisonneur et jaloux, comme le Français est léger, comme l'Allemand est franc, comme le Juif est ignoble, comme l'Anglais est noble. Renversez ces propositions ? vous arriverez au vrai. Les juifs ont accaparé l'or, ils écrivent *Robert le Diable*, ils jouent *Phèdre*, ils chantent *Guillaume Tell*, ils commandent des tableaux, ils élèvent des palais, ils écrivent *Reisebilder* et d'admirables poésies, ils sont plus puissants que jamais, leur religion est acceptée, enfin ils font crédit au Pape[1] ! En Allemagne, pour les moindres choses, on demande à un étranger : « Avez-vous un contrat ? » tant on y fait de chicanes. En France, on applaudit depuis cinquante ans à la scène des stupidités nationales, on continue à porter d'inexplicables chapeaux, et le gouvernement ne change qu'à la condition d'être toujours le même !... L'Angleterre déploie à la face du monde des perfidies dont l'horreur ne peut se comparer qu'à son avidité. L'Espagnol, après avoir eu l'or des deux Indes, n'a plus rien. Il n'y a pas de pays du monde où il y ait moins d'empoisonnements qu'en Italie, et où les mœurs soient plus faciles et plus courtoises. Les Espagnols ont beaucoup vécu sur la réputation des Maures.

Lorsque l'Espagnol remonta dans la calèche, il dit à l'oreille du postillon : « Il me faut le train de la malle, il y a trois francs de guides[2]. » Lucien hésitait à monter, le prêtre lui dit : « Allons donc », et Lucien monta sous prétexte de lui décocher un argument *ad hominem*.

« Mon père, lui dit-il, un homme qui vient de dérouler

du plus beau sang-froid du monde les maximes que beaucoup de bourgeois taxeront de profondément immorales...

— Et qui le sont, dit le prêtre, voilà pourquoi Jésus-Christ voulait que le scandale eût lieu, mon fils. Et voilà pourquoi le monde manifeste une si grande horreur du scandale.

— Un homme de votre trempe ne s'étonnera pas de la question que je vais lui faire !

— Allez, mon fils !... dit Carlos Herrera, vous ne me connaissez pas. Croyez-vous que je prendrais un secrétaire avant de savoir s'il a des principes assez sûrs pour ne me rien prendre ? Je suis content de vous. Vous avez encore toutes les innocences de l'homme qui se tue à vingt ans. Votre question ?...

— Pourquoi vous intéressez-vous à moi ? quel prix voulez-vous de mon obéissance ?... Pourquoi me donnez-vous tout ? quelle est votre part ? »

L'Espagnol regarda Lucien et se mit à sourire.

« Attendons une côte, nous la monterons à pied, et nous parlerons en plein vent. Le fond d'une calèche est indiscret. »

Le silence régna pendant quelque temps entre les deux compagnons, et la rapidité de la course aida, pour ainsi dire, à la griserie morale de Lucien.

« Mon père, voici la côte, dit Lucien en se réveillant comme d'un rêve.

— Eh bien, marchons », dit le prêtre en criant d'une voix forte au postillon d'arrêter.

Et tous deux ils s'élancèrent sur la route.

« Enfant, dit l'Espagnol en prenant Lucien par le bras, as-tu médité la *Venise sauvée* d'Otway[1] ? As-tu compris cette amitié profonde, d'homme à homme, qui lie Pierre à Jaffier, qui fait pour eux d'une femme une bagatelle, et qui change entre eux tous les termes sociaux ?... Eh bien, voilà pour le poète. »

« Le chanoine connaît aussi le théâtre », se dit Lucien en lui-même. « Avez-vous lu Voltaire ?... lui demanda-t-il.

— J'ai fait mieux, répondit le chanoine, je le mets en pratique.

— Vous ne croyez pas en Dieu ?...

— Allons, c'est moi qui suis l'athée, dit le prêtre en souriant. Venons au positif, mon petit ? reprit-il en le prenant par la taille. J'ai quarante-six ans, je suis l'enfant naturel d'un grand seigneur, par ainsi sans famille, et j'ai un cœur... Mais, apprends ceci, grave-le dans ta cervelle encore si molle : l'homme a horreur de la solitude. Et de toutes les solitudes, la solitude morale est celle qui l'épouvante le plus. Les premiers anachorètes vivaient avec Dieu, ils habitaient le monde le plus peuplé, le monde spirituel. Les avares habitent le monde de la fantaisie et des jouissances. L'avare a tout, jusqu'à son sexe, dans le cerveau. La première pensée de l'homme, qu'il soit lépreux ou forçat, infâme ou malade, est d'avoir un complice de sa destinée. À satisfaire ce sentiment, qui est la vie même, il emploie toutes ses forces, toute sa puissance, la verve de sa vie. Sans ce désir souverain, Satan aurait-il pu trouver des compagnons ?... Il y a là tout un poème à faire qui serait l'avant-scène du *Paradis perdu*, qui n'est que l'apologie de la Révolte.

— Celui-là serait l'Iliade de la corruption, dit Lucien.

— Eh bien, je suis seul, je vis seul. Si j'ai l'habit, je n'ai pas le cœur du prêtre. J'aime à me dévouer, j'ai ce vice-là. Je vis par le dévouement, voilà pourquoi je suis prêtre. Je ne crains pas l'ingratitude, et je suis reconnaissant. L'Église n'est rien pour moi, c'est une idée. Je me suis dévoué au roi d'Espagne ; mais on ne peut pas aimer le roi d'Espagne, il me protège, il plane au-dessus de moi. Je veux aimer ma créature, la façonner, la pétrir à mon usage, afin de l'aimer comme un père aime son enfant. Je roulerai dans ton tilbury, mon garçon, je me réjouirai de tes succès auprès des femmes, je dirai : "Ce beau jeune homme, c'est moi ! ce marquis de Rubempré, je l'ai créé et mis au monde aristocratique ; sa grandeur est mon œuvre, il se tait ou parle à ma voix, il me consulte en tout. L'abbé de Vermont[1] était cela pour Marie-Antoinette."

— Il l'a menée à l'échafaud !

— Il n'aimait pas la reine !... répondit le prêtre, il n'aimait que l'abbé de Vermont.

— Dois-je laisser derrière moi la désolation ? dit Lucien.

— J'ai des trésors, tu y puiseras.

— En ce moment, je ferais bien des choses pour délivrer Séchard, répliqua Lucien d'une voix qui ne voulait plus du suicide.

— Dis un mot, mon fils, et il recevra demain matin la somme nécessaire à sa libération.

— Comment ! vous me donneriez douze mille francs !...

— Eh ! enfant, ne vois-tu pas que nous faisons quatre lieues à l'heure ? Nous allons dîner à Poitiers. Là, si tu veux signer le pacte, me donner une seule preuve d'obéissance, elle est grande, je la veux ! eh bien, la diligence de Bordeaux portera quinze mille francs à ta sœur...

— Où sont-ils ? »

Le prêtre espagnol ne répondit rien, et Lucien se dit : « Le voilà pris, il se moquait de moi. » Un instant après, l'Espagnol et le poète étaient remontés en voiture silencieusement. Silencieusement, le prêtre mit la main à la poche de sa voiture, il en tira ce sac de peau fait en gibecière divisé en trois compartiments, si connu des voyageurs ; il ramena cent portugaises, en y plongeant trois fois de sa large main qu'il ramena chaque fois pleine d'or.

« Mon père, je suis à vous, dit Lucien ébloui de ce flot d'or.

— Enfant ! dit le prêtre en baisant Lucien au front avec tendresse, ce n'est que le tiers de l'or qui se trouve dans ce sac, trente mille francs, sans compter l'argent du voyage.

— Et vous voyagez seul ?... s'écria Lucien.

— Qu'est-ce que cela ! fit l'Espagnol. J'ai pour plus de cent mille écus de traites sur Paris. Un diplomate sans argent, c'est ce que tu étais tout à l'heure : un poète sans volonté. »

Au moment où Lucien montait en voiture avec le prétendu diplomate espagnol[1], Ève se levait pour donner à boire à son fils, elle trouva la fatale lettre, et la lut. Une sueur froide glaça la moiteur que cause le sommeil du matin, elle eut un éblouissement, elle appela Marion et Kolb.

À ce mot : « Mon frère est-il sorti ? » Kolb répondit « *Oui, montame, afant le chour !*

— Gardez-moi le plus profond secret sur ce que je vous confie, dit Ève aux deux domestiques, mon frère est sans doute sorti pour mettre fin à ses jours. Courez tous les deux, prenez des informations avec prudence, et surveillez le cours de la rivière. »

Ève resta seule, dans un état de stupeur horrible à voir. Ce fut au milieu du trouble où elle se trouvait que, sur les sept heures du matin, Petit-Claud se présenta pour lui parler d'affaires. Dans ces moments-là, l'on écoute tout le monde.

« Madame, dit l'avoué, notre pauvre cher David est en prison et il arrive à la situation que j'ai prévue au début de cette affaire. Je lui conseillais alors de s'associer pour l'exploitation de sa découverte avec ses concurrents, les Cointet, qui tiennent entre leurs mains les moyens d'exécuter ce qui, chez votre mari, n'est qu'à l'état de conception. Aussi, dans la soirée d'hier, aussitôt que la nouvelle de son arrestation m'est parvenue, qu'ai-je fait ? je suis allé trouver MM. Cointet avec l'intention de tirer d'eux des concessions qui pussent vous satisfaire. En voulant défendre cette découverte votre vie va continuer d'être ce qu'elle est : une vie de chicanes où vous succomberez, où vous finirez, épuisés et mourants, par faire, à votre détriment peut-être, avec un homme d'argent, ce que je veux vous voir faire, à votre avantage, dès aujourd'hui, avec MM. Cointet frères. Vous économiserez ainsi les privations, les angoisses du combat de l'inventeur contre l'avidité du capitaliste et l'indifférence de la société. Voyons ! si MM. Cointet payent vos dettes... si, vos dettes payées, ils vous donnent encore une somme qui vous soit acquise, quel que soit le mérite, l'avenir ou la possibilité de la découverte, en vous accordant, bien entendu toujours, une certaine part dans les bénéfices de l'exploitation, ne serez-vous pas heureux ?... Vous devenez, vous, madame, propriétaire du matériel de l'imprimerie, et vous la vendrez sans doute, cela vaudra bien vingt mille francs, je vous garantis un acquéreur à ce prix. Si vous réalisez quinze mille francs, par un acte de société avec MM. Cointet, vous auriez une fortune de trente-cinq mille francs, et au taux actuel des rentes, vous vous feriez deux mille francs de rente... On vit avec deux mille francs de rente en province. Et, remarquez bien que, madame, vous auriez encore les éventualités de votre association avec MM. Cointet. Je dis éventualités, car il faut supposer l'insuccès. Eh bien, voici ce que je suis en mesure de pouvoir obtenir : d'abord, libération complète de David, puis quinze mille francs remis à titre d'indemnité de ses recherches, acquis sans que MM. Cointet puissent en faire l'objet d'une revendication à quelque titre que ce soit, quand même la découverte serait improductive ; enfin une société formée entre David et MM. Cointet pour l'exploitation d'un brevet d'invention à prendre, après une expérience faite en commun et secrètement, de son procédé de fabrication sur les bases suivantes : MM. Cointet feront tous les frais. La mise de fonds de David sera l'apport du brevet, et il aura le quart des bénéfices. Vous êtes une femme pleine de jugement et très raisonnable, ce qui n'arrive pas souvent aux très belles femmes ; réfléchissez à ces propositions et vous les trouverez très acceptables...

— Ah ! monsieur, s'écria la pauvre Ève au désespoir et en fondant en larmes, pourquoi n'êtes-vous pas venu hier au soir me proposer cette transaction ? Nous eussions évité le déshonneur, et... bien pis...

— Ma discussion avec les Cointet, qui, vous avez dû vous en douter, se cachent derrière Métivier, n'a fini qu'à minuit. Mais qu'est-il donc arrivé depuis hier soir qui soit pire que l'arrestation de notre pauvre David ? demanda Petit-Claud.

— Voici l'affreuse nouvelle que j'ai trouvée à mon réveil, répondit-elle en tendant à Petit-Claud la lettre de Lucien. Vous me prouvez en ce moment que vous vous intéressez à nous, vous êtes l'ami de David et de Lucien, je n'ai pas besoin de vous demander le secret...

— Soyez sans aucune inquiétude, dit Petit-Claud en rendant la lettre après l'avoir lue. Lucien ne se tuera pas. Après avoir été la cause de l'arrestation de son beau-frère, il lui fallait une raison pour vous quitter, et je vois là comme une tirade de sortie, en style de coulisses. »

Les Cointet étaient arrivés à leurs fins. Après avoir torturé l'inventeur et sa famille, ils saisissaient le moment de cette torture où la lassitude fait désirer quelque repos. Tous les chercheurs de secrets ne tiennent pas du bouledogue, qui meurt sa proie entre les dents, et les Cointet avaient savamment étudié le caractère de leurs victimes. Pour le grand Cointet, l'arrestation de David était la dernière scène du premier acte de ce drame. Le second acte commençait par la proposition que Petit-Claud venait faire. En grand maître, l'avoué regarda le coup de tête de Lucien comme une de ces chances inespérées qui, dans une partie, achèvent de la décider. Il vit Ève si complètement matée par cet événement qu'il résolut d'en profiter pour gagner sa confiance, car il avait fini par deviner l'influence de la femme sur le mari. Donc, au lieu de plonger Mme Séchard plus avant dans le désespoir, il essaya de la rassurer, et il la dirigea très habilement vers la prison dans la situation d'esprit où elle se trouvait, en pensant qu'elle déterminerait alors David à s'associer aux Cointet.

« David, madame, m'a dit qu'il ne souhaitait de fortune que pour vous et pour votre frère ; mais il doit vous être prouvé que ce serait une folie que de vouloir enrichir Lucien. Ce garçon-là mangerait trois fortunes. »

L'attitude d'Ève disait assez que la dernière de ses illusions sur son frère s'était envolée, aussi l'avoué fit-il une pause pour convertir le silence de sa cliente en une sorte d'assentiment.

« Ainsi, dans cette question, reprit-il, il ne s'agit plus que de vous et de votre enfant. C'est à vous de savoir si deux mille francs de rente suffisent à votre bonheur, sans compter la succession du vieux Séchard. Votre beau-père se fait, depuis longtemps, un revenu de sept à huit mille francs, sans compter les intérêts qu'il sait tirer de ses capitaux ; ainsi vous avez, après tout, un bel avenir. Pourquoi vous tourmenter ? »

L'avoué quitta Mme Séchard en la laissant réfléchir sur cette perspective, assez habilement préparée la veille par le grand Cointet.

« Allez leur faire entrevoir la possibilité de toucher une somme quelconque, avait dit le loup-cervier d'Angoulême à l'avoué quand il vint lui annoncer l'arrestation ; et lorsqu'ils se seront accoutumés à l'idée de palper une somme, ils seront à nous : nous marchanderons, et, petit à petit, nous les ferons arriver au prix que nous voulons donner de ce secret. »

Cette phrase contenait en quelque sorte l'argument du second acte de ce drame financier.

Quand Mme Séchard, le cœur brisé par ses appréhensions sur le sort de son frère, se fut habillée, et descendit pour aller à la prison, elle éprouva l'angoisse que lui donna l'idée de traverser seule les rues d'Angoulême. Sans s'occuper de l'anxiété de sa cliente, Petit-Claud revint lui offrir le bras, ramené par une pensée assez machiavélique, et il eut le mérite d'une délicatesse à laquelle Ève fut extrêmement sensible ; car il s'en laissa remercier, sans la tirer de son erreur. Cette petite attention, chez un homme si dur, si cassant, et dans un pareil moment, modifia les jugements que Mme Séchard avait jusqu'à présent portés sur Petit-Claud.

« Je vous mène, lui dit-il, par le chemin le plus long, mais nous n'y rencontrerons personne.

— Voici la première fois, monsieur, que je n'ai pas le droit d'aller la tête haut ! on me l'a bien durement appris hier...

— Ce sera la première et la dernière.

— Oh ! je ne resterai certes pas dans cette ville...

— Si votre mari consentait aux propositions qui sont à peu près posées entre les Cointet et moi, dit Petit-Claud à Ève en arrivant au seuil de la prison, faites-le-moi savoir, je viendrais aussitôt avec une autorisation de Cachan qui permettrait à David de sortir ; et, vraisemblablement, il ne rentrerait pas en prison... »

Ceci dit en face de la geôle était ce que les Italiens appellent une *combinaison*. Chez eux, ce mot exprime l'acte indéfinissable où se rencontre un peu de perfidie mêlée au droit, l'à-propos d'une fraude permise, une fourberie quasi légitime et bien dressée ; selon eux, la Saint-Barthélemy est une combinaison politique.

Par les causes exposées ci-dessus, la détention pour dettes est un fait judiciaire si rare en province que, dans la plupart des villes de France, il n'existe pas de maison d'arrêt. Dans ce cas, le débiteur est écroué à la prison où l'on incarcère les inculpés, les prévenus, les accusés et les condamnés. Tels sont les noms divers que prennent légalement et successivement ceux que le peuple appelle génériquement des *criminels*. Ainsi David fut mis provisoirement dans une des chambres basses de la prison d'Angoulême, d'où, peut-être, quelque condamné venait de sortir, après avoir fait son temps. Une fois écroué avec la somme décrétée par la loi pour les aliments du prisonnier pendant un mois, David se trouva devant un gros homme qui, pour les captifs, devient un pouvoir plus grand que celui du Roi : le geôlier ! En province, on ne connaît pas de geôlier maigre. D'abord, cette place est presque une sinécure ; puis, un geôlier est comme un aubergiste qui n'aurait pas de maison à payer, il se nourrit très bien en nourrissant très mal ses prisonniers qu'il loge, d'ailleurs, comme fait l'aubergiste, selon leurs moyens. Il connaissait David de nom, à cause de son père surtout, et il eut la confiance de le bien coucher pour une nuit, quoique David fût sans un sou. La prison d'Angoulême date du Moyen Âge, et n'a pas subi plus de changements que la cathédrale. Encore appelée Maison de Justice, elle est adossée à l'ancien présidial[1]. Le guichet est classique, c'est la porte cloutée, solide en apparence, usée, basse, et de construction d'autant plus cyclopéenne qu'elle a comme un œil unique au front, dans le judas par où le geôlier vient reconnaître les gens avant d'ouvrir. Un corridor règne le long de la façade au rez-de-chaussée, et sur ce corridor ouvrent plusieurs chambres dont les fenêtres hautes et garnies de hottes tirent leur jour du préau. Le geôlier occupe un logement séparé de ces chambres par une voûte qui sépare le rez-de-chaussée en deux parties, et au bout de laquelle on voit, dès le guichet, une grille fermant le préau. David fut conduit par le geôlier dans celle des chambres qui se trouvait auprès de la voûte, et dont la porte donnait en face de son logement. Le geôlier voulait voisiner avec un homme qui, vu sa position particulière, pouvait lui tenir compagnie.

« C'est la meilleure chambre », dit-il en voyant David stupéfait à l'aspect du local.

Les murs de cette chambre étaient en pierre et assez humides. Les fenêtres très élevées avaient des barreaux de fer. Les dalles de pierre jetaient un froid glacial. On entendait le pas régulier de la sentinelle en faction qui se promenait dans le corridor. Ce bruit monotone comme celui de la marée vous jette à tout instant cette pensée : « On te garde ! tu n'es plus libre ! » Tous ces détails, cet ensemble de choses agit prodigieusement sur le moral des honnêtes gens. David aperçut un lit exécrable ; mais les gens incarcérés sont si violemment agités pendant la première nuit, qu'ils ne s'aperçoivent de la dureté de leur couche qu'à la seconde nuit. Le geôlier fut gracieux, il proposa naturellement à son détenu de se promener dans le préau jusqu'à la nuit. Le supplice de David ne commença qu'au moment de son coucher. Il était interdit de donner de la lumière aux prisonniers, il fallait donc un permis du procureur du Roi pour exempter le détenu pour dettes du règlement qui ne concernait évidemment que les gens mis sous la main de justice. Le geôlier admit bien David à son foyer, mais il fallut enfin le renfermer, à l'heure du coucher. Le pauvre mari d'Ève connut alors les horreurs de la prison et la grossièreté de ses usages qui le révolta. Mais, par une de ces réactions assez familières aux penseurs, il s'isola dans cette solitude, il s'en sauva par un de ces rêves que les poètes ont le pouvoir de faire tout éveillés. Le malheureux finit par porter sa réflexion sur ses affaires. La prison pousse énormément à l'examen de conscience. David se demanda s'il avait rempli ses devoirs de chef de famille ? quelle devait être la désolation de sa femme ? pourquoi, comme le lui disait Marion, ne pas gagner assez d'argent pour pouvoir faire plus tard sa découverte à loisir ?

« Comment, se dit-il, rester à Angoulême après un pareil éclat ? Si je sors de prison, qu'allons-nous devenir ? où irons-nous ? » Quelques doutes lui vinrent sur ses procédés. Ce fut une de ces angoisses qui ne peut être comprise que par les inventeurs eux-mêmes ! De doute en doute, David en vint à voir clair à sa situation, et il se dit à lui-même ce que les Cointet avaient dit au père Séchard, ce que Petit-Claud venait de dire à Ève : « En supposant que tout aille bien, que sera-ce à l'application ? Il me faut un brevet d'invention, c'est de l'argent !... Il me faut une fabrique où faire mes essais en grand, ce sera livrer ma découverte ! Oh ! comme Petit-Claud avait raison ! » (Les prisons les plus obscures dégagent de très vives lueurs.) « Bah ! dit David en s'endormant sur l'espèce de lit de camp où se trouvait un horrible matelas en drap brun très grossier, je verrai sans doute Petit-Claud, demain matin. »

David s'était donc bien préparé lui-même à écouter les propositions que sa femme lui apportait de la part de ses ennemis. Après qu'elle eut embrassé son mari et se fut assise sur le pied du lit, car il n'y avait qu'une chaise en bois de la plus vile espèce, le regard de la femme tomba sur l'affreux baquet mis dans un coin et sur les murailles parsemées de noms et d'apophtegmes[1] écrits par les prédécesseurs de David. Alors, de ses yeux rougis, les pleurs recommencèrent à couler. Elle eut encore des larmes après toutes celles qu'elle avait versées, en voyant son mari dans la situation d'un criminel.

« Voilà donc où peut mener le désir de la gloire !... s'écria-t-elle. Ô ! mon ange, abandonne cette carrière... Allons ensemble le long de la route battue, et ne cherchons pas une fortune rapide... Il me faut peu de chose pour être heureuse, surtout après avoir tant souffert !... Et si tu savais !... cette déshonorante arrestation n'est pas notre grand malheur !... tiens ? »

Elle tendit la lettre de Lucien que David eut bientôt lue ; et, pour le consoler, elle lui dit l'affreux mot de Petit-Claud sur Lucien.

« Si Lucien s'est tué, c'est fait en ce moment, dit David ; et si ce n'est pas fait en ce moment, il ne se tuera pas : il ne peut pas, comme il le dit, avoir du courage plus d'une matinée...

— Mais rester dans cette anxiété ?... » s'écria la sœur qui pardonnait presque tout à l'idée de la mort.

Elle redit à son mari les propositions que Petit-Claud avait soi-disant obtenues des Cointet, et qui furent aussitôt acceptées par David avec un visible plaisir.

« Nous aurons de quoi vivre dans un village auprès de l'Houmeau où la fabrique des Cointet est située, et je ne veux plus que la tranquillité ! s'écria l'inventeur. Si Lucien s'est puni par la mort, nous aurons assez de fortune pour attendre celle de mon père ; et, s'il existe, le pauvre garçon saura se conformer à notre médiocrité... Les Cointet profiteront certainement de ma découverte ; mais, après tout, que suis-je relativement à mon pays ?... Un homme. Si mon secret profite à tous, eh bien, je suis content ! Tiens, ma chère Ève, nous ne sommes faits ni l'un ni l'autre pour être des commerçants. Nous n'avons ni l'amour du gain, ni cette difficulté de lâcher toute espèce d'argent, même le plus légitimement dû, qui sont peut-être les vertus du négociant, car on nomme ces deux avarices : Prudence et Génie commercial ! »

Enchantée de cette conformité de vues, l'une des plus douces fleurs de l'amour, car les intérêts et l'esprit peuvent ne pas s'accorder chez deux êtres qui s'aiment, Ève pria le geôlier d'envoyer chez Petit-Claud un mot par lequel elle lui disait de délivrer David, en lui annonçant leur mutuel consentement aux bases de l'arrangement projeté. Dix minutes après, Petit-Claud entrait dans l'horrible chambre de David, et disait à Ève : « Retournez chez vous, madame, nous vous y suivrons… »

« Eh bien, mon cher ami, dit Petit-Claud, tu t'es donc laissé prendre ! Et comment as-tu pu commettre la faute de sortir ?

— Eh ! comment ne serais-je pas sorti ? voici ce que Lucien m'écrivait. »

David remit à Petit-Claud la lettre de Cérizet ; Petit-Claud la prit, la lut, la regarda, tâta le papier, et causa d'affaires en pliant la lettre comme par distraction, et il la mit dans sa poche. Puis l'avoué prit David par le bras, et sortit avec lui, car la décharge de l'huissier avait été apportée au geôlier pendant cette conversation. En rentrant chez lui, David se crut dans le ciel, il pleura comme un enfant en embrassant son petit Lucien, et se retrouvant dans sa chambre à coucher après vingt jours de détention dont les dernières heures étaient, selon les mœurs de la province, déshonorantes. Kolb et Marion étaient revenus. Marion apprit à l'Houmeau que Lucien avait été vu marchant sur la route de Paris, au-delà de Marsac. La mise du dandy fut remarquée par les gens de la campagne qui apportaient des denrées à la ville. Après s'être lancé à cheval sur le grand chemin, Kolb avait fini par savoir à Mansle que Lucien, reconnu par M. Marron, voyageait dans une calèche en poste.

« Que vous disais-je ? s'écria Petit-Claud. Ce n'est pas un poète, ce garçon-là, c'est un roman continuel.

— En poste, disait Ève, et où va-t-il encore, cette fois ?

— Maintenant, dit Petit-Claud à David, venez chez MM. Cointet, ils vous attendent.

— Ah ! monsieur, s'écria la belle Mme Séchard, je vous en prie, défendez bien nos intérêts, vous avez tout notre avenir entre les mains.

— Voulez-vous, madame, dit Petit-Claud, que la conférence ait lieu chez vous ? je vous laisse David. Ces messieurs viendront ici ce soir, et vous verrez si je sais défendre vos intérêts.

— Ah ! monsieur, vous me feriez bien plaisir, dit Ève.

— Eh bien, dit Petit-Claud, à ce soir, ici, sur les sept heures.

— Je vous remercie, répondit Ève avec un regard et un accent qui prouvèrent à Petit-Claud combien de progrès il avait fait dans la confiance de sa cliente.

— Ne craignez rien, vous le voyez ? j'avais raison, ajouta-t-il. Votre frère est à trente lieues de son suicide. Enfin, peut-être ce soir aurez-vous une petite fortune. Il se présente un acquéreur sérieux pour votre imprimerie.

— Si cela était, dit Ève, pourquoi ne pas attendre avant de nous lier avec les Cointet ?

— Vous oubliez, madame, répondit Petit-Claud qui vit le danger de sa confidence, que vous ne serez libre de vendre votre imprimerie qu'après avoir payé M. Métivier, car tous vos ustensiles sont toujours saisis. »

Rentré chez lui, Petit-Claud fit venir Cérizet. Quand le prote fut dans son cabinet, il l'emmena dans une embrasure de la croisée.

« Tu seras demain soir propriétaire de l'imprimerie Séchard, et assez puissamment protégé pour obtenir la transmission du brevet, lui dit-il dans l'oreille ; mais tu ne veux pas finir aux galères ?

— De quoi !... de quoi, les galères ? fit Cérizet.

— Ta lettre à David est un faux, et je la tiens... Si l'on interrogeait Henriette, que dirait-elle ?... Je ne veux pas te perdre, dit aussitôt Petit-Claud en voyant pâlir Cérizet.

— Vous voulez encore quelque chose de moi ? s'écria le Parisien.

— Eh bien, voici ce que j'attends de toi, reprit Petit-Claud. Écoute bien ! tu seras imprimeur à Angoulême dans deux mois..., mais tu devras ton imprimerie, et tu ne l'auras pas payée en dix ans !... Tu travailleras longtemps pour tes capitalistes ! et de plus tu seras obligé d'être le prête-nom du parti libéral... C'est moi qui rédigerai ton acte de commandite avec Gannerac ; je le ferai de manière que tu puisses un jour avoir l'imprimerie à toi... Mais, s'ils créent un journal, si tu en es le gérant, si je suis ici premier substitut, tu t'entendras avec le grand Cointet pour mettre dans ton journal des articles de nature à le faire saisir et supprimer... Les Cointet te payeront largement pour leur rendre ce service-là... Je sais bien que tu seras condamné, que tu mangeras de la prison, mais tu passeras pour un homme important et persécuté. Tu deviendras un personnage du parti libéral, un sergent Mercier, un Paul-Louis Courier, un Manuel au petit pied[1]. Je ne te laisserai jamais retirer ton brevet. Enfin, le jour où le journal sera supprimé, je brûlerai cette lettre devant toi... Ta fortune ne te coûtera pas cher... »

Les gens du peuple ont des idées très erronées sur les distinctions légales du faux, et Cérizet, qui se voyait déjà sur les bancs de la cour d'assises, respira.

« Je serai, dans trois ans d'ici, procureur du Roi à

Angoulême, reprit Petit-Claud, tu pourras avoir besoin de moi, songes-y !

— C'est entendu, dit Cérizet. Mais vous ne me connaissez pas : brûlez cette lettre devant moi, reprit-il, fiez-vous à ma reconnaissance. »

Petit-Claud regarda Cérizet. Ce fut un de ces duels d'œil à œil où le regard de celui qui observe est comme un scalpel avec lequel il essaye de fouiller l'âme, et où les yeux de l'homme qui met alors ses vertus en étalage sont comme un spectacle.

Petit-Claud ne répondit rien ; il alluma une bougie et brûla la lettre en se disant : « Il a sa fortune à faire ! »

« Vous avez à vous une âme damnée », dit le prote.

David attendait avec une vague inquiétude la conférence avec les Cointet : ce n'était ni la discussion de ses intérêts ni celle de l'acte à faire qui l'occupait ; mais l'opinion que les fabricants allaient avoir de ses travaux. Il se trouvait dans la situation de l'auteur dramatique devant ses juges. L'amour-propre de l'inventeur et ses anxiétés au moment d'atteindre au but faisaient pâlir tout autre sentiment. Enfin, sur les sept heures du soir, à l'instant où Mme la comtesse Châtelet se mettait au lit sous prétexte de migraine et laissait faire à son mari les honneurs du dîner, tant elle était affligée des nouvelles contradictoires qui couraient sur Lucien ! les Cointet, le gros et le grand, entrèrent avec Petit-Claud chez leur concurrent, qui se livrait à eux, pieds et poings liés. On se trouva d'abord arrêté par une difficulté préliminaire : comment faire un acte de société sans connaître les procédés de David ? Et les procédés de David divulgués, David se trouvait à la merci des Cointet. Petit-Claud obtint que l'acte serait fait auparavant. Le grand Cointet dit alors à David de lui montrer quelques-uns de ses produits, et l'inventeur lui présenta les dernières feuilles fabriquées, en en garantissant le prix de revient.

« Eh bien, voilà, dit Petit-Claud, la base de l'acte tout trouvée ; vous pouvez vous associer sur ces données-là, en introduisant une clause de dissolution dans le cas où les conditions du brevet ne seraient pas remplies à l'exécution en fabrique.

— Autre chose, monsieur, dit le grand Cointet à David, autre chose est de fabriquer, en petit, dans sa chambre, avec une petit forme, des échantillons de papier, ou de se livrer à des fabrications sur une grande échelle. Jugez-en par un seul fait ? Nous faisons des papiers de couleur, nous achetons, pour les colorer, des parties de couleur bien identiques. Ainsi, l'indigo pour *bleuter* nos Coquilles est pris dans une caisse dont tous les pains proviennent d'une même fabrication. Eh bien, nous n'avons jamais pu obtenir deux cuvées de teintes pareilles... Il s'opère dans la préparation de nos matières des phénomènes qui nous échappent. La quantité, la qualité de pâte changent sur-le-champ toute espèce de question. Quand vous teniez dans une bassine une portion d'ingrédients que je ne demande pas à connaître, vous en étiez le maître, vous pouviez agir sur toutes les parties uniformément, les lier, les *malaxer*, les pétrir, à votre gré, leur donner une façon homogène... Mais qui vous a garanti que sur une cuvée de cinq cents rames il en sera de même, et que vos procédés réussiront ?... »

David, Ève et Petit-Claud se regardèrent en se disant bien des choses par les yeux.

« Prenez un exemple qui vous offre une analogie quelconque, dit le grand Cointet après une pause. Vous coupez environ deux bottes de foin dans une prairie, et vous les mettez bien serrées dans votre chambre sans avoir laissé les herbes jeter leur feu, comme disent les paysans ; la fermentation a lieu, mais elle ne cause pas d'accident. Vous appuieriez-vous de cette expérience pour entasser deux mille bottes dans une grange bâtie en bois?... vous savez bien que le feu prendrait dans ce foin et que votre grange brûlerait comme une allumette. Vous êtes un homme instruit, dit Cointet à David, concluez?... Vous avez, en ce moment, coupé deux bottes de foin, et nous craignons de mettre feu à notre papeterie en en serrant deux mille. Nous pouvons, en d'autres termes, perdre plus d'une cuvée, faire des pertes, et nous trouver avec rien dans les mains après avoir dépensé beaucoup d'argent.»

David était atterré. La Pratique parlait son langage positif à la Théorie dont la parole est toujours au Futur.

«Du diable si je signe un pareil acte de société! s'écria brutalement le gros Cointet. Tu perdras ton argent si tu veux, Boniface, moi je garde le mien... J'offre de payer les dettes de M. Séchard, et six mille francs... Encore trois mille francs en billets, dit-il en se reprenant, et à douze et quinze mois... Ce sera bien assez de risques à courir... Nous avons douze mille francs à prendre sur notre compte avec Métivier. Cela fera quinze mille francs! Mais c'est tout ce que je payerais le secret pour l'exploiter à moi tout seul. Ah! voilà cette trouvaille dont tu me parlais, Boniface... Eh bien, merci, je te croyais plus d'esprit. Non, ce n'est pas là ce qu'on appelle une affaire...

— La question, pour vous, dit alors Petit-Claud sans s'effrayer de cette sortie, se réduit à ceci: Voulez-vous risquer vingt mille francs pour acheter un secret qui peut vous enrichir? Mais, messieurs, les risques sont toujours en raison des bénéfices... C'est un enjeu de vingt mille francs contre la fortune. Le joueur met un louis pour en avoir trente-six à la roulette, mais il sait que son louis est perdu. Faites de même.

— Je demande à réfléchir, dit le gros Cointet; moi, je ne suis pas aussi fort que mon frère. Je suis un pauvre garçon tout rond qui ne connais qu'une seule chose:

fabriquer à vingt sous le paroissien que je vends quarante sous. J'aperçois dans une invention qui n'en est qu'à sa première expérience une cause de ruine. On réussira une première cuvée, on manquera la seconde, on continuera, on se laisse alors entraîner, et quand on a passé le bras dans ces engrenages-là, le corps suit... » Il raconta l'histoire d'un négociant de Bordeaux ruiné pour avoir voulu cultiver les Landes sur la foi d'un savant ; il trouva six exemples pareils autour de lui, dans le département de la Charente et de la Dordogne, en industrie et en agriculture ; il s'emporta, ne voulut plus rien écouter, les objections de Petit-Claud accroissaient son irritation au lieu de le calmer. « J'aime mieux acheter plus cher une chose plus certaine que cette découverte, et n'avoir qu'un petit bénéfice, dit-il en regardant son frère. Selon moi, rien ne paraît assez avancé pour établir une affaire, s'écria-t-il en terminant.

— Enfin vous êtes venus ici pour quelque chose ? dit Petit-Claud. Qu'offrez-vous ?

— De libérer M. Séchard, et de lui assurer, en cas de succès, trente pour cent de bénéfices, répondit vivement le gros Cointet.

— Eh ! monsieur, dit Ève, avec quoi vivrons-nous pendant tout le temps des expériences ? mon mari a eu la honte de l'arrestation, il peut retourner en prison, il n'en sera ni plus ni moins, et nous payerons nos dettes... »

Petit-Claud mit un doigt sur ses lèvres en regardant Ève.

« Vous n'êtes pas raisonnables, dit-il aux deux frères. Vous avez vu le papier, le père Séchard vous a dit que son fils, enfermé par lui, avait, dans une seule nuit, avec des ingrédients qui devaient coûter peu de chose, fabriqué d'excellent papier... Vous êtes ici pour aboutir à l'acquisition. Voulez-vous acquérir, oui ou non ?

— Tenez, dit le grand Cointet, que mon frère veuille ou ne veuille pas, je risque, moi, le payement des dettes de M. Séchard ; je donne six mille francs, argent comptant, et M. Séchard aura trente pour cent dans les bénéfices ; mais écoutez bien ceci : si dans l'espace d'un an il n'a pas réalisé les conditions qu'il posera lui-même dans l'acte, il nous rendra les six mille francs, le brevet nous restera, nous nous en tirerons comme nous pourrons. »

« Es-tu sûr de toi ? dit Petit-Claud en prenant David à part.

— Oui », dit David qui fut pris à cette tactique des deux frères et qui tremblait de voir rompre au gros Cointet cette conférence d'où son avenir dépendait.

« Eh bien, je vais aller rédiger l'acte, dit Petit-Claud aux Cointet et à Ève ; vous en aurez chacun un double pour ce soir, vous le méditerez pendant toute la matinée ; puis, demain soir, à quatre heures, au sortir de l'audience, vous le signerez. Vous, messieurs, retirez les pièces de Métivier. Moi, j'écrirai d'arrêter le procès en Cour royale, et nous nous signifierons les désistements réciproques. »

Voici quel fut l'énoncé des obligations de Séchard.

ENTRE LES SOUSSIGNÉS, etc.

M. David Séchard fils, imprimeur à Angoulême, affirmant avoir trouvé le moyen de coller également le papier en cuve, et le moyen de réduire le prix de fabrication de toute espèce de papier de plus de cinquante pour cent par l'introduction de matières végétales dans la pâte, soit en les mêlant aux chiffons employés jusqu'à présent, soit en les employant sans adjonction de chiffon, une Société pour l'exploitation du brevet d'invention à prendre en raison de ces procédés est formée entre M. David

Séchard fils et MM. Cointet frères, aux clauses et conditions suivantes...

Un des articles de l'acte dépouillait complètement David Séchard de ses droits dans le cas où il n'accomplirait pas les promesses énoncées dans ce libellé soigneusement fait par le grand Cointet et consenti par David.

En apportant cet acte le lendemain matin à sept heures et demie, Petit-Claud apprit à David et à sa femme que Cérizet offrait vingt-deux mille francs comptant de l'imprimerie. L'acte de vente pouvait se signer dans la soirée.

« Mais, dit-il, si les Cointet apprenaient cette acquisition, ils seraient capables de ne pas signer votre acte, de vous tourmenter, de faire vendre ici...

— Vous êtes sûr du payement ? dit Ève étonnée de voir se terminer une affaire de laquelle elle désespérait et qui, trois mois plus tôt, eût tout sauvé.

— J'ai les fonds chez moi, répondit-il nettement.

— Mais c'est de la magie, dit David en demandant à Petit-Claud l'explication de ce bonheur.

— Non, c'est bien simple, les négociants de l'Houmeau veulent fonder un journal, dit Petit-Claud.

— Mais je me le suis interdit, s'écria David.

— Vous !... mais votre successeur... D'ailleurs, reprit-il, ne vous inquiétez de rien, vendez, empochez le prix, et laissez Cérizet se dépêtrer des clauses de la vente, il saura se tirer d'affaire.

— Oh ! oui, dit Ève.

— Si vous vous êtes interdit de faire un journal à Angoulême, reprit Petit-Claud, les bailleurs de fonds de Cérizet le feront à l'Houmeau. »

Ève, éblouie par la perspective de posséder trente mille francs, d'être au-dessus du besoin, ne regarda plus l'acte d'association que comme une espérance secondaire. Aussi M. et Mme Séchard cédèrent-ils sur un point de l'acte social qui donna matière à une dernière discussion. Le grand Cointet exigea la faculté de mettre en son nom le brevet d'invention. Il réussit à établir que, du moment où les droits utiles de David étaient parfaitement définis dans l'acte, le brevet pouvait être indifféremment au nom d'un des associés. Son frère finit par dire : « C'est lui qui donne l'argent du brevet, qui fait les frais du voyage, et c'est encore deux mille francs ! qu'il le prenne en son nom ou il n'y a rien de fait. » Le loup-cervier triompha donc sur tous les points. L'acte de société fut signé vers quatre heures et demie. Le grand Cointet offrit galamment à Mme Séchard six douzaines de couverts à filets et un beau châle Ternaux[1], en manière d'épingles[2], pour lui faire oublier les éclats de la discussion ! dit-il. À peine les doubles étaient-ils échangés, à peine Cachan avait-il fini de remettre à Petit-Claud les décharges et les pièces ainsi que les trois terribles effets fabriqués par Lucien, que la voix de Kolb retentit dans l'escalier, après le bruit assourdissant d'un camion du bureau des Messageries qui s'arrêta devant la porte.

« *Montame ! montame ! quince mile vrancs !...* cria-t-il, *enfoyés te Boidiers* (Poitiers) *en frai archant, bar mennessier Licien...*

— Quinze mille francs ! s'écria Ève en levant les bras.

— Oui, madame, dit le facteur en se présentant, quinze mille francs apportés par la diligence de Bordeaux qui en avait sa charge, allez ! J'ai là deux hommes en bas qui montent les sacs. Ça vous est expédié par M. Lucien Chardon de Rubempré... Je vous monte un petit sac de peau dans lequel il y a, pour vous, cinq cents francs en or, et vraisemblablement une lettre. »

Ève crut rêver en lisant la lettre suivante :

Ma chère sœur, voici quinze mille francs.

Au lieu de me tuer, j'ai vendu ma vie. Je ne m'appartiens plus, je suis plus que le secrétaire d'un diplomate espagnol, je suis sa créature.

Je recommence une existence terrible. Peut-être aurait-il mieux valu me noyer.

Adieu. David sera libre, et, avec quatre mille francs, il pourra sans doute acheter une petite papeterie et faire fortune.

Ne pensez plus, je le veux, à

Votre pauvre frère,

LUCIEN.

« Il est dit, s'écria Mme Chardon qui vint voir entasser les sacs, que mon pauvre fils sera toujours fatal, comme il l'écrivait, même en faisant le bien. »

« Nous l'avons échappé belle ! s'écria le grand Cointet quand il fut sur la place du Mûrier. Une heure plus tard, les reflets de cet argent auraient éclairé l'acte, et notre homme se serait effrayé. Dans trois mois, comme il nous l'a promis, nous saurons à quoi nous en tenir. »

Le soir, à sept heures, Cérizet acheta l'imprimerie et la paya, en gardant à sa charge le loyer du dernier trimestre. Le lendemain Ève avait remis quarante mille francs au receveur général, pour faire acheter, au nom de son mari, deux mille cinq cents francs de rente. Puis elle écrivit à son beau-père de lui trouver à Marsac une petite propriété de dix mille francs pour y asseoir sa fortune personnelle.

Le plan du grand Cointet était d'une simplicité formidable. Du premier abord, il jugea le collage en cuve impossible. L'adjonction de matières végétales peu coûteuses à la pâte de chiffon lui parut le vrai, le seul moyen de fortune. Il se proposa donc de regarder comme rien le bon marché de la pâte, et de tenir énormément au collage en cuve. Voici pourquoi. La fabrication d'Angoulême s'occupait alors presque uniquement des papiers à écrire dits Écu, Poulet, Écolier, Coquille, qui, naturellement, sont tous collés. Ce fut longtemps la gloire de la papeterie d'Angoulême. Ainsi, la spécialité, monopolisée par les fabricants d'Angoulême depuis de longues années, donnait gain de cause à l'exigence des Cointet ; et le papier collé, comme on va le voir, n'entrait pour rien dans sa spéculation. La fourniture des papiers à écrire est excessivement bornée, tandis que celle des papiers d'impression non collés est presque sans limites. Dans le voyage qu'il fit à Paris pour y prendre le brevet à son nom, le grand Cointet pensait à conclure des affaires qui détermineraient de grands changements dans son mode de fabrication. Logé chez Métivier, Cointet lui donna des instructions pour enlever, dans l'espace d'un an, la fourniture des journaux aux papetiers qui l'exploitaient, en baissant le prix de la rame à un taux auquel nulle fabrique ne pouvait arriver, et promettant à chaque journal un blanc et des qualités supérieures aux plus belles *sortes* employées jusqu'alors. Comme les marchés des journaux sont à terme, il fallait une certaine période de travaux souterrains avec les administrations pour arriver à réaliser ce monopole ; mais Cointet calcula qu'il aurait le temps de se défaire de Séchard pendant que Métivier obtiendrait des traités avec les principaux journaux de Paris, dont la consommation s'élevait alors à deux cents rames par jour. Cointet intéressa naturellement Métivier, dans une proportion déterminée, à ces fournitures, afin d'avoir un représentant habile sur la place de Paris, et ne pas y perdre du temps en voyages. La fortune de Métivier, l'une des plus considérables du commerce de la papeterie, a eu cette affaire pour origine. Pendant dix ans, il eut, sans concurrence possible, la fourniture des journaux de Paris. Tranquille sur ses débouchés futurs, le grand Cointet revint à Angoulême assez à temps pour assister au mariage de Petit-Claud dont l'étude était vendue, et qui attendait la nomination de son successeur pour prendre la place de M. Milaud, promise au protégé de la comtesse Châtelet. Le second substitut du procureur du Roi d'Angoulême fut nommé premier substitut à Limoges, et le garde des Sceaux envoya un de ses protégés au parquet d'Angoulême, où le poste de premier substitut vaqua pendant deux mois. Cet intervalle fut la lune de miel de Petit-Claud. En l'absence du grand Cointet, David fit d'abord une première cuvée sans colle qui donna du papier à journal bien supérieur à celui que les journaux employaient, puis une seconde cuvée de papier vélin magnifique, destiné aux belles impressions, et dont se servit l'imprimerie Cointet pour une édition du paroissien du Diocèse. Les matières avaient été préparées par David lui-même, en secret, car il ne voulut pas d'autres ouvriers avec lui que Kolb et Marion.

Au retour du grand Cointet, tout changea de face, il regarda les échantillons des papiers fabriqués, il en fut médiocrement satisfait.

« Mon cher ami, dit-il à David, le commerce d'Angoulême, c'est le papier Coquille. Il s'agit, avant tout, de faire de la plus belle Coquille possible à cinquante pour cent au-dessous du prix de revient actuel. »

David essaya de fabriquer une cuvée de pâte collée pour Coquille, et il obtint un papier rêche comme une brosse, et où la colle se mit en grumeleaux[1]. Le jour où l'expérience fut terminée et où David tint une des feuilles, il alla dans un coin, il voulait être seul à dévorer son chagrin ; mais le grand Cointet vint le relancer, et fut avec lui d'une amabilité charmante, il consola son associé.

« Ne vous découragez pas, dit Cointet, allez toujours ! je suis bon enfant, et je vous comprends, j'irai jusqu'au bout !... »

« Vraiment, dit David à sa femme en revenant dîner avec elle, nous sommes avec de braves gens, et je n'aurais jamais cru le grand Cointet si généreux ! »

Et il raconta sa conversation avec son perfide associé.

Trois mois se passèrent en expériences. David couchait à la papeterie, il observait les effets des diverses compositions de sa pâte. Tantôt il attribuait son insuccès au mélange du chiffon et de ses matières, et il faisait une cuvée entièrement composée de ses ingrédients. Tantôt il essayait de coller une cuvée entièrement composée de chiffons. Et poursuivant son œuvre avec une persévérance admirable, et sous les yeux du grand Cointet de qui le pauvre homme ne se défiait plus, il alla, de matière homogène en matière homogène, jusqu'à ce qu'il eût épuisé la série de ses ingrédients combinés avec toutes les différentes colles. Pendant les six premiers mois de l'année 1823, David Séchard vécut dans la papeterie avec Kolb, si ce fut vivre que de négliger sa nourriture, son vêtement et sa personne. Il se battit si désespérément avec les difficultés, que c'eût été pour d'autres hommes que les Cointet un spectacle sublime, car aucune pensée d'intérêt ne préoccupait ce hardi lutteur. Il y eut un moment où il ne désira rien que la victoire. Il épiait avec une sagacité merveilleuse les effets si bizarres des substances transformées par l'homme en produits à sa convenance, où la nature est en quelque sorte domptée dans ses résistances secrètes, et il en déduisit de belles lois d'industrie, en observant qu'on ne pouvait obtenir ces sortes de créations qu'en obéissant aux rapports ultérieurs des choses, à ce qu'il appela la seconde nature des substances. Enfin, il arriva, vers le mois d'août, à obtenir un papier collé en cuve, absolument semblable à celui que l'industrie fabrique en ce moment, et qui s'emploie comme papier d'épreuve dans les imprimeries ; mais dont les *sortes* n'ont aucune uniformité, dont le collage n'est même pas toujours certain. Ce résultat, si beau en 1823, eu égard à l'état de la papeterie, avait coûté dix mille francs, et David espérait résoudre les dernières difficultés du problème. Mais il se répandit alors dans Angoulême et dans l'Houmeau de singuliers bruits : David Séchard ruinait les frères Cointet. Après avoir dévoré trente mille francs en expériences, il obtenait enfin, disait-on, de très mauvais papier. Les autres fabricants effrayés s'en tenaient à leurs anciens procédés ; et, jaloux des Cointet, ils répandaient le bruit de la ruine prochaine de cette ambitieuse maison. Le grand Cointet, lui, faisait venir les machines à fabriquer le papier continu, tout en laissant croire que ces machines étaient nécessaires aux expériences de David Séchard. Mais le jésuite mêlait à sa pâte les ingrédients indiqués par Séchard, en le poussant toujours à ne s'occuper que du collage en cuve, et il expédiait à Métivier des milliers de rames de papier à journal.

Au mois de septembre, le grand Cointet prit David Séchard à part ; et, en apprenant de lui qu'il méditait une triomphante expérience, il le dissuada de continuer cette lutte.

« Mon cher David, allez à Marsac voir votre femme et vous reposer de vos fatigues, nous ne voulons pas nous ruiner, dit-il amicalement. Ce que vous regardez comme un grand triomphe n'est encore qu'un point de départ. Nous attendrons maintenant avant de nous livrer à de nouvelles expériences. Soyez juste ? voyez les résultats. Nous ne sommes pas seulement papetiers, nous sommes imprimeurs, banquiers, et l'on dit que vous nous ruinez... » (David Séchard fit un geste d'une naïveté sublime pour protester de sa bonne foi).

« Ce n'est pas cinquante mille francs de jetés dans la Charente qui nous ruineront, dit le grand Cointet en répondant au geste de David, mais nous ne voulons pas être obligés, à cause des calomnies qui courent sur notre compte, de payer tout comptant, nous serions forcés d'arrêter nos opérations. Nous voilà dans les termes de notre acte, il faut y réfléchir de part et d'autre. »

« Il a raison ! » se dit David, qui, plongé dans ses expériences en grand, n'avait pas pris garde au mouvement de la fabrique.

Et il revint à Marsac, où, depuis six mois, il allait voir Ève tous les samedis soir et la quittait le mardi matin. Bien conseillée par le vieux Séchard, Ève avait acheté, précisément en avant des vignes de son beau-père, une maison appelée la Verberie, accompagnée de trois arpents de jardin et d'un clos de vignes enclavé dans le vignoble du vieillard. Elle vivait avec sa mère et Marion très économiquement, car elle devait cinq mille francs restant à payer sur le prix de cette charmante propriété, la plus jolie de Marsac. La maison, entre cour et jardin, était bâtie en tuffeau blanc, couverte en ardoise et ornée de sculptures que la facilité de tailler le tuffeau permet de prodiguer sans trop de frais. Le joli mobilier venu d'Angoulême paraissait encore plus joli à la campagne, où personne ne déployait alors dans ces pays le moindre luxe. Devant la façade du côté du jardin, il y avait une rangée de grenadiers, d'orangers et de plantes rares que le précédent propriétaire, un vieux général, mort de la main de M. Marron, cultivait lui-même. Ce fut sous un oranger, au moment où David jouait avec sa femme et son petit Lucien, devant son père, que l'huissier de Mansle apporta lui-même une assignation des frères Cointet à leur associé pour constituer le tribunal arbitral devant lequel, aux termes de leur acte de société, devaient se porter leurs contestations. Les frères Cointet demandaient la restitution des six mille francs et la propriété du brevet, ainsi que les futurs contingents[1] de son exploitation, comme indemnité des exorbitantes dépenses faites par eux sans aucun résultat.

« On dit que tu les ruines ! dit le vigneron à son fils. Eh bien, voilà la seule chose que tu aies faite qui me soit agréable. »

Le lendemain, Ève et David étaient à neuf heures dans l'antichambre de M. Petit-Claud, devenu le défenseur de la veuve, le tuteur de l'orphelin, et dont les conseils leur parurent les seuls à suivre. Le magistrat reçut à merveille ses anciens clients, et voulut absolument que M. et Mme Séchard lui fissent le plaisir de déjeuner avec lui.

« Les Cointet vous réclament six mille francs ! dit-il en souriant. Que devez-vous encore sur le prix de la Verberie ?

— Cinq mille francs, monsieur, mais j'en ai deux mille..., répondit Ève.

— Gardez vos deux mille francs, répondit Petit-Claud. Voyons, cinq mille !... il vous faut encore dix mille francs pour vous bien installer là-bas... Eh bien, dans deux heures, les Cointet vous apporteront quinze mille francs... »

Ève fit un geste de surprise.

« ... Contre votre renonciation à tous les bénéfices de l'acte de société que vous dissoudrez à l'amiable, dit le magistrat. Cela vous va-t-il ?...

— Et ce sera bien légalement à nous ? dit Ève.

— Bien légalement, dit le magistrat en souriant. Les Cointet vous ont fait assez de chagrins, je veux mettre un terme à leurs prétentions. Écoutez, aujourd'hui je suis magistrat, je vous dois la vérité. Eh bien, les Cointet vous jouent en ce moment ; mais vous êtes entre leurs mains. Vous pourriez gagner le procès qu'ils vous intentent, en acceptant la guerre. Voulez-vous être encore au bout de dix ans à plaider ? On multipliera les expertises et les arbitrages, et vous serez soumis aux chances des avis les plus contradictoires... Et, dit-il en souriant, je ne vous vois point d'avoué pour vous défendre ici, mon successeur est sans moyens. Tenez, un mauvais arrangement vaut mieux qu'un bon procès...

— Tout arrangement qui nous donnera la tranquillité me sera bon, dit David.

— Paul ! cria Petit-Claud à son domestique, allez chercher M. Ségaud, mon successeur !... Pendant que nous déjeunerons, il ira voir les Cointet, dit-il à ses anciens clients, et dans quelques heures vous partirez pour Marsac, ruinés, mais tranquilles. Avec dix mille francs, vous vous ferez encore cinq cents francs de rente, et, dans votre jolie petite propriété, vous vivrez heureux ! »

Au bout de deux heures, comme Petit-Claud l'avait dit, Me Ségaud revint avec des actes en bonne forme signés des Cointet, et avec quinze billets de mille francs.

« Nous te devons beaucoup, dit Séchard à Petit-Claud.

— Mais je viens de vous ruiner, répondit Petit-Claud à ses anciens clients étonnés. Je vous ai ruinés, je vous le répète, vous le verrez avec le temps ; mais je vous connais, vous préférez votre ruine à une fortune que vous auriez peut-être trop tard.

— Nous ne sommes pas intéressés, monsieur, nous vous remercions de nous avoir donné les moyens du bonheur, dit Mme Ève, et vous nous en trouverez toujours reconnaissants.

— Mon Dieu ! ne me bénissez pas !... dit Petit-Claud, vous me donnez des remords ; mais je crois avoir aujourd'hui tout réparé. Si je suis devenu magistrat, c'est grâce à vous ; et si quelqu'un doit être reconnaissant, c'est moi... Adieu. »

Avec le temps, l'Alsacien changea d'opinion sur le compte du père Séchard ; qui, de son côté, prit l'Alsacien en affection en le trouvant comme lui sans aucune notion des lettres ni de l'écriture, et facile à griser. L'ancien ours apprit à l'ancien cuirassier à gérer le vignoble et à en vendre les produits, il le forma dans la pensée de laisser un homme de tête à ses enfants ; car, dans ses derniers jours, ses craintes furent grandes et puériles sur le sort de ses biens. Il avait pris Courtois le meunier pour son confident.

« Vous verrez, lui disait-il, comme tout ira chez mes enfants, quand je serai dans le trou. Ah ! mon Dieu, leur avenir me fait trembler. »

En 1829, au mois de mars, le vieux Séchard mourut, laissant environ deux cent mille francs de biens au soleil, qui, réunis à la Verberie, en firent une magnifique propriété très bien régie par Kolb depuis deux ans.

David et sa femme trouvèrent près de cent mille écus en or chez leur père. La voix publique, comme toujours, grossit tellement le trésor du vieux Séchard, qu'on l'évaluait à un million dans tout le département de la Charente. Ève et David eurent à peu près trente mille francs de rente, en joignant à cette succession leur petite fortune ; car ils attendirent quelque temps pour faire l'emploi de leurs fonds, et purent les placer sur l'État à la révolution de juillet. Alors seulement, le Département de la Charente et David Séchard surent à quoi s'en tenir sur la fortune du grand Cointet. Riche de plusieurs millions, nommé député, le grand Cointet est pair de France, et sera, dit-on, ministre du Commerce dans la prochaine combinaison. En 1842, il a épousé la fille d'un des hommes d'État les plus influents de la dynastie, Mlle Popinot, fille de M. Anselme Popinot, député de Paris, maire d'un arrondissement[1].

La découverte de David Séchard a passé dans la fabrication française comme la nourriture dans un grand corps. Grâce à l'introduction de matières autres que le chiffon, la France peut fabriquer le papier à meilleur marché qu'en aucun pays de l'Europe. Mais le papier de Hollande, selon la prévision de David Séchard, n'existe plus. Tôt ou tard il faudra sans doute ériger une Manufacture royale de papier, comme on a créé les Gobelins, Sèvres, la Savonnerie et l'Imprimerie royale, qui jusqu'à présent ont surmonté les coups que leur ont portés de vandales bourgeois.

David Séchard, aimé par sa femme, père de deux fils et d'une fille, a eu le bon goût de ne jamais parler de ses tentatives, Ève a eu l'esprit de le faire renoncer à la terrible vocation des inventeurs, ces Moïse dévorés par leur buisson d'Horeb[1]. Il cultive les lettres par délassement, mais il mène la vie heureuse et paresseuse du propriétaire faisant valoir. Après avoir dit adieu sans retour à la gloire, il s'est bravement rangé dans la classe des rêveurs et des collectionneurs ; il s'adonne à l'entomologie, et recherche les transformations jusqu'à présent si secrètes des insectes que la science ne connaît que dans leur dernier état.

Tout le monde a entendu parler des succès de Petit-Claud comme procureur général, il est le rival du fameux Vinet de Provins[2], et son ambition est de devenir premier président de la Cour royale de Poitiers.

Cérizet, condamné souvent pour délits politiques, a fait beaucoup parler de lui. Le plus hardi des enfants perdus[3] du parti libéral, il fut surnommé le Courageux-Cérizet. Obligé par le successeur de Petit-Claud de vendre son imprimerie d'Angoulême, il chercha sur la scène de province une existence nouvelle que son talent comme acteur pouvait rendre brillante. Une jeune première le força d'aller à Paris y demander à la science des ressources contre l'amour, et il essaya d'y monnayer la faveur du parti libéral.

Quant à Lucien, son retour à Paris est du domaine des *Scènes de la vie parisienne*.

1835-1843.

ANNEXES

PRÉFACES DE BALZAC

PRÉFACE DE LA PREMIÈRE PARTIE
1837

En trois années, de décembre 1833 à décembre 1836, l'auteur aura publié les douze volumes qui composent les trois premières séries des *Études de mœurs au XIXe siècle*. En terminant cette première édition, il lui sera pardonné de faire observer que les ouvrages réimprimés et les inédits ont nécessité un travail égal, car de ceux-là, la plupart ont été refaits ; il en est où tout a été renouvelé, le sujet comme le style. Il est probable que les trois autres séries, les *Scènes de la vie politique*, les *Scènes de la vie militaire* et les *Scènes de la vie de campagne*, ne demanderont pas un plus grand laps de temps ; ainsi, ceux qui s'intéressent à cette entreprise pourront bientôt voir toutes ses proportions, et comprendre par la seule exposition des cadres les immenses détails qu'elle comporte.

Si l'auteur revient sur la pensée générale de son œuvre, il y est en quelque sorte contraint par la manière dont elle se présente, et qui subit des critiques imméritées.

Quand un écrivain a entrepris une description complète de la société, vue sous toutes ses faces, saisie dans toutes ses phases, en partant de ce principe que l'état social adapte tellement les hommes à ses besoins et les

* Préface de l'édition Werdet. Ce volume, qui ne comprenait que la première partie du roman définitif, portait déjà le titre général d'*Illusions perdues* (voir la Notice, p. 847). Cette préface a été supprimée dans les éditions suivantes.

déforme si bien que nulle part les hommes n'y sont semblables à eux-mêmes, et qu'elle a créé autant *d'espèces* que de *professions* ; qu'enfin l'Humanité sociale présente autant de variétés que la Zoologie[1], ne doit-on pas faire crédit à un auteur aussi courageux d'un peu d'attention et d'un peu de patience ? Ne saurait-il être admis au bénéfice accordé à la science, à laquelle on permet, alors qu'elle fait ses monographies, un laps de temps en harmonie avec la grandeur de l'entreprise ? Ne peut-il avancer pied à pied dans son œuvre, sans être tenu d'expliquer, à chaque nouveau pas, que le nouvel ouvrage est une pierre de l'édifice, et que toutes les pierres doivent se tenir et former un jour un vaste édifice ? Enfin, n'y a-t-il pas de grands avantages à la faire connaître en détail, quand l'ensemble est aussi considérable ? En effet, ici chaque roman n'est qu'un chapitre du grand roman de la société. Les personnages de chaque histoire se meuvent dans une sphère qui n'a d'autre circonscription que celle même de la société. Quand un de ces personnages se trouve, comme *M. de Rastignac* dans *Le Père Goriot*, arrêté au milieu de sa carrière, c'est que vous devez le retrouver dans *Profil de marquise*, dans *L'Interdiction*, dans *La Haute Banque*, et enfin dans *La Peau de chagrin*[2] agissant dans son époque suivant le rang qu'il y a pris et touchant à tous les événements auxquels les hommes qui ont une haute valeur participent en réalité. Cette observation s'applique à presque tous les personnages qui figurent dans cette longue histoire de la société : les personnages éminents d'une époque ne sont pas aussi nombreux qu'on peut le croire, et il n'y en aura pas moins de mille dans cette œuvre qui, au premier aperçu, doit avoir vingt-cinq

1. Idée fondamentale de *La Comédie humaine*, reprise dans l'« Avant-propos » de 1842.

2. Balzac cite sans ordre chronologique les œuvres où apparaît Rastignac en 1837. *Profil de marquise* est le titre sous lequel la nouvelle *Étude de femme* (1830) a été republiée en 1835 ; *La Haute Banque* est le premier titre de *La Maison Nucingen*, qui ne paraîtra qu'en 1838. *La Peau de chagrin* date de 1831.

volumes[1], dans sa partie la plus descriptive il est vrai; ainsi, sous ce rapport, elle sera fidèle.

L'auteur avoue donc de bonne grâce qu'il lui est difficile de savoir où doit s'arrêter un ouvrage, quand, par la manière dont il se publie, il est impossible de le déterminer en entier tout d'abord. Cette observation est nécessaire en tête des *Illusions perdues*, dont ce volume ne contient que l'introduction. Le plan primitif n'allait pas plus loin; mais quand à l'exécution tout a changé, la tomaison inexorable était arrêtée, et la spéculation ne pouvait pas attendre; il lui a donc fallu s'arrêter à la limite qu'il avait posée lui-même à l'œuvre. Il ne s'agissait d'abord que d'une comparaison entre les mœurs de la province et les mœurs de la vie parisienne; il avait attaqué ces illusions que l'on se forme les uns sur les autres en province par le défaut de comparaison, et qui produiraient des catastrophes réelles si, pour leur bonheur, les gens de province ne s'habituaient pas tellement à leur atmosphère et aux heureux malheurs de leur vie qu'ils souffrent partout ailleurs, et que Paris surtout leur déplaît. Pour son compte, l'auteur a souvent admiré la bonne foi avec laquelle ces provinciaux vous présentent une femme assez sotte comme un bel esprit, et quelque laideron pour une femme ravissante... Mais en peignant avec complaisance l'intérieur d'un ménage et les révolutions d'une pauvre imprimerie de province; en laissant prendre à ce tableau autant d'étendue qu'il en a dans l'exposition, il est clair que le champ s'est agrandi malgré l'auteur. Quand on copie la nature, il est des erreurs de bonne foi: souvent, en apercevant un site, on n'en devine pas tout d'abord les véritables dimensions; telle route paraissait d'abord être un sentier, le vallon devient une vallée, la montagne facile à franchir à l'œil a voulu tout un jour de

1. D'après le catalogue dressé par Balzac en 1845, *La Comédie humaine* devait se composer de 26 volumes. Le nombre des personnages, d'abord fixé à mille, chiffre symbolique, dépassera finalement les 2 500.

marche. Ainsi les *Illusions perdues* ne doivent plus seulement concerner un jeune homme qui se croit un grand poète et la femme qui l'entretient dans sa croyance et le jette au milieu de Paris, pauvre et sans protection. Les rapports qui existent entre Paris et la province, sa funeste attraction, ont montré à l'auteur le jeune homme du XIXe siècle sous une face nouvelle : il a pensé soudain à la grande plaie de ce siècle, au journalisme qui dévore tant d'existences, tant de belles pensées, et qui produit d'épouvantables réactions dans les modestes religions[1] de la vie de province. Il a pensé surtout aux plus fatales illusions de cette époque, à celles que les familles se font sur les enfants qui possèdent quelques-uns des dons du génie, sans avoir la volonté qui lui donne un sens, sans posséder les principes qui répriment ses écarts. Le tableau s'est donc étendu. Au lieu d'une face de la vie individuelle, il s'agit d'une des faces les plus curieuses de ce siècle, d'une face prête à s'user, comme s'est usé l'Empire ; aussi faut-il se hâter de la peindre pour que ce qui est vivant ne devienne pas un cadavre sous les yeux même du peintre. L'auteur croit qu'il y a là une grande mais difficile tâche. En dévoilant les mœurs intimes du journalisme, il fera rougir plus d'un front ; mais il expliquera peut-être bien des dénouements inexpliqués dans plus d'une existence littéraire qui donnait de belles espérances et qui a mal fini. Puis les succès honteux de quelques hommes médiocres se trouveront justifiés aux dépens de[2] leurs protecteurs et peut-être aussi de la nature humaine. Quand l'auteur pourra-t-il achever sa toile ? il l'ignore, mais il l'achèvera. Déjà cette difficulté s'est présentée plusieurs fois, soit pour *Louis Lambert*, soit pour *L'Enfant maudit*, soit pour *Le Chef-d'œuvre inconnu* ; et chaque fois sa patience n'a

1. *Religions* au sens de « croyances », de « principes moraux auxquels on est attaché ». Le mot se retrouve avec le même sens dans la deuxième partie du roman, p. 280.

2. Cette expression peu claire signifie sans doute « imputés à », « portés au compte de ».

point été en défaut, mais bien celle du public à qui ces détails sont, disons-le, parfaitement indifférents ; il veut ses livres, sans s'inquiéter de la manière dont ils se produisent.

Paris, 15 janvier 1837.

PRÉFACE DE LA DEUXIÈME PARTIE

1839

Un grand homme de province à Paris est la suite de *Illusions perdues*, l'introduction de cette scène, la plus longue peut-être de toutes celles qui composeront les *Études de mœurs*. L'auteur éprouve encore une fois le déplaisir d'annoncer que ce tableau n'est pas fini. Il reste une troisième partie de *Illusions perdues*. Le départ du héros, son séjour à Paris sont en quelque sorte les deux premières journées d'une trilogie que complétera le retour en province. Cette dernière partie aura pour titre *Les Souffrances de l'inventeur*, et paraîtra de manière à ne pas laisser refroidir l'intérêt que les personnages de ce drame ont pu faire naître. Les principaux acteurs se retrouveront d'ailleurs au dénouement avec la ponctualité classique en usage dans l'ancien théâtre, ayant tous perdu assez d'illusions pour que le titre commun aux trois parties de l'œuvre soit justifié.

L'auteur a-t-il rempli les promesses de l'avertissement qui précède *Illusions perdues* ? on en jugera. Les journalistes ne pouvaient pas plus que les autres professions échapper à la juridiction de la comédie. Pour eux, peut-être eût-il fallu quelque nouvel Aristophane et non la plume d'un écrivain peu satirique ; mais ils inspirent à la littérature une si grande crainte, que ni le Théâtre, ni

* Préface de l'édition Souverain d'*Un grand homme de province à Paris*. Cette préface a été supprimée dans les éditions suivantes.

l'Iambe[1], ni le Roman, ni le Poème comique n'ont osé les traîner au tribunal où le ridicule *castigat ridendo mores*[2]. Une seule fois M. Scribe essaya cette tâche dans sa petite pièce du *Charlatanisme*[3], qui fut moins un tableau qu'un portrait. Le plaisir que causa cette spirituelle ébauche fit concevoir à l'auteur le mérite d'une peinture plus ample. Une autre fois, M. de Latouche aborda la question des mœurs littéraires, mais il attaquait moins le journalisme qu'une de ces coalitions formées au profit d'un système, et dont la durée est subordonnée à l'obscurité des talents enrégimentés : une fois célèbres, les coalisés ne peuvent plus s'entendre : disciplinés pendant le combat, les Pégases se battent au râtelier de la gloire. Cet homme d'esprit ne fit d'ailleurs qu'un article épigrammatique, et néanmoins suffisant, il a eu la gloire de doter la langue d'un mot qui restera, celui de *Camaraderie*, devenu depuis le titre d'une comédie en cinq actes[4]. Ainsi donc, l'auteur a le mérite d'une action d'autant plus courageuse qu'elle a effrayé plus de monde. Comment, par un temps où chacun va cherchant des sujets neufs, aucune plume n'ose-t-elle s'exercer sur les mœurs horriblement comiques de la Presse, les seules originales de notre siècle. L'auteur manquerait cependant à la justice, s'il oubliait de mentionner la magnifique préface d'un livre magnifique, *Mademoiselle de Maupin*[5], où M. Théophile Gautier est entré, fouet en

1. *L'iambe* est le mètre typique de la poésie satirique.
2. *Castigat ridendo mores* : « Elle châtie les mœurs en riant », devise de la comédie.
3. *Le Charlatanisme*, vaudeville en un acte de Scribe et Mazères (1825).
4. Il s'agit de l'article d'Henri de Latouche, « De la camaraderie littéraire », paru dans la *Revue de Paris* en octobre 1829. C'était une attaque contre le Cénacle romantique. La comédie en cinq actes à laquelle Balzac fait allusion est *La Camaraderie ou la courte échelle* de Scribe (1837).
5. La célèbre préface de *Mademoiselle de Maupin* (1835) tourne en dérision les critiques littéraires de la presse conservatrice et bien-pensante dont *Le Constitutionnel* est le type.

main, éperonné, botté comme Louis XIV à son fameux lit de justice[1], au plein cœur du journalisme. Cette œuvre de verve comique, disons mieux, cet acte de courage a prouvé le danger de l'entreprise. Le livre, une des plus artistes, des plus verdoyantes, des plus pimpantes, des plus vigoureuses compositions de notre époque, d'une allure si vive, d'une tournure si contraire au commun de nos livres, a-t-il eu tout son succès ? en a-t-on suffisamment parlé ? L'un des rares articles qui le fustigèrent fut plutôt dirigé contre la parcimonie du libraire, qui refusait des exemplaires au journal, que contre le jeune et audacieux auteur. Le public ignore combien de maux accablent la littérature dans sa transformation commerciale. Depuis l'époque à laquelle est pris le sujet de cette scène, les malheurs que l'auteur a voulu peindre se sont aggravés. Autrefois, le journalisme imposait la librairie en nature : il lui demandait une certaine quantité d'exemplaires qui, d'après le nombre des feuilles périodiques, n'allait pas à moins d'*une centaine*, en outre du paiement des articles après lesquels courait indéfiniment le libraire, sans pouvoir souvent les voir paraître, et qui, multiplié par le total des journaux, faisait une somme considérable. Aujourd'hui ce double impôt s'est augmenté du prix exorbitant des annonces, qui coûtent autant que la fabrication même du livre, et qui profitent à la contrefaçon belge. Or, comme rien n'est changé aux habitudes financières de certaines critiques, il en est deux ou trois, pas davantage, qui peuvent être partiales ou haineuses, mais qui sont désintéressées, il s'ensuit que les journaux ne sont pas moins funestes à l'existence des écrivains modernes que le vol

1. Le lit de justice, séance solennelle du Parlement en présence du roi, était une manifestation de la puissance royale, souvent destinée à imposer des décisions autoritaires. Balzac fait allusion au lit de justice du 13 avril 1655, dans lequel le jeune roi, venu en habit de chasse, avait vivement rappelé à l'ordre le Parlement de Paris et prononcé la phrase célèbre : « L'État, c'est moi ».

permanent commis à leur préjudice par la Belgique[1]. Croyez-vous que de nobles esprits, que beaucoup d'âmes indignées aient applaudi à la préface de M. Théophile Gautier ? Le monde a-t-il honoré, célébré la comique poésie avec laquelle ce poète a dépeint la profonde corruption, l'immoralité de ces sycophantes qui se plaignent de la corruption, de l'immoralité du pouvoir ? Quelle épouvantable chose que la tiédeur des honnêtes gens, ils s'occupent de leurs blessures et traitent en ennemis les médecins ! Le monde regarde cette délicieuse arabesque comme dangereuse, quand il ne craint pas d'exposer aux regards quelque Léda de Gérard, quelque Bacchante de Girodet, qui est cependant en peinture ce qu'est le livre en poésie.

Les mœurs du Journal constituent un de ces sujets immenses qui veulent plus d'un livre et plus d'une préface. Ici, l'auteur a peint les commencements de la maladie, arrivée aujourd'hui à tous ses développements. En 1821, le Journal était dans sa robe d'innocence, comparé à ce qu'il est en 1839. Mais si l'auteur n'a pu embrasser la plaie dans toute son étendue, il l'a, du moins, abordée sans terreur. Il a usé des bénéfices de sa position. Il appartient au très petit nombre de ceux qui n'ont point de remerciements à faire au journalisme : il ne lui a jamais rien demandé, il a fait son chemin sans s'appuyer sur ce bâton pestiféré, l'un de ses avantages est d'avoir constamment méprisé cette hypocrite tyrannie, de n'avoir imploré d'aucune plume aucun article, de n'avoir jamais immolé dans d'inutiles réclames d'immortels écrivains pour en faire le piédestal d'un livre qui, par le temps actuel, n'a pas six semaines à vivre. Il a enfin le droit, chèrement acheté, de regarder en face ce cancer qui dévorera peut-être le pays. Probablement, à propos de ceci, plusieurs

1. La Belgique s'était fait au XIXe siècle une spécialité des contrefaçons de romans français. Imprimés en hâte sur le texte des feuilletons, ces volumes de mauvaise qualité étaient répandus à bas prix, avant la sortie des éditions françaises. Balzac s'est souvent élevé contre ces pratiques qui lésaient les éditeurs et les écrivains.

diront que l'auteur simule des blessures pour attirer sur lui quelque intérêt, et que pour lui tout est douceur. Eh bien, hier, encore à son sujet, la calomnie et la diffamation étaient telles que la police correctionnelle, saisie par un de ses libraires d'un article où l'on attaquait une opération utile à la littérature contemporaine, un effort de la librairie française qui regimbe contre la Belgique, déployait toute la rigueur des lois à l'encontre d'un petit journal[1]. Les magistrats ont appris quelle est l'impuissance de la presse. Le libraire a prouvé l'existence de quatre éditions, imprimées toutes en caractères et dans des imprimeries différentes, du *Médecin de campagne*, livre qui ne compte pas une seule approbation dans quelque journal que ce soit, tandis que l'auteur attend encore une seconde édition d'*Eugénie Grandet*, celle de ses œuvres avec laquelle les critiques essayent d'étouffer les autres par des louanges exagérées. Le journal a tout dit sur l'auteur. L'auteur a supporté, dans un procès assez connu, tout ce que pouvaient les auteurs contre un des leurs[2] ; ainsi, quelle blessure nouvelle lui ferait-on après avoir attaqué sans succès sa personne, son caractère, sa bonne comme sa mauvaise fortune, ses mœurs et ses prétendus ridicules ? Qu'on ne croie pas cependant que la passion, un désir de vengeance ou quelque sentiment mauvais l'ait inspiré dans l'exécution de l'œuvre présente. Il avait le droit de faire des portraits, il s'est tenu dans les généralités. Le journalisme joue d'ailleurs un si grand rôle dans l'histoire des

1. Allusion à un article du *Corsaire*, paru le 11 mars 1839, qui accusait l'éditeur Charpentier de brader, sous l'apparence d'une nouvelle édition, un certain nombre d'invendus du *Médecin de campagne*. Il s'agissait en fait d'une collection compacte à bas prix destinée à lutter contre la contrefaçon. Charpentier intenta un procès au *Corsaire* qu'il gagna.

2. Il s'agit du procès intenté par Balzac à Buloz, le directeur de la *Revue des Deux Mondes*, en 1836. Le premier accusait le second d'avoir communiqué sans son autorisation à une revue russe les placards du *Lys dans la vallée*. Buloz avait obtenu l'appui d'un certain nombre d'écrivains, dont Alexandre Dumas, Eugène Sue, Jules Janin.

mœurs contemporaines, qu'il aurait peut-être été taxé plus tard de pusillanimité, s'il avait omis cette scène du grand drame qui se joue en France. À beaucoup de lecteurs, ce tableau pourra paraître chargé ; mais qu'on le sache, tout est d'une réalité désespérante, et tout néanmoins a été adouci dans ce livre dont la portée est d'ailleurs restreinte par la nature du sujet. Il ne s'agit ici que de l'influence dépravante du journal sur des âmes jeunes et poétiques, des difficultés qui attendent les débutants et qui gisent plus dans l'ordre moral que dans l'ordre matériel. Non seulement le journal tue beaucoup de jeunesse et de talents, mais il sait enterrer ses morts dans le plus profond secret, il ne jette jamais de fleurs sur leurs tombes, il ne verse de larmes que sur ses défunts abonnés. Répétons-le ! le sujet a l'étendue de l'époque elle-même. Le Turcaret de Lesage, le Philinte et le Tartuffe de Molière, le Figaro de Beaumarchais et le Scapin du vieux théâtre, tous ces types s'y trouveraient agrandis de la grandeur de notre siècle où le souverain est partout, excepté sur le trône, où chacun traite en son nom, veut se faire centre sur un point de la circonférence, ou roi dans un coin obscur. Quelle belle peinture serait celle de ces hommes médiocres, engraissés de trahisons, nourris de cervelles bues, ingrats envers leurs invalides, répondant aux souffrances qu'ils ont faites par d'affreuses railleries, à l'abri de toute attaque derrière leurs remparts de boue, et toujours prêts à jeter une part d'os à quelque mâtin dont la gueule paraît armée de canines suffisantes, et dont la voix aboie en mesure ! L'auteur a dû négliger bien des détails, renoncer à plusieurs personnages : l'œuvre eût dépassé les bornes, et d'ailleurs, sa position lui ordonnait d'éviter les personnalités. Mais ce livre empêchât-il seulement un jeune poète, une belle âme, vivant au fond de la province, au milieu d'une famille aimée, de venir augmenter le nombre des damnés de l'enfer parisien qui se battent à coups d'encrier, se jettent à la tête leurs œuvres avortées, et s'arrachent la fourche pour faner à l'envi l'un de l'autre les fleurs les plus délicates, ce livre aurait fait une bonne action. N'est-ce pas beaucoup pour un livre, aujourd'hui que les livres naissent, vivent et meurent comme ces insectes de l'Hypanis, dont les mœurs ont fourni peut-être le premier de tous les articles de journaux à je ne sais quel Grec[1] ? Cette œuvre conservera-t-elle quelques illusions à des gens heureux, l'auteur en doute : la jeunesse a contre elle la jeunesse ; le talent de province a contre lui la vie de province dont la monotonie fait aspirer tout homme d'imagination aux dangers de la vie parisienne. Il en est de Paris pour eux comme de la bataille pour les soldats, tous se flattent le matin d'être en vie le soir, les morts ne se comptent que le lendemain. Les Lucien sont comme les fumeurs qui, dans une mine à mofettes, allument leur pipe, malgré les défenses. Les abîmes ont leur magnétisme. Au moins apprendra-t-on ici que la constance et la rectitude sont encore plus nécessaires peut-être que le talent pour conquérir une noble et pure renommée.

Paris, avril 1839.

1. *L'Hypanis* (aujourd'hui Boug), fleuve de Scythie (Ukraine) qui se jette dans la mer Noire. — Ce *je ne sais quel Grec* est Aristote, *Histoire des animaux*, V, 17, 553a. Balzac a trouvé sans doute cette référence dans Cicéron, *Tusculanes*, I, 39 : « Aristote dit que sur les bords du fleuve Hypanis, qui tombe du côté de l'Europe dans le Pont-Euxin, il se forme de certaines petites bêtes, qui ne vivent que l'espace d'un jour » (traduction des Classiques latins, Dubochet, 1841).

PRÉFACE DE LA TROISIÈME PARTIE

1843

L'ouvrage que voici est la troisième partie de *Illusions perdues* : la première a paru sous ce titre, la seconde s'est appelée *Un grand homme de province à Paris*, cette dernière partie termine l'œuvre assez longue où la vie de province et la vie parisienne contrastent ensemble ; ce qui devait faire de ce livre la dernière scène des *Scènes de la vie de province.*

Il y a trois causes, d'une action perpétuelle, qui unissent la province à Paris : l'ambition du noble, l'ambition du négociant enrichi, l'ambition du poète. L'esprit, l'argent et le grand nom viennent chercher la sphère qui leur est propre. *Le Cabinet des Antiques* et *Illusions perdues* offrent l'histoire de l'ambition du jeune noble et du jeune poète. Il reste à faire l'histoire du bourgeois enrichi à qui sa province déplaît, qui ne veut pas rester au milieu de témoins de ses commencements et espère être un personnage à Paris.

Quant au mouvement politique, à l'ambition du député, c'est une Scène qui appartient aux *Scènes de la vie politique*, et presque terminée ; elle est intitulée *Le Député à Paris*[1].

* Cette préface a paru seulement dans l'édition Dumont. Cette édition en deux volumes ne reprenait que la dernière partie du roman, intitulée pour l'occasion *David Séchard*.

1. *Le Député à Paris* : titre provisoire du *Député d'Arcis*, publié en 1847.

Une fois la peinture du bourgeois de province à l'étroit chez lui faite, il ne manquera plus que peu de chose aux *Scènes de la vie de province* pour être complètes, et dès à présent, il est facile d'apercevoir les lacunes à remplir. C'est d'abord le tableau d'une ville de garnison frontière, celui d'un port de mer, celui d'une ville où le théâtre est une cause de désordre, et où les comédiens et comédiennes de Paris viennent faire leur récolte[1]. Enfin, la province ne serait pas encore achevée, si l'on ne montrait pas l'effet qu'y produisent les Parisiens novateurs qui viennent s'y fixer avec le plan d'y faire du bien[2].

Ces quatre ou cinq Scènes ne sont que des détails, mais qui permettent de peindre quelques figures typiques oubliées.

Dans cette longue entreprise, un oubli compromettrait les travaux déjà faits. En voulant copier la société tout entière et la reproduisant, si l'auteur négligeait un détail, on l'accuserait alors d'en avoir pris certains autres. Ainsi, certains critiques lui diraient : Vous avez une prédilection pour les personnages immoraux, ou pour les tableaux scandaleux, puisque vous nous offrez telle ou telle figure, en oubliant le contraste que produirait à l'âme le portrait bienfaisant de telle ou telle autre.

Ce reproche ne peut s'adresser aujourd'hui à *Illusions perdues*, et la vie de David Séchard et de sa femme, au fond de la province, est une opposition violente aux mœurs parisiennes.

Il n'est pas inutile de faire observer que *David Séchard*, quoique terminant un ouvrage qui comprend près de six volumes, offre un tout en lui-même, qui, bien que lié aux précédents ouvrages, s'en détache entièrement de manière à ne pas rendre indispensable la connaissance des événements antérieurs.

Il a fallu d'immenses efforts littéraires pour pouvoir encadrer le mouvement littéraire de la vie parisienne dans

1. Balzac n'a pas mené à bien ces projets.
2. C'était déjà, au moins partiellement, le thème du *Médecin de campagne* (1833) et du *Curé de village* (1841).

deux tableaux de la vie de province, celui qui commence et celui qui termine *Illusions perdues.* Mais peut-être l'intérêt social y est-il puissant, car on voit, du moins l'auteur l'espère, comment vient l'expérience dans la vie, et la soudure de la vie de province à la vie parisienne était bien la place où devait se trouver ce grand enseignement. C'est de l'ensemble de cet ouvrage, jusqu'à présent le plus considérable des *Études de mœurs*, que ressortent ses préceptes et sa morale. Aussi ne peut-il être parfaitement jugé que sous sa forme, et lu dans son entier, comme il est dans *La Comédie humaine* dont il forme le tome VIII.

La première partie, *Illusions perdues*, a paru en 1835[1], *Un grand homme de province* fut publié en 1839, et c'est en 1843 que se publie le dernier fragment. Peu de personnes voudront croire que ces huit années aient été nécessaires pour je ne dis pas exécuter ce long ouvrage, mais en disposer les masses et en trouver les incidents. Aujourd'hui, entre ceux de l'auteur qui l'ont le plus occupé, celui-là est déjà le préféré par quelques personnes ; mais maintenant on peut en reconnaître les difficultés.

Il y aura, dans la superposition du caractère de Rastignac qui réussit à celui de Lucien qui succombe, la peinture sur de grandes proportions d'un fait capital dans notre époque, l'ambition qui réussit, l'ambition qui tombe, l'ambition jeune, l'ambition au début de la vie.

Paris est comme la forteresse enchantée à l'assaut de laquelle toutes les jeunesses de la province se préparent ; aussi, dans cette histoire de nos mœurs en action, les personnages du jeune vicomte de Portenduère (*Ursule Mirouët*), du jeune comte d'Esgrignon[2] et celui de Lucien sont-ils les parallèles nécessaires de ceux d'Émile Blondet, de Rastignac, de Lousteau, de d'Arthez, de Bianchon, etc. Dans la comparaison des moyens, des volontés, du succès, il y a l'histoire tragique de la jeunesse depuis trente ans.

1. En réalité, en 1837.

2. Le personnage du *jeune comte d'Esgrignon* se trouve dans *Le Cabinet des antiques*.

Aussi l'auteur n'a-t-il cessé de répéter qu'il s'agissait bien moins, relativement à la question morale, de la partie que du tout, de la figure que du groupe.

Il y a dans David Séchard une mélancolie profonde que l'auteur a négligé de faire sortir. Athanase Granson (dans *La Vieille Fille*) se jette à l'eau, il ne se résigne pas ; David Séchard, aimé par une femme d'un caractère simple et fier, accepte la vie calme et pure de la province en reléguant le sceptre de ses espérances, de sa fortune. L'auteur a hésité à le montrer, à dix ans de son abdication, ayant un regret au milieu de son avide bonheur ! Les gens intelligents achèveront cette figure dans leur pensée, et les autres y auraient vu de l'ingratitude envers Ève Chardon. Il y a, dans la comparaison de ces deux figures des *Scènes de la vie de province*, un plaidoyer pour la famille. C'est d'ailleurs le sens général des *Illusions*.

Il n'y a que les esprits d'élite, les gens d'une force herculéenne auxquels il soit permis de quitter le toit protecteur de la famille pour aller lutter dans l'immense arène de Paris.

Si tant de stupides accusations ne se renouvelaient pas chaque jour, et ne trouvaient pas de dignes et vertueux bourgeois assez peu instruits pour les porter à la tribune, et à la face du pays[1], l'auteur se serait bien volontiers dispensé d'écrire cette préface.

L'énergie de la protestation sera toujours ici égale à la violence des attaques.

Il faut que les quatre cents législateurs dont jouit la France sachent que la littérature est au-dessus d'eux. Que la Terreur, que Napoléon, que Louis XIV, que Tibère, que les pouvoirs les plus violents, comme les institutions les plus fortes, disparaissent devant l'écrivain qui se fait la voix de son siècle. Ce fait-là s'appelle Tacite, s'appelle

1. Allusion à un discours prononcé devant la Chambre le 13 juin 1843 par un député de la Saône-et-Loire, Chapuys de Montlaville. Celui-ci attaquait le roman-feuilleton, genre immoral, et s'en prenait notamment au *Messager*, qui venait de publier *La Muse du département*.

Luther, s'appelle Calvin, s'appelle Voltaire, Jean-Jacques, il s'appelle Chateaubriand, Benjamin Constant, Staël, il s'appelle aujourd'hui JOURNAL. Voltaire et les encyclopédistes ont brisé les jésuites qui recommençaient les Templiers, et qui étaient la plus grande puissance parasite des temps modernes. Si quinze hommes de talent se coalisaient en France, et avaient un chef qui pût valoir Voltaire, la plaisanterie qu'on nomme le gouvernement constitutionnel, et qui a pour base la perpétuelle intronisation de la médiocrité, cesserait bientôt.

Une des plus grandes erreurs de ce temps-ci, est la poursuite en matière de presse. Vous pouvez supprimer, à grand-peine, un journal, vous ne supprimerez jamais l'écrivain. Le mot *écrivain* est pris ici dans une acception collective (qu'on ne s'y trompe pas). Vous poursuivez les œuvres, elles renaissent, l'écrivain déborde avec sa pensée par mille publications. En d'autres termes, un gouvernement n'a que deux partis à prendre : accepter le combat ou le rendre impossible. La Charte de Louis-Philippe a créé le combat.

Ces quelques mots sont une réponse suffisante aux législateurs qui, à propos de quelques pièces de cent sous, se sont amusés à juger, du haut de la tribune, des livres qu'ils ne comprenaient pas, et à passer de l'état de législateurs à celui infiniment plus amusant d'académiciens. Que la parole leur soit maintenue dans l'intérêt de nos plaisirs.

Un jour le sénat romain discuta sur la grande question de savoir à quelle sauce on mettrait un turbot[1], constatons que dans sa séance de… juin 1843, la Chambre des députés a été saisie de la question de savoir si *Les Mystères de Paris* étaient ou non un aliment sain ou malsain pour les abonnés du *Journal des Débats*.

Quand Charles Quint avait commis une faute, il envoyait une chaîne d'or au Voltaire de ce temps-là, l'Arétin, et un jour l'Arétin dit en recevant une chaîne : « Elle est bien

1. C'est le thème de la quatrième satire de Juvénal.

légère pour une si lourde faute[1] ! » La littérature a beaucoup perdu à l'établissement de deux Chambres ; il y a trop de souverains.

Nous répéterons ici à « l'honorable député » qui a mis la littérature en accusation à propos des deux cent mille francs que ce député croit donner à la littérature, que la littérature n'en touche pas deux liards (ils ne sont pas encore supprimés, malgré la loi qui a la prétention d'établir le système décimal), et que si la littérature en touchait quelque chose, elle trouverait les *encouragements* beaucoup trop chers, s'ils devaient être accompagnés de discours en langue auvergnate. Et nous terminerons ces humbles remontrances par une simple observation dont la portée est de nature à frapper le « censeur austère » de la littérature contemporaine. Il est, lui comme ses quatre cents collègues, le produit immédiat du *Contrat social* et de l'*Émile*, qui furent brûlés par la main du bourreau en vertu d'un arrêt du Parlement de Paris.

1. *L'Arétin* (1492-1556), poète satirique et licencieux, était redouté pour son esprit mordant et ses talents de maître chanteur. Il avait été surnommé « le fléau des princes ».

DOSSIER

BIOGRAPHIE DE BALZAC

La biographie de Balzac est tellement chargée d'événements si divers, et tout s'y trouve si bien emmêlé, qu'un exposé purement chronologique des faits serait d'une confusion extrême.

Dans l'ordre chronologique, nous nous sommes donc contentés de distinguer, d'une manière aussi peu arbitraire que possible, cinq grandes époques de la vie de Balzac : des origines à 1814, 1815-1828, 1828-1833, 1833-1840, 1841-1850.

À l'intérieur des périodes principales, nous avons préféré, quand il y avait lieu, classer les faits selon leur nature : l'œuvre, les autres activités touchant la littérature, la vie sentimentale, les voyages, etc. (mais en reprenant, à l'intérieur de chaque paragraphe, l'ordre chronologique).

FAMILLE, ENFANCE ; DES ORIGINES À 1814

En juillet 1746 naît dans le Rouergue, d'une lignée paysanne, Bernard-François Balssa, qui sera le père du romancier et mourra en 1829 ; trente ans plus tard nous retrouvons le nom orthographié « Balzac ». Signalons à titre anecdotique (car l'événement ne semble pas avoir marqué notre Balzac) qu'un frère de Bernard-François fut guillotiné à Albi en 1819 pour l'assassinat, dont il était peut-être innocent, d'une fille de ferme.

Janvier 1797 : Bernard-François, directeur des vivres de la division militaire de Tours, épouse à cinquante ans Laure Sallambier, qui en a dix-huit, et qui vivra jusqu'en 1854.

1799, 20 mai : naissance à Tours d'Honoré Balzac (le nom ne comporte pas encore la particule). Un premier fils né jour pour jour un an plus tôt, n'avait pas vécu.

Après Honoré, le ménage aura trois autres enfants : 1° Laure (1800-1871), qui épousa en 1820 Eugène Surville, ingénieur des Ponts et Chaussées, et restera pour le romancier une confidente affectueuse et sûre ; 2° Laurence (1802-1825), devenue en 1821 Mme de Montzaigle : c'est sur son acte de baptême que la particule « de » apparaît pour la première fois devant le nom des Balzac ; 3° Henry (1807-1858), fils adultérin dont le père était Jean de Margonne (1780-1858), châtelain de Saché.

L'enfance et l'adolescence d'Honoré seront affectées par la préférence de la mère pour Henry, lequel, dépourvu de dons et de caractère, traînera une existence assez misérable ; les ternes séjours qu'il fera dans les îles de l'océan Indien avant de mourir à Mayotte contrastent absolument avec les aventures des romanesques coureurs de mers balzaciens. Balzac gardera des liens étroits avec Margonne et séjournera souvent à Saché, où l'on montre encore sa chambre et sa table de travail.

Dès sa naissance, Honoré est mis en nourrice chez la femme d'un gendarme à Saint-Cyr-sur-Loire, aujourd'hui faubourg de Tours (rive droite). De 1804 à 1807 il est externe dans un établissement scolaire de Tours, de 1807 à 1813 il est pensionnaire au collège de Vendôme. Puis, pendant plus d'un an, en 1813-1814, atteint de troubles et d'une espèce d'hébétude qu'on attribue à un abus de lecture, il demeure dans sa famille, au repos. En 1814, pendant quelques mois, il reprend ses études au collège de Tours, comme externe.

Son père, alors administrateur de l'Hospice général de Tours, est nommé directeur des vivres dans une entreprise parisienne de fournitures aux armées. Toute la famille quitte Tours pour Paris en novembre 1814.

APPRENTISSAGES, 1815-1828

1815-1819 : Honoré poursuit ses études à Paris. Il entreprend son droit, suit des cours à la Sorbonne et au Muséum. Il travaille comme clerc dans l'étude de Me Guillonnet-Merville, avoué, puis dans celle de Me Passez, notaire ; ces deux stages laisseront sur lui une empreinte profonde.

Son père ayant pris sa retraite, la famille, dont les ressources sont désormais réduites, quitte Paris et s'installe pendant l'été 1819 à Villeparisis. Cependant Honoré, qu'on destinait au notariat, obtient de renoncer à cette carrière, et de demeurer seul à Paris, dans une mansarde, pour éprouver sa vocation en s'exerçant au métier des lettres.

Dès 1817 il a rédigé des *Notes sur la philosophie et la religion*, suivies en 1818 de *Notes sur l'immortalité de l'âme*, premiers indices du goût prononcé qu'il gardera longtemps pour la spéculation philosophique : maintenant il s'attaque à une tragédie, *Cromwell*, cinq actes en vers, qu'il termine au printemps de 1820. Soumise à plusieurs juges successifs, l'œuvre est uniformément estimée détestable ; Andrieux, aimable écrivain, ami de la famille, professeur au Collège de France et académicien, conclut que l'auteur peut tenter sa chance dans n'importe quelle voie, hormis la littérature. Balzac continue sa recherche philosophique avec *Falthurne* (1820) et *Sténie* (1821), que suivront bientôt (1823) un *Traité de la prière* et un second *Falthurne*.

De 1822 à 1827, soit en collaboration soit seul, mais toujours sous des pseudonymes, il publie, une masse considérable de produits romanesques « de consommation courante », qu'il lui arrivera d'appeler « petites opérations de littérature marchande » ou même « cochonneries littéraires ». À leur sujet les balzaciens se partagent ; les uns y cherchent des ébauches de thèmes et les signes avant-coureurs du génie romanesque ; les autres doutent que Balzac, soucieux seulement de satisfaire sa clientèle, y ait rien mis qui soit vraiment de lui-même.

En 1822 commence sa longue liaison (mais, de sa part,

non exclusive) avec Laure de Berny, qu'il a rencontrée à Villeparisis l'année précédente. Née en 1777, elle a alors deux fois son âge, et elle est d'un an et demi l'aînée de la mère d'Honoré ; celui-ci aura pour elle un amour en quelque sorte ambivalent, où il trouvera une compensation à son enfance frustrée.

Fille d'un musicien de la Cour et d'une femme de la chambre de Marie-Antoinette, elle-même femme d'expérience, Laure initiera son jeune amant non seulement aux secrets de la vie mondaine sous l'Ancien Régime, mais aussi à ceux de la condition féminine et de la joie sensuelle. Elle restera pour lui un soutien, et le guide le plus sûr. Elle mourra en 1836.

En 1825 Balzac entre en relations avec la duchesse d'Abrantès (1784-1838) ; cette nouvelle maîtresse, qui d'ailleurs s'ajoute à la précédente et ne se substitue pas à elle, a encore quinze ans de plus que lui. Fort avertie de la grande et petite histoire de la Révolution et de l'Empire, elle complète l'éducation que lui a donnée Mme de Berny, et le présente aux nombreux amis qu'elle garde dans le monde ; lui-même, plus tard, se fera son conseiller et peut-être son collaborateur lorsqu'elle écrira ses *Mémoires*.

En septembre 1820, au tirage au sort, il obtient un « bon numéro » qui le dispense du service militaire.

Durant la fin de cette période, il se lance dans des affaires qui enrichissent d'une manière incomparable l'expérience du futur auteur de *La Comédie humaine*, mais qui en attendant se soldent par de pénibles et coûteux échecs.

Il se fait éditeur en 1825, l'éditeur se fait imprimeur en 1826, l'imprimeur se fait fondeur de caractères en 1827, — toujours en association, les fonds de ses propres apports étant constitués par sa famille et par Mme de Berny. En 1825 et 1826 il publie, entre autres, des éditions compactes de Molière et de La Fontaine, pour lesquelles il a composé des notices. En 1828 la société de fonderie est remaniée ; il en est écarté au profit d'Alexandre de Berny, fils de son amie : l'entreprise deviendra une des plus belles réalisations françaises dans ce domaine. L'imprimerie est liquidée quelques mois plus tard, en août ; elle laisse à Balzac 60 000 francs de dettes (dont 50 000 envers sa famille).

Nombreux voyages et séjours en province, notamment dans la région de l'Isle-Adam, en Normandie, et surtout en Touraine, terre natale et terre d'élection.

LES DÉBUTS, 1828-1833

À la mi-septembre 1828, Balzac va s'établir pour six semaines à Fougères, en vue du roman qu'il prépare sur la chouannerie. *Le Dernier Chouan ou la Bretagne en 1800*, dont le titre deviendra finalement *Les Chouans*, paraît en mars 1829 ; c'est le premier roman dont il assume ouvertement la responsabilité en le signant de son véritable nom.

En décembre 1829, il publie sous l'anonymat *Physiologie du mariage*, un essai ou, comme il dira plus tard, une « étude analytique » qu'il avait ébauchée puis délaissée plusieurs années auparavant.

1830 : les *Scènes de la vie privée* réunissent en deux volumes six nouvelles ou courts récits. Ce nombre sera porté à quinze dans une réédition du même titre en quatre tomes (1832).

1831 : *La Peau de chagrin* ; ce roman est repris pour former la même année, avec douze autres récits divers, trois volumes de *Romans et contes philosophiques* ; l'ensemble est précédé d'une introduction de Philarète Chasles, certainement inspirée par l'auteur. 1832 : les *Nouveaux contes philosophiques* augmentent de quatre récits (dont une première version de *Louis Lambert*) cette collection. Il faut noter que le mot « philosophiques » a encore un sens fort vague, et provisoire, dans l'esprit de Balzac.

Les *Contes drolatiques*. À l'imitation des *Cent nouvelles nouvelles* (il avait un goût très vif pour la vieille littérature dite gauloise), il voulait en écrire cent, répartis en dix dizains. Le premier dizain paraît en 1832, le deuxième en 1833 ; le troisième ne sera publié qu'en 1837, et l'entreprise s'arrêtera là.

Septembre 1833 : *Le Médecin de campagne*. Pendant toute cette époque, Balzac donne une foule de textes divers à de nombreux périodiques. Il poursuivra ce genre de collaboration durant toute sa vie, mais à une cadence moindre.

Continuation des amours avec Laure de Berny et avec Laure d'Abrantès.

Liaison avec Olympe Pélissier.

Présenté à la duchesse de Castries en 1831, il séjourne auprès d'elle, à Aix-les-Bains et à Genève, en septembre et octobre 1832 ; elle s'amuse à se laisser chaudement courtiser par lui, mais ne cède pas, ce dont il se montre fort déconfit.

Au début de 1832 il reçoit d'Odessa une lettre signée « L'Étrangère », et répond par une petite annonce insérée dans un journal : c'est le début de ses relations avec Mme Hanska (1805-1882), sa future femme, qu'il rencontre pour la première fois à Neuchâtel dans les derniers jours de septembre 1833.

Vers cette même époque il a une maîtresse discrète, Marie ou Maria du Fresnay.

Voyages très nombreux. Outre ceux que nous avons signalés ci-dessus (Fougères, Aix, Genève, Neuchâtel), il faut mentionner plusieurs séjours près de Tours ou de Nemours avec Mme de Berny, à Saché, à Angoulême, chez ses amis Carraud, etc.

Son travail acharné n'empêche pas qu'il soit très répandu dans les milieux littéraires et dans le monde ; il mène une vie ostentatoire et dispendieuse.

En politique, il se convertit au légitimisme. Il envisage de se présenter aux élections législatives de 1831, et en 1832 à une élection partielle.

L'ESSOR, 1833-1840

Durant cette période, Balzac ne se contente pas d'assurer le développement de son œuvre : il se préoccupe de lui assurer une organisation d'ensemble. Déjà les *Scènes de la vie privée* et les *Romans et contes philosophiques* témoignaient chez lui de cette tendance ; maintenant il s'avance sur la voie qui le conduira à la conception globale de *La Comédie humaine.*

En octobre 1833 il signe un contrat pour la publication d'une collection intitulée *Études de mœurs au XIX*e *siècle,* et qui doit rassembler aussi bien les rééditions que des ouvrages nouveaux. Divisée en trois séries, cette collection va comprendre quatre tomes de *Scènes de la vie privée,* quatre de *Scènes de la vie de province,* et quatre de *Scènes de la vie parisienne.* Les douze volumes paraissent en ordre dispersé de décembre 1833 à février 1837. Le tome I est précédé d'une importante introduction de Félix Davin, porte-parole ou même prête-nom de Balzac. La classification a une valeur à la fois littérale et symbolique : elle se fonde sur le cadre de l'action et sur la signification du thème.

Parallèlement paraissent de 1834 à 1840 vingt volumes d'*Études philosophiques,* avec une nouvelle introduction de Félix Davin.

Principales créations en librairie de cette période : *Eugénie Grandet,* fin 1833 ; *La Recherche de l'absolu,* 1834 ; *Le Père Goriot, La Fleur des pois* (titre qui deviendra *Le Contrat de mariage*), *Séraphita,* 1835 ; *Histoire des Treize,* 1833-1835 ; *Le Lys dans la vallée,* 1836 ; *La Vieille Fille, Illusions perdues* (début), *César Birotteau,* 1837 ; *La Femme supérieure* (titre qui deviendra *Les Employés*), *La Maison Nucingen, La Torpille* (début de *Splendeurs et Misères des courtisanes*), 1838 ; *Le Cabinet des antiques, Une fille d'Ève, Béatrix,* 1839 ; *Une princesse parisienne* (titre qui deviendra *Les Secrets de la princesse de Cadignan*), *Pierrette, Pierre Grassou,* 1840.

En marge de cette activité essentielle, Balzac prend à la fin de 1835 une participation majoritaire dans la *Chro-*

nique de Paris, journal politique et littéraire ; il y publie un bon nombre de textes, jusqu'à ce que la société, irrémédiablement déficitaire, soit dissoute six mois plus tard. Curieusement il réédite (et complète à l'aide de « nègres ») une partie de ses romans de jeunesse, en gardant un pseudonyme qui n'abuse personne : ce sont les *Œuvres complètes d'Horace de Saint-Aubin*, seize volumes, 1836-1840.

En 1838 il s'inscrit à la toute jeune Société des Gens de Lettres, il la préside en 1839, et mène diverses campagnes pour la protection de la propriété littéraire et des droits des auteurs.

Candidat à l'Académie française en 1839, il s'efface devant Hugo, qui d'ailleurs n'est pas élu.

En 1840 il fonde la *Revue parisienne*, mensuelle et entièrement rédigée par lui ; elle disparaît après le troisième numéro, où il a inséré son long et fameux article sur *La Chartreuse de Parme*.

Théâtre : en 1839, la Renaissance refuse *L'École des ménages*, pièce dont il donne chez Custine une lecture à laquelle assistent Stendhal et Théophile Gautier. En 1840 la censure refuse plusieurs fois et finit par autoriser *Vautrin*, pièce interdite dès le lendemain de la première.

Il séjourne à Genève auprès de Mme Hanska du 24 décembre 1833 au 8 février 1834 ; il la retrouve à Vienne (Autriche) en mai-juin 1835, alors commence une séparation qui durera huit ans.

Le 4 juin 1834 naît Marie du Fresnay, présumée être sa fille, et qu'il regarde comme telle ; elle ne mourra qu'en 1930.

Mme de Berny cesse de le voir à la fin de 1835 ; elle va mourir huit mois plus tard.

En 1836, naissance de Lionel-Richard Lowell, fils présumé de Balzac et de la comtesse Guidoboni-Visconti ; en 1837, le comte lui donne lui-même procuration pour régler à Venise en son nom une affaire de succession ; en 1837 encore, c'est chez la comtesse que Balzac, poursuivi pour dettes, se réfugie : elle paie pour lui, et lui évite ainsi la contrainte par corps.

Juillet-août 1836 : Mme Marbouty, déguisée en homme, l'accompagne à Turin et en Suisse.

Voyages toujours nombreux.

Au cours de l'excursion autrichienne de 1835 il est reçu par Metternich, et visite le champ de bataille de Wagram en vue d'un roman qu'il ne parviendra jamais à écrire. En 1836, séjournant en Touraine, il se voit accueilli par Talleyrand et la duchesse de Dino. L'année suivante, c'est George Sand qui l'héberge à Nohant ; elle lui suggère le sujet de *Béatrix*.

Durant son voyage italien de 1837, à Gênes, il a appris qu'on pouvait exploiter fructueusement en Sardaigne les scories d'anciennes mines de plomb argentifère ; en 1838, en passant par la Corse, il se rend sur place pour y constater que l'idée était si bonne qu'une société marseillaise l'a devancé ; retour par Gènes, Turin, et Milan où il s'attarde.

On signale en 1834 un dîner réunissant Balzac, Vidocq et les bourreaux Samson père et fils.

Démêlés avec la Garde nationale, où il se refuse obstinément à assurer ses tours de garde : en 1835 il se cache à Chaillot sous le nom de « Mme veuve Duran », en 1836 elle l'incarcère pendant une semaine dans sa prison surnommée « Hôtel des Haricots » ; nouvel emprisonnement en 1839, pour la même raison.

En 1837, près de Paris, à Sèvres, au lieudit les Jardies, il achète les premiers éléments de ce dont il voudra constituer tout un domaine. Il rêvera même de faire fortune en y acclimatant la culture de l'ananas. Ses projets assez grandioses lui coûteront fort cher et ne lui amèneront que des déboires. Liquidation longue et onéreuse en 1840-1841.

C'est en octobre 1840 que, quittant les Jardies, il s'installe à Passy dans l'actuelle rue Raynouard, où sa maison est redevenue aujourd'hui « La Maison de Balzac ».

SUITE ET FIN, 1841-1850

Le fait marquant qui inaugure cette période est l'acte de naissance officiel de *La Comédie humaine* considérée comme un ensemble organique. Cet acte, c'est le contrat passé le 2 octobre 1841 avec un groupe d'éditeurs pour la publication, sous ce « titre général », des « œuvres complètes » de Balzac, celui-ci se réservant « l'ordre et la distribution des matières, la tomaison et l'ordre des volumes ».

Nous avons vu le romancier, dès ses véritables débuts ou presque, montrer le souci d'un ordre et d'un classement. Une lettre à Mme Hanska du 26 octobre 1834 en faisait déjà état. Une lettre de décembre 1839 ou janvier 1840, adressée à un éditeur non identifié, et restée sans suite, mentionnait pour la première fois le « titre général », avec un plan assez détaillé. Cette fois le grand projet va enfin se réaliser (sous réserve de quelques changements de détail ultérieurs dans le plan, et sous réserve aussi de plusieurs ouvrages annoncés qui ne seront jamais composés).

Réunissant rééditions et nouveautés, l'ensemble désormais intitulé *La Comédie humaine* paraît de 1842 à 1848 en dix-sept volumes, complétés en 1855 par un tome XVIII, et suivis, en 1855 encore, d'un tome XIX (*Théâtre*) et d'un tome XX (*Contes drolatiques*). Trois parties : *Études de mœurs*, *Études philosophiques*, *Études analytiques*, la première partie étant elle-même divisée en *Scènes de la vie privée*, *Scènes de la vie de province*, *Scènes de la vie parisienne*, *Scènes de la vie politique*, *Scènes de la vie militaire* et *Scènes de la vie de campagne*.

L'Avant-propos est un texte doctrinal capital. Avant de se résoudre à l'écrire lui-même, Balzac avait demandé vainement une préface à Nodier, à George Sand, ou envisagé de reproduire les introductions de Davin aux anciennes *Études de mœurs* et *Études philosophiques*.

Premières publications en librairie : *Le Curé de village*, 1841 ; *Mémoires de deux jeunes mariées*, *Ursule Mirouët*, *Albert Savarus*, *La Femme de trente ans* (sous sa forme et son titre définitifs après beaucoup d'avatars), *Les Deux Frères* (titre qui deviendra *La Rabouilleuse*), 1842 ; *Une ténébreuse affaire, La Muse du département, Illusions perdues* (au complet), 1843 ; *Honorine, Modeste Mignon,* 1844 ; *Petites misères de la vie conjugale,* 1846 ; *La Dernière Incarnation de Vautrin* (achevant *Splendeurs et misères des courtisanes*), 1847 ; *Les Parents pauvres* (*Le Cousin Pons* et *La Cousine Bette*), 1847-1848.

Romans posthumes. *Le Député d'Arcis* et *Les Petits Bourgeois,* restés inachevés, et terminés, avec une désinvolture confondante, par Charles Rabou agréé par la veuve, paraissent respectivement en 1854 et 1856. La veuve assure elle-même, avec beaucoup plus de tact, la mise au point des *Paysans* qu'elle publie en 1855.

Théâtre. Représentation et échec des *Ressources de Quinola,* 1842 ; de *Paméla Giraud,* 1843. Succès sans lendemain de *La Marâtre,* pièce créée à une date peu favorable (25 mai 1848) ; trois mois plus tard la Comédie-Française reçoit *Mercadet ou le Faiseur,* mais la pièce ne sera pas représentée.

Chevalier de la Légion d'honneur depuis avril 1845, Balzac, encore candidat à l'Académie française, obtient 4 voix le 11 janvier 1849, dont celles de Hugo et de Lamartine (on lui préfère le duc de Noailles), et, aux trois scrutins du 18 janvier, 2 voix (Vigny et Hugo), 1 voix (Hugo) et 0 voix, le comte de Saint-Priest étant élu.

Amours et voyages, durant toute cette période, portent pratiquement un seul et même nom : Mme Hanska. Le mari meurt — enfin ! — le 10 novembre 1841, en Ukraine ; mais Balzac n'est informé que le 5 janvier d'un événement qu'il attend pourtant avec tant d'impatience. Son amie, libre désormais de l'épouser, va néanmoins le faire attendre près de dix ans encore, soit qu'elle manque d'empressement, soit que réellement le régime tsariste se dispose à confisquer ses biens, qui sont considérables, si elle s'unit à un étranger.

En 1843, après huit ans de séparation, Balzac va la retrouver pour deux mois à Saint-Pétersbourg ; il rentre par Berlin, les pays rhénans, la Belgique. En 1845, voyages communs en Allemagne, en France, en Hollande, en Belgique, en Italie. En 1846, ils se rencontrent à Rome et voyagent en Italie, en Suisse, en Allemagne.

Mme Hanska est enceinte ; Balzac en est profondément heureux, et, de surcroît, voit dans cette circonstance une occasion de hâter son mariage ; il se désespère lorsqu'elle accouche en novembre 1846 d'un enfant mort-né.

En 1847 elle passe quelques mois à Paris ; lui même, peu après, rédige un testament en sa faveur. À l'automne, il va la retrouver en Ukraine, où il séjourne près de cinq mois. Il rentre à Paris pour assister à la révolution de février 1848, et envisager une candidature aux élections législatives ; il repart dès la fin de septembre pour l'Ukraine, où il séjourne jusqu'à la fin d'avril 1850.

C'est là qu'il épouse Mme Hanska, le 14 mars 1850.

Rentrés ensemble à Paris vers le 20 mai, les deux époux, le 4 juin, se font donation mutuelle de tous leurs biens en cas de décès. Depuis plusieurs années la santé de Balzac n'a pas cessé de se dégrader.

Du 1er juin 1850 date (à notre connaissance) la dernière lettre que Balzac ait écrite entièrement de sa main. Le 18 août, il a reçu l'extrême-onction, et Hugo, venu en visite, le trouve inconscient : il meurt à onze heures et demie du soir, dans un état physique affligeant. On l'enterre au Père-Lachaise trois jours plus tard ; les cordons du poêle sont tenus par Hugo et Dumas, mais aussi par le sinistre Sainte-Beuve, qui n'a jamais rien compris à son génie, et par le ministre de l'Intérieur ; devant sa tombe, discours (fort beau) de Hugo : ni Hugo ni Baudelaire ne se sont trompés sur lui.

La femme de Balzac, après avoir trouvé quelque consolation à son veuvage, mourra en 1882.

Samuel S. de Sacy

NOTICE SUR LA GENÈSE ET LA RÉCEPTION

ILLUSIONS PERDUES, ÉDITION WERDET

C'est à l'automne de 1833 que l'on rencontre sous la plume de Balzac la première mention d'*Illusions perdues*[1]. Une œuvre portant ce titre devait figurer dans la sixième et dernière livraison des *Études de mœurs au XIX*e *siècle* vendues à Mme Béchet le 20 octobre 1833, au tome IV des *Scènes de la vie de province*. Le romancier n'avait sans doute alors, à part le titre, qu'une très vague idée de ce futur roman. L'introduction aux *Scènes de la vie de province*, à la fin de 1833, se contente d'annoncer qu'*Illusions perdues* sera le tableau des « hautes dépravations humaines » dont « la métropole de la pensée a le mérite d'offrir un type complet », et que le roman montrera « un des mille phénomènes par lesquels la province et la capitale se marient incessamment ». Il était difficile d'être plus évasif ! La publication des *Études de mœurs* se poursuivant régulièrement (la cinquième livraison était parue le 15 novembre 1835), la sixième, dans laquelle devait prendre place *Illusions perdues*, était attendue pour le début de 1836. Balzac l'avait promise à son éditeur pour le 15 février. Mais, occupé par d'autres projets (l'ébauche des *Héritiers Boirouge*, l'entreprise de la *Chronique de Paris*), il ne tint pas parole, si bien

1. *Pensées, sujets, fragments*, f° 27, éd. Jacques Crépet, Blaizot, 1910, p. 112.

que la veuve Béchet, lasse d'attendre, lui fit sommation par huissier, au début de juin 1836, de rendre sa copie dans les vingt-quatre heures, sous peine de lourdes indemnités de retard. Balzac se résolut donc à se mettre au travail et pour être plus tranquille, s'installa à Saché le 20 juin chez son ami de Margonne. En quatre jours, du 23 au 26, il écrivit d'une traite 40 feuillets, bientôt suivis de trois autres : « Jugez de ce que c'était qu'un pareil travail », écrit-il à Mme Hanska[1]. « Toutes mes facultés étaient tendues, j'écrivais 15 heures par jour, je me levais avec le soleil et j'allais jusqu'à l'heure du dîner, sans prendre autre chose que du café à l'eau. » Épuisé par cet effort excessif, victime d'une sorte de « coup de sang », le romancier dut s'interrompre. De retour à Paris, il remit à plus tard la suite d'*Illusions perdues*. En août, Mme Béchet avait cédé à Werdet ses droits sur les *Études de mœurs*, et celui-ci se montrait plus accommodant. De délai en délai, l'automne arriva, et Balzac ne se remit vraiment au travail qu'en novembre. La rédaction de ce qui constitue maintenant la fin de la première partie d'*Illusions perdues* occupa le romancier pendant les mois de décembre 1836 et janvier 1837. Le 15 janvier, le travail n'était pas terminé : « J'ai encore pour 3 ou 4 jours d'entraînants travaux », écrit-il ce jour-là à Mme Hanska, « car j'achève les *Illusions perdues*, et c'est une bataille que les dernières feuilles[2]. » À mesure que Balzac écrivait, les feuillets étaient envoyés à l'imprimerie, et la correction des épreuves fut sans doute achevée vers le 20 janvier. Le roman fut annoncé le 11 février 1837 dans la *Bibliographie de la France*, et mis en vente par Werdet au même moment. Ainsi, ce qui devait au départ n'être qu'une courte nouvelle devenait finalement un roman assez développé pour occuper à lui seul les deux volumes du tome VIII des *Études de mœurs au XIX*^e^ *siècle* (tome IV des *Scènes de la vie de province*). Mais déjà, Balzac songeait à la suite, et ne considérait ce premier roman que comme « l'introduction d'une œuvre

1. *Lettres à Mme Hanska*, éd. Roger Pierrot, Robert Laffont, coll. « Bouquins », 1990, t. I, p. 331.
2. *Ibid.*, p. 363.

plus considérable». Il l'écrit à Mme Hanska le 10 février: «*Illusions perdues* voulait trois volumes; il y en a encore deux à faire qui s'appelleront *Un grand homme de province à Paris* et qui plus tard rentreront dans *Illusions perdues* quand on réimprimera les 12 premiers volumes [des *Études de mœurs*[1]].»

En même temps qu'il achève, sur la séparation de Lucien et de Mme de Bargeton, la première partie d'*Illusions perdues*[2], Balzac, selon son habitude, voit plus loin et plus haut. Tandis qu'il écrit le roman des origines de Lucien jusqu'à son premier départ à Paris, il a déjà en tête la suite de son histoire: non seulement l'expérience du journalisme, la liaison avec Coralie, l'échec final et le retour à Angoulême qui fourniront la matière des deux dernières parties d'*Illusions perdues*, mais aussi la rencontre de Carlos Herrera-Vautrin, le second départ de Lucien et le début de ses nouvelles aventures parisiennes, destinées à prendre place dans le cycle suivant qui recevra en 1844 son titre général de *Splendeurs et misères des courtisanes*. En juillet et août 1838, il écrit *La Torpille*, longue nouvelle publiée dès le mois de septembre, qui représente le début de ce nouveau roman. Ainsi, sans souci de la chronologie apparente, mais avec une logique imaginaire profonde, le romancier mène de front les deux aventures parisiennes de Lucien, la première sans Carlos, la seconde avec lui, et il commence par la fin! Lorsqu'il rédige *La Torpille*, lorsque, quelques mois plus tard, il entreprend *Un grand homme de province à Paris*, Balzac sait qu'il lui faudra placer à la fin de la dernière partie d'*Illusions perdues*, qu'il écrira en 1843 seulement, l'épisode de la rencontre de Lucien et de Carlos destiné à relier les deux massifs romanesques et à renforcer la cohérence générale de ce vaste ensemble. Et il a déjà, près de cinq ans avant d'en faire le récit, une idée précise des circonstances de cette rencontre[3].

1. *Ibid.*, p. 365.

2. Sur la genèse de la première partie d'*Illusions perdues*, voir l'étude exhaustive de Suzanne Jean Bérard, *La Genèse d'un roman de Balzac, «Illusions perdues» (1837)*, Armand Colin, 1961, 2 vol.

3. On lit en effet dans *La Torpille* cette phrase de Lucien adressée

UN GRAND HOMME DE PROVINCE À PARIS

La première mention du titre de la deuxième partie d'*Illusions perdues* se trouve dans une lettre à Mme Hanska du 22 octobre 1836[1]. La préface de la première partie du roman, datée du 15 janvier 1837, montre que dès cette époque il en a précisé le sujet. Il ne s'agira pas seulement de montrer en général « les rapports qui existent entre Paris et la province », mais d'étudier « la grande plaie de ce siècle », le « journalisme qui dévore tant d'existences, tant de belles pensées ». Cependant, en « dévoilant les mœurs intimes du journalisme », le romancier se doute bien qu'il « fera rougir plus d'un front ». De honte sans doute, mais aussi de colère, car un tel sujet, nécessairement polémique, heurtera beaucoup de susceptibilités. Balzac le sait, et il le répétera à Mme Hanska le 4 juin 1839, au moment de la sortie du livre : « Moi seul étais en position de dire la vérité à nos journalistes et de leur faire la guerre à outrance. On ne défendra pas ce livre-là chez nous[2]. » Au début de 1837, quand il rédige sa première préface, il n'a pas encore fixé le moment où il pourra se remettre à la tâche : « Quand l'auteur pourra-t-il achever sa toile ? il l'ignore, mais il l'achèvera[3]. » C'est sur cette note vague mais optimiste que se termine la première étape de la création d'*Illusions perdues*.

Pendant l'année 1837, Balzac ne perd pas de vue son projet. Les lettres à Mme Hanska sont parsemées d'allusions au roman futur[4]. Mais un long voyage en Italie (février-avril), l'achat de la propriété des Jardies (à l'automne), la

---

à Herrera : « il était comme moi, quand tu m'as rencontré, bien près de la rivière ».

1. *Lettres à Mme Hanska*, éd. Roger Pierrot, *op. cit.*, p. 342.
2. *Ibid.*, p. 485.
3. Préface de la première partie (1837), p. 818.
4. *Ibid.*, lettres des 10 février, 11 mai, 28 mai, 8 juillet 1837.

préparation d'autres romans (*Les Employés, La Vieille Fille, César Birotteau*) en retardent la mise en œuvre. L'année 1838 commence de la même façon. Un nouveau voyage conduit Balzac en Sardaigne puis dans la péninsule italienne (mars-mai). Il est occupé par son installation aux Jardies (juillet). D'autres romans sont en chantier (*La Maison Nucingen, La Torpille, Le Cabinet des antiques*). Cependant les lettres à Mme Hanska attestent qu'il pense toujours au *Grand Homme* et qu'il a hâte d'y revenir[1]. Un traité est finalement signé le 12 novembre 1838 avec l'éditeur Souverain. Balzac promet le manuscrit pour le 15 décembre suivant. Le travail semble avancer assez vite. Fin janvier 1839, le premier volume est en voie d'achèvement. Le 12 février, Balzac écrit à Mme Hanska qu'« il ne [lui] reste à faire que le second volume », et qu'il « sera fini cette semaine[2] ». Mais comme toujours des retards se produisent, dus aux remaniements sur épreuves. L'écrivain se plaint le 14 avril des « corrections renaissantes du *Grand Homme* » qui le forcent à travailler « nuit et jour[3] ». Enfin, le dernier bon à tirer est donné le 1er juin, et le roman est annoncé dans la *Bibliographie de la France* le 8 juin 1839. Entre temps, le 4 juin, *La Presse* avait publié intégralement un chapitre de l'œuvre à paraître (« Comment se font les petits journaux ») et donné de larges extraits d'un deuxième (« Le souper »).

LES SOUFFRANCES DE L'INVENTEUR

Le titre de la troisième partie d'*Illusions perdues* est annoncé pour la première fois dans la préface d'*Un grand homme de province à Paris*, que l'on peut dater d'avril ou de mai 1839. Balzac y prévient en effet son lecteur que « ce tableau n'est pas fini ». Il manque au triptyque son dernier

1. *Ibid.*, lettres des 20 janvier, 10 février, 15 octobre 1838.
2. *Ibid.*, p. 480.
3. *Ibid.*, p. 482.

volet. « Le départ du héros, son séjour à Paris sont en quelque sorte les deux premières journées d'une trilogie que complétera le retour en province. Cette dernière partie aura pour titre *Les Souffrances de l'inventeur*, et paraîtra de manière à ne pas laisser refroidir l'intérêt que les personnages de ce drame ont pu faire naître. » Cette dernière phrase laissait entendre que la fin du roman ne tarderait pas à être publiée. Mais comme toujours chez Balzac, il y avait loin de l'intention à la réalisation. En juillet 1839, le romancier écrit à Mme Hanska qu'il va « travailler à la dernière partie de *Illusions perdues*[1] ». Le 30 décembre 1839, *Le Siècle* en annonce la publication. Le 14 février 1840, une lettre à Mme Hanska confirme que Balzac pense toujours à donner au *Siècle* la dernière partie de son roman[2]. Mais rien ne vient. En octobre 1841, il la propose au *Musée des familles*, sous le titre de *David Séchard*. En août 1842, au *Messager*. Mais il n'a toujours rien écrit. En octobre 1842, pourtant, il annonce à Mme Hanska qu'il « achève *Illusions perdues* », et qu'il a « 8 jours pour faire cela[3] ». En novembre, il vend son œuvre toujours en projet à un banquier nommé Louis-Fortuné Loquin, qui servira d'intermédiaire entre l'écrivain et l'éditeur Dumont. Le titre est redevenu *David Séchard*. En même temps, le tome VIII de *La Comédie humaine* (édition Furne), qui comprend *Illusions perdues*, commence à être composé chez l'imprimeur. Il n'y a donc pas de temps à perdre ! Pourtant Balzac a beaucoup de mal à se mettre à la rédaction, et se plaint à Mme Hanska de la difficulté de l'entreprise : comment rendre la beauté pure d'Ève et de David, après le sombre tableau de Paris du *Grand homme de province* ? Comment passer de la peinture du mal à celle du bien ? « C'est les malheurs de la vertu opposés aux malheurs du vice, c'est d'une difficulté prodigieuse[4]. » Pendant l'hiver de 1842 et le printemps de 1843, le travail n'avance pas. Les lettres à Mme Hanska répètent

1. *Ibid.*, p. 489.
2. *Ibid.*, p. 506.
3. Lettre du 14-17 octobre 1842, *ibid.*, p. 602-603.
4. Lettre à Mme Hanska, 7 décembre 1842.

le même cri d'impuissance : « j'ai sur les bras la fin d'*Illusions perdues* » (10 janvier) ; « j'ai toujours la fin d'*Illusions perdues* sur les bras » (19-21 mars) ; « cette fin d'*Illusions perdues* me semble de plus en plus difficile » (2 avril) ; « *David Séchard* va exiger de grands travaux de tête » (24 avril). Le 15 mai, la première moitié est écrite, c'est-à-dire l'épisode rétrospectif qui raconte la vie du ménage Séchard avant le retour de Lucien à Angoulême. Mais, épuisé, Balzac ne peut aller plus loin : « Je ne sais pas, en ce moment, comment me tirer de la dernière moitié de *David Séchard* », avoue-t-il à Mme Hanska le 15 mai. Le 13 juin, il n'a écrit que 32 pages, et il lui en reste 280 pour terminer son roman ! Le 9 juin, *David Séchard* a commencé à paraître en feuilletons dans *L'État*. Pour stimuler sa veine créatrice, Balzac s'est installé dans l'imprimerie de Lagny où sont tirées les épreuves de son roman, il rédige et corrige en même temps. Le 18 juin, l'espoir est revenu : « J'ai repris quelque peu de force et le manuscrit va marcher. » Le 1er juillet, il peut annoncer à Mme Hanska : « Hier, j'ai terminé *David Séchard*. » Mais c'est au prix d'efforts surhumains : « J'ai lu 17, 18 et quelquefois 19 épreuves de chaque feuille de Séchard. Il y a 1 200 heures de corrections sur cet ouvrage, c'est comme si je l'avais re-écrit 15 à 16 fois dans ce mois » (7 juillet). Enfin, le 8 juillet, le dernier bon à tirer est envoyé à l'imprimerie, en même temps que la préface.

David Séchard ou les Souffrances d'un inventeur parut en feuilletons dans *L'État* du 9 au 19 juin 1843, puis dans *Le Parisien-L'État* du 27 juillet au 14 août. La première publication en volume, sous le titre *Ève et David*, fut celle de l'édition Furne (au tome VIII de *La Comédie humaine*), annoncée par la *Bibliographie de la France* le 29 juillet 1843, dans laquelle les trois parties du roman étaient réunies pour la première fois sous le titre général d'*Illusions perdues*. Enfin, l'édition séparée de la troisième partie du roman, intitulée *David Séchard*, ne parut qu'à la fin de l'année 1843, annoncée en retard par la *Bibliographie de la France* du 2 mars 1844. Le titre définitif que nous connaissons, *Les Souffrances de l'inventeur*, ne figure que sur l'exemplaire de l'édition Furne corrigé de la main de Balzac.

Il faut enfin rappeler que, pendant que l'écrivain composait dans la douleur la troisième partie d'*Illusions perdues*, il rédigeait parallèlement *Esther ou les amours d'un vieux banquier*, qui forme la suite de *La Torpille*. En mai 1843, les deux œuvres sont sur le chantier. *Esther* commence à paraître en feuilletons dans *Le Parisien* le 21 mai, avant que ne commence dans *L'État*, le 9 juin, la publication de *David Séchard*. Les deux journaux ayant fusionné, c'est dans *Le Parisien-L'État* que les deux romans continueront à paraître en même temps, du 28 juillet au 14 août. Les deux épisodes de la vie de Lucien se trouvent ainsi réunis dans le même journal, et la cohérence de l'ensemble romanesque formé par *Illusions perdues* et *Splendeurs et misères des courtisanes* est à nouveau fortement affirmée.

RÉCEPTION DE L'ŒUVRE

Parmi les nombreux articles de presse qui ont commenté en 1837, 1839 et 1843 la publication des trois parties d'*Illusions perdues*, on signalera, à titre d'exemple, les plus significatifs. La plupart d'ailleurs sont bâtis de la même façon : des considérations générales sur le genre du roman et sa décadence ; un résumé copieux du roman de Balzac, non dépourvu souvent d'inexactitudes ; une comparaison entre Balzac et d'autres romanciers de l'époque, Paul de Kock, Frédéric Soulié, etc., pas toujours à l'avantage de Balzac ; une déploration enfin de la baisse des qualités d'analyse et de style d'un écrivain bien doué qui avait donné d'abord de grandes espérances.

Dans *L'Artiste* (1837, t. XIII, 15e livraison), sous la signature Cs-As., un compte rendu rapide en forme de lettre évoque, au milieu de sujets divers, la publication de la première partie d'*Illusions perdues* en même temps que celle de *Zizine*, de Paul de Kock (« À un élève de l'école des Beaux-Arts, à Rome. (Deuxième lettre) ») :

> M. Paul de Kock vient de publier *Zizine*, et M. de Balzac *Les Illusions perdues*. Si je m'adresse à une grisette pour savoir lequel

de ces deux livres l'emporte sur l'autre, je ne pourrai douter un seul instant de la supériorité de *Zizine* ; voilà qui est certain. Si, au contraire, je demande son opinion à une duchesse, à une duchesse de trente ans surtout, je n'obtiendrai qu'un sourire méprisant pour réponse ; ce qui signifiera : Il n'y a pas de comparaison à faire ; vous n'êtes qu'un sot ; *Les Illusions perdues* sont un chef-d'œuvre. Quel avis sera le meilleur, celui de la duchesse de trente ans ou celui de la grisette ? Chacun des deux, selon moi.

[...] MM. Paul de Kock et de Balzac sont donc des artistes du second ordre, en ce sens qu'ils sont moins dans les conditions du beau moral, et qu'ils ne peignent que la triviale réalité ; mais ils sont vraiment artistes, en ce sens qu'ils ont en eux la puissance d'émouvoir, de passionner. Pour exercer un empire sur les hommes, quel qu'il soit, il faut une supériorité positive. En fait de réputation, littéraire surtout, il n'y a pas de complète usurpation.

Si vous me demandez maintenant lequel de MM. Paul de Kock ou de Balzac me semble préférable, je vous répondrai que cela dépend des goûts ; qu'ils me plaisent jusqu'à un certain point l'un et l'autre ; que M. Paul de Kock me semble l'emporter sur son rival pour ce qui est d'observation et de comédie, mais que M. de Balzac l'emporte à son tour au point de vue du drame et de l'émotion : l'un m'intéresse sans m'attendrir, l'autre me fait rire sans m'égayer. [...]

Ce compte rendu assez typique des habitudes de la critique journalistique de l'époque, qui ne parle pas d'une œuvre que le recenseur n'avait sans doute pas lue, se termine par une curieuse comparaison entre les romans signés Balzac et les romans de jeunesse de l'écrivain signés Horace de Saint-Aubin, que Souverain est en train de rééditer. On s'en voudrait de ne pas citer ce bel exemple d'intelligence critique !

Moi, je vous avouerai que je ne trouve aucune différence entre eux [les romans signés Saint-Aubin] et ceux qui leur sont postérieurs. Et même, si j'étais obligé à faire un choix, à préférer les uns ou les autres, à prononcer entre M. de Balzac et M. Horace de Saint-Aubin, je vous jure en conscience que j'opterais pour ce dernier. Il y a évidemment une plus grande bonne foi littéraire dans les premiers ouvrages de M. de Balzac que dans les nouveaux. [...] Il y a plus de candeur, de modestie et de conscience. L'orgueil du succès, non seulement a ôté à M. de Balzac les qualités que j'énumère ici, mais encore l'a poussé à viser plus haut qu'il ne peut atteindre, et vous comprenez que, l'épuisement brochant sur le tout, M. de Balzac a dû naturellement arriver à ne plus donner que des copies, de jour en jour moins intelligentes et plus prétentieuses, de ses précédentes productions. Voici qui semble-

> rait étrange à beaucoup de gens, mais je vous le dis à vous, parce que je le pense ; je suis convaincu que, s'il reste quelque chose de M. de Balzac, il restera plutôt de l'*Horace Saint-Aubin* qu'autre chose.

En 1839, la publication d'*Un grand homme de province à Paris* suscite de plus nombreux commentaires. Le sujet du roman s'y prêtait, et les journalistes attaqués ne se privent pas de riposter. Dans *Le Figaro* du 28 juillet, un des journaux visés au premier chef par le romancier, un rédacteur qui signe A. S. (Albéric Second) s'en prend violemment au « dernier livre de M. de Balzac » :

> Où donc trouver, plus que dans ce *Grand homme de province*, des mœurs fausses et un but extravagant ? L'auteur a prétendu saper le journalisme dans sa base, irrité que la critique lui ait signalé ses erreurs et lui ait fait son procès chaque fois qu'il y eût lieu ; M. de Balzac a troqué sa plume contre un poignard, son encre contre du fiel, et il s'est mis à écrire l'histoire des journaux et des journalistes, comme il affirme la connaître ; à son sens, qui dit journal, dit coupe-gorge infâme, sentine dégoûtante, réceptacle impur. Il pousse même la délicatesse jusqu'à définir la presse : *le bagne de l'intelligence*. Quant aux journalistes, notre plume répugne à reproduire les odieuses calomnies qu'il entasse à leur endroit.
>
> Cette partie du livre est tellement hideuse que nous ne lui ferons pas l'honneur de nous en occuper davantage.
>
> [...] Telle est la publication dernière de M. de Balzac. Dieu veuille, pour nous et pour son libraire, que ce soit en outre sa dernière publication.
>
> Amen !

Cet éreintement venait d'un petit journaliste et d'un petit journal. Si le ton est moins violent dans les grandes revues, le fond reste le même. Dans un long article paru dans la *Revue de Paris* de juillet 1839[1], Jules Janin, titulaire du feuilleton littéraire au *Journal des Débats* et sacré « prince des critiques » par ses contemporains, attaque le *Grand homme* sans ménagements. Il faut dire que Balzac et Janin étaient brouillés depuis 1836, et que Janin, non sans quelque raison, avait cru se reconnaître dans le personnage de

1. « *Un grand homme de province à Paris*, par M. de Balzac », t. VII, p. 145-178.

Lucien. Après un résumé de la première partie d'*Illusions perdues*, Janin en vient avec des précautions feintes au roman qui l'intéresse :

> Avant d'entrer dans cette nouvelle série d'aventures étranges, je dois vous dire que depuis longtemps M. de Balzac a voué aux journaux et aux journalistes la haine la plus implacable ; il s'élève avec une amertume qu'on ne saurait dire contre cette puissance qu'il ne veut pas reconnaître ; il reproche à la presse contemporaine le bruit qu'elle fait et le bruit qu'elle ne fait pas, il l'attaque dans sa parole, il l'attaque dans son silence ; pour M. de Balzac, la presse, c'est l'hydre de Lerne ; il voudrait bien d'un seul coup pouvoir abattre toutes ces têtes sans cesse renaissantes ; il a commencé cette grande bataille par de légères escarmouches, que nul n'a remarquées ; alors il a redoublé de fureur. Voici donc que nous assisterons, témoins impassibles, à cet étrange duel entre un écrivain qui attaque d'estoc et de taille un ennemi qui ne daigne pas s'apercevoir de ces terribles coups d'épée.
>
> [...] Vous voyez que j'hésite encore à me précipiter dans ce nouveau récit. Cela me fait mal de trier ces affreux détails, de découdre lambeaux par lambeaux, ces haillons de pourpre maladroitement attachés à ces haillons de bure. Mais, encore une fois, il le faut ; donc fermons les yeux, retenons notre haleine, mettons à nos jambes les bottes imperméables des égoutiers, et marchons tout à notre aise dans cette fange, puisque cela vous plaît.

Suit un nouveau et long résumé, parsemé des cris d'indignation (*proh pudor !* aurait dit Blondet) du critique offusqué par la trivialité du texte qu'il doit lire :

> Je vous avertis, encore une fois, que nous allons entrer dans d'horribles détails ; que ces détails, tout horribles qu'ils sont, manquent d'intérêt, de vraisemblance, de vérité. [...] En un mot tout ce cynisme public des personnes et des choses, tout cela monte à la tête de l'écrivain, et il se met à décrire, à décrire, à décrire ! — Rien ne lui échappe, pas une ride, pas une croûte gluante de cette lèpre immonde, c'est à faire soulever le cœur, et malgré toute la puissance que doit avoir un écrivain pour en arriver là, l'on se demande quels plaisirs peuvent donc trouver les lecteurs de M. de Balzac à ces affreux détails ?

Vient ensuite le parallèle obligé entre Balzac et Paul de Kock, qui se termine par une sorte de match nul : « Paris est pour tous les deux, Paris est pour tous ceux qui l'amusent, il n'aura jamais trop d'amuseurs. » Mais l'objectivité apparente du commentaire laisse passer parfois des réflexions plus acides, camouflées sous le masque d'une vertueuse indignation :

> En commençant ce long chapitre, je me suis bien promis de garder mon sang-froid, et si de temps à autre je m'emporte, c'est bien malgré moi je vous assure. C'est qu'aussi, quand on a adopté une profession avec amour, lorsqu'on a choisi celle-là de préférence, les pouvant toutes choisir, lorsqu'on a consacré à cette œuvre le peu qu'on ait de style, d'imagination et de talent ; lorsqu'on y rencontre tant d'honnêtes gens, l'honneur du monde politique et l'honneur du monde littéraire ; [...] lorsque, depuis 1789 seulement, tous les principes sur lesquels repose la société moderne ont été fondés, défendus et sauvés par le journal, cela est triste de voir sa noble et chère profession attaquée, même dans ses ténèbres, même dans ses accessoires les plus futiles et les plus inaperçus, et attaquée par quoi, je vous prie ? par un livre sans style, sans mérite et sans talent !

Janin oppose donc au triste tableau balzacien une image idyllique et attendrissante du petit journal et des petits journalistes sous la Restauration :

> Comme ils étaient jeunes, bons enfants, rieurs, heureux de vivre et d'être au monde ; comme leur épigramme capricieuse et folle et peu méchante tombait tantôt sur l'un, tantôt sur l'autre, sans choisir [...] Je crois bien qu'ils n'auraient pas voulu des regards de la plus belle comédienne ; ils ne savaient rien de la politique, rien du monde ; ce journal était pour eux une distraction d'une heure [...] Jamais si aimable et si simple réunion de plus honnêtes gens, plus sincères, plus dévoués, et, nous pouvons le dire, d'un talent plus vrai et plus incisif, ne s'est rencontrée pour écrire un journal.

Poursuivant son parallèle entre Balzac et les autres romanciers de son époque, Janin rapproche l'auteur du *Grand homme* d'Eugène Sue, d'Alphonse Karr, de Charles de Bernard, de Frédéric Soulié. De George Sand surtout, considérée comme « le roi des romanciers modernes » :

> M. de Balzac est tout simplement, et c'est déjà beaucoup, un des maîtres du roman moderne ; c'est l'imagination, sinon la plus active, du moins la plus remuante de ce temps-ci. Il a presque toutes les qualités de l'inventeur ; il n'a aucune des qualités de l'écrivain, ni fermeté dans la phrase, ni justesse dans l'expression [...]

Après ce satisfecit assez ambigu, Janin revient au résumé du roman, avant de conclure par un éreintement définitif ce compte rendu qui ne manque ni de mauvaise foi, ni de cécité critique :

> Donc un pareil livre ne peut intéresser personne, ni les gens qui vivent dans le monde littéraire, ni ceux qui vivent en dehors de ce monde à part. Les uns en savent trop, les autres n'en savent pas assez pour se plaire à de pareils détails. Heureusement, ce livre est du grand nombre de romans qu'on n'a nul regret de ne pas lire, qui paraissent aujourd'hui pour disparaître le lendemain dans un immense oubli. Jamais en effet, et à aucune époque de son talent, la pensée de M. de Balzac n'a été plus diffuse, jamais son invention n'a été plus languissante, jamais son style n'a été plus incorrect, même quand l'illustre romancier n'avait rien à redouter de la critique sérieuse, même quand il était trop inconnu pour être aperçu des petits journaux, même alors que M. Honoré de Balzac n'était encore que M. Horace de Saint-Aubin.

En 1843, la publication de la troisième partie d'*Illusions perdues* a donné lieu à moins de commentaires. On peut relever, dans la *Revue des Deux Mondes* du 1er décembre 1843 (t. IV, p. 810-829) une « Revue littéraire » intitulée « Les derniers romans de M. de Balzac et de M. Frédéric Soulié ». Elle était signée F. de Lagenevais, pseudonyme collectif utilisé par beaucoup de rédacteurs de la revue, et dont Stendhal lui-même s'était servi en 1839 pour publier *L'Abbesse de Castro*. Dans le cas présent, il s'agissait de Paul de Molènes, tout jeune homme de lettres qui débutait alors dans le feuilleton littéraire de la revue. Le jugement, inspiré par les principes moralisateurs de la critique bien pensante, est toujours aussi négatif. Après avoir parlé de *Rosalie* (titre que portait *Albert Savarus* dans l'édition Souverain de 1843), Molènes en vient à *David Séchard* (p. 822-824). C'est pour en déplorer les passages techniques, considérés comme des longueurs inutiles :

> Il n'y aurait certainement pas là matière à deux volumes, si M. de Balzac n'avait trouvé moyen, comme lui-même le dit d'ailleurs, de « faire de la copie » sur autre chose. L'auteur de *David Séchard* disperse, à travers les chapitres de son roman, de longs fragments qui seraient mieux à leur place dans la collection des manuels-Roret[1]. Ainsi, il y a tour à tour une théorie complète de

1. Manuels didactiques (du nom du directeur de la collection),

> l'art du papetier, un exposé étendu des travaux de l'imprimeur, et enfin une histoire très détaillée et très érudite de la saisie et de la contrainte par corps, laquelle ferait honneur à l'huissier le plus expert. La mise en pages et le protêt, le collage en cuve et le compte de retour, les rapports de la coquille avec le grand-raisin et la différence du billet à ordre avec la lettre de change, sont expliqués, commentés, à l'aide des terminologies spéciales. M. de Balzac montre, en particulier, sur les commandements, les significations, les constitutions d'avoués, les saisies-arrêts, une science étendue, et qui paraît avoir été puisée dans des documents authentiques. Il y a même des pièces probantes à l'appui, lesquelles sont insérées tout au long et semblent avoir été copiées sur les originaux. *David Séchard* figurerait utilement dans la bibliothèque de Clichy [la prison pour dettes].

Seul le personnage d'Ève trouve grâce aux yeux du critique, « parce qu'elle est la seule honnête ». En revanche, il trouve « par trop révoltante » « l'impudente et sèche friponnerie de l'avoué Petit-Claud », et se déclare choqué par « l'extrême invraisemblance » du vieux Séchard. Le long résumé qu'il donne du roman et qui tient lieu d'analyse fourmille d'inexactitudes, ce qui prouve que Molènes avait très mal lu l'œuvre qu'il était censé commenter :

> Dans le roman de *David*, Lucien, le frère d'Ève, devient la grande cause de ruine pour la maison Séchard : c'est que, dévalisé par une actrice, le grand poète avait fait de faux billets et tiré à vue sur son beau-frère. Séchard paya, pour ne pas déshonorer son nom. Venu à Angoulême, dans le dernier dénuement, au moment même de la déconfiture de sa famille, Lucien retrouve là son ancienne maîtresse, cette Louise de Nègrepelisse que nous avons déjà vu cinquante fois, qu'hier encore nous rencontrions sous le nom de Mme de Bargeton, et qui aujourd'hui trône dans les salons d'Angoulême comme légitime épouse de M. le comte Sixte du Châtelet, préfet du département. Lucien veut renouer avec Louise ; mais il faut des habits pour aller à la préfecture, et tout membre de l'Académie qu'il est, Lucien n'en a pas. Il écrit donc en toute hâte à ses amis de Paris, et aussitôt Nathan lui envoie une canne, Florine une chemise, Des Lupeaulx une montre d'or. Nous retrouvons là, par correspondance, tout ce monde ignoble de coulisses et de petits journaux, que M. de Balzac avait cru faire vivre dans son *Grand homme de province à Paris*. Le paquet, par malheur, arrive trop tard. Séchard, que Lucien voulait sauver, se

---

célèbres au XIXe siècle et portant sur des sujets techniques et sur les métiers.

> trouve arrêté, et Lucien alors, en son désespoir, quitte subitement Angoulême, décidé à se noyer dans le premier étang venu. Il allait le faire quand se rencontra là fort à propos un vieux diplomate espagnol, le jésuite Carlos Herrera, que Lucien n'avait jamais vu, mais à qui il se mit cependant à raconter sa triste biographie. Herrera, en trois mots, eut guéri notre homme du suicide, en lui exposant le système de Machiavel ; cette théorie de la politique et de la dissimulation une fois expliquée, le bon jésuite, sans doute comme exemple, comme application immédiate, ouvrit le fond de son cœur à Lucien, envoya quinze mille francs à Séchard, et emmena, on ne sait où, dans sa berline, le poète de Rubempré, à titre de secrétaire et de futur héritier.

Paul de Molènes ne semble pas non plus saisir les rapports qui unissent l'histoire de Lucien à celle de David :

> Voilà comment se termine cette histoire parasite de Lucien, laquelle s'enchevêtre (on ignore comment et pourquoi) à travers des détails techniques qui s'enchevêtrent fort mal eux-mêmes dans une histoire décousue et sans intérêt. M. de Balzac croit avoir montré le Génie et le Dévouement, David et Ève, persécutés par la société ; en réalité, il n'a réussi qu'à mettre un niais honnête et une femme naïve au milieu d'une bande de fripons. Conçu sans proportions, composé sans méthode, écrit sans naturel, ce livre est le digne pendant de *Rosalie*.

On voit avec quelle négligence et quelle désinvolture était pratiquée la critique littéraire dans la revue réputée la plus sérieuse du monde des lettres. En fait, à partir de 1836, année du procès qui opposa le romancier à François Buloz, le directeur de la *Revue de Paris*, après 1839 surtout, et les attaques contre les journalistes contenues dans *Un grand homme de province à Paris*, tous les comptes rendus des romans de Balzac tournent à l'éreintement systématique. Bien peu, du vivant de l'écrivain, parviennent à une hauteur d'analyse suffisante. Il faudra attendre la première grande étude critique sur *La Comédie humaine*, celle de Taine, parue en 1858[1], pour que les choses changent. Mais Balzac était mort depuis huit ans, et l'époque n'était plus la même.

1. « Balzac », étude parue dans le *Journal des Débats* en février-mars 1858, reprise en 1865 dans *Nouveaux Essais de critique et d'histoire*.

TITRES DES CHAPITRES

1re PARTIE (*ILLUSIONS PERDUES*, WERDET, 1837)

1. Une imprimerie de province
2. Mme de Bargeton
3. La soirée dans un salon, la soirée au bord de l'eau
4. Catastrophes de l'amour en province
5. Les prémices de Paris

2e PARTIE (*UN GRAND HOMME DE PROVINCE À PARIS*, SOUVERAIN, 1839)

1. À Madame Séchard fils, place du Mûrier, à Angoulême
2. Flicoteaux
3. Deux variétés de libraires
4. Un premier ami
5. Le Cénacle
6. Les fleurs de la misère
7. Les dehors du journal
8. Les sonnets
9. Un bon conseil
10. Troisième variété de libraire

* Titres des chapitres dans les éditions séparées des trois parties, supprimés dans l'édition définitive.

11. Les Galeries de Bois
12. Physionomie d'une boutique de libraire aux Galeries de Bois
13. Quatrième variété de libraire
14. Les coulisses
15. Utilité des droguistes
16. Coralie
17. Comment se font les petits journaux
18. Le souper
19. Un intérieur d'actrice
20. Dernière visite au Cénacle
21. Une variété de journaliste
22. Influence des bottes sur la vie privée
23. Les arcanes du journal
24. Redauriat
25. Les premières armes
26. Le libraire chez l'auteur
27. Étude sur l'art de chanter la palinodie
28. Grandeurs et servitudes du journal
29. Le banquier des auteurs dramatiques
30. Le baptême du journaliste
31. Le monde
32. Les viveurs
33. Cinquième variété de libraire
34. Le chantage
35. Les escompteurs
36. Changement de front
37. Finoteries
38. La fatale semaine
39. Jobisme
40. Adieux

3e PARTIE (*DAVID SÉCHARD*, DUMONT, 1843)

Introduction

1. Triste confession d'un enfant du siècle
2. Le coup de pied de l'âne

Première partie. Histoire d'une poursuite judiciaire

Deuxième partie. L'être fatal de la famille

L'ARGENT ET LES PRIX DANS *ILLUSIONS PERDUES*

Pour que le lecteur puisse se reconnaître dans le labyrinthe parfois complexe des questions monétaires et financières évoquées par Balzac, il faut rappeler quelques points essentiels.

L'unité monétaire de base au XIXe siècle est le franc, mais la dénomination ancienne de livre est aussi couramment utilisée. Les deux mots s'emploient indifféremment l'un pour l'autre.

Le franc est divisé en vingt sous. Donc trente sous font un franc cinquante, quarante sous deux francs, cent sous cinq francs, etc. Sous l'Ancien Régime, le sou était lui-même divisé en quatre liards, et cette petite monnaie a subsisté dans les campagnes jusque vers le milieu du XIXe siècle.

La monnaie en circulation vers 1820 se composait essentiellement de pièces : pièces d'argent jusqu'à cinq francs ; pièces d'or à partir de dix francs. La pièce d'or la plus souvent citée dans le roman est le louis de vingt francs. Il existait aussi des doubles louis de quarante francs. On appelait couramment écu, au XIXe siècle, une somme de trois francs. Cent écus font donc 300 francs ; mille écus, 3 000 francs. Les billets étaient rares, et réservés aux très grosses sommes (1 000 francs le plus souvent).

Les paiements importants se faisaient en général à terme, en effets de commerce négociables à trois, six, neuf, douze mois et même davantage. Les banques se chargeaient d'escompter ces billets avant terme, moyennant une remise variable, mais de très nombreux particuliers, notaires, usuriers, commerçants divers, pratiquaient aussi l'escompte : c'est le cas, dans le roman, de Barbet, Braulard, Camusot, les frères Cointet, entre autres.

Il est tentant de se demander à quoi les sommes indiquées en francs de l'époque pourraient correspondre aujourd'hui. Certains éditeurs de Balzac s'y sont essayés, en donnant au franc de la Restauration la valeur approximative de 3,50 euros. Cependant, les variations du cours de la monnaie à travers le XIXe siècle et jusqu'à nos jours, l'érosion inévitable de l'argent, même en période de stabilité monétaire, les différences de niveau de vie, de pouvoir d'achat, de coût des services et des denrées entre l'époque de Balzac et la nôtre rendent une telle conversion assez illusoire. On ne peut comparer que ce qui est comparable.

Il vaut mieux se souvenir que le salaire moyen journalier d'un ouvrier vers 1840 est de deux francs, qu'une livre de pain à Paris coûte quatre sous, qu'on mange chez Flicoteaux pour dix-huit sous (90 centimes), qu'un trajet en bateau d'Orléans à Tours coûte trois francs, qu'un employé gagne 1 200 francs par an, qu'on se loge dans un appartement modeste d'un immeuble de rapport pour cent écus (300 francs) par an. Ce sont là évidemment des prix bien inférieurs à ceux qui sont pratiqués de nos jours. Mais inversement, le somptueux appartement meublé loué par Mme de Bargeton coûte 600 francs par mois, un repas chez Véry se paie cinquante francs, un costume tout fait vaut 200 francs chez un tailleur ordinaire, un habit sur mesure trois ou quatre fois plus chez un tailleur excellent comme Staub. S'il existe des gilets à quatre francs, des pantalons à deux francs, les tailleurs à la mode ne les font pas à moins de cent francs. La vie à Paris, qui oscille entre les deux pôles de la misère et du luxe, devient donc très chère dès que l'on dépasse les limites de la stricte nécessité. On passe alors d'« un excessif bon marché » à « une cherté excessive » (p. 275). Ainsi, Lucien à ses débuts peut vivre pour soixante francs par mois dans sa mansarde, mais devenu dandy il dépense en trois mois 3 000 francs, sans compter les dettes.

BIBLIOGRAPHIE

MANUSCRITS

Les manuscrits d'*Illusions perdues* sont conservés dans le fonds Lovenjoul de la bibliothèque de l'Institut à Paris. Le manuscrit complet de la première partie (cote A 103) a été édité par Suzanne Jean Bérard : *Illusions perdues, le manuscrit de la collection Spoelberch de Lovenjoul*, Armand Colin, 1959. Le manuscrit de la deuxième partie (cote A 107) est également complet. Celui de la troisième partie n'a pas été retrouvé. Les épreuves et les placards corrigés par Balzac, sur lesquels le romancier amplifiait toujours considérablement la rédaction initiale, sont conservés dans le même fonds Lovenjoul. L'ensemble n'est pas complet et les épreuves, comme le manuscrit, manquent pour la troisième partie.

ÉDITIONS

Le texte que nous connaissons est la réunion de trois romans. Le premier a paru sous le titre *Illusions perdues*, attribué plus tard à l'ensemble, chez Werdet début février 1837 (*Bibliographie de la France* du 11 février). Le deuxième, *Un grand homme de province à Paris*, a été publié en 2 vol. par Souverain début juin 1839 (*Bibliographie de la France* du 8 juin). Le troisième, *David Séchard*, a paru chez

Dumont fin 1843 (*Bibliographie de la France* du 2 mars 1844), six mois après l'édition Furne réunissant les trois parties. Cette dernière partie avait été préalablement publiée en feuilletons dans *L'État* (du 9 au 19 juin 1843), puis dans *Le Parisien-L'État* (du 28 juillet au 14 août 1843) sous le titre *David Séchard ou les Souffrances d'un inventeur*. Chacun de ces trois romans était divisé en chapitres et précédé d'une préface.

Édition originale

Les trois romans ont été réunis pour la première fois sous le titre commun *Illusions perdues* dans l'édition Furne, Dubochet, Hetzel et Paulin, au t. VIII de *La Comédie humaine, Scènes de la vie de province*, t. IV, en juillet 1843 (*Bibliographie de la France* du 29 juillet). Première partie, *Les Deux Poètes* ; deuxième partie, *Un grand homme de province à Paris* ; troisième partie, *Ève et David*. La troisième partie reçoit son titre définitif, *Les souffrances de l'inventeur*, dans l'exemplaire Furne corrigé par Balzac. Dans cette édition, le découpage des trois parties ne correspond pas exactement aux limites des trois romans primitifs (voir ci-dessous les notes de notre édition, p. 272, n. 1 et p. 593, n. 1). La division en chapitres a été supprimée, et les préfaces ont disparu.

*Principales éditions d'*Illusions perdues[1]

Illusions perdues, dans *Œuvres complètes de Balzac*, t. XI et XII, édition de Marcel Bouteron, et Henri Longnon, Conard, 1913.

Illusions perdues, dans *La Comédie humaine*, t. X et XI, édition d'Albert Prioult, Hazan, 1950.

Illusions perdues, édition d'Antoine Adam, Classiques Garnier, 1956.

1. Les principales éditions d'*Illusions perdues* ainsi que les ouvrages critiques sont classés par ordre chronologique.

Illusions perdues, dans *La Comédie humaine*, t. III, édition de Pierre Citron, éd. du Seuil, « L'Intégrale », 1966.

Illusions perdues, dans *Œuvres complètes de Balzac*, t. VII, édition de Maurice Bardèche, Club de l'honnête homme, 2e édition, 1968.

Illusions perdues, édition de Maurice Ménard, Le Livre de Poche classique, 1972.

Illusions perdues, préface de Gaëtan Picon, notice de Patrick Berthier, Gallimard, « Folio classique », 1972.

Illusions perdues, dans *La Comédie humaine*, t. V, édition de Roland Chollet, Gallimard, « Bibliothèque de la Pléiade », 1977 [l'édition de référence].

Illusions perdues, édition de Philippe Berthier, GF Flammarion, 1990.

Illusions perdues, édition de Patrick Berthier, Le Livre de Poche classique, 2006.

Illusions perdues, dans *La Comédie humaine*, t. III : *Illusions perdues*, édition d'Andrea del Lungo, Éditions Garnier-Le Monde, 2008.

OUVRAGES CRITIQUES

Biographies

GENGEMBRE, Gérard, *Balzac, le Napoléon des lettres*, Gallimard, « Découvertes », 1992.

PIERROT, Roger, *Honoré de Balzac*, Fayard, 1994.

Ouvrages généraux

CURTIUS, Ernst Robert, *Balzac*, trad. française, Grasset, 1933.

MARCEAU, Félicien, *Balzac et son monde*, Gallimard, 1955.

DONNARD, Jean-Hervé, *Les Réalités économiques et sociales dans « La Comédie humaine »*, Armand Colin, 1961.

BARDÈCHE, Maurice, *Une lecture de Balzac*, Les Sept Couleurs, 1964.

LUKACS, Georg, *Balzac et le réalisme français*, trad. française, Maspero, 1967 ; nouvelle éd. La Découverte, 1999.

BARBÉRIS, Pierre, *Le Monde de Balzac*, Arthaud, 1971.

MOZET, Nicole, *La Ville de province dans l'œuvre de Balzac*, CDU-SEDES, 1982.

CHOLLET, Roland, *Balzac journaliste, le tournant de 1830*, Klincksieck, 1983.

CITRON, Pierre, *Dans Balzac*, Éd. du Seuil, 1986.

VACHON, Stéphane, *Les Travaux et les jours d'Honoré de Balzac*, Presses universitaires de Vincennes, Presses du CNRS-Presses de l'Université de Montréal, 1992.

BERTHIER, Patrick, *La Presse littéraire et dramatique au début de la monarchie de Juillet (1830-1836)*, Presses universitaires du Septentrion, 1997, 4 vol.

BORDAS, Éric, *Balzac, discours et détours. Pour une stylistique de l'énonciation romanesque*, Presses universitaires du Mirail, 1997.

Ouvrages portant sur Illusions perdues

BÉRARD, Suzanne Jean, *La Genèse d'un roman de Balzac, « Illusions perdues » (1837)*, Armand Colin, 1961, 2 vol.

VAN ROSSUM-GUYON, Françoise (dir.), *Balzac : « Illusions perdues », « l'œuvre capitale dans l'œuvre », Cahiers de recherches des Instituts néerlandais de langue et de littérature française*, nº 18, 1988.

DIAZ, José-Luis, *« Illusions perdues » d'Honoré de Balzac*, Gallimard, « Foliothèque », 2001.

LABOURET, Mireille, *« Illusions perdues », ou la trilogie de la littérature*, Armand Colin, coll. « Agrégation de lettres », 2003.

Articles portant sur Illusions perdues

[Les abréviations *AB* et *Coll. Sorbonne* désignent respectivement la revue *L'Année balzacienne* et le volume *Illusions perdues*, Actes du colloque de la Sorbonne, édités par José-

Luis Diaz et André Guyaux, Presses de l'Université de Paris-Sorbonne, 2003.]

TOLLEY, Bruce, « Balzac et les saint-simoniens », *AB*, 1966, p. 49-66.
BERTHIER, Philippe, « Balzac du côté de Sodome », *AB*, 1979, p. 147-178.
MICHEL, Arlette, « À propos de poétique balzacienne : réalisme et illusions perdues », *AB*, 1980, p. 77-98.
NEEFS, Jacques, « *Illusions perdues* : représentations de l'acte romanesque », dans *Le Roman de Balzac*, études réunies par Roland Le Huenen et Paul Perron, Didier, 1980.
VACHON, Stéphane, « Chronologie de la rédaction et de la publication d'*Illusions perdues* », dans *Balzac : « Illusions perdues », « l'œuvre capitale dans l'œuvre », Cahiers de recherches des Instituts néerlandais de langue et de littérature française*, nº 18, 1988, p. 1-11.
BERTHIER, Patrick, « Au chevet de Coralie. Retour sur un épisode très commenté d'*Illusions perdues* », *AB*, 1995, p. 417-420.
LABOURET, Mireille, « Méphistophélès et l'androgyne. Les figures du pacte dans *Illusions perdues* », *AB*, 1996, p. 211-230.
GAILLARD, Françoise, « Pulp story ou Balzac médiologue », *Cahiers de médiologie*, nº 4, 2e semestre 1997, p. 211-216.
BERTHIER, Patrick, « Michel Chrestien et la morale républicaine », *AB*, 2002, p. 293-314.
BERTHIER, Philippe, « Tableaux parisiens », *Coll. Sorbonne*, 2003, pp. 51-59.
DEL LUNGO, Andrea, « Aux seuils de l'œuvre capitale. Poétique et idéologie des préfaces d'*Illusions perdues* », dans *Coll. Sorbonne*, 2003, pp. 91-103.
EBGUY, Jacques David, « L'illusion retrouvée : *Illusions perdues*, un roman métaphysique », dans *Coll. Sorbonne*, 2003, p. 119-136.
LABOURET, Mireille, « La fabrique du roman : "parallèles" et "superposition" », dans *Coll. Sorbonne*, 2003, pp. 163-174.
LAFORGUE, Pierre, « Le débat romantique dans *Illusions*

perdues, ou d'un romantisme l'autre», dans *Coll. Sorbonne*, 2003, pp. 175-186.

LYON-CAEN, Boris, «La description dans *Illusions perdues*», dans *Coll. Sorbonne*, 2003, pp. 187-204.

MICHEL, Arlette, «*Illusions perdues* ou une saison en enfer», dans *Coll. Sorbonne*, 2003, pp. 205-214.

PÉRAUD, Alexandre, «À quoi ça rime.... ou les ambivalences sémiologiques du compte de retour», dans *Coll. Sorbonne*, 2003, p. 215-231.

THÉRENTY, Marie-Ève, «Quand le roman [se] fait l'article: palimpseste du journal dans *Illusions perdues*», dans *Coll. Sorbonne*, 2003, pp. 233-244.

DUFOUR, Philippe, «*Illusions perdues*, une histoire des mœurs langagières», *L'Information littéraire*, janvier-mars 2004, p. 14-23.

DUVAL, Sophie, «Janus, Janot et Finot: convention auctoriale et illusion réaliste dans *Un grand homme de province à Paris*», *Poétique*, n° 141, 2005, p. 21-41.

SÉGINGER, Gisèle, «L'étude de mœurs, ou l'histoire indirecte d'une révolution: *Illusions perdues* de Balzac», dans *Écriture(s) de l'histoire*, Presses universitaires de Strasbourg, 2005, p. 35-51.

NOIRAY, Jacques, «Mémoire, oubli, illusion dans *Illusions perdues*. L'exemple de Lucien de Rubempré», *AB*, 2007, p. 185-196.

BERTHIER, Patrick, «La critique littéraire dans *Illusions perdues*», *AB*, 2008, p. 63-80.

CHAMARD-BERGERON, Julia, « "Vous croyez aux amis" : l'amitié dans *Illusions perdues* », *AB*, 2009, p. 283-313.

NOTES

[Dédicace]

Page 61.

1. *À Monsieur Victor Hugo* : cette dédicace n'apparaît que dans l'édition Furne.

2. Le peintre *Raphaël* (1483-1520), devenu maître à dix-sept ans, auteur à vingt ans de son premier grand chef-d'œuvre, *Le Mariage de la Vierge* ; William *Pitt* le jeune (1759-1806), nommé ministre à vingt-quatre ans. Hugo a publié à dix-neuf ans son premier recueil poétique, *Odes* (1821).

Première partie
LES DEUX POÈTES

Page 65.

1. *La presse* métallique *de Stanhope,* inventée en Angleterre à la fin du XVIIIe siècle, n'a été répandue en France qu'après 1815. Elle permettait d'imprimer la forme (châssis dans lequel est serrée la composition typographique) d'un seul coup, et ainsi d'imprimer plus régulièrement et de gagner beaucoup de temps.

2. *Angoulême* s'était spécialisée, depuis le XVIIe siècle, dans l'industrie de la papeterie.

3. *Les presses mécaniques*, en usage au XIXe siècle jusqu'à l'invention des rotatives, ont été mises au point par l'Allemand Friedrich Koenig vers 1813. Un cylindre de pression y remplaçait le système traditionnel vis-platine.

4. Balzac énumère plusieurs illustres dynasties d'imprimeurs : les *Elzévir*, imprimeurs hollandais du XVIIe siècle, Christophe *Plantin* et son gendre Jan Moerentorf (Moretus), établis à Anvers au XVIe siècle, les *Alde*, imprimeurs-libraires vénitiens du XVIe siècle, les *Didot*, typographes, imprimeurs, éditeurs français du XVIIIe siècle à nos jours, dont le représentant le plus célèbre est Firmin Didot (1764-1836).

Page 66.

1. *Il ne sut jamais ni lire ni écrire* : si l'on donne au mot d'imprimeur son sens précis d'ouvrier qui manie la presse, cet analphabétisme n'est pas invraisemblable.

2. Un *prote* est un contremaître dans une imprimerie.

Page 67.

1. *Étoffes* : tout ce qu'il faut ajouter à la main-d'œuvre, dans un travail de typographie. Le mot est pris ici au sens large de « bénéfices ».

2. *Travailler à la casse* : travailler à l'imprimerie comme compositeur. La *casse* est la boîte divisée en compartiments qui sert à classer les caractères d'imprimerie.

Page 69.

1. *La soûlographie* : première apparition dans la langue littéraire de ce néologisme plaisamment scientifique que Balzac affectionne (voir plus loin, p. 456).

2. *M. de Chateaubriand l'a remarqué* : dans le prologue d'*Atala*.

3. *A majuscule corps de triple canon* : caractère d'imprimerie de très grande taille.

Page 70.

1. *Sa tête chauve et découronnée...* : allusion au conte « Les cordeliers de Catalogne » (II, 2). Balzac donne à son personnage une trogne de moine paillard. Une variante

montre qu'il avait d'abord pensé à frère Jean des Entomeures, le joyeux moine de *Pantagruel* et de *Gargantua*.

Page 71.

1. *Rue de Beaulieu... place du Mûrier* : dans la partie haute d'Angoulême. Balzac connaissait la ville pour y avoir séjourné à trois reprises chez ses amis Carraud, en décembre 1831, juillet-août 1832 et avril-mai 1833. Il suit ici les indications d'un plan que Zulma Carraud lui avait envoyé.

2. *Plancher* : au sens, courant jusqu'au XIXe siècle, de « plafond fait en planches ».

Page 73.

1. « Les *bonnes grâces* d'un lit, les étoffes qu'on attache vers le chevet et vers les pieds du lit, pour accompagner les grands rideaux ; il ne se dit plus qu'en parlant des lits à l'ancienne mode » (Littré).

Page 74.

1. Balzac avait pourtant précisé au début (p. 65) que le *marbre* des vieilles *presses* de l'imprimerie Séchard était encore en pierre.

2. Les *jumelles* sont les deux montants verticaux réunis par un chapiteau qui assurent la solidité de la presse.

3. Sur le *tympan*, support sur lequel est placée la feuille à imprimer, on pose la *frisquette*, cadre muni d'une feuille de papier épais dans laquelle est ménagée une ouverture de la dimension exacte de la surface à imprimer, de façon à éviter les salissures sur les marges.

Page 75.

1. *La fonderie de M. Vaflard* : fonderie de caractères située 2, rue Chanoinesse à Paris.

Page 76.

1. *Cicéro* : caractère d'imprimerie valant onze ou douze points, et servant de mesure pour les typographes.

2. *Têtes de clous* : caractères usagés.

3. Types de caractères les plus courants, imitant les dif-

férents types d'écriture manuelle. La *ronde* est courbe et ventrue ; la *coulée* est penchée et liée ; la *bâtarde*, aux jambages droits, est intermédiaire.

4. *M. Gillé* : fondeur de caractères établi à Paris rue Garancière, dont Balzac avait acquis le fonds en 1827.

5. Les *sortes* : familles de caractères.

6. Une *ramette* est un châssis de fer sans barre au milieu qui sert à imprimer les affiches.

7. *L'achalandage* : l'ensemble des chalands, la clientèle.

Page 77.

1. *Presse à satiner* : presse spéciale qui sert à lisser le verso des feuilles pour faire disparaître le relief que l'impression du recto y a laissé.

2. *Ouvrages de ville* : ouvrages peu importants de petit format, tels que faire-part, prospectus, etc.

3. *Le Double Liégeois*, almanach populaire répandu depuis le XVIIe siècle et encore en vogue à l'époque de Balzac. Sa couverture était de la couleur bleue du papier qui servait à envelopper les pains de sucre.

Page 78.

1. Les termes de *livres* et de *francs* s'emploient au XIXe siècle à peu près indifféremment. Voir la Notice sur l'argent et les prix, p. 866.

Page 79.

1. *Tout nues* : emploi adverbial de tout devant un adjectif, assez fréquent chez Balzac.

2. Une *banque* est un salaire hebdomadaire de l'ouvrier d'imprimerie.

Page 80.

1. *Il refoula ses douleurs dans son âme, en se voyant seul, sans appui* : Lucien, au début de la deuxième partie (fin de la première partie dans l'édition originale), se retrouvera dans la même situation : « seul dans Paris, sans amis, sans protecteurs » (p. 272). Mais les réactions des deux jeunes gens sont opposées : David « refoul[e] ses douleurs dans son

âme » et décide qu'il travaillera, alors que Lucien « pleur[e] sur lui-même » (p. 272).

Page 81.

1. *La purée septembrale* : le vin nouveau, terme rabelaisien (*Gargantua*, chap. VII).

Page 83.

1. *Un septembriseur* : on appelait ainsi ceux qui avaient participé au massacre des royalistes détenus dans les prisons de Paris en septembre 1792.

Page 85.

1. *Rubempré* : nom de famille réel. Alberthe de Rubempré (1804-1873), cousine de Delacroix, fut la maîtresse de Stendhal en 1828.

Page 87.

1. Khadija, première *femme de Mahomet*, compagne fidèle et modèle des épouses.

2. *Un de ces partis extrêmes* : première allusion voilée, chez Lucien, à la tentation du suicide. Ce désir reviendra régulièrement dans *Illusions perdues*, avant de se réaliser effectivement dans *Splendeurs et misères des courtisanes*. La destinée de Lucien est ainsi placée, dès le début, sous le signe de l'échec inéluctable.

3. *Sauva* : on attendrait « sauvèrent ». Balzac considère la somme de quarante francs comme une entité unique analogue à un singulier collectif.

4. *Cette interposition* : au sens d'« interversion », mot que Balzac avait d'abord employé dans le manuscrit.

Page 88.

1. *Et nunc et semper et in secula seculorum* : « Maintenant, toujours, et dans les siècles des siècles », formule qui clôt habituellement les prières de la liturgie catholique.

Page 89.

1. Voir p. 77, n. 2.

Page 91.

1. *Chantés par Boileau* : dans *Le Lutrin*, épopée burlesque. — David apparaît donc d'abord comme un personnage grotesque, avant de dévoiler à l'observateur attentif la profondeur de sa pensée et l'énergie de son caractère passionné tempéré par une « ardente mélancolie ». Balzac fait ici son autoportrait physique et moral, conforme aux images que les contemporains nous ont laissées de lui.

2. Balzac oppose David et Lucien comme *Silène*, dieu grotesque de l'ivresse, et *Bacchus*, type de la beauté antique (le Bacchus indien, quoique barbu, est souvent représenté sous des formes efféminées). Mais l'ivresse de David est noble : c'est celle que procurent la science et la poésie, alors que la beauté de Lucien est trompeuse : elle ne révèle qu'un caractère mobile et « astucieux », porté à la dépravation.

Page 92.

1. *Il avait les hanches conformées comme celles d'une femme* : indice clair pour Balzac du penchant de Lucien à l'inversion sexuelle et à l'homosexualité.

Page 93.

1. *Depuis environ trois ans* : David est revenu à Angoulême « vers la fin de l'année 1819 » (p. 68). Nous devrions donc être, non pas en mai 1821 (p. 90), mais à la fin de 1822 ou au début de 1823. La chronologie du roman a varié selon les états successifs du texte, et reste imprécise.

Page 94.

1. *Jean-Paul* : Jean-Paul Richter (1763-1825), écrivain romantique allemand ; *Berzélius* (1779-1848), chimiste suédois ; Humphrey *Davy* (1778-1829), physicien et chimiste britannique.

2. *Un poète retrouvé par un poète* : ce poète est Henri de Latouche, auteur de la préface de la première édition des poésies de Chénier, parue en 1819. Balzac était un admirateur de Chénier, qu'il appelle « le poète de l'amour, le plus grand des poètes français », dans une lettre à Mme Hanska du 9 septembre 1833.

3. *S'ils n'ont point de bonheur, en est-il sur la terre?*: Chénier, *Fragments d'élégies*, VIII, v. 1. Le texte retenu par les éditeurs de Chénier est légèrement différent («s'ils n'ont point le bonheur...»).

Page 98.

1. La *fonderie* de canons de Ruelle, au nord d'Angoulême. Créée en 1753, elle a fonctionné jusqu'au milieu du XXe siècle.

Page 100.

1. *Lamartine et Victor Hugo, Casimir Delavigne...*: par cette énumération volontairement confuse, Balzac souligne ironiquement le caractère hétéroclite de la culture de Mme de Bargeton, faite de lectures accumulées sans véritable discernement. Il s'amuse à mêler les générations, les écoles, les opinions politiques, les genres littéraires, les gloires de premier plan et les écrivains de second ordre: Étienne Aignan (1773-1824), écrivain libéral, auteur de tragédies et d'ouvrages historiques; Alexandre Soumet (1786-1845), poète épique et tragique; Pierre-François Tissot (1768-1854), journaliste libéral et polygraphe; Charles-Guillaume Étienne (1777-1845), auteur de comédies et journaliste libéral; Charles-Joseph d'Avrigny (vers 1760-1823), auteur dramatique, poète et historien; Joseph Michaud (1767-1839), historien et pamphlétaire ultra, auteur d'une *Histoire des croisades*. À part d'Avrigny, tous ces écrivains maintenant bien oubliés ont été membres de l'Académie française. Balzac s'est amusé à glisser dans le texte du Furne corrigé un personnage fictif: Canalis, le poète de *La Comédie humaine*, inspiré de Lamartine et de Musset.

Page 101.

1. *Jurat*: magistrat municipal dans certaines villes du sud-ouest de la France.

2. *La terre de Bargeton [...] était substituée*: sous l'Ancien Régime, la substitution était une disposition testamentaire consistant à substituer au légataire direct un autre héritier destiné à recevoir la succession.

3. *Droits utiles* : sous l'Ancien Régime, revenus en argent ou en nature.

Page 102.

1. *Brûler son vin*, c'est le distiller pour le transformer en eau-de-vie. Nous sommes sur le terroir du cognac.

2. *L'abbé Roze* (1745-1819), compositeur et maître de musique réputé.

Page 107.

1. Les généraux César et Constantin *Faucher*, frères jumeaux, furent exécutés le 27 septembre 1815 pour avoir rejoint l'armée de Napoléon pendant les Cent-Jours.

2. Anachronisme de Balzac : *Ipsiboé*, roman du vicomte d'Arlincourt (1789-1856), a été publié en 1823, donc postérieurement à l'époque où est censée se dérouler l'action (1821), tout comme *L'Anaconda*, conte indien du romancier anglais Matthew Gregory Lewis (1775-1818), traduit en français en 1822.

3. Le comte de *Lavalette* (1769-1830), ancien directeur général des postes sous Napoléon Ier, condamné à mort, comme les frères Faucher, pour avoir rejoint l'empereur à son retour de l'île d'Elbe, s'évada le 20 décembre 1815, veille de son exécution, avec la complicité de sa femme qui prit sa place dans la prison.

4. Ali de Tebelen, *pacha de Janina* (vers 1741-1822), considéré comme un héros de l'indépendance albanaise. Il défendit son territoire contre les Turcs et soutint à Janina un siège de dix-huit mois (1821-1822), avant d'être vaincu et décapité. Sa destinée est évoquée dans de nombreuses œuvres littéraires, notamment le *Monte-Cristo* de Dumas. Balzac l'évoque encore dans *Un début dans la vie*.

5. *Lady Esther Stanhope* (1776-1839), nièce et égérie du ministre anglais Pitt, partit pour l'Orient en 1810 et s'installa en Syrie. Elle y mena une vie d'aventures et d'intrigues politiques, auréolée de mystère. Lamartine lui rendit visite en 1833.

6. Une épidémie de *fièvre jaune* eut lieu à *Barcelone* pendant l'été 1821.

7. *Les tyrans de l'Égypte*, c'est-à-dire les Mameluks, que Méhémet-Ali, vice-roi d'Égypte, fit massacrer en 1811 dans un guet-apens près du Caire. Un tableau d'Horace Vernet, exposé au Salon de 1819, évoque cet événement.

Page 108.

1. Une *redoute* est un lieu public où l'on danse, et par métonymie le bal lui-même.

Page 109.

1. *Les ouvrages des illustres étrangers jusqu'alors inconnus qui se publièrent de 1815 à 1821* : Balzac pense principalement aux œuvres de Byron, de Walter Scott, de Goethe et de Schiller, comme l'indique le texte du manuscrit.

2. *Ces deux aigles penseurs*: Louis de Bonald (1754-1840) et Joseph de Maistre (1753-1821), principaux penseurs de la contre-révolution. En 1819, le premier a publié des *Mélanges littéraires, politiques et philosophiques*, et le second *Du pape*.

Page 110.

1. Prosper *de Barante* (1782-1866), homme de lettres et homme politique, fut directeur général des Contributions indirectes au début de la Restauration.

2. *Secrétaire des commandements*: « le principal secrétaire d'un prince » (Littré).

Page 111.

1. *Cassel*, capitale du royaume de Westphalie, créé par Napoléon pour son plus jeune frère Jérôme.

Page 112.

1. *Miroir*: nom d'une dynastie de musiciens et d'organistes du XVIIIe siècle.

Page 113.

1. *Giaour*, « mot par lequel les Turcs désignent tous ceux qui ne font pas profession de l'islamisme » (Littré). Le mot avait été popularisé par un célèbre poème de Byron.

2. *La Quotidienne*, journal d'opinions réactionnaires, organe des ultras-royalistes, sous la Restauration.

Page 114.

1. Le pays *Bambara*, en Afrique occidentale, correspond essentiellement au sud du Mali actuel. Il avait été exploré par René Caillié, qui avait publié la relation de son voyage en 1830. — Les *cauris* sont des coquillages utilisés comme monnaie en Afrique occidentale.

Page 115.

1. *Avait nommé Victor Hugo un enfant sublime* : ce mot que l'on prête à Chateaubriand dès 1820 n'a sans doute jamais été prononcé, mais il est entré dans la tradition.

2. Le poète anglais *Chatterton* (1752-1770), symbole romantique du génie méconnu. Son destin tragique préfigure celui de Lucien. Le drame de Vigny qui porte son nom a été joué en 1835.

3. *Se fiato in corpo avete* : « si vous avez du souffle dans le corps... », célèbre duo du *Mariage secret* de Cimarosa (acte II, sc. I).

4. *Raca* : injure tirée de l'Évangile (Matthieu, V, 22), d'un mot araméen signifiant « tête vide ».

Page 120.

1. *La Crème* : la haute société. L'expression était passée dans la langue allemande et Balzac avait pu l'entendre lors de son voyage à Vienne en mai-juin 1835.

Page 121.

1. *Elle voulut être Louise pour lui* : procédé typique de l'amour courtois. La dame accorde à son soupirant, à défaut d'une possession plus intime, l'usage exclusif d'un prénom secret. Ainsi Blanche de Mortsauf se fait-elle appeler Henriette par Félix de Vandenesse dans *Le Lys dans la vallée*. Balzac se souvient que la marquise de Castries, couramment dénommée Henriette, lui avait permis de l'appeler Marie lorsqu'il lui faisait une cour qui resta platonique, en 1832.

Page 122.

1. *Le magique pinceau, les muses mensongères...* : ces

vers sont de Balzac lui-même. Ils ont paru d'abord en 1828 dans les *Annales romantiques* sous le titre « Vers écrits sur un album ».

Page 124.

1. Molière était fils d'un *tapissier*, Rousseau d'un *horloger* comme Beaumarchais, Diderot d'un *coutelier*.

Page 125.

1. On ne connaît pas en France à cette époque de poème sur ce sujet. Mais Balzac pense peut-être au drame de Byron, *Sardanapalus* (1821), qui fut traduit en français dès 1822 et inspira le fameux tableau de Delacroix (1827).

Page 126.

1. *Corinne*, roman de Mme de Staël, publié en 1807. Balzac le cite souvent dans *La Comédie humaine*, en général élogieusement.

Page 127.

1. *Quibuscumque viis* : « par tous les moyens possibles ».

Page 128.

1. *Exactions* : ici au sens premier d'impôt que l'on exige.

2. Charles *Fox* (1748-1806), homme d'État et grand orateur anglais, qui devint brièvement ministre des Affaires étrangères à la mort de Pitt (1806).

3. Allusion à un fait rapporté par Plutarque et souvent évoqué par la littérature et l'histoire : Caius *Marius* (157-86 av. J.-C.), général romain chassé de Rome par les partisans de Sylla, s'arrête pour méditer sur les ruines de Carthage. Balzac y fait encore allusion dans *Modeste Mignon* et *Le Père Goriot*.

Page 129.

1. *Casuisme* : néologisme de Balzac pour casuistique.

2. *Phocion* (402-318 av. J.-C.), stratège et orateur athénien du parti aristocratique, partisan de la paix avec la Macédoine. Il fut l'adversaire de Démosthène, qui l'appe-

lait, selon Plutarque, « la hache de ses discours » (*Vie de Phocion*, V).

Page 131.

1. *Les pieds plats du Welche* : écho de théories racialistes développées par le marquis de Boulainvilliers (1658-1722), selon lesquelles la noblesse française descendrait des conquérants francs installés en Gaule à la chute de l'Empire romain, et le tiers-état des populations welches (gauloises) soumises. Ces idées, répandues au XVIIIe siècle, ont été reprises à l'époque romantique. Sénancour écrit dans *Oberman* (1804) : « les Galles ou Welches avaient les pieds fort plats, et les Francs les avaient fort élevés. Les Francs méprisèrent tous ces pieds plats, ces vaincus, ces serfs, ces cultivateurs » (lettre XXVIII). Balzac avait pu retrouver ces théories dans les *Lettres sur l'Histoire de France* d'Augustin Thierry (1827).

Page 135.

1. *Lotos* (forme grecque) ou lotus (forme latinisée) : sorte de nymphéa dont il existe une variété bleue (*Nymphaea caerulea*).

Page 138.

1. *Saint Jean dans Pathmos* : Balzac a longtemps projeté d'écrire une œuvre portant ce titre. C'est dans l'île de Pathmos que Jean l'Évangéliste aurait écrit l'Apocalypse.

Page 139.

1. Les frères *Keller*, banquiers, et le grand chirurgien *Desplein*, personnages de *La Comédie humaine*, représentent les deux grandes forces modernes de l'univers balzacien : l'argent et la science.

Page 140.

1. *Ce partage à la Montgommery* : partage inégal dans lequel l'une des deux parties est lésée.

Page 146.

1. *Lampas* : étoffe de soie à grands dessins utilisée comme

tissu d'ameublement. Balzac écrit « lampasse » ; nous rétablissons l'orthographe courante.

Page 148.

1. *Faces* : « il se dit des tempes par rapport aux cheveux qui les couvrent » (Littré).

Page 153.

1. *Embéguiner* : « coiffer d'un béguin, envelopper la tête de linges » (Littré). — *Médiciner*, autre forme (absente de Littré) de *médeciner*, « donner des médicaments ».

Page 154.

1. *M. le baron et Mme la baronne de Rastignac* : réapparition dans *La Comédie humaine* des parents d'Eugène de Rastignac, dont il est déjà question dans *Le Père Goriot*. Mais la présentation est ici différente : ce ne sont plus les pauvres hobereaux qui se saignent aux quatre veines pour envoyer à Paris leur ambitieux rejeton, c'est une famille d'une « imposante dignité », qui forme « l'élite de la compagnie ». L'image de Rastignac lui-même en est, par contrecoup, modifiée.

Page 157.

1. *Le Barbier de Séville* avait été représenté à Paris pour la première fois en octobre 1819.

Page 158.

1. *Vue* : terme didactique, « qui embrasse d'un seul coup d'œil tous les objets environnants » (*Grand Dictionnaire universel du XIX*e *siècle* de Pierre Larousse). Ce mot ne se trouve pas dans Littré.

2. *Les hiatus sympathiques de quelques mâchoires violemment entrebâillées* : Balzac, par cette expression compliquée d'apparence scientifique, veut dire que Lucien voit naître chez ses auditeurs des bâillements communicatifs...

Page 159.

1. *Whist*, onomatopée anglaise maintenant vieillie, signifiant « chut ! », « silence ! ».

Page 160.

1. *Tes vers sont doux, j'aime à les répéter* : Chénier, *Épîtres*, IV, « À Abel de Fondat », 2, v. 78.

Page 163.

1. *Ah gardez, gardez bien de lui laisser revoir...* : ces vers, comme les précédents (voir p. 122, n. 1), sont de Balzac lui-même. Ils avaient été écrits pour une fille de Mme de Berny, Julie Campi, et avaient été publiés dans les *Annales romantiques* de 1828, sous le titre « À une jeune fille ».

Page 164.

1. *Calembour*, au sens de « langage équivoque, énigmatique ».

2. *C'était des Malvina, des Fingal, des apparitions nuageuses...* : allusion à la mode des prétendus poèmes gaéliques d'Ossian (œuvre de l'Écossais Macpherson), répandue dans toute l'Europe, et notamment en France, après 1760.

Page 165.

1. *Assassiner Lucien avec un fer sacré* : écho, dans le *Tartuffe* de Molière (acte I, sc. v), de la tirade de Cléante contre les faux dévots, « d'autant plus dangereux dans leur âpre colère / Qu'ils prennent contre nous des armes qu'on révère / Et que leur passion, dont on leur sait bon gré, / Veut nous assassiner avec un fer sacré » (v. 377-380).

Page 169.

1. *La* Magna parens *de Virgile* : souvenir de l'éloge de l'Italie, au deuxième livre des *Géorgiques*, v. 173-174 : *Salve, magna parens frugum, Saturnia tellus, / magna uirum* (« Salut, grande mère des moissons, terre de Saturne, grande mère des héros »).

Page 170.

1. *La romance chevaleresque faite sous l'Empire par Chateaubriand* : « Combien j'ai douce souvenance... », romance publiée en 1806 sous le titre « Le montagnard émigré », et reprise en 1826 avec des variantes dans *Les Aventures du dernier Abencerage*.

Page 172.

1. *Poindant* : la forme régulière du participe présent du verbe poindre est « poignant ». Mais Balzac utilise plusieurs fois dans *La Comédie humaine* des formes où le radical se termine par un d (« poindait », « poindant ») lorsque ce verbe signifie « commencer à apparaître ».

Page 180.

1. *Ève était la seule femme qu'il y eût dans le monde...* : discrète déclaration à l'intention de Mme Hanska, qui se prénommait également Ève.

2. *En sentant la main d'Ève humide et tremblante dans la sienne, David y laissa tomber une larme* : à partir d'ici, Balzac a inséré dans le Furne corrigé un long développement technique situé primitivement dans la troisième partie du roman.

Page 181.

1. *Il faut* : le Furne corrigé porte « il fallait », impossible ici. Inadvertance de Balzac qui a oublié de transposer ce verbe au présent comme il l'a fait pour tous les autres en insérant dans la première partie un passage venu de la troisième, et primitivement à l'imparfait.

2. Nouvelle inadvertance due au déplacement du passage de la troisième à la première partie. En fait, il ne sera question du papier *Pot* qu'à la page suivante, ce qui rend incompréhensible la question d'Ève.

3. *La nécessité de remplacer le parchemin...* : pour nourrir cet exposé historique et technique, Balzac s'est documenté très précisément. On trouvera le détail de ses sources dans l'Introduction de Roland Chollet à l'édition de la Bibliothèque de la Pléiade (p. 95-96) et dans l'étude de Jean-Hervé Donnard, *Les Réalités économiques et sociales dans La Comédie humaine*, Armand Colin, 1961.

4. Johannes Fust ou *Faust* (les deux formes se trouvent dans le *Dictionnaire technologique*, t. 4, article « Caractères d'imprimerie », qui servit de source à Balzac) était un riche bourgeois de Mayence qui finança les recherches de *Guten-*

berg. Laurent *Coster* de Haarlem passe pour avoir fabriqué des caractères mobiles en bois avant Gutenberg.

Page 182.

1. En réalité, le *papier vélin* fut inventé en 1750 par l'Anglais John Baskerville.

Page 183.

1. *Vae victis !* (« malheur aux vaincus »), paroles du chef gaulois Brennus après la prise de Rome par les Gaulois (388 av. J.-C.).

Page 184.

1. *Pierre Leroux* a été correcteur à l'imprimerie Didot aîné, puis prote à l'imprimerie Cellot, à qui Lachevardière succéda en 1823. *Saint-Simon* fréquentait les Didot père et fils. Quant à Charles *Fourier*, il ne semble pas avoir travaillé dans l'imprimerie.

2. Engelbert *Kempfer*, médecin et voyageur allemand, auteur d'une *Histoire du Japon* (traduction française, 1729) ; le père Jean-Baptiste *Du Halde* (1674-1743), jésuite, auteur d'une *Description géographique [...] de l'Empire de la Chine et de la Tartarie chinoise* (1735).

3. *Broussonatia* : c'est le *Broussonetia papyrifera*, ou mûrier de la Chine.

Page 185.

1. *L'abbé Grosier*, jésuite, (1743-1823), auteur d'une *Description générale de la Chine* (1787). Il fut conservateur, puis administrateur de la bibliothèque de l'Arsenal. Balzac l'évoque aussi dans *L'Interdiction*.

Page 186.

1. *Vous voyez que si je réussis, vous aurez droit à...* : ici se termine dans le Furne corrigé l'insertion de l'exposé technique venu de la troisième partie, et recommence le récit interrompu à la p. 180.

Page 187.

1. *Fantastiquement* : en imagination.

Page 190.

1. *Mes vignes ont toutes passé fleur...* : c'est-à-dire que les vignes n'ont pas gelé et que les fleurs donneront toutes des fruits.

2. *Poinçons* ou pièces, barriques dont la contenance, très variable selon les régions, est en moyenne de trois cents bouteilles.

3. *Façons* : travail d'un artisan (ici du tonnelier).

Page 191.

1. *Voilà deux ans trois mois de loyers dus* : inadvertance de Balzac. Si David est rentré à Angoulême à la fin de 1819, nous devrions être au début de 1822. Or nous ne sommes qu'à l'été 1821.

Page 192.

1. *Tandis quelle ferait les beaux bras* : « faire les beaux bras, se donner de grands airs » (Littré).

Page 205.

1. *Béatrix* ou Béatrice, l'idéale inspiratrice de Dante ; *Laure*, celle de Pétrarque.

Page 206.

1. *Elle* : ce pronom surprenant, attesté dans toutes les éditions, ne semble pas renvoyer au substantif « consécration », ce qui n'offrirait pas de sens, mais à l'idée de la femme contenue implicitement dans l'expression *donquichottisme féminin*. C'est la femme qui utilise, agrandit et honore l'amour en le considérant comme une cause de gloire.

Page 212.

1. Dans l'Ancien Testament (Nombres, 22, 28-30), *l'ânesse* du prophète *Balaam* est subitement douée de la parole par Dieu et parle à son maître.

2. *Il justifia l'opinion de ceux qui le regardaient comme un philosophe de l'école de Pythagore* : les néophytes de l'école pythagoricienne de Crotone devaient prêter le « serment de silence » pour une période de cinq années.

Page 218.

1. *Entre Mansle et Ruffec* : deux bourgs situés au nord d'Angoulême, sur la route de Paris.

Page 221.

1. *Suivi de ses espérances comme Oreste l'était par ses furies* : après le meurtre de sa mère Clytemnestre et de l'amant de celle-ci, Égisthe. Dans l'esprit de Lucien, la crainte se mêle déjà à l'espérance, et la culpabilité à l'illusion.

Page 222.

1. *Jaconas* : tissu de coton léger.

Page 225.

1. *Hernán Cortés* (1485-1547), capitaine espagnol au service de Charles Quint, qui conquit l'empire aztèque.

Deuxième partie

UN GRAND HOMME DE PROVINCE À PARIS

Page 230.

1. *L'hôtel du Gaillard-Bois, rue de l'Échelle* : cet hôtel a réellement existé. Il a subsisté jusque vers 1850. Il en est encore question dans *La Cagnotte* de Labiche (1864).

Page 232.

1. *Elle-même est séparée de son mari...* : c'est le sujet de *L'Interdiction*. Le marquis d'Espard s'est séparé de sa femme quand elle a refusé de s'associer avec lui pour réparer la spoliation qui est à l'origine de leur fortune.

Page 235.

1. *Rue Neuve-du-Luxembourg,* aujourd'hui rue Cambon.

Page 236.

1. *Une voiture pour cinq cents francs par mois, ce qui fait en tout cinquante louis* : somme approximative. Un louis

est une pièce d'or de vingt francs : cinquante louis font donc mille francs, et non onze cents comme le voudrait l'addition exacte du loyer et des frais de voiture de Mme de Bargeton. Voir la Notice sur l'argent, p. 867.

Page 237.

1. *Victorine*, célèbre couturière dont il sera encore question plus loin, p. 717.

2. *Au mois de juin* : correction de l'édition Furne. Les éditions antérieures donnent « au mois de septembre », ce qui s'accorde mieux avec l'évocation des vendanges qui suit immédiatement. La chronologie du roman, au fil des corrections, devient très imprécise.

Page 239.

1. Le *Rocher de Cancale* : célèbre restaurant situé rue Montorgueil, dont il sera plusieurs fois question dans le roman.

2. *Vaudeville* : théâtre situé rue de Chartres, jusqu'à son incendie en 1838. On y jouait des comédies légères.

Page 242.

1. *Un petit singe, sans manières, sans portée, sot et avantageux...* : allusion à la fois à la légende du poète Arion sauvé de la noyade par un dauphin, et à une fable de La Fontaine, « Le singe et le dauphin » (*Fables*, IV, vii), dans laquelle un dauphin, croyant sauver un homme, prend sur son dos un singe stupide et bavard, jusqu'au moment où, s'apercevant de sa méprise, il le rejette à la mer.

2. *Les Danaïdes*, opéra d'Antonio Salieri (créé à Paris en 1784).

Page 243.

1. *Véry* est un célèbre restaurant du Palais-Royal.

2. *Gabant* : ce verbe vieilli signifie au sens propre « moquer, railler » (Littré). Balzac l'emploie ici au sens d'« être joyeux ».

Page 245.

1. *Courtaud de boutique* : commis de magasin.

Page 246.

1. *Tigre* : « groom d'un élégant » (Littré). Les *tigres* étaient souvent des enfants ou de tout jeunes gens.

Page 247.

1. Balzac fait ici une confusion entre *le page de la comtesse de Königsmarck* et le frère de celle-ci, Philippe-Christophe de Koenigsmarck, qui fut sauvagement assassiné en 1694 dans une embuscade tendue par le beau-père de sa maîtresse, l'électeur de Hanovre Ernest-Auguste.

2. Félicité *des Touches*, de son nom de plume *Camille Maupin*, est l'intellectuelle de *La Comédie humaine*, sur le modèle de George Sand ou de Delphine de Girardin. C'est l'héroïne de *Béatrix*. Cette première apparition dans notre roman est un signe : elle annonce, dès le début, l'échec de Lucien, auquel Félicité tentera de venir en aide à la fin, et qu'elle assistera au moment de la mort de Coralie.

3. *Mme Firmiani*, née Cadignan, personnage reparaissant de *La Comédie humaine*, une des reines de Paris. Elle tient un célèbre salon.

Page 253.

1. *Mme de Sérizy* : une des grandes mondaines de *La Comédie humaine*, à la réputation sulfureuse. Elle sera follement amoureuse de Lucien dans *Splendeurs et misères des courtisanes*.

2. *Sans penser à la pauvre duchesse de Langeais, qui a disparu comme une étoile filante* : c'est le sujet de *La Duchesse de Langeais*. Celle-ci s'est jouée de Montriveau qui l'aime et qu'elle a lassé par ses coquetteries. Il finit par la rejeter. Saisie alors par un véritable amour, et comprenant que la rupture est irrémédiable, elle se fait carmélite dans un couvent espagnol. De là, pour le monde parisien, sa disparition inexpliquée.

3. *M. de Rastignac et Mme de Nucingen* : ils sont amants depuis *Le Père Goriot*.

4. *La fable du geai qui prend les plumes du paon* : La Fontaine, *Fables*, IV, XI.

Page 254.

1. *La duchesse de Carigliano* : ancienne coquette de l'Empire, ralliée aux Bourbons. « L'une des plus perfides créatures de [son] époque », dira Balzac dans *Entre savants*.

2. *M. de Marsay* : le plus illustre « lion » de *La Comédie humaine*. Séduisant, corrompu, dangereux. Il finira homme d'État, disciple de Talleyrand.

3. Félix de *Vandenesse*, le héros du *Lys dans la vallée*.

Page 255.

1. *M. de Canalis* : le poète de *La Comédie humaine*, à la manière de Lamartine. Ambitieux, calculateur égoïste, il finira ministre. Sa liaison avec la duchesse de Chaulieu est évoquée dans *Modeste Mignon*. Son nom n'apparaît ici qu'à partir de l'édition Furne.

Page 256.

1. Le *tuf* est la couche de roche tendre qui se trouve au dessous de la bonne terre. *Sonder jusqu'au tuf*, c'est donc descendre au plus profond d'un individu, le pénétrer complètement.

2. *L'auteur d'Ourika* : la duchesse de Duras. Mais *Ourika* date de 1824, et nous ne sommes qu'en 1821.

Page 258.

1. *La marquise de Listomère* : sœur de Félix de Vandenesse, mondaine et vertueuse à la fois (voir *Étude de femme*).

Page 260.

1. Ce rapprochement de la destinée de Lucien avec celle de Jean-Jacques *Rousseau* est plusieurs fois esquissé dans le roman (voir p. 219, 290, 758). Il se fonde, pour Balzac, sur un certain nombre de points communs : la pauvreté, le génie incomplet (c'est ainsi que l'on considérait couramment Rousseau au XIXe siècle), la mobilité d'esprit, le penchant au suicide (puisqu'il était encore couramment admis, au temps de Balzac, que Rousseau s'était suicidé : voir plus loin, p. 758, n. 1).

2. *Pour les cinquante filles de Danaüs* : on se souvient

que Lucien et Mme de Bargeton assistent à la représentation des *Danaïdes* de Salieri.

3. *L'homme grave* est le marquis de Listomère, personnage insignifiant et ennuyeux, surnommé «le temps couvert» dans *Étude de femme*. Quant à de Marsay, la qualification de *jeune fat* contraste curieusement avec la présentation qui vient d'être faite p. 254 du dandy effrayant au regard de tigre, et avec la conception que Balzac se fait généralement de ce personnage sans scrupules ni faiblesses qui deviendra le grand homme politique de *La Comédie humaine*. Cependant, de Marsay sera encore qualifié de «fat», en compagnie de Rastignac, p. 266.

Page 261.

1. *Trahison carthaginoise*: c'est-à-dire particulièrement perfide. Allusion à la réputation de fourberie des Carthaginois, devenue proverbiale dans l'Antiquité.

Page 264.

1. *Staub*, célèbre tailleur établi rue Saint-Marc, puis rue de Richelieu, qui habille les élégants de la Restauration et de la Monarchie de Juillet.

2. *Chez Verdier, [...] chez Mme Irlande*: même effet de réel obtenu par l'allusion à deux commerces du quartier du Palais-Royal.

Page 265.

1. *La place Louis XV* est la place de la Concorde, qui avait retrouvé en 1814 le nom qu'elle portait sous l'Ancien Régime.

2. On appelait *Longchamp* la promenade que les Parisiens faisaient pendant la semaine sainte aux Champs-Élysées et au bois de Boulogne, sur le terrain de l'ancienne abbaye de Longchamp. C'était l'occasion de montrer les nouvelles toilettes de printemps.

3. La construction de *l'Arc de Triomphe* de l'Étoile, commencée en 1806, avait été interrompue par le retour des Bourbons en 1814. Les travaux furent repris sous la Monarchie de Juillet et terminés en 1836.

Page 267.

1. *Fouquier-Tinville* : accusateur public du Tribunal révolutionnaire en 1793-1794. Il fut une des incarnations de la Terreur et finit lui-même guillotiné en 1795.

2. *Hurbain*, restaurateur établi au Palais-Royal, comme Véry. Mais un repas chez Véry coûte cinquante francs, alors qu'ici Lucien dîne pour quarante sous (deux francs)...

Page 270.

1. La *rue de Cluny* correspond pour l'essentiel à l'actuelle rue Victor-Cousin.

Page 272.

1. *Il était seul dans Paris, sans amis, sans protecteurs* : fin d'*Illusions perdues* dans l'édition Werdet de 1837, reprise par Charpentier en 1839. C'est donc seulement ici que commence *Un grand homme de province à Paris* dans l'édition Souverain de 1839.

Page 275.

1. *Flicoteaux* : fameux restaurant à bon marché de la place de la Sorbonne, fréquenté par les étudiants. Balzac lui-même, vers 1824, a fait partie de la clientèle de cette institution du quartier Latin.

2. *La rue Neuve-de-Richelieu* reliait l'ancienne rue de la Harpe à la place de la Sorbonne. Le percement du boulevard Saint-Michel l'a fait disparaître.

Page 276.

1. Dans *Les Saltimbanques*, célèbre comédie-parade de Dumersan et Varin représentée au théâtre des Variétés le 25 janvier 1838, Bilboquet déclare : « J'étais au marché des Innocents à marchander une énorme carpe que j'achèterai la semaine prochaine » (acte II, scène III).

2. Un *pays*, en argot militaire, désigne un camarade issu du même village ou de la même région. La *payse* est la fiancée que le soldat épousera à son retour au pays.

3. *Une charte* : une fausse promesse, comme la Charte octroyée par Louis XVIII en 1814.

4. *Tant est drolatique l'épigramme du nom*: c'est-à-dire qu'on peut faire des plaisanteries sur le nom ridicule de Flicoteaux.

Page 278.

1. *Peut-être à cause de la catholicité du vin*: le vin est catholique parce qu'il a été baptisé, c'est-à-dire coupé d'eau.

2. Le *gloria* était une boisson composée de café chaud additionné d'eau-de-vie. Balzac joue sur le sens religieux de ce terme, qui désigne dans la liturgie catholique une hymne de louange commençant par les mots *Gloria in excelsis Deo*.

Page 280.

1. Les *cabinets littéraires* étaient sous la Restauration et la Monarchie de Juillet des sortes de bibliothèques où, pour une faible somme, les lecteurs peu fortunés pouvaient trouver les journaux, les revues et les livres récents qu'ils ne pouvaient acheter en raison de leur prix élevé. Le *cabinet de Blosse* se trouvait cour du Commerce, à peu près à l'emplacement de l'actuel carrefour Danton.

Page 281.

1. *L'Opéra-Comique*: Balzac poursuit l'énumération des principaux théâtres parisiens, qu'il avait commencée deux pages plus haut avec l'Ambigu-Comique, la Gaîté et le Panorama-Dramatique. Après la soirée à l'Opéra, Lucien continue à fréquenter les salles de spectacles. Le théâtre occupe dans *Illusions perdues* une place aussi importante que la littérature et le journalisme, conforme au rôle essentiel qu'il jouait dans la vie sociale de l'époque.

2. François-Joseph *Talma* (1763-1826), célèbre depuis l'époque révolutionnaire, fut le plus grand acteur tragique de son temps. Il s'est illustré dans les pièces de Corneille, de Voltaire, et en décembre 1821, au moment du séjour de Lucien à Paris, dans *Sylla* d'Étienne de Jouy, où il s'était grimé de façon à évoquer la figure de Napoléon qui fut son protecteur.

3. *Casimir Delavigne* (1793-1843), auteur des *Vêpres sici-*

liennes, tragédie historique représentée en octobre 1819 avec grand succès.

Page 282.

1. *Fleury, Talma, les deux Baptiste, ou Michot*: Balzac énumère plusieurs acteurs du Théâtre-Français, célèbres vers 1820. Toutefois, Fleury ayant cessé de jouer en 1818, Lucien n'a pas pu le voir en 1821.

2. *Les rues alors meublées de séductions vivantes*: le quartier du Palais-Royal était traditionnellement un lieu de prostitution. Balzac laisse entendre discrètement que Lucien succombe parfois à la tentation.

Page 283.

1. *Le Vicomte d'Arlincourt* (1789-1856), romancier à succès dont il est plusieurs fois question dans *Illusions perdues*. *Le Solitaire*, publié en 1821, fut un des *best-sellers* de l'époque romantique; *Victor Ducange* (1783-1833), romancier et auteur dramatique. *Léonide, ou la Vieille de Suresnes*, parut seulement en 1823. Quant aux *Inductions morales et physiologiques* (1817) du comte de *Kératry* (1769-1859), publiciste et homme politique, c'est un ouvrage de philosophie qui avait connu un deuxième tirage en 1818.

2. Charles *Ladvocat* (1790-1845), libraire établi sous la Restauration aux Galeries de Bois du Palais-Royal. Il a prêté plusieurs de ses traits au libraire Dauriat, personnage de notre roman.

3. *Libraires-commissionnaires pour la France et l'étranger*: il existait à l'époque de Balzac trois types de libraires distincts: les libraires-fabricants (ou libraires-éditeurs) qui éditaient les livres, les libraires-commissionnaires qui les distribuaient, et les libraires-détaillants qui les revendaient. Voir la Préface, p. 43.

Page 284.

1. Cette conversation technique montre la parfaite connaissance que Balzac avait des procédés et des problèmes de la librairie de son temps. Ici un libraire-éditeur (qui se révélera p. 286 être Pollet, un éditeur réel) propose à deux libraires-commissionnaires associés (personnages

fictifs, mais tout à fait vraisemblables) 500 exemplaires d'un roman nouveau. Chaque exemplaire (comprenant en général plusieurs volumes) sera vendu cinq francs. Pour chaque douzaine, l'éditeur offre double treizième, c'est-à-dire deux exemplaires gratuits, ce qui fait en tout 584 exemplaires pour le prix de 500, et ramène le prix de chaque exemplaire à quatre francs et vingt-huit centimes, soit un peu plus de quatre francs cinq sous. Vidal et Porchon, en offrant quatre francs quatre sous (vingt centimes), arrondissent encore à la baisse. Le libraire-éditeur ne percevra donc en gros que le tiers du prix d'achat que le lecteur devra payer au libraire-détaillant. Le règlement ne se fera pas au comptant mais à terme, avec un délai de douze mois. Ainsi le libraire-éditeur devra encore supporter une remise sur les billets à un an qu'il devra faire escompter. Balzac avait déjà abordé ces questions d'un point de vue théorique dans une suite d'articles, « De l'état actuel de la librairie », parus les 3 et 10 mars 1830 dans le *Feuilleton des journaux politiques*.

2. *J'ai fait deux cents Petit vieillard de Calais* : *Agathe, ou le petit vieillard de Calais*, roman de Victor Ducange paru en 1819.

Page 285.

1. Louis-Benoît *Picard* (1769-1828), comédien et auteur dramatique fécond. Il est surtout l'auteur de comédies, et sa carrière de romancier ne commence vraiment qu'en 1823, avec *L'Exalté*.

2. *Il paye quatre mille francs à Ducange pour deux mille exemplaires* : prix et tirage élevés pour l'époque, qu'on ne concède qu'aux auteurs déjà connus.

Page 286.

1. Charles Alexandre *Pollet* était l'éditeur de Victor Ducange, qu'il s'était attaché par un contrat très avantageux, en pariant sur son succès. Il fut aussi celui de Balzac qui avait publié chez lui, en novembre 1822, sous le nom d'Horace de Saint-Aubin, *Le Centenaire* et *Le Vicaire des Ardennes*. Il fit faillite en 1830.

Page 287.

1. *Doguereau,* type du libraire-éditeur à l'ancienne, est inspiré d'un modèle réel, l'éditeur Pigoreau, que Balzac avait pu connaître sous la Restauration. C'était un ancien professeur de rhétorique, comme son double dans le roman.

Page 288.

1. *J'ai pris parti pour les catholiques* : Balzac prête à Lucien ses propres idées, qu'il a développées dans *Sur Catherine de Médicis*.

2. Ann *Radcliffe* (1764-1823), romancière anglaise, auteur de romans noirs qui eurent beaucoup de succès en France, et particulièrement *Les Mystères d'Udolphe* (traduits en français en 1797, réédités en 1808 et 1819).

Page 290.

1. *D'un air qui semblait annoncer un effort de générosité* : ce monologue intérieur de l'éditeur, comique pour le lecteur sinon pour Lucien qui n'en connaît que l'aboutissement, rappelle un passage de *Vie et malheurs de Horace de Saint-Aubin,* biographie romancée du jeune Balzac par Jules Sandeau. Celui-ci rapporte qu'un éditeur, intéressé par *La Dernière Fée,* œuvre de Saint-Aubin *alias* Balzac, projetait de lui en donner 1 500 francs. Mais, voyant la misère du quartier où logeait l'écrivain et l'aspect sordide de son hôtel, il réduisit cette somme à mesure qu'il montait les étages, et finit par ne lui en proposer que 300, qu'Horace, au contraire de Lucien, accepta.

Page 291.

1. *Habent sua fata libelli* : « les livres ont leur propre destinée ». Citation tronquée du grammairien latin Terentianus Maurus (fin du IIe siècle ap. J.-C.), passée en proverbe.

Page 292.

1. *Robert Lefèvre* (1755-1830), peintre d'Histoire et portraitiste célèbre. Il a réalisé quarante portraits de Napoléon Bonaparte. Balzac pense sans doute au portrait du Premier Consul, exécuté en 1804 à la demande de Vivant Denon. Ce portrait a été gravé par Auguste Desnoyers.

Page 294.

1. La *rue des Grès* correspond à l'actuelle rue Cujas. La *rue de la Harpe*, réduite à un tronçon très court par le percement du boulevard Saint-Michel, se prolongeait alors vers le sud parallèlement à la rue Saint-Jacques en suivant à peu près le tracé de l'actuel boulevard.

Page 295.

1. *L'Odéon brûlait* : le théâtre de l'Odéon a brûlé le 20 mars 1818. L'auteur auquel Balzac fait allusion est Pierre-François Camus dit Merville (1785-1853), et sa pièce, *La Famille Glinet, ou les premiers temps de la Ligue*, est une comédie représentée à la salle Favart le 18 juillet 1818, après l'incendie de l'Odéon. Cette pièce, qui prêchait la réconciliation générale de tous les Français, eut un grand succès, et le roi Louis XVIII accorda à l'auteur une pension de 1 200 francs.

2. *Selon la belle pensée d'un poète...* : ce poète est François Andrieux (1759-1833), dans l'épître à son ami le dramaturge Jean-François Ducis : « Aussi tous, contemplant, dans leur digne Nestor / L'accord d'un beau talent et d'un beau caractère / T'ont nommé leur ami, leur modèle et leur père. » Ce vers, passé en proverbe, a été souvent appliqué, comme l'écrit la *Biographie universelle* de Michaud, « soit dans les livres, soit à la tribune, aux hommes qu'on a voulu peindre d'un trait honorable et rapide ».

Page 296.

1. Les débuts de *Desplein* sont évoqués par Balzac dans *La Messe de l'athée* (1836).

2. *Je suis dans cette chambre où il a souvent mangé, comme Rousseau, du pain et des cerises, mais sans Thérèse* : allusion à un passage des *Confessions* (livre huitième), dans lequel Rousseau se remémore le « parfait bonheur domestique » qu'il a vécu avec sa compagne Thérèse Levasseur, et les plaisirs simples qu'il a goûtés avec elle, comme ces « petits soupers » « composés pour tous mets d'un quartier de gros pain, de quelques cerises, d'un petit morceau de fromage, et d'un demi-setier de vin que nous buvions à nous deux »

(Rousseau, *Les Confessions*, *Œuvres complètes*, Gallimard, « Bibliothèque de la Pléiade », t. I, 1959, p. 354).

Page 297.

1. *Falourde* : « fagot de quatre ou cinq bûches liées ensemble » (Littré).

2. *Un tapis de hasard* : un tapis acheté d'occasion.

3. *Un vieux flambeau de bouillotte* : c'est-à-dire destiné à éclairer une table de bouillotte (jeu de cartes).

Page 298.

1. *Clarisse Harlowe*, personnage éponyme d'un roman de Richardson (1748), type de l'héroïne sensible, vertueuse et infortunée.

Page 299.

1. Ce grand projet d'une *Histoire de France pittoresque* a occupé Balzac lui-même pendant plusieurs années à partir de 1825. Il ne reste de cette série romanesque que des ébauches et un seul roman achevé, *Le Dernier Chouan* (1829), intégré par la suite à *La Comédie humaine*.

2. *Édon*, restaurant de la rue des Fossés-Saint-Germain-des-Prés. Le dîner y coûte six francs, contre dix-huit sous (90 centimes) chez Flicoteaux. Lucien fait donc une sérieuse entorse à ses principes d'économie…

Page 300.

1. *Les lèvres du provincial avaient été touchées d'un charbon ardent* : souvenir de la Bible (Ésaïe, 6, 6-7) : « L'un des séraphins vola vers moi, tenant à la main une pierre ardente […] Il en toucha ma bouche et dit : Ceci a touché tes lèvres ; ton iniquité est enlevée, et ton péché est expié » (trad. Louis Segond). D'Arthez joue pour la première fois, dans le roman le rôle de l'ange purificateur, qui est une de ses fonctions symboliques.

Page 301.

1. Ce terme de *Cénacle* est d'abord une référence biblique : il évoque la Cène, le dernier repas pris par Jésus en compagnie des apôtres. Il renvoie aussi au Cénacle

romantique, cercle de jeunes écrivains et d'artistes réunis autour de Charles Nodier et de Victor Hugo à partir de 1824. Il peut faire penser aussi aux nombreux clubs, loges, ventes, sociétés carbonaristes et socialistes plus ou moins clandestins constitués sous la Restauration, et notamment au groupe animé par le saint-simonien Philippe Buchez, que Balzac, sans en faire partie, avait approché. Buchez présente avec d'Arthez un certain nombre de similitudes : la sonorité finale de son nom, la ressemblance avec Bonaparte, l'adresse rue des Quatre-Vents.

2. *Louis* : Louis Lambert, personnage éponyme du roman publié par Balzac en 1832. Les raisons du retour de Louis en province sont la misère, une passion violente et les premières atteintes de la folie.

3. *Léon Giraud*, personnage inspiré sans doute de Pierre Leroux (1797-1871). Le principal livre de Leroux, *De l'humanité*, ne parut qu'en 1840, mais ses idées avaient été diffusées antérieurement dans des livraisons périodiques.

Page 302.

1. *Joseph Bridau*, le grand peintre moderne de *La Comédie humaine*, apparaît principalement dans *La Rabouilleuse*. Ses caprices, son côté fantaisiste ne s'accordent guère avec la personnalité de Delacroix, auquel on a voulu souvent le comparer. Pierre Citron (dans l'introduction à l'édition des Classiques Garnier de *La Rabouilleuse*) a proposé un autre rapprochement, avec Ary Scheffer, proche par son frère du groupe constitué par Buchez rue des Quatre-Vents. Mais l'académisme assez froid de ce peintre semble bien loin des « étranges zigzags » que le caractère passionné de Joseph Bridau impose à son œuvre.

2. *Son esprit est proche de celui de Sterne* : le romancier anglais Laurence Sterne (1713-1768), auteur de *Tristram Shandy* (1759-1767) et célèbre pour son humour fantaisiste, a exercé sur Balzac une influence certaine. Il est encore cité dans *Illusions perdues* (p. 456), en compagnie de Voltaire, Diderot et Lesage.

3. *Fulgence Ridal*, auteur comique que Balzac rapproche de Molière et de Rabelais, apparaît comme une incarna-

tion du génie français, dont il a les qualités traditionnelles : verve, fantaisie, insouciance, générosité. C'est plutôt un type général qu'un personnage inspiré d'un modèle réel.

Page 303.

1. *Le Chien du régiment*, romance célèbre au début de la Restauration, composée par Antoine Joseph Michel Romagnési (1781-1850). Elle raconte la triste histoire du chien d'un grognard de l'Empire, devenu la mascotte de son régiment et tué lors de la campagne de France en 1814. C'est aussi le titre d'un tableau d'Horace Vernet (1819), souvent reproduit par la gravure, qui exploite la même veine pittoresque et sentimentale. Mais ici le chien n'est que blessé...

2. Le nom de *Meyraux* est emprunté (ou s'agit-il d'une erreur de typographie non corrigée par Balzac ?) à celui de Pierre-Stanislas Meyranx (1795-1832), médecin et naturaliste, auteur d'un mémoire sur les mollusques présenté à l'Académie des Sciences le 15 février 1830 par Geoffroy Saint-Hilaire. Ce dernier défendait la théorie de l'unité de composition, et donc de la différenciation progressive des espèces à partir d'un modèle unique, contre les idées de Cuvier qui défendait la théorie fixiste de la séparation originelle des espèces. Une controverse s'éleva, dont on retrouve les échos dans un article de Goethe, qui soutenait les idées de Geoffroy Saint-Hilaire. Balzac s'est intéressé à cette querelle scientifique, et a pris parti pour Geoffroy Saint-Hilaire, notamment en 1842 dans l'« Avant-propos » de *La Comédie humaine*.

3. *Michel Chrestien*, pour lequel on n'a proposé aucun modèle satisfaisant, est comme Fulgence Ridal un personnage allégorique. Ce qu'il symbolise, c'est une génération de jeunes républicains idéalistes et malheureux, dont beaucoup sont morts lors des nombreuses insurrections qui ont jalonné les dix premières années du règne de Louis-Philippe. Victor Hugo a créé dans *Les Misérables*, avec Enjolras, un personnage similaire. La fusillade du cloître Saint-Merri eut lieu le 8 juin 1832, à la fin d'une insurrection de deux jours consécutive aux funérailles du général Lamarque.

Page 306.

1. *La fable des deux amis* : La Fontaine, *Fables,* VIII, XI.

Page 308.

1. *Nous ferons une croix à la cheminée et quand nous serons à dix* : souvenir de Molière, *L'Étourdi,* acte I, sc. IX : « Quand nous serons à dix nous ferons une croix. » Mascarille tient le compte des étourderies de son maître Lélie.

Page 309.

1. *La Revue encyclopédique* : cette revue de qualité, fondée en 1819, avait pour ambition de présenter « l'analyse raisonnée des productions les plus remarquables dans la littérature, les sciences et les arts ». Elle parut jusqu'en 1833.

Page 315.

1. *Cette maxime est de Napoléon...* : Balzac s'était constitué au fil de ses lectures un recueil de pensées de Napoléon qu'il vendit en octobre 1838 pour 4 000 francs à un certain J.-L. Gaudy, ancien bonnetier. Le livre parut sous le titre *Maximes et pensées de Napoléon* au début de 1839. La maxime en question y figure sous le n° 258.

Page 318.

1. *Le livret voulu par l'administration du Timbre* : chaque feuille imprimée devait à l'époque être estampillée par l'administration du Timbre, qui percevait un droit.

2. *Mariette,* l'une des danseuses de *La Comédie humaine.* C'est, dans *La Rabouilleuse,* la maîtresse de Philippe Bridau.

Page 319.

1. *Il ne paye pas les blancs* : c'est-à-dire que Finot, rédacteur en chef, perçoit cinq francs par colonne pour tous les articles du journal. En rognant sur les blancs et les titres, il diminue le prix payé aux rédacteurs et empoche la différence.

2. Maximilien Sébastien *Foy* (1775-1825), brillant général de l'Empire, l'une des figures de l'opposition libérale sous la Restauration. Il réapparaît dans le roman p. 367.

Page 320.

1. *Le Solitaire*, roman à succès du vicomte d'Arlincourt, dont il a déjà été question p. 283. Balzac se moque du style contourné de l'écrivain, surnommé par les journaux l'« inversif vicomte ».

Page 321.

1. *Tabatières à la Charte* : c'est-à-dire des tabatières dont le couvercle s'ornait du texte de la Charte, imprimé en caractères minuscules.

Page 322.

1. *Florentine*, danseuse et courtisane de *La Comédie humaine*, maîtresse de Giroudeau.

2. *Saveteuse*, de savater ou saveter, « travailler sans soin, faire une chose à la hâte » (Alfred Delvau, *Dictionnaire de la langue verte*).

Page 323.

1. *Les porteurs* : les porteurs de journaux, chargés de distribuer le journal aux abonnés.

2. *Si mon neveu y trouve son compte* : Balzac n'a pas encore signalé que Finot est le neveu de Giroudeau.

3. *L'autre* : C'est ainsi que les fidèles bonapartistes désignaient Napoléon, en ces temps de réaction où il n'était pas prudent de prononcer son nom. *Le fils de l'autre* est Napoléon II, duc de Reichstadt, qui mourut en 1832.

Page 324.

1. Le *brutal* : le canon, en argot militaire.

Page 325.

1. *Germanicus*, tragédie d'Antoine-Vincent Arnault, dont la première représentation, en mars 1817, donna lieu à de violentes échauffourées entre les bonapartistes et leurs adversaires.

Page 327.

1. *Étienne Lousteau [...] avait le pied à l'étrier en qualité de rédacteur* : le manuscrit précise « de rédacteur du *Cour-*

rier des théâtres », petit journal qui a réellement existé à partir de 1823. Dans le roman, le journal de Finot n'est jamais nommé.

2. *Personne en France n'a pu rivaliser Pétrarque* : emploi transitif rare et vieilli, dont on trouve plusieurs exemples chez Balzac.

3. Le mot *positivisme*, attesté seulement à partir de 1830, est encore ressenti en 1839 comme un néologisme. De là les italiques et la précaution oratoire de Lucien.

4. *Êtes-vous classique ou romantique ?* : la distinction entre classicisme et romantisme, à la fois esthétique et politique, s'établit lentement au cours des années 1820. Elle n'était pas aussi tranchée en 1821 que le prétend Balzac.

Page 329.

1. Sonnet de Charles Lassailly, corrigé par Balzac.

Page 330.

1. Sonnet de Delphine de Girardin.

2. *Son aristarque* : du nom d'Aristarque, célèbre commentateur d'Homère, critique sévère mais juste.

Page 331.

1. Sonnet de Charles Lassailly.

Page 332.

1. Sonnet de Théophile Gautier.

Page 334.

1. Le *café Voltaire* est situé place de l'Odéon.

Page 335.

1. L'*Eau carminative*, la *Pâte des sultanes*, l'*Huile céphalique* sont des créations fictives de César Birotteau, le parfumeur de *La Comédie humaine*. Le prospectus de l'*Huile céphalique* a été rédigé par Finot, qui faisait là ses débuts dans le journalisme publicitaire. Quant à la *Mixture brésilienne*, c'était un remède célèbre en son temps contre les maladies vénériennes.

2. *Éruption miliaire* : « élevure à la peau dont le volume ne dépasse pas celui d'un grain de millet » (Littré).

Page 337.

1. *Les Mille et un jours* sont un recueil de contes de l'orientaliste François Pétis de la Croix (1653-1713), paru entre 1710 et 1712. L'« histoire du prince Calaf et de la princesse de la Chine » est inspirée d'une légende persane du Moyen Âge. La princesse Tourandocte, aussi cruelle que belle, soumet ses prétendants à une épreuve : ils devront déchiffrer trois énigmes, sous peine, s'ils échouent, d'être mis à mort. Seul le prince Calaf en sortira vainqueur.

Page 338.

1. *Des faits-Paris* : « titre que les journaux parisiens donnent à la chronique des événements, des nouvelles du jour » (*Grand Dictionnaire universel du XIX*e *siècle* de Pierre Larousse).

2. Lousteau cite les trois grands journaux de l'époque : *Le Constitutionnel* (libéral), *La Quotidienne* (réactionnaire), le *Journal des Débats* (conservateur).

Page 339.

1. *Un être nommé Adolphe, Corinne, Clarisse ou Manon* : personnages éponymes des romans de Benjamin Constant, Mme de Staël, Richardson et l'abbé Prévost. Lousteau cite là quatre chefs-d'œuvre du roman psychologique et sentimental du XVIIIe et du début du XIXe siècle, que Balzac évoque très souvent.

Page 240.

1. *Pianto,* mot italien : « lamentation ». C'est le titre d'un poème d'Auguste Barbier paru en 1833, et célèbre en son temps.

2. *Oberman,* roman de Senancour paru en 1804. Le nom du personnage éponyme ne s'écrit avec deux *n* qu'à partir de la deuxième édition, en 1833.

3. *Le temps est un grand maigre* : déformation plaisante du proverbe « le temps est un grand maître ». Balzac mettra encore cet à-peu-près dans la bouche du rapin Mistigris

dans *Un début dans la vie.* — *Minette* est une actrice réelle du Vaudeville, puis du Gymnase.

Page 342.

1. *Une lampe Carcel* : du nom de son inventeur, Bertrand Guillaume *Carcel*. Dans cette lampe à huile perfectionnée, une pompe actionnée par un système d'horlogerie assurait l'alimentation régulière en combustible. C'était un objet assez coûteux.

Page 343.

1. Le briquet phosphorique *Fumade*, du nom de son inventeur, était le moyen le plus courant d'enflammer une allumette, avant l'invention des allumettes chimiques.

Page 344.

1. Deux romanciers à succès sous la Restauration. Sur *Victor Ducange*, voir p. 283, n. 1. *Paul de Kock* (1793-1871) n'est encore qu'au début de sa carrière en 1821. Il vient d'obtenir ses premiers grands succès, *Georgette* (1820), *Gustave ou Le Mauvais Sujet* (1821), avant *Mon voisin Raymond* (1822). C'est le type du romancier populaire, agréable, léger, pittoresque.

2. *Yseult de Dole*, roman historique paru en 1828.

3. *Considérations sur la Symbolique* : ce titre renvoie certainement à l'ouvrage de l'érudit allemand Friedrich Creuzer, *Religions de l'Antiquité considérées principalement dans leurs formes symboliques et mythologiques*, traduit en français à partir de 1825 et couramment désigné sous le titre abrégé de *Symbolique*.

Page 345.

1. *À moins qu'il ne se jette à l'eau, encore irait-il jusqu'à Saint-Cloud* : ce sont les fameux filets de Saint-Cloud, censés retenir les corps des noyés qui descendent la Seine. Mais déjà, en 1831, Léon Gozlan, dans un article sur « La Morgue » paru dans *Paris ou Le Livre des Cent-et-un*, montrait que leur existence n'était qu'une légende.

Page 346.

1. Sans doute l'*Histoire et procès complet des assassins de Fualdès*, compilation de Latouche (1818).

2. *Les* livres *ne sont pas des* francs : jeu sur le mot *livre*, puisque ce terme désigne ici à la fois *la* livre (qui, elle, équivaut bien à un franc) et *le* livre (qui, lui, du fait de la crise de la librairie, n'en vaut pas autant).

3. *Se brasser* : se frotter le corps avec les bras pour se réchauffer.

Page 347.

1. *Hippocrate refusant les présents d'Artaxerxès* : tableau de Girodet (1792) popularisé par une gravure de Jean Massard.

Page 349.

1. Les *Galeries de Bois* étaient des constructions provisoires qui formaient le quatrième côté des bâtiments élevés par Philippe d'Orléans sur les jardins du Palais-Royal. Créées en 1786, elles occupaient l'emplacement de l'actuelle galerie d'Orléans et furent détruites en 1829.

Page 350.

1. Une *maculature* est une feuille de papier tachée dont on se sert pour faire des enveloppes.

Page 351.

1. *Chevet* : célèbre traiteur. Un peu plus loin, c'est lui qui fournira le dîner offert par Matifat auquel participent Lucien et Coralie.

Page 352.

1. *Aventures de la fille d'un roi* : le titre complet est... *racontées par elle-même*, pamphlet de l'orléaniste Jean Vatout paru en 1820.

Page 354.

1. *Cosmorama* : salle où l'on pouvait voir projetées les vues des sites célèbres et des principales villes du monde.

2. *Le ventriloque Fitz-James [...] avant d'aller mourir à Montmartre* : en mars 1814, en défendant Paris contre les troupes prussiennes et russes.

3. *Smarra* (1821) et *Jean Sbogar* (1818) de Charles Nodier ; *Peter Schlemihl* d'Adalbert von Chamisso (1813, traduit en français par l'auteur en 1822) ; *Jocko*, conte de Charles de Pougens (1824).

4. *En ce temps-là les cabinets de lecture n'existaient pas* : inadvertance de Balzac, qui oublie que Lucien fréquente le cabinet littéraire de Blosse (voir p. 280, n. 1.)

Page 356.

1. *Ladvocat*, libraire réel (voir p. 283, n. 2), en face de Dauriat, libraire fictif : bel exemple de l'interpénétration du monde réel et de l'univers balzacien.

2. *Lucien devint honteux comme le chien d'un aveugle* : Balzac utilise déjà cette curieuse comparaison en 1837, dans un de ses *Contes drolatiques* (3ᵉ dizain), « Sur le moyne Amador qui feut ung glorieulx abbez de Turpenay » (Balzac, *Œuvres diverses*, Gallimard, « Bibliothèque de la Pléiade », t. I, p. 355). L'expression est répertoriée sans indication de provenance parmi les proverbes et dictons consacrés au chien domestique par Eugène Rolland dans sa *Faune populaire de la France* (t. IV, première partie, Maisonneuve, 1881, sous le nº 199).

Page 357.

1. *Tu l'as vendue à Braulard ?* : première apparition, sous forme allusive, de ce chef de claque et trafiquant de billets de théâtre qui jouera un rôle important dans le roman.

Page 358.

1. *Blondet* est dans le roman le seul journaliste qui collabore à un grand journal. Le fait qu'il écrive dans le *Journal des Débats*, et qu'il soit appelé plus loin « un des princes de la critique », le rapproche clairement de Jules Janin, qui tint le feuilleton littéraire aux *Débats* pendant quarante ans.

Page 359.

1. *La Minerve française*, revue libérale, parut de 1818 à 1820. Eymery était son éditeur. *Le Conservateur littéraire*, fondé en 1819 par Abel et Victor Hugo, était au contraire un organe ultra-royaliste. Il cessa de paraître en mars 1821. À l'époque où se déroule l'action du roman, aucun de ces deux journaux n'existait plus.

Page 360.

1. Nathan énumère les quatre critiques les plus célèbres de la période impériale, dont Blondet apparaît comme le successeur.

2. *Et il* : on attendrait « elle ». Dans la phrase précédente Balzac a corrigé pour l'édition originale le « il » du manuscrit en « votre œuvre », oubliant de faire l'accord ensuite.

Page 361.

1. Pour avoir *le droit de parler politique*, un journal devait s'acquitter d'un cautionnement élevé. La loi du 31 mars 1820 suspendait la liberté de publication et instituait le régime de l'autorisation préalable. Il n'était plus possible alors de créer des journaux d'opposition.

2. *Le Constitutionnel* : organe de la bourgeoisie libérale, qui venait de reparaître en mai 1819.

Page 362.

1. Nouvel exemple de l'interpénétration du monde réel et de l'univers balzacien. *Scribe, Théodore Leclercq, Jay* et *Jouy* figurent parmi les écrivains libéraux les plus en vue vers 1820.

Page 363.

1. *Padischah* : titre porté par l'empereur des Turcs.

Page 364.

1. Le public, au XIXe siècle, aime les grandes séries éditoriales : dictionnaires, encyclopédies, mémoires, panoramas historiques. Balzac évoque ici trois grands succès de librairie : *Chefs-d'œuvre des théâtres étrangers* (Ladvocat, 1821-1823, 25 volumes), *Monuments des victoires et conquêtes des*

Français de 1792 à 1815 (Panckoucke, 1817-1821, 25 volumes), *Collection des Mémoires relatifs à la Révolution française* (Baudouin et fils, 1820-1827, 55 volumes).

Page 365.

1. *Le Corsaire* et *Lara*, poèmes de Byron.

Page 366.

1. *Un des plus fameux orateurs de la Chambre* : le titre de « général » que lui donne plus bas Dauriat désigne clairement le général Foy, grand orateur du parti libéral, qui sera nommé par la suite.
2. *La Minerve* avait été fondée en 1818 par Benjamin Constant, dont le nom sera cité un peu plus loin.
3. *L'auteur du* Solitaire : Le Vicomte d'Arlincourt, dont il a déjà été question (voir p. 283, n. 1 et p. 320, n. 1). Celui-ci passait pour racheter lui-même un certain nombre d'exemplaires de son roman pour soutenir les ventes.

Page 367.

1. Benjamin Constant, *Mémoires sur les Cent-Jours*, Béchet, 1820-1821.
2. Grigori *Potemkine* (1739-1791), amant et conseiller de l'impératrice Catherine de Russie.

Page 369.

1. *Le Panorama-Dramatique*, théâtre construit en 1820 qui fit faillite en 1823 et fut détruit l'année suivante.
2. Toujours le même va-et-vient de la réalité à la fiction. Dans le Furne corrigé, *Vignol* (acteur fictif) remplace Bouffé, acteur réel dont il sera question plus loin. *Potier*, acteur réel, voisine avec Florine, personnage fictif.
3. Balzac énumère les principaux théâtres de boulevard, où se mêlaient clientèle aristocratique et public populaire.

Page 371.

1. *Bertram ou le Pirate*, mélodrame tiré de la tragédie de Maturin *Bertram ou le Château de Saint-Aldobrand*, adaptée

en français en 1821 par Pichat, Taylor et Charles Nodier (première le 26 novembre 1822).

2. La *Gazette de France*, journal ultra-royaliste.

Page 372.

1. *Florville*, actrice réelle du Panorama-Dramatique, dont le nom remplace dans l'édition originale celui de Coralie, qui figure dans le manuscrit.

Page 373.

1. *Tancrède*, opéra de Rossini (1813). — Giuditta *Pasta* (1797-1865) s'illustra entre 1815 et 1830 dans des rôles de Donizetti, Bellini, Rossini.

Page 375.

1. *Une figure de Girodet*: Balzac pense sans doute au *Sommeil d'Endymion* (1791), représentation d'un personnage à la beauté très efféminée, endormi nu dans une pose lascive. L'avenir de Lucien est inscrit là symboliquement.

Page 377.

1. *Deux cents billets*: on attendrait *trois cents*, puisque chacun des trois négociants a pris cent billets. L'inadvertance de Balzac s'explique par le fait que le troisième personnage (Cardot, le beau-père de Camusot) a été introduit seulement dans l'édition Furne. Dans les éditions antérieures, ils n'étaient que deux, et Balzac a oublié de corriger l'addition.

Page 379.

1. *Des lois restrictives contre la presse*: loi du 31 mars 1820, consécutive à l'assassinat du duc de Berry, qui rétablit la censure et l'autorisation préalable pour les journaux autorisés à parler de politique. Loi du 26 juillet 1821, qui étend ces dispositions à l'ensemble de la presse périodique. Ces lois sont en fait antérieures à l'époque où est censé se dérouler le roman.

2. Lousteau refera pour son compte ce que Finot faisait avant lui (voir p. 319). *La rédaction gratuite*, ce sont tous les entrefilets promotionnels, souvent rédigés par les auteurs

eux-mêmes, que les éditeurs joignent à leur service de presse et que les journaux publient tels quels. Ce sont aussi les articles donnés pour rien par des journalistes qui veulent se faire engager ou convoitent certains avantages.

3. *Amortir les journaux*, c'est les acheter, soit pour les supprimer, soit pour les rendre plus complaisants. C'est ce que Villèle tenta de faire en 1824, mais l'entreprise, ébruitée, fit scandale et tourna court.

Page 381.

1. *Elle jouera comme Mlle Mars* : célèbre actrice (1779-1847) qui s'illustra, à la Comédie-Française, dans les grands rôles du répertoire classique et du drame romantique. On saura plus loin (p. 395) que Coralie a fini par jouer « aussi bien que Mlle Mars ».

Page 384.

1. *Tabar*, restaurant à bon marché de la rue Rohan.

Page 388.

1. *La rivale de Mme Perrin et de Mlle Fleuriet* : deux actrices réelles, toutes deux mortes prématurément comme Coralie.

Page 390.

1. *Arraisonner* : raisonner, chercher à persuader (sens vieilli).

Page 391.

1. *Le chancelier Cruzoé* : méprise de Louis XVIII, qui avait salué l'arrivée du chancelier Dambray dans son cabinet d'un « entrez, Zoé » malencontreux. Zoé était Mme du Cayla, la favorite du roi. L'anecdote, vite répandue, avait fait la joie des petits journaux.

Page 392.

1. *Bouffé* (1800-1888), célèbre acteur comique, alors au début de sa carrière.

Page 394.

1. La *rue des Fossés-du-Temple* est l'actuelle rue Amelot.

2. *Ces chevaliers de l'Aune* : allusion plaisante au métier de Camusot, marchand de tissus qui se mesurent à l'aune.

Page 395.

1. *Vous vous battez de la chape de l'évêque* : « se dit de gens se disputant pour une chose qui n'est pas la leur et qu'ils ne doivent point obtenir » (Littré).

Page 396.

1. *Thomire,* fournisseur du garde-meuble de la couronne.

2. *Grindot* est l'architecte attitré des personnages de Balzac. César Birotteau, le baron de Nucingen, le comte de Sérisy, Crevel, entre autres, ont recours à ses services.

Page 397.

1. *Tullia,* danseuse à l'Opéra, est la maîtresse du duc de Rhétoré dont il va être question un peu plus loin. Elle finira par épouser du Bruel.

2. *Laïs* : nom porté par plusieurs courtisanes grecques, devenu par antonomase une sorte d'appellation générique.

Page 399.

1. *L'Alcade dans l'embarras* : ce titre imaginaire mais très vraisemblable rappelle que les sujets espagnols sont à la mode dans le théâtre français pendant toute la période romantique.

2. Balzac s'est amusé au début de l'article de Lucien à pasticher le compte rendu de *La Peau de chagrin* que Jules Janin avait publié dans *L'Artiste* le 14 août 1831. Celui-ci commençait ainsi : « Vous entendez un grand bruit ; on entre ; on sort ; on se heurte ; on crie ; on hurle ; on joue ; on s'enivre ; on est fou ; on est fat ; on est mort ; on est crispé ; on est tout balafré de coups, de baisers, de morsures, de volupté, de feu, de fer. Voilà *La Peau de chagrin*. » (Cité par Antoine Adam dans son édition d'*Illusions perdues,* Classiques Garnier, 1956, p. 345).

Page 402.

1. C'est au parterre, sous le grand *lustre*, que se regroupaient en général les claqueurs, appelés dans l'argot des théâtres « les chevaliers du lustre ».

Page 403.

1. *Le bon sens de cet enfant m'épouvante* : déformation plaisante d'un vers de Piron dans *La Métromanie* (acte II, sc. XI) : « Le bon sens du maraud quelquefois m'épouvante. »

Page 404.

1. À l'époque de Balzac, *exploiteur* et *exploitateur* s'emploient concurremment. On trouve *exploiteur* dans *César Birotteau*.

2. *M. le vicomte d'A*** […], M. Le vicomte Démosthène* : le vicomte d'Arlincourt et Sosthène de La Rochefoucauld, deux têtes de Turc de la petite presse. Le premier est l'auteur du *Solitaire*, déjà ridiculisé un peu plus haut (voir p. 320-321). Le second, nommé directeur des Beaux-Arts en 1824, est resté célèbre pour sa pudibonderie : il avait fait allonger les robes des danseuses de l'Opéra et voiler la nudité des statues du Louvre.

3. Étienne-Denis *Pasquier* (1767-1862) fit partie de presque tous les gouvernements sous la Restauration, ce qui lui valut le surnom d'*inévitable*. Sa modération, son opportunisme lui attirèrent les critiques de la gauche libérale comme de la droite ultra. Garde des sceaux dans le cabinet libéral Decazes (1819-1820), il se tourna, après la chute du ministère provoquée par l'assassinat du duc de Berry, du côté de la répression, mais les ultras lui reprochèrent encore d'être un libéral déguisé.

4. *Plaqué* : « mis par plaques » (Littré), c'est-à-dire sans doute un peu disparate, manquant d'unité.

Page 405.

1. *Le cinquième péché capital* : il s'agit sans nul doute de la luxure, mais ce péché, sur la liste dressée par Thomas d'Aquin dans sa *Somme théologique*, n'est pas le cinquième (qui est l'avarice), mais le quatrième.

Page 406.

1. *Rue du Sentier* : inadvertance de Balzac, qui oublie qu'il a situé plus haut les bureaux du journal rue Saint-Fiacre (voir p. 317).

Page 407.

1. *Chez la comtesse de Montcornet* : maîtresse d'Émile Blondet qu'elle finira par épouser vingt ans plus tard (dans *Les Paysans*).

2. *Gardez-vous en bien, la France ne mourra que de ça* : dans le recueil *Maximes et pensées de Napoléon*, c'est à l'empereur lui-même que Balzac attribue cette phrase (maxime 436).

Page 408.

1. *Si la presse n'existait point, faudrait-il ne pas l'inventer* : Balzac reprendra cette formule en conclusion de sa *Monographie de la presse parisienne* (1843).

Page 409.

1. *Ils auront le bénéfice de tous les êtres de raison* : texte de l'édition Furne. Le texte de l'édition originale, « de tous les êtres collectifs », était plus clair. C'est l'idée qui sera résumée un peu plus loin par la maxime prêtée à Napoléon : « Les crimes collectifs n'engagent personne. »

2. *Des Aristide, des Platon, des Caton* : modèles héroïques dont la *Vie des hommes illustres* de Plutarque vante la vertu et l'intégrité.

3. *Les crimes collectifs n'engagent personne* : *Maximes et pensées de Napoléon* (maxime 13).

Page 410.

1. *Bobèche*, acteur de parade sur le boulevard du Temple, sous l'Empire et la Restauration.

2. Anecdote rapportée par Aulu-Gelle dans *Les Nuits attiques* et reprise par Diderot dans son *Paradoxe sur le comédien*.

Page 411.

1. *Aristide,* chef du parti aristocratique, réputé pour son honnêteté et sa vertu, fut banni de sa patrie en 482 av. J.-C. par le peuple athénien, fatigué, dit la légende, de l'entendre appeler « le juste ».

2. *Trois-six* : alcool de mauvaise qualité.

Page 412.

1. Nicolas-Toussaint *Charlet* (1792-1845), peintre et caricaturiste. La caricature à laquelle il est fait allusion ici n'a pas été retrouvée. Dans *Les Paysans,* Balzac fait dire à Vermichel : « Faut pas cracher sur la vendange ! a dit le papa Noé. » « Ne pas cracher sur la vendange », en argot, c'est aimer le vin (Delvau, *Dictionnaire de la langue verte*). Ici, plus généralement, c'est ne pas dénigrer une chose qui vous fait vivre (équivalent du moderne « cracher dans la soupe »).

Page 413.

1. *Éventrant leur nourrice pour prédire l'avenir* : comme les haruspices latins lisaient l'avenir dans les entrailles des victimes sacrifiées.

Page 414.

1. *Aurore aux doigts de rose* : formule homérique, mais souvenir aussi de la fin du *Banquet* de Platon.

Page 415.

1. *Victoire* : cuisinière de Coralie, qui sert d'espionne à Camusot. Balzac ne nous dit rien de ce personnage et son prénom n'apparaîtra plus dans le roman.

2. *Plus souvent* : « jamais ! terme de dénégation et de refus. Argot du peuple » (Delvau, *Dictionnaire de la langue verte*).

Page 416.

1. *Gondole* : siège à la mode sous la Restauration, caractérisé par ses formes recourbées et enveloppantes.

Page 419.

1. *Braulard* : voir p. 357, n. 1.

2. *Cabinet des fées* : recueil de contes des XVIIe et XVIIIe siècles, publié à Amsterdam entre 1785 et 1789. Il comprenait 41 volumes.

Page 421.

1. *Colliau* : lingerie de luxe de la rue Neuve-des-Petits-Champs.

Page 423.

1. *Mme du Val-Noble* : ancienne ouvrière blanchisseuse d'Alençon, l'une des courtisanes les plus en vue de *La Comédie humaine*.

2. *Ces femmes qu'aujourd'hui l'on a décemment nommées des Lorettes* : parce que ces demi-mondaines habitaient dans le quartier de Notre-Dame de Lorette, peuplé à l'époque d'écrivains et d'artistes. Le mot apparaît après 1830.

Page 427.

1. *Louis Lambert* : voir p. 301, n. 2. Le nom de Lambert n'avait pas été prononcé jusqu'ici dans le roman.

Page 432.

1. *Droguer* : « attendre, faire le pied de grue, dans l'argot du peuple » (A. Delvau, *Dictionnaire de la langue verte*).

2. *Faire sa tête* : « faire le dédaigneux, se donner des airs de grand seigneur ou de grande dame » (A. Delvau, *Dictionnaire de la langue verte*).

Page 433.

1. L'*aqua-tinta* ou aqua-tinte est un procédé de « gravure à l'eau-forte imitant le dessin au lavis » (Littré).

Page 435.

1. *La pièce de Picard* : comédie en un acte de Picard et Radet, jouée à l'Odéon en décembre 1817. Rigaudin est un être méchant et facétieux qui s'amuse à dresser les personnages les uns contre les autres.

Page 436.

1. *Gunophobe* : curieux néologisme en forme de barba-

risme (on attendrait *gynophobe*) qui signifie « qui a horreur des femmes », comme le chien enragé, devenu hydrophobe, a horreur de l'eau.

Page 437.

1. *Mais la liberté sur la montagne* : citation tirée de la fin du poème XXI des *Orientales* de Victor Hugo, « Lazzara » : « Un klephte [montagnard grec hors-la-loi] a pour tous biens l'air du ciel, l'eau des puits, / Un bon fusil bronzé par la fumée, et puis / La liberté sur la montagne. » Ce poème, daté du 14 mai 1828, est largement postérieur à l'époque du roman. Balzac, qui cite de mémoire, le situe peut-être par erreur dans les *Odes*, dont la première édition a été publiée en 1822.

2. *Le Gymnase* : théâtre fondé en 1820, spécialisé dans le vaudeville. Pour Coralie, passer du théâtre de boulevard au Gymnase est une promotion.

Page 438.

1. *Comme c'est rue des Bourdonnais de demander les adresses des fournisseurs !* : la rue des Bourdonnais, où est situé le magasin de soieries de Camusot, est une des rues les plus commerçantes du vieux Paris. Par cette demande, Camusot révèle son esprit pratique et bourgeois, opposé à l'esprit « poétique » de Lucien.

Page 441.

1. Un *feu* est une prime que touche un acteur chaque fois qu'il joue, en plus de ses appointements fixes.

Page 442.

1. « *Jobarder* : tromper, se moquer, duper » (A. Delvau, *Dictionnaire de la langue verte*).

2. *Les quatre théâtres du boulevard* : l'Ambigu, la Gaîté, le Panorama-Dramatique et le Théâtre de la Porte-Saint-Martin.

Page 444.

1. « *Laver* : vendre à perte les objets qu'on avait achetés pour les garder » (A. Delvau, *Dictionnaire de la langue*

verte). Ici *laver* signifie vendre au rabais les livres reçus pour le service de presse.

Page 445.

1. *Janot* : c'est-à-dire un niais, comme le Janot lapin de La Fontaine, berné par Grippeminaud dans « Le Chat, la belette et le petit lapin » (*Fables*, VII, xvi). Ces jeux de mots sur Janus et Janot évoquaient pour le lecteur de l'époque le nom de Jules Janin, brouillé avec Balzac en 1839.

2. *Philippe Bridau*, frère du peintre membre du Cénacle, ancien officier de l'Empire et spadassin dangereux dont il est surtout question dans *La Rabouilleuse*.

Page 446.

1. *Nous nous reverrons seul à seul chez Barbin* : citation approximative d'un vers de Molière dans *Les Femmes savantes* (acte III, sc. iii, v. 1044) : « Eh bien, nous nous verrons seul à seul chez Barbin. » Barbin était un libraire chez qui Vadius et Trissotin, les deux pédants de Molière, projetaient de s'affronter.

Page 447.

1. L'énumération des théâtres et des feuilletonistes qui commence ici correspond à une stricte hiérarchie. Frédéric (qui s'appelait Jules dans le manuscrit et les premières éditions, nouvelle allusion à Jules Janin) doit être un journaliste de renom. Il obtient les théâtres les plus prestigieux (Théâtre-Français et Odéon), d'où les « regards d'envie » de ses camarades. Vernou aura aussi les meilleures salles, dans le domaine de la musique : Opéra, Italiens, Opéra-Comique. Hector Merlin prendra les théâtres de Vaudeville (Vaudeville, Gymnase), à l'exception des Variétés, attribué à « l'autre rédacteur » en même temps que la Porte-Saint-Martin, théâtre de boulevard. Lucien, débutant, aura les théâtres de boulevard (Ambigu, Gaîté, Panorama-Dramatique), ainsi que le Cirque-Olympique, salle moins prestigieuse. Lousteau, décidé en tant que nouveau directeur à exploiter les autres, se réserve les salles populaires (cirques, théâtres forains) parce qu'elles demandent peu de travail.

2. *Fanny Beaupré* : l'une des plus célèbres lorettes de *La*

Comédie humaine. Elle deviendra la maîtresse de Camusot après la mort de Coralie, et même celle de Lousteau vingt ans plus tard dans *La Muse du département*.

Page 448.

1. Jacques-Claude *Beugnot*, comte d'Empire (1761-1835) fut ministre sous l'Empire et sous la Restauration. Il apparaissait aux libéraux comme un traître. Jean-Jacques *Sirieys de Mayrinhac* (1777-1831), député et conseiller d'État sous la Restauration, fut directeur de la Police générale du Royaume en 1829-1830 sous le gouvernement du très réactionnaire Polignac, et attaqué à ce titre par la petite presse libérale.

2. *Grands journaux constitutionnels qui ont leurs* cartons aux curés *pleins de* canards : Balzac éclaire cette allusion dans sa *Monographie de la presse parisienne* : « *Le Constitutionnel*, sous la Restauration, avait fait du *Canard* une arme politique. Il avait son fameux carton aux curés, qui contenait des refus de sépulture, et des récits de tracasseries faites aux curés libéraux, *qui n'ont jamais existé* : le curé libéral est une fiction. »

Page 449.

1. *Le plaidoyer sublime de la jeune fille grosse gagnant sa cause* : Balzac a tiré ces anecdotes du *Dictionnaire philosophique* de Voltaire, article « Ana, Anecdotes ». Mais il amalgame deux histoires différentes, dont seule la seconde (le plaidoyer de la « jeune fille grosse ») a été inventée par Franklin.

2. *Sur les produits en nature du journal* : c'est-à-dire les cadeaux reçus en échange de services rendus, de publicités déguisées ou non, etc.

Page 453.

1. *Ficharade* : terme absent de tous les dictionnaires et sans doute créé par Balzac comme un dérivé de *fichaise*, chose sans importance, sans valeur.

Page 456.

1. Gottlieb-Wilhelm *Rabener* (1714-1771), auteur de *Satires* traduites en français par Boispréaux en 1754.

2. *Dramatisé*: Lousteau se sert d'un néologisme à la mode que Balzac avait déjà reproché à Mme de Bargeton (p. 107).

3. Balzac prête ici à Lousteau des idées auxquelles il tient. L'opposition entre littérature *idéée* et littérature *imagée* se trouve déjà dans un article publié par le romancier en 1833, « De l'état actuel de la littérature ». Il la reprend à l'époque d'*Un grand homme de province à Paris* dans une lettre à Custine du 10 février 1839, et encore l'année suivante dans ses *Études sur M. Beyle* parues dans la *Revue parisienne*.

Page 457.

1. *MM. Étienne, Jouy, Tissot, Gosse, Duval, Jay...* : hommes de lettres et critiques de tendance libérale, hostiles au régime de la Restauration comme au romantisme littéraire.

2. *Escamoter* : au sens vieilli de « s'emparer par la ruse ».

Page 459.

1. *Non bis in idem* : axiome de jurisprudence signifiant qu'un même délit ne peut être jugé deux fois.

Page 460.

1. *Détails de la vie parisienne, une figure, un type, un événement normal, ou quelques singularités* : ces études de mœurs qui apparaissent dans la petite presse sous la Restauration annoncent les chroniques qui se constitueront bientôt en genre autonome dans la presse du XIXe siècle. Elles ont contribué au développement de l'esthétique réaliste.

Page 463.

1. *Pas d'autres moyens de publication* : c'est-à-dire de publicité. En fait, les annonces, les affiches et les cabinets littéraires existaient déjà avant l'époque dont parle Balzac.

Page 465.

1. *Les Quatre Stuarts*, essai publié en 1828 dans *Mélanges et poésies*.

2. *Il n'avait rien à perdre, il était payé* : les auteurs étaient

payés au forfait, les droits d'auteur sur les ventes n'existant pas encore.

Page 466.

1. *Il se mit à rire sans achever sa plaisanterie* : inadvertance de Balzac : la plaisanterie de Dauriat est bel et bien achevée. C'est seulement dans le manuscrit qu'elle ne l'était pas.

Page 467.

1. *Les Messéniennes*, recueil poétique à succès de Casimir Delavigne (1818-1819).

Page 468.

1. *Manlius Capitolinus*, tragédie d'Antoine de Lafosse (1698), toujours au répertoire du Théâtre-Français en 1820. Talma s'illustra dans le rôle-titre.

Page 469.

1. Le Potosi ou *Potose*, région de Bolivie riche en mines d'argent.

Page 471.

1. *Le tenir en chartre privée* : le séquestrer.

Page 472.

1. *Cadran-Bleu* : restaurant situé à l'angle du boulevard du Temple et de la rue Charlot, donc proche de la rue de Vendôme où logent Coralie et maintenant Lucien.

Page 474.

1. La *robe prétexte*, vêtement à bande de pourpre étroite porté par les jeunes patriciens romains, symbole d'innocence et d'immaturité. Elle était remplacée au moment du passage à l'âge d'homme par la toge *virile*, entièrement blanche.

Page 475.

1. Après l'article inspiré par Lousteau qui défendait le point de vue classique, voici le point de vue romantique. La

pensée gagne ici en profondeur et en nouveauté. Blondet développe dans sa brillante improvisation des idées qui sont celles de Balzac lui-même, aussi bien dans son éloge du roman moderne que dans sa conception de la passion comme énergie fondamentale des œuvres humaines.

Page 476.

1. *Le* positivisme : voir p. 327, n. 3.

2. *Julie et Claire,* personnages de *La Nouvelle Héloïse.* — Le terme d'*entéléchie* désigne, dans le vocabulaire d'Aristote, la forme accomplie de l'énergie créatrice. Balzac l'utilise au sens impropre et général d'« idée abstraite ».

3. *Démancher* : « terme de musique. C'est dans les instruments à manche, comme le violon, le violoncelle, la guitare, quitter le manche, sortir du manche, qui est la position naturelle de la main gauche, pour la porter sur la table de l'instrument et obtenir des sons plus aigus » (Littré). L'expression suppose donc à la fois une idée d'effort et de virtuosité.

Page 477.

1. *Proh pudor !* : « Quelle honte ! »

Page 478.

1. *Sans y apercevoir aucun inconvénient* : il y en a un pourtant ; en cédant ses *Marguerites* à Dauriat contre la somme de trois mille francs, Lucien abandonne tout droit sur son œuvre et prend le risque que le libraire ne la publie pas. C'est ce qui se passera à la fin.

Page 480.

1. *La lance d'Achille qui guérissait les blessures qu'elle avait faites* : Télèphe, roi de Mysie, blessé par la lance d'Achille, fut guéri par des applications de fragments de rouille venus de cette même lance. Cette propriété merveilleuse de guérir le mal qu'on a fait a été souvent appliquée à la presse dans le discours politique de l'époque. Le *Grand Dictionnaire du XIXe siècle* de Pierre Larousse cite un article de Camille Desmoulins : « Le grand remède de la licence de

la presse est dans la liberté de la presse ; c'est cette lance d'Achille qui guérit les plaies qu'elle a faites. »

2. « *Faire des traits à sa femme* : la tromper en faveur d'une autre, la trahir » (A. Delvau, *Dictionnaire de la langue verte*).

Page 485.

1. *Faire ses orges* : « faire bien ses affaires en quelque chose, s'y enrichir » (Littré).

2. *Sous cet air Turcaret* : Turcaret, personnage éponyme de la pièce de Lesage (1709), riche financier grossier et sans scrupules.

Page 488.

1. *Adèle Dupuis* et *Mlle Millot*, actrices réelles du théâtre de la Gaîté. — Sur Ducange, voir p. 283, n. 1. — *Frédéric Dupetit-Méré* (1785-1827), vaudevilliste à succès.

2. *Il a perdu son procès* : Ducange avait été condamné en juin 1821 à cinq mois de prison pour outrage à la morale publique et incitation à la guerre civile après la publication de son roman *Valentine ou le Pasteur d'Uzès*.

3. *Calas*, mélodrame de Ducange créé à l'Ambigu-Comique le 20 novembre 1819.

Page 489.

1. *Voilà les Romains* : les claqueurs. Terme courant pendant tout le XIXe siècle. Allusion aux Romains qui applaudissaient Néron, disent les dictionnaires d'A. Delvau et de Lorédan Larchey.

Page 490.

1. *Heureux* : Antoine Adam fait justement remarquer (éd. Garnier, p. 440, n. 1) qu'il faut donner à cet adjectif un sens particulier, mais « traditionnel et classique », c'est-à-dire celui de « sexuellement comblé ».

Page 492.

1. *Pour modèle de ta Vénitienne amenée au Sénateur par une vieille femme* : ce tableau de Joseph Bridau est plus longuement évoqué dans *La Rabouilleuse*. Présenté au Salon

de 1823, il sera qualifié de « chef-d'œuvre de la peinture moderne ».

Page 494.

1. *Vers la personnalité* : c'est-à-dire vers les attaques personnelles.

2. Les généraux *triomphateurs* à Rome étaient accompagnés dans leur montée au Capitole par un esclave chargé de leur répéter, pour les inciter à la modestie, *respiciens post te, hominem memento te* (regarde derrière toi, et souviens-toi que tu es un homme). En outre, ce jour-là, les soldats étaient autorisés à adresser à leur général, sur son passage, des plaisanteries et des railleries. Balzac amalgame ces deux traditions.

3. *Faciamus experimentum in anima vili* : « expérimentons sur une âme sans valeur ». Expression qui désignait couramment, dans le langage de la médecine, les expériences faites sur les animaux. Lucien l'applique plaisamment aux victimes des attaques de la presse.

4. *Comme Champcenetz au marquis de Genlis* : Pierre Citron a éclairé cette allusion dans un article paru dans *L'Année balzacienne* (« Balzac lecteur de Chamfort », 1969). Balzac cite de mémoire et très inexactement.

Page 495.

1. Hector Merlin joue méchamment sur le sens du mot *bravo* qui, dans l'Italie de la Renaissance, désignait un tueur à gages, puis, par extension, « une personne qui, pour de l'argent, s'engage à offenser d'autres personnes » (*Grand Dictionnaire* de Pierre Larousse). Le terme est appliqué, un peu plus loin, aux hommes de main de Finot, Giroudeau et Philippe Bridau (p. 526) et Martainville, le pamphlétaire ultra, sera qualifié de « Bravo royaliste » (p. 576).

Page 497.

1. *Musico* : « lieu public dans les Pays-Bas où le peuple va boire, fumer, entendre de la musique, etc. » (Littré).

2. *Vico, Saint-Simon, Fourier* : trois inspirateurs de la pensée socialiste après 1830. Giambattista *Vico,* historien napolitain (1668-1743), avait publié ses *Principi di una*

scienza nuova en 1725. L'ouvrage, traduit par Michelet (*Principes de la philosophie de l'Histoire,* 1827), eut une grande influence sur les historiens romantiques et sur Michelet lui-même. *Fourier* avait fait paraître en 1808 sa *Théorie des quatre mouvements*, et *Saint-Simon* les livraisons de *L'Industrie* (1816-1818), de *L'Organisateur* (1819-1820) et du *Système industriel* (1820-1822).

Page 498.

1. François *Chabot* (1756-1794), député à l'assemblée Législative, célèbre pour la virulence et la mauvaise foi de ses attaques contre la Cour et le roi.

Page 507.

1. *Il a pris pour cornac [...] un Étienne Lousteau* : le cornac est le conducteur d'un éléphant. Le mot s'est employé longtemps, par métaphore, pour désigner une personne servant de guide et de protecteur à une autre.

Page 508.

1. *Des Lupeaulx*, l'un des personnages les plus antipathiques de *La Comédie humaine*, médiocre, sournois et corrompu, apparaît dans de nombreux romans, et particulièrement dans *Les Employés*. C'est l'exécuteur des basses œuvres du pouvoir, chargé des négociations difficiles, des tractations douteuses avec les journaux. Il sera l'auteur de la machination qui doit perdre Lucien.

2. Le *duc de Berry*, neveu de Louis XVIII et héritier de la couronne, fut assassiné le 13 février 1820. Les ultras accusèrent Decazes, chef du gouvernement et libéral, d'être responsable de sa mort.

Page 509.

3. Le comte de *Villèle*, chef du parti ultra, nommé ministre d'État dans le gouvernement du duc de Richelieu (décembre 1820), deviendra président du Conseil le 14 décembre 1821.

Page 513.

1. *Quoiqu'il se soutînt dans le monde par des moyens pareils* : Rastignac, sans fortune, vit aux crochets de sa maîtresse, Mme de Nucingen.

Page 514.

1. *Une carrière sérieuse où il s'est distingué*: Rastignac deviendra ministre, comte et pair de France.

Page 517.

1. *Le Réveil*: il y eut effectivement un petit journal royaliste de ce nom, mais il ne parut qu'à partir du 1er août 1822.

Page 518.

1. Les *Nouvelles Méditations poétiques* de Lamartine ont paru le 27 septembre 1823.

Page 520.

1. *Concéder* n'est pas céder. Dans le cas présent, l'auteur ne confie son manuscrit à l'éditeur qu'à certaines conditions (nombre d'exemplaires fixé, durée déterminée, etc.), et ne renonce pas à ses droits sur son manuscrit. Le rusé Lousteau ne commet pas l'erreur de Lucien qui a cédé à Dauriat ses *Marguerites* sans contrepartie. Sur ce point, voir p. 478, n. 1.

Page 521.

1. *Fendant et Cavalier*: bel exemple d'onomastique significative ; faire le fendant, avoir l'air cavalier, c'est toujours la même idée de fanfaronnade, d'esbroufe, d'insolence, de poudre aux yeux. L'échec du roman de Lucien est inscrit dans le nom de ses éditeurs.

Page 522.

1. Formulation peu claire : ce *qui*, substitué dans l'édition Furne au *Ils* du manuscrit, semble logiquement avoir pour antécédent « libraires ». Mais on ne voit pas pourquoi Balzac aurait modifié la construction de la phrase, sinon parce qu'elle lui paraissait ambiguë, le *Ils* renvoyant en fait au nom le plus proche, c'est-à-dire aux imprimeurs. On pourrait comprendre alors que les imprimeurs, qui n'ont pas été payés (« *gratis* »), gardent en dépôt les exemplaires imprimés. C'est ce que Barbet explique plus loin : « Le livre de Monsieur est le dernier coup de cartes de Fendant et

Cavalier, ils ne peuvent l'imprimer qu'en laissant les exemplaires en dépôt chez leur imprimeur» (p. 531).

Page 523.

1. *La Tour du Nord, Le Marchand de Bénarès, La Fontaine du sépulcre, Tekeli*: ces titres sont fictifs, sauf le dernier, emprunté à un mélodrame de Pixérécourt (1803), mais ils évoquent des romans réellement parus dans les années 1820, comme *La Fiancée de Bénarès* de Philarète Chasles (1824). Ils indiquent le genre de littérature que publient Fendant et Cavalier: romans historiques et exotiques de consommation courante, sans grande valeur littéraire.

2. John *Galt* (1779-1839), auteur écossais prolifique dont plusieurs romans ont été traduits en France dans les années 1820: *Glenfell* (1823), *Sir André Wylie* (1823), *Les Lairds de Grippy* (1824), *Rothelan* (1825).

3. *Normands*: Balzac joue sur le double sens du terme. Beaucoup de Normands s'étaient établis libraires sous la Restauration. C'est le cas de Barbet, comme on l'a vu plus haut (p. 343). Mais, comme l'écrit Littré, un Normand est aussi «un homme adroit à qui il ne faut pas se fier».

4. *Les Strelitz ou La Russie il y a cent ans*: titre fictif. Les *strelitz* étaient jusqu'au XVIIIe siècle un corps d'élite de l'armée russe, servant de garde personnelle au tsar.

5. *Ballots de piles*: c'est-à-dire les paquets de livres invendus.

Page 526.

1. *Les gardes du commerce* étaient, comme l'indique le *Grand Dictionnaire* de Pierre Larousse, de «bas officiers de justice [...] chargés de l'exécution des contraintes par corps». Ils étaient au nombre de dix et n'exerçaient qu'à Paris. Lucien recevra leur visite p. 577.

Page 527.

1. Le prince russe *Galathione*, le marquis de *Pombreton* sont des personnages épisodiques de *La Comédie humaine*. Balzac n'en dira jamais plus sur les faits qu'il évoque ici. Seul *Maubreuil*, marquis d'Orvault (1783-1868), a une

existence réelle. Cet aventurier à la vie agitée est resté célèbre pour le vol, en 1814, des bijoux de la reine de Westphalie, affaire obscure commanditée sans doute par Talleyrand.

2. *L'Arétin* : voir p. 832, n. 1. L'Arétin ne craignait pas de s'attaquer aux plus grands personnages. François Ier et Charles-Quint eux-mêmes durent acheter son silence.

Page 528.

1. *Le Panorama ferme demain* : en fait, le Panorama-Dramatique ferma en juillet 1823, plus d'un an après cette conversation qui doit se situer en mars 1822.

Page 529.

1. *L'anecdote de la montre* : allusion voilée à une mésaventure survenue au marquis de Custine le 28 octobre 1824, qui fit scandale. Celui-ci avait été roué de coups sur la route de Saint-Denis par trois soldats de la Garde, alors qu'il avait rendez-vous avec un de leurs camarades. Voir sur ce point l'article d'Anne-Marie Meininger, « *Illusions perdues* et faits retrouvés », *L'Année balzacienne*, 1979, notamment p. 51-52.

Page 531.

1. *Mille écus* : c'est-à-dire pour trois mille francs. L'escompte est de quarante pour cent. Voir la Notice sur l'argent et les prix, p. 866.

Page 533.

1. Jacques Androuet *du Cerceau* (1510 ?-1585 ?), fondateur d'une lignée d'architectes, auteur d'un célèbre ouvrage en deux volumes sur *Les Plus Excellents Bâtiments de France* (1576-1579). Cet achat montre que Lucien projette sans doute de donner une suite à *L'Archer de Charles IX*.

Page 536.

1. Les frères *Keller*, déjà cités p. 139, les plus dangereux « loups-cerviers » de la banque parisienne dans *La Comédie humaine*, avec du Tillet et Nucingen.

Page 537.

1. *Ultima ratio* : le dernier recours.

2. *Mouton* : espion, indicateur.

3. *Gigonnet, Palma, Werbrust, Gobseck et autres crocodiles...* : Balzac énumère tous les usuriers de *La Comédie humaine*.

4. *Frascati* : célèbre maison de jeu, située rue de Richelieu, au coin du boulevard des Italiens.

Page 539.

1. *Selon l'expression de La Fontaine* : dans « Le Jardinier et son seigneur », *Fables*, IV, IV.

2. *Des calembours sur le nom de la rue* : en effet, les possibilités sont nombreuses. On peut penser à l'expression « faire un trou à la lune », que Carlos emploiera plus loin (p. 765), et qui signifie « disparaître en laissant des dettes derrière soi », ou bien à l'argotique « être dans ses lunes », c'est-à-dire « avoir un accès de mauvaise humeur, de misanthropie » (Delvau). Rastignac dira encore à Lucien : « vous êtes logé dans le système de votre rue » (p. 574). Le poète est l'homme « dans la lune », celui qui « tombe de la lune », incapable de se conduire convenablement dans le monde réel.

Page 541.

1. Trois petits journaux royalistes ultra. *Le Réveil* parut d'août 1822 à mars 1823 ; *La Foudre*, de mars 1821 à novembre 1823 ; *Le Drapeau blanc*, de 1819 à 1830, avec une interruption en 1827-1829.

Page 542.

1. *Depuis l'ouverture des chambres* : le 5 novembre 1821.

2. *Rubriques* : « familièrement : ruses, finesses » (Littré).

Page 544.

1. *Chez Robert* : restaurant du boulevard des Italiens.

2. Alphonse-Louis-Dieudonné *Martainville* (1776-1830), écrivain, pamphlétaire et journaliste royaliste, directeur du *Drapeau blanc*. Louis-Simon *Auger* (1772-1829), critique et

littérateur, secrétaire perpétuel de l'Académie française sous la Restauration. Eugène *Destains* (1793-1830), homme de lettres, directeur de *La Gazette de France*.

Page 545.

1. *Justum et tenacem propositi virum* : « homme juste et ferme dans sa résolution » (Horace, *Odes*, III, III, v. 1).

2. Gille ou *Gilles*, personnage du théâtre de la foire, type du niais et du poltron.

3. *Sergent Mercier* : garde national qui refusa d'exécuter l'ordre d'expulser de la Chambre le député libéral Manuel. L'événement, qui eut lieu le 4 mars 1823, est postérieur d'un an à la date de l'action.

4. Victor-Joseph Étienne, dit *de Jouy* (1764-1846), auteur fécond mais médiocre de livrets d'opéras, de tragédies (*Tippo-Saïb*, 1813, *Sylla*, 1822, où triompha Talma dans le rôle-titre) et de romans de mœurs, notamment l'étonnante et interminable série des *Hermites* : *L'Hermite de la Chaussée-d'Antin* (1812-1814), *L'Hermite à la Guyane* (1816), *L'Hermite en province* (1818), *Les Hermites en prison* (1823), *Les Hermites en liberté* (1824). C'était un fervent défenseur des idées libérales.

5. *Se donner une culotte* : « faire excès de boire ou de manger » (Lorédan Larchey, *Les Excentricités du langage*).

Page 546.

1. *Une plante chétive et de louche apparence*... : sonnet de Charles Lassailly qui remplace dans l'édition Furne un sonnet de Delphine de Girardin qui figurait dans l'édition originale.

Page 548.

1. *Faire son thème*, c'est développer sa réflexion, d'où régler sa conduite, mener ses affaires.

Page 550.

1. Deux métaphores militaires qui illustrent la guerre sans merci que se livrent les deux partis. Une *vedette* est un cavalier placé en sentinelle avancée pour observer l'ennemi. Un *enfant perdu* est un soldat envoyé en avant de ses

lignes pour une mission dangereuse, et souvent sacrifié. Mais il y a là aussi un jeu de mots, car Lucien doit être considéré, au sens propre du terme, comme un « enfant » que la corruption parisienne a « perdu ». C'est ce que des Lupeaulx dira un peu plus loin : « Coralie a perdu cet enfant-là » (p. 554).

2. *Martainville,* violemment anti-bonapartiste, s'était retiré au Pecq pendant les Cent-Jours. Ses ennemis l'accusèrent d'avoir ouvert le passage de la Seine aux troupes prussiennes de Blücher, sans que le fait ait pu être prouvé.

Page 551.

1. *Il ne pouvait être ni l'Arétin, ni le Beaumarchais, ni le Fréron de son époque...* : trois exemples d'écrivains combatifs, intrigants et peu scrupuleux.

Page 553.

1. *Elles* : il faudrait « ils », pour que l'accord se fasse correctement. Mais Balzac ne pense qu'aux deux femmes, Châtelet ne compte pas.

Page 560.

1. L'allusion n'est pas très claire. Le terme de *Doctrine* renvoie au courant de pensée saint-simonien. Le journal de Léon Giraud pourrait alors faire penser au *Globe,* fondé en 1824 par Pierre Leroux et Paul-François Dubois, qui deviendra après 1830 l'organe des saint-simoniens.

2. *Le plus brillant écrivain royaliste* : Chateaubriand, brutalement chassé par Villèle de son poste de ministre des Affaires étrangères (5 juin 1824), se rapprocha ensuite des libéraux.

Page 562.

1. *Calus* : « durillon produit par le frottement » et, au figuré, « endurcissement de cœur » (Littré).

Page 565.

1. *Vous avez fait si brutalement votre demi-tour à gauche* : métaphore militaire, et non politique, qui indique seule-

ment un « mouvement par lequel on fait face du côté auquel on tournait le dos » (Littré).

Page 567.

1. *La Cinti, la Pasta, Garcia, Levasseur* : chanteurs et cantatrices de renommée européenne, spécialisés dans le répertoire italien.

Page 568.

1. *Pinde* : montagne de Thessalie, séjour d'Apollon et des Muses.

Page 569.

1. Léontine *Fay*, enfant prodige du théâtre, âgée en 1822 de onze ans.

2. Antoine Adam (édition Garnier, p. 518, note 2) a découvert l'origine de cette anecdote dans l'*Histoire de France* du comte de Montgaillard (1832-1833). Octavie est Mme du Cayla, maîtresse en titre de Louis XVIII. La femme du garde des Sceaux est Mme de Serre. Celle-ci écrivit à Balzac en 1839, après la publication d'*Un grand homme de province à Paris*, pour lui demander de rectifier ses assertions. Balzac atténua légèrement son texte dans l'édition Furne.

3. *Du fait à l'idée* : allusion voilée à l'impuissance sexuelle attribuée à Louis XVIII.

4. « Tendre *Octavie* [...] / Ne livre plus les roses de ta bouche / Aux baisers morts d'un fantôme impuissant » (« Octavie », *Chansons* de Béranger, t. 2. Le poème date de 1823).

Page 570.

1. *Parti de Monsieur* : le parti ultra-réactionnaire des amis du comte d'Artois, frère du roi et futur Charles X.

Page 573.

1. *Le boulevard de Gand* : nom que prit sous la Restauration le boulevard des Italiens, en souvenir de l'exil de Louis XVIII à Gand pendant les Cent-Jours.

Page 574.

1. *Pistolets de cavalerie*: réputés imprécis, donc moins dangereux. Voir p. 214 ce que dit Francis du Hautoy à Châtelet avant le duel qui doit opposer M. de Bargeton et M. de Chandour : « ils se manqueront si vous prenez des pistolets de cavalerie ».

2. *Bougran* : « toile forte et gommée, employée dans les doublures des vêtements » (Littré).

Page 579.

1. *Petit Rocher de Cancale* : restaurant situé rue des Fossés-Saint-Germain, à ne pas confondre avec le célèbre *Rocher de Cancale* de la rue Montorgueil.

Page 581.

1. *Desroches* : l'un des avoués de *La Comédie humaine*, ne reculant pas devant les affaires douteuses.

Page 583.

1. Le poète qui compose des chansons grivoises pour payer l'enterrement de sa maîtresse est un lieu commun de la littérature romantique. Roland Chollet en cite sept exemples dans l'introduction de son édition d'*Illusions perdues* (*La Comédie humaine,* Gallimard, « Bibliothèque de la Pléiade », t. V, p. 46-48). On peut supposer qu'il existe une source réelle : d'après l'éditeur Werdet, dans ses *Souvenirs de la vie littéraire,* le journaliste Maurice Alhoy aurait vécu pareille situation. Mais on pourrait aussi se demander si l'efficacité dramatique et la puissance de pathétique de ce *topos* ne suffisent pas à expliquer sa résurgence, par simple coïncidence, indépendamment de toute origine réelle. En fait, cet épisode se rattache à un thème sacrificiel plus général, cher à la littérature romantique, que l'on pourrait appeler la prostitution forcée pour une cause sainte. Bérénice en fournira à son tour, un peu plus loin, un autre exemple.

Page 584.

1. *Goguettes* : « nom, à Paris, de sociétés chantantes qui se tiennent dans les cabarets » (Littré).

Troisième partie

LES SOUFFRANCES DE L'INVENTEUR

Page 591.

1. *Il reconnut Mansle, cette petite ville où, dix-huit mois auparavant...* : chronologie peu claire. Balzac a d'abord situé le moment où Lucien quitte Angoulême en novembre 1821. Il l'a ensuite avancé en septembre, puis en juin de la même année (p. 237). Coralie est morte en août 1822, et il s'est écoulé ensuite deux mois avant le départ de Julien de Paris (p. 586). Nous devrions donc être fin octobre 1822 au plus tôt. Dans aucun cas, il ne s'est écoulé dix-huit mois. En outre, l'invitation de Lucien à la préfecture d'Angoulême porte la date du 15 septembre (p. 712)... Il faut donc renoncer à reconstruire pour notre roman une chronologie vraisemblable.

Page 592.

1. *Une bonne grosse ménagère tricotant...* : il a déjà été question de ce personnage dans la première partie (p. 192). C'est cette veuve de trente-deux ans, riche de cent mille francs de biens, que le père Séchard aurait voulu voir épouser son fils, à la place d'Ève Chardon.

Page 593.

1. *En contemplant ce délicieux paysage* : c'est ici que finit *Un grand homme de province à Paris* dans l'édition Souverain de 1839.

Page 594.

1. *Esquipot* : « sorte de tirelire en terre cuite, où l'on dépose de minces épargnes » (Littré).

Page 595.

1. Un *topique* est un remède qui agit sur un point déterminé du corps, comme les cataplasmes ou les vésicatoires.

Son but est de produire une révulsion, c'est-à-dire une décongestion de l'organe malade, en attirant le sang vers une autre région du corps. La conception de l'âme que révèlent ces métaphores est ici toute matérialiste.

Page 596.

1. *Sentineau* : ce mot vieilli et régional (ouest de la France) désigne, comme le mot *sentine* dont il est dérivé, un fond de bateau ou une caisse de bois immergée servant de vivier.

Page 600.

1. Le *bœuf* est le symbole de l'évangéliste Luc.
2. Gabriel-Julien *Ouvrard* (1770-1846), célèbre financier fils de papetier, qui commença sa fortune par une brillante spéculation. Au début de la Révolution, pressentant la demande de papier qu'allait entraîner le développement de la presse et de la librairie, il acheta la production entière des fabriques de l'Angoumois et du Poitou pendant deux ans, la revendit aux éditeurs et réalisa un bénéfice de 300 000 francs.

Page 605.

1. *Ouvrages dits de ville* : voir p. 77, n. 2.
2. *Triplicité phénoménale* : Balzac se moque du jargon kantien mis à la mode par Victor Cousin.

Page 606.

1. *L'histoire du Juif-Errant, Robert le Diable, la Belle Maguelonne* : légendes médiévales popularisées dans les campagnes par la littérature de colportage et les images d'Épinal.

Page 609.

1. *Tirer à la conscription* : la loi Gouvion-Saint-Cyr du 10 mars 1818 prévoyait un contingent annuel de 40 000 hommes désignés par tirage au sort, avec possibilité de remplacement. La durée du service militaire était de six ans.

Page 610.

1. « *Faire la queue* : tromper » (A. Delvau, *Dictionnaire de la langue verte*).

Page 611.

1. *Qui est-ce qui me payera un homme ?* : qui m'achètera un remplaçant ? « S'acheter un homme » coûtait en moyenne, vers 1830, entre 1 200 et 1 800 francs, non compris la rémunération du « marchand d'hommes » chargé de trouver le remplaçant : sommes énormes pour un homme du peuple sans fortune.

2. *Ce n'est pas un homme à chercher des capitales dans son bas de casse !* : un homme à l'esprit confus ou stupide, cherchant les choses où elles ne sont pas, puisque les lettres capitales se trouvent dans le haut de la casse, et les minuscules dans le bas.

Page 614.

1. Le *liard*, valant le quart d'un sou, restait en usage dans les campagnes. Deux liards font deux centimes et demi, somme infime sur laquelle il n'est pas possible de faire de bénéfices.

Page 616.

1. Les *conserves* sont des lunettes à verres colorés qui protègent la vue.

Page 618.

1. Un *ais* est une planche de bois.

Page 627.

1. *Il y a environ cinquante ans* : la première édition du *Tableau de Paris* de Louis-Sébastien Mercier date de 1781.

Page 628.

1. *Format grand raisin* : format très répandu mesurant 50 × 65 cm.

Page 629.

1. Joseph-Marie *Jacquard* (1752-1834) inventa entre

1801 et 1806 le métier à tisser semi-automatique qui porte son nom. Il apparaît à la fois comme le type de l'inventeur génial qui révolutionna la technique dans son domaine, et comme un homme de courage et de persévérance qui sut triompher de difficultés sans nombre. Sa destinée n'est donc pas sans analogies avec celle de David : « son inexpérience commerciale, sa droiture, ses incessantes recherches pour perfectionner le tissage amenèrent en peu de temps sa ruine. Ses rivaux le raillèrent, ses amis l'accusèrent, sa femme seule le comprit et le consola », écrit le *Grand Dictionnaire* de Pierre Larousse. Balzac a pu s'inspirer de l'histoire de Jacquard pour imaginer celle de David. Seule diffère la fin : Jacquard triomphera de tous les obstacles et son mérite sera reconnu.

Page 630.

1. Antoine *Graindorge*, tisserand du XVIe siècle, a perfectionné la fabrication des toiles damassées ; à la même époque, Jean *Rouvet* a développé le flottage des bois sur les rivières ; Josse *Van Robais* a fondé au XVIIe siècle à Abbeville une manufacture de drap capable de rivaliser avec les produits anglais.

2. *Le Persan qui nous a donné la garance* : Jean Althen (1710-1774), agronome d'origine arménienne qui introduisit la culture de la garance dans le comtat Venaissin à partir de 1760.

Page 634.

1. Ernest *Meissonnier* (1815-1891) fut peintre de genre et illustrateur avant de se spécialiser dans la peinture d'histoire militaire.

Page 638.

1. Un *protêt* est un acte dressé à la demande d'un créancier par un huissier qui constate le défaut de paiement par le débiteur d'un effet de commerce venu à échéance.

Page 639.

1. *Mascarille* : personnage de plusieurs comédies de Molière. Balzac pense sans doute à *L'Étourdi*, pièce dans

laquelle le valet Mascarille, expert en fourberies, cherche à aider son étourdi de maître à conquérir la belle Célie. Il existe une autre allusion à cette pièce dans le roman (voir p. 308, n. 1).

Page 641.

1. *Le protêt aurait été remis* : irréel du passé ; même si le protêt avait été remis...

Page 642.

1. *Le troisième article* : inadvertance de Balzac. Il s'agit en fait du quatrième article. De même, un peu plus loin, il faudra lire cinquième au lieu de quatrième, et sixième au lieu de cinquième.

Page 643.

1. Luigi *Lablache* (1794-1858), basse napolitaine de renommée européenne, s'est illustré particulièrement dans les rôles comiques ou bouffons. Il s'agit sans doute de l'air *del Moltiplico* dont parle Stendhal dans *Le Rouge et le Noir* (I, XXIII) : « Polichinelle veut se marier et compte, sur ses doigts, les objets dont il aura besoin dans son ménage, et il s'embrouille à chaque instant dans ce calcul. »

Page 647.

1. *La première pièce était la jolie petite note suivante...* : Balzac s'inspire de ses propres déboires avec ses créanciers, ce qui donne à cette pièce une forte apparence d'authenticité.

Page 653.

1. Le *rouissage* est l'opération par laquelle on sépare, par trempage, la partie fibreuse utilisable des plantes textiles de la partie impropre à l'usage textile.

Page 655.

1. Bernard *Palissy* (1510?-1589?), type de l'inventeur génial pour Balzac, comme Jacquard un peu plus haut. Contrairement à ce qu'affirme le romancier, Palissy ne termina pas sa vie « vieux, riche et honoré », mais à la prison de la Bastille...

Page 656.

1. *Lairré* : participe passé erroné de l'ancien verbe *laier*, « laisser », refait par Balzac sur le futur régulier « lairrai ».

Page 657.

1. Terme de typographie : la *retiration* est l'impression du verso d'une feuille dont le recto a déjà été imprimé. Le vieux Séchard veut dire qu'il n'y aura jamais un deuxième exemplaire de son fils.

Page 659.

1. *Domper sire le gazaquin* : le patois germanique de Kolb n'est pas toujours très clair. *Tomber sur le casaquin*, c'est, dit Delvau, « battre quelqu'un, le rouer de coups ».

Page 660.

1. Le maréchal Armand de Gontaut-*Biron* (1524-1592).

2. Pendant la deuxième guerre Punique, Fabius, nommé dictateur par le Sénat de Rome après le désastre du lac Trasimène (217 av. J.-C.), fut surnommé *Cunctator* (« le temporisateur ») parce qu'il refusait toute bataille rangée devant Hannibal.

Page 664.

1. *Exécutoire* : « mandement du juge qui taxe le chiffre des frais et en vertu duquel on en poursuit le paiement » (Littré).

2. *Cinq milliers* : ancienne mesure valant mille livres, soit à peu près deux tonnes et demie.

Page 668.

1. *Répéter contre quelqu'un* : redemander, réclamer à quelqu'un (terme de jurisprudence).

Page 673.

1. On appelle *reprises*, en termes de jurisprudence, le droit pour chaque époux de reprendre ses biens propres à la dissolution de la communauté. Remplir quelqu'un de ses reprises, c'est donc lui attribuer ce qui lui est dû.

2. *Contribution* : répartition du prix des biens d'un débiteur entre ses créanciers.

Page 674.

1. *Je ne pourrai plus sortir que pendant la nuit* : parce qu'on ne peut pas arrêter un débiteur entre le coucher et le lever du soleil.

Page 678.

1. *Avant le lever ou le coucher du soleil* : expression peu claire ; nous savons que David ne peut pas être arrêté entre le coucher et le lever du soleil (voir la note précédente).

Page 685.

1. *Pire les bedits chaunets* : pour les petits jaunets, qui sont des « pièces d'or de vingt francs » (A. Delvau).

Page 686.

1. *Semble encore devoir* : nous corrigeons le texte fautif de l'édition Furne, « encore devoir encore », que les éditeurs modernes respectent par un scrupule qui nous semble excessif, la répétition provenant évidemment d'une inadvertance de Balzac au moment de la correction des épreuves.

Page 691.

1. *Chauffeurs* : sans doute des brigands, par allusion aux bandes de chauffeurs (ainsi appelés parce qu'ils chauffaient la plante des pieds de leurs victimes pour leur faire avouer où ils cachaient leur argent) qui ravagèrent la Beauce et l'Orléanais entre 1792 et 1798.

Page 709.

1. *Premiers-Angoulêmes* : adaptation plaisante de l'expression *Premiers-Paris*, qui désigne l'« article que l'on place en tête des journaux parisiens » (*Grand Dictionnaire* de Pierre Larousse).

2. *Ne faisait jamais parler d'elle* : cette formule, dont l'origine n'est pas connue, est souvent citée au XIXe siècle. Balzac a dû la trouver dans quelque recueil d'anecdotes. Le *Grand Dictionnaire* de Pierre Larousse (t. I, article

« Académie ») la rapporte encore, en l'appliquant à l'académie de Châlons.

3. *L'auteur d'Éloa* : Alfred de Vigny (mais *Éloa* date de 1824 et nous sommes en 1822).

4. *Montlosier* : publiciste et homme politique (1755-1838), né et mort à Clermont-Ferrand.

Page 711.

1. *Le grand collège électoral d'Angoulême* : depuis le 29 juin 1820, les élections étaient régies par la loi dite du « double vote ». Les électeurs âgés de plus de trente ans et payant plus de 300 francs de cens élisaient 258 députés dans des collèges d'arrondissement dits « petits collèges ». En outre, le quart le plus imposé de ces électeurs se réunissaient à nouveau dans des collèges de département (dits « grands collèges »), qui élisaient 172 autres députés. Les plus riches votaient donc deux fois.

Page 715.

1. *Le triomphe de Voltaire sur les planches du Théâtre-Français* : le 16 mars 1778, à l'occasion de la première représentation de sa tragédie *Irène*.

Page 717.

1. *Blonde* : dentelle de soie.

2. *Elle jouait avec ces jolies bagatelles...* : Balzac avait déjà montré Louise dans la même attitude, en compagnie de Mme d'Espard (p. 266).

3. *Son mouchoir roulé* : parce qu'il est de mauvais goût de tenir à la main son mouchoir déplié, comme en province (p. 251). Louise a parfaitement assimilé les leçons de la marquise d'Espard.

Page 721.

1. *Ce roi de France qui ne vengeait pas le duc d'Orléans* : Louis XII, d'abord duc d'Orléans, couronné roi en 1498.

Page 724.

1. Inadvertance de Balzac. Il a dit lui-même à la fin d'*Un grand homme de province à Paris* que la préface de d'Arthez

ne devait être connue que « plus tard, en 1824 » (p. 576). Or nous sommes en 1822.

Page 726.

1. Scène célèbre du *Don Juan* de Molière (acte IV, sc. III), dans laquelle *Don Juan* éconduit son créancier *M. Dimanche* en se jouant de lui.

Page 727.

1. *Lafleur, tu mettras de l'or dans mes poches !* : Balzac pense certainement à la comédie de Destouches *Le Glorieux* (1732), jouée au Théâtre-Français, dans laquelle figure un valet nommé La Fleur. On ne trouve pourtant pas cette réplique dans le texte de la pièce. Mais une formule très voisine (« qu'on mette de l'or dans mes poches ») est attribuée à Quinault-Dufresne, l'acteur pour qui la pièce avait été écrite et qui créa le rôle du comte de Tufière, le « glorieux » de Destouches. Quinault lui-même était célèbre pour sa vanité, et il se peut qu'il ait introduit de son propre chef cette réplique dans le texte. Cependant cette formule est prêtée aussi à d'autres personnages, notamment au maréchal de Villeroi dans les *Mémoires* de Mme de Maintenon. En tout cas, elle était bien connue au XIXe siècle, et on en trouve encore un écho en 1845 dans une pièce de Labiche, *Le Roi des Frontins* (acte I, sc. VI). (Merci à Vincent Noiray pour sa collaboration.)

Page 728.

1. Allusion non élucidée. Pierre *Duviquet* (1766-1835), écrivain et homme politique, devint en 1814 critique littéraire du *Journal des Débats*. Mais s'agit-il de lui ici ?

Page 729.

1. Esther Gobseck, dite *la Torpille*, célèbre courtisane qui deviendra par la suite la maîtresse de Lucien. Un *rat* est ainsi défini par Balzac dans *Splendeurs et misères des courtisanes* (Gallimard, « Bibliothèque de la Pléiade », t. VI, p. 440) : « L'une des perversités maintenant oubliées, mais en usage au commencement de ce siècle, était le luxe des rats. Un rat, mot déjà vieilli, s'appliquait à un enfant de dix

à onze ans, comparse à quelque théâtre, surtout à l'Opéra, que les débauchés formaient pour le vice et l'infamie. »

Page 730.

1. ... *avec cet accent de basse-taille et cette importance bourgeoise qu'il peint si bien* : ces détails et cette phrase absurde évoquent M. Prudhomme, ce type de la stupidité bourgeoise créé par l'humoriste Henri Monnier (1799-1877), qui est dans *La Comédie humaine* le modèle de Bixiou.

Page 731.

1. *Ô mon habit, que je te remercie* : vers tiré de l'*Épître à mon habit* de Sedaine. La citation exacte est « Ah mon habit, que je vous remercie ! ».

Page 738.

1. *L'avènement du ministère Villèle, accepté par Louis XVIII mourant* : raccourci historique inexact : Villèle est arrivé au pouvoir en décembre 1821, et Louis XVIII est mort près de trois ans plus tard, le 16 septembre 1824.

Page 741.

1. Charles-Ignace, comte de *Peyronnet* (1778-1854), avocat bordelais, l'un des membres les plus extrémistes du parti ultra, fut garde des Sceaux de décembre 1821 à janvier 1828, avant de devenir ministre de l'Intérieur.

Page 745.

1. *Tancrède,* opéra de Rossini (1813), fut joué à Paris au Théâtre Italien en avril 1822. Balzac évoque l'air célèbre *Di tanti palpiti,* auquel il a déjà fait allusion dans la deuxième partie du roman (voir p. 373, n. 1). Cette cavatine est parfois appelée *dei risi* (et non *del rizzo,* mais Balzac n'était pas très fort sur les langues étrangères), parce que, selon la légende, Rossini l'aurait composée dans une auberge de Venise, pendant qu'on lui préparait un plat de riz.

Page 746.

1. « *Éditeur responsable,* celui sous la responsabilité de qui paraît un journal. Fig. et familièrement, celui qui a la

responsabilité de quelque chose, surtout en parlant du mari » (Littré).

Page 747.

1. « *Fumé* : pris, perdu, ruiné, mort » (A. Delvau, *Dictionnaire de la langue verte*).

Page 748.

1. Le duc de *Lauzun* (1633-1723), célèbre pour avoir séduit Mlle de Montpensier, cousine du roi Louis XIV.

Page 758.

1. La légende du suicide de *Rousseau*, répandue dès 1778, était encore vivace à l'époque de Balzac. Victor-Donatien de Musset-Pathay, père du poète, écrit dans son *Histoire de la vie et des ouvrages de Jean-Jacques Rousseau* (1821) : « Tout me porte à croire que Rousseau s'est débarrassé lui-même d'une vie qui lui était devenue insupportable. » La *Biographie universelle* de Michaud écrit que « la mort soudaine de Rousseau a donné cours à des bruits de suicide qui ont laissé quelque incertitude dans les esprits », mais conclut cependant à une mort naturelle.

2. *Suicide* : « celui qui se tue lui-même » (Littré).

Page 759.

1. Le *sedum*, nom scientifique de l'orpin, est une plante grasse à fleurs d'un beau jaune d'or qui pousse dans les terrains caillouteux. Ce bouquet qualifié plus loin de « symbolique », joint à la beauté de Lucien et à sa « mise élégante », annonce les étranges noces qui vont se conclure entre Carlos et sa « proie ».

Page 760.

1. *Le triste dieu de l'hymen* : Hyménaeos, dieu qui, dans la mythologie grecque, conduit le cortège nuptial, est appelé « triste » sans doute parce que plusieurs légendes faisaient de lui un jeune homme très beau, mort le jour de ses noces.

2. *Santa Virgen del Pilar !* : exclamation typique destinée, comme l'« accent très marqué d'espagnol », à souligner la

fausse nationalité du faux prêtre. La Vierge du Pilier est une statue miraculeuse vénérée à Saragosse.

Page 762.

1. *Le fameux ministre de Charles XII, qui arriva sans secrétaire...* : l'étonnante histoire que Carlos va raconter à Lucien, pleine d'implications symboliques, repose sur quelques pilotis historiques assez disparates. Balzac en avait donné une première version dans l'*Album historique et anecdotique* qu'il avait publié en 1827. Le baron de Goertz, ministre du roi de Suède Charles XII, fut décapité en 1719. Il ne semble pas que son secrétaire puisse être identifié avec Ernst-Johann Bühren, ou Biren, ou Biron (1690-1772), aventurier d'origine plébéienne qui devint le favori de la duchesse de Courlande. Celle-ci, couronnée en 1730 impératrice de Russie sous le nom d'Anne Ière, lui accorda le titre de duc de Courlande et l'associa à son pouvoir. À la mort de la tsarine en 1740, il devint régent.

2. Guillaume de Lamoignon *de Malesherbes* (1721-1794), juriste et homme d'État qui fut directeur de la Librairie et protégea les Encyclopédistes.

3. *Camouflet* : « fumée épaisse que l'on souffle malicieusement dans le nez de quelqu'un avec un cornet de papier allumé » (Littré).

Page 765.

1. *Ce pêcheur de je ne sais quel conte arabe...* : « dans *Les Mille et Une Nuits* ou *Les Mille et Un Jours* », précise le feuilleton du *Parisien-L'État*. Balzac se fonde sur de vagues souvenirs de lecture.

Page 766.

1. *Il voulut, par curiosité...* : premier indice certain de l'ambiguïté du personnage de Carlos. Le lecteur de Balzac se souvient que Rastignac, dans *Le Père Goriot*, a été l'objet de la même tentative de séduction de la part de Vautrin, mais n'a pas succombé.

2. *Ad usum delphini* : « à l'usage du dauphin ». C'était le titre d'une collection d'auteurs classiques expurgés destinée à l'éducation de Louis de France, fils de Louis XIV.

L'expression s'emploie péjorativement pour qualifier un texte édulcoré et falsifié.

Page 767.

1. *Le maréchal d'Ancre* : le Florentin Concino Concini, favori de la Régente Marie de Médicis, assassiné en 1617 à l'instigation du jeune Louis XIII. Il avait protégé Richelieu à ses débuts.

Page 769.

1. *Jacques Cœur*, marchand de Bourges, grand argentier du roi Charles VII, avait accumulé par de hardies entreprises commerciales et financières une fortune colossale. Il fut injustement disgracié, emprisonné, condamné à la saisie de ses biens et au bannissement (1453). Son fils Jean Cœur fut nommé archevêque de Bourges à vingt-neuf ans (1450).

2. *Kellermann a sauvé la France et le premier consul à Marengo...* : Balzac confond François Christophe Kellermann (1735-1820), le vainqueur de Valmy avec Dumouriez, nommé maréchal en 1804, et son fils François Étienne Kellermann (1770-1835), général de cavalerie renommé pour sa bravoure, qui emporta la victoire de Marengo (14 juin 1800) par une charge décisive, mais ne fut jamais nommé maréchal.

3. *Fouché* et *Talleyrand*, ralliés aux Bourbons en 1814 après la chute de Napoléon, préparèrent le rétablissement de la royauté, mais furent écartés du pouvoir en 1815.

Page 770.

1. *Inconsistent* : inconséquent, sans suite dans les idées.
2. *Semper virens* : toujours vigoureuse.

Page 771.

1. *La même conduite* : c'est-à-dire une conduite fort légère.
2. La *couronne de fer* est celle des rois lombards. Mais Napoléon ne fut couronné à Milan que le 23 mai 1805.

Page 772.

1. *Celle de notre Ordre* : l'ordre des Jésuites.

Page 773.

1. *L'adroit capteur* : au sens juridique de « celui qui s'empare par ruse d'un bien ou d'un héritage ». On emploie plutôt *captateur*. Mais on trouve d'autres exemples de *capteur* chez Balzac, notamment dans *La Rabouilleuse*.

2. *Tâchez d'être riches* : écho ironique des paroles prononcées à la Chambre le 1er mars 1843 par Guizot qui s'adressait aux Français plutôt qu'à l'assemblée des députés : « Vous voulez faire des choses que n'aient pas faites vos pères. Vous avez raison ; ne poursuivez donc plus, pour le moment, la conquête des droits politiques ; vous la tenez d'eux, c'est leur héritage. À présent, usez de ces droits ; fondez votre gouvernement, affermissez vos institutions, éclairez-vous, enrichissez-vous, améliorez la condition morale et matérielle de notre France : voilà les vraies innovations ; voilà ce qui donnera satisfaction à cette ardeur de mouvement, à ce besoin de progrès qui caractérise cette nation. »

Page 774.

1. À la bouillotte, le *brelan* est la réunion de trois cartes semblables dans la même main. Le brelan est dit *carré* lorsqu'un joueur possède déjà un brelan, et que la quatrième carte semblable forme la retourne. Il emporte alors la mise.

Page 775.

1. *Ferdinand VII* (1784-1833), rétabli roi d'Espagne en 1814, se lança dans une politique brutalement réactionnaire qui provoqua une révolution en 1820. Il dut alors accepter à contrecœur une constitution libérale, tout en réclamant secrètement le secours des monarchies européennes. En France, la question espagnole était à l'ordre du jour, et le parti ultra poussait Louis XVIII à intervenir militairement. L'expédition eut lieu finalement en 1823, et Ferdinand VII restaura l'absolutisme sous la protection des armes françaises. Les discours de Carlos, en 1822, n'ont donc rien d'invraisemblable.

2. L'Ordre des jésuites a été supprimé en 1773 par le pape Clément XIV, mais rétabli par Pie VII en 1814.

Page 776.

1. Dans la mythologie arabe, *l'Afrite* est un esprit malfaisant de second ordre.

2. *Icoglan* : dans l'Empire ottoman, officier du palais du Sultan.

3. *Une homélie de l'archevêque de Grenade* : c'est-à-dire un discours de morale édifiante, comme, dans le *Gil Blas* de Lesage (VII, III), les sermons de l'archevêque de Grenade qui « touchent les pécheurs, les font rentrer en eux-mêmes et recourir à la pénitence ».

Page 777.

1. *Garrotte* : instrument de supplice espagnol consistant en un siège dont le dossier est terminé par un cercle de fer dans lequel on passe le cou du condamné à mort, et que l'on serre avec une vis.

Page 779.

1. *Robert le Diable*, opéra de Meyerbeer (1831) ; Rachel a joué Phèdre au Théâtre-Français en 1843, l'année même de la publication de la troisième partie d'*Illusions perdues* ; Heine a publié les *Reisebilder* (*Tableaux de voyage*) entre 1826 et 1831 ; on ne sait à quel chanteur juif pense Balzac à propos de *Guillaume Tell*.

2. *Guides* : pourboire donné au postillon.

Page 780.

1. Venise sauvée *d'Otway* : tragédie représentée en 1682, dans laquelle l'amitié entre deux conjurés, Pierre et Jaffier, surpasse l'amour que Jaffier porte à sa femme Belvidera. Dans *Le Père Goriot*, Vautrin déclare à Rastignac : « je sais *Venise sauvée* par cœur ».

Page 782.

1. Mathieu-Jacques *de Vermond* (1735-1806), précepteur puis secrétaire et confident de Marie-Antoinette.

Page 783.

1. *Le prétendu diplomate espagnol* : première allusion

nette, de la part du narrateur, à la fausseté du personnage de Carlos.

Page 788.

1. Sous l'Ancien Régime, un *présidial* était un tribunal chargé de juger en dernier ressort les affaires peu graves.

Page 790.

1. Le terme savant d'*apophtegme*, « dit notable de quelque personnage illustre » (Littré), est employé ici ironiquement.

Page 794.

1. Sur le sergent *Mercier*, voir p. 545, n. 3. — *Paul-Louis Courier* (1772-1825), pamphlétaire célèbre déjà cité p. 352. — Jacques-Antoine *Manuel* (1775-1827), avocat, homme politique libéral et grand orateur.

Page 801.

1. L'industriel Guillaume Louis *Ternaux* (1763-1833) avait introduit en France l'élevage de la chèvre du Tibet et développé la production de châles en cachemire.

2. *Épingles* : « don fait à une femme quand on conclut quelque marché avec son mari » (Littré).

Page 804.

1. *Grumeleaux* : petits grumeaux.

Page 808.

1. *Futurs contingents* : événements susceptibles de se produire, c'est-à-dire ici les bénéfices à venir.

Page 810.

1. *Anselme Popinot*, personnage reparaissant de *La Comédie humaine*. D'abord commis dans la maison de droguerie de César Birotteau, il deviendra député et ministre du Commerce.

Page 811.

1. Le *buisson d'Horeb* ou buisson ardent, buisson

enflammé dans lequel Dieu apparaît à Moïse pour lui indiquer sa mission (Exode, 3, 1-10).

2. *Vinet de Provins* : avocat dans *Pierrette*, puis député et procureur général dans *Le Député d'Arcis*.

3. *Enfants perdus* : voir p. 550, n. 1.

ILLUSIONS PERDUES

Annexes

Dossier

DU MÊME AUTEUR

Dans la même collection

LE PÈRE GORIOT. *Préface de Félicien Marceau.*

EUGÉNIE GRANDET. *Édition nouvelle, présentée et établie par Jacques Noiray.*

ILLUSIONS PERDUES. *Édition nouvelle, présentée et établie par Jacques Noiray.*

LES CHOUANS. *Préface de Pierre Gascar. Notice de Roger Pierrot.*

LE LYS DANS LA VALLÉE. *Préface de Paul Morand. Édition établie par Anne-Marie Meininger.*

LA COUSINE BETTE. *Édition présentée et établie par Pierre Barbéris.*

LA RABOUILLEUSE. *Édition présentée et établie par René Guise.*

UNE DOUBLE FAMILLE, suivi de LE CONTRAT DE MARIAGE et de L'INTERDICTION. *Préface de Jean-Louis Bory. Édition établie par Samuel S. de Sacy.*

LE COUSIN PONS. *Préface de Jacques Thuillier. Édition établie par André Lorant.*

SPLENDEURS ET MISÈRES DES COURTISANES. *Édition présentée et établie par Pierre Barbéris.*

UNE TÉNÉBREUSE AFFAIRE. *Édition présentée et établie par René Guise.*

LA PEAU DE CHAGRIN. *Préface d'André Pieyre de Mandiargues. Édition établie par Samuel S. de Sacy.*

LE COLONEL CHABERT, suivi de EL VERDUGO, ADIEU, LE RÉQUISITIONNAIRE. *Préface de Pierre Gascar. Édition établie par Patrick Berthier.*

LE COLONEL CHABERT. *Préface de Pierre Barbéris. Édition de Patrick Berthier.*

LE MÉDECIN DE CAMPAGNE. *Préface d'Emmanuel Le Roy Ladurie. Édition établie par Patrick Berthier.*

LE CURÉ DE VILLAGE. *Édition présentée et établie par Nicole Mozet.*

LES PAYSANS. *Préface de Louis Chevalier. Édition établie par Samuel S. de Sacy.*

CÉSAR BIROTTEAU. *Préface d'André Wurmser. Édition établie par Samuel S. de Sacy.*

LE CURÉ DE TOURS, suivi de PIERRETTE. *Édition présentée et établie par Anne-Marie Meininger.*

LA RECHERCHE DE L'ABSOLU, suivi de LA MESSE DE L'ATHÉE. *Préface de Raymond Abellio. Édition établie par Samuel S. de Sacy.*

FERRAGUS, CHEF DES DÉVORANTS (« Histoire des Treize » : 1er épisode). *Édition présentée et établie par Roger Borderie.*

LA DUCHESSE DE LANGEAIS, LA FILLE AUX YEUX D'OR (« Histoire des Treize » : 2e et 3e épisodes). *Édition présentée et établie par Rose Fortassier.*

LA FEMME DE TRENTE ANS. *Édition nouvelle, présentée et établie par Jean-Yves Tadié.*

LA VIEILLE FILLE. *Édition présentée et établie par Robert Kopp.*

L'ENVERS DE L'HISTOIRE CONTEMPORAINE. *Préface de Bernard Pingaud. Édition établie par Samuel S. de Sacy.*

BÉATRIX. *Édition présentée et établie par Madeleine Fargeaud.*

LOUIS LAMBERT. LES PROSCRITS. JÉSUS-CHRIST EN FLANDRE. *Préface de Raymond Abellio. Édition établie par Samuel S. de Sacy.*

UNE FILLE D'ÈVE, suivi de LA FAUSSE MAÎTRESSE. *Édition présentée et établie par Patrick Berthier.*

LES SECRETS DE LA PRINCESSE DE CADIGNAN et autres études de femme. *Préface de Jean Roudaut. Édition établie par Samuel S. de Sacy.*

MÉMOIRES DE DEUX JEUNES MARIÉES. *Préface de Bernard Pingaud. Édition établie par Samuel S. de Sacy.*

URSULE MIROUËT. *Édition présentée et établie par Madeleine Ambrière-Fargeaud.*

MODESTE MIGNON. *Édition présentée et établie par Anne-Marie Meininger.*

LA MAISON DU CHAT-QUI-PELOTE, suivi de LE BAL DE SCEAUX, de LA VENDETTA, et de LA BOURSE. *Préface d'Hubert Juin. Édition établie par Samuel S. de Sacy.*

LA MUSE DU DÉPARTEMENT, suivi d'UN PRINCE DE LA BOHÈME. *Édition présentée et établie par Patrick Berthier.*

LES EMPLOYÉS. *Édition présentée et établie par Anne-Marie Meininger.*

PHYSIOLOGIE DU MARIAGE. *Édition présentée et établie par Samuel S. de Sacy.*

LA MAISON NUCINGEN précédé de MELMOTH RÉCONCILIÉ. *Édition présentée et établie par Anne-Marie Meininger.*

LE CHEF-D'ŒUVRE INCONNU, PIERRE GRASSOU et autres nouvelles. *Édition présentée et établie par Adrien Goetz.*

SARRASINE, GAMBARA, MASSIMILLA DONI. *Édition présentée et établie par Pierre Brunel.*

LE CABINET DES ANTIQUES. *Édition présentée et établie par Nadine Satiat.*

UN DÉBUT DANS LA VIE. *Préface de Gérard Macé. Édition établie par Pierre Barbéris.*

GOBSECK ET AUTRES RÉCITS D'ARGENT. *Édition d'Alexandre Péraud.*

Nouvelles isolées

LE CHEF-D'ŒUVRE INCONNU. *Édition d'Adrien Goetz.*

LA FEMME ABANDONNÉE. *Édition de Madeleine Ambrière-Fargeaud.*

Impression Maury Imprimeur
45330 Malesherbes
le 7 septembre 2021
Dépôt légal : septembre 2021
1er dépôt légal dans la collection : février 2013
Numéro d'imprimeur : 256922

ISBN 978-2-07-030989-4 / Imprimé en France.

402255